Von Jean M. Auel sind
als Heyne-Taschenbücher erschienen:

Ayla und der Clan des Bären · 01/6734
Das Tal der Pferde · 01/6658
Mammutjäger · 01/7730
Ayla und das Tal der großen Mutter · 01/8486

JEAN M. AUEL

MAMMUTJÄGER

Roman

Aus dem Amerikanischen
von Werner Peterich

WILHELM HEYNE VERLAG
MÜNCHEN

HEYNE ALLGEMEINE REIHE
Nr. 01/7730

Titel der amerikanischen Originalausgabe
THE MAMMOTH HUNTERS

18. Auflage

Printed in Germany 1994
Umschlagzeichnung: Atelier Ingrid Schütz, München
Gesamtherstellung: Presse-Druck Augsburg

ISBN 3-453-02584-9

Für MARSHALL,

der ein Mann geworden ist, auf den man stolz sein kann;

und für BEVERLY,

die geholfen hat;

und für CHRISTOPHER, BRIAN und MELLISSA.

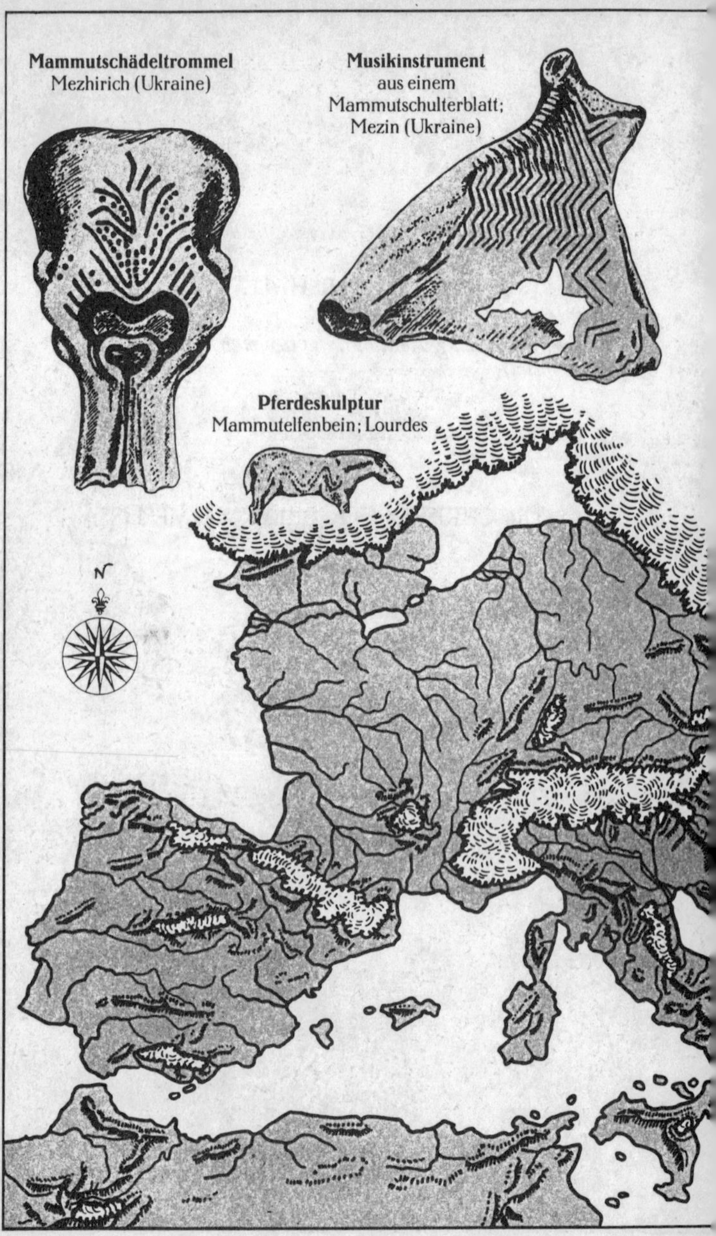
Mammutschädeltrommel
Mezhirich (Ukraine)
Musikinstrument
aus einem
Mammutschulterblatt;
Mezin (Ukraine)
Pferdeskulptur
Mammutelfenbein; Lourdes
N

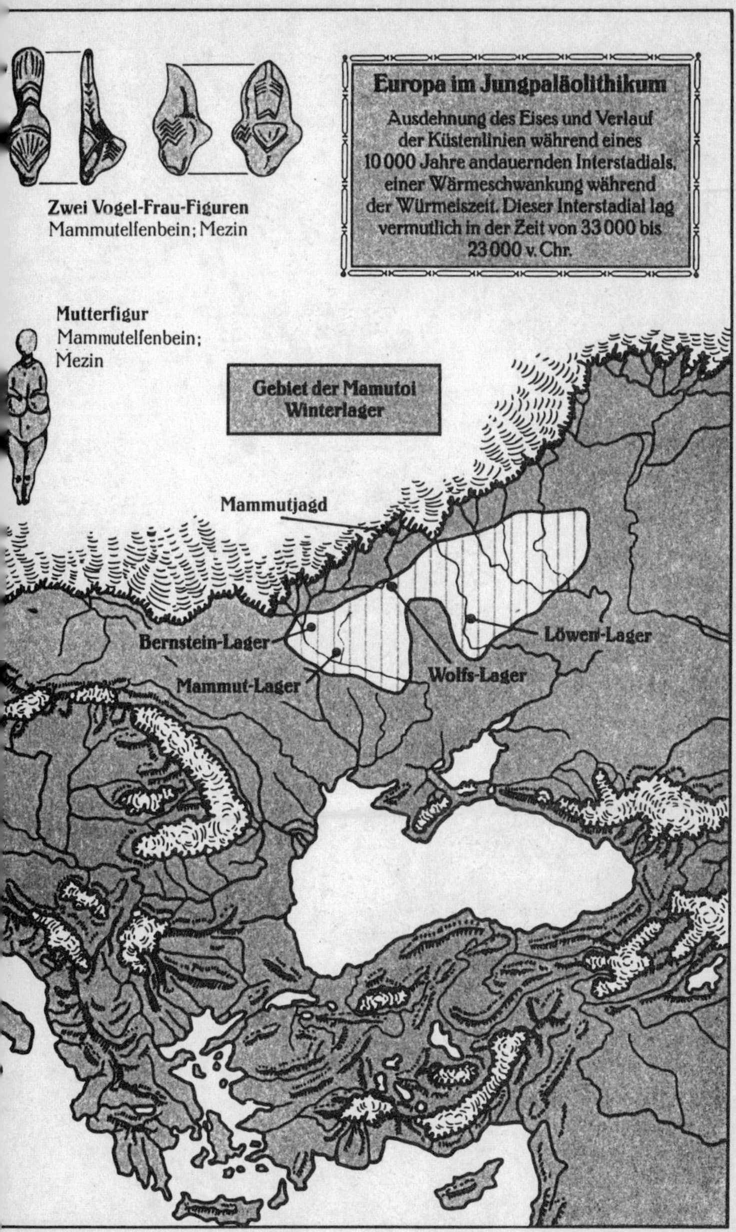
Europa im Jungpaläolithikum
Ausdehnung des Eises und Verlauf der Küstenlinien während eines 10 000 Jahre andauernden Interstadials, einer Wärmeschwankung während der Würmeiszeit. Dieser Interstadial lag vermutlich in der Zeit von 33 000 bis 23 000 v. Chr.
Zwei Vogel-Frau-Figuren
Mammutelfenbein; Mezin
Mutterfigur
Mammutelfenbein; Mezin
Gebiet der Mamutoi Winterlager
Mammutjagd
Bernstein-Lager
Mammut-Lager
Wolfs-Lager
Löwen-Lager

Erdhütte des Löwen-Lagers

EINGANGSBEREICH: Lagerung von Brennmaterial, Geräten und Überwürfen zum Tragen im Freien

ERSTES HERDFEUER: Allgemeine Kochstelle und Versammlungsplatz

ZWEITES HERDFEUER - DAS DES LÖWEN
- Talut – Anführer
- Nezzie
  - Danug
  - Latie
  - Rugie
  - Rydag

DRITTES HERDFEUER – DAS DES FUCHSES
- Wymez
  - Ranec

VIERTES HERDFEUER – DAS DES MAMMUT –
- Raum für Zeremonien, Versammlungen, Beratungen, Gäste
- Mamut – Schamane
- Ayla
- Jondalar

FÜNFTES HERDFEUER – DAS DES RENTIERS
- Manuv
  - Tronie
  - Tornec
    - Nuvie
    - Hartal

SECHSTES HERDFEUER – DAS DES KRANICHS
- Crozie
  - Fralie
  - Frebec
    - Crisavec
    - Tasher
    - (Bectie)

SIEBTES HERDFEUER – DAS DES AUEROCHSEN
- Tulie – Anführerin
- Barzec
  - Deegie
  - Druwez
  - Brinan
  - Tusie
  - (Tarneg)

1

Ayla klammerte sich angstbebend an den großen Mann an ihrer Seite und verfolgte das Näherkommen der Fremden. Beschützend legte Jondalar den Arm um sie, aber sie zitterte trotzdem weiter.

Wie groß er ist! dachte Ayla und ließ die Augen nicht von dem Anführer der Gruppe, dessen Haar und Bart die Farbe von Feuer hatten. Noch nie hatte sie jemand so Großes gesehen! Selbst Jondalar wirkte klein neben ihm, obwohl der Mann, der den Arm um sie gelegt hatte, die meisten Männer überragte. Der rothaarige Mann, der auf sie zukam, war nicht einfach groß – er war riesig, ein Bär von einem Mann. Sein Hals strotzte vor Kraft, sein Brustkasten hätte für zwei gewöhnliche Männer gereicht, und sein mächtiger Bizeps hatte einen Umfang wie bei den meisten Männern der Oberschenkel.

Ayla warf einen Blick auf Jondalar; daß er Angst hatte, war seinem Gesicht nicht anzumerken, doch verriet sein Lächeln, wie sehr er auf der Hut war. Es waren Fremde, und er hatte auf seinen langen Wanderungen gelernt, Fremden gegenüber mißtrauisch zu sein.

»Ich erinnere mich nicht, dich schon einmal gesehen zu haben«, sagte der große Mann ohne Umschweife. »Von welchem Lager stammst du?« Er sprach, wie Ayla bemerkte, nicht Jondalars Sprache, sondern eine der anderen, die er ihr beigebracht hatte.

»Von keinem Lager«, sagte Jondalar. »Wir sind keine Mamutoi.« Er ließ Ayla los, trat einen Schritt vor und streckte beide Hände vor, die Handflächen nach oben gekehrt zum Zeichen dafür, daß er nichts darin verberge. »Ich bin Jondalar von den Zelandonii.«

Die Hände wurden nicht ergriffen. »Zelandonii? Merkwürdig ... Warte, waren da nicht zwei fremde Männer, die bei den Fluß-Leuten weiter im Westen lebten? Mir scheint, der Name, den ich hörte, klang so ähnlich.«

»Ja, mein Bruder und ich haben bei ihnen gelebt«, gab Jondalar zu.

Nachdenklich sah der Mann mit dem flammenden Bart eine Weile vor sich hin, dann schoß er völlig unerwartet auf Jondalar zu und umschlang ihn mit einer knochenbrechenden Umarmung.

»Dann sind wir miteinander verwandt!« erklärte er mit dröhnender Stimme, und ein breites Lächeln erhellte sein Gesicht. »Tholie ist die Tochter meiner Base.«

Jondalars Lächeln kehrte, wenn auch ein wenig zaghaft, zurück. »Tholie! Eine Mamutoi-Frau namens Tholie war die Ziehmutter der Frau meines Bruders. Sie ist es, die mir eure Sprache beigebracht hat.«

»Aber natürlich! Hab' ich dir doch gesagt! Wir sind verwandt miteinander.« Er ergriff die Hände, die Jondalar ihm freundschaftlich entgegengestreckt hatte und die er eben noch nicht akzeptiert hatte. »Ich bin Talut, der Anführer des Löwen-Lagers.«

Alle lächelten, wie Ayla auffiel. Grinsend strahlte Talut sie an und musterte sie dann anerkennend. »Wie ich sehe, bist du jetzt nicht mit einem Bruder unterwegs«, sagte er zu Jondalar.

Jondalar legte wieder den Arm um sie, und sie wurde gewahr, daß ein flüchtiger Schmerz ihn die Stirn runzeln ließ, ehe er sagte: »Das hier ist Ayla.«

»Das ist ein ungewöhnlicher Name. Gehört sie zu den Fluß-Leuten?«

Jondalar war verblüfft, wie barsch diese Frage kam, doch dann fiel ihm Tholie ein, und er mußte insgeheim lächeln. Die vierschrötige und untersetzte Frau, die er kannte, wies kaum Ähnlichkeit mit dem Berg von einem Mann auf, der hier am Flußufer vor ihm stand, und doch waren sie Splitter desselben Feuersteins. Beiden war die zupackende Art gemeinsam, und beide gingen sie gleich unbefangen, um nicht zu sagen arglos und treuherzig, auf andere zu. Er wußte nicht, was er sagen sollte. Es würde nicht einfach sein zu erklären, was es mit Ayla auf sich hatte.

»Nein, sie hat in einem Tal ein paar Tagesmärsche von hier gelebt.«

Talut wußte offensichtlich nicht, was er davon halten sollte. »Ich habe nie von einer Frau dieses Namens gehört, die hier in der Nähe lebt. Bist du sicher, daß sie eine Mamutoi ist?«

»Ich bin sicher, daß sie das nicht ist.«

»Wer sind dann ihre Leute? Nur wir Mammutjäger leben hier in dieser Gegend.«

»Ich habe keine Leute«, sagte Ayla und reckte ein wenig trotzig das Kinn.

Talut musterte sie argwöhnisch. Zwar hatte sie diese Worte in seiner Sprache gesprochen, doch ihre Stimme, die Art, wie sie die Laute ausstieß, das klang ... merkwürdig. Nicht unangenehm, aber ungewöhnlich. Jondalar sprach mit dem Akzent einer Sprache, die ihm – Talut – fremd war; doch der Unterschied in der Art, wie sie sprach, ging darüber hinaus. Taluts Interesse war geweckt.

»Nun, dies ist kein Ort zum Reden«, sagte er schließlich. »Nezzie wird den Zorn der Mutter selbst auf mich herabfahren lassen, wenn ich euch nicht einlade, uns zu besuchen. Besucher bringen immer ein wenig Aufregung, und wir haben schon lange keine mehr gehabt. Das Löwen-Lager würde euch willkommen heißen, Jondalar von den Zelandonii, und Ayla von den Nicht-Leuten. Kommt ihr mit?«

»Was meinst du, Ayla? Möchtest du sie besuchen?« wandte Jondalar sich an sie und wechselte zum Zelandonii über, damit sie wahrheitsgemäß antworten könne, ohne zu kränken. »Wird es nicht Zeit, daß du Leute deiner Art kennenlernst? Ist es nicht das, was Iza dir aufgetragen hat?« Er wollte nicht den Eindruck erwecken, als sei ihm über Gebühr daran gelegen, doch nachdem er so lange Zeit nur mit ihr gelebt hatte, reizte es ihn schon, die Fremden in ihrem Lager zu besuchen.

»Ich weiß nicht«, sagte sie und legte unentschlossen die Stirn in Falten. »Was werden sie von mir denken? Er wollte wissen, wer meine Leute sind. Aber ich habe keine Leute mehr. Was ist, wenn sie mich nicht mögen?«

»Sie werden dich mögen, Ayla, glaub mir. Da bin ich ganz sicher. Talut hat dich eingeladen, nicht wahr? Es hat keine Rolle für ihn gespielt, daß du keine Leute hast. Außerdem wirst du nie herausfinden, ob sie dich akzeptieren – oder ob du sie magst –, wenn du ihnen keine Gelegenheit dazu gibst. Verstehst du, dies sind Leute von der Art, mit denen du hättest aufwachsen müssen. Wir brauchen ja nicht lange zu bleiben. Wir können jederzeit fortgehen.«

»Wir können jederzeit fortgehen?«

»Selbstverständlich.«

Ayla blickte zu Boden und versuchte, sich schlüssig zu werden. Sie wollte mit ihnen gehen; sie fühlte sich zu diesen Menschen hingezogen, war neugierig, mehr über sie zu erfahren; gleichwohl verkrampfte sich ihr angstvoll der Magen. Sie hob den Blick und sah auf der üppig mit Gras bewachsenen Ebene in der Nähe des Flusses zwei zottelige Steppenpferde grasen, und ihre Angst verstärkte sich.

»Was ist mit Winnie? Was machen wir mit ihr? Was, wenn sie sie töten wollten? Ich kann nicht zulassen, daß Winnie etwas passiert.«

An Winnie hatte Jondalar nicht gedacht. Was sie wohl denken mochten, fragte er sich. »Ich weiß nicht, was sie tun werden, Ayla, aber ich glaube nicht, daß sie sie töten, wenn wir ihnen sagen, daß sie etwas Besonderes ist und nicht dazu da, aufgegessen zu werden.« Ihm fiel ein, wie überrascht er gewesen war, als er Ayla und Winnie das erste Mal zusammen erlebt hatte, und wie ihn angesichts Aylas Beziehung zu dem Pferd ein Gefühl heiliger Scheu ergriffen hatte. »Ich habe eine Idee.«

Talut verstand nicht, was Ayla und Jondalar miteinander redeten, doch er wußte, daß die Frau zögerte und der Mann versuchte, sie zu bewegen mitzukommen. Ihm fiel aber auch noch auf, daß sie auch jetzt ihre sehr ungewohnte Sprechweise beibehalten hatte, selbst wenn sie in seiner Sprache mit ihm redete. Es war also seine Sprache, schloß der Anführer, nicht die ihre.

Über das Rätsel dieser Frau nachzudenken bereitete ihm einen gewissen Genuß – Neues und Ungewohntes genoß er immer; von Unerklärlichem fühlte er sich herausgefordert. Doch unversehens gewann das Geheimnis eine völlig neue Dimension hinzu. Ayla stieß einen lauten und schrillen Pfiff aus, und unverhofft kam eine falbfarbene Stute mit einem ungewöhnlich tiefbraunen Fohlen geradewegs auf sie zugaloppiert und blieb still neben ihr stehen, während sie die beiden Pferde anfaßte. So etwas hatte er noch nie erlebt.

Ob sie eine Mamut war? fuhr es ihm durch den Sinn. Eine Frau, die mit besonderen Kräften ausgestattet war? Viele Derer, Die Der Mutter Dienten, behaupteten, Zauberkräfte zu besitzen, mit denen sie Tiere anlockten und die Jagd in bestimmte Bahnen lenkten, doch noch nie hatte er jemand erlebt, der eine solche Macht über Tiere ausübte, daß sie auf ein Zeichen hin zu ihm kamen. Sie besaß eine einzigartige Gabe. Das war ein wenig erschreckend – doch wenn er sich vorstellte, in welchem Maße ein Lager von einer solchen Gabe sein Gutes hätte! Wie leicht wäre es dann, ein Tier zu erlegen.

Noch während Talut sich von seinem Schock erholte, versetzte die junge Frau ihm einen zweiten. Sie hielt sich an der borstig in die Höhe stehenden Mähne der Stute fest, sprang dem Pferd auf den Rücken und setzte sich rittlings darauf. Verdutzt und erstaunt fiel dem Mann die Kinnlade herunter, als er sah, wie das Pferd mit Ayla auf dem Rücken am Flußufer dahinsprengte. Das Fohlen ihnen dicht auf den Fersen, ging es die Uferböschung hinauf und hinein in die dahinterliegende Steppe. Die anderen in seiner Horde waren genauso fassungslos wie Talut, insbesondere ein kleines zwölfjähriges Mädchen, das sich näher an den Anführer heranschob und sich an ihn schmiegte, als müsse es gestützt werden.

»Wie hat sie das gemacht, Talut?« fragte das Mädchen mit leiser Stimme, die Erstaunen wie ehrfürchtige Scheu zugleich verriet, aber auch ein leises Verlangen erkennen ließ. »Das kleine Pferd, es war so nahe, ich hätte es fast anfassen können.«

Taluts Züge wurden weich. »Du wirst sie fragen müssen, Latie. Oder vielleicht Jondalar«, sagte er und wandte sich dem hochgewachsenen Fremden zu.

»Ich weiß das selbst nicht genau«, erwiderte dieser. »Ayla hat eine besondere Art, mit Tieren umzugehen. Sie hat Winnie großgezogen, seit sie ein Fohlen war.«

»Winnie?«

»So ungefähr lautet der Name, den sie der Stute gegeben hat. Wenn sie ihn ruft, könnte man meinen, sie wäre ein Pferd. Und das Fohlen heißt Renner. Den Namen habe ich ihm gegeben – sie hat mich darum gebeten. Das ist das Zelandonii-Wort für jemand, der sehr schnell läuft. Es bedeutet aber auch jemand, der alles daran setzt, um der beste zu sein. Als ich Ayla das erste Mal sah, war sie gerade dabei, der Stute zu helfen, das Fohlen zur Welt zu bringen.«

»Muß das ein Anblick gewesen sein! Ich hätte gemeint, gerade in einer solchen Zeit würde eine Stute niemand an sich heranlassen«, sagte einer der anderen Männer.

Die Reitvorführung kam gerade recht, so daß Jondalar den Zeitpunkt für gekommen hielt, von Aylas Befürchtungen zu reden. »Ich glaube, im Grunde würde sie gern mitkommen und euer Lager besuchen, Talut, aber sie befürchtet, ihr könntet meinen, die Pferde wären eine Jagdbeute wie jede andere, und da sie keine Angst vor Menschen haben, wäre es zu leicht, sie zu erlegen.«

»Ja, das wären sie wohl. Du mußt gewußt haben, was ich dachte – aber das würde doch jeder denken.«

Talut verfolgte, wie Ayla zurückgeritten kam – ein merkwürdiges Tier, halb Mensch, halb Pferd. Er war froh, daß er nicht ahnungslos auf sie gestoßen war. Das wäre ... nun ja, höchst beunruhigend gewesen. Er überlegte flüchtig, wie es wohl wäre, auf dem Rücken eines Pferdes zu reiten, und ob wohl auch er dann so erschreckend aussehen würde. Und als er sich ausmalte, wie es aussehen müßte, wenn er rittlings auf einem der gedrungenen, kräftigen Steppenpferde wie Winnie säße, mußte er laut lachen.

»Mir würde es ja wohl leichterfallen, das Pferd zu tragen, als das Pferd mich!« sagte er.

Jondalar kicherte. Es war nicht schwer, Taluts Gedanken zu folgen. Etliche von den anderen lächelten oder glucksten in sich hinein, und Jondalar begriff, daß sie alle an das gleiche gedacht haben mußten: wie das wohl sein müßte – auf einem Pferd zu sitzen und zu reiten. Verwunderlich war das nicht. Ihm selbst war es genauso ergangen, als er Ayla das erste Mal auf Winnies Rücken gesehen hatte.

Ayla hatte den Schrecken und das Erstaunen auf den Gesichtern der kleinen Horde gesehen, und hätte nicht Jondalar auf sie gewartet, sie wäre geradewegs in ihr Tal zurückgekehrt. Sie hatte in jüngeren Jahren genug Mißbilligung für Handlungen und Verhaltensweisen geerntet, die für andere nicht annehmbar gewesen waren. Und sie hatte in der Zeit ihres

Alleinlebens genug Freiheit genossen, als daß sie Lust hatte, sich irgendwelcher Kritik auszusetzen, nur weil sie ihren Neigungen folgte. Sie war bereit, Jondalar zu sagen, er könne diesen Leuten einen Besuch abstatten, wenn er wolle; sie kehre zurück.

Doch als sie zu der kleinen Gruppe von Menschen zurückritt, sah sie Talut immer noch über das Bild vor seinem geistigen Auge – er rittlings auf einem Pferd – in sich hineinlachen, und sie besann sich eines besseren. Lachen war etwas, das sie schätzte. Sie selbst hatte während ihrer Zeit beim Clan nicht lachen dürfen; Lachen hatte die Flachschädel mit Unbehagen erfüllt und verstört. Nur heimlich, mit Durc, hatte sie laut lachen können. Baby – und Winnie – waren es gewesen, die sie gelehrt hatten, das Lachen richtig zu genießen, und Jondalar war dann der erste Mensch gewesen, der sich gemeinsam mit ihr den Bauch gehalten hatte vor Lachen.

Jetzt sah sie den Mann unbekümmert mit Talut lachen. Er sah auf und lächelte, und der Zauber seiner lebendigen blauen Augen rührte in ihr etwas auf, erregte ein kribbelndes Glühen, und sie spürte, wie mächtig ihre Liebe zu ihm war. Sie konnte nicht zurück ins Tal, nicht ohne ihn. Allein die Vorstellung, ohne ihn zu leben, schnürte ihr den Hals zu, und das Brennen von zurückgehaltenen Tränen in ihren Augen war sehr schmerzlich.

Als sie auf die Gruppe zuritt, fiel ihr auf, daß Jondalar vielleicht nicht so groß war wie der rothaarige Mann, wohl aber mindestens genauso groß, wenn nicht größer, als die anderen drei. Nein, einer von ihnen war noch ein Junge, das sah sie. Und war das ein Mädchen, das sie bei sich hatten? Sie ertappte sich dabei, wie sie die Gruppe verstohlen beobachtete; es widerstrebte ihr, sie offen anzustarren.

Ihre Körperbewegungen signalisierten Winnie, stehenzubleiben; Ayla schwang das Bein über ihre Kruppe und ließ sich zu Boden gleiten. Beide Pferde schienen nervös, als Talut sich näherte, und so streichelte sie Winnie und schlang Renner einen Arm um den Hals. Sie selbst war genausosehr auf das beruhigende Gefühl angewiesen, sie in der Nähe zu wissen, wie umgekehrt die Pferde auch.

»Ayla von den Nicht-Leuten«, sagte er und war sich dabei nicht ganz sicher, ob das die richtige Art war, sie anzureden, obwohl das bei dieser Frau mit den unheimlichen Gaben durchaus sein konnte. »Jondalar sagt, du fürchtest, die Pferde könnten Schaden nehmen, wenn du uns besuchst. Ich erkläre hier, solange Talut Anführer des Löwen-Lagers ist, wird dieser Stute und ihrem Jungen nichts zustoßen. Ich würde es gern sehen, wenn du uns besuchtest und die Pferde mitbrächtest.« Wiederum mußte er kichern, und ein Lächeln breitete sich über seinem Gesicht aus. »Denn sonst glaubt uns niemand ein Wort.«

Ihr war jetzt weniger unbehaglich zumute, und außerdem wußte sie, daß Jondalar das Lager der Fremden gern aufsuchen würde. Sie hatte keinen triftigen Grund, es ihnen abzuschlagen, und das unbekümmerte, freundliche Lachen des riesigen rothaarigen Mannes war ausgesprochen einnehmend.

»Ja, ich komme«, sagte sie. Talut nickte lächelnd. Ihm wollte diese Frau mit der fesselnden Sprechweise und der ehrfurchtgebietenden Art und Weise, wie sie mit Pferden umging, nicht aus dem Sinn gehen. Wer war Ayla von den Nicht-Leuten?

Ayla und Jondalar hatten am schnellfließenden Fluß gelagert und an diesem Morgen, ehe sie auf die Horde vom Löwen-Lager gestoßen waren, beschlossen umzukehren. Der Wasserlauf war zu breit, um ihn mühelos zu überqueren, und es lohnte auch nicht die Mühe, wenn sie ohnehin kehrt machen und wieder zurückkehren wollten ins Tal der Pferde. Die Steppe östlich jenes Tals, in dem Ayla drei Jahre hindurch allein gelebt hatte, war zugänglicher gewesen, und die junge Frau hatte sich nicht oft die Mühe gemacht, weit nach Westen vorzustoßen; infolgedessen war dieses Gebiet ihr weitgehend unbekannt. Wenn sie sich auch zunächst nach Westen gewandt hatten – ein bestimmtes Ziel hatten sie nicht gehabt, und sie waren bald nordwärts gezogen und am Schluß wieder nach Osten abgebogen, dabei allerdings wesentlich weiter vorgestoßen, als Ayla auf ihren Jagdzügen jemals gekommen war.

Jondalar hatte Ayla bewogen, diese Erkundungsreise zu machen, um sie überhaupt an das Unterwegssein zu gewöhnen. Er wollte sie mitnehmen nach Hause, doch sein Zuhause lag weit, weit im Westen. Sie hatte gezögert, hatte Angst gehabt, ihr sicheres Tal zu verlassen und bei unbekannten Menschen an einem unbekannten Ort zu leben. Obwohl er begierig war, nach jahrelanger Abwesenheit nach Hause zurückzukehren, hatte er sich mit dem Gedanken abgefunden, den Winter noch mit ihr in dem Tal zu bleiben. Es würde eine sehr, sehr lange Reise zurück werden – sie konnte ohne weiteres ein ganzes Jahr dauern – und da war es schon ratsam, erst im späten Frühling aufzubrechen. Bis dahin war er bestimmt imstande, sie zum Mitkommen zu bewegen. Er weigerte sich innerlich einfach, eine andere Möglichkeit auch nur in Erwägung zu ziehen.

Ayla hatte ihn zu Beginn der warmen Jahreszeit, die jetzt ihre letzten Tage erlebte, schwer verwundet aufgefunden, und sie wußte um die Tragödie, die er erlebt hatte. Während sie ihn gesundpflegte, hatten sie sich ineinander verliebt; allerdings hatte es lange gedauert, ehe sie die Barrieren überwinden konnten, die ihr so grundverschiedener Hintergrund zwischen ihnen aufgerichtet hatte. Auch jetzt waren sie noch immer dabei, Lebensgewohnheiten und Gefühlslagen des anderen kennenzulernen.

Ayla und Jondalar brachen ihr Lager ab und verstauten Proviant und Ausrüstung – zum größten Erstaunen und wachsenden Interesse der anderen – nicht auf Traggestellen oder in Säcken, die sie selbst zu schleppen hätten, sondern beluden das Pferd damit. Wiewohl sie nicht selten zu zweit auf dem kräftigen Pferd geritten waren, meinte Ayla, Winnie und ihr Füllen wären weniger unruhig, wenn sie sie sähen. Die beiden gingen also hinter der kleinen Horde von Menschen her, und Jondalar führte Renner an einem langen Strick hinter sich her, der mit einem Kopfhalfter verbunden war, das er erfunden hatte. Winnie folgte Ayla ohne irgendwelche sichtbare Leitung.

Sie folgten dem Flußlauf über etliche Meilen durch ein breites Tal, das sich sanft von den Grassteppen ringsum herabsenkte. Brusthoch stehendes dürres Gras mit schweren reifen Saatähren wogte golden auf den nahegelegenen Hängen und reagierte damit auf die eisigen Böen, die von den riesigen Gletschern im Norden herunterfuhren. Auf den offenen Steppen wuchsen nur an Wasserläufen ein paar gebeugte, knorrige Birken und Fichten, deren Wurzeln nach der Feuchtigkeit suchten, die von dem austrocknenden Winde nicht aufgesogen war. In Flußnähe standen Schilf und Riedgras noch grün, obwohl ein eisiger Wind durch die kahlen Äste von Laubbäumen pfiff.

Latie fiel hinter die anderen zurück und warf ab und zu einen scheuen Blick auf die Pferde und die Frau, bis sie hinter einer Flußbiegung etlicher Leute ansichtig wurde. Daraufhin rannte sie los, denn sie wollte die erste sein, die von der Ankunft der Besucher berichtete. Auf ihre Rufe hin drehten die Leute sich um und sperrten Mund und Nase auf.

Andere kamen aus etwas heraus, das für Ayla so aussah wie ein großes Loch im Flußufer, ein Höhleneingang besonderer Art, wie sie ihn noch nie zu Gesicht bekommen hatte. Er schien aus dem zum Fluß sich herabziehenden Hang herauszuwachsen, wies aber nicht die zufälligen Umrisse eines Felsens oder eines Erdhaufens auf. Auf dem Sodendach wuchs zwar Gras, doch der Eingang war zu regel- und ebenmäßig und wirkte merkwürdig unnatürlich: Er war nämlich vollkommen symmetrisch.

Und plötzlich begriff sie: Das hier war keine Höhle, und die Leute hier waren nicht vom Clan! Sie sahen nicht so aus wie Iza, die einzige Mutter, an die sie sich erinnern konnte, oder wie Creb oder Brun, untersetzt und muskelbepackt mit großen Augen unter dicken Brauenwülsten, fliehender Stirn und wenig ausgeprägtem Unterkiefer. Diese Menschen sahen aus wie sie. Sie waren wie diejenigen, denen sie geboren worden war. Ihre Mutter – ihre richtige Mutter – mußte ausgesehen haben wie eine dieser Frauen. Das hier waren die Anderen! Dies zu erkennen und im höchsten Maße erregt zu sein war eines.

Schweigen grüßte die Fremden – und ihre womöglich noch fremdartiger wirkenden Pferde –, als sie in der festen Winterunterkunft des Löwen-Lagers eintrafen. Und dann schienen plötzlich alle auf einmal zu reden.

»Talut! Wen hast du diesmal mitgebracht?« – »Woher hast du diese Pferde!« – »Was hast du mit ihnen gemacht?«

Jemand wandte sich an Ayla: »Wie machst du das, daß sie nicht weglaufen?« – »Aus welchem Lager kommen sie, Talut?«

Die lärmenden und geselligen Menschen umdrängten sie, platzten vor Neugier, Menschen wie Pferde anzufassen. Ayla war überwältigt und völlig durcheinander. So viele Leute war sie nicht gewohnt. Und sie war es nicht gewohnt, daß Leute redeten, vor allem nicht alle durcheinander! Winnie trat von einem Fuß auf den anderen, zuckte mit den Ohren, hielt den Kopf hoch und hatte den Hals durchgebogen; sie versuchte, ihr verängstigtes Füllen zu beschützen, und war drauf und dran, vor den auf sie eindringenden Menschen davonzulaufen.

Jondalar erkannte Aylas Verwirrung und die Nervosität der Pferde, brachte es jedoch nicht fertig, es Talut und den anderen begreiflich zu machen. Die Stute schwitzte, fegte mit dem Schweif hin und her und tänzelte im Kreis. Plötzlich ertrug sie es nicht mehr. Sie stieg, wieherte angstvoll, keilte dann mit den Hufen aus und trieb die Leute zurück.

Winnies Verzweiflung erforderte Aylas ganze Aufmerksamkeit. Sie rief sie beim Namen, der klang wie ein begütigendes leises Gewieher, und beschwichtigte sie mit Gesten, die sie gebraucht hatte, um mit ihr zu reden, ehe Jondalar ihr richtiges Sprechen beigebracht hatte.

»Talut! Keiner darf die Pferde anfassen, es sei denn, Ayla erlaubt das! Nur sie kann mit ihnen fertig werden, und nur auf sie hören sie! Die Stute ist zwar sanft, aber wenn sie gereizt wird oder das Gefühl hat, ihr Fohlen wird bedroht, kann sie gefährlich werden. Es könnte jemand verletzt werden«, warnte Jondalar.

»Tretet zurück! Ihr habt gehört, was er gesagt hat«, rief Talut mit weithin dröhnender Stimme, die alle anderen zum Schweigen brachte. Nachdem Menschen und Pferde sich ein wenig beruhigt hatten, fuhr Talut in normaler Lautstärke fort: »Die Frau hier ist Ayla. Ich habe ihr als Anführer des Löwen-Lagers versprochen, wenn sie uns besuchen käme, würde ihren Pferden nichts geschehen. Und das hier ist Jondalar von den Zelandonii, ein Verwandter, der Bruder von Tholies Schwipp-Mann.« Und zum Schluß sagte er dann noch mit einem selbstgefälligen Grinsen im Gesicht: »Talut hat Gäste mitgebracht – ganz besondere Gäste!«

Zustimmend nickten die Umstehenden. Unverhohlen neugierig starrten sie die Fremden an, hielten sich jedoch so weit fern, daß das Pferd mit seinen Hufen sie nicht erreichen konnte. Selbst wenn die Fremden in diesem Augenblick wieder verschwunden wären, die Menschen vom Löwen-Lager hätten Gesprächsstoff genug gehabt für die nächsten Jahre. Daß zwei Fremde in der Gegend seien und bei den Fluß-Leuten im Südwesten lebten, darüber war auf den Sommer-Treffen genug geredet worden. Die Mamutoi trieben Tauschhandel mit den Sharamudoi, und da Tholie, eine Verwandte, einen von den Fluß-Leuten zum Mann genommen hatte, war man im Löwen-Lager noch interessierter als sonst. Nie jedoch wären sie auf den Gedanken gekommen, daß einer von den fremden Männern ihr Lager betreten könnte, und vor allem nicht mit einer Frau, die eine magische Kraft über Pferde ausübte.

»Ist alles in Ordnung?« fragte Jondalar Ayla.

»Sie haben Winnie Angst gemacht – und Renner auch. Sprechen Menschen immer so durcheinander? Und Frauen und Männer zur gleichen Zeit? Das ist so verwirrend, und sie sind so laut, wie soll man da wissen, wer was sagt? Vielleicht hätten wir doch besser daran getan, ins Tal zurückzukehren.« Sie hatte der Stute den Arm um den Hals gelegt und schmiegte sich an sie; dadurch tröstete sie und empfing Trost zugleich.

Jondalar wußte, daß Ayla fast so durcheinander war wie die Pferde. Der Lärm und die vielen Menschen, das war ein Schock für sie gewesen. Vielleicht sollten sie nicht zu lange bleiben. Vielleicht wäre es besser gewesen, erst einmal mit zwei oder drei Menschen anzufangen, bis sie sich wieder an Leute ihrer Art gewöhnt hatte; gleichzeitig fragte er sich, was er machen sollte, wenn sie das nicht schaffte. Nun, sie waren jetzt einmal hier. Es galt abzuwarten.

»Manchmal sind die Menschen laut und reden alle auf einmal, doch meistens redet immer nur einer zur Zeit. Ich nehme übrigens an, daß sie sich den Pferden gegenüber jetzt vorsehen werden, Ayla«, sagte er, als sie anfing, die Tragkörbe herunterzunehmen, die mit einem von ihm aus Lederriemen gefertigten Geschirr zu beiden Seiten des Pferdes festgeschnallt waren.

Während sie damit beschäftigt war, nahm Jondalar Talut beiseite und erklärte ihm mit gedämpfter Stimme, die Pferde und Ayla seien ein wenig nervös und brauchten einige Zeit, um sich an alle zu gewöhnen. »Es wäre besser, man könnte sie eine Weile in Ruhe lassen.«

Talut verstand, trat unter die Leute seines Lagers und redete auf jeden Einzelnen ein. Sie verstreuten sich und wandten sich anderen Dingen zu: der Nahrungszubereitung, der Herstellung von Fellen und Werkzeugen, Verrichtungen, bei denen sie beobachten konnten, ohne daß es besonders aufgefallen wäre. Auch sie waren unruhig. Fremde waren interessant, aber eine Frau mit einer so mächtigen Zauberkraft war gewiß auch imstande, etwas völlig Unerwartetes zu tun.

Nur ein paar Kinder blieben und sahen mit großen Augen zu, als der Mann und die Frau auspackten; doch gegen sie hatte Alya nichts einzuwenden. Sie hatte seit Jahren keine Kinder mehr gesehen – seit sie den Clan verlassen hatte nicht mehr, und sie war genauso neugierig auf die Kinder, wie die Kinder auf sie. Sie nahm Renner das Halfter ab und klopfte und streichelte erst Winnie und dann Renner. Nachdem sie das Fohlen tüchtig gekrault und liebevoll umarmt hatte, hob sie den Blick und sah, wie Latie das junge Tier mit sehnsüchtigen Augen anstarrte.

»Du möchtest Pferd anfassen?« fragte Ayla. »Kann ich denn?«

»Komm. Gib Hand ... Ich zeigen.« Sie nahm Laties Hand und hielt diese an das zottelige Winterfell des halbwüchsigen Pferdes. Renner wandte den Kopf, schnaubte leise und beschnüffelte das kleine Mädchen.

Das dankbare Lächeln, das plötzlich Laties Gesicht überzog, war ein Geschenk. »Es mag mich.«

»Es mag auch gekrault werden. So«, sagte Ayla und zeigte dem Kind die Stellen, wo es das Füllen besonders juckte.

Renner war begeistert über die Aufmerksamkeit, die ihm zuteil wurde, und zeigte das. Latie wiederum war außer sich vor Freude. Das Fohlen hatte sie vom ersten Augenblick an angezogen. Ayla wandte den beiden den Rücken zu, um Jondalar zu helfen, und merkte nicht, daß noch ein Kind näher kam. Als sie sich wieder umdrehte, stockte ihr der Atem, und sie spürte, wie ihr alles Blut aus dem Gesicht wich.

»Darf auch Rydag das Pferd anfassen?« fragte Latie. »Er kann nicht sprechen, aber ich weiß, er möchte es gern.« Alle Leute reagierten überrascht auf Rydag. Das war Latie gewohnt.

»Jondalar!« Heiser und mit unterdrückter Stimme rief Ayla nach ihm. »Das Kind – es könnte mein Sohn sein. Es sieht aus wie Durc!«

Er drehte sich um und war wie vor den Kopf geschlagen. Vor ihm stand ein Kind von gemischten Geistern.

Für die meisten Menschen waren Flachköpfe – von denen Ayla immer als »Clan« sprach – Tiere, und Kinder wie dieses hielten viele für ein »Scheusal«, für Wesen, die halb Tier, halb Mensch waren. Er war tief betroffen gewesen, als er erfahren hatte, daß Ayla einen Sohn von gemischten Geistern zur Welt gebracht hatte. Für gewöhnlich war die Mutter eines solchen Kindes eine Ausgestoßene, jemand, der aus Angst, er könnte den bösen Tiergeist noch einmal anziehen und auch andere Frauen dazu bringen, so ein »Scheusal« zur Welt zu bringen, aus der Gemeinschaft der anderen vertrieben wurde. Manche wollten nicht einmal zugeben, daß es sie überhaupt gab; jetzt einem solchen Wesen zu begegnen und zu erkennen, daß es unter diesen Menschen lebte – das kam wirklich überraschend. Es war ein Schock. Woher mochte der Junge kommen?

Ayla und das Kind starrten einander an und vergaßen alles um sich herum. Er ist dünn für jemand, der halb Clan ist, dachte Ayla. Für gewöhnlich sind sie grobknochig und muskelbepackt. Selbst Durc war nicht so dünn wie dieser. Er kränkelt, das erkannte das erfahrene Auge der Medizinfrau sofort. Irgendein Problem mit jenem kräftigen Muskel in der Brust, der unablässig klopfte und pochte und das Blut im Körper bewegte, nahm sie an. Doch diese Tatsachen legte sie im Hinterkopf ab, ohne weiter darüber nachzudenken; sie nahm sein Gesicht näher in Augenschein, dann den ganzen Kopf, suchte nach Ähnlichkeiten und Unterschieden zwischen diesem Kind und ihrem Sohn.

Er hatte die gleichen großen braunen und klug blickenden Augen wie Durc – ja, den gleichen Ausdruck uralter Weisheit, der weit über seine Jahre hinausging; es versetzte ihr einen Stich, sie hatte plötzlich einen Kloß im Hals, und Sehnsucht stieg in ihr auf; aber das Gesicht dieses Jungen verriet auch Schmerzen und Leiden keineswegs körperlicher Art, wie Durc sie nie kennengelernt hatte. Mitleid erfüllte sie. Die Brauen dieses Kindes waren nicht so wulstig wie die Durcs. Als er noch kaum drei Jahre gewesen war – und so alt war er gewesen, als sie ihn hatte verlassen müssen –, waren die Wülste über Durcs Augen schon kräftig entwickelt gewesen. Seine Augen und die vorstehenden Brauenwülste darüber waren ganz Clan gewesen, die Stirn hingegen so wie bei diesem Kind. Beide wiesen sie keine flach-fliehende Stirn auf wie die Leute vom Clan, sondern eine hohe und gewölbte, genauso eine, wie sie sie hatte.

Ihre Gedanken gingen auf die Wanderschaft. Durc mußte jetzt sechs Jahre alt sein, rief sie sich ins Gedächtnis, alt genug, um die Männer zu begleiten, wenn diese mit ihren Jagdwaffen übten. Aber Brun wird ihm die Jagd beibringen, nicht Broud. Heißer Zorn stieg in ihr auf bei dem Gedanken an Broud. Niemals würde sie vergessen, wie der Sohn von Bruns Gefährtin seinen Haß auf sie genährt hatte, bis er ihr aus lauter Gehässigkeit das Kind weggenommen und sie aus dem Clan ausgestoßen hatte. Wie ein Dolch fuhr ihr der Schmerz der Erinnerung in die Eingeweide, und sie schloß die Augen. Sie wollte nicht glauben, daß sie ihren Sohn nie wiedersehen würde.

Als sie die Augen wieder aufmachte, war es Rydag, der vor ihr stand, und sie holte tief Atem.

Ich möchte mal wissen, wie alt dieser Junge ist. Er ist klein, aber er muß fast so alt sein wie Durc, dachte sie und verglich die beiden miteinander. Rydags Haut war hell und sein Haar dunkel und gelockt, allerdings heller und weicher als das zottige dunkelbraune Haar der meisten Leute vom Clan. Der größte Unterschied zwischen diesem Kind und ihrem Sohn, so bemerkte Ayla, betraf das Kinn und den Hals. Ihr Sohn hatte einen langen

Hals wie sie – manchmal hatte er an seinem Essen gewürgt, was die anderen nie taten – und ein fliehendes, gleichwohl jedoch unübersehbar vorhandenes Kinn. Dieser Junge hatte den kurzen Hals des Clans und den kinnlosen Kiefer. Dann erinnerte sie sich. Latie hatte gesagt, er könne nicht sprechen.

Plötzlich verstand sie und wußte, wie das Leben dieses Kindes aussehen mußte. Ein fünfjähriges Mädchen zu sein, das seine Familie bei einem Erdbeben verloren hatte und von einem Clan von Leuten gefunden worden war, die zu voll artikulierter Rede nicht fähig waren, ein Mädchen, das nun die Zeichensprache erlernen mußte, mit der sie sich verständigten, das war eines. Etwas ganz anderes jedoch war es, mit Menschen zusammenzuleben, die sprechen konnten, ohne selbst dazu imstande zu sein. Lebhaft erinnerte sie sich an ihre Verzweiflung, weil sie außerstande gewesen war, sich mit den Leuten vom Clan zu verständigen, die sie aufgenommen hatten, ja, schlimmer noch, wie unendlich schwierig es gewesen war, sich Jondalar verständlich zu machen, ehe sie von ihm wieder Sprechen gelernt hatte.

Sie machte dem Jungen ein Zeichen, eine einfache Geste der Begrüßung, eine der ersten, die sie vor so langer Zeit selber gelernt hatte. Momentan blitzte es in seinen Augen auf, doch dann schüttelte er den Kopf und machte ein verwirrtes Gesicht. Sie begriff, daß er das Sprechen durch Gesten, wie es beim Clan üblich war, nie gelernt hatte. Gleichwohl mußte er Spuren der Clan-Erinnerung in sich tragen. Einen Moment hatte er das Signal erkannt, dessen war sie ganz sicher.

»Darf Rydag das kleine Pferd anfassen?« fragte Latie noch einmal.

»Ja«, sagte Ayla und nahm seine Hand. Wie dünn er ist, wie zerbrechlich, dachte sie – und begriff den Rest. Er konnte nicht laufen wie die anderen Kinder. Er konnte nicht ihre normalen ruppigen Spiele mit ihnen spielen und nicht mit ihnen herumtollen. Er konnte immer nur zusehen – und sich sehnen.

Mit einem zärtlichen Ausdruck, wie Jondalar ihn noch nie auf ihrem Gesicht gesehen hatte, hob Ayla den Jungen in die Höhe und setzte ihn Winnie auf den Rücken. Dann winkte sie dem Pferd, ihr zu folgen, und ging langsam und gemessen durch das Lager. Die allgemeine Unterhaltung verstummte, denn alle starrten sie Rydag an, wie er rittlings auf dem Pferd saß. Zwar hatten sie untereinander darüber gesprochen, doch bis auf Talut und die Leute, die unten am Fluß auf sie gestoßen waren, hatte noch keiner von ihnen jemand reiten sehen. Ja, niemand hatte an so etwas je gedacht.

Eine große mütterliche Frau kam aus dem Ende des seltsamen Baus zum Vorschein, und als sie Rydag auf dem Rücken des Pferdes sitzen sah, das vor noch gar nicht langer Zeit gefährlich nahe an ihrem Kopf ausgekeilt hatte, war ihr erster Impuls, hinzulaufen und ihm zu Hilfe zu eilen. Doch als sie näher kam, wurde sie sich der lautlosen Dramatik des Geschehens bewußt.

Fassungslosigkeit und helles Entzücken malten sich auf dem Kindergesicht. Wie viele Male hatte er sehnsüchtigen Auges, aber durch seine Schwäche oder sein Anderssein am Mitmachen gehindert, zugesehen, wie die anderen Kinder spielten? Wie oft mochte er sich gewünscht haben, etwas zu tun, wofür man ihn bewunderte oder worum man ihn beneidete? Jetzt, da er auf einem Pferd saß, waren es zum erstenmal die anderen, die Kinder des Lagers und die Erwachsenen, die *ihn* mit sehnsüchtigen Augen ansahen.

Die Frau aus dem Bau sah das und wurde nachdenklich. Hatte diese Fremde den Jungen wirklich so schnell verstanden? Ihn so ohne weiteres akzeptiert? Sie sah, wie Ayla Rydag ansah, und wußte, daß dem so war. »Du hast Rydag sehr glücklich gemacht«, sagte die Frau und streckte dem Jungen, den Ayla vom Pferd herunterhob, die Arme entgegen.

»Ist wenig«, sagte Ayla.

Die Frau nickte. »Ich heiße Nezzie«, sagte sie.

»Ich heiße Ayla.«

Die beiden Frauen musterten einander eingehend, nicht feindselig, sondern in dem Bemühen, den Boden für eine künftige Beziehung zu erkunden.

Fragen nach Rydag, die sie gern gestellt hätte, schossen Ayla durch den Kopf, doch zögerte sie, sie zu stellen. Sie war sich nicht sicher, ob es auch zulässig sei, sie zu stellen. Ob Nezzie die Mutter des Jungen war? Und wenn ja, wieso hatte sie ein Kind gemischter Geister geboren? Wieder einmal zerbrach Ayla sich den Kopf über die Frage, die sie seit Durcs Geburt nicht losgelassen hatte. Wie entstand Leben? Eine Mutter wußte nur, daß es da war, wenn ihr Körper sich in dem Maße veränderte, wie das Baby wuchs. Wie aber kam es in eine Frau hinein?

Creb und Iza hatten geglaubt, es entstehe immer dann neues Leben, wenn Frauen den Totem-Geist von Männern schluckten. Jondalar meinte, die Große Erdmutter vermische die Geister von Mann und Frau und befördere sie in das Innere einer Frau, so daß diese schwanger werde. Aber Ayla hatte sich eine eigene Meinung gebildet. Als sie bemerkte, daß ihr Sohn einige ihrer Merkmale aufwies und einige Clan-Merkmale, war ihr aufgegangen, daß erst Leben in ihr zu wachsen begonnen hatte, nachdem Broud gewaltsam in sie eingedrungen war.

Bei der Erinnerung daran überlief sie ein Schauder. Doch da das ganze so schmerzhaft war, konnte sie es nicht vergessen, und so glaubte sie nachgerade, es habe etwas damit zu tun, daß ein Mann sein Glied dort hineinstecke, wo die Kinder hinterher herauskämen. Jondalar fand, das sei schon eine merkwürdige Vorstellung, nachdem sie ihm das erzählt hatte; und er versuchte, sie zu überzeugen, daß es die Mutter sei, die Leben schaffe. Sie glaubte ihm nicht so recht, und jetzt hob das Fragen in ihr wieder an. Ayla war beim Clan aufgewachsen und hatte zum Clan gehört, obwohl sie anders aussah als die Leute vom Clan. Wenngleich sie es gehaßt hatte, wenn er es tat – schließlich hatte Broud nur sein Recht ausgeübt. Doch wie hätte einer vom Clan eine Frau wie Nezzie zwingen können?

Es gab Aufregung im Lager, denn eine andere kleine Jagdgruppe traf ein, und Ayla wurde aus ihren Gedanken gerissen. Im Näherkommen schob einer der Männer die Kapuze herunter, und Ayla und Jondalar waren wie vor den Kopf geschlagen. Der Mann war braun! Seine Hautfarbe war ein lebhaftes, tiefes Braun, ähnlich dem Fell von Renner.

Sein schwarzes, kleinlockiges Haar bildete eine Art eng anliegender wolliger Kappe, ähnlich dem Fell eines schwarzen Mufflons. Auch seine Augen waren schwarz, und wenn er lachte, funkelten sie vor Freude, und er ließ blendend weiße Zähne sehen sowie eine im Gegensatz zu seiner dunklen Haut auffällig rosige Zunge. Er wußte, wie erregt Fremde waren, wenn sie ihn das erstemal sahen, doch er genoß das.

Ansonsten war er ein Mann wie jeder andere, von mittlerer Größe, kaum mehr als drei Fingerbreit größer als Ayla und von durchschnittlicher Statur. Gleichwohl riefen eine geballte Lebendigkeit in ihm, eine gewisse Sparsamkeit in seinen Bewegungen sowie eine lässige Selbstsicherheit den Eindruck von jemand hervor, der wußte, was er wollte, und keine Zeit verlor, sich daran zu machen, es zu erreichen. Als er Ayla erblickte, leuchtete es in seinen Augen auf.

Jondalar erkannte in diesem Aufleuchten ein Zeichen des Sich-angezogen-Fühlens. Er legte die Stirn in Falten, was jedoch weder die blonde Frau noch der braunhäutige Mann bemerkten. Sie war wie gebannt von der ungewohnten Hautfarbe des Mannes und starrte ihn mit der Fassungslosigkeit und Arglosigkeit eines Kindes an, und er wurde von der Unschuld ihrer Reaktion nicht minder angezogen als von ihrer Schönheit.

Plötzlich ging Ayla auf, daß sie ihn angestarrt hatte. Sie lief tiefrot an und senkte den Blick. Von Jondalar wußte sie, daß nichts dagegen einzuwenden sei, wenn Männer und Frauen einander offen ansahen, doch unter den Leuten vom Clan hatte das nicht nur als unhöflich gegolten, sondern geradezu als kränkend, insbesondere dann, wenn eine Frau einen Mann anstarrte. Ihre Erziehung war es, die Sitten und Gebräuche des Clans, die Creb und Iza ihr noch besonders eingebleut hatten, damit sie von den anderen leichter akzeptiert wurde, was sie jetzt so in Verlegenheit stürzte.

Doch peinliches Berührtsein bestärkte den dunkelhäutigen Mann nur in seinem Interesse. Er war es gewohnt, Gegenstand ungewöhnlicher Aufmerksamkeit von weiblicher Seite zu sein. Die ursprüngliche Überraschung über sein Äußeres schien in den Frauen die Neugier darauf zu wecken, was für Unterschiede er sonst noch aufzuweisen hatte. Manchmal hatte er sich schon gefragt, ob denn tatsächlich jede einzelne Frau bei den Sommer-Treffen selbst herausfinden müsse, daß er wirklich ein Mann wie jeder andere war. Nicht, daß er etwas dagegen hätte, aber Aylas Reaktion war für ihn genauso anziehend wie seine Hautfarbe für sie. Er war es nicht gewohnt, daß eine auffallend schöne Frau errötete wie ein kleines Mädchen.

»Ranec, kennst du unsere Besucher schon?« ließ Talut sich vernehmen und kam auf sie zu.

»Noch nicht, aber ich würde mich freuen, wenn du mich vorstelltest.«

Als sie seine Stimme vernahm, hob Ayla die Augen und blickte in schwarze Augen, die voll waren von Verlangen – und feinem Humor. Der Blick drang in sie ein und rührte etwas an, was zuvor nur Jondalar angerührt hatte. Ihr Körper reagierte mit einem unerwarteten Kribbeln, das sie kaum vernehmlich nach Luft schnappen und die graublauen Augen weit aufreißen ließ. Der Mann lehnte sich vor und schickte sich an, ihre Hände zu ergreifen, doch ehe es zu der üblichen Vorstellung kam, trat der großgewachsene Fremde zwischen sie und streckte mit finsterem Gesicht seine beiden Hände vor.

»Ich bin Jondalar von den Zelandonii«, sagte er. »Und die Frau, mit der ich reise, ist Ayla.«

Irgend etwas ärgerte Jondalar, da war Ayla sich ganz sicher, und dieses Etwas hatte mit dem dunkelhäutigen Mann zu tun. Sie war es gewohnt, aus Körperhaltung und Gebärden einen Sinn herauszulesen; deshalb beobachtete sie Jondalar jetzt eingehend und forschte nach irgendwelchen Anhaltspunkten, die ihr Aufschluß gäben und wonach sie ihr eigenes Verhalten einrichten konnte. Aber die Körpersprache von Menschen, die sich mittels Worten verständigten, war weit weniger zielgerichtet als die der Leute von Clan, die sich der Gesten bedienten, um sich miteinander zu verständigen, so daß Ayla ihrer Wahrnehmung zunächst nicht recht traute. Diese Menschen zu durchschauen war leichter und schwieriger zugleich – man brauchte sich bloß Jondalars von einem Augenblick auf den anderen völlig veränderte Haltung anzusehen. Sie wußte, daß er wütend war, doch warum, das wußte sie nicht.

Der Mann ergriff Jondalars Hände und schüttelte sie kräftig. »Ich bin Ranec, mein Freund, der beste, allerdings auch nur der einzige Bildschnitzer des Löwen-Lagers der Mamutoi«, sagte er mit einem Lächeln, das besagte, daß er sich selbst nicht ganz ernst nahm. Und dann setzte er noch hinzu: »Wenn du mit einer so schönen Gefährtin unterwegs bist, darfst du dich nicht wundern, daß sie Aufmerksamkeit erregt.«

Jetzt war es an Jondalar, verlegen zu sein. Angesichts von Ranecs Freundlichkeit und argloser Offenheit mußte er sich wie ein großer Tolpatsch vorkommen; außerdem versetzte es ihm einen Stich, und er mußte an seinen Bruder denken. Thonolan war genauso freundlich und selbstsicher gewesen wie Ranec; er war es gewesen, der immer den ersten Schritt gemacht hatte, wenn sie auf ihren Reisen Menschen begegnet waren. Es ärgerte Jondalar, wenn er etwas Törichtes tat – was er immer wieder getan hatte –, und er hatte etwas dagegen, eine Beziehung zu neuen Menschen falsch zu beginnen. In diesem bestimmten Falle hatte er schlechtes Benehmen bewiesen – falls man es dabei bewenden ließ.

Doch sein aufflammender Zorn hatte ihn überrascht, und er war nicht darauf vorbereitet gewesen. Der heiße Stich der Eifersucht war etwas Neues für ihn, zumindest etwas, das er so lange schon nicht mehr gefühlt hatte, daß er sich überrumpelt vorkam. Er hätte das auch weit von sich gewiesen, doch war er es nun einmal gewohnt, daß Frauen seinetwegen eifersüchtig waren und nicht *er* auf irgendwelche Männer.

Warum sollte es ihm etwas ausmachen, wenn ein Mann ein Auge auf Ayla warf? dachte Jondalar. Ranec hatte recht: Wo sie doch so schön war, mußte er auf so etwas gefaßt sein. Und sie hatte das Recht, selbst ihre Wahl zu treffen. Nur weil er der erste Mann ihrer Art war, dem sie begegnet war, bedeutete das doch nicht, daß er der einzige blieb, den sie jemals attraktiv fand. Ayla sah ihn Ranec anlächeln, bemerkte jedoch, daß seine Schultern weiterhin verspannt waren.

»Ranec nimmt sein Können immer auf die leichte Schulter, läßt es sich jedoch auch nicht nehmen, alles andere, was er kann, herauszustellen«, sagte Talut, als er sie zu der ungewöhnlichen Höhle führte, die geradewegs aus dem Ufer herauszuwachsen schien. »Er und Wymez sind sich darin gleich. So was findet man nicht oft. Wymez will nur ungern zugeben, daß er als Werkzeugmacher sehr viel kann – genausowenig, wie der Sohn seines Herdfeuers viel von seiner Schnitzerei hermacht. Ranec ist der beste Bildschnitzer der Mamutoi.«

»Ihr habt einen ausgebildeten Werkzeugmacher? Einen Feuersteinschläger?« fragte Jondalar erwartungsfreudig, und der heiße Stich der Eifersucht schwand bei dem Gedanken, jemand kennenzulernen, der wirklich etwas von dem gemeinsamen Handwerk verstand.

»Ja, auch er ist der beste. Das Löwen-Lager ist weithin bekannt. Wir haben den besten Bildschnitzer, den besten Werkzeugmacher und den erfahrensten Mamut«, erklärte der Anführer.

»Und einen Anführer, so groß, daß er jeden dazu bringt, sich seiner Meinung anzuschließen, ob er es nun will oder nicht«, sagte Ranec und verzog das Gesicht zu einem schiefen Grinsen.

Talut erwiderte das Grinsen; er war es gewohnt, daß Ranec Lob mit einer witzigen Bemerkung beiseite fegte. Das jedoch hielt Talut nicht davon ab, auch weiterhin großzutun. Er war stolz auf sein Lager und zögerte nicht, das aller Welt klarzumachen.

Ayla verfolgte, auf wie feine Art und Weise die beiden Männer aufeinander reagierten – der Ältere von beiden ein massiger Riese mit flammend rotem Haar und hellblauen Augen, der andere dunkel und gedrungen –, und verstand das tiefe Band von Zuneigung und Treue, das zwischen ihnen war, obwohl sie so verschieden waren, wie zwei Männer nur sein konnten. Sie waren beide Mammutjäger, beide Angehörige des Löwen-Lagers der Mamutoi.

Sie gingen auf den bogenförmigen Eingang zu, der Ayla gleich zu Beginn aufgefallen war. Er schien in einen kleinen Hügel, möglicherweise auch in eine ganze Reihe von Hügeln hineinzuführen, die sich an den Hang schmiegten, der von dem mächtigen Strom in die Höhe führte. Ayla hatte Menschen ein und aus gehen sehen. Sie wußte, daß es eine Höhle oder Behausung sein mußte, allerdings eine, die vollkommen aus Erde zu bestehen schien; fest zusammengestampfter Erde, auf der hie und da freilich Gras wuchs, insbesondere unten am Rand und weiter oben an den Seiten. Sie verschmolz so vortrefflich mit dem Hintergrund, daß es – wäre nicht der Eingang gewesen – schwer gefallen wäre, die Behausung von ihrer Umgebung zu unterscheiden.

Bei genauerem Hinsehen erkannte sie, daß die stumpf-gerundete Spitze des Hügels den Ablageplatz für etliche merkwürdige Geräte und Gegenstände bildete. Dann erblickte sie etwas Besonderes unmittelbar über dem bogenförmigen Eingang – und hielt die Luft an.

Es war der Schädel eines Höhlenlöwen.

2

Ayla hatte in der sehr engen Spalte an einer steil aufragenden Felswand Schutz gesucht und entsetzt verfolgt, wie die riesige Tatze eines Höhlenlöwen hereingriff, um sie zu erreichen. Von Angst gepeitscht, schrie sie vor Schmerzen auf, als die Krallen ihren nackten Schenkel fanden und vier parallel nebeneinander verlaufende, lange, klaffende Wunden hineinrissen. Der Geist des Großen Höhlenlöwen selbst habe sie auserwählt und dafür gesorgt, daß sie gezeichnet wurde, um zu zeigen, daß er ihr Totem sei; das hatte Creb ihr nach einer Prüfung erklärt, die weit über das hinausging, was selbst ein Mann zu erdulden hatte; dabei war sie erst ein Mädchen von nur fünf Jahren gewesen. Das Gefühl, daß die Erde unter ihren Füßen bebte, erregte Übelkeitsgefühle in ihr.

Um die übermächtige Erinnerung zu vertreiben, schüttelte sie den Kopf.

»Was hast du, Ayla?« fragte Jondalar, der ihren Schrecken bemerkte.

»Ich habe den Schädel gesehen«, sagte sie und zeigte zu dem Schmuck über der Tür hinauf, »und mußte daran denken, wie es war, als ich erwählt wurde – als der Höhlenlöwe mein Totem wurde.«

»Wir sind das Löwen-Lager«, verkündete Talut voller Stolz, obwohl er das schon einmal gesagt hatte. Er verstand sie nicht, wenn sie in Jondalars Sprache miteinander redeten, doch sah er, welches Interesse der Talisman des Lagers bei ihnen weckte.

»Der Höhlenlöwe besitzt für Ayla eine ganz besondere Bedeutung«, erklärte Jondalar. »Sie sagt, der Geist der Großen Katze leite und behüte sie.«

»Dann müßte sie sich hier besonders wohl fühlen«, sagte Talut und lächelte sie strahlend an, denn das, was er da hörte, gefiel ihm.

Ayla bemerkte, daß Nezzie Rydag auf dem Arm trug, und mußte abermals an ihren Sohn denken. »Das glaube ich auch«, sagte sie.

Ehe sie sich anschickten hineinzugehen, blieb die junge Frau stehen und nahm den Eingangsbogen genauer in Augenschein. Als sie erkannte, wie die vollkommene Symmetrie erreicht wurde, mußte sie lächeln. Es war so einfach, doch wer hätte je daran gedacht? Zwei riesige Mammutstoßzähne, deren Spitzen einander in der Höhe berührten und von einer Manschette zusammengehalten wurden, die aus einem hohlen Abschnitt eines Mammutbeinknochens bestand, waren fest im Boden verankert worden.

Ein schwerer Vorhang aus Mammuthaut bedeckte den Eingang, der so hoch war, daß sogar Talut, der den Vorhang zur Seite hielt, eintreten konnte, ohne sich bücken zu müssen. Der Bogen führte in einen geräumigen Vorplatz, von dem aus genau gegenüber ein zweites Paar lederverhangener Mammutstoßzähne hinausführte. Sie traten hinunter in einen runden Vorraum, dessen dicke Wände sich bis zu einer flachkuppeligen Decke hinauf wölbten.

Beim Durchqueren des Vorraums fiel Ayla auf, daß die Wände, die ein Mosaik aus Mammutknochen zu sein schienen, mit Obergewändern bedeckt waren, die von Pflöcken herunterhingen; daneben gab es Bordbretter mit den verschiedensten Behältnissen und Geräten darauf. Talut riß den Ledervorhang des zweiten Durchgangs beiseite, trat hindurch und hielt ihn für die Gäste auf.

Noch einmal trat Ayla hinunter. Dann blieb sie stehen und starrte fassungslos um sich, überwältigt von dem verwirrenden Eindruck unbekannter Dinge und starker Gerüche. Vieles von dem, was sie sah, war ihr unbegreiflich, und so hielt sie sich an das, was ihr einleuchtend erschien.

Der Raum, in dem sie sich befanden, wies in der Mitte ein großes Herdfeuer auf. Aufgespießt auf einem langen Pfahl, briet ein mächtiger Brokken Fleisch darüber. Die Enden der Stange ruhten in einer Kerbe, die in dem aufrecht stehenden, in die Erde getriebenen Beinknochen eines Mammutkalbs angebracht war. Ein Ast von einem großen Hirschgeweih war zu einer Kurbel umgestaltet worden, mit deren Hilfe ein Junge den Spießbraten drehte. Bei dem Jungen handelte es sich um eines der Kinder, die zurückgeblieben waren, um ihr und Winnie zuzusehen. Ayla erkannte ihn und lächelte, woraufhin sich sein Gesicht zu einem Grinsen verzog.

Was sie überraschte, als sich ihre Augen an das dämmerige Licht im Inneren gewöhnten, war die Geräumigkeit der sauberen und behaglichen Erdhütte. Bei dem Herdfeuer handelte es sich nur um die erste einer ganzen Reihe von Feuerstellen, die sich in der Mitte des Langhauses eine hinter der anderen erstreckten. Das Langhaus selbst war an die achtzig Fuß lang und zwanzig Fuß breit.

Sieben Feuerstellen, zählte Ayla bei sich, indem sie unbemerkt die Finger an ihr Bein drückte und dabei lautlos die Zahlenwörter aufsagte, die Jondalar ihr beigebracht hatte.

Wie ihr jetzt aufging, war es hier drinnen warm. Die Feuer wärmten das

Innere des halb unterirdischen Raums nachhaltiger, als zwanzig Feuer die natürlichen Höhlen erwärmt hatten, die sie gewohnt gewesen war. Ja, es war hier so warm, daß etliche Leute, die sie weiter hinten bemerkte, sehr leicht gekleidet umhergingen.

Dort im Hintergrund war es jedoch nicht dunkler als hier am Eingang. Die Decke war ungefähr überall gleich hoch – zwölf Fuß etwa – und wies über jedem Herdfeuer einen Rauchabzug auf, der gleichzeitig auch Helligkeit hereinließ. Sparren aus Mammutknochen, an denen Kleidungsstükke, Gerätschaften und Nahrungsmittel hingen, gingen über die ganze Breite, doch der Mittelteil der Decke bestand aus vielen ineinander verschränkten Rentiergeweihen.

Plötzlich wurde sich Ayla des Duftes bewußt, der ihr das Wasser im Munde zusammenlaufen ließ. Das ist Mammutfleisch! dachte sie. Seit dem Verlassen der Clans-Höhle hatte sie kein schmackhaftes, zartes Mammutfleisch mehr gekostet. Es gab aber auch noch andere köstliche Essensgerüche, manche bekannt, andere nicht; alle zusammen jedoch erinnerten sie daran, daß sie hungrig war.

Als sie einen festgetretenen Weg hinuntergeführt wurden, der in der Mitte des Langhauses verlief, fielen ihr breite, mit Pelzen bedeckte Bänke auf, die von den Wänden vorsprangen. Auf manchen saßen Leute, gaben sich dem Nichtstun hin und plauderten miteinander. Gleichzeitig entdeckte sie an den Seitenwänden noch weitere von Mammutstoßzähnen gebildete Eingangsbogen und fragte sich, wohin die wohl führen mochten, zögerte jedoch, danach zu fragen.

Es ist wie eine Höhle, dachte sie, eine große, behagliche Höhle. Aber die gewölbten Stoßzähne und die mächtigen, als Pfosten, Stützpfeiler und Wände dienenden Mammutknochen machten ihr deutlich, daß es sich nicht um eine Höhle handelte, die zufällig jemand gefunden hatte. Es war eine, die sie gebaut hatten!

Der erste Herdfeuerbereich, auf dem die Mammutlende briet, war größer als die anderen – mit Ausnahme des vierten, zu dem Talut sie jetzt führte. Etliche kahle Schlafbänke an den Wänden, die offenbar nicht benutzt wurden, ließen erkennen, wie sie gebaut worden waren.

Beim Ausheben des Erdreichs hatte man auf beiden Seiten gerade unterhalb des Bodenrandes breite Erdbänke stehen lassen und diese an bestimmten Stellen mit Mammutknochen abgestützt. Oben auf den Erdbänken lagen weitere Mammutknochen; die Zwischenräume waren mit getrocknetem Gras ausgestopft, auf dem wiederum weiche Ledersäkke lagen, die ihrerseits mit Mammutwolle und anderem daunigen Material gefüllt waren. Kamen noch etliche Lagen Pelze darüber, wurden die Erdbänke zu warmen und kuscheligen Lagerstätten oder Betten.

Jondalar fragte sich, ob das Herdfeuer, zu dem sie geleitet wurden, frei sei. Es schien kahl, machte jedoch ungeachtet all des leeren Raums einen bewohnten Eindruck. Glut gloste auf der Feuerstelle, und auf manchen Bänken lagen Felle und Häute übereinander; von Gestellen hingen getrocknete Kräuter herunter.

»Besucher werden für gewöhnlich am Mammut-Herdfeuer untergebracht«, erklärte Talut, »das heißt, sofern Mamut nichts dagegen hat. Ich werde fragen.«

»Selbstverständlich können sie bleiben, Talut.«

Die Stimme kam von einer leeren Bank. Jondalar fuhr herum, und ihm fielen fast die Augen aus dem Kopf, als einer der Fellstapel sich bewegte. Dann leuchteten zwei Augen aus einem Gesicht, das hoch am rechten Wangenknochen Zickzack-Tätowierungen aufwies, die teilweise mit den Runzeln eines uralten Gesichts zusammenfielen. Was er für den weißen Winterpelz eines Tigers gehalten hatte, erwies sich als ein schlohweißer Bart. Zwei lange, spindeldürre, übereinandergeschlagene Schenkel lösten sich voneinander und wurden über den Rand der Schlafbank hinübergehoben und die dazugehörigen Füße auf den Boden gestellt.

»Mach nicht ein so erstauntes Gesicht, Mann von den Zelandonii. Die Frau wußte, daß ich hier war«, sagte der alte Mann mit kräftiger Stimme, der man das fortgeschrittene Alter kaum anmerkte.

»Hast du das wirklich gewußt, Ayla?« fragte Jondalar, doch sie schien ihn nicht zu hören. Ayla und der alte Mann konnten die Augen nicht voneinander lassen und starrten sich an, als könnten sie einander auf den Grund ihrer Seele sehen. Dann ging die junge Frau vor dem alten Mamut zu Boden, kreuzte die Beine und verneigte sich tief.

Jondalar war verwirrt und verlegen. Sie bediente sich der Gebärdensprache, die, wie sie ihm erzählt hatte, die Clan-Angehörigen benutzten, um sich zu verständigen. Was Ayla da einnahm, war die unterwürfige und ehrerbietige Haltung, die Clan-Frauen einnehmen mußten, wenn sie um Erlaubnis baten, sich ausdrücken zu dürfen. Er erinnerte sich, daß sie diese Haltung ihm gegenüber nur ein einziges Mal eingenommen hatte: bei dem Versuch, ihm etwas überaus Wichtiges zu erklären, etwas, das sie ihm anders nicht begreiflich machen konnten, da die Wörter, die er ihr beigebracht hatte, nicht ausreichten, ihm verständlich zu machen, was in ihr vorging. Er fragte sich, wieso man etwas mit einer Sprache, die sich keiner Worte, sondern Gesten und Gebärden bediente, klarer ausdrücken konnte als mit der ihm geläufigen Wörtersprache; gleichwohl hatte es ihn noch mehr verwundert, daß diese Leute sich überhaupt miteinander verständigten.

Trotzdem wünschte er, sie hätte das hier gelassen. Er errötete, als er sah, wie sie vor aller Augen die Flachkopf-Signale von sich gab, und er war versucht, hinzugehen und ihr zu sagen, sie solle aufstehen, ehe irgend jemand sie sah. Die Haltung, die sie einnahm, bereitete ihm ohnehin Unbehagen, als ob sie ihm mit einer Ehrfurcht und einer Huldigung begegnete, die nur Doni gebührte, der Großen Erdmutter. Er hatte gemeint, das sei etwas ausschließlich Persönliches zwischen ihnen, nichts, an dem man jemand anders teilnehmen lassen konnte. Sich ihm gegenüber so zu verhalten, wenn sie allein waren, das war etwas anderes; hier jedoch war ihm daran gelegen, daß sie einen guten Eindruck auf diese Leute machte. Er wollte, daß sie sie gern gewönnen. Er wollte nicht, daß sie erführen, woher sie stammte.

Der Mamut bedachte ihn mit einem durchdringenden Blick, dann wandte er sich wieder Ayla zu. Er betrachtete sie einen Moment, dann lehnte er sich vor und berührte sie zweimal an der Schulter.

Ayla sah auf und blickte in kluge, sanfte Augen, die sie aus einem von feinen Fältchen und vielen tiefen Runzeln durchzogenen Gesicht heraus anschauten. Die Tätowierung unterhalb des rechten Auges ließ flüchtig an eine dunkle Augenhöhle oder Augapfel denken, und einen Herzschlag lang dachte sie, es sei Creb. Doch der alte Mann vom Clan, der sie zusammen mit Iza großgezogen und sie geliebt hatte, war tot, genauso wie Iza. Wer aber mochte dieser Mann sein, der so starke Gefühle in ihr weckte? Warum saß sie zu seinen Füßen wie eine Clan-Frau? Und wieso hatte er die richtige Clan-Reaktion gewußt?

»Steh auf, meine Liebe. Wir unterhalten uns später«, sagte der Mamut. »Du brauchst Zeit, dich auszuruhen und zu essen. Das hier sind Betten – Lagerstätten zum Schlafen«, erklärte er und zeigte auf die Bänke, als sei er sich darüber im klaren, daß man es ihr erklären müsse. »Da drüben liegen noch weitere Felle und Bettzeug.«

Ayla erhob sich anmutig. Der alte Mann, dem nichts Wesentliches entging, erkannte jahrelange Übung in der Bewegung und fügte dies Bißchen an Information dem Wissen hinzu, das er schon jetzt über diese Frau besaß. Aufgrund ihrer kurzen Begegnung wußte er bereits mehr über Ayla und Jondalar als irgend jemand sonst im Lager. Aber er war darin auch im Vorteil. Er wußte auch mehr darüber, woher Ayla kam, als irgend jemand sonst im Lager.

Der Mammutbraten war zusammen mit verschiedenen Wurzeln, Gemüsen und Früchten auf einem gewaltigen Beckenknochen hinausgetragen worden, damit man das Mahl in der spätnachmittäglichen Wärme im Freien genießen könne. Das Mammutfleisch war genauso wohlschmekkend und zart, wie Ayla es in der Erinnerung hatte; Schwierigkeiten hatte sie jedoch für einen Moment, als das Essen begann. Sie kannte das Protokoll nicht. Bei gewissen Gelegenheiten, zumal bei besonderen Feiern, hatten die Frauen des Clans nicht zusammen mit den Männern, sondern abseits für sich gegessen. Für gewöhnlich hatte man jedoch in Familiengruppen zusammengehockt; doch selbst dann hatten die Männer sich immer zuerst bedient.

Ayla wußte weder, daß die Mamutoi Gäste dadurch ehrten, daß sie ihnen das erste und wohlschmeckendste Stück anboten, noch daß die Sitte es – als ehrerbietiges Zeichen der Mutter gegenüber – erheischte, daß die Frau den ersten Bissen bekam. Ayla hatte sich zurückgehalten, als das Essen hinausgetragen worden war, war hinter Jondalar hergegangen und hatte sich bemüht, die anderen unauffällig zu beobachten, die verwirrt von einem Fuß auf den anderen getreten waren und darauf gewartet hatten, daß sie den Anfang machte, während sie sich ihrerseits bemühte, sich hinter sie zu stellen.

Einige Lagerangehörige merkten, was hier vorging, und fingen an, sich darüber lustig zu machen. Ayla jedoch kam das in gar keiner Weise komisch vor. Sie war sich darüber im klaren, daß sie etwas falsch machte; aber sich an Jondalar zu halten half in diesem Falle nicht, denn auch er bemühte sich, sie zum Vortreten zu bewegen.

Da kam Mamut ihr zur Hilfe. Er nahm sie beim Arm und führte sie zu dem Beckenknochen mit dem in dicke Scheiben geschnittenen Mammutbraten. »Es wird von dir erwartet, daß du dir als erste nimmst«, sagte er.

»Aber ich bin eine Frau!« wehrte sie ab.

»Gerade deshalb erwartet man das von dir: daß du als erste zulangst. Auf diese Weise bringen wir der Mutter ein Opfer dar, und es ist besser, wenn eine Frau es an ihrer Stelle annimmt als ein Mann. Nimm dir das beste Stück, nicht um deinetwillen, sondern um Mut zu ehren«, erklärte der alte Mann.

Erst überrascht, dann von Dankbarkeit erfüllt, sah sie ihn an. Sie nahm sich einen Teller – ein leicht gewölbtes, von einem Stoßzahn abgespaltenes Stück Elfenbein, und wählte dann mit großem Ernst die beste Scheibe aus. Beifällig nickend, lächelte Jondalar ihr zu. Dann drängten sich die anderen um das Essen, um sich zu nehmen. Als sie fertig war, stellte Ayla den Teller auf den Boden vor sich, so wie sie es andere hatte tun sehen.

»Ich habe mich gefragt, ob du uns vorhin einen neuen Tanz gezeigt hast«, sagte eine Stimme dicht hinter ihr.

Als Ayla sich umdrehte, sah sie die dunklen Augen des Mannes mit der braunen Haut auf sich gerichtet. Sie verstand das Wort »Tanz« nicht, aber sein Gesicht war zu einem freundlichen Lächeln verzogen. Sie erwiderte das Lächeln.

»Hat dir jemals jemand gesagt, wie schön du bist, wenn du lachst?« sagte er.

»Schön? Ich?« Lachend und ungläubig schüttelte sie den Kopf.

Jondalar hatte einst fast dasselbe zu ihr gesagt, doch hielt Ayla sich nicht für schön. Längst bevor sie zur Frau erblüht war, war sie dünner und größer gewesen als die Menschen, unter denen sie aufgewachsen war. Mit ihrer gewölbten Stirn und dem komischen Knochen, der unter ihrem Mund vorsprang und von dem Jondalar sagte, es sei ihr Kinn, hatte sie so anders ausgesehen als die Clan-Angehörigen, daß sie sich selbst immer für groß und häßlich gehalten hatte.

Ranec ließ sie nicht aus den Augen und war sehr angetan von ihr. Die Art, wie sie lachte, hatte etwas kindlich Unbekümmertes, so als fände sie wirklich, daß er etwas Komisches gesagt habe. Diese Reaktion hatte er nicht erwartet. Ein schüchternes Lächeln vielleicht, oder auch ein wissend einladendes Lachen; doch in Aylas graublauen Augen lag überhaupt kein Arg, und es hatte nichts Schüchternes oder Verlegenes, wie sie den Kopf zurückwarf und sich das lange Haar aus der Stirn strich.

Vielmehr bewegte sie sich mit der natürlich-geschmeidigen Anmut eines Tieres, eines Pferdes vielleicht, oder eines Löwen. Sie hatte eine Ausstrahlung, ein gewisses Etwas, das er nicht definieren konnte, das jedoch gleichwohl alle Elemente rückhaltloser Offenheit und Aufrichtigkeit, aber auch etwas sehr Geheimnisvolles enthielt. Sie schien unschuldig wie ein kleines Kind, allem offen, und doch war sie jeder Fingerbreit eine Frau, eine große, hinreißende, makellos schöne Frau.

Neugierig und voller Interesse musterte er sie. Ihr Haar – lang und weich gewellt und von einem warmen Goldschimmer – war wie eine sanft im Wind wogende, herbstlich goldene Weide. Ihre großen Augen standen weit auseinander und wurden von Wimpern gesäumt, die einen Hauch dunkler waren als ihr Haar. Mit dem wissenden Feingefühl eines Bildschnitzers betrachtete er die feine, glatte Struktur ihres Gesichts, die muskulöse Anmut ihres Körpers, und als seine Augen ihre vollen Brüste und einladenden Hüften erreichten, nahmen sie einen Ausdruck an, der sie ganz durcheinanderbrachte.

Errötend wandte sie den Blick ab, obgleich Jondalar ihr versichert hatte, daß nichts dagegen einzuwenden sei – sie war sich nicht sicher, ob sie es wirklich gern hatte, wenn jemand sie so unverhohlen interessiert musterte. Sie kam sich so wehrlos dabei vor, so verletzlich. Als sie zu Jondalar hinüberblickte, wandte dieser ihr gerade den Rücken zu; doch die Haltung, die er einnahm, verriet ihr mehr als Worte. Er war wütend. Warum war er erbost? Hatte sie etwas getan, das seinen Zorn erregte?

»Talut! Ranec! Barzec! Seht, wer da kommt!« rief eine Stimme laut.

Alle drehten sich um. Eine Reihe von Leuten tauchte über dem Rand des Hanges auf. Nezzie und Talut schickten sich an, den Hügel hinaufzulaufen, als ein junger Mann losrannte und auf sie zulief. Sie trafen sich mittwegs und umarmten einander begeistert. Auch Ranec lief auf einen der Näherkommenden zu, und wenn die Begrüßung zwischen ihnen auch ein wenig zurückhaltender ausfiel, zeugte es doch von herzlicher Zuneigung, wie er einen älteren Mann in die Arme schloß.

Seltsam berührt beobachtete Ayla, wie alle anderen die Besucher in ihrem Eifer, die zurückkehrenden Freunde und Verwandten zu begrüßen, wobei sie alle durcheinander redeten, einfach stehenließen. Sie war Ayla von den Nicht-Leuten. Sie hatte kein Zuhause, wohin sie hätte zurückkehren können, keinen Clan, der sie warmherzig mit Umarmungen und Küssen willkommen geheißen hätte. Iza und Creb hatten sie geliebt, doch die waren tot; und sie wiederum, war für diejenigen tot, die sie liebte.

Uba, Izas Tochter, war ihr fast so etwas wie eine Schwester gewesen; sie waren durch Liebe miteinander verwandt gewesen, doch dem Blute nach nicht. Trotzdem würde Uba ihr Herz und ihren Geist vor ihr verschließen, wenn sie Ayla jetzt sähe; würde ihren Augen nicht trauen, sie einfach nicht sehen. Broud hatte Ayla mit dem Todesfluch belegt, und deshalb war sie jetzt tot.

Ob Durc sich ihrer überhaupt erinnern würde? Sie hatte ihn in Bruns Clan zurücklassen müssen. Auch wenn sie ihn heimlich hätte mitnehmen können, es wären nur sie beide gewesen. Wäre ihr etwas zugestoßen, er wäre mutterseelenallein gewesen. Es war das beste gewesen, ihn beim Clan zurückzulassen. Uba liebte ihn und würde sich um ihn kümmern. Alle liebten sie ihn – mit Ausnahme von Broud. Brun jedoch würde ihn beschützen und ihm beibringen, wie man jagte. Durc würde zu einem kräftigen und mutigen Mann heranwachsen und mit der Schleuder genauso gut umgehen wie sie, würde ein Schnelläufer werden und ...

Plötzlich bemerkte sie einen Angehörigen des Lagers, der nicht mit den anderen zusammen den Hang hinaufgelaufen war. Rydag stand – eine Hand am Stoßzahn des Mammuts – an der Erdhütte und sah der Gruppe glücklich lachender Menschen entgegen, die da herunterkamen. Da sah sie sie mit seinen Augen: wie sie einander in den Armen lagen, Kinder an sich drückten, während andere Kinder auf und ab hüpften und baten, auch auf den Arm genommen zu werden. Sein Atem ging zu heftig, dachte sie; die Erregung, die ihn erfüllt, ist zu stark.

Sie schickte sich an, auf ihn zuzugehen, doch da sah sie Jondalar dieselbe Richtung einschlagen. »Ich werde ihn hinaufbringen«, sagte er. Auch er hatte das Kind bemerkt, und beide hatten sie den gleichen Gedanken gehabt.

»Ja, tu das«, sagte sie. »Sonst werden Winnie und Renner wieder nervös, wenn so viele neue Leute durcheinanderwuseln. Ich werde hingehen und bei ihnen bleiben.«

Ayla sah Jondalar das dunkelhaarige Kind hochheben, sich den Jungen auf die Schulter setzen und mit ihm den Hang hinauf den Leuten vom Löwen-Lager entgegengehen. Der junge Mann, der fast so groß war wie Jondalar und den Talut und Nezzie so herzlich willkommen geheißen hatten, streckte die Arme nach dem Jungen aus, war offensichtlich glücklich, ihn zu sehen, hob Rydag in die Höhe und setzte ihn für den Weg hinunter auf die eigenen Schultern. Er wird geliebt, dachte sie und erinnerte sich, daß auch sie geliebt worden war – trotz aller Unterschiede.

Jondalar sah, wie Ayla die Szene beobachtete, und lächelte ihr zu. Eine heiße Welle herzlichen Gefühls für diesen fürsorglichen, feinfühligen Mann durchlief sie, daß ihr der Gedanke peinlich war, sich vor wenigen Augenblicken selbst leid getan zu haben. Sie war nicht mehr allein. Sie hatte Jondalar. Sie liebte den Klang seines Namens, und ihr ganzes Sehnen war von ihm und dem Gefühl erfüllt, das sie ihm entgegenbrachte.

Jondalar! Der erste von den Anderen, den sie, so weit sie sich erinnerte, jemals gesehen hatte; der erste mit einem Gesicht wie dem ihren und blauen Augen, wie sie selbst sie hatte, höchstens noch blauer; seine Augen waren so blau, daß es schwer hielt zu glauben, daß sie wirklich vorhanden waren.

Jondalar! Der erste Mann, den sie kennengelernt hatte und der größer war als sie selbst; der erste, der jemals zusammen mit ihr gelacht und – für seinen verlorenen Bruder – Tränen der Trauer vergossen hatte.

Jondalar! Der Mann, den ihr Totem ihr als Geschenk gebracht hatte, da war sie ganz sicher; in das Tal gebracht, in dem sie sich nach Verlassen des Clans niedergelassen hatte, und das genau zu einem Zeitpunkt, da sie es leid wurde, nach anderen zu suchen, die waren wie sie selbst.

Jondalar! Der Mann, der ihr wieder beigebracht hatte zu sprechen – mit Worten zu sprechen, und nicht nur mit der Gebärdensprache des Clans. Jondalar, dessen feinfühlige Hände ein Werkzeug herstellen, ein junges Pferd kraulen oder ein kleines Kind aufheben und sich auf den Rücken setzen konnten. Jondalar, der ihr die Wonnen des Körpers beigebracht hatte – ihres Körpers und seines – und der sie geliebt und den sie mehr liebte, als sie es für möglich gehalten hatte, daß man jemand lieben könnte.

Sie ging zum Fluß hinunter und um eine Biegung herum, wo Renner mit einem langen Seil an einem Baumstumpf festgebunden war. Noch überwältigt von dem Gefühlsüberschwang, der ihr immer noch so neu war, wischte sie sich mit dem Handrücken die feuchten Augen. Sie griff nach ihrem Amulett, einem kleinen Lederbeutel, der ihr an einer Schlinge um den Hals hing. Sie ertastete die klumpigen Gegenstände darin und richtete ihre Gedanken auf ihr Totem.

»Geist des Großen Höhlenlöwen. Creb hat immer gesagt, es sei schwierig, mit einem mächtigen Totem zu leben. Recht hat er gehabt! Die Prüfungen, denen ich unterworfen wurde, waren schwer, aber es hat sich immer gelohnt. Die Frau ist dankbar für den Schutz und für die Gaben ihres mächtigen Totems. Für die Gaben im Inneren, für das, was sie gelernt hat, und für das Geschenk jener, die ihr soviel bedeuten wie Winnie und Renner und Baby – vor allem aber wie Jondalar.«

Als Ayla das Füllen erreichte, kam Winnie auf sie zu und begrüßte sie mit einem sanften Schnauben. Ayla legte der Stute den Kopf an den Hals. Die Frau war müde und kam sich ausgelaugt vor. Sie war es nicht gewohnt, so viele Menschen um sich zu haben und soviel zu erleben: Menschen, die eine Wörtersprache sprachen, waren so *laut*. Sie hatte Kopfschmerzen, in ihren Schläfen klopfte es, und Hals und Schultern taten ihr weh. Winnie lehnte sich an sie, und Renner, der zu ihnen trat, bedrängte sie von der anderen Seite, bis sie sich zwischen den beiden eingezwängt vorkam, doch sie hatte nichts dagegen.

»Genug!« sagte sie schließlich und klopfte dem Füllen auf die Flanke. »Du wirst zu groß, Renner, ihr könnt mich nicht mehr so in die Mitte nehmen. Sieh dich doch bloß einmal an! Schau, wie groß du bist! Du bist fast genauso groß wie deine Mutter!« Sie kraulte ihn, kratzte dann Winnie und klopfte sie und bemerkte dabei den getrockneten Schweiß auf dem Fell. »Für euch ist es auch schwer, was? Ich werde euch jetzt abrubbeln und hinterher mit der Kardendistel bürsten. Aber jetzt kommen Menschen, und da werdet ihr vermutlich wieder im Mittelpunkt der Aufmerksamkeit stehen. Wenn ihr euch erst an sie gewöhnt habt, ist es nicht mehr so schlimm.«

Ayla merkte nicht, daß sie in ihre besondere, nur ihr bekannte Sprache verfallen war, die sie während der Jahre entwickelt hatte, als sie nur die Tiere zur Gesellschaft gehabt hatte. Diese Sprache bestand zum Teil aus Clan-Gebärden, zum Teil aus den wenigen Lauten, die die Clan-Angehörigen von sich gaben, Nachahmungen von Tierstimmen und den wortähnlichen Lauten, die sie und ihr Sohn angefangen hatten zu gebrauchen. Jemand anders hätte die Handzeichen vermutlich überhaupt nicht bemerkt und nur wahrgenommen, daß sie höchst sonderbare Laute ausstieß: Grunz- und Knurrlaute und Einsilber, die sich ständig wiederholten. Vielleicht hätte man überhaupt keine Sprache darin gesehen.

»Vielleicht bürstet Jondalar Renner auch.« Plötzlich hielt sie inne, und ihr kam ein beunruhigender Gedanke. Wieder suchte ihre Hand ihr Amulett, und sie versuchte, ihre Gedanken in Worte zu fassen. »Großer

Höhlenlöwe, jetzt ist auch Jondalar ein von dir Erwählter; er ist am Bein genauso gezeichnet wie ich.« Dann ging sie zu der uralten, lautlosen Sprache über, die nur mit den Händen gesprochen wurde; jener Sprache, die sich geziemte, wenn man sich an die Geisterwelt wandte.

»Geist des Höhlenlöwen, der Mann, der erwählt worden ist, besitzt kein Wissen um Totems. Dieser Mann hat keine Ahnung von Prüfungen, weiß nicht, warum er von einem mächtigen Totem auf die Probe gestellt wird, ahnt nichts von den Gaben und dem Wissen. Selbst dieser Frau, die um all dies weiß, ist es schwer gefallen. Diese Frau möchte den Geist des Höhlenlöwen bitten ... möchte für diesen Mann bitten ...«

Ayla hielt inne. Sie wußte nicht recht, worum sie eigentlich bitten wollte. Es ging ihr nicht darum, den Geist zu bitten, Jondalar etwa *nicht* auf die Probe zu stellen – sie wollte ja nicht, daß er all der Wohltaten verlustig ginge, die solche Prüfungen mit Sicherheit mit sich brachten –, wollte nicht einmal, daß es ihm leicht gemacht wurde. Da sie selbst schwersten Prüfungen unterzogen worden war, dadurch jedoch einzigartige Fähigkeiten und Einsichten gewonnen hatte, war sie zu der Überzeugung gelangt, daß die Belohnungen in dem Maße kamen, wie die Prüfungen schwer waren. Deshalb faßte sie sich und fuhr fort:

»Diese Frau möchte den Geist des Großen Höhlenlöwen bitten, dem Mann zu helfen, den er erwählt hat – ihm zu erkennen helfen, wie wertvoll es ist, ein mächtiges Totem zu haben, und ihm begreiflich zu machen, daß die Prüfungen notwendig sind, mögen sie auch noch so schwer sein.« Schließlich hielt sie inne und ließ die Hände sinken.

»Ayla?«

Sie drehte sich um und sah Latie. »Ja.«

»Es sah so aus als ... als wärst du beschäftigt. Ich wollte dich nicht unterbrechen.«

»Ich bin fertig.«

»Talut möchte, daß du kommst und die Pferde mitbringst. Er hat schon allen eingeschärft, nur das zu tun, was du sagst. Ihnen keine Angst zu machen, damit sie nicht unruhig werden ... Ich glaube, jetzt hat er ein paar Leute beunruhigt.«

»Ich komme«, sagte Ayla und lächelte. »Möchtest du gern zurück*reiten*?« fragte sie.

Laties Gesicht erhellte sich, und sie lächelte. »Darf ich? Wirklich?« Wenn sie so lächelt, sieht sie Talut ähnlich, dachte Ayla.

»Vielleicht Leute weniger unruhig, wenn sie dich auf Winnies Rücken sehen. Komm! Hier ist ein Felsblock. Ich helfe aufsteigen.«

Als Ayla mit einer ausgewachsenen Stute, die das Mädchen auf dem Rücken trug und hinter der ein ausgelassenes Füllen hersprang, um die

Biegung kam, erstarb alles Gerede. Diejenigen, die dieses Bild schon einmal gesehen hatten, gleichwohl noch eine heilige Scheu davor empfanden, weideten sich an den Gesichtern der anderen, auf denen sich schiere Ungläubigkeit malte.

»Siehst du, Tulie. Ich habe es dir gesagt!« erklärte Talut einer dunkelhaarigen Frau, die ihm an Größe in nichts nachstand; nur ihre Haare waren nicht flammendrot. Sie überragte Barzec, den Mann vom letzten Herdfeuer, der neben ihr stand und den Arm um sie gelegt hatte. Ihnen zur Seite standen die dreizehn und acht Jahre alten Söhne ihres Herdfeuers und ihre sechsjährige Schwester, die Ayla vor kurzem kennengelernt hatte.

Bei der Erdhütte angekommen, hob Ayla Latie herunter und streichelte und klopfte Winnie, deren Nüstern sich blähten, als sie den Geruch von noch mehr unbekannten Menschen witterte. Das Mädchen lief auf einen schlaksigen, rothaarigen jungen Mann von etwa vierzehn Jahren zu, der genauso groß war wie Talut und ihm auch sonst wie aus dem Gesicht geschnitten war, nur daß er noch um einiges magerer war als dieser.

»Komm, du mußt Ayla kennenlernen«, sagte Latie, nahm ihn ins Schlepptau und zerrte ihn zu der Frau mit den Pferden. Er ließ es sich gefallen. Jondalar war inzwischen zu Renner gegangen, um ihn zu beruhigen.

»Das hier ist mein Bruder Danug«, erklärte Latie. »Er ist lange fort gewesen, aber jetzt, wo er alles über das Bergen von Feuersteinen weiß, ist er für immer zurückgekommen. Stimmt's nicht, Danug?«

»Ich weiß nicht alles darüber, Latie«, erklärte der junge Mann ein wenig verlegen.

Ayla lächelte. »Ich grüße dich«, sagte sie und streckte die Hände aus.

Das stürzte ihn in womöglich noch größere Verlegenheit. Er war der Sohn vom Herdfeuer des Löwen; an ihm wäre es gewesen, den Besuch als ersten zu begrüßen; aber er war überwältigt von der schönen Fremden, die eine solche Macht über Tiere ausübte. Er nahm die ihm hingestreckten Hände und murmelte eine Begrüßung. Winnie wählte diesen Augenblick, schnaubend zu prusten und zu tänzeln, woraufhin er ihre Hände rasch fahren ließ; irgendwie hatte er das Gefühl, das Pferd sei nicht einverstanden.

»Winnie würde dich schneller kennenlernen, wenn du ihr den Hals klopftest und sie sich an deinen Geruch gewöhnen könnte«, sagte Jondalar, der spürte, wie unwohl dem jungen Mann in seiner Haut war. Er war in einem schwierigen Alter; kein Kind mehr, aber auch noch nicht ganz ein Mann. »Du hast das Handwerk des Feuersteinbergens erlernt?« fragte er im Plauderton und in dem Versuch, den Jungen zu beruhigen, als er ihm zeigte, wie man ein Pferd streichelt.

»Ich bin ein Feuersteinschläger. Wymez hat mich von klein auf in der

Kunst unterwiesen«, erklärte der junge Mann stolz. »Er ist der Beste, wollte aber, daß ich noch einige andere Techniken kennenlernte, vor allem, wie man den rohen Stein einschätzt und erkennt, was man daraus machen kann.« Jetzt, wo sich die Unterhaltung Dingen zuwandte, von denen er etwas verstand, brach eine natürliche Begeisterungsfähigkeit sich Bahn.

Ehrlich interessiert leuchtete es in Jondalars Augen auf. »Auch ich bin ein Feuersteinschläger und habe die Kunst von einem Mann erlernt, der sich trefflich auf dieses Handwerk versteht. Als ich ungefähr so alt war wie du, habe ich zusammen mit ihm in der Nähe der Feuersteinlagerstätte gelebt, die er entdeckt hat. Deinen Lehrer würde ich gern einmal kennenlernen.«

»Dann laß mich dich vorstellen, denn ich bin der Sohn seines Herdfeuers – und der erste, wenn auch nicht einzige Nutznießer seiner Werkzeuge.«

Beim Klang von Ranecs Stimme drehte Jondalar sich um und merkte, daß das ganze Lager sie umringte. Neben dem Mann mit der braunen Haut stand der Mann, den er so herzlich begrüßt hatte. Die beiden waren zwar annähernd gleich groß, doch sonst konnte Jondalar keinerlei Ähnlichkeit zwischen ihnen entdecken. Der ältere von den beiden hatte glattes, hellbraunes Haar mit grauen Strähnen darin, seine Augen waren von ganz gewöhnlichem Blau wie das aller anderen; jedenfalls gab es keinerlei Ähnlichkeit zwischen seinen und Ranecs ausgesprochen fremdartigen Zügen. Die Mutter muß den Geist eines anderen Mannes für das Kind seines Herdfeuers gewählt haben, überlegte Jondalar; doch aus welchem Grunde hatte Sie einen von so ungewöhnlicher Hautfarbe gewählt?

»Wymez vom Herdfeuer des Fuchses im Lager des Löwen, Meister-Feuersteinschläger der Mamutoi«, sagte Ranec mit übertriebener Förmlichkeit, »laß mich dir unsere Besucher vorstellen: Jondalar von den Zelandonii, offenbar noch jemand, der sich auf deine Kunst versteht.« Jondalar vermeinte, einen Hauch von ... ja, was nur? zu verspüren. Humor? Spott? Egal, was. »Und seine schöne Gefährtin, Ayla, eine Frau von den Nicht-Leuten, dafür aber um so liebreizender – und geheimnisvoller.« Sein Lächeln zog Aylas Augen an, fesselte sie mit dem Gegensatz von weißen Zähnen und dunkler Haut – und in seinen dunklen Augen leuchtete es wissend auf.

»Ich grüße dich«, sagte Wymez so schlicht und direkt, wie Ranec umständlich gewesen war. »Du bearbeitest den Stein?«

»Ja, ich bin ein Feuersteinschläger«, antwortete Jondalar.

»Ich habe ein paar ausgezeichnete Steine dabei. Frisch aus der Lagerstätte geborgen und noch kein bißchen ausgetrocknet.«

»Ich habe in meinem Gepäck einen Hammerstein und einen guten

Meißel«, sagte Jondalar, augenblicklich interessiert. »Arbeitest auch du mit einem Meißelstein?«

Ranec bedachte Ayla mit einem schmerzlichen Blick, als ihre Unterhaltung sich sofort der gemeinsamen Handwerkskunst zuwandte.

»Daß das geschieht, hätte ich dir gleich sagen können«, erklärte er. »Weißt du, was das schlimmste ist, wenn man am Herdfeuer eines Meister-Werkzeugmachers lebt? Nicht, daß man dauernd Steinsplitter in seinen Fellen findet – nein, das Gerede über Steine, das man sich ständig anhören muß. Und nachdem auch noch Danug sich dafür interessierte ... Steine, Steine, Steine ... weiter habe ich nichts zu hören bekommen.« Ranecs herzliches Lachen strafte seine Klagen Lügen; offenbar hatte jeder das schon zu hören bekommen, und außer Danug kümmerte sich niemand mehr darum.

»Ich hatte keine Ahnung, daß es dich so stört«, sagte der junge Mann.

»Tut es auch nicht«, sagte Wymez zu dem Jüngeren. »Merkst du es denn nicht, wenn Ranec versucht, Eindruck auf eine hübsche Frau zu machen?«

»Aber ich bin dir doch sogar dankbar, Danug. Bis du Interesse zeigtest, hat er wohl immer noch gehofft, mich zu einem Feuersteinschläger zu machen«, sagte Ranec, um Danug seine Sorgen zu nehmen.

»Nicht, nachdem mir klarwurde, daß du ausschließlich an meinem Werkzeug Interesse hattest, um Elfenbein damit zu schnitzen – und das wurde mir schon bald klar, nachdem wir hierher gekommen waren«, erklärte Wymez, lächelte dann und fügte noch hinzu: »Und wenn du meinst, Steinsplitter in deinen Bettfellen wären was Schlimmes – du solltest mal Elfenbeinstaub in deinem Essen probieren.«

Die beiden so verschiedenen Männer lächelten einander an, und Ayla erkannte erleichtert, daß sie nur Spaß machten und sich auf sehr freundliche Art mit ihrem Gerede neckten. Gleichzeitig bemerkte sie, daß bei allen Unterschieden in der Hautfarbe und trotz Ranecs fremdartiger Gesichtszüge ihr Lächeln ähnlich war und ihre Leiber sich auf die gleiche Weise bewegten.

Plötzlich drang aus dem Inneren des Langhauses Geschrei. »Halt dich da raus, alte Frau! Das hier ist eine Sache, die nur Fralie und mich was angeht!« Das war die Stimme eines Mannes – des Mannes vom sechsten, dem vorletzten Herdfeuer. Ayla erinnerte sich, ihn kennengelernt zu haben.

»Ich begreife nicht, wie sie dich hat nehmen können, Frebec! Ich hätte nie meine Einwilligung geben sollen!« hörte man eine Frauenstimme zurückzetern. Plötzlich schoß eine schon ältere Frau unter dem Eingangsbogen hervor und zerrte eine in Tränen aufgelöste junge Frau hinter sich her. Zwei völlig verwirrte kleine Jungen folgten ihnen, der eine etwa sieben

Jahre alt, der andere ein Kleinkind von vielleicht zwei Jahren mit nacktem Hintern und dem Daumen im Mund.

»Es ist einzig und allein deine Schuld. Sie hört zuviel auf dich. Warum hörst du nicht auf, dich ewig einzumischen?« Alle drehten sich ab, alle hatten es mehr als einmal gehört. Ayla jedoch starrte sie nur fassungslos an. Keine Frau im Clan hätte jemals einem Mann widersprochen!

»Frebec und Fralie hacken wieder aufeinander herum – kümmert euch nicht darum!« sagte Tronie. Das war die Frau vom fünften Herdfeuer – dem Herdfeuer der Rentiere, wie Ayla sich erinnerte, und dieses lag gleich neben dem Herdfeuer des Mammuts, an dem sie und Jondalar wohnten. Die Frau hielt einen kleinen Jungen an der Brust.

Ayla hatte die junge Mutter vom Herdfeuer nebenan kennengelernt und sich gleich zu ihr hingezogen gefühlt. Tornec, ihr Gefährte, nahm das Dreijährige auf den Arm, das sich immer noch an die Mutter klammerte und sich nicht damit abfinden wollte, daß das neue Baby ihm seinen Platz an der Mutterbrust weggenommen hatte. Tornec und Tronie waren ein freundliches Paar, das einander in inniger Liebe zugetan war, und Ayla war froh, daß sie das Herdfeuer nebenan hatten und nicht die beiden, die ständig miteinander stritten. Manuv, der bei ihnen lebte, war beim Essen einmal zu ihnen gekommen und hatte ihr erzählt, er sei in Tornecs Jugend der Mann des Herdfeuers gewesen; und er sei der Sohn eines Vetters von Mamut. Er sagte, er verbringe viel Zeit am vierten Herdfeuer, was sie erfreute. Sie hatte ältere Leute von jeher gern gemocht.

Mit dem Herdfeuer auf der anderen Seite war sie nicht so glücklich. Dort lebte Ranec – er nannte es das Herdfeuer des Fuchses. Zwar hatte sie nichts gegen ihn, doch verhielt Jondalar sich so merkwürdig, wenn er in der Nähe war. Freilich war es mit seinen zwei Männern nur ein kleineres Herdfeuer und nahm im Langhaus nicht viel Platz ein, so daß sie sich Nezzie und Talut vom zweiten Herdfeuer, zu dem ja auch Rydag gehörte, viel näher zugehörig fühlte. Auch mochte sie die anderen Kinder von Taluts Löwen-Herdfeuer, Latie und Rugie, Nezzis jüngere Tochter, die im Alter Rydag näherstand. Und jetzt, wo sie Danug kennengelernt hatte, mochte sie auch diesen.

Talut kam mit der großen Frau. Barzec und die Kinder waren dabei, und Ayla nahm an, daß sie ein Paar wären.

»Ayla, ich möchte, daß du meine Schwester kennenlernst – Tulie vom Herdfeuer der Auerochsen und Anführerin des Löwen-Lagers.«

»Ich grüße dich«, sagte die Frau und streckte in aller Form beide Hände vor. »In Muts Namen heiße ich dich willkommen.« Als Schwester des Anführers stand sie nicht unter ihm und war sich ihrer Verantwortung wohl bewußt.

»Ich grüße dich, Tulie«, erwiderte Ayla und bemühte sich, die Frau nicht zu aufdringlich anzustarren.

Als Jondalar das erste Mal hatte aufstehen können, war es für sie wie ein Schock gewesen zu entdecken, daß er größer war als sie; jetzt jedoch einer Frau gegenüberzustehen, die größer war als sie, war womöglich noch bestürzender. Im Clan hatte Ayla immer jeden überragt. Diese Anführerin jedoch war nicht nur groß – sie war außerdem muskelbepackt und schien überaus stark zu sein. Der einzige, der sie noch überragte, war ihr Bruder. Sie besaß jene bestimmende Haltung, wie nur Körpergröße und Massigkeit sie vermitteln können, und strahlte die Selbstsicherheit einer Frau, Mutter und Anführerin aus, die keinerlei Zweifel kannte und ihr Leben fest in der Hand hatte.

Tulie wunderte sich über die sonderbare Sprechweise ihrer Besucherin, doch beschäftigte ein anderes Problem sie viel unmittelbarer, und so zögerte sie nicht und kam mit einer Direktheit, die typisch für sie war, sofort darauf zu sprechen.

»Ich hatte keine Ahnung, daß das Herdfeuer des Mammuts besetzt sein würde, als ich Branag einlud, mit uns zurückzukehren. Er und Deegie werden kommenden Sommer zusammengegeben werden. Er bleibt nur ein paar Tage, und ich weiß, Deegie hatte gehofft, sie beide könnten diese paar Tage ein bißchen für sich verbringen und nicht in unmittelbarer Nähe ihrer Geschwister. Da ihr hier Gäste seid, würde sie nie darum bitten; aber Deegie würde mit Branag gern am Herdfeuer des Mammut zusammensein, wenn ihr nichts dagegen habt.«

»Es ist großes Herdfeuer. Ich habe nichts dagegen«, sagte Ayla, der es ausgesprochen peinlich war, gefragt zu werden. Schließlich war es nicht ihr Zuhause.

Während sie noch miteinander redeten, kam eine junge Frau aus der Erdhütte; ein junger Mann folgte ihr auf dem Fuß. Ayla machte große Augen. Die Frau mußte ungefähr so alt sein wie Ayla, schien aber noch ein kleines bißchen größer als sie! Sie hatte kastanienrotes Haar und ein freundliches Gesicht, das viele hübsch nennen würden; daß der junge Mann, der ihr folgte, sie sehr attraktiv fand, sah wohl jeder. Ayla jedoch achtetet nicht so sehr darauf, wie sie aussah – es waren die Kleider der jungen Frau, die sie erstaunten.

Sie trug Beinlinge und einen ledernen Überwurf von einer Farbe ähnlich ihrem Haar – einen langen, reich verzierten, tief ockerroten Überwurf, der vorn offen war und mit einem Leibriemen zusammengehalten wurde. Rot war beim Clan eine heilige Farbe. Izas Beutel war der einzige rot gefärbte Gegenstand, den Ayla besaß. Er enthielt jene ausgesuchten Wurzeln, aus denen man das Getränk für die besonderen Zeremonien herstellte. Sie besaß ihn immer noch, hatte ihn sorgfältig in ihrem Medizinbeutel weggesteckt, in dem sie eine Reihe von getrockneten Kräutern mit sich führte, die sie für die Heilkunst brauchte. Ein ganzer Überwurf aus rotem Leder? Das war nicht zu fassen.

»Wie wunderschön!« sagte Ayla, noch ehe sie in aller Form hatten miteinander bekannt gemacht werden können.

»Gefällt er dir? Er ist für meine Hochzeitsfeier, wenn wir zusammengegeben werden. Branags Mutter hat ihn mir geschenkt, und ich habe ihn nur übergezogen, um ihn allen zu zeigen.«

»So Schönes ich noch nie gesehen!« erklärte Ayla, immer noch mit großen Augen.

Die junge Frau war entzückt. »Du bist die, die Ayla heißt, nicht wahr? Mein Name ist Deegie, und das hier ist Branag. Er muß in ein paar Tagen wieder zurück« – sie machte ein enttäuschtes Gesicht –, »aber nächsten Sommer werden wir zusammengegeben. Dann ziehen wir zu meinem Bruder Tarneg. Der lebt jetzt mit seiner Frau bei ihrer Familie, möchte aber ein neues Lager aufbauen und liegt mir schon lange in den Ohren, ich soll mir einen Gefährten nehmen, damit er eine Anführerin für die neue Gruppe hat.«

Ayla sah Tulie lächeln und ihrer Tochter zunicken; da fiel ihr deren Bitte ein. »Herdfeuer viel Platz, viele leere Lagerstätten, Deegie. Du wohnst Herdfeuer des Mammut mit Branag? Er auch Besucher ... falls Mamut nichts dagegen hat. Ist schließlich Mamuts Herdfeuer.«

»Seine erste Frau war die Mutter meiner Großmutter. Ich habe schon viele Male an seinem Herdfeuer geschlafen. Mamut hat bestimmt nichts dagegen, nicht wahr?« wandte Deegie sich an ihn.

»Selbstverständlich könnt ihr bleiben, Deegie«, sagte der alte Mann. »Nur vergiß nicht, viel zum Schlafen kommst du vielleicht nicht.« Deegies Gesicht verzog sich zu einem erwartungsfreudigen Lächeln, und Mamut fuhr fort: »Wo wir Besucher haben, Danug nach so langer Abwesenheit zurückgekehrt ist, deine Hochzeit bevorsteht und Wymez bei seinem Handelszug guten Erfolg gehabt hat, meine ich, das alles ist Grund genug, daß wir uns heute alle am Herdfeuer des Mammut versammeln und uns alles erzählen.«

Alle lächelten. Sie hatten diese Ankündigung erwartet, doch verminderte das nicht ihre Vorfreude. Sie wußten, sich am Herdfeuer des Mammut zu versammeln bedeutete Geschichten zu erzählen und zu hören und möglicherweise noch andere Kurzweil; deshalb freuten sie sich auf den Abend. Sie waren begierig, Neues von anderen Lagern zu erfahren, aber auch darauf, nochmals Dinge zu hören, die sie bereits kannten. Außerdem interessierte es sie mitzubekommen, wie die Fremden auf ihr

Leben und auf die Erlebnisse von Angehörigen ihres eigenen Lagers reagierten, wie sie darauf brannten, Geschichten zu hören, die sie noch nicht kannten.

Auch Jondalar wußte, was solche Zusammenkünfte bedeuteten, und das machte ihm Sorgen. Ob Ayla wohl viel von ihrer Geschichte erzählte? Und ob das Löwen-Lager sie hinterher immer noch so gern bei sich sah? Er dachte daran, sie beiseite zu nehmen und ihr zu raten, vorsichtig zu sein, doch wußte er, daß sie das nur wütend machen und völlig durcheinanderbringen würde. In vieler Hinsicht war sie wie die Mamutoi – gab ihre Gefühle rückhaltlos preis und war direkt und aufrichtig. Es hatte sowieso keinen Zweck. Sie konnte nicht lügen. Bestenfalls hielt sie sich beim Erzählen zurück.

3

Am Nachmittag brachte Ayla einige Zeit damit zu, Winnie mit einem weichen Ledertuch abzureiben und ihr das Fell mit dem getrockneten stachligen Kopf einer Kardendistel zu striegeln. Das war für sie selbst nicht minder erholsam als für das Pferd.

Jondalar arbeitete neben ihr und benutzte seinerseits eine Kardendistel, um Renner ein wenig zu kratzen, während er ihm das dichte Winterfell durchkämmte, doch das junge Pferd wollte lieber spielen als still stehenbleiben. Die Unterhaare von Renners Fell waren immer dichter geworden und erinnerten die Menschen daran, daß bald die Kälte einsetzen würde, was sie wiederum dazu brachte, darüber nachzudenken, wo sie den Winter verbringen sollten. Er war sich immer noch nicht sicher, wie Ayla über die Mamutoi dachte, aber zumindest die Pferde und die Lagerangehörigen gewöhnten sich aneinander.

Auch Ayla empfand das Nachlassen der Spannungen als wohltuend, nur machte sie sich jetzt Sorgen, wo die Pferde die Nacht verbringen würden, wenn sie in der Erdhütte war. Sie waren es gewöhnt, eine Höhle mit ihr zu teilen. Jondalar versicherte ihr immer wieder aufs neue, es werde ihnen nichts ausmachen, Pferde seien es gewohnt, im Freien zu sein. Schließlich beschloß sie, Renner in der Nähe des Eingangs anzuhalftern; Winnie, das wußte sie, würde sich ohne ihr Fohlen nicht weit entfernen – und außerdem würde die Stute sie wecken, wenn es Gefahr gab.

Beim Dunkelwerden kam ein kalter Wind auf, und es lag Schnee in der Luft. Ayla und Jondalar suchten das Langhaus auf; am Herdfeuer des Mammut in der Mitte der Wohnstatt wurde es, als immer mehr Menschen sich dort versammelten, zunehmend warm und gemütlich. Viele nahmen sich von den kalten Resten der frühen Mahlzeit, die hereingebracht worden waren: kleine weiße, stärkehaltige Erdnüsse, wilde Karotten, Blaubeeren und Scheiben Mammutbraten. Sie nahmen sich Gemüse und Früchte entweder mit den Fingern oder zwei Stäbchen, die sie wie eine Greifzange benutzten, doch bemerkte Ayla, daß alle bis auf die Allerjüngsten für das Fleisch ein Eßmesser benutzten. Sie fand es atemberaubend zuzusehen, wie jemand eine dicke Scheibe zwischen die Zähne nahm und sich mit einem Aufwärtsschwung des Messers einen Happen davon abschnitt – ohne die Nasenspitze mitgehen zu lassen.

Kleine braune Wasserbeutel – haltbar gemachte und wasserundurchlässige Blasen und Mägen verschiedener Tiere – wurden herumgereicht, und die Menschen tranken genußvoll daraus. Talut bot ihr zu trinken an. Das Getränk roch säuerlich nach Gärung, was ihr nicht besonders gefiel, und ihr Mund war angefüllt mit einer leicht süßlich schmeckenden und dabei stark brennenden Flüssigkeit. Ein zweites Angebot lehnte sie ab. Sie mochte es nicht, wohingegen Jondalar es zu genießen schien.

Lachend unterhielten die Leute sich und suchten sich Plätze auf den Fellen, den Matten oder auf dem Boden. Ayla hatte den Kopf abgewandt und lauschte einer Unterhaltung, als das allgemeine Gerede plötzlich merklich leiser wurde. Als sie hinsah, stand Mamut still hinter der Feuerstelle, in der ein kleines Feuer brannte. Nachdem jegliches Gerede aufgehört hatte und er der Aufmerksamkeit aller sicher war, ergriff er eine kleine, noch nicht entzündete Fackel und hielt sie an die Flammen, bis sie brannte. In der erwartungsvollen Stille angehaltenen Atems hielt er die Flamme an eine kleine Steinlampe in einer Wandnische hinter sich. Der Docht aus getrockneten Flechten sprühte im Mammutfett, flammte dann auf und warf seinen Lichtschein auf eine kleine Elfenbeinschnitzerei hinter der Lampe – die Gestalt einer Frau mit mächtigen Brüsten und ausladendem Hinterteil.

Ein Schauder des Erkennens durchlief Ayla; dabei hatte sie nie zuvor ein ähnliches Figürchen gesehen. Das ist das, was Jondalar eine Donii nennt, dachte sie. Er sagt, sie birgt den Geist der Großen Erdmutter. Oder zumindest einen Teil davon. Für den ganzen Geist scheint er zu klein. Aber wie groß ist ein solcher Geist überhaupt?

In Gedanken sah sie sich zurückversetzt in eine andere Zeremonie – jene, bei der sie den schwarzen Stein bekommen hatte, den sie in ihrem Amulettbeutelchen um den Hals trug. Der kleine Braunsteinbrocken enthielt ein Stück vom Geist eines jeden Clan-Angehörigen – und zwar nicht nur ihres eigenen Clans. Diesen Stein hatte sie bekommen, als sie zu einer Medizinfrau gemacht worden war; im Austausch dafür hatte sie einen Teil ihres eigenen Geistes aufgegeben, damit, falls sie jemand das Leben rettete, der Betreffende keinerlei Verpflichtung hatte, ihr etwas der Art und dem Wert nach Vergleichbares dafür zu geben. Denn das besaß sie bereits in diesem Stein.

Noch heute beunruhigte es sie, daß die Geister nicht zurückgegeben worden waren, nachdem Broud sie mit dem Todesfluch belegt hatte. Creb hatte Iza den Geisterstein beim Tod der Medizinfrau abgenommen, damit diese sie nicht auf ihrem Gang in die Geisterwelt begleiteten; doch Ayla war er von niemand abgenommen worden. Wo sie nun einen Teil vom Geist eines jeden Clans-Angehörigen besaß – waren sie damit von Broud auch mit dem Todesfluch belegt worden?

Bin ich tot? fragte sie sich wie schon so oft. Sie meinte, nicht. Die Kraft des Todesfluchs, so hatte sie erfahren, bestand darin, daß man an ihn glaubte, daß man für Leute, die man liebte, nicht mehr lebte, so daß man nicht mehr wußte, wohin – da konnte man genausogut sterben. Warum aber war sie nicht gestorben? Was hatte sie davon abgehalten aufzugeben? Und – wichtiger noch – was widerfuhr dem Clan, wenn sie wirklich starb? Ob ihr Tod denen, die sie liebte, wohl schadete? Oder womöglich dem gesamten Clan? Der kleine Lederbeutel schien schwer von der vielen Verantwortung, so als hätte sie das Schicksal des gesamten Clans um den Hals hängen.

Ein rhythmisches Klingen riß Ayla aus ihren Überlegungen. Mit dem Ast eines Hirschgeweihs, der wie ein Hammer geformt war, schlug Mamut auf einen mit geometrischen Linien und Symbolen verzierten Mammutschädel. Ayla meinte, etwas wahrzunehmen, das nicht nur Rhythmus war, und so spitzte sie die Ohren und sah genau hin. Der Hohlkörper verstärkte den Klang durch volltönendes Nachzittern, doch war es mehr als die schlichte Resonanz des Instruments. Als der alte Schamane den Schlegel auf einen anderen Bereich der Knochentrommel fallen ließ, veränderten sich Ton und Tonhöhe auf so verzwickte und kaum merkliche Weise, daß man den Eindruck hatte, als entlocke Mamut der Trommel eine Rede, als bringe er den alten Mammutschädel zum Sprechen.

Leise und mit sehr tiefer Stimme intonierte der alte Mann einen in Molltönen gehaltenen Singsang. Während Trommel und Stimme sich zu einem komplizierten Klangmuster verwoben, fielen hier und dort im Raum andere Stimmen ein, paßten sich dem vorgegebenen Klangbild ein, variierten es indes auf selbständige Weise. Der Trommelrhythmus wurde von einem ähnlichen Klang auf der anderen Seite des Raums aufgenommen. Ayla blickte sich suchend um und sah Deegie eine zweite Schädeltrommel bearbeiten. Dann klopfte Tornec mit einem Hirschgeweihschlegel gegen einen anderen Mammutknochen, einen mit gleich weit auseinanderliegenden geraden und roten Zickzacklinien verzierten Schulterknochen. Das tiefe Widerhallen der Schädeltrommeln und die höheren Töne aus dem Schulterblatt erfüllten die Erdhütte mit einem Wohlklang, der einen nicht so leicht wieder losließ. Aylas Körper schaukelte in diesem Rhythmus hin und her, und sie bemerkte, daß auch andere sich darin wiegten. Unvermittelt hörte es auf.

Die Stille hatte etwas Erwartungsvolles; gleichwohl hielt sie noch eine ganze Weile an. Es galt ja nicht, eine formale Zeremonie abzuhalten, sondern es handelte sich um nichts weiter als ein zwangloses Beisammensein, um in der Gesellschaft aller einen angenehmen Abend zu verbringen und das zu tun, was Menschen am besten können und am liebsten tun – sich zu unterhalten. Tulie machte den Anfang und verkündete, man sei zu einer Ehevereinbarung gelangt, und Deegie und Branag würden nächsten Sommer in aller Form zusammengegeben. Beifälliges Gemurmel und Glückwünsche wurden laut, dabei hatte keiner etwas anderes erwartet. Das junge Paar strahlte. Dann bat Talut Wymez, von seiner Handelsreise zu berichten, und sie erfuhren, daß es dabei um das Eintauschen von Salz, Bernstein und Feuerstein gegangen war. Einige stellten Fragen oder machten irgendwelche Bemerkungen dazu, und Jondalar lauschte interessiert. Ayla hingegen verstand überhaupt nichts und beschloß, ihn später zu fragen und um Erklärungen zu bitten. Im Anschluß daran erkundigte sich Talut zur Verlegenheit des jungen Mannes nach Danugs Fortschritten.

»Er besitzt Talent und kann sicher zupacken. Noch ein paar Jahre Erfahrung, und er wird sehr gut sein. Es hat ihnen leid getan, ihn ziehen zu lassen. Er hat gut gelernt; das Jahr in der Fremde hat sich gelohnt«, berichtete Wymez. Wieder kam Beifallsgemurmel von der Gruppe. Danach erlahmte die Aufmerksamkeit, und man unterhielt sich privat mit seinen Nachbarn, ehe Talut sich Jondalar zuwandte, was eine nicht geringe Erregung zur Folge hatte, die sich darin äußerte, daß die Leute erwartungsvoll hin und her rutschten.

»Erzähle uns, Mann von den Zelandonii, wie es kommt, daß du hier in der Erdhütte des Löwen-Lagers der Mamutoi sitzt«, sagte er.

Jondalar nahm einen Schluck aus einem der kleinen Wasserbeutel mit dem vergorenen Getränk, sah sich im Kreis der erwartungsvoll ihm zugewandten Gesichter um und lächelte dann Ayla zu. Es ist nicht das erste Mal, daß er dies tut! dachte sie ein wenig überrascht, begriff aber, daß er dabei war, den richtigen Tonfall und das richtige Erzähltempo für das zu finden, was er zu berichten hatte. Sie lehnte sich daher zurück, um wie die anderen zuzuhören.

»Es ist eine lange Geschichte«, hob er an. Zustimmend wurde genickt. Genau so etwas wollten sie hören. »Meine Leute leben weit weg von hier, ganz ganz weit im Westen, noch hinter der Quelle des Großen Mutter Flusses, der sich in das Große Binnenmeer ergießt, das auch Beran-See genannt wird. Genauso wie ihr, leben auch wir an einem Fluß; unser Fluß jedoch ergießt sich in das Große Wasser im Westen.

Die Zelandonii sind ein großes Volk. Wie ihr, sind auch wir Kinder Der Erde; die, die ihr Mut nennt, nennen wir Doni – dennoch ist sie die Große Erdmutter. Wir gehen auf die Jagd und treiben Handel, und manchmal unternehmen wir lange Reisen. Mein Bruder und ich beschlossen, eine solche Reise zu machen.« Für einen Moment schloß Jondalar die Augen und zog schmerzhaft die Stirn zusammen. »Thonolan ... mein Bruder ... war voller Lachen und liebte das Abenteuer. Er war ein Liebling der Mutter.«

Der Schmerz war zu real. Jeder wußte, daß Jondalar ihn nicht um des Geschichtenerzählens willen zur Schau trug. Auch ohne daß er es ausdrücklich aussprach, errieten sie den Grund. Auch bei ihnen gab es das Wort von der Mutter, die früh zu sich nimmt, was sie besonders liebt. Jondalar hatte nicht vorgehabt, seine Gefühle auf diese Weise zu zeigen. Der Kummer wallte ganz unversehens wieder in ihm auf, und irgendwie machte ihn das verlegen. Gleichwohl – einen solchen Verlust verstand jeder. Daß er unbeabsichtigt seine Gefühle zeigte, weckte ihr Mitgefühl und brachte sie dazu, ihm mit einer Herzlichkeit zu begegnen, die weit über die Neugier und Höflichkeit hinausging, wie sie sie normalerweise Fremden entgegenbrachten, von denen sie nichts Böses zu befürchten hatten.

Tief Atem holend, versuchte er, den Faden seiner Erzählung wiederaufzunehmen. »Ursprünglich war es Thonolans Reise. Ich wollte ihn nur ein kurzes Stück begleiten, bis zur Wohnstätte von ein paar Verwandten, doch dann beschloß ich, mich ihm anzuschließen. Wir überquerten einen kleinen Gletscher, der die Quelle der Donau – des Großen Mutter Flusses – darstellt, und nahmen uns vor, ihm bis ans Ende zu folgen. Keiner glaubte, daß wir es schaffen würden. Ich bin mir nicht einmal sicher, ob wir es selbst glaubten; dennoch wanderten wir immer weiter, überquerten viele Nebenflüsse und begegneten vielen Menschen.

Einmal, während des ersten Sommers, verweilten wir länger an einer bestimmten Stelle, um zu jagen, und während wir das Fleisch dörrten, sahen wir uns plötzlich von Männern umzingelt, die die Speere auf uns richteten ...«

Jondalar hatte zurückgefunden zu seinem Erzähltempo und hielt seine Zuhörer mit seinen Erlebnissen im Bann. Er war ein guter Geschichtenerzähler und hatte ausgesprochen Sinn dafür, es möglichst spannend zu machen. Die Leute nickten, murmelten beifällig und spornten ihn mit aufgeregten Zwischenrufen zum Weitererzählen an. Selbst wenn sie zuhören, sind Menschen, die mit Worten sprechen, nicht still, dachte Ayla.

Sie war genauso fasziniert wie die anderen, ertappte sich jedoch momentan dabei, wie sie die anderen beobachtete, die ihm lauschten. Erwachsene hielten kleine Kinder auf dem Schoß, während schon ältere Kinder beisammensaßen und dem Fremden mit leuchtenden Augen zuhörten. Insbesondere Danug schien hingerissen von ihm. Ganz Aufmerksamkeit, lehnte er sich vor.

»Thonolan stieg in diese Schlucht hinunter. Er glaubte sich sicher, jetzt, wo die Löwin verschwunden war. Dann hörten wir plötzlich Löwengebrüll . . .«

»Und was geschah?« fragte Danug.

»Den Rest wird Ayla euch erzählen müssen. Danach erinnere ich mich an das meiste nicht mehr.«

Aller Augen wandten sich ihr zu. Ayla war wie vor den Kopf geschlagen. Das hatte sie nicht erwartet; noch nie hatte sie zu so vielen Menschen gesprochen. Aufmunternd lächelte Jondalar ihr zu. Der Gedanke, daß sie sich am besten dadurch an das Sprechen gewöhnte, indem man sie zum Reden brachte, war wie eine plötzliche Eingebung für ihn gewesen. Es würde gewiß nicht das letzte Mal sein, daß man von ihr erwartete, von ihren Erfahrungen und Erlebnissen zu berichten; und wo ihnen noch lebhaft bewußt war, wie sie die Pferde beherrschte, klang die Geschichte mit dem Löwen bestimmt glaubwürdiger. Er wußte, es war eine aufregende Geschichte, eine, die sie noch geheimnisvoller machte, als sie war – und wenn sie sie mit dieser Geschichte zufriedenstellte, brauchte sie sich über ihre Herkunft vielleicht gar nicht weiter auszulassen.

»Was geschah, Ayla?« sagte Danug, immer noch ganz im Bann der Erzählung. Rugie war in der Gegenwart ihres großen Bruders, der so lange fortgewesen war, ganz verlegen und hatte den Mund nicht aufgemacht; doch in der Erinnerung an frühere Zeiten, da sie hier gesessen und sich Geschichten erzählt hatten, kletterte sie ihm auf den Schoß. Er lächelte zwar und drückte sie wie abwesend an sich, doch die Augen hatte er erwartungsvoll auf Ayla gerichtet.

Ayla sah sich im Kreis der ihr zugewandten Gesichter um und wollte sprechen, hatte jedoch einen trockenen Mund – ihre Hände hingegen waren feucht.

»Ja, was geschah?« wiederholte Latie die Worte ihres Bruders. Sie saß neben Danug und hatte Rydag auf dem Schoß.

In den großen braunen Augen des Jungen leuchtete es vor Erregung. Er machte den Mund auf, um zu fragen, doch keiner verstand den Laut, den er von sich gab – außer Ayla. Nicht das Wort selbst, wohl aber das, was er damit ausdrücken wollte. Es war nicht das erste Mal, daß sie solche Laute hörte; sie hatte sogar gelernt, solche selbst von sich zu geben. Die Clan-Angehörigen waren nicht vollkommen stumm; nur ihre Fähigkeit zu artikulieren war begrenzt. Statt dessen hatten sie eine reiche und umfassende Gebärdensprache entwickelt, mit der sie sich verständigten; Worte oder Laute dienten ihnen nur dazu, etwas zu unterstreichen. Sie wußte, das Kind bat sie, Jondalars Erzählung fortzusetzen – und daß diese Worte für ihn diese Bedeutung hatten. Ayla lächelte und sprach vor allem für ihn.

»Ich war mit Winnie unterwegs«, begann Ayla. Die Art, wie sie den Namen der Stute aussprach, hatte etwas vom leisen Wiehern eines Pferdes. Die Leute in der Erdhütte begriffen nicht, daß sie den Namen des Tieres nannte. Sie hielten den Klang des Namens vielmehr für eine wunderbare Ausschmückung der Geschichte. Sie lächelten, stießen ihrerseits beifällige Laute aus und ermunterten sie, damit fortzufahren.

»Sie bald kleines Pferd haben. Sehr dick«, sagte Ayla und hielt die Hände vor ihren Bauch, um anzudeuten, daß das Pferd hochträchtig war. Es wurde verständnisvoll gelächelt. »Jeden Tag wir reiten. Winnie muß hinaus. Nicht weit, nicht schnell. Immer Richtung Osten, weil Richtung Osten leicht. Zu leicht, nichts Neues. Eines Tages wir Richtung Westen, nicht Osten. Um Neues zu sehen«, fuhr Ayla, immer noch vornehmlich an Rydag gewandt, fort.

Jondalar hatte ihr Mamutoi ebenso beigebracht wie die anderen Sprachen, die er kannte, aber sie konnte sich auf Mamutoi nicht so geläufig ausdrücken wie in der seinen, die er sie als erste gelehrt hatte. Ihre Art zu sprechen war merkwürdig, auf schwer erklärbare Weise anders; außerdem suchte sie mühsam nach Worten, was ihr offensichtlich peinlich war. Doch als sie an den Jungen dachte, der sich nicht verständlich machen konnte, mußte sie es einfach versuchen. Weil er darum gebeten hatte.

»Ich höre Löwen.« Sie war sich nicht sicher, warum sie es tat. Vielleicht war es der erwartungsvolle Ausdruck auf Rydags Gesicht, oder es lag an der Art, wie er den Kopf drehte, um zu lauschen, oder sie tat es instinktiv; jedenfalls ließ sie dem Wort Löwe ein bedrohliches Brüllen folgen, das sich so anhörte, als komme es wirklich von einem Löwen. Sie bekam mit, wie einige ängstlich die Luft anhielten; dann nervöses Gekicher, dann Lächeln und beifälliges Gemurmel von den Versammelten. Ihre Fähigkeit, Tierlaute nachzumachen, hatte etwas Unheimliches und machte die Geschichte noch spannender. Auch Jondalar nickte und lächelte beifällig.

»Ich höre Mensch schreien.« Sie sah Jondalar an, und in ihren Augen malte sich Kummer. »Ich stehenbleiben. Was tun? Winnie dick mit Fohlen.« Sie stieß die leisen Laute zwischen Wiehern und Winseln aus, wie ein ganz kleines Fohlen sie hervorbringt, was ihr von Latie ein strahlendes Lächeln eintrug. »Ich Angst um Pferd, aber Mann schreit. Wieder höre ich Löwen. Spitze Ohren.« Irgendwie schaffte sie es, das Gebrüll des Löwen verspielt klingen zu lassen. »Ist Baby. Da gehe ich runter in Schlucht, weiß, Pferd wird nichts passieren.«

Nichtbegreifen malte sich auf den Gesichtern um sie herum, Verwirrung. Das Wort, das sie aussprach, war keinem bekannt; nur Rydag hätte es kennen können, wären seine Lebensumstände andere gewesen. Jondalar hatte sie erklärt, »Baby« sei das Clanwort für ein ganz kleines Kind.

»Baby ist Löwe«, sagte sie in dem Bemühen, sich zu erklären. »Baby ist Löwe, den ich kenne. Baby ist ... wie Sohn. Ich gehe in Schlucht hinein, mach', daß Löwe weggeht. Finde einen Mann tot. Anderer Mann – Jondalar – schwer verletzt. Winnie bringt ihn zurück ins Tal.«

»Ha!« ließ sich eine Stimme spöttisch vernehmen. Als Ayla aufblickte, sah sie, daß es Frebec war, der Mann, der sich vorhin mit der alten Frau gestritten hatte. »Du willst mir doch nicht weismachen, du hättest einen Löwen dazu gebracht, von einem Verwundeten abzulassen?«

»Nicht irgendeinen Löwen. Baby«, sagte Ayla.

»Was ist das ... was sagst du da?«

»Baby ist Clanwort. Bedeutet Kind, ganz kleines Kind. Name, den ich Löwen gebe, als er bei mir. Baby ist Löwe, den ich kenne. Pferd kennt auch. Keine Angst.« Ayla war völlig aus der Fassung; irgend etwas stimmte nicht, doch sie wußte nicht, was.

»Du hast mit einem Löwen zusammengelebt? Das glaube ich dir nicht«, erklärte er höhnisch.

»Du glaubst es nicht?« sagte Jondalar, und es hörte sich an, als wäre er zornig. Der Mann bezichtigte Ayla der Lüge, und Jondalar wußte nur allzugut, wie wahr ihre Geschichte war. »Ayla lügt nicht«, sagte er und stand auf, um den Riemen zu lösen, mit dem er seine Lederhose an der Hüfte festhielt. Einen Beinling ließ er herunterfallen und zeigte ihnen Leiste und Schenkel, die beide von leuchtendroten Narben entstellt waren. »Dieser Löwe hat mich angefallen, und Ayla hat nicht nur fertiggebracht, daß er von mir abließ – sie ist auch noch eine große Heilkundige. Ohne sie wäre ich meinem Bruder in die nächste Welt gefolgt. Und noch etwas will ich euch sagen. Ich habe sie auf dem Rücken dieses Löwen reiten sehen, genauso wie sie auf einem Pferd reitet. Und wollt ihr mich einen Lügner nennen?«

»Kein Gast des Löwen-Lagers wird Lügner genannt«, sagte Tulie und funkelte Frebec an in dem Bemühen, eine gefährliche Situation zu entschärfen. »Ich meine, jeder kann sehen, daß du schlimm zerfleischt worden bist, und wir haben selbstverständlich gesehen, wie die Frau – Ayla – auf dem Pferd ritt. Ich sehe keinen Grund, das, was du sagst oder was sie sagt, anzuzweifeln.«

Betretenes Schweigen machte sich breit. Verwirrt sah Ayla von einem Gesicht zum anderen. Sie kannte das Wort »Lügner« nicht, und sie begriff nicht, wieso Frebec behauptete, er glaube ihr nicht. Ayla war unter Menschen aufgewachsen, die sich durch Gebärden und Zeichen miteinander verständigten. Mehr als aus Handzeichen bestand die Sprache des Clans aus bestimmten Körperhaltungen und aus Mienenspiel, um Feinheiten und Bedeutungsnuancen auszudrücken. Mit dem gesamten Körper zu lügen war unmöglich. Man konnte bestenfalls davon Abstand nehmen, etwas zu erwähnen, und selbst das merkte man, wenn es auch um der Sache des einzelnen willen geduldet wurde. Ayla hatte nie gelernt zu lügen.

Sie wußte nur, daß etwas nicht stimmte. Sie spürte Zorn und Feindseligkeit, die plötzlich dagewesen waren, als hätten sie sie laut hinausgeschrien. Talut sah, wie Ayla zu dem dunkelhäutigen Mann hinsah und den Blick dann abwandte. Und Ranecs Anblick gab ihm einen Gedanken ein, wie man die Spannung abbauen und zum Geschichtenerzählen zurückkehren konnte.

»Das war eine gute Geschichte, Jondalar!« erklärte er mit dröhnender Stimme und bedachte Frebec mit einem tadelnden Blick. »Von langen Reisen zu hören ist immer aufregend. Möchtest du die Geschichte einer anderen langen Reise hören?«

»Ja, sehr gern sogar.«

Alle lächelten und entspannten sich. Es war eine der beliebtesten Geschichten unter der Gruppe, und es gab selten Gelegenheit, sie Menschen zu Gehör zu bringen, die sie noch nicht kannten.

»Es handelt sich um Ranecs Geschichte . . .«, begann Talut.

Erwartungsvoll sah Ayla Ranec an. »Ich wüßte gern, wie Mann mit brauner Haut dazu kommt, im Löwen-Lager zu leben«, sagte sie.

Ranec sah sie lächelnd an, wandte sich dann jedoch dem Mann seines Herd-Feuers zu: »Es ist meine Geschichte, aber erzählen mußt du sie, Wymez«, sagte er.

Jondalar hatte sich wieder gesetzt und war sich nicht sicher, ob die Wendung, die das Gespräch genommen hatte – oder Aylas Interesse an Ranec – ihm gefiel; freilich war dies besser als nahezu unverhohlene Feindseligkeit, und außerdem interessierte es ihn auch.

Wymez setzte sich bequemer hin, nickte Ayla zu und schenkte Jondalar ein Lächeln. Dann begann er: »Wir haben mehr gemeinsam als nur das Gefühl für den Feuerstein, junger Mann. Auch ich habe in meiner Jugend eine lange Reise unternommen. Zuerst bin ich nach Südosten gezogen, an der Beran-See vorüber, ganz weit bis an die Küsten eines noch viel größeren Meeres fern im Süden. Dieses Süd-Meer hat viele Namen, denn viele Menschen leben an seinen Gestaden. Ich bin an seinem Ostrand entlanggezogen, dann am Südufer nach Westen durch ein Land mit vielen Wäldern, wo es viel wärmer ist als hier und wo auch viel mehr Regen fällt.

Ich will gar nicht erst versuchen, euch alles zu erzählen, was ich erlebt habe. Das hebe ich mir für ein anderes Mal auf. Denn ich will euch Ranecs Geschichte erzählen. Auf der Reise nach Westen begegnete ich vielen Menschen und hielt mich bei manchen Gruppen auf, um neue Lebensweisen kennenzulernen, aber dann pflegte mich immer wieder die Unruhe zu packen, und ich zog weiter. Ich wollte wissen, wie weit in den Westen ich kommen könnte.

Nach vielen Jahren gelangte ich an einen Ort, nicht weit von deinem Großen Wasser, wie ich meine, Jondalar, aber hinter der Meerenge, wo das Süd-Meer und das Große Wasser sich vereinigen. Dort stieß ich auf ein Volk, dessen Haut so dunkel war, daß sie schwarz wirkte, und dort lernte ich eine Frau kennen. Eine Frau, zu der mich alles hinzog. Möglich, daß es zuerst der Unterschied war ... ihre fremdartige Kleidung, ihre Hautfarbe, ihre blitzenden dunklen Augen. Ihr Lächeln hatte etwas Bezwingendes ... und die Art, wie sie tanzte und sich bewegte ... sie war die erregendste Frau, der ich je begegnet bin.«

Wymez erzählte auf sehr direkte und untertreibende Weise, doch war die Geschichte so spannend, daß er auf dramatische Wirkungen verzichten konnte. Gleichwohl veränderte sich die Haltung des vierschrötigen, stillen und zurückhaltenden Mannes merklich, als er die Frau erwähnte.

»Als sie sich einverstanden erklärte, sich mit mir zusammenzutun, beschloß ich, bei ihr zu bleiben. Ich hatte mich von jeher für die Steinbearbeitung interessiert, selbst als Junge schon, und so erlernte ich die Methode dieser Menschen, Speerspitzen herzustellen. Sie schlagen von beiden Rändern des Steins immer mehr kleine Splitter ab, bis ein schmaler Grat entsteht, verstehst du?« wandte er sich direkt an Jondalar.

»Jawohl, beidseitig, wie eine Axt.«

»Aber diese Speerspitzen sind viel kleiner und nicht so dick und stumpf. Sie bedienten sich einer sehr guten Technik. Ich meinerseits zeigte ihnen ein paar Dinge und war es wohl zufrieden, mir manches von ihrer Arbeitsweise anzueignen, besonders nachdem Die Mutter die Frau, mit der ich lebte, mit einem Kind, einem Jungen, segnete. Sie wollte von mir wissen, wie er heißen sollte; das ist bei ihnen so Sitte. Und ich wählte den Namen Ranec.«

Das erklärt alles, dachte Ayla. Seine Mutter war dunkelhäutig.

»Und was hat dich bewogen, wieder zurückzukehren?« fragte Jondalar.

»Ein paar Jahre nach Ranecs Geburt kam es zu Schwierigkeiten. Die dunkelhäutigen Menschen, bei denen ich lebte, waren weiter nach Süden gezogen, und einige von den benachbarten Lagern wollten ihre Jagdgründe nicht mit ihnen teilen. Es gab Unterschiede in den Sitten und Gebräuchen. Fast wäre es mir gelungen, sie zu bewegen, sich zusammenzusetzen und darüber zu reden. Doch ein paar Heißsporne auf beiden Seiten beschlossen, statt dessen zu kämpfen und den Streit so auszutragen. Ein Todesfall führte aus Rache zum anderen, und dann wurden die Lager selbst angegriffen.

Wir verschanzten uns, aber sie waren in der Überzahl. So ging das eine Zeitlang hin und her, doch sie erschlugen immer wieder welche von uns, einen nach dem anderen. Nach einiger Zeit rief der Anblick eines Menschen mit hellerer Haut Angst und Haß hervor. Obwohl ich einer der ihren war, fingen sie an, mir, ja sogar Ranec, zu mißtrauen. Seine Haut war heller als die der anderen, und auch sein Gesicht war anders geschnitten. Ich redete mit Ranecs Mutter, und wir beschlossen fortzugehen. Es war ein trauriger Abschied, die Familie und viele Freunde zurückzulassen, aber es war einfach nicht sicher zu bleiben. Ein paar von den Heißspornen wollten uns sogar am Fortgehen hindern, doch andere halfen uns, so daß wir im Schutze der Nacht entkommen konnten.

Wir zogen nach Norden, an die Meerenge. Ich kannte dort Menschen, die kleine Boote bauten, mit denen sie auf das offene Meer hinausfuhren und hinüber auf die andere Seite. Man warnte uns, es sei die falsche Jahreszeit; und schwierig war die Überfahrt auch bei günstigstem Wetter schon. Ich aber fand, wir müßten unbedingt fort, und so beschlossen wir, das Wagnis auf uns zu nehmen.

Es war der falsche Entschluß«, berichtete Wymez mit sehr beherrschter Stimme. »Das Boot kenterte. Nur Ranec und ich schafften es hinüber, und mit uns ein Bündel Habseligkeiten von den anderen.« Er machte eine Pause, ehe er mit der Geschichte fortfuhr: »Wir waren immer noch weit von daheim entfernt, und es hat sehr, sehr lange gedauert, doch schließlich trafen wir hier ein – während eines Sommer-Treffens.«

»Und wie lange bist du fortgewesen?« fragte Jondalar.

»Zehn Jahre«, sagte Wymez. Dann verzog sich sein Gesicht zu einem Lächeln. »Unsere Ankunft erregte ein ziemliches Aufsehen. Niemand hätte gedacht, mich je wiederzusehen, und dann noch mit Ranec. Nezzie erkannte mich nicht einmal wieder, aber schließlich war meine Schwester noch ein kleines Mädchen gewesen, als ich damals loszog. Sie und Talut hatten gerade ihre Hochzeitszeremonie hinter sich und waren dabei, zusammen mit Tulie und ihren beiden Gefährten und ihren Kindern das Löwen-Lager zu gründen. Sie forderten mich auf, mich ihnen anzuschließen. Nezzie nahm Ranec an Kindes Statt an, obwohl er immer noch der Sohn meines Herdfeuers ist, und kümmerte sich um ihn, als wäre er ihr eigenes Kind, auch noch, nachdem Danug geboren wurde.«

Als er aufhörte zu reden, dauerte es eine Weile, ehe ihnen klar wurde, daß er fertig war. Alle wollten mehr hören. Wiewohl die meisten von ihnen viele seiner Abenteuer kannten, schien er immer noch neue Geschichten zu kennen oder den alten eine neue Wendung zu geben.

»Ich glaube, Nezzie wäre gern die Mutter aller, wenn sie nur könnte«, sagte Tulie und erinnerte sich an die Zeit seiner Rückkehr. »Ich nährte damals gerade Deegie, und Nezzie konnte nicht genug davon bekommen, mit ihr zu spielen.«

»Bei mir spielt sie mehr als nur Mutter!« sagte Talut, lächelte durchtrieben und klopfte ihr freundschaftlich auf das ausladende Hinterteil. Er hatte noch einen Wasserbeutel mit dem starken Getränk geholt und ließ es, nachdem er selbst einen tüchtigen Schluck genommen hatte, im Kreis herumgehen.

»Talut! Ich werd' was anderes tun, als dich bemuttern!« erklärte Nezzie gespielt ärgerlich, mußte jedoch ein Lächeln unterdrücken.

»Ist das ein Versprechen?« konterte er.

»Du weißt genau, was ich meine, Talut«, sagte Tulie und fegte die nicht zu überhörenden Anzüglichkeiten zwischen ihrem Bruder und seiner Frau beiseite. »Sie konnte sich ja nicht mal von Rydag trennen. Dabei war er so kränklich, und es wäre besser für ihn gewesen.«

Aylas Augen suchten unwillkürlich das Kind. Tulies Bemerkung machte ihm zu schaffen. Tulie war nicht absichtlich unfreundlich zu ihm gewesen, doch wußte Ayla, daß er es haßte, wenn über ihn geredet wurde, als wäre er überhaupt nicht vorhanden. Freilich, tun konnte er dagegen nicht das geringste. Er konnte ihr nicht einmal sagen, wie ihm zumute war; ohne darüber nachzudenken, nahm sie an, da er nicht sprechen könne, fühle er auch nichts.

Ayla war versucht, sich auch nach diesem Kind zu erkundigen, meinte jedoch, das könnte aufdringlich sein. Die entscheidende Frage stellte dann Jondalar, gleichsam als wollte er seine eigene Neugier befriedigen.

»Nezzie, würdest du uns von Rydag erzählen? Ich glaube, das würde Ayla ganz besonders interessieren – und mich auch.«

Nezzie lehnte sich vor und nahm Latie das Kind ab, setzte es sich auf den Schoß und sammelte sich.

»Wir waren hinter Riesenhirschen her, den Hirschen mit dem gewaltigen Geweih«, begann sie, »und wollten einen Rundzaun errichten, um sie hineinzutreiben – das ist die beste Art, auf Riesenhirsche Jagd zu machen. Als ich die Frau, die sich in der Nähe unseres Jagdlagers herumdrückte, das erste Mal bemerkte, fand ich das nur merkwürdig. Man trifft so selten auf Flachkopf-Frauen – und auf eine allein schon gar nicht.«

Gebannt lauschend, lehnte Ayla sich vor.

»Sie lief nicht davon, auch nicht, als sie sah, daß ich sie genauer betrachten wollte; das tat sie erst, als ich versuchte, näher an sie heranzukommen. Und da sah ich, daß sie schwanger war. Ich dachte, vielleicht hat sie Hunger, und so ließ ich etwas Essen in der Nähe ihres Verstecks zurück. Das war am nächsten Morgen verschwunden, und so ließ ich, als wir endgültig aufbrachen, noch etwas zurück.

Am nächsten Tag meinte ich, sie ein paarmal zu sehen, war mir aber nicht sicher. Und dann, am Abend, als ich am Feuer saß und Rugie die Brust gab, sah ich sie wieder. Ich stand auf und versuchte, näher an sie heranzukommen. Da lief sie wieder weg, allerdings bewegte sie sich so, als ob sie Schmerzen hätte, und da ging mir auf, daß sie in den Wehen war. Ich wußte nicht, was tun. Zwar wollte ich ihr helfen, aber sie lief immer vor mir davon, und es wurde schon dunkel. Ich erzählte es Talut, und der nahm sich ein paar Leute und heftete sich an ihre Fersen.«

»Ja, das war wirklich merkwürdig«, sagte Talut und trug zu Nezzies Erzählung bei, was er beizutragen hatte. »Ich dachte, wir müßten sie umzingeln und sie sozusagen in die Falle laufen lassen, doch als ich schrie, sie solle stehenbleiben, hockte sie sich hin und wartete. Als ich sie heranwinkte, erhob sie sich und folgte mir, als wüßte sie, was sie zu tun hätte, und hätte verstanden, daß ich ihr nichts zuleide tun wollte.«

»Mir ist unbegreiflich, wie sie überhaupt gehen konnte«, fuhr Nezzie fort. »Diese Schmerzen, die sie hatte! Sie begriff rasch, daß ich ihr helfen wollte; allerdings, ob ich ihr eine große Hilfe war, weiß ich nicht. Ich war mir nicht einmal sicher, ob sie überhaupt so lange leben würde, bis das Kind zur Welt gebracht war. Sie schrie kein einziges Mal. Schließlich, gegen Morgen, wurde ihr Sohn geboren. Überrascht stellte ich fest, daß das Kind von gemischten Geistern war. Selbst dem Neugeborenen konnte man schon ansehen, daß es anders war.

Die Frau war so geschwächt, daß ich meinte, ihr Lebenswillen einzuflößen, wenn ich ihr zeigte, daß ihr Sohn lebte. Sie schien ihn auch unbedingt sehen zu wollen. Aber ich nehme an, sie war schon zu weit hinüber; wahrscheinlich hatte sie zuviel Blut verloren. Es war, als hätte sie einfach aufgegeben. Sie starb, noch ehe die Sonne ganz aufgegangen war.

Alle rieten mir, ihn einfach sich selbst zu überlassen, aber ich nährte Rugie ohnehin und hatte viel Milch. Es war keine besondere Mühe, auch ihm die Brust zu geben.« Beschützerisch drückte sie ihn jetzt an sich. »Ich weiß, daß er schwach war. Vielleicht hätte ich ihn einfach zurücklassen sollen, aber ich könnte Rydag nicht mehr lieben, wenn er mein eigener Sohn wäre. Es tut mir deshalb auch nicht leid, daß ich ihn behalten habe.«

Mit großen, schimmernden braunen Augen sah Rydag zu Nezzie hinauf, schlang ihr dann die dünnen Ärmchen um den Hals und bettete den Kopf an ihre Brust. Nezzie hielt ihn ihrerseits umschlungen und wiegte ihn auf dem Schoß.

»Manche Leute sagen, er sei ein Tier, weil er nicht sprechen kann, aber ich weiß, er versteht. Und ein ›Scheusal‹ ist er auch nicht«, fügte sie mit einem zornigen Blick auf Frebec noch hinzu. »Einzig Die Mutter weiß, warum die Geister, die ihn geschaffen haben, gemischt waren.«

Ayla mußte die aufsteigenden Tränen unterdrücken. Sie wußte nicht, wie diese Menschen auf Tränen reagieren würden; die Leute vom Clan hatte es immer beunruhigt, wenn ihr das Wasser in die Augen gestiegen war. Wie sie Nezzie da mit dem Kind sah, wurde sie von Erinnerungen überwältigt. Schmerzlich sehnte sie sich nach ihrem Sohn, und neuerlich befiel sie Kummer über Iza, die sie aufgenommen hatte und ihre Mutter gewesen war, obwohl sie für den Clan genauso anders gewesen war wie Rydag für das Löwen-Lager. Doch mehr als alles andere wünschte sie sich eine Möglichkeit, Nezzie zu verstehen zu geben, wie tief gerührt sie war, wie dankbar um Rydags ... und um ihrer selbst willen. Es war ihr unerklärlich, doch hatte Ayla das Gefühl, es würde ihr irgendwie helfen, etwas an Iza gutzumachen, wenn sie eine Möglichkeit fand, etwas für Nezzie zu tun.

»Nezzie, er weiß«, sagte Ayla leise. »Er kein Tier, kein Flachkopf. Er ist Kind von Clan und Kind von Anderen.«

»Daß er kein Tier ist, weiß ich, Ayla«, sagte Nezzie. »Aber was ist das – Clan?«

»Leute, wie Mutter von Rydag. Ihr sagt ›Flachköpfe‹, sie selbst sagen ›Clan‹«, erklärte Ayla.

»Was soll das heißen, ›sie sagen Clan‹? Sie können ja nicht sprechen«, mischte Tulie sich ein.

»Nicht sagen viele Wörter. Aber sie reden. Sprechen mit Händen.«

»Woher willst du das wissen?« fragte Frebec. »Wie kommst du dazu, soviel gescheiter zu sein als andere?«

Jondalar holte tief Atem und hielt ihn dann an, während er auf die Antwort wartete.

»Ich früher beim Clan gelebt. Habe wie Clan geredet. Nicht mit Worten, das erst, als Jondalar kam«, sagte Ayla. »Der Clan, das waren meine Leute.«

Es herrschte betretenes Schweigen, als die Bedeutung dessen, was sie da gesagt hatte, klarwurde.

»Soll das heißen, du hast unter Flachköpfen gelebt? Mit diesen dreckigen Tieren zusammengelebt?« entfuhr es Frebec voller Abscheu. Er sprang auf und wich entsetzt zurück. »Kein Wunder, daß sie nicht richtig reden kann. Wenn sie unter ihnen gelebt hat, ist sie genauso schlimm wie sie. Nichts weiter als Tiere, alle miteinander, und dazu gehört auch dein Bastard der gemischten Geister, Nezzie.«

Das Lager war in Aufruhr. Selbst wenn einige seiner Meinung gewesen sein mochten – Frebec war eindeutig zuweit gegangen. Er hatte die Gebote der Höflichkeit Besuchern gegenüber übertreten und die Gefährtin des Anführers beleidigt. Ihm jedoch war es schon lange peinlich gewesen, zu einem Lager zu gehören, das ein ›Scheusal von gemischten Geistern‹ bei sich aufgenommen hatte; außerdem litt er noch unter den Sticheleien von Fralies Mutter aus ihrer letzten Runde in dem Kampf, der nun schon so lange dauerte. An irgend jemand mußte er seine Wut auslassen.

Aufbrausend eilte Talut Nezzie und Ayla zu Hilfe. Und Tulie säumte keinen Augenblick, die Ehre des Lagers zu verteidigen. Die boshaft lächelnde Crozie wiederum übergoß abwechselnd Frebec mit ihren Schmähungen und bedachte Fralie mit zornfunkelnden Blicken, während die anderen laut ihre Meinung kundtaten. Ayla sah vom einen zum anderen, wollte sich die Ohren zuhalten und von dem ganzen Lärm nichts mehr hören.

Plötzlich gebot Talut laut dröhnend Ruhe, und zwar dermaßen lautstark, daß alle zusammenschraken und Ruhe gaben. Dann vernahm man die Trommel Mamuts, und das verfehlte seine beruhigende Wirkung nicht.

»Ich meine, ehe irgend jemand sonst etwas sagt, sollten wir uns anhören, was Ayla zu sagen hat«, erklärte Talut, als die Trommel verstummte.

Eifrig lehnten die Leute sich vor, mehr als bereit zuzuhören und herauszubekommen, was es mit dieser geheimnisvollen Frau auf sich habe. Ayla hatte eigentlich keinerlei Verlangen mehr, diesen lauten und rüden Menschen irgend etwas zu sagen, meinte jedoch, keine andere Wahl zu haben. Trotzig das Kinn vorreckend, dachte sie, wenn sie es unbedingt hören wollen, sollen sie es erfahren, aber gleich morgen früh gehe ich fort.

»Ich nicht ... an mein Leben, als ich ganz klein war, erinnere ich mich nicht mehr«, begann Ayla. »Nur an Erdbeben, und an Höhlenlöwen, der mich an Bein zeichnete, mir Narben beibrachte. Iza hat mir erzählt, sie mich an Fluß gefunden ... wie heißt das Wort, Mamut? Nicht wach?«

»Besinnungslos.«

»Iza mich an Flußufer gefunden, besinnungslos. Ich fast so alt wie Rydag, noch jünger. Vielleicht fünf Jahre alt. Ich an Bein verletzt von Höhlenlöwen. Iza ist ... Medizinfrau. Sie heilt Bein. Creb ... Creb ist Mog-ur ... wie Mamut ... heiliger Mann ... kennt Geisterwelt. Creb bringt mir bei zu reden wie Clan, jedenfalls nehmen sie mich bei sich auf.«

Ayla bemühte sich angestrengt, sich an alles zu erinnern, was Jondalar ihr über ihre Sprache gesagt hatte. Daß Frebec behauptet hatte, sie könne nicht richtig reden, hatte ihr genausowenig gefallen wie alles andere, was er von sich gegeben. Sie sah zu Jondalar hin. Der hatte die Stirn gerunzelt. Offenkundig wollte er, daß sie mit irgend etwas besonders vorsichtig sei. Worüber er sich solche Sorgen machte, war ihr nicht völlig klar, aber vielleicht war es nicht nötig, wirklich alles zu sagen.

»Ich wachse auf bei Clan, aber verlasse sie ... um die Anderen zu finden, die sind wie ich. Ich bin ...« Sie hielt inne, um sich an das richtige Zählwort zu erinnern. »Vierzehn. Ja, vierzehn Jahre alt war ich da. Iza mir sagen, die Anderen leben im Norden. Ich lange Zeit Ausschau nach ihnen gehalten, niemand gefunden. Dann ich finde Tal und bleibe, um Winter zu überstehen. Töte Pferd wegen Fleisch, sehe dann kleines Pferd, ihr Junges. Ich habe keine Leute. Junges Pferd ist wie Baby. Ich sorge für junges Pferd. Später finde jungen Löwen, verletzt. Nehme auch Löwen auf, aber er wächst heran, verläßt mich, findet Löwin. Ich lebe drei Jahre in Tal, allein. Dann Jondalar kommen.«

Ayla hörte auf zu sprechen. Keiner sagte etwas. Ihre Erklärung, die sie so schlicht und ohne jede Beschönigung vorgebracht hatte, konnte nur wahr sein – und dennoch war es schwer, ihr das alles zu glauben. Es warf mehr Fragen auf, als dadurch beantwortet wurden. Sollte es wirklich wahr sein, daß Flachköpfe sie bei sich aufgenommen und sie großgezogen hatten? Konnten sie wirklich sprechen, oder sich zumindest verständigen? War es denn denkbar, daß sie so menschenähnlich waren, so *menschlich*? Und was war mit ihr? Wenn sie bei ihnen aufgewachsen war – war sie dann ein Mensch?

In dem Schweigen, das folgte, ließ Ayla die Augen nicht von Nezzie und dem Jungen, und dann fiel ihr ein Erlebnis ein, das sie ganz früh in ihrem Leben unter den Clansangehörigen gehabt hatte. Creb hatte ihr beigebracht, sich mittels Handzeichen verständlich zu machen, doch eine Gebärde gab es, die hatte sie von selbst gelernt. Es handelte sich um das Zeichen, das man oft Babys vormachte und das alle Kinder der Frau gegenüber benutzten, die für sie sorgte; und sie entsann sich, wie wohl Iza zumute gewesen war, als sie – Iza – zum ersten Mal von ihr – Ayla – damit bedacht worden war.

Ayla lehnte sich vor und sagte zu Rydag: »Ich will dir Wort zeigen. Wort, das du mit Händen sagst.«

Er setzte sich auf, und aus seinen Augen leuchtete erregtes Interesse. Er hatte verstanden, so wie er es immer tat, jedes Wort, das gesagt wurde, und das Gerede über Handzeichen und Gebärden hatte unbestimmte Gefühle in ihm geweckt. Alle sahen zu, und Ayla vollführte eine Geste, eine absichtsvolle Handbewegung. Er machte den Versuch, sie nachzumachen und legte verwirrt die Stirn in Falten. Dann, plötzlich, stieg aus tief verschütteter Stelle in ihm Begreifen auf und zeigte sich auf seinem Gesicht. Als Ayla lächelte und aufmunternd nickte, bemühte er sich, es besser zu machen als beim ersten Mal. Dann wandte er sich an Nezzie und vollführte die Geste noch einmal. Und Nezzie sah Ayla an.

»Er zu dir sagen: ›Mutter‹«, erklärte Ayla.

»Mutter?« sagte Nezzie, schloß dann die Augen, drängte die Tränen zurück und herzte das Kind, das sie vom ersten Tag seines Lebens an versorgt hatte. »Talut! Hast du das gesehen? Rydag hat mich eben ›Mutter‹ genannt. Nie hätte ich gedacht, daß ich das noch einmal erlebe – daß Rydag ›Mutter‹ zu mir sagt.«

4

Es herrschte gedrückte Stimmung im Lager. Sie wußten nicht, was man sagen oder von alledem halten sollten. Wer waren diese Fremden, die so unvermittelt in ihrer Mitte aufgetaucht waren? Dem Mann, der vorgab, weit aus dem Westen zu kommen, war leichter zu glauben als der Frau, die behauptete, sie habe drei Jahre hindurch in einem Tal in der Nähe gelebt – und davor, noch unfaßlicher, bei einer Horde Flachköpfen. Was die Frau da erzählte, drohte ein ganzes Gebäude bequemer Vorstellungen und Überzeugungen zum Einsturz zu bringen; und doch hielt es schwer, ihren Bericht anzuzweifeln.

Nezzie hatte Rydag zu seiner Lagerstatt getragen; nachdem er ihr das erste schweigende Wort zu verstehen gegeben, hatte sie Tränen in den Augen gehabt. Alle anderen gingen daraufhin davon aus, daß das Geschichtenerzählen zu Ende sei, und hatten sich an ihr eigenes Herdfeuer begeben. Ayla nutzte die Gelegenheit hinauszuschlüpfen. Sie zog ihren Überwurf – einen kapuzenbesetzten Pelz, bei dem das Fell nach außen zeigte – an und trat ins Freie.

Winnie erkannte sie und schnaubte leise. Vom Prusten und Schnauben des Tieres geleitet, tastete sie sich im Dunkel voran und fand die Stute.

»Ist alles in Ordnung, Winnie? Ist es auch warm genug? Und Renner? Wahrscheinlich fühlt ihr euch auch nicht wohler als ich«, sagte Ayla in Gedanken, aber gleichfalls in der nur für die Pferde bestimmten besonderen Sprache. Winnie reckte den Kopf und tänzelte ein wenig, dann ließ sie den Kopf über der Schulter der Frau liegen, während diese ihr die Arme um den zotteligen Hals schlang und dem Pferd, das so lange ihr einziger Gefährte gewesen war, ihrerseits den Kopf an die Schulter legte. Renner drängte sich an sie, und so standen sie alle drei beieinander und erholten sich von all dem Neuen, das sie heute erlebt hatten.

Nachdem Ayla sich vom Wohlergehen der Pferde überzeugt hatte, schlenderte sie hinunter ans Flußufer. Es tat gut, nicht in der Erdhütte, sondern im Freien zu sein und keine Menschen um sich zu haben. Sie holte tief Atem. Die Nacht war kalt und trocken. Es knisterte von statischen

Geräuschen, als sie die pelzgefütterte Kapuze zurückschob, den Hals reckte und in die Höhe sah.

Der Neumond richtete sein schimmerndes Auge in dem Bemühen, den großen Gefährten, dem er beigegeben war, nicht zur Kenntnis zu nehmen, in ferne Tiefen, deren langsam sich drehende Lichter mit Versprechungen von unendlicher Freiheit lockten, gleichwohl jedoch nichts weiter boten als kosmische Leere. Hochziehende dünne Wolken verhüllten die blasseren Sterne, ließen jedoch die entschlosseneren sich in ein schimmerndes Schleiergewand hüllen und vermittelten das Gefühl, als wäre der rußschwarze Himmel zum Greifen nahe und ganz weich.

Ayla war aufgewühlt; widerstreitende Gefühle zerrten an ihr. Dies hier waren Die Anderen, nach denen sie gesucht hatte. Die Art Menschen, denen sie geboren worden war. Unter Leuten wie diesen wäre sie aufgewachsen, hier hätte sie sich geborgen und zu Hause gefühlt – wäre nicht das Erdbeben gewesen. Statt dessen war sie beim Clan großgeworden. In den Sitten und Gebräuchen des Clan kannte sie sich aus, wohingegen ihr die Lebensweise von ihresgleichen fremd war. Und doch: Wäre nicht der Clan gewesen, sie wäre elendiglich zugrunde gegangen. Zurück konnte sie nicht zu ihnen; aber sie hatte auch nicht das Gefühl, hierher zu gehören.

Bei diesen Menschen hier ging es ungeordnet zu; Iza würde gesagt haben, sie hätten keine Manieren. Wie dieser Mann, der Frebec hieß – der einfach drauflosredete, ohne an der Reihe zu sein und ohne vorher um Erlaubnis gefragt zu haben; und wie sie dann alle durcheinander geredet und geschrien hatten! Talut hatte sie für den Anführer gehalten, doch selbst der mußte erst schreien, um sich Gehör zu verschaffen. Brun hätte nie zu schreien brauchen. Das einzige Mal, daß sie Brun hatte schreien hören, war gewesen, als er jemand vor einer unmittelbaren Gefahr gewarnt hatte. Keiner im Clan hätte es sich jemals erlaubt, den Anführer ganz und gar aus dem Bewußtsein zu verlieren; Brun hätte nur ein Zeichen zu machen brauchen, und von einem Herzschlag auf den anderen wäre er der Aufmerksamkeit aller sicher gewesen.

Und wie die Leute über den Clan redeten, das gefiel ihr ganz und gar nicht; schon daß sie sie Flachköpfe nannten und Tiere! Es konnte doch jeder sehen, daß auch sie Menschen waren. Ein bißchen anders vielleicht, aber trotzdem Menschen. Nezzie wußte das. Mochten die anderen sagen, was sie wollten, sie wußte, daß Rydags Mutter eine Frau gewesen war und das Kind, das sie zur Welt gebracht, nichts anderes als nur ein Baby. Gleichwohl ist er ein Kind von gemischten Geistern, genauso wie mein Sohn, dachte Ayla, und wie Odas kleine Tochter, die sie bei der Versammlung des Clan erlebt hatte. Wie war es nur möglich, daß Rydags Mutter ein Kind von gemischten Geistern bekommen hatte?

Geister! Sind es wirklich Geister, die die Babys machen? Ist es so, daß der Totem-Geist eines Mannes den einer Frau bezwingt und dadurch dafür sorgt, daß ein Baby in ihr wächst, wie die Leute vom Clan meinen? Oder erwählt die Große Mutter den Geist eines Mannes und einer Frau, vereinigt sie und befördert sie in das Innere einer Frau, wie Jondalar und diese Leute hier glauben?

Warum bin ich die einzige, die meint, daß es an einem Mann liegt und nicht an einem Geist, daß ein Baby in einer Frau wächst? An einem Mann, der es mit seinem Gemächt tut – seiner Männlichkeit, wie Jondalar es nennt? Warum sonst sollten Männer und Frauen zusammenkommen, wie sie es nun einmal immer wieder tun?

Als Iza mir das von der Medizin verriet, sagte sie, diese stärke ihr Totem, und das sei der Grund, warum sie so viele Jahre hindurch kein Baby bekommen habe. Vielleicht war das so; aber ich nahm die Medizin nicht ein, als ich allein lebte, und von allein fingen auch keine Babys an zu wachsen. Überhaupt bin ich erst, nachdem Jondalar kam, auf den Gedanken gekommen, wieder nach dem Goldfadenkraut und der Antilopenbeifußwurzel Ausschau zu halten ...

Nachdem Jondalar mir zeigte, daß es nicht unbedingt wehzutun brauchte ..., nachdem er mir bewies, wie herrlich es für Mann und Frau gemeinsam sein kann ...

Ich möchte mal wissen, was geschähe, wenn ich aufhörte, Izas Medizin zu nehmen? Ob ich dann wohl ein Baby bekäme? Und ob das dann von Jondalar wäre? Wenn er seine Männlichkeit dorthin steckte, wo die Babys herkommen?

Diese Überlegung trieb ihr die Hitze ins Gesicht, und ihre Brustwarzen kribbelten. Heute ist es zu spät, dachte sie, heute habe ich die Medizin in der Frühe schon genommen; aber was, wenn ich morgen früh einfach einen ganz gewöhnlichen Kräutertee aufbrühe? Könnte ich es damit fertigbringen, daß Jondalars Baby in mir wächst? Allerdings, zu warten brauchten wir nicht unbedingt. Wir könnten es schon heute abend versuchen ...

Sie lächelte versonnen. Du möchtest bloß, daß er dich berührt, dir den Mund auf deinen Mund legt und auf ... Ein Wonneschauer überlief sie, und sie schloß die Augen, um ihrem Körper Gelegenheit zu geben, sich zu erinnern, welche Gefühle er in ihr zu wecken vermochte.

»Ayla?« rief eine Stimme barsch.

Sie hatte Jondalar nicht näherkommen hören, und die Art, wie er nach ihr rief, stand in keiner Weise in Einklang mit dem, was sie fühlte. Irgend etwas nagte an ihm, seit sie hierher gekommen waren; wenn sie doch nur wüßte, was das war!

»Ja?«

»Was machst du hier?« fuhr er sie an.

Ja, was hatte sie gemacht? »Ich schnappe Luft und lasse die Nacht auf mich wirken – und denke über dich nach«, antwortete sie und gab ihm damit die umfassendste Antwort, die ihr möglich war.

Das jedoch war nicht die Antwort, die Jondalar erwartet hatte; wiewohl er auch nicht genau zu sagen gewußt hätte, was er eigentlich erwartete. Das Ganze hatte sich zu einem Knäuel der Wut und der Angst in ihm verhärtet und brachte seinen Magen dazu, sich jedesmal zu verkrampfen, wenn er des dunkelhäutigen Mannes ansichtig wurde. Ayla schien ihn interessant zu finden, und Ranec blickte ständig nach ihr. Jondalar hatte versucht, seinen Ärger darüber hinunterzuschlucken und sich selbst einzureden, wie albern es sei anzunehmen, es sei mehr an allem daran. Sie brauchte andere Freunde. Daß er der erste war, bedeutete noch lange nicht, daß er auch der einzige Mann bleiben würde, den sie jemals kennenlernen sollte.

Und doch war es heiß in Jondalar aufgestiegen und hatte es ihn gleichzeitig eiskalt überlaufen, als Ayla sich nach Ranecs Herkommen und Hintergrund erkundigte. Warum, wenn sie nicht persönlich an ihm interessiert war, wollte sie mehr über diesen faszinierenden Fremden erfahren? Der großgewachsene Mann widerstand der Regung, sie zu packen und einfach fortzubringen; es beunruhigte ihn, daß ihn solche Gefühle beutelten. Sie hatte das Recht, sich ihre Freunde auszusuchen; und es waren doch nichts anderes als nur Freunde. Sie hatten doch nur miteinander geredet und sich angesehen!

Als sie hinausging, hatte Jondalar gesehen, wie Ranecs dunkle Augen ihr folgten; da hatte er seinerseits rasch seinen Überwurf genommen und war ihr gefolgt. Dann sah er sie am Fluß stehen, und aus irgendeinem ihm unerklärlichen Grunde war er fest davon überzeugt, daß sie an Ranec dachte. Ihre Antwort warf ihn daher völlig um; er entspannte sich und lächelte.

»Ich hätte wissen müssen, daß ich auf meine Frage eine umfassende und ehrliche Antwort bekommen würde. Luft schnappen und die Nacht auf sich wirken lassen – du bist wunderbar, Ayla.«

Sie schenkte ihm ihrerseits ein Lächeln. Sie war sich nicht ganz sicher, was sie getan hatte, aber irgendwie hatte sie ihn dazu gebracht, daß er lächelte und seine Stimme wieder glücklich klang. Die Wärme, die in ihr aufgestiegen war, kehrte zurück, und sie trat auf ihn zu. Selbst in der dunklen Nacht, wo kaum genug Sternenschimmer vorhanden war, ein Gesicht zu erkennen, entnahm Jondalar der Art und Weise, wie sie sich bewegte, die Stimmung, in der sie sich befand, und reagierte auf seine Weise. Gleich darauf lag sie in seinen Armen, drückte er seinen Mund auf den ihren, und alle Zweifel und alle Sorgen fielen von ihr ab. Überall würde sie hingehen, bei allen Menschen leben, auch noch die befremdlichsten Sitten und Gebräuche lernen – Hauptsache, sie hatte Jondalar.

Nach einer Weile sah sie zu ihm auf. »Erinnerst du dich noch, wie ich dich gefragt habe, welches dein Zeichen sei? Und wie ich dir zu verstehen geben sollte, wenn ich wollte, daß du mich berührst und ich deine Männlichkeit in mir haben wollte?«

»Ja, ich erinnere mich«, sagte er und verzog das Gesicht zu einem schiefen Lächeln.

»Du hast gesagt, ich sollte dich einfach küssen oder darum bitten. Kannst du deine Männlichkeit bereitmachen?«

Wie ernst, wie ohne jeden Arg und wie rührend sie war! Er beugte den Kopf, um sie nochmals zu küssen, und hielt sie so nahe, daß sie fast das Blau seiner Augen und die Liebe darin erkennen konnte. »Ayla, meine merkwürdige, wunderschöne Frau«, sagte er. »Weißt du überhaupt, wie sehr ich dich liebe?«

Doch noch während er sie an sich drückte, peinigten ihn Schuldgefühle. Wenn er sie so sehr liebte, warum waren ihm dann die Dinge, die sie tat, so peinlich? Als dieser Mann, dieser Frebec, entsetzt vor ihr zurückgewichen war, hätte er vor Scham sterben mögen, sie hergebracht und sich mit ihr zusammengetan zu haben! Um sich gleich darauf für dieses Gefühl zu hassen! Er liebte sie. Wie konnte er sich nur für die Frau schämen, die er liebte?

Dieser Dunkelhäutige, dieser Ranec, schämte sich nicht. Die Art, wie er sie ansah mit seinen weißschimmernden Zähnen und seinen blitzenden dunklen Augen, wie er sie anlachte, ihr schmeichelte, sie neckte – wenn Jondalar darüber nachdachte, mußte er an sich halten, um nicht die Hand gegen ihn zu erheben. Er liebte sie so sehr, daß ihm der Gedanke, sie könnte jemand anders wollen, jemand, der sich ihrer nicht schämte, unerträglich war. Er liebte sie in einem Maße, das er nie für möglich gehalten hätte; er hätte es einfach nicht geglaubt, daß er eine Frau so sehr lieben könnte. Wie konnte er sich dann der Frau schämen, die er liebte?

Wieder küßte Jondalar sie, härter, hielt sie dabei an sich gedrückt, daß es wehtat; und dann küßte er sie hitzig und wie rasend, bedeckte ihren Hals und ihre Schultern mit Küssen. »Weißt du eigentlich, was es heißt, plötzlich zu wissen, daß man fähig ist, sich zu verlieben, ja, zu lieben? Ayla, spürst du, wie sehr ich dich liebe?«

Er war so voller Ernst und voller Glut, daß es ihr einen besorgten Stich versetzte – nicht um ihretwillen, sondern um seinetwillen. Sie liebte ihn, liebte ihn mehr, als sie jemals in Worten auszudrücken imstande sein würde, aber diese Liebe, die er ihr entgegenbrachte, war nicht ganz das gleiche. Sie war nicht eigentlich stärker, sie war vielmehr fordernder und drängender. Als fürchtete er zu verlieren, was er endlich gewonnen hatte. Totems, insbesondere starke Totems, wußten um genau solche Ängste und Befürchtungen und stellten sie auf die Probe. Sie wünschte sich, diesen mächtigen Gefühlsüberschwang ablenken zu können.

»Ich kann fühlen, wie bereit du bist«, sagte sie leicht grinsend.

Doch er konnte nicht leichtblütig darauf eingehen, wie sie gehofft hatte. Statt dessen küßte er sie wie wild und drückte sie, bis sie fürchtete, er würde ihr den Brustkorb zermalmen. Dann fuhr er suchend unter ihren Überwurf, unter ihr Obergewand, suchte nach ihren Brüsten, versuchte, den Riemen ihrer Hose zu lösen.

So hatte sie ihn noch nie erlebt, so sehnsüchtig, so flehend und bedürftig in seinem Verlangen. Für gewöhnlich war er viel zärtlicher und rücksichtsvoller. Er kannte ihren Körper besser als sie selbst und genoß sein Wissen und sein Können. Doch diesmal waren seine Bedürfnisse größer als die ihren. Und da sie den Augenblick als das erkannte, was er war, gab sie sich ihm rückhaltslos hin und verlor sich in dem mächtigen Ausdruck seiner Liebe. Sie war genauso bereit für ihn, wie er bereit war für sie. Sie nestelte den Riemen auf und ließ die Beinlinge fallen, dann half sie ihm bei den seinen.

Ehe sie wußte, wie ihr geschah, lag sie auf der harten Erde am Flußufer. Sie hatte gerade noch das Bild von blaß schimmernden Sternen am Himmel vor sich, dann schloß sie die Augen. Er lag auf ihr, preßte den Mund hart auf den ihren, zwängte ihn mit der Zunge auf, suchte damit, als könnte er darin finden, wonach er mit seinem warmen strotzenden Glied so heftig suchte. Sie öffnete sich ihm, machte Mund und Schenkel auf, griff dann nach ihm und geleitete ihn in ihre feuchten, einladenden Tiefen. Sie hielt vernehmlich die Luft an, als er in sie eindrang, hörte ein fast ersticktes Stöhnen, spürte dann, wie sein Schaft sie bis zur Gänze ausfüllte, als sie sich ihm entgegenhob.

Selbst in seiner Raserei konnte er es kaum fassen, was für ein Wunder es war, wie sie füreinander geschaffen schienen, daß ihre Tiefe seiner Größe entsprach. Er spürte, wie ihre warmen Falten ihn ganz in sich aufnahmen, und hätte um ein Haar schon in diesem ersten Augenblick seinen Höhepunkt erlebt. Einen Moment kämpfte er damit, sich zurückzuhalten, sich zu beherrschen, wie er es gewohnt war – dann ließ er all das fahren. Er stürzte sich hinein, stieß zu und immer wieder zu, und dann, mit einem unsäglichen Zittern, erreichte er den Gipfel des Wunderbaren und schrie ihren Namen hinaus.

»Ayla! Ach, meine Ayla, meine Ayla! Ich liebe dich!«

»Jondalar! Jondalar! Jondalar ...«

Er brachte noch ein paar letzte Bewegungen zu Ende, und dann barg er aufstöhnend das Gesicht an ihrem Hals und hielt sie, völlig verausgabt, umfangen. Sie ihrerseits spürte, daß ein Stein sich ihr in den Rücken bohrte, doch wollte sie das nicht zur Kenntnis nehmen.

Nach einer Weile raffte er sich hoch und sah sie mit sorgenzerfurchter Stirn an. »Es tut mir leid«, sagte er.

»Warum tut es dir leid?«

»Es ging zu schnell. Ich habe dich nicht bereit gemacht, habe dir keine Wonnen bereitet.«

»Ich war bereit, Jondalar. Und es hat mir Wonnen bereitet. War ich es nicht, die dich aufgefordert hat? Deine Wonne ist meine Wonne. Deine Liebe ist meine Wonne – daß dein Gefühl für mich so stark in dir ist.«

»Aber du hast den Augenblick nicht so erlebt wie ich.«

»Das war nicht nötig. Ich habe andere Gefühle, andere Wonnen gespürt. Muß es denn jedesmal sein?« fragte sie.

»Nein, das muß es wohl nicht«, sagte er stirnrunzelnd. Dann küßte er sie und kostete das Küssen aus. »Außerdem ist diese Nacht noch nicht zu Ende. Komm, steh auf! Es ist kalt hier draußen. Suchen wir uns ein warmes Bett. Deegie und Branag haben ihre Vorhänge bereits zugezogen. Sie werden bis zum nächsten Sommer getrennt sein, und so haben sie Verlangen nacheinander.«

Ayla lächelte. »Aber nicht soviel Verlangen, wie du nach mir hattest.« Sie konnte es zwar nicht sehen, meinte aber zu spüren, daß er errötete. »Ich liebe dich, Jondalar. Alles. Alles, was du tust. Selbst dein gieriges . . .« Sie schüttelte den Kopf. »Nein, stimmt nicht, das ist nicht das richtige Wort.«

»Das Wort, das du suchst, ist ›Gier‹, nehme ich an.«

»Ich liebe sogar deine Gier. Ja, das stimmt. Jedenfalls kenne ich deine Worte besser als Mamutoi.« Sie hielt inne. »Frebec hat gesagt, ich spreche nicht richtig. Jondalar, werde ich jemals lernen, richtig zu sprechen?«

»Ich spreche das Mamutoi ja auch nicht ganz richtig. Das ist nicht die Sprache, mit der ich aufgewachsen bin. Frebec mag nun mal gern Unruhe stiften«, sagte Jondalar und half ihr auf. »Warum nur gibt es in jeder Höhle, jedem Lager und jeder Gruppe einen Störenfried? Beachte ihn einfach nicht; alle anderen tun das auch nicht. Du sprichst sehr gut. Ich selbst kann es kaum fassen, wie mühelos du Sprachen aufnimmst. Es wird nicht lange dauern, und dein Mamutoi ist besser als meines.«

»Ich muß lernen, mit Worten zu sprechen. Etwas anderes ist mir nicht geblieben«, sagte sie leise. »Ich kenne keinen mehr, der die Sprache spricht, mit der ich aufgewachsen bin.« Einen Moment schloß sie die Augen; ein momentanes Gefühl von Leere beschlich sie.

Sie schüttelte es ab und schickte sich an, ihre Beinlinge wieder anzuziehen, doch dann hielt sie plötzlich inne. »Warte«, sagte sie und zog sie wieder aus. »Vor langer Zeit, als ich zur Frau wurde, hat Iza mir alles beigebracht, was eine Frau des Clan über Männer und Frauen wissen muß; dabei hat sie nicht geglaubt, daß ich jemals einen Gefährten finden würde, und gemeint, daß ich es eigentlich gar nicht zu wissen brauchte. Die Anderen glauben vielleicht anderes, selbst die Zeichen zwischen Männern und Frauen sind anders, aber in der ersten Nacht, die ich in einem Lager der Anderen zubringe, meine ich, sollte ich nach unseren Wonnen erst einmal eine Reinigung vornehmen.«

»Was meinst du damit?«

»Ich möchte mich im Fluß waschen.«

»Aber Ayla! Es ist kalt. Und dunkel. Es könnte gefährlich sein.«

»Ich gehe nicht weit hinein. Nur hier am Rand«, sagte sie, warf den Überwurf auf den Boden und zog sich das Obergewand über den Kopf.

Das Wasser war kalt. Jondalar sah vom Ufer aus zu und machte sich gerade naß genug, um zu wissen, wie kalt es war. Daß sie dieser Nacht zeremonielle Bedeutung beimaß, ließ ihn an die Reinigungsrituale der Ersten Wonnen denken, und da meinte er, sich selbst ein wenig zu netzen und zu reinigen könnte auch ihm nicht schaden. Sie zitterte, als sie herauskam. Er hielt sie in den Armen, um sie zu wärmen. Das zottelige Wisentfell seines Überwurfs trocknete sie; dann half er ihr, wieder in das Obergewand zu steigen und sich den Überwurf überzuziehen.

Als sie zum Langhaus zurückkehrten, war sie wieder ganz wach und springlebendig und frisch. Die meisten Leute machten sich fertig für die Nacht. Die Feuer waren zusammengeschoben und die Glut halb von Erde bedeckt worden; geredet wurde mit gedämpfter Stimme. Das erste Herdfeuer war leer, obwohl der Mammutbraten verkündete, was sich hier abgespielt hatte. Als sie sich leise den Gang hinunterbewegten, um zum Herdfeuer des Löwen zu gelangen, stand Nezzie auf und hielt sie zurück.

»Ich wollte dir nur danken, Ayla«, sagte sie und warf einen vielsagenden Blick auf eine der Lagerstätten an der Wand. Ayla folgte ihrem Blick und sah drei kleine Gestalten auf einem großen Lager ausgestreckt. Latie und Rugie teilten es mit Rydag. Danug, zum Schlafen hingestreckt, beanspruchte ein ganzes Lager für sich allein, und Talut, der zwar der Länge nach dalag, stützte sich auf den Ellbogen, wartete auf Nezzie und lächelte sie von der dritten Lagerstätte her an. Nickend erwiderte Ayla das Lächeln; sie war sich nicht sicher, wie sie richtig darauf reagieren sollte.

Während Nezzie neben dem rothaarigen Riesen unters Fell kroch, tasteten Ayla und Jondalar sich bis zum nächsten Herdfeuer durch; sie sprachen kein Wort, um niemand zu stören. Ayla spürte, daß irgend jemand ihr nachsah, und richtete den Blick zur Wand. Zwei glänzende und lächelnde Augen beobachteten sie aus dunklen Tiefen heraus. Sie spürte, wie Jondalars Schultern sich versteiften, und wandte den Blick rasch ab. Sie meinte, leises Glucksen zu vernehmen, doch dann dachte sie, es müßten wohl die Schnarchtöne von der gegenüberliegenden Wand sein.

Eine der Lagerstätten des großen vierten Herdfeuers war mit großen Fellvorhängen abgeteilt; dennoch konnte man vom Gang aus Laute und Bewegung dahinter wahrnehmen. Ayla bemerkte, daß die meisten der anderen Schlafstätten im Langhaus ähnliche Vorhänge aufwiesen, die oben an Dachsparren oder links und rechts an Pfosten aus Mammutknochen festgezurrt waren, wiewohl nicht alle vorgezogen waren. Mamuts Bett an der Seitenwand gegenüber ihrem Lager war offen. Er lag darin, aber sie wußte, daß er nicht schlief.

Jondalar entzündete an der Glut der Feuerstelle einen Holzspan, schirmte das Flämmchen dann mit der Hand vor Zugluft ab und trug es an die Wand beim Kopfende ihrer Lagerstätte. Dort stand in einer Nische ein dicker, flacher, kummenförmig ausgehöhlter, halb mit Fett gefüllter Stein. Jondalar enzündete einen Docht aus zusammengedrehten Schilffasern, und ein warmer, heller Schimmer fiel auf ein elfenbeinernes Mutterfigürchen, das hinter der Lampe stand. Dann löste er die Schnüre, mit denen der Fellvorhang um ihr Bett herum hochgehalten wurde, und als der herunterfiel, winkte er sie herzu.

Sie schlüpfte hinein und kletterte auf das hoch mit weichen Pelzen bedeckte Lager. In der Mitte darauf sitzend, durch den Vorhang von allem anderen abgetrennt und von sanftem flackernden Licht beschienen, überkam sie ein Gefühl von Sicherheit und Geborgenheit. Diese Lagerstatt war etwas, das nur ihnen beiden gehörte; sie erinnerte sie an die kleine Höhle, die sie als kleines Mädchen entdeckte hatte.

»Wie klug sie sind, Jondalar! Darauf wäre ich nie gekommen.«

Beglückt, daß sie sich freute, streckte Jondalar sich neben ihr aus. »Du magst es, daß der Vorhang heruntergelassen ist?«

»Aber ja doch. Da hat man das Gefühl, ganz allein zu sein, selbst wenn man weiß, daß ringsum andere Menschen da sind. Ja, es gefällt mir.« Sie strahlte.

Er zog sie neben sich und küßte sie leicht. »Du bist so wunderschön, wenn du lächelst, Ayla.«

Sie sah ihm ins Gesicht, das ganz Liebe war: in seine im Lampenlicht eher violetten als sonst so überwältigend blauen Augen; betrachtete sein zerzaust auf dem Fell liegendes, langes, strohfarbenes Haar, sein kräftiges Kinn und die hohe Stirn, die so anders waren als der kinnlose Unterkiefer und die fliehende Stirn der Männer des Clan.

»Warum schneidest du dir den Bart ab?« fragte sie und berührte die Stoppeln an seinem Kinn.

»Ich weiß nicht. Wahrscheinlich, weil ich es so gewohnt bin. Im Sommer ist es kühler und juckt nicht so. Für gewöhnlich lasse ich ihn im Winter wachsen. Da hilft er das Gesicht warmhalten, wenn ich draußen bin. Gefällt es dir so nicht?«

Verwirrt runzelte sie die Stirn. »Darüber habe nicht ich zu befinden. Der Bart gehört dem Mann, er kann ihn abschneiden oder wachsen lassen, wie es ihm gefällt. Ich frage nur, weil ich, ehe ich dir begegnete, noch nie einen Mann gesehen habe, der sich den Bart abschnitt. Warum fragst du, ob es mir gefällt oder nicht?«

»Ich frage, weil ich dir gefallen möchte. Wenn dir ein Bart besser gefällt, lasse ich ihn wachsen.«

»Das spielt keine Rolle. Dein Bart ist unwichtig. Was wichtig ist, das bist du. Du wonnst mich ... Nein!« Ärgerlich schüttelte sie den Kopf. »Du schenkst mir wonnst ... nein, Wonnen«, verbesserte sie sich.

Er lächelte. »Ich würde dir gern Wonnen bereiten.« Er zog sie wieder an sich und küßte sie, und sie kuschelte sich an ihn. Er drehte sich auf den Rücken, setzte sich dann auf und betrachtete sie von oben. »Wie beim ersten Mal«, sagte er. »Es ist sogar eine Donii da, die über uns wacht.« Er blickte hinauf zur Nische mit der von der kleinen Flamme erhellten Elfenbeinschnitzerei einer Mutterfigur.

»Es ist das erste Mal ... in einem Lager der Anderen«, sagte sie, schloß die Augen und war ganz erfüllt von Erwartung und dem feierlichen Ernst des Augenblicks.

Er umfing ihr Gesicht mit beiden Händen, küßte sie auf die Augenlider und ließ dann lange den Blick auf der Frau ruhen, die er schöner fand als jede andere, die er je gekannt hatte. Sie hatte etwas Exotisches an sich. Ihre Wangenknochen saßen höher als die der Zelandonii-Frauen, und ihre Augen standen weiter auseinander. Diese wiederum wurden gesäumt von dichten Wimpern, dunkler als ihr Haar, das goldfarben war wie Herbstgras. Sie hatte ein kräftig ausgebildetes, ein wenig spitz zulaufendes Kinn.

Unten an der Kehle wies sie eine kleine, gerade Narbe auf. Er küßte sie und merkte, daß Ayla vor Lust erschauerte. Er hob den Kopf wieder und betrachtete sie von neuem; dann küßte er die Spitze ihrer feinen, geraden Nase und den Winkel ihres vollen Mundes.

Er spürte ihr Angespanntsein. Einem auf der Stelle schwirrenden kleinen Vogel gleich, regungslos und doch erfüllt von zitternder Unruhe, die er selbst nicht sehen konnte, sondern nur ahnen – so genoß sie den Augenblick. Dann küßte er sie auf den Mund, machte den seinen auf, suchte Einlaß mit der Zunge und fühlte, wie sie sie aufnahm. Kein Drängen diesmal, nur sanftes Suchen und Auf-sie-Eingehen.

Er setzte sich auf und sah, wie sie die Augen aufschlug und ihn anlächelte. Er streifte das Obergewand ab und half ihr aus dem ihren. Sie wieder sanft auf den Rücken legend, lehnte er sich über sie, nahm eine harte Brustwarze in den Mund und saugte daran. Sie holte vernehmlich Luft, als Erregung sie durchfuhr. Sie spürte ein warmes feuchtes Prickeln zwischen den Beinen und fragte sich, wieso Jondalars um ihre Brustwarze geschlossenen Lippen es fertigbrachten, sie an einer Stelle Erregung verspüren zu lassen, wo er sie überhaupt nicht berührte hatte.

Behutsam liebkoste und knabberte er, bis sie sich ihm entgegenstemmte; daraufhin saugte er richtig. Sie stöhnte vor Lust. Er griff nach der anderen Brust, fuhr liebevoll über die pralle Rundung und die hochgereckte Spitze. Ihr Atem ging bereits keuchend. Er ließ ihre Brust fahren und bedeckte Hals und Kehle mit Küssen, rutschte hinüber zu ihrem Ohr und knabberte am Ohrläppchen, blies dann sanft ins Ohr hinein und streichelte ihre Arme und Brüste mit beiden Händen. Schauer überliefen sie.

Er küßte sie auf den Mund und ließ dann die warme Zunge langsam über ihr Kinn und ihre Kehle hinunterwandern, zwischen ihren Brüsten hindurch und bis hinunter zu ihrem Nabel. Seine Männlichkeit hatte sich mittlerweile wieder gereckt und wehrte sich mit Entschiedenheit gegen die Einengung durch die riemengehaltene Hose. Zuerst nestelte er Aylas Leibriemen auf und zog ihr die langen Beinlinge aus, dann fing er wieder beim Nabel an und setzte die Reise nach unten weiter fort. Er spürte weiches Haar, und dann fand seine Zunge das obere Ende ihres warmen Schlitzes. Er merkte, wie es sie durchzuckte, als er einen kleinen, harten Knubbel erreichte. Als er innehielt, gab sie einen leisen Laut der Enttäuschung von sich.

Daraufhin löste er den eigenen Leibriemen und ließ, als er die Hose abstreifte, sein pochendes Glied vorschnellen. Ayla setzte sich auf und nahm es in die Hand, ließ diese über seine ganze Länge hin und her gleiten und ertastete die warme, glatte Haut und die strotzende Fülle darunter. Er freute sich, daß seine Größe sie nicht schreckte, wie er das bei vielen Frauen erlebt hatte, wenn sie ihn das erste Mal – und nicht nur beim ersten Mal – sahen. Sie neigte sich zu ihm hinunter, und er spürte, wie ihr warmer Mund ihn umschloß. Als sie sich darüber auf und ab bewegte, spürte er, wie es in ihm ruckte, und war froh, daß er dem stärksten Drang bereits nachgegeben hatte; wer weiß, ob er sonst die nötige Beherrschung aufgebracht hätte.

»Ayla, diesmal möchte ich dir Wonnen bereiten«, sagte er und schob sie von sich.

Mit weit geöffneten, dunkel schimmernden Augen sah sie ihn an und nickte dann. Er hielt sie bei den Schultern umfaßt und drückte sie zurück auf die Felle. Dann bedeckte er ihren Mund und ihre Kehle wieder mit Küssen und bereitete ihr Wonneschauer. Er umfaßte beide Brüste mit den Händen, drückte sie zusammen und ging naschend von einer empfindsamen Brustwarze zur anderen und küßte den Spalt dazwischen. Dann fand seine Zunge wieder den Nabel, umkreiste ihn mit einer immer weiter werdenden Spirale, bis er das weiche Haar ihres Hügels erreichte.

Er legte sich zwischen ihre Schenkel, drückte diese auseinander, zog dann mit den Fingern die Schamlippen zurück und kostete in aller Gemächlichkeit einen würzig schmeckenden Kuß aus. Ein Schauder durchrann sie, sie setzte sich halb auf, schrie leise, und er spürte, wie es wieder in ihm aufwallte. Er liebte es, ihr Wonnen zu bereiten, zu spüren, wie sie auf sein Geschick reagierte. Es war so, wie einem ungefügen Feuersteinbrokken eine feine Klinge abzugewinnen. Was seine eigene Lust dabei noch erhöhte, war das Wissen, der erste gewesen zu sein, der ihr jemals Wonnen bereitet hatte. Ehe er in ihr das Geschenk der Lust zum Leben erweckt, das die Große Erdmutter ihren Kindern gemacht, hatte sie nur Gewalt und Schmerz gekannt.

Zartfühlend erforschte er sie, erkannte, wo ihr Lustempfinden besonders ausgeprägt war, reizte diese Stelle mit der Zunge und mit seinen feinfühligen Fingern und drang dann ein. Sie fing an, sich ihm entgegenzuheben, leise Schreie von sich zu geben und den Kopf hin und her zuwerfen; da wußte er, daß sie bereit war. Er fand den harten Knubbel, fing an, ihn zu bearbeiten, ihr Atem ging rascher, und seine eigene pochende Männlichkeit verlangte nach ihr. Dann stieß sie einen Schrei aus, er spürte Feuchtigkeit, und sie griff nach ihm.

»Jondalar ... ahhh ... Jondalar!«

Sie war in Ekstase, hatte für nichts mehr Sinn außer für ihn. Es verlangte sie nach ihm, verlangte sie, seine Fülle in sich zu spüren. Er war über ihr, sie half ihm, führte ihn, dann glitt er hinein und verspürte ein Emporgehobenwerden, das ihn einem unbeschreiblichen Höhepunkt entgegentrieb. Er sackte wieder ab, wieder stürzte er sich hinein, ganz tief; sie umfing ihn zur Gänze.

Er zog sich heraus und stieß wieder hinein, und nochmal und nochmal. Er wollte es in die Länge ziehen, ihm Dauer verleihen. Er wollte, daß es nie ein Ende hätte, doch gleichzeitig konnte er eben dieses Ende kaum abwarten. Mit jedem mächtigen Stoß kam er ihm näher. Schweiß glänzte im flackernden Licht auf ihren Leibern, und sie stellten sich zeitlich aufeinander ein, fanden den Gleichklang und bewegten sich mit dem Rhythmus des Lebens.

Keuchend ging ihr Atem, und sie boten alles auf, um bei jedem Stoß alles zu geben, zu nehmen, zu pochen und zu pulsieren, ganz Wille zu sein, ganz Denken und alles Fühlen nur auf eines gerichtet. Dann – fast unerwartet – steigerte sich die Intensität noch und sie warfen sich dem Gipfel entgegen. In einem Ausbruch, über den sie beide nicht mehr gebieten konnten, erreichten sie den Kamm und durchbrachen ihn. Sie verharrten einen Moment, gleichsam als versuchten sie, eins mit dem anderen zu werden – dann entspannten sie.

Regungslos lagen sie da und versuchten, wieder zu Atem zu kommen. Der Lampendocht sprühte, das Flämmchen wurde schwächer, flammte dann noch einmal auf – und verlosch. Nach einer Weile hob Jondalar sich herunter und ließ sich auf die Seite rollen; er war in einem Zwischenzustand zwischen Wachen und Schlafen. Ayla jedoch war noch hellwach, hatte die Augen im Dunkel weit aufgerissen und lauschte zum ersten Mal seit Jahren auf die Laute, die andere Menschen um sie herum von sich gaben.

Leises Gemurmel – die Stimme eines Mannes und die einer Frau – drang aus dem ihnen zunächstliegenden Bett, und dahinter der flache rasselnde Atem des schlafenden Schamanen. Am nächsten Herdfeuer konnte sie einen Mann schnarchen hören, und vom ersten Herdfeuer vernahm sie das unmißverständlich rhythmische Ächzen und Gestöhn von Talut und Nezzie, die die Wonnen miteinander teilten. Aus einer anderen Richtung drang das Schreien eines Babys an ihr Ohr und hörte dann unvermittelt auf. Ayla lächelte: Zweifellos hatte ihm jemand die Brust gereicht. Weiter entfernt Laute von gedämpftem Zorn, der sich dann zu einem Ausbruch steigerte, wieder unterdrückt wurde; und von noch weiter her keuchender Husten.

Die Nächte waren in den Jahren, da sie mutterseelenallein im Tal der Pferde gelebt hatte, immer das schlimmste gewesen. Tagsüber hatte sie stets etwas gefunden, um sich zu beschäftigen, aber die Nächte in der dunklen Leere ihrer Höhle hatten ihr schwer zugesetzt. Zu Anfang, da sie nichts anderes gehört hatte als den eigenen Atem, hatte sie sogar Schwierigkeiten gehabt einzuschlafen. Beim Clan war nachts immer irgend jemand da und auf gewesen – die schlimmste Bestrafung hatte darin bestanden, von den anderen abgesondert zu werden und allein sein zu müssen: wenn man von den anderen gemieden, wenn man geächtet wurde – wenn man mit dem Todesfluch belegt wurde.

Sie war sich nur allzusehr darüber im klaren gewesen, was für eine schreckliche Strafe das war. Und in diesem Augenblick wußte sie es womöglich noch besser. Im Dunkeln zu liegen, die Lebensgeräusche um sich herum zu hören und Jondalars Wärme an ihrer Seite zu spüren. Zum ersten Mal, seit sie diesen Menschen begegnet war, die sie die Anderen nannte, hatte sie das Gefühl von Geborgenheit.

»Jondalar?« sagte sie leise.

»Hmmm.«

»Schläft du schon?«

»Noch nicht«, murmelte er.

»Diese Leute gefallen mir. Du hattest recht: Ich mußte herkommen und sie kennenlernen.«

Rasch kam Klarheit in sein Denken. Er hatte gehofft, wenn sie erst einmal Menschen ihrer Art kennengelernt hatte und ihr diese nicht mehr so unbekannt waren, würden sie ihr auch nicht mehr so bedrohlich vorkommen. Er war viele Jahre unterwegs gewesen, die Reise zurück in seine Heimat würde lange und beschwerlich sein; Ayla mußte von sich aus den Wunsch haben mitzukommen. Inzwischen war das Tal der Pferde ihr zur Heimat geworden, hatte sie dort ihr Leben allein gelebt und die Tiere als Ersatz für Menschen benutzt, die es nicht gab. Ayla verspürte keinerlei Drang fortzugehen; vielmehr wollte sie, daß Jondalar blieb.

»Ich wußte, daß du sie gern haben würdest, Ayla«, sagte er warmherzig und nachdrücklich. »Du mußtest sie nur erst mal kennenlernen.«

»Nezzie erinnert mich an Iza. Was meinst du, wie mag Rydags Mutter schwanger geworden sein?«

»Wer weiß, warum Die Mutter ihr ein Kind von gemischten Geistern geschenkt hat? Die Wege Der Mutter sind immer unerforschlich.«

Ayla schwieg eine Weile. »Ich glaube nicht, daß das mit den gemischten Geistern an Der Mutter lag. Ich glaube, sie hat einen Mann von den anderen gekannt.«

Jondalar legte die Stirn in Falten. »Ich weiß, du meinst, Männer hätten was damit zu tun, wenn Leben entsteht; aber wie sollte eine Flachkopffrau einen Menschenmann kennengelernt haben?«

»Ich weiß es nicht, aber die Frauen des Clan sind nicht allein unterwegs; vor allem halten sie sich von den Anderen fern. Die Männer wollen nicht, daß die Anderen mit ihren Frauen zu tun haben. Sie glauben, daß Babys durch den Totemgeist eines Mannes entstehen; und sie wollen nicht, daß der Geist eines Mannes von den Anderen ihnen zu nahe kommt. Außerdem fürchten die Frauen sich vor ihnen. Bei Clans-Treffen hört man immer neue Geschichten über Leute, die von den Anderen belästigt wurden oder denen man etwas angetan hatte, besonders Frauen.«

»Aber Rydags Mutter hatte keine Angst vor den Anderen. Nezzie hat gesagt, sie sei ihnen zwei Tage lang gefolgt und sei mit ihnen gezogen, als Talut ihr winkte. Jede andere Clan-Frau wäre vor ihm davongelaufen. Sie muß vorher schon einen Anderen gekannt haben, und zwar einen, der sie gut behandelte oder ihr zumindest nichts zuleide tat; denn sie hat sich vor Talut nicht gefürchtet. Wie soll sie sonst auf den Gedanken gekommen sein, daß, wenn sie Hilfe brauchte, diese von den Anderen kommen würde?«

»Vielleicht lag es einfach daran, daß sie Nezzie einem Kind die Brust geben sah«, gab Jondalar zu bedenken.

»Möglich. Aber das erklärt noch nicht, warum sie allein war. Der einzige Grund, den ich mir vorstellen kann, ist, daß sie verflucht und von ihrem Clan verstoßen worden war. Es kommt nicht oft vor, daß Clan-Frauen verflucht werden. Es ist nicht ihre Art, sich dieser Gefahr auszusetzen. Vielleicht hatte das etwas mit einem Mann von den Anderen zu tun ...«

Ayla hielt inne, dann fügte sie nachdenklich hinzu: »Rydags Mutter muß viel an ihrem Baby gelegen haben. Sie muß allen Mut zusammengenommen haben, um sich den Anderen zu nähern – auch wenn sie schon einen Menschenmann gekannt hatte. Erst als sie das Baby sah und meinte, es sei verwachsen, gab sie auf. Denn beim Clan mag man Kinder von gemischten Geistern auch nicht gern.«

»Wieso bist du dir so sicher, daß sie einen Mann gekannt hat?«

»Sie kam zu den Anderen, um ihr Baby zu bekommen, was bedeutet, daß sie keinen Clan hatte, ihr zu helfen; und sie muß Grund zu der Annahme gehabt haben, daß Nezzie und Talut ihr helfen würden. Vielleicht hat sie ihn ja später kennengelernt, aber ich bin sicher, sie kannte einen Menschenmann, der die Wonnen mit ihr geteilt hat ... oder vielleicht auch nur seine Bedürfnisse an ihr befriedigt hat. Sie hatte ein Kind von gemischten Geistern, Jondalar.«

»Wie kommst du darauf, daß es ein Mann ist, der dafür sorgt, daß Leben entsteht?«

»Das kannst du doch selbst sehen, Jondalar – du brauchst nur einmal darüber nachzudenken. Sieh dir den Jungen an, der heute zurückkam – Danug. Er sieht genauso aus wie Talut. Nur jünger. Ich glaube, Talut war für sein Entstehen verantwortlich – als er die Wonnen mit Nezzie teilte.«

»Bedeutet das, daß sie wieder ein Kind bekommen, weil sie heute nacht die Wonnen geteilt haben?« fragte Jondalar. »Wonnen werden oft geteilt. Sie stellen ein Geschenk der Großen Erdmutter dar, und es ehrt Sie, wenn sie oft geteilt werden. Aber Frauen bekommen nicht jedesmal ein Kind, wenn sie Ihr Geschenk teilen. Ayla, wenn ein Mann die Gaben Der Mutter zu schätzen weiß, ehrt er Sie, und es kann sein, daß Sie seinen Geist nimmt und ihn mit dem der Frau verschmilzt, der er beiliegt. Ist es sein Geist, kann das Kind ihm ähnlich sehen, so wie Danug Talut ähnlich sieht – aber die Entscheidung darüber liegt bei der Großen Erdmutter.«

Ayla legte im Dunkeln die Stirn in Falten. Das war eine Frage, die sie noch nicht gelöst hatte. »Ich weiß nicht, warum eine Frau nicht jedesmal ein Kind bekommt. Vielleicht müssen die Wonnen mehrere Male geteilt werden, ehe ein Baby entsteht, oder vielleicht geschieht das nur zu bestimmten Zeiten. Vielleicht geschieht das nur dann, wenn der Totemgeist eines Mannes ganz besonders mächtig ist, so daß er den der Frau überwältigt, oder vielleicht entscheidet auch die Mutter, aber Sie wählt den Mann aus, und Sie ist es, die seine Männlichkeit besonders kraftvoll macht. Kannst du mit Sicherheit sagen, nach welchen Gesichtspunkten Sie auswählt? Weißt du, wie die Geister vermischt werden? Könnten sie sich nicht in der Frau vermischen, wenn sie die Wonnen teilen?«

»Von so etwas habe ich noch nie gehört«, sagte Jondalar, »aber es könnte wohl stimmen.« Jetzt war es an ihm, im Dunkeln die Stirn zu runzeln. Er schwieg so lange, daß Ayla schon meinte, er sei eingeschlafen, doch dann sagte er plötzlich: »Ayla, wenn das, was du sagst, stimmt, ist es möglich, daß jedesmal, wenn wir die Wonnen miteinander teilen, ein Baby in dir entsteht.«

»Ja, das glaube ich«, sagte Ayla, entzückt von dieser Vorstellung.

»Dann müssen wir aufhören!« sagte Jondalar und setzte sich unvermittelt auf.

»Aber warum? Ich möchte gern, daß du ein Baby in mir entstehen läßt, Jondalar.« Aylas Bestürzung war nicht zu übersehen.

Jondalar wälzte sich auf die Seite und nahm sie in die Arme. »Und ich möchte das auch, aber nicht jetzt. Die Reise zurück in meine Heimat ist lang. Sie kann ein Jahr dauern oder noch länger. Und es könnte gefährlich für dich sein, so weit zu reisen, wenn du mit einem Kind schwanger gehst.«

»Könnten wir dann nicht einfach in mein Tal zurückkehren?«

Jondalar befürchtete, wenn sie in das Tal der Pferde zurückkehrten, um ein Kind in Sicherheit zur Welt zu bringen, würden sie nie von dort fortgehen.

»Ayla, das halte ich wirklich nicht für eine gute Idee. Du solltest dann nicht allein sein. Ich hätte keine Ahnung, wie ich dir beistehen sollte. Du brauchtest dann Frauen um dich. Eine Frau kann bei der Geburt sterben«, sagte er und konnte vor Qual kaum ein Wort mehr hervorbringen. Es war noch nicht lange her, daß er so etwas miterlebt hatte.

Das stimmte. Ayla sah das gleichfalls. Sie selbst war dem Tod sehr nahe gewesen, als sie ihren Sohn geboren hatte. Ohne Iza hätte sie es nicht überlebt. Der Zeitpunkt war also nicht richtig, ein Baby zu bekommen – nicht einmal, wenn es von Jondalar stammte.

»Ja, du hast recht«, sagte sie, doch die Enttäuschung war sehr bedrükkend. »Es kann schwierig sein ... ich ... ich ... würde dann gern Frauen in der Nähe haben«, pflichtete sie ihm bei.

Wieder schwieg er sehr lange. »Ayla«, sagte er schließlich mit einer

Stimme, die fast brach vor innerer Erregung, »vielleicht ... vielleicht sollten wir nicht im selben Bett schlafen, wenn ... Aber es *ehrt* die Mutter, Ihre Gabe zu teilen«, entfuhr es ihm.

Wie sollte sie ihm ehrlich sagen, daß sie nicht aufhören mußten, die Wonnen miteinander zu teilen? Iza hatte ihr warnend eingeschärft, das mit dem geheimen Mittel nie jemand zu verraten, ganz besonders einem Mann nicht. »Ich meine, deshalb solltest du dir keine Sorgen machen«, sagte sie. »Ich weiß ja nicht genau, ob es wirklich der Mann ist, der Kinder entstehen läßt, und wenn die Große Mutter es ist, die darüber bestimmt, dann kann Sie das bestimmen, wann Sie will, nicht wahr?«

»Ja, und es hat mir schon große Sorgen gemacht. Denn wenn wir Ihr Geschenk meiden, kann Sie das erzürnen. Sie erwartet, daß Sie geehrt wird.«

»Jondalar, wenn Sie es ist, die darüber bestimmt, bestimmt Sie darüber. Und kommt der Zeitpunkt, können wir uns immer noch entscheiden. Ich möchte nicht, daß du Sie beleidigst.«

»Ja, du hast recht, Ayla«, sagte er etwas erleichtert.

Mit einem Stich des Bedauerns beschloß Ayla, die empfängnisverhütende Medizin auch weiterhin zu nehmen, doch träumte sie in dieser Nacht von Babys, einigen mit langem blonden Haar, anderen, die Rydag und Durc ähnelten. Es tagte schon fast, als sie einen Traum hatte, der nun ganz anderer Art war und etwas Bedrohlich-Bedeutungsvolles und Unwirkliches hatte.

In diesem Traum hatte sie zwei Söhne, Brüder, bei denen keiner auf die Idee kommen konnte, daß sie Brüder waren. Der eine war groß und blond wie Jondalar; von dem anderen wußte sie, daß es Durc war, obwohl sein Gesicht im Schatten blieb. Die beiden Brüder gingen mitten in der endlosen, trostlosen, windreichen Steppe, aus entgegengesetzten Richtungen kommend, aufeinander zu. Ayla hatte große Angst, irgend etwas Schreckliches werde geschehen, etwas, das sie unbedingt verhindern mußte. Und dann ergriff sie unversehens Entsetzen: Sie wußte, daß einer ihrer Söhne den anderen umbringen würde. Als sie einander immer näher kamen, versuchte sie, sie zu erreichen, doch hielt eine dicke tückische Mauer sie umschlossen. Und als sie einander fast erreicht und die Arme zum Zuschlagen erhoben hatten, stieß sie einen Schrei aus.

»Ayla! Ayla! Was hast du?« fragte Jondalar und schüttelte sie.

Plötzlich war Mamut bei ihnen. »Wach auf, Kind! Wach auf!« sagte er. »Es ist nur ein Zeichen, eine Botschaft. Wach auf, Ayla!«

»Aber einer wird sterben!« rief sie laut, noch ganz im Bann ihres Traumes.

»Es ist nicht das, was du denkst, Ayla«, sagte Mamut. »Es muß nicht unbedingt bedeuten, daß ein . . . Bruder stirbt. Du mußt lernen, der wirklichen Bedeutung deiner Träume nachzugehen. Du besitzt die Gabe, und zwar in großem Maße. Was dir fehlt, ist nur die Übung.«

Das Bild vor Aylas innerem Auge löste sich auf, und sie sah zwei besorgte Gesichter auf sie herniederblicken – Gesichter, die beide großgewachsenen Männern gehörten, von denen der eine jung und stattlich und der andere alt und weise war. Jondalar hielt ein brennendes Holzscheit vom Herdfeuer in die Höhe. Sie setzte sich auf und lächelte verzagt.

»Ist jetzt alles in Ordnung mit dir?« fragte Mamut.

»Ja, ja. Tut mir leid, daß ich euch geweckt habe«, sagte Ayla unwillkürlich auf Zelandonii; ihr war im Moment nicht klar, daß der alte Mann diese Sprache nicht verstand.

»Wir reden später miteinander«, sagte er sanft lächelnd und kehrte auf seine Lagerstatt zurück.

Ayla bekam noch mit, daß der Vorhang des anderen besetzten Bettes herniederfiel, als sie und Jondalar es sich auf ihrem Lager wieder bequem machten. Es war ihr ein wenig peinlich, eine solche Unruhe hervorgerufen zu haben. Sie kuschelte sich an Jondalar und bettete den Kopf, dankbar für seine Wärme und sein Vorhandensein, auf seine Schulter. Fast wäre sie wieder eingeschlafen, da riß sie die Augen plötzlich weit auf.

»Jondalar«, flüsterte sie, »woher weiß Mamut, daß ich von meinen Söhnen geträumt habe – davon, daß ein Bruder den anderen umbrachte?« Doch er schlief bereits.

5

Ayla fuhr aus dem Schlaf hoch und lauschte. Wieder hörte sie einen lauten Klageschrei. Irgend jemand schien unter großen Schmerzen zu leiden. Besorgt stieß sie den Vorhang beiseite und spähte hinaus. Crozie stand mit ausgebreiteten Armen nahe dem sechsten Herd-Feuer auf dem Gang; ihre mitleiderregende Haltung verriet völlige Verzweiflung.

»Die Brust würde er mir durchbohren! Umbringen würde er mich! Meine eigene Tochter hetzt er gegen mich auf!« schrie sie, als liege sie im Sterben, und rang die Hände. Etliche Leute blieben stehen, um zuzusehen. »Ich schenke ihm mein eigen Fleisch und Blut! Aus meinem eigenen Leib ...«

»Von wegen schenken! Nichts hast du mir geschenkt!« zeterte Frebec. »Ich habe den Brautpreis für Fralie bezahlt, den du gefordert hast.«

»Der war doch lächerlich gering! Ich hätte viel mehr für sie bekommen können«, klagte Crozie; ihr Gejammer war nicht überzeugender als ihr Schmerzensgeschrei zuvor. »Mit zwei Kindern ist sie zu dir gekommen. Was beweist, daß sie ein Liebling der Mutter war. Und du hast mit deinem lächerlich geringen Angebot ihren Wert herabgemindert. Und den Wert ihrer Kinder. Sieh sie dir doch nur einmal an! Schon wieder gesegneten Leibes! Nur aus Freundlichkeit heraus habe ich sie dir gegeben, aus reiner Herzensgüte heraus ...«

»Und weil niemand sonst Crozie haben wollte, nicht mal mit ihrer zweimal gesegneten Tochter«, ließ eine Stimme in der Nähe sich vernehmen.

Ayla drehte sich um, um zu sehen, wer gesprochen hatte. Die junge Frau, die Tags zuvor den wunderschönen roten Überwurf angehabt hatte, lächelte sie an.

»Wenn du vorgehabt hast, lange zu schlafen – vergiß es«, sagte Deegie. »Heute fangen sie schon früh mit ihrer Streiterei an!«

»Nein, ich schon auf«, sagte Ayla und sah sich um. Ihre Lagerstatt war leer, und bis auf die beiden Frauen war niemand sonst zu sehen. »Jondalar auf.« Sie fand ihre Kleidung und zog sich an. »Ich aufwachen und denken, Frau verletzt.«

»Niemand hat sich etwas getan. Jedenfalls nicht, soweit ich sehe. Trotzdem tut Fralie mir leid«, sagte Deegie. »Es ist schon hart, in der Mitte so getroffen zu werden.«

Ayla schüttelte den Kopf. »Warum sie schreien?«

»Warum, weiß ich nicht; aber sie liegen sich dauernd in den Haaren. Ich nehme an, sie streiten sich beide um Fralies Gunst. Crozie wird alt und möchte nicht, daß Frebec ihren Einfluß untergräbt, aber Frebec ist störrisch. Vorher hatte er nicht viel, und jetzt möchte er sein neues Ansehen nicht verlieren. Fralie hat ihm trotz des niedrigen Brautpreises zu mehr Ansehen verholfen.« Die Fremde war offensichtlich interessiert, und so ließ Deegie sich auf dem Bettrand nieder und erwärmte sich an diesem Thema, während Ayla sich anzog.

»Allerdings glaube ich nicht, daß sie überhaupt nichts mehr mit ihm zu tun haben möchte. Ich glaube, sie hängt an ihm, obwohl er manchmal wirklich häßlich sein kann. Es war ja nicht einfach, wieder einen Mann zu finden – einen, der bereit war, ihre Mutter mit aufzunehmen. Schließlich haben alle miterlebt, wie es das erste Mal war; mit Crozie wollte sich sonst keiner abfinden. Die alte Frau kann soviel schreien wie sie will – von wegen ihre Tochter hergeben! Sie ist es, die Fralies Wert gemindert hat. Mir wäre es schrecklich, wenn von beiden Seiten an mir gezerrt würde. Aber ich habe ja auch Glück. Selbst wenn ich in ein bereits bestehendes Lager eintreten wollte, statt zusammen mit meinem Bruder ein neues zu gründen, Tulie wäre bestimmt überall willkommen.«

»Deine Mutter mit dir gehen?« sagte Ayla verwirrt. Sie verstand, daß eine Frau dem Mann in seine Sippe folgte; doch daß man auch noch seine Mutter mitnahm, war ihr neu.

»Ich wünschte, sie würde es tun, aber ich glaube es nicht. Ich meine, sie zieht es vor hierzubleiben, und das kann ich ihr nicht verdenken. Es ist besser, im eigenen Lager die Anführerin zu sein als in einem anderen nur die Mutter einer Anführerin. Allerdings – fehlen wird sie mir bestimmt.«

Fasziniert hörte Ayla zu. Sie verstand nur die Hälfte dessen, was Deegie sagte, und war sich nicht sicher, ob sie die andere Hälfte auch richtig verstanden hätte.

»Es ist traurig, Mutter und Verwandte zu verlassen«, sagte Ayla. »Aber du nicht bald Gefährten?«

»Oh ja. Nächsten Sommer. Beim Sommer-Treffen. Mutter hat endlich alles geregelt. Sie hat einen solch hohen Brautpreis festgesetzt, daß ich Angst hatte, sie würden ihn nie aufbringen können, aber sie haben sich einverstanden erklärt. Aber es ist schon schwer, so lange zu warten. Wenn bloß Branag jetzt nicht wieder fort müßte. Aber sie erwarten ihn. Er hat versprochen, gleich wieder zurückzukehren …«

Freundschaftlich gingen die beiden jungen Frauen auf den Ausgang des Langhauses zu, wobei Deegie plapperte und Ayla begierig lauschte.

Im Vorraum war es kühler als im Haupthaus, doch erst als der Vorhang vor dem Vordereingang beiseite gehalten wurde und Ayla der kalte Wind ins Gesicht fuhr, merkte sie, um wieviel kälter es über Nacht geworden war. Der eisige Wind ließ ihr Haar nach hinten flattern und zerrte an dem schweren Mammutfell des Eingangs, das sich unversehens blähte. Ein Hauch von Schnee war gefallen. Eine scharfe Querbö wirbelte die winzigen Flocken hoch und trug sie in Mulden und Gräben; dann riß sie die feinen Eiskristalle wieder in die Höhe und trieb sie über das offene Land. Winzige Eiskügelchen prasselten Ayla ins Gesicht.

Dabei war es drinnen warm gewesen – weit wärmer als in einer Höhle. Ihren Pelzüberwurf hatte sie nur angezogen, um hinauszugehen; wäre sie drinnen geblieben, hätte sie keine Extrakleidung anzuziehen brauchen. Sie hörte Winnie wiehern. Das Pferd und sein noch am Halfter festgebundenes Füllen hatten sich von den Menschen und ihrem Tun so weit zurückgezogen, wie es ging. Schon schickte Ayla sich an hinzulaufen, da wandte sie sich um und lächelte Deegie an. Die junge Frau erwiderte das Lächeln und ging Branag suchen.

Die Stute schien erleichtert, als Ayla sich näherte. Leise schnaubend, ruckte sie mit dem Kopf, als wollte sie Ayla begrüßen. Die Frau nahm Renner das Halfter ab, dann ging sie zusammen mit den beiden zum Fluß hinunter und umrundete die Biegung. Winnie und Renner verloren, als das Lager hinter ihnen zurückblieb, jede Unruhe, und nachdem sie sich liebevoll aneinander gerieben hatten, fingen sie an, sich trockenes Gras als Futter zu suchen.

Ehe sie zurückkehrte, blieb Ayla neben einem Strauch stehen. Sie löste den Knoten ihres Gewandes, wußte aber immer noch nicht recht, was mit den Beinlingen anzufangen, wenn sie Wasser lassen und sich nicht naß machen wollte. Dieses Problem kannte sie, seit sie angefangen hatte, diese Art Kleidungsstück zu tragen. Sie hatte sich diese Hose vorigen Sommer selbst gemacht und sie nach der geschnitten, die sie für Jondalar gemacht hatte, und diese wiederum hatte sie nach dem Vorbild der von dem Löwen zerrissenen gefertigt. Zu tragen begonnen freilich hatte sie sie erst, als sie zu ihrem Erkundungsritt aufgebrochen waren. Jondalar jedoch war so erfreut gewesen, sie in Kleidern zu sehen, wie er selbst sie trug, statt in dem bequemen Fellüberwurf, wie die Clan-Frauen ihn trugen, daß sie beschlossen hatte, diesen einfach zurückzulassen. Doch bis jetzt hatte sie es immer noch nicht geschafft, mühelos mit dem Problem des Wasserlassens fertigzuwerden, und fragen hatte sie ihn nicht wollen. Er war ein Mann. Woher sollte er wissen, wie eine Frau das machen mußte?

Sie streifte die engsitzenden Beinlinge ab, doch das war nur möglich, wenn sie zuvor auch die Fußlinge auszog – hochschäftige Mokassins, die sich unten um die Beinlinge der Hose legten –, dann stellte sie sich breitbeinig hin und beugte sich vor, wie sie es auch sonst immer getan hatte. Auf einem Fuß balancierend, um die Hose wieder anzuziehen, fiel ihr Blick auf den glatt dahinströmenden Fluß, woraufhin sie ihre Absicht änderte. Sie zog auch noch ihren Überwurf sowie das Obergewand über den Kopf, nahm das Amulett ab, das sie um den Hals hängen hatte, und ging hinunter ans Flußufer. Das Reinigungsritual sollte zu Ende gebracht werden, und sie hatte es stets genossen, morgens zu schwimmen.

Sie hatte vorgehabt, sich den Mund zu spülen und Gesicht und Hände im Fluß zu waschen. Sie hatte keine Ahnung, wie diese Leute sich hier reinigten. Wenn es nicht anders ging, wenn also der Holzstoß unter Eis verschwunden oder Brennmaterial knapp war, oder wenn der Wind heftig durch die Höhle fegte oder das Wasser so fest gefroren war, daß es schwer war, genug zum Trinken abzubrechen, hielt sie es auch ohne Waschen aus; lieber jedoch war sie sauber. Und irgendwo im ihrem Hinterkopf dachte sie immer noch an das Ritual, an die Reinigungszeremonie nach ihrer ersten Nacht in der Höhle – oder Erdhütte – der Anderen.

Sie blickte hinaus aufs Wasser. Im Hauptkanal war die Strömung ziemlich reißend, doch auf Pfützen und ruhigeren Stellen im Wasser hatte sich eine feine Eisschicht gebildet; am Rande blinkte eine weiße Eiskruste. Ein schlanker, mit gebleichtem und verdorrtem Gras bewachsener Keil stieß in den Fluß vor und hatte einen ruhigen Tümpel vom Fluß abgetrennt. Auf diesem kleinen Erdwall wuchs eine einzelne, verkrüppelte Birke.

Ayla ging zu diesem Tümpel hinunter, watete hinein und zertrat die makellose Eisschicht, die sich darauf gebildet hatte. Ihr stockte der Atem, das eisige Wasser ließ sie erschauern; sie griff nach einem entlaubten Ast der verkrüppelten Birke, um sich festzuhalten, dann begab sie sich in die Strömung hinaus. Eine heftige Bö packte sie, so daß sie eine Gänsehaut bekam. Sie biß die klappernden Zähne zusammen und watete weiter hinein. Als das Wasser ihr fast bis zur Hüfte ging, spritzte sie sich davon ins Gesicht, hielt rasch die Luft an und tauchte bis zum Hals ein.

Zwar keuchte und zitterte sie, doch war sie kaltes Wasser gewohnt und, so ihre Überlegung, bald würde es unmöglich sein, überhaupt noch im Fluß zu baden. Nachdem sie wieder ans Ufer zurückgekehrt war, streifte sie das Wasser mit den Händen ab und zog sich rasch an. Kribbelnde Wärme verdrängte die gefühllos machende Kälte, als sie vom Fluß die Uferböschung hinaufstieg; das ganze hatte etwas Belebendes und Kräftigendes, und sie lächelte, als eine müde Sonne vorübergehend durch den verhangenen Himmel drang.

Als sie sich dem Lager näherte, blieb sie am Rand eines glattgetrampelten Bereichs um das Langhaus herum stehen und beobachtete die verschiedenen Menschengruppen, die mit allem Möglichen beschäftigt waren.

Jondalar unterhielt sich mit Wymez und Danug, und worum es bei diesem Gespräch der drei Feuersteinschläger ging, stand außer Frage. Nicht weit von ihnen waren vier Leute dabei, Schnüre zu lösen, mit denen ein Hirschfell – jetzt weiches, geschmeidiges und nahezu weißes Leder – in einem rechteckigen Rahmen befestigt war, der aus den Rippen eines Mammuts bestand, die mit Schlaufen zusammengehalten wurden. Wiederum nicht weit von dieser Gruppe entfernt war Deegie dabei, kräftig ein zweites Fell zu klopfen und zu walken, das auf einen zweiten Rippenrahmen gespannt war. Ayla wußte, daß Tierhäute während des Trocknungsprozesses bearbeitet werden mußten, um das Leder geschmeidig zu machen; doch es an Mammutrippen-Rahmen aufzuspannen, um es zu drehen – das war eine Bearbeitungsmethode, die sie noch nicht kannte. Interessiert merkte sie sich die Einzelheiten dieses Prozesses.

Dem Rand des Tierfells folgend, war eine Reihe von kleinen Schlitzen im Leder angebracht worden; durch jedes dieser Löcher wurde eine Schnur gezogen und fest mit dem Rahmen verbunden, um auf diese Weise das Fell aufzuspannen. Der Rahmen selbst stand gegen das Langhaus gelehnt, ließ sich drehen und von beiden Seiten bearbeiten. Deegie lehnte sich mit ihrem ganzen Gewicht auf den ebenfalls aus einem Mammutknochen bestehenden Stollpfahl und drückte das stumpfe Ende gegen die aufgespannte Haut, bis es so aussah, als werde der lange Pfahl sie gleich durchstoßen; doch das kräftige und dehnbare Leder gab nach, ohne zu reißen.

Ein paar andere waren mit Dingen beschäftigt, die Ayla unbekannt waren, doch die meisten beförderten die Skelettüberreste von Mammuts in vorher ausgehobene Gruben. Überall lagen Knochen und Elfenbein herum. Als sie jemand rufen hörte, hob sie den Blick und sah Talut und Tulie mit dem langen, gebogenen elfenbeinernen Stoßzahn, der noch an dem Mammutschädel festsaß, auf den Schultern näherkommen. Die meisten Knochen stammten nicht von Tieren, die sie selbst erlegt hatten. Einiges stammte von gelegentlichen Funden auf der Steppe, der größte Teil jedoch von den Knochenhaufen, die sich an scharfen Flußbiegungen sammelten, wo die wildschäumenden Wasser die Überreste von Tieren abgelagert hatten.

Ayla bemerkte, daß nicht weit von ihr noch jemand das Lager beobachtete. Lächelnd gesellte sie sich zu Rydag und war geradezu erschrocken, als sie sah, daß dieser ihr Lächeln erwiderte. Clan-Angehörige lächelten nicht. Ein Gesichtsausdruck, bei dem gebleckte Zähne zu sehen waren, verriet beim Clan im allgemeinen Feindseligkeit, bestenfalls größte Nervosität oder Furcht. Rydags Lächeln kam ihr für einen Moment unangebracht vor, doch war der Junge ja nicht beim Clan aufgewachsen, hatte also die freundlichere Bedeutung dieses Ausdrucks kennengelernt.

»Guten Morgen, Rydag«, sagte Ayla und vollführte gleichzeitig die Grußgeste des Clans, die sie freilich leicht abwandelte, um anzudeuten, daß ein Kind gegrüßt wurde. Wieder bemerkte Ayla momentanes Aufleuchten in seinen Augen; er schien das Handzeichen also zu erkennen. Er erinnert sich, dachte sie. Er besitzt die Erinnerungen, da bin ich mir ganz sicher. Er kennt die Zeichen; man muß sie ihm nur ins Bewußtsein rufen. Bei mir war das ganz anders. Ich mußte sie erst erlernen.

Sie entsann sich noch gut Crebs und Izas Verblüffung, als diese dahinterkamen, wie schwer es ihr – verglichen mit den Clan-Kindern – fiel, irgend etwas zu behalten. Sie hatte damit zu schaffen gehabt, zu lernen und sich hinterher daran zu erinnern, was Clan-Kindern nur einmal vorgemacht zu werden brachte. Manche Leute hatten Ayla für ziemlich dumm gehalten, doch als sie heranwuchs, hatte sie sich daran gewöhnt, sich rasch etwas einzuprägen, damit sie nicht die Geduld mit ihr verloren.

Jondalar hingegen war über ihre Aufnahmefähigkeit erstaunt gewesen. Verglichen mit anderen ihresgleichen, stellte ihr geübtes Gedächtnis ein Wunder dar und stärkte ihre Lernfähigkeit nur. Er war überwältigt, wie offenbar mühelos sie beispielsweise neue Sprachen lernte. Doch sich diese Fähigkeit anzueignen war keineswegs leicht gewesen; und obwohl sie gelernt hatte, rasch etwas zu behalten – was Clan-Erinnerungen waren, hatte sie nie ganz begriffen. Dazu war keiner von den Anderen imstande; darin lag der grundlegende Unterschied zwischen ihnen und dem Clan.

Mit einem Gehirn ausgestattet, das womöglich größer war als das der Wesen, die nach ihnen kamen, war der Clan nicht eigentlich weniger intelligent als andere; vielmehr war er mit einer anderen Art von Intelligenz ausgestattet. Clan-Angehörige lernten aus Erinnerungen heraus, die in mancher Beziehung dem Instinkt ähnelten, nur daß sie etwas Bewußteres darstellten; im hinteren Teil ihres großen Gehirns war bei der Geburt alles gespeichert, was ihre Vorfahren wußten. Sie brauchten Wissen und Fertigkeiten, die sie instand setzten zu leben, nicht erst zu erwerben – sie erinnerten sich einfach. Kindern gleich, brauchten sie nur an das erinnert zu werden, was sie bereits wußten, um sich an den Vorgang zu gewöhnen. Als Erwachsene verstanden sie sich darauf, geschickt Gebrauch von ihren gespeicherten Erinnerungen zu machen.

Sich zu erinnern fiel ihnen gewissermaßen zu, doch Neues begriffen sie nur unter größten Mühen. Hatten sie jedoch einmal etwas Neues gelernt – eine neue Idee begriffen oder eine neue Überzeugung gewonnen –, vergaßen sie dies nie wieder und gaben es an ihre Nachkommenschaft weiter; nur, Lernen und Umdenken vollzogen sich sehr langsam. Iza hatte diesen Unterschied begriffen, als sie Ayla in die Kunst der Medizinfrau einweihte. Dies merkwürdige Mädchenkind konnte die Dinge bei weitem nicht so gut behalten wie Clan-Kinder; dafür aber hatte sie eine viel raschere Auffassungsgabe.

Rydag sagte etwas. Ayla verstand ihn nicht sofort. Dann erkannte sie es. Es war ihr Name! Ihr Name, kundgetan auf eine Weise, die ihr einst vertraut gewesen war – so wie Clan-Angehörige ihn ausgedrückt hatten.

Gleich ihnen war auch dieses Kind keiner vollartikulierten Sprache fähig; es konnte zwar Vokale hervorbringen, doch war es ihm unmöglich, einige der wichtigen Laute auszustoßen, die nötig waren, um die Sprache der Menschen nachzumachen, bei denen er lebte. Es waren übrigens dieselben Laute, bei denen Ayla selbst mangels Übung Schwierigkeiten hatte. Eben diese Einengung oder Begrenzung des Stimmapparats des Clan und seiner Vorfahren war es, die sie dazu gebracht hatte, statt dessen eine reiche und umfassende, aus Gesten und Gebärden bestehende Sprache zu entwickeln, um Gedanken ihrer reichen und umfassenden Kultur auszudrücken. Rydag verstand die Anderen, die Leute, bei denen er lebte; er verstand das Konzept Sprache, konnte sich ihnen nur nicht verständlich machen.

Dann vollführte der Junge jene Geste, die er gestern abend Nezzie gegenüber gemacht hatte; er nannte Ayla ›Mutter‹. Ayla pochte das Herz bis zum Hals hinauf. Der letzte, der dieses Zeichen ihr gegenüber gemacht hatte, war ihr Sohn gewesen, und Rydag sah Durc so ähnlich, daß sie für einen Moment ihren Sohn in ihm sah. Sie wollte glauben, daß er Durc sei, und schmerzlich drängte sie alles, ihn hochzuheben, ihn in die Arme zu schließen und ihn bei seinem Namen zu nennen. Sie schloß die Augen und kämpfte so sehr gegen den Drang an, es zu tun, daß sie zitterte.

Als sie die Augen wieder aufmachte, beobachtete Rydag sie mit einem wissenden, uralten und sehnsüchtigen Blick, gleichsam als verstünde er sie und wüßte, daß sie ihn verstand. So sehr es sie auch danach verlangte – Rydag war nicht Durc. Er war genausowenig Durc, wie sie Deegie war. Er war er selbst. Als sie sich wieder in der Gewalt hatte, holte sie tief Atem.

»Möchtest du gern mehr Wörter lernen? Mehr Handzeichen, Rydag?« fragte sie ihn.

Er nickte nachdrücklich.

»Du erinnerst dich des ›Mutter‹-Zeichens von gestern abend ...«

Er antwortete, indem er das Zeichen wiederholte, das Nezzie – und sie, Ayla – so tief gerührt hatte.

»Kennst du dies?« frage Ayla und machte die Grußgebärde vor. Sie sah, wie er mit etwas kämpfte, das er fast wußte. »Es ist eine Begrüßung. Es bedeutet ›Guten Morgen‹ oder ›Hallo‹. Und so geht das« – sie zeigte ihm die Gebärde noch einmal samt der von ihr gebrauchten Abwandlung – , »wenn jemand, der älter ist, mit einem Jüngeren spricht.«

Er runzelte die Stirn, vollführte dann die Geste und überraschte sie neuerlich mit seinem erschreckenden Grinsen. Er führte beide Gebärden aus, überlegte dann und machte eine dritte; dabei sah er sie fragend an, gleichsam als sei er sich nicht ganz sicher, ob er überhaupt etwas Sinnvolles getan hätte.

»Ja, das ist richtig, Rydag! Ich bin eine Frau, wie Mutter, und so begrüßt man eine Mutter. Du erinnerst dich!«

Nezzie sah Ayla und den Jungen beieinanderstehen. Er hatte ihr ein paarmal großen Kummer bereitet, wenn er sich überschätzte und versuchte, Dinge zu tun, die seine Kräfte und Fähigkeiten einfach überstiegen; aus diesem Grund war sie sich immer bewußt, wo das Kind gerade war und was es tat. Sie fühlte sich zu der jüngeren Frau und dem Kind hingezogen, wollte zusehen und begreifen, was sie taten. Ayla sah sie, bemerkte den Ausdruck der Neugier und Sorge auf ihrem Gesicht und rief sie herbei.

»Ich Rydag zeigen Clan-Sprache – Sprache der Mutter-Leute«, erklärte Ayla, »wie Wort gestern abend.«

Rydag verzog das Gesicht zu einem breiten Grinsen, bei dem seine im Verhältnis zu denen anderer Kinder übergroßen Zähne sichtbar wurden, und vollführte Nezzie gegenüber eine beredte Geste.

»Was bedeutet das?« frage Nezzie Ayla und sah sie dabei an.

»Rydag sagt: ›Guten Morgen, Mutter‹«, erklärte die junge Frau.

»Guten Morgen, Mutter?« Nezzie vollführte ihrerseits eine Gebärde, die vage der ähnelte, die Rydag sehr bewußt gemacht hatte. »Das heißt: ›Guten Morgen, Mutter‹?«

»Nein. Setz dich hierher. Ich dir zeigen. Dies« – Ayla machte das entsprechende Zeichen – »bedeutet: ›Guten Morgen‹, und so« – sie führte die entsprechende Abwandlung vor – »bedeutet es: ›Guten Morgen, Mutter.‹ Er kann aber auch mich auf diese Weise begrüßen, und dann heißt es: ›Guten Morgen, mütterliche Frau‹. Und so« – Ayla machte noch eine Variante des Handzeichens vor – »würdest du sagen: ›Guten Morgen, Kind‹, und so« – Ayla führte eine weitere Variante vor – »würdest du sagen: ›Guten Morgen, mein Sohn‹, verstehst du?«

Nezzie verfolgte aufmerksam, wie Ayla sämtliche Gruß-Varianten noch einmal vormachte. Ein wenig verlegen versuchte Nezzie es abermals. Wenn es auch dem Zeichen an feinem Schwung gebrach, war sowohl Ayla als auch Rydag klar, daß die Geste, die sie zu machen versuchte, soviel bedeutete wie: »Guten Morgen, mein Sohn.«

Der Junge, der neben der Sitzenden stand, schlang ihr die dünnen Ärmchen um den Hals. Nezzie drückte ihn an sich und zwinkerte mit den Augen, um die Tränen aufzuhalten, die in ihr aufstieg; selbst Rydags Augen waren feucht, was wiederum Ayla verwunderte.

Von allen Angehörigen des Brun-Clans waren nur ihr die Augen bei bestimmtem Gefühlsüberschwang naß geworden; dabei waren die Gefühle der Clan-Angehörigen nicht weniger stark als die ihren. Ihr Sohn konnte dieselben Laute ausstoßen wie sie; er war durchaus imstande, regelrecht zu sprechen – noch jetzt zog sich ihr das Herz schmerzlich zusammen, wenn sie daran dachte, wie er hinter ihr hergerufen hatte, nachdem sie gezwungen worden war, das Clan-Lager zu verlassen –, aber Tränen konnte Durc nicht vergießen, um seinem Kummer Ausdruck zu verleihen. Wie seine Clan-Mutter konnte Rydag nicht sprechen, doch wenn sich in seinen Augen Liebe widerspiegelte, wurden sie ihm feucht.

»Ich habe bis jetzt noch nie mit ihm reden können – dabei habe ich immer genau gewußt, daß er alles versteht«, sagte Nezzie.

»Möchtest du mehr Zeichen lernen?« fragte Ayla sanft.

Die Frau nickte; sie hielt den Jungen noch immer an sich gedrückt und wagte es einfach nicht zu sprechen, aus Angst, die Beherrschung zu verlieren. Ayla ging mit Nezzie und Rydag noch eine Reihe von Zeichen samt Abwandlungen durch; die beiden waren ganz Aufmerksamkeit und bemühten sich, alles richtig zu begreifen und zu behalten. Dann folgte eine dritte Zeichenreihe. Nezzies Töchter, Latie und Rugie, und Tulies jüngste Kinder, Brinan und seine kleine Schwester Tusie, die ungefähr im gleichen Alter wie Rugie und Rydag standen, umringten sie, um herauszufinden, was hier vorging; bald stieß auch noch Fralies sieben Jahre alter Sohn Crisavec zu ihnen. Bald machten alle bei etwas mit, das für sie ein schönes neues Spiel war: mit den Händen reden.

Freilich, ganz im Gegensatz zu den meisten Spielen, die die Kinder des Lagers spielten, war dieses eines, bei dem Rydag glänzte. Ayla konnte ihm die Zeichen gar nicht schnell genug zeigen. Sie brauchte sie ihm kaum mehr als einmal vorzumachen, und es dauerte auch nicht lange, da brachte er die Varianten, mit denen Nuancen und feine Bedeutungsunterschiede ausgedrückt wurden, von sich aus zuwege. Ayla meinte zu spüren, daß in ihm alles in Ordnung war und daß er voll war von Dingen, die heraus wollten – daß es nur einer ganz kleinen Öffnung bedurfte, und war der ganze Prozeß erst einmal ins Rollen gekommen, nichts mehr ihn aufhalten konnte.

Das Ganze war um so aufregender, als nicht nur er, sondern alle Kinder seines Alters etwas lernten. Zum erstenmal in seinem Leben war Rydag imstande, sich ausführlich auszudrücken; kein Wunder, daß er nicht genug davon bekommen konnte. Die Kinder, die mit ihm aufgewachsen waren, hatten keinerlei Schwierigkeit, seine Fähigkeit, auf diese neue Weise zu ›sprechen‹, anzuerkennen. Schließlich hatten sie sich auch schon vorher mit ihm verständigt und wußten ja, daß er anders war als sie und Schwierigkeiten hatte zu reden; bei ihnen hatte sich das Erwachsenenvorurteil, daß er deshalb auch weniger intelligent sei, noch nicht festgesetzt. Und Latie hatte, wie das bei älteren Schwestern häufig der Fall ist, den Erwachsenen des Lagers seit Jahren sein ›Gebrabbel‹ übersetzt.

Als sie alle genug hatten vom Lernen, liefen sie auseinander und versuchten, das Neuerlernte spielerisch zu erproben. Ayla bemerkte, daß Rydag sie jetzt korrigierte und sie sich an ihn wandten, um sich – was die Bedeutung der Handzeichen und Gebärden betraf – bei ihm Bestätigung zu holen. Rydag nahm plötzlich eine ganz neue Stellung unter seinen Altersgenossen ein.

Immer noch neben Nezzie sitzend, sah Ayla zu, wie die Kinder sich gegenseitig stumme Zeichen machten. Sie mußte lächeln, als sie sich ausmalte, was Iza wohl zu Kindern der Anderen gesagt hätte, die wie der Clan sprachen, gleichzeitig jedoch auch lachten und Laute ausstießen. Irgendwie, dachte Ayla, hätte die alte Medizinfrau es bestimmt verstanden.

»Du hast wohl recht. Das ist seine Art zu sprechen«, sagte Nezzie. »Noch nie habe ich ihn etwas so schnell begreifen sehen. Ich hatte ja keine Ahnung, daß Flach ... – wie nennst du sie noch?«

»Clan. Sie sagen Clan. Bedeutet ... Familie ... die Leute ... Menschen. Der Clan des Höhlen-Löwen, Leute, die Großen Höhlen-Löwen verehren; ihr sagen: Mamutoi, Mammutjäger, die Mutter verehren«, erwiderte Ayla.

»Clan ... Ich hatte ja keine Ahnung, daß sie so reden könnten, ja, hätte nie gedacht, daß man mit den Händen so viel ausdrücken kann ... Und noch nie habe ich Rydag so glücklich gesehen.« Die Frau zögerte, und Ayla spürte, daß sie nach einer Möglichkeit suchte, noch etwas mehr zu sagen. Sie wartete, um ihr Gelegenheit zu geben, ihre Gedanken zu sammeln. »Was mich überrascht hat, war, daß du ihn so schnell liebgewonnen hast«, fuhr Nezzie fort. »Manche lehnen ihn ab, weil er von gemischten Geistern ist, und den meisten Menschen ist in seiner Gegenwart unbehaglich zumute. Aber du scheinst ihn zu mögen.«

Ayla antwortete nicht sofort, sondern musterte die ältere Frau erst und war sich nicht sicher, was sie sagen sollte. Dann jedoch überlegte sie es sich und sagte: »Ich habe jemand wie ihn gekannt ... meinen Sohn. Meinen Sohn, Durc.«

»Deinen Sohn?« Nezzies Stimme verriet Überraschung, doch konnte Ayla nichts entdecken, was auf Abwehr oder Ekel hingewiesen hätte, wie sie sich so deutlich auf Frebecs Gesicht gemalt hatten, als er gestern abend von den Flachköpfen und von Rydag gesprochen hatte. »Du hattest einen Sohn von gemischten Geistern? Wo ist er? Was ist mit ihm geschehen?«

Zorn verdunkelte Aylas Gesicht. Während der Zeit, da sie allein in ihrem Tal gelebt hatte, hatte sie die Gedanken an ihren Sohn tief in sich vergraben; doch wo sie jetzt Rydag gesehen hatte, waren sie wieder lebendig geworden. Nezzies Fragen weckten schmerzliche Erinnerung und Gefühle, die an die Oberfläche drängten und die sie nicht erwartet hatte. Jetzt mußte sie sich ihnen stellen.

Nezzie war offen und freimütig wie allen anderen auch, und ihre Fragen waren ganz spontan gekommen; aber sie besaß auch großes Feingefühl. »Es tut mir leid, Ayla. Ich hätte ...«

»Keine Sorge, Nezzie«, sagte Ayla und zwinkerte, um die Tränen zurückzuhalten. »Ich weiß, Fragen tauchen auf, wenn ich von Sohn spreche. Es ... es schmerzt ... an Durc zu denken.«

»Du brauchst nicht über ihn zu sprechen.«

»Manchmal müssen über Durc reden.« Ayla hielt inne, doch dann gab es kein Halten mehr. »Durc ist bei Clan. Als sie stirbt, Iza ... meine Mutter, wie du Mutter von Rydag ... sagen, ich nach Norden gehen, meine Leute suchen. Nicht Clan, die Anderen. Durc damals Baby. Ich nicht fortgehen. Später, Durc ist drei Jahren, Broud mich vertreiben. Ich nicht wissen, wo Andere leben, nicht wissen, wohin gehen. Nicht können Durc mitnehmen. Ihn Uba geben ... Schwester. Sie Durc lieben, für ihn sorgen. Jetzt Ubas Sohn.«

Ayla machte eine Pause, doch Nezzie wußte nicht, was sie sagen sollte. Gern hätte sie weitere Fragen gestellt, wollte jedoch nicht drängen, wo sie doch sah, daß es für die junge Frau ein solche Qual war, von einem Sohn zu berichten, den sie liebte und doch hatte zurücklassen müssen. Ayla fuhr von sich aus fort:

»Drei Jahre, seit ich Durc gesehen. Er ist ... jetzt sechs Jahre alt. Wie Rydag?«

Nezzie nickte. »Es ist noch keine sieben Jahren her, seit Rydag geboren wurde.«

Ayla hielt inne, schien tief in Gedanken versunken. Dann fuhr sie fort: »Durc ist wie Rydag und doch nicht wie Rydag. In Augen ist Durc wie Clan, in Mund wie ich.« Sie lächelte schief. »Sollte andersherum sein. Durc macht Worte, könnte sprechen, nur – Clan nicht mit Worten sprechen. Besser wenn Rydag sprechen könnte, aber kann nicht. Durc kräftig.« Aylas Blick schien weit in die Ferne gerichtet. »Er kann schnell laufen. Ist bester Läufer, später mal Renner, wie Jondalar sagt.« Ihre Augen füllten sich mit Trauer, als sie zu Nezzie aufsah. »Rydag schwach. Von Geburt an.

Schwach in ...?« Sie legte eine Hand auf die Brust; sie kannte das Wort nicht.

»Er hat manchmal Schwierigkeiten beim Atmen«, sagte Nezzie besorgt.

»Schwierigkeit ist nicht Atem, Schwierigkeit ist Blut ... nein ... nicht Blut ... bum-bum«, sagte sie und hämmerte sich mit der Faust auf die Brust. Es quälte sie, daß sie das Wort nicht kannte.

»Das Herz. Das sagt Mamut. Er hat ein schwaches Herz. Aber woher weißt du das?«

»Iza war Medizinfrau – Heilkundige. Beste Heilkundige des Clan. Sie mir alles beigebracht, wie Tochter. Ich bin Medizinfrau.«

Jondalar hatte, wie Nezzie jetzt einfiel, gesagt, Ayla sei eine Heilkundige. Jetzt überraschte es sie zu erfahren, daß Flachköpfe über so etwas wie das Heilen von Krankheiten überhaupt nachdachten; aber sie hatte ja auch nicht gewußt, daß sie sprechen konnten. Und sie hatte Rydag lange genug um sich gehabt, um zu wissen, daß er – auch wenn er praktisch nicht sprechen konnte – nicht das dumme Tier war, für das so viele Menschen ihn hielten. Auch wenn sie keine Mamut war, gab es keinen Grund, warum Ayla von der Heilkunst nichts verstehen sollte.

Als ein Schatten über sie fiel, sahen die beiden Frauen auf.

»Mamut möchte wissen, ob du kommen und mit ihm sprechen könntest, Ayla«, sagte Danug. Die Frauen waren so in ihr Gespräch vertieft gewesen, daß sie den jungen Mann nicht hatten näher kommen sehen. »Rydag ist ganz aufgeregt über das neue Spiel, das du ihm gezeigt hast«, fuhr er fort. »Und Latie sagt, ich soll dich bitten, auch mir ein paar von den Zeichen beizubringen.«

»Ja, ja. Ich beibringen. Allen beibringen.«

»Auch ich möchte noch mehr von deinen Handwörtern lernen«, sagte Nezzie, als sie beide sich erhoben.

»Morgen?« fragte Ayla.

»Ja, morgen früh. Aber du hast noch gar nichts gegessen. Vielleicht wäre es morgen besser, wenn du vorher etwas essen würdest«, sagte Nezzie. »Komm mit, dann gebe ich dir etwas, und für Mamut auch.«

»Ich bin hungrig«, sagte Ayla.

»Ich auch«, sagte Danug.

»Wann bist du mal nicht hungrig? Ich glaube, du und Talut, ihr würdet allein mit einem ganzen Mammut fertig werden«, sage Nezzie, und der Stolz auf ihren kräftigen Sohn leuchtete ihr aus den Augen.

Als die beiden Frauen und Danug auf die Erdhütte zugingen, schienen die anderen das als Zeichen zu nehmen, es sei an der Zeit, selber auch etwas zu sich zu nehmen, und folgten ihnen ins Innere. Im Vorraum wurden die Überwürfe abgestreift und an Pflöcke gehängt. Es handelte sich um ein normales Frühstück, wie sie es jeden Tag zu sich nahmen; einige bereiteten es sich am eigenen Herdfeuer zu, wohingegen andere sich um das Erste Große Herdfeuer herum versammelten, wo es außer der großen auch noch ein paar kleinere Feuerstellen gab. Manche taten sich an den kalten Mammutresten von gestern gütlich, andere verzehrten Fleisch oder Fisch, der mit Wurzeln oder Gemüse zu einer Suppe verkocht wurde, die mit von Steppengräsern abgepflückten Getreidekörnern verdickt war. Aber ob sie nun am eigenen Herdfeuer kochten oder nicht, die meisten gingen zuletzt zum Gemeinschaftsbereich hinüber, um sich dort mit einem Becher heißen Tees niederzulassen, ehe sie wieder ins Freie hinausgingen.

Ayla saß neben Mamut und verfolgte mit großem Interesse, was sich ringsumher abspielte. Wie laut es zuging, wenn so viele Menschen sich unterhielten und miteinander lachten, überraschte sie immer noch, wenn sie sich auch langsam daran gewöhnte. Was sie weit mehr verwunderte, war die Unbefangenheit, mit der die Frauen sich unter den Männern bewegten. Es gab keine klar gegliederte Hierarchie und keinerlei Ordnung, nach der gekocht oder das Essen gereicht wurde. Alle schienen sich selbst zu nehmen, bis auf die kleinen Kinder, denen das Essen von Erwachsenen gegeben wurde.

Jondalar kam zu ihnen herüber, ließ sich vorsichtig neben Ayla auf der Grasmatte nieder und balancierte dabei eine wasserundurchlässige und henkellose, aber flexible, aus Palmlilienblättern geflochtene Schale mit einem Zickzackmuster aus stark kontrastierenden Farben, die mit heißem Minztee gefüllt war.

»Du früh aufgestanden«, sagte Ayla.

»Ich wollte dich nicht stören. Du schliefst noch so tief.«

»Ich aufwachen, weil glauben, jemand sich wehgetan, aber Deegie mir sagen, alte Frau ... Crozie ... immer laut sprechen mit Frebec.«

»Sie haben sich so laut gestritten, daß ich sie sogar draußen gehört habe«, sagte Jondalar. »Frebec ist vielleicht sehr streitsüchtig, aber ich weiß nicht, ob er allein schuld ist. Die alte Frau zetert schlimmer als eine Elster. Wie kann jemand mit ihr zusammenleben?«

»Ich denke, jemand ihr wehgetan«, sagte Ayla nachdenklich.

Verwirrt sah Jondalar auf. Er meinte nicht, daß sie aus Versehen wiederholte, jemand habe sich körperlich weh getan.

»Du hast recht, Ayla«, sagte Mamut. »Alte Wunden, die immer noch schmerzen.«

»Fralie tut Deegie leid.« Ayla wandte sich an Mamut. Bei ihm hatte sie keine Angst, Fragen zu stellen, doch wollte sie ihre Unwissenheit nicht allgemein preisgeben. »Was ist Brautpreis? Deegie sagt, Tulie verlangen hohen Brautpreis für sie.«

Mamut antwortete nicht sogleich, sondern sammelte sich sorgfältig, weil er wollte, daß sie ihn auch richtig verstand. Erwartungsvoll sah Ayla den weißhaarigen alten Mann an. »Ich könnte dir eine einfache Antwort darauf geben, Ayla, aber die Sache ist schwieriger, als man meint. Ich habe viele Jahre darüber nachgedacht. Es ist nicht leicht, sich und sein Volk zu verstehen und zu erklären, selbst wenn man einer von denen ist, bei dem andere sich Rat holen.« Er schloß die Augen und konzentrierte sich. »Du weißt, was ›Stellung‹ bedeutet, nicht wahr?«

»Ja«, sagte Ayla. »Beim Clan Anführer höchste Stellung, dann erwählter Jäger, dann andere Jäger. Auch Mog-ur hohe Stellung, nur anders. Er ist ... Mann der Geisterwelt.«

»Und die Frauen?«

»Frauen haben Stellung als Gefährtin; nur Medizinfrau gilt von sich aus und hat eigene Stellung.«

Aylas Antwort überraschte Jondalar. Trotz allem, was er von ihr über die Flachköpfe erfahren hatte, bereitete es ihm immer noch Schwierigkeiten zu glauben, daß sie ein Konzept begreifen könnten, das so kompliziert war wie eine auf Vergleichen beruhende Rangordnung.

»Das hatte ich mir gedacht«, sagte Mamut gelassen und fuhr dann fort zu erklären: »Wir verehren die Mutter, die Schafferin und Unterhalterin allen Lebens. Menschen, Tiere, Pflanzen, Wasser, Bäume, Felsen, Erde sind aus Ihr hervorgegangen; Sie hat alles geschaffen. Wenn wir den Geist des Mammut anrufen, oder den Geist des Hirsches oder des Büffels, und sie bitten, Jagd auf sie zu machen, tun wir das in dem Bewußtsein, daß es der Geist der Mutter war, der sie zum Leben erweckt hat; Ihr Geist ist es, der veranlaßt, daß ein weiterer Mammut, oder Hirsch oder Büffel, geboren wird, um diejenigen zu ersetzen, die Sie uns zur Nahrung gibt.«

»Bei uns heißt es, das Leben ist ein Geschenk der Mutter«, sagte Jondalar fasziniert. Es interessierte ihn zu erfahren, worin sich Sitten und Gebräuche der Mamutoi von denen der Zelandonii unterschieden.

»Mut – die Mutter – hat die Frauen ausgewählt, uns zu zeigen, wie Sie den Geist des Lebens in Sich aufgenommen hat, um neues Leben zu schaffen und hervorzubringen, um das zu ersetzen, das Sie zurückgerufen hat«, fuhr der alte heilige Mann fort. »Kinder erfahren dies, wenn sie heranwachsen, aus Legenden, Geschichten und Liedern, doch darüber bist du inzwischen hinaus, Ayla. Wir lauschen diesen Geschichten gern, selbst wenn wir alt werden, du jedoch mußt die Grundströmung verstehen, die sie trägt, und was darunter liegt, damit du die Grundlage für viele unserer Sitten begreifst. Welche Stellung und welchen Rang man bei uns einnimmt, das hängt von der Mutter ab, und der Brautpreis stellt eine Möglichkeit dar zu zeigen, was man wert ist.«

Ayla war gefesselt und nickte. Jondalar hatte versucht, ihr das mit der Mutter zu erklären, aber Mamut hatte es ihr auf eine Weise dargestellt, die es ihr leichter machte, es zu begreifen.

»Wenn Frauen und Männer beschließen, eine Verbindung einzugehen, machen der Mann und sein Lager der Mutter der betreffenden Frau und ihrem Lager viele Geschenke. Die Mutter oder die Anführerin des Lagers setzt den Preis für die Tochter fest – das heißt, sie sagt, wie viele Geschenke erforderlich sind; gelegentlich kommt es aber auch vor, daß eine Frau ihren eigenen Preis festsetzt, doch kann sie das nicht willkürlich tun, denn es hängt von vielerlei Dingen ab. Keine Frau möchte unterbewertet werden; gleichwohl sollte der Preis nicht so hoch sein, daß der Mann ihrer Wahl und sein Lager ihn sich nicht leisten könnten oder nicht bereit wären, ihn zu bezahlen.«

»Warum Bezahlung für eine Frau?« fragte Jondalar. »Macht sie das nicht zu einer Handelsware wie Salz oder Feuerstein oder Bernstein?«

»Der Wert einer Frau ist viel höher. Der Brautpreis ist das, was ein Mann für das Vorrecht bezahlt, mit einer Frau zu leben. Ein guter Brautpreis kommt allen zugute. Er bringt zum Ausdruck, wie hoch die Stellung ist, die eine Frau einnimmt; er läßt jedermann erkennen, wie große Stücke ein Mann, der sie begehrt – und sein Lager – auf sie geben. Das ehrt sein Lager und gibt ihnen Gelegenheit zu beweisen, daß sie erfolgreich sind und es sich leisten können, den geforderten Preis zu zahlen. Außerdem ehrt er das Lager der Frau, beweist ihnen Ansehen und Achtung und gibt ihnen etwas, das sie dafür entschädigt, wenn sie – was manche jungen Frauen tun – ihr Lager verlassen, um ein neues Lager zu gründen oder um im Lager des Mannes zu leben. Am wichtigsten ist jedoch, daß es ihnen hilft, einen guten Brautpreis zu bezahlen, wenn einer aus ihrem eigenen Lager eine Frau begehrt; so können sie zeigen, wie reich sie sind.

Kinder werden mit der Stellung ihrer Mütter geboren; infolgedessen kommt ihnen ein hoher Brautpreis zugute. Obwohl der Brautpreis in Geschenken bezahlt wird und manche der Geschenke für das junge Paar gedacht sind und ihnen helfen sollen, ein gemeinsames Leben zu beginnen, liegt der eigentliche Wert in der Stellung und im hohen Ansehen, in dem eine Frau in ihrem eigenen Lager und in allen anderen Lagern steht, und dem Wert, den sie wiederum ihrem Gefährten und ihren Kindern verleiht.«

Ayla war immer noch ganz durcheinander, doch Jondalar nickte. Er schien allmählich zu begreifen, worum es ging. Die spezifischen und verzwickten Einzelheiten waren nicht die gleichen, doch im großen und ganzen waren Verwandtschaftsbeziehungen und Wertvorstellungen bei seinem eigenen Volk nicht anders. »Woran erkennt man den Wert einer Frau? Um zu einem guten Brautpreis zu kommen?« wollte der Zelandonii-Mann wissen.

»Die Höhe des Brautpreises hängt von vielen Dingen ab. Ein Mann wird immer versuchen, eine Frau mit der höchsten Stellung zu finden, die er sich leisten kann, denn wenn er seine Mutter verläßt, nimmt er die Stellung seiner Gefährtin an, die entweder schon Mutter ist oder Mutter werden wird. Eine Frau, die bereits bewiesen hat, daß sie Mutter werden kann, besitzt einen höheren Wert; infolgedessen sind Frauen mit Kindern sehr begehrt. Männer werden immer wieder versuchen, den Wert ihrer späteren Gefährtin hochzutreiben; sie haben ja nur Gutes davon. Zwei Männer, die im Wettstreit um eine hochbewertete Frau liegen, können – sofern sie gut miteinander auskommen und die Frau sich damit einverstanden erklärt – ihre Mittel zusammenlegen und den Brautpreis auf diese Weise womöglich noch mehr in die Höhe treiben.

Manchmal tut sich ein Mann mit zwei Frauen zusammen, insbesondere mit zwei Schwestern, die sich nicht voneinander trennen wollen. Dann bekommt er die Stellung der höherbewerteten Frau und wird wohlwollend eingeschätzt, was seine Stellung zusätzlich erhöht. Er beweist nämlich, daß er imstande ist, für zwei Frauen und ihre zukünftigen Kinder aufzukommen. Zwillingsschwestern gelten als ganz besonderer Segen und werden selten getrennt.«

»Als mein Bruder unter den Sharamudoi eine Frau fand, wurde er verwandt mit einer Frau namens Tholie, die eine Mamutoi war. Tholie hat mir einmal erzählt, sie sei ›geraubt‹ worden; allerdings mit ihrer Einwilligung«, sagte Jondolar.

»Wir treiben Handel mit den Sharamudoi, aber unsere Sitten und Gebräuche sind nicht die gleichen. Tholie war eine Frau, die einen sehr hohen Rang bekleidete. Sie an andere zu verlieren, bedeutete, eine Frau aufzugeben, die nicht nur um ihrer selbst willen hoch im Wert stand – und sie haben einen hohen Brautpreis bezahlt –, sondern die auch noch den Wert mitnahm, der von ihrer Mutter auf sie übergegangen war und den sie jetzt an ihren Gefährten und ihre Kinder weitergab, einen Wert, der schließlich allen Mamutoi zugute gekommen wäre. Dafür gab es keine Entschädigung. Dieser Wert war für uns verloren, als hätte man ihn uns gestohlen. Aber Tholie war verliebt und entschlossen, sich mit dem jungen Sharamudoi zusammenzutun; und um allen Schwierigkeiten aus dem Weg zu gehen, erlaubten wir, daß sie ›gestohlen‹ wurde.«

»Deegie sagt, Fralies Mutter hat Brautpreis sehr niedrig angesetzt«, sagte Ayla.

Der alte Mann setzte sich anders hin. Er wußte, worauf sie hinauswollte; es war nicht leicht, die Frage zu beantworten. Die meisten Menschen verstanden ihre Sitten und Gebräuche intuitiv und hätten sie nicht so deutlich erklären können wie Mamut. Viele in seiner Stellung hätten auch gezögert, Glaubensvorstellungen zu erklären, die man normalerweise in vieldeutige Geschichten gekleidet hätte, weil man Angst gehabt hätte, daß solch klare und ins Einzelne gehende Erklärung von kulturellen Werten diese ihres Geheimnisses und damit ihrer Macht entkleiden könnte. Selbst ihm war unbehaglich dabei zumute, aber er hatte bereits einige Schlußfolgerungen gezogen und in bezug auf Ayla ein paar Entscheidungen gefällt. Ihm war daran gelegen, daß sie ihre Vorstellungen begriff und ihre Sitten und Gebräuche so schnell wie möglich verstand.

»Eine Mutter kann an das Herd-Feuer irgendeines ihrer Kinder ziehen«, sagte er. »Wenn sie das tut – und das geschieht in der Regel nicht, ehe sie alt wird –, wird sie meistens wohl zu einer Tochter ziehen, die im selben Lager lebt wie sie. Ihr Gefährte zieht im allgemeinen mit ihr, kann aber auch zurückkehren in das Lager seiner Mutter oder – wenn er will – bei einer Schwester leben. Ein Mann fühlt sich oft zu den Kindern seiner Gefährtin hingezogen, den Kindern seines Herd-Feuers, weil er mit ihnen zusammenlebt und ihnen vieles beibringt; aber seine Erben sind die Kinder seiner Schwester, und wenn er alt wird, müssen diese für ihn sorgen. Für gewöhnlich sind die Älteren willkommen, leider jedoch nicht immer. Fralie ist das einzige Kind, das Crozie geblieben ist, und deshalb ist sie mit zunehmendem Alter nicht freundlicher geworden. Sie klammert sich an Menschen und kann nichts hergeben, und so wollen nur wenige Männer sie an ihrem Herd-Feuer haben. Nachdem Fralies erster Mann gestorben war, mußte sie den Brautpreis ihrer Tochter immer weiter herabsetzen, und das fuchst sie und trägt zu ihrer Verbitterung bei.«

Ayla nickte verständnisvoll, doch dann runzelte sie besorgt die Stirn. »Iza mir von alter Frau erzählt, die bei Bruns Clan gelebt, ehe ich gefunden. Diese Frau kommt von anderem Clan. Gefährte stirbt, keine Kinder. Sie keinen Wert, keine Stellung, aber immer zu essen, immer Platz an Feuer. Wenn Crozie Fralie nicht mehr haben – wohin sie gehen?«

Mamut ließ sich die Frage einen Augenblick durch den Kopf gehen. »Crozie stünde dann vor einem großen Problem, Ayla. Für gewöhnlich wird jemand, der keine Angehörigen mehr hat, von einem anderen Herd-Feuer adoptiert, aber Crozie ist höchst unangenehm, und es wird nicht viele geben, die sie bei sich aufnehmen. Genug zu essen und eine Schlafstelle würde sie wohl in jedem Lager finden, aber nach einiger Zeit würden sie sie zwingen fortzugehen – so wie ihr Lager es tat, als Fralies erster Mann starb.«

Der alte Schamane verzerrte das Gesicht, als er fortfuhr: »Frebec selbst ist auch nicht besonders angenehm. Seine Mutter nahm eine sehr niedrige Stellung ein; sie konnte kaum mit irgendwelchen Fertigkeiten aufwarten und hatte wenig zu bieten außer einer Vorliebe für Schnappes, und deshalb hat er von vornherein nicht viel mitbekommen. Sein Lager wollte Crozie nicht haben, und ihm machte es nichts aus, dieses Lager zu verlassen. Aber sie weigerten sich, auch nur das geringste zu bezahlen. Deshalb war Fralies Brautpreis so niedrig. Warum sie überhaupt hier sind, das liegt nur an Nezzie. Nezzie hat Talut bewogen, sich für sie einzusetzen, und deshalb wurden sie aufgenommen. Aber es gibt welche unter uns, die das bedauern.«

Ayla nickte verständnisvoll. Damit war die Situation für sie ein wenig klarer. »Mamut, was ...«

»Nuvie! Nuvie! Ach, Mutter. Sie erstickt!« schrie eine Frau plötzlich.

Mehrere Leute standen herum, während ihr drei Jahre altes Kind hustete und würgte und keuchend nach Atem rang. Jemand klopfte dem Kind auf den Rücken, was jedoch nicht half. Andere kamen mit guten Ratschlägen, wußten jedoch nicht, was tun, als das kleine Mädchen weiterhin nach Atem rang und im Gesicht blau anlief.

6

Ayla bahnte sich den Weg durch die Menge und kam bei dem Kind an, als dieses das Bewußtsein verlor. Sie hob das Mädchen auf, setzte sich selbst hin und legte es sich auf den Schoß, dann griff sie mit dem Finger in seinen Mund, um festzustellen, ob sie das Hindernis finden könnte. Als sie damit keinen Erfolg hatte, stand Ayla auf, drehte das Kind um und hielt es mit einem Arm um die Taille gefaßt, so daß Kopf und Arme nach unten hingen, und schlug ihm kräftig zwischen die Schulterblätter. Dann schlang sie die Arme um den schlaff herunterhängenden kleinen Körper und preßte ihn mit einem Ruck zusammen.

Mit angehaltenem Atem traten die anderen zurück und sahen der Frau zu, die genau zu wissen schien, was sie in einem Kampf um Leben und Tod tat, um das, was sich in der Kehle des kleinen Mädchens festgesetzt hatte, herauszuholen. Das Kind hatte aufgehört zu atmen, doch sein Herz schlug noch. Ayla legte das Kind hin und kniete neben ihm nieder. Sie nahm ein Stück vom Überwurf des Kindes und stopfte es ihm dergestalt in den Nacken, daß der Kopf nach hinten hing und sein Mund offenstand. Dann hielt sie ihm die Nase zu, legte ihren Mund auf den Mund des Kindes und saugte die Luft so heftig ein, wie sie konnte, was einen beträchtlichen Sog hervorrief. Diesen Druck behielt sie bei, bis sie selbst kaum noch Luft bekam.

Und dann, unvermittelt, spürte sie, wie ihr mit einem leisen *Plop* etwas in den Mund flog und sich um ein Haar in ihrer eigenen Kehle festgesetzt hätte. Ayla löste ihren Mund von dem des Kindes und spuckte ein Stück knorpeligen Knochens aus, an dem noch etwas Fleisch haftete. Sie holte tief Luft, strich sich mit einer raschen Bewegung das Haar aus dem Gesicht, bedeckte den Mund des Kindes abermals mit dem ihren und pustete ihm den lebenspendenden Atem in die zum Stillstand gekommenen Lungen. Die kleine Brust hob sich. Das wiederholte Ayla mehrere Male.

Plötzlich hustete das Kind und würgte neuerlich, und dann holte es tief und rasselnd selbst Atem.

Ayla half Nuvie, als diese wieder atmete, eine sitzende Stellung einzunehmen; erst da wurde sie sich bewußt, daß Tronie vor Erleichterung schluchzte, ihre Tochter wieder am Leben zu sehen.

Ayla zog sich den Überwurf über und warf die Kapuze in den Nacken; dann ließ sie den Blick die Reihe der Herd-Feuer hinunterwandern. Am letzten – dem Herd-Feuer des Auerochsen – sah sie Deegie neben der Feuerstelle stehen, sich das volle, kastanienbraune Haar zurückstreichen und es zu einem Knoten zusammendrehen. Dabei unterhielt sie sich mit jemand, der auf dem Fellbett lag. Ayla und Deegie hatten sich in den letzten Tagen miteinander angefreundet und gingen für gewöhnlich morgens gemeinsam hinaus ins Freie. Sich eine elfenbeinerne Haarnadel – einen langen, dünnen Spieß, der aus dem Stoßzahn eines Mammuts geschnitzt und dann ganz dünn geschliffen worden war – in den Knoten treibend, winkte Deegie Ayla und gab ihr zu verstehen: »Warte auf mich, ich komme mit!«

Tronie saß auf einem Bett am nächsten Herd-Feuer neben dem des Mammut und nährte Hartal. Lächelnd winkte sie Ayla zu sich. Ayla betrat den Bereich des Herd-Feuers des Rentiers, setzte sich neben sie, beugte sich vor, stieß gurrende Laute aus und kitzelte das Baby. Einen Moment ließ dieses von der Mutterbrust ab, kicherte und strampelte mit den Beinen, dann griff es wieder nach seiner Mutter, um weiterzutrinken.

»Er kennt dich schon, Ayla«, sagte Tronie.

»Hartal glückliches, gesundes Baby. Wächst schnell heran. Wo ist Nuvie?«

»Manuv ist vorhin mit ihr rausgegangen. Er ist mir gerade bei ihr eine große Hilfe, und ich bin froh, daß er jetzt bei uns lebt. Tornec hat eine Schwester, bei der er leben könnte. Alt und jung scheinen gut miteinander auszukommen, aber die meiste Zeit verbringt Manuv wohl mit der Kleinen; er kann ihr einfach nichts abschlagen. Besonders jetzt, wo wir sie beinahe verloren hätten.« Die Mutter legte sich das Baby über die Schulter und klopfte ihm den Rücken, dann wandte sie sich wieder Ayla zu. »Ich habe eigentlich noch gar nicht richtig Gelegenheit gehabt, mit dir allein zu sprechen. Ich möchte dir nochmals danken. Wir sind alle so dankbar ... Ich hatte solche Angst, sie würde ... Ich träume immer noch schlecht. Ich wußte nicht, was tun. Ich weiß nicht, was wir getan hätten, wärest du nicht dagewesen.« Sie unterdrückte die Tränen, die ihr kamen.

»Tronie, nicht sprechen. Nicht nötig zu danken. Ist mein ... kenne Wort nicht. Ich besitze Wissen ... ist wichtig ... für mich.«

Ayla sah Deegie am Herd-Feuer des Kranichs vorbeigehen und bemerkte, daß Fralie sie nicht aus den Augen ließ. Sie hatte dunkle Ringe um die Augen und schien abgespannter, als sie sein sollte. Ayla hatte sie beobachtet und gemeint, sie wäre in ihrer Schwangerschaft weit genug fortgeschritten, daß die übliche morgendliche Übelkeit allmählich ausbleiben könnte, doch erbrach Fralie sich immer noch regelmäßig – und nicht nur in der Frühe. Ayla wünschte, sie könnte sie eingehend untersuchen, doch war Frebec fuchsteufelswild geworden, als sie es erwähnt hatte. Er behauptete, daß, auch wenn Ayla jemand vor dem Erstickungstod gerettet habe, das noch lange nicht beweise, daß sie etwas von der Heilkunst verstehe. Ihn überzeuge das nicht, bloß weil sie das behaupte, und er werde nicht zulassen, daß irgendeine hergelaufene Fremde Fralie bösen Rat erteile. Damit hatte Crozie wieder etwas, worüber sie mit ihm streiten konnte. Schließlich hatte Fralie, bloß um nicht ihr ewiges Gezänk zu hören, behauptet, es gehe ihr gut und sie brauche Ayla nicht.

Ayla lächelte der bedrängten Frau aufmunternd zu, hob unterwegs eine leere Wasserblase auf und ging mit Deegie zum Eingang. Während sie das Herd-Feuer des Fuchses betraten, blickte Ranec auf und sah sie vorübergehen. Ayla hatte das bestimmte Gefühl, daß er sie den ganzen Weg durch den Bereich des Herd-Feuers des Löwen und den Kochbereich bis zum Erreichen des inneren Durchgangs nicht aus den Augen ließ, und mußte dem Drang widerstehen, sich nach ihm umzublicken.

Als sie das Fell vor dem Ausgang beiseiteschoben, mußte Ayla blinzeln, so unerwartet grell schien ihr die Sonne aus einem tiefblauen Himmel in die Augen. Es war einer jener warmen, sanften Herbsttage, die man als seltenes Geschenk betrachtet und an die man gern denkt in einer Jahreszeit, da heftige Stürme und bittere Kälte das Wetter bestimmen. Ayla lächelte dankbar und erinnerte sich plötzlich an etwas, das sie jahrelang vergessen hatte: daß Uba an einem Tag wie diesem geboren worden war, im ersten Herbst nachdem Bruns Clan sie gefunden hatte.

Die Erdhütte samt dem festgetrampelten Bereich davor war ungefähr in der Mitte aus einem nach Westen weisenden Hang herausgearbeitet worden, und so hatte man vom Eingang aus einen weiten Blick hinaus ins Land. Ayla blieb einen Moment stehen und genoß die Fernsicht. Der reißende Fluß glitzerte und funkelte und untermalte mit seinem Geplätscher und Gemurmel das Spiel von Sonne und Wasser; auf der anderen Seite, in feinen Dunst gehüllt, erblickte Ayla einen ähnlichen Hang. Der rasch dahinströmende Fluß, der sich einen Kanal durch die Weiten der offenen Steppe gegraben hatte, wurde gesäumt von Erdwällen, die an anderer Stelle fortgespült worden waren.

Von der gerundeten Schulter des Hochplateaus bis zu der ausgedehnten Flußebene unten war der feine Lößboden von tiefen Rinnen zerfurcht – das Werk von Regen, Schneeschmelze und dem Oberflächenschmelzwasser, das im Frühling von den gewaltigen Gletschern im Norden herunterkam. Hier und da standen einsam ein paar grüne Lärchen und Fichten steif und gerade da und erhoben sich über das sich flach an den Boden drückende, unbelaubte Strauchwerk und Gebüsch. Weiter unten, am Flußufer, vermischten sich die Stengel von Rohrkolben, Schilf und Riedgras. Flußaufwärts wurde ihr der Blick durch die Flußbiegung verwehrt, doch Winnie und Renner grasten in Sichtweite und taten sich an dem vertrockneten Gras gütlich, das die sonst kahle Ebene bedeckte.

Ein wenig Erde landete vor Aylas Füßen. Erschrocken sah sie auf und schaute in die leuchtend blauen Augen von Jondalar. Neben ihm stand Talut und hatte das Gesicht zu einem breiten Grinsen verzogen. Es überraschte sie, noch weitere Leute oben auf der Erdhütte zu sehen.

»Komm rauf, Ayla, ich reich' dir die Hand«, sagte Jondalar.

»Nicht jetzt. Später. Ich gerade herausgekommen. Was machst du da oben?«

»Wir stülpen die Rundboote über die Rauchabzüge«, erklärte Talut.

»Was?«

»Komm mit, ich erkläre es dir«, sagte Deegie. »Sonst laufe ich noch über.«

Gemeinsam gingen die beiden jungen Frauen auf eine in der Nähe gelegene schluchtartige Bodenrinne zu. In eine der senkrecht abfallenden Wände waren rohe Stufen eingegraben worden, die zu einer Reihe von großen Mammutschulterblättern hinunterführten. Die großen flachen Knochen wiesen in der Mitte ein Loch auf und waren über dem tiefergelegenen Teil der Bodenrinne zwischen den Seitenwänden festgeklemmt worden. Ayla stieg auf eines der Schulterblätter hinauf, nestelte den Leibriemen ihrer Hose auf, ließ die Beinlinge herunterrutschen und ging neben Deegie über dem Loch in die Hocke. Jetzt wunderte sie sich, daß sie nicht selbst darauf gekommen war, diese gebückte Haltung einzunehmen, als sie soviel Schwierigkeiten mit ihrer Kleidung gehabt hatte. Das ganze sah so einfach und einleuchtend aus, nachdem sie Deegie einmal dabei zugesehen hatte. Der Inhalt der aus Korbgeflecht bestehenden Nachtgeschirre wurde wie anderer Abfall in die Schlucht hinuntergeworfen und das Ganze im Frühling fortgeschwemmt.

Sie kletterten wieder hinauf und schlenderten neben einer breiten Erdrinne zum Fluß hinunter. Ein Rinnsal von einem Bach, dessen Quelle weiter im Norden bereits zugefroren war, rann in der Mitte hinunter. Wenn die wärmere Jahreszeit kam, würde die Rinne von einem reißenden Wildbach ausgefüllt werden. Die Oberteile einiger weniger Mammutschädel waren zusammen mit ein paar rohen, aus Beinknochen gefertigten Schöpfkellen umgekehrt am Ufer aufeinandergestapelt worden.

Die beiden Frauen füllten die Becken aus Mammutschädeln mit Wasser, das sie aus dem Fluß schöpften, und aus einem Beutel, den Ayla mitgebracht hatte, streute sie ihnen getrocknete Blütenblätter – einst die blaßblauen Rispen der saponinhaltigen Säckelblumen – in die Hand. Rieben sie die angefeuchteten Hände, entstand ein schaumiges, leicht sandiges Säuberungsmittel, das auf Händen und Gesicht einen feinen Duft hinterließ. Ayla brach einen Zweig ab, zerkaute das abgebrochene Ende und rieb sich damit die Zähne sauber, eine Gewohnheit, die sie von Jondalar übernommen hatte.

»Was ist ein Rundboot?« fragte Ayla, als sie – einen prall mit Wasser gefüllten Bisonmagen zwischen sich – zurückgingen.

»Die benutzen wir, um, wenn er nicht zu reißend ist, den Fluß zu überqueren. Zuerst baut man einen runden Rahmen aus Knochen und Holz, in dem vielleicht zwei oder sogar drei Mann Platz haben, dann bespannt man ihn mit einem Fell, für gewöhnlich dem eines Auerochsen; es muß gut eingefettet sein, und das Haar zeigt nach außen. Schnitzt man sie ein bißchen zurecht, ergeben Geweihteile des Riesenhirschs gute Paddel ... um das Boot durchs Wasser zu stoßen«, erklärte Deegie.

»Und wozu Rundboote oben auf Erdhütte?«

»Dort verwahren wir sie immer, wenn wir sie nicht gebrauchen, doch im Winter decken wir sie über die Löcher für den Rauchabzug, damit Regen und Schnee abgehalten werden. Die Männer haben sie mit Riemen, die sie durch die Löcher ziehen, festgezurrt, damit sie nicht fortwehen. Aber einen Spalt muß man schon freilassen, damit der Rauch hinauskann und damit man es von innen hin und her bewegen kann, um es vom Schnee zu befreien, wenn dieser zu hoch fällt.«

Während sie dahingingen, dachte Ayla, wie glücklich sie war, Deegie zu kennen. Uba war eine Schwester, und die liebte sie, aber Uba war jünger als sie und zudem auch noch Izas richtige Tochter; dieser Unterschied war immer dagewesen. Ayla hatte noch nie jemand ihres Alters gekannt, der alles zu verstehen schien, was sie sagte, und mit dem sie soviel gemeinsam hatte. Sie setzten die schwere Wasserlast ab und ruhten sich für einen Moment aus.

»Ayla, zeig mir, wie man mit Zeichen ›Ich liebe dich‹ sagt, damit ich es Branag sagen kann, wenn ich ihn wiedersehe«, bat Deegie sie.

»Clan hat dafür kein Zeichen«, erklärte Ayla.

»Lieben sie einander denn nicht? Wenn du von ihnen erzählst, hat man das Gefühl, sie wären so menschlich, und da habe ich gedacht, sie kennten die Liebe.«

»Ja, sie lieben sich, aber sie still ... nein, das nicht das richtige Wort.«

»Ich glaube, ›heikel‹ ist das Wort, das du brauchst«, sagte Deegie.

»Heikel ... wenn es darum geht, Gefühle zu zeigen. Eine Mutter könnte zu einem Kind sagen: ›Du machst mich glücklich‹«, erwiderte Ayla und führte Deegie die entsprechende Gebärde vor, »aber eine Frau würde nie so offen ... nein ... deutlich?« Sie stellte die Wahl ihres zweiten Wortes in Frage und wartete auf Deegies zustimmendes Nicken, ehe sie fortfuhr: »Nicht so deutlich ihre Gefühle für einen Mann ausdrücken.«

Deegie fand das fesselnd. »Was würde sie dann tun? Ich hatte Branag zu verstehen geben müssen, welche Gefühle ich ihm entgegenbrachte, als ich bemerkte, daß er mich bei den Sommer-Treffen nicht aus den Augen ließ – genausowenig wie ich ihn. Wenn ich es ihm nicht hätte sagen können – ich weiß nicht, was ich dann getan hätte.«

»Eine Clanfrau sagt nicht – sie gibt zu verstehen. Frau tut Dinge für Mann, den sie liebt, kocht Essen, das er besonders gern mag, brüht morgens seinen Lieblingstee auf, damit dieser fertig, wenn er aufwacht. Macht Kleidung auf besondere Art – Innenseite von Fellüberwurf besonders weich, oder warme Füßlinge mit Fell innen. Noch besser, wenn Frau erkennt, was er will, ehe er darum bittet. Beweist, daß sie ihn genau beobachtet, um seine Gewohnheiten und Stimmungen kennenlernen, ihn kennt, sich was aus ihm macht.«

Deegie nickte. »Das ist eine gute Möglichkeit, jemand zu sagen, daß man ihn liebt. Es ist schön, Besonderes füreinander zu tun. Aber woran erkennt eine Frau, daß er sie liebt? Was tut ein Mann für eine Frau?«

»Einmal begab Goov sich in Gefahr, um Schneeleoparden zu töten, der Ovra ängstigte, weil zu nahe um Höhle herumschleichen. Sie wußte, er es für sie getan, obwohl er Fell Creb schenkte und Iza daraus Pelzüberwurf für mich machte«, erklärte Ayla.

»Das ist sehr umständlich und verblümt zum Ausdruck gebracht. Ich bin mir nicht sicher, ob ich das verstanden hätte.« Deegie lachte. »Woher weißt du, daß er es für sie getan hat?«

»Ovra mir später erzählt. Ich damals nicht wissen. Ich jung. Noch lernen. Clan-Sprache besteht nicht nur aus Handzeichen. Viel mehr sagen mit Gesicht, Augen und Körper. Art zu gehen, Kopf zu drehen, Schultern zu straffen, wenn du weißt, was das bedeutet, sagt mehr als Worte. Hat sehr lange gedauert, Sprache von Clan zu erlernen.«

»Das überrascht mich, wo du doch so schnell Mamutoi gelernt hast! Man merkt es doch. Du wirst von Tag zu Tag besser. Ich wünschte, ich wäre so sprachbegabt wie du.«

»Ich immer noch nicht richtig. Fehlen viele Wörter; aber ich denke, ich sprechen Wörter in Art von Clan. Ich Wort hören und Gesicht beobachten, fühlen, wie Wort klingt und zusammen mit anderen, und sehen, wie Körper sich bewegt ... und versuche zu behalten. Auch wenn ich Rydag und anderen Handzeichen beibringe, lerne ich. Ich lerne eure Sprache.

Muß lernen, Deegie«, fügte Ayla mit einer Inbrunst hinzu, die bewies, wie ernst es ihr damit war.

»Für dich ist es nicht nur ein Spiel, nicht wahr? Wie das die Handzeichen für uns sind. Ist doch lustig, daß wir zum Sommer-Treffen gehen und uns dort untereinander verständigen können, ohne daß irgend jemand sonst es merkt.«

»Ich glücklich, daß alle Spaß und mehr lernen wollen. Glücklich um Rydags willen. Rydag jetzt auch Spaß; aber für ihn ist kein Spiel.«

»Nein, das ist es wohl nicht.« Sie griffen wieder nach dem wassergefüllten Magen, doch dann hielt Deegie inne und sah Ayla an. »Zu Anfang habe ich nicht begreifen können, warum Nezzie ihn behalten wollte. Aber dann habe ich mich an ihn gewöhnt und ihn auch liebgewonnen. Jetzt ist er einfach einer von uns, und er würde mir fehlen, wenn er nicht hier wäre; aber bisher ist es mir nie in den Sinn gekommen, daß er den Wunsch haben könnte zu sprechen. Ich habe einfach nie darüber nachgedacht.«

Jondalar stand am Eingang der Erdhütte und sah die beiden ins Gespräch vertieften Frauen näher kommen. Er freute sich, daß Ayla so gut mit den anderen auskam. Als er darüber nachdachte, kam es ihm erstaunlich vor, daß sie von all den Gruppen, denen sie hätten begegnen können, ausgerechnet die eine Gruppe gefunden hatten, in deren Mitte ein Kind von gemischten Geistern lebte und die aus diesem Grund vermutlich eher als andere bereit war, Ayla zu akzeptieren. Mit einem allerdings hatte er recht behalten. Ayla zögerte nicht, jedem zu erzählen, woher sie kam.

Nun, zumindest hat sie ihnen nicht von ihrem Sohn erzählt, dachte er. Daß jemand wie Nezzie ein verwaistes Kind in ihr Herz schloß, war schon ungewöhnlich; aber eine Frau willkommen zu heißen, deren Geist sich mit dem eines Flachschädels vermischt hatte und die daraufhin ein Scheusal zur Welt gebracht hatte – dazu gehörte noch viel mehr. Schließlich hatten alle Angst, so etwas könnte wieder geschehen; und wenn sie die falsche Art von Geistern anzog, konnte es sein, daß sich das auf die Frauen in ihrer Umgebung übertrug.

Plötzlich errötete der großgewachsene, stattliche Mann bis über beide Ohren. Für Ayla ist ihr Sohn kein Scheusal, dachte er betroffen. Er selbst war vor Abscheu zusammengezuckt, als sie ihm von ihrem Sohn erzählt hatte, und darüber war sie außer sich gewesen. Nie hatte er sie so wütend erlebt. Aber ihr Sohn war ihr Sohn, und sie schämte sich seiner offensichtlich in keiner Weise. Und sie hat recht. Das hat Doni mir in einem Traum gesagt. Auch Flachschädel ... der Clan ... sind Kinder der Mutter. Sieh dir nur Rydag an. Er ist weit aufgeweckter, als ich es jemals für möglich gehalten hätte. Ein bißchen anders ist er schon, aber er ist ein Mensch, und zwar ein durchaus liebenswerter.

Jondalar hatte sich eine ganze Zeitlang mit dem Jungen beschäftigt und entdeckt, wie intelligent und reif er war, ja, daß er sogar einen gewissen trockenen Humor besaß, besonders dann, wenn es um sein Anderssein oder seine Schwäche ging. Er hatte bemerkt, daß jedesmal, wenn Rydag Ayla ansah, Ergebenheit und Verehrung in seinen Augen aufleuchteten. Sie hatte ihm erzählt, Clan-Jungen in Rydags Alter wären schon weiter entwickelt als Menschenjungen, wären fast schon Männer, mehr so wie Danug; aber es war auch möglich, daß seine Schwäche ihn über sein Alter hinaus hatte reifen lassen.

Sie hat recht. Ich weiß, sie hat recht mit ihnen. Wenn sie nur nicht über sie reden würde! Es wäre alles soviel leichter. Es würde ja kein Mensch ahnen, wenn sie es ihnen nicht auf die Nase bände ...

Für sie sind es ihre Leute, Jondalar, schalt er sich selbst und merkte, daß ihm wieder das Gesicht brannte und er wütend war über seine eigenen Gedanken. Was wohl in dir vorginge, wenn jemand dir sagte, du solltest nicht über die Leute reden, die dich großgezogen und geliebt haben? Und wenn sie sich ihrer nicht schämt - warum solltest du das dann tun? So schlecht ist es doch gar nicht gelaufen. Frebec ist ohnehin ein Störenfried. Nur hat sie natürlich keine Ahnung, wie Menschen sich gegen einen wenden können - und gegen jeden, der bei einem ist.

Vielleicht ist es am besten so, daß sie es nicht weiß. Und vielleicht passiert es ja auch nicht. Inzwischen hat sie es geschafft, daß die meisten des Lagers sich mit Gebärden und Zeichen verständigen wie Flachschädel - ich selbst eingeschlossen.

»Jondalar, du hast einen feuerroten Kopf. Worüber hast du denn nachgedacht?« fragte Deegie ihn neckend, als sie den Eingang erreichten.

Diese Frage traf ihn unvorbereitet, erinnerte ihn an seine Scham und bewirkte, daß er vor Verlegenheit noch tiefer errötete. »Ich muß wohl zu nahe am Feuer gesessen haben«, sagte er und wandte sich ab.

Warum sagt Jondalar Dinge, die nicht wahr sind? fragte Ayla sich und bemerkte, daß er die Stirn gerunzelt hatte und Kümmernis in seinen tiefblauen Augen aufleuchtete, ehe er sich abwandte. Er ist nicht rot vom Feuer. Er ist rot von etwas, das er fühlt. Gerade immer dann, wenn ich denke, jetzt fange ich an zu verstehen, tut er etwas mir Unbegreifliches. Ich beobachte ihn, bemühe mich, besonders acht auf ihn zu geben. Alles scheint bestens, und dann ist er unversehens grundlos wütend. Ich sehe doch, daß er wütend ist; was ich jedoch nicht sehen kann, ist, warum er das ist. Warum macht Ranec ihn wütend? Und jetzt ärgert ihn etwas, und er sagt, es ist das Feuer, das ihn hat rot werden lassen. Was mache ich falsch? Warum verstehe ich ihn nicht? Werde ich das jemals lernen?

»Ich habe nach dir gesucht, Jondalar«, sagte der Anführer. »Ich möchte einen so guten Tag nicht verstreichen lassen, und Wymez hat auf dem Weg hierher zurück, ohne es eigentlich zu wollen, ein bißchen Kundschafter gespielt. Er sagt, sie wären an einer Winterherde Wisente vorübergekommen. Nach dem Essen wollen wir Jagd auf sie machen. Möchtest du mitkommen?«

»Ja, gern«, sagte Jondalar und verzog das Gesicht zu einem breiten Lächeln.

»Ich habe Mamut gebeten, das Wetter zu erfühlen und festzustellen, wo die Herde steht. Er sagt, die Zeichen sind gut und die Herde ist nicht viel weitergezogen. Und noch etwas hat er gesagt, das ich nicht recht verstehe. Er hat gesagt: ›Der Weg hinaus ist auch der Weg hinein.‹ Sagt dir das irgendwas?«

»Nein, aber das ist nicht ungewöhnlich. Die Der Mutter Dienen sagen oft Dinge, die ich nicht verstehe.« Jondalar lächelte. »Sie sprechen mit Schatten auf der Zunge.«

»Manchmal frage ich mich, ob sie überhaupt selbst wissen, was sie da sagen«, meinte Talut.

»Wenn es auf die Jagd gehen soll, möchte ich dir etwas zeigen, das vielleicht hilfreich sein könnte.« Jondalar ging voran zu ihrer Lagerstatt am Herd-Feuer des Mammut. Dort nahm er eine Handvoll Leichtspeere auf und griff nach einem Gerät, das Talut unbekannt war. »Das habe ich draußen in Aylas Tal entwickelt und seither immer bei der Jagd benutzt.«

Ayla trat zurück und sah zu; die Spannung in ihrem Inneren wurde immer größer. Ihr war verzweifelt daran gelegen, mitgenommen zu werden, aber sie war sich nicht klar darüber, was diese Menschen davon hielten, wenn Frauen jagten. Die Jagd war in der Vergangenheit Anlaß zu größtem Leid für sie gewesen. Clan-Frauen war die Jagd verboten, ja, sie durften Jagdwaffen nicht einmal berühren. Sie jedoch hatte sich trotz des Tabus selbst beigebracht, mit der Schleuder umzugehen, und als man dahintergekommen war, war sie sehr hart dafür bestraft worden. Nachdem sie die Strafe hinter sich gebracht, hatte man ihr – um ihr mächtiges Totem zu beschwichtigen, das sie beschützt hatte – in beschränktem Maße gestattet zu jagen. Doch daß sie als Frau jagte, war für Broud noch ein zusätzlicher Grund gewesen, sie zu hassen, und hatte letztlich zu ihrer Verbannung beigetragen.

Doch daß sie so trefflich mit der Schleuder umgehen konnte, hatte, als sie im Tal ganz allein auf sich angewiesen gewesen war, ihre Überlebenschancen beträchtlich vergrößert und sie ermutigt, ihr jagdliches Geschick weiter zu vervollkommnen. Ayla hatte überlebt, weil die Fertigkeiten, die sie als Frau im Clan erworben, ihre Intelligenz und ihr Mut sie instandgesetzt hatten, für sich selbst zu sorgen. Die Jagd jedoch bedeutete für sie mehr als nur etwas, wovon ihr Leben und ihre Fähigkeit abhing; die Jagd war für sie zum Symbol der Unabhängigkeit und der Freiheit geworden, die sich ganz natürlich daraus ergeben hatten. Sie war nicht bereit, dies alles ohne weiteres aufzugeben.

»Ayla, warum holst du nicht auch deinen Speerwerfer«, sagte Jondalar und wandte sich wieder an Talut. »Ich schaffe vielleicht die kraftvolleren Würfe damit, aber dafür ist Ayla wesentlich treffsicherer als ich. Sie kann euch besser zeigen, was hiermit alles möglich ist, als ich. Ja, wenn ihr sehen wollt, wie zielgenau sie überhaupt ist, solltet ihr sie mal mit ihrer Schleuder erleben. Ich glaube, weil sie im Schleudern so gut ist, trifft sie auch mit dem Speerwerfer genauer als ich.«

Erleichtert stieß Ayla den Atem aus – sie hatte ihn unbewußt angehalten – und ging ihren Speerwerfer und ihre Speere holen, während Jondalar weiter mit Talut redete. Sie konnte es immer noch nicht fassen, wie mühelos sich dieser Mann von den Anderen damit abgefunden hatte, daß sie gern und gut jagte – und wie natürlich er jetzt ihr jagdliches Geschick pries. Offenbar ging er davon aus, daß Talut und das Löwen-Lager auch nichts dagegen hatten, wenn sie auf die Jagd ging. Sie warf einen Blick auf Deegie und fragte sich, was eine Frau wohl denken mochte.

»Du solltest es Mutter wissen lassen, wenn ihr eine neue Jagdwaffe ausprobieren wollt, Talut. Du weißt, sie würde das bestimmt auch gern sehen«, sagte Deegie. »Und ich hole dann wohl auch besser meine Speere und die Tragebretter. Und ein Zelt. Denn wahrscheinlich bleiben wir doch über Nacht fort.«

Nach dem Frühstück winkte Talut Wymez zu sich und hockte sich in der Nähe einer der kleineren Feuerstellen im Kochbereich vor eine Stelle mit weichem Sand, die durch Licht, welches durch den Rauchabzug hereinfiel, besonders gut erhellt war. Am Rand dieses Gevierts steckte ein Griffel, der aus dem Laufknochen eines Hirschs gefertigt war. Dieser Griffel war wie ein Messer oder ein spitz zulaufender Dolch geformt und wies eine gerade, stumpfe Kante auf, die, vom Kniegelenk ausgehend, in einer feinen Spitze auslief. Ihn bei dem Knubbel des Gelenks packend, glättete Talut den Sand mit dem flachen Rücken, faßte ihn dann anders an und zog mit der Spitze Linien und Striche auf der ebenen Fläche. Ein paar von den Umstehenden sahen zu.

»Wymez sagt, er habe die Wisente nicht weit von den drei großen Felsen im Nordosten gesichtet, in der Nähe des Bachs, der weiter flußaufwärts in unseren Fluß mündet«, begann der Anführer und zeichnete mit dem Griffel eine rohe Landkarte in den Sand.

Diese Karte zeigte nicht, wie das Wasser sich über die Ebene wand; sie betrachteten das Land nicht aus der Vogelperspektive. Um den Fluß anzudeuten, zeichnete er ein gezacktes Fischgrätmuster und verband dieses mit den beiden Seiten einer geraden Linie, um einen Nebenfluß anzudeuten. Auf dem Boden ihrer offenen Ebene stellten Flüsse Wasserflächen dar, die sich gelegentlich vereinigten.

Sie wußten, woher die Flüsse kamen und wohin sie führten und daß man Flüssen folgen konnte, wenn man bestimmte Punkte erreichen wollte; das jedoch war auch möglich, wenn man sich an bestimmte andere Besonderheiten der Landschaft hielt, und bei einem großen Felsen konnte man sicher sein, daß er sich nicht veränderte, was bei einem Fluß sehr wohl der Fall sein konnte. In einem Land, das in solcher Nähe eines Gletschers lag, gleichzeitig aber auch den jahreszeitlichen Veränderungen niedrigerer Breiten ausgesetzt war, erfuhr die Landschaft durch Eis und Dauerfrost im Boden oft drastische Veränderungen. Bis auf die allergrößten konnten die Schmelzwassermassen, die im Sommer von den Gletschern herunterkamen, den Lauf eines Flusses von einer Jahreszeit bis zur anderen genauso mühelos verändern, wie sich die winterlichen Eisbuckel im Sommer in einen Morast verwandelten. Für die Mammutjäger stellte ihr Lebensraum eine sich wechselseitig bestimmende Vielfalt dar, in der Flüsse nur ein Element von vielen waren.

Auch kam es Talut nicht in den Sinn, Linien maßstabsgerecht zu zeichnen, um etwa die Länge eines Flusses in Schritten auszudrücken. So ein Längenmaß hatte wenig zu bedeuten. Sie berechneten die Entfernung nicht danach, wie weit ein Ort entfernt war, sondern wie lange man brauchte, um dorthin zu gelangen, und das drückte man besser durch eine Reihe von Strichen aus, welche die Anzahl der Tage darstellten, die man brauchte, um hinzukommen, oder irgendeine andere Zahlen- oder Zeitraumangabe. Selbst dann konnte ein Ort für manche Leute weiter entfernt sein als für andere, oder derselbe Ort war in der einen Jahreszeit weiter entfernt als in einer anderen, weil die Reise dorthin länger dauerte. Die Strecke, die ein gesamtes Lager zurücklegte, wurde nach dem Zeitaufwand gemessen, den der langsamste von ihnen dafür benötigte. Taluts Karte war für die Mitglieder des Löwen-Lagers vollkommen klar, wohingegen Ayla verwirrt und fasziniert zugleich war.

»Wymez, sag mir, wo sie standen«, sagte Talut.

»Am Südufer des Nebenflusses«, erwiderte Wymez, nahm den beinernen Griffel und fügte noch ein paar zusätzliche Linien hinzu. »Es ist felsig, denn es treten Felsen zutage, aber die Flußebene ist breit.«

»Wenn sie weiter flußaufwärts ziehen, gibt es an der Seite nicht viele Stellen zum Ausbrechen«, sagte Tulie.

»Mamut, was meinst du?« fragte Talut. »Du sagst, du hast im Geiste nicht weit wandern müssen?«

Der alte Schamane nahm den Griffel zur Hand und verharrte einen Moment mit geschlossenen Augen. »Zwischen dem zweiten und dem letzten Felsen, der zutage tritt, windet sich ein Wasserlauf«, sagte er und zeichnete. »Dort werden sie vermutlich entlangziehen, weil sie glauben, daß das der Weg hinaus ist.«

Wymez nahm das Zeichengerät, machte am Rand ein paar Striche, zögerte und fügte dann noch einen hinzu. »So viele habe ich gesehen, das kann ich mit Gewißheit sagen«, erklärte er und steckte den Knochengriffel in den Sand.

Tulie zog ihn heraus und fügte drei weitere Striche hinzu. »Ich habe die Nachzügler gesehen; ein Tier schien noch recht jung, aber vielleicht war es auch schwach.«

Jetzt griff Danug nach dem Griffel und fügte noch einen Strich hinzu. »Es waren Zwillinge, wie ich meine. Ich habe noch eines hinterherkommen sehen. Hast du zwei gesehen, Deegie?«

»Ich weiß nicht mehr.«

»Sie hat nur Augen für Branag gehabt«, sagte Wymez mit einem freundlichen Lächeln.

»Die Stelle ist etwa einen halben Tag von hier entfernt, nicht wahr?« fragte Talut.

Wymez nickte. »Einen halben Tag, wenn man wacker ausschreitet.«

»Dann sollten wir sofort aufbrechen.« Der Anführer hielt inne und überlegte. »Es ist ziemlich lange her, daß ich dort gewesen bin. Ich wüßte gern, wie das Gelände aussieht. Ob wohl jemand . . .«

»Jemand, der bereit wäre zu laufen, könnte schneller hinkommen, die Sache auskundschaften und dann kehrtmachen und uns entgegenkommen«, sagte Tulie, die die Gedanken ihres Bruders erriet.

»Das ist ein langer Lauf . . .«, sagte Talut und warf einen Blick auf Danug. Der große, etwas schlaksige Jüngling wollte schon den Mund aufmachen, doch kam Ayla ihm zuvor.

»Für Pferde kein langer Lauf. Pferd schnell. Ich könnte auf Winnie hinreiten . . . nur kenne ich die Stelle nicht«, sagte sie.

Im ersten Augenblick machte Talut ein verwundertes Gesicht, dann brach er in ein breites Grinsen aus. »Ich könnte dir eine Karte mitgeben, wie diese hier«, sagte er und zeigte auf die Zeichnung im Sand zu ihren Füßen. Sich umblickend, entdeckte er in der Nähe des Knochenhaufens ein flaches Stück Elfenbein, das von einem Stoßzahn abgesplittert war, und zog sein scharfes Feuersteinmesser hervor. »Schau, du reitest nach Norden, bis du den großen Strom erreichst.« Er schnitt Zickzacklinien hinein, um Wasser anzudeuten. »Vorher kommt ein kleinerer, über den du hinüber mußt. Laß dich dadurch nicht beirren.«

Ayla runzelte die Stirn. »Ich verstehe die Karte nicht«, sagte sie. »Noch nie gesehen.«

Enttäuschung malte sich auf Taluts Gesicht, und er warf das flache Elfenbeintäfelchen zurück auf den Haufen.

»Könnte denn nicht jemand mit ihr reiten?« schlug Jondalar vor. »Das Pferd trägt auch zwei. Ich selbst bin schon zusammen mit ihr geritten.«

Da lächelte Talut wieder. »Das ist eine gute Idee. Wer will mit?«

»Ich komme mit. Ich kenne den Weg«, ließ sich eine Stimme vernehmen, und gleich darauf noch eine zweite: »Ich kenne den Weg. Ich komme gerade von dort her.« Latie und Danug hatten sich sofort gemeldet und etliche andere sahen so aus, als wären sie gleichfalls bereit.

Ayla sah den Jüngling an, der fast so groß war wie Jondalar und feuerrotes Haar hatte wie Talut – und den hellen Flaum eines beginnenden Bartes. Von ihm wanderte ihr Auge zu dem großen schmächtigen Mädchen, das noch nicht ganz eine Frau war, aber fast, und das blondes Haar hatte, kaum dunkler als Nezzies. Aus beiden Augenpaaren leuchtete ernste Hoffnung. Sie wußte nicht, für wen sie sich entscheiden sollte. Danug war fast ein Mann. Sie meinte, eigentlich ihn nehmen zu müssen, doch irgend etwas an Latie erinnerte Ayla an sich selbst, und ihr fiel das Verlangen in Laties Augen ein, das sie bemerkt hatte, als das Mädchen zum ersten Mal die Pferde gesehen hatte.

»Ich glaube, Winnie schneller, wenn nicht soviel Gewicht. Danug ist Mann,« sagte Ayla und bedachte ihn mit einem besonders freundlichen Lächeln. »Aber ich denke, diesmal Latie besser.«

Danug nickte. Er machte einen verwirrten Eindruck und trat zurück, bemüht, mit diesem plötzlichen Ansturm gemischter Gefühle fertigzuwerden, der ihn so unerwartet überwältigt hatte. Er war schmerzlich enttäuscht, daß Aylas Wahl auf Latie gefallen war, doch das strahlende Lächeln, das Ayla ihm geschenkt hatte, als sie ihn einen Mann nannte, hatte ihm das Blut zu Kopf steigen, sein Herz schneller schlagen – und ihn ein peinliches Ziehen in den Lenden spüren lassen.

Latie beeilte sich, in die warmen leichten Rentierhäute zu schlüpfen, die sie immer trug, wenn sie auf Reisen war, packte die Reisetasche, steckte das Essen und den Wasserbeutel hinein, die Nezzie für sie zurechtmachte, und war wieder draußen und bereit loszureiten, ehe Ayla selbst fertig war. Sie sah zu, wie Jondalar Ayla half, Winnie die Tragekörbe anzuschnallen und das von ihr ersonnene Halfter anzulegen. Ayla legte den Reiseproviant, den Nezzie ihr gab, zusammen mit dem Wasserbeutel in einen der Körbe oben auf ihre anderen Sachen und nahm dann Laties Reisetasche und steckte sie in den anderen Tragekorb. Sich an Winnies Mähne festhaltend, sprang sie rasch hinauf und saß rittlings auf dem Rücken der Stute.

Jondalar half dem Mädchen aufsitzen. Vor Ayla sitzend, blickte Latie von der Höhe der fahlfarbenen Stute auf die Angehörigen ihres Lagers hinunter, und das Glück lachte ihr aus den Augen.

Schüchtern trat Danug auf sie zu und reichte Latie das zerbrochene Elfenbeintäfelchen. »Hier, ich habe die Landkarte fertiggezeichnet, die Talut angefangen hat. So findet ihr die Stelle leichter«, sagte er.

»Oh, vielen Dank, Danug«, sagte Latie und griff ihm um den Hals, um ihn an sich zu pressen.

»Ja, vielen Dank, Danug«, sagte Ayla und schenkte ihm nochmals ihr strahlendes Lächeln, das ihm wieder Herzklopfen bereitete.

Danug lief im Gesicht fas genauso rot an, wie er auf dem Kopfe war. Als die Frau und das Mädchen auf dem Rücken der Stute den Hang hinaufritten, winkte er ihnen mit dem ihnen zugekehrten Handteller, was soviel bedeutete wie: ›Kommt heil und gesund zurück!‹

Jondalar, der Renner, der mit hochgerecktem Kopf und hellem Gewieher Winnie folgen wollte, den Arm um den Hals gelegt hatte, legte den anderen dem jungen Mann um die Schulter. »Das war sehr nett von dir. Ich weiß, daß du unbedingt mit wolltest. Ich bin sicher, du darfst ein andermal auf dem Pferd reiten.« Danug nickte nur. Er dachte in diesem Augenblick nicht unbedingt daran, ein Pferd zu reiten.

Nachdem sie die freie Steppe erreicht hatten, signalisierte Ayla dem Pferd mit behutsamem Schenkeldruck und bestimmten Körperbewegungen ihre Wünsche, und Winnie brach in einen schnellen Galopp nach Norden aus. Der Boden verschwamm, so rasch blieb er unter den trommelnden Hufen zurück; Latie konnte kaum glauben, daß sie auf dem Rükken eines Pferdes über die Steppe flog. Als es losgegangen war, hatte sie hochgemut gelächelt, und davon war immer noch etwas vorhanden, obwohl sie manchmal die Augen schloß und sich vorbeugte, bloß um den Wind in ihrem Gesicht zu spüren. Ihr klopfte das Herz, und sie war unbeschreiblich erregt; im Traum wäre ihr nicht eingefallen, daß irgend etwas so aufregend sein könnte.

Der Rest der Jäger brach bald nach ihnen auf. Jeder, der konnte und wollte, zog mit. Das Herdfeuer des Löwen stellte drei Jäger. Latie war noch jung und hatte sich erst vor kurzem Talut und Danug anschließen dürfen. Sie war jedesmal begierig mitzukommen, so wie es in jungen Jahren ihre Mutter auch gewesen war, doch neuerdings begleitete Nezzie die Jäger nicht mehr so oft. Sie blieb daheim, sorgte für Rugie und Rydag und half die anderen Kinder beaufsichtigen. Seit sie Rydag ins Herz geschlossen hatte, war sie nicht mehr so oft auf die Jagd gegangen.

Zum Herdfeuer des Fuchses gehörten nur zwei Männer, Wymez und

Ranec, die beide jagten, doch vom Herdfeuer des Mammut ging keiner mit bis auf die Besucher, Ayla und Jondalar. Mamut war zu alt.

Wenngleich er gern mitgegangen wäre, blieb Manuv daheim, um die anderen nicht zu behindern, denn er war sehr langsam. Auch Tronie blieb mit Nuvie und Hartal zurück. Bis auf eine gelegentliche Treibjagd, bei der sogar die Kinder helfen konnten, beteiligte auch sie sich nicht mehr an irgendwelchen Jagdzügen. Tornec war der einzige Jäger vom Herdfeuer des Rentiers, so wie Frebec der einzige Jäger vom Herdfeuer des Kranichs war. Fralie und Crozie blieben mit Crisavec und Tasher im Lager zurück.

Tulie hatte es fast immer geschafft, an den Jagdzügen teilzunehmen, selbst als ihre Kinder klein gewesen waren, und das Herdfeuer des Auerochsen war gut vertreten. Neben der Anführerin zogen sie alle mit: Barzec, Deegie und Druwez. Brinan lag seiner Mutter die ganze Zeit über in den Ohren, sie solle ihn mitziehen lassen, doch mußte er zusammen mit seiner Schwester Tusie bei Nezzie zurückbleiben, beschwichtigt allerdings durch das Versprechen, daß auch er bald alt genug sein werde, zusammen mit den anderen auf die Jagd zu gehen.

Gemeinsam zogen die Jäger den Hang hinauf; als sie das ebene Grasland oben erreicht hatten, griff Talut kräftig aus und setzte sich an die Spitze der kleinen Gesellschaft.

»Auch ich finde, der Tag ist zu schön, um ihn ungenutzt verstreichen zu lassen«, sagte Nezzie, stellte energisch den Becher hin und wandte sich an die Gruppe derer, die sich nach dem Aufbruch der Jäger um die Kochstelle im Freien versammelt hatte. Sie tranken Tee und verzehrten die Reste vom Frühstück. »Die Körner sind reif und trocken, und ich wollte schon die ganze letzte Zeit hinausziehen und noch eine Tageslast einheimsen. Wenn wir in Richtung auf das Pinienwäldchen am Bach losziehen, können wir auch noch reife Pinienkerne aus den Zapfen herausholen, das heißt, falls wir genug Zeit haben. Will sonst noch jemand mit?«

»Ich weiß nicht recht, ob Fralie so weit gehen sollte«, meinte Crozie.

»Ach, Mutter«, sagte Fralie. »Ein kleiner Gang wird mir guttun, und wenn das warme Wetter zu Ende geht und die Kälte einsetzt, bleibt uns doch gar nichts anderes übrig, als die meiste Zeit drinnen zu bleiben. Und das kommt schnell genug. Ich würde wirklich gern mitgehen, Nezzie.«

»Nun, dann gehe ich besser auch mit und helfe dir bei den Kindern«, sagte Crozie, als bringe sie ein großes Opfer, obwohl ihr ein Ausflug durchaus verlockend erschien.

Tronie hatte keinerlei Bedenken, das zuzugeben. »Was für ein guter Gedanke, Nezzie! Ich bin sicher, ich kann mir Hartal auf den Rücken binden; dann kann ich Nuvie immer noch auf den Arm nehmen, wenn sie müde wird. Nichts könnte mir besser gefallen, als einen Tag draußen zu verbringen.«

»Nuvie nehme ich. Du brauchst nicht zwei zu tragen«, sagte Manuv. »Aber ich denke, ich sammle erst Pinienkerne und überlasse das Körnereinheimsen euch anderen.«

»Ich glaube, ich schließe mich euch auch an, Nezzie«, sagte Mamut. »Vielleicht hat Rydag nichts dagegen, einem alten Mann Gesellschaft zu leisten und ihm vielleicht noch welche von Aylas Zeichen beizubringen, wo er doch so gut darin ist.«

»Du bist sehr gut mit den Zeichen, Mamut«, signalisierte Rydag, »Du lernst die Zeichen schnell. Vielleicht bringst *du mir* welche bei.«

»Vielleicht können wir uns gegenseitig was beibringen«, erwiderte der alte Mann das Signal.

Nezzie lächelte. Der alte Schamane hatte das Kind von gemischten Geistern nie anders behandelt als die anderen Kinder des Lagers auch, höchstens, daß er besondere Rücksicht auf seine Schwäche genommen hatte, und er hatte ihr oft mit Rydag geholfen. Zwischen den beiden schien eine besonders enge Beziehung zu bestehen, und sie vermutete, daß Mamut nur mitkam, um den Jungen beschäftigt zu halten, wenn die anderen arbeiteten. Wie sie wußte, würde er auch dafür sorgen, daß niemand unabsichtlich Druck auf Rydag ausübte, sich schneller zu bewegen, als er konnte. Er konnte seine Gangart ja verlangsamen, wenn er sah, daß der Junge sich überanstrengte, und konnte dann immer sein vorgerücktes Alter vorschützen. Das hatte er auch bei anderen Gelegenheiten schon getan.

Als alle sich mit Sammelkörben und Kiepen, Lederplanen, Wasserblasen und Verpflegung für das Mittagessen vor der Erdhütte versammelt hatten, holte Mamut ein kleines Elfenbeinfigürchen hervor – die Gestalt einer reifen Frau – und steckte sie vor dem Eingang in die Erde. Er sprach ein paar Worte, die außer ihm keiner verstand, und zeichnete Beschwörungsformeln in die Luft. Das ganze Lager war fort, die Erdhütte damit leer, und so rief er den Geist der Mut, der Großen Mutter an, während ihrer Abwesenheit ihre Wohnstatt zu behüten und zu beschützen.

Keiner würde sich erdreisten, sich über das durch die Mutterfigur vor der Tür symbolisierte Eintrittsverbot hinwegzusetzen. Und wenn es nicht unumgänglich notwendig war, würde keiner es wagen, die Folgen auf sich zu nehmen, die das, wie jedermann glaubte, nach sich zog. Selbst im äußersten Notfall – wenn zum Beispiel jemand verletzt war oder von einem Schneesturm überrascht wurde und Unterschlupf brauchte – würde man sofort etwas dazu tun, um einen möglicherweise zornigen und rachsüchtigen Beschützer zu beschwichtigen. Der Betreffende oder seine Familie oder sein Lager würde alles, was er benutzt hatte, zurückerstatten und dabei weit mehr geben, als dies eigentlich wert war, und zwar so schnell als irgend möglich. Den Mitgliedern vom Herd-Feuer des Mammut würden Gaben und Geschenke gemacht werden, um den Großen Muttergeist durch Flehen, Entschuldigungen und Versprechen guter Taten in der Zukunft oder durch Taten, die entschädigen sollten, zu begütigen. Was Mamut hier tat, war wirksam.

Als Mamut vom Eingang zurückkam, lud Nezzie sich eine Kiepe auf den Rücken und legte sich das Trageband über die Stirn, nahm Rydag und setzte ihn sich auf ihre ausladende Hüfte, um ihn den Hang hinaufzutragen; sie trieb dann Rugie, Tusie und Brinen vor sich her, und erst dann machte sie sich auf den Weg zur Steppe hinauf. Die anderen folgten ihrem Beispiel, und bald zog die andere Hälfte des Lagers quer durch das offene Grasland, um einen Tag lang Körner und Samen zu sammeln, welche die Große Mutter Erde gesät und ihnen dargeboten hatte. Die Arbeit und dieser Beitrag zum gemeinsamen Lebensunterhalt aller galt als nicht weniger wertvoll als die Arbeit der Jäger, doch war beides ja auch nicht nur Arbeit. Daß man etwas gemeinsam mit anderen machte, machte die Arbeit zum Vergnügen.

Ayla und Latie durchwateten spritzend einen seichten Bach, doch ehe sie an den nächsten, etwas größeren Wasserlauf gelangten, verlangsamte Ayla den Lauf des Pferdes.

»Ist dies Fluß, dem wir folgen sollen?« fragte Ayla.

»Das glaube ich nicht«, sagte Latie und konsultierte die Angaben auf ihrem Elfenbeinplättchen. »Nein. Schau her, dies ist der kleine, über den wir eben hinweggeritten sind. Auch diesen hier sollen wir überqueren. Dann biegen wir ab und folgen dem nächsten flußaufwärts.«

»Sieht hier nicht tief aus. Gute Stelle, um überzusetzen?«

Latie ließ den Blick flußaufwärts und flußabwärts wandern. »Da oben, ein Stück weiter, ist eine bessere Stelle. Dort brauchen wir nur die Fußlinge auszuziehen und die Beinlinge hochzurollen.«

Folglich wandten sie sich fußaufwärts, doch als sie die breite seichte Stelle erreichten, wo das Wasser aufschäumend um Felsbrocken herumbrodelte, blieb Ayla nicht stehen. Sie lenkte Winnie in das Wasser und ließ das Pferd sich den Weg hinüber selbst suchen. Auf der anderen Seite fiel die Stute in einen Galopp, und Latie lächelte wieder.

»Nicht mal naß geworden sind wir!« jubelte das Mädchen. »Nur ein paar Spritzer.«

Als sie den nächsten Fluß erreichten und sich nach Osten wandten, verlangsamte Ayla die Gangart ein wenig, um Winnie ausruhen zu lassen. Da aber selbst der gemächliche Trab eines Pferdes noch um soviel schneller war, als ein Mensch gehen oder an einem Stück laufen konnte, kamen sie rasch voran. Die Gegend veränderte sich, es wurde rauher und ging allmählich auch etwas in die Höhe. Als Ayla anhielt und auf einen Fluß zeigte, der auf der anderen Seite auf sie zukam und zusammen mit dem, dem sie folgten, ein schmales V bildete, war Latie überrascht. Sie hatte nicht erwartet, den Nebenfluß so bald zu erreichen. Ayla jedoch hatte Strudel entdeckt und erwartet, daß er gleich auftauchen würde. Drei mächtige Graniterhebungen waren von der Stelle aus, wo sie hielten, zu sehen: ein gezackter Steilhang auf dem gegenüberliegenden Ufer, zwei andere weiter flußaufwärts auf ihrer Seite und ein wenig vom Wasser entfernt.

Sie folgten ihrem Zweig des Flusses und bemerkten, daß er zu beiden Felsen abbog, und als sie sich dem ersten näherten, sahen sie, daß der Wasserlauf sich zwischen ihnen hindurchzwängte. Eine ganze Strecke nachdem sie die den Fluß in die Mitte nehmenden Felsen hinter sich hatten, entdeckte Ayla eine Reihe dunkler zotteliger Wisente, die sich an dem immer noch grünen Riedgras und dem Röhricht am Wasser gütlich taten. Sie streckte den Arm aus und flüsterte Latie ins Ohr.

»Nicht laut reden! Schau!«

»Das sind sie!« sagte Latie ganz aufgeregt, aber mit gedämpfter Stimme, bemüht, sich zu beherrschen.

Ayla ließ das Auge hin und her wandern, dann netzte sie einen Finger mit Speichel und hielt ihn in die Höhe, um festzustellen, woher der Wind kam. »Wind weht uns von Wisenten entgegen. Gut. Wollen nicht stören, bis wir bereit sind zur Jagd. Wisent kennt Pferde. Auf Winnie kommen wir näher heran als sonst, aber nicht zuviel.«

Umsichtig lenkte Ayla das Pferd in weitem Abstand um die Herde herum, um sich noch weiter flußaufwärts umzusehen; als das geschehen war, kamen sie denselben Weg zurückgeritten. Eine mächtige alte Wisentkuh hob den Kopf, faßte sie ins Auge und kaute weiter. Die Spitze ihres linken Horns war abgebrochen. Die Frau verlangsamte den Ritt und ließ Winnie eine Gangart einschlagen, wie sie ihr ganz natürlich war; die beiden Reiterinnen hielten indessen die Luft an. Die Stute blieb stehen und senkte den Kopf, um ein paar Grashalme auszurupfen. Wenn Pferde nervös waren, grasten sie für gewöhnlich nicht, und so schien dies den Wisent zu beruhigen, denn auch er wandte sich wieder dem Äsen zu. Ayla umrundete die kleine Herde, so rasch es ging, dann ließ sie Winnie im Galopp flußabwärts stürmen. Als sie die vorher gesichteten Landmarken erreichten, bogen sie weiter nach Süden ab. Unterwegs hielten sie nach der Überquerung des zweiten Flusses an, damit Winnie ihren Durst löschen konnte, und ritten dann in südlicher Richtung weiter.

Die Jagdgesellschaft hatte gerade den ersten Bach hinter sich, als Jondalar merkte, wie Renner an seinem Halfter zerrte; eine Staubwolke kam auf sie zu. Jondalar stieß Talut an und streckte den Finger aus. Der Anführer spähte nach vorn und sah Ayla und Latie auf Winnie auf sie zu galoppieren. Die Jäger brauchten nicht lange zu warten, bis Pferd und Reiter bei ihnen waren und Winnie tänzelnd zum Stehen kam. Das Lächeln auf Laties Gesicht hatte etwas Entrücktes, ihre Augen leuchteten, und ihre Wangen glühten vor Aufregung. Talut half ihr als erster herunter. Dann warf Ayla ihr Bein über die Kruppe des Pferdes und rutschte, während alle sie umdrängten, zu Boden.

»Habt ihr es nicht finden können?« fragte Talut und verlieh damit einer gemeinsamen Besorgnis Ausdruck. Noch jemand anders sprach es fast gleichzeitig aus, freilich in einem völlig anderen Ton.

»Nicht mal gefunden hat sie es! Ich hab' mir sowieso gedacht, dieses Vorweglaufen mit dem Pferd bringt nichts«, erklärte Frebec höhnisch.

Zornig und überrascht zugleich erwiderte Latie: »Was soll das heißen: Hat es nicht mal gefunden? Selbstverständlich haben wir die Stelle gefunden. Sogar die Wisente haben wir gesehen.«

»Willst du mir weismachen, ihr wäret dagewesen und schon wieder zurück?« fragte er und schüttelte ungläubig den Kopf.

»Wo stehen die Wisente jetzt?« fragte Wymez die Tochter seiner Schwester, beachtete Frebec nicht weiter und ignorierte einfach dessen verletzende Bemerkung.

Latie marschierte zu dem Tragekorb an Winnies linker Seite und holte das mit den Zeichen versehene Elfenbeinplättchen hervor. Dann zog sie ein Feuersteinmesser aus der Scheide, die sie am Leibriemen trug, setzte sich auf den Boden und kratzte noch zusätzlich ein paar Striche auf die Landkarte.

»Die Südabzweigung fließt durch die beiden Felsen hier«, sagte sie. Wymez und Talut setzten sich neben sie und nickten zustimmend, während Ayla und eine Reihe anderer hinter ihnen und um sie herumstanden. »Die Herde stand auf der anderen Seite der Felsen, wo die Flußebene sich öffnet und am Saum des Wassers immer noch grünes Futter steht. Gesehen habe ich vier Kälber ...« Sie ritzte vier parallel zueinander verlaufende Striche in das Elfenbein.

»Ich glaube, fünf«, korrigierte Ayla sie.

Latie sah überlegend zu Ayla auf, nickte und fügte noch einen Strich hinzu. »Mit den Zwillingen hattest du recht, Danug. Sie sind übrigens noch sehr jung. Und sieben Kühe ...« Zustimmung heischend sah sie Ayla an. Die Frau nickte, woraufhin Latie sieben weitere parallel verlaufende Striche hinzufügte, diese etwas länger als die anderen, »... von denen aber, glaube ich, nur vier Kälber haben.« Sie dachte einen Moment nach. »Aber es waren noch mehr da – weiter flußaufwärts.«

»Fünf Jungstiere«, fügte Ayla hinzu. »Und zwei, drei andere. Nicht sicher. Vielleicht noch mehr, die wir nicht gesehen haben.«

Latie ritzte noch etwas länger ausfallende Striche ein, etwas weiter entfernt von den ersten, dann fügte sie noch drei weitere hinzu, die zwischen den beiden Gruppen zu stehen kamen, und diese wieder etwas kleiner. Dann ritzte sie als Merkzeichen ein kleines y hinein, um anzudeuten, daß sie fertig sei, daß dies die volle Zahl der Wisente sei, die sie gezählt hatten. Ihre Zählzeichen waren über ein paar andere hinweggegangen, die zuvor in das Elfenbein geritzt worden waren, doch das spielte keine Rolle. Diese hatten bereits ausgedient gehabt.

Talut ließ sich das Elfenbeintäfelchen von Latie geben und lange das Auge darauf ruhen. Dann sah er Ayla an. »Du hast nicht zufällig bemerkt, in welche Richtung sie zogen, oder?«

»Ich denke, flußaufwärts. Wir reiten um Herde herum, vorsichtig, nicht gestört. Keine Fährten, weder auf der einen noch auf der anderen Seite, Gras nicht abgegrast«, sagte Ayla.

Talut nickte, schwieg und überlegte offensichtlich. »Du sagst, ihr seid um sie herumgeritten. Seid ihr weit den Fluß hinaufgekommen?«

»Ja.«

»Soweit ich mich erinnere, verengt sich die Flußebene dort, bis sie völlig verschwindet und hohe Felsen den Fluß in die Mitte nehmen. Es gibt dort keinen Ausweg, stimmt's?«

»Ja ... aber vielleicht doch Ausweg.«

»Wieso das?«

»Vor den hohen Felsen, Wände fallen steil ab, Bäume, dichtes Dorngebüsch. Aber dicht bei Felsen trockenes Flußbett. Wie steiler Pfad. Das ist, meine ich, Möglichkeit hinauszukommen«, sagte sie.

Talut runzelte die Stirn, sah Wymez und Tulie an und brach dann in dröhnendes Gelächter aus. »Der Weg hinaus ist auch der Weg hinein. Genau das hat Mamut gesagt!«

Wymez schien nicht gleich zu begreifen, doch dann malte sich auf seinem Gesicht Verstehen, und er grinste. Tulie wiederum sah die beiden an, dann jedoch dämmerte es offensichtlich auch ihr.

»Selbstverständlich! Auf die Weise können wir hinein, den Zaun errichten, damit sie nicht wieder rauskönnen und in der Falle sitzen, dann umkehren, einen weiten Bogen um sie schlagen und sie hineintreiben«, erklärte Tulie, so daß es jetzt auch allen anderen klar war. »Jemand muß Wache stehen und aufpassen, daß sie keinen Wind von uns bekommen, muß also flußabwärts zurückbleiben, während wir den Zaun bauen.«

»Das könnte doch eine passende Aufgabe für Danug und Latie sein«, sagte Talut.

»Ich finde, Druwez kann ihnen helfen«, fügte Barzec noch hinzu, »und wenn ihr meint, ihr braucht noch mehr Hilfe, gehe ich mit.«

»Gut«, sagte Talut. »Warum gehst du nicht mit ihnen, Barzec, und folgst dem Fluß weiter hinauf. Ich kenne einen schnelleren Weg, um zum hinteren Fluß zu gelangen. Von hier aus nehmen wir eine Abkürzung. Ihr sorgt dafür, daß sie nicht zurück können, und sobald die Falle fertig ist, schlagen wir einen Bogen um sie herum und helfen, sie hineinzutreiben.«

7

Das trockene Bachbett war gleichsam eine Schneise aus erstarrtem Schlamm und Steinen in einem steilen, bewaldeten und dickichtüberwucherten Hang. Es führte zu einem eben verlaufenden, aber schmalen Streifen Schwemmland neben einem rauschenden Fluß, der in einer Folge von Stromschnellen und niedrigen Wasserfällen durch eine Felsbarriere brach. Nachdem Ayla sich erst einmal bis zum Fluß hinunter vorgearbeitet hatte, kletterte sie wieder hinauf, um die Pferde zu holen. Sowohl Winnie als auch Renner waren den steilen Pfad gewöhnt, der in ihrem Tal zu ihrer Höhle hinaufgeführt hatte; deshalb bereitete ihnen der Weg hinunter jetzt wenig Schwierigkeiten.

Ayla nahm Winnie das Traggeschirr für die Körbe ab, damit sie frei grasen konnte. Jondalar hingegen hatte Bedenken, Renner das Halfter abzunehmen, denn ohne dieses hatten weder er noch Ayla Gewalt über ihn, und er war alt genug, um sich störrisch zu zeigen, wenn ihm der Sinn danach stand. Da das Halfter ihn nicht beim Grasen störte, war Ayla einverstanden, es ihm zu lassen, obwohl sie ihm am liebsten völlige Freiheit gelassen hätte. Bei dieser Gelegenheit ging ihr der Unterschied zwischen Renner und seiner Mutter auf. Winnie war immer gekommen und gegangen, wie sie wollte, aber dafür hatte Ayla auch ihre ganze Zeit mit der Stute verbracht – sie hatte ja niemand sonst gehabt. Renner hatte Winnie – und weniger Kontakt mit ihr. Vielleicht sollte sie – oder Jondalar – sich mehr Zeit mit ihm nehmen und versuchen, ihm gewisse Dinge beizubringen, dachte sie.

Der Zaun war, als Ayla soweit war, daß sie mit anpacken konnte, bereits deutlich zu erkennen. Sie bauten ihn aus allem, was sie finden konnten: großen Steinen, Knochen, Bäumen und Ästen, die aufeinandergeschichtet und miteinander verflochten wurden. Die reichhaltige und vielfältige Tierwelt der kalten Ebenen erneuerte sich unablässig, und alte Knochen, die sich überall fanden, wurden von den ständig auf der Wanderschaft befindlichen Wasserläufen in großen Haufen zusammengeschwemmt. Eine rasch durchgeführte Suche weiter flußabwärts hatte schon nach kurzer Zeit zur Entdeckung eines solchen Knochenhaufens geführt; jetzt schleiften die Jäger gewaltige Beinknochen und Gerippe in den Mittelpunkt ihrer Arbeit, eine Fläche ziemlich unten am trockenen Flußbett, die sie jetzt abriegelten. Der Zaun mußte kompakt genug sein, eine Wisentherde aufzuhalten, brauchte aber nicht besonders dauerhaft zu sein. Er würde nur ein einziges Mal gebraucht werden und würde ohnehin kaum über den Frühling hinaus halten, denn dann verwandelte sich der Fluß in einen reißenden Strom.

Ayla sah Talut eine gewaltige Axt mit Steinkopf schwingen, als wäre es ein Spielzeug. Er hatte sein Hemd ausgezogen und war schweißüberströmt, denn er arbeitete sich durch ein Gehölz aus geradegewachsenen Jungbäumen hindurch, wobei er jeden Baum mit zwei oder drei Schlägen fällte. Tornec und Frebec, die sie fortschafften, konnten kaum Schritt mit ihm halten. Tulie gab an, wo sie hin sollten. Sie schwang eine Axt, die kaum kleiner war als die ihres Bruders, und handhabte sie nicht minder mühelos als er, zerteilte einen Stamm in zwei Teile oder zerschmetterte einen Knochen, damit er paßte, wohin er sollte. Nur wenige Männer waren so stark wie die Anführerin.

»Talut!« rief Deegie. Sie trug das Vorderteil eines ganzen gebogenen Mammutstoßzahns, der über fünfzehn Fuß lang war. Wymez und Ranec trugen Mittel- und Hinterteil. »Wir haben ein paar Mammutknochen gefunden. Kannst du diesen Stoßzahn auseinanderschlagen?«

Der rothaarige Riese grinste. »Dieser Koloß muß ein ziemlich langes Leben hinter sich haben«, sagte er und stellte sich breitbeinig darüber.

Taluts gewaltige Muskeln wurden zu kompakten Paketen, als er die große Axt in die Höhe hob, es hallte von dem Schlag wider, und Splitter und Brocken flogen in allen Richtungen auseinander. Ayla war fasziniert, wie geschickt der starke Mann das mächtige Gerät handhabte. Doch für Jondalar war diese Leistung womöglich noch erstaunlicher, und zwar aus einem Grund, auf den er selbst nie gekommen wäre. Ayla war es mehr gewöhnt als er, Männer mit schierer Muskelkraft wahre Wundertaten vollbringen zu sehen. Wenn sie auch sämtliche Männer im Clan an Größe überragt hatte, so waren diese doch muskelbepackt und unglaublich stark gewesen. Selbst die Frauen hatten Kraftakte ohnegleichen vollbracht, und bei dem Leben, das Ayla geführt hatte, war von ihr erwartet worden, daß sie die Aufgaben einer Clan-Frau erfüllte. Das hatte dazu geführt, daß sie für ihre weit dünneren Knochen ungewöhnlich kräftige Muskeln bekommen hatte.

Talut legte die Axt auf den Boden und hievte sich die hintere Hälfte des Stoßzahns auf die Schulter. Dann schritt er zu dem Zaun hinauf, den sie errichteten. Ayla hob die gewaltige Axt auf, um sie zu benutzen, und mußte erkennen, daß sie sie nicht hätte schwingen können. Sogar Jondalar fand sie zu schwer, um gute Arbeit damit zu verrichten. Dieses Gerät war genau das richtige für den riesigen Anführer des Lagers. Beide hoben sie sich die andere Hälfte des Stoßzahns auf die Schulter und folgten Talut.

Jondalar und Wymez blieben da, um zu helfen, die ungefügen Elfenbeinstücke zwischen Felsbrocken zu verkeilen; sie sollten für jeden dagegen anstürmenden Wisent ein unüberwindliches Hindernis darstellen. Ayla ging mit Deegie und Ranec hinunter, um weitere Knochen herbeizuschaffen. Jondalar drehte sich um, sah ihnen nach und mußte seinen Zorn herunterschlucken, als er den dunkelhäutigen Mann neben Ayla dahingehen und eine Bemerkung machen sah, über die Deegie lachen mußte. Talut und Wymez bemerkten, wie Jondalars Gesicht vor Zorn rot anlief; sie tauschten vielsagende Blicke, sagten aber nichts weiter dazu.

Das Schlußstück der Falle war ein Tor. Ein kräftiger junger, von seinen Ästen befreiter Baumstamm war an der einen Seite der Öffnung im Zaun aufgerichtet worden. Am Boden hatten sie ein Loch ausgehoben und am unteren Ende Steine um den Stamm herum aufgeschichtet, um ihm besseren Halt zu geben. Verstärkt hatten sie den Pfosten dadurch, daß sie ihn mit Riemen an den schweren Mammutstoßzähnen festgezurrt hatten. Das Tor selbst bestand aus Beinknochen, Zweigen und Mammutrippen, die fest mit Stammabschnitten verbunden worden waren. Mehrere Leute hielten das Tor so hin, wie es später stehen sollte, das eine Ende wurde an mehreren Stellen mit dem aufrecht stehenden Pfosten verbunden, indem man Tor und Pfosten mit langen Riemen verflocht, so daß es sich in seiner Lederhalterung drehen ließ. Auf der anderen Seite wurden Felsbrocken und große Knochen bereitgelegt, um all dies vor dem Tor aufzutürmen, nachdem es geschlossen sein würde.

Es war Nachmittag geworden, ehe alles fertig war, doch die Sonne stand noch hoch. Da alle mitgeholfen hatten, hatte es nur eine kurze Zeit gebraucht, die Falle zu bauen. Sie versammelten sich um Talut, verzehrten den mitgebrachten Reiseproviant und planten dabei ihr schwieriges Vorgehen.

»Schwierig wird es jetzt nur werden, sie durch das Tor zu treiben«, sagte Talut. »Haben wir erstmal einen hindurch, werden die anderen vermutlich hinterherlaufen. Aber laufen sie am Tor vorbei und wirbeln sie auf diesem kleinen Raum durcheinander, werden sie dem Wasser zustreben. Die Strömung ist an dieser Stelle ziemlich stark, und einige werden es nicht schaffen, aber das nützt uns auch nicht viel. Für uns sind sie dann verloren. Wir können bestenfalls darauf hoffen, irgendwo weiter flußabwärts den Kadaver eines ertrunkenen Wisents zu finden.«

»Dann müssen wir ihnen eben den Weg abschneiden«, sagte Tulie.

»Dafür sorgen, daß sie nicht an der Falle vorbeikommen.«

«Und wie?« fragte Deegie.

»Warum bauen wir nicht noch einen Zaun?« schlug Frebec vor.

»Woher wollt ihr wissen, daß die Wisente nicht ins Wasser gehen, wenn sie an den Zaun kommen?«

Überheblich sah Frebec sie an, doch noch ehe er den Mund aufmachen konnte, ergriff Talut das Wort.

»Das ist eine sehr gute Frage, Ayla. Außerdem ist nicht mehr genug übriggeblieben, um noch einen Zaun zu bauen«, sagte Talut.

Daraufhin bedachte Frebec sie mit einem haßerfüllten Blick. Er hatte das Gefühl, als hätte sie ihn der Lächerlichkeit preisgegeben.

»Was immer wir errichten könnten, um ihnen den Weg zu versperren, wäre bestimmt hilfreich, aber ich meine, es kommt darauf an, daß jemand hier ist, der sie hineintreibt. Und das könnte eine gefährliche Aufgabe werden«, fuhr Talut fort,

»Ich bleibe hier. Das hier ist eine gute Stelle, den Speerwerfer zu benutzen, von dem ich dir erzählt habe«, sagte Jondalar und zeigte sein ungewöhnliches Wurfgerät. »Damit fliegt ein Speer nicht nur weiter, es sitzt auch mehr Kraft dahinter als bei einem handgeworfenen. Trifft er sein Ziel richtig und wird er einigermaßen aus der Nähe geschleudert, kann ein solcher Speer den augenblicklichen Tod bedeuten.«

»Ist das wirklich wahr?« sagte Talut und betrachtete Jondalar mit neu erwachtem Interesse. »Darüber müssen wir uns später unterhalten, aber natürlich, wenn du möchtest, kannst du hier Aufstellung nehmen. Ich denke, ich werde das gleiche tun.«

»Und ich auch«, erklärte Ranec.

Jondalar legte die Stirn in Falten und faßte den lächelnden dunkelhäutigen Mann ins Auge. Er war sich nicht sicher, ob er zusammen mit dem Mann Posten beziehen wollte, der so offenkundig an Ayla interessiert war.

»Auch ich werde hier Posten beziehen«, sagte Tulie. »Aber statt noch einen Zaun zu bauen, sollten wir in einigem Abstand hohe Haufen auftürmen, hinter denen jeder, der hier bleibt, Aufstellung nehmen kann.«

»Oder hinter dem er Schutz suchen kann«, sagte Ranec bissig. »Wie könnt ihr so sicher sein, daß nicht am Schluß sie es sind, die uns zuhauf treiben?«

»Wo wir schon vom Treiben reden: Wir sind uns also darüber einig, was wir tun, sobald wir sie hierhaben – aber, wie bekommen wir sie hierher?« fragte Talut und warf einen Blick nach dem Sonnenstand. »Einen Bogen um sie herumzuschlagen, das ist ein weiter Weg. Vielleicht bleibt uns nicht mehr genug Tageslicht.«

Ayla hatte nur zugehört, aber ihr Interesse war hellwach geworden. Sie erinnerte sich daran, wie die Männer im Clan sich Jagdpläne zurechtgelegt hatten; wie oft hatte sie sich gewünscht, daran teilnehmen zu dürfen, besonders nachdem sie gelernt hatte, mit ihrer Schleuder Tiere zu jagen. Diesmal gehörte sie zu den Jägern. Ihr war nicht entgangen, daß Talut sich das, was sie zuvor zu sagen gehabt hatte, sehr wohl angehört hatte, und sie mußte daran denken, wie bereitwillig sie auf ihr Angebot eingegangen waren, vorauszureiten und den Kundschafter für sie zu machen. Das ermutigte sie, noch einen Vorschlag zu machen.

»Winnie ist gut im Treiben von Wild«, sagte sie. »Ich habe schon so manche Herde mit Winnie gehetzt. Ich kann Bogen um die Wisente schlagen, mich mit Barzec und den anderen vereinigen und die Herde bald hierhertreiben. Ihr erwartet sie hier und treibt sie in die Falle hinein.«

Talut sah erst Ayla an, dann seine Jäger und dann wieder Ayla. »Bist du dir sicher, daß du das schaffst?«

»Ja.«

»Wie ist das mit dem Um-sie-herum-Reiten?« fragte Tulie. »Inzwischen haben sie vermutlich gewittert, daß wir hier sind, und der einzige Grund, warum sie nicht längst abgezogen sind, ist, daß Barzec und die anderen Kinder sie daran hindern. Wer weiß, wie lange die es schaffen, sie abzuschrecken? Treibst du sie nicht in die falsche Richtung, wenn du jetzt von hier kommst?«

»Das glaube ich nicht. Pferde stören Wisente nicht besonders, aber wenn du möchtest, kann ich ja weiten Bogen um sie herum schlagen. Pferd läuft schneller, als du laufen kannst«, sagte Ayla.

»Sie hat recht. Das kann niemand leugnen. Ayla könnte schneller um sie herumreiten, als wir laufen«, sagte Talut und dachte stirnrunzelnd angestrengt nach. »Ich finde, wir sollten es sie auf ihre Weise machen lassen, Tulie. Ist es wirklich unbedingt notwendig, daß uns diese Jagd gelingt? Helfen würde es uns, gewiß, besonders dann, wenn ein langer harter Winter kommt. Außerdem hätten wir abwechslungsreicheres Essen – aber verhungern tun wir auch so nicht, wir haben genug Vorräte angelegt. Hunger leiden würden wir nicht, wenn diese Jagd fehlschlüge.«

»Das stimmt, aber wir haben eine Menge Arbeit hineingesteckt.«

»Es wäre nicht das erste Mal, daß wir eine Menge Arbeit in etwas hineinstecken und hinterher mit leeren Händen dastehen.« Wieder hielt Talut inne. »Das schlimmste, was uns passieren könnte, ist doch, daß uns die Herde verlorengeht, und wenn es klappt, könnten wir uns noch vor Dunkelheit die Bäuche mit Wisentfleisch vollschlagen. Und morgen früh den Rückweg antreten.«

Tulie nickte. »Na schön, Talut. Versuchen wir es auf deine Weise.«

»Du meinst, auf Aylas Weise. Dann reite los, Ayla. Sieh zu, ob es dir gelingt, diese Wisente hierherzutreiben.«

Lächelnd pfiff Ayla nach Winnie. Die Stute wieherte und kam – Renner auf den Fersen – herbeigaloppiert. »Jondalar, halte Renner hier zurück«, sage sie und lief auf das Pferd zu.

»Vergiß deinen Speerwerfer nicht!« rief er hinter ihr her.

Sie blieb stehen, um diesen samt einer Handvoll Speere aus dem Köcher zu ziehen, den sie seitlich an ihrem Gepäck befestigt hatte, saß dann mit geübtem, federndem Sprung auf und sprengte davon. Jondalar hatte eine Zeitlang mit dem jungen Pferd zu kämpfen, das es gar nicht gern hatte, davon abgehalten zu werden, mit seiner Mutter davonzustürmen. Doch das war auch gut so; auf diese Weise kam Jondalar nicht dazu, den Ausdruck auf Ranecs Gesicht zu beobachten, als dieser Ayla davonreiten sah.

Die Frau ritt über das Schwemmland neben dem wild rauschenden Fluß, der sich durch einen schmalen Korridor hindurchzwängte, welcher auf beiden Seiten von steilen Felswänden gebildet wurde. Kahles Buschwerk und trockenes Gras klammerten sich an die Bergwände, duckten sich an die windumtosten Grate und milderten die Schroffheit der Szenerie. Aber unter der dünnen, vom Wind heraufgetragenen Lößschicht in Mulden, Taschen und Spalten starrte der nackte Fels, der das Herz der Berge bildete. Freiliegendes Muttergestein, das überall an den Hängen zutage trat, ließ den Granitcharakter des Landes erkennen, das von hochragenden Kuppen beherrscht wurde.

Ayla verlangsamte das Tempo und näherte sich der Stelle, wo sie früher am Tage die Wisente gesehen hatte. Die Herde war nicht mehr da. Sie hatte die Aktivität von Menschen wahrgenommen oder gehört und daraufhin kehrtgemacht. Gerade als Ayla in den Schatten hineinritt, den einer der Felskuppen in der Nachmittagssonne warf, erblickte sie die Tiere – und jenseits der kleinen Herde erkannte sie Barzec, der in der Nähe von etwas stand, das aussah wie ein kleiner Steinhaufen.

Grüneres Gras unter kahlen schlanken Bäumen in der Nähe des Wassers hatte die Wisente in ein kleineres Tal hineingelockt, doch nachdem sie einmal an den Zwillingsfelsen vorübergezogen waren, zwischen denen sich der Fluß hindurchzwängte, gab es keinen anderen Ausweg mehr als den Weg, den sie gekommen waren. Barzec und die jüngeren Jäger hatten gesehen, wie die Wisente am Fluß auseinandergezogen vorangingen, immer noch hier und dort stehenblieben, um zu grasen, gleichwohl jedoch langsam herauskamen. Sie hatten sie wieder zurückgejagt, doch das hatte sie nur vorübergehend aufhalten können und sie veranlaßt, sich zusammenzuziehen, einen gedrängten Haufen zu bilden und beim nächsten Versuch, aus dem Tal herauszukommen, mit mehr Entschlossenheit vorzugehen. Entschlossenheit und Verzweiflung konnten zu einem wilden Ausbruch führen.

Die vier hatten den Auftrag, die Tiere davon abzuhalten, das enge Tal zu verlassen, wußten jedoch, daß sie sich einer wild fliehenden Herde nicht entgegenstellen konnten. Sie konnten die Tiere auch nicht immer wieder zurückscheuchen, denn das kostete zuviel Kraft, und Barzec wollte sie auch nicht dazu bringen, in die entgegengesetzte Richtung davonzustürmen, ehe die Falle fertig war. Der Steinhaufen, neben dem Ayla Barzec gesehen hatte, war um einen kräftigen Ast herum aufgetürmt worden. Ein Kleidungsstück war daran befestigt, das im Wind knatterte. Ayla entdeckte noch eine Reihe weiterer Steinhaufen mit aufrecht stehenden Zweigen oder Knochen darin; an einem jeden hing ein Schlaffell oder ein Kleidungsstück oder eine Zeltplane. Die jungen Jäger hatten sich kleine Bäume und Büsche nutzbar gemacht, alles, woran sie etwas befestigen konnten, das sich im Wind bewegte.

Unruhig beäugten die Wisente diese merkwürdigen Erscheinungen; sie wußten nicht, ob sie bedrohlich waren. Aber sie wollten nicht dorthin zurück, woher sie gekommen waren, aber vorwärts wollten sie auch nicht. Ab und zu näherte sich ein Wisent einem der Steinhaufen, um sich jedoch schleunigst wieder zurückzuziehen, sobald darüber etwas flatterte und knatterte. So wurden sie aufgehalten, blieben sie genau dort, wo Barzec sie haben wollte.

Sie trieb Winnie ganz nahe an den Felsen heran und versuchte, ganz langsam an den Wisenten vorbeizukommen, um das heikle Gleichgewicht nicht zu stören. Sie sah die alte Kuh mit dem einen abgebrochenen Horn sich vorsichtig vorschieben. Es gefiel ihr offensichtlich gar nicht, zurückgehalten zu werden, und sie schien bereit, jeden Augenblick einen Ausbruch zu unternehmen.

Barzec sah Ayla, drehte sich um und hielt nach seinen Gefährten Ausschau, dann wandte er den Kopf wieder und runzelte die Stirn. Da hatten sie sich soviel Mühe gegeben, und nun drohte durch die Fremde die Gefahr, daß die Herde genau in die falsche Richtung getrieben würde! Das wollte er nicht. Latie schob sich neben ihn; die beiden beratschlagten sich leise, doch er ließ die Frau und das Pferd die ganze Zeit über, da sie näher herankamen, nicht aus den Augen.

»Wo sind die anderen?« fragte Barzec.

»Sie warten«, sagte Ayla.

»Worauf warten sie? Wir können die Wisente hier nicht ewig zurückhalten.«

»Sie warten darauf, daß wir ihnen die Herde zutreiben.«

»Wie sollen wir das machen? Dazu sind wir nicht genug. Sie sind drauf und dran, einen Ausbruch zu wagen. Ich bin mir nicht sicher, wie lange wir es schaffen, sie zurückzuhalten – ganz zu schweigen davon, sie zurückzutreiben. Sie würden in Panik geraten und ausbrechen.«

»Winnie treiben«, sagte Ayla.

»Das Pferd soll sie treiben?«

»Winnie nicht das erste Mal Wild treiben, aber besser, ihr treibt auch.«

Danug und Druwez, die zusammen mit Barzec und Latie eine auseinandergezogene Kette gebildet, die Herde beobachtet und Steine nach den wenigen Tieren geworfen hatten, die sich den flatternden Schildwachen näherten, kamen näher, um mitzubekommen, was gesprochen wurde. Sie waren nicht weniger verwundert als Barzec, doch ihre verminderte Aufmerksamkeit eröffnete den Wisenten eine Möglichkeit und beendete ihr Gespräch.

Aus den Augenwinkeln heraus sah Ayla einen jungen Stier vorstürmen. Mehrere andere folgten ihm. Setzte sich erstmal die ganze Herde verzweifelt und blindwütig in Bewegung, war alles verloren. Ayla riß Winnie herum, ließ Speer und Speerwerfer fahren, griff dafür nach dem flatternden Überwurf an einem der Äste und jagte auf den Stier zu.

Sich vorlehnend, galoppierte sie geradewegs auf das vorstürmende Tier zu und schwenkte dabei den Überwurf. Der Wisent senkte den Kopf und wollte seitlich ausbrechen. Und wieder fuhr Winnie herum, während Ayla dem Jungstier das Leder ins Gesicht knallen ließ. Die nächste Ausweichbewegung ließ ihn seinerseits herumfahren und auf das enge Tal zustürmen, auf die Tiere zu, die hinter ihm hergeschossen waren – und Winnie und Ayla, die wild mit dem Lederüberwurf in der Luft herumfuhrwerkte, ihm dicht auf den Fersen.

Noch ein Tier stürmte vor, doch auch dieses zwang Ayla zur Umkehr. Winnie schien zu wissen, welches Tier als nächstes den Ausbruch wagte, noch ehe die Wisente es selbst wußten, doch waren es ebensosehr die unbewußten Signale der Frau an das Pferd wie das instinktsichere Gespür der Stute, welche sie sich jedesmal dem zotteligen Tier in den Weg stellen ließ. Bewußt ausgebildet hatte Ayla Winnie zu Anfang nicht. Daß sie sich dem Pferd überhaupt auf den Rücken gesetzt hatte, war aus purem Übermut geschehen; das Pferd beherrschen und lenken zu wollen war ihr dabei überhaupt nicht in den Sinn gekommen. Das hatte sich erst nach und nach ergeben, als das gegenseitige Verstehen größer wurde und Ayla durch Schenkeldruck und behutsame Gewichtsverlagerung bestimmte Reaktionen bei dem Pferd hervorrief. Wiewohl sie diese Dinge schließlich bewußt einsetzte, hatte es stets ein zusätzliches Interaktionselement zwischen der Frau und dem Pferd gegeben, so daß sie sich häufig verhielten, als wären sie ein Leib, als bestimmte beide ein einziger Geist.

In dem Augenblick, da Ayla handelte, erfaßten die anderen die Situation und stürmten ihrerseits vor, um die Herde aufzuhalten. Zwar hatte Ayla in der Vergangenheit mit Winnie auch schon Herdentiere vor sich hergetrieben, doch ohne die Hilfe der anderen wäre es ihr diesmal nicht gelungen, die Wisente zum Umkehren zu bewegen. Die großen Tiere mit dem buckelartigen Widerrist waren weit schwerer einzuschüchtern, als sie angenommen hatte. Sie waren aufgehalten und immer wieder zurückgescheucht worden, und Ayla hatte nie zuvor versucht, Tiere in eine Richtung zu treiben, in die sie nicht wollten. Es war, als ob irgendein Instinkt sie vor der Falle warnte, die sie erwartete.

Danug eilte Ayla zur Hilfe, als es galt, einen jener Wisente zurückzujagen, die als erste vorgeprescht waren; sie war so sehr damit beschäftigt, den jungen Stier aufzuhalten, daß sie Danug zuerst gar nicht bemerkte. Latie sah eines der Zwillingskälber ausbrechen, riß einen Zweig aus einem der Steinhaufen und schoß vor, um ihm den Weg zu versperren. Sie versetzte dem Jungtier einen Hieb auf die Nase, daß es herumfuhr und zurückjagte, während Barzec und Druwez mit Steinen und flatternden Fellen eine Kuh zurückscheuchten. Mit vereinten Kräften schafften sie es schließlich, daß der im Entstehen begriffene Ausbruch gleichsam umgedreht wurde. Zwar gelang es der alten Kuh mit dem abgebrochenen Horn und ein paar anderen, doch durchzubrechen, aber der größte Teil der Herde jagte mit donnernden Hufen den Schwemmlandstreifen am Fluß hinunter.

Nachdem die kleine Herde hinter den Granitfelsen verschwunden war, konnten die Jäger ein wenig Atem schöpfen, aber sie durften den Wisenten keine Ruhe geben. Ayla hielt nur lange genug, um vom Pferd herunterzugleiten und Speer und Speerwerfer aufzunehmen, dann saß sie wieder auf.

Talut hatte gerade einen Schluck aus seinem Wasserbeutel genommen, da meinte er, ein ganz ganz leises Grummeln zu hören, wie tiefes fernes Donnergrollen. Er wandte den Blick flußabwärts, legte den Kopf ein wenig auf die Seite und lauschte; so schnell etwas zu hören, hatte er nicht erwartet, ja, er war sich nicht sicher, ob er überhaupt etwas erwartet hatte. Jetzt kniete er nieder und legte das Ohr auf den Boden.

»Sie kommen!« schrie er und sprang auf.

Alle sprangen auf und suchten die Speere, dann eilten sie an die Plätze, auf die sie sich vorher geeinigt hatten. Frebec, Wymez, Tornec und Deegie zogen sich an der einen Seite des Steilhangs auseinander, bereit, hinterherzulaufen und den Zugang zu versperren. Auf der anderen Seite war es Tulie, die in größter Nähe zum offenen Gatter Aufstellung nahm, bereit, es zu schließen, sobald die Wisente im Pferch wären.

Zwischen der pferchähnlichen Umfriedung und dem tosenden Fluß stand Ranec wenige Schritte von Tulie entfernt, und noch etwas weiter weg, fast schon am Wasser, nahm Jondalar Aufstellung. Talut wählte einen Platz etwas vor Jondalar und stand auf dem feuchten Ufer. Jeder von ihnen hatte ein Stück Leder oder Kleidung in der Hand, um vor den anstürmenden Wisenten damit herumzufuchteln in der Hoffnung, sie zu erschrecken und zum Abdrehen zu bewegen; gleichzeitig war aber jeder mit einem Speer bewaffnet, wog diesen hastig, packte ihn dann fest am Schaft und hielt ihn wurfbereit – nur Jondalar nicht.

Das schmale flache Holzgerät, das er in der Rechten hielt, war etwa so lang wie sein Arm vom Ellbogen bis zu den Fingerspitzen und in der Mitte ausgekehlt. Am Ende wies es einen Haken auf, um das Abrutschen zu verhindern, und vorn zwei Lederschlaufen für die Finger. Er hielt das Gerät waagerecht und drückte das gefiederte Ende eines leichten Speerschafts gegen den Haken am Ende des Speerwerfers. Den Speer leicht mit Zeige- und Mittelfinger haltend, die er durch die Schlaufen gesteckt hatte, stopfte er den Lederschurz in den Leibriemen und hob mit der Linken einen zweiten Speer auf, um diesen für einen zweiten Wurf einlegen zu können.

Dann warteten sie. Keiner sprach, und in der erwartungsvollen Stille kamen ihnen leise Geräusche sehr laut vor. Vögel zwitscherten und stießen Lockrufe aus. Raschelnd fuhr der Wind durch kahle Zweige. Wasser sprang rauschend und gurgelnd über Felsen hinweg. Fliegen summten. Das Getrommel donnernder Hufe wurde lauter.

Dann konnte man über dem näherkommenden Getrommel Gekeuch und Geschrei und die Rufe von Menschen hören. Augen wurden verengt, um unten an der Flußbiegung den ersten Wisent auftauchen zu sehen, doch als das geschah, war es nicht nur einer. Plötzlich kam die ganze Herde um die Biegung herumgedonnert, und die riesigen dunkelbraunen Tiere mit dem zotteligen Fell und den tödlichen schwarzen Hörnern kamen geradewegs auf sie zugestürmt.

Jeder straffte die Schultern, um für den Angriff gewappnet zu sein. Allen voran stürmte der Jungstier, der fast in die Freiheit ausgebrochen wäre, ehe die lange Treibjagd begann. Er sah die Umfriedung vor sich und fuhr herum, aufs Wasser zu – und auf die Jäger, die sich ihm in den Weg stellten.

Ayla, die der kleinen Herde dicht auf den Fersen geblieben war, hatte, während sie die Tiere vorwärtstrieben, den Speerwerfer dicht an sich gepreßt gehalten, doch als sie sich der letzten Biegung näherten, machte sie sich, ohne zu wissen, was sie erwartete, wurfbereit. Sie sah den Jungstier herumfahren ... und direkt auf Jondalar zujagen. Andere Wisente folgten ihm.

Einen Überwurf schwenkend, lief Talut auf das Tier zu, doch der Wisent mit der buschigen Mähne hatte genug von flatternden und knatternden Dingen und wollte sich nicht ablenken lassen. Ohne weiter darüber nachzudenken, lehnte Ayla sich vor und trieb Winnie in gestrecktem Galopp vorwärts. Um andere vorwärtsstürmende Wisente herumreitend und sie überholend, näherte sie sich dem mächtigen Stier und schleuderte ihren Speer im selben Augenblick, da auch Jondalar den seinen abschoß. Gleichzeitig wurde noch ein dritter Speer geworfen.

Die Stute sprengte an den Jägern vorbei ins Wasser, daß es aufspritzte und Talut ganz naß wurde. Ayla verlangsamte das Tempo, hielt dann ganz, wendete jedoch sofort wieder. Doch inzwischen war es vorbei. Der mächtige Wisent lag am Boden. Die ihm gefolgt waren, verhielten, und denjenigen, die dem Hang am nächsten waren, blieb keine andere Wahl, als in die Umfriedung hineinzulaufen. Nachdem auch der letzte Nachzügler hindurch war, schob Tulie das Gatter zu, und gleich darauf war es geschlossen. Tornec und Deegie rollten Felsbrocken und Steine davor, Wymez und Frebec zurrten es an den gut befestigten und bewehrten Seitenpfählen fest, während Tulie noch einen Felsbrocken davorrollte.

Ein wenig außer Atem glitt Ayla von Winnie herunter. Jondalar kniete zusammen mit Talut und Ranec neben dem Stier.

»Jondalars Speer ist seitlich am Hals eingedrungen und durch die Kehle gefahren. Das allein hätte diesen Stier schon töten können – aber dein Speer auch, Ayla. Ich habe dich nicht einmal kommen sehen«, sagte Talut, ein wenig beklommen angesichts ihrer Leistung. »Dein Speer ist tief in ihn eingedrungen, durch die Rippen hindurch.«

»Aber das war sehr gefährlich, Ayla. Du hättest verletzt werden können«, sagte Jondalar. Das klang zwar ärgerlich, war aber nur die Reaktion auf die Angst, die er um sie gehabt hatte, nachdem ihm klar geworden war, was sie getan hatte. Dann sah er Talut an und zeigte auf den dritten Speer, der sich dem Tier tief in die Brust gefressen hatte. »Auch der hätte ihn gefällt.«

»Das ist Ranecs Speer«, sagte Talut.

Jondalar wandte sich dem dunkelhäutigen Mann zu, und die beiden maßen einander mit den Blicken. Es gab wohl Unterschiede zwischen ihnen, und ihre Rivalität hätte sie gegeneinander einnehmen können, aber in allererster Linie waren sie Menschen – Männer, die gemeinsam in einer schönen, wenn auch harten Urwelt lebten und sich darüber im klaren waren, daß sie aufeinander angewiesen waren, um überleben zu können.

»Ich schulde dir Dank«, sagte Jondalar. »Hätte mein Speer nicht getroffen, hätte ich mein Leben dir zu verdanken.«

»Aber nur, wenn auch Ayla nicht getroffen hätte. Dieser Wisent ist dreimal erlegt worden. Gegen euch hatte er keine Chance. Offenbar sollst du leben. Du bist vom Glück begünstigt, mein Freund; die Mutter scheint dir wohlgewogen zu sein. Hast du in allem soviel Glück?« sagte Ranec und sah dann Ayla mit Augen an, aus denen die Bewunderung sprach – und mehr.

Im Gegensatz zu Talut hatte Ranec Ayla sehr wohl kommen sehen. Ohne der Gefahr der langen spitzen Hörner zu achten, mit wehendem Haar und die Augen zornblitzend und voller Schrecken, das Pferd beherrschend, als wäre es nichts als eine Verlängerung ihrer selbst, war sie wie ein Rachegeist oder wie die Mutter eines jeden Geschöpfes, das jemals sein Junges verteidigt hatte. Es schien unwichtig, daß sowohl das Pferd als auch sie selbst hätten aufgeschlitzt werden können. Es war fast, als wäre sie ein Geist der Mutter, die Wisente ebenso mühelos beherrschen konnte wie das Pferd. Nie hatte Ranec Ähnliches wie sie erlebt. Sie war alles, was er je begehrt hatte: sie war schön, stark, mutig, liebevoll und beschützerisch. Sie war eine Frau.

Jondalar sah, wie Ranec sie ansah, und seine Eingeweide verkrampften sich. Wie sollte Ayla es nicht sehen? Wie nicht darauf reagieren? Er fürchtete, Ayla an den erregenden dunkelhäutigen Mann zu verlieren, und wußte nicht, was daran ändern. Die Zähne zusammenbeißend, die Stirn zornig und gequält gerunzelt, wandte er sich ab und versuchte, seine Gefühle zu verbergen.

Er hatte selbst erlebt, wie Männer und Frauen so reagierten, wie er es jetzt tat – und hatte Mitleid mit ihnen gehabt und sie auch ein wenig verachtet. Das war das Verhalten eines Kindes, eines unerfahrenen Kindes, dem es an Wissen und an Lebensweisheit fehlte. Er dachte, über so etwas erhaben zu sein. Ranec hatte gehandelt, um ihm das Leben zu retten, und er war ein Mann. Konnte er ihm einen Vorwurf daraus machen, daß er sich von Ayla angezogen fühlte? Hatte sie nicht jedes Recht, ihre Wahl selbst zu treffen? Er haßte sich dafür, daß er so empfand, wie er es tat, aber er konnte nicht anders. Jondalar riß den Speer aus dem Wisent heraus und entfernte sich.

Das Gemetzel hatte bereits begonnen. Aus dem Schutz des Zauns heraus schleuderten die Jäger Speere auf die muhenden und schreienden, in der kleinen Umzäunung völlig verwirrt durcheinanderrasenden Tiere. Ayla kletterte hinauf, fand einen bequemen Platz, sich daran festzuhalten, und sah zu, wie Ranec kraftvoll und zielgenau einen Speer schleuderte. Eine gewaltige Wisentkuh strauchelte und brach in die Knie. Druwez warf einen weiteren Speer auf dasselbe Tier, und aus einer anderen Richtung – von wem er stammte, wußte sie nicht zu sagen – kam noch ein dritter. Das

Tier mit dem wuchtigen Vorderkörper ging zu Boden, und der massige, tiefsitzende Kopf fiel ihm auf die Knie. Speerwerfer brachten hier, wie sie erkannte, keinen Vorteil. Die handgeschleuderten Speere der Mamutoi-Jäger taten nachhaltig ihren Dienst.

Plötzlich stürmte ein Stier gegen den Zaun an und prallte mit ungeheurer Wucht dagegen. Holz splitterte, Riemen zerrissen, Pfosten wurden umgebogen. Ayla spürte, wie der Zaun wankte und sprang zu Boden, doch das Gerüttel hörte nicht auf. Der Wisent hatte sich mit den Hörnern verkeilt! Er brachte den gesamten Zaun zum Erbeben, in dem Bemühen, sich zu befreien.

Talut kletterte auf das schwankende Gatter und spaltete dem mächtigen Tier mit einem einzigen Schlag seiner riesigen Axt den Schädel. Blut spritzte ihm ins Gesicht, Hirnmasse quoll hervor. Der Wisent erschlaffte und riß – die Hörner noch im Zaun verkeilt – das arg geschwächte Gatter samt Talut zu Boden.

Behende sprang der große Anführer von dem umstürzenden Gatter herunter, machte dann ein paar Schritte und versetzte dem letzten noch stehenden Wisent einen schädelzertrümmernden Schlag. Das Gatter hatte ausgedient.

»Jetzt kommt die Arbeit«, sagte Deegie und vollführte eine umfassende Geste. Dunkelbraun bewollten Erdhaufen gleich, lagen überall tote Tiere herum. Sie ging auf den ersten Wisent zu, zog das rasiermesserscharfe Feuersteinmesser aus der Scheide, setzte sich rittlings auf den Kopf und durchschnitt ihm die Kehle. Leuchtendrot schoß das Blut aus der Drosselader, dann wurde der Strahl schwächer und sammelte sich dunkelrot um Maul und Nase. Langsam versickerte es in sich immer weiter ausdehnenden Kreisen im Boden und färbte die gelbliche Erde schwarz.

»Talut!« rief Deegie, als sie den nächsten Haufen Zottelfell erreichte. Der lange Speerschaft, der ihm aus der Seite ragte, zitterte noch. »Komm, erlöse diesen hier von seinen Schmerzen, aber diesmal so, daß ein bißchen von seinem Hirn übrig bleibt. Ich brauche es.« Rasch erledigte Talut das leidende Tier.

Dann kam die blutige Aufgabe des Ausweidens, Abbalgens und Zerlegens. Ayla ging zu Deegie und half ihr, eine große Kuh umzudrehen, um an die zarten Weichteile des Bauches heranzukommen. Jonadalar ging auf sie zu, doch Ranec war näher und erreichte sie vor ihm. Jondalar sah zu und überlegte, ob auch er helfen sollte oder ob ein vierter nur im Wege sei.

Beim After beginnend, schlitzten sie den Bauch bis zum Hals auf und trennten dabei das milchgefüllte Euter ab. Ayla packte auf der einen Seite an und Ranec auf der anderen, um die Rippen auseinanderzuziehen und den Brustkasten zu öffnen. Deegie kroch fast in die noch warme Höhlung hinein, und dann zogen sie die inneren Organe heraus: Magen, Gekröse, Herz und Leber. Das wurde schnell erledigt, damit die Gase in den Därmen, die sich bald entwickeln und den Bauch der Kadaver auftreiben würden, das Fleisch nicht ungenießbar machten. Dann zogen sie dem Tier das Fell ab.

Die drei brauchten keine Hilfe. Jondalar sah, wie Latie und Danug sich mit dem Brustkorb eines kleineren Tieres abmühten, schob Latie mit dem Ellbogen beiseite und riß mit einer einzigen, wütenden Bewegung die Rippen auseinander. Aber das Zerlegen war harte Arbeit, und als sie soweit waren, daß sie dem Tier das Fell abziehen konnten, war sein Ärger zum größten Teil verraucht.

Ayla war diese Arbeit durchaus vertraut, hatte sie sie doch viele Male allein verrichten müssen. Die Haardecke wurde dem Tier nicht so sehr abgeschnitten als vielmehr abgezogen. Hatte man sie erst einmal von den Beinen frei bekommen, löst sie sich ziemlich leicht vom Fleisch, und es war leichter und sauberer, die geballte Faust zwischen Fell und Muskeln zu treiben und die Decke von dem Gewebe zu trennen oder es abzuziehen, als zu schneiden; auf diese Weise ging es vor allen Dingen schneller. Dort freilich, wo Sehnen und Bänder dranhingen, war es leichter zu schneiden, und dazu benutzten sie ein besonderes Abbalgmesser mit Knochengriff, dessen Feuersteinschneide zweischneidig war, am äußeren Ende jedoch nicht spitz, sondern stumpf zulief, damit das Fell nicht beschädigt wurde. Ayla war es so sehr gewohnt, grifflose Handmesser und -werkzeuge zu halten, daß sie sich mit den Schneidewerkzeugen, die ein Heft oder einen Griff aufwiesen, zunächst schwertat, merkte jedoch, daß dies ihr mehr Kraft und Hebelwirkung und besseren Halt gewährte.

Die Sehnen aus Beinen und vom Rücken wurden herausgelöst; Sehnen dienten allen möglichen Zwecken, vom Nähen bis zum Herstellen von Schlingen für die Jagd. Die Haardecke wurde zu Leder oder Pelz verarbeitet. Die langen Zottelhaare wurden zu Schnüren von höchst unterschiedlicher Länge und Stärke gedreht und daraus wiederum Netze zum Fischen oder zum Fang von Vögeln oder Niederwild hergestellt. Das Hirn wurde besonders aufbewahrt, desgleichen die Hufe, aus denen zusammen mit Knochen und Hautfetzen Leim gesiedet wurde. Die gewaltigen Hörner, die manchmal sechs Fuß überspannten, wurden hoch geschätzt. Das feste, also nicht hohle Endstück, das etwa ein Drittel der Gesamtlänge einnahm, ließ sich zu Hebeln, Pflöcken, Punzen, Keilen und Ahlen verarbeiten. Aus den Hohlteilen, deren Knochenende herausgelöst wurde, wurden konisch verlaufenden Röhren, die man benutzte, um Feuer anzufachen, und die als Trichter zum Füllen oder Entleeren von Beuteln mit Wasser oder Pulver oder Samenkörnern dienten. Ein Mittelsegment, dessen verschlossener Teil unversehrt blieb, konnte als Trinkbecher dienen. Schmale Hornabschnitte wurden zu Spangen, Armreifen oder Ringen verarbeitet.

Maul und Zunge des Wisents wurden herausgeschnitten – sie galten zusammen mit der Leber als besondere Leckerbissen – und die Kadaver dann in sieben Teile zerlegt: zwei Hinter- und zwei Vorderviertel, das in zwei Teile zerschnittenen Mittelteil und den gewaltigen, besonders fleischigen Hals. Die Innereien, der Magen und die Blase, wurden gewaschen und in die Felle eingewickelt. Später wurden sie aufgeblasen, damit sie nicht schrumpften, und dann als Koch- oder Vorratsbehälter für Fette oder Flüssigkeiten benutzt – oder aber sie dienten als Schwimmblase für Fischnetze. Jeder Teil der Tiere fand Verwendung, doch wurde nicht von jedem Tier alles genommen; nur das beste und brauchbarste von allem und nur soviel, wie man tragen konnte.

Jondalar hatte Renner einen Teil des steil hinanführenden Pfades hinaufgeführt und ihn, sehr zum Kummer des jungen Pferdes, sicher an einen Baum gebunden, damit er aus dem Weg und außer Gefahr sei. Sobald die Wisente in der Umfriedung festsaßen und Ayla ihr Reittier freiließ, hatte Winnie ihn gefunden. Nachdem er Latie und Danug mit dem ersten Wisent geholfen hatte, ging Jondalar ihn holen, aber in der Nähe von toten Tieren scheute Renner immer. Winnie mochte sie zwar auch nicht, hatte sich aber mittlerweile daran gewöhnt. Ayla sah sie kommen und bemerkte gleichzeitig, daß Barzec und Druwez wieder flußabwärts gingen. Ihr fiel ein, daß sie in der Aufregung, die Wisente zum Umkehren zu bewegen und in die Falle hineinzutreiben, ihr Gepäck zurückgelassen hatten. Sie lief hinter ihnen her.

»Barzec, du zurück wegen Gepäck?« fragte sie.

Lächelnd sah er sie an. »Ja. Und die Kleider und Felle. Es ging ja alles so schnell ... nicht, daß ich das bedauerte. Wenn du sie nicht zum Wenden gebracht hättest – uns wären sie bestimmt durchgebrochen und verlorengegangen. Das war aufregend, wie du das mit dem Pferd gemacht hast. Hätte ich es nicht mit eigenen Augen gesehen, ich würde es nicht glauben. Aber jetzt mache ich mir Sorgen, daß wir alles zurückgelassen haben. Die vielen toten Wisente ziehen bestimmt jedes fleischfressende Tier im ganzen Umkreis an. Als wir warteten, habe ich Wolfsspuren gesehen – und die waren frisch. Wölfe zerkauen mit Vorliebe Leder, wenn sie es finden. Und Vielfraße auch, die aus lauter Bosheit, wohingegen Wölfe es tun, weil es ihnen Spaß macht.«

»Ich kann mit Pferd Gepäck und Kleider holen«, sagte Ayla.

»Daran hatte ich nicht gedacht. Wenn wir fertig sind, wird es viel zu essen geben, aber ich möchte nichts draußen liegenlassen.«

»Unsere Sachen haben wir versteckt, weißt du nicht mehr?« sagte Druwez. »Die findet sie nie.«

»Das stimmt«, sagte Barzec. »Da müssen wir wohl selbst hingehen.«

»Druwez weiß, wo finden?« fragte Ayla.

Der Junge sah Ayla an und nickte. Ayla lächelte. »Möchtest du auf Pferd mit mir reiten?«

Das Gesicht des Jungen verzog sich zu einem breiten Grinsen. »Darf ich?«

Sie sah zu Jondalar hinüber und begegnete seinem Blick. Dann winkte sie ihm, mit den Pferden zu kommen. Er beeilte sich.

»Ich reite mit Druwez hin, um das Gepäck und die Sachen zu holen, die sie zurückgelassen haben, als wir mit der Treibjagd begannen«, sagte Ayla auf Zelandonii. »Diesmal kann auch Renner mitkommen. Wenn er sich ein bißchen austobt, beruhigt er sich vielleicht auch. Pferde scheuen vor jedem Aas. Damit hatte Winnie anfangs auch Schwierigkeiten. Du hattest schon recht, Renner das Halfter anzulassen; aber wir sollten jetzt daran denken, ihm beizubringen, so zu sein wie Winnie.«

Jondalar lächelte. »Das ist eine gute Idee, aber wie stellt man das an?«

Ayla runzelte die Stirn. »Ich weiß nicht recht. Winnie tut Dinge für mich, weil sie es möchte – weil wir gute Freunde sind, aber was Renner betrifft, bin ich mir nicht so sicher. Er mag dich, Jondalar. Vielleicht würde er Dinge für dich tun? Ich denke, wir sollten es beide einmal versuchen.«

»Dazu bin ich gern bereit«, sagte er. »Eines Tages würde ich gern auf seinem Rücken reiten so wie du auf Winnie.«

»Das würde auch mir gefallen, Jondalar«, sagte sie und erinnerte sich mit einem warmen Gefühl, das sie noch bei der Erinnerung daran durchflutete, wie sie einst gehofft hatte, daß der blonde Mann von den Anderen eine besondere Zuneigung für Winnies Füllen entwickeln möchte, weil ihn das vielleicht ermunterte, bei ihr im Tal zu bleiben. Das war der Grund, warum sie ihn gebeten hatte, dem Fohlen einen Namen zu geben.

Barzec hatte, während die beiden Fremden sich in einer Sprache unterhielten, die er nicht verstand, wartend dabeigestanden und war ein wenig ungeduldig geworden. Schließlich sagte er: »Nun, wenn du hinreitest, um die Sachen zu holen, gehe ich zurück und helfe bei den Wisenten.«

»Augenblick, Barzec. Ich helfe nur Druwez eben aufsitzen, dann komme ich mit dir«, sagte Jondalar. Gemeinsam halfen sie ihm aufs Pferd und sahen den Davonreitenden nach.

Die Schatten wurden bereits lang, als sie zurückkehrten und beide sich beeilten, mit anzupacken. Später, als sie dabei waren, am Ufer des Flusses lange Därme zu reinigen und auszuwaschen, mußte Ayla daran denken, wie sie zusammen mit den Clan-Frauen das erlegte Wild abgebalgt und zerteilt hatte. Und plötzlich ging ihr auf, daß sie zum ersten Mal in ihrem Leben als gleichwertiges Mitglied einer Jagdgruppe an einer gemeinsamen Jagd teilgenommen hatte.

Schon als ganz junges Mädchen hatte sie mit den Männern losziehen wollen; dabei hatte sie gewußt, daß Frauen das Jagen verboten war. Aber die Männer standen ihres Geschicks wegen in so hohem Ansehen und machten das Ganze auch noch so besonders aufregend, daß sie davon träumte, Jägerin zu sein – besonders dann, wenn sie einer unangenehmen oder schwierigen Situation entfliehen wollte. Das war der harmlose Beginn von etwas, das zu Situationen führte, die weit gefährlicher waren, als sie sich je hätte träumen lassen. Nachdem ihr gestattet worden war, mit der Schleuder zu jagen – jede andere Form der Jagd war für sie nach wie vor tabu –, hatte sie oft heimlich zugehört, wenn die Männer über das Vorgehen bei der Jagd redeten. Und die Männer des Clan taten fast nichts anderes, als auf die Jagd zu gehen – oder über die Jagd zu reden, Jagdwaffen zu fertigen und Jagdrituale zu vollziehen. Aufgabe der Clan-Frauen war es, das erlegte Wild abzubalgen und zu zerlegen, die Felle zu Kleidern und Schlafdecken zu verarbeiten, das Fleisch zu garen und zu konservieren, außerdem noch Behältnisse, Bindematerial, Matten und verschiedenen Haushaltsgegenstände herzustellen und zusätzlich Pflanzen, Früchte und Wurzeln zu suchen und zu sammeln, die gegessen oder als Heilkräuter verwandt wurden oder noch anderen Zwecken dienten.

Bruns Clan hatte fast genauso viele Angehörige umfaßt wie das Löwen-Lager, doch hatten die Jäger selten mehr als ein oder zwei Tiere gleichzeitig erlegt. Infolgedessen hatten sie häufig auf die Jagd gehen müssen. Um diese Jahreszeit waren die Clan-Jäger fast tagtäglich draußen, um für den kommenden Winter soviel Fleischvorräte wie möglich anzulegen. Seit Ayla hierhergekommen war, war dies das erste Mal, daß überhaupt jemand vom Löwen-Lager jagte; daß das an den Tagen vorher nicht geschehen war, schien niemand weiter zu beunruhigen. Ayla hielt in der Arbeit inne und sah sich die Männer und Frauen an, die dabei waren, eine ganze kleine Herde auf einmal von Fellen zu befreien und zu zerlegen.

Wo an jedem Tier zwei oder drei Leute zusammenarbeiteten, war die Arbeit weit schneller geschafft, als Ayla für möglich gehalten hätte. Das brachte sie auf die Unterschiede zwischen ihnen und dem Clan.

Bei den Mamutoi jagten auch die Frauen. Das bedeutete, wie Ayla meinte, daß mehr Jäger zur Verfügung standen. Es stimmte zwar, daß neun von den Jägern Männer waren und nur vier Frauen – Frauen mit Kindern beteiligten sich nur selten an der Jagd –, aber es war ein bedeutungsvoller Unterschied. Zu mehreren konnte man weit erfolgreicher jagen, genauso wie man dann, wenn alle mit anpackten, rascher mit der Verarbeitung der Jagdbeute fertig wurde. Das verstand sich von selbst, doch hatte sie das Gefühl, daß es noch um mehr ging, daß irgend etwas Wesentliches ihr entging, irgendeine grundsätzliche Bedeutung, auf die sie noch stoßen mußte. Die Mamutoi hatten einfach eine andere Denkweise. Sie waren nicht an starre Verhaltensweisen gebunden, brauchten sich nicht so streng an das zu halten, was sie für angebracht und schicklich hielten und wie es schon immer gemacht worden war. Außerdem verschwammen die Rollen von Männern und Frauen; das Verhalten von Männern und Frauen war nicht so streng definiert, schien mehr von persönlicher Neigung und dem abzuhängen, was man als am besten geeignet, am nützlichsten und am wirksamsten empfand.

Jondalar hatte ihr erzählt, bei seinem Volk sei es niemand verboten zu jagen; wenn es auch überaus wichtig wäre, auf die Jagd zu gehen, was die meisten auch taten, zumindest, solange sie jung waren – jagen *müssen* täte niemand. Offenbar galten bei den Mamutoi ähnliche Gebräuche. Er hatte versucht, ihr zu erklären, daß manche über Fähigkeiten und Fertigkeiten verfügten, die genauso wichtig wären, und führte sich selbst als Beispiel an. Nachdem er gelernt hatte, den Feuerstein zu schlagen, und sich durch die Qualität seiner Arbeit einen guten Ruf erworben hatte, habe er seine Werkzeuge und Speer- oder Pfeilspitzen gegen alles eintauschen können, was er brauchte. Er habe in keiner Weise jagen müssen – es sei denn, er wollte es.

Doch Ayla verstand immer noch nicht recht. Was für Mannbarkeitszeremonien wurden denn bei den Mamutoi abgehalten, wenn es keine Rolle spielte, ob ein Mann jagte oder nicht? Die Männer des Clan wären verloren gewesen, hätten sie nicht daran geglaubt, daß es unabdingbar für sie sei, auf die Jagd zu gehen. Ein Junge wurde erst dann zum Mann, wenn er sein erstes großes Stück Wild erlegt hatte. Dann dachte sie an Creb. Der war nie auf die Jagd gegangen. Er konnte gar nicht jagen, denn er hatte nur ein Auge und einen Arm, und außerdem lahmte er auf einem Bein. Er war der größte Mog-ur gewesen, der größte Heilige Mann des Clan, aber er hatte nie irgendein Wild zur Strecke gebracht und für seine Person nie eine Mannbarkeitszeremonie erlebt. Er war in seinem eigenen Herzen kein Mann gewesen. Dabei hatte sie gewußt, daß er einer war.

Wiewohl es bereits stark dämmerte, als sie fertig waren, zögerte keiner von den blutbeschmierten Jägern, sich die Kleider herunterzureißen und zum Fluß hinunterzugehen. Die Frauen wuschen sich ein wenig weiter flußaufwärts, doch blieben sie in Sichtweite der Männer. Zusammengerollte Felle und Fleischteile waren zu Haufen gestapelt worden, und man hatte etliche Feuer im Kreis herum entzündet, um vierbeinige Räuber und

Aasfresser fernzuhalten. Treibholz, tote Äste und das grüne Holz, das sie für die Errichtung der Umfriedung verwendet hatten, war in der Nähe zusammengetragen worden. Über einem der Feuer briet eine Lende am Spieß, und ringsum hatten sie in bestimmten Abständen eine ganze Reihe von niedrigen Zelten aufgeschlagen.

Als die Dunkelheit sie einhüllte, wurde es rasch kälter, und Ayla war froh über die schlecht zueinander passenden und schlecht sitzenden Kleider, die Tulie und Deegie ihr geliehen hatten, während ihre Sachen, aus denen sie Blutflecken herausgewaschen hatte, zusammen mit denen anderer an einem Feuer trockneten. Sie blieb eine Zeitlang bei den Pferden, vergewisserte sich, daß es ihnen an nichts fehlte und daß sie sich beruhigten. Winnie hielt sich immer am Rande des Lichtes, das vom Feuer ausging, an dem die Lende briet, aber möglichst weit entfernt von den Kadavern, die darauf warteten, zurücktransportiert zu werden, und von dem Abfallhaufen jenseits des blassen Lichtscheins, von woher man bisweilen Fauchen und Kläffen vernahm.

Nachdem die Jäger sich an dem außen braun und knusprig gebratenen, am Knochen jedoch rohen Bisonfleisch sattgegessen hatten, warfen sie mehr Brennholz auf das Feuer, setzten sich, tranken Kräutertee und unterhielten sich.

»Ihr hättet mal sehen sollen, wie die Herde kehrtmachte«, sagte Barzec gerade. »Ich weiß nicht, ob wir sie noch länger hätten aufhalten können. Sie wurde immer unruhiger, und ich war sicher, daß sie für uns verloren wäre, wenn dieser Stier erst einmal losschoß und durchbrach.«

»Ich glaube, den Erfolg dieser Jagd haben wir Ayla zu verdanken«, sagte Talut.

Ayla errötete bei dem ungewohnten Lob, doch war Bescheidenheit nur zum Teil dafür verantwortlich. Alles, was durch dieses Lob stillschweigend zum Ausdruck kam – daß man sie akzeptierte und ihr Können und ihre Geschicklichkeit hochschätzte –, ließ ihr warm ums Herz werden. Nach dieser Anerkennung hatte sie sich ihr Leben lang gesehnt.

»Und denkt, was für eine Geschichte das ist, sie beim Sommer-Treffen zu erzählen!« fügte Talut noch hinzu.

Die Unterhaltung geriet ins Stocken. Talut nahm einen trockenen Zweig – ein Stück Bruchholz, das so lange auf dem Boden gelegen hatte, daß die Rinde lose hing wie alte, verwitterte Haut. Er zerbrach es über dem Knie und legte beide Teile ins Feuer. Eine Funkenfontäne sprühte hoch und erhellte die Gesichter der Leute, die dicht aneinander um die Flammen saßen.

»Soviel Glück haben Jäger beileibe nicht immer. Erinnert ihr euch noch, wie das war, als wir fast den weißen Wisent bekommen hätten?«

fragte Tulie. »Welch ein Jammer, daß er uns durch die Lappen gegangen ist.«

»Der muß hoch in Muts Gunst gestanden haben. Ich war sicher, daß wir ihn hätten. Hast du jemals einen weißen Wisent gesehen?« wandte Barzec sich an Jondalar.

»Gehört schon, und ein Fell gesehen«, erwiderte Jondalar. »Weiße Tiere gelten bei den Zelandonii als heilig.«

»Füchse und Hasen auch?« fragte Deegie.

»Ja, aber nicht ganz so. Sogar Schneehühner, wenn sie rein weiß sind. Wir glauben, das bedeutet, daß Doni sie berührt hat, weshalb diejenigen, die weiß geboren werden und das ganze Jahr über weiß bleiben, heiliger sind als andere«, erklärte Jondalar.

»Für uns besitzen die weißen auch eine besondere Bedeutung. Deshalb steht der Herd des Kranichs in so besonders hohem Ansehen ... im allgemeinen, jedenfalls«, sagte Tulie und bedachte Frebec mit einem verächtlichen Blick. »Der große Kranich des Nordens ist weiß, und Vögel sind besondere Boten der Mut. Und weiße Mammuts sind mit besonderen Kräften gesegnet.«

»Die Jagd auf den weißen Mammut werde ich mein Lebtag nicht vergessen«, sagte Talut. Erwartungsvolle Blicke ermutigten ihn fortzufahren. »Alle waren furchtbar aufgeregt, als der Kundschafter von einer weißen Mammutkuh berichtete. Wenn die Mutter uns eine weiße Mammutkuh schenkt, ist das der Gipfel der Ehre, und da es sich auch noch um die erste Jagd bei einem Sommer-Treffen handelte, war das für jeden einzelnen glückverheißend – sofern es uns gelang, sie zu erlegen«, erklärte er den Besuchern.

»Alle, die mit auf die Jagd gehen wollten, mußten sich harten Reinigungszeremonien unterziehen und fasten, damit wir annehmbar waren, und das Herdfeuer des Mammut erlegte uns Tabus auf, sogar hinterher noch; aber es gab keinen, der nicht mitgewollt hätte. Ich war noch jung, nicht viel älter als Danug, aber groß war ich wie er jetzt. Vielleicht wurde ich deshalb ausgewählt. Und ich gehörte auch zu denen, die einen Speer in sie hineinjagten. Wie der Wisent, der auf dich losstürmte, Jondalar, weiß niemand, wessen Speer sie tötete. Ich glaube, die Mutter wollte nicht, daß irgend jemand oder irgendein Lager zuviel Ehre einheimste. Die weiße Mammutkuh gehörte allen. Das war auch besser so. Da gab es jedenfalls keinen Neid und keinerlei Groll.«

»Ich habe von einer weißen Bärenart gehört, die hoch im Norden lebt«, sagte Frebec, der nicht ganz aus der Unterhaltung ausgeschlossen werden wollte. Möglich, daß kein Einzelner und kein bestimmtes Lager den vollen Ruhm für sich in Anspruch nehmen konnte, den weißen Mammut erlegt zu haben, doch waren Neid und Mißgunst deshalb nicht vollständig ausgeschlossen. Jeder, der auserwählt worden war, an einer solchen Jagd teilzunehmen, hatte dadurch mehr an Ansehen gewonnen, als Frebec bei seiner Geburt zuteil geworden war.

»Von denen habe ich auch schon gehört«, sagte Danug. »Als ich in der Feuersteingrube arbeitete, kamen Besucher von den Sungaea, um Feuerstein einzutauschen. Eine der Frauen war eine Geschichtenerzählerin, eine gute Geschichtenerzählerin. Sie erzählte von der Welten-Mutter und den Pilzmännern, die der Sonne nachts folgen, und vielen anderen Tieren. Sie war es auch, die uns von den weißen Bären berichtete. Diese leben im Eis, sagte sie, und leben nur von Meeresgetier, doch sollen sie sehr umgänglich und sanft sein, wie der riesige Höhlenlöwe, der nur Fleisch frißt. Jedenfalls nicht wie der Braunbär. Braunbären sind tückisch.« Danug bemerkte den verärgerten Blick nicht, mit dem Frebec ihn bedachte. Er hatte nicht unterbrechen wollen, sondern war nur froh gewesen, auch etwas beizutragen.

»Männer von Clan einmal heimkommen von der Jagd und berichten von weißem Nashorn«, sagte Ayla. Frebec war immer noch verärgert und sah sie zornfunkelnd an.

»Ja, weiße Nashörner kommen selten vor«, sagte Ranec, »aber auch die schwarzen sind etwas Besonderes.« Er saß ein wenig weiter vom Feuer entfernt als die anderen, so daß man sein Gesicht im Schatten kaum erkennen konnte; das einzige, was man sah, waren seine weißen Zähne und das Aufleuchten in seinen Augen.

»Ja, du bist ein seltener Vogel und nur zu glücklich, beim Sommer-Treffen jeder Frau, die es wissen möchte, zu beweisen, *wie* selten«, meinte Deegie.

Ranec lachte. »Deegie, was kann ich dafür, wenn die Töchter der Mutter so neugierig sind? Du würdest doch nicht wollen, daß ich auch nur eine einzige enttäuschte, oder? Aber nicht von mir habe ich geredet. Ich dachte an schwarze Katzen.«

»An schwarze Katzen?« fragte Deegie.

»Wymez, ganz undeutlich erinnere ich mich an eine riesige schwarze Katze«, sagte er und wandte sich an den Mann, an dessen Herdfeuer er lebte. »Weißt du etwas darüber?«

»Das muß großen Eindruck auf dich gemacht haben. Ich hätte nicht gedacht, daß du dich daran erinnerst«, sagte Wymez. »Du warst wirklich kaum mehr als ein Baby, aber deine Mutter schrie. Du warst einfach weggegangen, und gerade, als sie dich entdeckte, sah sie zugleich auch diese große schwarze Katze, wie einen Schneeleoparden, nur schwarz, die vom Baum heruntersprang. Wahrscheinlich hat sie gedacht, sie hätte es auf dich abgesehen, aber entweder hat ihr Schrei sie verscheucht, oder sie hatte anderes im Sinn. Sie lief einfach weiter, doch deine Mutter rannte auf dich zu, und es dauerte sehr lange, bis sie dich wieder einmal unbeaufsichtigt ließ.«

»Hat es denn dort, wo du warst, viele schwarze Katzen gegeben?« wollte Talut wissen.

»Nicht zu viele, aber es gab welche. Sie hielten sich in den Wäldern auf und waren Nachtjäger; deshalb bekam man sie nur selten zu Gesicht.«

»Hier wären sie genauso selten wie weiße, nicht wahr? Wisente sind dunkel, und das sind einige Mammuts auch, nur sind sie nicht wirklich schwarz. Schwarz ist etwas Besonderes. Wie viele schwarze Tiere gibt es?« fragte Ranec.

»Heute, als ich mit Druwez unterwegs war, haben wir schwarzen Wolf gesehen«, sagte Ayla. »Ich nie zuvor schwarzen Wolf gesehen.«

»Ist er wirklich schwarz gewesen? Oder nur dunkel?« fragte Ranec sehr interessiert.

»Schwarz. Heller am Bauch, aber schwarz. Einzelgängerwolf, glaube ich«, fügte Ayla hinzu. »Andere Fährten habe ich nicht gesehen. In Rudel würde ... wenig gelten. Vielleicht hat er sich abgesondert, glaube ich, wollte anderen Einzelgängerwolf finden, neues Rudel gründen.«

»Im Rudel würde er wenig gelten? Woher kommt es, daß du so viel von Wölfen weißt?« fragte Frebec. Seine Stimme verriet einen gewissen Hohn, als ob er ihr nicht glaubte; aber er war auch echt interessiert.

»Als ich Jagen lernen, ich nur Jagd auf Fleischfresser. Nur mit Schleuder. Ich genau beobachten, sehr lange. So erfahre ich viel über Wölfe. Einmal ich weißen Wolf in Rudel gesehen. Die anderen Wölfe nicht so wie sie. Andere nicht so wie Wolf von falscher Farbe.«

»Es *war* ein schwarzer Wolf«, sagte Druwez, bemüht, Ayla zu verteidigen, besonders nach dem aufregenden Ritt auf dem Pferd. »Ich habe ihn auch gesehen. Zuerst war ich mir nicht mal sicher, aber es war ein Wolf, und er war schwarz. Und ich glaube, er war allein.«

»Da wir gerade von Wölfen sprechen – wir sollten heute nacht Wachen aufstellen. Wenn es wirklich einen schwarzen Wolf gibt, der hier herumschleicht, haben wir um so mehr Grund, das zu tun«, sagte Talut. »Wir können uns abwechseln, aber einer sollte die ganze Nacht über wach bleiben und aufpassen.«

»Wir sollten ein bißchen Ruhe bekommen«, fügte Tulie noch hinzu und erhob sich. »Das wird morgen ein langer Marsch.«

»Ich übernehme die erste Wache«, sagte Jondalar. »Wenn ich müde werde, kann ich jemand anders wecken.«

»Du kannst mich wecken«, sagte Talut, und Jondalar nickte.

»Ich halte auch Wache«, sagte Ayla.

»Warum wachst du nicht zusammen mit Jondalar? Es ist immer schön, jemand zu haben, der mit einem wacht. Da könnt ihr euch gegenseitig wachhalten.«

8

»Es war kalt heute nacht. Dies Fleisch fängt an zu gefrieren«, sagte Deegie, damit beschäftigt, ein Hinterviertel an einem Tragebrett festzubinden.

»Das ist gut«, sagte Tulie. «Aber es ist mehr Fleisch da, als wir tragen können. Einiges werden wir zurücklassen müssen.«

»Können wir mit den Steinen vom Gatter und der Umzäunung nicht einen großen Haufen aufschichten und das, was wir nicht mitnehmen können, darunter verstecken?« fragte Latie.

»Das sollten wir wohl tun, Latie. Keine schlechte Idee«, sagte Tulie und bereitete für sich selbst eine Traglast vor, die so gewaltig war, daß Ayla sich fragte, wie sie das tragen wollte, auch wenn sie noch so stark war. »Aber wenn es jetzt wirklich Winter wird, könnte es sein, daß wir erst im Frühling dazu kommen, es zu holen. Wenn es näher beim Löwen-Lager wäre, wäre das besser. Dort treiben sich nicht so viele Tiere herum, und außerdem könnten wir eine Wache aufstellen, aber hier im Freien, wenn da jemand wie ein Höhlenlöwe oder auch nur ein entschlossener Vielfraß käme und wollte wirklich an das Fleisch heran, fände er auch eine Möglichkeit dazu.«

»Können wir nicht Wasser drübergießen und einen Eisberg daraus machen? Dann könnte kein Tier heran. In einen völlig vereisten Steinhaufen einzubrechen ist schwer, selbst mit Picken und Hacken«, sagte Deegie.

»Tiere werden dadurch vielleicht abgehalten, richtig, aber wie willst du die Sonne abhalten, Deegie?« fragte Tornec. »Schließlich kannst du nicht mit Sicherheit sagen, daß es wirklich kalt bleibt. Dazu ist es noch zu früh im Jahr.«

Ayla hörte der Unterhaltung zu und staunte, wieviel Fleisch sich die einzelnen Leute aufluden und wie der Haufen Wisentfleisch immer kleiner wurde. Sie war so etwas wie Überschuß nicht gewohnt, wußte nicht, wie das war, daß jemand so viel hatte, daß er wählen konnte und sich nur das beste herauszusuchen brauchte. Reichlich zu essen hatte es beim Clan immer gegeben; und Felle für die Kleidung, die Lagerstätten und anderen Zwecke hatte es immer mehr als genug gegeben, aber verkommen war nie etwas. Sie war sich zwar nicht sicher, wieviel man zurückzulassen gedachte, doch war bereits jetzt so viel auf dem Abfallhaufen gelandet, daß die Vorstellung, es könnte noch mehr zurückbleiben, ihr leid tat; außerdem war klar, daß auch die anderen das bedauerten.

Sie sah, wie Danug Tulies Axt hochhob und so mühelos damit umging wie die Frau, einen Holzklotz spaltete und die Scheite auf das letzte Feuer, das noch brannte, warf. Sie trat zu ihm.

»Danug«, sagte sie leise. »Du mir helfen?«

»Hm . . . ah . . . ja«, stammelte er schüchtern und spürte, wie ihm das Gesicht brannte. Ihre Stimme klang so tief, war so volltönend, und ihre ungewöhnliche Aussprache hatte den Reiz des Fremden. Sie hatte ihn überrascht; er hatte sie nicht näher treten sehen, und in so großer Nähe der schönen Frau zu stehen, ließ ihm unerklärlicherweise das Blut zu Kopf steigen.

»Ich brauche . . . zwei Stangen«, sagte Ayla und hielt zwei Finger in die Höhe. »Flußabwärts stehen junge Bäume. Du sie mir schlagen?«

»Ah . . . ja, natürlich schlage ich dir ein paar Stämme.«

Auf dem Weg hinunter zur Flußbiegung entspannte sich Danug merklich, sah jedoch immer wieder hinunter auf den Blondschopf der Frau, die nur einen halben Schritt neben ihm vorausging. Sie wählte zwei etwa gleich große und gleich starke junge Erlen, und nachdem Danug sie gefällt hatte, wies sie ihn an, die Stämme von Zweigen und Ästen zu befreien und die Spitzen abzuschlagen, so daß sie ungefähr gleich lang waren. Inzwischen hatte sich die Schüchternheit des kräftigen jungen Mannes etwas gelegt.

»Was willst du damit machen?« fragte Danug.

»Das werde ich dir zeigen«, sagte sie und stieß einen lauten, gebieterischen Pfiff aus, woraufhin Winnie auf sie zugaloppiert kam. Ayla hatte ihr bereits vorher in Erwartung des Abzugs das Geschirr mit den Tragekörben angelegt. Zwar fand Danug es komisch, daß ein Pferd eine Lederplane auf dem Rücken trug, an der mit Hilfe von Riemen zwei Körbe befestigt waren, doch merkte er auch, daß es der Stute offenbar nichts ausmachte und auch nicht ihr Tempo beeinträchtigte.

»Wie bringst du sie dazu, daß sie das tut?« fragte Danug.

»Was meinst du?«

»Herzukommen, wenn du pfeifst.«

Stirnrunzelnd dachte Ayla nach. »Ich weiß nicht genau, Danug. Bis Baby kam, war ich mit Winnie ganz allein in dem Tal. Sie der einzige Freund, den ich habe. Sie bei mir aufgewachsen, und wir lernen . . . uns gegenseitig.«

»Ist es wahr, daß du mir ihr reden kannst?«

»Wir lernen uns gegenseitig kennen, Danug. Winnie redet nicht so, wie du redest. Ich lerne ... ihre Zeichen ... ihre Signale. Und sie lernt meine.«

»Du meinst, solche Zeichen wie die von Rydag?«

»Ein bißchen. Tiere, Menschen, alle geben Signale von sich, auch du, Danug. Du sprichst Wörter, aber Signale sagen mehr. Du sprichst und weißt gar nicht, daß du etwas sagst.«

Danug runzelte die Stirn. Er war sich nicht sicher, ob die Wendung, die die Unterhaltung nahm, ihm gefiel. »Ich verstehe nicht«, sagte er und schaute beiseite.

»Wir reden jetzt miteinander«, fuhr Ayla fort. »Mit Worten sagst du es nicht, aber Signale sagen ... du möchtest Pferd reiten. Stimmt's?«

»Hm ... ah ... ja, das würde ich gerne.«

»Dann ... reitest du eben.«

»Meinst du das ernst? Darf ich wirklich auf dem Pferd sitzen?«

Ayla lächelte. »Komm her. Beim ersten Mal brauchst du großen Stein zum Aufsteigen.«

Ayla streichelte Winnie und gab ihr Klapse, redete in jener einzigartigen Sprache mit ihr, die sich auf so natürliche Weise zwischen ihnen ergeben hatte: einer Kombination aus Clan-Zeichen und Wörtern, Lauten, die nichts Bestimmtes aussagten, die sie ihrem Sohn gegenüber erfunden und mit einem Bedeutungsgehalt gefüllt hatte, und Tierlauten, die sie auf so vollkommene Weise nachzumachen verstand. Jetzt bedeutete sie Winnie, Danug wolle gern auf ihr reiten: Der junge Mann hatte einige von den Clan-Zeichen mitbekommen, die Ayla Rydag und dem ganzen Lager beigebracht hatte; jetzt überraschte es ihn, einiges von dem, was die Frau dem Pferd sagte, zu verstehen, was ihn nur mit noch größerer ehrfürchtiger Scheu erfüllte. Also redete sie doch mit dem Pferd! Freilich, ähnlich wie Mamut, wenn dieser die Geister anrief, bediente sie sich dazu einer mächtigen dunklen Geheimsprache.

Ob die Stute nun genau verstand oder nicht – soviel entnahm sie Aylas Tun, als die Frau dem großen jungen Mann auf ihren Rücken half: daß etwas Besonderes von ihr erwartet wurde. Für Winnie fühlte er sich nicht anders an als der Mensch, den sie kennen und dem sie vertrauen gelernt hatte. Seine langen Beine hingen tief hinunter, und davon, wohin er wollte und was er von ihr wollte, war nichts zu spüren.

»Halt dich an der Mähne fest«, wies Ayla ihn an. »Wenn du losreiten möchtest, lehne dich etwas vor, Soll Winnie langsamer werden oder stillstehen, richte dich auf.«

»Soll das heißen, du reitest nicht mit mir?« sagte Danug. Leichte Angst sprach aus seiner Stimme.

»Du brauchst mich nicht«, sagte sie und gab Winnie einen Klaps auf die Hinterhand.

Winnie brach in einen kurzen Galopp aus. Danug wurde nach hinten gerissen, packte dann die Mähne des Pferdes, um sich vorzuziehen, schlang ihm die Arme um den Hals und klammerte sich an Winnies Hals, als gälte es das Leben. Wenn Ayla jedoch ritt und sich vorlehnte, war das das Zeichen, schneller zu werden. Das robuste Pferd der nördlichen Ebenen schoß über den ebenen Schwemmlandstreifen am Fluß, der ihm inzwischen vertraut war, dahin, setzte über Baumstämme und Gebüsch hinweg und ging gezackten Felsen und Bäumen aus dem Wege.

Zuerst war Danug so erstarrt, daß er die Augen krampfhaft geschlossen hielt und sich an den Pferdehals klammerte. Nachdem ihm jedoch klargeworden war, daß er wider Erwarten nicht auf dem Boden gelandet war, er vielmehr die kräftigen Muskeln der Stute sich bewegen fühlte, während er selbst auf ihrem Rücken auf und ab hüpfte, machte er die Augen ein ganz klein wenig auf. Was er sah, ließ sein Herz schneller pochen. Erregt verfolgte er, wie Bäume und Sträucher und der Boden unter ihm verschwammen und hinter ihm zurückblieben. Sich immer noch festhaltend, hob er schließlich den Kopf und blickte sich um.

Kaum zu glauben, wie weit er gekommen war! Die hohen Felsen, zwischen denen der Fluß sich hindurchzwängte, lagen unmittelbar vor ihm! Undeutlich hörte er hinter sich einen scharfen Pfiff, was sich augenblicklich auf die Gangart des Pferdes auswirkte. Winnie machte noch ein paar Fluchten über die Wächtersteine hinaus, verlangsamte aber nur ein wenig, schlug einen weiten Bogen und galoppierte zurück. Wiewohl er sich immer noch anklammerte, hatte Danug jetzt nicht mehr soviel Angst. Er wollte sehen, wohin es ging, was ihn veranlaßte, eine etwas aufrechtere Haltung einzunehmen – für Winnie das Signal zum Verlangsamen.

Das breite Grinsen, zu dem Danugs Gesicht sich bei Winnies Näherkommen verzog, erinnerte Ayla an Talut, insbesondere dann, wenn er mit sich selbst zufrieden war. Sie sah den Mann in dem Jungen. Tänzelnd kam Winnie zum Halten, und Ayla führte sie an einen Fels, damit Danug absteigen konnte. Er war außer sich vor Freude und konnte kaum sprechen, was ihn jedoch nicht davon abhielt, die ganze Zeit über zu lächeln. Nie hätte er sich vorgestellt, jemals auf einem Pferd dahinzusprengen – so etwas lag völlig außerhalb seiner Vorstellungskraft –, und jetzt hatte das Erlebte seine wildesten Erwartungen weit übertroffen. Nie würde er das vergessen.

Sein Grinsen ließ Ayla jedesmal, wenn sie ihn ansah, lächeln. Sie befestigte die Stangen an Winnies Tragegeschirr, und als sie zum Lagerplatz zurückkehrten, grinste er immer noch.

»Was hast du denn?« fragte Latie ihn. »Warum grinst du so?«

»Ich bin auf dem Pferd geritten«, antwortete Danug. Latie nickte und lächelte ihrerseits.

Fast alles, was vom Lagerplatz dieses Jagdzuges mitgenommen werden konnte, war an den Tragebrettern festgezurrt oder in Felle eingerollt, damit man sie wie eine Hängematte an einer Stange transportieren konnte, die zwei Leute zwischen sich auf der Schulter trugen. Zwar waren noch Hinterviertel und zusammengerollte Felle übriggeblieben, weniger allerdings, als Ayla angenommen hatte. Was fürs Jagen und Zerlegen der Beute galt, bewies auch hier wieder seine Richtigkeit: Wenn alle zusammenarbeiteten, konnte man mehr zurückbringen ins Winterlager, als wenn jeder für sich gehandelt hätte.

Etliche Leute hatten bemerkt, daß Ayla für sich keine Traglast zum Zurückbringen vorbereitet hatte, und fragten sich, wohin sie wohl gegangen sei, doch als Jondalar sie mit Winnie und den Stangen an der Seite kommen sah, wußte er, was sie vorhatte. Sie ordnete die Stangen neu an, und zwar dergestalt, daß ihre dickeren Enden sich eben oberhalb der Tragekörbe und genau über der Kruppe des Pferdes kreuzten. Dann zurrte sie sie am Tragegeschirr fest. Zwischen die beiden Stangen hängte sie eine behelfsmäßige Plattform aus Zeltplanen. Die Leute hielten inne, um ihr zuzusehen, doch erst als sie anfing, den verbliebenen Rest des Wisentfleischs auf das Schleppgestell zu verladen, ging ihnen auf, was sie vorhatte. Auch die Tragekörbe füllte sie, doch den allerletzten Rest lud sie auf ein Tragebrett, das sie selbst auf den Rücken zu nehmen gedachte. Als sie fertig war, war zu aller Überraschung nichts mehr übriggeblieben.

Tulie sah erst Ayla und dann das Pferd mit dem Schleppgestell und den Tragekörben an und war offensichtlich beeindruckt. »Ich habe nie daran gedacht, ein Pferd als Lasttier zu benutzen«, sagte sie. »Ja, es wäre mir überhaupt nie in den Sinn gekommen, in einem Pferd etwas anderes zu sehen als eine Jagdbeute und Fleisch zum Essen – bis jetzt.«

Talut warf Erde aufs Feuer und stocherte darin herum, um sicherzugehen, daß es aus sei. Dann hievte er sich sein schweres Tragebrett auf die linke Schulter, ergriff seinen Speer und schritt aus. Alle anderen Jäger folgten ihm. Seit sie auf die Mamutoi gestoßen waren, fragte Jondalar sich, warum sie ihre Lasten stets nur auf einer Schulter trugen. Während er sich sein Tragebrett auf dem Rücken zurechtschob und sich die Sacktasche über die Schulter warf, verstand er es plötzlich. Das gestattete ihnen, vollbeladene Tragebretter auf dem Rücken zu tragen. Sie mußten oft große Mengen transportieren, dachte er.

Den Kopf dicht an der Schulter der Frau trottete Winnie hinter Ayla her. Neben ihr, Renner am Halfter neben sich führend, ging Jondalar. Talut fiel zurück und marschierte genau vor ihnen, und so wechselten sie unterwegs immer wieder ein paar Worte. Während die Menschen unter ihrer schweren Last vorangingen, bemerkte Ayla, daß man sie und ihr Pferd immer wieder verstohlen betrachtete.

Nach einer Weile fing Talut an, halblaut eine rhythmisch gegliederte Weise zu summen. Bald stieß er im Einklang mit ihren Schritten Laute aus:

»Hus-na, dus-na, teesh-na, keesh-na.
Pec-na, sec-na, ha-na-nya.
Hus-na, dus-na, teesh-na, keesh-na.
Pec-na, sec-na, ha-na-nya!«

Die anderen fielen ein, wiederholten die Silben und die Melodie. Dann sah Talut mit einem schelmischen Grinsen Deegie an, behielt Weise und Gangart bei, sang aber dazu folgende Worte:

»Wonach sehnt sich Deegie wohl?
Branag, Branag, teil mein Bett!
Wohin zieht die Schöne wohl?
Heim zur leeren Lagerstatt.«

Deegie errötete bis unter die Haarwurzeln, lächelte jedoch. Verständnisvoll wurde hier und da gekichert und gegluckst. Als Talut die erste Frage wiederholte, fiel der Rest der Gruppe in die Antwort ein, und nach der zweiten sangen alle gemeinsam die Antwort. Auch in den Refrain stimmten sie alle ein:

»Hus-na, dus-na, teesh-na, keesh-na,
Pec-na sec-na, ha-na-nya.«

Sie wiederholten das ein paarmal, dann wartete Talut aus dem Stegreif mit neuen Versen auf:

»Wie verbringt Wymez den Winter?
Indem er Werkzeug macht und Spaß nicht hat.
Wie verbringt Wymez den Sommer?
Indem er sich für Versäumtes schadlos hält.»

Alle lachten gutmütig, nur Ranec nicht. Der wollte sich ausschütten vor Lachen. Als der Vers von der Gruppe wiederholt wurde, lief der für gewöhnlich eher zurückhaltende Wymez bei der freundlichen Neckerei rot an. Daß der Werkzeugmacher die Sommer-Treffen weidlich ausnutzte, um sich für die im wesentlichen keusch verbrachten Wintermonate zu entschädigen, wußte jeder.

Jondalar genoß die Neckereien und Sticheleien ebensosehr wie die anderen. Genauso konnte es auch bei den Zelandonii zugehen. Ayla hingegen verstand anfangs weder die Situation noch den freundlichen Humor, zumal sie sah, wie Deegie vor Verlegenheit errötete. Dann jedoch bemerkte sie, daß all dies gutmütig lächelnd geschah, die Neckereien keinerlei böse Spitzen enthielten und auch freundlich aufgenommen wurden. Sie fing an, Wortspäße zu verstehen. Das Lachen steckte an. Auch sie lächelte über die auf Wymez gemünzten Verse.

Wieder hob Talut mit dem Refrain aus gemessenen Silben an, als die anderen verstummten. Dann fielen alle ein und wußten bereits, was kommen würde:

»Hus-na, dus-na, teesh-na, keesh-na,
Pec-na, sec-na, ha-na-nya!«

Talut bedachte Ayla mit einem gutmütigen Blick, lächelte dann selbstgefällig und sang:

»Wen verlangt's nach Aylas Liebe?
Zwei teilten gern die Lagerstatt.
Wen erwartet wohl dies Glück?
Schwarz oder Weiß – die Qual der Wahl.«

Ayla freute sich darüber, in das Scherzen einbezogen zu werden. Wenn sie auch die Bedeutung des Verses nicht ganz verstand, stieg doch eine warme Welle der Dankbarkeit in ihr auf, weil es darin um sie ging. Eingedenk der Gespräche gestern abend konnte sie es sich nicht anders vorstellen, als daß mit Schwarz und Weiß Ranec und Jondalar gemeint waren. Daß Ranec jetzt so entzückt darüber lachte, bestätigte ihr diesen Verdacht; Jondalars gequältes Lächeln hingegen beunruhigte sie. Er genoß die Späße offensichtlich überhaupt nicht.

Jetzt griff Barzec den Refrain auf, und selbst Aylas ungeübtes Ohr entdeckte einen ausgeprägten Wohllaut in Timbre und Ton seiner Stimme. Auch er lächelte Ayla verschmitzt an und gab ihr damit zu verstehen, auf wen seine Verse sich bezogen.

»Wie soll Ayla sich entscheiden?
Schwarz ist selten, so ist Weiß.
Wen soll Ayla sich denn wählen?
Zwei im Bett sind doch zuviel.«

Barzec sah Tulie an, während alle seinen Vers wiederholten, und sie belohnte ihn mit einem Blick voll Zärtlichkeit und Liebe. Jondalar jedoch runzelte die Stirn; er brachte es nicht einmal fertig, so zu tun, als amüsiere er sich darüber, welche Wendung die Neckereien genommen hatten. Die Vorstellung, Ayla mit jemand anders zu teilen, zumal mit dem Elfenbeinschnitzer, ärgerte ihn.

Ranec war es, der den Refrain jetzt aufgriff, wobei wieder die anderen rasch einfielen.

»Hus-na, dus-na, teesh-na, keesh-na.
Pec-na, sec-na, ha-na-nya!«

Da er die Spannung aufrechterhalten wollte, sah er anfangs niemand an. Dann bedachte er Talut, denjenigen, der mit den gutmütig-spöttischen Versen den Anfang gemacht hatte, mit einem breiten Grinsen, und alle lachten im voraus und erwarteten, daß Ranec demjenigen, der die anderen so in Verlegenheit gebracht hatte, eins draufsetzte.

»Wer ist klug und groß und bärenstark?
Der Feuerschopf vom Löwen-Lager!
Wer schwingt ein Werkzeug, das seiner Größe in nichts nachsteht?
Talut, der Freund aller Frauen!«

Der große Anführer brach bei der Anspielung in schallendes Gelächter aus, und nachdem die anderen den Vers noch einmal wiederholt hatten, fing er wieder mit dem Refrain an. Der rhythmisch gegliederte Gesang bestimmte auf dem Weg zurück ins Lager ihr Tempo, und das Lachen ließ sie die Lasten, die sie von der Jagd heimschleppten, ein wenig leichter tragen.

Nezzie trat aus dem Langhaus und ließ den Fellvorhang hinter sich zufallen. Sie spähte über den Fluß hinweg. Die Sonne stand tief am westlichen Himmel und schickte sich an, in einer über dem Horizont liegenden Wolkenbank zu versinken. Dann ließ sie den Blick den Hang hinaufwandern; warum sie das tat, wußte sie nicht recht. Eigentlich erwartete sie die Jäger noch nicht so zeitig zurück; sie waren ja erst gestern losgezogen, und wahrscheinlich würden sie zwei Nächte draußen zubringen – mindestens. Irgend etwas ließ sie nochmals hinaufblicken. Bewegte sich da oben etwas, an dem Pfad, der zur Steppe hinausführte?

»Es ist Talut!« rief sie, als sie die vertrauten Umrisse vor dem Himmel auftauchen sah. Sie duckte den Kopf, steckte ihn noch einmal in die Erdhütte hinein und rief: »Sie sind zurück! Talut und die anderen sind wieder da!« Dann eilte sie zur Begrüßung den Hang hinauf.

Alle kamen sie aus der Erdhütte heraus, um die heimkehrenden Jäger willkommen zu heißen. Sie halfen, diejenigen von den schweren Tragebrettern zu befreien, die nicht nur gejagt, sondern die Früchte ihrer Mühen auch noch zurückgeschleppt hatten. Was jedoch am meisten Erstaunen hervorrief, war der Anblick des Pferdes, das eine Ladung hinter sich herschleifte, die weit größer war als alles, was ein einzelner Mensch hätte tragen können. Noch größer wurden ihre Augen, als sie Ayla umringten und zusahen, wie diese noch mehr schwere Brocken aus den Tragekörben herausholte. Das Fleisch wurde sofort in die Erdhütte hineingebracht, von Hand zu Hand weitergereicht und gelagert.

Nachdem alle hineingegangen waren, kümmerte Ayla sich zunächst um die Pferde und nahm Winnie das Geschirr und Renner das Halfter ab. Obwohl es ihnen offenbar nichts ausmachte, die Nächte draußen allein zu verbringen, bereitete es Ayla jedesmal ein wenig Kummer, wenn sie abends ins Langhaus hineinging. Solange das Wetter einigermaßen angenehm blieb, war es in Ordnung. Ein bißchen Kälte bereitete ihr keine Sorgen; doch dies war die Jahreszeit, in der man auf böse Überraschungen gefaßt sein mußte. Was, wenn ein Sturm heraufzog?

Besorgt schaute sie zum Himmel auf. Helle Federwolken zogen rasch in großer Höhe dahin. Die Sonne war noch nicht lange untergegangen und zog einen Schweif leuchtender Farben hinter sich her. Ayla sah zu, wie die Rottöne verblaßten und das klare Blau immer grauer wurde.

Als sie schließlich hineingehen wollte und noch ehe sie den inneren Vorhang, der zur Kochstelle führte, beiseite schob, hörte sie eine Bemerkung, die sich eindeutig auf sie und das Pferd bezog. Die Leute hatten dagesessen, sich ausgeruht, gegessen und sich unterhalten, doch bei ihrem Eintritt erstarb alle Unterhaltung. Ihr war nicht wohl in ihrer Haut, als sie das erste Herd-Feuer betrat und alle sie anstarrten. Doch dann reichte Nezzie ihr einen Knochenteller, und das Gerede setzte wieder ein. Ayla nahm sich, dann hielt sie inne und blickte sich um. Wo war das ganze Wisentfleisch geblieben, das sie mitgebracht hatten? Nirgends war eine Spur davon zu sehen. Sie wußte, daß es verstaut worden sein mußte – doch wo?

Das erste, wonach Ayla Ausschau hielt, als sie das Mammutfell beiseite schob, waren die Pferde. Nachdem sie sich vergewissert hatte, daß mit ihnen alles in Ordnung war, sah sie sich nach Deegie um und lächelte, als diese sich näherte. Deegie hatte ihr versprochen, ihr anhand der frischen Wisentfelle zu zeigen, wie die Mamutoi ihre Felle gerbten und bearbeiteten. Insbesondere interessierte es Ayla, wie sie das Leder rot färbten – wie etwa Deegies Überwurf. Jondalar hatte gesagt, ihm sei die Farbe Weiß heilig; für Ayla war das das Rot, denn das war die Farbe, die dem Clan heilig war. Bei der Namensgebungszeremonie spielte eine Lederfärbepaste aus rotem Ocker und Fett – möglichst Höhlenlöwen-Fett – eine bedeutsame Rolle; ein Brocken roter Ocker war das erste, was in einen Amulettbeutel hineingehörte, den jemand umgehängt bekam, wenn festgestellt wurde, welches Totem er hatte. Roter Ocker gehörte von Anfang bis Ende des Lebens zu jedem Ritual, auch dem letzten, der Beerdigung. Der kleine Beutel mit den Wurzeln, aus denen man den Heiligen Trank bereitete, war der einzige rote Gegenstand, den Ayla besaß, und stellte – neben ihrem Amulett – ihren kostbarsten Schatz dar.

Mit einem vom Gebrauch ganz fleckig gewordenen riesigen Stück Leder kam Nezzie aus der Erdhütte heraus, sah Ayla und Deegie beieinander stehen und sagte: »Ach, Deegie, ich hatte gerade nach jemand gesucht, der mir helfen könnte. Ich dachte, ich koche ein ganz großes Gericht für alle. Die Wisentjagd ist erfolgreich verlaufen, und Talut meint, wir hätten allen Grund zu feiern. Würdest du dies hier fertig machen zum Kochen? Ich habe die Grube der großen Kochstelle mit Kohlen gefüllt und das Gestell darüber aufgebaut. Da draußen steht ein Beutel mit getrocknetem Mammutdung, um ihn auf die Kohlen zu streuen. Und Danug und Latie müssen Wasser holen.«

»Für eines deiner köstlichen Gerichte helfe ich dir jederzeit gern, Nezzie.«

»Kann auch ich helfen?« fragte Ayla.

»Und ich auch?« sagte Jondalar, der gerade herausgekommen war, um mit Ayla zu reden, und der das Gespräch mitbekommen hatte.

»Ihr könnt mir helfen, die Sachen herauszutragen, die ich zum Kochen brauche«, sagte Nezzie und machte kehrt, um wieder hineinzugehen.

Sie folgten ihr bis vor einen der aus den Stoßzähnen von Mammuts gebildeten Türbögen an der Längswand der Erdhütte. Nezzie zerrte eine besonders steife und schwere, nicht von den Haaren befreite Mammuthaut zur Seite. Die Doppelschicht des rötlichen Pelzes – die daunenweiche Unterdecke und die längeren Haare der Oberdecke – wies nach außen. Hinter diesem ersten hing noch ein zweiter Vorhang, und nachdem auch dieser beiseite gezerrt worden war, verspürten sie einen kalten Lufthauch.

Als sie in den dämmerig erhellten Raum hineinspähten, erkannten sie eine Grube, etwa von der Größe eines kleinen Wohngevierts. Die Grube war etwa drei Fuß tiefer als der Boden ausgehoben; die Wände bestanden aus bloßer Erde, und das Innere war fast bis zur Gänze ausgefüllt mit größeren und kleineren Fleischbrocken und ganzen gefrorenen Kadavern kleinerer Tiere.

»Vorräte!« sagte Jondalar und hielt die schweren Vorhänge beiseite, während Nezzie sich hinunterließ. «Auch wir halten Fleisch für den Winter gefroren, aber niemals so bequem nahe. Unsere Vorratslager legen wir unter überhängenden Felsen oder vor unseren Höhlen an. Allerdings ist es dort schwierig, das Fleisch gefroren zu halten, deshalb heben wir es draußen auf.«

»Beim Clan wird Fleisch während der kalten Jahreszeit in besonderen Verstecken unter Steinhaufen aufgehoben«, sagte Ayla. Jetzt begriff sie, was aus dem Wisentfleisch geworden war, das sie mit heimgebracht hatten.

Sowohl Nezzie als auch Jondalar schienen überrascht. Sie hätten es nie für möglich gehalten, daß die Leute vom Clan im Winter Fleischvorräte anlegten; es überraschte sie jedesmal aufs neue, wenn Ayla irgendwelche Tätigkeiten erwähnte, die so fortgeschritten, so menschlich schienen. Auf der anderen Seite war Ayla immer wieder überrascht, wenn Jondalar von dem Ort erzählte, wo er herkam. Ayla ging davon aus, daß alle anderen in der gleichen Art von Unterkünften lebten, und begriff nicht, daß Erdhütten für ihn genauso neu waren wie für sie.

»Hier gibt es nicht so viele Steine, um Vorratsverstecke im Boden anzulegen«, erklärte Talut mit seiner dröhnenden Stimme. Sie blickten auf und sahen den rotbärtigen Riesen auf sich zukommen. Er nahm Jondalar einen der schweren Vorhänge ab. »Deegie hat mir gesagt, du hättest beschlossen, ein Festmahl für alle zu kochen, Nezzie«, sagte er und grinste anerkennend. »Und da dachte ich, ich könnte dir vielleicht behilflich sein.«

»Dieser Mann riecht Essen, noch ehe es kocht!« erklärte Nezzie glucksend, während sie unten auf dem Boden der Grube herumkramte.

Jondalar interessierte sich immer noch für Vorratskammern. »Wie bleibt das Fleisch denn eigentlich gefroren? In der Erdhütte ist es doch warm«, sagte er.

»Im Winter ist der Boden steinhart gefroren, aber im Sommer taut er soweit auf, daß man eine Grube ausheben kann. Als wir die Erdhütte bauten, haben wir die Gruben in den Vorratskammern so tief ausgehoben, bis wir auf die Schicht stießen, die nie auftaut. Damit werden Vorräte im Sommer kühl gehalten, allerdings nicht immer gefroren. Sobald es im Herbst draußen kalt wird, fängt der Boden an zu gefrieren. Dann gefriert auch das

Fleisch in den Vorratsgruben, und wir fangen an, Wintervorräte anzulegen. Das Mammutfell hält die Wärme drinnen und die Kälte draußen«, erklärte Talut. »Genauso wie es das für den Mammut tut«, fügte er noch mit einem Grinsen hinzu.

»Hier, Talut, nimm dies«, sagte Nezzie und hielt ein hartes, mit Eiskristallen besetztes, rötlichbraunes Stück Fleisch mit einer dicken gelblichen Fettschicht an der einen Seite in die Höhe.

»Ich nehme es«, erbot Ayla sich und langte hinunter.

Talut ergriff Nezzies Hände, und obwohl sie beileibe keine kleine Frau war, hob der kräftige Mann sie hoch, als wäre sie ein Kind. »Dir ist kalt. Ich werde dich wärmen«, sagte er, schlang die Arme um sie, nahm sie auf den Arm und barg den Kopf an ihrem Hals.

»Aufhören, Talut! Setz mich nieder!« schalt sie, obwohl ihr Gesicht vor Vergnügen strahlte. »Ich habe zu tun, das ist jetzt nicht der richtige Augenblick, um ...«

»Sag mir, wann der richtige Augenblick ist, und ich setze dich ab.«

»Wir haben Besuch!« sagte sie in vorwurfsvollem Ton, schlang ihm aber gleichzeitig ihrerseits die Arme um den Hals und flüsterte ihm etwas ins Ohr.

»Das nenne ich ein Versprechen!« erklärte der riesige Mann, setzte sie leicht ab und gab ihr einen Klaps auf das ausladende Hinterteil, während die verwirrte Frau ihr Gewand zurechtzog und sich bemühte, ihre Würde wiederzuerlangen.

Jondalar grinste Ayla an und legte ihr die Arme um die Hüfte.

Wieder machen sie ein Spiel daraus, dachte Ayla, indem sie mit ihren Worten etwas sagen und mit ihren Handlungen etwas ganz anderes. Doch diesmal verstand sie den Humor und die große Liebe zwischen Talut und Nezzie, die dahinterstand. Plötzlich begriff sie, daß sie ihre Liebe zeigten, ohne dabei direkt vorzugehen, wie das beim Clan der Fall war – einfach indem sie etwas sagten, aber etwas ganz anderes meinten. Mit dieser neuen Erkenntnis wurde ihr eine ganze Reihe von Dingen klar, wurden für sie Fragen beantwortet, die sie bisher beunruhigt hatten, und konnte sie ihren Humor besser verstehen.

»Dieser Talut!« erklärte Nezzie und versuchte, ihrer Stimme Strenge zu verleihen, wobei ihr geschmeicheltes Lächeln den Ton, in dem sie das sagte, Lügen strafte. »Wenn du sonst nichts zu tun hast, kannst du helfen, die Wurzeln herbeizuschaffen, Talut.« Dann wandte sie sich an die junge Frau und meinte: »Ich werde dir zeigen, wo wir die verwahren, Ayla. Die Mutter hat uns in diesem Jahr mit großer Fülle beschenkt; es war eine gute Ernte, und wir haben viele Wurzeln ausgraben können.«

Um eine Lagerstatt herum begaben sie sich zu einem anderen fellbehangenen Türbogen. »Hier werden Wurzeln und Früchte gelagert«, erklärte Talut den Gästen, zog noch einen Fellvorhang beiseite und zeigte ihnen Körbe randvoll mit den Knollen der mit brauner Haut überzogenen, stärkehaltigen Erdbirne Topinambur; mit kleinen hellgelben Karotten; mit den saftigen Stengelansätzen von Schilf und Rohrkolben und anderen Produkten, die am Rand einer gleichfalls ausgehobenen Grube standen. »Sie halten sich länger, wenn man sie kühl stellt; gefrieren sie jedoch, werden sie weich. Aber wir heben auch Felle in den Vorratsgruben auf, und zwar so lange, bis jemand Zeit hat, sie zu bearbeiten. Außerdem Knochen, um Werkzeuge daraus zu fertigen, und für Ranec ein bißchen Elfenbein. Er sagt, wenn man es geeist aufhebt, ist es leichter zu bearbeiten. Aber Elfenbein heben wir auch noch im Eingangsraum auf, genauso wie Knochen fürs Feuer, letztere aber auch noch in den Gruben draußen.«

»Dabei fällt mir ein, daß ich für das Essen noch ein Kniegelenk vom Mammut brauche. Das gibt immer einen besonders guten, kräftigen Geschmack«, sagte Nezzie, während sie einen Korb mit verschiedenem Gemüse füllte. »Wo habe ich nur die getrockneten Zwiebelblüten hingelegt?«

»Ich hatte immer gedacht, um einen Winter zu überstehen, brauchte man unbedingt Felswände, damit man vor den schlimmsten Winden und Stürmen geschützt wird«, sagte Jondalar, und seine Stimme verriet große Bewunderung. »Wir bauen innerhalb der Höhlen noch besondere Unterkünfte an der Felswand, aber ihr habt gar keine Höhlen. Ihr habt nicht einmal besonders viele Bäume, um Unterkünfte daraus zu errichten. Ihr habt das alles mit Dingen geschafft, die vom Mammut stammen!«

»Aus diesem Grunde ist das Herdfeuer des Mammut ja auch heilig. Wir machen zwar auch auf andere Tiere Jagd, aber zum überwiegenden Teil hängt unser Leben vom Mammut ab«, sagte Talut.

»Als ich südlich von hier bei Brecie im Weidenlager weilte, habe ich solche Bauten wie diese nicht gesehen.«

»Dann kennst du auch Brecie?« unterbrach Talut ihn.

»Brecie und ein paar Leute aus ihrem Lager haben meinen Bruder und mich aus dem Treibsand herausgezogen.«

»Sie und meine Schwester sind alte Freunde«, sagte Talut. »Und durch Tulies ersten Mann sind sie auch noch verwandt miteinander. Wir sind zusammen aufgewachsen. Sie nennen ihr Sommerlager Weiden-Lager, aber eigentlich ist das Elch-Lager ihr Zuhause. Sommerbehausungen sind leichter, nicht wie dies hier. Das Löwen-Lager ist ein Ort zum Überwintern. Die Leute vom Weiden-Lager ziehen oft an die Beran-See, um Fische und Schalentiere zu fangen und um Salz einzutauschen. Was hast du dort denn gemacht?«

»Thonolan und ich überquerten das Delta des Großen Mutter Flusses. Sie hat uns das Leben gerettet ...«

»Diese Geschichte solltest du uns später erzählen. Sie werden alle von Brecie hören wollen«, sagte Talut.

Jondalar ging auf, daß die meisten seiner Geschichten auch von seinem Bruder handelten. Ob er wollte oder nicht, er mußte von seinem Bruder erzählen. Das würde nicht leicht für ihn sein, aber er mußte sich daran gewöhnen, falls er überhaupt etwas erzählen wollte.

Sie durchmaßen den Bereich vom Herd-Feuer des Mammut. Bis auf den Mittelgang wurde es durch Trennwände aus Mammutknochen und Ledervorhänge abgetrennt wie alle anderen Herd-Feuer-Bereiche auch. Talut bemerkte Jondalars Speerwerfer.

»Das war recht eindrucksvoll, was ihr uns mit diesem Gerät gezeigt habt«, sagte der Anführer. »Ihr habt den Wisent mitten im Lauf gefällt.«

»Man kann damit aber noch viel mehr als das, was ihr gesehen habt«, sagte Jondalar und blieb stehen, um das Jagdgerät aufzunehmen. »Damit läßt ein Speer sich weiter und kraftvoller zugleich schleudern.«

»Ist das wahr? Vielleicht könnt ihr uns das ein andermal vorführen«, sagte Talut.

»Das würde ich gern tun, aber dann sollten wir in die Steppe hinaufgehen; da bekommt man ein besseres Gefühl für die Reichweite, die man damit hat. Ihr werdet überrascht sein«, sagte Jondalar und wandte sich dann Ayla zu. »Warum bringst du deinen Werfer nicht auch mit?«

Draußen sah Talut seine Schwester zum Fluß hinuntergehen und rief Tulie hinterher, sie wollten sich ansehen, wie Jondalar mit seiner neuen Art des Speerwerfens zurechtkomme. Dann wandten sie sich dem Hang zu, und als sie oben waren, hatte der größte Teil des Lagers sich ihnen angeschlossen.

»Wie weit kannst du einen Speer werfen, Talut?« fragte Jondalar, als sie eine Stelle erreicht hatten, wo er meinte, sein Können vorführen zu können. »Kannst du mir das zeigen?«

»Selbstverständlich. Aber warum?«

»Weil ich dir beweisen möchte, daß ich weiter damit werfen kann als du«, erklärte Jondalar.

Allgemeines Gelächter erhob sich. »Du solltest dir lieber jemand anders suchen, gegen ihn anzutreten. Ich weiß, du bist ein großer und vermutlich auch starker Mann, aber weiter als Talut schleudert keiner einen Speer«, riet Barzec ihm. »Warum zeigst du es ihm nicht einfach, Talut? Gib ihm eine faire Chance zu erkennen, wogegen er anzutreten hat. Dann könnte er gegen jemand Gleichstarken kämpfen. Vielleicht wäre ich da ein guter Gegner, und Danug vermutlich auch.«

»Nein«, sagte Jondalar, und in seinen Augen leuchtete es auf. Das entwickelte sich ja zu einem regelrechten Wettkampf. »Wenn Talut euer bester Speerschleuderer ist, dann trete ich nur gegen Talut an. Und ich würde gern auf etwas wetten, daß ich einen Speer weiter werfen kann als er ... nur habe ich leider nichts zu verwetten. Ja, hiermit«, sagte Jondalar und hielt ein flaches, schmales Gerät aus Holz in die Höhe, »möchte ich wetten, wirft auch Ayla einen Speer weiter, schneller und mit größerer Zielgenauigkeit als Talut.«

Verwundertes Gemurmel erhob sich auf Jondalars Behauptung hin, Tulie musterte Ayla und Jondalar. Beide waren zu entspannt und allzu zuversichtlich. Eigentlich hätte ihnen klarsein müssen, daß sie gegen ihren Bruder nicht ankamen. Tulie bezweifelte sogar, daß sie gegen sie selbst ankommen würden. Sie war fast so groß wie der Blondhaarige und möglicherweise kräftiger als er; aber möglich, daß er aufgrund seiner großen Reichweite doch überlegen war. Was wußten sie, das sie nicht wußte? Sie trat einen Schritt vor.

»Ich gebe dir etwas, worauf du wetten kannst«, sagte sie. »Wenn du gewinnst, räume ich dir das Recht ein, irgend etwas von mir zu fordern, sofern es vernünftig ist und in meinen Kräften steht. Ich werde die Forderung erfüllen.«

»Und wenn ich verliere?«

»Räumst du mir das gleiche ein.«

»Tulie, willst du wirklich auf etwas wetten, was du nicht genau kennst?« fragte Barzec seine Gefährtin und legte sorgenvoll die Stirn in Falten. So hohe Pfänder waren gefährlich insofern, als für gewöhnlich mehr als das Übliche dafür gefordert wurde. Nicht so sehr, weil der Gewinner ungewöhnlich hohe Forderungen stellte, wiewohl auch das vorkam, sondern weil der Verlierer sicher sein mußte, daß die Wette auch wirklich galt und später keine weiteren Forderungen gestellt wurden. Wer weiß, was dieser Fremde zu fordern imstande war?

»Was erst später eingelöst werden muß? Ja«, erwiderte sie. Was sie nicht sagte, war, daß sie überzeugt war, weder so noch so zu verlieren; denn wenn er gewann, wenn er wirklich schaffte, was er da behauptete, dann hatten sie Zugang zu einer wertvollen neuen Waffe. Verlor hingegen er, hatte sie einen Anspruch auf ihn. »Was sagst du, Jondalar?«

Tulie war gerissen, aber Jondalar lächelte. Es war nicht das erste Mal, daß er auf etwas wettete, das erst in der Zukunft eingelöst werden mußte; das hatte dem Spiel stets Würze und zusätzlichen Reiz verliehen und war für die Zuschauer um so interessanter gewesen. Er hatte ja nichts dagegen, das Geheimnis seiner Entdeckung mit ihnen zu teilen. Ihm ging es darum zu sehen, wie man es allgemein akzeptierte und welche Vorteile es beim gemeinsamen Jagen brachte. Mit ein wenig Erfahrung und Übung konnte jeder damit umgehen. Das war ja gerade das Schöne daran. Allerdings kostete es Zeit, die neue Technik zu erlernen, und es erforderte echte Begeisterung. Beides konnte dadurch gewonnen werden, daß er sich auf diese Wette einließ ... außerdem konnte er Ansprüche auf Tulie erheben. Er zweifelte keinen Moment am Ausgang ihrer Wette.

»Einverstanden«, sagte Jondalar.

Ayla verfolgte das Zwischenspiel. Die Wetterei begriff sie nicht ganz, verstand nur, daß es um irgendeinen Wettstreit ging, war sich jedoch darüber im klaren, daß sich unter der Oberfläche noch mehr abspielte.

»Laßt uns hier ein paar Ziele aufstellen, nach denen wir werfen können. Und ein paar Stücke Holzkohle zum Anzeichnen«, sagte Barzec und übernahm damit die Leitung des Wettstreits. »Druwez, hole doch mit Danug ein paar lange Knochen, die wir als Zielpfosten aufstellen können.«

Lächelnd sah er den beiden Jungen nach, wie sie den Hang hinunterliefen. Danug, der so sehr Talut ähnelte, überragte den anderen Jungen; dabei war er nur ein Jahr älter als dieser; mit seinen dreizehn Jahren zeigte Druwez eine gedrungene, sehnige und muskulöse Statur, die sehr viel Ähnlichkeit mit Barzecs Gestalt aufwies.

Barzec war überzeugt, daß dieser Jüngling und die kleine Tusie die Frucht seines Geistes waren, genauso wie Deegie und Tarneg vermutlich die Frucht von Darnevs Geist. Was Brinan betraf, so war er sich nicht ganz sicher. Acht Jahre waren seit seiner Geburt verstrichen, aber man konnte es immer noch nicht recht sagen. Möglich, daß Mut einen anderen Geist erwählt hatte und nicht einen der beiden Männer vom Herdfeuer des Auerochsen. Er ähnelte Tulie, hatte das rote Haar ihres Bruders, doch eigentlich sah Brinan aus wie er selbst. Darnev hatte das in bezug auf sich genauso empfunden. Barzec hatte plötzlich das Gefühl, einen Kloß im Hals zu haben, und war sich der Abwesenheit seines Partners bei Tulie schmerzlich bewußt. Ohne Darnev war es nicht dasselbe, dachte Barzec. Zwei Jahre waren vergangen, und er war immer noch so traurig wie Tulie.

Als die Mammutbein-Pfosten aufgestellt und rote Fuchsschwänze daran gebunden sowie Körbe auf buntgefärbten Gräsern darüber gestülpt worden waren, erfüllte alle das Gefühl, einen Festtag zu begehen. Beginnend bei jedem Pfosten, wurden die langen Grashalme in bestimmten Abständen so zusammengebunden, daß eine breite Bahn entstand. Kinder liefen die Wurfbahn auf und ab, trampelten das Gras nieder und machten die Bahn auf diese Weise noch deutlicher kenntlich. Andere holten Speere heraus, dann kam jemand auf den Gedanken, einen alten Strohsack mit Gras und getrocknetem Mammutdung auszustopfen und mit schwarzer Holzkohle Figuren als Ziele darauf zu malen.

Bei diesen Vorbereitungen, die unbeabsichtigt immer umfangreicher wurden, fing Ayla an, eine Morgenmahlzeit für Jondalar, Mamut und sich selbst zu bereiten. Bald gehörte das gesamte Herdfeuer des Löwen dazu, damit Nezzie sich ganz der Zubereitung des großen Festmahls widmen konnte. Talut steuerte von sich aus von seinem gegorenen Getränk für die Abendmahlzeit bei, und so kamen allmählich alle in eine festliche Stimmung, denn für gewöhnlich rückte er damit nur heraus, wenn Gäste da waren oder es etwas zu feiern gab. Dann verkündete Ranec, er werde sein Spezialgericht zubereiten. Ayla wunderte sich, daß er überhaupt kochen konnte, und alle anderen freuten sich auf die Aussicht, davon zu kosten. Tornec und Deegie sagten, wo sie schon feierten, könnten sie genausogut etwas ... tun. Was genau sie ›tun‹ wollten, verstand Ayla nicht, doch wurde diese Ankündigung mit noch größerer Begeisterung aufgenommen als Ranecs Spezialgericht.

Als das Frühstück beendet und aufgeräumt worden war, lag die Erdhütte verlassen da. Ayla war die letzte, die hinausging. Als sie den Vorhang des Eingangs hinter sich fallen ließ, ging ihr auf, daß der Vormittag schon ziemlich weit fortgeschritten war. Die Pferde waren ein wenig näher gekommen, und Winnie hatte den Kopf in die Höhe geworfen und grüßend bei Aylas Erscheinen geschnaubt. Die Speere hatte sie auf der Steppe gelassen, doch ihre Schleuder hatte sie mit zurückgebracht und hielt sie nebst einem Beutel mit runden Kieseln, die sie aus dem Uferkies herausgelesen hatte, in der Hand. Sie trug keinen Leibriemen um den schweren Überwurf, in den sie die Schleuder hätte hineinstopfen können; und sie hatte auch keinerlei Gewandfalten, in denen sie ihre Wurfgeschosse hätte unterbringen können. Überwurf und Hemd waren ziemlich eng anliegend.

Das gesamte Lager nahm an dem Wettkampf Anteil; fast alle waren sie bereits den Hang hinauf und warteten gespannt auf die Dinge, die da kommen sollten. Ayla schickte sich an, gleichfalls hinaufzusteigen, da sah sie Rydag geduldig auf jemand warten, der ihn bemerkte und ihn hinauftrug. Doch diejenigen, die das für gewöhnlich taten – Talut, Danug und Jondalar –, waren bereits oben auf der Steppe.

Ayla lächelte dem Kind zu, ging hin, um es auf den Arm zu nehmen – da kam ihr ein Einfall. Sie drehte sich um und pfiff nach Winnie. Stute und Füllen kamen sofort herbeigetrabt und schienen so froh, sie zu sehen, daß Ayla aufging, wie wenig Zeit sie in letzter Zeit mit ihnen zusammen verbracht hatte. Es waren so viele Menschen da, die ihre Zeit in Anspruch nahmen. Sie nahm sich vor, zumindest solange das Wetter so blieb, jeden Morgen ein wenig auszureiten. Dann nahm sie Rydag hoch und setzte ihn Winnie auf den Rücken, damit diese ihn den steilen Hang hinauftrug.

»Halte dich an der Mähne fest, damit du nicht hintenüberfällst«, schärfte sie ihm ein.

Er nickte und packte das struppige schwarze Haar, das auf dem Halsrücken der sonst falbfarbenen Stute in die Höhe stand, und stieß vor Glück einen Seufzer aus.

Es lag eine erwartungsvolle Spannung in der Luft, als Ayla die Bahn fürs Speerwerfen betrat, und ihr wurde bewußt, daß bei aller festlichen Stimmung der Wettstreit zu einer überaus ernsten Angelegenheit geworden war. Durch die Wette war mehr daraus geworden als eine reine Demonstration. Ayla ließ Rydag auf Winnies Rücken sitzen, damit er besser sehen könnte, und stellte sich still neben die Pferde, um sie ruhigzuhalten. Sie fühlten sich zwar schon wohler unter all den vielen Menschen, doch spürte die Stute die Spannung, die in der Luft hing, und Renner wiederum spürte immer, in welch einer Stimmung seine Mutter sich befand.

Erwartungsvoll wirbelten die Menschen durcheinander. Ein paar von ihnen warfen eigene Speere die inzwischen deutlich niedergetrampelte Bahn hinunter. Für den Beginn des Wettkampfes war keine besondere Zeit bestimmt worden, und doch schien jeder wie auf ein Zeichen hin den genauen Zeitpunkt zu wissen, da er die Bahn freimachen und verstummen sollte. Talut und Jondalar standen zwischen zwei Pfosten und sahen sich die Wurfbahn genau an. Neben ihnen stand Tulie. Obwohl Jondalar ursprünglich gesagt hatte, er wette, daß selbst Ayla den Speer weiter schleudern könne als Talut, schien dies so weit hergeholt und unglaublich, daß sie einfach darüber hinwegging und sehr wachsam und interessiert von der Seite her zusah.

Taluts Speere waren größer und länger als alle anderen, als ob seine kräftigen Muskeln etwas Gewichtigeres und Längeres brauchten, doch erinnerte Ayla sich an die Speere der Clan-Männer, die womöglich noch schwerer und ungefüger gewesen waren, wenn auch nicht so lang. Auch noch andere Unterschiede gingen Ayla auf. Anders als die Speere des Clans, die mehr Stich- als Wurfwaffen darstellten, waren diese Speere genauso wie ihre und Jondalars zum Werfen gemacht und am Ende befiedert, wobei das Löwen-Lager die seinen am Ende mit drei Federn bestückt hatte, wohingegen Jondalar deren zwei benutzte. Die von ihr selbst während ihrer Zeit im Tal der Pferde gefertigten Speere wiesen feuergehärtete Spitzen auf, ähnlich wie diejenigen, die sie vom Clan her kannte. Jondalar hingegen hatte Knochen geschärft und zu Speerspitzen geformt und an den Schäften befestigt. Die Mammutjäger bevorzugten offenbar Feuersteinspitzen.

Da sie ganz damit beschäftigt war, sich genau die Speere anzusehen, die die verschiedenen Leute in der Hand hielten, hätte sie Taluts ersten Wurf fast nicht mitbekommen. Er war ein paar Schritt zurückgetreten und hatte seinen Speer dann nach einem kraftvollen Anlauf geschleudert. Der Speer fuhr sirrend an den Zuschauern vorüber und landete mit einem dumpfen Laut tief im Boden; der Schaft zitterte hinterher von der Wucht des Eindringens. Das Lager ließ in seiner Bewunderung keinen Zweifel daran, was es von der Leistung seines Anführers hielt. Selbst Jondalar war überrascht. Er hatte zwar erwartet, daß Talut einen weiten Wurf schaffen würde, doch hatte der große Mann seine Erwartungen bei weitem übertroffen. Kein Wunder, daß die Leute seine – Jondalars – Behauptung für Großsprecherei genommen hatten.

Jondalar schritt die Strecke ab, um ein Gefühl für die Länge des Wurfes zu bekommen, den er zu übertreffen hatte; dann kehrte er zur Ausgangslinie zurück. Den Speerwerfer waagerecht haltend, legte er den hinteren Teil des Speerschaftes in die Kerbe, die sich über die ganze Länge seines Wurfgeräts erstreckte, und paßte ein Loch, das in das Schaftende gebohrt worden war, in den kleinen vorstehenden Haken am Ende des Werfers ein. Zeige- und Mittelfinger steckte er durch die Lederschlaufen am vorderen Ende, was ihm erlaubte, Speer und Speerwerfer gut im Gleichgewicht zu halten. Dann faßte er Taluts aufrecht im Boden steckenden Speer ins Auge, holte aus und schleuderte.

Während er das tat, stellte das Ende des Speerwerfers sich auf und verlängerte seinen Arm gleichsam um gut zwei Fuß, was der Wucht seines Wurfes zusätzlich Kraft verlieh. Der Speer pfiff an den Zuschauern vorüber und flog dann zu ihrer großen Überraschung ein beträchtliches Stück über den aufrechtstehenden Speer ihres Anführers hinaus. Er landete flach auf dem Boden und schlidderte ein ganzes Stück durchs Gras, statt sich in die Erde hineinzubohren. Mit Hilfe seines Jagdgeräts hatte Jondalar zwar seine eigene vorherige Wurfleistung vordoppelt, jedoch nicht die von Talut; aber er hatte seinen Speer ein ganzes Stück weiter geworfen als der Anführer des Löwen-Lagers.

Plötzlich, und ehe das Lager dazu kam, auch nur Luft zu holen und den Unterschied zwischen den beiden Würfen abzumessen, schoß ein dritter Speer die Bahn hinunter. Völlig verblüfft blickte Tulie hinter sich und sah Ayla, ihren Speerwerfer in der Hand, an der Wurflinie stehen. Sie sah noch gerade rechtzeitig wieder nach vorn, um zu sehen, wie der dritte Speer landete. Wiewohl Alya nicht ganz Jondalars Strecke schaffte, hatte sie Taluts mächtigen Wurf um ein ganzes Stück übertroffen.

9

»Du hast also einen Wunsch bei mir frei, Jondalar«, sagte Tulie. »Ich gebe zu, dir hätte ich noch eine gewisse Chance eingeräumt, Talut zu schlagen, aber daß eine Frau ..., das hätte ich nie für möglich gehalten. Ich würde mir diesen ... ja, wie nennt ihr ihn noch? ... gern genauer ansehen.«

»Speerwerfer. Ich weiß nicht, wie man ihn sonst nennen soll. Die Idee hatte ich eines Tages, als ich Ayla zusah, wie sie mit der Schleuder einen Hasen erlegte. Da kam ich nicht von dem Gedanken los, wie schön es sein müßte, wenn ich mit dem Speer auch so weit, schnell und zielgenau werfen könnte wie sie mit der Schleuder. Und dann habe ich mir den Kopf darüber zerbrochen, wie man das vielleicht erreichen könnte«, sagte Jondalar.

»Du hast ihr Geschick schon ein paarmal erwähnt. Ist sie denn wirklich so gut?« fragte Tulie.

Jondalar lächelte. »Ayla, warum holst du nicht deine Schleuder und zeigst es Tulie?«

Ayla runzelte die Stirn. Sie war solche öffentlichen Vorführungen nicht gewohnt. Ihr Können hatte sie heimlich vervollkommnet, und nachdem man ihr widerstrebend zugestanden hatte, als Mädchen auf die Jagd zu gehen, hatte sie das zwar ausgenutzt, aber immer nur allein. Sie mit einer Jagdwaffe herumlaufen zu sehen hatte alle in Verlegenheit gebracht, den Clan genauso wie sie selbst. Jondalar war der erste, mit dem sie jemals gemeinsam gejagt hatte – und der erste, der erlebt hatte, welch überragendes Geschick sie sich angeeignet hatte. Doch Jondalar wirkte entspannt und zuversichtlich.

Sie nickte daher und ging, sich Schleuder und Steinbeutel von Rydag zu holen, dem sie beides anvertraut hatte, nachdem sie sich dazu durchgerungen hatte, sich am Speerewerfen zu beteiligen. Von Winnies Rücken herab strahlte der Junge sie an; er hatte das Gefühl, Anteil an der ganzen Aufregung zu haben, und freute sich darüber, welchen Wirbel sie machte.

Suchend sah sie sich nach geeigneten Zielen um, entdeckte die aufrecht im Boden steckenden Rippen vom Mammut und zielte zuerst auf diese.

Der hell-hallende, geradezu wohlklingende Ton von Steinen, die auf Knochen trafen, ließ keinen Zweifel aufkommen, daß sie die Pfosten auch wirklich getroffen hatte. Doch war das zu leicht. Noch einmal sah sie sich suchend um. Sie war es gewohnt, nach Vögeln und kleinen Tieren Ausschau zu halten, um dann Jagd auf sie zu machen – nicht jedoch nach irgendwelchen Gegenständen, um sie mit ihren Steinen zu treffen.

Jondalar wußte, daß sie weit mehr konnte, als Pfosten treffen, und erinnerte sich an einen bestimmten Nachmittag; aus seinem Lächeln wurde ein breites Grinsen, er drehte sich um und lockerte durch Tritte ein paar Batzen trockener Erde. »Ayla!« rief er dann.

Sie wandte sich um und sah ihn mit gegrätschten Beinen, die Hände in die Hüften gestemmt und auf jeder Schulter einen Brocken Erde, auf der Wurfbahn dastehen. Sie legte die Stirn in Falten. So etwas Ähnliches hatte er einmal mit zwei Felsbrocken gemacht, und sie mochte es gar nicht, daß er sich einer Gefahr aussetzte. Aus einer Schleuder abgeschossene Steine konnten tödlich sein. Doch als sie genauer darüber nachdachte, mußte sie zugeben, daß es gefährlicher aussah, als es in Wirklichkeit war. Zwei unbewegliche Ziele – das sollte sie doch wohl schaffen. Seit Jahren hatte sie kein feststehendes Ziel mehr verfehlt, warum also jetzt, bloß weil es ein Mann war, der die Ziele auf der Schulter balancierte – der Mann, den sie liebte?

Sie schloß die Augen, holte tief Atem und nickte dann nochmals. Sich bückend, holte sie zwei Steine aus dem Beutel, der vor ihr auf dem Boden lag, legte die beiden Enden der Schleuder zusammen und einen der Steine in die vom vielen Gebrauch ausgebeulte Vertiefung in der Mitte des Lederstreifens; den anderen Stein hielt sie in der Linken bereit. Dann hob sie den Blick.

Erwartungsvolle Stille lag über den Zuschauern. Niemand sagte etwas. Es war, als hätten sie sogar den Atem angehalten. Alles war still – bis auf die gleichsam zitternde Spannung, die in der Luft hing.

Ayla konzentriert sich auf den Mann mit den beiden Brocken Erde auf den Schultern. Als sie anfing, die Schleuder zu wirbeln, streckte das ganze Lager den Kopf vor. Mit der geschmeidigen Anmut und der sparsamen Bewegung der geübten Jägerin, die gelernt hatte, so wenig wie möglich von ihren Absichten durch Bewegungen preiszugeben, zielte sie und ließ den Stein fliegen.

Noch ehe der erste Stein sein Ziel erreicht hatte, machte sie schon den zweiten wurfbereit. Der harte Klumpen auf Jondalars rechter Schulter explodierte beim Aufprall des härteren Steins. Und unvermittelt folgte der zweite Stein dem ersten und pulverisierte den Klumpen graubrauner Lößerde auf seiner linken Schulter, so daß nur noch eine Staubwolke zu sehen war. Das ganze war so schnell gegangen, daß die Zuschauer meinten, es gar nicht mitbekommen zu haben, oder daß alles auf irgendeinem Trick beruhte.

Und das war es ja auch: ein Trick, den ihr keiner so schnell nachgemacht hätte. Niemand hatte Ayla im Gebrauch der Schleuder unterwiesen. Den hatte sie sich selbst beigebracht, indem sie heimlich die Männer von Bruns Clan beobachtet hatte, dann durch eigene Versuche, kurz, durch ausdauernde Übung. Daß sie dann die Doppelsteintechnik entwikkelt hatte, war aus Selbstschutz heraus geschehen, nachdem ein erster Stein einmal sein Ziel verfehlt hatte und sie einem angreifenden Luchs nur mit knapper Not entkommen war. Sie hatte einfach nicht gewußt, daß die meisten Menschen das für unmöglich gehalten hätten; es war ja niemand dagewesen, es ihr zu sagen.

Wiewohl sie sich nicht darüber im klaren war, war es doch zweifelhaft, daß sie je jemand kennenlernen würde, der ihrem Können das Wasser reichen konnte; und was letzteres betraf, so interessierte sie das nicht im geringsten. Gegen jemand anzutreten, um herauszufinden, wer der bessere von ihnen beiden wäre, besaß keinerlei Reiz für sie. Sie lag nur mit sich selbst im Wettstreit; sie hatte immer nur den Wunsch gehabt, ihr eigenes Können zu vervollkommnen. Sie kannte ihre Fähigkeiten, und wenn sie an irgendwelche neuen Techniken dachte, wie zum Beispiel den Doppelsteinwurf oder die Jagd vom Rücken des Pferdes aus, probierte sie mehrere Möglichkeiten aus, und wenn sie fand, daß es mit einer gehen könnte, übte sie diese so lange, bis es funktionierte.

Es war einen Augenblick lang völlig still, dann stießen die Menschen die angehaltene Luft aus, und es erhob sich erstauntes Gemurmel. Ranec fing an, sich mit den Händen auf die Schenkel zu klatschen, und bald applaudierte das gesamte Lager auf diese Weise. Ayla war sich nicht sicher, was das zu bedeuten hätte, und sah Jondalar fragend an. Er strahlte vor Vergnügen, und sie begann zu begreifen, daß dies wohl ein Zeichen von Beifall, von Zustimmung sei.

Auch Tulie applaudierte, wenn auch nicht ganz so ausgelassen wie manche von den anderen; sie wollte nicht den Eindruck vermitteln, allzu beeindruckt zu sein, doch war Jondalar sich sicher, daß sie genau das war.

»Wenn ihr meint, das sei etwas Besonderes gewesen, dann seht euch mal dies hier an!« sagte er und bückte sich, um noch zwei Brocken Erde aufzuheben. Er sah, daß Ayla ihn nicht aus den Augen ließ und bereits zwei neue Steine bereithielt. Er warf beide Brocken gleichzeitig in die Luft. Ayla schoß erst den einen, dann den anderen Stein ab, und die Erdbrocken kamen als Staub wieder herunter. Daraufhin warf er nochmals zwei Brokken in die Luft, und auch diese brachte sie zum Auseinanderplatzen, ehe sie die Erde wieder erreicht hatten.

Taluts Augen funkelten vor Aufregung. »Sie ist gut!« erklärte er.

»Wirf du zwei in die Höhe«, sagte Jondalar zu ihm. Dann suchte er Aylas Blick, hob selbst noch zwei Lößbrocken auf und hielt sie in die Höhe, um sie ihr zu zeigen. Sie griff in den Beutel und holte vier Steine heraus, von denen sie zwei in jeder Hand hielt. Es erforderte schon ein ungewöhnliches Maß an Koordination der Bewegungen, vier Steine einzulegen und mit einer Schleuder abzufeuern, ehe vier in die Luft geworfene Erdbrocken wieder auf die Erde zurückfielen, doch das mit einer solchen Zielgenauigkeit zu tun, daß diese auch noch getroffen wurden – da mußte sie schon ihr ganzes Können aufbieten. Jondalar bekam mit, wie Barzec und Manuv eine Wette abschlossen. Manuv setzte auf Ayla. Nachdem Ayla der kleinen Nuvie das Leben gerettet hatte, traute er ihr alles zu.

Jondalar warf die Brocken einen nach dem anderen mit seiner Rechten in die Luft, während Talut zwei weitere Batzen hoch in die Luft warf.

Die ersten beiden – einer der von Jondalar und einer der von Talut geworfenen – wurden in rascher Folge getroffen. Staub rieselte hernieder. Allerdings bedurfte es zusätzlicher Zeit, die beiden anderen Steine von einer Hand in die andere zu übergeben. Jondalars zweiter Brocken fiel bereits, während Taluts zweiter seine Geschwindigkeit verlangsamte, da er sich dem höchsten Punkt näherte, ehe Ayla die Schleuder wieder schußbereit hatte. Sie nahm das niedrigste Ziel aufs Korn, das immer schneller herunterkam, und ließ einen Stein aus der Schleuder herausfahren. Sie sah ihn treffen, wartete länger, als sie es hätte tun sollen, bis sie wieder nach dem losgelassenen Ende der Schleuder griff. Sie mußte sich beeilen.

Mit einer tausendmal geübten und daher mühelosen Bewegung ließ Ayla den letzten Stein in die Schleuder gleiten und wirbelte ihn dann schneller heraus, als irgend jemand glauben mochte. Der letzte Erdklumpen stob auseinander, kurz bevor er den Boden erreichte.

Jubelrufe wurden laut, und das Lager beglückwünschte sie mit lautem Schenkelklatschen.

»Das nenne ich eine Vorführung«, sagte Tulie mit einer Stimme, die voll war des Lobes. »So etwas habe ich noch nie gesehen.«

»Danke«, sagte Ayla und errötete vor Freude über die Reaktion der Anführerin, aber auch darüber, daß es ihr gelungen war. Andere umringten sie und machten ihr Komplimente. Scheu lächelnd sah sie sich nach Jondalar um; daß sie so sehr im Mittelpunkt stand, bereitete ihr ein wenig Unbehagen. Er redete mit Wymez und Talut, der Rugie huckepack genommen und Latie auf der Hüfte hocken hatte. Er sah, daß sie nach ihm Ausschau hielt, redete jedoch weiter.

»Ayla, wo hast du so trefflich mit der Schleuder umgehen gelernt?« wollte Deegie wissen.

»Ja, bei wem? Wer hat es dir beigebracht?« fragte Drozie.

»Das würde ich auch gern lernen«, fügte Danug noch schüchtern hinzu. Der hochaufgeschossene junge Mann stand hinter den anderen und sah Ayla bewundernd an. Als er sie das erste Mal gesehen, hatte Ayla ein jugendliches Sehnen in Danug geweckt. Für ihn war sie die schönste Frau, die er jemals gesehen hatte, und für ihn stand fest, daß Jondalar, den er so sehr schätzte, ein sehr glücklicher Mann war. Aber nachdem er auf dem Pferd geritten war und jetzt vorgeführt bekommen hatte, was sie alles konnte, war sein aufkeimendes Interesse voll erblüht. Er war bis über beide Ohren verliebt.

Zaghaft lächelte Ayla ihn an.

»Vielleicht unterweist du uns, wenn du und Jondalar uns eure Speerwerfer zeigt«, schlug Tulie vor.

»Ja, ich hätte ja nichts dagegen, mit der Schleuder so umgehen zu können wie du, aber dieser Speerwerfer interessiert mich noch mehr – hoffentlich ist er wirklich zielgenau«, fügte Tornec noch hinzu.

Ayla machte einen Schritt zurück. Die vielen Fragen, und daß so viele Leute sie umringten, machte sie nervös. »Der Speerwerfer ist zielgenau … wenn die Hand zielgenau ist«, sagte sie und mußte daran denken, wie fleißig sie und Jondalar mit dem neuen Jagdgerät geübt hatten. Von sich aus war keine Waffe zielgenau.

»Das ist immer so. Hand und Auge sind es, die den Könner ausmachen, Ayla«, sagte Ranec, griff nach ihrer Hand und sah ihr in die Augen. »Weißt du, wie schön, wie anmutig du warst? Mit der Schleuder bist du eine wahre Künstlerin.«

Die dunklen Augen, die sich in die ihren versenkten, zwangen sie, die starke Anziehungskraft zu erkennen, die von ihm ausging; sie entlockte der Frau eine Reaktion, die so alt ist wie das Leben selbst. Gleichwohl pochte ihr warnend das Herz; das hier war nicht der richtige Mann. Dies war nicht der Mann, den sie liebte. Das Gefühl, das Ranec in ihr weckte, ließ sich nicht leugnen – aber es war anderer Art.

Sie zwang ihren Blick auszuweichen. Gehetzt sah sie sich nach Jondalar um … und fand ihn. Er starrte sie an, und seine leuchtend blauen Augen waren voll Feuer und Eis – und Schmerz.

Ayla entzog Ranec die Hand und trat ein paar Schritte zurück. Das war zuviel! All die vielen Fragen und die vielen Menschen, und dazu jetzt noch diese Gefühle, die sie zu überwältigen drohten! Ihr Magen verkrampfte sich, in ihrer Brust hämmerte es, und der Hals schnürte sich ihr zu; sie mußte einfach fort. Rydag noch auf dem Rücken, sah sie Winnie dastehen, und so fischte sie mit einer raschen Bewegung ihren Steinbeutel mit der Hand auf, die noch die Schleuder hielt, und rannte auf das Pferd zu.

Mit einem Sprung war sie auf dem Rücken der Stute und legte, während sie sich vorlehnte, schützend einen Arm um den Jungen. Druck und Bewegung waren Signale für das Pferd, und aufgrund der feinen, unerklärlichen Verständigung zwischen Frau und Pferd spürte Winnie ihr Bedürfnis zu entkommen, machte einen Satz vorwärts und sprengte in schnellem Galopp über die offene Ebene. Renner folgte ihr und hatte keine Mühe, mit seiner Mutter Schritt zu halten.

Die Leute aus dem Löwen-Lager waren völlig verdutzt. Die meisten hatten keine Ahnung, warum Ayla so hastig auf ihr Pferd gesprungen war, und nur wenige hatten sie bisher so schnell reiten sehen. Die Frau mit dem langen Blondhaar, das hinter ihr im Wind flog, die sich auf dem Rücken der galoppierenden Stute mit den Schenkeln festklammerte, war für sie ein ebenso erschreckender wie ehrfurchtgebietender Anblick, und mehr als einer hätte mit Freuden den Platz mit Rydag getauscht. Nezzie verspürte einen Stich – sie hatte Angst um den Jungen. Erst als sie überlegte, daß ihm ja nichts passieren konnte, wenn Ayla dabei war, entspannte sie sich wieder.

Der Junge wußte nicht, wie er zu einer solchen Auszeichnung kam, doch seine Augen blitzten vor Vergnügen. Wiewohl die Aufregung sein Herz schnell schlagen ließ, verspürte er keinerlei Angst; schließlich hielt Ayla ihn fest im Arm, und so war er ganz atemloses Erstaunen ob der Tatsache, daß er durch den Wind geradezu flog.

Die Flucht vor der ihr so ungewohnten Situation und das vertraute Gefühl, auf dem Rücken von Winnie zu reiten und das Donnern ihrer Hufe zu hören, nahm Ayla etwas von ihrer Spannung, unter der sie stand. Während sie entspannte, spürte sie Rydags Herz mit jenem eigentümlichen, unbestimmt rumorenden Laut gegen ihren Arm klopfen, was augenblicklich ihre Besorgnis weckte. Ob es wohl klug gewesen war, ihn mitgenommen zu haben? Doch dann erkannte sie, daß der Herzschlag zwar anders war als sonst, aber keinerlei Überanstrengung verriet.

Sie verlangsamte das Tempo, schlug einen weiten Bogen und ritt zurück. Als sie sich der Wettkampfbahn näherte, kam sie an einem Paar Schneehühner vorüber, deren getüpfeltes Sommergefieder noch nicht ganz dem weißen Winterkleid gewichen war und die sich im hohen Gras verbargen.

Die Pferde scheuchten sie hoch. Aus lauter Gewohnheit machte Ayla, sobald sie sie auffliegen sah, ihre Schleuder bereit, blickte dann vor sich nieder, sah, daß Rydag zwei Steine aus dem Beutel in der Hand hatte und vor sich hinhielt. Sie nahm sie, lenkte Winnie durch Schenkeldruck, holte erst den einen niedrig fliegenden fetten Vogel herunter und dann den anderen.

Sie brachte Winnie zum Stehen, packte Rydag, und glitt, den Jungen auf dem Arm, vom Rücken ihres Pferdes herunter. Sie stellte ihn hin und holte die Vögel, drehte ihnen den Hals um und band ihnen mit einigen vertrockneten Langgräsern die gefiederten Füße zusammen. Wiewohl sie, wenn sie wollten, schnell und weit fliegen konnten, zogen Schneehühner nicht nach Süden. Statt dessen ließen sie mit ihrem dichten weißen Winterfederkleid, das sie wärmte und tarnte zugleich und aus ihren Füßen kleine Schneeschuhe machte, die bitterkalte Jahreszeit über sich ergehen, nährten sich von Samenkörnern und kleinen Zweigen und kratzten sich, wenn ein Schneesturm drohte, kleine Höhlen in den Schnee und warteten ab, bis er sich legte.

Ayla hob Rydag wieder auf Winnies Rücken. »Würdest du bitte die Schneehühner festhalten?« gab sie ihm mittels Zeichensprache zu verstehen.

»Darf ich denn?« signalisierte er zurück. Wie unbändig er sich freute, war an mehr als an seinen Handzeichen zu erkennen. Niemals war er schnell gelaufen, bloß weil Schnellaufen Spaß macht; zum ersten Mal spürte er, wie das war. Niemals war er Jagen gegangen oder hatte er die komplizierten Gefühle verstanden, die einen befielen, wenn man Klugheit und Können einsetzte, um sich selbst und die Seinen am Leben zu erhalten. Und diesmal war er dabeigewesen; noch persönlichere Erfahrung in dieser Hinsicht, noch unmittelbarere Beteiligung sollten ihm für immer versagt bleiben.

Lächelnd legte Ayla die Vögel direkt vor Rydag über die Kruppe, wandte sich dann zum Gehen und marschierte auf die Wurfbahn zu. Winnie folgte ihr. Ayla hatte es nicht eilig zurückzukehren; sie war immer noch ein wenig durcheinander und mußte daran denken, wie zornig Jondalar ausgesehen hatte. Warum nur wird er so wütend? Eben noch hatte er sie voller Freude angelächelt ... während alle anderen sie umringt hatten. Doch als Ranec ... Sie lief rot an, als sie an seine dunklen Augen dachte und an seine weiche, glatte Stimme. Die Anderen! dachte sie und schüttelte den Kopf, als gälte es, Klarheit in ihre Gedanken zu bringen. Ich verstehe diese Anderen nicht!

Der Wind, den sie im Rücken hatte, blies ihr Strähnen ihres langen Haars ins Gesicht. Ärgerlich schob sie sie mit der Hand zurück. Es war nicht das erste Mal, daß sie daran dachte, sich das Haar wieder zu flechten, wie sie es getan hatte, als sie allein im Tal gelebt hatte. Aber Jondalar mochte es, wenn sie das Haar offen trug, und so hatte sie es gelassen. Nur störte es manchmal. Dann, immer noch ein wenig verärgert, stellte sie fest, daß sie immer noch die Schleuder in der Hand hielt; sie wußte einfach nicht, wohin damit, denn sie trug ja keinen Leibriemen, in den sie sie hätte hineinstopfen können. Bei den Kleidern, die sie jetzt trug, weil sie Jondalar gefielen, konnte sie nicht einmal ihren Medizinbeutel mit sich führen; auch den hatte sie immer, bequem am Leibriemen festgeknüpft, bei sich getragen.

Sie hob die Hand, um sich das Haar nochmals aus den Augen zu streichen, und dabei bemerkte sie ihre Schleuder. Sie blieb stehen, nahm das Haar zusammen und band sich den weichen Lederstreifen der Schleuder um den Kopf. Mit sich selbst zufrieden, stopfte sie das herabhängende Ende unters Haar und lächelte. Jetzt hing ihr das Haar zwar immer noch lose herunter, aber die Schleuder hielt es ihr aus den Augen heraus, und der Kopf war gar kein so schlechter Platz, die Schleuder mit sich herumzutragen.

Die meisten Mamutoi gingen davon aus, daß Aylas Sprung auf den Rücken des Pferdes und der schnelle Ritt, der mit dem Herunterholen der beiden Schneehühner geendet hatte, noch zur Vorführung ihres Könnens mit der Schleuder gehörte. Sie machte sich nicht die Mühe, sie eines Besseren zu belehren, vermied es aber, Jondalar oder Ranec anzusehen.

Jondalar wußte, daß sie völlig durcheinander gewesen war, als sie sich umgedreht hatte und davongelaufen war; und er war sich sicher, daß das an ihm lag. Das tat ihm leid, und in Gedanken machte er sich Vorwürfe, kam aber selber mit dem für ihn überraschenden Ansturm widerstreitender Gefühle nicht zurecht; vor allem wußte er nicht, wie er es ihr erklären sollte. Ranec hatte nicht erkannt, wie tief Aylas Kummer saß. Er war sich darüber im klaren, daß er gewisse Gefühle in ihr weckte, und nahm an, daß dies dazu beigetragen hatte, als sie völlig unvermittelt zu ihrem Pferd gelaufen war; nur hielt er ihr Tun für naiv und bezaubernd. Er fühlte sich immer mehr von ihr angezogen und sann nur darüber nach, wie stark die Gefühle waren, die sie dem großen blonden Mann entgegenbrachte.

Kinder liefen die Wurfbahn auf und ab, als sie sich wieder zu den anderen gesellte. Nezzie kam, um Rydag in Empfang zu nehmen, und übernahm bei der Gelegenheit gleich die Vögel. Die Pferde ließ Ayla laufen. Sie trollten sich und fingen an zu grasen.

Ayla blieb, um zuzusehen, als freundschaftliche Meinungsverschiedenheiten etliche Leute dazu brachten, unter sich einen kleinen Speerwurfwettstreit auszutragen. Das lag jenseits aller ihrer Erfahrungen. Sie spielten ein Spiel. Ayla begriff Wettkämpfe, bei denen einer am anderen sein Können maß – wer am schnellsten laufen und wer einen Speer am weitesten werfen konnte –, aber was sie nicht verstand, war ein Tun, dessen einziges Ziel darin zu bestehen schien, daß es allen Beteiligten nur Spaß machte, wobei sie gleichzeitig noch ihre Geschicklichkeit vergrößerten.

Aus dem Langhaus wurden ein paar Reifen herausgeholt. Diese waren etwa so groß, daß man sie über einen Oberschenkel hätte streifen können, und bestanden aus Lederriemen, die man in frischem Zustand zusammengeflochten und dann hatte trocknen lassen, um sie hinterher fest mit Palmlilienwedeln zu umwickeln. Angespitzte und gefiederte Schäfte – leichte Wurfspeere, die allerdings keine Spitzen aus Bein oder Feuerstein trugen – gehörten zu der Ausrüstung.

Die Reifen wurden über den Boden gerollt, dann mit den Speeren danach geworfen. Stoppte jemand einen rollenden Reifen, indem er den Speer durch das Rund warf und ihn im Boden stecken ließ, verkündeten frohe Rufe und Schenkelgeklatsche freudigen Beifall. Das Spiel, zu dem auch Zahlwörter sowie das gehörte, was sie ›Wetten‹ nannten, hatte aufgeregten Zuspruch hervorgerufen, und Ayla war fasziniert. Es spielten sowohl Männer als auch Frauen, doch wechselten sie sich ab beim Reifentreiben und beim Speerwerfen, so als ob sie gegeneinander stünden und sich bekämpften.

Schließlich wurde irgendein Schluß gezogen. Etliche Leute machten sich auf, zur Erdhütte zurückzukehren. Die vor Aufregung im Gesicht noch ganz rote Deegie sagte: »Wettkämpfe und Spiele – sieht aus, als würde noch ein richtiges Fest daraus. Nezzies Eintopf, Taluts Schnappes und Ranecs Spezialgericht. Was hast du denn mit den Schneehühnern vor?«

»Ich kenne besondere Art, sie zuzubereiten. Meinst du, ich sollte das tun?«

»Warum nicht? Das Fest kann nur noch schöner werden, wenn es noch ein besonderes Gericht mehr gibt.«

Ehe sie das Langhaus erreichten, stiegen ihnen bereits von der Kochstelle die köstlichen Düfte in die Nase. Vor allem kamen sie von Nezzies Eintopf. Dieser köchelte still in der großen Kochhaut vor sich hin; im Moment waren es Latie und Brinan, die sich darum kümmerten, doch auch alle Welt sonst schien auf diese oder jene Weise mit irgendwelchen Essensvorbereitungen beschäftigt. Ayla hatte sich sehr dafür interessiert zu sehen, wie Nezzie ihren Eintopf kochte, und hatte genau verfolgt, wie sie und Deegie es machten.

In einem großen Kochloch, das in der Nähe der Feuerstelle ausgehoben worden war, wurden heiße Kohlen auf einen Aschenhaufen gelegt, der von früheren Kochereien stammte und den ganzen Boden bedeckte. Auf die glühenden Kohlen wurde jetzt zermahlener und getrockneter Mammutdung gestreut und darauf wiederum ein großes, dickes Stück Mammuthaut gelegt, das hängend an einem Rahmen befestigt und mit Wasser gefüllt worden war. Die Glut, die unter dem Dung weitergloste, fing an, das Wasser zu erhitzen; gleichzeitig fing der Dung Feuer, genug, daß der Brennstoff soweit herunterbrannte, um die Mammuthaut nicht mehr darauf ruhen zu lassen: sie hing jetzt im Rahmen. Die inzwischen zum Sieden gebrachte Flüssigkeit, die ganz langsam durch die Lederhaut hindurchsickerte, verhinderte, daß das Leder Feuer fing. Als das Brennmaterial unter der Kochhaut vollends heruntergebrannt war, wurde der Eintopf dadurch am Weiterkochen gehalten, daß rotglühend erhitzte Flußkiesel hineingeworfen wurden, eine Aufgabe, die ein paar Kinder übernommen hatten.

Ayla rupfte die beiden Schneehühner und nahm sie aus, wozu sie ein kleines Feuersteinmesser benutzte. Dieses wies keinen Griff auf, doch war der Rücken stumpf geschliffen worden, damit derjenige, der es handhabte, sich nicht verletzte; hinter der Spitze war noch eine Kerbe angebracht worden. Halten tat man dieses Schneidewerkzeug mit Daumen und Mittelfinger, die es links und rechts im Griff hatten, und dem in die Kerbe gelegten Zeigefinger. Auf diese Weise war es leicht, damit umzugehen. Es war kein Messer, das sich für schwere Arbeit eignete; man konnte nur Fleisch oder höchstens dünnes Leder damit schneiden, und Ayla hatte es erst seit ihrer Ankunft im Löwen-Lager kennengelernt, fand es aber sehr bequem.

Sie selbst hatte ihre Schneehühner stets in einer mit Steinen ausgelegten Grube gegart, in der ein Feuer entzündet worden war und in die, nachdem es ausgebrannt war, die Vögel hineingelegt und zugedeckt wurden. Aber größere Steine fanden sich in dieser Gegend nicht so ohne weiteres, und so beschloß sie, sich die vertiefte Kochstelle, über der der Eintopf brodelte, zunutze zu machen. Für die Kräuter und Gemüse – wie Huflattich, Nesseln und Weißer Gänsefuß –, die sie normalerweise vorgezogen hätte, war es ebenso die falsche Jahreszeit wie für Schneehuhneier, sonst hätte sie eine Füllung daraus bereitet, doch ein paar von den Kräutern in ihrem Medizinbeutel eigneten sich, sofern sie nicht zuviel davon nahm, gleichfalls zum Abrunden des Geschmacks und nicht nur für Heilzwecke; der ganz besondere Geschmack jedoch, auf den es ihr ankam, stammte von dem Heu, in das sie die fetten Vögel einwickelte. So würde zwar nicht gerade Crebs Leibspeise entstehen, dachte sie, aber gut schmecken würden die Schneehühner schon.

Nachdem sie mit dem Säubern der Vögel fertig war, ging sie hinein und sah Nezzie beim ersten Herdfeuer die große Feuerstelle entzünden.

»Ich würde Schneehühner gern in Grube garen, so wie du Eintopf in Grube kochst. Könnte ich Kohlen bekommen?« fragte Ayla sie.

»Selbstverständlich. Brauchst du sonst noch etwas?«

»Ich habe getrocknete Kräuter. Ich mag frische Kräuter in Vögeln. Falsche Jahreszeit.«

»Warum siehst du nicht mal in den Vorratskammern nach? Dort liegt noch anderes Grünzeug, das du vielleicht verwenden kannst; außerdem haben wir etwas Salz«, sagte Nezzie.

Salz, dachte Ayla. Seit sie vom Clan vertrieben worden war, hatte sie nicht mehr mit Salz gekocht. »Ja, gerne Salz. Vielleicht Grünzeug. Werde nachsehen. Wo finde ich Kohlenglut?«

»Sobald ich dies hier in Gang gebracht habe, bekommst du welche.«

Ayla sah zu, wie Nezzie das Feuer anmachte, zuerst eher gelangweilt, ohne genauer hinzusehen, doch plötzlich war ihr Interesse hellwach. Sie wußte zwar, daß die Mamutoi hier nicht viele Bäume hatten, doch hatte sie nicht weiter darüber nachgedacht. Die Mamutoi benutzten Knochen als Brennmaterial, und Knochen brannten nicht so leicht wie Holz. Nezzie hatte von einer anderen Feuerstelle etwas Glut herbeigetragen und entfachte damit leicht brennbare Samenkapseln und -fäden von Feuerkraut, das eigens als Zunder gesammelt worden war. Als dies brannte, fügte sie etwas Dung hinzu, der eine heißere und stärkere Flamme abgab; dann erst kamen Knochenschabsel und -splitter hinzu, doch flammten die keineswegs sofort auf.

Nezzie bestrich das Feuer mit ihrem Atem, um es nicht ausgehen zu lassen, und dabei bewegte sie einen kleinen Handgriff, der Ayla schon vorher aufgefallen war. Ayla hörte einen leise pfeifenden Laut wie von Wind und bemerkte, daß ein paar Aschenteilchen umherflogen; dann flammte die Flamme heller auf. Jetzt, wo dies geschah, fingen auch die kleinen Knochenteilchen am Rande an zu glimmen und schließlich aufzuflammen. Plötzlich begriff Ayla die Ursache von etwas, das ihr bisher im Kopf herumgegangen war, etwas, das sie kaum bemerkt und das ihr dennoch seit ihrer Ankunft im Löwen-Lager keine Ruhe gelassen hatte. Der Rauch roch hier anders, als sie es gewohnt war.

Auch sie hatte gelegentlich getrockneten Dung verbrannt und kannte den starken, beißenden Geruch, den der davon ausgehende Rauch aufwies. Ihr Hauptbrennmaterial war jedoch immer pflanzlichen Ursprungs gewesen; den Geruch von Holzfeuer war sie gewohnt. Doch das Brennmaterial, das das Löwen-Lager benutzte, war nicht pflanzlichen Ursprungs. Der Geruch brennender Knochen war anders und erinnerte sie an Fleisch, das zulange am Feuer gewesen und angebrannt war. Im Verbund mit dem verbrannten Dung, den sie gleichfalls in großen Mengen verwendeten, entstand ein beißender Geruch, der das ganze Lager durchdrang. Unangenehm war er nicht, nur unvertraut, was ihr ein leichtes Unbehagen verursachte. Jetzt, wo sie der Ursache auf die Spur gekommen war, wurde eine gewisse unbestimmte Spannung von ihr genommen.

Lächelnd sah Ayla zu, wie Nezzie mehr Knochen auflegte und den Handgriff betätigte, woraufhin das Feuer heißer auflohte.

»Wie machst du das?« fragte sie. »Daß das Feuer so heiß brennt?«

»Auch Feuer muß atmen, und der Atem des Feuers ist der Wind. Das hat die Mutter uns gelehrt, als Sie die Frauen zur Hüterin des Herdfeuers machte. Das erkennst du, wenn du auf das Feuer bläst – dann wird es nämlich heißer. Wir graben unter der Feuerstelle einen Gang, der bis nach draußen führt und den Wind hereinbringt. Ausgekleidet ist dieser Gang mit den Därmen eines Tieres, die wir vorm Trocknen aufblasen. Dann werden sie mit Knochen abgedeckt, ehe die Erde wieder drüberkommt. Der Gang für diese Feuerstelle verläuft von hier aus nach draußen, unter den Grasmatten. Siehst du?«

Ayla lenkte den Blick dorthin, wohin Nezzie zeigte, und nickte.

»Und hier mündet er«, fuhr die Frau fort und zeigte ihr die Öffnung eines Wisenthorns, das an der Seite der Kochgrube aus der Wand herauskam. Die Feuergrube lag ja unter Bodenhöhe. »Aber man will ja nicht immer gleich viel Wind haben. Das kommt drauf an, wie stark er draußen weht und wie heiß das Feuer sein soll. Man schiebt den Gang zu, oder man macht die Öffnung weiter auf«, sagte Nezzie und zeigte ihr den Griff der Klappe, die aus einem dünnen Schulterblattknochen bestand.

Das ganze schien recht einfach, stellte aber eine geniale Idee dar, eine echte technische Leistung, die wesentlich zum Überleben der Mamutoi beitrug. Ohne sie hätten die Mammutjäger in den subarktischen Steppen nicht überleben können, höchstens an einigen isolierten Stellen, und wenn noch soviel Wild dagewesen wäre. Sie hätten dann bestenfalls in der gemäßigten Jahreszeit vorübergehend bis hierher vorstoßen können. In einem Land, in dem es so gut wie keine Bäume gab und in dem strenge Winter die Regel waren, setzte die Feuerstelle mit dem unterirdischen Windkanal sie instand, Knochen zu verbrennen, das einzige Heizmaterial, das in ausreichenden Mengen zur Verfügung stand und ihnen erlaubte, das ganze Jahr über hier zu leben.

Nachdem Nezzie das Feuer in Gang gebracht hatte, sah Ayla sich in den Vorratskammern um und sah nach, ob sie nicht doch etwas fand, womit sie die Schneehühner füllen konnte. Ein paar getrocknete Embryos aus Vogeleiern schienen verlockend, doch mußten diese wahrscheinlich lange vorher eingeweicht werden; sie war sich nicht sicher, wie lange das dauern würde. Sie dachte daran, die wilden Karotten oder die kleinen Früchte der Wickenhülsen zu benutzen, überlegte es sich dann aber doch anders.

Was ihr in die Augen fiel, war das geflochtene Behältnis, in dem immer noch etwas von der Körner- und Gemüsegrütze vorhanden war, die sie an diesem Morgen auf glühenden Steinen gekocht hatte. Man hatte es beiseite gestellt, damit jeder, der wollte, sich davon bedienen könne, und die

Grütze war inzwischen dick und fest geworden. Sie kostete sie. Da es nur sehr selten Salz gab, zogen die Leute ausgeprägt würzige Speisen vor; deshalb hatte Ayla die Grütze stark mit Salbei und Minze gewürzt und Bitterwurz, Zwiebeln und Wilde Karotten unter die Mischung aus Roggen- und Gerstenkörnern gegeben.

Mit ein wenig Salz, dachte sie, und den Sonnenblumenkernen, die sie in der Vorratskammer entdeckt hatte, und den getrockneten Johannisbeeren ... und vielleicht Huflattich und Hagebutten aus ihrem Medizinbeutel ließ sich vielleicht doch eine schmackhafte Füllung für die Schneehühner bereiten. Ayla machte die Vögel fertig, tat die Füllung hinein und umwikkelte sie mit frisch geschnittenem Heu, versenkte sie in einer Kochgrube mit etwas Knochenglut darin und häufte heiße Asche darüber. Dann ging sie nachsehen, was die anderen Leute alle machten.

Um den Ausgang des Langhauses herum herrschte geschäftiges Treiben; hier hatten sich die meisten Lagerangehörigen versammelt. Beim Näherkommen erkannte sie, daß große Haufen körnertragender Halme gesammelt worden waren. Einige Leute waren dabei, ganze Büschel davon zu dreschen, indem sie darauf herumtrampelten oder auf sie einschlugen, um auf diese Weise die Körner von der Spreu und dem Stroh zu befreien. Andere trennten die Körner von der noch übrig gebliebenen Spreu, indem sie die Körner von weiten, ganz flachen Körben aus in die Luft warfen und wieder auffingen; diese Worfeln bestanden aus Flechtwerk, das einen aus Weidenruten gebildeten Reifen ausfüllte. Warf man die Körner in die Höhe, wurde die leichtere Spreu vom Wind davongeblasen, während die schwereren Körner auf die Worfel zurückfielen. Ranec füllte die Körner in einen Mörser, der aus einem ausgehöhlten Mammutfußknochen bestand, den man mit einem Abschnitt des Beinknochens um ein ganzes Stück verlängert hatte. Er ergriff einen an beiden Enden quer durchtrennten, fast mannshohen Mammutstoßzahn, der als Mörserkeule oder Stößel diente, und begann das Korn zu zerstampfen.

Bald zog Barzec seinen wärmenden Pelzüberwurf aus, stellte sich Ranec gegenüber und fing den schweren Stoßzahn einen um den anderen Stoß auf, so daß der Stößel zwischen ihnen hin- und herflog und sie sich in der Arbeit abwechselten. Tornec war der erste, der in einem dazu passenden Rhythmus in die Hände klatschte, was Manuv mit einem im Singsang vorgebrachten Vers aufnahm, der sich jeweils einmal wiederholte.

»Ih-ya wo-wo, Ranec stampft das Korn zu Staub!
Oh-ya wo-wo, Ranec stampft das Korn zu Staub!«

Als der Stößel von einem an den anderen übergeben wurde, fiel Deegie mit einem Vers ein, der etwas anders ging, jedoch demselben Rhythmus folgte:

»Neh neh, neh neh, Barzec fällt es kinderleicht.
Neh neh, neh neh, Barzec fällt es kinderleicht.«

Bald klatschten andere sich auf die Schenkel, und Männerstimmen sangen zusammen mit Manuv, während die Frauenstimmen sich Deegie anschlossen. Ayla ging der kräftige Rhythmus ins Blut, und leise summte sie mit; sie war sich nicht ganz sicher, ob sie wirklich mitsingen sollte, aber sie genoß es.

Nach einiger Zeit trat Wymez, der gleichfalls seinen Überwurf abgelegt hatte, neben Ranec und löste ihn ab, ohne daß ein Stoß ausgelassen worden wäre. Manuv fiel sofort etwas ein, um den Refrain entsprechend den neuen Gegebenheiten abzuwandeln, und sang:

»Nah na, we-ye, Wymez nimmt den Stößel auf!
Nah na, we-ye, Wymez nimmt den Stößel auf!«

Als Wymez müde zu werden schien, übernahm Druwez den Stößel, und Deegie wandelte ihren Vers entsprechend ab; dann übernahm Frebec für eine Weile die Arbeit.

Sie hielten inne, um das Ergebnis zu begutachten, schütteten das zerstampfte Korn in ein Korbsieb aus geflochtenen Palmlilienwedeln und schüttelten es durch. Dann wurde mehr Korn in den Knochenmörser geschüttet, doch diesmal waren es Tulie und Deegie, die den Stoßzahnstampfer aufnahmen, während Manuv einen Vers auf die beiden ersann, wobei er den weiblichen Teil in komisch hohem Falsett sang, was alle lachen machte. Nezzie übernahm von Tulie, und einer Regung des Augenblicks nachgebend, trat Ayla neben Deegie, die sie mit einem Lächeln bedachte und zustimmend nickte.

Deggie ließ den Stoßzahn hinunterfahren und ließ los. Nezzie griff zu und hob ihn in die Höhe, während Ayla Deegies Platz einnahm. Ayla hörte ein »*Yah*«, als der Stößel wieder herniederfuhr, und packte den dicken, leicht gebogenen Elfenbeinschaft. Er war schwerer, als sie angenommen hatte, aber sie schaffte es, ihn hochzureißen, und hörte Manuv singen:

»A-yh, ah-wihr, Ayla ist willkommen hier.«

Ums Haar hätte sie den Stoßzahn fahren lassen. Diese spontane Freundschaftsgeste hatte sie nicht erwartet, und beim nächsten Stampfen, als das gesamte Löwen-Lager – Männer wie Frauen – den Vers aufgriff und mitsang, mußte sie gegen Tränen ankämpfen. Für Ayla war das mehr als eine schlichte Botschaft, mit der ihr Wärme und Freundschaft übermittelt wurden – sie war akzeptiert worden, in ihren Kreis aufgenommen. Ayla hatte die Anderen gefunden, und diese hatten sie mit offenen Armen aufgenommen.

Tronie löste Nezzie ab, und nach einer Weile schickte Fralie sich an, auf sie zuzutreten, doch schüttelte Ayla den Kopf, und die Schwangere trat nur allzu bereitwillig zurück. Ayla war froh, daß sie das tat, obwohl es ihren Verdacht bekräftigte, daß es Fralie gar nicht gutging. Sie fuhr fort, das Korn zu zerstampfen, bis Nezzie herzutrat, um den Mehlstaub in das Sieb zu schütten und den Mörser wieder zu füllen.

Diesmal war es Jondalar, der vortrat, um einen Teil der mühsamen und kräfteraubenden Arbeit zu übernehmen, die es bedeutete, das Wildkorn mit der Hand zu zerstampfen, wobei freilich die Gemeinschaftsarbeit und der Spaß, den man der Arbeit abgewann, vieles erleichterte. Allerdings runzelte er die Stirn, als es Ranec war, der sich ihm gegenüberstellte. Plötzlich lud die Spannung zwischen dem dunkelhäutigen Mann und dem blonden Besucher die freundliche Atmosphäre, die bisher geherrscht hatte, mit einer leicht feindseligen Unterströmung auf.

Als die beiden Männer, die den schweren Stoßzahn zwischen sich hin- und hergehen ließen, den Rhythmus beschleunigten, merkten das alle. Der Rhythmus wurde immer schneller, die Singsang-Begleitung verstummte, dafür begannen ein paar Leute, auf den Boden zu stampfen und mit den Händen den Takt zu schlagen. Unmerklich legten Jondalar und Ranec immer mehr Kraft in die Stöße, und so wurde aus der gemeinsamen Bemühung ein Wettstreit von Kraft und Willen. Der Stößel wurde von einem Mann derart gewaltsam hinuntergestoßen, daß er dem anderen förmlich in die Hände sprang, mit denen dieser zupackte und den Stampfer seinerseits in den Mörser hineinstieß.

Schweißperlen bildeten sich ihnen auf der Stirn, liefen ihnen das Gesicht hinunter und in die Augen. Ihre Lederhemden saugten sich mit Schweiß voll, doch sie fuhren fort, sich gegenseitig anzutreiben, den Stampfer schneller und immer schneller und machtvoller und immer machtvoller in den Mörser hineinfahren zu lassen. Es schien kein Ende nehmen zu wollen, keiner wollte aufgeben. Beider Atem ging keuchend und ließ erkennen, wie ausgepumpt und erledigt sie bereits waren, doch war keiner von beiden bereit aufzugeben. Keiner wollte dem anderen nachgeben; lieber, so schien es, wären sie vorher gestorben.

Ayla war außer sich. Sie stießen viel zu gewalttätig zu! Panik in den Augen, sah sie Talut an. Dieser nickte Danug zu, und die beiden stellten sich neben die verbissen das Korn stampfenden Männer, die entschlossen schienen, sich gegenseitig umzubringen.

»Es ist Zeit, daß ihr euch ablösen laßt!« erklärte Talut mit Donnerstimmen, stieß Jondalar beiseite und packte den hochspringenden Stößel. Und als er wieder hochschoß, entriß Danug ihn Ranec.

Beide Männer waren fast besinnungslos vor Erschöpfung und schienen kaum mitzubekommen, daß der Wettstreit zu Ende war. Keuchend und nach Atem ringend, wankten sie davon. Alles in Ayla drängte sie, ihnen zu Hilfe zu eilen, doch eine seltsame Unentschiedenheit hielt sie zurück. Dumpf ahnte sie, daß sie der Anlaß zu dieser Auseinandersetzung war; und zu wem von beiden sie auch zuerst ging, der andere würde das Gesicht verlieren. Auch die Angehörigen des Löwen-Lagers schienen ernstlich besorgt; doch auch sie zögerten, den beiden Erschöpften Hilfe anzubieten. Falls sie ihre Besorgnis zum Ausdruck brachten, so fürchteten sie, würde damit anerkannt, daß es sich bei dem Wettstreit zwischen den beiden Männern um mehr denn nur ein Spiel gehandelt hatte; damit unterstützten sie nur eine Rivalität, die keiner so recht ernst nehmen wollte.

Während Jondalar und Ranec sich allmählich wieder erholten, wandte die Aufmerksamkeit sich wieder Talut und Danug zu, die immer noch das Korn stampften – und gleichfalls einen Wettstreit daraus machten. Einen freundschaftlichen, jedoch nicht minder verbissen. Talut grinste seinem jugendlichen Ebenbild zu, als er den schweren Stößel in den Fußknochen hineinfahren ließ. Danug jedoch stieß ihn, nachdem er ihn aufgefangen hatte, mit ingrimmiger Entschlossenheit gleichfalls hinunter, verzog aber keine Miene.

»Gut gemacht, Danug!« rief Tornec.

»Aber gegen Talut kommt er nicht an«, sagte Barzec.

»Danug ist der jüngere von beiden«, sagte Deegie. »Talut wird als erster aufgeben.«

»Ihm fehlt Taluts Zähigkeit«, hielt Frebec dem entgegen.

»Die Zähigkeit hat er schon, nur noch nicht Taluts Kraft«, erklärte Ranec. Der hatte inzwischen wieder soweit Atem geschöpft, daß er seinerseits einen Beitrag zu den Bemerkungen leisten konnte. Wiewohl immer noch ziemlich ausgepumpt, sah er im Wettstreit der beiden anderen eine Möglichkeit, seine Auseinandersetzung mit Jondalar als nicht ganz so mörderisch hinzustellen, wie sie es im Grunde gewesen war.

»Weiter so, Danug!« rief Druwez laut.

»Du kannst es schaffen!« fügte Latie hinzu und ließ sich von der Begeisterung anstecken, wußte jedoch nicht recht, wen sie nun eigentlich meinte, Talut oder Danug.

Plötzlich, auf einen gnadenlosen Stoß von Danug hin, barst der Beinknochen auseinander.

»Jetzt reicht's aber!« schimpfte Nezzie. »Ihr braucht ja nicht gleich den

Mörser kaputtzumachen. Jetzt brauchen wir einen neuen, und ich finde, den solltest du machen, Talut.»

»Da hast du wohl recht!« sagte Talut und strahlte übers ganze Gesicht. »Das war ein guter Wettkampf, Danug. Du bist sehr stark geworden in der Zeit, da du fort warst. Hast du gesehen, was der Junge kann, Nezzie?«

»Schaut euch dies an!« sagte Nezzie, die dabei war, den Inhalt des Mörsers herauszuholen. »Dieses Korn ist zu Pulver zermahlen! Ich brauch's aber nur zerstampft. Ich wollte es dörren und als Vorrat aufheben. So fein zerstoßen läßt es sich nicht dörren und aufheben.«

»Was für Körner sind es denn? Ich werde Wymez fragen. Soweit ich mich erinnere, haben die Leute meiner Mutter etwas aus Körnern gemacht, die fein zu Staub zerstampft worden waren«, sagte Ranec. »Ich werde was davon nehmen, wenn niemand sonst es will.«

»Zum größten Teil ist es Weizen, aber auch Roggen und Hafer ist darunter. Tulie hat bereits genug für die kleinen Laibe von zermahlenem Korn, die alle so gern mögen; sie müssen nur gegart werden. Talut wollte was von den Körnern haben, um es mit der Rohrkolbenwurzelstärke zu vermischen, die er für die Herstellung seines Schnapses braucht. Aber wenn du willst, kannst du es alles haben. Du hast schließlich dafür gearbeitet.«

»Das hat Talut auch getan. Wenn er es haben möchte, kann er es haben«, sagte Ranec.

»Nimm, soviel du haben willst, Ranec. Ich nehme, was übrigbleibt«, erklärte Talut. »Die Rohrkolbenstärke, die ich angesetzte habe, fängt gerade an zu gären. Ich weiß nicht, was geschähe, wenn ich jetzt dies dazutue; allerdings wäre es interessant, es auszuprobieren und zu sehen, was daraus wird.«

Ayla sah sich sowohl Jondalar als auch Ranec genau an, um sich zu vergewissern, daß sie keinen Schaden davongetragen hatten. Als sie sah, wie Jondalar sich das verschwitzte Hemd über den Kopf zog, sich mit Wasser übergoß und im Langhaus verschwand, wußte sie, daß ihm der Wettkampf nicht geschadet hatte. Daraufhin kam sie sich ein wenig töricht vor, sich soviel Sorgen um ihn gemacht zu haben. Er war schließlich ein gesunder, kräftiger Mann; wenn er sich ein wenig überanstrengte, schadete ihm das gewiß nicht, und mit Ranec war das genauso. Gleichwohl wich sie beiden aus. Ihr Tun hatte sie in Verwirrung gestürzt, und sie brauchte Zeit zum Nachdenken.

Tronie kam aus dem Torbogen des Eingangs heraus und machte ein gequältes Gesicht. Auf der einen Hüfte hielt sie Hartal und auf der anderen eine flache Schulterblattschale, auf der Körbe und Geräte gestapelt waren. Ayla eilte auf sie zu.

»Kann ich dir helfen? Soll ich dir Hartal abnehmen?« fragte sie.

»Ach, würdest du das tun?« sagte die junge Mutter und übergab Ayla das Kleinkind. »Alle haben sie heute gekocht und irgendwelche Spezialgerichte zubereitet; da wollte auch ich was zum Festmahl beitragen, nur kommt mir immer wieder was dazwischen. Und dann wachte auch noch Hartal auf. Ich habe ihn gefüttert, aber er scheint noch keine Lust zu haben weiterzuschlafen.«

Tronie fand eine Stelle in der Nähe der großen Feuerstelle draußen, wo sie sich ausbreiten konnte. Das Baby auf dem Arm, sah Ayla zu, wie Tronie aus einem der Körbe entschälte Sonnenblumenkerne in die flache Schulterblattschale schüttete. Mit einem Stück Knöchelbein – das, wie Ayla mutmaßte, vom Wollnashorn stammte – zerdrückte Tronie die Kerne und zerrieb sie zu einem dicken Brei. Nachdem noch ein paar Handvoll Sonnenblumenkerne zerdrückt und zu Brei gemacht worden waren, füllte sie einen anderen Korb mit Wasser. Sie nahm zwei gerade Knochen zur Hand, die zu diesem Zweck geschnitzt und geformt worden waren, und holte mit der Hand rasch ein paar Kochsteine aus dem Feuer. Zischend und unter Dampfentwicklung ließ sie die Steine ins Wasser fallen, holte bereits abgekühlte wieder heraus und fügte weitere heiße hinzu, bis das Wasser siedete. Dann erst schüttete sie den dickflüssigen Sonnenblumenbrei hinzu. Ayla war gespannt, was daraus werden würde.

Beim Kochen schwitzten die Kerne das Öl aus, welches Tronie mit einer großen Kelle abschöpfte und in ein anderes Behältnis schüttete, das diesmal aus Birkenrinde bestand. Nachdem sie soviel abgeschöpft hatte, wie herauskommen wollte, fügte sie dem siedenden Wasser die zerstampften Körner irgendeiner nicht mehr genau zu bestimmenden Getreideart sowie einige schwarze Samenkörner des Fuchsschwanzes hinzu, würzte mit Kräutern und tat immer wieder neue Kochsteine hinein, um das ganze am Kochen zu halten. Die Birkenrindenbehälter wurden zum Abkühlen beiseitegestellt, bis die Sonnenblumenbutter sich verfestigte. Von der Löffelspitze aus ließ sie Ayla davon kosten; und diese fand, es schmecke köstlich.

»Besonders gut schmeckt das auf Tulies Kornlaiben«, sagte Tronie. »Deshalb wollte ich es machen. Da ich aber ohnehin schon kochendes Wasser hatte, dachte ich, ich könnte gleich das Frühstück für morgen vorbereiten. Am Morgen nach einem Fest hat eigentlich keiner groß Lust, lange zu kochen; aber die Kinder zumindest möchten etwas zu essen haben. Vielen Dank, daß du mir Hartal solange abgenommen hast.«

»Dafür brauchst dich nicht zu bedanken. Es hat mir Spaß gemacht. Ich habe schon lange kein Baby mehr im Arm gehabt«, sagte Ayla und merkte, daß das stimmte. Sie besah sich daher Hartal genauer und verglich ihn im

Geiste mit den Babys des Clan. Hartal hatte keine Brauenwülste, doch waren die bei den Clan-Babys auch noch nicht voll entwickelt. Seine Stirn war gerader und sein Kopf runder, aber sonst unterschied er sich eigentlich kaum von den Clan-Kindern, fand Ayla. Der größte Unterschied lag für sie darin, daß Hartal lachte und kicherte und gurrte; Clan-Kinder stießen nicht so viele verschiedene Laute aus.

Als seine Mutter ging, die Geräte abzuwaschen, wurde das Baby ein wenig unruhig. Ayla ließ es auf dem Knie hüpfen, und drehte es so lange, bis die beiden sich ansahen. Sie redete mit ihm und beobachtete, wie hellwach es reagierte. Damit war es eine Weile zufrieden, doch dauerte es nicht lange, und es fing wieder an zu schreien. Ayla spitze die Lippen und flötete. Dieser Laut überraschte es, und es hörte auf zu weinen, um zu horchen. Sie pfiff noch einmal, diesmal so, daß es sich wie Vogelgezwitscher anhörte.

Ayla hatte, als sie allein im Tal gelebt hatte, ganze Nachmittage damit zugebracht, die Rufe und das Gezwitscher von Vögeln nachzuahmen. Sie hatte darin so großes Können erworben, daß verschiedene Vogelarten auf ihr Pfeifen hin herbeigeflogen gekommen waren; doch Vögel dieser Arten lebten nicht nur im Tal der Pferde.

Als sie flötete, um das Baby zu unterhalten, landeten in der Nähe ein paar Vögel und pickten an den Körnern und den Samen herum, die aus Tronies Körben herausgefallen waren. Ayla bemerkte sie, flötete nochmals, und hielt einen Finger hin. Nach anfänglichem Zögern hüpfte ihr schließlich ein mutiger Fink auf den Finger. Vorsichtig und unter Pfeifen, das ihm gefiel und ihn beruhigte, hob Ayla das kleine Geschöpf in die Höhe und hielt es dicht vor das Baby hin, damit dieses den Vogel sehe. Ein entzücktes Geglúckse und eine vorgestreckte Patschhand ließen den Finken davonschwirren.

Dann hörte Ayla zu ihrer Verwunderung Beifallgeklatsche.Der Klang von Händen, die sich auf Schenkel schlugen, ließ sie aufblicken und in die lächelnden Gesichter der meisten Angehörigen des Löwen-Lagers blikken.

»Wie machst du das, Ayla? Ich kenne ein paar, die einen Vogel nachmachen können, oder sonst ein Tier, aber du machst das so gut, daß sie darauf hereinfallen«, sagte Tronie. »Ich habe nie jemand kennengelernt, der soviel Macht über Tiere ausübt wie du.«

Ayla errötete, als hätte man sie bei etwas Verbotenem ertappt . . . nicht unbedingt dabei, daß sie anders war. Trotz allen beifälligen Lächelns und trotz der Zustimmung konnte sie sich eines gewissen Unbehagens nicht erwehren. Sie wußte nicht, wie sie Tronie ihre Frage beantworten sollte. Sie wußte nicht, wie erklären, daß man so viel Zeit hat, wie man will, wenn man alleine ist, um wie ein Vogel flöten zu lernen und zu üben. Wenn es niemand gibt, an den man sich wenden könnte, sind einem ein Pferd, ja, sogar ein Löwe willkommene Gefährten. Wenn man nicht weiß, daß es außer einem selbst noch jemand der eigenen Art gibt, nutzt man jede Gelegenheit, den Kontakt mit anderen Lebewesen aufzunehmen, gleich wer sie sind.

10

Am frühen Nachmittag machte sich eine allgemeine Mattigkeit im Löwen-Lager breit. Obwohl die Hauptmahlzeit des Tages für gewöhnlich mittags eingenommen wurde, ließen die meisten sie heute aus oder begnügten sich mit ein paar Happen von dem, was vom Frühstück übriggeblieben war, und das alles nur in freudiger Erwartung einer abendlichen Schmauserei, die um so köstlicher zu werden versprach, als sie nicht im geringsten geplant gewesen war. Die Leute entspannten; einige machten ein Nickerchen, andere sahen gelegentlich nach, wie es mit den jeweiligen Gerichten stand, für die sie verantwortlich waren, und ein paar plauderten halblaut; dennoch hing ein Gefühl gespannter Erwartung in der Luft, und alle freuten sich auf einen besonderen Abend.

Im Inneren des Langhauses lauschten Ayla und Tronie Deegies ausführlichem Bericht über ihren Besuch in Branags Lager sowie über die Vorbereitungen für ihr Zusammengegebenwerden. Anfangs hörte Ayla interessiert zu, doch als die beiden jungen Mamutoi-Frauen anfingen, über diesen Verwandten und jene Freundin zu reden, die sie – Ayla – nicht kannte, stand sie auf, sagte, sie wolle nachsehen, wie es mit den Schneehühnern stand, und ging nach draußen. Deegies Erzählungen von Branag und die auf sie zukommende Feier des Zusammengebens ließ Ayla über ihre Beziehung zu Jondalar nachdenken. Er hatte zwar gesagt, er liebe sie, doch hatte er ihr nie vorgeschlagen, sich mit ihr zusammenzutun, oder von einem entsprechenden Fest gesprochen, und das stimmte sie nachdenklich.

Sie ging hinüber zu der Kochstelle, wo ihre Vögel garten, vergewisserte sich, daß auch genug Hitze vorhanden war, und bemerkte dann, daß Jondalar zusammen mit Wymez und Danug ein wenig abseits an jener Stelle hockte wo sie für gewöhnlich arbeitete und wo die anderen Leute nicht so oft hinkamen. Sie wußte, worüber sie redeten, und selbst wenn sie es nicht gewußt hätte, sie hätte es erraten können. Der Platz, an dem sie saßen, war übersät von Splittern und anderem Flintabfall. Außerdem lagen in Reichweite der drei Werkzeugmacher auf dem Boden Feuersteinknollen, die noch darauf warteten, bearbeitet zu werden. Ayla fragte sich oft, wie die drei nur soviel Zeit damit verbringen konnten, über nichts anderes als über Feuersteine und Steinschlägerei zu reden. Mittlerweile mußte doch wirklich alles gesagt worden sein, was es darüber zu sagen gab!

Bevor Jondalar gekommen war, hatte Ayla ihre eigenen Steinwerkzeuge gefertigt, die ihren Bedürfnissen angemessen gedient hatten. In ihrer Kindheit hatte sie Droog, dem Werkzeugmacher des Clan, oft bei seiner Arbeit zugeschaut und gelernt, indem sie seine Techniken nachahmte. Doch bereits beim ersten Mal, als sie Jondalar bei seiner Arbeit zugesehen hatte, war ihr klargewesen, daß sein Können das ihre bei weitem überstieg; zwar gab es zwischen Droog und Jondalar eine gewisse ähnliche Einstellung dem Handwerk gegenüber, möglicherweise sogar ähnliche Fähigkeiten, doch was Jondalars Methoden sowie die Werkzeuge betraf, die er herstellte, so waren diese mit denen des Clans einfach nicht zu vergleichen. Ayla war nun neugierig, welcher Methoden Wymez sich bediente, und hatte vorgehabt, ihn irgendwann einmal danach zu fragen, und so fand sie jetzt, eigentlich sei dies ein geeigneter Augenblick, das zu tun.

Jondalar war sich ihrer Gegenwart bewußt gewesen von dem Augenblick an, da sie aus der Erdhütte herausgetreten war, bemühte sich aber, sich das nicht anmerken zu lassen. Er war sich sicher, daß sie ihm, seit sie ihr Können mit der Schleuder auf der Steppe vorgeführt hatte, aus dem Weg gegangen war, und er wollte ihr seine Aufmerksamkeit nicht aufzwingen, wenn sie ihn nicht um sich haben wollte. Sein Magen verkrampfte sich daher gewaltig, als sie auf sie zukam, und er hatte Angst, sie könnte es sich noch anders überlegen, oder es sähe nur so aus, als ob sie sich ihnen näherte.

»Wenn es nicht stört, möchte ich beim Werkzeugmachen zusehen«, sagte Ayla.

»Aber bitte. Nimm doch Platz!« hieß Wymez sie willkommen.

Jondalar entspannte sich merklich; seine gerunzelte Stirn glättete sich, und er biß die Zähne nicht mehr so gewaltsam aufeinander. Danug wollte, als sie sich ausgerechnet neben ihn setzte, etwas sagen, doch bekam er einen trockenen Mund und brachte kein Wort heraus. Jondalar erkannte die Verehrung und Bewunderung, die aus seinen Augen sprach, und unterdrückte ein nachsichtiges Lächeln. Er hatte den jungen Mann ganz besonders ins Herz geschlossen und war sich darüber im klaren, daß die Liebe eines Halbwüchsigen keine Bedrohung für ihn darstellte. Er konnte es sich leisten, ein wenig den herablassenden großen Bruder zu spielen.

»Wird deine Technik bei den Zelandonii ganz allgemein verwendet, Jondalar?« erkundigte Wymez sich und setzte damit offensichtlich die Unterhaltung fort, die Ayla durch ihr Hinzukommen unterbrochen hatte.

»Mehr oder weniger, ja. Die meisten spalten Keile von einem vorbereiteten Kern ab, um andere Werkzeuge und Geräte daraus zu machen: Beitel, Stichel, Messer, Schaber oder Spitzen für kleinere Speere.«

»Und wie steht es mit den größeren Speeren? Jagt ihr Mammuts?«

»Manchmal«, sagte Jondalar. »Wir sind nicht so darauf spezialisiert wie ihr. Spitzen für größere Speere fertigen wir für gewöhnlich aus Knochen – ich stelle sie besonders gern aus den Vorderbeinknochen des Hirsches her. Stichel und Beitel zum Beispiel benutzt man, um mit Hilfe von Furchen oder Rillen die groben Umrisse von etwas festzulegen und sie dann immer weiter zu vertiefen, bis sich die gewünschte Form herausbrechen läßt. Diese wird mit einem Schaber in die endgültige Form gebracht, und spitz schleifen lassen sie sich mit einem nassen Sandstein.«

Ayla, die ihm geholfen hatte, jene beinernen Speerspitzen herzustellen, die sie benutzen, war beeindruckt, wie wirksam diese waren. Sie waren lang und tödlich und drangen tief ein, wenn so ein Speer kraftvoll geschleudert wurde, insbesondere, wenn man einen Speerwerfer benutzte. Wesentlich leichter als diejenigen, die sie selbst verwendet hatte und die nach dem Vorbild der schweren, von den Clan-Angehörigen benutzten Speere gearbeitet gewesen waren, die man eigentlich mehr Stangen nennen mußte, waren Jondalars Speere keine Stichwaffen, sondern dazu da, geworfen zu werden.

»Eine Speerspitze aus Knochen dringt tief ein«, sage Wymez. »Trifft man die richtige Stelle, verendet das Wild schnell, und es gibt auch nicht soviel Blut. Aber bei einem Mammut oder einem Nashorn ist es nicht so einfach, eine tödliche Stelle zu finden. Der Pelz ist dicht, die Lederhaut dick, und trifft man zwischen die Rippen, ist da immer noch eine Menge Fett und Muskeln, die durchstoßen werden müssen. Da stellt das Auge ein gutes Ziel dar, nur bewegt sich das ständig. Ein Mammut kann man auch mit einem einzigen Speerwurf zur Strecke bringen, wenn man es genau in die Kehle trifft, doch ist das gefährlich. Dazu muß man nämlich dicht herangehen. Eine Speerspitze aus Feuerstein ist nicht nur spitz, sondern weist seitlich auch noch Schneiden auf, die scharf sind wie eine Klinge. Deshalb durchdringt sie auch dickere Häute leichter, und die Wunden bluten reichlich; auf diese Weise wird das Tier geschwächt. Will man eines zum Bluten bringen, eignen sich Blase oder Eingeweide besonders gut als Ziel. Das geht zwar nicht besonders schnell, aber es ist eine sichere Methode.«

Ayla lauschte wie gebannt. Das Werkzeugmachen war schon an sich interessant, aber auf Mammuts hatte sie noch nie Jagd gemacht.

»Du hast recht«, sagte Jondalar. »Aber wie schaffst du es, eine große Flint-Speerspitze gerade zu machen? Egal mit welcher Methode du auch eine Klinge abspaltest, sie ist immer leicht gebogen. Das liegt nun mal in der Natur des Steins. Und mit einem Speer mit gebogener Spitze kann man nicht zielgenau werfen. Außerdem dringt er weniger gut ein; vermutlich geht die halbe Kraft, die man aufwendet, verloren. Aus diesem Grunde sind Feuersteinspitzen immer klein. Wenn man soweit ist, daß man genug Splitter und Plättchen von der Unterseite entfernen kann, damit die Spitze gerade verläuft, ist nicht mehr viel von dem Steinkern übrig.«

Wymez lächelte und nickte zustimmend. »Das stimmt, Jondalar, aber laß mich dir etwas zeigen.« Er zog ein schweres, in ein Fell eingeschlagenes Bündel hervor, das hinter ihm gelegen hatte, und schlug es auf. Er nahm einen riesigen Axtkopf heraus, einen Riesenstein von der Größe eines regelrechten Schlegels, der aus einem ganzen Flintknollen gearbeitet worden war. Der hintere Teil war abgerundet, doch das Vorderteil war zu einer ziemlich groben, dicken, dann vergleichsweise dünn auslaufenden Schneide geformt worden. »So etwas hast du bestimmt schon mal gemacht, nicht wahr?«

Jondalar lächelte. »Ja, ich habe Äxte hergestellt, aber eine so große wie diese noch nie. Die ist bestimmt für Talut gedacht.«

»Jawohl. Ich wollte sie nur noch mit einem langen Knochenstiel verbinden – für Talut ... vielleicht auch für Danug«, sagte Wymez und lächelte den jungen Mann freundlich an. »Äxte wie diese braucht man zum Zertrümmern von Mammutknochen oder Mammutstoßzähnen. Um sie zu schwingen, muß man schon sehr stark sein. Talut geht damit um, als wäre es nichts weiter als nur ein Stöckchen. Und Danug schafft das inzwischen wahrscheinlich auch schon.«

»Ja, das kann er. Er hat Stämme für mich geschlagen«, sagte Ayla und sah Danug bewundernd an, was ihn schüchtern lächeln und erröten ließ. Auch sie hatte Handbeile hergestellt und damit gearbeitet – nie jedoch eine Axt von dieser Größe.

»Und wie machst du eine Axt?« fuhr Wymez fort.

»Für gewöhnlich fange ich damit an, daß ich mit einem Hammerstein einen dicken Keil vom Flintkern abschlage, von dem ich auf den Seiten dann Splitter löse, damit es eine Schneide und eine Spitze ergibt.«

»Die Leute von Ranecs Mutter – die Aterianer – stellen Speerspitzen mit einer Schneide auf beiden Seiten her.«

»Auf beiden Seiten? So daß sie auf beiden Seiten schneidenförmig auslaufen wie eine Axt? Um die einigermaßen gerade zu bekommen, müßte man mit einem riesigen Kernbrocken anfangen, nicht mit einem feinen, schmalen Keil. Wäre das denn nicht viel zu ungefüge für eine Speerspitze?«

»Schon richtig, sie waren etwas klobig und schwerer, aber sie stellten eine entschiedene Verbesserung im Verhältnis zur Axt dar. Und erwiesen sich als sehr wirksam bei den Tieren, auf die sie Jagd machten. Es stimmt schon. Um die Haut eines Mammuts oder Nashorns zu durchstoßen, braucht man eine Feuersteinspitze, die lang und gerade, kräftig und doch dünn ist. Wie würdest du eine solche herstellen?« fragte Wymez.

»So, daß sie auf beiden Seiten eine Schneide aufweist. Das ist die einzige Möglichkeit. Aus einer Platte, die nicht dicker sein dürfte als so. Um auf Vorder- und Rückseite feinste Plättchen abzulösen, würde ich mit flach angesetztem Beitel arbeiten«, erklärte Jondalar nachdenklich und versuchte sich vorzustellen, wie er eine solche Waffe wohl herstellen würde. »Aber dazu bedürfte es eines sehr sicheren Könnens.«

»Richtig. Treffsicherheit und genau bemessene Schlagkraft, darauf kommt es an – und auf die Beschaffenheit des Steins.«

»Ja, der müßte sehr frisch sein. Dalanar, der Mann, bei dem ich gelernt habe, hat in der Nähe einer Kalksteinklippe gelebt, die in der untersten Schicht Flint führte. Möglich, daß das mit einigen von seinen Steinen möglich wäre. Aber selbst dann dürfte es noch äußerst schwierig sein. Wir haben ein paar sehr gute Äxte hergestellt, aber wie man damit eine anständige Speerspitze fertigen will, wüßte ich nicht.«

Wymez griff nach einem anderen, in feines Leder eingewickelten Bündel, schlug es vorsichtig auf und ließ mehrere Flintspitzen sehen.

Jondalar wollten vor Verwunderung die Augen übergehen. Er sah erst Wymez an, dann Danug, der vor Stolz auf seinen väterlichen Freund lächelte, nahm dann eine der Spitzen zwischen die Finger und hob sie hoch. Geradezu zärtlich drehte er sie hin und her, gleichsam als gälte es, den wunderbar bearbeiteten Stein zu streicheln.

Der Feuerstein fühlte sich überaus feinkörnig an, war von einer glatten, beinahe öligen Beschaffenheit und wies einen Schimmer auf, der auf den vielen feinen Facetten im Sonnenlicht matt aufblinkte. Der bearbeitete Stein hatte annähernd die Form eines Weidenblattes und wies in allen Richtungen eine nahezu vollkommene Symmetrie auf; außerdem reichte er von seiner Handwurzel über den ganzen Handteller bis hinauf zu seinen Fingerspitzen. Am unteren Ende, fast mit einer Spitze beginnend, erreichte er etwa in der Mitte eine Breite von vier Fingern und lief dann oben wiederum in einer Spitze aus. Sie so hindrehend, daß er die Schmalseite vor sich hatte, erkannte Jondalar, daß die Schneide in der Tat nicht die leichte Wölbung aufwies, wie sie sonst charakteristisch war für die Schneidewerkzeuge. Diese verlief vollkommen gerade, und die ganze Spitze hatte an der dicksten Stelle einen Durchmesser wie etwa sein kleiner Finger.

Mit Kennermiene prüfte er die Schneide. Sehr scharf und nur leicht gezahnt durch die Dellen, die von den vielen winzigen Plättchen herrührten, die herausgeschlagen worden waren. Er ließ die Fingerspitze leicht über die Oberfläche dahinfahren und spürte die kleinen Grate, die von den vielen ähnlichen winzigen Plättchen herrührten, die entfernt worden waren, um der Feuersteinspitze eine so feine, ebenmäßige Form zu verleihen.

»Die ist viel zu schön, um sie als Waffe zu gebrauchen«, sage Jondalar. »Das ist ja ein Kunstwerk.«

»Sie wird auch nicht als Waffe benutzt«, sagte Wymez, erfreut über das Lob eines Mannes, der sich ebenfalls auf die Steinschlägerei verstand. »Die habe ich nur angefertigt, um die Technik erklären zu können.«

Ayla verrenkte sich fast den Hals, um die wunderschön gearbeiteten Werkzeuge anzuschauen, die auf das weiche Leder auf dem Boden gebettet waren. Nie zuvor hatte sie derart schön gearbeitete Spitzen gesehen. Diese waren von unterschiedlicher Größe und von verschiedenem Typ. Neben den blattförmigen gab es asymmetrisch bucklige Spitzen, die auf der einen Seite sich verjüngend in einen Seitensporn ausliefen, der sich in einen Griff einfügen ließ, so daß er sich als Messer gebrauchen ließ; dann wieder symmetrischer ausgeführte Spitzen mit einem in der Mitte ansetzenden Griff, die sowohl als Speerspitzen als auch als Dolch zu verwenden waren.

»Möchtest du sie dir vielleicht genauer ansehen?« fragte Wymez.

Mit Augen, die vor Bewunderung schimmerten, nahm sie eine nach der anderen zur Hand und drehte sie nach allen Seiten, als wären es kostbare Kleinodien. Und das waren sie in gewisser Hinsicht auch.

»Flint ... glatt ... lebendig ...«, sagte Ayla. »Solchen Feuerstein habe ich noch nie gesehen.«

Wymez lächelte. »Du hast das Geheimnis entdeckt, Ayla«, sagte er. »Das ist es ja gerade, was diese Spitzen möglich macht.«

»Habt ihr solchen Flint in der Nähe?« fragte Jondalar ungläubig. »So etwas habe ich noch nie zuvor gesehen.«

»Nein, das wirst du wohl nicht. Gewiß, wir können Feuerstein von sehr guter Qualität bekommen. Ein großes Lager weiter im Norden lebt in der Nähe einer guten Flintmine. Das ist dort, wo Danug gewesen ist. Aber dieser Stein ist besonders behandelt worden ... mit Feuer.«

»Mit Feuer?« rief Jondalar.

»Jawohl, mit Feuer. Durch Erhitzen verändert sich der Stein. Erst nachdem er erhitzt worden ist, fühlt er sich so glatt an, so« – Wymez sah Ayla an – »so lebendig. Und Hitze verleiht ihm auch seine besonderen Eigenschaften.« Während er redete, nahm er eine Flintknolle auf, die unverkennbare Merkmale dafür aufwies, im Feuer gelegen zu haben. Sie war verrußt und versengt, und die Kreidehülle wies, nachdem Wymez sie mit einem Schlag mit dem Hammerstein aufgeknackt hatte, eine weit tiefere Verfärbung auf als gewöhnlich. »Zu verdanken haben wir das Ganze einem Zufall. Ein Brocken Feuerstein fiel in eine Feuerstelle. Es war ein großes, sehr heißes Feuer – ihr wißt, wie heiß ein Feuer sein muß, ehe Knochen verbrennen?«

Wissend nickte Ayla. Jondalar zuckte mit den Achseln. Er hatte nicht weiter darauf geachtet, doch da Ayla Bescheid zu wissen schien, war er bereit, es als gegeben hinzunehmen.

»Ich wollte den Flintknollen schon herausrollen, doch Nezzie meinte, wo er einmal drinnen sei, könne er dazu dienen, eine Kumme zu tragen, um das Fett aufzufangen, das von einem Braten heruntertropfte, den wir gerade überm Feuer drehten. Nun ergab es sich, daß dies heruntertropfende Fett aufflammte und eine gute Elfenbeinkumme ruinierte. Ich ersetzte sie ihr mit Freunden, denn das ganze erwies sich als ein großer Glücksfall. Dabei hätte ich den Stein um ein Haar weggeworfen. Er war ja versengt und angekohlt wie dieser hier, und ich ließ ihn beiseite, bis mir irgendwann einmal der Flint ausging. Als ich ihn das erstemal aufknackte, dachte ich, er wäre ruiniert. Schaut ihn euch an, dann seht ihr, warum«, sagte Wymez und reichte jedem von ihnen ein Stück.

»Der Feuerstein ist dunkler und fühlt sich auch nicht so ölig an«, sagte Jondalar.

»Nun war ich zufällig dabei, mit aterianischen Speerspitzen zu proben, um meine Technik zu verbessern. Da ich gerade dabei war, neue Ideen auszuprobieren, dachte ich, es könne nicht schaden, wenn der Stein nicht ganz so vollkommen wäre. Aber sobald ich anfing, ihn zu bearbeiten, fiel mir der Unterschied auf. Das geschah kurz nachdem ich zurückgekehrt war; Ranec war noch ein Junge. Und seither habe ich das Verfahren immer weiter vervollkommnet.«

»Was für eine Art von Unterschied meinst du?« fragte Jondalar.

»Probier's selbst aus, Jondalar, dann wirst du es schon sehen.«

Jondalar nahm seinen Hammerstein zur Hand, einen ovalen Brocken, der vom vielen Gebrauch Dellen und Scharten aufwies. Der Stein lag ihm jedoch gut in der Hand, und so begann Jondalar, ehe er den Kern des mit Feuer behandelten Steins selbst bearbeitete, die Kreiderinde wegzuschlagen.

»Erhitzt man Feuerstein vorm Bearbeiten sehr stark«, fuhr Wymez fort, während Jondalar an der Kruste herumhämmerte, »läßt er sich wesentlich besser bearbeiten, hat man eine viel größere Kontrolle über das Material. Übt man Druck auf den Stein aus, lassen sich viel feinere, dünnere und längere Plättchen entfernen als von nicht erhitztem Material. Man kann dem Stein dann fast jede Form verleihen, die man will.«

Wymez umwickelte seine Linke mit einem Lederfetzen, um sie vor den scharfen Rändern zu schützen, und legte dann einen zweiten Steinkeil, den er vor kurzem von einem der Brocken abgeschlagen hatte, die zuvor im Feuer gelegen hatten, in diese linke Hand, um vorzuführen, was er meinte. Mit der Rechten packte er einen kurzen, spitz zulaufenden Knochenbeitel. Die Spitze des Knochens setzte er am Rand des Feuersteins an und stieß mit kräftiger, nach vorn und unten gerichteter Bewegung gegen den Flint und löste einen kleinen, langen und dünnen, spanähnlichen Splitter ab. Dann hob er den Stein in die Höhe, Jondalar nahm ihn ihm ab und probierte es selbst. Ganz offensichtlich war er überrascht und sehr mit dem Ergebnis seiner Bemühung zufrieden.

»Das muß ich unbedingt Dalanar zeigen! Das ist ja unglaublich! Er hat schon manche Bearbeitungsweise verbessert – er besitzt nämlich ein natürliches Gefühl für Steine, wie du, Wymez. Aber du verstehst es ja geradezu, diesen Stein zu schälen und zu schneiden! Und das alles liegt nur daran, daß du ihn vorher erhitzt hast?«

Wymez nickte. »Nun, ich würde nicht gerade sagen, daß man ihn regelrecht schälen und schneiden kann, denn schließlich ist es immer noch ein spröder Stein und damit nicht ganz so einfach zu bearbeiten wie Knochen; aber wenn man sich auf die Bearbeitung von Feuerstein versteht, wird sie durch vorherige Erhitzung des Materials wesentlich erleichtert.«

»Ich möchte mal wissen, wie er auf übertragenen Druck reagiert... hast du schon mal versucht, einen spitzen Knochen oder ein spitzes Geweihstück zu nehmen und damit die Schlagkraft eines Hammersteins auf eine bestimmte Stelle zu richten? Damit gelingt es, wesentliche längere und dünnere Klingen herzustellen.«

Ayla fand, daß Jondalar eine natürliche Begabung für die Steinbearbeitung besaß. Aber mehr als das spürte sie seine Begeisterung und seinen spontanen Wunsch, diese großartige Entdeckung mit Dalanar zu teilen, einen schmerzlichen Wunsch heimzukehren zu seinen Leuten.

In ihrem Tal, als sie noch gezögert hatte, sich den unbekannten Anderen zu stellen, hatte sie geglaubt, Jondalar habe nur deshalb den Wunsch fortzugehen, um wieder mit anderen Menschen zusammensein zu können. Bis zu diesem Augenblick hatte sie nie verstanden, wie mächtig seine Sehnsucht war, wieder dorthin zurückzukehren, wo er herkam. Das war wie eine Offenbarung, eine plötzliche Erkenntnis; sie wußte, daß er woanders nie wirklich glücklich sein konnte.

Obwohl sie ihren Sohn und die Leute, die sie liebte, verzweifelt vermißte, hatte Ayla nie Heimweh gekannt, wie Jondalar es kannte – dies Sichverzehren danach, wieder dort zu sein, wo man die Menschen kannte und Sitten und Gebräuche einem vertraut waren. Was sie selbst betraf, so wußte sie, daß sie – seit sie ihn verlassen hatte – niemals wieder zum Clan zurückkehren konnte. Für die Clan-Angehörigen war sie gestorben. Sähen sie sie jetzt, würden sie sie für ein Gespenst, für einen Quälgeist halten. Und sie ihrerseits wußte, daß sie nie wieder bei ihnen leben wollte, selbst wenn sie könnte. Wiewohl sie erst seit kurzer Zeit im Löwen-Lager weilte, fühlte sie sich hier bereits wohler und mehr zu Hause als in all den Jahren, die sie beim Clan zugebracht hatte. Iza hatte also doch recht gehabt. Sie gehörte nicht zum Clan. Sie war eine der Anderen.

Ihren Gedanken nachhängend, war ihr einiges von dem, was gesprochen wurde, entgangen. Erst als sie Jondalar ihren Namen nennen hörte, kehrte sie wieder in die Gegenwart zurück.

»... ich nehme an, Aylas Technik muß der ihren sehr nahe kommen. Denn dort hat sie es gelernt. Ich habe ein paar von ihren Werkzeugen gesehen, war jedoch nie Zeuge, wie sie gemacht wurden – das mußte sie mir erst zeigen. Es mangelt ihnen nicht an einem gewissen Geschick, aber es bedeutet einen gewaltigen Schritt, vom Herausarbeiten grober Umrisse zur Feinarbeit durch indirekte Kraftübertragung überzugehen – und das genau ist doch der Unterschied zwischen einem Werkzeug, bei dessen Herstellung Grobsplitter abfallen, und einem feinen und leichten Werkzeug, bei dem nur dünne Schabsel, Plättchen und winzige Splitter den Abfall bilden.«

Lächelnd nickte Wymez. »Ja, wenn wir jetzt bloß noch eine Methode finden können, eine Klinge ganz gerade und ohne die geringste Wölbung in der Schneide herzustellen. Wie immer man es auch anstellt, hat man eine Klinge erst einmal mit dem Beitel bearbeitet, ist sie nicht mehr ganz so scharf wie beim ersten Abspalten vom Flintkern.«

»Darüber habe auch ich mir den Kopf zerbrochen«, sagte Danug und leistete damit seinen Beitrag zu der Diskussion. »Wie wäre es denn, wenn man in Knochen oder Hirschhorn eine Nut einkerbte und mit Leim ganz kleine Schneiden nebeneinandersetzte? So klein, daß die Klinge fast gerade verliefe?«

Jondalar dachte einen Moment über diesen Vorschlag nach. »Und wie wolltest du die herstellen?«

»Könnte man nicht mit einem kleinen Kern anfangen?« gab Danug ein wenig widerstrebend zu bedenken.

»Das könnte gehen, Danug, aber mit einem kleinen Flintkern ist schwer arbeiten«, sagte Wymez. »Ich habe daran gedacht, mit einer größeren Klinge anzufangen und diese in kleinere zu zerbrechen ...«

Sie waren immer noch bei ihrem Feuerstein, dachte Ayla. Offensichtlich konnten sie von diesem Thema nie genug bekommen. Das Material samt den darin liegenden Möglichkeiten hörte nie auf, sie zu faszinieren. Je mehr sie lernten und erfuhren, desto mehr weckte das ihr Interesse. Sie selbst sah zwar durchaus den Nutzen von Feuerstein und Werkzeugmacherei und fand auch, daß sie so etwas Schönes, Feines und zugleich Brauchbares wie die Speerspitzen von Wymez noch nie gesehen hatte. Nie jedoch hatte sie es erlebt, daß über dieses Thema so erschöpfend und bis ins Einzelne gehend diskutiert worden wäre. Dann jedoch fiel ihr ein, wie sehr sie selbst von Heilkunst und Kräutermagie fasziniert war. Die Zeit, die sie mit Iza und Uba verbracht hatte und in der die Medizin-Frau sie in ihre Geheimnisse eingeführt hatte, gehörte zu ihren glücklichsten Erinnerungen.

Ayla bemerkte, daß Nezzie aus der Erdhütte heraustrat, und stand auf, um zu sehen, ob sie ihr helfen könne. Wiewohl die drei Männer lächelten und redeten – sie glaubte nicht, daß sie ernsthaft bemerkten, daß sie gegangen war.

Darin freilich irrte sie. Wenn auch keiner von den dreien sagte, was er dachte, so stockte doch ihr Gespräch; alle drei sahen sie ihr nach.

Sie ist eine wunderschöne Frau, dachte Wymez. Aufgeweckt und voller Kenntnisse und an vielen Dingen interessiert. Wäre sie eine Mamutoi, würde sie einen hohen Brautpreis erbringen. Man stelle sich nur einmal vor, wieviel Ansehen sie einem Gefährten einbringen und an ihre Kinder weitergeben würde.

Danugs Gedanken gingen in die gleiche Richtung, nur hatte er sie im Geiste noch nicht richtig formuliert. Zwar geisterten ihm gelegentlich nebulöse Gedanken über Brautpreis, Hochzeiten und Beiwohnen durch den Kopf, nur meinte er, in dieser Hinsicht nicht die geringste Chance zu haben. Ihm ging es vor allem darum, möglichst viel in Aylas Nähe zu sein.

Jondalar suchte diese womöglich noch mehr als er. Wäre ihm ein vernünftiger Grund eingefallen, hätte er sich erhoben und wäre ihr gefolgt. Gleichwohl fürchtete er sich davor, sich zu sehr an sie zu klammern. Er erinnerte sich daran, welche Gefühle ihn bewegten, wenn Frauen versuchten, ihn auf Biegen und Brechen dazu zu bringen, sie zu lieben. Das hatte im Gegenteil meistens zur Folge, daß er ihnen aus dem Weg ging und sie bedauerte. Aylas Mitleid wollte er nicht. Was er wollte, das war ihre Liebe.

Ein würgender Gallengeschmack stieg in ihm auf, als er sah, wie der dunkelhäutige Mann aus dem Langhaus heraustrat und sie anlächelte. Er versuchte, die Galle hinunterzuschlucken und den Zorn zu beherrschen, der in ihm hochkam. Eine solche Eifersucht kannte er sonst gar nicht, und er haßte sich dafür. Er war sich sicher, daß Ayla ihn verabscheuen oder – schlimmer noch – bemitleiden würde, wenn sie wüßte, wie ihm zumute war. Er griff nach einem großen Flintknollen und schlug ihn mit einem Hammerstein auf. Der Stein war fehlerhaft und wies in der Außenhülle eine ganze Menge krümeliger Kalkeinschlüsse auf, doch Jondalar hieb immer wieder auf ihn ein und zertrümmerte ihn in kleine und immer kleinere Stücke.

Ranec sah Ayla vom Steinschlägerplatz herüberkommen. Daß seine Erregung und die Anziehung, die er jedesmal verspürte, wenn er sie sah, immer stärker wurden, ließ sich nicht leugnen. Er hatte sich von Anfang an von der Makellosigkeit der Form angezogen gefühlt, die sie für sein Schönheitsempfinden darstellte – nicht nur von der schön anzuschauenden Frau, sondern auch von der ungezwungenen Anmut ihrer Bewegungen. Der Blick, den er für so etwas hatte, war geschärft, und er konnte nicht die kleinste Unnatürlichkeit oder irgendwelches Getue bei ihr entdecken. Sie trug ein gesundes Selbstbewußtsein zur Schau, ein unerschrockenes Zutrauen, welches so vollkommen natürlich schien, daß er meinte, es müsse angeboren sein; außerdem rief diese Haltung eine Eigenschaft bei ihr hervor, die er nicht anders denn als kraftvolle Gegenwärtigkeit bezeichnen konnte.

Er begrüßte sie mit einem warmherzigen Lächeln. Dieses Lächeln konnte man nicht einfach übersehen, und Ayla erwiderte es ähnlich warmherzig.

»Sind deine Ohren gesättigt von Feuersteingerede?« sagte Ranec und zog die beiden letzten Wörter zu einem einzigen zusammen, wodurch die Frage etwas leicht Abschätziges bekam. Ayla spürte den feinen Unterschied zwar, war sich über die Bedeutung jedoch nicht ganz im klaren und meinte, das müsse wohl etwas wie Humor darstellen.

»Ja. Sie reden von Flint. Klingen und Werkzeuge herstellen. Speerspitzen. Wymez macht wunderschöne Speerspitzen.«

»Ah, dann hat er also seine Schätze vorgezeigt, wie? Du hast recht, sie sind wirklich wunderschön. Ich bin mir manchmal nicht sicher, ob er es weiß, aber Wymez ist mehr als ein Handwerker. Er ist ein Künstler.«

Ayla runzelte die Stirn. Ihr fiel ein, daß er dieses Wort gebraucht hatte, um ihr zu verstehen zu geben, welche Hochachtung er davor hatte, wie sie mit der Schleuder umging. Sie war sich nicht sicher, ob sie die Bedeutung des Wortes richtig verstand. »Bist du ein Künstler?« fragte sie.

Er verzog das Gesicht. Sie hatte mit ihrer Frage etwas angerührt, das ihn sehr stark beschäftigte.

Die Mamutoi glaubten, als erstes habe Die Mutter eine Geistwelt erschaffen, und die Geister aller Dinge, die es darin gab, wären vollkommen. Dann hätten die Geister lebendige Abbilder ihrer selbst geschaffen, um die gewöhnliche Welt zu bevölkern. Der Geist war das Modell, das Grundmuster, von dem sich alles ableitete, doch nie konnte ein Abbild so vollkommen sein wie das Urbild; nicht einmal die Geister selbst konnten vollkommene Abbilder machen, und deshalb war ein jedes anders als das andere.

Menschen waren einzigartig, sie standen der Mutter näher als andere Geister. Die Mutter brachte ein Abbild ihrer Selbst hervor und nannte ihren Geist Frau, sorgte dann dafür, daß ein Geist-Mann aus ihrem Schoß hervorging, so wie jeder Mensch von einer Frau geboren wurde. Später sorgte die Große Mutter dafür, daß der Geist der vollkommenen Frau sich mit dem Geist des vollkommenen Mannes vermischte und dadurch viele verschiedene Geist-Kinder entstanden. Sie selbst jedoch war es, die entschied, welchen Mannes Geist sich mit dem einer Frau vermischte, ehe Sie der Frau den Lebensodem einhauchte, auf daß diese schwanger werde. Und einigen wenigen Ihrer Kinder – Männer wie Frauen – gab die Mutter besondere Gaben mit.

Ranec selbst sah sich als Bildschnitzer, als Schaffer von Dingen, die ähnlich geschnitzt waren wie lebende oder geistige Dinge. Schnitzwerkzeuge waren nützliche Gegenstände. Sie verkörperten lebendige Geister, machten sie sichtbar und erkennbar, und sie stellten wichtige Gerätschaften für besondere Riten dar, die notwendig waren für Zeremonien, die von den Mamutoi vollzogen wurden. Diejenigen Menschen, die solche Gegenstände schaffen konnten, wurden hoch geachtet; sie waren begabte Künstler, von der Mutter auserwählt.

Manche Menschen meinten, alle Schnitzer, ja, alle Menschen, die etwas schufen oder verschönerten, damit aus diesen Dingen etwas wurde, das über das rein Nützliche hinausging, wären Künstler, doch nach Ranecs Überzeugung waren nicht alle Künstler gleichermaßen begabt; vielleicht aber wendeten sie für ihre Arbeiten nur nicht dasselbe Maß an Aufmerksamkeit und Sorgfalt auf. Tier- und Menschenfiguren, die sie schufen, waren roh, und er fand, derlei Darstellungen stellten eine Beleidigung der Geister dar – und der Großen Mutter, die sie erschaffen hatte.

In Ranecs Augen waren die besten und vollkommensten Beispiele von allen Dingen wunderschön, und alles, was schön war, stellte den Inbegriff von etwas Geistigem dar – gleichsam das Wesen des Geistigen. Das war seine Religion. Darüber hinaus, im tiefsten Grunde einer ästhetischen Seele, meinte er, Schönheit besitze einen ganz besonderen Wert eigener Art, und glaubte, in allem stecke die Möglichkeit, schön zu sein. Mochten einige Tätigkeiten oder Dinge schlicht funktional sein, er fand, daß jeder, der bei irgend etwas, das er tat, Vollkommenheit erreichte, ein Künstler sei und daß den Ergebnissen seines Tuns das Wesen der Schönheit innewohne. Die Kunst lag jedoch genauso sehr im Tun als auch im Ergebnis des Tuns. Kunstwerk waren nicht nur das Endprodukt, sondern der Gedanke, das Tun, der Schaffensprozeß, der ihnen zugrundelag.

Ranecs Schönheitssuche – mit seinen geschickten Händen, aber mehr noch mit seinen angeborenen empfindsamen Augen – hatte fast etwas von religiösem Streben. Er hatte das Bedürfnis, sich damit zu umgeben, und sah Ayla nachgerade selbst schon als Kunstwerk – als den erlesensten, vollkommensten Ausdruck der Frau, den er sich vorstellen konnte. Nicht nur ihr Aussehen war es, das sie wunderschön machte. Schönheit war kein beständiges Bild; es war Wesen, war Geist, war das, was zum Leben erweckte. Am besten drückte es sich in Bewegung, Verhalten und Leistung aus. Eine schöne Frau konnte nur eine vollkommene und dynamische Frau sein. Wenn er es auch nicht ausdrücklich sagte – Ayla wurde in seinen Augen mehr und mehr zur vollkommenen Verkörperung des Urgeistes Frau. Sie war das Wesen der Frau, das Wesen der Schönheit.

Der dunkelhäutige Mann mit den lachenden Augen und dem beißenden Witz, den er erworben hatte, um seine tiefsten Sehnsüchte zu verbergen, trachtete danach, mit seiner eigenen Arbeit Vollkommenheit und Schönheit zu schaffen. Dafür wurde er von seinen Leuten als bester Bildschnitzer, als erlauchter Künstler gepriesen, doch er selbst war wie so viele Perfektionisten nie ganz zufrieden mit seinen eigenen Schöpfungen. Er selbst bezeichnete sich nicht als Künstler.

»Ich bin ein Bildschnitzer«, sagte er zu Ayla. Und als er die Verwirrung in ihren Augen erkannte, fügte er noch hinzu: »Manche Leute würden einen jeden Bildschnitzer einen Künstler nennen.« Er zögerte einen Moment und überlegte, wie sie seine Arbeit wohl beurteilen würde, dann sagte er: »Möchtest du meine Schnitzereien gern einmal sehen?«

»Ja«, erwiderte sie.

Die schlichte Direktheit ihrer Antwort ließ ihn für einen Moment innehalten, dann warf er den Kopf zurück und brach in schallendes Gelächter aus. Selbstverständlich, was hätte sie sonst sagen sollen? Um seine Augen herum bildeten sich Lachfältchen, und so winkte er sie ins Langhaus hinein.

Jondalar sah sie gemeinsam durch den gewölbten Türbogen hineingehen und spürte, wie sich bleierne Schwere auf seine Glieder senkte. Er schloß die Augen und ließ den Kopf verzagt sinken.

Dem großgewachsenen, stattlichen Mann hatte es nie an weiblicher Aufmerksamkeit gemangelt. Da er jedoch gerade das nicht verstand, was ihn so anziehend machte, fehlte es ihm auch am Glauben daran. Er war ein Werkzeugmacher und fühlte sich im Umgang mit dem Körperlichen wohler als im Umgang mit dem Geistigen und fühlte sich mehr zu Hause, wenn es galt, seine beträchtliche Intelligenz auf das Verstehen von technischen Aspekten wie Druck und Schlag auf kristallinen Quarz zu richten –

eben auf Feuerstein, auf Flint. Er begriff die Welt als etwas überaus Körperliches.

So drückte er sich auch körperlich aus; verstand es besser, mit den Händen als mit Worten umzugehen. Nicht daß er sich nicht auszudrücken verstanden hätte; er war nur mit Worten nicht besonders begabt. Er hatte durchaus gelernt, eine Geschichte gut zu erzählen, aber mit schlagfertigen Antworten und humorvollen Wendungen war er nicht so schnell bei der Hand. Er war ein ernster und verschlossener Mann, der nicht gern über sich selbst redete, wiewohl er ein feinfühliger Zuhörer war, der Geständnisse und vertrauliche Mitteilungen bei anderen geradezu herausforderte. Zu Hause war er als vortrefflicher Handwerker bekannt gewesen, aber dieselben Hände, die sich so trefflich darauf verstanden, harten Stein in feine Werkzeuge und Geräte zu verwandeln, verstanden sich ebenso wunderbar auf das Wesen des weiblichen Körpers. Das war nur ein weiterer Ausdruck seiner Körperlichkeit, und auch dafür war er gleichermaßen berühmt gewesen, nur nicht ganz so offen. Die Frauen waren hinter ihm her, und man machte Witze über sein »anderes« Können.

Dieses Können hatte er genauso erlernt, wie er es gelernt hatte, den Feuerstein zu bestimmten Werkzeugen zu formen. Er wußte, wo er berühren mußte, nahm kaum merkliche Signale auf und ging auf sie ein – und es bereitete ihm Wonne, Wonnen zu schenken. Seine Hände, seine Augen, sein ganzer Körper sprachen beredter als alle Worte, die er jemals von sich gab. Wäre Ranec eine Frau gewesen, hätte er ihn einen Künstler genannt.

Für manche Frauen empfand Jondalar eine echte Zuneigung und herzliche Verbundenheit; körperlich genossen hatte er sie alle, nur nicht geliebt – bis er Ayla begegnet war. Und jetzt war er sich nicht sicher, ob sie ihn wirklich liebte. Wie sollte sie auch? Sie hatte ja keine Vergleiche. Er war der einzige Mann, den sie gekannt hatte, seit sie hierhergekommen waren. Er erkannte in dem Bildschnitzer etwas Besonderes, einen Mann von beträchtlichem Charme. Und er erkannte die Zeichen wachsender Anziehung, die Ayla auf ihn ausübte. Falls es einem Mann gelang, Aylas Liebe zu erringen – das wußte er –, dann war es Ranec. Jondalar war durch die halbe Welt gezogen, ehe er eine Frau gefunden hatte, die er lieben konnte. Jetzt, wo er sie endlich gefunden hatte, sollte er sie da so rasch wieder hergeben?

Aber verdiente er es, sie wieder zu verlieren? Durfte er sie mit zurückbringen zu seinen Leuten, wo er doch wußte, wie diese von Frauen wie ihr dachten? Trotz all seiner Eifersucht, fragte er sich, ob er der richtige für sie sei. Er sagte sich, daß er gerecht zu ihr sein wollte, doch im tiefsten Herzensgrund fragte er sich, ob er das Stigma trug, wieder einmal die falsche Frau zu lieben?

Danug erkannte Jondalars Ärger und sah Wymez bekümmert an. Dieser nickte nur verständnisvoll. Auch er hatte einst eine Frau von exotischer Schönheit geliebt, aber Ranec war der Sohn seines Herdfeuers, und es wurde höchste Zeit für ihn, daß er eine Frau fand, sich mit ihr zusammenzutun und eine Kinderschar mit ihr großzuziehen.

Ranec führte Ayla ans Herdfeuer des Fuchses. Wiewohl sie diesen Bereich täglich mehrmals durchmessen hatte, neugierige Blicke hatte sie mit Bedacht vermieden. Das lag ihr noch seit ihrer Zeit beim Clan im Blut, war aber auch hier im Löwen-Lager angebracht. Im offenen Langhaus war der Privatbereich nicht so sehr eine Sache geschlossener Türen; er beruhte vielmehr auf Rücksichtnahme, Achtung und Duldsamkeit anderen gegenüber.

»Nimm Platz«, sagte er und zeigte auf eine Lagerstatt, die mit weichen, üppigen Fellen bedeckt war. Jetzt, wo es erlaubt war, ihre Neugier zu befriedigen, sah sie sich um. Obwohl die beiden Männer ein Herdfeuer teilten, lebten sie in Bereichen, die durch den Mittelgang voneinander getrennt waren – und die Art, wie sie sich eingerichtet hatten, war grundverschieden und höchst individuell.

Der Bereich des Werkzeugmachers auf der anderen Seite der Feuerstelle verriet gleichgültige Einfachheit. Da war die Lagerstatt – das Bett – mit ausgestopften Polstern und Fellen sowie einem alles andere als überlegt aufgehängten Ledervorhang, der aussah, als wäre er schon seit Jahren nicht heruntergelassen worden. An Pflöcken hingen Kleidungsstücke, und auf der an der Wand sich entlangziehenden Plattform des Bettes, die über die Trennwand hinausführte, lagen Stapel mit weiteren Kleidern.

Den weitaus größten Teil des Raums nahm der Arbeitsbereich ein, den man an Flintknollen, Abfallbrocken und Feuersteinsplittern erkannte, die um einen Mammutfußknochen herum lagen, der als Sitz und Amboß zugleich diente. Auf der Verlängerung des Bettes am anderen Ende waren verschiedene Steine, Knochenhämmer und Beitel zu erkennen. Einziger Schmuckgegenstand war ein Elfenbeinfigürchen der Mutter in einer Wandnische, und daneben ein verschlungener und verflochtener Schmuckgürtel, von dem ein vertrockneter Grasrock herunterhing. Ohne gefragt zu haben, wußte Ayla, daß er Ranecs Mutter gehört hatte.

Der Bereich des Bildschnitzers verriet im Gegensatz dazu geschmackvolle Prächtigkeit. Ranec war ein Sammler, allerdings einer, der nur ausgesuchte Dinge sammelte. Alles war mit größter Sorgfalt ausgewählt und dergestalt aufgestellt, daß es sich von der schönsten Seite zeigte und dazu beitrug, die stoffliche Vielfalt zu ergänzen. Die Pelze auf dem Bett luden zum Anfassen ein und lohnten die Prüfung mit besonderer Weichheit.

Die Vorhänge auf den beiden Seiten, die, in sorgsame Falten gelegt, herunterhingen, bestanden aus samtigem Kitzleder von warmem Braun und dufteten leicht, aber auf sehr angenehme Weise nach dem Kiefernrauch, dem sie ihre besondere Färbung verdankten. Der Boden war mit Matten aus wohlduftenden Gräsern bedeckt, die in köstlichen Farbmustern geflochten waren.

Auf der Verlängerung der Bettplattform standen Körbe von unterschiedlicher Größe und Form. In den größeren wurden Kleidungsstücke aufbewahrt, die so hingelegt worden waren, daß die Verzierungen aus Perlen und Federkielen und Pelzstücken möglichst vorteilhaft zur Geltung kamen. In einigen der Körbe und von Pflöcken herunter hingen geschnitzte Armbänder und Armreifen und Halsketten aus Tierzähnen, Süßwassermuscheln und Anhänger und – am deutlichsten erkennbar – aus Bernstein. Ein großer Stoßzahnabschnitt von einem Mammut, in den ungewöhnliche geometrische Muster eingeschnitzt waren, stand an der Wand.

Je länger sie hinsah, desto mehr entdeckte sie, doch das, was sich ihr am nachhaltigsten aufdrängte und wonach sie am liebsten sofort gegriffen hätte, war ein wunderschön gearbeitetes Mutterfigürchen in einer Nische und die Schnitzereien in der Nähe seines Arbeitsbereiches.

Ranec ließ sie nicht aus den Augen, vermerkte, woran ihr Blick haften blieb, und wußte, was sie wahrnahm. Als sich ihr Blick auf ihn selbst richtete, lächelte er. Er setzte sich an seine Werkbank, den Unterschenkelknochen eines Mammuts, der so tief in den Boden eingegraben worden war, daß das flache, leicht nach innen gewölbte Kniegelenk etwa brusthoch war, wenn er auf einer Bodenmatte Platz nahm. Auf der leicht gewölbten Arbeitsfläche, unter einer Vielzahl von Sticheln und beiteläbnlichen Flintwerkzeugen, die er zum Schnitzen brauchte, lag die noch unfertige Schnitzerei eines Vogels.

»An diesem Stück arbeite ich gerade«, sagte er, hielt es ihr hin und beobachtete, was sich auf ihrem Gesicht malte.

Behutsam nahm sie das Elfenbeinfigürchen in die schalenförmig hingehaltenen Hände, betrachtete es, drehte es um und sah es sich dann noch eingehender an. Verwirrt drehte sie es hierhin und dorthin. »Betrachte ich es so, ist es ein Vogel«, sagte sie zu Ranec, »aber jetzt« – sie hielt es umgedreht in die Höhe – »ist es eine Frau.«

»Großartig! Du hast es richtig erkannt. Genau das habe ich herauszuarbeiten versucht. Was ich zeigen wollte, war die Verwandlung Der Mutter. Ihre Geistgestalt. Ich wollte Sie zeigen, wie Sie ihre Vogelgestalt annimmt, um von hier in die Geisterwelt zu fliegen, aber immer noch als die Mutter, als Frau. Um beide Gestalten in einer darzustellen.«

In Ranecs dunklen Augen blitzte es. Er war so sehr erregt, daß er nicht schnell genug sprechen konnte. Ayla lächelte über seine Begeisterung. Das war eine Seite, die sie zuvor noch nicht an ihm erlebt hatte. Für gewöhnlich wirkte er eher distanziert, selbst wenn er lachte. Einen Moment erinnerte Ranec sie an Jondalar, wie er damals ausgesehen hatte, als er ihr die Idee des Speerwerfers entwickelt hatte. Dieser Gedanke ließ sie die Stirn runzeln. Jene Sommertage im Tal der Pferde – wie lange war das her! Jetzt schien Jondalar so gut wie nie mehr zu lächeln, oder wenn er es tat, war er gleich darauf wütend. Plötzlich hatte sie das Gefühl, daß Jondalar es vielleicht nicht gern hätte, wenn sie hier war und sich mit Ranec unterhielt, seine Freude und seine Aufregung in sich aufnahm – und das machte sie unglücklich, aber auch ein bißchen ärgerlich.

11

»Ach, hier bist du, Ayla«, sagte Deegie, als sie das Herdfeuer des Fuchses durchquerte. »Wir wollen mit der Musik anfangen, Komm doch mit! Und du auch, Ranec.«

Deegie hatte auf ihrem Weg durch das Langhaus die meisten Angehörigen des Löwen-Lagers zusammengeholt. Ayla bemerkte, daß sie den Mammutschädel und Tornec das Schulterblatt trug, das mit einem Strichmuster und geometrischen Formen rot bemalt war – und daß Deegie wieder das ihr unbekannte Wort ›Musik‹ gebraucht hatte. Ayla und Ranec folgten ihr nach draußen.

Federwölkchen flogen über den dunkler werdenden Himmel nach Norden, der Wind frischte auf und zerteilte den Pelz auf Kapuzen und Überwürfen, was jedoch keiner von den Leuten, die sich im Kreis aufstellten, wahrzunehmen schien. Die Feuerstelle im Freien, die mit Erdwällen und ein paar Felsbrocken so angelegt worden war, daß sie den vorherrschenden Nordwind ausnutzte, brannte heißer, als noch mehr Knochen und ein wenig Holz nachgelegt wurden; gleichwohl blieb das Feuer eine unsichtbare Gegenwart, die zurücktrat hinter dem immer glutvolleren Rot, das sich im Westen herniedersenkte.

Etliche große Knochen, die dem Anschein nach rein zufällig herumgelegen hatten, ließen eine gewisse Planung erkennen, als Deegie und Tornec zu dem Mamut traten und auf ihnen Platz nahmen. Deegie setzte den mit Zeichen bedeckten Schädel so ab, daß er vorn und hinten von einigen dieser großen Knochen gestützt wurde und den Boden nicht berührte. Tornec hielt sein bemaltes Mammutschulterblatt senkrecht vor sich hin und klopfte mit einem hammerförmigen, aus einem Hirschgeweih geformten Schlegel auf bestimmte Stellen, so daß seine Position ein wenig zurechtgerückt wurde.

Ayla war überrascht von den Lauten, die das ergab und die so ganz anders waren als diejenigen, die sie drinnen vernommen hatte. Man ahnte so etwas wie Trommelrhythmus, doch bestand dieser Klang aus Tönen, wie sie sie noch nie gehört hatte, obwohl sie ihr irgendwie vertraut vorkamen. Was ihre Vielfalt betraf, gemahnten sie an den Klang menschlicher Stimmen, wie etwa die Weisen, die sie manchmal leise vor sich hinsummte, nur ausgeprägter. War das Musik?

Unvermittelt hob eine Stimme an zu singen. Ayla wandte den Kopf und sah Barzec mit zurückgelegtem Kopf einen langgezogenen, wehklagenden Schrei ausstoßen, der die Luft durchdrang. Er senkte sich zu einem tiefen Zittern herab, das Gefühle in Ayla weckte, die ihr die Kehle zuschnürten, und endete dann in einem scharfen, spitzen hohen Atemausstoßen, das den Eindruck vermittelte, als hinge eine Frage in der Luft. Wie in Erwiderung darauf begannen die drei Musikanten rasch auf die Mammutknochen einzutrommeln, was den Laut wiederholte, den Barzec hervorgestoßen hatte, und diesem im Ton und im Gefühl auf eine Weise gleichkam, die Ayla sich nicht erklären konnte.

Bald fielen andere mit Gesang ein, nicht mit Worten, sondern mit Tönen und Stimmklängen, die von den Instrumenten aus Mammutknochen begleitet wurden. Nach einer Weile veränderte sich die Musik und nahm nach und nach eine andere Qualität an. Sie ging gemessener einher, hatte etwas Absichtlicheres, und die Töne riefen ein Gefühl der Trauer hervor. Fralie begann mit hoher, schmelzender Stimme zu singen, mit Worten jetzt. Sie erzählte die Geschichte einer Frau, die ihren Gefährten verloren hatte und deren Kind gestorben war. Die Geschichte rührte Ayla tief an, ließ sie an Durc denken und trieb ihr die Tränen in die Augen. Als sie aufsah, erkannte sie, daß nicht allein ihr das so erging; was sie jedoch richtig betroffen machte, war, daß Crozie teilnahmslos und wie versteinert vor sich hinstarrte, das alte Gesicht bar jeden Ausdrucks, obwohl ihr Tränenspuren über die Wangen liefen.

Als Fralie die letzten Verse des Liedes wiederholte, fiel erst Tronie ein, dann Latie. Als sie sie das nächstemal wiederholten, wandelten sie die Worte ab, und Nezzie und Tulie, die eine volltönende, tiefe Altstimme hatte, sangen mit. Noch einmal wurden die Worte abgewandelt, weitere Stimmen fielen ein, und nochmals veränderte sich der Charakter der Musik. Es wurde die Geschichte der Mutter daraus, die Legende der Menschen, der Geistwelt und ihrer Anfänge. Als die Frauen an die Stelle kamen, wo der Geist-Mann geboren wurde, fielen auch die Männer ein, die Musik wechselte zwischen den Stimmen der Frauen und der Männer ab, und ein freundlicher Geist des Wettstreits machte sich breit.

Das Tempo der Musik beschleunigte sich, der Rhythmus wurde ausgeprägter. In einem Ausbruch von Gefühlsüberschwang riß Talut sich den Pelzüberwurf herunter und sprang mit schnippenden Fingern und rasch sich bewegenden Füßen in den Kreis hinein. Unter Lachen, ermunternden Zurufen, Füßestampfen und Schenkelklatschen wurde Talut ermuntert, einen kraftvollen Tanz darzubieten, bei dem er die Beine zum Takt der Musik in die Luft warf und kraftvolle Sprünge vollführte. Um sich nicht ausstechen zu lassen, gesellte Barzec sich ihm zu. Und als diese beiden anfingen zu ermüden, trat Ranec in den Kreis ein. Sein raschfüßiger Trippeltanz, der verzwicktere Muster erkennen ließ, hatte weitere anfeuernde Rufe und Applaus zur Folge. Ehe er aufhörte, rief er nach Wymez, der sich erst zurückgehalten hatte, doch dann unter gutem Zureden der Zuschauer einen Tanz hinlegte, dessen Bewegungen für sie alle ganz offensichtlich etwas reizvoll Exotisches hatten.

Ayla lachte und feuerte die Tänzer mit Zurufen ebenso an wie die anderen. Sie genoß die Musik, den Gesang und den Tanz, vor allem aber die allgemeine Begeisterung und den Spaß, der einfach Glücksgefühle in ihr auslöste. Unter gelenkigster Zurschaustellung von akrobatischen Kunststücken sprang Druwez in die Mitte, und bald darauf versuchte Brinan, es ihm nachzutun. Seinem Tanz mangelte es an der ausgefeilten Glätte seines älteren Bruders, aber er wurde für seine Bemühungen dennoch mit Beifall bedacht, der wiederum Crisavec, Fralies ältesten Sohn, ermutigte, sich ihm anzuschließen. Dann kam Tusie zu dem Schluß, auch sie wolle tanzen, woraufhin Barzec mit einem liebevollen Lächeln ihre beiden Hände in die seinen nahm und mit ihr tanzte. Talut wiederum folgte einer Aufforderung von Barzec, suchte Nezzie und zog sie in den Kreis. Jondalar versuchte, Ayla zu bewegen mitzutanzen, doch hielt diese sich zurück. Als sie jedoch Latie mit leuchtenden Augen die Tänzer bewundern sah, versetzte sie ihm verstohlen einen Rippenstoß und machte ihn auf sie aufmerksam.

»Würdest du mir die Schritte beibringen, Latie?« fragte er.

Latie sah ihn mit einem dankbaren Lächeln an – Taluts Lächeln, wie es Ayla wieder einmal auffiel – und ergriff, während sie auf die anderen zugingen, seine beiden Hände. Sie war schlank und groß für ihre zwölf Jahre und bewegte sich mit großer Anmut. Sie mit den Augen der Außenseiterin mit den anderen Frauen vergleichend, kam Ayla zu dem Schluß, daß sie eines Tages zu einer sehr attraktiven Frau heranwachsen würde. Andere Frauen schlossen sich den Tanzenden an, die Musik veränderte sich abermals, und jetzt bewegten sich fast alle in ihrem Takt. Die Leute fingen an zu singen, und Ayla konnte der Versuchung nicht widerstehen, den anderen die Hände zu reichen und in ihren Kreis einzutreten. Jondalar auf der einen und Talut auf der anderen Seite, bewegte sie sich vor und zurück und im Kreis und immer wieder im Kreis herum und tanzte und sang, während die Musik sie antrieb.

Schließlich, mit einem letzten Ausruf, endete die Musik. Die Leute lachten, redeten durcheinander, rangen nach Atem, Musikanten wie Tänzer.

»Nezzie, ist das Essen denn noch nicht soweit? Ich hab's nun den ganzen Tag über gerochen, und ich sterbe fast vor Hunger!« rief Talut.

»Nun schaut ihn euch an«, sagte Nezzie und wies mit dem Kopf auf ihr Trumm von einem Mann. »Sieht er nicht wirklich schon halb verhungert aus?« Die Leute kicherten. »Ja, das Essen ist fertig. Wir haben nur gewartet, bis jeder bereit war zu essen.«

»Nun, ich jedenfalls bin bereit«, sagte Talut.

Während einige Leute ihr Eßgeschirr holten, trugen diejenigen, die gekocht hatten, ihre Gerichte herbei. Essensgeräte gehörten jedem persönlich. Kummen waren häufig flache Becken- oder Schulterknochen von Bison oder Hirsch, Becher und Schalen hingegen konnten aus enggeflochtenen, wasserdichten kleinen Körben, manchmal jedoch auch aus den schalenförmigen, vom Geweih befreiten Stirnknochen von Hirschen bestehen. Die Schalen von Venus- und anderen Muscheln, die man zusammen mit Salz im Tauschhandel von Leuten erworben hatten, die am Meer lebten oder bis dorthin vorgestoßen waren, dienten als kleinere Schalen, Schöpfkellen oder Löffel.

Die Beckenknochen des Mammuts dienten als Tabletts und Platten. Ausgeteilt wurde das Essen mit großen Schöpflöffeln aus Knochen, Elfenbein, Geweihen oder Hörnern sowie geraden Stücken, die mühelos gehandhabt wurden, als wären es Zangen. Kleinere Greifzangen wurden zusammen mit Eßmessern aus Feuerstein benutzt. Salz – so weit im Landesinneren eine Seltenheit – wurde für sich in einer gleichfalls seltenen und wunderschönen Weichtierschale herumgereicht.

Nezzies Eintopf war genauso saftig und köstlich, wie der Duft es hatte vermuten lassen; dazu kamen Tulies kleine Laibe aus geschrotetem Korn, die zum Garen in den kochenden Eintopf gegeben worden waren. Wenngleich zwei Schneehühner ein ganzes hungriges Lager nicht gerade sättigen konnten, war doch jeder darum bemüht, davon zu kosten und zu sehen, wie es um Aylas Kochkünste bestellt wäre. Im Erdofen mit den heißen Steinen gegart, waren sie so zart, daß sich das Fleisch mühelos von den Knochen löste. Ihre Kombination von Gewürzen war den Gaumen der Mamutoi zwar fremd, wurde jedoch vom Löwen-Lager durchaus gut aufgenommen. Es wurde bis auf den letzten Fleischbrocken alles aufgegessen, und Ayla fand, die Körnerfüllung sei durchaus wohlschmeckend.

Ranec brachte sein Gericht erst kurz vor dem Ende der Mahlzeit herbei und überraschte alle damit, daß es sich diesmal keineswegs um sein übliches Spezialgericht handelte. Er ließ statt dessen vielmehr knusprige kleine Küchelchen herumgehen. Ayla kostete eines und griff dann nach einem weiteren.

»Wie machst du die?« fragte sie. »Sehr gut.«

»Wenn wir nicht öfter mal einen Wettstreit haben, meine ich, dürfte es nicht leicht sein, sie nochmal zu backen. Ich habe das fein zermahlene Korn benutzt und es mit zerlassenem Mammutfett vermischt, dann Blaubeeren hinzugefügt und Nezzie beschwatzt, mir etwas von ihrem Honig zu überlassen. Dann habe ich das Ganze auf heißen Steinen gebacken. Wymez sagte, die Leute meiner Mutter hätten Wildschweinfett benutzt, um sie zu backen, aber er war sich nicht ganz sicher. Und da ich mich nicht erinnern kann, einen Wildeber auch nur gesehen zu haben, dachte ich, Mammutfett täte es auch.«

»Der Geschmack ist fast derselbe«, sagte Ayla, »aber so etwas wie dieses habe ich noch nie gegessen. Die zergehen auf der Zunge.« Dann musterte sie den Mann mit der braunen Haut, den schwarzen Augen und dem fein gekräuselten Haar, der trotz seines exotischen Aussehens genausosehr ein Mamutoi des Löwen-Lagers war wie jeder andere. »Warum kochst du?«

Er lachte. »Warum sollte ich nicht? Wir sind ja nur zu zweit am Fuchs-Herd, und es macht mir Spaß, obwohl ich froh bin, daß ich meistens von Nezzies Gerichten etwas abbekomme. Warum fragst du?«

»Clan-Männer kochen nicht.«

»Das tun viele Männer nicht, wenn sie nicht gezwungen sind, es zu tun.«

»Nein, Clan-Männer sind unfähig zu kochen. Sie wissen nicht, wie man das tut. Sie besitzen keine Kocherinnerungen.« Ayla wußte nicht, ob sie sich verständlich machte, doch da kam Talut und schenkte von seinem vergorenen Getränk aus. Sie bemerkte, daß Jondalar sie ansah, gleichwohl jedoch bemüht war, nicht allzu beunruhigt zu erscheinen. Sie hielt einen Knochenbecher hin und sah zu, wie Talut ihn mit Schnappes füllte. Beim ersten Mal hatte sie ihn nicht besonders gemocht, doch alle anderen schienen ihn so sehr zu mögen, daß sie meinte, es noch einmal versuchen zu sollen.

Nachdem Talut allen eingeschenkt hatte, ergriff er seine Kumme und nahm sich ein drittes Mal von dem Eintopf.

»Talut! Du willst dir doch etwa nicht noch einen Schlag nehmen?« sagte Nezzie in dem nicht ganz scheltenden Tonfall, den sie – wie Ayla herausgefunden hatte – immer dann annahm, wenn sie dem bärenhaften Anführer des Lagers zu verstehen geben wollte, daß sie sich besonders über ihn freute.

»Diesmal hast du dich selbst übertroffen. Einen so guten Eintopf habe ich noch nie gegessen.«

»Du übertreibst wieder. Das sagst du nur, damit ich dich nicht einen Vielfraß schimpfe.«

»Aber aber, Nezzie!« sagte Talut und setzte die Kumme ab. Alle lächelten und tauschten vielsagende Blicke. »Wenn ich sage, du bist die beste, meine ich das auch so.« Er hob sie in die Höhe und barg das Gesicht an ihrem Hals.

»Talut! Du großer Bär! Setz mich ab!«

Er tat, wie ihm geheißen, liebkoste jedoch ihre Brust und knabberte an ihrem Ohrläppchen. »Da hast du wohl recht. Wer braucht noch Eintopf? Ich denke, zum Abschluß des Festessens nehme ich dich. Habe ich nicht vorhin ein Versprechen bekommen?« sagte er und spielte den Unschuldigen.

»Talut! Du bist schlimmer als ein brünstiger Stier!«

»Erst bin ich ein Vielfraß, dann bin ich ein Bär, und jetzt bin ich auch noch ein Auerochse!« Er ließ ein bellendes Lachen vernehmen. »Aber du bist die Löwin. Komm zu meinem Herdfeuer«, sagte er und tat, als wollte er sie wieder aufheben und zur Erdhütte forttragen.

Plötzlich gab sie jede Verstellung auf und lachte. »Ach, Talut, wie langweilig wäre das Leben ohne dich!«

Talut verzog das Gesicht zu einem breiten Grinsen. Die Liebe und das Verständnis, das aus ihren Augen leuchtete, als sie sich ansahen, hatte für alle etwas Herzerwärmendes. Auch Ayla empfand diese Herzlichkeit, und tief in ihrer Seele spürte sie, daß beider Nähe und Verbundenheit daher rührte, daß sie in einem Leben gemeinsamer Erfahrungen gelernt hatten, einander so zu akzeptieren, wie sie waren.

Allerdings weckte Taluts und Nezzies Zufriedenheit auch beunruhigende Gedanken in ihr. Ob sie selbst wohl jemals so akzeptiert werden würde? Ob sie wohl je einen anderen so gut kennenlernte? In Gedanken verloren saß sie da, starrte über den Fluß hinweg und bot zusammen mit den anderen einen friedlichen Anblick, während die weite leere Landschaft ein schreckenerregendes Schauspiel bot.

Die nach Norden wandernden Wolken hatten, als das Löwen-Lager mit seinem Festmahl zu Ende war, ihr Reich ausgedehnt und boten ihre den Widerschein der Sonne reflektierende Unterseite dem rasch sich zurückziehenden Feuerball dar. In glutvoller Herrlichkeit verkündeten sie ihren Triumph über den fernen Horizont, schwenkten orangefarbene und scharlachrote Siegesbanner, unbekümmert ob ihres dunklen Bundesgenossen, der anderen Seite des Tags. Das durchsichtige Schauspiel aus durcheinanderschwimmenden Farben in funkelnder Pracht stellte ein kurzlebiges Fest dar. Das unerbittliche Näherrücken der Nacht entzog dem flüchtigen Farbenrausch allen Glanz, ließ die Feuerlohen zu blutigen Karmin- und Karneoltönen verblassen. Flammendes Rosa verblich zu rauchigem Lavendel, der wiederum von aschfarbenem Violett verdrängt wurde und schließlich rußiger Schwärze wich.

Je weiter der Abend fortschritt, desto stärker wurde der Wind, und Wärme und Geborgenheit der Erdhütte lockten. Jeder scheuerte im schwindenden Licht seine Eßgeräte und spülte sie im Wasser ab. Was von Nezzies Eintopf noch übriggeblieben war, wurde in eine Schale getan, die große Kochhaut auf die gleiche Weise gereinigt und dann zum Trocknen über den Rahmen gehängt. Im Inneren des Langhauses zogen die Leute ihre Überwürfe aus und hängten sie an Pflöcke; dann wurde das Feuer an den Feuerstellen geschürt und wieder zu neuem Leben entfacht.

Tronies Baby, Hartal, war genährt worden und schlief gesättigt ein, doch die dreijährige Nuvie, die damit kämpfte, die Augen offen zu halten, wollte zu den anderen, die sich am Herdfeuer des Mammut einfanden. Ayla nahm ihr Händchen, als sie auf unsicheren Beinen hinüber wollte; nachdem sie endlich doch eingeschlafen war, trug sie sie zurück zu Tronie, ehe die junge Mutter ihr Herdfeuer auch nur verlassen hatte.

Am Herdfeuer des Kranichs bemerkte Ayla, daß Fralies zwei Jahre alter Sohn Tasher, obwohl er vom Teller seiner Mutter mitgegessen hatte, unbedingt an ihrer Brust nuckeln wollte, dann aber ärgerlich greinte, was Ayla davon überzeugte, daß die Milch seiner Mutter versiegt war. Kaum war er eingeschlafen, kam es zu einem Streit zwischen Crozie und Frebec, was ihn wieder wach machte. Fralie, die viel zu erschöpft war, um irgendwelche Energie für Zorn aufzubringen, wollte nur ihre Ruhe haben und nahm ihn auf den Arm, was bei dem siebenjährigen Crisavec ein ärgerlich verzogenes Gesicht zur Folge hatte.

Er schloß sich Brinan und Tusie an, als diese hindurchkamen. Sie fanden Rugie und Rydag, und alle fünf Kinder, die ungefähr im gleichen Alter waren, unterhielten sich mit Worten und mit Handzeichen und Gekicher. Dann drängten sie sich auf einer Bettplattform ganz in der Nähe derjenigen, die Ayla und Jondalar teilten.

Druwez und Danug steckten nahe dem Herdfeuer des Fuchses die Köpfe zusammen. Latie stand in der Nähe, doch keiner von beiden nahm Notiz von ihr oder richtete das Wort an sie. Ayla verfolgte, wie sie den Jungen schließlich den Rücken zukehrte, den Kopf hängen ließ und mit schlurfenden Schritten zu den jüngeren Kindern hinüberging. Ayla vermutete, daß aus dem Mädchen noch keine richtige junge Frau geworden war, es wohl aber kurz davor stand. Das war die Zeit, da Mädchen andere Mädchen brauchten, sich mit ihnen zu unterhalten; aber es gab im ganzen Löwen-Lager keine anderen Mädchen ihres Alters, und die Jungen nahmen sie einfach nicht zur Kenntnis.

»Latie, möchtest dich zu mir setzen?« fragte sie. In Laties Gesicht leuchtete es auf, und sie setzte sich neben Ayla.

Der Rest vom Herdfeuer des Auerochsen kam durch den Mittelgang herunter. Tulie und Barzec gesellten sich zu Talut, der sich mit Mamut beriet. Deegie setzte sich auf die andere Seite von Latie und lächelte sie an.

»Wo ist denn Druwez?« fragte sie. »Ich habe ihn nie zu suchen brauchen. Da brauchte ich nämlich immer nur nach dir Ausschau zu halten.«

»Ach, der unterhält sich mit Danug«, sagte Latie. »Sie hocken jetzt immer zusammen. Ich war so froh, als mein Bruder heimkam, weil ich dachte, jetzt hätten wir drei viel mehr, worüber wir reden könnten. Aber sie wollen immer nur miteinander reden.«

Deegie und Ayla sahen sich an; ein wissender Blick ging zwischen ihnen hin und her. Die Zeit war gekommen, da Kinderfreundschaften in einem neuen Licht betrachtet werden mußten und sich nach dem Beziehungsmuster der Erwachsenen zu richten hatten; sie mußten anfangen, den Mann und die Frau im anderen zu sehen, und das konnte schon eine verwirrende, einsame Zeit sein. Ayla war den größten Teil ihres Lebens über ausgeschlossen gewesen und auf diese oder jene Weise als Fremde betrachtet worden. Sie wußte, was es bedeutete, allein zu sein, selbst wenn man umgeben war von lauter Leuten, die einen liebten. Später, in ihrem Tal, hatte sie eine Möglichkeit gefunden, eine noch verzweifeltere Einsamkeit zu ertragen. Jetzt mußte sie an die Sehnsucht und Erregung denken, die in den Augen des Mädchens aufleuchteten, wann immer sie nach den Pferden blickte.

Ayla sah erst Deegie und dann Latie an, um sie in die Unterhaltung einzubeziehen. »Heute ist ein geschäftiger Tag. Ich habe jetzt jeden Tag viel zu tun. Ich brauche Hilfe. Könntest du mir vielleicht helfen, Latie?« fragte Ayla.

»Dir helfen? Aber natürlich. Was soll ich für dich tun?«

»Früher habe ich die Pferde jeden Tag gebürstet und bin mit ihnen ausgeritten. Jetzt habe ich nicht mehr soviel Zeit. Könntest du mir helfen? Ich zeige es dir.«

Latie machte große, runde Augen. »Ich soll dir helfen, mich um die Pferde kümmern?« fragte sie halblaut vor Verwunderung. »Ach, Ayla, dürfte ich das denn?«

»Ja. Solange ich hier bleibe, könntest du mir große Hilfe sein«, erwiderte Ayla.

Alle saßen sie dicht gedrängt am Herdfeuer des Mammut. Talut, Tulie und etliche andere unterhielten sich mit Mamut über die Wisentjagd. Der alte Mann hatte sich auf die Suche begeben, und sie sprachen darüber, ob er es noch einmal tun sollte. Da die Jagd so erfolgreich verlaufen war, fragten sie sich, ob es nicht schon bald wieder zu einer solchen kommen könne. Er willigte ein, es zu versuchen.

Der große Anführer ließ mehr und mehr Schnappes herumgehen, jenen vergorenen Trank, den er mit der Stärke der Rohrkolbenwurzeln angesetzt hatte, und füllte auch Aylas Becher, während Mamut sich darauf vorbereitete, sich auf die Suche zu begeben. Den größten Teil des vergorenen Getränks, das er ihr draußen gegeben, hatte sie getrunken, doch plagten sie Schuldgefühle, ein bißchen davon auch weggeschüttet zu haben. Diesmal schnüffelte sie erst ausgiebig daran, schwenkte es ein paarmal im Becher herum, holte tief Luft und schluckte dann alles hinunter. Lächelnd füllte Talut ihr den Becher aufs neue. Sie dankte ihm mit einem etwas zaghaften Lächeln und trank auch diesen aus. Und nochmals schenkte er ihr nach, als er wieder vorüberkam und ihn leer fand. Eigentlich wollte sie nicht, doch war es bereits zu spät, noch abzulehnen. Sie schloß die Augen und trank den Becher mit dem schweren Getränk auf einen Zug aus. Langsam gewöhnte sie sich an den Geschmack, konnte jedoch immer noch nicht verstehen, warum alle es so gern zu mögen schienen.

Während sie wartete, wurde ihr ein wenig schwindelig, sang es in ihren Ohren und trübte sich ihr der Blick. Sie bekam es gar nicht mit, als Tornec anfing, dem Schulterblatt des Mammut eine rhythmische Tonfolge zu entlocken, sondern meinte vielmehr, dies finde in ihrem Inneren statt. Sie schüttelte den Kopf und versuchte aufzumerken. Dabei konzentrierte sie sich auf Mamut und beobachtete, wie dieser etwas schluckte – und hatte das unbestimmte Gefühl, daß dies gefährlich sei. Zwar wollte sie ihn daran hindern, doch blieb sie auf ihrem Platz sitzen. Er war Mamut, er mußte wissen, was er tat.

Der großgewachsene, schmale alte Mann mit dem weißen Bart und dem schlohweißen langen Haar saß mit gekreuzten Beinen hinter einer anderen Schädeltrommel. Er nahm einen Geweihschlegel zur Hand, spielte, nachdem er sich eine Weile eingehört hatte, zusammen mit Tornec und hob dann zu einem Singsang an. Andere nahmen den Singsang auf, und bald waren alle hingebungsvoll mit dem Absingen einer hypnotisierenden Tonfolge beschäftigt, in der bestimmte Sätze stoßweise und unter nur geringfügiger tonaler Veränderung immer wieder wiederholt wurden. Das Gesungene wiederum wurde von arhythmischem Getrommel abgelöst, das in den Tönen abwechslungsreicher war als die Menschenstimmen. Ein weiterer Trommler fiel ein, doch nahm Ayla nur wahr, daß Deegie nicht mehr neben ihr saß.

Das Dröhnen der Trommeln entsprach dem Dröhnen in Aylas Kopf. Dann meinte sie, mehr als nur den Singsang und das Getrommel wahrzunehmen. Die Tonveränderungen, die verschiedenen Kadenzen, die Veränderungen in Klang und Lautstärke beim Trommeln gemahnten an Stimmen, an sprechende Stimmen, die etwas sagten, das sie selbst beinahe, aber nicht ganz, verstehen konnte. Sie versuchte sich zu konzentrieren und lauschte angestrengt, doch konnte sie nicht klar denken, und je mehr sie sich bemühte, desto weiter schienen die Trommelstimmen sich dem Verstehen zu entziehen. Schließlich gab sie es auf, überließ sich dem wirbelnden Schwindel, der sie zu verschlingen schien.

Dann hörte sie die Trommeln, und plötzlich fühlte sie sich davongetragen.

Eilends ging es über die öden und gefrorenen Ebenen dahin. In der leeren Landschaft, die unter ihr ausgebreitet lag, wurden bis auf die besonders charakteristischen Merkmale alle Züge des Bodens von einem Schneeschleier verhüllt. Nach und nach merkte sie, daß sie nicht allein war. Ein Gefährte, der mit ihr dahineilte, betrachtete dieselbe Szene und bestimmte auf irgendeine unerklärliche Weise, wie schnell sie wohin eilten.

Dann – einem fernen Lichtzeichen gleich, an dem sie sich orientieren konnte – vernahm sie singende Stimmen und sprechende Trommeln. In einem Moment der Klarheit verstand sie ein Wort, das stakkatohaft hervorgestoßen wurde und annähernd, wenn auch nicht ganz, Lautstärke, Tonhöhe und Wiederhall einer menschlichen Stimme besaß:

»Llllangzzam.« Dann nochmals: »Llllangzzam hiiiierrr.«

Sie spürte, wie ihr Dahinfliegen sich verlangsamte, und als sie hinunterblickte, sah sie im Windschatten eines hohen Flußufers ein paar Wisente beieinanderstehen. Die mächtigen Tiere harrten in stoischer Ergebenheit in einem Schneesturm aus. Schnee klebte ihnen am zotteligen Fell, und die Köpfe hatten sie gesenkt, als wären die massiven schwarzen, zur Seite stehenden Hörner eine schier unerträgliche Last für sie. Nur der Dampf, der ihnen aus den Nüstern ihrer deutlich sichtbaren stumpfen Köpfe entwich, ließ erkennen, daß es sich um lebendige Geschöpfe handelte und nicht um Züge der Landschaft.

Ayla fühlte sich näher hingezogen, so nahe, daß sie sie zählen und die einzelnen Tiere genau voneinander unterscheiden konnte. Ein Jungtier machte ein paar Schritte, um sich an seine Mutter zu drängen; eine alte Kuh, deren Horn an der Spitze abgebrochen war, schüttelte den Kopf und schnaubte; ein Bulle scharrte auf dem Boden, stieß Schnee beiseite und nagte an einem Büschel welken Grases. In der Ferne heulte etwas: der Wind, vielleicht.

Als sie zurückeilten, dehnte sich die Sicht wieder aus, und sie erhaschte einen Blick auf lautlose vierbeinige Schatten, die verstohlen und zielstrebig dahinschossen. Der Fluß strömte unterhalb der sich aneinanderdrängenden Wisente zwischen Zwillingsfelsen dahin. Weiter flußaufwärts verengte sich die Flußebene, auf der die Wisente Schutz gesucht hatten, zwischen Steilufern, und der Fluß rauschte durch eine steile Schlucht aus zerklüfteten Felsen, ergoß sich dann über Stromschnellen und kleine Wasserfälle. Den einzigen Ausweg bildete eine steile felsige Schlucht, ein Abfluß für die Frühjahrsfluten, der zurückführte auf die Ebenen.

»Hhhheieieimmmm!«

Das langgezogene *ei* hallte in Aylas Ohren wieder; dann bewegte sie sich und schoß über die Ebene dahin.

»Ayla! Alles in Ordnung?« rief Jondalar.

Ayla spürte, wie es sie krampfhaft durchzuckte. Als sie die Augen aufschlug, blickte sie in überraschend blaue Augen, die sie besorgt anschauten.

»Hm ... ja, ich glaube schon.«

»Was ist passiert? Latie sagt, du wärest auf das Bett gefallen, wärest ganz steif geworden und hättest angefangen, dich zu verkrampfen. Danach bist du dann eingeschlafen, und keiner konnte dich wach bekommen.«

»Ich weiß es nicht ...«

»Du bist selbstverständlich mit mir gekommen, Ayla.« Beide drehten sie sich um, als sie Mamuts Stimme hörten.

»Ich bin mit dir gegangen? Wohin?« fragte Ayla.

Der alte Mann sah sie forschend an. Sie ist verängstigt, dachte er. Kein Wunder, schließlich war es für sie völlig unvorbereitet. Und selbst wenn man darauf vorbereitet ist, ist es das erste Mal noch erschreckend genug. Nur bin ich gar nicht auf den Gedanken gekommen, sie einzuführen. Wer hätte geahnt, daß ihre natürliche Fähigkeit so groß ist! Sie hat ja nicht einmal den Somuti zu sich genommen. Ihre Gabe ist sehr stark ausgeprägt. Sie muß angeleitet werden – zu ihrem eigenen Besten. Nur – wieviel kann ich ihr jetzt sagen? Ich möchte nicht, daß sie ihre Gabe als eine Belastung empfindet, unter der sie ihr Leben lang zu leiden hat. Ich möchte, daß sie diese Gabe als Geschenk empfindet, auch wenn sie damit eine große Verantwortung auf sich nimmt ... aber Die Mutter verleiht Ihre Gaben für gewöhnlich nicht an solche, die sie nicht annehmen können. Die Mutter muß mit dieser jungen Frau Besonderes vorhaben.

»Wohin, meinst du, sind wir gereist, Ayla?« fragte der alte Schamane.

»... nicht sicher. Draußen ... in einem Schneesturm, und ich habe Wisente gesehen ... die Kuh mit dem abgebrochenen Horn ... unten am Fluß.«

»Du hast es klar gesehen. Ich war überrascht, als ich dich neben mir fühlte. Aber ich hätte gleich erkennen müssen, daß dies geschehen könnte. Ich wußte ja, daß du die Möglichkeit in dir trägst. Du besitzt eine Gabe, Ayla, aber du mußt angeleitet werden, dich darin üben, sie zu gebrauchen.«

»Eine Gabe?« fragte Ayla und setzte sich auf. Ein eisiger Schauder überlief sie, und für einen Moment schoß ihr Angst in die Glieder. Sie wollte keine Gaben. Das einzige, was sie wollte, war ein Gefährte und Kinder, wie Deegie, oder wie jede andere Frau. »Was für eine Gabe, Mamut?«

Jondalar sah, wie sie erbleichte. Wie verängstigt und verwundbar sie aussieht, dachte er und legte schützend den Arm um sie. Er wollte ihr nur Geborgenheit geben, sie vor Schaden bewahren, sie lieben. Ayla kuschelte sich in seinen warmen Arm und spürte, wie die Furcht von ihr wich. Mamut bemerkte die feinen Reaktionen und Gegenreaktionen, für ihn Stoff zum Nachdenken über diese geheimnisvolle junge Frau, die so plötzlich in ihrer Mitte aufgetaucht war. Warum, so fragte er sich, ausgerechnet bei ihnen?

Er schrieb es nicht dem Zufall zu, daß Ayla auf das Löwen-Lager gestoßen war. Zufälle spielten in seiner Vorstellung von der Welt keine große Rolle. Der Mamut war überzeugt, daß alles einem Zweck diente, daß eine lenkende Kraft dahinterstand, ein Grund für das Vorhandensein von allem, ob er es nun verstand oder nicht. So war er auch sicher, daß Die Mutter einen Grund hatte, warum Sie Ayla zu ihnen geführt hatte. Klarsichtig hatte er einige Mutmaßungen über sie angestellt, und jetzt, da er mehr über ihren Hintergrund wußte, fragte er sich, ob einer der Gründe, warum sie zu ihnen geschickt worden war, in seiner eigenen Person liegen könne. Er wußte, höchstwahrscheinlich würde er mehr als jeder andere sie verstehen.

»Welche Art Gabe, weiß ich nicht, Ayla. Eine Gabe von der Mutter kann viele Formen annehmen. Du zum Beispiel scheinst die Gabe des Heilens zu besitzen. Und die Art und Weise, wie du mit Tieren umgehst – das ist wahrscheinlich auch eine Gabe.«

Ayla lächelte. Wenn die Heilkunst, die sie von Iza erlernt hatte, eine Gabe war, hatte sie nichts dagegen. Und wenn Winnie und Renner und Baby Gaben Der Mutter waren, konnte sie nur dankbar sein. Sie war längst der Meinung, daß es der Geist des Großen Höhlenlöwen war, der ihr die Tiere geschickt hatte. Und vielleicht hatte auch Die Mutter etwas damit zu tun.

»Und nach dem, was ich heute erfahren habe, würde ich sagen, daß du die Gabe besitzt, dich auf die Suche zu begeben. Die Mutter hat dich reich mit Gaben beschenkt«, sagte Mamut.

Besorgt runzelte Jondalar die Stirn. Zuviel Aufmerksamkeit von Doni war nicht unbedingt wünschenswert. Ihm selbst hatte man oft genug gesagt, wie vom Glück begünstigt er wäre; aber besonders glücklich war er deshalb noch nie gewesen. Plötzlich fielen ihm die Worte des alten weißhaarigen Heilkundigen ein, der Der Mutter für das Volk der Sharamudoi gedient hatte. Der Shamud hatte ihm einst gesagt, Die Mutter begünstige ihn deshalb so sehr, damit keine Frau sich ihm verweigern könne, nicht einmal die Mutter Selbst – darin bestehe seine Gabe –, aber er hatte ihm eingeschärft, sehr auf der Hut zu sein. Gaben der Mutter seien kein reiner Segen; man stehe dann stets in Ihrer Schuld. Ob das wohl bedeutete, daß Ayla in Ihrer Schuld stand?

Ayla war sich nicht sicher, ob diese neue Gabe ihr sehr gefiel. »Ich kenne Die Mutter nicht, und auch Ihre Gaben nicht. Ich denke, der Höhlenlöwe, mein Totem, hat mir Winnie geschickt.«

Mamut verriet Betroffenheit. »Der Höhlenlöwe ist dein Totem?«

Ayla entging sein Gesichtsausdruck nicht, und sie erinnerte sich, wie schwierig es für den Clan gewesen war zu glauben, daß eine Frau ein so mächtiges männliches Totem haben könne, das sie beschützte. »Ja. Der Mog-ur hat es mir gesagt. Der Höhlenlöwe hat mich erwählt und mich gezeichnet. Ich zeige es dir«, erklärte Ayla. Sie nestelte den Leibriemen los, der ihr Beinkleid festhielt, und zog das Seitenteil weit genug herunter, damit ihr linker Schenkel bloß lag und die vier von den schwarzen Krallen gerissenen, parallel verlaufenden Narben zu sehen waren – der Beweis für ihre Begegnung mit dem Höhlenlöwen.

Die Zeichen waren, wie Mamut bemerkte, alt und längst zugeheilt. Sie muß blutjung gewesen sein. Wie hatte ein junges Mädchen einem Höhlenlöwen entrinnen können? »Wie bist du zu diesen Zeichen gekommen?« fragte er.

»Ich erinnere mich nicht ... habe nur einen Traum.«

Plötzlich war Mamuts Interesse hellwach. »Einen Traum?« ermunterte er sie.

»Einen, der manchmal wiederkehrt. Ich bin an dunklem Ort, wo es sehr eng ist. Licht dringt durch einen schmalen Spalt. Dann« – sie schloß die Augen und schluckte – »schiebt sich etwas vor das Licht, und ich bekomme es mit der Angst. Dann dringt große Löwentatze ein, mit scharfen Krallen. Ich schreie und wache auf.«

»Ich habe kürzlich von Höhlenlöwen geträumt«, sagte Mamut. »Deshalb interessiere ich mich so besonders für deinen Traum. Mir träumte, ein Rudel Höhlenlöwen sonnte sich draußen an einem heißen Sommertag auf der Steppe. Sie haben zwei Junge. Eines von ihnen – eine junge Löwin – versucht, mit dem alten Löwen zu spielen, einem großen Tier mit einer rötlichen Mähne. Sie langt mit ihrer Tatze hinauf und patscht ihm ins Gesicht, ganz sanft, so als wollte sie ihn nur eben berühren. Der große männliche Löwe schiebt sie beiseite, hält sie mit seinem gewaltigen Vorderarm nieder und reinigt sie mit seiner langen rauhen Zunge.«

Ayla wie Jondalar lauschten – beide wie gebannt.

»Dann, plötzlich«, fuhr Mamut fort, »kommt es zu einer Störung. Eine Rentierherde kommt auf sie zugestürmt. Zuerst dachte ich, sie wollten die Löwen angreifen – Träume haben oft eine tiefere Bedeutung, als man zuerst annimmt –, aber diese Rentiere sind in Panik, und als sie der Löwen ansichtig werden, spritzen sie auseinander. Der Bruder des weiblichen Löwenjungen wurde zu Tode getrampelt. Als alles vorüber ist, versucht die Löwin, das männliche Löwenjunge dazu zu bringen aufzustehen, kann es aber nicht wieder lebendig machen. Deshalb läßt sie es zurück und zieht mit der jungen Löwin und dem Rest des Rudels davon.«

Wie vor den Kopf geschlagen saß Ayla da.

»Was ist denn, Ayla?« fragte Mamut.

»Baby. Baby war der Bruder. Ich machte Jagd auf Rentiere, scheuchte sie davon. Später fand ich einen kleinen Löwen, der war verletzt. Brachte ihn hinauf in meine Höhle. Heilte ihn. Zog ihn auf wie ein Menschen-Baby.«

»Der Höhlenlöwe, den du großgezogen hast, war von Rentieren überrannt und niedergetrampelt worden?« Jetzt war es an Mamut, erstaunt zu sein. Das konnte nicht einfach Zufall sein. Das besaß eine tiefe, eine zwingende Bedeutung. Er war zwar der Meinung gewesen, dieser Traum von den Höhlenlöwen sei den ihm innewohnenden symbolischen Werten nach zu deuten, nur ging die Bedeutung tiefer, als er je für möglich gehalten hätte. Das ging über das Sich-auf-die-Suche-Begeben weit hinaus, überstieg alle Erfahrungen, die er bisher im Leben gemacht hatte. Darüber mußte er eingehend nachdenken; und sollte noch mehr davon erfahren. »Ayla, wenn du nichts dagegen hast, mir meine Fragen zu beantworten ...«

Lautes Streiten unterbrach sie.

»Nichts machst du dir aus Fralie, nicht so viel! Du hast ja nicht einmal einen anständigen Brautpreis für sie bezahlt!« zeterte Crozie.

»Und für dich besitzt nichts irgendwelche Bedeutung außer deinem eigenen Ansehen! Ich habe es satt, das mit dem geringen Brautpreis immer wieder vorgehalten zu bekommen. Ich habe dir bezahlt, was du verlangtest, als kein anderer etwas für sie zahlen wollte.«

»Was soll das heißen: kein anderer wollte für sie bezahlen? Du hast um sie gebettelt, mich angefleht. Hast gesagt, du würdest für sie und ihre Kinder sorgen. Du hast gesagt, du würdest mich an deinem Herdfeuer willkommen heißen ...«

»Und habe ich das nicht getan?« schrie Frebec.

»Nennst du dies etwa, mich willkommen heißen? Wann hast du mir jemals deine Achtung bewiesen? Wann hast du mich als Mutter geehrt?«

»Und wann hättest *du mir* jemals Achtung bewiesen? Ich kann sagen, was ich will, du hast immer etwas dagegen.«

»Hättest du jemals etwas Intelligentes gesagt, brauchte niemand zu streiten. Fralie verdient mehr. Schau sie dir an, gesegnet von Der Mutter, wie sie ist ...«

»Mutter, Frebec, bitte, hört auf zu streiten!« mischte Fralie sich ein. »Ich möchte meine Ruhe haben ...«

Sie sah ausgemergelt und blaß aus, und Ayla machte sich Sorgen um sie. Der Streit ging weiter, und die Medizinfrau in ihr erkannte, wie sehr das die schwangere Frau mitnahm. Sie stand auf und ging zum Herdfeuer des Kranichs hinüber.

»Seht ihr denn nicht, daß Fralie völlig durcheinander ist«, sagte Ayla, als die alte Frau und der Mann eine Pause machten, so daß sie etwas sagen konnte. »Sie braucht Hilfe. Ihr helft ihr nicht. Ihr macht sie krank. Diese Streiterei ist nicht gut für sie, für eine schwangere Frau. Ihr treibt es noch so weit, daß sie ihr Baby verliert.«

Verwundert sahen sowohl Crozie als auch Frebec sie an, doch Crozie faßte sich schneller wieder als der Mann.

»Siehst du? Hab' ich's dir nicht gesagt? Du liebst Fralie einfach nicht. Du willst nicht mal, daß sie mit dieser Frau redet, die etwas davon versteht. Wenn sie ihr Baby verliert, ist das deine Schuld.«

»Was versteht sie schon davon!« erklärte Frebec höhnisch. »Was kann jemand, der von Tieren großgezogen worden ist, schon von der Heilkunst verstehen? Jetzt bringt sie auch noch Tiere hierher! Sie ist selbst ein Tier. Du hast recht, ich laß' nicht zu, daß Fralie mit diesem Scheusal in Berührung kommt. Wer weiß, was für böse Geister sie in diese Erdhütte schon hereingebracht hat!? Wenn Fralie ihr Baby verliert, ist das ihre Schuld! Ihre und die ihrer mutterverdammten Flachschädel!«

Als hätte man ihr einen körperlichen Schlag versetzt, taumelte Ayla zurück. Die Kraft, mit der dieser Schwall von Verunglimpfungen über sie hereingebrochen war, raubte ihr den Atem und machte den Rest des Lagers sprachlos. In der betroffenen Stille, die sich breitmachte, schluchzte sie auf und unterdrückte einen erstickten Schrei. Dann fuhr sie herum und eilte durch das Langhaus. Jondalar packte ihren und seinen Überwurf und lief hinter ihr her.

Ayla stieß den schweren Ledervorhang des Eingangs dem heulenden Wind in die Zähne. Der unheilverkündende Sturm, der den ganzen Tag gedroht hatte loszubrechen, brachte weder Regen noch Schnee, heulte aber mit entfesselter Kraft um die dicken Wände der Erdhütte herum. Da keinerlei Hindernisse sich ihnen entgegenstellten, ließen die gewaltigen Luftdruckunterschiede, die aufgrund der mächtigen Gletschereiswände im Norden entstanden, Winde entstehen, die mit Sturmstärke über die offenen Steppen dahinfegten.

Ayla pfiff nach Winnie und hörte das Antwortgewieher ganz in der Nähe. Aus dem Dunkel der windabgewandten Seite des Langhauses kamen Stute und Füllen auf sie zu.

»Ayla! Du denkst doch hoffentlich nicht daran, bei diesem Sturm auszureiten«, sagte Jondalar, als er aus der Erdhütte heraustrat. »Es ist eiskalt hier draußen. Du mußt ja schon frieren.«

»Ach, Jondalar! Ich kann hier nicht bleiben!« rief sie verzweifelt.

»Ziehe den Überwurf an, Ayla!« drängte er sie und half, ihn ihr über den Kopf zu streifen. Dann schloß er sie in die Arme. Eine Szene wie diese, die Frebec soeben gemacht hatte, hatte er schon viel früher erwartet. Er wußte, daß das geschehen mußte, nachdem sie so offen über ihren Hintergrund gesprochen hatte. »Du kannst jetzt nicht fort. Nicht in dieser Kleidung! Wohin willst du schon gehen?«

»Ich weiß nicht, und es ist mir auch gleich«, schluchzte sie. »Bloß fort von hier.«

»Und was ist mit Winnie? Und Renner? Das ist kein Wetter für sie, um draußen zu sein.«

Ohne darauf einzugehen, klammerte Ayla sich an Jondalar; doch auf einer anderen Bewußtseinsebene hatte sie bemerkt, daß die Pferde nahe der Erdhütte Schutz gesucht hatten. Es bekümmerte sie, keine Höhle zu haben, in der sie ihnen Schutz vor dem schlechten Wetter bieten konnte, wie sie es gewohnt waren. In einer solchen Nacht konnte sie unmöglich fort.

»Ich will nicht hierbleiben, Jondalar. Sobald es aufklart, möchte ich zurück ins Tal.«

»Wenn du willst, Ayla, kehren wir zurück. Aber erst, wenn es aufgeklart hat. Und jetzt komm wieder mit hinein!«

12

»Schau, wieviel Eis ihnen am Fell klebt«, sagte Ayla und versuchte, die Eiszapfen, die von Winnies zottigem langem Winterfell herabhingen, abzubürsten. Die Stute schnaubte und ließ dabei eine Wolke warmen Dampfes in die kalte Morgenluft aufsteigen, die der Wind freilich sofort auseinandertrieb. Der Sturm hatte nachgelassen, doch die Wolken droben am Himmel hatte immer noch etwas Unheilvolles.

»Aber Pferde sind im Winter immer draußen. Für gewöhnlich leben sie ja nicht in Höhlen, Ayla«, sagte Jondalar.

»Und viele Pferde sterben im Winter, auch dann, wenn sie bei schlechtem Wetter an geschützter Stelle stehen. Winnie und Renner haben immer einen warmen trockenen Platz gehabt, wenn sie wollten. Sie leben nicht in einer Herde und sind es nicht gewohnt, die ganze Zeit über im Freien zu sein. Das hier ist kein guter Ort für sie ... und für mich auch nicht. Du hast gesagt, wir könnten jederzeit wieder fort. Ich möchte zurück ins Tal.«

»Ayla, hat man uns hier nicht willkommen geheißen? Sind uns die meisten Leute nicht mit Freundlichkeit und Großzügigkeit entgegengekommen?«

»Ja, sie haben uns willkommen geheißen. Die Mamutoi bemühen sich, ihren Gästen gegenüber großzügig zu sein, aber wir sind eben nur Besucher, und es ist an der Zeit, daß wir wieder gehen.«

Besorgt runzelte Jondalar die Stirn, senkte den Blick auf die Erde und trat von einem Fuß auf den anderen. Er wollte etwas sagen, wußte nur nicht genau, wie. »Ayla ... ich hatte dir gesagt, daß so etwas passieren könnte, wenn ... wenn du über die ... ah ... Leute redetest, bei denen du gelebt hast. Für die meisten Menschen sind sie ... nicht das, was du in ihnen siehst.« Er hob den Blick. »Wenn du nichts gesagt hättest ...«

»Gestorben wäre ich, hätte der Clan mich nicht aufgenommen, Jondalar! Sagst du, ich sollte mich der Leute schämen, die sich um mich gekümmert haben? Meinst du etwa, Iza wäre weniger menschlich gewesen als Nezzie?« sagte Ayla aufgebracht.

»Nein, nein, das habe ich nicht gemeint, Ayla. Ich behaupte ja nicht, daß du dich ihrer schämen solltest. Ich meine ja bloß ... ich meine ... du solltest Leuten gegenüber, die das nicht verstehen, nicht davon reden.«

»Ich weiß nicht, ob du mich verstehst. Von wem sollte ich denn erzählen, wenn die Leute mich fragen, wer ich bin? Wer meine Leute sind? Wo ich herkomme? Ich gehöre nicht mehr zum Clan – Broud hat mich verflucht, für sie bin ich gestorben –, aber ich wünschte, ich könnte wieder bei ihnen sein! Zumindest haben sie mich als Medizinfrau akzeptiert. Sie würden mich nicht davon abhalten, einer Frau zu helfen, die Hilfe braucht. Hast du überhaupt eine Ahnung, wie schrecklich es ist zuzusehen, wie sie leidet, und nicht helfen zu dürfen? Ich bin eine Medizinfrau, Jondalar!« rief sie frustriert und hilflos und wandte sich wütend wieder dem Pferd zu.

Latie trat aus der Erdhütte heraus und kam, als sie Ayla bei den Pferden sah, eifrig näher. »Was kann ich tun, um zu helfen?« fragte sie und strahlte übers ganze Gesicht.

Ayla fiel ein, sie gestern abend um Hilfe gebeten zu haben, und versuchte, sich wieder in die Gewalt zu bekommen. »Ich glaube, ich brauche keine Hilfe. Ich bleibe nicht hier, sondern kehre bald ins Tal zurück«, sagte sie in der Sprache des Mädchens.

Latie war geknickt. »Oh ... da ... da bin ich wohl nur im Weg«, sagte sie und schickte sich an, wieder unter dem Bogengang zu verschwinden.

Ayla sah die Enttäuschung, die sich auf ihren Zügen malte. »Aber die Pferde möchten das Fell gebürstet haben. Das ist ganz voll Eis. Vielleicht könntest du heute doch noch helfen?«

»Ja, gern«, sagte das Mädchen und lächelte wieder. »Was soll ich tun?«

»Siehst du dies hier, auf der Erde, neben der Erdhütte, die trockenen Stengel?«

»Du meinst diese Karde?« fragte Latie und hob einen spröden Stengel mit gerundetem, stachelbesetztem Kopf auf.

»Ja, die habe ich vom Fluß heraufgebracht. Der Kopf ergibt eine gute Bürste. Du mußt ihn abbrechen – so – und die Hand mit einem Stück Leder umwickeln. Dann läßt sie sich leichter halten«, erklärte Ayla. Sie führte Latie zu Renner und zeigte dem Mädchen, wie man die Kardendistel halten mußte, um das dicke Winterfell des jungen Pferdes zu striegeln. Jondalar stand daneben, um Renner zu beruhigen, bis er sich an das unvertraute Mädchen gewöhnt hatte, und Ayla machte sich daran, Winnie weiter das Eis aus dem Fell zu bürsten.

Laties Anwesenheit beendete vorerst ihr Gespräch über das Fortgehen, und Jondalar war dankbar. Er fand, er habe mehr gesagt, als nötig gewesen wäre – und es auch noch schlecht ausgedrückt. Und jetzt wußte er nicht mehr, was er noch sagen sollte. Er wollte nicht, daß Ayla unter diesen

Umständen ging. Wenn sie jetzt zurückkehrte, konnte es gut sein, daß sie das Tal nie wieder verlassen wollte. So sehr er sie liebte, er wußte nicht, ob er es ertragen könnte, den Rest seines Lebens nur mit ihr und ohne andere Menschen zu verbringen. Auch meinte er, sie sollte das auch nicht. Sie hatte sich so gut gemacht, dachte er. Es dürfte ihr nie schwerfallen, sich irgendwo anzupassen – auch an die Zelandonii. Wenn sie bloß nicht über die Flach ... aber sie hat ja recht. Was soll sie denn sagen, wenn jemand sie fragt, wer ihre Leute sind? Er wußte, wenn er sie mit nach Hause brachte, würde jeder sie danach fragen.

»Bürstest du ihnen immer das Eis aus dem Fell, Ayla?« fragte Latie.

»Nicht immer, nein. Im Tal kamen die Pferde bei schlechtem Wetter zu mir in die Höhle. Aber hier ist kein Platz für Pferde«, sagte Ayla. »Ich ziehe bald fort. Sobald es aufklart, kehre ich zurück in mein Tal.«

In der Erdhütte war Nezzie durch den Kochbereich im Vorraum gekommen, doch als sie sich dem Ausgang näherte, hörte sie draußen Stimmen und blieb stehen, um zu lauschen. Nach der schlimmen Szene gestern abend konnte es gut sein, daß Ayla den Wunsch hatte fortzugehen; diese Möglichkeit sah Nezzie gar nicht gern, würde das doch heißen, keine weiteren Gesten in der Zeichensprache für Rydag und das Lager. Es war Nezzie bereits aufgefallen, wie anders die Leute ihn jetzt, da sie mit ihm reden konnten, behandelten. Bis auf Frebec, selbstverständlich. Hätten wir sie doch nie aufgefordert, bei uns zu leben ... aber wo wäre Fralie heute, wenn wir das nicht getan hätten? Es geht ihr gar nicht gut, diese Schwangerschaft nimmt sie sehr mit.

»Warum mußt du denn fort, Ayla?« fragte Latie. »Wir könnten doch hier eine Unterkunft für sie bauen.«

»Sie hat recht. Es kann nicht schwierig sein, hier in der Nähe des Eingangs ein Zelt oder einen Unterstand für sie zu bauen, damit sie vor den schlimmsten Winden und dem Schnee geschützt sind«, fügte Jondalar noch hinzu.

»Ich glaube, Frebec hätte es nicht gern, ein Tier in so großer Nähe zu haben«, sagte Ayla.

»Frebec ist aber der einzige, Ayla«, sagte Jondalar.

»Aber Frebec ist ein Mamutoi. Ich bin es nicht.«

Keiner leugnete dies, doch Latie errötete, so sehr schämte sie sich für ihr Lager.

Im Inneren des Langhauses eilte Nezzie zurück ans Herdfeuer des Löwen. Talut, der gerade aufwachte, schlug die Felle zurück, schwenkte seine riesigen Beine über den Rand der Lagerstatt und setzte sich auf. Er kratzte sich den Bart, streckte die Arme ganz weit und machte den Mund auf, um gewaltig zu gähnen, doch dann verzog er das Gesicht zu einer schmerzlichen Grimasse und hielt sich den Kopf. Als er aufblickte und Nezzie vor sich stehen sah, setzte er ein betretenes Grinsen auf.

»Ich hab' gestern abend zuviel Schnappes getrunken«, verkündete er. Dann stand er auf, ergriff sein Hemd und zog es an.

»Talut, Ayla ist entschlossen, uns zu verlassen, sobald das Wetter aufklart«, sagte Nezzie.

Der große Mann machte ein finsteres Gesicht. »Das hatte ich schon befürchtet. Zu schade, ich hatte gehofft, sie würden den Winter über bei uns bleiben.«

»Können wir denn nichts tun? Wieso soll es Frebec mit seiner schlechten Laune gestattet sein, sie zu vertreiben, wo alle anderen möchten, daß sie hierbleibt?«

»Ich weiß nicht, was wir tun können. Hast du schon mit ihr gesprochen, Nezzie?«

»Nein. Ich hörte sie draußen sprechen. Sie sagte gerade zu Latie, hier wäre keine Unterkunft für die Pferde, und sie wären es gewohnt, bei schlechtem Wetter zu ihr in die Höhle zu kommen. Latie sagte, wir könnten ja einen Unterstand bauen, und Jondalar meinte, ein Zelt oder irgend etwas anderes in der Nähe des Eingangs. Und da sagte Ayla, sie meinte, Frebec hätte sicher etwas dagegen, ein Tier in so großer Nähe zu haben – und ich weiß, daß sie damit nicht die Pferde gemeint hat.«

Talut steuerte auf den Eingang zu, und Nezzie folgte ihm. »Für die Pferde könnten wir wahrscheinlich etwas bauen«, sagte er, »aber wenn sie fort will, können wir sie nicht zwingen zu bleiben. Sie ist nicht einmal eine Mamutoi, und Jondalar ist ein Zel ... Zella ... ach, wie heißen sie doch noch?«

Nezzie hielt ihn zurück. »Könnten wir sie nicht zu einer Mamutoi machen? Sie sagt, sie hat keine Leute. Wir könnten sie adoptieren, und dann könntest du und Tulie die Zeremonie abhalten, um sie im Löwen-Lager aufzunehmen.«

Talut hielt inne und überlegte. »Ich weiß nicht recht, Nezzie. Man macht schließlich nicht jeden zum Mamutoi. Da müßten schon alle zustimmen, und wir müßten ein paar gute Gründe vorbringen, um es dem Rat beim Sommer-Treffen klarzumachen. Außerdem hast du gesagt, sie will fort«, sagte Talut, stieß den Ledervorhang beiseite und eilte zur Schlucht hinunter.

Nezzie stand vorm Eingangsbogen und sah Taluts entschwindendem Rücken nach, dann ließ sie den Blick hinüberwandern zu der großen blonden Frau, die dem falbfarbenen Pferd das Fell bürstete. Sie ließ sich Zeit damit, sie anzuschauen, und fragte sich, wer sie wohl wirklich sein mochte. Wenn Ayla ihre Familie auf der Halbinsel im Süden verloren hatte, könnten sie Mamutoi gewesen sein. Es gab eine ganze Reihe von Lagern, die in der Nähe der Beran-See den Sommer verbrachten, und bis zur Halbinsel war es nicht viel weiter, doch irgendwie bezweifelte die ältere Frau das. Mamutoi wußten, daß das dort unten Flachschädel-Land war, und hielten sich in der Regel davon fern; außerdem hatte Ayla irgend etwas, das nicht ganz Mamutoi war. Vielleicht waren ihre Eltern Sharamudoi gewesen, hatten also zu jenen Fluß-Leuten im Westen gehört, bei denen Jondalar sich aufgehalten hatte, oder vielleicht auch Sungaea, Leute im Nordosten, von denen Nezzie allerdings nicht wußte, ob sie jemals so weit nach Süden vordrangen. Vielleicht waren ihre Leute auch Fremde gewesen, die von ganz woanders hergekommen waren. Das war schwer zu sagen, und nur eines war gewiß: Ayla war kein Flachschädel... und doch hatten diese sie bei sich aufgenommen.

Barzec und Tornec traten aus der Erdhütte heraus; Danug und Druwez folgten ihnen. Mit Gesten übermittelten sie Nezzie einen stummen Morgengruß, so wie Ayla es ihnen beigebracht hatte; das wurde im Löwen-Lager immer üblicher, und Nezzie förderte dies. Als nächster kam Rydag heraus, vollführte seinen Gruß und lächelte sie an. Sie erwiderte die Geste und gab das Lächeln zurück, doch als sie ihn an sich drückte, schwand ihr Lächeln. Rydag sah nicht gut aus. Er war aufgedunsen und blaß und schien matter als sonst. Vielleicht wurde er krank.

»Jondalar, wo bist du?« sagte Barzec. »Ich habe einen von diesen Werfern gemacht. Wir wollen ihn auf der Steppe ausprobieren. Ich habe Tornec gesagt, wenn er damit Speerwerfen übte, würde er die Kopfschmerzen los, die er sich durch das viele Trinken gestern abend zugezogen hat. Hast du nicht Lust mitzukommen?«

Jondalar warf einen Blick auf Ayla. Heute morgen würde bestimmt keine Entscheidung mehr fallen.

»Schön, dann hole ich meinen«, sagte Jondalar.

Während sie warteten, bemerkte Ayla, daß sowohl Danug als auch Druwez Laties Bemühungen zu übersehen trachteten, sie auf sich aufmerksam zu machen, und das, obwohl der rothaarige junge Mann sie schüchtern anlächelte. Latie sah ihrem Bruder und ihrem Vetter mit unglücklichen Augen nach, als die beiden zusammen mit den Männern verschwanden.

»Sie hätten mich auffordern können mitzukommen«, murmelte sie leise, wandte sich dann jedoch entschlossen wieder Renner zu.

»Möchtest du lernen, mit dem Speerwerfer umzugehen, Latie?« fragte sie eingedenk ihrer frühen Jugend, da sie den abziehenden Jägern mit sehnsüchtigen Augen gefolgt war und gewünscht hatte, sie könnte sie begleiten.

»Sie hätten mich auffordern können. Beim Reifen- und Pfeilspiel habe ich Druwez immer geschlagen. Aber sie wollten mich ja nicht mal ansehen«, beklagte Latie sich.

»Ich werde es dir zeigen, wenn du möchtest, Latie. Sobald die Pferde gestriegelt sind«, sagte Ayla.

Latie blickte zu Ayla auf. Sie mußte daran denken, wie überrascht alle gewesen waren, als sie ihr Können mit dem Speerwerfer und der Schleuder vorgeführt hatte, und es war ihr auch nicht entgangen, daß Danug sie angelächelt hatte. Dann kam ihr ein Gedanke. Ayla war nie bemüht, Aufmerksamkeit auf sich zu lenken, sie tat einfach, was sie tun wollte, und da sie in dem, was sie tat, so gut war, konnten die Leute gar nicht umhin, ihr Aufmerksamkeit zu schenken.

»Das wäre schön, wenn du es mir beibringen könntest, Ayla«, sagte sie. Und dann, nach einer Pause, fragte sie: »Wieso bist du so gut – mit dem Speerwerfer und der Schleuder, meine ich?«

Ayla dachte nach und sagte: »Mir liegt sehr viel daran, und ich übe … sehr viel.«

Vom Fluß her kam Talut zurück; Bart und Haar waren naß, und die Augen hatte er halb geschlossen.

»Ach, wie mir der Schädel brummt!« sagte er und stöhnte übertrieben auf.

»Talut, warum hast du dir den Kopf naß gemacht? Bei diesem Wetter holst du dir noch was weg«, sagte Nezzie.

»Ich bin krank. Ich habe meinen Kopf in das kalte Wasser gesteckt, um diese Kopfschmerzen loszuwerden. Auauau!«

»Niemand hat dich gezwungen, so viel zu trinken. Geh nach drinnen und trockne dich ab.«

Besorgt sah Ayla ihm nach. Es verwunderte sie, daß Nezzie so wenig Mitleid mit ihm hatte. Sie selbst hatte beim Aufwachen gleichfalls Kopfschmerzen gehabt, und es war ihr ein wenig übel gewesen. Ob das von dem Getränk kam? Von dem Schnappes, den doch jeder offenbar so gern mochte?

Winnie hob den Kopf, wieherte und stieß sie ein wenig an. Das Eis am Fell der Pferde tat ihnen nicht weh, nur wenn die Schicht zu dick war, wurde es zur Last, und sie genossen die Aufmerksamkeit und das Gebürstetwerden. Jetzt hatte die Stute bemerkt, daß Ayla gedankenverloren dastand und nicht weitermachte.

»Winnie, hör auf damit. Du willst bloß, daß ich mich mehr um dich kümmere, oder?« sagte sie und bediente sich dabei jener Verständigung mit dem Pferd, die dieses verstand.

Wiewohl sie es schon ein paarmal erlebt hatte, war Latie immer wieder erschrocken, wenn Ayla Winnies Gewieher nachahmte, und bemerkte die Zeichensprache, die sie inzwischen besser kennengelernt hatte; allerdings war sie sich nicht sicher, ob sie die Gesten wirklich verstand.

»Du kannst mit Pferden sprechen?« fragte das Mädchen.

»Winnie ist mein Freund«, sagte Ayla und sprach den Namen des Pferdes so aus, wie Jondalar es tat, weil den Leuten im Lager offensichtlich wohler zumute war, wenn sie ein Wort hörten und nicht ein Wiehern. »Lange Zeit hindurch war sie mein einziger Freund.« Sie klopfte die Stute, dann untersuchte sie die Felldecke des Hengstfohlens und klopfte auch Renner den Hals. »Ich glaube, du hast genug gebürstet. Jetzt holen wir den Speerwerfer und gehen üben.«

Sie betraten die Erdhütte und kamen auf dem Weg zum vierten Herdfeuer an Talut vorüber, der immer noch ein kreuzunglückliches Gesicht machte. Ayla nahm ihren Speerwerfer sowie eine Handvoll Speere und bemerkte beim Hinausgehen den Rest Schafgarbentee, den sie sich ihrer Kopfschmerzen wegen in der Frühe aufgebrüht hatte. Die getrocknete Blütendolde und die spröden gefiederten Blätter der Pflanze hafteten noch an einem Stengel, der in der Nähe der Karde gewachsen war. In frischem Zustand würzig und aromatisch, war die Scharfgarbe, die sie unten am Fluß gefunden hatte, durch Sonne und Regen ausgelaugt gewesen, doch erinnerte sie sich an welche, die sie früher gesammelt und getrocknet hatte. Außer ihren Kopfschmerzen hatte sie auch noch einen verdorbenen Magen gehabt, und so hatte sie beschlossen, neben der Weidenrinde auch noch dieses Heilkraut aufzubrühen.

Vielleicht hilft der Tee auch Talut, dachte sie, doch als sie ihn stöhnen hörte, fragte sie sich, ob nicht ein Mutterkornaufguß, den sie gegen besonders hartnäckige Kopfschmerzen bereitete, doch mehr zu empfehlen wäre. Mutterkorn war jedoch ein vielleicht allzu mächtiges Heilmittel.

»Trink dies, Talut, gegen die Kopfschmerzen«, sagte sie auf dem Weg hinaus. Er lächelte schwach, nahm den Becher, trank ihn aus, erwartete sich jedoch im Grunde nicht besonders viel davon; immerhin freute er sich über ihr Mitgefühl, das alle anderen ihm offenbar versagten.

Gemeinsam stiegen die blonde Frau und das Mädchen den Hang hinauf und strebten der niedergetrampelten Wurfbahn zu, auf der die Wettkämpfe stattgefunden hatten. Als sie die Ebene oben erreichten, sahen sie, daß die Männer, die vor ihnen hinaufgestiegen waren, an dem einen Ende der Bahn übten, und so wandten sie sich zum anderen. Winnie und Renner folgten ihnen ganz gemächlich. Latie lächelte dem dunkelbraunen Pferd zu, als dieses sie wiehernd begrüßte und den Kopf hochriß. Dann jedoch machte er sich daran, neben seiner Mutter zu grasen, während Ayla Latie zeigte, wie man mit dem Speerwerfer umging.

»So mußt du ihn halten«, begann Ayla und hielt das etwa zwei Fuß lange Gerät waagerecht in der Hand. Zeige- und Mittelfinger ihrer Rechten steckte sie durch die Lederschlaufen.

»Und dann legst du den Speer darauf«, fuhr sie fort und bettete den etwa sechs Fuß langen Speer in die Kerbe, die sie über die ganze Länge des Werfers eingegraben hatte. Den kleinen Haken, den sie hinten als Widerstand herausgearbeitet hatte, ließ sie in das Ende des Speers einrasten, wobei sie darauf achtete, die Federn nicht zu zerdrücken. Den Speer dann ruhig haltend, holte sie aus und ließ ihn fliegen. Der bewegliche lange Teil des Speerwerfers richtete sich auf, so daß ihre Armlänge wie auch die Wurfkraft beträchtlich vergrößert wurden; kraftvoll und schnell flog der Speer durch die Luft. Dann reichte Ayla Latie das Gerät.

»So?« fragte das Mädchen und hielt den Speerwerfer in der Waagerechten, wie Ayla es ihr gezeigt hatte. »Der Speer ruht in dieser Kerbe, und die Finger stecke ich durch die Schlaufen, um ihn festzuhalten; und das hintere Ende muß gegen diesen Haken stoßen?«

»Ja, gut so. Und jetzt wirf!«

Latie schleuderte den Speer von sich, und er flog ziemlich weit. »Das ist ja gar nicht so schwer«, sagte sie, offensichtlich mit sich zufrieden.

»Nein. Es ist nicht schwer, einen Speer zu werfen«, pflichtete Ayla ihr bei. »Schwer ist es, ihn dorthin zu werfen, wo man ihn haben will.«

»Du meinst, das Ziel genau zu treffen. Wie mit dem Pfeil durch den Reifen.«

Ayla lächelte. »Ja. Muß man üben – um den Pfeil durch den Reifen zu werfen, das Loch zu treffen.« Sie hatte bemerkt, daß Frebec heraufgekommen war, um zu sehen, was die Männer trieben, und plötzlich wurde sie sich bewußt, daß sie sprach. Sie machte immer noch Fehler. Auch sie mußte üben, dachte sie. Doch wozu? Sie blieb ja nicht hier.

Latie übte, Ayla gab ihr Anweisungen und verbesserte ihre Haltung, und bald waren beide so sehr damit beschäftigt, daß sie die Männer, die ihre Übungen unterbrochen hatten, um zuzusehen, und die sich ihnen langsam genähert hatten, gar nicht bemerkten.

»Ja, so ist's gut, Latie!« rief Jondalar, als sie ihr Ziel traf. »Wer weiß, vielleicht übertriffst du noch alle anderen! Ich glaube, die Jungs sind das Üben leid und wollen lieber dir zusehen.«

Danug und Druwez war sichtlich nicht sonderlich wohl in ihrer Haut, denn ganz aus der Luft gegriffen war Jondalars Neckerei nicht. Aber Latie strahlte. »Ich werde besser sein als alle anderen. Ich werde so lange üben, bis ich es bin«, sagte sie.

Sie fanden, für heute sei genug geübt, und schlenderten hinunter zur Erdhütte. Als sie sich dem Eingang näherten, kam Talut herausgestürmt.

»Da bist du ja, Ayla! Was war in dem Trank, den du mir gegeben hast?« fragte er, indem er auf sie zuging.

Sie machte einen Schritt zurück. »Schafgarbe mit ein bißchen Luzerne und Himbeerblättern und ...

»Nezzie! Hast du das gehört! Stell fest, wie sie das macht. Meine Kopfschmerzen sind wie weggeblasen! Ich fühle mich wie neugeboren!« Suchend sah er sich um. »Nezzie?«

»Sie ist mit Rydag zum Fluß hinunter«, sagte Tulie. »Er schien heute morgen so müde, und Nezzie meinte, er sollte nicht so weit gehen. Aber er sagte, er wollte mit ihr gehen ... vielleicht wollte er aber auch nur bei ihr bleiben ... ich bin nicht ganz sicher, was das Zeichen bedeutete. Ich sagte, ich wolle mitgehen und ihn auf dem Rückweg tragen, oder das Wasser. Ich wollte gerade hingehen.«

Was Tulie sagte, erregte Aylas Aufmerksamkeit noch aus einem anderen Grund. Das Kind machte ihr Sorgen, aber noch mehr als das, sie spürte, daß Tulie plötzlich eine ganz andere Haltung ihm gegenüber einnahm. Er war jetzt Rydag, nicht einfach ›der Junge‹, und sie redete davon, was er gesagt hatte. Rydag war plötzlich zu einer eigenständigen Person für sie geworden.

»Nun ...« Talut zögerte, momentan überrascht, daß Nezzie einmal nicht in seiner unmittelbaren Nähe war. Dann machte er sich Vorwürfe, das von ihr zu erwarten, und gluckste in sich hinein. »Würdest du es mir denn sagen, wie du ihn machst, Ayla?« »Ja«, sagte sie, »gern.«

Er schien entzückt. »Wenn ich mich darauf verstehe, den Schnappes anzusetzen, sollte ich vielleicht auch wissen, wie man das Heilmittel für den Morgen danach aufbrüht.«

Ayla lächelte. Wenn er auch ein Bär von einem Mann war, der riesige rothaarige Anführer des Löwen-Lagers hatte etwas ausgesprochen Liebenswertes. Sie zweifelte nicht, daß er furchtbar werden konnte, wenn man seinen Zorn erregte. Er war schnell und wendig und stark, und an Intelligenz mangelte es ihm gewiß nicht – gleichwohl hatte er etwas durchaus Sanftes. Er brauste nicht immer gleich auf. Und wenn er auch nichts dagegen hatte, gelegentlich einen Scherz auf Kosten eines anderen zu machen, lachte er doch auch ebensooft über seine eigenen Schwächen. Er behandelte die menschlichen Probleme der Leute mit aufrichtigem Bemühen, und sein Mitleid ging über sein eigenes Lager hinaus.

Plötzlich lenkte ein schriller Schrei die Aufmerksamkeit aller in Richtung Fluß. Hinsehen und den Hang hinunterlaufen war für Ayla eines; etliche andere folgten ihr. Nezzie kniete über einer kleinen Gestalt und jammerte herzzerreißend. Tulie stand verzweifelt und offenbar hilflos neben ihr. Als Ayla bei ihnen ankam, sah sie, daß Rydag ohnmächtig war.

»Nezzie?« sagte Ayla und ließ durch den fragenden Tonfall erkennen, daß sie gern wüßte, was geschehen war.

»Wir wollten den Hang hinauf«, erklärte Nezzie. »Offenbar bekam er nur unter Mühen Luft, und da dachte ich, es ist besser, ich trage ihn, doch als ich den Wasserbeutel absetzte, hörte ich ihn vor Schmerzen aufschreien, und als ich hinsah, lag er da wie jetzt.«

»Tulie! Trag Rydag ins Haus, ans Herdfeuer des Mammut. Und beeil dich!« befahl sie.

Den anderen voraus, lief Ayla hinauf, schoß durch den Eingangsbogen auf die Plattform am Ende ihres Bettes zu und kramte ihre Habseligkeiten durch, bis sie einen ungewöhnlichen Beutel fand, der aus einem ganzen heilen Otternfell gemacht worden war. Sie schüttelte den Inhalt auf das Bett und durchsuchte die kleinen Päckchen und Beutelchen, die darin gewesen waren, besah sich Umriß und Farbe der einzelnen Dinge, die Schnur, mit der sie verschlossen waren, sowie die Anzahl der Knoten und die Zwischenräume zwischen den einzelnen Knoten.

Ihre Gedanken rasten. Es ist sein Herz, ich weiß, es liegt an seinem Herzen. Es hat sich nicht richtig angehört. Keiner in Bruns Clan hat je Herzbeschwerden gehabt. Ich muß mich erinnern, was Iza mir erklärt hat. Und jene andere Medizinfrau beim Clan-Treffen; die hatte zwei Leute in ihrem Clan, die Schwierigkeiten mit dem Herzen hatten. Als erstes immer überlegen, hat Iza mir eingeschärft, was genau nicht stimmt. Er ist blaß und aufgeschwemmt. Er hat Mühe zu atmen, und es tut ihm weh. Sein Puls geht nur schwach. Sein Herz muß kräftiger arbeiten, muß stärker schlagen. Wie erreicht man das? Vielleicht mit Stechapfel? Nein, ich glaube nicht. Und was ist mit Nieswurz? Tollkirsche? Bilsenkraut? Fingerhut? Fingerhut ... Fingerhutblätter. Aber die sind so stark, sie könnten ihn töten. Aber wenn er nichts bekommt, das stark genug ist, um sein Herz wieder zum Arbeiten zu bewegen, stirbt er ohnehin. Ja, und wieviel? Soll ich sie aufkochen oder nur überbrühen und einweichen? Ach, könnte ich mich doch nur daran erinnern, wie Iza es gemacht hat. Wo ist mein Fingerhut? Sollte ich gar keinen dabei haben?

»Ayla, was ist los?« Sie sah auf und erkannte Mamut neben sich.

»Es ist Rydag ... sein Herz. Sie bringen ihn her. Ich suche nach ... nach einer bestimmen Pflanze. Hoher Stengel ... Blüten hängen untereinander ... violett, und drinnen rot gesprenkelt. Große Blätter, fühlen sich an der Unterseite an wie Fell. Sie bringen das Herz dazu ... zu stoßen. Verstehst du?« Daß ihr immer wieder Worte fehlten, beeinträchtigte Ayla, aber sie hatte sich klarer ausgedrückt, als ihr bewußt war.

»Selbstverständlich, Fingerhut. Ein sehr starkes Kraut ...« Mamut sah, wie Ayla die Augen schloß und tief Luft holte.

»Ja, aber notwendig. Ich muß überlegen, wieviel ... Hier ist der Beutel. Iza hat mir gesagt, den müßte ich immer dabei haben.«

In diesem Augenblick kam Tulie, den kleinen Jungen auf dem Arm, herein. Ayla riß die Felle von ihrem Bett, breitete sie neben dem Feuer auf dem Boden aus und wies die Frau an, ihn dort hinzulegen. Nezzie folgte ihr auf den Fuß, und bald waren sie von allen anderen umringt.

»Nezzie, zieh ihm den Überwurf aus. Und mach die anderen Kleider auf. Talut, das sind zu viele Menschen hier. Platz da!« Ayla gab Anweisungen und war sich überhaupt nicht bewußt, Befehle zu erteilen. Sie machte den kleinen Lederbeutel, den sie in der Hand hielt, auf und schnupperte am Inhalt. Dann blickte sie besorgt den Schamanen an. Doch nach einem weiteren Blick auf das bewußtlos daliegende Kind bekam ihr Gesicht plötzlich etwas Entschlossenes. »Mamut, ich brauche heißes Feuer. Latie, hole Kochsteine und eine Schale Wasser, und einen Becher.«

Während Nezzie Rydag die Kleidung lockerte, raffte Ayla mehr Pelze zusammen, um sie ihm unter den Kopf zu schieben. Talut sorgte dafür, daß die Leute vom Lager zurücktraten, damit Rydag Luft bekomme und Ayla Platz, um zu arbeiten. Latie legte beim Feuer nach, das Mamut entfacht hatte, und bemühte sich, die Steine so rasch wie möglich zu erhitzen.

Ayla prüfte Rydags Puls; er war schwer zu finden. Sie legte ihm ihr Ohr auf die Brust. Sein Atem ging flach und rasselnd. Er brauchte Hilfe. Sie drückte ihm den Kopf nach hinten, um die Luftröhre zu öffnen, und dann preßte sie ihren Mund auf den seinen, um ihm genauso Luft in die Lungen zu blasen, wie sie es bei Nuvie gemacht hatte.

Mamut sah ihr eine Zeitlang zu. Wie jung sie schien! Daß sie in so jungen Jahren schon so viel von der Heilkunst verstehen sollte! Auch hatte es bei ihr ja einen Augenblick der Unentschlossenheit gegeben, der freilich vorübergegangen war. Jetzt war sie ganz ruhig, konzentrierte sich auf das Kind und gab zuversichtlich ihre Anweisungen.

Er nickte stumm für sich, kauerte sich dann hinter den Mammutschädel und hob zu einer gemessenen Kadenz an, die er mit leisem Gesang begleitete, was bei Ayla sonderbarerweise die Verkrampfung löste und ihr etwas von der Anspannung nahm, unter der sie stand. Der Heil-Gesang wohltuende Weise zum Gelingen des Ganzen beizutragen. Tornec und die Spannung, unter der sie standen, hatten sie doch das Gefühl, auf eine wohltuende Weise zum Gelingen des ganzen beizutragen. Tornec und Deegie fielen mit ihren Instrumenten ein, dann tauchte Ranec mit Reifen aus Elfenbein auf, die rasselten. Das Getrommel, der Gesang und das Gerassel waren in keiner Weise laut oder überwältigend, sondern vielmehr leise schwellend und besänftigend.

Endlich kochte das Wasser, und Ayla schüttete sich das, wie sie hoffte, richtige Maß getrockneter Fingerhutblätter auf die Handfläche und streute sie über das in der Schale siedende Wasser. Dann wartete sie ab, ließ es weichen und bemühte sich, ruhig zu bleiben, bis schließlich die Farbe des Tranks und ihr Instinkt ihr sagten, daß es richtig sei. Daraufhin goß sie etwas von der Schale um in den Trinkbecher, nahm Rydags Kopf auf den Schoß und schloß für einen Moment die Augen. Mit diesem Heiltrank durfte sie nicht leichtfertig umgehen. Die falsche Menge konnte tödlich wirken, und die Stärke der Wirkstoffe in den Blättern einer jeden Pflanze unterschied sich von der aller anderen.

Sie schlug die Augen auf und blickte in zwei lebhaft blaue Augen, die voll waren von Liebe und Besorgnis. Dankbar schenkte sie Jondalar ein zaghaftes Lächeln. Sie hob den Becher an den Mund und steckte die Zunge hinein, um die Stärke des Aufgusses herauszuschmecken. Dann setzte sie den bitteren Trank dem Kind an die Lippen.

Mit dem ersten kleinen Schluck hatte er Mühe, und er prustete, doch kam dadurch ein wenig Leben in ihn. Er versuchte zu lächeln und Ayla dadurch zu verstehen zu geben, daß er sie erkannte, doch wurde nur ein schmerzlich verzogenes Gesicht daraus. Sie brachte ihn dazu, mehr zu trinken, ganz langsam, wobei sie seine Reaktionen sorgfältig beobachtete: Veränderungen in Temperatur und Farbe der Haut, seine Augenbewegungen, wie tief er durchatmete. Ängstlich und atemlos verfolgten auch die Leute vom Löwen-Lager alles, was vorging. Es war ihnen nicht klargewesen, wieviel das Kind ihnen bedeutete; das ging ihnen erst jetzt auf, wo sein Leben in Gefahr war. Er war unter ihnen aufgewachsen, er gehörte zu ihnen, und vor kurzem hatten sie angefangen zu begreifen, daß er gar nicht so anders war als sie auch.

Ayla war sich nicht sicher, wann Trommelrhythmus und Gesang aufhörten, doch der leise Laut, mit dem Rydag plötzlich tief Atem holte, hallte wie ein Siegesschrei in der Stille des von Spannung erfüllten Langhauses wider.

Ayla bemerkte eine leichte Rötung seines Gesichts, als er ein zweites Mal tief durchatmete, und spürte, wie ihre Ängste etwas von ihr abfielen. Wieder hob das Getrommel an, in einem anderen Tempo diesmal. Ein Kind weinte. Stimmengemurmel wurde laut. Sie stellte den Becher hin, prüfte den Puls an seinem Hals, legte ihm die Hand auf die Brust. Sein Atem ging leichter und offenbar weniger schmerzhaft. Als sie aufblickte, sah sie, wie Nezzie sie mit tränenverschleierten Augen anlächelte. Sie war nicht allein.

Ayla behielt den Jungen im Arm, bis sie sicher war, daß er bequem ruhte; und danach hielt sie ihn im Arm, einfach weil sie das Verlangen danach hatte. Machte sie die Augen halb zu, konnte sie die Leute des Lagers fast vergessen, konnte sie sich fast einbilden, dieser Junge, der so sehr wie ihr eigener Sohn aussah, sei in der Tat jenes Kind, das sie zur Welt gebracht hatte. Die Tränen, die ihr die Wangen netzten, vergoß sie im gleichen Maße um sich selbst wie um den Sohn, den zu sehen es sie so sehr verlangte, und wie um das Kind, das tatsächlich in ihren Armen ruhte.

Schließlich schlief Rydag ein. Die schwere Prüfung hatte ihm das Äußerste abverlangt – und Ayla nicht minder. Talut nahm ihn auf und trug ihn zu seinem Bett; dann half Jondalar ihr auf. Die Arme um sie geschlungen, stand er da, und sie sank ihm an die Brust. Sie war wie ausgepumpt und dankbar für seine Unterstützung.

Den meisten der Versammelten standen die Tränen der Erleichterung in den Augen; doch etwas Angemessenes zu sagen war schwer. Sie wußten nicht, wie sie der jungen Frau danken sollten, die das Kind gerettet hatte. Sie lächelten sie an, nickten beifällig, berührten sie freundlich mit der Hand und murmelten ein paar Worte, doch waren das kaum mehr als Laute. Was freilich für Ayla mehr als genug war. Worte der Dankbarkeit oder Lob hätten sie in diesem Augenblick wohl eher verlegen gemacht.

Nachdem Nezzie sich vergewissert hatte, daß Rydag bequem lag, ging sie zu Ayla. »Ich dachte schon, er wäre hinüber. Ich kann einfach nicht glauben, daß er nur schlief«, sagte sie. »Die Medizin war gut.«

Ayla nickte. »Ja, aber stark. Trotzdem – er sollte sie jeden Tag nehmen, ein wenig davon, nicht zuviel. Und zusammen mit anderer Medizin. Ich werde etwas für ihn zurechtmischen. Du brühst sie auf wie Tee, nur vorher kurz aufkochen. Ich werde es dir zeigen. Gib ihm morgens einen kleinen Becher davon, und kurz vorm Schlafengehen noch einen. Er wird nachts mehr Wasser lassen als sonst, bis er nicht mehr so aufgeschwemmt ist.«

»Wird diese Medizin ihn gesund machen, Ayla?« fragte Nezzie mit Hoffnungsfreude in der Stimme.

Ayla streckte die Hand nach ihr aus und sah sie an. »Nein, Nezzie. Kein Heiltrank kann ihn gesund machen«, erwiderte sie mit fester Stimme, in der Bedauern mitschwang.

Ergeben senkte Nezzie den Kopf. Sie hatte es immer gewußt, doch hatte Ayla mit ihrer Medizin einen so wunderbaren Erfolg erzielt, daß sie nicht hatte umhin können, Hoffnung zu schöpften.

»Die Medizin wird helfen. Rydag wird sich wohler fühlen, und er wird nicht soviel Schmerzen haben«, fuhr Ayla fort. »Aber ich habe nicht sehr viel bei mir. Die meisten Heilkräuter habe ich im Tal zurückgelassen. Ich hatte nicht gedacht, daß wir lange fortbleiben würden. Mamut kennt den Fingerhut, vielleicht hat er welchen.«

Mamut erhob die Stimme. »Meine Gabe ist die des Suchers, Ayla. Die Gabe der Heilkunst besitze ich nicht; aber die Mamut vom Wolfs-Lager ist eine gute Heilkundige. Wir können jemand hinschicken und fragen, ob sie welchen hat – sobald das Wetter aufklart. Das würde allerdings ein paar Tage dauern.«

Ayla hoffte, genug von dem Anregungsmittel fürs Herz zu haben, das sie aus den Blättern des Fingerhuts gewann – zumindest genug, damit es reichte, bis jemand hinging, um etwas zu holen. Mehr noch jedoch wünschte sie, den Rest ihrer Heilkräuter hier zu haben. Sie wußte nicht recht, wie andere damit umgingen und nach welchen Methoden sie die Kräuter sammelten. Sie war stets bemüht gewesen, die großen pelzigen Blätter langsam und an einem kühlen, dunklen Ort, wo keine Sonne hinkam, zu trocknen, damit möglichst viel von den Wirkstoffen erhalten blieb. Ach, hätte sie doch alle ihre Heilkräuter hier, doch die hatte sie wohl verwahrt in ihrer kleinen Höhle im Tal der Pferde zurückgelassen.

Genauso wie Iza es gemacht hatte, trug Ayla unablässig ihren Medizinbeutel aus Otternfell bei sich, der Wurzeln und Rinden, Blätter, Blüten, Früchte und Samenkörner von Pflanzen enthielt. Doch das war für sie kaum mehr als ein Erste-Hilfe-Vorrat. In ihrer Höhle hatte sie einen Vorrat sämtlicher ihr bekannten Heilkräuter liegen, obwohl sie doch ganz allein gewesen war und eigentlich keine rechte Verwendung dafür gehabt hatte. Sie war dazu angeleitet worden, und jetzt war es die Macht der Gewohnheit, daß sie die Heilkräuter sammelte, wie sie in den verschiedenen Jahreszeiten auftauchten. Beim Umherziehen wäre es ihr nie in den Sinn gekommen, etwa nicht zu sammeln. Sie kannte auch noch so manchen anderen Verwendungszweck für die Pflanzen, die in ihrer Umgebung wuchsen – vom Zusammendrehen der Fasern zu Bindematerial bis zum Essen; was sie jedoch am meisten an den Pflanzen interessierte, waren ihre Heilkräfte. Sie konnte kaum an Pflanzen vorübergehen, von denen sie wußte, daß sie heilende Wirkstoffe enthielten, ohne davon welche mitzunehmen – und sie kannte deren Hunderte.

Mit der Vegetation war sie so innig vertraut, daß unbekannte Pflanzen stets ihr Interesse weckten. Sie suchte an ihnen Ähnlichkeiten mit solchen, die sie kannte, und war sich darüber im klaren, daß große Pflanzengruppen kleinere Untergruppen aufwiesen. Sie konnte verwandte Typen und Familien identifizieren, wußte jedoch sehr wohl, daß ähnliches Aussehen nicht notwendigerweise auch ähnliche Reaktionen hervorrief; deshalb probierte sie die Wirkung vorsichtig an sich selbst aus und kostete und prüfte mit Überlegung und Erfahrung.

Auch was die Dosierungen und die Zubereitungsarten betraf, ging sie sehr vorsichtig zu Werke. Ayla wußte, daß ein Aufguß, den sie bereitete, indem sie kochendes Wasser über verschiedene Blätter, Blüten oder Beeren goß und diese darin einweichte, Aromastoffe und flüchtige Essenzen freisetzte. Das Aufkochen von Pflanzen, die Herstellung eines Sud, entzog den Stoffen die harzigen und bitteren Bestandteile und wirkte besser bei härterem Material wie etwa Rinde, Wurzeln und Samenkörnern. Sie verstand sich darauf, die wesentlichen Öle, Klebstoffe und Harze eines Krauts herauszuziehen, wußte, wie man Breiumschläge und Pflaster, Stärkungsmittel, Sirup, Mittel zum Einreiben und Salben herstellte, indem man Fette oder Dickungsmittel verwendete. Sie kannte sich aus im Mischen von Bestandteilen, im Verdünnen und Verdicken von Heilmitteln.

Ähnliche Vergleiche, wie sie bei den Pflanzen so aufschlußreich waren, offenbarten ihr auch bei Tieren Ähnlichkeiten. Aylas Kenntnis des menschlichen Körpers und seiner Funktionen war das Ergebnis einer langen Geschichte von Schlußfolgerungen, die auf dem Prinzip des Herumprobierens gewonnen worden waren; ihr weitreichendes Verständnis der Tieranatomie beruhte darauf, daß sie die Tiere, die sie gejagt hatte, hinterher auch zerlegen mußte. Und wie ähnlich diese Dinge beim Menschen waren, erkannte man, wenn es zu Unfällen oder Verletzungen kam.

Ayla war also Botanikerin, Kräutersammlerin und Heilkundige in einem; ihr Zauber beruhte auf dem Geheimwissen, das über Hunderte, Tausende, vielleicht sogar über Millionen von Jahren von Generation zu Generation weitervererbt und vertieft worden war, von Sammlern und Jägern, deren Existenz von der innigen Kenntnis des Landes und seiner Produkte abhing, auf dem und von denen sie lebten.

Aus diesem zeitlosen Schatz schriftlich nicht fixierter Geschichte, das durch die Ausbildung, die sie von Iza erfahren hatte, auf sie übergegangen war, sowie gelenkt von einer ihr innewohnenden analytischen Begabung und intuitiven Wahrnehmung, konnte Ayla die meisten Krankheiten und Verletzungen diagnostizieren und behandeln. Mit einem rasiermesserscharfen Flintmesser führte sie gelegentlich sogar kleinere chirurgische Operationen aus, doch hing Aylas Heilkunst im wesentlichen von den komplexen Wirkstoffen in den Heilkräutern ab. Sie verstand ihre Kunst, und ihre Heilmittel wirkten, doch eine größere chirurgische Operation an einem angeborenen Herzfehler konnte sie nicht vornehmen.

Während Ayla den schlafenden Jungen betrachtete, der ihrem eigenen Sohn so ähnlich sah, fühlte sie sich erleichtert und von großer Dankbarkeit durchdrungen; denn Durc war bei seiner Geburt kräftig und kerngesund gewesen – was jedoch keinesfalls den Schmerz linderte, den es kostete, Nezzie sagen zu müssen, daß Rydag mit Heilkräutern nicht gesund gemacht werden konnte.

Später am Nachmittag machte Ayla sich daran, ihre Päckchen und Beutel mit Kräutern zu ordnen, um jene Mixtur herzustellen, die sie Nezzie versprochen hatte. Wieder sah Mamut ihr schweigend dabei zu. Inzwischen konnte wohl kaum jemand ihre Heilkunst bezweifeln, selbst Frebec nicht, auch wenn er es immer noch nicht zugeben wollte – und auch Tulie nicht, die sich zwar nicht so lautstark geäußert hatte, die aber, wie der alte Mann sehr wohl wußte, außerordentlich mißtrauisch gewesen war. Ayla schien eine ganz gewöhnliche junge Frau zu sein, selbst für sein altes Auge noch sehr reizvoll anzuschauen, aber er war überzeugt, daß weit mehr an ihr war, als irgendeiner von ihnen wußte; er bezweifelte sogar, daß sie selbst sich über die Weite ihrer Möglichkeiten im klaren war.

Welch schwieriges – und faszinierendes – Leben sie geführt hatte, sann er. Sie sieht noch so jung aus, ist aber, was die Erfahrungen betrifft, weit älter, als die meisten Menschen je sein werden. Wie lange lebte sie jetzt bei ihnen im Löwen-Lager? Wie hatte sie sich nur in der Heilkunst ein so großes Wissen aneignen können? Er wußte, daß jemand, der nicht dazu geboren war, Belehrungen dieser Art nur selten teilhaftig wurde; dabei war sie eine Außenseiterin gewesen, in einem Maße, wie es sich die meisten Menschen gar nicht vorstellen konnten. Hinzu kam noch ihre unerwartete Gabe des Sich-auf-die-Suche-Begebens. Welche anderen Talente mochten noch in ihr schlummern? Welches Wissen, das bis jetzt noch ungenutzt in ihr ruhte? Was für unenthüllte Geheimnisse?

Ihre Stärke kommt erst in der Krise richtig zum Tragen; er erinnerte sich, wie Ayla Tulie und Talut einfach Befehle erteilt hatte. Selbst mir, dachte er lächelnd – und keiner hat dagegen aufgemuckt. Die Fähigkeit zu führen ist ihr ganz natürlich gegeben. Welches Mißgeschick hat ihr widerfahren müssen, ihr schon so jung solche Geistesgegenwart zu verschaffen? Die Mutter hat bestimmt Großes mit ihr vor, da bin ich mir ganz sicher – aber wie steht es mit dem jungen Mann, diesem Jondalar? Auch er ist gewiß sehr von Ihr begünstigt, doch stellen seine Gaben nichts wirklich Außergewöhnliches dar. Was hat Sie mit ihm vor?

Ayla war gerade dabei, die Päckchen mit den Heilkräutern, die sie im Augenblick nicht brauchte, wegzustecken, als Mamut plötzlich genauer hinsah und ihren Medizinbeutel aus Otternfell betrachtete. Wie bekannt der ihm vorkam! Er konnte die Augen schließen und sah einen vor sich, der fast genauso aussah; und das weckte eine Flut von Erinnerungen.

»Ayla, dürfte ich den einmal sehen?« bat er. Er wollte ihn sich genauer ansehen.

»Das hier? Meinen Medizinbeutel?« fragte sie.

»Ich habe schon immer wissen wollen, wie die gemacht werden.«

Ayla reichte ihm den Beutel und sah bei dieser Gelegenheit, wie arthritisch seine langen, dünnen alten Hände verknotet waren.

Sorgfältig untersuchte der uralte Schamane den Beutel. Er bemerkte die Anzeichen der Abnutzung; also mußte sie ihn bereits lange in ihrem Besitz haben. Der Beutel war nicht durch Zusammennähen oder anderes Zusammenfügen von Einzelteilen entstanden, sondern bestand aus dem Balg eines einzelnen Tieres. Statt dem Otter den Bauch aufzuschlitzen – die übliche Art, einem Tier das Fell abzuziehen –, hatte man nur an seiner Kehle einen Schnitt angebracht, so daß der Kopf durch einen Streifen am Nacken noch mit dem Rest des Balgs verbunden war. Knochen und Innereien waren durch den Hals herausgezogen worden und die Hirnhöhle geleert worden, so daß der Kopf ziemlich abgeflacht aussah. Der gesamte Balg war dann getrocknet und geschmeidig gemacht, am Hals waren in bestimmten Abständen kleine Einschnitte angebracht, und mit Hilfe einer Steinahle war ein Riemen zum Zusammenziehen hindurchgezogen worden. Das Ergebnis war ein Beutel, der aus einem glatten, wasserundurchlässigen Otternbalg bestand, an dem Füße und Schwanz noch dran waren und dessen Kopf gleichsam als Taschenpatte diente.

Mamut gab ihn ihr zurück. »Hast du diesen Beutel gemacht?«

»Nein, das war Iza. Sie war die Medizinfrau von Bruns Clan, meine ... Mutter. Sie hat mich von klein auf alles gelehrt – wo die Pflanzen wachsen, wie man Medizin daraus macht, wie man diese anwendet. Sie war krank, konnte nicht zum Clan-Treffen. Brun brauchte aber eine Medizinfrau. Und da Uba noch zu jung war, blieb als einzige ich.«

Mamut nickte verständnisvoll; dann faßte er sie plötzlich scharf ins Auge. »Wie lautete der Name doch gleich noch?«

»Welcher? Der meiner Mutter? Iza.«

»Nein, der andere.« Ayla überlegte einen Moment. »Uba?«

»Wer ist Uba?«

»Uba ist ... meine Schwester. Nicht meine richtige Schwester, aber wie eine Schwester zu mir. Sie ist die Tochter von Iza. Jetzt ist sie die Medizinfrau ... und die Mutter von ...«

»Ist Uba ein üblicher Name?« fiel Mamut ihr aufgeregt in die Rede.

»Nein ... das glaube ich nicht ... Creb hat ihr den Namen Uba gegeben. Die Mutter von Izas Mutter hieß so. Creb und Iza hatten dieselbe Mutter.«

»Creb! Erzähle, Ayla, dieser Creb, hatte der einen schlimmen Arm, und hinkte er leicht?«

»Ja«, antwortete Ayla verwirrt. Woher konnte Mamut das wissen?

»Und war da noch ein Bruder? Einer, der jünger war, aber kräftig und gesund?«

Ayla runzelte die Stirn, als sie Mamuts begierige Fragen vernahm. »Ja. Brun. Er war der Anführer.«

»Große Mutter! Ich kann es nicht glauben! Jetzt verstehe ich!«

»Ich hingegen verstehe gar nichts«, sagte Ayla.

»Ayla, komm, setz dich. Ich muß dir eine Geschichte erzählen.«

Er führte sie an einen Platz am Herdfeuer in der Nähe seiner Lagerstatt. Er selbst ließ sich am Rand der Plattform nieder, während sie sich auf eine Matte auf den Boden hockte und erwartungsvoll zu ihm aufsah.

»Einst, vor vielen, vielen Jahren, als ich noch ein sehr junger Mann war, erlebte ich ein Abenteuer, das mein ganzes Leben verändern sollte«, begann Mamut. Ayla spürte, wie ihr auf unheimliche Weise plötzlich ganz kribbelig auf der Haut wurde; sie ahnte fast, was er sagen wollte.

»Manuv und ich stammen aus demselben Lager. Der Mann, den seine Mutter sich zum Gefährten erwählte, war mein Vetter. Wir wuchsen zusammen auf, und wie junge Leute es nun einmal tun, redeten wir davon, zusammen eine Reise zu unternehmen. Doch in dem Sommer, da wir losziehen wollten, wurde er krank. Sehr krank. Ich selbst wollte unbedingt losziehen, wir hatten diese Reise seit Jahren geplant, und ich hoffte ständig darauf, daß er wieder gesund werden würde, doch war es eine hartnäckige Krankheit. Schließlich, gegen Ende des Sommers, beschloß ich, allein loszuziehen. Alle rieten mir davon ab, aber mich hatte die Unruhe gepackt.

Wir hatten vorgehabt, an der Beran-See entlangzuziehen und dann dem Ostufer des großen Süd-Meeres zu folgen, ähnlich wie Wymez es später tat. Aber es war schon so spät im Jahr, daß ich beschloß, einen Abkürzungsweg über die Halbinsel und durch die Südverbindung mit den Bergen einzuschlagen.«

Ayla nickte. Bruns Clan war dieser Route gefolgt, wenn sie zu den Clans-Treffen zogen.

»Ich hatte niemand von meinem Plan erzählt. Es ging durch Flachschädel-Land, und ich wußte, sie würden alle nur davon abraten. Ich jedoch dachte, wenn ich vorsichtig wäre, könnte ich jeden Kontakt vermeiden; aber mit dem Unfall hatte ich nicht gerechnet. Ich bin mir immer noch nicht im klaren, wie es eigentlich geschah. Jedenfalls wanderte ich am Steilufer eines Flusses entlang, das fast eine Klippe war, und ehe ich's mich versah, rutschte ich aus und stürzte. Ich muß eine Zeitlang bewußtlos gewesen sein. Als ich wieder zu mir kam, war es später Nachmittag. Der Kopf tat mir weh, und ich konnte nicht besonders klar denken, doch am schlimmsten war das mit meinem Arm. Ein Knochen war ausgerenkt und gebrochen, und so litt ich unter großen Schmerzen.

Eine Zeitlang stolperte ich am Flußufer voran, war mir aber nicht sicher, wohin ich ging. Mein Gepäck hatte ich verloren, aber ich suchte nicht einmal danach. Wie lange ich mich vorwärtsquälte, weiß ich nicht, doch war es fast dunkel, als ich schließlich ein Feuer entdeckte. Ich hatte nicht daran gedacht, daß ich auf der Halbinsel war. Und als ich ein paar Leute in der Nähe des Feuers erkannte, ging ich darauf zu.

Ich kann mir ihr Erstaunen vorstellen, als ich in ihrer Mitte auftauchte, doch war ich damals viel zu sehr durcheinander und delirierte, daß ich nicht mehr weiß, wo ich war. Meine Überraschung kam viel später. Ich wachte in unvertrauter Umgebung auf und hatte keine Ahnung, wie ich dorthin gekommen war. Dann entdeckte ich einen Umschlag auf dem Kopf, und den Arm trug ich in einer Schlinge. Ich erinnerte mich an den Sturz und dachte, wie sehr ich von Glück sagen könne, daß ein Lager mit einem guten Heilkundigen mich gefunden hatte; und dann tauchte die Frau auf. Vielleicht kannst du dir vorstellen, Ayla, welch ein Schrecken mich durchfuhr, als ich entdeckte, daß ich mich im Lager eines Clan befand.«

Ayla selbst war erschrocken. »Du! Du bist der Mann mit dem gebrochenen Arm? Dann kennst du Creb und Brun?« sagte Ayla fassungslos. Eine Flut von Gefühlen überwältigte sie, und Tränen schossen ihr aus den Augen. Es war wie eine Botschaft aus der Vergangenheit.

»Du hast von mir gehört?«

»Iza erzählte mir, vor ihrer Geburt habe die Mutter ihrer Mutter einen Mann mit einem gebrochenen Arm geheilt. Einen Mann von den Anderen. Und Creb hat es mir auch erzählt. Er sagte, Brun habe zugelassen, daß ich beim Clan bleibe, weil er von diesem Mann – also von dir, Mamut – erfahren hatte, daß die Anderen auch Menschen wären.« Ayla hielt inne, starrte in das schlohweiße Haar, das verrunte alte Gesicht des ehrwürdigen alten Mannes. »Iza weilt jetzt in der Geisterwelt. Sie war noch nicht auf der Welt, als du kamst... und Creb... er war ein Junge, noch nicht von Ursus erwählt. Creb war bei seinem Tod ein alter Mann... wie ist es möglich, daß du noch lebst?«

»Ich habe mich selbst gefragt, warum es Der Mutter gefallen hat, mir so viele Jahreszeiten zu gewähren. Ich glaube, soeben hat Sie mir eine Antwort auf diese Frage gegeben.«

13

»Talut? Talut, schläfst du?« flüsterte Nezzie dem großen Anführer ins Ohr und schüttelte ihn.

»Hmmm? Was'n los?« murmelte er, war dann aber plötzlich hellwach.

»Pst! Pst! Weck doch nicht gleich alle auf! Talut, wir können Ayla jetzt nicht einfach fortziehen lassen. Wer soll sich denn nächstes Mal um Rydag kümmern? Ich finde, wir sollten sie adoptieren, sie in unsere Familie aufnehmen, sie zu einer Mamutoi machen.«

Er blickte auf und sah in ihren Augen den Widerschein der roten Glut des halb mit Erde abgedeckten Feuers. »Ich weiß, du hängst an dem Jungen, Nezzie. Ich tu's ja auch. Aber ist unsere Liebe Grund genug, eine Fremde zu einer der unseren zu machen? Wie sollte ich das dem Rat gegenüber vertreten?«

»Es ist doch nicht nur wegen Rydag. Sie ist eine Heilkundige. Haben die Mamutoi so viele gute Heilkundige, daß sie es sich leisten könnten, eine so gute fortziehen zu lassen? Überleg doch mal, was in diesen wenigen Tagen alles geschehen ist! Nuvie hat sie vorm Ersticken gerettet ... Ich weiß, Tulie behauptet, es könnte genausogut nur eine Technik sein, die sie irgendwo erlernt hat, aber bei dem, was sie mit Rydag gemacht hat, kann deine Schwester das nicht behaupten. Ayla wußte ganz genau, was sie tat. Das war Heilkunst! Und bei Fralie hat sie auch recht. Selbst ich sehe, daß diese Schwangerschaft über ihre Kraft geht und die ganze Streiterei ihr schadet. Und was ist mit deinen Kopfschmerzen?«

Talut verzog das Gesicht zu einem breiten Grinsen. »Das war nicht nur Heilkunst – das war Zauberei!«

»Pst! Pst! Du weckst noch das ganze Lager auf! Ayla ist mehr als eine Heilkundige. Mamut sagt, sie sei eine Sucherin, nur völlig unausgebildet. Und überlege mal, wie sie mit Tieren umgeht! Ich würde mich nicht wundern, wenn sie auch noch eine Ruferin ist. Bedenke, was für ein Segen es für das Lager wäre, wenn sich herausstellte, daß sie sich nicht nur versenkt, um auf die Suche nach Tieren für die Jagd zu gehen, sondern sie auch noch herbeiruft.«

»Das weißt du aber nicht, Nezzie. Das sind nichts als Vermutungen.«

»Nun, was ihr Können mit diesen Waffen angeht, brauche ich mich aber nicht in Vermutungen zu ergehen. Du weißt, daß sie einen guten Brautpreis erbrächte, wenn sie bloß eine Mamutoi wäre, Talut. Bei dem vielen, das sie zu bieten hat – sag mir, was sie als Tochter deines Herdfeuers wert wäre!«

»Hmmmm. Wenn sie Mamutoi wäre und die Tochter vom Herdfeuer des Löwen ... Aber vielleicht will sie gar keine Mamutoi werden, Nezzie. Was ist denn mit diesem jungen Mann, Jondalar? Es sieht doch jeder, daß zwischen den beiden eine enge Gefühlsbindung besteht.«

Darüber hatte Nezzie schon eine ganze Weile nachgedacht, und jetzt war sie fertig. »Frag ihn doch auch!«

»Alle beide!« entfuhr es Talut, und er setzte sich ruckartig auf.

»Leise! Jetzt rede nicht so laut!«

»Aber er hat Leute. Er sagt, er ist ein Zel ... Zel ... wie immer die heißen.«

»Zelandonii«, flüsterte Nezzie. »Aber seine Leute leben sehr weit weg von hier. Warum sollte er sich der Mühsal einer so langen Heimreise unterziehen, wenn er hier bei uns ein Zuhause haben kann? Du könntest ihn jedenfalls mal fragen, Talut. Diese Jagdwaffe, die er erfunden hat, sollte Grund genug sein, den Rat zufriedenzustellen. Und Wymez sagt, er sei ein ausgezeichneter Werkzeugmacher. Wenn mein Bruder eine Empfehlung für ihn abgibt, dann wird der Rat ihn nicht zurückweisen, das weißt du ganz genau.«

»Schon, schon, Nezzie ... aber«, sagte Talut und legte sich wieder hin, »woher willst du wissen, ob sie überhaupt hierbleiben wollen?«

»Das weiß ich nicht, aber du kannst sie immerhin fragen, oder nicht?«

Es war heller Vormittag, als Talut aus dem Langhaus hervortrat und bemerkte, daß Ayla und Jondalar die Pferde vom Lager fortführten. Schnee lag zwar nicht, aber der Reif des frühen Morgens war an manchen Stellen noch kristallweiß, und ihre Köpfe waren von den Dampfwolken ihres Atems umwallt. Die Luft war klirrend kalt. Die Frau und der Mann waren der Kälte wegen in Pelzüberwürfe mit Kapuzen gehüllt, die sie dicht um das Gesicht festgezogen hatten; außerdem hatten sie die Pelzbeinlinge in die Stulpen ihrer Fußbekleidung, die wiederum den unteren Teil ihrer Hosenbeine umschlossen und dort fest zugebunden waren, hineingestopft.

»Jondalar! Ayla! Wollt ihr fort?« rief Talut und beeilte sich, sie einzuholen.

Ayla nickte zustimmend, woraufhin das Lächeln aus Taluts Gesicht schwand. Doch Jondalar erklärte: »Wir wollen bloß die Pferde etwas bewegen. Am Nachmittag sind wir wieder da.«

Was er nicht erwähnte, war, daß sie auch fortritten, um ein wenig allein zu sein, um einen Ort zu suchen, wo sie sich ungestört darüber aussprechen konnten, ob sie nun zurückkehren wollten in Aylas Tal oder nicht. Oder – von Jondalar aus gesehen – sie davon abzubringen, wieder zurückkehren zu wollen.

»Gut. Ich würde gern noch ein paar Übungen mit deinem Speerwerfer abhalten, sobald das Wetter besser wird. Ich möchte gern sehen, wie sie funktionieren und was ich damit anfangen könnte«, sagte Talut.

»Vielleicht bist du überrascht«, erwiderte Jondalar und lächelte, »wie gut sie funktionieren.«

»Aber nicht von selbst. Gewiß, ihr beide vollbringt wahre Wunder damit, aber dazu muß man sich erst die nötige Geschicklichkeit erwerben, und vielleicht bleibt uns dazu vorm Frühling nicht mehr viel Zeit.« Talut sprach nicht weiter und überlegte.

Die Hand auf dem Widerrist, unmittelbar unterhalb von Winnies kurzer, borstiger Mähne, stand Ayla da und wartete. Ein schwerer Pelzfäustling baumelte an einer Schnur aus dem Ärmel ihres Überwurfs. Die Schnur war durch einen Ärmel, eine Schlaufe oben am Rückenteil und durch den zweiten Ärmel hindurchgezogen und dort mit einem zweiten Fäustling verbunden. Da sie an der Schnur festsaßen, ließen sich die Fäustlinge notfalls einfach abstreifen, wenn man um der größeren Geschicklichkeit willen die bloße Hand brauchte, und es bestand keinerlei Gefahr, sie zu verlieren. In einem Land von so großer Kälte und starker Winde konnte ein verlorener Fäustling den Verlust einer Hand oder gar den Tod bedeuten. Das Füllen schnaubte, trippelte aufgeregt und stieß Jondalar ungeduldig an. Winnie wie Renner schienen begierig fortzukommen, und sie warteten, wie Talut sehr wohl wußte, nur aus Höflichkeit. Deshalb beschloß er, nicht erst lange drumherum zu reden.

»Nezzie und ich, wir haben uns heute nacht und auch am Morgen unterhalten. Und ich habe noch mit ein paar anderen darüber geredet. Es würde uns schon sehr helfen, jemand zu haben, der uns zeigt, wie man mit diesen Jagdwaffen umgeht.«

»Ihr seid uns mehr als gastfreundlich begegnet und wart sehr großzügig. Ich würde euch mit Freuden zeigen, wie man mit diesem Speerwerfer umgeht. So kann ich zumindest einen kleinen Teil meiner Dankesschuld euch gegenüber abtragen«, sagte Jondalar.

Talut nickte und fuhr dann fort: »Von Wymez höre ich, daß du ein ausgezeichneter Steinschläger bist, Jondalar. Die Mamutoi können immer jemand gebrauchen, der gute Flintwerkzeuge herstellen kann. Und Ayla ist auf vielen Gebieten bewandert; das Lager hätte nur Gutes davon. Sie versteht nicht nur, trefflich mit dem Speerwerfer und ihrer Schleuder umzugehen, du hattest durchaus recht damit« – und damit wandte er sich von Jondalar ab und Ayla zu –, »sie ist auch noch eine Heilkundige. Wir würden es begrüßen, wenn ihr bliebet.«

»Ich hatte gehofft, wir könnten den Winter über bei euch bleiben, Talut, und ich weiß dein Angebot zu schätzen, aber ich bin mir nicht sicher, wie Ayla dazu steht«, erwiderte Jondalar lächelnd; er fand, daß Taluts Anerbieten zu keinem besseren Zeitpunkt hätte kommen können. Wie konnte sie jetzt noch fortgehen wollen? Was Talut da vorschlug, wog doch wohl mehr als Frebecs häßliches Verhalten.

Talut fuhr fort, seine Bemerkungen an die junge Frau zu richten. »Ayla, du hast im Moment keine Leute, und Jondalars Leute leben in weiter Ferne von hier. Vielleicht so weit fort, daß er keine Lust hat, so weit zu reisen, wenn er hier eine Heimat finden kann. Wir würden es gern sehen, wenn ihr beide nicht nur den Winter über hierbliebet, sondern für immer. Ich fordere euch auf, welche von uns zu werden, und ich spreche nicht nur für meine eigene Person. Tulie und Barzec wären bereit, Jondalar im Herdfeuer des Auerochsen aufzunehmen, und Nezzie und ich möchten, daß du eine Tochter vom Herdfeuer des Löwen wirst. Da Tulie Anführerin ist und ich Anführer, würde euch das sehr großes Ansehen unter den Mamutoi verschaffen.«

»Soll das heißen, ihr wollt uns adoptieren? Ihr möchtet, daß wir Mamutoi werden?« entfuhr es Jondalar überrascht.

»Ihr wollt mich? Wollt mich adoptieren?« fragte Ayla. Sie war dem Gespräch gefolgt, sie hatte die Stirn gerunzelt, solche Mühe kostete es sie, alles zu verstehen, und sie war sich immer noch nicht ganz sicher, ob sie glauben konnte, was sie da gehört hatte. »Ihr wollt Ayla von den Nicht-Leuten zu Ayla von den Mamutoi machen?«

Der bärengroße Talut lächelte. »Ja.«

Jondalar wußte nicht, was er dazu sagen sollte. Gastfreundschaft Fremden gegenüber war vielleicht eine Sache der guten Sitten und Gebräuche und des Stolzes; aber bei niemand war es üblich, Fremde ohne gründliche und ernste Überlegungen aufzufordern, sich ihrem Stamm anzuschließen und Mitglied der eigenen Familie zu werden.

»Ich ... nun ja ... ich weiß nicht ... was ich dazu sagen soll«, sagte er. »Ich fühle mich sehr geehrt. Ein solches Anerbieten ist ein großes Kompliment.«

»Ich weiß, ihr braucht Zeit, um darüber nachzudenken. Überlegt es euch – beide«, sagte Talut. »Mich würde es überraschen, wenn ihr es nicht tätet. Wir haben noch nicht alle eingeweiht, und das ganze Lager muß ja zustimmen, aber das wäre bei allem, was ihr mitbringt, wohl kein Problem, zumal Tulie und ich für euch sprechen. Ich wollte nur zuerst euch fragen. Wenn ihr einverstanden seid, berufe ich eine Versammlung ein.«

Schweigend sahen sie den großen Anführer in die Erdhütte zurückkehren. Sie hatten vorgehabt, sich einen Ort zu suchen, wo sie sich aussprechen konnten, wobei jeder gehofft hatte, Probleme zu lösen, von denen sie meinten, daß sie sich zwischen ihnen aufgetan hätten. Jetzt hatte Taluts unerwartete Einladung ihren Gedanken und den Entschlüssen, die sie fassen mußten, ja, ihrem ganzen Leben eine völlig neue Dimension hinzugefügt. Wortlos stieg Ayla Winnie auf den Rücken, und Jondalar saß hinter ihr auf. Jeder in die eigenen Gedanken verloren, ritten sie – Renner hinter sich – den Hang hinauf und über das offene Land.

Ayla war von Taluts Angebot tief gerührt; sie wußte nicht, was sie dazu sagen sollte. Beim Clan hatte sie sich häufig entfremdet gefühlt, doch war das nichts gewesen im Vergleich zu der schmerzenden Leere, der verzweifelten Einsamkeit, die sie – ohne den Clan und ganz auf sich allein gestellt – später kennengelernt hatte. Von der Zeit ihrer Verstoßung an bis zu dem Augenblick, da Jondalar gekommen war – und das war kaum ein Jahr her –, war sie mutterseelenallein gewesen. Sie hatte niemand gehabt, hatte nicht gewußt, was es heißt, irgendwo dazugehören, kein Zuhause, keine Familie, keine Leute – und sie hatte gewußt, daß sie den Clan nie wiedersehen würde. Durch ein Erdbeben war sie zur Waise geworden, dann hatte der Clan sie gefunden. Erdstöße hatte es auch an dem Tag gegeben, da sie verstoßen worden war – so waren Erdbeben für sie mit einem Gefühl tiefer Unabänderlichkeit verbunden.

Eine elementare Furcht durchzog dieses Gefühl, eine Mischung aus dem Urschrecken der sich schüttelnden Erde und dem krampfartigen Schauder eines kleinen Mädchens, das alles verloren hatte, selbst die Erinnerung an diejenigen, denen sie geboren worden war. Nichts fürchtete Ayla mehr als spaltenaufreißende Erdbewegungen. Diese schienen Veränderungen in ihrem Leben zu signalisieren, die nicht minder abrupt und gewalttätig waren als die Veränderungen, die sie über das Land brachten. Es war, als verrate die Erde selbst ihr, was sie zu erwarten hatte . . . oder als zitterte sie vor Mitgefühl.

Aber nachdem sie beim ersten Mal alles verloren hatte, waren die Clan-Angehörigen ihre Leute geworden. Und jetzt konnte sie, wenn sie wollte, wieder zu anderen dazugehören. Sie konnte Mamutoi werden; sie würde nicht mehr allein sein.

Was aber war mit Jondalar? Wie konnte dieser einen Stamm wählen, der anders war als der, dem er angehörte? Ob er wohl den Wunsch hätte, zu bleiben und Mamutoi zu werden? Das bezweifelte Ayla. Sie war sich sicher, daß er zu seinen eigenen Leuten zurückkehren wollte. Aber er hatte Angst gehabt, alle Anderen würden sich ihr gegenüber verhalten, wie Frebec es tat. Er wollte nicht, daß sie vom Clan sprach. Was, wenn sie ihn begleitete und seine Leute sie nicht akzeptierten? Vielleicht waren diese alle so wie Frebec. Sie würde auf keinen Fall davon Abstand nehmen, sie zu erwähnen; sie würde sich nicht derer schämen, die sie liebte.

Wollte sie mit in seine Heimat ziehen und riskieren, wie ein Tier behandelt zu werden? Oder wollte sie hierbleiben, wo man sie haben wollte und wo man sie akzeptierte? Das Löwen-Lager hatte sogar ein Kind gemischter Geister bei sich aufgenommen, einen Jungen wie ihren Sohn ... Plötzlich kam ihr ein Gedanke. Wenn sie schon einen bei sich aufgenommen hatten, vielleicht nahmen sie noch einen anderen auf? Einen, der nicht schwächlich und krank war? Einen, der lernen konnte zu reden? Das Territorium der Mamutoi erstreckte sich bis zur Beran-See. Hatte Talut nicht gesagt, irgend jemand habe dort ein Weiden-Lager? Die Halbinsel, auf der der Clan lebte, war nicht weit von dort entfernt. Wenn sie eine Mamutoi wurde, vielleicht konnte sie dann eines Tages ... Aber was war mit Jondalar? Was, wenn er fortzog? Ayla verspürte einen schmerzlichen Stich in der Magengrube. Ob sie es aushalten könnte, ohne Jondalar zu leben? fragte sie sich im Hin und Her ihrer Gefühle.

Auch Jondalar schlug sich mit widerstreitenden Wünschen herum. Über das Angebot, das sie ihm gemacht hatten, dachte er kaum nach; höchstens daß er nach einem Ablehnungsgrund suchte, der Talut und die Mamutoi nicht allzusehr verletzte. Er war Jondalar von den Zelandonii, und er wußte, sein Bruder hatte recht gehabt. Er würde nie etwas anderes sein können. Es verlangte ihn heimzukehren, doch war das eher ein dumpf nagender Schmerz und nichts, was ihn beutelte und bedrängte. Es war ihm unmöglich, sich anderes vorzustellen. Sein Zuhause war weit, weit weg; es würde ein ganzes Jahr brauchen, diese Entfernung zu bewältigen.

Bei dem Aufruhr der Gedanken, der ihn umtrieb, ging es um Ayla. Wiewohl es ihm nie an willigen Partnerinnen gemangelt hatte, von denen die meisten mehr als bereit gewesen wären, länger andauernde Bande mit ihm zu knüpfen – nie war er einer Frau begegnet, die er so begehrte wie Ayla. Keine der Frauen seines eigenen Volkes und keine der Frauen, denen er auf seinen Reisen begegnet war, hatte in ihm jenen Zustand wekken können, den er bei anderen duchaus kannte, er selbst jedoch nie in sich gespürt hatte – bis er sie gefunden hatte. Er liebte sie mehr, als er es für möglich gehalten hätte. Sie war alles, was er sich je von einer Frau erhofft hatte – und mehr. Der Gedanke, ohne sie leben zu müssen, war ihm unerträglich.

Aber er wußte auch, wie es war, wenn man Schande über sich brachte. Und gerade jene Eigenschaften, die ihn so anzogen – die für sie so charakteristische Verbindung von Unschuld und Weisheit, von Offenheit und Geheimnis, von Selbstbewußtsein und Verletzlichkeit –, waren die Folge derselben Umstände, die ihn dazu bringen konnten, nochmals den Schmerz der Schande und des Exils zu verspüren.

Ayla war vom Clan großgezogen worden, Leuten, die auf unerklärliche Weise anders waren. Für die meisten Menschen, die er kannte, waren diejenigen, von denen Ayla als ›*Clan*‹ sprach, keine Menschen. Sie waren Tiere, freilich nicht wie die anderen Tiere, welche Die Mutter für ihre Bedürfnisse geschaffen hatte. Wenn man es auch nicht offen zugab – anerkennen tat man die Gemeinsamkeiten zwischen ihnen durchaus; nur daß die offenkundig menschlichen Charakteristika des Clan keine engen Gefühle der Brüderlichkeit hervorriefen. Vielmehr sah man in ihnen eine Bedrohung, weshalb man die Unterschiede besonders betonte und nicht die Gemeinsamkeiten. In den Augen von Menschen wie Jondalar war der Clan eine unaussprechlich tierische Spezies, die nicht einmal zur Gesamtheit der Schöpfungen der Großen Erdmutter dazugehörte, sondern als wäre sie von einem großen unergründlichen Bösen gezeugt worden.

In Taten wurde die beiderseitige Menschlichkeit mehr anerkannt als im gesprochenen Wort. Vor noch gar nicht so vielen Generationen war Jondalars Art in das Clan-Territorium gezogen und hatte sich häufig in guten Wohnstätten in der Nähe fruchtbarer und wildreicher Regionen eingenistet und die Clan-Angehörigen in andere Gebiete abgedrängt. Doch wie Wolfsrudel ein Gebiet unter sich aufteilen, es voreinander verteidigen und nicht vor anderen Geschöpfen, seien diese nun Beutetiere oder Räuber – daß man die Reviergrenzen der anderen respektierte, stellte eine stillschweigende Anerkennung der Tatsache dar, daß man derselben Gattung angehörte.

Etwa um dieselbe Zeit, da er seine Gefühle für Ayla entdeckte, war Jondalar zu der Erkenntnis gekommen, daß alles Lebendige – auch die Flachschädel – eine Schöpfung der Großen Erdmutter war. Zwar liebte er Ayla, aber er war überzeugt, daß sie unter seinen eigenen Leuten nie Anerkennung finden und wie eine Ausgestoßene sein würde. Nicht nur ihre Beziehung zum Clan würde sie zu einem Paria machen. Weil sie ein Kind von gemischten Geistern zur Welt gebracht hatte, ein Wesen, das halb Tier war und halb Mensch, würde man in ihr immer ein unaussprechliches Scheusal sehen, jemand, der von Der Mutter verflucht worden war.

Dieses Tabu galt ganz allgemein. Sämtliche Menschen, die Jondalar auf seinen Reise kennengelernt hatte, glaubten daran, wenn auch einige mehr als andere. Manche wollten noch nicht einmal zugeben, daß es derlei unzulässig gezeugte Wesen überhaupt gab; anderen galt die Situation nichts weiter als ein schlechter Witz. Das war der Grund, weshalb er so betroffen gewesen war, als er feststellte, daß es im Löwen-Lager einen Jungen wie Rydag gab. Er war sich sicher, daß es für Nezzie nicht leicht gewesen sein konnte. In Wahrheit war sie ja für ihre Haltung hart kritisiert worden und hatte alle Vorurteile zu spüren bekommen. Nur eine sehr überlegene Frau, eine Frau, die sich ihrer Stellung ganz sicher gewesen war, hatte es wagen können, ihren Verleumdern die Stirn zu bieten; nur sie hatte es durchsetzen können, daß am Schluß doch Mitleid und Menschlichkeit siegten. Aber nicht einmal Nezzie hatte – als sie sich bemühte, die anderen zu bewegen, Ayla bei sich aufzunehmen – den Sohn erwähnt, von dem Ayla ihr erzählt hatte.

Ayla hatte keine Ahnung von dem Schmerz, den Jondalar verspürte, als Frebec sich über sie lustig gemacht hatte; dabei war er auf noch mehr Verunglimpfung gefaßt gewesen. Der Schmerz, den er empfand, war mehr als nur eine Folge seines Einfühlungsvermögens. Die ganze heftige Konfrontation erinnerte ihn an ein anderes Mal, da seine Gefühle ihn völlig verwirrt hatten, und ließ einen tiefen, im Inneren verdrängten eigenen Schmerz ahnen. Doch schlimmer noch war seine eigene unerwartete Reaktion. Die war es, die ihm jetzt zu schaffen machte. Jondalar konnte immer noch schamrot werden, denn für einen Moment hatte es ihn gequält, mit ihr in Verbindung gebracht zu werden, als Frebec seine Schmähungen hervorgestoßen hatte. Wie konnte er eine Frau lieben und sich ihrer gleichzeitig schämen?

Seit jener schrecklichen Zeit, da er jung gewesen war, hatte Jondalar damit gekämpft, sich zu beherrschen; jetzt jedoch schien es ihm unmöglich, die Konflikte, die ihn quälten, für sich zu behalten. Er wollte Ayla mitnehmen nach Hause. Er wollte, daß sie Dalanar und die Leute seiner Höhle ebenso kennenlernte wie seine Mutter, Marthona, seinen älteren Bruder und seine jüngere Schwester und seine Vettern, und Zelandoni. Er wollte, daß diese sie mit offenen Armen willkommen hießen, wollte sein eigenes Herdfeuer mit ihr gründen, einen Ort, wo sie Kinder bekommen konnte, die vielleicht von seinem Geiste waren. Außer ihr gab es niemand auf der Welt, den er begehrte, und doch zuckte er zusammen bei dem Gedanken an die Verachtung, mit der man sie beide überhäufen konnte, wenn er eine solche Frau mit heimbrachte; dem wollte er sie nicht gern aussetzen.

Zumal es nicht unbedingt sein mußte. Wenn sie nicht von sich aus anfing, vom Clan zu sprechen, würde auch niemand davon erfahren. Was aber sollte sie antworten, wenn jemand sie fragte, wer denn ihre Leute wären? Wo sie herkomme? Die Clans-Angehörigen, die sie großgezogen hatten, waren die einzigen Leute, die sie kannte, es sei denn ... sie nahm

Taluts Angebot an. Dann konnte sie Ayla von den Mamutoi sein, so als wäre sie als eine Mamutoi geboren. Die besondere Art und Weise, wie sie bestimmte Worte aussprach, wäre dann nichts weiter als ein Akzent. Wer weiß, dachte er, vielleicht ist sie sogar wirklich eine Mamutoi. Ihre Eltern hätten es durchaus sein können. Sie weiß ja nicht, wer ihre Eltern waren.

Aber wenn sie eine Mamutoi wird, könnte es sein, daß sie beschließt zu bleiben. Und was dann? Ob ich es dann fertigbrächte, auch zu bleiben? Könnte ich lernen, diese Leute als die meinen zu betrachten? Thonolan hat es getan. Hat Thonolan Jetamio mehr geliebt als ich Ayla liebe? Aber die Sharamudoi waren ihre Leute. Sie war eine geborene Sharamudoi, war bei ihnen aufgewachsen. Die Mamutoi hingegen sind genausowenig Aylas Leute wie meine. Wenn sie hier glücklich sein könnte, könnte sie es auch bei den Zelandonii sein. Wird sie jedoch eine der ihren, hat sie vielleicht keine Lust mehr, mit mir zu kommen. Und sie hätte bestimmt keinerlei Schwierigkeiten, hier jemand zu finden ... ich bin sicher, Ranec hätte nicht im geringsten etwas dagegen.

Ayla spürte, wie er sie besitzergreifend umschlang, und fragte sich, was ihn dazu gebracht haben mochte. Sie bemerkte eine Gestrüppzeile vor ihnen, meinte, das müsse wohl ein kleiner Fluß sein, und trieb Winnie darauf zu. Das Pferd witterte das Wasser und brauchte nicht besonders angetrieben zu werden. Als sie den Strom erreichten, saßen Ayla und Jondalar ab und suchten nach einer bequemen Stelle, um sich dort niederzulassen.

Der Wasserlauf wies am Rande Eisverkrustungen auf, aber sie wußten, daß dies erst der Anfang war. Der weiße Wall, der sich Schicht um Schicht aufgebaut hatte und aus den dunklen Wassern emporwuchs, die noch gurgelnd durch die Flußmitte dahinrauschten, würde wachsen, je weiter der Winter fortschritt, würde das rinnende Wasser umschließen, bis es ganz zum Stillstand kam und verharrte, bis der Kreis der Jahreszeiten sich wieder schloß. Dann erst würde das Wasser sich befreien und sprudelnd weiterfließen.

Ayla machte eine Satteltasche aus steifem Rohleder auf, in der sie Vorrat eingepackt hatte: Dörrfleisch vom Auerochsen, wie sie meinte, und einen kleinen Korb mit Blaubeeren und säuerlichen Pflaumen. Dann holte sie einen graugold schimmernden Pyritwürfel und ein Stück Feuerstein hervor, um ein kleines Feuer zu entzünden und Wasser zur Teebereitung zu erhitzen. Wieder konnte es Jondalar kaum fassen, mit welcher Mühelosigkeit sie das Feuer mit dem Feuerstein entzündete. Das war Magie, war ein Wunder. Nie zuvor hatte er so etwas erlebt, erst als er Ayla kennenlernte.

Pyrit- oder Eisenkieswürfel hatten überall zwischen dem Ufergeröll am Fluß in ihrem Tal gelegen. Ihre Entdeckung, daß ein heißer Funke, der lange genug lebte, um ein Feuer in Gang zu setzen, aus dem Eisenkies herausgeschlagen werden konnte, wenn man mit Feuerstein dagegenschlug, war reiner Zufall gewesen – ein Zufall freilich, den sie sich sofort zunutze machte. Ihr Feuer war ausgegangen. Sie kannte den mühseligen Prozeß des Feuermachens, den die meisten vollführten: Man wirbelte einen Stab auf einer Holzunterlage herum, bis durch die Reibung genug Hitze entstand, um Zunderschwamm zu entzünden. Daher hatte sie es verstanden, das Prinzip umzusetzen, als sie statt ihres Hammersteins aus Flint irrtümlicherweise ein Stück Pyrit aufhob und dieser erste Funken herausflog.

Jondalar hatte die Technik von Ayla übernommen. Bei seiner Arbeit als Werkzeugmacher waren bei der Feuersteinbearbeitung häufig kleine Funken entstanden, doch für ihn waren das die lebendigen Geister des Steins gewesen, die bei der Bearbeitung freigesetzt worden waren. Ihm wäre es nie in den Sinn gekommen, mit Hilfe von Funken Feuer entzünden zu wollen. Aber er hatte ja auch nicht allein in einem Tal gelebt, immer am Rande des Überlebens; er war für gewöhnlich immer mit Menschen zusammengewesen, die fast stets irgendein Feuer unterhielten. Außerdem lebten die Funken, die beim Zusammenschlagen von Feuerstein entstanden, für gewöhnlich nicht lange genug, um ein Feuer damit zu machen. Aylas zufälligem Zusammenbringen von Flint und Eisenpyrit war es zu verdanken, daß ein zunderentflammender Funke entstanden war. Den Wert der Pyritwürfel und dieses Verfahrens freilich hatte er sofort erkannt und begriffen, welche Vorteile es brachte, auf so rasche und vergleichsweise mühelose Art Feuer machen zu können.

Beim Essen lachten sie über die ausgelassenen Sprünge von Renner, er versuchte, seine Mutter zum ›Kriegenspielen‹ zu verlocken; und schütteten sich schließlich aus vor Lachen, als beide Pferde sich auf einem windgeschützten und von der Sonne erwärmten Sandstreifen auf den Rücken rollten und mit den Beinen in der Luft herumstrampelten. Ayla wie Jondalar vermieden es sorgfältig zu erwähnen, was ihnen im Kopf herumging, doch das Lachen entspannte sie beide, und die Abgeschiedenheit und das Alleinsein erinnerte sie an ihre Tage im Tal der Pferde, da sie einander so nahe gewesen waren. Als sie daher heißen Tee schlürften, waren sie endlich bereit, sich auf heiklere Themen einzulassen.

»Das würde Latie Spaß machen – zuzusehen, wie die Pferde miteinander spielen«, sagte Jondalar.

»Ja. Sie mag Pferde, nicht wahr?«

»Sie mag auch dich, Ayla. Sie entwickelt sich zu einer regelrechten Verehrerin von dir.« Jondalar zögerte, um dann jedoch fortzufahren: »Viele Menschen hier mögen und bewundern dich. Du willst doch nicht wirklich zurück ins Tal und allein dort leben, oder?«

Ayla faßte den Becher in ihrer Hand in die Augen, schwenkte den Rest des Tees samt Kräuterblättern darin und nahm dann einen kleinen Schluck. »Es ist eine Erleichterung, wieder allein zu sein, nur du und ich. Ich hatte gar nicht mehr gewußt, wie gut es ist, von all den Menschen fortzukommen, und es gibt ein paar von meinen Sachen in der Höhle im Tal, die ich wirklich gern hätte. Aber du hast schon recht. Jetzt, wo ich die Anderen kennengelernt habe, möchte ich nicht mehr immer allein leben. Ich mag Latie, und Deggie, und Talut und Nezzie, alle ... bis auf Frebec.«

Jondalar stieß einen Seufzer der Erleichterung aus. Die erste und schwierigste Hürde war genommen. »Frebec ist nur einer und steht ganz allein da. Du kannst dir nicht von einem einzelnen alles verderben lassen. Talut ... und Tulie ... hätten dich niemals aufgefordert, bei ihnen zu bleiben, wenn sie dich nicht mögen würden und nicht das Gefühl hätten, daß du etwas Wertvolles zu bieten hast.«

»Auch du hast etwas Wertvolles zu bieten, Jondalar. Möchtest du bleiben und Mamutoi werden?«

»Sie sind sehr freundlich zu uns gewesen, weit freundlicher, als einfache Gastfreundschaft es gebietet. Ich könnte selbstverständlich den Winter über bleiben, auch noch länger, und ich würde mit Freuden alles mit ihnen teilen, was ich habe und was ich kann. Aber auf meine Feuersteinschlägerei sind sie nicht angewiesen. Wymez versteht sich weit besser darauf als ich, und Danug wird ihm bald in nichts mehr nachstehen. Und den Speerwerfer kennen sie bereits. Sie haben gesehen, wie er gemacht ist. Und wenn sie genug üben, werden sie bald gut damit umgehen können. Außerdem bin ich Jondalar von den Zelandonii ...«

Er hielt inne und richtete die Augen unbestimmt in die Ferne. Dann dachte er daran, woher sie gekommen waren, und runzelte die Stirn in dem Bemühen, eine Erklärung zu finden. »Ich muß zurück ... irgendwann ... und sei es nur, um meiner Mutter zu berichten, daß mein Bruder tot ist ... und um Zelandoni eine Gelegenheit zu geben, Thonolans Geist zu finden und ihn in die nächste Welt hinüberzugeleiten. Solange ich das nicht getan habe, kann ich kein Mamutoi werden. Ich kann meine Verpflichtung nicht vergessen.«

Ayla musterte ihn eingehend. Sie wußte, daß er nicht bleiben wollte. Und zwar nicht wegen dieser Verpflichtungen, wenngleich er die auch spüren mochte. Er wollte einfach nach Hause.

»Wie steht es mit dir?« sagte Jondalar, bemüht, Ton und Ausdruck neutral zu halten. »Möchtest du bleiben und Ayla von den Mamutoi werden?«

Sie schloß die Augen und suchte nach einem Weg, sich verständlich zu machen. Sie wußte, daß ihr nicht genug Worte zu Gebote standen, oder jedenfalls nicht die richtigen. »Seit Broud mich verfluchte, hatte ich keine Leute, Jondalar. Ich bin ganz leer gewesen. Ich mag die Mamutoi und achte sie. Ich fühle mich bei ihnen zu Hause. Das Löwen-Lager ist ... wie Bruns Clan ... die meisten sind gute Menschen. Ich weiß nicht, wie meine Leute waren, vor dem Clan, und ich werde es wohl nie erfahren, aber manchmal, nachts, denke ich ... wünsche ich, sie wären Mamutoi gewesen.«

Eindringlich sah sie den Mann an, betrachtete das blonde Haar vor dem dunklen Pelz seiner Kapuze, das Gesicht, das sie so schön fand, obwohl er ihr gesagt hatte, schön sei nicht das richtige Wort für einen Mann, seinen kräftigen, feinfühligen Körper und die großen, ausdrucksvollen Hände und seine blauen Augen, die jetzt so ernst und so bekümmert schienen. »Aber vor den Mamutoi warst du da. Du hast die Leere verscheucht und mich mit Liebe erfüllt. Ich möchte mit dir zusammensein, Jondalar.«

Der Kummer aus seinen Augen schwand und wurde ersetzt durch die entspannte und natürliche Wärme, an die sie sich im Tal so gewöhnt hatte – und dann durch das magnetische, zwingende Begehren, das ihren Körper so eigentümlich reagieren ließ. Ohne es bewußt zu wollen, fühlte sie sich zu ihm hingezogen, spürte sie, wie sein Mund den ihren fand und seine Arme sie umschlossen.

»Ayla, Ayla, wie ich dich liebe!« rief er mit einem rauhen, erstickten Aufschluchzen, das ebensosehr Angst wie Erleichterung verriet. Fest und doch behutsam hielt er sie an die Brust gedrückt. Sie saßen auf dem Boden, und es war, als wollte er sie nie wieder hergeben, hätte aber gleichzeitig Angst, sie zu zerbrechen. Er lockerte seinen Griff daher gerade genug, um ihren Kopf hochzuschieben, küßte sie auf die Stirn und die Augen, auf die Nasenspitze und dann auf den Mund. Und spürte, wie sein Begehren wuchs. Es war kalt, sie hatten keinen geschützten Platz, wo es warm war, und doch wollte er sie.

Er nestelte den Riemen ihrer Kapuze los und fand ihren Hals und ihren Nacken, während seine Hände unter den Überwurf und das Hemd fuhren und die warme Haut und die vollen Brüste mit den hart aufgerichteten Spitzen ertasteten. Sie stöhnte tief auf, als er sie liebkoste, sie drückte und fest daran zog. Dann knotete er den Riemen ihrer Hose auf, griff hinein und fand ihren pelzigen Hügel. Sie drängte sich an ihn, als er ihren warmen feuchten Schlitz fand, und spürte, wie es sich zusammenzog und kribbelte.

Dann fuhr ihre Hand unter seinen Überwurf und sein Hemd, suchte nach seinem Leibriemen, knotete ihn auf, griff nach seinem harten, pulsierenden Glied und ließ die Hände daran auf- und niedergehen. Als sie sich vorbeugte und die Spitze in den Mund nahm, entfuhr ihm ein tiefer Laut der Lust. Sie spürte mit der Zunge der Glätte seiner Haut nach und nahm soviel in sich auf, wie sie konnte, dann stieß sie sie aus und saugte sie wieder ein, wobei sie seinen warmen, leicht gewölbten Schaft immer noch mit den Händen streichelte.

Sie hörte ihn aufstöhnen, einen erstickten Schrei ausstoßen, dann zischend Atem holen – und spürte, wie er sie sanft von sich schob. »Warte, Ayla, ich will dich ...«, sagte er.

»Dazu müßte ich meine Beinlinge und Fußlinge ausziehen«, sagte sie.

»Nein, das brauchst du nicht, dafür ist es zu kalt. Dreh dich um! Weißt du nicht mehr?«

»Wie Winnie und ihr Hengst«, flüsterte Ayla.

Sie drehte sich um, ging auf die Knie nieder. Für einen Moment erinnerte diese Stellung sie nicht an Winnie und ihren rossigen Hengst, sondern an Broud – daran, wie er sie niedergestoßen und mit Gewalt genommen hatte. Doch Jondalars liebevolle Berührung war etwas vollkommen anderes. Sie schob ihren Leibriemen hinunter, entblößte ihr warmes, festes Hinterteil und eine Öffnung, die ihn mit ihren Blütenblättern und ihrem leuchtend rosa Kelch lockte wie eine Blüte die Bienen. Die Aufforderung war fast zuviel. Er spürte den Druck steigen und schmerzhaft nach Erlösung verlangen. Nach einem Augenblick, den er brauchte, um sich zu beherrschen, kroch er näher, um sie warmzuhalten, während er die glatte Fülle liebkoste und die einladenden, feuchtwarmen Wülste und Falten mit sanfter, wissender Berührung erforschte, bis ihre leisen Schreie und ein neuerliches Benetztwerden ihm sagten, er solle sich nicht mehr zurückhalten. Daraufhin spreizte er die Zwillingshügel und führte seine stramme und bereite Männlichkeit mit qualvoller Wonne in den tiefen und bereiten Eingang ihres Frauentums ein, was ihnen beiden einen heiseren Schrei entlockte. Er zog sich wieder heraus, fast bis zur Gänze, drang wieder ein, zog sie an sich und schwelgte in tiefem Umschlossenwerden. Und wieder zog er sich heraus, drang wieder ein, und wieder und wieder, bis es schließlich in einem überwältigenden Ausbruch zu ekstatischer Erlösung kam.

Nach ein paar letzten Stößen, welche das Ende verlängerten, und immer noch in der Wärme ihres Inneren geborgen, schlang er die Arme um sie und ließ sich zusammen mit ihr auf die Seite fallen. Er hielt sie eng an sich gedrückt, deckte sie mit seinem Leib und seinem Überwurf zu und wärmte sie, während sie sich ausruhten. Schließlich trennten sie sich, und Jondalar setzte sich hin. Der Wind frischte auf, und Jondalar hielt besorgt nach den sich zusammenballenden Wolken Ausschau.

»Ich sollte mich ein wenig reinigen«, sagte Ayla und erhob sich. »Das hier sind neue Beinlinge von Deegie.«

»Wenn wir wieder zurück sind, kannst du sie draußen stehen und gefrieren lassen; dann läßt es sich abbürsten.«

»Noch führt der Fluß Wasser ...«

»Aber das ist eiskalt, Ayla!«

»Ich weiß. Es geht schnell.«

Sich vorsichtig auf dem Eis vorwärtstastend, hockte sie sich an den Rand des Wassers und spülte sich mit der Hand. Als sie zurückkam aufs Ufer, trat Jondalar hinter sie und trocknete sie mit dem Pelz seines Überwurfs ab.

»Ich möchte nicht, daß das gefriert«, sagte er breit grinsend, während er sie mit dem Pelz abtupfte und dann streichelte.

»Das wirst du wohl warm genug halten«, sagte sie lächelnd, band sich den Leibriemen zu und straffte den Überwurf.

Das war der Jondalar, den sie liebte. Der Mann, der es allein mit seinem Blick fertigbrachte oder mit der Berührung seiner Hände, daß ihr innerlich warm wurde und sie erwartungsvoll zitterte; der Mann, der ihren Körper besser kannte als sie selbst und ihm Gefühle entlockte, von denen sie nicht wußte, wo sie herkamen; der Mann, der sie den Schmerz von Brouds erstem gewaltsamen Eindringen hatte vergessen lassen und sie gelehrt hatte, was Wonnen waren und wie sie sein sollten. Der Jondalar, den sie liebte, war verspielt, sie bedeutete ihm etwas, und er liebte sie. So jedenfalls war es im Tal gewesen, und so war es wieder, da sie allein waren. Warum war es im Löwen-Lager so anders?

»Du fängst an, sehr behende mit Worten umzugehen, Frau. Ich bekomme nachgerade Schwierigkeiten mitzuhalten – und das in meiner eigenen Sprache.« Er legte ihr den Arm um die Hüfte, schaute auf sie hinab, und Zuneigung und Stolz leuchteten ihm aus den Augen. »Du bist wirklich sehr gut mit der Sprache, Ayla. Ich bin manchmal fassungslos, wie schnell du lernst. Wie machst du das nur?«

»Es bleibt mir gar nichts anderes übrig. Das ist jetzt meine Welt. Ich habe keine Leute. Für den Clan bin ich tot. Ich kann nicht zurück.«

»Aber du könntest Leute haben. Du könntest Ayla von den Mamutoi sein. Wenn du willst. Möchtest du denn?«

»Ich möchte bei dir sein.«

»Du kannst trotzdem bei mir sein. Wenn dich ein Herdfeuer adoptiert, bedeutet das ja nicht, daß man nicht fortkann ... irgendwann einmal. Wir könnten hierbleiben ... eine Zeitlang wenigstens. Und wenn mir was zustoßen würde – dann könnte das, du weißt schon – nun ja, es wäre dann nicht so schlecht, Leute zu haben, die ... Leute, die dich haben wollen.«

»Soll das heißen, du hättest nichts dagegen?«

»Etwas dagegen haben? Ich? Nein, ich hätte nichts dagegen, wenn es das ist, was du willst.«

Ayla meinte, eine kleines Zögern verspürt zu haben; gleichwohl schien er es ehrlich zu meinen. »Jondalar, ich bloß Ayla. Ich habe keine Leute. Wenn man mich adoptierte, hätte ich jemand. Ich wäre dann Ayla von den Mamutoi.« Sie löste sich von ihm, trat einen Schritt zurück. »Ich muß darüber nachdenken.«

Sie drehte sich um und ging zu der Tasche, die sie getragen hatte. Wenn ich doch bald mit Jondalar weiterziehe, sollte ich nicht annehmen, dachte sie. Das wäre unfair. Aber er hat gesagt, er wäre bereit hierzubleiben. Eine Zeitlang, wenigstens. Vielleicht überlegt er es sich, nachdem er mit den Mamutoi zusammengelebt hat, und möchte sich ganz hier niederlassen. Sie fragte sich, ob sie einen Vorwand suchte, um zusagen zu können.

Sie langte unter ihren Überwurf und tastete nach dem Amulett; dann richtete sie ihr Denken auf ihr Totem. »Höhlen-Löwe, ich wünschte, es gäbe eine Möglichkeit herauszufinden, was richtig ist. Ich liebe Jondalar, aber ich möchte auch für mich selbst Leute haben, zu denen ich gehöre. Talut und Nezzie wollen mich adoptieren, möchten mich zu einer Tochter des Löwen-... daß ich eine Tochter vom Herdfeuer des *Löwen* werde. Und vom *Löwen*-Lager! Ach, großer Höhlen-Löwe, du hast mich von jeher geleitet, und ich, ich soll einfach nichts gemerkt haben?«

Sie fuhr herum. Jondalar stand immer noch dort, wo sie ihn hatte stehen lassen, und sah schweigend zu ihr herüber.

»Ich habe mich entschieden. Ich werde es tun. Ich will Ayla vom Löwen-Lager der Mamutoi werden.«

Sie merkte, daß er flüchtig die Stirn runzelte, ehe er lächelte. »Gut, Ayla. Das freut mich für dich.«

»Ach, Jondalar? Meinst du, es ist richtig? Wird alles noch gut werden?«

»Das kann dir niemand sagen. Wer könnte das schon?« sagte er und trat – ein Auge auf den sich verfinsternden Himmel gerichtet – auf sie zu. »Ich hoffe, es erweist sich als richtig ... für uns beide.« Einen Moment hielten sie einander in den Armen. »Ich glaube, wir sollten zurückkehren.«

Ayla griff nach ihrer Tasche, um sie zu packen, doch irgend etwas erregte ihre Aufmerksamkeit. Sie kniete nieder und hob einen tiefgoldenen Stein auf. Nachdem sie ihn abgewischt und gesäubert hatte, sah sie ihn sich genauer an. Im Innern des glatten Steins eingeschlossen, der sich nach dem Reiben ganz warm anfühlte, ruhte völlig unbeschädigt ein geflügeltes Insekt.

»Jondalar! Schau! Hast du so etwas schon mal gesehen?«

Er nahm es ihr ab, betrachtete es ganz genau und sah sie dann mit einer gewissen ehrfürchtigen Scheu an. »Das ist Bernstein. Meine Mutter hat so einen. Er bedeutet ihr sehr viel. Möglich, daß dieser sogar besser ist als ihrer.« Er bemerkte, daß Ayla ihn verdutzt anstarrte. Dabei war er sich nicht bewußt, irgend etwas Erschreckendes gesagt zu haben. »Was ist, Ayla?«

»Ein Zeichen. Es ist ein Zeichen, das mein Totem mir gibt, Jondalar. Der Geist des Großen Höhlen-Löwen sagt mir, daß ich mich richtig entschieden habe. Er will, daß ich Ayla von den Mamutoi werde.«

Der Wind nahm, als Ayla und Jondalar zurückritten, an Stärke zu. Obwohl Mittag kaum vorüber war, wurde das Sonnenlicht durch Wolken von trockenem Lößstaub getrübt, die vom gefrorenen Boden hochgewirbelt wurden. Bald konnten sie vor lauter Staub kaum noch erkennen, wohin sie ritten. Blitze umknisterten sie in der trockenen, eiskalten Luft, und Donner grollte. Renner stieg vor Angst, als ein Blitz herniederfuhr und krachend in der Nähe einschlug. Winnie stieß ein ängstliches Gewieher aus. Sie saßen ab, um das nervöse junge Pferd zu beruhigen, und zogen zu Fuß weiter und führten die Pferde.

Als sie das Lager erreichten, trieben Winde von Sturmstärke Staubwolken vor sich her, die den Himmel verdunkelten und die Haut wundscheuerten. Kurz bevor sie die Erdhütte erreichten, trat eine Gestalt aus dem Halbdunkel hervor und hielt etwas fest, das flatterte und knatterte, als wäre es lebendig.

»Da seid ihr ja. Ich habe es schon mit der Angst bekommen«, rief Talut über das Heulen des Windes und den Donner hinweg.

»Was machst du? Können wir dir helfen?«

»Als wir merkten, daß ein Sturm sich zusammenbraut, haben wir einen Windschutz für Aylas Pferde gebaut. Wir wußten natürlich nicht, daß es ein trockener Sturm werden würde. Der Wind hat ihn zerrissen. Ich glaube, das beste ist, ihr bringt sie rein. Sie können im Vorraum bleiben«, sagte Talut.

»Gibt es das oft hier?« sagte Jondalar und packte ein Ende der großen Tierhaut, die einen Windschutz hatte abgeben sollen.

»Nein. Manchmal haben wir jahrelang keine trockenen Stürme. Sobald wir guten Schnee bekommen, ist es aus damit«, sagte Talut.

»Dann gibt es höchstens noch Schneestürme.« Am Schluß lachte er. Geduckt ging er in die Erdhütte hinein und hielt die schweren Mammutledervorhänge zur Seite, so daß Ayla und Jondalar die Pferde hineinführen konnten.

Es beunruhigte die Pferde, einen Ort zu betreten, den sie nicht kannten und in dem so viele unbekannte Gerüche waren; aber den heulenden Sandsturm mochten sie noch weniger, und sie vertrauten Ayla. Sobald sie aus dem Wind heraus waren, beruhigten sie sich. Ayla war Talut dankbar, daß er sich Sorgen um sie gemacht hatte, war aber auch ein wenig verwundert. Als sie unter dem zweiten Eingangsbogen hindurchschritt, merkte Ayla erst, wie kalt ihr war. Die schmerzenden Sandkörner hatten sie davon abgelenkt, aber die tiefen Temperaturen und der starke Wind hatten sie bis aufs Mark durchfrieren lassen.

Draußen wütete immer noch der Wind, zerrte an den schützenden Rundbooten über den Rauchlöchern und blähte die schweren Vorhänge. Plötzliche Windstöße trieben Staubwolken herein und ließen die Flammen der Kochstelle auflodern. Ums erste Herdfeuer herum drängten sich in kleinen Gruppen die Leute, beendeten ihre Abendmahlzeit, tranken Kräutertee, unterhielten sich und warteten darauf, daß Talut begann.

Schließlich stand er auf und ging hinüber zum Herdfeuer des Löwen. Als er zurückkehrte, trug er einen Elfenbeinstab in der Hand, der größer war als er selbst, am unteren Ende ziemlich dick und sich nach oben hin verjüngend. Geschmückt war dieser Stab mit einem kleinen, von Speichen gehaltenen, reifähnlichen Rund, das den Stab dort umschloß, wo das obere Drittel begann. Weiße Kranichfedern waren an der oberen Hälfte befestigt und zogen sich spiralförmig herunter, während an der unteren Hälfte zwischen den Speichen an Riemen geheimnisvolle Beutel, Elfenbeinschnitzereien und Pelzstückchen herunterbaumelten. Als sie genauer hinsah, erkannte Ayla, daß der Stab nach einer ihr unbekannten Methode aus einem einzigen, langen Mammutstoßzahn gefertigt war – und zwar fast ganz gerade. Wie, so fragte sie sich, nahm man einem Stoßzahn seine Krümmung?

Es wurde still, und alle wandten ihre Aufmerksamkeit dem Anführer zu. Dieser sah Tulie an, die nickte. Daraufhin stieß er mit dem Ende seines Stabes viermal auf die Erde.

»Ich habe dem Löwen-Lager eine ernste Sache zu unterbreiten«, begann Talut. »Etwas, das jeden von uns angeht, und deshalb spreche ich mit dem Sprecherstab in der Hand, damit alle genau zuhören und niemand mich unterbricht. Jeder, der in dieser Angelegenheit etwas zu sagen hat, kann um den Sprecherstab bitten.«

Aufgeregtes Rascheln erhob sich, als die Leute sich aufsetzten und gespannt hinsahen.

»Vor kurzem sind Ayla und Jondalar ins Löwen-Lager gekommen. Als ich nachzählte, wie viele Tage sie hiergewesen sind, war ich überrascht, daß erst so kurze Zeit vergangen ist. Man hat das Gefühl, als wären sie alte Freunde, die hierher gehörten. Ich glaube, den meisten von euch ergeht es genauso. Dieser Gefühle herzlicher Freundschaft wegen, die wir unserem

Verwandten Jondalar und seiner Freundin Ayla entgegenbringen, hatte ich gehofft, sie würden ihren Besuch ausdehnen, und hatte vor, sie zu bitten, den Winter über bei uns zu bleiben. Nun haben sie uns in der kurzen Zeit, die sie hier sind, mehr als Freundschaft bewiesen. Beide haben sie wertvolle Fertigkeiten und Wissen mitgebracht und sie uns rückhaltlos angeboten und zur Verfügung gestellt, so als wären sie keine Fremden, sondern welche von uns.

Wymez empfiehlt Jondalar als einen geschickten Steinschläger. Er hat sein Wissen bereitwillig mit Danug und Wymez geteilt. Aber nicht nur das – er hat auch eine neue Jagdwaffe mitgebracht, einen Speerwerfer, mit dem man einen Speer weiter und kraftvoller schleudern kann, als wir es für möglich gehalten hätten.«

Es wurde beifällig genickt, und zustimmende Worte wurden laut. Wieder fiel Ayla auf, daß Mamutoi selten still saßen, sondern aktiv an allem teilnahmen und mit ihren Bemerkungen nicht zurückhielten.

»Ayla bringt viele ungewöhnliche Gaben mit«, fuhr Talut fort. »Sie ist geschickt und zielgenau im Umgang mit dem Speerwerfer und ihrer eigenen Waffe, der Schleuder. Mamut sagt, sie sei eine Sucherin, als solche nur ungeübt, und Nezzie meint, sie könnte auch eine Ruferin sein. Vielleicht stimmt das nicht, aber immerhin kann sie Pferde dazu bringen, daß sie ihr gehorchen und ihr erlauben, auf ihrem Rücken zu reiten. Sie hat uns sogar beigebracht, ohne Worte zu sprechen, was uns geholfen hat, Rydag auf eine ganz neue Art zu verstehen. Aber am wichtigsten ist es vielleicht, daß sie eine Heilkundige ist. Zwei Kindern hat sie bereits das Leben gerettet. Und sie kennt ein herrliches Heilmittel gegen Kopfschmerzen.«

Letzteres rief lebhaftes Gelächter hervor.

»Beide bringen so viel mit, daß ich es nicht gern sähe, wenn das Löwen-Lager oder die Mamutoi sie wieder verlieren würden. Ich habe sie aufgefordert, bei uns zu bleiben, und zwar nicht nur den Winter über, sondern für immer. Im Namen von Mut, Der Mutter Von Allem« – bei diesen Worten stampfte Talut einmal fest mit dem Stab auf den Boden – »fordere ich sie auf, sich uns anzuschließen – und euch, daß ihr sie als Mamutoi annehmt und anerkennt.«

Talut nickte Ayla und Jondalar zu. Diese erhoben sich und näherten sich ihm gemessenen Schrittes wie bei einer vorher einstudierten Zeremonie. Tulie, die ein wenig auf der Seite gestanden hatte, trat vor und stellte sich neben ihren Bruder.

»Ich bitte um den Sprecherstab«, sagte sie.

Talut übergab ihn ihr.

»Als Anführerin des Löwen-Lagers erkläre ich, daß ich mit allem, was Talut gesagt hat, einverstanden bin. Jondalar und Ayla würden für das Löwen-Lager und für alle Mamutoi eine große Bereicherung darstellen.« Sie wandte sich an den großen blonden Mann. »Jondalar«, sagte sie und stampfte dreimal mit dem Sprecherstab auf, »Tulie und Barzec haben dich gebeten, ein Sohn vom Herdfeuer des Auerochsen zu werden. Wir haben für dich gesprochen. Was sagst du selbst dazu, Jondalar?«

Er trat auf sie zu, ergriff den Sprecherstab, den sie ihm hinhielt, und stampfte seinerseits dreimal damit auf. »Ich bin Jondalar von der Neunten Höhle der Zelandonii, Sohn von Marthona, ehemals Anführerin der Neunten Höhle, geboren dem Herdfeuer von Dalanar, dem Anführer der Lanzadonii«, hob er an. Da es sich um eine förmliche Angelegenheit handelte, beschloß er, sie auch förmlich anzureden und die Namen seiner vorrangigen Ersten Bande aufzuzählen, was Lächeln und beifälliges Nicken zur Folge hatte. Die fremden Namen verliehen der Zeremonie einen Hauch von Exotik und von Bedeutung. »Euer Angebot ehrt mich zutiefst, aber ich muß ehrlich sein und euch sagen, daß ich starke Verpflichtungen habe. Irgendwann muß ich zurückkehren zu den Zelandonii. Ich muß meiner Mutter vom Tod meiner Bruders berichten – desgleichen Zelandoni, unserem Mamut, auf daß er sich auf die Suche nach seinem Geiste begebe, um ihn in die Welt der Geister zu begleiten. Ich weiß die Verwandtschaft mit euch wohl zu schätzen, und eure Freundschaft erwärmt mir das Herz so sehr, daß ich euch nicht verlassen möchte. Solange ich kann, meine Freunde und Verwandten, möchte ich bei euch bleiben.« Jondalar übergab den Sprecherstab wieder an Tulie.

»Es erfüllt uns mit Trauer, daß du dich unserem Herdfeuer nicht anschließen kannst, Jondalar, aber wir haben Verständnis für deine Verpflichtungen. Du hast unsere Achtung. Durch deinen Bruder, der ein Schwiegersohn von Tholie war, sind wir mit dir verwandt, und du bist willkommen, so lange zu bleiben, wie du möchtest«, sagte Tulie und reichte den Stab zu Talut zurück.

»Ayla«, sagte Talut und stieß dreimal mit dem Stab auf den Boden, »Nessie und ich möchten dich als Tochter vom Herdfeuer des Löwen adoptieren. Wir haben für dich gesprochen. Was hast du selbst dazu zu sagen?«

Ayla ergriff den Stab und stampfte ihrerseits dreimal damit auf. »Ich bin Ayla. Ich habe keine Leute. Ich freue mich und fühle mich geehrt, daß ihr mich auffordert, eine von euch zu werden. Ich würde stolz darauf sein, Ayla von den Mamutoi zu sein«, sprach sie die Worte, die sie sich sorgfältig vorher zurechtgelegt hatte.

Talut nahm den Stab wieder in Empfang und stampfte jetzt viermal damit auf. »Wenn niemand etwas einzuwenden hat, möchte ich diese besondere Zusammenkunft beenden ...«

»Ich verlange den Sprecherstab«, ließ sich eine Stimme aus dem Kreis der Zuhörer vernehmen. Alle machten ein verwundertes Gesicht, als Frebec vortrat.

Er nahm den Stab vom Anführer in Empfang, stampfte dreimal damit auf den Boden auf und sagte: »Ich bin nicht einverstanden. Ich will Ayla nicht.«

14

Den Leuten vom Löwen-Lager verschlug es die Sprache. Dann brach der Tumult los. Beide, Anführerin und Anführer, hatten sich für Ayla stark gemacht. Zwar wußte jeder, wie Frebec über die Fremden dachte, doch niemand war seiner Ansicht. Was jedoch noch mehr zählte: Frebec und das Herdfeuer des Kranichs waren nach der Einschätzung aller die letzten, die es sich leisten konnten, Einspruch zu erheben. Sie selbst waren vor noch gar nicht langer Zeit vom Löwen-Lager aufgenommen worden, nachdem mehrere andere Lager sie abgewiesen hatten; und daß man sich ihrer schließlich doch erbarmt hatte, war nur geschehen, weil Nezzie und Talut sich für sie verwendet hatten. Ursprünglich hatte das Herdfeuer des Kranichs hohes Ansehen genossen, und es hatte Leute in anderen Lagern gegeben, die bereit gewesen waren, für sie einzutreten –, doch waren jedesmal auch andere dagewesen, die nicht einverstanden waren, und Beschlüsse dieser Art mußten einstimmig gefaßt werden. Nachdem der Anführer sich für Frebec eingesetzt hatte, betrachtete man es nun als Undankbarkeit, daß ausgerechnet Frebec Einspruch erhob; das hatte keiner erwartet, am wenigsten Talut.

Das erregte Durcheinander legte sich rasch, als Talut Frebec den Sprecherstab abnahm, ihn hochhielt, schüttelte und damit seine Macht beschwor. »Frebec hat den Stab. Laßt ihn sprechen«, sagte Talut und reichte ihm den Stab zurück.

Frebec stieß den Stab dreimal auf den Boden und fuhr fort: »Ich will Ayla nicht haben, weil ich meine, sie hat nicht genug angeboten, damit wir sie zu einer Mamutoi machen.« Diese Behauptung rief bei den anderen ein allgemeines Murren hervor, zumal Talut Ayla zuvor so über die Maßen gelobt hatte, aber es reichte nicht, den Sprecher zu unterbrechen. »Fordern wir denn jeden hergelaufenen Fremden, der uns besucht, auf, Mamutoi zu werden?«

Bei aller Zurückhaltung, die der Sprecherstab ihnen auferlegte, fiel es den Lagerangehörigen schwer, den Mund zu halten. »Was soll das heißen: Sie hat nichts anzubieten? Denk doch mal an ihr Geschick bei der Jagd!«

rief Deegie empört aus. Ihre Mutter, die Anführerin, hatte Ayla nicht auf Anhieb akzeptiert. Erst nach sorgfältigem Abwägen aller Dinge hatte sie sich einverstanden erklärt, Taluts Vorhaben zu unterstützen. Wie konnte dieser Frebec es wagen, Einwände zu erheben?

»Ja, und? Geht sie eben auf die Jagd. Wird jede, die auf die Jagd geht, zu einer der unseren gemacht?« sagte Frebec. »Das reicht mir als Grund nicht. Außerdem wird sie nicht mehr viel auf die Jagd gehen, sobald sie erst mal Kinder hat.«

»Aber Kinder zu bekommen ist wichtiger! Damit steigt ihr Ansehen!« empörte Deegie sich.

»Glaubst du etwa, ich wüßte das nicht? Wir aber wissen nicht einmal, ob sie überhaupt Kinder bekommen kann, und wenn sie keine Kinder bekommt, ist sie für uns alle nicht viel wert. Aber von Kindern haben wir nicht geredet; über die Jagd haben wir geredet. Daß sie jagt, ist doch nicht Grund genug, sie zu einer Mamutoi zu machen«, erklärte Frebec.

»Und was ist mit dem Speerwerfer? Du kannst doch nicht abstreiten, daß das eine sehr wertvolle Waffe ist, daß sie großartig damit umgeht und schon jetzt andere unterweist, damit umzugehen«, sagte Tornec.

»Den Speerwerfer hat nicht sie mitgebracht, sondern Jondalar, und der schließt sich uns nicht an.«

Danug verschaffte sich Gehör: »Vielleicht ist sie eine Sucherin, oder eine Ruferin. Jedenfalls bringt sie Pferde dazu, ihr zu gehorchen. Sie reitet sogar auf einem!«

»Pferde sind zum Essen da. Die Mutter will, daß wir sie jagen, nicht, daß wir mit ihnen leben. Ich bin mir nicht einmal sicher, ob es recht ist, auf ihnen zu reiten. Und außerdem weiß niemand mit Gewißheit, was sie ist. Möglich, daß sie eine Sucherin ist, möglich, daß sie eine Ruferin ist. Vielleicht ist sie sogar Die Mutter Auf Erden, aber vielleicht ist sie es auch nicht. Seit wann ist denn ein Vielleicht ein ausreichender Grund, jemand zu einem von uns zu machen?« Keiner war in der Lage gewesen, seine Einwände zu entkräften. Frebec fing an, sich ausgesprochen wohl zu fühlen und die Aufmerksamkeit zu genießen, die ihm zuteil wurde.

Einigermaßen verwundert sah Mamut Frebec an. Wiewohl der alte Schamane ganz und gar nicht seiner Meinung war, mußte er zugeben, daß Frebec seine Gründe geschickt vortrug. Ein Jammer nur, daß sie alle so völlig in die falsche Richtung gingen!

»Ayla hat Rydag beigebracht zu sprechen; dabei hat keiner von uns es für möglich gehalten, daß er das könnte!« rief Nezzie und mischte sich damit erregt in die Debatte ein.

»Sprechen!« rief er höhnisch. »Von mir aus kannst du dies Herumgefuchtele mit der Hand ›Sprechen‹ nennen, für mich ist es das nicht! Ich kann mir nichts Nutzloseres vorstellen, als mit einem Flachschädel dumme Gesten zu machen. Das ist kein Grund, sie bei uns aufzunehmen. Wenn überhaupt, spricht das eher dagegen.«

»Und du glaubst auch nicht, daß sie eine Heilkundige ist, oder?« ließ Ranec sich vernehmen. »Hoffentlich bist du dir darüber im klaren, daß, wenn du Ayla vertreibst, du derjenige bist, dem es als erstem leid tun wird, daß sie nicht mehr da ist zu helfen, wenn Fralie in die Wehen kommt!«

Ranec war für Frebec immer eine Anomalie gewesen. Trotz seines hohen Ansehens und seines großen Rufes als Bildschnitzer wußte Frebec nicht, was er von diesem braunhäutigen Mann halten sollte, und fühlte sich in seiner Gegenwart nicht wohl. Frebec hatte immer das Gefühl gehabt, Ranec betrachte ihn mit Geringschätzung und mache sich über ihn lustig, wenn er sich dieses leicht ironischen Tons bediente. Das gefiel ihm ganz und gar nicht, und außerdem hatte eine solche dunkle Haut wahrscheinlich irgend etwas Unnatürliches.

»Du hast recht, Ranec«, sagte Frebec mit lauter Stimme. »Ich halte sie nicht für eine Heilkundige. Wie sollte jemand, der unter diesen Tieren aufwächst, lernen, eine Heilkundige zu sein? Und Fralie hat bereits Babys bekommen. Warum sollte es diesmal anders sein? Es sei denn, der Umstand, daß wir diese Tier-Frau hier bei uns haben, bringt ihr Unglück. Dieser Flachschädeljunge mindert das Ansehen des Lagers ohnehin schon genug. Begreift ihr denn nicht, daß sie es nur noch weiter mindern wird? Wie sollte jemand eine Frau haben wollen, die von Tieren großgezogen wurde? Und was sollen die Leute denken, wenn sie herkommen und feststellen, daß Pferde in einer Erdhütte leben? Nein, ich will nicht, daß eine Tier-Frau, die bei Flachschädeln aufgewachsen ist, eine Mamutoi vom Löwen-Lager wird.«

Als er diese Behauptungen über das Löwen-Lager aufstellte, erhob sich wieder große Unruhe, doch Tulie verschaffte sich trotz des Tumults mit lauter Stimme Gehör. »Woran willst du messen, daß das Ansehen des Lagers gemindert worden wäre? Rydag nimmt mir meinen Status nicht. Ich bin immer noch die führende Stimme im Rat der Schwestern. Und auch Talut hat von seinem Status nichts eingebüßt.«

»Wenn die Leute von uns reden, heißt es: ›das Lager mit dem Flachschädeljungen‹. Ich schäme mich dann immer zu sagen, daß ich zu diesem Lager gehöre.«

Tulie reckte sich neben dem eher schmächtigen Mann zu voller Größe auf. »Du kannst jederzeit ausscheiden«, erklärte sie mit kalter Stimme.

»Jetzt schau, was du angerichtet hast!« rief Crozie. »Fralie erwartet ein Kind, und du willst sie vertreiben, bei dieser Kälte, wo sie nicht weiß, wohin. Warum habe ich mich jemals einverstanden erklärt, daß ihr euch zusammentut? Wie habe ich jemals glauben können, daß jemand, der einen so geringen Brautpreis zahlt, gut genug für sie wäre? Meine arme Tochter, meine arme Fralie ...«

Das Gejammer der alten Frau ging unter in dem allgemeinen Lärm zorniger Stimmen und Vorhaltungen, die Frebec gemacht wurden. Ayla drehte sich um und strebte dem Herdfeuer des Mammut zu. Es entging ihr nicht, daß Rydag die Versammlung mit traurigen großen Augen vom Herdfeuer des Löwen aus verfolgte. Sie setzte sich neben ihn, tastete ihm die Brust ab und sah ihn sich genau an, um sich zu vergewissern, daß auch alles in Ordnung mit ihm war. Ohne den Versuch zu machen, mit ihm ins Gespräch zu kommen, weil sie nicht wußte, was sie zu ihm sagen sollte, nahm sie ihn einfach hoch. Sie setzte ihn sich auf den Schoß, wiegte ihn hin und her und summte leise eine eintönige Weise vor sich hin. So hatte sie einst ihren Sohn gewiegt und später, allein in ihrer Höhle im Tal der Pferde, hatte sie sich auf diese Weise in den Schlaf gewiegt.

»Hat denn keiner Achtung mehr vor dem Sprecherstab?« brüllte Talut und überdröhnte damit den ganzen Aufruhr. Seine Augen blitzten. Er war wütend. Nie hatte Ayla ihn so wütend gesehen. Aber sie bewunderte seine Selbstbeherrschung, als er dann wieder sprach. »Crozie, niemals würden wir Fralie in diese Kälte hinausschicken; du beleidigst mich und das Löwen-Lager, wenn du uns unterstellst, wir könnten das tun.«

Offenen Munds starrte die alte Frau den Anführer an. Sie hatte nie ernstlich angenommen, daß sie Fralie hinauswerfen würden. Ihr war es nur darum gegangen, Frebec mit Schimpf zu überhäufen; nie hätte sie gedacht, daß andere das kränken könnte. Sie besaß den Anstand, schamrot zu werden, was manche überraschte, doch die Feinheiten allgemein akzeptierten Verhaltens verstand sie nicht. Schließlich war Fralies Status zunächst etwas, das von ihr, der Mutter, gekommen war. Crozie wurde hochgeschätzt oder war zumindest hochgeschätzt worden, bis sie viel von ihrem Ansehen eingebüßt und sich selbst und alle um sich herum unglücklich gemacht hatte. Sie konnte sich immer noch auf ihr früheres Ansehen berufen, auch wenn dieses längst vergangen war.

»Frebec, möglich, daß es dir peinlich ist, Angehöriger des Löwen-Lagers zu sein«, sagte Talut, »aber wenn dieses Lager an Ansehen eingebüßt hat, dann nur, weil dies das einzige Lager war, das bereit war, dich aufzunehmen. Und wie Tulie schon sagte: Keiner zwingt dich hierzubleiben. Es steht dir jederzeit frei zu gehen; aber hinauswerfen tun wir dich nicht, jedenfalls nicht mit einer kranken Frau, die diesen Winter noch gebären soll. Vielleicht hast du noch nicht viel mit schwangeren Frauen zu tun gehabt, aber ob du es nun wahrhaben willst oder nicht: Fralies Krankheit hat mit der Schwangerschaft nur wenig zu tun. Das sehe sogar ich.

Doch das ist nicht der Grund, warum diese Versammlung einberufen wurde. Gleichgültig, was du dabei empfindest oder was wir dabei empfinden: Du bist ein Angehöriger des Löwen-Lagers. Ich habe meinen Wunsch erklärt, Ayla ins Herdfeuer des Löwen zu adoptieren und sie zu einer Mamutoi zu machen. Aber dazu müßten alle einverstanden sein, und du hast Einwände erhoben.«

Inzwischen war es Frebec alles andere als wohl in seiner Haut. Gewiß, er hatte sich bedeutend gefühlt, als er allen anderen die Stirn bot; jetzt aber hatte Talut ihn an die Demütigungen und die Verzweiflung erinnert, die er bei seiner Suche nach einem Lager erlebt hatte.

Mamut beobachtete ihn sehr gründlich. Frebec war nie etwas Besonderes gewesen. Er genoß nur wenig Ansehen, weil seine Mutter ihm nur wenig hatte mitgeben können; er tat sich in nichts besonders hervor und besaß nur wenige Eigenschaften oder Gaben, die wirklich etwas gegolten hätten. Gehaßt wurde er zwar nicht, aber gern gelitten war er auch nicht. Er schien ein ziemlich mittelmäßiger Mann mit durchschnittlichen Fähigkeiten zu sein. Allerdings hatte er bewiesen, daß er sich mit seinen Argumenten in einer Auseinandersetzung behaupten konnte. Wenn seine Argumente auch falsch gewesen waren – in sich waren sie schlüssig. Vielleicht war er gescheiter, als man jemals angenommen hätte; und ehrgeizig schien er auch zu sein. Sich mit Fralie zusammengetan zu haben war eine große Leistung gewesen. Es konnte nur guttun, ihn genauer im Auge zu behalten.

Selbst daß er ein Angebot auf eine Frau wie sie abgegeben hatte, bewies eine gewisse Kühnheit. Der Brautpreis bildete die Grundlage des ökonomischen Wertes unter den Mamutoi; Bräute stellten die gängige Währung dar, nach der alles andere bemessen wurde. Das Ansehen, das ein Mann in einer Gesellschaft genoß, stammte von der Frau, die ihn geboren und von der Frau oder den Frauen, auf die er – kraft seines Status, seines Könnens als Jäger, irgendeines Handwerks oder besonderen Wissens oder seines Charmes – so anziehend wirkte, daß sie bereit waren, mit ihm zu leben. Eine Frau von hohem Rang zu gewinnen, die bereit war, sich mit ihm zusammenzutun, war gleichbedeutend damit, einen reichen Schatz zu finden, und Frebec war nicht bereit, Fralie ohne weiteres aufzugeben.

Aber warum hatte sie ihn akzeptiert? fragte Mamut sich. Gewiß waren da andere Männer gewesen, ihr einen Antrag zu machen; Frebec hatte ihre Schwierigkeiten doch nur vergrößert. Er hatte wenig zu bieten gehabt, und Crozie war so unangenehm, daß Fralies Lager sie hinausgeworfen und Frebecs eigenes Lager sich geweigert hatte, sie bei sich aufzunehmen. Und dann hatte ein Lager nach dem anderen ihm einen Korb gegeben, obwohl er eine schwangere Frau von hohem Rang mitbrachte. Und jedesmal hatte

Crozie aufgrund der Panikgefühle, die sie befielen, alles immer nur noch schlimmer gemacht, hatte ihn beschimpft und verunglimpft und ihm die Schuld an allem gegeben.

Frebec war dankbar gewesen, als das Löwen-Lager ja gesagt hatte, doch waren sie die letzten gewesen, bei denen er es versucht hatte. Nicht, daß es ihnen an Ansehen gemangelt hätte, nur galten sie als ein Lager, das sich aus einem kunterbunt zusammengewürfelten Haufen zusammensetzte. Talut besaß die Fähigkeit, im Besonderen eher das Ungewöhnliche zu sehen und nicht so sehr das Absonderliche. Ansehen war ihm von klein auf etwas Selbstverständliches gewesen; sein Streben ging nach mehr, und das fand er im Ungewöhnlichen. Er schätzte das Ungewöhnliche nachgerade sehr hoch ein und pflegte und hegte es in seinem Lager. Talut selbst war der größte Mann, den je jemand gesehen hatte, und zwar nicht nur unter den Mamutoi, sondern auch unter den benachbarten Stämmen. Tulie war die größte und kräftigste der Frauen. Mamut war der älteste Mann. Wymez war der beste Steinschläger. Ranec war nicht nur der Mann mit der dunkelsten Hautfarbe, sondern auch noch der beste Bildschnitzer weit und breit. Und Rydag war das einzige Flachschädelkind. Talut wollte Ayla haben, die mit ihren Pferden und ihrem Können und Gaben wirklich etwas Außergewöhnliches war, und gegen Jondalar, der von so weit her kam, hatte er auch nichts einzuwenden.

Frebec wollte nicht ungewöhnlich sein, zumal er sich selbst stets nur als das Letzte von irgend etwas sehen konnte. Er suchte immer noch einen Platz im Gewöhnlichen und hatte damit angefangen, aus dem Allergewöhnlichsten eine Tugend zu machen. Er war ein Mamutoi, daher war er besser als jeder, der dies nicht war, besser als jeder, der anders war. Ranec mit seiner dunklen Haut – und seinem beißenden Sarkasmus – war ja im Grunde gar kein Mamutoi. Er war kein Kind von ihnen, wohingegen er, Frebec, das sehr wohl war; und ganz bestimmt war er besser als diese Tiere, diese Flachschädel. Der Junge, den Nezzie so liebte, besaß überhaupt keinen Status, da er von einer Flachschädelfrau geboren worden war.

Und auf diese Ayla, die mit ihren Pferden und ihrem großen Fremden dahergekommen war, hatte bereits der dunkelhäutige Ranec, den alle Frauen trotz – vielleicht aber auch gerade wegen – dieses Unterschiedes begehrten, sein hochmütiges Auge geworfen. Ihn, Frebec, hatte sie noch nicht einmal angesehen, als ob sie wüßte, daß er ihrer Aufmerksamkeit nicht wert sei. Es spielte keine Rolle, daß sie etwas konnte oder besondere Gaben besaß oder besonders schön war; er war gewißlich besser als sie; sie war keine Mamutoi, wohingegen er einer war. Darüber hinaus hatte sie auch noch bei diesen Flachschädeln gelebt. Und jetzt wollte Talut sie zu einer Mamutoi machen!

Frebec wußte, daß er der Urheber dieser unerfreulichen Szene war, die sich eben abgespielt hatte. Er hatte bewiesen, daß er bedeutend genug war zu verhindern, daß sie adoptiert und aufgenommen wurde; aber er hatte den großen Anführer wütender gemacht, als er ihn jemals erlebt hatte, und es war ein wenig beängstigend, den riesigen Bär von einem Mann so wütend zu sehen. Talut konnte ihn, Frebec, hochheben und einfach in zwei Teile zerbrechen. Zumindest konnte Talut dafür sorgen, daß er zu verschwinden hatte. Und wie lange würde er dann seine angesehene Frau behalten können?

Doch trotz seines beherrschten Zorns behandelte Talut Frebec mit mehr Achtung, als er es gewohnt war. Seine Bemerkungen waren nicht einfach beiseite gefegt worden.

»Ob deine Einwände vernünftig sind oder nicht, spielt keine Rolle«, fuhr Talut kalt fort. »Ich bin überzeugt, Ayla hat viele ungewöhnliche Gaben, von denen wir nur Gutes haben können. Dem hast du widersprochen, und du hast gesagt, sie habe nichts von Wert zu bieten. Ich wüßte nicht, was geboten werden und letztlich nicht von irgendwem in Frage gestellt und bezweifelt werden könnte, wenn man nur wollte ...«

»Talut«, sagte Jondalar, »verzeih, daß ich dir ins Wort falle, während du den Sprecherstab hältst, aber ich glaube, ich weiß etwas, das von niemand in Frage gestellt werden kann.«

»Wirklich?«

»Ja, das glaube ich. Könnte ich unter vier Augen mit dir sprechen?«

»Tulie, übernimmst du für einen Augenblick den Sprecherstab?« sagte Talut und begab sich mit Jondalar hinüber zum Herdfeuer des Löwen. Neugieriges Stimmengemurmel folgte ihnen.

Jondalar ging zu Ayla und sprach mit ihr. Sie nickte und setzte Rydag ab, richtete sich auf und eilte hinüber zum Herdfeuer des Mammut.

»Talut, bist du bereit, sämtliche Feuer zu löschen?« fragte Jondalar.

Talut legte die Stirn in Falten. »Sämtliche Feuer? Es ist bitter kalt draußen, und es weht ein eisiger Wind. Es könnte rasch kalt werden hier drinnen.«

»Ich weiß, aber glaub mir, es lohnt sich. Damit Ayla dies wirkungsvoll vorführt, muß es dunkel sein. Es bleibt bestimmt nicht lange kalt.«

Ayla kam mit einigen Steinen in der Hand zurück. Talut sah erst sie und dann Jondalar und dann wieder sie an. Schließlich nickte er. Ein Feuer ließ sich immer wieder entzünden, selbst wenn das eine mühselige Sache war, die viel Zeit kostete. Sie kehrten zurück zur Kochstelle, und Talut sprach – wiederum unter vier Augen – mit Tulie. Die Rede ging ein paarmal hin und her, dann wurde Mamut zugezogen, und zum Schluß redete Tulie auch noch mit Barzec. Barzec gab Druwez und Danug einen Wink, woraufhin alle Überwürfe anzogen, große, eng geflochtene Körbe aufnahmen und hinausgingen.

Irgend etwas Ungewöhnliches tat sich, und das ganze Lager harrte gespannt der Dinge, die da kommen sollten, fast als ginge es um eine ganz besondere Zeremonie. Geheime Beratungen und eine geheimnisvolle Vorführung – so etwas hatten sie nicht erwartet.

Barzec und die Jungen waren bald wieder mit Körben, gefüllt mit lokkerer Erde, zurück. Am hinteren Ende – dem Herdfeuer des Auerochsen – beginnend, stocherten sie in der Glut jeder Feuergrube herum und streuten dann Erde darüber, um die Flammen zu ersticken. Als sie begriffen, was da vorging, wurden die Angehörigen des Lagers unruhig.

Da es mit jedem Feuer, das gelöscht wurde, im Langhaus dunkler wurde, hörte schließlich jede Unterhaltung auf, und es wurde vollkommen still. Der Wind draußen heulte lauter, der Luftzug, der durchs Innere fuhr, fühlte sich kälter an und brachte einen stärkeren und immer unheimlicher werdenden Eiseshauch. Feuer war etwas, das man hoch schätzte und verstand; allerdings nahm man es schon als gegeben hin, selbst wenn sie sich darüber im klaren waren, daß ihr Leben davon abhing, als sie die Feuer erlöschen sahen.

Schließlich brannte nur noch das Feuer in der großen Kochstelle. Ayla hatte ihr Material zum Feuermachen neben der Herdstelle bereitgelegt. Auf einen Wink von Talut hin streute Barzec, der sehr wohl ein Gefühl für die Dramatik des Augenblicks hatte, die restliche Erde auf das letzte Feuer, und die Leute hielten die Luft an.

Gleich darauf herrschte vollkommenes Dunkel in der Erdhütte. Es war nicht nur so, daß kein Licht da war; was so atemraubend war, war die Vollkommenheit des Dunkels. Ein erdrückendes, eindeutig entschiedenes Tiefschwarz füllte jeden leeren Raum aus. Es waren keine Sterne da, kein mattschimmerndes Mondrund, keine perlmuttfarbenen Wolken. Man konnte die Hand vor Augen nicht sehen. Es gab keine Tiefen, keine Schatten, keine Umrisse – nur Schwarz in Schwarz. Das Sehvermögen hatte allen Wert verloren.

Ein Kind fing an zu weinen und wurde von seiner Mutter beschwichtigt und zum Schweigen gebracht. Dann vernahm man Atmen, Hin- und Herrutschen, Hüsteln. Jemand sprach mit leiser Stimme, und ein anderer mit einer tieferen Stimme antwortete. Der Geruch von verbranntem Knochen war stark, doch vermischt mit einer Fülle anderer Gerüche von Lebensmitteln, die gespeichert wurden, Grasmatten, getrockneten Kräutern, und dem Geruch von Menschen, von Füßen und Leibern und warmem Atem.

Das Lager wartete im Dunkel, hatte keine Ahnung, was auf sie zukam.

Nicht, daß sie Angst gehabt hätten; sie waren nur ein wenig beklommen. Eine lange Zeit schien zu verstreichen, und sie fingen an, unruhig zu werden. Was brauchte denn so lange?

Den richtigen Zeitpunkt zu bestimmen, hatte man dem Mamut überlassen. Es war dem alten Schamanen zur zweiten Natur geworden, dramatische Wirkungen zu erzielen; fast instinktiv wußte er, wann der richtige Augenblick für etwas gekommen war. Ayla spürte, wie ihr auf die Schulter geklopft wurde. Das war das Zeichen, auf das sie gewartet hatte. Sie hielt ein Stück Pyrit in der einen und einen Feuerstein in der anderen Hand, und auf dem Boden vor ihr lag ein kleines Häufchen Flaum – die feinen Samenfäden der Weidenröschen. In der pechschwarzen Dunkelheit der Erdhütte schloß sie die Augen, holte tief Atem und schlug dann mit dem Pyrit gegen den Feuerstein.

Ein großer Funke glühte auf, und im vollkommenen Dunkel erhellte dies winzige Licht die auf dem Boden kniende Frau gerade lange genug, um ein erschrockenes Atemanhalten und ehrfurchtsvolle kleine Rufe von den Lagerangehörigen hervorzurufen – dann war der Funke erloschen. Wieder schlug Ayla zu. Diesmal näher am vorbereiteten Zunder. Der Funke sprang in den leicht entflammbaren Flaum, Ayla beugte sich vor, um das Glosen mit ihrem Atem zu bestreichen, und gleich darauf flammte es auf, und sie hörte *Ahhh* und *Ohhh* und andere Ausrufe des Staunens.

Sie fügte kleine Schnipsel und dürre Zweige von einem neben ihr liegenden Haufen hinzu, und als sie Feuer fingen, etwas größere Zweige und dickeres Holz. Dann setzte sie sich zurück und sah zu, während Nezzie Erde und Asche aus der Kochgrube herausholte und statt dessen die brennenden Holzteile hineintat. Den Schieber des Windkanals richtig einstellend, der den Wind von draußen hereinholte, brachte sie die Knochen dazu, in Flammen aufzugehen. Die Lagerangehörigen hatten für nichts anderes Augen gehabt als für den Vorgang des Feuermachens, und erst, als das Feuer wieder brannte, ging ihnen auf, in wie unglaublich kurzer Zeit alles vonstatten gegangen war. War das Zauberei? Was hatte sie getan, damit es so schnell ging?

Talut ergriff den Sprecherstab und stieß mit dem dicken Ende dreimal auf den Boden. »Hat jetzt noch irgend jemand Einwände dagegen vorzubringen, daß Ayla eine Mamutoi und Mitglied des Löwen-Lagers wird?« fragte er.

»Wird sie uns zeigen, wie sie diesen Zauber vollbringt?« sagte Frebec.

»Sie wird es uns nicht nur zeigen, sie hat uns sogar versprochen, jedem Herdfeuer dieses Lagers einen von ihren Funkensteinen zu schenken«, erwiderte Talut.

»Ich habe keine Einwände mehr«, sagte Frebec.

Ayla und Jondalar durchsuchten ihr gesamtes Reisegepäck, um sämtliche Pyritwürfel zusammenzubekommen, die sie dabeihatten; dann wählten sie die sechs besten aus. Sie hatte am Abend zuvor jedes der Herdfeuer neu entzündet und den Vorgang des Feuermachens demonstriert, aber Ayla war zu müde und es war auch zu spät gewesen, ihre Sachen noch nach Pyrit zu durchsuchen, ehe sie zu Bett gegangen waren.

Die sechs graugelben Steinwürfel mit dem Metallschimmer bildeten auf der Bettplattform einen unbedeutenden kleinen Haufen, und doch hatte nur einer davon den Unterschied zwischen Akzeptiertwerden und Abgewiesenwerden für sie bedeutet. Sah man sie jetzt vor sich, hätte niemand erraten, welcher Zauber in der Seele dieser Steine verborgen lag.

Ayla hob sie auf, nahm sie in die schalenförmig zusammengelegten Hände und sah zu Jondalar auf.

»Wenn alle mich wollten – warum haben sie dann zugelassen, daß eine Person das verhindern wollte?« fragte sie.

»Ich bin mir nicht ganz sicher«, sagte er, »aber in einer Gruppe wie dieser muß jeder mit jedem auskommen, denn sie müssen miteinander leben. Es kann viel Groll entstehen, wenn einer von ihnen eine andere Person wirklich nicht ausstehen kann, besonders wo das Wetter alle zwingt, lange Zeit drinnen zu bleiben. Menschen neigen nun mal dazu, Partei zu ergreifen, Streitigkeiten können zu regelrechten Kämpfen führen, und dabei kann jemand verletzt werden, oder noch Schlimmeres geschieht. Das führt zu Wut und Zorn, und dann verlangt jemand nach Rache. Manchmal besteht die einzige Möglichkeit, eine Tragödie zu vermeiden, darin, eine Gruppe auseinanderbrechen zu lassen ... oder eine hohe Entschädigung oder Buße zu zahlen und den Unruhestifter fortzuschicken ...«

Schmerzliche Stränge bildeten sich auf seiner Stirn, als er die Augen für einen Moment schloß, und Ayla fragte sich, was ihm solchen Kummer bereitete.

»Aber Frebec und Crozie streiten sich von morgens bis abends, und die Leute mögen das gar nicht«, sagte sie.

»Darüber wußte das Lager ganz allgemein Bescheid, bevor sie einwilligten, sie bei sich aufzunehmen, zumindest ahnten sie es. Es hatte ja jeder Gelegenheit gehabt, nein zu sagen, deshalb kann jetzt keiner irgendeinem einen Vorwurf machen. Hat man sich erst mal zu etwas durchgerungen, muß man dazu stehen; außerdem ist es ja nur für den Winter. Im Sommer ist es leichter, etwas zu verändern.«

Ayla nickte. Sie war sich immer noch nicht ganz sicher, ob er auch wirklich wollte, daß sie eine Mamutoi wurde. Aber ihnen den Pyrit zu zeigen, war seine Idee gewesen, und es hatte geklappt. Beide gingen sie hinüber zum Herdfeuer des Löwen, um die Steine abzuliefern. Talut und Tulie waren in ein Gespräch vertieft. Nezzie und Mamut wurden gelegentlich hinzugezogen, hörten aber mehr zu, als daß sie etwas sagten.

»Hier sind die Pyritwürfel, die ich euch versprochen habe«, sagte Ayla, als sie an das Feuer gebeten wurde. »Ihr könnt sie heute verteilen.«

»O nein«, wandte Tulie ein. »Heute nicht. Heb dir das für die Zeremonie auf. Wir haben gerade darüber gesprochen. Die Steine gehören dann zu den Geschenken. Wir müssen uns nur noch auf ihren Wert einigen, damit wir planen können, was sonst noch erforderlich ist. Sie sollten schon einen sehr hohen Wert besitzen, nicht nur um ihrer selbst willen, sondern auch als Handelswert – und für den Rang, den sie dir verleihen.«

»Was für Geschenke?« fragte Ayla.

»Wenn jemand adoptiert wird«, erklärte Mamut, »ist es üblich, Geschenke auszutauschen. Die Person, die adoptiert wird, erhält von jedem Geschenke, und im Namen des sie adoptierten Herdfeuers werden an alle anderen Herdfeuer Geschenke ausgeteilt. Sie brauchen nicht groß zu sein, eigentlich nur ein Zeichen, es macht aber auch nichts, wenn sie sehr wertvoll sind. Das kommt ganz auf die Umstände an.«

»Meiner Meinung nach sind die Pyritsteine wertvoll genug, daß sie ein hinreichend kostbares Geschenk für jedes Herdfeuer darstellen«, erklärte Talut.

»Talut, ich würde dir zustimmen, wenn Ayla bereits eine Mamutoi wäre und ihr Wert feststünde«, sagte Tulie, »aber in diesem Falle versuchen wir ja gleichzeitig, ihren Brautpreis festzusetzen. Das ganze Lager hat sein Gutes davon, wenn sie einen hohen Preis rechtfertigt. Da Jondalar es abgelehnt hat, sich adoptieren zu lassen ... vorläufig jedenfalls ...« Das Lächeln, mit dem Tulie ihn bedachte, um ihm zu zeigen, daß sie ihm nicht böse sei, hatte fast etwas Liebevolles, war aber in keiner Weise kokett. Es zeigte nur ihre Überzeugung, selbst attraktiv und begehrenswert zu sein. »Jedenfalls wird es mir ein Vergnügen sein, ein paar Geschenke zum Verteilen beizusteuern.«

»Was für Geschenke denn?« fragte Ayla.

»Ach ... Geschenke eben. Es kann alles mögliche sein«, sagte Tulie. »Pelze sind sehr schön, und Kleidungsstücke ... Hemden, Beinlinge, Füßlinge, oder das Leder, um welche daraus zu fertigen. Deegie stellt wunderschön gefärbtes Leder her. Bernstein und Muscheln, und Elfenbeinkügelchen, um Halsketten daraus zu machen oder Kleider damit zu verzieren. Die Reißzähne von Wölfen und anderen Raubtieren werden sehr geschätzt. Aber auch Elfenbeinschnitzereien, Feuersteine, Salz ... auch Essenssachen eignen sich gut als Geschenk, besonders dann, wenn man sie nicht gleich verbrauchen muß, sondern sie aufheben kann. Alles, was gut gemacht ist: Körbe, Matten, Leibriemen, Messer. Ich finde, es ist wichtig, soviel wie möglich zu geben, damit, wenn jeder die Geschenke beim Treffen herumzeigt, von vornherein klar ist, daß du eine Fülle von Dingen zu bieten hast. Daran zeigt sich dann dein Rang. Dabei spielt es keine Rolle, wenn das meiste von Talut und Nezzie stammt.«

»Du und Talut und Nezzie, ihr braucht nichts für mich zu geben. Ich habe selbst Dinge zum Verschenken«, sagte Ayla.

»Ja, selbstverständlich, du hast ja die Steine, und die sind das Allerwertvollste; aber sie machen nicht besonders viel her. Später werden die Leute zwar ihren Wert durchaus erkennen, aber wichtig ist auch der erste Eindruck.«

»Tulie hat recht«, sagte Nezzie. »Die meisten jungen Frauen verwenden Jahre darauf, Geschenke herzustellen und zusammenzubringen, die sie an dem Tag, da sie Hochzeit machen oder adoptiert werden, verteilen können.«

»Werden denn viele Leute von den Mamutoi adoptiert?« erkundigte sich Jondalar.

»Außenseiter nicht«, erklärte Nezzie, »aber die Mamutoi adoptieren oft andere Mamutoi. Jedes Lager braucht einen Bruder und eine Schwester als Anführer und Anführerin, aber nicht jeder Mann hat das Glück, eine Schwester zu haben wie Tulie. Stößt ihm oder ihr etwas zu, oder wollen ein junger Mann oder eine junge Frau ein neues Lager gründen, kann man eine Schwester oder einen Bruder adoptieren. Aber keine Sorge, ich habe viele Dinge, die du verteilen kannst, Ayla, und sogar Latie hat sich erboten, ein paar von ihren Sachen für dich herzugeben.«

»Aber ich habe selbst Sachen, Nezzie, die ich verschenken kann. Allerdings habe ich sie in der Höhle im Tal«, sagte Ayla. »Ich habe Jahre damit zugebracht, viele Dinge zu machen.«

»Aber es ist nicht nötig, noch einmal dorthin zurückzukehren ...«, sagte Tulie, wobei sie insgeheim meinte, daß gewiß alles, was Ayla hatte, grob und primitiv sein müsse, denn schließlich war sie bei den Flachschädeln aufgewachsen. Doch wie sollte sie der jungen Frau beibringen, daß ihre Geschenke wahrscheinlich nicht besonders passend wären? Das könnte peinlich werden.

»Ich möchte aber zurückkehren«, erklärte Ayla mit Nachdruck. »Da sind auch Sachen, die ich unbedingt brauche. Meine Heilkräuter, zum Beispiel. Nahrungsvorräte, die ich angelegt habe. Und Futter für die Pferde.« Sie wandte sich an Jondalar. »Ich möchte noch einmal hin.«

»Das läßt sich vermutlich machen. Wenn wir uns beeilen und unterwegs nirgends länger verweilen, müßte es zu schaffen sein ... falls das Wetter aufklart.«

»Für gewöhnlich«, sagte Talut, »bekommen wir nach so einem ersten

Kälteeinbruch noch einmal schönes Wetter. Aber mit Gewißheit vorhersagen läßt sich das natürlich nicht. Das Wetter kann sich jeden Tag ändern.«

»Nun, wenn wir noch einmal gutes Wetter bekommen, riskieren wir es eben und kehren noch einmal zurück ins Tal«, sagte Jondalar, was ihm von Ayla ein hinreißendes Lächeln eintrug.

Es gab dort ein paar Sachen, die auch er gern gehabt hätte. Die Pyritsteine hatten großen Eindruck gemacht, und unter dem Geröll an der Flußschleife in Aylas Tal hatte es sie massenweise gegeben. Eines Tages, so hoffte er, würde er heimkehren und mit seinen eigenen Leuten alles teilen, was er gelernt und entdeckt hatte: die Pyritwürfel, den Speerwerfer, und für Dalanar Wymez' Trick, den Feuerstein zu erhitzen. Irgendwann einmal …

»Beeilt euch mit dem Zurückkommen!« rief Nezzie, hielt die Hand mit der ihr zugewendeten Handfläche in die Höhe und winkte.

Ayla und Jondalar winkten zurück. Sie saßen gemeinsam auf Winnie, hatten Renner an einem Strick hinter sich und blickten auf die Leute vom Löwen-Lager herab, die sich versammelt hatten, um sie zu verabschieden. So aufgeregt Ayla auch bei der Aussicht war, zurückzukehren in jenes Tal, das drei Jahre hindurch ihre Heimat gewesen war – es versetzte ihr auch einen Stich, Leute zu verlassen, die sie bereits als ihre Familie betrachtete.

Rydag, der neben Nezzie stand – auf der anderen Seite stand Rugie –, klammerte sich beim Winken an ihr Bein. Ayla konnte nicht umhin zu bemerken, wie gering die Ähnlichkeit zwischen den beiden war. Die eine war das kleine Abbild von Nezzie, der andere halb Clan; trotzdem waren sie wie Bruder und Schwester großgezogen worden. Blitzhaft erinnerte sich Ayla, daß Oga zusammen mit ihrem eigenen Sohn, Grev, auch Durc genährt hatte; die beiden waren Milchbrüder gewesen. Dabei war Grev ganz, Durc hingegen nur zur Hälfte Clan gewesen; der Unterschied zwischen ihnen war genauso groß gewesen wie der zwischen Rydag und Rugie.

Durch Schenkeldruck und Vorlehnen – Bewegungen, die ihr so zur zweiten Natur geworden waren, daß sie sie kaum als Lenken empfand – gab Ayla Winnie zu verstehen, was sie wollte. Sie wendeten und ritten den Hang hinauf.

Der Rückritt gestaltete sich nicht so gemächlich, wie es der Ritt hierher gewesen war. Sie behielten ein stetiges Reisetempo bei, machten keine Abstecher, um irgend etwas zu erkunden, und gingen unterwegs auch nicht jagen; und sie suchten sich auch nicht am frühen Abend bereits einen Platz, um zu rasten und Wonnen zu genießen. In der Annahme, daß sie sehr wohl wieder zurückkehren würden, hatten sie sich auf dem Ritt vom Tal der Pferde bis hierher Landmarken eingeprägt – bestimmte zutage tretende Gesteinsmassen, Bergzüge, besondere Felsformationen und Wasserläufe –, doch mit der Jahreszeit hatte sich auch die Landschaft gewandelt.

Zum Teil hatte auch die Vegetation ihr Aussehen verändert. Die geschützten Täler, in denen sie zur Rast abgestiegen waren, sahen entsprechend der Jahreszeit anders aus und nicht mehr so, wie sie sie in der Erinnerung hatten. Das beunruhigte sie. Die arktischen Birken und Weiden hatten ihr Laub abgeworfen; die im Wind zitternden dürren Äste und Zweige schienen geschrumpft und leblos. Die Koniferen hingegen – Schimmelfichte, Lärche und Zirbelkiefer – traten mit ihrem stolzen und gesunden grünen Nadelkleid deutlich ins Auge, und selbst die vom Wind gebeugten und verkümmerten Arten auf den Steppen gewannen im Vergleich dazu an Substanz. Verwirrender als alles andere jedoch waren die Veränderungen, die der Permafrost in diesem periglazialen, also unter dem Einfluß der eiszeitlichen Gletscher stehenden Gebiet hervorrief.

Permafrost – ständig gefrorener Boden, vom Oberflächenboden bis zum tiefen Muttergestein, der nie auftaut und das ganze Jahr über gefroren bleibt – entstand in diesem weit südlich der Polarregionen gelegenen Land unter dem Einfluß der damals kontinentüberspannenden, bis zu mehreren Kilometern hohen Eisschichten. Ein Verwirrspiel wechselseitiger Einflüsse von Klima, Oberflächen- und Tiefenbeschaffenheit ließ den Boden gefrieren und in diesem gefrorenen Zustand verharren. Darauf ein wirkten Sonnenschein und stehendes Wasser, Vegetation, Bodendurchlässigkeit, Wind und Schnee.

Das Jahresmittel der Temperatur, das nur wenige Grade unter dem lag, was später zu gemäßigten Verhältnissen führte, genügte, um die gewaltigen Gletscher sich weiter vorschieben und weiter im Süden Permafrost entstehen zu lassen. Die Winter waren lang und kalt; gelegentliche Stürme brachten schwere Schneefälle und Blizzards; dennoch fiel im Laufe des Winters relativ wenig Schnee, und es gab viele klare Tage. Die Sommer waren kurz, und an einigen wenigen Tagen wurde es so heiß, daß man die Nähe der gewaltigen Gletschereismassen kaum vermutet hätte; doch für gewöhnlich war der Himmel bedeckt, es war kühl, und es fiel nur wenig Regen.

Obwohl ein Teil des Bodens ständig zugefroren blieb, war der Permafrost kein unwandelbarer Zustand; er war vielmehr unbeständig und launisch wie die Jahreszeiten selbst. Im tiefen Winter, wenn alles fest gefroren war, schien das Land passiv, hart und abweisend, doch dieser Anschein trog. Sobald der Winter vorüberging, weichte die Oberfläche auf, nur wenige Fingerbreit dort, wo dichte Bodenbedeckung, schwere Böden oder zuviel Schatten sich der sanften Wärme des Sommers widersetzten; doch an sonnigen Kies- und Geröllhängen, die gut trockneten und wenig Vegetation aufwiesen, taute die aktive Schicht bis in eine Tiefe von mehreren Fuß auf.

Diese auftauende Schicht jedoch war eine Illusion, denn unter der Oberfläche herrschte nach wie vor der eisenharte Zugriff des Winters. Undurchdringliches Eis führte das Szepter, und so krochen und rutschten und flossen unter dem Einfluß von Tauwetter und Schwerkraft schlammige Erde samt ihrer Last aus Felsen und Bäumen über die wassergeschmierte Eisschicht in der Tiefe hin und her. Wenn die Oberfläche sich erwärmte, kam es zu plötzlichen Erdrutschen und Einbrüchen, und wo die Sommerschmelze keinen Abfluß fand, entstanden Sümpfe und Moräste, und Tauwasserseen breiteten sich aus.

Schloß sich der jahreszeitliche Reigen wieder, wurde die aktive Schicht über dem gefrorenen Boden wieder hart, doch verbarg sich unter diesem kalten und eisigen Aussehen ein unruhiges Herz. Die extremen Spannungen und Druckverhältnisse führten zu Schwellungen, Auswerfungen und Verziehungen. Der gefrorene Untergrund bekam Risse und platzte, die Risse füllten sich mit Eis, das – um dem Druck zu weichen – in Form von Eiskeilen hochgeschoben und herausgedrückt wurde. Druck bewirkte, daß Löcher sich mit Schlamm füllten, in Schlammkesseln und Frostbeulen feinste Schlammteilchen nach oben stiegen. Während das gefrierende Wasser sich ausbreitete, erhoben sich Buckel und Hügel aus schlammigem Eis aus dem morastigen Tiefland und erreichten – bei Durchmessern von mehreren hundert Metern – Höhen bis zu fünfzig, sechzig Metern.

Als Ayla und Jondalar ihre Spuren zurückverfolgten, machten sie die Entdeckung, daß die Oberflächengestalt der Erde sich verändert hatte und Landmarken irreführend sein konnten. Bestimmte kleine Bäche, an die sie sich zu erinnern meinten, waren völlig verschwunden. Weiter oben, in größerer Nähe ihrer Quelle, waren sie vereist und weiter unten versiegt und ausgetrocknet. Eisbuckel hatten sich aufgeworfen, wo zuvor keine gewesen waren – und zwar dort, wo Sommermoräste und sumpfiges Tiefland sich dehnten, deren dichte, feinkörnige Unterschichten nur wenig Wasser hindurchließen, so daß keine Entwässerung stattfand. Ganze Baumgruppen wuchsen auf Taliks (von Permafrost umgebenen, nicht gefrorenen Bodenschichten), die manchmal den trügerischen Eindruck kleinerer Täler hervorriefen, die gesehen zu haben sie sich nicht erinnern konnten.

Jondalar war mit dem Gelände ganz allgemein nicht vertraut und verließ sich mehr als einmal auf Aylas besseres Erinnerungsvermögen. War auch sie sich unsicher, überließen sie einfach Winnie die Führung. Winnie hatte sie mehr als einmal in ihr Tal zurückgetragen und schien genau zu wissen, wo sie hinwollte. Manchmal hintereinander auf dem Rücken ihres Pferdes sitzend, manchmal sich abwechselnd, manchmal aber auch beide zu Fuß gehend, stießen sie voran, bis sie gezwungen waren, anzuhalten und zu übernachten. Dann schlugen sie ein einfaches Lager auf, entfachten ein kleines Feuer, stellten ihr Fellzelt auf und breiteten ihre Schlafpelze aus. Sie kochten aus zerstoßenem und getrocknetem Korn eine heiße Grütze, und Ayla brühte sich ihren Kräutertee auf.

Am Morgen erwärmten sie sich mit einem Schluck heißem Tee, packten zusammen und aßen unterwegs Dörrfleisch und Trockenfrüchte, die mit Fett vermischt und zu kleinen Kügelchen geformt worden waren. Bis auf einen gelegentlichen Hasen, den sie aufscheuchten und den Ayla dann mit ihrer Schleuder zur Strecke brachte, machten sie keine Jagd. Allerdings ergänzten sie den Reiseproviant, den Nezzie ihnen mitgegeben hatte, mit den ölhaltigen und nahrhaften Kernen der Zirbelkieferzapfen, die sie unterwegs sammelten und aufs Feuer warfen, wo sie mit lautem Knall aufsprangen.

Als die Landschaft um sie herum sich allmählich veränderte, es felsiger wurde und Schluchten mit steilen Wänden sich auftaten, wurde Ayla immer aufgeregter. Die Gegend kam ihr vertrauter vor, wie das Gelände südlich und westlich von ihrem Tal. Als sie eine Böschung mit einem ganz bestimmten Farbmuster in den verschiedenen Gesteinsschichten sah, klopfte ihr das Herz bis zum Hals.

»Jondalar! Schau! Siehst du das?« rief sie. »Wir sind fast da.«

Sogar Winnie schien aufgeregt und beschleunigte den Schritt, ohne dazu aufgefordert worden zu sein. Ayla hielt nach noch einer Landmarke Ausschau, einem zutage tretenden Felsen von ganz bestimmter Gestalt, die sie an eine geduckt daliegende Löwin erinnerte. Als sie sie entdeckte, wandten sie sich nach Norden, bis sie an den Rand eines mit Geröll und lockeren Felsbrocken übersäten Steilhangs gelangten. Sie hielten an und blickten über den Rand hinunter. Unten, auf der Talsohle, schimmerte ein kleiner, sich gen Osten windender Fluß und sprang glitzernd über flache Felsen dahin. Sie stiegen ab und suchten sich vorsichtig den Weg hinunter. Die Pferde schickten sich an, aufs andere Ufer hinüberzuwaten, blieben jedoch stehen, um zu saufen. Ayla fand die Trittsteine, die aus dem Wasser herausragten und zwischen denen sie nur einmal eine etwas größere Strecke überspringen mußte und die sie immer benutzt hatte. Als sie die andere Seite erreicht hatten, löschte auch sie ihren Durst mit dem klaren Wasser.

»Hier ist das Wasser süßer. Schau wie klar es ist!« rief sie. »Kein bißchen schlammig. Man kann bis auf den Grund sehen. Und schau, Jondalar – die Pferde!«

Jondalar lächelte liebevoll über ihr Frohlocken; auch ihn hatte beim Anblick des schmalen, langgestreckten Tals ein ähnliches, wenn auch nicht ganz so überwältigendes Gefühl des Heimkommens gepackt. Die rauhen Winde und der Frost der Steppen fuhren nicht ganz so hart über das geschützte Tal dahin; wiewohl des sommerlichen Laubs beraubt, fiel auf, daß Bäume und Sträucher hier kräftiger und üppiger wuchsen als anderswo. Der steile Hang, den sie gerade hinuntergekommen waren, wurde linkerhand und weiter talabwärts zu einer regelrechten, senkrecht abfallenden Felswand. Ein breiter Saum von Sträuchern und Bäumen zog sich das gegenüberliegende Ufer des Flusses entlang, lichtete sich, wurde zu einer Weide goldenen Grases, das sanft in der Nachmittagssonne wogte. Die mit hüfthohen Gras bewachsene Ebene stieg rechterhand sanft bis zur Höhe der Steppen an, verengte sich jedoch und wurde ganz am Ende doch wieder zu einem Steilhang, der wiederum die Wand einer schmalen Schlucht bildete.

Auf halber Höhe hatte eine kleine Herde Steppenpferde aufgehört zu grasen und schaute zu ihnen herüber. Eines von ihnen wieherte. Winnie warf den Kopf hoch und antwortete. Die Herde sah aufmerksam zu, bis sie ganz nahe herangekommen waren. Als jedoch der ihnen fremde Geruch von Menschen immer weiter auf sie zutrieb, fuhren sie wie auf Kommando herum und galoppierten mit donnernden Hufen und fliegenden Schweifen den sanften Hang zur Steppe hinauf. Die beiden Menschen auf dem Rücken des einen Pferdes hielten und sahen ihnen nach – genauso wie das Füllen, das sie am Strick hinter sich herführten.

Den Kopf gereckt und die Ohren nach vorn gestellt, folgte Renner ihnen, soweit der Führstrick das erlaubte. Dann stand er mit vorgestrecktem Hals und weit geblähten Nüstern da und sah ihnen nach. Schnaubend wandte Winnie sich an ihn, als sie weiter das Tal hinunterritten, woraufhin er zu ihr kam und ihnen wieder folgte.

Als sie flußaufwärts dem engen Ende des Tals zueilten, konnten sie den kleinen Fluß in scharfer Biegung um eine vorspringende Wand herumrauschen und rechterhand an einem steinübersäten Uferstreifen entlangfließen sehen. Auf der anderen Seite dieses Vorsprungs lag ein großer Haufen Geröll, Treibholz, Knochen, Geweihe, Hörner und Stoßzähne aller möglichen Tiere. Manches Gerippe stammte von Steppentieren, andere hingegen waren die Überreste von Tieren, die von den wechselnden Fluten der Wildbäche mitgerissen, flußabwärts getragen und gegen den Felsvorsprung geworfen worden waren.

Ayla konnte es kaum erwarten. Sie rutschte von Winnies Rücken herunter und lief einen steilen schmalen Pfad hinauf, der neben dem Knochenhaufen die Felswand hinaufführte, die vor einem Loch in eben dieser Felswand ein breiteres Sims aufwies. Um ein Haar wäre sie einfach hineingestürmt, doch im letzten Augenblick faßte sie sich. Dies war der Ort, wo sie so lange allein gelebt hatte – und *über*lebt hatte sie nur deshalb, weil sie nie vergessen hatte, vor plötzlichen Gefahren auf der Hut zu sein. Höhlen wurden nicht nur von Menschen benutzt. Während sie sich vorsichtig die Außenwand entlangschob, nahm sie die Schleuder, die sie sich um den Kopf geschlungen hatte, herunter und bückte sich, um ein paar Steine aufzuheben.

Vorsichtig spähte sie hinein. Zwar sah sie nur Dunkelheit, doch nahm ihre Nase ganz leicht den Geruch von verbranntem Holz wahr, das vor langer Zeit hier verkohlt war, und außerdem den etwas frischeren moschusartigen Geruch eines Vielfraßes. Doch auch der war bereits alt. Sie trat durch die Öffnung hinein, ließ ihre Augen sich an das Dämmerlicht gewöhnen und blickte sich dann um.

Die Tränen wollten ihr in die Augen steigen, und sie schaffte es nicht, sie zu unterdrücken. Da war sie, ihre Höhle. Ayla war daheim. Alles war so vertraut, und doch machte der Ort, an dem sie so lange gelebt hatte, einen verlorenen und verlassenen Eindruck. Das Licht, das durch die Öffnung über dem Eingang hereinfiel, bewies ihr, daß ihr Geruchssinn sie nicht getrogen hatte; als sie jedoch genauer hinsah, stieg Empörung in ihr auf. In der Höhle herrschte ein heilloses Durcheinander. Irgendein Tier, möglicherweise mehr als nur eines, war eingedrungen und hatte die Beweise seines Hierseins ringsum verstreut. Wieviel Schaden angerichtet worden war, vermochte sie noch nicht zu sagen.

Jondalar tauchte am Eingang auf. Von Winnie und Renner gefolgt, trat er ein. Auch für die Stute war die Höhle zum Zuhause geworden, und für Renner war sie das einzige Zuhause gewesen, das er gekannt hatte, bis sie auf das Löwen-Lager gestoßen waren.

»Sieht aus, als ob wir Besuch gehabt hätten«, sagte er, als er die Verwüstung sah. »Hier ist ja das Unterste zuoberst gekehrt.«

Ein tiefer Seufzer entrang sich Aylas Brust, und sie wischte sich die Tränen ab. »Ich mach' wohl besser ein Feuer an und entzünde Fackeln, damit wir sehen können, wieviel verwüstet ist. Aber zunächst einmal lade ich Winnie ab, damit sie sich ausruhen und grasen gehen kann.«

»Meinst du, wir sollten sie einfach so frei laufen lassen? Renner machte ganz den Eindruck, als wollte er der Herde folgen. Vielleicht sollten wir sie anbinden.« Jondalar hatte Bedenken.

»Winnie ist immer frei herumgelaufen«, sagte Ayla fast bestürzt. »Ich kann sie unmöglich festbinden. Sie ist meine Freundin. Sie bleibt bei mir, weil sie es möchte. Einmal nur ist sie zur Herde gegangen, aber da war sie rossig und brauchte einen Hengst, und ich habe sie sehr vermißt. Ich weiß nicht, was ich getan hätte, wäre damals nicht Baby bei mir gewesen. Aber sie ist zurückgekommen. Sie wird hierbleiben, und solange sie das tut, läuft auch Renner nicht fort, jedenfalls nicht, solange er nicht ganz erwachsen ist. Baby hat mich verlassen. Möglich, daß auch Renner das tun wird, genauso wie Kinder das Herdfeuer ihrer Mütter verlassen, wenn sie heranwachsen. Aber Pferde sind anders als Löwen. Ich glaube, wenn er sich richtig mit einem von uns anfreundet wie Winnie, könnte es sein, daß er hierbleibt.«

Jondalar nickte. »Na schön, du kennst sie besser als ich.« Schließlich war Ayla diejenige, die sich mit den Pferden so gut verstand. Genau besehen, der einzige Mensch, der sich mit Pferden richtig auskannte. »Warum soll ich nicht das Feuer machen, während du ablädst?«

Als er an die Stellen ging, wo Ayla immer Zunder, Kleinholz und Brennholz aufgehoben hatte, und sich bewußt wurde, wie vertraut ihm die Höhle in dem kurzen Sommer geworden war, da er hier mit ihr gelebt hatte, fragte Jondalar sich, wie er richtig Freundschaft mit Renner schließen könnte. Er begriff immer noch nicht ganz, wie Ayla sich mit Winnie verständigte, so daß diese dorthin lief, wo Ayla sie haben wollte – und immer in ihrer Nähe blieb, obwohl es ihr freistand zu laufen, wohin sie wollte. Vielleicht würde er es nie lernen, aber immerhin wollte er es versuchen. Trotzdem, bis er es lernte, konnte es nicht schaden, Renner an einem Strick angehalftert zu lassen, zumindest solange sie in einer Gegend unterwegs waren, in der es noch andere Pferde gab.

Eine Überprüfung der Höhle und der Dinge, die darin untergebracht waren, verriet, was hier vorgegangen war. Ein Vielfraß oder eine Hyäne – was genau, konnte Ayla nicht feststellen, da die Tiere zu verschiedenen Zeiten in der Höhle gewesen waren und ihre Fährten durcheinandergingen – waren in eines der Vorratslager mit dem Dörrfleisch eingedrungen und hatten es ratzekahl geleert. Ein Korb gefüllt mit Körnern, die sie für Winnie und Renner eingesammelt und den sie relativ zugänglich zurückgelassen hatten, war an mehreren Stellen angenagt worden. Den Spuren nach zu urteilen, mußte eine ganze Reihe von Nagern – Wühlmäuse, Pfeifhasen, Erdhörnchen, Wüstenspringmäuse und Riesenhamster – sich den Wanst vollgeschlagen haben; kaum ein Korn war übriggeblieben. Die meisten anderen Körbe voll mit Körnern, Wurzeln und Trockenfrüchten, die sie entweder in Löchern im Höhlenboden versteckt oder dadurch geschützt hatten, daß sie Felsbrocken darüber auftürmten, hatten weit weniger Schaden gelitten.

Ayla war froh, daß sie die weichen Lederdecken und Felle, die sie im Laufe der Jahre bearbeitet hatte, in einem festen Korb verstaut und diesen unter einem Steinhaufen in Sicherheit gebracht hatte. Den aufgetürmten Felsbrocken hatten die beutelüsternen Tiere nichts anhaben können. Dafür war das Leder, das bei der Herstellung von Kleidung für Jondalar und sie selbst übriggeblieben war und das sie nicht eigens in Sicherheit gebracht hatte, völlig zerfressen worden. Ein anderes Vorratsversteck unter Steinen, in dem sich unter anderem ein Rohlederbehälter befand, der sorgsam aufbereitetes, in kleinen wurstähnlichen Darmabschnitten eines Hirschs verwahrtes Fett enthielt, war Ziel einer ganzen Reihe von Vorstößen gewesen. Eine Ecke des Behälters war mit Zähnen und Krallen herausgerissen und eine Wurst herausgezogen worden, aber sonst hatten die Steine den Schatz vorm Ausgeräubertwerden bewahrt.

Neben ihren Bemühungen, an die Lebensmittelvorräte heranzukommen, hatten die Räuber auch andere Vorräte durchstöbert, ganze Stapel von handgehauenen und geglätteten Schalen und Bechern aus Holz umgeworfen, Körbe und Matten herumgezerrt, die sie in feinen Mustern gewebt hatte, hatten an etlichen Stellen ihre Losung hinterlassen und aus allem, was sie fanden, ein furchtbares Durcheinander gemacht. Dabei war der Schaden weit geringer ausgefallen, als es zunächst den Anschein hatte, und ihre umfangreiche Sammlung von getrockneten oder sonst haltbar gemachten Heilkräutern war im wesentlichen unberührt geblieben.

Als der Abend hereinbrach, hatte Aylas Stimmung sich gehoben. Sie hatten die Höhle gesäubert, einigermaßen wieder Ordnung hereingebracht und waren dabei zu dem Schluß gekommen, daß der Verlust so groß nicht sei. Sie hatten etwas zu essen gekocht und sich gesättigt und einen Erkundungsgang durchs Tal unternommen, um festzustellen, was sich seit ihrem Fortgehen alles verändert hätte. Da das Feuer gloste, die Schlafpelze über den flachen, mit Heu gefüllten Mulden ausgebreitet worden waren, die Ayla als Bett benutzt hatte, und Winnie und Renner sich an ihrem Platz auf der anderen Seite vom Eingang niedergelassen hatten, fühlte sich Ayla wieder daheim.

»Es ist schwer zu glauben, daß ich wieder zurück bin«, sagte Ayla, die neben Jondalar auf einer Matte vorm Feuer saß. »Mir ist, als wäre ich ein ganzes Leben fortgewesen, dabei ist es gar nicht so lange gewesen.«

»Nein, es ist nicht lange gewesen.«

»Ich habe soviel gelernt, vielleicht ist das der Grund, warum es mir so lange vorkommt. Wie gut, daß du mich überredet hast mitzugehen, Jondalar. Und ich bin froh, daß wir auf Talut und die Mamutoi gestoßen sind. Weißt du eigentlich, wieviel Angst ich davor hatte, den Anderen zu begegnen?«

»Ich weiß, daß du dir deswegen Sorgen machtest, aber ich war mir sicher, sobald du ein paar Leute kennengelernt hättest, würdest du sie mögen.«

»Es ging ja nicht nur darum, irgendwelchen Leuten zu begegnen. Es ging darum, den *Anderen* zu begegnen. Das waren sie nämlich für den Clan; obwohl man mir mein Leben lang gesagt hatte, ich stammte von den Anderen ab, hielt ich mich selbst für eine vom Clan. Selbst als sie mich verfluchten und ich wußte, daß ich nicht zurückkehren könnte, hatte ich noch Angst vor den Anderen. Nachdem dann Winnie bei mir lebte, wurde das noch schlimmer. Ich wußte nicht, was ich tun sollte. Ich hatte Angst, sie würden mir nicht erlauben, sie zu behalten oder würden sie umbringen, nur um sie zu essen. Und dann hatte ich auch Angst, sie würden mir nicht erlauben zu jagen. Ich wollte nicht mit Menschen zusammenleben, die mir nicht gestatteten zu jagen, wenn und wann ich wollte, oder die mich zwingen würden, etwas zu tun, was ich gar nicht tun wollte«, sagte Ayla.

Plötzlich erfüllte die Erinnerung an ihre Ängste und Befürchtungen sie mit Unbehagen und machte sie ganz unruhig. Sie stand auf und begab sich zum Höhleneingang, schob dann den schweren Windschutz beiseite und trat hinaus auf den vorspringenden Felsen, der gleichsam eine Art Veranda vor der Höhle bildete. Draußen war es kalt und sternenklar. Die Sterne leuchteten hart und hell aus einem tiefschwarzen Himmel; ihre Ränder waren so scharf wie der Wind. Sie umfaßte sich und rieb sich die Arme; dann trat sie an den Rand des Simses.

Sie fing an zu zittern und spürte, wie ihr ein Pelz um die Schulter gelegt wurde. Als sie sich umdrehte, blickte sie in Jondalars Gesicht. Er schloß sie in die Arme, und sie kuschelte sich an ihn und wärmte sich.

Er beugte sich herunter, um sie zu küssen, und sagte dann: »Es ist kalt hier draußen. Komm wieder herein.«

Ayla ließ sich zurückführen, doch als sie das schwere Fell, das sie gleich in ihrem ersten Winter als Windschutz vor den Eingang gehängt hatte, zurückfallen ließen, blieb sie stehen.

»Das war mein Zelt . . . nein, Crebs Zelt«, verbesserte sie sich. »Er hat es allerdings nie benutzt. Es war das Zelt, das ich benutzte, als ich eine der Frauen war, die ausgewählt wurden, die Männer auf der Jagd zu begleiten – um die Tiere zu zerlegen und zu helfen, das Fleisch zurückzutragen. Aber gehört hat es mir nicht. Es war Crebs. Ich nahm es mit, als ich fortging, weil ich dachte, Creb hätte gewiß nichts dagegen. Fragen konnte ich ihn nicht mehr. Er war tot, aber er hätte mich ja auch nicht gesehen, selbst wenn er noch gelebt hätte. Ich war ja gerade verflucht worden.« Tränen liefen ihr über das Gesicht; dabei schien sie das gar nicht zu bemerken. »Ich war tot.

Aber Durc sah mich. Er war noch zu klein, um zu wissen, daß er mich eigentlich nicht sehen durfte. Ach, Jondalar, ich wollte ihn nicht verlassen.« Jetzt schluchzte sie. »Aber ich konnte ihn ja nicht mitnehmen. Ich hatte ja keine Ahnung, was mir alles zustoßen würde.«

Er wußte nicht recht, was er sagen oder was er tun sollte, und so hielt er sie einfach umfangen und ließ sie weinen.

»Ich möchte ihn wiedersehen. Jedesmal, wenn ich Rydag sehe, denke ich an Durc. Ich wünschte, er wäre jetzt bei mir. Ich wünschte, wir würden beide von den Mamutoi adoptiert werden.«

»Ayla, es ist spät. Du bist müde. Komm, leg dich schlafen«, sagte er und geleitete sie zu ihrem Schlafpelz. Ihm war unbehaglich zumute. So zu denken war unrealistisch.

Gehorsam drehte sie sich um und ließ sich hinbringen. Schweigend half er ihr aus ihren Kleidern heraus, dann setzte er sie nieder, stieß sie sanft auf den Rücken und deckte sie mit den Fellen zu. Er legte Holz nach, deckte die Glut zum Teil mit Erde zu, damit sie länger anhielt und das Feuer nicht ausging, dann zog er sich rasch aus und kroch neben sie. Er schlang die Arme um sie und küßte sie sehr behutsam, so daß ihre Lippen einander kaum berührten.

Die Wirkung war lustvoll und quälend zugleich, und er spürte, wie sie zitternd auf ihn reagierte. Mit der gleichen, fast kitzelnden Berührung bedeckte er ihr Gesicht mit Küssen, dann ihre Wangen, ihre geschlossenen Augen und schließlich wieder ihre weichen, vollen Lippen. Er langte hoch, drückte ihr Kinn zurück und liebkoste auf ähnliche Weise ihre Kehle und den Hals. Ayla zwang sich, ganz still liegenzubleiben, und statt des Gefühls, gekitzelt zu werden, überlief sie bei seinen züngelnden Berührungen eine köstliche Hitze und vertrieb ihre sorgenvollen Gedanken.

Mit den Fingerspitzen zog er den Bogen ihrer Schulter nach und fuhr ihr ganz bis nach unten den Arm hinunter. Dann, langsam, strich er ihr leicht flatternd wie ein Schmetterling die Innenseite des Arms hinauf. Sie erbebte unter einer kribbelnden Verkrampfung, die jeden Nerv zu zitternder Erwartungsfreude weckte. Während er dann seitlich den Umrissen ihres Leibes folgte, streifte seine geschickte Hand ihre weiche Brustwarze, die sich sofort fest und bereitwillig aufrichtete, während ein heißer Schauer sie durchlief.

Jondalar konnte nicht widerstehen, beugte sich darüber und nahm sie in den Mund. Sie drängte sich ihm entgegen, und er saugte und zerrte und knabberte daran; eine warme Feuchtigkeit breitete sich zwischen ihren Schenkeln aus, da ihre gesteigerte Empfindungsfähigkeit tief in ihrem Inneren entsprechende Zuckungen auslöste. Er schnupperte den Frauengeruch ihrer Haut und spürte, als er ihr Bereitsein erahnte, die ziehende

Fülle seiner Lenden. Er konnte offenbar nie genug von ihr bekommen, und sie war stets bereit für ihn. Soweit er sich erinnern konnte, hatte sie ihn kein einziges Mal abgewiesen. Gleichgültig unter welchen Umständen – ob drinnen oder draußen, auf warmen Fellen oder kaltem Boden –, wann immer er sie begehrte, sie war für ihn da, und nicht nur gewähren lassend, sondern als aktive, hingebungsvolle Partnerin. Nur während ihrer Mondzeit war sie ein wenig gedämpft, gleichsam als wäre es ihr peinlich, und da er ihre Wünsche achtete, hielt er sich in dieser Zeit zurück.

Als er hinlangte, um ihr die Schenkel zu streicheln, und sie sich ihm öffnete, war das Drängen in ihm so überwältigend, daß er sie augenblicklich hätte nehmen können, doch lag ihm daran, daß es andauerte. Sie befanden sich in einer warmen, trockenen Höhle, wahrscheinlich das letztemal im ganzen Winter allein für sich. Nicht, daß er im Langhaus der Mamutoi Hemmungen gehabt hätte, doch mit ihr allein zu sein, verlieh ihren Wonnen noch zusätzlich einen besonderen Hauch von Freiheit und Intensität. Seine Hand begegnete ihrer Feuchtigkeit, dann dem kleinen aufgerichteten Mittelpunkt ihrer Wonnen, und er hörte ihren Atem in Stößen und leisen Schreien explodieren, als er ihn rieb und liebevoll umkreiste. Er griff tiefer, drang mit zwei Fingern ein und erforschte, während sie stöhnend den Rücken durchdrückte, die weichen Schrunden ihrer Tiefe.

Er ließ die Spitze ihrer Brust fahren und fand ihren leicht geöffneten Mund. Er küßte sie erst und genoß die langsame, sinnliche Berührung ihrer Zunge, welche die seine fand, während er nach der ihren suchte. Für einen Moment zog er sich zurück, um eine gewisse Beherrschung zurückzugewinnen, ehe er sich ganz seinem übermächtigen Drang und dieser wunderschönen, willigen Frau überließ, die er so sehr liebte. Er betrachtete ihr Gesicht, bis sie schließlich die Augen öffnete.

Bei Tageslicht waren ihre Augen graublau, von der Farbe feinen Feuersteins. Jetzt jedoch waren sie dunkel und so voll von Verlangen und Liebe, daß ihm das Gefühl, welches aus den Tiefen seines Seins in ihm aufstieg, die Kehle zuschnürte. Mit dem Rücken des Zeigefingers fuhr er ihr über die Wange, zog die Umrisse ihres Kinns nach und ließ ihn über ihre Lippen fahren. Er konnte nicht genug davon bekommen, sie anzuschauen, sie zu berühren, als wollte er ihr Gesicht unauslöschlich seinem Gedächtnis einprägen. Und sie sah ihrerseits auf zu ihm, in diese Augen von so leuchtendem Blau, daß sie im Schein des Feuers lila schimmerten und mit der Liebe und dem Verlangen, das darin lag, etwas so Bezwingendes hatten, daß sie wünschte, mit ihnen verschmelzen zu können. Auch wenn sie gewollt hätte, es wäre ihr unmöglich gewesen, ihn zurückzuweisen; und sie wollte es wirklich nicht.

Er küßte sie noch einmal, strich ihr dann mit der warmen Zunge über die Kehle bis zu dem Spalt zwischen ihren Brüsten. Mit beiden Händen bedeckte er die prallen Rundungen, reckte dann den Mund in Richtung Brustwarze vor und saugte. Sie knetete und massierte ihm Schultern und Arme und stöhnte leise, während Wellen prickelnder Empfindungen ihren Leib durchliefen.

Mit Zunge und Mund arbeitete er sich weiter nach unten vor, feuchtete die Grube ihres Nabels mit der Zunge an und spürte dann das Besondere weicher Haare. Einladend hob sie sich ihm ein wenig entgegen, bis er mit feuchter, feinfühliger Zunge den Ansatz ihres Schlitzes und gleich darauf den kleinen Mittelpunkt ihrer Wonnen fand. Als er ihn erreichte, stieß sie einen kleinen Schrei aus.

Dann setzte sie sich auf und drehte sich um sich selbst, bis sie seine starrende Männlichkeit fand und sie, so weit sie konnte, in den Mund nahm. Er gab ein wenig nach, und als sie nach seinem weichen Beutel griff, schmeckte sie einen kurzen, warmen Spritzer.

Er fühlte, wie der Druck anstieg, wie es in seinen Lenden zog, spürte das Klopfen in seinem prall aufgerichteten Glied, während er ihr Frauentum schmeckte und neuerlich die Falten und Schrunden ihres wunderbar tiefen Brunnens erkundete. Er konnte wirklich nicht genug bekommen. Er wollte jede Spanne Haut von ihr berühren, jeden Teil von ihr kosten, wollte mehr und mehr von ihr und spürte ihre Wärme und eine ziehende Empfindung, während Ayla beide Hände die ganze Länge seines strotzenden Schaftes auf- und niederfahren ließ. Schmerzhaft verlangte es ihn danach, in sie einzudringen.

Es kostete ihn eine unsägliche Überwindung, sich ihr zu entziehen, doch dann drehte er sich um und fand wieder den Quell ihres Frauentums und erforschte ihn mit wissenden Händen. Dann senkte er den Mund auf ihren Knoten und rieb und liebkoste ihn so lange mit Lippen und Zunge, bis ihr Atem nur noch stoßweise ging und sie kleine Schreie ausstieß. Sie spürte, wie sich die unsägliche und köstliche Spannung in ihr aufbaute und immer größere Höhen erklomm. Sie rief seinen Namen, griff nach ihm, woraufhin er sich endlich zwischen ihren Schenkeln hochschob, erwartungsvoll zitternd, doch auch beherrscht in sie eindrang und ob ihres warmen Empfangs frohlockte.

Er hatte sich nun so lange zurückgehalten, daß es einen Moment dauerte, ehe er sich gehenlassen konnte. Abermals drang er tief ein und schwelgte in herrlicher Fassungslosigkeit, daß sie imstande war, ihn bis zur Gänze in sich aufzunehmen. Lustvoll hingegeben stieß er wieder zu, zog sich heraus, stieß zu, zog heraus, schneller, erklomm höhere Gipfel, während sie sich aufschwang, ihm zu begegnen, und ihm Stoß für Stoß entgegenkam. Unter Schreien, die immer lauter kamen, spürte er, wie es ihm kam, wie es in ihr hochbrandete und sie beide gemeinsam sich in jenem letzten überwältigenden Aufbäumen von Lust und Energie zur Erfüllung brachten.

Beide waren sie viel zu ausgepumpt, sinnlich zu verausgabt, um sich zu bewegen. Alle Viere von sich gestreckt, lag er auf ihr, aber gerade diesen Teil liebte sie besonders. Sie roch den feinen Duft von sich selbst, der an ihm haftete und der sie stets daran erinnerte, wie sie soeben geliebt worden war und warum eine so köstliche Mattigkeit sie befiel. Sie war immer noch erfüllt von dem fassungslosen Staunen über das immer wieder Unerwartete der Wonnen. Nie hatte sie geahnt, daß ihr Körper solcher Lust und solcher Wonnen überhaupt fähig war! Sie hatte ja nichts anderes gekannt, als aus Haß und Verachtung heraus bestiegen zu werden. Bis Jondalar gekommen war, hatte sie überhaupt nicht gewußt, daß es irgendeine andere Art gab.

Schließlich raffte er sich hoch, drückte einer Brust einen Kuß auf und barg die Nase in ihrem Nabel; dann wippte er federnd zurück und erhob sich. Daraufhin stand auch sie auf, ging nach hinten und ließ ein paar Kochsteine ins Feuer fallen.

»Würdest du bitte etwas Wasser in den Kochkorb schütten, Jondalar? Ich glaube, der große Wasserschlauch ist voll«, sagte sie auf dem Weg zur entferntesten Ecke der Höhle, die sie bei allzu großer Kälte draußen zur Verrichtung ihrer Notdurft benutzte.

Auf dem Rückweg holte sie die erhitzten Steine aus dem Feuer, wie sie es von den Mamutoi gelernt hatte, und ließ sie ins Wasser in dem wasserdichten Korb fallen. Zischend wölkte Dampf auf, und die Steine erwärmten das Wasser, woraufhin sie sie wieder herausfischte und zurücktat ins Feuer und dafür neue heiße hineinbeförderte.

Als das Wasser siedete, schöpfte sie ein paar Becher voll heraus, leerte diese in eine Holzschale und streute aus ihrem Kräutervorrat ein paar fliederähnliche getrocknete Blüten der Säckelblume hinein. Ein würziger Wohlgeruch erfüllte die Luft, und als sie einen weichen Lederlappen hineintauchte, schäumte die Lösung von pflanzlichem Saponin leicht auf, doch brauchte sie hinterher nicht zu spülen, und was blieb, war nur ein angenehmer Duft. Er sah ihr zu, wie sie am Feuer stand, sich das Gesicht abwischte und sich den Leib wusch – und trank die Schönheit ihrer Bewegungen in sich hinein und wünschte, sie könnten aufs neue beginnen.

Sie gab Jondalar ein Stück wasseraufsaugendes Kaninchenleder und reichte die Schale an ihn weiter. Während er sich reinigte – eine Gewohnheit, die sie entwickelt hatte, nachdem er ins Tal der Pferde gekommen war, und die Jondalar sich jetzt gleichfalls zu eigen gemacht hatte –, sichtete sie nochmals ihre Kräuter und freute sich, daß nichts von dem, was sie gesammelt hatte, weggekommen war. Für jeden von ihnen stellte sie eine eigene Kräuterkombination für den Tee zusammen. Für sich selbst fing sie wie immer mit Goldenem Frauenhaar und Rosenwurz an und fragte sich wieder einmal, ob sie nicht aufhören sollte, diesen Tee zu trinken, und sehen, ob dann wohl ein Baby in ihr wachsen würde. Trotz all seiner Erklärungen war sie immer noch überzeugt, daß es ein Mann war und nicht Geister, der Leben in der Frau weckte. Doch wer auch immer dafür verantwortlich war, Izas Zauber schien zu wirken, und ihr Frauenfluch oder – wie Jondalar sie nannte – ihre Mondzeit stellte sich immer noch regelmäßig ein. Es müßte hübsch sein, ein Baby zu bekommen, das durch die Wonnen mit Jondalar entstand, dachte sie, aber vielleicht ist es besser, noch abzuwarten. Wenn er beschließt, ein Mamutoi zu werden, dann vielleicht.

Als nächstes überlegte sie, ob Distel nichts für ihren Tee wäre, denn diese Pflanze kräftigte die Herztätigkeit und den Atem – und war gut für die Muttermilch. Doch dann entschied sie sich doch lieber für Damiana, die half, den Zyklus der Frauen in Ordnung zu halten. Dann wählte sie Rotklee und Hagebutten aus, die ganz allgemein gesundheitsförderlich waren und gut schmeckten. Für Jondalar nahm sie Ginseng – gut für das Gleichgewicht des Mannes, für Kraft und Ausdauer –, fügte gelben Geißbart hinzu, der beruhigte und reinigte, zum Süßen dann Süßholzwurzel, denn sie hatte bemerkt, daß irgend etwas ihn beunruhigte oder bekümmerte. Zur Nervenberuhigung streute sie noch eine Fingerspitze Kamille hinzu.

Sie glättete die Felle und legte sie wieder richtig hin; dann reichte sie Jondalar seinen Becher – den hölzernen, den sie gefertigt hatte und den er so gern mochte. Etwas fröstelnd gingen sie beide wieder ins Bett, tranken ihren Tee aus und kuschelten sich aneinander.

»Du riechst gut, nach Blumen«, sagte er, blies ihr sanft ins Ohr, knabberte an ihrem Ohrläppchen.

»Du auch.«

Er küßte sie, ganz behutsam, verweilte, legte mehr Gefühl hinein. »Der Tee war gut. Was hast du reingetan?« fragte er, als er sie auf den Hals küßte.

»Nur Kamille und ein paar Sachen, damit du dich gut fühlst und die dir Kraft und Ausdauer verleihen. Eure Namen für die Pflanzen kenne ich nicht alle.«

Daraufhin küßte er sie glutvoller, und sie reagierte mit mehr Gefühl. Er stützte das Kinn in die Hand und schaute auf sie hinunter.

»Ayla, weißt du eigentlich, wie erstaunlich du bist?«

Lächelnd schüttelte sie den Kopf.

»Wann immer ich dich möchte, bist du bereit für mich. Du hast mich noch nie abgewiesen; dabei ist es doch so, daß ich, je mehr ich dich habe, desto mehr Verlangen nach dir habe.«

»Ist das erstaunlich? Daß ich dich so oft möchte, wie du mich möchtest? Du kennst meinen Körper besser als ich, Jondalar. Du hast mich gelehrt, Wonnen zu empfinden, die ich in mir nicht einmal geahnt habe. Warum sollte ich dich nicht wollen, so oft du mich willst?«

»Aber für die meisten Frauen gibt es immer wieder Zeiten, wo sie nicht in der Stimmung sind oder wo es gerade nicht paßt. Wenn es zum Beispiel draußen auf der Steppe Stein und Bein friert, oder auf dem feuchten Flußufer – obwohl das warme Bett nur ein paar Schritte entfernt ist. Aber du sagst nie nein. Und sagst nie: Warte!«

Sie schloß die Augen, und als sie sie wieder aufschlug, runzelte sie leicht die Stirn. »Jondalar, so bin ich nun mal erzogen worden. Eine Clan-Frau sagt nie nein. Wenn ein Mann ihr das Zeichen gibt, gleichgültig wo sie ist oder was sie gerade tut, unterbricht sie es eben und kommt seinem Bedürfnis nach. Bei jedem Mann, selbst wenn sie ihn haßt, so wie ich Broud gehaßt habe. Jondalar, du schenkst mir nichts als Freude, nichts als Wonnen. Ich liebe es, wenn du mich willst, jedesmal, egal wo. Wenn du mich begehrst – es gibt keinen Zeitpunkt, da ich nicht für dich bereit wäre. Ich sehne mich immer nach dir. Ich liebe dich.«

Daraufhin riß er sie an sich und hielt sie so fest an sich gedrückt, daß sie kaum atmen konnte. »Ayla, Ayla«, rief er, das Gesicht an ihrer Halsbeuge geborgen, in heiserem Flüsterton. »Ich hatte gedacht, ich würde mich nie verlieben. Alle haben sie eine Frau gefunden, mit der sie sich zusammentun und ein Herdfeuer und eine Familie gründen. Ich jedoch wurde einfach nur älter. Selbst Thonolan hat unterwegs eine Frau gefunden. Das war der Grund, warum wir bei den Sharamudoi blieben. Ich habe viele Frauen gekannt. Ich habe auch viele Frauen gemocht – aber irgend etwas fehlte mir immer. Und ich dachte, es läge an mir. Ich dachte, die Mutter wollte nicht zulassen, daß ich mich verliebte. Ich sah darin meine Bestrafung.«

»Deine Bestrafung? Wofür?« fragte Ayla.

»Für ... für etwas, das vor langer Zeit geschah.«

Sie drängte ihn nicht. Auch das gehörte zu ihrer Erziehung.

15

Eine Stimme rief nach ihm, die Stimme seiner Mutter, aber von weit her, unsicher an- und abschwellend durch einen launischen Wind. Jondalar war daheim, und dies Daheim war merkwürdig, vertraut und doch fremd. Er griff neben sich. Der Platz war leer. Hellwach fuhr er hoch.

Als er sich umblickte, erkannte Jondalar Aylas Höhle. Der Windschutz vorm Eingang hatte sich an einer Seite losgerissen und flappte im Wind. Eisige Windstöße fuhren in die kleine Höhle herein; dabei fielen Sonnenstrahlen durch den Eingang und die Öffnung darüber. Rasch stieg Jondalar in die Hose und streifte das Hemd über – da bemerkte er den dampfenden Becher Tee neben der Feuerstelle und daneben einen frischen, entrindeten Zweig.

Er nahm den Becher und trank. Minze war darin – sie wußte, daß er Minze am Morgen besonders gern mochte –, außerdem Kamille und noch etwas, das er nicht genau bestimmen konnte. Der Tee hatte eine rötliche Färbung; Hagebutten vielleicht?

Wie leicht man in alte Gewohnheiten zurückfällt, dachte er. Er hatte immer ein Spiel daraus gemacht zu erraten, was in ihrem Morgentee enthalten war. Er nahm den Zweig zur Hand, zerkaute das eine Ende, um es zu zerfasern und sich die Zähne damit zu reiben, und ging dann nach draußen. Danach spülte er sich den Mund mit einem Schluck Tee aus und begab sich ans Ende des Simses, um sein Wasser abzuschlagen. Er warf den Zweig fort, spuckte den Tee aus, stellte sich dann an den Rand des Simses und sah sinnend dem dampfenden Bogen nach.

Der Wind war nicht stark, und die Morgensonne, die von dem hellen Felsgestein zurückgeworfen wurde, vermittelte den Eindruck von Wärme. Er überquerte die unebene Fläche des vorspringenden Felsens und schaute hinunter zu dem kleinen Fluß. Eisränder bildeten sich, doch strömte das Wasser immer noch brodelnd um die scharfe Biegung herum, die seine allgemein südliche Richtung für ein paar Meilen nach Osten ablenkte, ehe er dann wieder nach Süden weiterfloß. Zu seiner Linken erstreckte sich neben dem Fluß das friedliche Tal; Winnie und Renner grasten in der Nähe. Der Blick flußaufwärts, also rechterhand, war gänzlich anders. Jenseits des Knochenhaufens am Fuß der Felswand und des steinigen Uferstreifens rückten die Felswände ganz nahe zusammen, und der Fluß rauschte tief unten in der Schlucht. Er erinnerte sich, einmal flußaufwärts geschwommen zu sein, so weit er kam, bis an den Rand des tosenden Wasserfalls.

Als er sich anschickte, den steilen Pfad hinunterzusteigen, tauchte lächelnd Ayla auf. »Wo hast du gesteckt?«

Noch ein paar Schritte, und seine Frage beantwortete sich von selbst; von ihrer Hand baumelten zwei fette, fast rein weiße Schneehühner. »Ich stand genau dort, wo du jetzt stehst, und entdeckte sie unten auf der Weide«, sagte sie und hielt sie in die Höhe. »Ich dachte, frisches Fleisch könnte zur Abwechslung mal ganz gut tun. Unten in der Kochgrube am Ufer habe ich ein Feuer gemacht. Jetzt werde ich sie rupfen, und wenn wir mit dem Frühstück fertig sind, tue ich sie zum Garen hinein. Ach, und hier ist noch ein Pyrit, den ich gefunden habe.«

»Liegen noch viele unten?« fragte er.

»Vielleicht nicht mehr so viele wie früher.«

»Ich glaube, ich gehe nachher mal runter und suche noch ein paar.«

Ayla ging hinein, um die Frühstücksvorbereitungen abzuschließen. Zum Essen gehörten gekochte Körner mit roten Preiselbeeren, die immer noch an den Büschen hingen.

»Das war es also!« sagte Jondalar, als er seinen Tee austrank. »Du hast rote Preiselbeeren in den Tee getan! Minze, Kamille und rote Preiselbeeren.«

Sie lächelte zustimmend, und er freute sich, das kleine Rätsel gelöst zu haben.

Nach der Morgenmahlzeit stiegen sie beide hinunter an das Flußufer, und während Ayla die Schneehühner fertig machte, um sie in dem Loch mit den erhitzten Steinen zu garen, suchte Jondalar nach den kleinen Pyritwürfeln, die über den Strand verstreut lagen. Er war immer noch auf der Suche danach, als Ayla wieder in die Höhle hinaufging. Er fand ein paar größere Feuersteine und legte auch diese beiseite. Gegen Mitte des Vormittags hatte er einen kleinen Haufen Pyrit beisammen und war es überdrüssig, ständig mit starrem Blick den steinigen Uferstreifen abzusuchen. Er umrundete die vorspringende Felswand, und als er im Tal etwas weiter unten das nun bereits recht erwachsene Füllen mit seiner Mutter grasen sah, ging er auf die Pferde zu.

Im Näherkommen bemerkte er, daß beide den Kopf gehoben hatten und in Richtung Steppe sahen. Oben am Rand des Hanges standen mehrere Pferde und sahen zu ihnen hinunter. Renner machte ein paar Schritte auf die Herde zu, bog den Hals dabei zum Schwanenhals durch und blähte die Nüstern. Jondalar reagierte, ohne nachzudenken.

»Zieht weiter! Macht, daß ihr von hier fortkommt!« schrie er und lief mit den Armen fuchtelnd auf sie zu.

Erschrocken machten die Pferde einen Satz zurück, wieherten und schnaubten und sprengten davon. Der letzte – ein falbfarbener Hengst – kam zunächst auf den Menschen zugaloppiert, stieg dann, wie um ihn zu warnen, fuhr herum und setzte mit donnernden Hufen der fliehenden Herde nach.

Jondalar dreht sich seinerseits um und kehrte zurück zu Winnie und Renner. Beide Tiere waren nervös. Auch sie waren erschrocken und hatten die Panik der Herde gespürt. Jondalar klopfte Winnie auf das Hinterteil und schlang Renner den Arm um den Hals.

»Ist schon in Ordnung, Junge!« wandte er sich an das Hengstfohlen. »Ich wollte dich nicht erschrecken, sondern nur verhindern, daß sie dich fortlocken, ehe wir Gelegenheit haben, wirklich gute Freunde zu werden.« Liebevoll kratzte und streichelte er das Tier. »Wie das wohl wäre, einen Hengst zu reiten wie diesen Falbfarbenen da oben«, sinnierte er laut. »Das wäre wohl schwierig, aber schließlich würde er sich von mir auch nicht kratzen und kraulen lassen wie du, Renner, oder? Was müßte ich denn für dich tun, damit du mich auf deinem Rücken sitzen ließest und dorthin gingest, wohin ich wollte? Wann sollten wir damit anfangen? Sollte ich es jetzt versuchen oder lieber noch damit warten? Du bist noch nicht voll ausgewachsen, aber es wird nicht mehr lange dauern. Am besten frage ich wohl Ayla. Die müßte es wissen. Winnie scheint immer alles zu verstehen, was sie will. Und da frage ich mich, ob du mich überhaupt verstehst, Renner?«

Als Jondalar sich schließlich zur Höhle aufmachte, folgte Renner ihm, stupste ihn verspielt und schnupperte an seiner Hand. Renner folgte ihm den ganzen Heimweg über auf den Fersen, sogar den Pfad hinan.

»Ayla, hast du irgend etwas, das ich Renner geben kann? Etwa ein paar Körner oder so was?« fragte er, sobald er eingetreten war.

Von einer ganzen Reihe von Stapeln und Haufen ihrer Sachen umgeben, saß Ayla in der Nähe ihrer Lagerstatt. »Warum gibst du ihm nicht ein paar von den kleinen Äpfeln in der Schale dort drüben? Ich habe sie durchgesehen, und die da sind angestoßen und haben faule Stellen«, sagte sie.

Jondalar holte eine Handvoll der kleinen, runden und herben Früchte und verfütterte sie eine nach der anderen an Renner. Nachdem er ihm dann nochmals den Hals geklopft hatte, ging er hinüber zu Ayla. Das Pferd folgte ihm.

»Jondalar, bring Renner hier raus, sonst zertritt er mir noch was.«

Er drehte sich um und stieß gegen das junge Tier. »Das reicht jetzt, Renner«, sagte der Mann und ging mit ihm hinüber auf die andere Seite vom Eingang, wo der junge Hengst und die Stute sich für gewöhnlich aufhielten. Doch als Jondalar sich zum Gehen wandte, folgte Renner ihm abermals. Er brachte ihn wieder zurück an seinen Platz, hatte aber auch diesmal kein Glück damit, ihn zum Bleiben zu bewegen. »Jetzt, wo er so zutraulich ist – wie fange ich es da an, ihn dazu zu bringen, daß er bleibt, wo er ist?«

Ayla hatte das Hin und Her lächelnd verfolgt. »Vielleicht schüttest du etwas Wasser in eine Schale oder streust ihm etwas Korn in den Futtertrog.«

Jondalar tat beides, und als das Pferd endlich genug abgelenkt war, kehrte er zu Ayla zurück und sah sich immer wieder vorsichtig um, um sich zu vergewissern, daß Renner ihm nicht mehr folgte. »Was machst du?« fragte er.

»Ich versuche, mir darüber klar zu werden, was ich mitnehmen und was ich zurücklassen soll«, erklärte sie. »Was, meinst du, soll ich Tulie bei der Adoptionsfeier schenken? Es müßte schon etwas besonders Schönes sein.«

Jondalar ließ den Blick über die Stapel und Haufen von Sachen gleiten, die Ayla während der leeren Nächte und langen kalten Winter, die sie allein in der Höhle zugebracht hatte, gefertigt hatte. Schon während ihrer Zeit beim Clan hatte sie ihres Könnens und ihrer Geschicklichkeit wegen viel Anerkennung gefunden, und in den Jahren hier im Tal der Pferde hatte sie kaum anderes zu tun gehabt. Sie hatte daher für jedes einzelne Stück viel Zeit und besondere Sorgfalt aufgewendet.

Sie nahm eine Schale von einem Stapel. Das Gefäß war von trügerischer Schlichtheit: Fast vollkommen rund, war es aus einem einzigen Stück Holz gefertigt. Der letzte Schliff hatte die Schale so glatt gemacht, daß die Oberfläche der Wandung geradezu etwas Lebendiges hatte. Ayla hatte Jondalar gesagt, wie sie die Schalen machte. Im Grunde unterschied sich der Entstehungsprozeß nicht von anderen, die er kannte; der Unterschied lag in der Sorgfalt der Bearbeitung und in der Aufmerksamkeit, die sie den Einzelheiten widmete. Zunächst richtete sie mit einer Steinaxt die Rohform zu und schnitzte diese dann mit einem Feuersteinmesser zurecht. Mit einem gerundeten Stein und Sand schliff sie sowohl die Innen- als auch die Außenwand glatt, bis kaum noch eine Unebenheit zu spüren war. Mit Hilfe von Schachtelhalm wurde das Stück dann am Schluß noch auf Hochglanz gebracht.

Ihre Körbe – die locker geflochtenen genauso wie die wasserdichten – wiesen die gleiche Verbindung von Schlichtheit und bestem handwerklichen Können auf. Ayla verwendete weder Farben noch Beize; doch Veränderungen des Flechtmusters sowie die Verwendung der natürlichen Farbunterschiede der Fasern riefen sehr reizvolle Texturen hervor. Das galt auch für die Bodenmatten. Aufgeschlossene und aufgewickelte Schnüre und Bindematerial aus Sehnen und Rindenbast waren – egal, wie groß sie jeweils waren – von glatter, einheitlicher Dicke, was übrigens auch für die langen Schlaufen galt, die sie aus Lederhäuten fertigte, indem sie sie spiralförmig aus einer einzigen Haut herausschnitt.

Die Tierdecken, die sie zu Leder verarbeitete, waren weich und schmiegsam. Was ihm jedoch den größten Eindruck machte, das waren ihre Pelze. Etwa ein Hirschfell dadurch geschmeidig zu machen, daß man die Haare außen und die Fettreste der Innenseite abkratzte, war schon eine Leistung; doch Häute, deren Haarbesatz dranblieb, waren für gewöhnlich steifer als die kahlen. Nun, Aylas Pelze waren nicht nur auf der pelzbesetzten Seite herrlich weich, sondern auch auf der Innenseite samtig und geschmeidig.

»Was willst du denn Nezzie schenken?« fragte er.

»Etwas zum Essen, wie etwa diese Äpfel, und Behältnisse, sie darin aufzubewahren.«

»Das ist eine gute Idee. Und woran hast du bei Tulie gedacht?«

»Sie ist sehr stolz auf Deegies Leder, deshalb sollte ich ihr wohl keines schenken. Und etwas zum Essen wie bei Nezzie, das möchte ich auch nicht. Überhaupt nichts allzu Praktisches. Sie ist schließlich die Anführerin. Da sollte es schon etwas Besonderes sein, zum Beispiel Bernstein oder Muscheln, aber da habe ich nichts Besonderes«, sagte Ayla.

»Doch hast du das.«

»Ich hatte auch schon daran gedacht, ihr den Bernstein zu schenken, den ich gefunden habe; aber der ist ein Zeichen meines Totems. Den kann ich nicht wegschenken.«

»Ich meine auch gar nicht den Bernstein. Davon hat sie wahrscheinlich eine ganze Menge. Schenk ihr einen Pelz. Das war das erste, was sie erwähnte.«

»Aber sie hat doch sicherlich auch viele Pelze.«

»Aber deine Pelze sind etwas ganz Schönes und Besonderes. Nur einmal im Leben habe ich etwas Ähnliches gesehen. Tulie bestimmt noch nicht. Der, den ich gesehen habe, stammte von einer Flach … – von einer Clan-Frau.«

Als der Abend sich herniedersenkte, hatte Ayla sich zu ein paar harten Entscheidungen durchgerungen; was sich im Laufe der Jahre angesammelt hatte, wurde in zwei Haufen aufgeteilt. Der größere sollte zusammen mit der Höhle und dem Tal zurückbleiben. Sie konnte höchstens den kleineren mitnehmen ... und ihre Erinnerungen. Die Entscheidungen waren ein manchmal quälender Prozeß; hinterher kam sie sich ganz ausgelaugt vor. Die Gefühlslage, in der sie sich befand, übertrug sich auch auf Jondalar, der sich dabei ertappte, mehr als in den Jahren zuvor an sein Zuhause, seine Vergangenheit und sein bisheriges Leben zu denken. Im Geiste zog es ihn immer wieder zu schmerzlichen Erinnerungen, die er längst vergessen geglaubt hatte. Könnte er sie doch nur vergessen! Er fragte sich, warum sie gerade jetzt wieder hochkamen.

Die Abendmahlzeit verlief ruhig. Ab und zu machte einer von ihnen eine Bemerkung, doch meistens versanken sie in Schweigen, war jeder mit seinen eigenen Gedanken beschäftigt.

»Die Schneehühner sind köstlich, wie immer«, bemerkte Jondalar.

»Creb mochte sie so besonders gern.«

Es war nicht das erste Mal, daß sie das sagte. Gleichwohl war es immer noch schwer zu glauben, daß sie von den Flachschädeln, bei denen sie gelebt hatte, soviel gelernt hatte. Doch überlegte er genauer, mußte er sich fragen, wieso sie eigentlich nicht genauso gut kochen sollten wie alle anderen auch?

»Meine Mutter ist eine gute Köchin. Der würden sie wahrscheinlich auch gut schmecken.«

Jondalar hat in der letzten Zeit viel an seine Mutter gedacht, fand Ayla. Heute morgen, so hatte er ihr erzählt, habe er kurz vorm Wachwerden von ihr geträumt.

»Als ich heranwuchs, gab es bei ihr Gerichte, die sie besonders gern kochte ... wenn sie nicht gerade mit Höhlenangelegenheiten beschäftigt war.«

»Höhlenangelegenheiten?«

»Sie war die Anführerin der Neunten Höhle.«

»Das hast du mir zwar schon einmal erzählt, aber ich habe es nicht recht begriffen. Meinst du, sie war so was wie Tulie? Eine Anführerin?«

»Ja, so etwas Ähnliches. Allerdings gab es bei uns keinen Talut; dabei ist die Neunte Höhle viel größer als das Löwen-Lager. Zu ihr gehörten viel mehr Menschen.« Er hielt inne, schloß die Augen und dachte angestrengt nach. »Vielleicht vier Leute auf jeden einzelnen vom Löwen-Lager.«

Ayla versuchte, sich genau vorzustellen, wie viele das wären, kam dann jedoch zu dem Schluß, daß es besser wäre, das später mit Zeichen auf dem Boden zu bestimmen. Allerdings fragte sie sich, wieviel Menschen eigentlich ständig zusammen leben könnten. Das waren ja offenbar fast soviel, wie bei einem Clan-Treffen zusammenkamen.

»Beim Clan sind Frauen nicht Anführer«, sagte sie.

»Marthona wurde nach Joconnan Anführerin. Zelandoni erzählte, sie habe ihm bei der Führung soviel geholfen, daß sie sich nach seinem Tod einfach an sie wandten. Mein Bruder, Joharran, war ein Sohn seines Herdfeuers. Jetzt ist er der Anführer, aber Marthona ist immer noch eine Ratgeberin ... zumindest war sie das, als ich fortging.«

Ayla runzelte die Stirn. Zwar hatte er auch schon früher von ihnen gesprochen, doch waren ihr die Verwandtschaftsverhältnisse nie besonders klar gewesen. »Deine Mutter war die Gefährtin von ... wie, hast du gesagt? Jocannan?«

»Ja.«

»Aber sonst erzählst du doch immer von Dalanar.«

»Das ist der, an dessen Herdfeuer ich geboren wurde.«

»Dann war deine Mutter auch die Gefährtin von Dalanar?«

»Ja. Sie war bereits die Anführerin, als er ihr Gefährte wurde. Sie standen einander sehr nahe. Die Leute erzählen heute noch Geschichten über Marthona und Dalanar und singen traurige Lieder über ihre Liebe. Zelandoni hat mir einmal gesagt, sie hätten einander zu sehr geliebt. Dalanar wollte sie nicht mit seiner Höhle teilen. Er haßte nachgerade die Zeit, die sie mit Höhlenangelegenheiten beschäftigt war. Aber sie nahm ihre Verantwortung sehr ernst. Schließlich durchschnitten sie den Knoten, und er zog fort. Später gründete Marthona mit Willomar ein neues Herdfeuer und bekam danach Thonolan und Folara. Dalanar zog in den Nordosten, entdeckte eine Flintgrube und lernte Jerika kennen. So gründete er dort die Erste Höhle der Lanzadonii.«

Er versank für eine Weile in Schweigen. Jondalar hatte das Gefühl, über seine Familie sprechen zu müssen, deshalb lauschte Ayla ihm auch dann, wenn er Dinge erzählte, die sie bereits von ihm kannte. Sie erhob sich, schenkte den Rest des Tees in ihre Becher, legte Holz nach, hockte sich dann auf die Felle am Ende des Bettes und verfolgte, wie das flackernde Licht Schatten über Jondalars nachdenkliches Gesicht huschen ließ. »Was bedeutet das, Lanzadonii?« fragte sie.

Jondalar lächelte. »Es bedeutet ... Leute ... Kinder der Doni ... Kinder der Großen Erdmutter, genau genommen, Kinder der Großen Erdmutter, die im Nordosten leben.«

»Du hast doch auch dort gelebt, nicht wahr? Bei Dalanar?«

Er schloß die Augen. Seine Wangenmuskeln strafften sich, als er mit den Zähnen knirschte, und auf seiner Stirn traten schmerzliche Stränge hervor. Es war nicht das erste Mal, daß Ayla diesen Ausdruck bei ihm wahrnahm, und sie fragte sich, was er zu bedeuten habe. Zwar hatte er auch im Sommer schon von diesem Abschnitt seines Lebens erzählt, aber es hatte ihn jedesmal sehr erregt, und sie wußte, daß er mit irgend etwas hinterm Berg hielt. Sie spürte förmlich die Spannung in der Luft, einen großen Druck, der auf Jondalar lastete, gleichsam als schickte die Erde sich an, aus großer Tiefe aufzureißen.

»Ja, ich habe dort gelebt«, sagte er. »Drei Jahre lang.« Er sprang völlig unvermittelt hoch, stieß dabei seinen Tee um und ging mit großen Schritten in den hinteren Teil der Höhle. »Ach, Mutter! Es war furchtbar!« Er legte den Arm an die Wand, lehnte im Dunkeln den Kopf dagegen und versuchte sich zu beherrschen. Schließlich kehrte er zurück, blickte auf den Fleck hernieder, wo die Flüssigkeit in den festgetretenen Boden eingesikkert war, und ließ sich auf ein Knie nieder, um den Becher wieder hinzustellen. Er drehte ihn in den Händen und starrte ins Feuer.

»Wie war es denn, bei Dalanar zu leben?« fragte Ayla schließlich.

»Bei Dalanar? Nein.« Er machte ein erstauntes Gesicht. »Nein, das war es nicht, was so schlimm war. Er freute sich, mich zu sehen. Hieß mich an seinem Herdfeuer willkommen und brachte mir zusammen mit Joplaya sein Handwerk bei. Er behandelte mich wie einen Erwachsenen ... und verlor nie ein Wort darüber.«

»Worüber verlor er kein Wort?«

Jondalar atmete tief durch. »Über den Grund, warum ich zu ihm geschickt wurde«, sagte er und starrte den Becher in seiner Hand an.

Da das Schweigen sich vertiefte, erfüllte der Atem der Pferde die Höhle, und das Knistern und Knacken des brennenden Holzes hallte von den Steinwänden wider. Jondalar setzte den Becher auf den Boden und erhob sich.

»Ich war immer groß für mein Alter – und älter als meine Jahre«, begann er und ging mit weit ausholenden Schritten in der Höhle auf und ab. »Ich reifte schon in jungen Jahren. Ich war kaum älter als elf, als mir die Donii im Traum das erste Mal erschien ... und sie hatte das Gesicht von Zolena.«

Da war der Name wieder. Die Frau, die ihm soviel bedeutet hatte. Er hatte durchaus von ihr gesprochen, aber immer nur kurz und offensichtlich stets mit einer gewissen Traurigkeit. Ayla hatte nie begriffen, was ihn eigentlich so traurig machte.

»Alle jungen Männer wollten sie zu ihrer Donii-Frau haben; alle brannten darauf, daß sie es wäre, die sie einführte. Es wurde auch von ihnen erwartet, daß sie sie wollten – oder eine andere wie sie« – bei diesen Worten fuhr er zu Ayla herum und sah sie an –, »aber es wurde auch von ihnen erwartet, daß sie sich nicht in sie verliebten! Weißt du, was das heißt, sich in eine Donii-Frau zu verlieben?«

Ayla schüttelte den Kopf.

»Sie soll es dir zeigen, dir beibringen, dich lehren, soll dir helfen, die Große Gabe der Mutter zu verstehen, dich bereitzumachen, wenn du soweit bist, ein Mädchen zur Frau zu machen. Alle Frauen sollen, wenn sie älter sind, wenigstens einmal in ihrem Leben Donii-Frau sein, das erwartet man einfach von ihnen. Genauso wie man es von allen Männern erwartet, daß sie zumindest einmal in ihrem Leben die Ersten Riten einer jungen Frau teilen. Das gilt als heilige Pflicht zu Ehren der Doni.« Er senkte den Blick. »Aber eine Donii-Frau repräsentiert die Große Mutter; man verliebt sich einfach nicht in sie und wünscht sie sich nicht zur Gefährtin.« Er hob den Blick wieder. »Kannst du das verstehen? Es ist verboten. Es ist, als verliebte man sich in die eigene Mutter, oder als wollte man bei der eigenen Schwester liegen. Verzeih mir, Ayla. Es ist fast so, als hätte man den Wunsch, eine Flachschädelfrau zu nehmen.«

Er drehte sich um und war mit wenigen ausgreifenden Schritten am Eingang. Energisch stieß er den Windschutz beiseite, dann sanken ihm die Schultern herunter, er besann sich eines Besseren und kehrte zurück. Er nahm neben ihr Platz und richtete den Blick in die Ferne.

»Ich war zwölf, und Zolena war meine Donii-Frau, und ich liebte sie – und sie liebte mich. Zuerst war es einfach so, daß sie genau zu wissen schien, was mir Freude machte, doch dann war es mehr. Ich konnte mit ihr reden – über alles; wir waren gern zusammen. Sie lehrte mich, wie das mit den Frauen ist, was ihnen gefällt, und ich lernte gut, weil ich sie liebte und ihr Freude bereiten wollte. Wir wollten uns gar nicht ineinander verlieben und sagten es zuerst auch nicht einer dem anderen. Dann versuchten wir, es geheimzuhalten. Aber ich wollte, daß sie meine Gefährtin würde, wollte mit ihr leben. Ich wollte, daß ihre Kinder die Kinder meines Herdfeuers würden.«

Er blinzelte, und Ayla erkannte den feuchten Schimmer in seinen Augen, während er ins Feuer starrte.

»Zolena sagte mir immer wieder, ich sei zu jung, ich würde drüber hinwegkommen. Die meisten Männer sind mindestens fünfzehn, ehe sie sich ernstlich nach einer Frau umsehen, sie sich zur Gefährtin zu nehmen. Ich jedoch fühlte mich nicht zu jung. Aber was ich mir wünschte, spielte keine Rolle. Ich konnte sie nicht bekommen. Sie war meine Donii-Frau, meine Ratgeberin und Lehrerin, und es wurde von ihr erwartet, es nicht soweit kommen zu lassen, daß ich mich in sie verliebte. Ihr gab man mehr Schuld als mir, aber das machte es nur um so schlimmer. Dabei hätte man ihr überhaupt keine Vorwürfe gemacht, wäre ich nicht so entsetzlich dumm gewesen!« Letzteres spie Jondalar förmlich aus.

»Auch andere Männer begehrten sie. Immer. Ob sie sie wollte oder nicht. Und einer setzte ihr ständig zu – Ladroman. Vor ein paar Jahren war sie auch bei ihm Donii-Frau gewesen. Eigentlich kann ich ihm gar keinen Vorwurf daraus machen, daß er sie wollte, aber sie interessierte sich nicht mehr für ihn. Er fing an, uns nachzulaufen, uns zu beobachten. Und dann entdeckte er uns eines Tages. Er drohte ihr, sagte, wenn sie nicht mit ihm ginge, würde er allen von uns erzählen.

Sie versuchte das lachend abzutun, sagte, er solle doch hingehen und es erzählen; es gebe nichts auszuplaudern, sie sei bloß meine Donii-Frau. Daran hätte ich mir ein Beispiel nehmen sollen, doch als er höhnisch Dinge wiederholte, die wir unter vier Augen zueinander gesagt hatten, drehte ich durch. Nein, ich wurde nicht einfach wütend. Ich fuhr aus der Haut, verlor jede Selbstbeherrschung. Ich schlug ihn.«

Jondalar hieb mit der Faust auf den Boden, dann noch einmal und noch einmal. »Ich konnte nicht aufhören, ihn zu schlagen. Zolena versuchte, mich zurückzuhalten. Schließlich mußte sie jemand holen, der mich von ihm fortriß. Es ist gut, daß sie das tat, denn sonst, meine ich, hätte ich ihn wahrscheinlich umgebracht.«

Wieder erhob Jondalar sich, und wieder ging er vorm Feuer auf und ab. »So kam alles heraus. Jede unerquickliche Einzelheit. Ladroman erzählte alles, in aller Öffentlichkeit . . . vor allen. Ich wäre vor Scham fast im Boden versunken, als mir klarwurde, wie lange er uns bereits nachgeschlichen war und uns beobachtet hatte . . . und wieviel er gehört hatte. Zolena und ich wurden ins Verhör genommen« – nur bei dem Gedanken daran errötete er – »und beide für schuldig befunden, doch war es mir schrecklich, als sie ihr alle Verantwortung zuschoben. Was es noch schlimmer machte, war, daß ich der Sohn meiner Mutter war. Sie war die Anführerin der Neunten Höhle, und ich hatte sie entehrt. Die gesamte Höhle war in Aufruhr.«

»Und was machte sie?« fragte Ayla.

»Sie tat, was sie tun mußte. Ladroman war schlimm verletzt. Er hatte mehrere Zähne verloren. Da fällt es einem schwer zu kauen, und Frauen mögen einen zahnlosen Mann nicht besonders. Mutter mußte eine große Buße für mich bezahlen, und als Ladromans Mutter darauf bestand, willigte sie ein, mich fortzuschicken.«

Er hielt inne und schloß die Augen; auf seiner Stirn zeigte sich wieder der schmerzliche Strang. »In dieser Nacht habe ich geweint.« Dies zuzugeben fiel ihm offenbar sehr schwer. »Ich wußte nicht wohin. Ich hatte keine Ahnung, daß Mutter einen Läufer zu Dalanar geschickt und ihn gebeten hatte, mich bei sich aufzunehmen.«

Er holte Atem und fuhr fort: »Zolena ging fort, ehe ich die Höhle verließ. Sie hatte sich immer zu den Zelandonii hingezogen gefühlt, und jetzt ging sie hin, um eine von ihnen zu werden, eine von denen, Die Der Mutter Dienen. Ich dachte auch ans Dienen, vielleicht als Bildschnitzer – ich bildete mir damals ein, eine gewisse Begabung für die Schnitzerei zu besitzen. Doch dann erhielten wir Nachricht von Dalanar, und eh ich mich's versah, brachte Willomar mich zu den Lanzadonii. Eigentlich kannte ich Dalanar gar nicht. Er war fortgegangen, als ich noch sehr klein gewesen war, und ich sah ihn nur bei den Sommertreffen. Ich wußte also nicht, was mich erwartete, aber Marthona hatte genau das Richtige getan.«

Jondalar hörte auf zu erzählen und hockte sich wieder vorm Feuer nieder. Dann nahm er einen zerbrochenen, trockenen und spröden Zweig zur Hand und legte ihn auf die Glut. »Bevor ich fortging, mieden die Leute mich und beschimpften mich«, fuhr er fort. »Manche Leute nahmen ihre Kinder fort, wenn ich in der Nähe war, damit sie nicht meinem verderblichen Einfluß ausgesetzt würden – als ob allein mein Anblick sie verdürbe. Ich wußte, daß ich das verdient hatte, weil das, was wir getan hatten, schrecklich war. Trotzdem wäre ich am liebsten gestorben.«

Schweigend wartete Ayla und beobachtete ihn. Ganz begriff sie die Sitten und Gebräuche, von denen er erzählte, nicht, aber durch die Qualen, die sie selbst durchlitten hatte, empfand sie den Schmerz für ihn mit. Auch sie hatte Tabus gebrochen und die Folgen zu spüren bekommen; aber sie hatte daraus gelernt. Vielleicht weil sie von Anfang an anders gewesen war, hatte sie angefangen zu fragen, ob das, was sie getan hatte, wirklich so schlimm gewesen war. Sie hatte begriffen, daß es zwar nicht schlimm war für sie, mit der Schleuder, dem Speer oder irgendeiner anderen Waffe auf die Jagd zu gehen, bloß weil der Clan glaubte, es schicke sich für Frauen nicht zu jagen; und sie haßte sich nicht dafür, sich gegen alle Tradition Broud widersetzt zu haben.

»Jondalar«, sagte sie, »du hast etwas Schreckliches getan« – er nickte zustimmend –, »als du diesen Mann zusammenschlugst. Aber was war so schlimm an dem, was du und Zolena getan habt?« fragte Ayla.

Überrascht sah er sie an. Er hatte Hohn und Zorn erwartet, eine ähnliche Verachtung, wie er sie für sich selbst empfand. »Du verstehst nicht. Zolena war meine Donii-Frau. Wir haben die Mutter entehrt. Sie beleidigt. Das war schändlich.«

»Was war schändlich? Ich verstehe immer noch nicht, was ihr getan habt und warum das so schlimm gewesen sein soll.«

»Ayla, wenn eine Frau diese Aufgabe der Mutter übernimmt, einen jungen Mann zu unterweisen, dann übernimmt sie eine große Verantwortung. Sie bereitet ihn auf sein Mannsein vor, darauf, ein Frauen-Macher zu sein. Doni hat es nun mal dem Mann zur Pflicht gemacht, die Frau zu öffnen, sie bereitzumachen, die vermischten Geister von der Großen Erdmutter aufzunehmen, damit aus der Frau eine Mutter werden kann. Das ist eine heilige Pflicht. Dabei handelt es sich nicht um eine gewöhnliche Allerweltsbeziehung, die jemand jederzeit haben kann.«

»Hast du es denn auf die leichte Schulter genommen?«

»Nein. Selbstverständlich nicht!«

»Worin bestand dann dein Unrecht?«

»Ich habe einen geheiligten Ritus besudelt. Ich habe mich verliebt . . .«

»Du hast dich verliebt. Und Zolena hat sich verliebt. Was sollte Unrecht daran sein? Bewirkt das nicht, daß man sich warm und gut vorkommt? Du hast es schließlich nicht mit Vorbedacht getan. Es geschah einfach. Ist es denn nicht völlig natürlich, sich in eine Frau zu verlieben?«

»Aber nicht in diese Frau«, begehrte Jondalar auf. »Das verstehst du nicht.«

»Richtig. Das verstehe ich nicht. Broud hat mich gezwungen. Er war grausam und hassenswert, und gerade das hat ihm Lust bereitet. Dann hast du mich gelehrt, wie Wonnen sein sollen – nicht schmerzhaft, sondern warm und gut. Dich zu lieben erfüllt auch mich mit einem warmen und guten Gefühl. Ich dachte, das ruft Liebe bei jedem hervor, aber jetzt sagst du mir, es sei unrecht, jemand zu lieben, und das könne große Schmerzen verursachen.«

Wieder nahm Jondalar einen dürren Zweig zur Hand und legte ihn aufs Feuer. Wie sollte er sich ihr nur verständlich machen? Natürlich konnte man seine Mutter lieben, aber deshalb brauchte man sie sich doch nicht zur Gefährtin zu wünschen; und man möchte auch nicht, daß die Donii-Frau, die man hat, die Kinder seines Herdfeuers bekommt. Er wußte nicht, was er sagen sollte, doch war das Schweigen schwer zu ertragen.

»Warum hast du denn Dalanar verlassen und bist zurückgegangen?« fragte Ayla nach einer Weile.

»Meine Mutter schickte nach mir ... nein, es war nicht nur das. Ich wollte zurückkehren. So gut Dalanar zu mir war und so sehr ich Jerika mochte, und meine Base, Joplaya – mein Zuhause war es nie richtig. Ich wußte nicht, ob ich jemals würde zurückkehren können. Zwar machte ich mir Sorgen um das Zurückkehren, aber ich wollte wieder hin. Ich gelobte, nie wieder aus der Haut zu fahren, nie wieder die Selbstbeherrschung zu verlieren.«

»Warst du froh, wieder nach Hause zu kommen?«

»Es war nicht dasselbe wie früher, aber nach ein paar Tagen war es besser, als ich es für möglich gehalten hatte. Ladromans Familie hatte die Neunte Höhle verlassen, und wo er nicht mehr da war, jeden daran zu erinnern, vergaßen die Leute es schließlich. Ich weiß nicht, was ich getan hätte, wäre er immer noch dagewesen. Das war bei den Sommertreffen schon schlimm genug. Jedesmal, wenn ich ihn sah, wurde ich an meine Schande erinnert. Als Zolena dann ein wenig später zurückkehrte, wurde anfangs viel darüber geredet. Ich hatte auch Angst, sie wiederzusehen, aber ich wollte es. Ich konnte einfach nicht anders, Ayla, selbst nach allem, was geschehen war. Ich glaube, ich liebte sie noch immer.« Der Blick, mit dem er sie ansah, hatte etwas Verständnisheischendes.

Wieder stand er auf, und wieder lief er auf und ab. »Aber sie hatte sich sehr verändert. Sie war in den Rängen der Zelandonii bereits einige Stufen emporgestiegen. Sie war sehr Eine, Die Der Mutter Dient. Zuerst wollte ich das nicht glauben. Ich wollte wissen, wie sehr sie sich verändert hatte, sehen, ob sie nicht doch noch etwas für mich empfand. Ich wollte allein mit ihr sein und versuchte, das einzurichten. Ich wartete bis zum nächsten Fest Zur Ehre Der Mutter. Sie muß es gespürt haben. Sie versuchte, mir aus dem Weg zu gehen, überlegte es sich dann jedoch anders. Manche Leute waren am nächsten Tag empört und entsetzt, dabei war es an diesem Festtag durchaus in der Ordnung, die Wonnen mit ihr zu teilen.« Er schnaubte höhnisch. »Aber sie hätten sich keine Sorgen zu machen brauchen. Sie sagte, sie mache sich immer noch etwas aus mir und wünsche mir das Beste, aber es sei anders als früher. Im Grunde wolle sie mich nicht mehr.

Die Wahrheit ist«, erklärte er mit bitterer Ironie, »ich glaube, sie liebt mich immer noch. Wir sind heute gute Freunde, doch Zolena wußte, was sie wollte ... und sie bekam es. Heute ist sie nicht mehr Zolena. Ehe ich meine Reise antrat, wurde sie Zelandoni, Die Erste Unter Denen, Die Der Mutter Dienen. Kurz darauf reiste ich mit Thonolan ab, und ich glaube, das war der Grund.«

Wieder trat er an den Eingang, stand davor und schaute über den Windschutz hinweg. Ayla erhob sich gleichfalls und trat neben ihn. Sie schloß die Augen, spürte den Wind im Gesicht, lauschte Winnies gleichmäßigem Atem und Renners unruhigerem Schnauben. Jondalar holte tief Luft, drehte sich dann um und setzte sich auf die Matte beim Feuer, machte jedoch keinerlei Anstalten, schlafen zu gehen. Ayla folgte ihm, nahm den großen Wasserbeutel herunter und goß etwas Wasser in einen Kochkorb; dann warf sie Steine ins Feuer, damit sie heiß wurden. Er schien noch nicht bereit fürs Bett. Er war noch nicht fertig.

»Das Schönste am Heimkommen war Thonolan«, nahm er den Faden wieder auf. »Er war, während ich fort war, herangewachsen, und nachdem ich wieder da war, wurden wir gute Freunde und unternahmen viel zusammen ...«

Jondalar hielt inne, und sein Gesichtsausdruck wurde bekümmert. Ayla erinnerte sich, wie tief ihn der Tod seines Bruders getroffen hatte. Er sank neben ihr nieder, die Schultern erschlafften, er war ausgepumpt und erschöpft, und sie begriff, was für eine schwere Prüfung es für ihn gewesen sein mußte, über die Vergangenheit zu sprechen. Was ihn eigentlich dazu getrieben hatte, vermochte sie nicht zu sagen, aber sie wußte, daß es ihn schon seit geraumer Zeit beschäftigte.

»Ayla, auf dem Rückweg ... meinst du, wir könnten ... die Stelle finden ... wo Thonolan ... getötet wurde?« sagte er.

»Ich bin mir nicht sicher, aber wir können es versuchen.« Sie tat weitere Steine ins Wasser und wählte beruhigende Kräuter aus.

Plötzlich stiegen in ihr die gleiche Angst und die Sorgen empor, die sie damals empfunden hatte, als sie nicht sicher gewesen war, ob er durchkommen und am Leben bleiben würde. Damals hatte er nach seinem Bruder gerufen, und wenn sie auch die Worte nicht verstanden hatte, so hatte sie doch begriffen, daß er nach dem Mann verlangte, der tot war. Als sie es ihm endlich beigebracht hatte, hatte er sich den Kummer in ihren Armen von der Seele geweint.

»In dieser ersten Nacht – weißt du, wie lange es damals her war, daß ich das letztemal geweint hatte?« fragte er und erschreckte sie, gleichsam als hätte er gewußt, woran sie dachte; aber schließlich hatte er von Thonolan gesprochen. »Seit damals nicht, seit jenem Tag, da meine Mutter mir sagte, ich müsse gehen. Ayla, warum hat er sterben müssen?« fragte er. »Thonolan war jünger als ich! Er hätte nicht so jung sterben dürfen. Ich konnte den Gedanken, daß er nicht mehr wäre, nicht ertragen. Als ich erst einmal anfing, konnte ich einfach nicht mehr aufhören. Ich weiß nicht, was ich ohne dich getan hätte. Das habe ich dir noch nie gesagt. Ich glaube, ich habe mich geschämt, weil ich ... weil ich wieder die Beherrschung verloren hatte.«

»Kummer zu empfinden ist nichts, dessen man sich schämen müßte. Und auch die Liebe nicht.«

Er wandte den Blick ab. »Du meinst, nicht?« Seine Stimme verriet eine gewisse Selbstverachtung. »Selbst wenn man sie für sich selbst nutzt und jemand anders wehtut?«

Verwirrt runzelte Ayla die Stirn.

Er wandte das Gesicht ab und schaute wieder ins Feuer. »In dem Sommer, als ich zurückkehrte, wurde ich beim Sommertreffen für die Ersten Riten ausgewählt. Ich machte mir Sorgen; das ergeht den meisten Männern so. Man hat Angst, eine Frau zu verletzen, schließlich bin ich kein besonders kleiner Mann. Und es sind immer andere dabei, die bezeugen müssen, daß das Mädchen geöffnet wurde, aber auch um zu gewährleisten, daß sie nicht wirklich verletzt wird. Man macht sich Sorgen, daß man vielleicht nicht imstande ist, seine Männlichkeit unter Beweis zu stellen, so daß sie im letzten Moment jemand anders holen müssen, der für einen einspringt, woraufhin man sich natürlich schämt. Es kann so vieles geschehen. Ich muß Zelandoni danken.« Sein Lachen klang bitter. »Sie hat genau das getan, was eine Donii-Frau tun soll. Sie hatte mir Ratschläge erteilt... und es half.

Aber ich dachte in jener Nacht an Zolena, nicht an diejenige, die den Ehrgeiz hatte, Zelandoni zu werden. Dann sah ich das verängstigte Mädchen und begriff, daß sie weit mehr Angst hatte als ich. Als sie mich in meiner ganzen strotzenden Fülle sah, bekam sie es wirklich mit der Angst; das ergeht vielen Frauen beim ersten Mal so. Ich aber erinnerte mich an die Dinge, die Zolena mir beigebracht hatte, wie ich sie bereitmachen könnte, wie mich bezähmen und unter Kontrolle halten, wie ihr Lust bereiten. Am Schluß war es herrlich zu sehen, wie aus einem nervösen, verängstigten Mädchen eine offene, willige Frau wurde. Wie dankbar sie war, und wie liebevoll... Ich hatte das Gefühl, sie zu lieben – in dieser Nacht.«

Wieder das schmerzliche Stirnrunzeln. Das hatte Ayla in letzter Zeit oft bei ihm zu sehen bekommen. Und wieder sprang er auf und ging hin und her. »Ich werde niemals klug! Selbstverständlich wußte ich am nächsten Tag, daß ich sie nicht richtig liebte, aber sie liebte mich! Sie sollte sich genausowenig in mich verlieben, wie ich mich in meine Donii-Frau. Was von mir erwartet wurde, war, sie zu einer Frau zu machen, sie die Wonnen zu lehren – nicht, sie dazu zu bringen, mich zu lieben. Ich versuchte, ihre Gefühle nicht zu verletzen, aber ich sah, wie enttäuscht sie war, als ich es ihr schließlich begreiflich machte.«

Er trat vom Höhleneingang zurück, baute sich vor ihr auf und schrie sie fast an. »Ayla, es ist ein geheiligter Akt, aus einem Mädchen eine Frau zu machen; der Mann trägt große Verantwortung, und ich habe es wieder besudelt!« Wieder lief er auf und ab. »Und es war nicht das letztemal. Ich nahm mir fest vor, es nie wieder zu tun, und doch geschah es beim nächstenmal genauso wieder. Ich sagte mir, ich würde die Rolle nie wieder übernehmen, schließlich hätte ich sie nicht verdient. Aber beim nächstenmal wurde ich wieder ausgewählt, und ich konnte nicht ablehnen. Ich wollte es. Sie wählten mich oft aus, und ich fing an, mich darauf zu freuen, auf die Gefühle der Liebe und der Wärme in dieser Nacht, auch wenn ich mich am nächsten Tag dafür haßte, diese jungen Frauen und den heiligen Ritus der Mutter für meine eigenen Zwecke ausgenutzt zu haben.«

Er hielt inne, klammerte sich an einen der Pfosten ihrer Kräuterdarre und blickte auf sie hernieder. »Aber nach ein paar Jahren erkannte ich, daß irgend etwas daran nicht recht war, und ich begriff, daß die Mutter mich strafte. Die Männer meines Alters fanden eine Frau, ließen sich nieder, waren stolz auf die Kinder ihres Herdfeuers. Aber ich konnte keine Frau finden, sie auf diese Weise zu lieben. Ich kannte viele Frauen und genoß ihre Gesellschaft und die Wonnen mit ihnen, aber Liebe... Liebe empfand ich immer nur dann, wenn ich es nicht sollte, bei den Ersten Riten ... und nur in dieser Nacht.« Er ließ den Kopf hängen.

Erschrocken sah er auf, als er ein sanftes Lachen vernahm. »Ach, Jondalar. Aber du hast dich verliebt. Schließlich liebst du mich, oder etwa nicht? Verstehst du denn nicht? Du bist nicht bestraft worden. Du hast nur auf mich gewartet. Ich habe dir gesagt, mein Totem hat dich zu mir geführt, und vielleicht war es auch Die Mutter; jedenfalls mußtest du von weither kommen. Du mußtest warten. Hättest du dich vorher verliebt, wärest du nie gekommen. Du hättest mich dann nie gefunden.«

War es möglich, daß das stimmte? fragte er sich. Er wollte es glauben. Zum ersten Mal seit Jahren spürte er, daß die Last, die ihn so beschwert hatte, von ihm genommen wurde, und ein hoffnungsvoller Ausdruck spielte auf seinem Gesicht. »Und was ist mit Zolena, meiner Donii-Frau?«

»Ich glaube nicht, daß es unrecht war, sie zu lieben, aber selbst wenn es gegen eure Sitten verstieß – du wurdest gestraft, Jondalar. Du wurdest fortgeschickt. Das ist jetzt vorbei. Du brauchst nicht mehr immer daran zu denken und dich selbst zu bestrafen.«

»Aber die jungen Frauen bei den Ersten Riten, die ...«

Der Ausdruck auf Aylas Gesicht wurde hart. »Jondalar, hast du eine Ahnung, wie furchtbar es ist, beim ersten Mal gezwungen und mit Gewalt genommen zu werden? Bist du dir darüber klar, was es heißt, zu hassen und es über sich ergehen zu lassen, etwas, das mit Wonnen nichts zu tun hat, sondern vielmehr schmerzhaft und häßlich ist? Vielleicht solltest du dich nicht in diese Frauen verlieben, aber es muß für sie wunderbar gewesen zu sein, sanft behandelt zu werden, die Wonnen zu erfahren, die du so großartig zu schenken verstehst, und sich bei diesem ersten Mal geliebt zu fühlen. Wenn du ihnen auch nur ein bißchen von dem gegeben hast, was du mir gibst, dann hast du ihnen eine wunderschöne Erinnerung geschenkt, die sie ihr ganzes Leben behalten werden. Ach, Jondalar, du meinst, du hättest ihnen weh getan, aber du hast genau das Richtige getan. Warum, meinst du, hat man dich überhaupt so oft gewählt?«

Die Last der Schande und der Selbstverachtung, die er so lange getragen hatte, begann leichter zu werden. Vielleicht erfüllten die schmerzlichen Erlebnisse und Erfahrungen seiner Kindheit einen bestimmten Zweck, und sein Handeln war vielleicht doch nicht so verwerflich und verächtlich gewesen?

Doch die Bürde, die er so lange mit sich herumgeschleppt hatte, ließ sich nicht einfach abwerfen. Gewiß, am Schluß hatte er eine Frau gefunden, die er lieben konnte. Doch was, wenn er sie mit heimbrachte und sie jedem erzählte, unter Flachschädeln aufgewachsen zu sein? Oder noch schlimmer: daß sie einen Sohn von gemischten Geistern hatte? Ein

Scheusal? Ob man ihn dann wieder verunglimpfte, zusammen mit ihr, ihn mit Hohn überhäufte, eine solche Frau mitgebracht zu haben?

War das ihr gegenüber fair? Was, wenn sie sie ablehnten, sie mit Beleidigungen bedachten? Und was, wenn er dann nicht zu ihr stand? Was, wenn er zuließ, daß sie ihr das antaten? Nein, dachte er. Er würde nicht zulassen, daß sie ihr das antaten. Er liebte sie.

Ihre Erklärung erschien ihm zu einfach. Seine Überzeugung, daß die Große Mutter ihn bestrafte, ließ sich nicht so ohne weiteres abtun. Vielleicht aber hatte Ayla recht, vielleicht hatte die Doni ihn zu ihr geführt; aber war es denn keine Strafe, wenn diese schöne Frau, die er liebte, für seine Leute genausowenig akzeptabel wäre wie die erste Frau, die er geliebt hatte?

Doch bei den Mamutoi herrschten ähnliche Glaubensvorstellungen wie bei den Zelandonii, und die Mamutoi wiesen sie auch nicht ab. Das Löwen-Lager adoptierte sie, obwohl die Leute sich darüber im klaren waren, daß sie unter Flachschädeln aufgewachsen war. Sie hatten sogar ein Kind von gemischten Geistern bei sich aufgenommen. Vielleicht sollte er nicht versuchen, sie mit nach Hause zu nehmen. Vielleicht war sie glücklicher dran, wenn sie hierblieb. Vielleicht sollte auch er hierbleiben, sich von Tulie adoptieren lassen und ein Mamutoi werden. Aber er war kein Mamutoi. Er war ein Zelandonii. Die Mamutoi waren gute Leute und ihre Lebensweise der seinen sehr ähnlich; trotzdem waren es nicht seine Leute. Was konnte er Ayla hier bieten? Er hatte keine verwandtschaftlichen Bande hier, keine Familie, keine Angehörigen bei ihnen. Doch – was hatte er ihr zu bieten, wenn er sie mit heimnahm?

Er fühlte sich innerlich zerrissen. Ayla sah, wie erschöpft er aussah.

»Es ist spät, Jondalar. Komm, trink dies und laß uns zu Bett gehen«, sagte sie und reichte ihm einen Becher.

Er nickte, trank das warme Getränk, stieg aus seinen Kleidern und kroch unter die Felle. Ayla legte sich neben ihn, betrachtete ihn nachdenklich, bis sein Gesicht sich entspannte, sein Atem tief und regelmäßig ging. Bei ihr jedoch ließ der Schlaf noch länger auf sich warten. Jondalars Kummer bedrückte sie. Sie war froh, daß er ihr mehr über sich und seine jungen Jahre erzählt hatte. Sie war seit langem überzeugt gewesen, daß irgend etwas in ihm bohrte und nagte. Er hatte ihr nicht alles erzählt, und das beunruhigte sie sehr.

Sie lag wach da. Wie viele schlaflose Nächte hatte sie allein in dieser Höhle verbracht? Dann fiel ihr der Lappen ein. Vorsichtig aus den Fellen herausschlüpfend, kramte sie in ihren Sachen, zog ein weiches, altes Stück Leder hervor und hielt es sich an die Wange. Der Lappen war eines der wenigen Dinge, die sie bei ihrem Fortgehen vom Clan aus dem Durcheinander der Höhle mitgenommen hatte. Sie hatte es als Tragetuch für den kleinen Durc benutzt, es sich über die Schulter geschlungen, um ihn als Kleinkind auf der Hüfte tragen zu können. Warum sie es mitgenommen hatte, wußte sie nicht. Nötig war es nicht gewesen, und doch hatte sie sich mehr als einmal, wenn sie sich einsam gefühlt hatte, damit in den Schlaf gewiegt. Allerdings nicht mehr, seit Jondalar gekommen war.

Sie knüllte das weiche Leder zusammen und legte es sich auf den Bauch. Dann wickelte sie sich hinein. Erst danach konnte sie die Augen schließen und einschlafen.

»Es ist zuviel, selbst wenn Winnie Körbe trägt und das Schleppgestell zieht. Ich brauche zwei Pferde, um all dies fortzubringen«, sagte Ayla und ließ den Blick auf den Bündeln und sauber verpackten Dingen ruhen, die sie mitnehmen wollte. »Ich werde noch mehr zurücklassen müssen, dabei habe ich alles schon mehrere Male durchgesehen. Ich weiß nicht, worauf ich noch verzichten kann.« Sie sah sich in der Höhle um.

Die Höhle schien verlassen. Alles Nützliche, was sie nicht mitnahmen, hatten sie wieder in den Speicherlöchern und Verstecken unter Steinhaufen verstaut; man konnte ja nicht wissen, ob sie nicht eines Tages doch noch einmal hierherkommen würden, um die Sachen zu holen. Doch im Grunde glaubte keiner von beiden daran. Das einzige, was man sah, war ein Haufen von Sachen, die sie wegwerfen wollten. Sogar Aylas Kräuterdarre war leer.

»Du hast doch zwei Pferde. Zu schade, daß du sie nicht beide beladen kannst«, sagte Jondalar.

Nachdenklich sah Ayla die Pferde an. »Für mich ist Renner immer noch Winnies Füllen, dabei ist er fast schon genauso groß wie sie. Vielleicht könnte er doch schon etwas tragen.«

Jondalars Interesse war sofort hellwach. »Ich habe mich schon die ganze Zeit über gefragt, wann er groß genug ist, einiges von dem zu tun, was Winnie tut – und wie du es ihm beibringen würdest, es zu tun. Wann hast du Winnie das erste Mal geritten? Und wieso bist du überhaupt auf den Gedanken gekommen, es zu tun?«

Ayla lächelte. »Eines Tages lief ich einfach neben ihr her und wünschte, genauso schnell sein zu können wie sie; und dabei kam mir die Idee. Sie war zwar zuerst ein wenig erschrocken und wollte weglaufen, aber sie kannte mich ja. Als sie dann müde war, blieb sie einfach stehen und schien nichts dagegen zu haben. Es war herrlich! So schnell zu laufen wie der Wind!«

Als sie mit leuchtenden Augen von ihrem ersten Ritt auf Winnies Rükken erzählte, ließ Jondalar sie nicht aus den Augen. Ihm war es beim ersten

Mal nicht anders ergangen, und er konnte Aylas Erregung verstehen. Plötzliches Verlangen nach ihr regte sich in ihm. Er war immer aufs neue fassungslos, wie leicht und wie aus heiterem Himmel sein Begehren geweckt wurde. Aber sie war mit ihren Gedanken bei Renner.

»Wie lange es wohl dauern würde, ihn daran zu gewöhnen, etwas zu tragen? Winnie habe ich erst geritten, ehe ich anfing, ihr Lasten aufzuladen; deshalb dauerte es nicht lange. Aber wenn er erst mit einer leichten Last anfinge, könnte es ihm später leichterfallen, einen Reiter zu tragen. Mal sehen, ob ich nichts finde, womit er üben könnte.«

Sie durchstöberte den Haufen der Sachen, die sie wegwerfen wollte, und zog Felle und ein paar Körbe heraus, dann noch runde Steine, die sie gebraucht hatte, um Schalen glattzuschleifen und ihre Feuersteingeräte damit zu schlagen, und die Stecken, die sie benutzt hatte, um die Tage aufzuzeichnen, die sie im Tal gelebt hatte.

Sinnend hielt sie einen solchen Stecken in der Hand und legte die Finger über die ersten Kerben, so wie Creb es ihr vor so langer Zeit gezeigt hatte. Beim Gedanken an Creb mußte sie schlucken. Jondalar hatte die Kerben auf den Stecken benutzt, um ihr zu bestätigen, wie lange sie hier gewesen war, und um ihr zu helfen, seine Zählwörter zu benutzen und auszudrücken, wie viele Jahre sie jetzt lebte. Damals, zum Anfang des Sommers, war sie siebzehn gewesen; gegen Ende des Winters oder im Frühling würde wieder ein Jahr hinzukommen. Er hatte ihr gesagt, er sei jetzt zwanzig und ein Jahr alt; dabei hatte er sich lachend einen alten Mann genannt. Seine Reise hatte er vor drei Jahren angetreten – etwa um die gleiche Zeit, da sie den Clan verlassen hatte.

Sie nahm alles auf und ging nach draußen. Dabei pfiff sie Winnie und Renner, ihr zu folgen. Unten auf der Weide brachten sie einige Zeit damit zu, den jungen Hengst zu streicheln und zu kraulen. Dann nahm Ayla ein Fell auf, ließ ihn daran schnuppern und kauen und rieb ihn damit ab. Sodann legte sie ihm das Fell über den Rücken und ließ es einfach herunterhängen. Er packte ein Ende mit den Zähnen und zog es herunter; dann brachte er es ihr, damit sie weiter mit ihm spiele. Wieder legte sie es ihm auf den Rücken. Beim nächsten Mal legte Jondalar es ihm auf, während Ayla einen langen Riemen aufschoß und sich damit beschäftigte, etwas daraus zu machen. Sie legten Renner das Fell noch ein paarmal auf den Rücken und ließen es ihn wieder herunterzerren. Winnie schnaubte und sah herüber, woraufhin sie auch ihr wieder Aufmerksamkeit zuteil werden ließen.

Als Ayla Renner das nächstemal das Fell überwarf, ließ sie zugleich damit einen langen Lederriemen über seinen Rücken fallen, griff ihm dann unter den Bauch, um das Ende zu packen, und zurrte das Fell damit fest.

Als Renner es diesmal wieder mit den Zähnen herunterreißen wollte, gelang ihm das nicht. Das gefiel ihm zuerst gar nicht, er bockte und versuchte, es auf diese Weise abzuwerfen. Schließlich fand er jedoch ein lose flatterndes Stück vom Rand und zerrte mit den Zähnen so lange daran herum, bis er es unter dem Riemen hervorgezogen hatte. Dann arbeitete er an dem Riemen herum, bis er mit den Zähnen den Knoten fand und ihn löste. Daraufhin nahm er das Fell auf und ließ es Ayla vor die Füße fallen; dann drehte er sich um und wollte den Riemen holen. Ayla und Jondalar mußten beide lachen, als sie Renner mit hochgerecktem Kopf stolz herbeitänzeln sahen.

Das junge Pferd ließ sich das Fell von Jondalar wieder überlegen und festbinden; es trabte ein wenig umher, ehe es mit dem Spiel des Herunterzerrens wieder begann, doch schien es das Interesse daran zu verlieren. Ayla legte ihm das Fell nochmals auf, und diesmal ließ er es dort, wo es war, solange sie ihm den Hals klopfte und ihm gut zuredete. Dann griff sie nach dem Übungsgeschirr, das sie sich ausgedacht hatte – zwei miteinander verbundenen Körben, die sie ihm über den Rücken legen konnte, so daß sie ihm zu beiden Seiten herunterhingen; hinzu kamen noch Steine, um den Körben Gewicht zu verleihen, und zwei Stecken, die vorstanden wie die Stangen eines Schleppgestells.

All dies lud sie Renner auf den Rücken. Der legte die Ohren an und wandte den Kopf, um hinzuschauen. Er war es nicht gewohnt, eine Last auf dem Rücken zu tragen, aber Ayla und Jondalar hatten sich so oft über ihn gelehnt und sich auf ihn gestützt, daß er einen gewissen Druck und auch einiges an Gewicht schon verspürt hatte. So war ihm diese Erfahrung nicht vollkommen fremd, doch was am wichtigsten war: Er vertraute der Frau, genauso wie seine Mutter ihr vertraute. So ließ sie jetzt das Tragegeschirr auf seinem Rücken liegen, während sie ihn kraulte und mit ihm redete. Dann nahm sie ihm sowohl die Körbe als auch den Riemen und das Fell wieder ab. Er schnupperte wieder daran, aber ließ es liegen.

»Möglich, daß wir noch ein oder zwei Tage einplanen müssen, damit er sich daran gewöhnt; und wir müssen das Ganze noch einmal wiederholen, aber ich glaube, es geht«, sagte Ayla und strahlte auf dem Weg zurück zur Höhle vor Vergnügen. »Vielleicht zieht er noch kein Schleppgestell wie Winnie, aber ein paar Dinge kann Renner bestimmt schon auf dem Rükken tragen.«

»Ich kann nur hoffen, daß sich das Wetter noch ein paar Tage hält«, sagte Jondalar.

»Wenn wir uns entschließen, überhaupt nicht zu reiten, können wir auch noch einen Ballen Heu mitnehmen«, rief Ayla zu dem Mann hinunter, der auf dem steinigen Uferstreifen unten ein letztes Mal nach Pyrit suchte. Die Pferde standen auch unten, Winnie, mit dem vollgepackten Schleppgestell und den Tragekörben auf dem Rücken sowie zusätzlich noch beladen mit einer vollgestopften Tierhaut, wartete geduldig, wohingegen Renner mit den Körben, die ihm zu beiden Seiten herunterhingen, ziemlich unruhig war. Er war es immer noch nicht gewohnt, eine Last zu tragen, doch gehörte das Steppenpferd einer sehr kräftigen, robusten und abgehärteten Urrasse an, die es gewohnt war, wild zu leben, und über ungewöhnliche Kräfte verfügte.

»Ich dachte, du nimmst Körner für sie mit. Wozu dann noch Heu? Da draußen steht mehr verdorrtes Gras, als die Pferde fressen können.«

»Wenn es aber heftig schneit, oder – schlimmer noch – wenn die oberste Schicht zu Eis gefriert, können sie nicht an ihr Futter heran. Und wenn sie zuviel Körner fressen, bekommen sie Blähungen. Jedenfalls ist es ratsam, ein paar Tagesrationen Heu dabeizuhaben. Pferde können im Winter verhungern.«

»Du würdest die Pferde nie verhungern lassen, und wenn du das Eis aufhacken und das Gras mit eigener Hand schneiden müßtest, Ayla«, sagte Jondalar lachend. »Aber mir ist es egal, ob wir reiten oder zu Fuß marschieren.« Doch als er zum strahlend blauen Himmel aufblickte, schwand sein Lächeln. »Zurück werden wir so, wie die Pferde beladen sind, länger brauchen.«

Drei von den so harmlos aussehenden Pyritwürfeln in der Hand, schickte Jondalar sich an, den steilen Pfad zur Höhle hinaufzusteigen. Als er eintrat, sah er Ayla mit Tränen in den Augen dastehen. Er steckte den Pyrit in einen Beutel und trat zu ihr.

»Das hier war mein Zuhause«, sagte sie, überwältigt von der Endgültigkeit, die ihr Abschied jetzt bedeutete. »Dies hier gehörte mir. Mein Totem hat mich hergeführt und mir ein Zeichen gegeben.« Sie griff nach dem Lederbeutelchen, das sie um den Hals trug. »Es war einsam, aber hier habe ich getan, was ich wollte und was getan werden mußte. Jetzt will der Geist des Höhlenlöwen, daß ich fortgehe.« Sie sah zu dem großen Mann neben ihr auf. »Meinst du, wir kommen je wieder hierher?«

»Nein«, sagte er. Seine Stimme klang hohl. Er blickte zwar in die kleine Höhle hinein, aber was er sah, war ein anderer Ort zu einer anderen Zeit. »Selbst wenn man an denselben Ort zurückkehrt – es bleibt nicht derselbe.«

»Warum möchtest du dann jetzt zurückkehren, Jondalar? Warum nicht hierbleiben und ein Mamutoi werden?« fragte sie.

»Ich kann nicht hierbleiben. Es ist schwer zu erklären, und ich weiß, daß es nicht dasselbe sein wird – aber die Zelandonii sind nun mal meine

Leute. Ich möchte ihnen die Pyritwürfel zeigen. Ich möchte ihnen zeigen, wie man mit einem Speerwerfer jagt. Und ich möchte ihnen zeigen, was man mit Feuerstein alles machen kann, wenn man ihn vorher erhitzt hat. Um all dieser Dinge willen lohnt es sich, sie sind wichtig und bringen viele Vorteile. Ich möchte, daß meine Leute sie kennenlernen.« Er senkte den Blick auf den Boden und sprach ganz leise: »Und ich möchte, daß sie mich ansehen und sich sagen: Er taugt doch zu etwas!«

Sie sah ihm in die ausdrucksvollen, bekümmerten Augen und wünschte, sie könnte den Schmerz vertreiben, den sie darin erkannte. »Ist es denn so wichtig, was sie denken? Ist es nicht viel wichtiger, daß du selbst weißt, daß du zu etwas taugst?« sagte sie.

Dann fiel ihr ein, daß der Höhlenlöwe auch sein Totem war, daß der Geist des mächtigen Tieres ihn genauso auserwählt hatte wie sie. Sie wußte, es war nicht leicht, mit einem mächtigen Totem zu leben, und daß die Prüfungen, die es einem auferlegt, hart sind – aber die Gaben und das Wissen, das einem daraus zuwuchs, lohnten sich immer. Creb hatte ihr gesagt, der Große Höhlenlöwe wähle sich nie jemand aus, um den es sich nicht lohnte.

Statt der kleinen Mamutoi-Reisebeutel, die man über eine Schulter geworfen trägt, luden sie sich schweres Gepäck auf, ähnlich dem, wie Jondalar es einst benutzt hatte, das mit Riemen auf den Schultern getragen wird. Sie sorgten dafür, daß die Kapuzen ihrer Überwürfe leicht aufgesetzt und zurückgeschoben werden konnten. Ayla benutzte auch noch einen Trageriemen, den sie sich über die Stirn legte und der der Last notfalls zusätzlichen Halt gab, wenn es nötig war, doch verzichtete sie für gewöhnlich darauf und trug lieber ihre Schleuder um die Stirn geschlungen. Proviant, Material zum Feuermachen, Zelt und Schlaffelle waren in diesem Gepäck verstaut.

Jondalar hatte außerdem noch zwei ziemlich große Flintknollen dabei, die er sorgfältig aus einer ganzen Reihe derer ausgewählt hatte, die er unten am Strand gefunden hatte. In einem eigenen Köcher, den sie an der Seite hängen hatten, trugen sie außerdem Speere und Speerwerfer und Ayla zusätzlich noch ein paar gute Wurfsteine in einem Beutel. Unter ihrem Überwurf an einem Riemen, in den sie noch das Hemd hineingesteckt hatte, hing dann noch ihr aus einem Otternbalg gefertigter Medizinbeutel. Das Heu, das Ayla zu einem runden Ballen zusammengepreßt hatte, wurde der Stute aufgeladen. Ayla sah sich beide Pferde noch einmal kritisch an, ihre Beine, ihre Haltung, ihre Last, um sicherzugehen, daß sie sie auch nicht überladen hatte. Mit einem letzten Blick auf den steilen Pfad nach oben, marschierten sie dann das langgestreckte Tal hinaus. Winnie folgte Ayla, wohingegen Jondalar Renner an einem Seil führte. Nahe den

Trittsteinen überquerten sie den kleinen Fluß. Ayla überlegte, ob sie Winnie nicht irgendeine der Lasten abnehmen sollte, damit sie den steinübersäten Hang leichter schaffte, doch bereitete der Aufstieg der kräftigen Stute überhaupt keine Mühe.

Nachdem sie oben auf der westlichen Steppe waren, schlug Ayla einen anderen Weg als den ein, den sie gekommen waren. Damit wandten sie sich in eine falsche Richtung und mußten wieder zurück, bis sie den Weg fanden, nach dem sie Ausschau gehalten hatte. Schließlich langten sie in einer Schlucht an, die keinen Ausgang aufwies und übersät war mit riesigen, schartigen Felsen, die durch Frost, Hitze und die Zeit von kristallinen Granitwänden abgesprengt worden waren. Winnie nicht aus den Augen lassend und sie nach Anzeichen von Nervosität beobachtend – die Schlucht war einst das Zuhause von Höhlenlöwen gewesen –, drangen sie in die Schlucht ein und lenkten ihre Schritte auf einen Geröllhang ganz am Ende.

Als Ayla sie fand, war Thonolan bereits tot gewesen und Jondalar schwer verwundet. Bis auf eine an den Geist ihres Höhlenlöwen gerichtete Bitte, den Mann in die nächste Welt zu geleiten, hatte sie keine Zeit für Begräbnisriten gehabt, doch den Leichnam einfach den Aasfressern zu überlassen, hatte Ayla auch nicht über sich gebracht. Sie hatte ihn ganz bis ans Ende der Schlucht geschleppt und dann mit einem schweren Speer, wie die Männer vom Clan sie benutzten, einen Felsen, der eine ganze Menge Geröll zurückgehalten hatte, herausgehebelt.

Jondalar stand am Fuß des Hanges; wenn es doch etwas gäbe, um den Begräbnisplatz seines Bruders kenntlich zu machen. Vielleicht aber hatte Doni ihn bereits gefunden, da Sie ihn so früh zu Sich gerufen hatte; aber er wußte, daß Zelandoni versuchen würde, den letzten Ruheplatz von Thonolans Geist zu finden und ihn heimzugeleiten, wenn sie konnte. Doch wie sollte er ihr sagen, wo dieser Platz lag? Er hätte ihn ja nicht einmal selbst finden können.

»Jondalar?« sagte Ayla. Er sah sie an und erkannte, daß sie einen kleinen Lederbeutel in der Hand hielt. »Du hast mir gesagt, sein Geist solle zurückkehren zur Doni. Ich weiß nicht, wie die Große Erdmutter sich verhält; ich kenne nur die Geisterwelt der Clan-Totems. Ich habe meinen Höhlenlöwen gebeten, ihn dorthin zu geleiten. Vielleicht ist es ein und derselbe Ort, oder vielleicht kennt eure Große Mutter diesen Ort; auf jeden Fall ist der Höhlenlöwe ein mächtiges Totem, und dein Bruder ist nicht ohne Schutz.«

»Vielen Dank, Ayla. Ich weiß, du hast dein Bestes getan.«

»Vielleicht verstehst du nicht, so wie ich Doni nicht verstehe, aber der Höhlenlöwe ist jetzt auch dein Totem. Er hat dich genauso auserwählt, wie er mich auserwählt hat, und er hat dich gezeichnet, wie er einst mich gezeichnet hat.«

»Das hast du mir schon mal gesagt. Ich weiß bloß nicht recht, was das bedeutet.«

»Er mußte dich wählen, als er dich für mich erwählte. Nur ein Mann mit dem Totem des Höhlenlöwen ist stark genug für eine Frau mit dem Totem des Höhlenlöwen; eines jedoch mußt du wissen. Creb hat mir immer gesagt, es sei nicht leicht, mit einem mächtigen Totem zu leben. Sein Geist wird dich auf die Probe stellen, um zu erfahren, ob du seiner wert bist. Es wird sehr hart sein, aber du wirst mehr gewinnen, als dir klar ist.« Sie hielt den kleinen Beutel in die Höhe. »Ich habe ein Amulett für dich gemacht. Du brauchst es nicht um den Hals zu tragen wie ich, aber du solltest es immer bei dir haben. Ich habe einen Brocken roten Ocker hineingetan, damit ein Stück von deinem Geist und ein Stück vom Geist deines Totems darin ist, aber ich meine, dein Amulett sollte noch eine Sache mehr enthalten.«

Jondalar runzelte die Stirn. Er wollte sie nicht kränken, aber er wußte nicht, ob er ein solches Clan-Amulett wirklich haben wollte.

»Ich denke, du solltest einen kleinen Stein vom Grab deines Bruders hinzufügen. Ein Stück seines Geistes wird daran haften, und das kannst du dann zurücknehmen mit dir zu deinen Leuten.«

Die Bestürzung auf seinem Gesicht vertiefte sich noch, doch dann erhellte sich seine Miene. Selbstverständlich! Das könnte Zelandoni helfen, in der Trance des Geistes diesen Ort zu finden. Vielleicht war an einem solchen Clan-Totem doch mehr dran, als er gedacht hatte. Hatte Doni nicht die Geister aller Tiere erschaffen?

»Ayla, wie kommte es nur, daß du immer genau weißt, was zu tun ist? Wie hast du nur dort, wo du aufgewachsen bist, soviel lernen können? Jawohl, ich werde dies behalten und noch einen Stein von Thonolans Grab hineintun«, sagte er.

Er betrachtete die schartigen Geröllsteine, die gegen die Wand gerutscht und von den gleichen Kräften geschaffen worden waren, welche die Steinblöcke und -platten von den steilen Wänden der Schlucht abgesprengt hatten. Plötzlich rollte ein einzelner Stein unter dem Geprassel und Gerutsche anderer Steine herunter und landete direkt vor Jondalars Füßen. Er hob ihn auf. Auf den ersten Blick wirkte der Stein nicht anders als all die anderen Stücke Granit und Sedimentgestein, aus denen der Hang sonst bestand. Doch als er ihn umdrehte, stellte er überrascht fest, daß er an der Bruchstelle opalfarben schillerte. Feurige rote Lichter schimmerten im Herzen des milchigweißen Steins auf, und Streifen von Blau und Grün tanzten und blitzten in der Sonne, als er ihn hin und herdrehte.

»Ayla, schau!« sagte er und zeigte ihr den Stein. »Auf der Vorderseite sieht er aus wie ein ganz gewöhnlicher Stein. Aber schau, sieh dir an, wo er losgebrochen ist. Die Farben scheinen von innen heraus zu leuchten. Man hat fast das Gefühl, als wäre der Stein lebendig.«

»Vielleicht ist er das. Aber vielleicht ist es auch ein Stück vom Geist deines Bruders«, erwiderte sie.

16

Ein kalter Luftwirbel fuhr unter das niedrige Zelt; ein freiliegender Arm wurde rasch unters Fell gezogen. Ein scharfer Wind pfiff seitlich an dem Lederstück vor der Öffnung herein; eine schlafende Gestalt runzelte die Stirn. Ein heftiger Windstoß ließ das Stück Leder knallen und dann hin und her flattern, so daß weitere Böen hereinfegen konnten und Ayla und Jondalar von einem Augenblick auf den anderen hellwach machten. Jondalar zurrte das Stück Leder, das sich gelockert hatte, wieder fest, doch der Wind, der über Nacht immer stärker geworden war, ächzte und stöhnte, winselte und fauchte um das kleine Lederzelt herum, daß ihr Schlaf immer unruhiger wurde.

Am Morgen kämpften sie damit, die lederne Zeltbahn im böigen Wind zusammenzulegen und rasch zu verstauen. Ein Feuer anzumachen, versuchten sie erst gar nicht. Statt dessen tranken sie kaltes Wasser vom Bach in der Nähe und nahmen Reiseproviant zu sich. Als es heller wurde, legte der Wind sich ein wenig, doch hing eine Spannung in der Luft, die sie daran zweifeln ließ, daß das Schlimmste schon vorüber sei.

Als der Wind gegen Mittag wieder auffrischte, nahm Ayla einen frischen, metallischen Duft wahr. Sie schnupperte, drehte den Kopf, schnüffelte und versuchte, sich darüber klarzuwerden, was eigentlich los sei.

»Es liegt Schnee in diesem Wind«, rief Ayla laut, um sich trotz des Getoses Gehör zu verschaffen. »Ich rieche ihn förmlich.«

»Was hast du gesagt?« fragte Jondalar, doch riß ihm der Wind die Worte vom Mund, und Ayla entnahm das, was er sagen wollte, mehr der Art, wie er den Mund formte, als daß sie ihn gehört hätte. Sie blieb stehen und ließ ihn aufrücken.

»Ich rieche, daß es bald schneien wird. Wir müssen einen Unterschlupf finden, ehe es losgeht«, sagte Ayla und suchte mit sorgenvollen Augen die weite flache Ebene ab. »Aber wo wollen wir hier draußen Schutz finden?«

Jondalar suchte gleichfalls die leere Steppe ab und war nicht minder besorgt als sie. Dann erinnerte er sich an den fast zugefrorenen Bach, neben dem sie in der vergangenen Nacht gelagert hatten. Sie hatten ihn nicht überquert; infolgedessen mußte er immer noch linkerhand von ihnen fließen. Er kniff die Augen zusammen, um durch den wehenden Staub hindurchzusehen, sah jedoch nichts. Trotzdem wandte er sich nach links.

»Laß uns versuchen, diesen kleinen Fluß zu finden«, sagte er. »Es müssen Bäume am Rand wachsen, oder es gibt Steilufer, die uns ein bißchen Schutz bieten.« Ayla nickte und ließ ihn vorangehen.

Die besondere Weichheit der Luft, die der Frau aufgefallen war und von der sie gemeint hatte, sie rieche nach Schnee, war eine durchaus zutreffende Warnung gewesen. Es dauerte nicht lange, und heller, pulveriger Staub wirbelte und blies völlig unregelmäßig und plusterig, so daß man den Wind geradezu erkennen konnte. Bald jedoch wurde aus dem Gestäube ein dichteres Schneegestöber, welches das Sehen erschwerte.

Doch als Jondalar meinte, unbestimmte Umrisse vor sich aufragen zu sehen, und stehenblieb, um genauer hinzusehen, drängte Winnie weiter voran, und sie folgten ihr. Gebeugte niedrige Bäume und eine Wand aus dichtem Gesträuch ließ den Rand des Wasserlaufes erkennen. Der Mann und die Frau hätten dahinter Schutz suchen können, doch die Stute strebte weiter flußabwärts, bis sie eine Biegung erreichten, in der das Wasser sich tief in ein Ufer aus dichtgepackter Erde hineingefressen hatte. Dort, gleich neben dem hochgetürmten Ufer, drängte Winnie den jungen Hengst aus dem Wind und stellte sich schützend vor ihn.

Ayla und Jondalar nahmen den Pferden rasch die Lasten ab und bauten fast zu Füßen der Stute ihr kleines Zelt auf. Dann krochen sie hinein, um den Sturm abzuwarten.

Selbst am windgeschützten Ufer, und damit der unmittelbaren Gewalt des Windes entzogen, wurde der tobende Sturm ihrem einfachen Unterschlupf zur Gefahr. Er wehte aus allen Richtungen zugleich und schien entschlossen, irgendwie einen Weg hinein zu finden, und oft gelang ihm das auch. Böen und Windstöße fuhren unter die lederne Zeltbahn und durch den Spalt, wo vorn die Schutzhäute überlappten oder wo der Schutz über dem Rauchabzug festgezurrt war, so daß nicht selten feiner Schneestaub hereinfuhr. Der Mann und die Frau krochen unter die Felle, um sich warmzuhalten, und unterhielten sich. Kindheitserlebnisse, Erzählungen, Legenden von Leuten, die sie gekannt hatten, Sitten und Gebräuche, Vorstellungen, Träume und Hoffnungen. Der Gesprächsstoff schien ihnen nie auszugehen. Als die Nacht hereinbrach, teilten sie die Wonnen, und dann schliefen sie. Irgendwann mitten in der Nacht hörte der Angriff des Windes auf ihr Zelt auf.

Ayla erwachte, lag mit offenen Augen da, sah sich im dämmerigen Zeltinneren um und kämpfte gegen ihre wachsende Panik an. Sie fühlte sich nicht wohl, sie hatte Kopfschmerzen, und die gedämpfte Stille in der verbrauchten Luft im Zelt legte sich schwer auf sie. Irgend etwas stimmte nicht, doch was es war, wußte sie nicht. Irgendwie hatte diese Situation etwas Vertrautes, regte sich etwas in ihrer Erinnerung, so als wäre sie schon einmal hiergewesen und doch nicht ganz. Es war wie eine Gefahr, die sie eigentlich erkennen mußte, doch was war es? Plötzlich konnte sie es nicht mehr ertragen, sie setzte sich auf und riß dem neben ihr schlafenden Mann die warmen Felle herunter.

»Jondalar! Jondalar!« Sie schüttelte ihn, doch das war nicht nötig. Im selben Augenblick, da sie sich aufgesetzt hatte, war er wach gewesen.

»Ayla? Was ist los?«

»Ich weiß nicht. Irgend etwas stimmt nicht.«

»Ich kann nichts erkennen, was nicht stimmte«, sagte er. Das war zwar richtig, aber offensichtlich war da irgend etwas, das Ayla beunruhigte. Er war es nicht gewöhnt, sie fast in Panik zu sehen. Für gewöhnlich war sie ruhig und gelassen und selbst in unmittelbarer Gefahr noch Herrin ihrer selbst. Kein vierbeiniges Raubtier konnte einen so abgrundtiefen Schrekken in ihren Augen hervorrufen. »Wie kommst du darauf, daß irgend etwas nicht in Ordnung ist?«

»Ich hatte einen Traum. Ich war an einem dunklen Ort, finsterer als die Nacht, und ich war daran zu ersticken, Jondalar.«

Der vertraute besorgte Ausdruck malte sich auf seinem Gesicht, als er sich nochmals in dem Zelt umsah. Derartig in Angst zu geraten entsprach sonst so gar nicht ihrer Art. Vielleicht stimmte wirklich etwas nicht. Es war dämmerig im Zelt, aber nicht vollkommen dunkel. Ein fahles Licht kam hereingesickert. Nichts schien anders als sonst, der Wind hatte nichts zerrissen, und auch flatterten nirgendwo Riemen. Ja, der Wind wehte nicht einmal. Nichts regte sich. Es herrschte absolute Stille ...

Jondalar stieß die Pelze von sich und kroch zum Eingang. Er nestelte die Verschlußklappe los und enthüllte eine Wand aus weichem Weiß, die in das Zelt hereinrutschte – doch dahinter war nichts anderes zu sehen als wieder weiches Weiß.

»Wir sind eingeschneit, Jondalar! Wir sind vom Schnee begraben!« Ayla hatte schreckensweit aufgerissene Augen, und ihre Stimme brach unter dem Bemühen, die Fassung zu behalten.

Jondalar streckte die Arme nach ihr aus und drückte sie an sich. »Ist ja schon gut, Ayla. Ist ja schon gut«, murmelte er, ohne sich indessen sicher zu sein, daß wirklich alles gut sei.

»Es ist so dunkel, und ich bekomme keine Luft mehr!«

Wie merkwürdig ihre Stimme klang, wie aus weiter Ferne; und ganz schlaff geworden war sie in seinen Armen. Er legte sie auf die Felle und bemerkte, daß sie die Augen geschlossen hatte. Trotzdem rief sie immer noch mit dieser unheimlichen, fernen Stimme, daß es dunkel sei und sie keine Luft mehr bekomme. Jondalar wußte nicht, was tun, hatte Angst um sie und auch ein wenig Angst vor ihr. Irgend etwas Merkwürdiges tat sich, irgend etwas, das mehr war als nur ihr Eingeschlossensein vom Schnee, so schlimm das auch für sich alleine war.

Er bemerkte seine Tragelast in der Nähe der Zeltöffnung und starrte sie für einen Moment an. Plötzlich kroch er hinüber. Er fegte den Schnee herunter, tastete nach dem Seitenköcher und fand einen Speer. Sich auf die Knie aufrichtend, knüpfte er die Bedeckung des Rauchabzugs in der Mitte los. Mit dem Speerende stieß er durch den Schnee hindurch. Schnee rieselte auf ihre Schlafpelze, Sonnenlicht fiel herein, und ein frischer Luftzug kam in das kleine Zelt.

Die Veränderung, die das bei Ayla zur Folge hatte, zeigte sich augenblicklich. Sie entspannte sichtlich und schlug gleich darauf die Augen auf. »Was hast du getan?« fragte sie.

»Ich habe einen Speer durch den Rauchabzug gesteckt und die Schneedecke durchstoßen. Zwar müssen wir uns hindurchgraben, aber so dick, wie es aussieht, ist die Schneedecke vielleicht gar nicht.« Besorgt betrachtete er sie von ganz nahem. »Was ist denn mit dir geschehen, Ayla? Du hast mir richtig Angst eingejagt. Du hast immer wieder gesagt, du bekämst keine Luft mehr. Ich glaube, du bist ohnmächtig geworden.«

»Ich weiß nicht. Vielleicht brauchte ich nur frische Luft.«

»Mir kam es gar nicht so schlimm vor. Jedenfalls hatte ich mit dem Atmen keine Schwierigkeiten. Aber du hattest panische Angst. Ich glaube, so habe ich dich noch nie erlebt.«

Ayla mochte das Ausgefragtwerden überhaupt nicht. Ihr war in der Tat ein wenig seltsam zumute, fast ein wenig schwindlig fühlte sie sich, und ihr war, als hätte sie schlecht geträumt; aber erklären konnte sie es nicht.

»Ich weiß nur, daß einmal der Eingang der kleinen Höhle, in der ich Unterschlupf gefunden hatte, als ich Bruns Clan verlassen mußte, zugeschneit war. Ich wachte im Finstern auf, und die Luft war schlecht. Das muß es wohl gewesen sein.«

»Und wenn das noch einmal passiert, wird es dir wohl wieder schreckliche Angst machen«, sagte Jondalar, aber irgendwie glaubte er es nicht ganz, und Ayla auch nicht.

Der große rotbärtige Mann war immer noch draußen bei der Arbeit, obwohl die Abenddämmerung allmählich in dunkle Nacht überging. Er war der erste, der die sonderbare Prozession oben am Hang auftauchen und langsam herunterkommen sah. An der Spitze kämpfte die Frau sich mit schweren Schritten durch den tiefen Schnee voran. Ihr folgte ein Pferd, dem vor Erschöpfung der Kopf herunterhing, das eine große Last auf dem Rücken trug und außerdem noch ein hochbepacktes Schleppgestell hinter sich herzog. Auch das junge Pferd, das der Mann, der hinter der Stute herging, an einem Strick hinter sich herzog, war beladen. Dem Mann fiel es leichter zu gehen, da der Schnee bereits von denen an der Spitze herniedergetrampelt war; dabei hatten Jondalar und Ayla sich unterwegs abgelöst, damit jeder es einmal ein wenig leichter hatte und Kräfte sammeln konnte.

»Nezzie! Sie sind wieder da!« rief Talut, als er ihnen entgegeneilte und den Schnee auf der letzten Strecke für Ayla niedertrampelte. Er führte sie nicht zu dem vertrauten gewölbten Eingangsbogen vorn, sondern zu einem seitlichen Anbau, den sie zu ihrer Überraschung etwa in der Mitte des Langhauses errichtet hatten. Dieser Anbau ähnelte dem Vorraum, nur daß er größer war als dieser. Und von diesem Raum öffnete sich ein neuer Eingang, der geradewegs zum Herdfeuer des Mammut führte.

»Das hier ist für die Pferde, Ayla«, verkündete Talut, nachdem sie drinnen waren, mit einem breiten, selbstzufriedenen Grinsen. »Nachdem der Sturm den Windschutz umgeworfen hatte, wußte ich, daß der nie reichen würde und wir etwas Festeres würden bauen müssen. Ich meine, wir nennen es das Herdfeuer der Pferde.«

Tränen traten Ayla in die Augen. Sie war zerschlagen und zu Tode erschöpft, dankbar, den Rückweg endlich geschafft zu haben – und überwältigt. Soviel Mühe hatte sich bisher noch nie jemand um sie gemacht. Solange sie beim Clan gelebt hatte, war sie nie ganz akzeptiert worden, hatte nie ganz dazugehört. Sie war sich sicher, daß sie ihr nie gestattet hätten, Pferde zu behalten – geschweige denn, daß sie eigens eine Unterkunft für die Tiere gebaut hätten!

»Ach, Talut«, sagte sie mit erstickter Stimme. Dann hob sie die Arme, fiel ihm um den Hals und drückte ihre kalte Wange an die seine. Ayla war ihm bisher so zurückhaltend vorgekommen, daß ihre spontane Geste der Zuneigung und der Dankbarkeit eine wunderschöne Überraschung für ihn war. Talut drückte sie an sich, klopfte ihr den Rücken, grinste freudig und war sehr eingebildet.

Die meisten Angehörigen des Löwen-Lagers umringten sie in dem neuen Anbau und hießen den Mann und die Frau willkommen, als wären sie lange vermißte Mitglieder ihrer Gruppe.

»Wir fingen bereits an, uns Sorgen zu machen«, sagte Deegie. »Zumal nachdem es begonnen hatte zu schneien.«

»Wir hätten schon viel früher wieder dasein können, wenn Ayla nicht so viel hätte mitbringen wollen«, erklärte Jondalar. »Die letzten paar Tage war ich mir keineswegs mehr sicher, daß wir es wirklich schaffen würden.«

Ayla hatte bereits angefangen, die Pferde von ihren Lasten zu befreien – das letztemal –, und als Jondalar hinzutrat, um ihr dabei zu helfen, erregten die geheimnisvollen Bündel große Neugier.

»Hast du auch für mich etwas mitgebracht?« fragte Rugie schließlich und sprach damit aus, was jeden beschäftigte.

Lächelnd sah Ayla das kleine Mädchen an. »Ja, auch dir habe ich etwas mitgebracht. Für jeden habe ich etwas mitgebracht«, antwortete sie, woraufhin sich jetzt alle fragten, was für ein Geschenk sie wohl erwartete.

»Sogar für die Pferde habe ich etwas mitgebracht«, sagte Ayla zu dem kleinen Mädchen, als sie die letzten Schnüre zerschnitt und die Heuballen aufplatzten. »Das hier ist für Winnie und Renner.«

Nachdem sie das Futter für sie aufgeschüttet hatte, band Ayla das auf dem Schleppgestell Verstaute los. »Ich sollte den Rest besser hereinbringen.«

»Das brauchst du doch nicht gleich zu tun«, sagte Nezzie. »Du hast noch nicht einmal deinen Überwurf ausgezogen. Komm erst einmal herein und trinke etwas Heißes und iß. Jetzt kann ja nichts mehr passieren.«

»Nezzie hat recht«, fügte Tulie hinzu. Sie war zwar genauso neugierig wie der Rest des Lagers, aber Aylas Pakete konnten warten. »Ihr müßt euch beide ausruhen und etwas essen. Ihr seht völlig erschöpft aus.«

Jondalar lächelte der Anführerin dankbar zu, als er Ayla in die Erdhütte hinein folgte.

Am nächsten Morgen hatte Ayla viele Hände, die ihr halfen, die Bündel hineinzutragen, doch hatte Mamut ihr zu verstehen gegeben, sie solle ihre Geschenke erst im Laufe der Adoptionszeremonie am Abend auspacken. Ayla lächelte zustimmend; sie begriff sofort, daß die Erwartungsfreude dadurch nur noch erhöht wurde; gleichwohl ärgerten ihre ausweichenden Antworten auf Tulies Anspielungen, ihr zu zeigen, was sie mitgebracht habe, die Anführerin.

Nachdem alle Pakete und Bündel auf einer der leeren Lagerstätten gestapelt und die Vorhänge heruntergelassen worden waren, kroch Ayla in ihren eigenen geschlossenen Raum, entzündete drei Steinlämpchen und stellte sie so auf, daß sie gutes Licht bekam. Dann untersuchte und teilte sie die mitgebrachten Geschenke noch einmal auf. Sie nahm im Geiste noch ein paar Veränderungen vor, wer was bekommen sollte, fügte hier noch etwas hinzu und nahm dort etwas fort, doch als sie die Lampen ausblies, wieder hervorkroch und die Vorhänge wieder hinter sich fallen ließ, war sie zufrieden.

Durch den neu geschaffenen Ausgang – an einer Stelle, wo zuvor eine unbenutzte Bettplattform gestanden hatte – ging sie hinaus. Der Fußboden des Anbaus lag höher als der in der Erdhütte; um den Unterschied auszugleichen, waren drei breite, zwei Handspannen hohe Stufen herausgearbeitet worden. Ayla blieb stehen und sah sich in dem Anbau um. Die Pferde waren fort. Winnie war es gewohnt, neben einem Windschutz aus Leder im Schnee zu stöbern, und Ayla hatte es ihr nur einmal zeigen müssen. Renner wiederum lernte von seiner Mutter, den Schnee mit dem Maul wegzuschieben und mit den Nüstern fortzublasen. Dem geradezu zwanghaften Drang nachgebend, nachzusehen, wie es ihnen ging – wie eine Mutter gegenüber ihren Kindern, war sie sich ihrer Pferde stets bewußt und konnte sie nicht vergessen –, durchmaß die junge Frau den umschlossenen Raum hinüber zu dem von Mammutstoßzähnen gebildeten Eingangsbogen, schob den schweren Lederschutz beiseite und spähte hinaus.

Die Welt hatte Form und Begrenzung verloren; nichts als schatten- und konturlose Farbe in zwei Tönungen ergoß sich über das Land: das Blau eines überraschend tiefblauen und leicht zitternden Himmels, dem nicht einmal ein Federwölkchen etwas von seiner Makellosigkeit nahm, und das Weiß des blendenden Schnees, der die leuchtende Sonne des späten Vormittags zurückwarf. Es war so grell, daß Ayla die Augen zusammenkneifen mußte; nichts außer dem Schnee deutete daraufhin, daß tagelang ein Sturm gewütet hatte. Allmählich gewöhnten ihre Augen sich an das Licht, und ein zuvor entwickeltes Gefühl für räumliche Tiefe und Entfernung half ihrer Wahrnehmung auf die Sprünge, Einzelheiten mehr zu erahnen als zu erkennen. Das Wasser, das immer noch in der Flußmitte dahinplätscherte, blitzte heller als die sanften weißen, schneebedeckten Ufer, die am Flußrand mit gezackten weißen Eisschollen verschmolzen, über welche sich wiederum Schneekappen gelegt hatten. Geheimnisvolle weiße Buckel in der Nähe waren wohl nichts anderes als Haufen von Mammutknochen und Abfällen.

Sie machte ein paar Schritte ins Freie, um zur Flußbiegung spähen zu können, wo – gerade eben noch zu sehen – die Pferde so gern grasten. In der Sonne war es warm, und die Schneeoberfläche ließ ahnen, daß sie taute. Die Pferde würden tief scharren müssen, um unter der weichen kalten Schneeschicht verdorrtes Gras zu finden. Gerade, als Ayla pfeifen wollte, trat Winnie in ihr Blickfeld, hob den Kopf und erkannte sie. Wiehernd stieß sie einen Gruß aus. Renner kam hinter ihr zum Vorschein, und Ayla erwiderte den Gruß.

Als die Frau sich zum Gehen wandte, bemerkte sie, daß Talut sie mit einem fast ehrfürchtigen Ausdruck im Gesicht beobachtete.

»Woher hat die Stute gewußt, daß du draußen bist?« wollte er wissen.

»Ich glaube nicht, daß sie es gewußt hat. Aber Pferde haben eine gute Nase und riechen weit. Und gute Ohren, mit denen sie weit hören können. Sie sieht alles, was sich bewegt.«

Der ungeschlachte Mann nickte. Wie sie es erklärte, klang das alles so einfach, so einleuchtend, und doch ... Da lächelte er und freute sich, daß sie wieder zurück war. Er hatte sich auf Aylas Adoption gefreut. Sie hatte so viel zu bieten: Sie würde eine willkommene und wertvolle Mamutoifrau abgeben.

Beide kehrten sie zurück in den neuen Anbau, und gerade als sie eintraten, kam Jondalar aus dem Langhaus heraus.

»Wie ich sehe, liegen deine Geschenke bereit«, sagte er und verzog das Gesicht zu einem breiten Grinsen. Er genoß die allgemeine Erwartungsfreude, die ihre geheimnisvollen Pakete erregten; jetzt würden ihnen die Augen übergehen. Zufällig hatte er mitbekommen, wie Tulie über die Qualität ihrer Geschenke Zweifel äußerte; er jedoch hatte keinerlei Bedenken. Zwar würden sich ihre Arbeiten für die Mamutoi ungewöhnlich ausnehmen, aber gute Handwerksarbeit war nun mal gute Handwerksarbeit, und er war sich sicher, daß man ihr Können anerkennen würde.

»Alle fragen sich, was du mitgebracht hast, Ayla«, sagte Talut. Er liebte gespannte Erwartung und Erregung genauso wie jeder andere, vielleicht sogar noch mehr.

»Ich weiß nicht, ob meine Geschenke ausreichen«, sagte Ayla.

»Selbstverständlich sind es genug. Da mach dir nur keine Sorgen. Was immer du mitgebracht hast, es wird genug sein. Die Pyritwürfel allein sind ja schon mehr als genug. Und auch ohne Pyrit – du selbst wärest genug«, sagte Talut, um mit einem Lächeln noch hinzuzufügen: »Allein uns Gelegenheit zu geben, ein großes Fest zu feiern, würde ausreichen.«

»Aber du sagst, es werden Geschenke ausgetauscht. Beim Clan mußte man beim Austausch von Geschenken immer etwas von gleichem Wert geben. Was könnte denn Geschenk genug für dich, für euch alle sein dafür, daß ihr diesen Unterstand für die Pferde gebaut habt?« sagte Ayla und blickte sich im Anbau um. »Es ist wie eine Höhle, und doch habt ihr sie gebaut. Ich begreife nicht, wie man eine Höhle wie diese bauen kann.«

»Diese Frage habe ich mir auch gestellt«, sagte Jondalar. »Ich muß zugeben, ich habe nie etwas Ähnliches gesehen, und ich habe schon viel an Unterkünften erlebt: Unterschlüpfe für den Sommer, Unterschlüpfe innerhalb einer Höhle oder unter einer überhängenden Klippe – aber eure Erdhütte ist fest wie der Fels selbst.«

Talut lachte. »Das muß sie auch sein, sonst kann man hier nicht leben, zumal im Winter nicht. So stark, wie der Wind hier manchmal weht, würde alles andere zusammenbrechen oder davongetragen werden.« Sein Lächeln schwand, und ein weicher Ausdruck, ähnlich wie der der Liebe, ließ sein Gesicht erglühen. »Das Mamutoiland ist ein reiches Land, reich an Wild, Fisch und Nahrung, die wächst. Es ist ein schönes, ein starkes Land. Ich möchte nirgendwo anders leben ...« Das Lächeln kam wieder. »Aber man braucht eine solide Unterkunft, um hier zu leben, und viele Höhlen gibt es nicht.«

»Wie macht man denn eine solche Höhle, Talut? Wie baut man eine solche Erdhütte wie diese hier?« fragte Ayla und erinnerte sich, wie Brun nach einer Höhle gesucht hatte, die genau richtig war für seinen Clan, und wie heimatlos sie selbst sich vorgekommen war, bis sie endlich ihr Tal mit der wunderbar bewohnbaren Höhle entdeckt hatte.

»Wenn du es jetzt wissen willst, werde ich es dir sagen. Es ist kein großes Geheimnis«, sagte Talut und strahlte vor Vergnügen. Er freute sich über die nicht zu übersehende Bewunderung, die aus ihren Augen sprach. »Der andere Teil der Erdhütte ist mehr oder minder genauso gemacht wie dies hier. Aber bei diesem Anbau begannen wir zunächst damit, die Entfernung von der Außenwand des Herdfeuers des Mammut abzuschreiten. Nachdem wir den Mittelpunkt für einen Raum bestimmt hatten, von dem wir annahmen, daß er groß genug wäre, wurde ein Stecken in den Boden getrieben – dort müßte die Feuerstelle angelegt werden, wenn wir glaubten, daß wir hier drin ein Feuer brauchten. Dann maßen wir ein Seil von eben dieser Länge ab, befestigten das Ende an diesem Stekken und zogen mit dem anderen Ende einen Kreis, um zu bestimmen, wie die Wand verlaufen sollte.« Talut führte das Gesagte plastisch vor, durchmaß mit gleichmäßigen Schritten den Raum und versuchte, ein imaginäres Seil an einen nichtexistierenden Stecken zu binden.

»Als nächstes durchstießen wir die Grasnarbe, hoben die Soden vorsichtig heraus, um sie aufzuheben, und gruben dann etwa so tief, wie mein Fuß lang ist.« Um seine Erklärungen zu verdeutlichen, hielt Talut einen unglaublich großen, dabei erstaunlich schmalen und wohlgeformten, in einem gutsitzenden weichen Schuh steckenden Fuß in die Höhe. »Dann markierten wir die Breite der Bank – der Plattform, die als Bett oder Vorratsraum genutzt werden kann – und gaben etwas für die Wand dazu. Von der Innenseite der Bänke an gruben wir tiefer, etwa zwei bis drei Fuß tief, um die Mitte des Bodens abzutragen. Die Erde wurde rund um die Außenseite gleichmäßig zu einem Wall aufgeschüttet, der hilft, die Wand zu stützen.«

»Das ist aber eine Menge Grabarbeit«, sagte Jondalar und betrachtete wohlgefällig den umbauten Raum. »Ich würde sagen, die Entfernung von einer Wand zur gegenüberliegenden beträgt gut und gern dreißig von deinen Fußlängen, Talut.«

Überrascht weiteten sich die Augen des Anführers. »Du hast recht! Ich habe es genau abgemessen. Woher weißt du das?«

Jondalar zuckte mit den Achseln. »Ich habe nur geraten.«

Aber es war mehr als nur erraten; es bewies wieder einmal sein instinktives Begreifen der körperlichen Welt. Nur mit dem Auge konnte er Entfernungen genau abschätzen, und mit den Dimensionen seines eigenen Körpers maß er den Raum. Er kannte die Länge seines Schritts und die Breite seiner Hand, die Reichweite seines Arms und die Spanne seiner Umarmung; er konnte einen Bruchteil gegen die Dicke seines Daumens abschätzen oder die Höhe eines Baums, indem er den Schatten abschritt, den die Sonne auf den Boden warf. Das war nichts, was er gelernt hatte, sondern eine Gabe, mit der er geboren worden war und die er durch Übung entwickelt hatte.

Auch Ayla meinte, um diesen Raum zu schaffen, müsse eine Menge Erde ausgehoben worden sein. Sie hatte ja eigenhändig eine ganze Reihe von Fallgruben gegraben und wußte, wieviel Arbeit damit verbunden war. Außerdem war sie neugierig. »Wie habt ihr den Raum so tief ausgehoben, Talut?«

»Wie gräbt man schon? Mit einer Haue wird der Boden gelockert und dann mit Schaufeln herausgehoben – bis auf die oberste harte Grasschicht. Die schneiden wir mit einem geschärften Flachknochen heraus.«

Die Verwirrung auf ihrem Gesicht machte deutlich, daß sie nicht verstand. Vielleicht kannte sie die Wörter für die einzelnen Geräte in seiner Sprache nicht, dachte er, ging nach draußen und kam mit einigen der genannten Geräte zurück. Alle wiesen sie lange Stiele zum Anpacken auf. An dem einen war ein Stück von einer Mammutrippe befestigt, das am Ende scharfgeschliffen worden war. Es ähnelte einer Hacke mit einem langen, gebogenen Blatt. Ayla besah sie sich genau.

»Das ist wie ein Grabstock«, sagte sie und sah Talut an.

»Richtig, aber es ist eine Haue. Auch wir benutzen manchmal zugespitzte Grabstöcke. Wenn es schnell gehen muß, ist es leichter, sie herzustellen, aber mit diesen hier arbeitet es sich müheloser.«

Dann zeigte er ihr eine Schaufel, die aus der breiten Verdickung eines Riesenhirschgeweihs gefertigt war, das man zunächst im Längsschnitt durch das schwammige Innere gespalten und dann zurechtgeschnitzt und geschärft hatte. Dazu brauchte man das Geweih eines jungen Tieres. Das Geweih eines ausgewachsenen Riesenhirschs konnte bis zu dreieinhalb Meter lang werden und war daher für diesen Zweck unbrauchbar. Der Stiel war mit einer starken Schnur befestigt, die durch drei in der Mitte durchgebohrte Lochpaare hindurchgezogen worden war. Mit der schwammigen Seite nach unten konnte man zwar nicht graben, wohl aber den von der Haue gelockerten Lößboden oder, wenn man wollte, auch Schnee hochheben. Talut hatte aber noch eine zweite Schaufel dabei, die eher wie eine Kelle geformt war und aus der äußersten Schicht eines Mammutstoßzahns hergestellt war.

»Das hier sind Schaufeln«, sagte Talut und nannte ihr den Namen. Ayla nickte. Sie hatte flache Knochen- oder Geweihstücke zu ähnlichem Zweck verwendet, nur hatten ihre Schaufeln keinen Stiel gehabt.

»Ich bin nur froh, daß das Wetter noch eine Zeitlang gut gewesen ist, nachdem ihr fortgeritten wart«, fuhr der Anführer fort. »Wir haben nicht ganz so tief gegraben, wie wir es normalerweise tun würden. Der Boden ist in der Tiefe bereits hartgefroren. Nächstes Jahr können wir tiefer graben und ein paar Vorratsgruben anlegen. Und wenn wir vom Sommertreffen zurückkehren, vielleicht sogar ein Schwitzbad.«

»Wolltet ihr nicht auf die Jagd gehen, wenn das Wetter besser würde?« fragte Jondalar.

»Die Wisentjagd war ja sehr erfolgreich, und Mamut hatte bei seiner Suche nicht besonders viel Glück. Er schien nicht mehr zu finden als ein paar von den Tieren, die uns entwischt sind, und denen hinterherzusetzen hätte sich nicht gelohnt. Wir beschlossen daher, lieber diesen Anbau zu errichten, um einen Platz für die Pferde zu haben, wo doch Ayla und ihr Pferd uns eine so große Hilfe gewesen sind.«

»Haue und Schaufel erleichtern die Arbeit, Talut, aber Arbeit ist Arbeit.. ihr müßt viel gegraben haben«, sagte Ayla überrascht, aber auch tief beeindruckt.

»Es haben aber auch viele Leute mit Hand angelegt, Ayla. Nahezu alle meinten, es wäre eine gute Idee, und wollten helfen . . . um dich willkommen zu heißen.«

Die junge Frau wurde von ihren Gefühlen überwältigt und schloß die Augen, um die Tränen der Dankbarkeit zurückzudrängen, die ihr zu kommen drohten. Jondalar und Talut sahen es ihr an und wandten rücksichtsvoll den Blick ab.

Jondalar war sehr von dem Bau eingenommen und untersuchte die Wände. »Es sieht aus, als hättet ihr auch zwischen den Plattformen den Boden ausgehoben«, meinte er.

»Ja, für die Hauptpfosten«, sagte Talut und zeigte auf sechs gewaltige Mammutstoßzähne, die unten am Fuß mit kleineren Knochen – Teilen vom Rückgrat und Tarsengliedern – dergestalt verkeilt waren, daß die Spitzen zur Mitte hinwiesen. Diese Stoßzähne waren in regelmäßigen Abständen zwischen den beiden gleichfalls aus Stoßzähnen bestehenden

Eingangsbögen aufgestellt. Die kräftigen, langen und gebogenen Stoßzähne bildeten die Hauptkonstruktionselemente der Erdhütte.

Als Talut und die Mammutjäger fortfuhren, die Bauweise der halbunterirdischen Erdhütte zu beschreiben, beeindruckte das Ayla und Jondalar immer mehr. Der ganze Bau war wesentlich komplizierter, als es beide sich vorgestellt hatten. Etwa mittwegs zwischen der Raummitte und der Stoßzahnwand standen sechs Holzpfosten – sich verjüngende, entrindete und oben gegabelte Baumstämme. Draußen um den Anbau herum waren – zwischen Erdwall und Wand verkeilt – Mammutschädel aufgestellt, die von Schulterblättern, Becken- und Rückgratknochen, strategisch angebrachten langen Knochen wie Beinen und Rippen gehalten wurden. Der obere Teil der Wand, der vor allem aus Schulterblättern, Beckenknochen und kleineren Stoßzähnen bestand, ging in das Dach über, das von Holzbalken getragen wurde, die zwischen dem äußeren Kreis aus Stoßzähnen sowie dem inneren Kreis aus Baumstämmen ruhten. Das Mosaik aus Knochen, die alle bewußt gewählt und zum Teil zurechtgestutzt worden waren, hatten die Mamutoi ineinander verkeilt und durch Riemen mit den kräftigen Stoßzähnen verbunden, so daß eine leicht gewölbte Wand entstanden war, die aus den genau ineinanderpassenden Teilen eines Knochendurcheinanders zu bestehen schien.

Zwar konnte man sich aus Flußtälern einiges an Holz verschaffen, doch standen Mammutknochen zu Bauzwecken reichlicher zur Verfügung. Allerdings lieferten die Mammuts, die sie erlegten, nur einen kleinen Teil der von den Mamutoi benötigten Knochen. Den weitaus größeren Teil ihres Baumaterials suchten sie sich aus den riesigen Knochenhaufen heraus, die an der Flußschleife angeschwemmt worden waren. Manche Knochen stammten sogar von Kadavern, die von Aasfressern abgenagt worden waren und die sie auf der umliegenden Steppe fanden. Allerdings lieferte das offene Grasland auch Baumaterial einer anderen Art.

Die wandernden Herden der Rentiere warfen Jahr für Jahr ihr Geweih ab, um dem Sprießen der neuen Geweihe Platz zu machen, und diese Geweihe wurden Jahr für Jahr eingesammelt. Um die Unterkunft fertigzustellen, wurden die Rentiergeweihe dergestalt zusammengebunden, daß ein kräftiges Gerüst von miteinander verschränkten tragenden Teilen eines Dachgewölbes entstand und in der Mitte ein Loch frei blieb, aus dem der Rauch abziehen konnte. Dann wurden Weidenruten aus dem Flußtal zu einer dicken Matte verflochten, diese über das Geweihgerüst gelegt, fest damit verbunden und über die Wand aus Knochen nach unten verlegt, um überm Dach und über der Wand eine tragfähige Decke zu schaffen. Darüber kam eine womöglich noch dickere Schicht von Gras, das übereinandergedeckt wurde, um das Wasser abfließen zu lassen; diese

Grasschicht reichte von der Spitze bis hinunter auf den Boden. Auf diese Grasschicht wiederum wurden Grassoden gelegt, die zum Teil von den Ausschachtungsarbeiten stammten, zum Teil aber auch von weiter her geholt wurden.

Die Wände des ganzen Bauwerks waren zwischen einem halben und einem ganzen Meter dick, doch fehlte die letzte Schicht auf dem Anbau noch. Er war also noch nicht ganz fertig.

Sie standen draußen und bewunderten den neuen Bau, und Talut beendete seine bis ins einzelne gehenden Erklärungen, wie die Erdhütte gebaut worden war. »Ich hatte gehofft, das Wetter würde schön bleiben«, sagte er und vollführte eine weitausladende Geste in Richtung auf den blauen Himmel. »Das brauchen wir, um fertig zu werden. Denn wenn wir nicht fertig werden, weiß ich nicht, wie lange dies halten wird.«

»Wie lange hält denn eine solche Unterkunft?« fragte Jondalar.

»Ein Leben lang, manchmal noch länger. Aber Erdhütten sind Winterunterkünfte. Im Sommer ziehen wir für gewöhnlich fort, zum Sommer-Treffen, der großen Mammutjagd und anderen Reisen. Der Sommer ist zum Unterwegssein da, zum Pflanzensammeln, zur Jagd und zum Fischfang, oder zum Handeltreiben und Besuchemachen. Die meisten Sachen lassen wir hier, wenn wir aufbrechen, denn wir kommen ja jedes Jahr wieder hierher zurück. Das Löwen-Lager ist unser Zuhause.«

»Wenn ihr wollt, daß dies hier lange die Unterkunft für Aylas Pferde bleibt, sollten wir sie vielleicht fertigstellen, solange es noch geht«, mischte Nezzie sich ein. Sie und Deegie setzten den schweren, aus einer Tierhaut bestehenden Wasserschlauch ab, den sie von dem teilweise zugefrorenen Fluß heraufgetragen hatten.

In diesem Augenblick traf Ranec mit Grabwerkzeugen und einem großen Korb feuchter toniger Erde ein, den er hinter sich herzog. »Ich habe noch nie gehört, daß jemand so spät im Jahr noch eine Unterkunft baut oder auch nur einen Teil davon«, sagte er.

Dicht hinter ihm kam Barzec. »Das wird mal ein interessanter Versuch«, sagte er und setzte einen zweiten Korb mit schlickartigem Boden hin, den sie an einer ganz bestimmten Stelle am Flußufer ausgegraben hatten. Danug und Druwez tauchten auf, auch sie mit Körben voller schlammiger Erde bewehrt.

»Tronie hat ein Feuer gemacht«, sagte Tulie und lud sich den schweren Wasserschlauch auf die Schulter, den Nezzie und Deegie heraufgeschafft hatten. »Tornec und ein paar andere pressen Schnee zusammen, damit wir ihn schmelzen können, sobald wir dies Wasser erhitzt haben.«

»Ich würde gern helfen«, sagte Ayla, zweifelte jedoch, ob sie wohl wirklich eine große Hilfe wäre. Alle schienen genau zu wissen, was zu tun war, doch sie hatte keine Ahnung, was eigentlich vorging, und wußte noch weniger, was sie tun könnte, um zu helfen.

»Ja, können wir vielleicht behilflich sein«, fragte auch Jondalar jetzt.

»Selbstverständlich, es ist ja für die Pferde«, erklärte Deegie. »Aber erst hole ich dir etwas von mir zum Anziehen, Ayla. Man macht sich ganz furchtbar schmutzig dabei. Haben denn Talut oder Danug nichts für Jondalar zu tun?«

»Ich finde schon was für ihn«, sagte Nezzie.

»Wenn ihr nach allem, was ihr durchgemacht habt, immer noch Lust habt, mit anzupacken, könnt ihr ja kommen und helfen, die neue Erdhütte zu bauen, die Tarneg und ich errichten wollen, um unser eigenes Lager zu gründen . . . wenn ich erstmal den Knoten mit Branag geschlungen habe«, fügte Deegie verschmitzt lächelnd hinzu.

»Hat schon jemand im Schwitzbad das Feuer angemacht?« fragte Talut. »Wenn wir hier fertig sind, wird jeder sich säubern wollen, zumal wir heute abend feiern.«

»Wymez und Frebec haben schon ganz früh damit angefangen und holen jetzt mehr Wasser«, sagte Nezzie. »Crozie und Manuv sind mit Latie und den Kleinen losgezogen, um frische Fichtenzweige zu sammeln, damit es im Bad gut riecht. Fralie wollte auch mit, aber mir hat die Vorstellung, daß sie die Hügel rauf- und runterläuft, nicht besonders gefallen, und da habe ich sie gebeten, auf Rydag aufzupassen. Sie gibt gleichzeitig auch noch auf Hartal acht. Mamut ist damit beschäftigt, irgend etwas für die Zeremonie heute abend vorzubereiten. Ich habe das Gefühl, er plant irgendeine Überraschung.«

»Ach . . . Mamut bat mich, euch zu sagen, daß die Zeichen für eine Jagd in ein paar Tagen gut stehen, Talut. Er möchte wissen, ob du willst, daß er seinen Geist auf die Suche schickt«, sagte Barzec.

»Und *wie gut* die Zeichen für eine Jagd stehen«, sagte der große Anführer. »Schau dir diesen Schnee an! Unten weich, oben taut er. Friert es jetzt, bildet sich Harsch, und wenn das geschieht, sitzen die Tiere immer fest. Ja, ich denke, es könnte eine gute Idee sein.«

Alle waren sie auf die Feuerstelle zugegangen, wo eine große, mit eisigem Flußwasser gefüllte Tierhaut direkt über dem Feuer auf ein Gestell gelegt worden war. Das Flußwasser sollte nur den Schmelzprozeß für den hineingeworfenen Schnee in Gang setzen. In dem Maße, wie er schmolz, wurden Körbe voll Wasser herausgeschöpft und in eine andere große, fleckige und schmutzige Tierhaut gekippt, die eine Mulde im Boden ausfüllte. Die besondere Erde, die sie vom Flußufer heraufgeschafft hatten, wurde hinzugefügt und mit Wasser verrührt, so daß ein zähflüssiger Lehmbrei entstand.

Ein paar Leute kletterten mit wasserdichten Körben, die mit dem glatt verrührten Lehmbrei gefüllt waren, auf den gerade frisch mit Grassoden abgedeckten Anbau hinauf und verteilten mit Kellen den Inhalt, so daß er zähflüssig die Seiten herunterlief. Ayla und Jondalar sahen zuerst zu, packten dann jedoch bald mit an. Andere, die unten am Boden standen, verschmierten den Brei, damit die gesamte Oberfläche eine dicke Lehmschicht bekam.

Der zähflüssige, klebrige Lehm, den der Fluß gewaschen und in feinste Teilchen aufgelöst hatte, sollte später keinerlei Wasser aufnehmen. Das Lehmdach war wasserundurchlässig. Regen, Hagel, schmelzender Schnee – nichts konnte ihm etwas anhaben. Selbst in feuchtem Zustand war es wasserdicht. Sobald der Lehm im Laufe der Zeit austrocknete, wurde er steinhart, und so wurde das Dach oft als Aufbewahrungsort für Gegenstände und Geräte benutzt. Bei schönem Wetter konnte man sich hier räkeln, sich zusammensetzen und lautstark diskutieren, aber auch still dasitzen und sich in Versenkung üben. Kam Besuch, kletterten die Kinder hinauf, um sehen zu können und nicht im Wege zu sein, aber auch sonst hockte man sich dort hin, wenn man eine Zuhörerschaft brauchte oder es etwas zu sehen gab.

Noch mehr Lehm wurde angemischt. Ayla trug einen schweren Korb hinauf; der Lehmbrei schwappte über, sie machte sich schmutzig, doch das spielte keine Rolle. Sie war ohnehin wie jeder andere schlammbeschmiert. Deegie hatte recht, es war eine Drecksarbeit. Nachdem sie mit den Seitenwänden fertig waren, gingen sie ein Stück zurück und bedeckten auch das Dach selbst mit einer Lehmschicht, doch je mehr sie es mit dem feuchten, schlüpfrigen Brei beschmierten, desto gefährlicher wurde es, sich dort auf den Füßen zu halten.

Ayla kippte den Rest des Lehms aus ihrem Korb und verfolgte, wie er sich gemächlich hinunterwälzte. Sie wandte sich zum Gehen, paßte nicht auf, wohin sie trat, und ehe sie sich's versah, rutschte sie aus. Aufplatschend landete sie auf dem frischen Lehm, den sie gerade ausgeschüttet hatte, glitt dann über den abgerundeten Dachrand und die Seitenwand des Anbaus für die Pferde herunter und stieß dabei unwillkürlich einen lauten Schrei aus.

Noch ehe sie auf dem Boden landete, wurde sie von kräftigen Armen aufgefangen; erschrocken sah sie in das lehmverschmierte, lachende Gesicht von Ranec.

»So kann man den Lehm auch verstreichen«, sagte er und hielt sie fest, während sie sich wieder fing. Sie immer noch nicht absetzend, fügte er noch hinzu: »Wenn du's nochmal versuchen möchtest – ich bin gern bereit, dich hier zu erwarten.«

Ihr wurde warm, als er die kühle Haut ihres Arms berührte, und sie war sich sehr wohl bewußt, daß sein Körper sich an sie drückte. Sie fing an, leicht zu zittern, spürte, wie sie errötete, bevor sie die Augen senkte und sich dann seiner Berührung entzog.

Als Ayla zu Jondalar hinüberblickte, bestätigte sich ihr, was sie befürchtet hatte. Er war wütend, hatte die Hände zu Fäusten geballt, und in seinen Schläfen pochte es. Rasch wandte sie den Blick ab. Inzwischen verstand sie seinen Zorn ein wenig besser, begriff, daß er ein Ausdruck seiner Angst war, trotzdem erboste seine Reaktion sie ein wenig. Schließlich konnte sie nichts dafür, daß sie ausgerutscht war; außerdem war sie dankbar, daß Ranec gerade zur Stelle gewesen war, um sie aufzufangen. Abermals schoß ihr das Blut zu Kopf bei der Erinnerung daran, wie sie auf seine Berührung reagiert hatte. Doch auch dafür konnte sie nichts.

»Komm, Ayla«, sagte Deegie. »Talut sagt, es reicht, und die Schwitzbäder sind heiß. Laß uns diesen Schmutz loswerden und uns auf das Fest vorbereiten. Schließlich ist es deine Feier.«

Durch den neuen Anbau betraten die beiden jungen Frauen die Erdhütte. Beim Herdfeuer des Mammut angekommen, wandte Ayla sich plötzlich an die junge Frau und fragte: »Deegie, was ist ein Schwitzbad?«

»Hast du noch nie ein Schwitzbad genommen?«

»Nein.« Ayla schüttelte den Kopf.

»Ach, dann wirst du begeistert sein. Die schmutzigen Kleider kannst du genausogut am Herdfeuer des Auerochsen ausziehen. Die Frauen benutzen für gewöhnlich das hintere Bad, die Männer dieses.« Mit diesen Worten zeigte Deegie, als sie das Herdfeuer des Rentiers gerade hinter sich hatten und in das des Kranichs eintraten, auf den Eingangsbogen gleich hinter Manuvs Bett.

»Dann führt das nicht zu einem Vorratsraum?!«

»Hattest du gedacht, alle Seitenräume wären Vorratskammern? Aber woher solltest du es auch wissen, oder? Man hat bei dir so sehr das Gefühl, du gehörst zu uns, daß man vergißt, wie kurz du erst bei uns bist.« Sie blieb stehen und sah Ayla an. »Ich freue mich, daß du eine von uns wirst. Ich glaube, das war dir von Anfang an bestimmt.«

Ayla lächelte scheu. »Ich freue mich auch, und ich bin froh, daß es dich hier gibt, Deegie. Es ist schön, eine Frau ... eine junge Frau zu kennen, die genauso alt ist wie man selbst.«

Deegie erwiderte das Lächeln. »Ich weiß. Ich wünschte nur, du wärest schon früher gekommen. Denn nach diesem Sommer gehe ich fort von hier. Jetzt ärgere ich mich geradezu, fortgehen zu müssen. Ich möchte zwar genauso Anführerin meines eigenen Lagers sein wie meine Mutter – aber sie wird mir fehlen, und du und alle anderen auch.«

»Wie weit fort wird es denn sein?«

»Das weiß ich nicht. Es steht noch nicht fest«, sagte Deegie.

»Warum dann weit fortgehen? Warum nicht in der Nähe eine Erdhütte bauen?« fragte Ayla.

»Ich weiß nicht. Die meisten tun das nicht, aber ich glaube, ich könnte es. Ich bin einfach nicht von selbst auf den Gedanken gekommen«, sagte Deegie mit einem Gesichtsausdruck, der Verblüffung und Verwunderung ausdrückte. Als sie das letzte Herdfeuer des Langhauses erreichten, sagte sie noch: »Zieh die schmutzigen Sachen aus und wirf sie einfach auf den Haufen dort.«

Deegie wie Ayla entledigten sich ihrer schlammverkrusteten Kleidungsstücke. Ayla spürte Hitze von der anderen Seite eines roten Lederschutzes herüberdringen, der in der äußersten Ecke des Raums von einem ziemlich niedrigen Stoßzahneingangsbogen herunterhing. Deegie bückte sich und schlüpfte als erste hinein. Ayla folgte ihr, ehe sie – den Lederschutz beiseite schiebend – stehenblieb und versuchte, etwas zu erkennen.

»Mach schnell und laß den Vorhang fallen! Du läßt die Hitze raus!« ließ sich eine Stimme aus dem dampfgefüllten, dämmerig erleuchteten, irgendwie rauchigen Inneren vernehmen.

Rasch schob sie sich voran und ließ den Vorhang hinter sich zufallen. Statt der erwarteten Kälte fiel die Hitze sie an. Deegie führte sie an eine rohe, aus Mammutzähnen gearbeitete Leiter, die an der Lehmwand einer etwa einen Meter tiefen Grube lehnte. Ayla erreichte einen Boden, der mit weichen, Schicht um Schicht übereinandergelegten Pelzen einer ganz bestimmten Tierart bedeckt war. Sie hatte zunächst Mühe, die Augen an das dampfgefüllte Dunkel zu gewöhnen, doch dann blickte sie sich um. Die Grube, die ausgehoben worden war, mochte etwa zwei Meter breit und drei Meter lang sein. Sie bestand aus zwei miteinander verbundenen Rundteilen, die jedes für sich eine flache Kuppeldecke aufwiesen – an der Stelle, an der sie stand, nur etwa zwei, drei Handbreit über ihrem Kopf.

Heiße Knochenglut, die den Boden der größeren Abteilung bedeckten, leuchtete rot auf. Die beiden jungen Frauen gingen durch die kleinere Abteilung hindurch, um sich den anderen zuzugesellen. Jetzt erkannte Ayla, daß sämtliche Wände mit Fellen bedeckt waren und der Boden der größeren Abteilung in ganz regelmäßigen Abständen mit Mammutknochen bedeckt war, was es ihnen ermöglichte, über der Knochenglut hinwegzugehen. Später, als sie Wasser auf den Boden gossen, um sich zu waschen, oder damit sich Dampf entwickelte, versickerte dieses in der Erde unterhalb der Knochen, und sie brauchten nicht im Schlamm zu stehen.

Weiteres Brennmaterial wurde auf die Feuerstelle in der Mitte gelegt.

Die Glut lieferte die Hitze, bildete aber außer einem schwachen Streifen Helligkeit um das abgedeckte Rauchloch herum die einzige Lichtquelle. Am Feuer saßen nackte Frauen auf flachen Knochen, die die Sitzflächen von provisorisch aufgestellten Bänken bildeten. An der einen Wand standen Wasserbehälter aufgereiht. Große, derbe, eng geflochtene Körbe enthielten kaltes Wasser; den Mägen großer Tiere, die auf Geweihgestellen lagen, entströmte heißer Dampf. Jemand holte mit zwei flachen Knochen rotglühende Steine aus der Feuerstelle und ließ sie in einen der wassergefüllten Mägen fallen. Würzig nach Fichtennadeln duftender Dampf wölkte auf und füllte den Raum.

»Komm, setz dich zwischen Tulie und mich«, sagte Nezzie und rückte ihren ausladenden Körper beiseite, um Platz zu machen. Tulie rückte in die entgegengesetzte Richtung. Auch sie war eine große Frau, doch zum größten Teil bestand ihr Körper aus schieren Muskeln; dennoch ließ ihre üppige Weiblichkeit keinen Zweifel daran, welchen Geschlechts sie war.

»Ich möchte vorher den ganzen Schlamm abwaschen«, sagte Deegie. »Ayla wird das vermutlich auch erst wollen. Habt ihr gesehen, wie sie das Dach runtergerutscht ist?«

»Nein. Hast du dir wehgetan, Ayla?« fragte Fralie besorgt und ihrer fortgeschrittenen Schwangerschaft wegen auch ein wenig befangen.

Deegie lachte, ehe Ayla dazu kam zu antworten. »Ranec hat sie aufgefangen, und allzu unglücklich schien er darüber nicht zu sein.« Allgemeines Lächeln und verständnisvolles Kopfnicken.

Deegie ergriff ein Becken, das aus einem Mammutschädel bestand, schöpfte heißes und kaltes Wasser hinein, holte beiläufig einen Fichtenzweig aus dem heißen Wasser, entnahm einem dunklen Haufen irgendeine weiche Substanz und riß auch für Ayla eine Handvoll heraus.

»Was ist das?« fragte Ayla und befühlte die seidenweiche Wolligkeit der Substanz.

»Mammutwolle«, sagte Deegie. »Und zwar die Unterwolle des Winterfells. Die streifen sie im Frühjahr in dichten Flocken ab, nur das lange Oberhaar bleibt stehen. Dann bleibt es an Büschen und Bäumen hängen. Manchmal kann man es auch vom Boden aufheben. Du brauchst es nur ins Wasser zu tauchen und kannst dir den Schlamm damit abwaschen.«

»Mein Haar ist auch schmutzig«, sagte Ayla. »Ich sollte es mir waschen.«

»Das machen wir später. Erst wollen wir ein bißchen schwitzen.«

Dampf wölkte auf, als sie sich abspülten, dann nahm Ayla zwischen Deegie und Nezzie Platz. Deegie lehnte sich zurück, schloß die Augen und seufzte wohlig auf; Ayla hingegen, die sich fragte, warum sie alle schwitzend beisammensaßen, beobachtete alle anderen im Raum. Latie, die auf der anderen Seite von Tulie saß, lächelte sie an.

Am Eingang entstand Bewegung. Ayla verspürte einen kalten Luftzug, woraufhin ihr erst aufging, wie heiß ihr war. Alle wandten den Kopf, um zu sehen, wer kam. Rugie und Tusie kamen heruntergeklettert; ihnen folgte Tronie, die Nuvie auf dem Arm hatte.

»Ich mußte Hartal nähren«, verkündete Tronie. »Tornec wollte ihn mit ins Schwitzbad nehmen, und ich wollte nicht, daß er anfing zu schreien.«

Ob Männer hier nicht erlaubt waren, nicht einmal Jungen im Kleinkindalter? fragte Ayla sich.

»Sind denn alle Männer drüben, Tronie? Vielleicht sollte ich Rydag holen«, sagte Nezzie.

»Danug hat ihn mitgenommen. Ich glaube, die Männer haben beschlossen, diesmal alle zusammen zu schwitzen«, sagte Tronie. »Die Kinder eingeschlossen.«

»Frebec hat Tasher und Crisavec mitgenommen«, berichtete Tusie.

»Es wird aber auch Zeit, daß er sich mehr mit den Jungen beschäftigt«, brummte Crozie. »Ist das nicht der einzige Grund, warum du dich mit ihm zusammengetan hast, Fralie?«

»Nein, Mutter, das ist nicht der einzige Grund.«

Ayla war überrascht. Noch nie hatte sie erlebt, daß Fralie anderer Meinung als ihre Mutter gewesen wäre, auch andeutungsweise nicht. Außer ihr schien niemand etwas Besonderes daran zu finden. Vielleicht brauchte sie hier, nur unter den Frauen, nicht den Anschein zu fürchten, Partei zu ergreifen. Crozie saß mit geschlossenen Augen da; es war erstaunlich, wie sehr ihre Tochter ihr ähnelte. Sie sah ihr sogar *zu* ähnlich. Wie Ayla jetzt auffiel, war sie bis auf den von der Schwangerschaft aufgetriebenen Leib so ausgemergelt, daß sie fast so alt wirkte wie ihre Mutter. Ihre Fußgelenke waren geschwollen. Das war kein gutes Zeichen. Ayla wünschte, sie könnte sie untersuchen, und dann ging ihr auf, daß sie das hier drinnen vielleicht tun konnte.

»Fralie, sind deine Fußgelenke arg geschwollen?« erkundigte sie sich ein wenig zögernd. Alle setzten sich auf und warteten auf Fralies Antwort, gleichsam als hätten sie plötzlich alle begriffen, was Ayla soeben aufgegangen war. Selbst Crozie sah ihre Tochter erwartungsvoll, aber schweigend an.

Fralie schaute auf ihre Füße, schien die geschwollenen Gelenke zu betrachten und zu überlegen. Dann hob sie den Blick. »Ja. Sie sind erst in letzter Zeit so geschwollen«, sagte sie.

Nezzie stieß einen leisen Seufzer der Erleichterung aus, aber auch den anderen schien ein Stein vom Herzen zu fallen.

»Und morgens, leidest du da immer noch an Übelkeit?« fragte Ayla und lehnte sich vor.

»So lange hat es bei den ersten beiden mit der Morgenübelkeit nicht gedauert.«

»Fralie, würdest du mir erlauben, dich ... dich anzusehen, genau?«

Fralie sah sich im Kreis der Frauen um. Keine sagte ein Wort. Nezzie lächelte und nickte ihr zu, sie solle sich einverstanden erklären.

»Na, schön«, sagte Fralie.

Rasch stand Ayla auf, schaute ihr in die Augen, schnupperte an ihrem Atem, fühlte ihr die Stirn. Um etwas zu sehen, war es zu dunkel; und ob sie Fieber hatte, konnte man auch nicht feststellen, dazu war es viel zu heiß im Schwitzbad. »Würdest du dich bitte hinlegen?« fragte Ayla sie.

Alle gingen aus dem Weg, um Platz zu machen, damit Fralie sich ausstrecken konnte. Ayla befühlte, horchte und untersuchte sie gründlich, sie wußte offensichtlich genau, was sie tat, während alle anderen sie neugierig beobachteten.

»Das ist, glaube ich, nicht nur Morgenübelkeit«, sagte Ayla, als sie fertig war. »Ich stell' dir was zusammen, damit das Essen dir nicht mehr hochkommt. Du wirst dich besser fühlen. Und es hilft gegen die Schwellung. Würdest du es einnehmen?«

»Ich weiß nicht«, sagte Fralie. »Frebec entgeht nichts, was ich zu mir nehme. Ich glaube, er macht sich Sorgen meinetwegen, will es aber nicht zugeben. Er wird mich fragen, wo ich es herhabe.«

Schmallippig saß Crozie da. Offensichtlich schluckte sie alles herunter, was sie sagen wollte; offensichtlich fürchtete sie, Fralie würde sich andernfalls auf Frebecs Seite stellen und Aylas Hilfe ablehnen. Nezzie und Tulie tauschten einen Blick. Sich soviel Selbstbeherrschung aufzuerlegen war sonst nicht Crozies Art.

Ayla nickte. »Ich glaube, ich weiß einen Weg«, sagte sie.

»Ich weiß nicht, wie es mit euch anderen steht, aber ich bin soweit, daß ich mich reinigen und hinausgehen möchte«, sagte Deegie. »Was, meinst du, wäre, wenn wir uns jetzt kurz im Schnee draußen wälzten, Ayla?«

»Ich glaube, es würde mir gut gefallen. Mir ist heiß.«

17

Jondalar schob die Felle der Bettplattform beiseite, die er mit Ayla teilte, und lächelte. Nackt, die Beine gekreuzt, und mit rosig glühender Haut saß Ayla da und bürstete sich das nasse Haar.

»Wie gut ich mich fühle!« sagte sie in Erwiderung seines Lächelns. »Deegie hat gesagt, ich würde bestimmt begeistert sein. Hat dir das Schwitzbad auch so gut gefallen?«

Er kroch neben sie und ließ die Fellvorhänge zufallen. Auch seine Haut war rosig überhaucht, nur war er bekleidet, hatte sich gerade das Haar gekämmt und im Nacken zu einem Knoten zusammengebunden. Das Schwitzbad hatte eine so erfrischende Wirkung auf ihn gehabt, daß er sogar daran gedacht hatte, sich zu rasieren; doch dann hatte er den Bart nur gründlich duchgekämmt.

»Ich genieße Schwitzbäder immer«, sagte er. Dann konnte er nicht mehr widerstehen. Er nahm sie in die Arme, küßte sie und begann, ihren warmen Körper zu streicheln. Sie reagierte bereitwillig, überließ sich seinen Liebkosungen, und er hörte sie leise aufstöhnen, als er den Kopf beugte, um eine ihrer Brustwarzen in den Mund zu nehmen.

»Große Mutter, Frau, kannst du einen verlocken!« sagte er, nachdem er sie losgelassen hatte. »Aber was werden die Leute sagen, wenn sie sich am Herdfeuer des Mammut versammeln, um deine Adoption zu feiern – und uns hier dann Wonnen teilen sehen und wir noch nicht mal angekleidet sind?«

»Wir könnten ihnen sagen, sie sollen später wiederkommen«, sagte sie und lächelte.

Jondalar stieß ein lautes Lachen aus. »Das sähe dir ähnlich – du würdest das wahrhaftig fertigbringen, was?«

»Nun, du hast mir das Zeichen gegeben, oder etwa nicht?« sagte sie, mutwillig lächelnd.

»Das Zeichen?«

»Weißt du nicht mehr? Das Zeichen, das ein Mann einer Frau gibt, wenn er sie will? Du hast gesagt, ich würde es immer wissen, und dann hast du mich geküßt und mich so angefaßt. Nun, gerade eben hast du mir ein Zeichen gegeben, und wenn ein Mann einer Frau das Zeichen gibt, weigert eine Clan-Frau sich niemals.«

»Ist das wirklich wahr? Sie weigert sich nie?« fragte er. Er konnte es immer noch nicht recht glauben.

»Dazu wird sie erzogen, Jondalar. So verhält sich eine anständige Clan-Frau«, antwortete sie sachlich. Offenbar meinte sie das wirklich ernst.

»Hmhmhm, soll das heißen, die Entscheidung liegt bei mir? Wenn ich jetzt sagen würde, laß uns hierbleiben und Wonnen teilen, würdest du alle anderen warten lassen?« Er versuchte seinerseits, ernst zu bleiben, aber auch in seinen Augen leuchtete es jetzt mutwillig auf. Er hielt das Ganze für einen Witz, der nur sie beide betraf.

»Nur, wenn du mir das Zeichen gibst«, ging sie darauf ein.

Er nahm sie in die Arme und küßte sie nochmals, und als er ihre warme Haut und ihre noch wärmere Reaktion fühlte, war er fast versucht, die Probe aufs Exempel zu machen und herauszufinden, ob sie nur Spaß machte oder ob es wirklich ernst von ihr gemeint war. Widerstrebend ließ er sie los.

»Eigentlich würde ich ja lieber dies tun, aber ich glaube, ich sollte trotzdem dafür sorgen, daß du dich anziehst. Es wird nicht lange dauern, und die Leute werden herkommen. Was willst du anziehen?«

»Eigentlich habe ich nichts Besonderes, nur die Clan-Überwürfe, und dann das, was ich jetzt die ganze Zeit über angehabt habe, und die Beinlinge. Hätte ich doch bloß etwas Schönes! Deegie hat mir gezeigt, was sie tragen wollte. Wie wunderschön das ist – so etwas habe ich noch nie zuvor gesehen. Sie gab mir eine ihrer Bürsten, nachdem ich anfing, mir mit der Kardendistel das Haar zu strählen!« sagte Ayla und zeigte Jondalar die steife Bürste aus Mammuthaar, die am oberen Ende fest mit einem unbearbeiteten Lederriemen umwickelt war, wodurch sie gleichsam einen Griff hatte, der dem Ganzen das Aussehen eines breiten, aber spitz zulaufenden Pinsels zum Auftragen von Farbe verlieh. »Außerdem hat sie mir ein paar Perlen- und Muschelschnüre geschenkt. Ich glaube, die werde ich im Haar tragen, so wie sie es tut.«

»Ich laß' dir jetzt Zeit, dich fertigzumachen«, sagte Jondalar und machte den Fellvorhang auf, um wieder fortzugehen. Er lehnte sich nochmals vor, um sie zu küssen, dann erhob er sich. Nachdem der Vorhang wieder zugefallen war, starrte er ihn einen Moment an und runzelte die Stirn. Er wünschte, er hätte bei ihr bleiben können, und daß sie sich nicht um die anderen zu kümmern brauchte. In ihrem Tal hatten sie tun können, was und wann sie es wollten. Jetzt sollte sie auch noch von Leuten adoptiert werden, die weit von seiner Heimat entfernt lebten. Was, wenn sie hierbleiben wollte? Er hatte die dumpfe Ahnung, daß nichts wieder so werden würde wie früher.

Als er sich umdrehte, sah Mamut ihn an und winkte ihn heran. Der großgewachsene junge Mann ging zu dem großgewachsenen alte Schamanen hinüber.

»Wenn du nicht gerade beschäftigt bist, könntest du mir helfen«, sagte Mamut.

»Gern. Was soll ich tun?« fragte Jondalar.

Hinter der Vorratsplattform zeigte Mamut ihm vier lange Stangen. Bei genauerem Hinsehen erkannte Jondalar, daß sie nicht aus Holz, sondern aus Elfenbein bestanden: gebogene Mammutstoßzähne, die gerichtet und zurechtgeschnitten worden waren. Dann reichte der alte Mann ihm einen großen Steinschlegel mit festem Stiel daran. Jondalar besah sich dieses hammerähnliche Werkzeug; denn ein solches hatte er nie zuvor gesehen. Der Schlegel war vollständig mit Tierhaut bedeckt. Jondalar konnte fühlen, daß um den großen Steinkopf eine runde Kerbe hineingeschlagen worden war. In diese Kerbe war eine biegsame Weidenrute eingelegt, die wiederum fest mit dem beinernen Stiel verbunden war. Der gesamte Schlegel war mit feuchtem, nur sauber geschabtem, sonst aber unbearbeitetem Leder umwickelt. Beim Trocknen hatte die Lederhaut sich zusammengezogen und sich hart und fest sowohl um den Stiel als auch um den Steinkopf gelegt, so daß das Ganze jetzt sehr gut zusammenhielt.

Der Schamane führte ihn zum Feuerloch, hob dort eine Grasmatte in die Höhe und zeigte ihm ein etwa zwei Handspannen großes Loch, das mit kleinen Steinen und Knochenstücken angefüllt war. Sie klaubten diese heraus, dann holte Jondalar einen der Elfenbeinstäbe und steckte das untere Ende in das Loch. Während Mamut den Stab gerade hielt, verteilte Jondalar die Steine und Knochenteile rings herum und klopfte sie mit dem Steinschlegel fest. Als der Pfahl festsaß, stellten sie noch einen weiteren und dann noch einen Stab im Bogen um das Feuer herum, aber ein wenig davon entfernt, auf.

Sodann holte der alte Mann ein Päckchen hervor, wickelte es ehrfurchtsvoll aus und zog eine säuberlich zusammengerollte, überaus dünne Haut hervor. Als sie entrollt war, erkannte Jondalar, daß mehrere Tiergestalten – unter anderem ein Mammut, Vögel und ein Höhlenlöwe – sowie eine Reihe merkwürdiger geometrischer Muster darauf gemalt waren. Diese Haut spannten sie mit den Elfenbeinstangen auf, so daß – ein wenig vom Feuer abgerückt – ein bemalter, lichtdurchlässiger Wandschirm entstand. Jondalar trat ein paar Schritte zurück, um die Gesamtwirkung zu begutachten, dann trat er neugierig wieder näher. Säuberte man Tierdärme und trocknete sie, waren sie für gewöhnlich lichtdurchlässig; dieser Wandschirm jedoch bestand aus etwas anderem. Er meinte zu erkennen, um was für ein Material es sich handelte, war sich jedoch nicht ganz sicher.

»Aus Därmen besteht er nicht, nicht wahr? Man hätte sie ja zusammennähen müssen. Dies hier besteht jedoch aus einem einzigen Stück.« Mamut nickte zustimmend. »Dann muß es die oberste Schicht der Lederhaut eines sehr großen Tieres sein, die man irgendwie hat ablösen können, ohne daß sie zerrissen ist.«

Der alte Mann lächelte. »Es stammt von einem Mammut«, sagte er. »Von einer weißen Mammutkuh.«

Jondalar besah sich den Wandschirm ehrfurchtsvoll noch einmal.

»Jedes Lager erhielt einen Teil der weißen Mammutkuh, denn sie gab ihren Geist im Laufe der ersten Jagd eines Sommer-Treffens auf. Die meisten Lager wollten etwas Weißes haben. Ich bat um dieses; wir nennen es die Schattenhaut. Sie besitzt weniger Substanz als irgendeines von den weißen Stücken, und sie kann nicht für alle sichtbar ausgestellt werden, damit alle die offenkundig darin wohnende Macht erkennen, aber ich glaube, etwas Feines kann sehr mächtig sein. Hier handelt es sich um mehr denn ein kleines Stück; das hier hat den gesamten inneren Geist von etwas Ganzem umfaßt.«

Plötzlich stürmten Brinan und Crisavec in das Herdfeuer des Mammut herein; vom Herdfeuer des Auerochsen und des Kranichs waren sie den Mittelgang heruntergelaufen gekommen. Sie fielen übereinander her und rangen und wären ums Haar gegen die zarte Schattenhaut gestoßen, doch gaben sie augenblicklich Ruhe, als Brinan sah, daß ihnen der dünne Unterschenkel eines langen Beins den Weg versperrte. Sie blickten auf und sahen unmittelbar die Zeichnung des Mammuts vor sich; beide holten vernehmlich Luft. Dann wandten sie den Blick Mamut zu. Für Jondalaras Begriffe zeigte das Gesicht des Schamanen keinerlei Ausdruck, doch als die beiden sieben- und achtjährigen Jungen den alten Schamanen anblickten, erhoben sie sich rasch, gingen vorsichtig um den Wandschirm herum und kehrten an das erste Herdfeuer zurück, als wären sie heftig gescholten worden.

»Sie sahen zerknirscht aus, fast verängstigt, dabei hast du kein Wort gesagt, und sie haben doch auch sonst noch nie Angst vor dir gehabt«, sagte Jondalar.

»Aber sie haben den Schirm gesehen. Manchmal sieht man das Wesen eines mächtigen Geistes, und was man erblickt, ist das eigene Herz.«

Lächelnd nickte Jondalar, dabei war er sich nicht ganz sicher, ob er verstanden hatte, was der alte Schamane meinte. Er redet wie eine Zelandoni, dachte der junge Mann, und sprach mit einem Schatten auf der Zunge, wie es seinesgleichen häufig tut. Gleichwohl war er sich nicht sicher, ob er das eigene Herz sehen wollte.

Als die Jungen durch das Herdfeuer des Fuchses kamen, nickten sie dem Bildschnitzer zu, der den Gruß lächelnd erwiderte. Ranecs Lächeln verbreiterte sich, als er seine Aufmerksamkeit wieder dem Herdfeuer des Mammut zuwandte, das er nun schon seit geraumer Zeit beobachtete. Ayla war gerade zum Vorschein gekommen, stand vor den Fellvorhängen und zupfte an ihrem Hemd herum, damit es auch richtig saß. Zwar konnte man es bei seiner dunklen Haut nicht erkennen, aber er errötete bei ihrem Anblick. Er spürte, wie sein Herz schneller schlug und sich in seinen Lenden etwas regte.

Je mehr er von ihr sah, desto schöner erschien sie ihm. Die langen Sonnenstrahlen, die durch das Rauchloch herniederströmten, lenkten ihr strahlendes Licht absichtlich auf sie – zumindest kam ihm das so vor. Er wollte sich diesen Augenblick einprägen, seine Augen mit ihrem Anblick sättigen. Wenn er an sie dachte, sah er gleichsam alles übertrieben. Das üppige Haar, das ihr in weichen Wellen ums Gesicht fiel, war in seinen Augen eine goldene Wolke, die mit den Sonnenstrahlen spielte; ihre natürlich-unverkrampften Bewegungen stellten für ihn das Äußerste an Anmut dar. Keiner ahnte etwas von der Angst, die er in ihrer Abwesenheit um sie ausgestanden hatte, noch von dem Glücksgefühl, das ihn bei der Vorstellung durchdrang, daß sie zu einer der ihren wurde. Seine Stirn legte sich in Falten, als er Jondalar auf sie zugehen, besitzergreifend den Arm um sie legen und sich zwischen sie stellen sah, so daß sie seinem Blick entzogen wurde.

Auf dem Weg zum ersten Herdfeuer kamen die beiden auf ihn zu. Sie blieb stehen, um – offensichtlich ebensosehr von ehrfürchtiger Scheu wie von Bewunderung erfüllt – den Wandschirm zu betrachten. Als sie das Herdfeuer des Fuchses durchmaß, ging Jondalar hinter ihr her. Ranec sah, wie Ayla bei seinem Anblick errötete und dann den Blick senkte. Auch das Gesicht des großgewachsenen Mannes wurde blutrot, als er Ranec erblickte, doch verriet der Ausdruck in seinen Augen, daß dies keine angenehme Regung war, die ihn erfüllte. Als sie aneinander vorbeigingen, schien jeder den anderen mit seinem Blick bezwingen zu wollen – Jondalars Eifersucht war für jedermann offenkundig; Ranec hingegen war sehr darum bemüht, eine selbstsichere Miene aufzusetzen. Ranecs Augen wanderten automatisch weiter zu dem eindringlich ihn anschauenden Mann, der hinter Jondalar herging und der das Wesen der Geistigkeit im Lager verkörperte; aus irgendeinem Grund fühlte er sich ein wenig verlegen.

Sie näherten sich dem ersten Herdfeuer und traten durch den Vorraum hinaus ins Freie. Ayla ging allmählich auf, warum sie von irgendwelchen hektischen Festvorbereitungen nichts mitbekommen hatte. Nezzie überwachte das Entfernen von dürren Blättern und dampfendem Gras aus einem Loch im Boden; die Düfte, die aus der Kochstelle aufstiegen, ließen allen das Wasser im Mund zusammenlaufen. Die Vorbereitungen hatten längst begonnen, ehe sie den Lehm vom Fluß heraufgeholt hatten, und das Essen hatte die ganze Zeit über, da sie bei der Arbeit gewesen waren, gegart. Jetzt brauchte es dem versammelten hungrigen Lager nur noch vorgesetzt zu werden.

Als erstes kamen runde, harte stärkehaltige Wurzeln, die eine lange Garzeit gut vertrugen, zum Vorschein, dann Körbe voll mit einer Mischung aus Knochenmark, blauen Bärentrauben und einer Reihe von zerstampften und zermahlenen Samenkörnern – Fuchsschwanz, einer Getreidemischung und ölhaltigen Zirbelkieferkernen. Das Ganze hatte nach stundenlangem Garen eine schwere, puddingartige Konsistenz, die noch die Form des Korbes aufwies, nachdem dieser entfernt worden war, und hatte, wiewohl es nicht gerade süß schmeckte, der Beeren wegen doch ein fruchtiges Aroma. Als nächstes wurde eine ganze Mammutlende herbeigebracht, deren dicker Fettrand dafür gesorgt hatte, daß sie beim Dünsten nicht ausgetrocknet war und jetzt auf der Zunge zerging.

Die Sonne ging unter, und ein scharfer Wind trieb alle zurück ins Innere des Langhauses; sein Essen nahm jeder mit hinein. Als Ayla diesmal aufgefordert wurde, sich als erste zu nehmen, war sie nicht mehr schüchtern. Dies Festmahl fand ja ihr zu Ehren statt, und wenn es ihr auch immer noch schwerfiel, im Mittelpunkt der Aufmerksamkeit zu stehen, war sie diesmal doch glücklich über den Anlaß.

Deegie setzte sich neben sie, und Ayla fielen fast die Augen aus dem Kopf. Das üppige Haar hatte Deegie zurückgenommen, zusammengedreht und auf dem Kopf zu einem Knoten getürmt. In das Haar hineingewunden war eine Schnur von runden Elfenbeinkügelchen, jedes einzelne davon mit der Hand zurechtgeschnitzt und durchbohrt. Die weißen Kugeln bildeten einen auffälligen Kontrast zu dem rötlichbraunen Haar. Sie trug ein locker fallendes Kleid aus weichem Leder – Ayla hielt das Ganze für ein langes Hemd –, das von einem Leibriemen in der Mitte gehalten wurde und in weichen Falten nach unten fiel. Das Leder war tiefbraun gefärbt und wies einen wunderschönen Schimmer auf. Es war ärmellos, war aber an den Schultern breit geschnitten, so daß es aussah, als hätte es kurze Ärmel. Am Rücken zog sich ein Fransenband von rötlichbraunem Mammuthaar von einer Schulter zur anderen, während es vorn von einem V-förmigen Ausschnitt bis über die Hüfte herunterhing.

Der Ausschnitt selbst wurde von einer Dreierreihe Elfenbeinkügelchen besonders betont. Um den Hals trug sie eine Kette aus spitz zulaufenden Seemuscheln, die sich mit zylindrisch geformten Kalkröhrchen und Bernsteinstückchen abwechselten. Um den rechten Oberarm trug sie ein mit Zickzackmustern beschnitztes Elfenbeinarmband. Dieses Muster wiederholte sich in Ocker-, Rot-, Gelb- und Brauntönen auf dem Gürtel, der aus Tierhaar gewebt war, von dem sie einiges eingefärbt hatte. Mit einer schlaufenbewehrten Lederscheide am Gürtel befestigt, hing ein Feuersteinmesser mit Elfenbeingriff daran, und an einer anderen Schlaufe hing der untere Teil eines hohlen schwarzen Auerochshorns – ein Trinkbecher, der Talisman vom Herdfeuer des Auerochsen.

Der Rock war diagonal geschnitten; die Bahnen begannen seitlich etwas oberhalb des Knies und endeten in Gürtelhöhe vorn und hinten. Drei Reihen Elfenbeinkügelchen, ein Streifen Kaninchenfell sowie ein zweiter Pelzstreifen, der sich aus dem gestreiften Rückenfell mehrerer Eichhörnchen zusammensetzte, betonte den schräg verlaufenden Saum; außerdem hingen auch hier wieder Fransen aus den langen äußeren Deckhaaren des Mammuts herunter, die bis zum Unterschenkel hinunterreichten. Beinlinge hatte sie nicht angelegt, so daß ihre Beine durch die Fransen hindurch ebenso zu sehen waren wie dunkelbraune hohe Stiefel, die am Fuß mokassinartig anlagen und einen Schimmer aufwiesen, der verriet, daß sie wasserundurchlässig waren.

Ayla fragte sich, wie das Leder diesen warmen Schimmer bekommen hatte. Das Leder und die Felle, die sie selbst herstellte, wies nur die weiche natürliche Beschaffenheit von Hirschleder auf. Doch daran dachte sie jetzt nur flüchtig, denn sie schaute Deegie geradezu ehrfurchtsvoll an und meinte, nie eine schönere Frau gesehen zu haben.

»Deegie, es ist wunderbar ... ein Hemd?«

»Ja, du könntest es ein langes Hemd nennen. Aber eigentlich ist es ein Sommerkleid. Ich hatte es mir eigens für das Treffen im vorigen Jahr gemacht, als Branag mir seinen Antrag machte. Aber dann überlegte ich es mir anders und zog etwas anderes an. Ich wußte, daß wir meistens drinnen sein würden, und bei der ganzen Feierei wäre es zu warm geworden.«

Jondalar gesellte sich zu ihnen, und es war unverkennbar, daß auch er Deegie sehr attraktiv fand. Als er sie anlächelte, lächelte Deegie den großen, stattlichen Mann mit den leuchtend blauen Augen warm und einladend an.

Talut trat mit einer riesigen Platte, auf der Essen gehäuft war, zu ihnen. Ayla schluckte und starrte ihn an. Er trug einen phantastischen Kopfputz, der ihm so hoch auf dem Kopf saß, daß er die Decke streifte. Die Kopfbedeckung bestand aus unterschiedlich gefärbtem Leder, mehreren Fellarten, darunter einem langen buschigen Eichhörnchenschweif, der ihm den Rücken herunterhing, sowie den Spitzen zweier vergleichsweise kleiner Mammutstoßzähne, die, seitlich vom Kopf ausgehend, hochragten wie Hörner und sich an den äußersten Spitzen über ihm trafen wie die Stoßzähne der Eingangsbögen. Sein Gewand, das ihm bis zu den Knien reichte, war von einem warmen Kastanienbraun – zumindest waren das die Teile, die sie sehen konnte. Die Vorderseite war so reich mit einem verzwickten Muster aus Elfenbeinkügelchen, Tierzähnen und verschiedenen Muscheln geschmückt, daß man von dem Leder kaum etwas sah.

Dazu trug er um den Hals eine schwere Kette aus den Krallen und dem Reißzahn des Höhlenlöwen; ein um das andere Glied bestand aus Bernstein; mitten auf der Brust hing daran eine Elfenbeinscheibe, in die geheimnisvolle Zeichen eingeritzt waren. Ein tief getragener, breiter schwarzer Ledergürtel lag ihm um die Hüften und wurde vorn von quastengeschmückten Bändern zusammengehalten. An Schlaufen trug er an diesem Gürtel einen Dolch, der aus der Spitze eines Mammutstoßzahnes gefertigt war und unterhalb des Griffs zwecks besseren Halts und zum Schutz für die Hand eine Querstrebe aufwies; des weiteren eine Lederscheide mit Feuersteinmesser und Elfenbeingriff sowie ein runder, radförmiger Gegenstand mit speichenähnlicher Unterteilung, von dem an Schlaufen ein Beutel, mehrere Reißzähne und – am auffälligsten – die Schwanzquaste eines Höhlenlöwen herabhingen. Ein Fransenband aus langen Mammuthaaren, das fast bis auf den Boden herunterhing, ließ beim Gehen erkennen, daß seine Beinlinge genauso geschmückt waren wie sein Gewand.

Sein blankes Schuhwerk war besonders interessant; nicht wegen der Verzierungen, denn solche wies es überhaupt nicht auf, sondern weil sich nirgends eine Naht entdecken ließ. Die Schuhe schienen vielmehr aus einem einzigen Stück weichen Leders zu bestehen, das genauso geformt war wie sein Fuß. Auch das war wieder eines der Rätsel, vor die Ayla sich gestellt sah. Sie nahm sich vor, sich später um eine Antwort auf diese Fragen zu bemühen.

»Jondalar! Wie ich sehe, hast du dir zur Gesellschaft die schönsten Frauen ausgesucht«, sagte Talut.

»Da hast du recht!«, sagte Jondalar lächelnd.

»Ich möchte wetten, daß diese beiden überall gut abschneiden«, fuhr Talut fort. »Du bist doch weit gereist. Was meinst du?«

»Das würde ich nicht bestreiten. Ich habe viele Frauen gesehen, aber nirgends eine schönere als hier«, sagte Jondalar und schaute Ayla dabei direkt an. Dann bedachte er auch Deegie mit seinem Lächeln.

Deegie lachte. Sie genoß das Geplänkel, doch herrschte keinerlei Zweifel, wem Jondalars Herz gehörte. Talut machte ihr ohnehin immer ausgefallene Komplimente; sie war seine anerkannte Nachfahrin und Erbin, die Tochter seiner Schwester, die wiederum die Tochter seiner Mutter war. Er liebte die Kinder seines eigenen Herdfeuers und sorgte für sie, aber es waren Nezzies Kinder und die Erben ihres Bruders Wymez. Sie hatte zusätzlich noch Ranec adoptiert, da seine Mutter tot war, und das machte ihn sowohl zum Kind von Wymez' Herdfeuer wie zu seinem legitimen Nachfahren und Erben, doch das war eine Ausnahme.

Alle Angehörigen des Löwen-Lagers begrüßten die Gelegenheit, sich in ihren schönsten Kleidern zu zeigen, und Ayla bemühte sich, sie nicht alle nacheinander anzustarren. Ihre Gewänder waren verschieden, wiesen mal Ärmel auf und mal nicht und zeichneten sich durch eine Vielzahl von Farben und durch individuelle Verzierungen auf. Die der Männer waren für gewöhnlich kürzer und auffälliger verziert; außerdem trugen die Männer im allgemeinen irgendeine Kopfbedeckung. Die Frauen zogen zumeist einen vorn spitz zulaufenden Ausschnitt vor. Tulies Gewand hatte etwas von einem gürtelgehaltenen langen Hemd, das sie über Beinlingen trug. Es war mit komplizierten kunstvollen Mustern geschmückt, mit Perlen, Muscheln, Zähnen, geschnitztem Elfenbein und – bei ihr besonders auffällig – schweren Brocken Bernstein. Sie trug zwar keine Kopfbedekkung, doch hatte sie ihr Haar so kunstvoll aufgesteckt und geschmückt, daß es aussah, als trüge sie doch eine.

Das am meisten aus dem Rahmen fallende Gewand war jedoch das von Crozie. Statt vorn spitz auszulaufen, war es durchgehend diagonal geschnitten, wies rechts eine abgerundete Spitze auf und links unten einen gerundeten Ausschnitt. Das Überwältigendste jedoch war die Farbe. Das ganze Gewand war weiß, nicht creme- oder elfenbeinfarben sondern rein weiß; außerdem wies es unter anderem Fransen von den weißen Federn des großen Kranichs des Nordens auf.

Selbst die Kinder trugen Festtagskleider. Als Ayla Latie am Rand einer Gruppe von Kindern erblickte, die sie und Deegie umringten, bat sie sie, einmal herzukommen und ihr Kleid zu zeigen, ja, sich zu ihnen zu gesellen. Latie sagte ein paar Worte über die Art und Weise, wie Ayla die Perlen und Muscheln trug, die Deegie ihr geschenkt hatte, und meinte, so würde sie diese auch anlegen. Ayla lächelte. Sie hatte sich keine andere Art ausdenken können, sie zu tragen, und hatte sie schließlich zusammengedreht und sich einfach um den Kopf gewunden, so, wie sie es sonst mit ihrer Schleuder machte. Latie wurde bald in das allgemeine muntere Geplauder mit einbezogen und lächelte scheu, als Wymez ihr sagte, sie sehe reizend aus – ein ausgefallenes Kompliment aus dem Mund dieses sonst so einsilbigen Mannes. Nachdem erstmal Latie zu ihnen gestoßen war, ließ auch Rydag nicht lange auf sich warten. Ayla nahm ihn auf den Schoß.

Sein Gewand war dem Taluts ähnlich, nur nicht ganz so reich verziert. Das wäre ihm auch viel zu schwer gewesen. Taluts Zeremonialgewand wog ein Mehrfaches von dem Rydags. Nur wenige Menschen wären imstande gewesen, einen so schweren Kopfputz länger aufzubehalten.

Ranec hingegen ließ sich erst spät blicken. Sein Fehlen fiel Ayla auf, und sie sah sich öfters suchend nach ihm um. Doch als sie ihn dann schließlich erblickte, war sie überrascht. Alle hatten sie es genossen, Ayla ihre Festgewänder vorzuführen und zu beobachten, wie sie reagierte; und sie war jedesmal entzückt und beeindruckt und machte keinerlei Hehl daraus. Ranec hatte sie beobachtet und wollte eine besonders nachdrückliche Wirkung erzielen; er kehrte daher zum Herdfeuer des Fuchses zurück und kleidete sich nochmals um. Er hatte sie vom Herdfeuer des Löwen aus beobachtet und tauchte nun neben ihr auf, während sie in ein Gespräch vertieft war. Als sie den Kopf wandte, war er plötzlich da, und ihrem erstaunten Blick nach zu urteilen, hatte er die erhoffte Wirkung nicht verfehlt.

Schnitt und Stil seines Gewandes waren überaus ungewöhnlich; sein nach unten schmaler werdender Hauptteil sowie die weiten, bauschigen Ärmel verliehen ihm ein sehr anderes Aussehen und verrieten seine fremde Herkunft. Es war kein Mamutoigewand, sondern eines, das er eingetauscht – und für das er teuer bezahlt hatte; allerdings hatte er vom ersten Augenblick an, da er es gesehen, gewußt, daß es seines werden müsse. Eines der weiter nördlich beheimateten Lager hatte vor einigen Jahren einen Handelszug zu einem Volk weiter im Westen unternommen, das entfernt mit den Mamutoi verwandt war, und der Anführer hatte als Unterpfand der wechselseitigen Bande und künftiger freundschaftlicher Beziehungen dieses Hemd als Geschenk bekommen. Er hatte es eigentlich nicht hergeben wollen, doch war Ranec so hartnäckig geblieben und hatte ihm schließlich so viel dafür geboten, daß er es ihm nicht mehr hatte abschlagen können.

Die meisten Kleidungsstücke, welche die Angehörigen des Löwen-Lagers anhatten, waren in verschiedenen Braun-, tiefen Rot- und dunklen Gelbtönen gefärbt und mit hellen Elfenbeinkügelchen, Tierzähnen, Muscheln und Bernstein sowie mit Fellen und Federn verziert. Ranecs Gewand war von einem warmen Elfenbeinton, fast so hell und leuchtend wie echtes Weiß, und er wußte, daß diese Farbe einen hinreißenden Kontrast zu seiner dunklen Haut bildete; noch hinreißender jedoch war die Verzierung daran. Sowohl der Vorder- als auch der Rückenteil bildeten den Untergrund eines Bildes, das mit den Borsten eines Stachelschweins und feinen Schnüren geschaffen worden war, die in kraftvollen, leuchtenden Grundfarben eingefärbt waren.

Vorn auf dem Hemd prangte das abstrakte Portrait einer sitzenden Frau, das aus einer Anordnung von konzentrischen Kreisen in Rot-, Orange-, Blau-, Schwarz- und Brauntönen bestand; ein Ensemble von Kreisen stellte ihren Bauch dar, zwei weitere ihre Brüste. Bogen und Kreise innerhalb von Kreisen deuteten Hüften, Schultern und Arme an. Der Kopf war ein auf einem Dreieck beruhendes Gebilde mit spitzem Kinn, flachem Scheitel und geheimnisvollen Linien anstelle von Gesichtszügen. Leuchtend rote Granaten genau in der Mitte der Brust- und Bauchkreise sollten offensichtlich Brustwarzen und Nabel darstellen, und eine Linie von farbigen Steinen – grünen und rosa Turmalinen, roten Granaten und Aquamarinen – waren an dem flachen Oberteil des Kopfes befestigt. Die Rückseite des Hemdes zeigte dieselbe Frau in der Hinteransicht, wobei konzentrische Kreise oder Kreisausschnitte Gesäßbacken und Schultern darstellten. Dieselbe Farbfolge wiederholte sich mehrere Male unten an den leuchtenden Ärmeln.

Ayla war sprachlos und starrte das fremdartige Gewand offenen Mundes an. Selbst Jondalar war erstaunt. Er war weit herumgekommen und hatte viele verschiedene Stämme mit höchst unterschiedlichen Kleidungsgewohnheiten für Alltags- wie für Festtagsgelegenheiten kennengelernt. Er kannte Stachelschweinstickereien, wußte und bewunderte, wie man sie einfärbte und damit Stickereien ausführte. Trotzdem: Ein so eindrucksvolles und farbenprächtiges Kleidungsstück hatte er noch nie in seinem Leben gesehen.

»Ayla«, sagte Nezzie und nahm ihr den Teller ab, »Mamut möchte dich einen Moment sehen.«

Sie erhob sich, und alle anderen machten sich daran, das Essen fortzuschaffen, Teller sauberzukratzen und sich auf die Zeremonie vorzubereiten. Im Laufe des langen vor ihnen liegenden Winters sollten eine ganze Reihe von Festen und Zeremonien abgehalten werden, um etwas Abwechslung und Freude in die lange, vergleichsweise müßige Zeit hineinzubringen: das Fest der Brüder und Schwestern, das Fest der langen Nacht, der Lachwettbewerb, eine Reihe von Feiern und Festen zu Ehren der Mutter. Aylas Adoption war jedoch etwas Unerwartetes und daher besonders zu Begrüßendes.

Während die Leute zum Herdfeuer des Mammut hinübergingen, bereitete Ayla – wie Mamut es von ihr erbeten hatte – die Sachen vor, die sie fürs Feuermachen brauchte. Dann wartete sie und wurde plötzlich nervös und aufgeregt. Wie die Zeremonie im großen und ganzen verlaufen sollte, hatte man ihr erklärt; sie wußte also, was auf sie zukam und was man von ihr erwartete; aber sie war nicht unter Mamutoi großgeworden. Allgemeine Einstellungen und Verhaltensweisen waren ihr nicht zur zweiten Natur geworden, und obgleich Mamut sie offenbar verstand und bemüht gewesen war, ihre Ängste zu beschwichtigen, machte sie sich Sorgen, sie könnte etwas Unpassendes und Unangemessenes tun. Sie saß in der Nähe der Feuerstelle auf einer Matte und sah den Leuten zu. Aus den Augenwinkeln heraus sah sie Mamut etwas hinunterschlucken. Ihr fiel auf, daß Jondalar allein auf ihrer Bettplattform saß. Er schien beunruhigt und sah nicht gerade froh aus, so daß sie sich fragte, ob es wirklich richtig sei, daß sie eine Mamutoi wurde. Sie machte die Augen zu und richtete schweigend ihre Gedanken auf ihr Totem. Wenn der Geist des Höhlenlöwen es nicht gewollt hatte – hätte er ihr dann nicht ein Zeichen geschickt?

Als Talut und Tulie sich neben sie stellten und Mamut kalte Asche auf das letzte Feuer häufte, das im Langhaus noch brannte, wußte sie, daß die Zeremonie gleich beginnen würde. Auch wenn es nicht das erste Mal war, daß so etwas geschah, und auch wenn das Lager wußte, was jetzt kam – im Dunkeln auf Feuer zu warten war immer wieder ein Erlebnis, das an den Nerven zerrte. Ayla fühlte die Hand auf ihrer Schulter und schlug unter allgemein erleichtertem Aufatmen den Funken.

Als das Feuer richtig gut brannte, stand sie auf. Sowohl Talut als auch Tulie traten links und rechts von ihr vor; beide hielten sie einen langen Elfenbeinstab in der Hand. Mamut stand hinter Ayla.

»Im Namen der Mut, der Großen Erdmutter, sind wir hier versammelt, um Ayla in die Erdhütte vom Löwen-Lager der Mamutoi aufzunehmen«, begann Tulie. »Aber wir heißen diese Frau nicht nur im Löwen-Lager willkommen. Sie ist als Fremde hergekommen; wir aber möchten sie zu einer der Unsrigen machen, zu Ayla von den Mamutoi.«

Talut fuhr fort: »Wir sind Jäger des großen Wollhaarelefanten, des Mammuts, das die Mutter uns gegeben hat, auf daß wir von ihm leben. Das Mammut liefert uns Nahrung, Kleidung und Unterkunft. Wenn wir die Mutter ehren, wird Sie den Geist des Mammut dazu bringen, sich zu erneuern und jedes Jahr wiederzukehren. Mißachten wir aber die Ehre der Mutter oder gelingt es uns nicht, das Geschenk des Mammutgeistes gebührend zu schätzen, wird das Mammut fortziehen und nie wiederkommen. So hat man uns gesagt.

Das Löwen-Lager ist wie der große Höhlenlöwe; jeder einzelne von uns bewegt sich furchtlos und mit Stolz. Auch Ayla bewegt sich furchtlos und stolz. Ich, Talut vom Herdfeuer des Löwen und Anführer des Löwen-Lagers, biete Ayla einen Platz unter den Mamutoi des Löwen-Lagers an.«

»Ihr wird große Ehre angetan. Wieso ist sie dieser Ehre wert?« ließ sich eine Stimme aus der Mitte der Versammelten vernehmen. Ayla erkannte sie als die Frebecs und war froh, vorher gesagt bekommen zu haben, daß dies zur Zeremonie dazugehörte.

»Durch das Feuer, das ihr seht, hat Ayla unter Beweis gestellt, was sie wert ist. Sie hat ein großes Geheimnis entdeckt, einen Stein, aus dem man Feuer herausschlagen kann, und sie hat uns ohne jede Bedingung an diesem Zauber teilhaben lassen – und zwar jedes einzelne Herdfeuer unseres Lagers«, gab Tulie darauf zur Antwort.

»Ayla ist eine Frau mit vielen Gaben und von großem Können«, fügte Talut noch hinzu. »Sie hat Leben gerettet und dadurch bewiesen, daß sie eine sehr kundige Medizinfrau ist. Sie hat uns Fleisch gebracht und dadurch bewiesen, daß sie mit der Schleuder und einer neuen Waffe, die sie mitgebracht hat – dem Speerwerfer –, eine sehr geschickte Jägerin ist. Durch die Pferde hinter diesem Eingangsbogen hat sie bewiesen, daß sie eine Beherrscherin der Tiere ist. Sie würde jedem Herdfeuer zur Ehre gereichen, und für das Löwen-Lager stellt sie eine große Bereicherung dar. Sie ist es wert, eine Mamutoi zu werden.«

»Wer setzt sich für diese Frau ein? Wer wird verantwortlich sein für sie? Wer bietet ihr Heimatrecht am Herdfeuer an?« rief Tulie laut und klar und sah dabei ihren Bruder an. Doch ehe Talut antworten konnte, ließ eine andere Stimme sich vernehmen.

»Der Mamut setzt sich für Ayla ein! Der Mamut übernimmt die Verantwortung für sie. Ayla ist eine Tochter vom Herdfeuer des Mammut!« erklärte der alte Schamane mit einer Stimme, die tiefer, kräftiger und gebieterischer klang, als Ayla es jemals für möglich gehalten hätte.

Überrascht wurde Luft geholt; leises Gemurmel ließ sich aus dem Dämmer heraus vernehmen. Alle hatten gedacht, sie würde vom Herdfeuer des Löwen adoptiert werden. Dies jetzt kam unerwartet – aber war es das wirklich? Ayla hatte nie behauptet, eine Schamanin zu sein oder eine solche werden zu wollen; auch verhielt sie sich nicht wie jemand, der mit dem Unbekannten und Unerklärlichen vertraut war; sie war nicht darin ausgebildet worden, über besondere Kräfte zu verfügen. Gewiß, sie war eine Heilkundige. Sie übte eine unerhörte Macht über Pferde aus, vielleicht auch noch über andere Tiere. Vielleicht hatte sie das Zeug, eine Sucherin oder gar eine Ruferin zu werden. Gleichviel, das Herdfeuer des Mammut bildete den geistigen Mittelpunkt jener Kinder der Erde, die sich selbst die Mammutjäger nannten. Ayla konnte sich bis jetzt nicht einmal vollkommen in ihrer Sprache ausdrücken. Wie konnte jemand, der mit ihrer Lebensweise nicht vollständig vertraut war und keinerlei Wissen von Mut besaß, die Bedürfnisse und Wünsche der Mutter für sie deuten?

»Talut wollte sie adoptieren, Mamut«, sagte Tulie. »Warum sollte sie ans Herdfeuer des Mammut kommen? Weder hat sie sich der Mut geweiht, noch ist sie darin ausgebildet, der Mutter zu Dienen.«

»Ich habe nicht behauptet, daß sie das ist oder jemals sein wird, Tulie, obwohl sie begabter ist, als ihr euch vorstellen könnt, und ich es für sehr weise hielte, sie – um ihretwillen – auszubilden. Ich habe nicht gesagt, sie *wird* eine Tochter vom Herdfeuer des Mammut. Ich habe gesagt, sie *ist* eine Tochter vom Herdfeuer des Mammut. Sie wurde als eine solche geboren, von der Mutter Selbst dazu auserkoren. Die Entscheidung darüber, sich ausbilden zu lassen oder nicht, ist etwas, das keiner ihr abnehmen kann; aber es spielt überhaupt keine Rolle. Ayla braucht sich gar nicht zu weihen; das steht nicht in ihrer Macht. Ob ausgebildet oder nicht, ihr Leben wird Der Mutter Dienen. Ich setze mich nicht dafür ein, weil ich sie ausbilden möchte – es sei denn, es wäre ihr eigener Wunsch. Ich möchte sie als Tochter meines Herdfeuers adoptieren.«

Während Ayla dem alten Mann lauschte, überlief sie plötzlich ein kalter Schauder. Die Vorstellung, daß ihr Schicksal vorherbestimmt sei, ihr aus den Händen genommen, von Geburt an für sie auserwählt, gefiel ihr überhaupt nicht. Was meinte er damit, daß sie Der Mutter geweiht sei, daß ihr Leben der Mutter Dienen würde? War sie auch von Der Mutter auserwählt? Als er ihr die Sache mit den Totems erklärte, hatte Creb ihr gesagt, das sei ein Grund, warum der Geist des Großen Höhlenlöwen sie erwählt habe. Er hatte gesagt, sie brauche einen mächtigen Schutz. Was nun bedeutete es, von Der Mutter auserkoren zu sein? War das der Grund, warum sie des Schutzes bedurfte? Oder bedeutete es, daß, wenn sie eine Mamutoi wurde, der Höhlenlöwe nicht mehr ihr Totem wäre? Sie nicht mehr beschützen würde? Das war ein beunruhigender Gedanke. Sie wollte ihr Totem nicht verlieren. Sie schüttelte sich, versuchte böse Vorahnungen abzuschütteln.

Hatte Jondalar ob ihrer Adoption Unbehagen erfüllt, so verstärkte sich diese anläßlich dieser unerwarteten Wendung, die die Dinge nahmen. Er hörte die geflüsterten Bemerkungen der Leute und fragte sich, ob es wirklich stimme, daß sie eine der ihren werden sollte. Wenn Mamut plötzlich behauptete, sie sei dem Herdfeuer des Mammut geboren, könnte sie ja ebensogut eine Mamutoi gewesen sein, ehe sie ihre Eltern verloren hatte.

Ranec war überglücklich. Er hatte so sehr gewünscht, daß Ayla eine der ihren würde; wurde sie jedoch vom Herdfeuer des Löwen adoptiert, wäre sie damit seine Schwester, und er hatte kein Verlangen danach, ihr Bruder zu sein. Er wollte sich mit ihr zusammentun, und ein Bruder und eine Schwester konnten sich nicht zusammentun. Da beide adoptiert wären, sie aber beide offensichtlich nicht dieselbe Mutter hatten, hatte er vorgehabt, sich ein anderes Herdfeuer zu suchen, und gehofft, von ihm adoptiert zu werden; denn nur so konnte er seine Werbung weiter vorantreiben. Der Gedanke, Nezzie und Talut damit weh zu tun, schmerzte ihn. Aber wenn sie vom Herdfeuer des Mammut adoptiert wurde, brauchte er das nicht zu tun. Ganz besonders freute es ihn, daß sie als Tochter Mamuts adoptiert werden sollte und nicht als Eine, die dem Dienst der Mutter geweiht war, doch selbst das hätte ihn nicht abhalten können, um sie zu werben.

Nezzie war ein wenig enttäuscht. Sie hatte Ayla bereits als ihre Tochter betrachtet. Doch am wichtigsten war es Nezzie, daß Ayla bei ihnen blieb, und wenn Mamut sie wollte, war das für den Rat beim Sommer-Treffen nur noch eine größere Empfehlung. Talut sah sie fragend an, und als sie nickte, erklärte er sich bereit, hinter Mamut zurückzustehen. Auch Tulie erhob keine Einwände. Die vier berieten sich rasch, und Ayla erklärte sich einverstanden. Aus irgendeinem Grunde, den sie nicht recht benennen konnte, freute sie sich, Mamuts Tochter zu sein.

Als es in der dämmerigen Erdhütte wieder still wurde, hielt Mamut die Hand in die Höhe, und zwar so, daß der Handteller ihm zugewandt war. »Würde die Frau Ayla bitte vortreten?«

Aylas Magen verkrampfte sich, und die Knie wurden ihr weich, als sie auf den alten Mann zutrat.

»Möchtest du eins werden mit den Mamutoi?« fragte er

»Ja«, flüsterte sie, und die Stimme drohte ihr zu brechen.

»Bist du bereit, Mut, Die Große Mutter zu ehren und alle Ihre Geister und insbesondere nie den Geist des Mammut zu kränken? Bist du bereit, dich den Mamutoi würdig zu erweisen, dem Löwen-Lager Ehre zu machen und Mamut und das, was das Herdfeuer des Mammut bedeutet, zu achten?«

»Ja.« Mehr hätte sie kaum sagen können. Sie war sich nicht sicher, was man von ihr erwartete, um all dies zu tun, aber bemühen würde sie sich jedenfalls.

»Akzeptiert das Lager diese Frau?« wandte Mamut sich an die Versammlung.

»Wir akzeptieren sie«, erwiderten sie wie aus einem Mund.

»Sind welche dabei, die sie ablehnen?«

Es folgte eine lange Pause, und Ayla war sich durchaus nicht sicher, ob nicht Frebec doch dagegen sprechen würde, doch blieb alles still.

»Talut, Anführer des Löwen-Lagers – würdest du das Zeichen eingraben?« stimmte Mamut an.

Als Ayla Talut sein Messer aus der Scheide ziehen sah, klopfte ihr das Herz bis zum Hals hinauf. Das kam jetzt unerwartet. Sie hatte keine Ahnung, was er mit dem Messer vorhatte, doch was immer es war, sie war sich sicher, daß es ihr nicht gefiel. Der große Anführer nahm Aylas Arm, schob ihren Ärmel hinauf, zückte das Feuersteinmesser und ritzte ihr dann leicht den Oberarm, so daß Blut hervorquoll. Ayla spürte den Schmerz, zuckte jedoch nicht zusammen. Aylas Blut noch frisch an der Klinge, ritzte Talut ein gerades Zeichen auf das von Mamut festgehaltene Stück Elfenbein, das ihm als Scheibe um den Hals hing; es ergab einen rotgefärbten Strich. Dann sprach Mamut ein paar Worte, die Ayla nicht verstand. Ihr war nicht klar, daß die anderen sie genausowenig verstanden.

»Jetzt zählt Ayla zu den Leuten vom Löwen-Lager, ist sie eine von den Mammutjägern«, verkündete Talut. »Diese Frau ist und wird für immer sein Ayla von den Mamutoi.«

Mamut nahm eine kleine Schale zur Hand und sprenkelte eine ätzende Flüssigkeit auf die Narbe auf ihrem Arm – sie begriff, daß es sich um eine Reinigungsflüssigkeit handelte – und drehte Ayla dann um, so daß sie den Versammelten ins Gesicht sah. »Heißt Ayla von den Mamutoi willkommen, eine Angehörige des Löwen-Lagers, Tochter vom Herdfeuer des Mammut.« Er hielt einen Moment inne und setzte dann noch hinzu: »Erwählt vom Geist des Großen Höhlenlöwen.«

Die Versammelten wiederholten die Worte, und Ayla begriff, daß sie zum zweitenmal in ihrem Leben von einem ihr fremden Volk aufgenommen, akzeptiert und zu einer der ihren gemacht wurde. Sie schloß die Augen und hörte die Worte im Geiste widerhallen. Dann traf es sie mit voller Wucht. Mamut hatte ihr Totem mit einbezogen! Wiewohl sie nicht mehr Ayla vom Clan war, hatte sie ihr Totem nicht verloren! Sie stand immer noch unter dem Schutz des Höhlenlöwen. Aber noch weniger war sie mehr Ayla von den Nicht-Leuten; sie war Ayla von den Mamutoi.

18

»Du hast auf ewig das heilige Recht, am Herdfeuer des Mammut zu wohnen, Ayla, wo immer du bist. Bitte nimm dieses Zeichen an, Tochter meines Herdfeuers«, sprach Mamut, streifte einen mit Zickzacklinien gezierten Elfenbeinring vom Arm und drückte die genau ineinander passenden Enden des Reifs ein wenig unterhalb ihrer frischen Narbe zusammen. Dann schloß er Ayla in die Arme.

Als sie zu ihrer Bettplattform ging, auf der ihre Geschenke bereitlagen, standen Ayla die Tränen in den Augen, doch wischte sie sie fort, ehe sie eine Holzschale zur Hand nahm. Diese war rund und kräftig, doch die Wandung gleichmäßig dünn. Die Schale wies weder ein Farb- noch ein Ritzmuster auf, nur die feine Holzmaserung, die wunderbar ausgewogen war.

»Bitte empfange von der Tochter des Herdfeuers das Geschenk einer Medizinschale«, sagte Ayla. »Und wenn du gestattest, wird die Tochter des Herdfeuers die Schale jeden Tag mit einer Medizin gegen Gliederreißen füllen, gegen Schmerzen in den Gelenken von Fingern, Armen und Knien.«

»Oh, eine Linderung meiner Schmerzen wäre mir diesen Winter sehr willkommen«, sagte Mamut lächelnd, nahm die Schale und reichte sie an Talut weiter, der sie genau betrachtete, beifällig nickte und sie an Tulie weitergab.

Tulie besah sie sehr kritisch und hielt sie zuerst für nichts Besonders, weil ihr der zusätzliche Schmuck fehlte, sie also weder bemalt noch beschnitzt war, so wie sie es gewohnt war. Doch als sie genauer hinsah, die Finger über die bemerkenswert fein geschliffene Wandung fahren ließ und die Symmetrie und die vollkommene Form der Arbeit erkannte, mußte sie zugeben, daß es sich sehr wohl um ein ganz vorzüglich gefertigtes Stück handelte, vielleicht sogar um das feinste Stück Handwerksarbeit, das sie je gesehen hatte. Als die Schale von einem zum anderen ging, erweckte sie Neugier auf die anderen Geschenke, die Ayla mitgebracht hatte; jetzt war jeder der Anwesenden gespannt, ob wohl jedes Geschenk so wunderschön und ungewöhnlich wäre wie dieses.

Jetzt trat Talut vor und schloß Ayla herzlich in die Arme. Dann überreichte er ihr ein mit einem Elfenbeingriff versehenes Messer in einer rotgefärbten Lederscheide, das mit einem verschlungenen Muster beschnitzt war, ähnlich dem Messer, das Deegie an ihrem Gürtel trug. Ayla zog das Messer aus der Scheide und erriet sofort, daß die Klinge wahrscheinlich von Wymez gefertigt war – den Griff, so mutmaßte sie, hatte vermutlich Ranec geschnitzt und geformt.

Für Talut holte Ayla ein schweres dunkles Fell hervor. Er verzog das Gesicht zu einem breiten Grinsen, schüttelte den Umhang, der aus einem ganzen Wisentfell bestand, und warf ihn sich um die Schulter. Die dichte Mähne und das Schulterhaar ließen den großen Mann womöglich noch größer erscheinen, als er war, und er genoß die Wirkung. Dann bemerkte er die Art und Weise, wie der Umhang fiel, nämlich in schönen Falten, und da untersuchte er die weiche und geschmeidige Innenseite des warmen Umhangs genauer.

»Nezzie! Schau dir das hier an!« sagte er. »Hast du jemals ein geschmeidigeres Wisentfell gesehen? Und wie warm es ist! Ich glaube, ich möchte nicht, daß etwas anderes daraus gemacht wird, nicht mal ein Überwurf! Das trage ich so, wie es ist!«

Ayla lächelte über sein Entzücken und freute sich, daß ihr Geschenk so sehr gefiel. Jondalar, der sich im Hintergrund hielt, freute sich über Taluts Reaktion. Er hatte das erwartet, war aber trotzdem froh, daß seine Erwartung sich erfüllte.

Nezzie hieß Ayla mit einer herzlichen Umarmung willkommen und schenkte ihr dann eine Halskette aus zueinander passenden, nach Größe aufgefädelten Spiralmuscheln, eine jede von der anderen durch sorgsam zusammengenähte Abschnitte der harten Röhrenknochen des Polarfuchses getrennt; vorn hing als Anhänger der mächtige Eckzahn eines Höhlenlöwen herunter. Ayla hielt sie sich um, während Tronie sie ihr hinten festband; dann sah sie an sich herunter und bewunderte sie, nahm den Zahn des Höhlenlöwen in die Hand und überlegte, wie sie es wohl fertiggebracht hatten, ihn an der Wurzel zu durchbohren.

Jetzt stieß Ayla den Fellvorhang vor der Bettplattform beiseite und holte einen sehr großen Deckelkorb heraus und stellte ihn vor Nezzie hin. Der Korb schien ganz einfach. Keines der Gräser, aus denen er geflochten war, war gefärbt worden, und die Korbwand wies keinerlei bunte geometrische Figuren, stilisierte Vögel oder Tiere auf. Bei näherem Hinschauen fiel jedoch ein sehr feines Flechtmuster auf, und Nezzie erkannte, mit wieviel Geschick der ganze Korb geflochten war, daß er kein Wasser durchließ, sich also durchaus als Kochkorb eignete.

Nezzie hob den Deckel in die Höhe, woraufhin das gesamte Lager sein

Erstaunen äußerte. Der durch schmiegsame Birkenrinde in Fächer unterteilte Korb war mit Eßbarem gefüllt. Da lagen kleine harte Äpfel, süßwürzige Möhren, geschälte knorrige Wurzeln der stärkehaltigen Erdbirne Topinambur, getüpfelte und getrocknete Kirschen, die getrockneten, gleichwohl jedoch noch grünen Knospen von Taglilien, die in der Schote getrockneten Samenkörner der Bärenschoten, getrocknete Pilze, getrocknete Blätter grüner Zwiebeln und etliche andere nicht ohne weiteres zu bestimmende, ebenfalls getrocknete Blätter und Stengel. Als Nezzie die Auswahl begutachtete, strahlte sie übers ganze Gesicht. Es war ein wunderbares Geschenk.

Als nächste trat Tulie auf Ayla zu. Sie hieß sie gleichfalls mit einer Umarmung willkommen, nicht weniger herzlich, aber förmlicher; und wie sie Ayla ihr Geschenk überreichte, tat sie das auch nicht mit großer Geste, machte aber deutlich, durchaus das richtige Gefühl für Zeremonielles zu haben. Bei dem Geschenk handelte es sich um einen wunderschön verzierten kleinen Behälter. Er war aus Holz in der Form eines kleinen Kastens mit abgerundeten Ecken geschnitzt. Fischmuster waren sowohl hineingeschnitzt als auch draufgemalt; außerdem Muschelteile draufgeklebt. Insgesamt vermittelte der bildliche Schmuck den Eindruck eines von Fischen und Wasserpflanzen wimmelnden Gewässers. Als Ayla den Deckel hochhob, begriff sie erst, was dieser so kostbare Kasten enthielt. Er war bis obenhin mit Salz gefüllt.

Ayla hatte eine recht gute Vorstellung davon, welch einen großen Wert Salz darstellte. Während ihrer Kindheit beim Clan, der in der Nähe der Beran-See – des Schwarzen Meeres – gelebt hatte, war Salz etwas ganz Selbstverständliches für sie gewesen. Es war recht einfach zu gewinnen, und manche Fische wurden sogar damit haltbar gemacht. Doch weiter im Landesinneren, im Tal der Pferde, hatte es kein Salz gegeben, und es hatte einige Zeit gedauert, sich an die völlige Salzlosigkeit ihrer Kost zu gewöhnen. Das Löwen-Lager war noch weiter von der See entfernt als ihr Tal. Sowohl Salz als auch Muscheln hatten über weite Entfernungen transportiert werden müssen: Trotzdem hatte Tulie ihr einen ganzen Kasten voll davon geschenkt. Es war also ein seltenes, überaus kostbares Geschenk.

Ein Gefühl großer Ehrfurcht erfüllte Ayla, als sie ihr Geschenk für die Anführerin des Löwen-Lagers hervorholte, und sie hoffte inständig, daß Jondalar recht hatte mit seinem Vorschlag und dies genau das Richtige war. Der Pelz, den sie ausgesucht hatte, stammte von einem Schneeleoparden – einem Tier, das in dem Winter, da Ayla und Baby gelernt hatten, gemeinsam zu jagen, versucht hatte, ihnen eine Beute abzujagen. Als es so aussah, daß es zu einem Kampf kommen würde, hatte Ayla die ausgewachsene, gleichwohl jedoch kleinere Raubkatze als Baby mit einem aus ihrer

Schleuder abgeschossenen Stein betäubt und ihr dann mit einem zweiten den Garaus gemacht.

Dieses Geschenk war offensichtlich etwas völlig Unerwartetes, und Tulies Augen leuchteten vor Freude, doch erst als sie der Versuchung nicht mehr widerstehen konnte, sich den kuscheligen dichten Winterpelz um die Schultern zu werfen, wurde ihr klar, daß es sich bei dem Schneeleopardenfell um die gleiche einzigartige Qualität handelte, die auf Talut einen solchen Eindruck gemacht hatte. Die Innenseite fühlte sich unglaublich weich an. Felle waren im allgemeinen steifer als haarloses Leder. Ihrer Beschaffenheit entsprechend, konnten Felle ja nur auf der einen Seite mit den Schabern bearbeitet werden, die man benutzte, um die Lederhaut zu dehnen und weich zu machen. Zwar ließ sich mit der Mamutoi-Methode der Lederaufbereitung haltbareres Leder herstellen, doch war dieses weniger weich und schmiegsam als das von Ayla hergestellte, das nur mit Fett bearbeitet wurde. Tulie hatte nicht erwartet, daß das Geschenk einen solchen Eindruck auf sie machen würde, und sie beschloß sogleich herauszufinden, nach welcher Methode Ayla vorging.

Wymez näherte sich mit einem in ein weiches Ledertuch eingewickelten Gegenstand. Ayla wickelte ihn aus und hielt die Luft an. Es war eine prachtvolle Speerspitze, wie ein vollkommen ebenmäßig facettierter Schmuckstein und sehr kostbar. Ihr Geschenk für ihn war eine dicke Bodenmatte, auf die er sich bei seiner Arbeit setzten konnte. Die meisten von Aylas Körben und Matten besaßen kein Farbmuster, doch im letzten Winter in ihrer Höhe hatte sie angefangen, mit verschiedenen Grassorten zu experimentieren, die natürliche Farbunterschiede aufwiesen. Dabei war in Verbindung mit ihren üblichen Flechtmustern eine Matte entstanden, die ein zwar unaufdringliches, aber durchaus erkennbares Ein-Stern-platzt-Muster aufwies. Sie war damals sehr erfreut darüber gewesen, und als sie sich an das Aussuchen der Geschenke machte, waren ihr bei den pfeilspitz auslaufenden Strahlen, die von der Mitte ausgingen, die wunderschönen Spitzen von Wymez eingefallen; die Webart wiederum gemahnte an die kleinen Dellenränder der feinen Plättchen, die er von den Feuersteinklingen und Schneidewerkzeugen abschlug. Sie war gespannt, ob ihm das auffallen würde.

Nach eingehender Betrachtung schenkte er ihr eines seiner seltenen Lächeln. »Die Matte ist ja wunderschön! Sie erinnert mich an eine Arbeit von Ranecs Mutter. Die konnte Gras besser zu Matten verarbeiten als jeder andere. Jedenfalls sollte ich die wohl aufheben und an die Wand hängen. Dafür werde ich jetzt diese benutzen und mich bei der Arbeit darauf setzen. Sie hilft mir bestimmt, nicht zu vergessen, was ich mir vorgenommen hatte.« Seine Umarmung hatte nichts von der Zurückhaltung, die er im allgemeinen beim Reden an den Tag legte. Ayla erkannte, daß Wymez hinter seinem stillen Äußeren ein freundlicher, warmherziger und feinfühliger Mann war.

Es gab keine besondere Reihenfolge, nach der die Geschenke verteilt wurden, und der nächste, der neben der Plattform stand und wartete, daß er an die Reihe kam, war Rydag. Ayla setzte sich neben ihn und erwiderte seine heftige Umarmung. Dann machte er die Hand auf und hielt eine spannenlange runde Röhre in der Hand, den Röhrenknochen eines Vogels, in den Löcher hineingebohrt worden waren. Sie nahm sie entgegen, besah sie sich von allen Seiten, war sich aber nicht über ihren Zweck im klaren. Daraufhin nahm er sie ihr wieder ab, hielt sie an den Mund und blies. Der Pfeifton, der dabei entstand, hatte etwas Lautes und Durchdringendes. Ayla versuchte, den Ton gleichfalls hervorzubringen, und lächelte. Dann schenkte sie ihm eine warme, wasserdichte Kapuze aus Vielfraßfell, wie die Leute vom Clan sie trugen; doch als er sie aufsetzte, gab ihr das einen Stich. Er erinnerte sie allzusehr an Durc.

»Ich hatte ihm eine solche Pfeife gegeben, damit er mich rufen kann, wenn er mich braucht. Manchmal hat er nicht genug Puste, um zu schreien; aber für eine Pfeife reicht sie«, erklärte Nezzie. »Diese hier hat er selbst gemacht.«

Deegie überraschte Ayla mit dem Kleid, das sie eigentlich heute abend hatte tragen wollen. Als sie den Ausdruck gesehen hatte, der Ayla bei seinem Anblick in die Augen gekommen war, hatte Deegie beschlossen, es ihr zu schenken. Ayla fehlten die Worte, sie starrte das Kleid nur an, und ihre Augen füllten sich mit Tränen. Dann erst konnte sie sagen: »Noch nie habe ich etwas so Wunderschönes gesehen.«

Dann überreichte sie Deegie ihr Geschenk, einen Stapel Körbe sowie mehrere wunderbar geschliffene und polierte Schalen von unterschiedlicher Größe, die sowohl als Trinkbecher als auch für Suppe benutzt werden konnten, ja, es ließ sich sogar darin kochen, und so sollten sie ihr an ihrem neuen Herdfeuer dienen, nachdem sie sich mit Branag zusammengetan hatte. In einer Gegend, in der Holz vergleichsweise selten und im allgemeinen Knochen und Elfenbein das Material waren, aus dem Geräte dieser Art hergestellt wurden, stellten die Schalen ein ganz besonderes Geschenk dar. Die beiden jungen Frauen umarmten sich so herzlich, als wären sie Schwestern.

Um ihr zu beweisen, daß er ihr durchaus ein anständiges Geschenk gönnte, überreichte Frebec ihr ein Paar kniehoher Pelzstiefel, die am oberen Rand mit Stachelschweinborsten verziert waren, woraufhin sie wiederum froh war, eines ihrer besten Rentiersommerfelle für ihn ausgesucht zu haben. Das Haar des Rentiers war hohl, stellte eine winzige luftgefüllte

Röhre dar und isolierte daher auf ganz natürliche Weise. Das Sommerfell stellte das wärmste und zugleich leichteste dar, was man kannte, und ergab daher nicht nur die praktischste und bequemste Kleidung für die Jagd bei kaltem Winterwetter, sondern galt auch noch als äußerst kostbar. Aus den Fellen, die sie ihm überreichte, ließ sich ein ganzer aus Hemd und Hose bestehender Anzug fertigen, der so warm hielt, daß man selbst bei klirrendem Frost nur noch einen Überwurf brauchte und sich nicht in Pelze von beträchtlichem Gewicht hüllen mußte. Er spürte genauso wie die anderen die ungewöhnliche Weichheit ihrer Felle, enthielt sich jedoch jeden Kommentars und hieß sie nur mit einer steifen und sehr förmlichen Umarmung willkommen.

Fralie schenkte ihr zu den Stiefeln passende Pelzfäustlinge und Ayla der Schwangeren einen wunderschönen Kochkorb, der einen Beutel getrockneter Blätter enthielt. »Ich hoffe, du magst diesen Tee, Fralie«, sagte sie und sah sie dabei bedeutsam an, gleichsam als wolle sie ihre Worte unterstreichen. »Es tut gut, gleich morgens beim Aufwachen einen Becher davon zu trinken und vielleicht noch abends vorm Schlafengehen. Wenn du möchtest, kann ich dir mehr davon geben, sobald der Tee aufgebraucht ist.«

Fralie nickte zustimmend, dann umarmten sie sich. Argwöhnisch sah Frebec zu, doch Ayla überreichte ja nur ein Geschenk, und daß Fralie dem neuesten Mitglied vom Löwen-Lager ihrerseits ein Geschenk gab, darüber konnte er sich kaum beschweren, oder? Ayla war über die Umstände nicht gerade glücklich. Lieber hätte sie Fralie direkt und offen behandelt; aber die kleine Notlüge war besser, als überhaupt nicht helfen zu können, und Fralie weigerte sich, sich in eine Situation zu begeben, die den Anschein erweckte, als müsse sie sich zwischen ihrer Mutter und ihrem Gefährten entscheiden.

Als nächste kam Crozie und nickte Ayla beifällig zu. Dann schenkte sie ihr einen kleinen Lederbeutel, der an den Rändern zusammengenäht und oben an der Öffnung zugebunden war. Der Beutel bestand aus rotgefärbtem Leder, war wunderschön mit Elfenbeinkügelchen besetzt und mit weißen, nach unten zeigenden Dreiecken bestickt. Kleine weiße Kranichfedern waren am runden Rand unten angebracht. Ayla war voll des Lobes über die schöne Arbeit, doch als sie keinerlei Anstalten machte, den Beutel aufzumachen, forderte Deegie sie auf, es zu tun. Darin lagen Schnüre und Fäden aus Mammutwolle, Sehnen, Tierhaaren und Pflanzenfasern, alle sorgfältig zu kleinen Knäueln geschlungen oder aber um kleine Knöchelchen herum aufgewickelt. Außerdem enthielt das Nähbeutelchen scharfe Klingen und Ahlen zum Schneiden und Durchstechen. Ayla war entzückt. Sie brannte darauf kennenzulernen, wie die Mamutoi ihre Kleider schmückten und verzierten.

Sie ihrerseits holte von ihrer Plattform eine kleine Holzschale mit fest sitzendem Deckel darauf und überreichte sie der alten Frau. Als Crozie sie aufmachte, sah sie Ayla verwirrt an. Die Schale war gefüllt mit rein weißem, gesprengeltem weichem Talg – farb-, geruch- und geschmacklosem Tierfett, das in siedendem Wasser ausgekocht worden war. Sie schnupperte daran und lächelte, als sie den Duft bemerkte, wußte aber immer noch nicht, was das ganze eigentlich sollte.

»Ich habe aus Blüten Rosenwasser gemacht ... und das vermischt ... mit anderen Dingen«, begann Ayla zu erklären.

»Ja, deswegen riecht es wohl so gut. Aber wozu benutzt man es?«

»Für die Hände, fürs Gesicht, Ellbogen, Füße. Fühlt sich gut an und macht die Haut glatt«, sagte Ayla, nahm einen kleinen Batzen davon und rieb ihn der alten Frau auf die trockene, gesprungene und verrunzelte Hand. Nachdem sie es ihr in die Haut eingerieben hatte, berührte Crozie sie mit der anderen Hand, schloß dann die Augen und fühlte genüßlich die ungewohnte Glätte. Als die alte Frau die Augen wieder aufmachte, meinte Ayla zu bemerken, daß sie freudiger leuchteten als zuvor, dabei war von Tränen nichts zu sehen. Als die Frau sie jedoch eng an sich drückte, spürte Ayla, wie sie innerlich zitterte.

Jeder Austausch von Geschenken machte alle immer gespannter auf den nächsten, und Ayla genoß es, ebensoviel zu geben, wie sie bekam. Die Geschenke, die sie erhielt, waren für sie genauso ungewöhnlich wie ihre Geschenke für die anderen. Es machte einfach Spaß zu sehen, wie beifällig ihre Gaben aufgenommen wurden, und sie ihrerseits ließ sich gern von dem überwältigen, was sie geschenkt bekam. Nie war sie sich als etwas Besonderes vorgekommen, nie hatte man ihr jemals das Gefühl vermittelt, so willkommen zu sein wie hier und gebraucht zu werden. Wenn sie darüber nachdachte, drohte Tränen der Freude ihr in die Augen zu treten.

Ranec hielt sich im Hintergrund und wartete, bis alle anderen Geschenke ausgetauscht worden waren. Er wollte der Letzte sein, sie sollte sein Geschenk nicht mit denen der anderen verwechseln. Er wünschte sich, daß seines von den besonderen und einzigartigen Geschenken dasjenige sei, das sich ihrer Erinnerung am nachhaltigsten einprägte. Ayla stellte die Geschenke auf die Plattform, die jetzt genauso voll stand wie zu Anfang, da fiel ihr das Geschenk für Ranec in die Augen, und ihr ging auf, daß sie mit ihm ja noch nichts ausgetauscht hatte. Ihr Geschenk in der Hand, drehte sie sich suchend nach ihm um und blickte geradewegs in die gebleckten Zähne seines spöttischen Lächelns.

»Nein, ah ... ich habe es nicht vergessen .... Hier«, sagte sie, erinnerte sich an das Geschenk in ihrer Hand und hielt es in die Höhe. Er richtete die Augen darauf und strahlte vor Vergnügen, als er die dichten, weichen weißen Winterpelze der Polarfüchse erblickte, die sie ihm hinhielt. Diese kleine Verzögerung gab ihr die Chance, sich zu fassen, und als er die Augen wieder auf sie richtete, waren es ihre Augen, die diesmal spöttisch lächelten. »Du hast es wohl vergessen, oder?«

Er verzog das Gesicht zu einem breiten Grinsen, ebensosehr erfreut über ihre leichte Auffassungsgabe und ihre Bereitwilligkeit, bei seinen Späßen mitzumachen, wie auch darüber, daß ihm dies genau die richtige Möglichkeit gab, ihr sein Geschenk zu präsentieren.

»Nein. Ich habe es nicht vergessen. Hier«, sagte er und hielt ihr den Gegenstand hin, den er bisher hinterm Rücken versteckt gehalten hatte. Sie besah sich das Stück geschnitzten Elfenbeins, das er in den schalenförmig zusammengelegten Händen hielt, und wollte ihren Augen im ersten Moment nicht trauen. Selbst als er sie von den weißen Pelzen befreite, die sie in der Hand hielt, griff sie nicht danach. Es war fast, als ob sie Angst hätte, es zu berühren. Fassungslos hob sie den Blick und sah ihn an.

»Ranec«, hauchte sie, streckte die Hand ein wenig vor, und zögerte. Er mußte es ihr geradezu aufnötigen, und selbst dann noch hielt sie es mit geradezu übertriebener Vorsicht, als ob sie es zerbrechen könnte. »Das ist ja Winnie! Es ist, als ob du Winnie genommen und ganz klein gemacht hättest«, rief sie aus und besah sich das köstlich geschnitzte Pferd aus Elfenbein von allen Seiten. Die Schnitzerei war nicht länger als eine Handspanne. Ein Hauch von Farbe war auf das Bildwerk aufgetragen: gelblicher Ocker für das Fell, zerstoßene schwarze Holzkohle für die Beine, die struppige Mähne und den Rückenstreifen bis hin zum Schwanz – alles den natürlichen Farben von Winnie entsprechend. »Schau, kleine Ohren, genau richtig! Und Hufe und Schweif! Selbst Besonderheiten wie auf dem Fell! Ach, Ranec, wie machst du das nur?«

Als Ranec sie herzlich an sich drückte, hätte er nicht glücklicher sein können. Sie reagierte genauso, wie er es sich ersehnt, ja erträumt hatte, und der Ausdruck der Liebe in seinen Augen, als er sie ansah, war so auffällig, daß Nezzie die Augen feucht wurden. Sie sah zu Jondalar hinüber und erkannte, daß es diesem nicht entgangen war. Zorn malte sich auf seinen Zügen. Wissend schüttelte sie den Kopf.

Nachdem nun endgültig alle Geschenke getauscht worden waren, begleitete Ayla Deegie zum Herdfeuer des Auerochsen, um ihr neues Kleid überzuziehen. Seit Ranec das Hemd aus der Fremde erworben hatte, war Deegie bemüht gewesen, ihr Leder gleichfalls in diesen Farben zu färben. Schließlich war sie dem recht nahe gekommen, und hatte aus dem cremefarbenen Leder ein kurzärmeliges Kleid mit V-Ausschnitt und gleichfalls V-förmig spitzauslaufendem Rocksaum gefertigt, dazu passende Beinlinge und in der Taille einen Gurt aus fingergewebten Bändern aus leuchtenden Farben ähnlich denen, wie sie auf den Mustern des Hemds auftauchten. Der im Freien verbrachte Sommer hatte Aylas Haut tief gebräunt und ihr blondes Haar soweit aufgehellt, daß es fast die Farbe des Leders hatte. Das ganze Kleid paßte ihr, als wäre es für sie gemacht.

Mit Deegies Hilfe legte Ayla wieder Mamuts Elfenbeinarmreife an, fügte dann noch Taluts Messer in der roten Scheide sowie die Halskette von Nezzie hinzu, doch als die junge Mamutoifrau ihr bedeutete, sie solle den abgeschabten, fleckigen und ziemlich prall gefüllten Lederbeutel abnehmen, den sie um den Hals hängen hatte, lehnte Ayla das entschieden ab.

»Das ist mein Amulett, Deegie. Es birgt den Geist des Höhlenlöwen, vom Clan, von mir. Kleine Stücke, so wie Ranecs Schnitzerei eine kleine Winnie ist. Creb hat mir gesagt, wenn ich es verliere, kann mein Totem mich nicht finden. Dann würde ich sterben«, versuchte Ayla ihr zu erklären.

Deegie überlegte einen Moment und sah Ayla dann an. Die ganze Wirkung des neuen Kleides wurde zunichte gemacht durch den abgegriffenen kleinen Lederbeutel. Selbst der Riemen, an dem sie ihn um den Hals trug, war bereits abgewetzt, doch gerade das brachte sie auf eine Idee.

»Ayla, was machst du, wenn dieser Riemen reißt? Er sieht aus, als ginge er bald entzwei«, fragte Deegie.

»Dann mache ich einen neuen Beutel und einen neuen Riemen.«

»Dann ist es also nicht der Beutel, der wichtig ist, sondern das, was drin ist, hab' ich recht?«

»Ja.«

Deegie sah sich suchend um und erspähte plötzlich den Nähbeutel, den Crozie Ayla geschenkt hatte. Sie hob ihn auf, entleerte den Inhalt vorsichtig auf die Plattform und hielt ihn ihr hin. »Gibt es irgendeinen Grund, warum du dann nicht diesen nehmen kannst? Wir könnten ihn an einer Perlenschnur befestigen – eine von denen, die du im Haar trägst, würde gehen –, und dann kannst du ihn um den Hals tragen.«

Ayla nahm den wunderschön verzierten Beutel von Deegie entgegen, besah ihn sich, legte die Hand um den vertrauten alten Lederbeutel und ließ das Gefühl der Sicherheit, das das Clan-Amulett ihr vermittelte, auf sich wirken. Aber sie war keine Clan mehr. Sie hatte auch ihr Totem nicht verloren. Der Geist des Höhlenlöwen beschützte sie nach wie vor, und die Zeichen, die sie erhalten hatte, besaßen zwar nach wie vor Bedeutung; aber sie war jetzt eine Mamutoi.

Als Ayla zum Herdfeuer des Mammut zurückkehrte, war sie jeder Zoll eine Mamutoifrau, eine schöne, wohlgekleidete Mamutoifrau von großem Ansehen und offenkundigem Wert. Alle schauten das neueste Mitglied des Löwen-Lagers nur wohlgefällig an. Zwei Augen betrachteten sie allerdings mit mehr als nur Wohlgefallen. Liebe und Verlangen schimmerten aus dunkel lachenden Augen nicht minder hoffnungsfreudig als aus den bekümmert unglücklichen Augen von unsäglich leuchtendem Blau.

Manuv, der Nuvie auf dem Schoß hatte, lächelte Ayla herzlich an, als diese an ihm vorüberkam, um ihre anderen Kleider wegzulegen, und sie erwiderte dieses Lächeln so freudig und glückstrahlend, da sie nicht wußte, wie sie diese Freude und dieses Glück für sich behalten sollte. Sie war Ayla von den Mamutoi; sie würde alles tun, was sie tun mußte, um voll und ganz eine der ihren zu sein. Dann sah sie Jondalar Danug etwas sagen, sah ihn zwar nur von hinten, spürte jedoch, wie ihr Hochgefühl in sich zusammensank. Vielleicht war es nur die Art, wie er dastand oder wie er die Schultern hielt, doch irgend etwas Unwägbares ließ sie innehalten. Jondalar war nicht glücklich. Aber was konnte sie jetzt daran ändern?

Sie eilte, um die Pyritwürfel zu holen. Mamut hatte ihr gesagt, noch zu warten, ehe sie sie verteilte. Eine angemessene Zermonie würde die Steine mit Bedeutungsfülle umkleiden umd ihren Wert herausstreichen. Sie nahm die graugelben, kleinen Pyritwürfel mit dem metallischen Schimmer und trug sie an das Herdfeuer. Dabei ging sie hinter Tulie her, die mit Nezzie und Wymez sprach, und hörte zufällig, wie sie sagte:

»... aber ich hatte ja keine Ahnung, daß sie solchen Reichtum besaß. Schaut euch doch allein die Pelze an! Das Wisentfell und die weißen Pelze der Polarfüchse, und das Fell des Schneeleoparden – davon bekommt man nicht viele zu sehen ...«

Ayla lächelte, und das Gefühl freudiger Erregung kehrte wieder zurück. Ihre Geschenke waren akzeptabel gewesen und wurden geschätzt.

Der alte Mann der Mysterien war nicht müßig gewesen. Während sie sich umkleiden gegangen war, hatte auch Mamut etwas anderes angezogen. Das Gesicht war mit Zickzacklinien bemalt, die seine Tätowierung um so deutlicher hervortreten ließen; er hatte einen Umhang aus dem Fell eines Höhlenlöwen umgelegt – desselben Höhlenlöwen, dessen Schwanzquaste Talut an seiner Elfenbeinscheibe hängen hatte. Mamuts Halskette bestand aus kurzen ausgehöhlten Stoßzahnabschnitten von einem kleinen Mammut, die sich abwechselten mit Reißzähnen verschiedener Tiere, darunter dem eines Höhlenlöwen, der das Gegenstück zu ihrem Zahnanhänger sein konnte.

»Talut plant eine Jagd, deshalb werde ich mich auf die Suche begeben«, erklärte der Schamane ihr. »Geselle dich mir zu, wenn du kannst – und möchtest. Zumindest aber halte dich bereit.«

Ayla nickte, doch ihr Magen verkrampfte sich.

Tulie näherte sich und lächelte sie an. »Ich hatte keine Ahnung, daß

Deegie dir das Kleid schenken wollte«, sagte sie. »Und wenn sie es mir vorher gesagt hätte – ich weiß nicht, ob ich einverstanden gewesen wäre; sie hat sehr, sehr viel Arbeit damit gehabt, aber ich muß zugeben, es steht dir, Ayla.«

Ayla lächelte nur und war sich nicht sicher, wie sie darauf eingehen sollte.

»Gerade deshalb habe ich es ihr ja geschenkt, Mutter«, sagte Deegie und näherte sich ihnen mit ihrem Schädelinstrument. »Ich habe ja versucht herauszufinden, wie man bearbeitetes Leder in dieser hellen Farbe erhält. Ich kann mir ja jederzeit ein neues Kleid machen.«

»Ich bin bereit«, verkündete Tornec, als er mit seinem Mammutknocheninstrument erschien.

»Gut. Dann fängst du an, sobald Ayla beginnt, ihre Steine zu verteilen«, sagte Mamut. »Wo steckt denn Talut?«

»Er hat seinen Trank ausgeschenkt«, sagte Tornec lächelnd, »und ich muß sagen, er war sehr großzügig. Er sagte, dies müsse wirklich ein würdiges Fest werden.«

»Das wird es auch«, dröhnte der große Anführer. »Hier, Ayla, ich habe dir einen Becher voll gebracht. Schließlich bist du der Anlaß für unsere Feier.«

Ayla kostete das Getränk, konnte jedoch dem Gärungsgeschmack immer noch nicht recht etwas abgewinnen, doch schienen alle anderen Mamutoi es zu genießen. Sie nahm sich vor, den Genuß daran gleichfalls zu erlernen. Schließlich wollte sie eine von ihnen sein, tun, was sie taten, und mögen, was sie mochten. Infolgedessen trank sie den Becher aus, den Talut augenblicklich wieder füllte.

»Talut wird dir sagen, wann du anfangen sollst, die Pyritwürfel zu verteilen, Ayla. Schlage einen jeden mit einem Feuerstein zusammen und lasse einen Funken springen, ehe du ihn überreichst«, wies Mamut sie an. Sie nickte, betrachtete den Becher in ihrer Hand und trank ihn nochmals aus. Sie schüttelte sich, stellte den Becher hin und nahm die Steine zur Hand.

»Ayla gehört jetzt zum Löwen-Lager«, sagte Talut, sobald alle einen Platz gefunden hatten, »aber sie hat noch ein Geschenk mehr mitgebracht. Jedes Herdfeuer erhält jetzt von ihr einen Stein zum Feuermachen. Nezzie ist Hüterin vom Herdfeuer des Löwen. Ayla wird ihr den Stein übergeben, auf daß sie ihn hüte.«

Als Ayla auf Nezzie zuging, schlug sie mit einem Feuerstein gegen das Eisenpyrit, was einen leuchtenden Funken hervorrief; dann überreichte sie den Steinwürfel.

»Wer ist Hüter vom Herdfeuer des Fuchses?« fuhr Talut fort, als Deegie und Tornec anfingen, die Knocheninstrumente zu bearbeiten.

»Das bin ich. Ranec ist Hüter vom Herdfeuer des Fuchses.«

Ayla brachte ihm einen Stein und schlug einen Funken daraus. Doch als sie ihn ihm hinreichte, flüsterte er mit leiser, werbender Stimme: »Die Fuchspelze sind weicher und schöner als alle, die ich jemals gesehen habe. Ich werde sie auf mein Bett legen und jede Nacht an dich denken, wenn ich ihre Weichheit an meiner nackten Haut spüre.« Er streifte ihr Gesicht ganz leicht mit dem Handrücken, doch für sie war es wie ein körperlicher Schock.

Verwirrt trat sie zurück. Talut fragte nach der Hüterin vom Herdfeuer des Rentiers, und diesmal mußte Ayla zweimal zuschlagen, ehe ein Funke für Tronie sprang. Fralie nahm den Würfel für das Herdfeuer des Kranichs entgegen, Tulie nahm den ihren in Empfang, und als Ayla Mamut den für das Herdfeuer des Mammuts reichte, fühlte sie sich schwindlig und war heilfroh, an jener Stelle nahe dem Herdfeuer Platz zu nehmen, die Mamut ihr anwies.

Die Trommeln zeigten ihre Wirkung. Der Klang war beruhigend und zwingend zugleich. Im Inneren des Langhauses herrschte Dämmerung – ein kleines, durch den davorstehenden Schirm noch gedämpftes Feuer war die einzige Lichtquelle. Sie vernahm Atem in der Nähe und blickte sich um, um festzustellen, von wem er kam. Nahe beim Feuer duckte sich ein Mann – oder war es ein Löwe? Der Atem wurde zu einem tiefen Knurren – fast, doch für ihr geübtes Ohr nicht ganz, das warnende Gebrüll eines Höhlenlöwen. Das Stimme gewordene Getrommel griff den Klang auf, verlieh ihm Nachhall und Tiefe.

Plötzlich sprang mit wütendem Gefauche eine Löwengestalt, und die Silhouette eines Löwen schoß über den Schirm. Ruckhaft und erschrokken erstarrte er, als er Aylas unbeabsichtigte Reaktion verspürte. Jetzt forderte sie den Schattenlöwen mit einem Aufbrüllen heraus, das so wirklichkeitsgetreu und so bedrohlich klang, daß allen unwillkürlich der Atem stockte. Die Silhouette nahm wieder die Haltung des Löwen an und antwortete mit dem beschwichtigenden Knurren eines Tieres, das klein beigibt. Ayla gab ein wütendes Siegesfauchen von sich, woraufhin mehrmals hintereinander ein knurrendes *»Hnk, hnk, hnk«* zu hören war, das immer leiser wurde, als ob der Löwe sich zurückzöge.

Mamut lächelte still vor sich hin. Ihr Löwe ist so vollkommen, daß er einen richtigen Löwen täuschen würde, dachte er, erfreut, daß sie sich ihm spontan angeschlossen hatte. Ayla wußte nicht, warum sie das tat, nur, daß es nach ihrem ersten herausfordernden Gefauche einfach Spaß brachte, wie ein Löwe mit Mamut zu reden. Die Trommeln hatten das Geschehen aufgegriffen und vertieft, jetzt jedoch folgten sie der Silhouette, die sich schlängelnd über den Schirm dahinbewegte. Sie saß so nahe davor, um erkennen zu können, daß es Mamut war, der das Geschehen bestimmte, doch selbst sie ließ sich täuschen. Freilich fragte sie sich, wieso der für gewöhnlich steife alte Mann sich mit einer solchen Mühelosigkeit bewegen konnte. Dann erinnerte sie sich, gesehen zu haben, wie er etwas hinunterschluckte, und hatte den Verdacht, daß es ein starkes Schmerzmittel gewesen sein könnte. Vermutlich würde er die Folgen am nächsten Tag zu spüren bekommen.

Plötzlich sprang Mamut hinter dem Schirm hervor und hockte sich neben die Mammutschädeltrommel. Für einen kurzen Augenblick schlug er schnell darauf ein, dann hörte er unvermittelt auf. Er nahm einen Becher, der Ayla auch vorher schon aufgefallen war, trank daraus, näherte sich ihr und bot auch ihr davon an. Ohne zu überlegen, nahm sie einen kleinen Schluck, dann noch einen, obwohl es stark moschusartig und unangenehm schmeckte. Von den sprechenden Trommeln unterstützt, begann sie die Wirkung bald zu spüren.

Die hinter dem Schirm aufzüngelnden Flammen erweckten den Anschein, als bewegten sich die darauf gemalten Tiere. Ayla war völlig gebannt, konzentrierte ihre ganze Aufmerksamkeit auf sie und hörte nur, wie in der Ferne die Stimmen der Lagerangehörigen anfingen zu singen. Ein Baby schrie, doch schien das aus einer anderen Welt zu kommen. Sie wurde von den eigentümlichen zuckenden Bewegungen der Tiere auf dem Schirm fortgelockt. Ihr war, als lebten sie, als der Trommelklang sie mit dem Donnern jagender Hufe erfüllte, dem Muhen von Kälbern und dem Trompeten vom Mammuts.

Dann gab es plötzlich kein Dunkel mehr. Statt dessen hing eine dunstverhangene Sonne über einer verschneiten Ebene. Eine kleine Herde Moschuschochsen drängte sich zusammen, ein Schneesturm umtoste sie. Während sie dicht über dem Boden dahinflog, spürte sie, daß sie nicht allein war. Mamut war bei ihr. Die Szene veränderte sich. Der Sturm war vorüber, doch windgetriebene wirbelnde Schneeteufel ließen gespenstergleich ihren Klagegesang ertönen. Sie und Mamut entfernten sich von der trostlosen Leere. Dann bemerkte sie ein paar Wisente, die stoisch im Windschatten eines schmalen Tals ausharrten und sich bemühten, sich aus dem Wind herauszuhalten. Sie raste voran, schoß das Flußtal hinunter, das sich tief in den Boden gegraben hatte. Sie folgten einem Nebenfluß, der seinen Lauf verengte und durch eine ganz schmale Schlucht vor ihnen dahinschoß; dann erkannte sie den vertrauten Seitenpfad, der ein ausgetrocknetes Flußbett hinanführte.

Plötzlich befand sie sich an einem dunklen Ort und schaute in ein kleines Feuer; Gestalten drängten sich um einen Schirm. Sie vernahm einen getragenen Singsang, einen ständig sich wiederholenden Laut. Als sie mit den Augenlidern zuckte, erkannte sie verschwommene Gesichter, sah Nezzie und Talut und Jondalar besorgt auf sie herniederblicken.

»Ist auch alles in Ordnung mit dir?« fragte Jondalar auf Zelandonii.

»Ja, ja, es ist alles in Ordnung, Jondalar. Was ist geschehen? Wo war ich?«

»Das wirst du mir erzählen müssen.«

»Wie fühlst du dich?« fragte Nezzie. »Mamut möchte hinterher immer seinen Tee haben.«

»Ich fühle mich gut«, sagte sie, setzte sich auf und nahm einen Becher in Empfang. Sie fühlte sich sehr gut, höchstens ein wenig müde und schwindlig, aber nicht schlecht.

»Ich denke, diesmal war es für dich nicht so erschreckend, Ayla«, sagte Mamut und trat auf sie zu.

Ayla lächelte. »Nein, ich habe keine Angst, aber was haben wir getan?«

»Wir waren auf der Suche. Ich hatte schon angenommen, daß du eine Sucherin bist. Deshalb nämlich bist du die Tochter vom Herdfeuer des Mammut«, sagte er. »Du besitzt noch weitere natürliche Gaben, nur müssen sie erschlossen und ausgebildet werden.« Er sah sie die Sirn runzeln. »Mach dir deswegen jetzt keine Sorgen. Du hast später Zeit, darüber nachzudenken.«

Talut schenkte Ayla und etlichen anderen mehr von seinem Getränk ein, während Mamut ihnen von ihrer Suche berichtete, wohin sie geflogen waren, was sie gefunden hatten. Sie nahm einen großen Schluck – so fiel es ihr leichter –, dann versuchte sie zuzuhören, aber das Getränk schien ihr augenblicklich zu Kopf zu steigen. Ihr Geist irrte umher, und sie bemerkte, daß Deggie und Tornec immer noch auf ihren Instrumenten spielten, allerdings mit einem so zwingenden Rhythmus, daß sie den Wunsch verspürte, sich mit ihnen zu bewegen. Das Ganze erinnerte sie an den Frauentanz beim Clan, und es fiel ihr schwer, sich auf Mamut zu konzentrieren.

Sie hatte das Gefühl, daß jemand sie beobachtete, und sah sich um. In der Nähe vom Herdfeuer des Fuchses saß Ranec und starrte sie an. Er lächelte, und sie erwiderte das Lächeln. Plötzlich füllte Talut ihren Becher noch einmal. Ranec trat herzu und bat seinerseits darum, nachgeschenkt zu bekommen; Talut tat ihm den Gefallen, wandte sich dann jedoch wieder der Besprechung zu.

»Dich interessiert dies nicht, nicht wahr? Laß uns dort hinübergehen, wo Deegie und Tornec spielen«, flüsterte Ranec, nachdem er seinen Mund ihrem Ohr genähert hatte.

»Ich glaube nicht. Sie reden über die Jagd.« Ayla wandte sich dem ernsthaften Gespräch wieder zu, hatte jedoch inzwischen so vieles nicht mitbekommen, daß sie nicht wußte, wo sie waren; außerdem schien keiner von ihnen zu bemerken, ob sie zuhörte oder nicht.

»Dir wird nichts entgehen. Sie werden es uns später genau erzählen. Hör lieber dies hier«, sagte er und hielt inne, damit sie die pulsierenden, wohlklingenden Laute hörte, die von der anderen Seite des Herdfeuers herüberdrangen. »Möchtest du nicht lieber sehen, wie Tornec das macht? Er ist wirklich sehr gut darin.«

Ayla lehnte sich in Richtung auf den Klang vor, fühlte sich von dem rhythmischen Getrommel angezogen. Sie sah zu der Gruppe hinüber, die Pläne machte, sah dann Ranec an und schenkte ihm ein strahlendes Lächeln. »Ja, ich sehe lieber Tornec zu!« sagte sie und war richtig zufrieden mit sich.

Als sie sich erhoben, blieb Ranec, der ganz nahe bei ihr stand, stehen. »Du mußt aufhören zu lächeln, Ayla«, sagte er sehr ernst und streng.

»Warum?« fragte sie ehrlich besorgt. Ihr Lächeln war wie weggeblasen, und sie fragte sich, was sie falsch gemacht hatte.

»Weil du so bezaubernd bist, wenn du lächelst; ich finde das atemberaubend«, sagte Ranec und meinte das ganz ernst. Doch dann fuhr er fort: »Wie soll ich denn mit dir gehen, wenn ich dauernd nach Luft schnappen muß?«

Auf dieses Kompliment hin kehrte Aylas Lächeln zurück, und die Vorstellung, ihn nach Luft schnappend neben sich zu sehen, brachte sie zum Kichern. Selbstverständlich war das scherzhaft von ihm gemeint, dachte sie; aber sie war sich nicht ganz sicher, ob er wirklich nur scherzte. Sie gingen auf den neuen Eingang zum Herdfeuer des Mammut zu.

Jondalar sah sie näher kommen. Er hatte, während er auf sie wartete, den Rhythmus und die Musik genossen, doch als er Ayla jetzt zusammen mit Ranec kommen sah, verging ihm die Lust. Er spürte, wie die Eifersucht in ihm hochstieg, und hatte das heftige Bedürfnis, auf diesen Mann einzuschlagen, der es wagte, sich an die Frau heranzumachen, die er liebte. Doch so anders Ranec sonst auch aussah – er war ein Mamutoi und gehörte zum Löwen-Lager. Jondalar hingegen war nur ein Gast. Sie würden für denjenigen eintreten, der zu ihnen gehörte, und er – Jondalar – war allein. Er rang um Beherrschung und versuchte, vernünftig zu überlegen. Ranec und Ayla gingen schließlich nur nebeneinander her. Wie konnte er dagegen etwas haben?

In bezug auf ihre Adoption hatten ihn von Anfang an widerstreitende Gefühle geplagt. Er wünschte sich, daß sie zu irgendeiner Gruppe von Menschen gehörte, weil sie sich selbst das wünschte und, wie er zugab, sie auf diese Weise seinen Leuten daheim akzeptabler erscheinen würde. Er hatte gesehen, wie glücklich sie beim Austauschen der Geschenke gewesen war, und er hatte sich für sie gefreut; gleichwohl hatte er sich ihr dabei sehr fern gefühlt und war bekümmerter denn je gewesen, weil er fürchtete, sie könnte nun überhaupt nicht mehr den Wunsch haben fortzugehen. Er fragte sich, ob er sich nicht doch hätte adoptieren lassen sollen.

Anfangs hatte er das Gefühl gehabt, an Aylas Adoption regelrecht beteiligt zu sein. Doch jetzt kam er sich vor wie ein Außenseiter, selbst Ayla gegenüber. Sie war eine von ihnen. Das hier war ihre Nacht, ihr Fest – ihres und das des Löwen-Lagers. Er besaß nichts, was er ihr schenken konnte – ihr oder irgend jemand sonst. Er war mit leeren Händen hergekommen und hatte auch nicht Jahre Zeit gehabt, Dinge zu machen und zu horten. Er hatte auf seinen Reisen viele Dinge gelernt und Wissen erworben. Nur hatte er noch keine Gelegenheit gehabt, von seinem Wissen zu profitieren. Alles, was er mitgebracht hatte, war Ayla.

Mit finsterer Miene sah Jondalar sie mit Ranec lächeln und lachen und kam sich vor wie ein unerwünschter Eindringling.

19

Nach Beendigung der Besprechung schenkte Talut noch mehr von seinem vergorenen Getränk aus, das aus den stärkehaltigen Wurzeln von Rohrkolben und einer Reihe anderer Bestandteile bereitet wurde und mit dessen Herstellung er ständig experimentiert hatte. Die Festlichkeiten drehten sich jetzt um Deegie und Tornec, woraufhin die beiden sich zum Spiel noch angefeuert fühlten. Sie trommelten, die Leute sangen, manchmal alle zusammen, manchmal einzeln. Ein paar Leute tanzten, nicht jenen sehr kraftvollen Tanz, den Ayla zuvor draußen im Freien gesehen hatte, sondern einen sehr verhaltenen, bei dem sie auf einem Fleck stehen blieben, sich aber immer im Einklang mit dem Rhythmus bewegten und nicht selten auch dazu sangen.

Ayla bemerkte Jondalar oft, erkannte, daß er sich irgendwie im Hintergrund hielt, schickte sich auch mehrere Male an, auf ihn zuzugehen, doch irgend etwas kam immer wieder dazwischen. Es waren so viele Menschen da, und alle schienen darin zu wetteifern, ihre Aufmerksamkeit zu erregen. Taluts Getränk war dafür verantwortlich, daß sie nicht ganz Herrin ihrer Sinne war und sich leicht ablenken ließ.

Sie selbst trommelte eine Zeitlang auf Deegies Trommel mit dem besonderen Wohlklang und wurde begeistert ermuntert weiterzumachen; dabei fielen ihr Rhythmen ein, die sie noch vom Clan her kannte. Sie waren alles andere als einfach und hatten etwas unverwechselbar Besonderes – und für das Löwen-Lager selbstverständlich sehr Fremdartiges, wenn auch Verführerisches. Mochte Mamut bis jetzt auch noch Zweifel in bezug auf Aylas Ursprünge gehabt haben, so verflüchtigen diese sich vollends, als er sie trommeln hörte.

Ranec erhob sich, um zu tanzen und ein von Anspielungen und Doppelsinnigkeiten gespicktes Scherzlied vorzutragen, das von den Wonnen gewisser Geschenke handelte und offensichtlich auf Ayla gemünzt war. Jedenfalls rief es breites Gegrinse und vielsagende Blicke hervor und war immerhin so durchschaubar, daß Ayla rot wurde. Deegie brachte ihr bei, wie man tanzte und singend die spöttische Antwort gab, doch am Ende, als offensichtlich ein Hinweis auf Eingehen oder Zurückweisung das Lied abschließen sollte, hörte Ayla auf zu singen. Sie brachte weder das eine noch das andere fertig. Sie verstand auch die Feinheiten des Spiels nicht ganz; zwar wollte sie ihn nicht rundheraus ermuntern, aber daß er meinte, er gefalle ihr nicht, wollte sie auch nicht. Ranec lächelte. In humorvoller Verkleidung dienten Lieder oft als Mittel, herauszufinden, ob das Interesse auf Gegenseitigkeit beruhte, ohne dadurch das Gesicht zu verlieren. Nicht einmal ein glatte Absage hätte ihn aufhalten können; alles, was darunter lag, war für ihn verheißungsvoll.

Ayla war von dem Getränk, von dem Lachen und der Aufmerksamkeit, die ihr entgegengebracht wurde, regelrecht schwindlig. Alle wollten besonders nett zu ihr sein, jeder wollte mit ihr reden, ihr zuhören, einen Arm um sie legen und sich ihr nahe fühlen. Sie konnte sich nicht erinnern, jemals soviel Spaß gehabt zu haben oder sich so wohl, so gut aufgehoben und begehrt gefühlt zu haben. Und jedesmal, wenn sie sich umdrehte, sah sie ein bestrickendes, strahlendes Lächeln und blitzende dunkle Augen auf sich gerichtet.

Je länger der Abend wurde, desto kleiner wurde die Gruppe. Kinder schliefen ein und wurden zu ihren Lagerstätten getragen. Fralie hatte sich auf Aylas Zureden hin früh schlafen gelegt, und der Rest vom Herdfeuer des Kranichs war ihr bald gefolgt. Tronie, die über Kopfschmerzen klagte – sie hatte sich schon den ganzen Abend nicht wohl gefühlt –, ging zu ihrem Herdfeuer, um Hartal die Brust zu geben, und war darüber eingeschlafen. Da hatte auch Jondalar sich zurückgezogen. Er streckte sich auf der Schlafplattform aus, wartete auf Ayla und beobachtete sie.

Wymez wurde nach ein paar Bechern von Taluts Schnappes ungewohnt redselig, erzählte kleine Geschichten, warf erst Ayla, dann Deegie und schließlich allen Frauen Frotzeleien an den Kopf. Tulie fand ihn nach langer Zeit wieder sehr amüsant, gab schlagfertige Antworten und frotzelte ihrerseits. Das endete damit, daß sie ihn aufforderte, die Nacht mit ihr und Barzec am Herdfeuer des Auerochsen zu verbringen. Seit Darnevs Tod hatte sie ihr Bett mit keinem zweiten Mann mehr geteilt.

Wymez kam zu dem Schluß, daß es vielleicht gar keine schlechte Idee sei, das Herdfeuer Ranec zu überlassen, und vielleicht nicht unklug, deutlich zu machen, daß eine Frau das Recht hatte, sich zwei Männer zu nehmen. Er war nicht blind gegenüber der Situation, die sich entwickelte, bezweifelte allerdings, daß Ranec und Jondalar sich jemals gütlich einigen könnten. Nur kam ihm die große Frau an diesem Abend besonders begehrenswert vor; außerdem handelte es sich um eine hochgeschätzte Anführerin, von der viel Ansehen auf den Mann abfärben konnte. Wer weiß, ob ihm nicht seinerseits der Sinn nach Veränderungen stand, wenn

Ranec beschloß, die Zusammensetzung vom Herdfeuer des Fuchses zu verändern?

Nicht lange, nachdem die drei sich in den Hintergrund des Langhauses begeben hatten, lockte Talut Nezzie fort zum Herdfeuer des Löwen. Deegie und Tornec fingen an, mit ihren Instrumenten etwas auszuprobieren, woran niemand sonst Anteil haben konnte, und Ayla meinte, einige ihrer Rhythmen zu vernehmen. Dann ging ihr auf, daß nur noch sie und Ranec sich unterhielten, und das machte sie verlegen.

»Ich denke, alle gehen zu Bett«, sagte sie mit etwas schwerer Zunge. Sie spürte die Wirkung des Schnappes und wiegte sich auf der Stelle, auf der sie stand, leise hin und her. Die meisten Lampen waren ausgegangen, das Feuer niedergebrannt.

»Vielleicht sollten wir das«, sagte er lächelnd. Ayla spürte die unausgesprochene Aufforderung, die ihm aus den Augen leuchtete, und fühlte sich auch davon angesprochen; sie wußte nur nicht, wie damit umgehen.

»Ja, ich bin müde«, sagte sie und schickte sich an, auf ihre Bettplattform zuzugehen. Da nahm Ranec ihre Hand und hielt sie zurück.

»Geh nicht, Ayla!« Das Lächeln aus seinem Gesicht war geschwunden, doch sein Tonfall hatte etwas Beharrliches. Sie drehte sich um, und ehe sie sich versah, hatte er die Arme um sie geschlungen und seinen Mund hart auf den ihren gedrückt. Sie öffnete leicht die Lippen, und er reagierte augenblicklich. Er küßte sie überall, auf den Mund, den Hals, auf die Kehle. Seine Hände griffen nach ihren Brüsten und streichelten ihr die Hüften, die Schenkel, legten sich auf ihren Hügel, so als könnte er nicht genug von ihr bekommen und wolle alles gleichzeitig haben. Unerwartet erregte Schocks durchliefen sie. Sie drückte sich an ihn, spürte, wie ein harter Muskel sich an sie drängte und sie selbst von feuchter Wärme zwischen den Beinen überflutet wurde.

»Ayla, ich will dich. Komm in mein Bett«, sagte er drängend und gebieterisch. Unerwartet willfährig folgte sie ihm.

Den ganzen Abend über hatte Jondalar die Frau, die er liebte, mit ihren neuen Leuten lachen, scherzen und tanzen sehen, und je länger er zugesehen hatte, desto mehr hatte er sich als Außenseiter gefühlt. Was ihn jedoch besonders wurmte, das war der dunkelhäutige Bildschnitzer, der um sie herumscharwenzelte. Er wollte seinem Zorn Luft machen, dazwischentreten und Ayla wegführen, nur – nur war dies jetzt ihr Zuhause, und dies war die Nacht ihrer Adoption. Welches Recht hatte er, sich in ihre Feier einzumischen und sie zu stören? Wenn er sich schon nicht rundheraus freuen konnte, so konnte er doch zumindest so tun, als finde er sich damit ab; das Herz aber war ihm schwer, und so begab er sich zu seiner Lagerstatt und wünschte nichts sehnlicher als das Vergessen im Schlaf, der sich aber nicht einstellen wollte.

Von dem dunklen und verhängten Raum aus sah Jondalar, wie Ranec Ayla umarmte und dann zu seinem Bett führte; es versetzte ihm einen Stich, und er wollte es nicht glauben. Wie konnte sie mit einem anderen Mann gehen, wo er doch auf sie wartete? Keine Frau hatte je einen anderen gewählt, wenn er, Jondalar sie wollte, und in diesem Falle handelte es sich um die Frau, die er liebte! Er wollte aufspringen, sie Ranec entreißen und ihm die Faust in das lächelnde Gesicht schlagen.

Dann malte er sich aus, wie das wäre mit zerbrochenen Zähnen und Blut, und er erinnerte sich der Qual von Scham und Verbannung. Dabei waren dies hier noch nicht einmal seine Leute. Sie würden ihn mit Sicherheit hinauswerfen, und in der eiskalten Nacht gab es auf den Steppen keinen Ort, wo er hingekonnt hätte. Wohin wollte er auch schon ohne Ayla?

Sie aber hatte ihre Wahl getroffen. Sie hatte sich für Ranec entschieden. Und sie hatte das Recht, sich jeden zu erwählen, den sie wollte. Daß Jondalar auf sie wartete, bedeutete noch lange nicht, daß sie zu ihm zu gehen hatte; und sie hatte es auch nicht getan. Sie hatte sich einen Mann ihres eigenen Volkes erwählt; einen Mamutoi, der sang und mit ihr tanzte und ihr schöne Augen machte und mit dem sie gelacht und sich amüsiert hatte. Konnte er ihr das verdenken? Wie oft hatte er selbst nicht eine andere erwählt, mit der er gelacht und sich amüsiert hatte?

Aber wie konnte sie das tun? Sie war schließlich die Frau, die er liebte! Wie konnte sie jemand anders erwählen, wo er sie doch liebte? Jondalar quälte sich und war verzweifelt, nur – was sollte er tun? Ihm blieb nichts anderes übrig, als die Bitterkeit seiner Eifersucht hinunterzuschlucken und zuzusehen, wie die Frau, die er liebte, einem anderen Mann auf seine Lagerstatt folgte.

Ayla konnte nicht klar denken, die Gedanken gingen ihr unter dem Einfluß von Taluts Getränk durcheinander, und es war auch keine Frage, daß sie sich von Ranec angezogen fühlte. Doch das waren nicht die Gründe, warum sie ihm folgte. Sie wäre auch so mitgegangen. Ayla war beim Clan aufgewachsen. Man hatte sie dazu erzogen, jedem Mann zu Willen zu sein, der es ihr befahl, der ihr das Zeichen gab, sich mit ihr paaren zu wollen.

Gab irgendein Mann des Clan irgendeiner Frau das Zeichen, wurde von ihr erwartet, ihm diesen Dienst zu erweisen, nicht anders, als gälte es, ihm etwas zu essen oder zu trinken zu bringen. Auch wenn es als Gebot der Höflichkeit galt, erst den Gefährten einer Frau oder den Mann, mit dem sie für gewöhnlich zusammen war, um sein Einverständnis zu bitten, wenn jemand ihre Dienste begehrte – nötig war das nicht, und keine

Selbstverständlichkeit. Die Gefährtin hatte dem Manne zu folgen, aber nicht ausschließlich nur ihm. Die engen Bande zwischen einem Mann und einer Frau waren für beide von Vorteil: kameradschaftlich und häufig, wenn sie länger gewährt hatten, auch von Zuneigung geprägt; aber Eifersucht oder irgendein anderes heftiges Gefühl zu zeigen war ein Ding der Unmöglichkeit. Die Gefährtin gehörte einem Mann nicht weniger, bloß weil sie jemand anders einen kleinen Dienst erwies; und er liebte die Kinder seiner Gefährtin deshalb auch nicht weniger. Er übernahm eine gewisse Verantwortung für sie, indem er für sie sorgte und sie anleitete, aber wenn er jagte, jagte er für den ganzen Clan, und alles Gesammelte oder Erlegte wurde geteilt.

Ranec hatte Ayla das gegeben, was sie als ›das Zeichen‹ der Anderen deutete, einen Befehl, seinen sexuellen Bedürfnissen nachzukommen. Wie jeder anständig erzogenen Clan-Frau wäre es ihr nie in den Sinn gekommen, es ihm etwa abzuschlagen. Zwar blickte sie einmal zu ihrer eigenen Bettplattform hinüber, doch sah sie die schmerzerfüllten blauen Augen nicht. Und hätte sie sie gesehen, es würde sie überrascht haben.

Ranecs Feuer hatte sich nicht abgekühlt, als sie auf das Herdfeuer des Fuchses zugingen, doch als Ayla endlich – er konnte es kaum fassen – dort war, hatte er sich ein wenig mehr in der Gewalt. Sie setzten sich auf sein Lager. Sie erblickte die weißen Pelze, die sie ihm geschenkt hatte. Sie fing an, ihren Gürtel zu lösen, doch gebot er ihr Einhalt.

»Ich möchte dich ausziehen, Ayla. Davon habe ich lange geträumt, und jetzt möchte ich, daß auch alles so geschieht, wie es sein sollte.«

Nicht ungefällig zuckte sie mit den Achseln. Sie hatte bereits bemerkt, daß Ranec in mancher Hinsicht anders war als Jondalar, und das machte sie neugierig. Es ging ihr nicht darum zu urteilen, welcher Mann der bessere sei, sondern nur darum, Unterschiede kennenzulernen.

Ranec sah sie eine Weile an. »Wie schön du bist«, sagte er schließlich und neigte sich über sie, um sie zu küssen. Sein Mund war weich; dabei konnte er hart sein, wenn er sie heftig küßte. Sie bemerkte seine dunkle Hand, die auf dem weißen Pelz deutlich zu erkennen war, und strich ihm sanft über den Arm. Seine Haut fühlte sich genauso an wie jede andere.

Er fing damit an, daß er ihr die Perlen- und Muschelschnüre aus dem Haar nahm, dann ließ er das Haar durch seine Finger gleiten, hob es ans Gesicht, um es besser zu fühlen und zu riechen. »Schön, wunderschön«, murmelte er. Er nestelte ihre Halskette los, dann ihr neues Amulettbeutelchen, legte beides behutsam neben die Perlen auf die Vorratsbank am Kopfende der Lagerstatt. Dann nahm er ihr den Gürtel ab, stand auf und zog sie hoch, so daß sie neben ihm stand. Plötzlich bedeckte er ihr Gesicht und den Hals wieder mit Küssen und tastete unter dem Kleid ihren Körper ab, als könnte er es nicht erwarten. Ayla spürte seine Erregung. Als seine Fingerspitzen über eine Brustwarze strichen, überlief sie ein Schauder. Sie neigte sich ihm zu, überließ sich ihm.

Da hielt er inne, holte tief Luft, streifte ihr das Kleid über den Kopf und legte es neben den anderen Sachen sorgfältig zusammen. Und dann sah er sie nur an, als versuchte er, sie sich unauslöschlich ins Gedächtnis einzuprägen. Er drehte sie hin und drehte sie her und trank ihren Anblick mit den Augen ein, als müßten auch sie gesättigt werden.

»Vollkommen, einfach vollkommen. Schau sie dir an, voll und doch wohlgeformt, genau richtig«, sagte er und ließ eine Fingerspitze leicht über das Profil ihrer Brust hinfahren. Plötzlich saugte ein warmer Mund an einer Brustwarze, und sie spürte tief im Inneren den Schock. »Vollkommen, einfach vollkommen«, flüsterte, als er zur anderen Brust überwechselte. Er barg das Gesicht zwischen beiden Brüsten, drückte sie dann mit beiden Händen zusammen, saugte an beiden Brustwarzen gleichzeitig und stieß dabei kleine grunzende Laute des Behagens aus. Sie bog den Rücken durch, drängte sich ihm entgegen, spürte zwei lustvolle Empfindungen auf einmal, griff dann nach seinem Kopf und ließ, als sie sein volles, dicht und fein gekräuseltes Haar unter der Handfläche spürte, diese das neue Erlebnis auskosten.

Sie standen immer noch voreinander, da tat er einen Schritt zurück, schaute sie lächelnd an, nestelte ihren Leibriemen los und ließ ihre Beinlinge hinunterrutschen. Er konnte der Versuchung nicht widerstehen, die Beschaffenheit ihrer blonden Locken zu ertasten, ihren Hügel ganz zu bedecken und ihre feuchte Wärme zu erspüren. Dann ließ er sie sich setzen. Rasch zog er das eigene Hemd aus, legte es neben das ihre, kniete sich dann vor sie hin und zog ihr einen mokassinähnlichen Schuh aus, den man nur drinnen anzog.

»Bist du kitzlig?« fragte er.

»Ein bißchen. Unten.«

»Wie ist das?« Er rieb ihr sanft, aber fest den Fuß und übte etwas Druck auf den Spann aus.

»Schönes Gefühl.« Woraufhin er einen Kuß auf den Spann drückte. »Schönes Gefühl«, wiederholte sie und lächelte dabei.

Er strahlte sie ihrerseits an, zog ihr dann den anderen Schuh aus und rieb auch diesen Fuß. Er zog die Beinlinge herunter und legte sie wie die Schuhe zu den anderen Sachen. Sie bei den Händen fassend, zog er sie wieder hoch, und so stand sie nackt im letzten Licht der ersterbenden Glut vom Herdfeuer des Mammut da. Nochmals drehte er sie um sich selbst und konnte sich nicht sattsehen an ihr. »O, Mutter! So schön, so vollkommen! Ich hab's gewußt, daß du genau so sein würdest.«

»Ranec, ich bin nicht schön«, sagte sie tadelnd.

»Du solltest dich sehen können, Ayla. Dann würdest du das nicht mehr sagen.«

»Es ist nett von dir, das zu sagen oder zu denken, aber ich bin nicht schön.« Ayla ließ sich nicht davon abbringen.

»Du bist die bezauberndste Frau, die ich je gesehen habe!«

Sie nickte nur. Mochte er denken, was er wollte. Sie konnte ihn nicht davon abbringen.

Nachdem seine Augen sich eine Weile an ihr gelabt hatten, fing er an, sie zu berühren, ganz leicht und überall, ließ seine Fingerspitzen über ihre Gestalt dahingehen. Dann, mehr ins einzelne gehend, ertastete er ihre Muskelstruktur unter der Haut. Plötzlich hielt er inne, entledigte sich seiner restlichen Kleidung und ließ sie einfach fallen. Dann nahm er sie in die Arme, wollten ihren Leib an dem seinen fühlen. Sie fühlte ihn genauso, seinen warmen, festen, muskulösen Körper, seine hart aufgerichtete, strotzende Männlichkeit. Sie sog seinen angenehm männlichen Geruch ein. Er küßte sie auf den Mund, dann aufs Gesicht, den Hals, drückte sanft seine Zähne auf ihre Schultern, biß behutsam zu, daß sie erschauerte, und murmelte leise: »So schön, so vollkommen, Ayla. Ich begehre dich auf jede Weise. Ich möchte dich sehen und berühren und halten. Ach, Mutter, wie wunder-, wunderschön!«

Mit den Händen hielt er wieder ihre Brüste umfaßt, nahm die Spitzen in den Mund, saugte, zupfte an ihnen, nuckelte dann an beiden und stieß dabei leise lustvolle Laute aus. Dann saugte er an einer Brust allein, versuchte, soviel in seinen Mund hineinzubekommen, wie er konnte, wandte sich dann der anderen zu. Er ging auf die Knie nieder, schmiegte Mund und Nase in den Nabel, umschlang ihre Beine und die glatten Zwillingskuppen mit den Armen, streichelte erst sie und fuhr dann liebkosend durch den Spalt zwischen ihnen. Er barg die Nase an ihrem Haar, beschnüffelte sie, fand schließlich fordernd mit nasser Zunge ihren Schlitz. Sie stöhnte, und er spürte, wie sie zitternd reagierte.

Er stand auf, ließ sie behutsam auf seine Lagerstatt, auf die unsäglich weichen, kuscheligen und nachgiebigen Pelze niedergleiten. Er kroch neben sie hinein, küßte sie mit sanft zupackenden Lippen, nicht mit den Zähnen, saugte und nuckelte an ihren Brüsten und liebkoste, streichelte und rieb mit der Hand die Falten und Schründe ihrer Weiblichkeit. Sie stöhnte und stieß einen leisen Schrei aus. Ihr war, als berührte er sie überall zugleich.

Er nahm ihre Hand und legte sie auf sein festes, prall emporgerichtetes Glied. Sie setzte sich auf, umschlang ihn und rieb zu seiner Wonne ihre Wange daran. Im dämmerigen Licht konnte sie die Umrisse ihrer hellen

Hand auf seiner dunklen Haut erkennen. Glatt fühlte er sich an. Sein Manngeruch war anders, ähnlich zwar, aber anders, und sein Haar war drahtig, klein gekräuselt und federnd. Als er spürte, wie eine warme Feuchtigkeit sich um seine Männlichkeit legte und an ihr gezogen und gesogen wurde, stöhnte er in süßer Ekstase auf. Das war mehr, als er sich jemals erhofft, ja mehr, als er jemals zu träumen gewagt hatte. Er meinte, nicht mehr an sich halten zu können, als sie anfing, Techniken anzuwenden, die sie erst vor kurzem erlernt hatte, rasch ihre Zunge kreisen ließ, an ihm zog und ihn fahren ließ, saugte und losließ und dabei dem unteren Teil des aufgerichteten Schaftes ein kräftiges Reiben mit der Hand angedeihen ließ. »Ach, Ayla, Ayla. Du bist Sie Selbst! Ich hab's gewußt, daß du es bist. Du tust mir Ehre an.«

Plötzlich setzte Ranec sich auf. »Ich will dich, und ich kann nicht mehr warten. Bitte, jetzt«, sagte er mit leiser, heiserer Stimme.

Sie drehte sich herum und öffnete sich ihm. Er bestieg sie, drang ein und stieß dabei einen langen, zitternden Schrei aus. Dann zog er sich zurück und stieß wieder zu, und nochmals und nochmals, und bei jedem Stoß erklomm seine Stimme eine höhere Lage. Ayla hob sich ihm entgegen, war bemüht, sich seinem Tempo anzugleichen. »Ayla, ich bin soweit. Ich komme«, rief er mit erstickter Stimme, ließ dann plötzlich ein großes erleichtertes Stöhnen vernehmen, stieß noch ein paarmal zu und fiel dann entspannt über ihr zusammen. Ayla brauchte ein wenig länger, um zur Entspannung zu gelangen.

Nach einer Weile raffte Ranec sich hoch, löste sich von ihr, ließ sich herunterrollen auf die Seite, stützte den Kopf auf einen Arm und sah auf Ayla hinunter. »Ich war wohl nicht so vollkommen wie du«, sagte er.

Sie legte die Stirn in Falten. »Ich verstehe dies ›vollkommen‹ nicht, Ranec. Was ist ›vollkommen‹?«

»Es ging zu schnell. Du bist wunderbar, so vollkommen in dem, was du tust, daß ich zu schnell soweit war. Ich konnte nicht mehr warten, und ich nehme an, da war es wohl nicht vollkommen für dich«, sagte er.

»Ranec, dies ist doch das Geschenk der Wonne, richtig?«

»Ja, das ist eine Bezeichnung dafür.«

»Und du meinst, für mich war es keine Wonne? Ich habe Wonnen erlebt. Viele Wonnen.«

»Viele vielleicht, aber nicht die vollkommene Wonne. Wenn du noch warten kannst ... ich glaube, wenn du mir etwas Zeit läßt, bin ich wieder bereit.«

»Das ist nicht notwendig.«

»Notwendig vielleicht nicht, Ayla, aber ich möchte es«, sagte er und beugte sich über sie, um sie zu küssen. »Ich könnte fast gleich wieder«, setzte er dann noch hinzu, liebkoste ihre Brust, ihren Bauch und griff nach ihrem Hügel. Sie fuhr bei seiner Berührung zusammen und zitterte immer noch. »Es tut mir leid, du bist fast soweit gewesen. Hätte ich mich doch nur noch ein bißchen länger zurückhalten können.«

Sie antwortete nicht. Er küßte ihre Brust, rieb das Knötchen in ihrem Schlitz, und im Handumdrehen war sie wieder bereit. Sie bewegte die Hüften, stieß gegen ihn, stöhnte leise. Und plötzlich, aufwallend und mit einem Schrei, kam die Erlösung, und er spürte die Wärme ihrer Feuchtigkeit. Da entspannte auch sie.

Sie lächelte ihn an. »Ich glaube, jetzt waren die Wonnen vollkommen«, sagte sie.

»Nicht ganz, aber vielleicht nächstes Mal. Ich hoffe, es wird viele nächste Male geben, Ayla«, antwortete er, auf der Seite neben ihr liegend, die Hand auf ihrem Bauch. Verwirrt runzelte sie die Stirn. Ob sie etwas falsch verstanden hatte?

Im dämmrigen Licht konnte er seine dunkle Hand auf ihrer hellen Haut erkennen, und er verzog das Gesicht zu einem Lächeln. Den Gegensatz seiner dunklen und der hellen Haut der Frauen, dener er Wonnen bereitete, genoß er immer. Er hinterließ einen Eindruck, der keinem anderen Mann möglich war; und die Frauen bemerkten das. Es fiel ihnen unweigerlich auf, und vergessen taten sie ihn nie. Er war froh, daß es der Mutter gefallen hatte, ihm eine so dunkle Farbe zu geben. Sie hob ihn heraus, machte ihn zu etwas Besonderem, Unvergeßlichem. Er genoß es auch, wie ihr Bauch sich unter seiner Hand anfühlte, doch noch mehr genoß er das Bewußtsein, sie neben sich liegen zu haben. Darauf hatte er gehofft, davon hatte er geträumt, das hatte er sich ersehnt, und selbst jetzt, wo sie da war, kam es ihm noch unfaßlich vor.

Nach einer Weise ließ er die Hand hochwandern zu ihrer Brust, liebkoste eine Brustwarze und spürte, wie sie steif wurde. Ayla war weggedöst, denn sie war müde und hatte leichte Kopfschmerzen, doch als er mit den Lippen ihren Hals entlangfuhr und dann seinen Mund auf den ihren legte, begriff sie, daß er sie wieder begehrte und ihr nochmals das Zeichen gab. Im ersten Moment war sie ärgerlich und hätte ihn am liebsten weggestoßen. Das jedoch überraschte sie, traf sie irgendwie tief und machte sie unvermittelt hellwach. Er küßte ihr den Hals, streichelte ihr die Schulter und den Arm, tastete dann die pralle Fülle ihrer Brust ab. Als er die Brustwarze in den Mund nahm, war ihr Unmut verflogen. Angenehme Empfindungen durchliefen sie, fuhren in die Tiefe und erreichten ihren Ort der vollkommenen Wonne. Er wechselte zu ihrer anderen Brust über, liebkoste beide, saugte abwechselnd an ihnen und stieß dabei leise, kehlige Lustlaute aus.

»Ayla, schöne Ayla«, murmelte Ranec. Dann setzte er sich auf und sah auf sie hernieder, die auf seinem Bett lag. »O, Mutter, ich kann es nicht glauben, daß du hier bist! So bezaubernd! Diesmal wird es vollkommen, Ayla, Diesmal weiß ich, daß es vollkommen sein wird.«

Völlig erstarrt lag Jondalar auf dem Lager, wollte mit geballten Fäusten auf den Bildschnitzer losgehen und zwang sich doch zur Regungslosigkeit. Sie hatte ihn geradewegs angesehen, sich dann abgewandt und war mit Ranec gegangen. Jedesmal, wenn er die Augen zumachte, sah er ihr Gesicht, wie sie ihm gerade in die Augen blickte und sich dann abwandte.

Es ist ihre Sache! Es ist ihre Sache, sagte er sich immer wieder. Sie behauptete zwar, sie liebe ihn, aber woher wollte sie das eigentlich wissen? Gewiß, es war möglich, daß er ihr etwas bedeutet, sie ihn sogar geliebt hatte, als sie beide ganz allein in ihrem Tal gewesen waren; damals hatte sie ja keinen anderen gekannt. Nun jedoch, wo sie andere Männer kennengelernt hatte, warum sollte sie da nicht jemand anders lieben? Er versuchte, sich einzureden, daß es nur recht wäre, wenn sie andere kennenlernte und ihre Wahl selbst traf; gleichwohl konnte er den Gedanken nicht abschütteln, daß sie in dieser - ausgerechnet in dieser Nacht - einen anderen erwählt hatte.

Seit seiner Zeit bei Dalanar hatte der großgewachsene, muskulöse, stattliche, ja beinahe schön zu nennende Mann unter allen Frauen wählen können. Ein deutlicher Blick aus seinen unglaublich blauen Augen, und jede Frau, die er begehrte, war sein. Ja, es war sogar so, daß sie alles taten, um ihn zu ermuntern. Sie hefteten sich ihm an die Fersen, lechzten nach ihm, sehnten sich danach, daß er sie aufforderte. Was er im allgemeinen auch tat; und doch hatte keine Frau die Erinnerung an seine erste Liebe auslöschen oder ihn von seinen Schuldgefühlen befreien können. Und jetzt, wo er diese einzige Frau in der ganzen Welt, die dazu imstande war, gefunden hatte, die einzige Frau, die er liebte, teilte sie das Bett eines anderen.

Nur daran zu denken, daß sie ihm einen anderen vorgezogen hatte, war schmerzlich, doch als er dann die unverkennbaren Geräusche des Wonneteilens mit Ranec hörte, erstickte er ein Ächzen, hämmerte er mit den Fäusten aufs Bett, zog die Knie an, schlang die Arme drum herum, drückte den Kopf nach unten und machte sich ganz klein. Als ob ihn glühende Kohlen versengten! Die Brust verkrampft und mit zugeschnürtem Hals ging sein Atem stoßweise, und es hörte sich an, als erstickte er an Rauch. Der Druck in ihm preßte ihm Tränen in die Augenwinkel, obwohl er sie so fest zumachte, wie er konnte.

Schließlich war es zu Ende, und als er sich dessen sicher war, entkrampfte er sich ein wenig. Aber dann fing es wieder an, und er konnte es nicht ertragen. Er sprang auf, stand einen Moment unschlüssig da, dann lief er zu dem Eingang, der zum neuen Anbau führte. Winnie spitzte die Ohren und drehte sich nach ihm um, als er an ihr vorüber durch den Eingangsbogen hinausrannte.

Der Wind drückte ihn gegen die Erdhütte. Die plötzliche Kälte raubte ihm den Atem, und unvermittelt wurde er sich bewußt, wo er war. Er ließ den Blick über den zugefrorenen Fluß wandern, verfolgte, wie Wolkenfetzen über den Mond dahintrieben. Er machte ein paar Schritte fort von der Unterkunft. Wie mit Messern fuhr der Wind ihm durch die Kleider und, wie es ihm schien, durch Haut und Muskeln bis aufs Mark seiner Knochen.

Zitternd ging er zurück, tappte er an den Pferden vorüber hinein in den Bereich vom Herdfeuer des Mammut. Er war sogleich wieder in Hochspannung, horchte und hörte zuerst nichts. Dann kam das Geräusch von schwergehendem Atem, Gestöhn und Geschnauf. Er sah zu seiner Bettplattform hinüber, wandte sich wieder dem Anbau zu, war sich nicht sicher, wohin er die Schritte lenken sollte. Drinnen konnte er es nicht aushalten, und draußen würde er nicht lange am Leben bleiben. Schließlich konnte er nicht mehr. Er mußte hinaus. Seine Schlaffelle für unterwegs ergreifend, betrat er durch den Eingangsbogen wieder den Anbau für die Pferde.

Winnie schnaubte und ruckte mit dem Kopf; Renner, der sich niedergelegt hatte, hob den Kopf vom Boden und ließ ein leises Begrüßungsgewieher hören. Jondalar ging auf die Tiere zu, breitete die Felle neben Renner auf dem Boden aus und kroch hinein. Es war zwar kalt im Anbau, aber bei weitem nicht so kalt wie draußen. Es wehte kein Wind, ein wenig von der Wärme im Langhaus wurde an den Anbau abgegeben, und die Pferde erzeugten weitere Wärme. Ihr Atem überdeckte die Geräusche von anderem schweren Atem. Trotzdem blieb er den größten Teil der Nacht über wach und rief sich immer und immer wieder gewisse Laute und Szenen – eingebildete wie tatsächlich miterlebte – ins Gedächtnis.

Als sich das Tageslicht durch die Ritzen um die Abdeckung des Rauchlochs stahl, wachte Ayla auf. Sie streckte die Hand nach Jondalar aus und war völlig durcheinander, als sie statt dessen Ranec vorfand. Zusammen mit der Erinnerung an die vergangene Nacht kam die Erkenntnis, daß sie schlimme Kopfschmerzen hatte: die Nachwirkung von Taluts Schnappes. Sie schlüpfte aus dem Bett, ergriff ihre Sachen, die Ranec fein säuberlich nebeneinandergelegt hatte, und eilte hinüber zu ihrem eigenen Bett. Auch dort war Jondalar nicht. Sie schaute sich im Bereich vom Herdfeuer des Mammut um und suchte die anderen Lagerstätten ab. Auf der einen schliefen Deegie und Tornec, und sie überlegte, ob sie wohl die Wonnen geteilt hatten. Dann fiel ihr wieder ein, daß Wymez eingeladen worden war, die Nacht am Herdfeuer des Auerochsen zu verbringen und daß Tronie sich nicht gut fühlte. Vielleicht hatten Deegie und Tornec es nur bequemer gefunden, dort zu schlafen. Es spielte keine Rolle. Das einzige, was sie interessierte, war, wo Jondalar steckte.

Sie erinnerte sich, ihn nicht mehr gesehen zu haben, nachdem es gestern abend spät geworden war. Irgend jemand hatte gesagt, er sei Schlafen gegangen. Aber wo war er jetzt? Wieder fiel ihr Blick auf Deegie und Tornec. Auch er mußte an einem anderen Herdfeuer schlafen, dachte sie. Sie war versucht nachzusehen, doch schien niemand sonst auf den Beinen zu sein, und sie wollte niemand aufwecken. Voller Unbehagen kroch sie auf ihr leeres Lager, zog die Felle um sich und war nach einiger Zeit wieder eingeschlafen. Als sie das nächstemal erwachte, war die Abdeckung des Rauchlochs beiseitegeschoben worden, und strahlendes Tageslicht fiel herein. Sie wollte sich aufrichten, doch als sie spürte, wie gewaltig ihr der Schädel brummte, ließ sie sich wieder fallen und schloß die Augen. Entweder, ich bin ernstlich krank oder es liegt an Taluts Schnappes, dachte sie. Warum nur trinken die Leute ihn, wenn er einem übel macht? Dann dachte sie über die Feier nach. Zwar konnte sie sich nicht mehr deutlich an alles erinnern, doch was ihr wieder einfiel, war das rhythmische Getrommel, der Tanz und der Gesang. Wieso sie sich gerade daran erinnerte, wußte sie nicht. Sie hatte viel gelacht, sogar über sich selbst, als sie feststellte, daß sie keine gute Stimme zum Singen hatte, gleichwohl nichts dagegen einzuwenden hatte, Mittelpunkt der Aufmerksamkeit zu sein. Das entsprach sonst gar nicht ihrer Art. Für gewöhnlich hielt sie sich lieber im Hintergrund, beobachtete, lernte und übte still für sich. Lag es an dem Schnappes, daß ihre normalen Neigungen sich änderten und sie dazu brachten, weniger Obacht zu geben? Und freier heraus zu sein? War das der Grund, warum die Leute ihm so sehr zusprachen?

Sie machte die Augen nochmal auf und stand – sich den Kopf haltend – sehr vorsichtig auf. Sie verrichtete ihre Notdurft in das Nachtgeschirr – einen etwa halb mit dem getrockneten und fein zerriebenen Tierdung von der Steppe gefüllten, äußerst fest geflochtenen Korb, dessen Inhalt Flüssigkeit und Kot schnell aufsaugte. Dann wusch sie sich mit kaltem Wasser, fachte das Feuer neu an und tat Kochsteine in die Glut. Erst danach zog sie die Kleidungsstücke an, die sie kurz vorm Verlassen ihres Tals gefertigt hatte und die sie jetzt als einfache Alltagskleider betrachtete, obgleich sie ihr damals äußerst exotisch und raffiniert erschienen war.

Sich immer noch mit großer Vorsicht bewegend, entnahm sie ihrem

Medizinbeutel mehrere Päckchen und vermischte in unterschiedlichen Mengen Weidenrinde, Schafgarbe, Waldnessel und Kamille miteinander. Sie goß kaltes Wasser in den Kochkorb, den sie für die Bereitung des morgendlichen Tees benutzte, tat solange heiße Steine hinein, bis das Wasser siedete, und dann den Tee. Hinterher hockte sie mit geschlossenen Augen vorm Feuer und wartete darauf, daß der Tee zog. Plötzlich sprang sie auf, hatte das Gefühl, daß ihr der Schädel schier zerspringen wollte, kümmerte sich jedoch nicht darum, sondern griff noch einmal nach ihrem Medizinbeutel.

Fast hätte ich es vergessen, dachte sie und nahm die Päckchen mit Izas geheimen empfängnisverhütenden Kräutern heraus. Ob diese nun ihrem Totem halfen, den Geist vom Totem des Mannes abzuwehren, wie Iza meinte, oder sich irgendwie der Wirkweise der Essenz aus dem Glied des Mannes widersetzte, wie sie meinte – Ayla wollte nicht Gefahr laufen, ausgerechnet jetzt ein Baby zu bekommen. Dazu war alles viel zu sehr im Umbruch begriffen. Sie hatte ein Baby von Jondalar haben wollen, doch während sie jetzt auf den Tee wartete, fragte sie sich, wie wohl ein Kind, das eine Mischung von ihr und Ranec darstellte, aussehen würde? Wie er? Wie ich? Oder ein bißchen wie wir beide? Wahrscheinlich letzteres, so wie Durc... und Rydag. Die waren Mischlinge. Ein dunkelhäutiger Sohn von Ranec würde auch anders aussehen, nur, so dachte sie eine Spur verbittert, nur würde niemand ihn ein Scheusal nennen oder ihn für ein Tier halten. Er würde imstande sein zu sprechen, zu lachen und zu weinen, genauso wie alle anderen auch.

Sie erinnerte sich, wie sehr Talut beim letztenmal ihr Heilmittel gegen das Kopfweh geschätzt hatte, und brühte genug Tee auf, damit es für mehrere Leute reichte. Nachdem sie ihr Teil getrunken hatte, ging sie hinaus, um Jondalar zu suchen. Der neue Anbau, den man direkt vom Herdfeuer des Mammut aus erreichte, erwies sich als sehr angenehm, und aus irgendeinem Grund war sie froh, daß sie nicht erst durch das Herdfeuer des Fuchses hindurch mußte. Die Pferde waren draußen, doch als sie hindurchging, sah sie an der Wand Jondalars Schlaffelle für unterwegs aufgerollt und fragte sich, wie sie dorthin gekommen sein mochten.

Als sie den Fellvorhang beiseiteschob und durch den zweiten Eingangsbogen ins Freie trat, sah sie Talut, Wymez und Mamut mit Jondalar reden, der ihr den Rücken zuwandte.

»Was macht der Kopf, Talut?« fragte sie im Näherkommen.

»Bietest du mir etwa etwas von deinem Zaubertrank an?«

»Ich habe Kopfschmerzen und daher Tee gemacht. Drinnen ist mehr«, sagte sie, um sich dann, wo sie ihn gefunden hatte, mit einem arglosen, glücklichen Lächeln Jondalar zuzuwenden.

Im ersten Augenblick rief ihr Lächeln eine gleiche Reaktion bei ihm hervor, aber nur für einen Moment. Dann umwölkte sich seine Stirn, er blickte finster vor sich hin, seine Augen füllten sich mit etwas, das sie dort noch nie gesehen hatte. Ihr Lächeln schwand.

»Möchtest du auch Tee, Jondalar?« fragte sie verwirrt und bestürzt.

»Wieso? Meinst du, ich brauchte welchen? Ich habe gestern abend nicht zuviel getrunken, aber das hast du wohl gar nicht bemerkt«, erwiderte er mit einer Stimme, so kalt und so distanziert, daß sie sie kaum wiedererkannte.

»Wo bist du denn hin? Ich habe dich früh gesucht, aber im Bett warst du nicht.«

»Du ja auch nicht«, sagte er. »Was kümmert es dich, wo ich gewesen bin.« Damit drehte er sich um und ließ sie stehen. Sie sah die anderen drei Männer an. Auf Taluts Gesicht malte sich Verlegenheit, Wymez sah unbehaglich, aber nicht völlig unglücklich aus. Und Mamuts Miene hatte etwas Unergründliches.

»Ah ... ich denke, ich hole mir von dem Tee, den du mir angeboten hast«, sagte Talut rasch und duckte sich durch den Eingang des Anbaus.

»Vielleicht sollte ich auch einen Becher nehmen«, sagte Wymez und folgte ihm.

Was nur habe ich getan? dachte Ayla, und das Gefühl des Unbehagens, das sie befallen hatte, wurde zu einem harten Knoten des Kummers. Ihr Magen verkrampfte sich.

Mamut musterte sie und sagte dann: »Ich glaube, du solltest mal zu mir kommen und mit mir reden, Ayla. Später, wenn wir allein sein können. Könnte sein, daß dein Tee eine ganze Reihe von Gästen an das Herdfeuer lockt. Warum holst du nicht etwas zu essen?«

»Ich habe keinen Hunger«, sagte Ayla, der sich fast der Magen umkehrte. Sie wollte nicht bei ihren neuen Leuten gleich zu Anfang etwas Falsches tun, und sie fragte sich, warum Jondalar so wütend war.

Beruhigend lächelte Mamut. »Du solltest doch versuchen, etwas zu dir zu nehmen. Da ist noch Mammutfleisch von gestern übrig, und ich glaube, Nezzie hat einen von ihren gedünsteten Laiben für dich aufgehoben.«

Ayla nickte. Verwirrt und besorgt schaute sie auf dem Weg zum Haupteingang des Langhauses mit jenem Teil ihres Wesens, der stets um sie besorgt war, zu den Pferden hinüber. Als sie Jondalar bei ihnen stehen sah, verspürte sie ein wenig Erleichterung. Sie selbst hatte sich oft bei den Tieren Trost geholt, wenn sie Kummer gehabt hatte; auch wenn sie sich dessen nicht ganz klar bewußt war, hoffte sie doch, daß es Jondalar gut tun würde, wenn er sich ihnen zuwandte, und daß seine Wut schließlich verrauchen würde.

Sie ging durch den Vorraum hindurch und betrat den Bereich der Kochstelle. Nezzie saß mit Rydag und Rugie da und aß. Lächelnd stand sie bei Aylas Näherkommen auf. Wiewohl von der Natur körperlich überreich ausgestattet, war Nezzie erstaunlich flink und sehr anmutig in ihren Bewegungen – und, wie Ayla vermutete, sehr stark.

»Nimm dir von dem Fleisch. Ich hole den Laib, den ich für dich beiseite gelegt habe. Es ist der letzte«, sagte Nezzie. »Und nimm dir einen Becher Tee, wenn du möchtest. Es ist Afterkreuzkraut und Minze.«

Ayla setzte sich zu ihnen und brach kleine Brocken von dem festen, feuchten Laib für Rydag und Rugie ab. Sie selbst aß nur ganz wenig.

»Stimmt was nicht, Ayla?« fragte die Frau. Sie wußte, daß etwas nicht stimmte, und ahnte auch, was der Grund war.

Bekümmert sah Ayla sie an. »Nezzie, ich kenne mich in der Lebensweise des Clan aus – aber von den Mamutoi weiß ich vieles noch nicht. Ich möchte es lernen, möchte eine gute Mamutoifrau sein. Nur weiß ich es nicht, wenn ich etwas falsch mache. Und ich glaube, gestern nacht habe ich etwas falsch gemacht.«

»Wie kommst du darauf?«

»Als ich hinausging, war Jondalar zornig, und ich glaube, auch Talut war nicht glücklich. Ebenso Wymez. Sie sind schnell fortgegangen. Sag mir, was habe ich falsch gemacht, Nezzie?«

»Gar nichts hast du falsch gemacht, Ayla – es sei denn, von zwei Männern geliebt zu werden ist falsch. Manche Männer hegen Besitzansprüche, wenn sie einer Frau starke Gefühle entgegenbringen. Sie wollen dann nicht, daß sie mit anderen Männern zusammen ist. Jondalar meint, einen Anspruch auf dich zu haben, und ist wütend, weil du Ranecs Lager geteilt hast. Aber das ist nicht nur bei Jondalar so. Ich glaube, Ranec fühlt genauso und würde genauso Besitzansprüche anmelden, wenn er könnte. Ich habe ihn großgezogen, seit er ein Junge war; noch nie habe ich es erlebt, daß er so von einer Frau angetan war. Ich glaube, Jondalar versucht, sich seine Gefühle nicht anmerken zu lassen, aber er schafft es einfach nicht. Und wenn er seinen Zorn gezeigt hat, war das Talut und Wymez vermutlich peinlich. Das könnte der Grund sein, warum sie so schnell fortgegangen sind.

Manchmal schreien wir laut herum, oder wir reizen uns gegenseitig. Wir sind stolz auf unsere Gastfreundschaft und bemühen uns, freundlich zu sein, aber allzusehr zeigen die Mamutoi ihre Gefühle nicht. Das könnte Unannehmlichkeiten zur Folge haben; wir bemühen uns, Streit aus dem Wege zu gehen, und schüren ihn nicht. Der Rat der Schwestern betrachtet die Überfälle, die junge Männer gern auf andere Stämme wie etwa die Sungaea machen, voller Abscheu und ist bemüht, sie zu ächten. Die

Schwestern sagen, Überfälle fordern Gegenüberfälle heraus, und es sind schon Leute dabei umgekommen. Sie behaupten, Handel treiben ist besser als Überfälle machen. Der Rat der Brüder ist da nachsichtiger. Die meisten von ihnen haben in ihrer Jugend selbst an solchen Überfällen teilgenommen und sehen darin nichts weiter, als daß junge Leute ihre Muskeln spielen lassen und ihr Leben ein bißchen aufregend gestalten.«

Ayla hörte gar nicht mehr zu. Statt irgend etwas zu klären, verwirrte Nezzies umständliche Erklärung sie nur noch mehr. War Jondalar erbost, weil sie auf das Zeichen eines anderen Mannes reagiert hatte? War das ein Grund, wütend zu werden? Eine solche gefühlsmäßige Reaktion hätte sich kein Clan-Mann leisten dürfen. Broud war der einzige Mann, der jemals irgendwelches Interesse für sie gezeigt hatte, und das auch nur, weil er sie haßte. Viele Leute fragten sich jedoch, warum er sich überhaupt mit einer so häßlichen Frau abgab; er selbst würde sich höchstens gefreut haben, hätte ein anderer Mann Interesse an ihr gezeigt. Als sie darüber nachdachte, begriff sie, daß Ranecs Interesse Jondalar von Anfang an wider den Strich gegangen war.

Mamut kam aus dem Vorraum herein und hatte offensichtlich Schwierigkeiten zu gehen. »Nezzie, ich habe versprochen, Mamuts Medizinschale mit etwas gegen die Schmerzen zu füllen«, sagte Ayla.

Sie stand auf, um ihm zu helfen, doch winkte er ihr weiterzugehen. »Geh nur voran. Ich komme gleich. Ich brauche nur etwas länger als du.«

Sie durcheilte die Bereiche vom Herdfeuer des Löwen und des Fuchses, war froh, das Herdfeuer des Mammut leer vorzufinden, und legte Brennmaterial auf das Feuer. Als sie ihre Heilkräuter durchging, fiel ihr ein, wie oft sie Creb Breiumschläge gemacht und ihm schmerzstillende Mittel gegeben hatte, weil er so sehr unter Gelenkschmerzen gelitten hatte. Das war ein Gebiet der Heilkunst, in dem sie sich besonders gut auskannte.

Sie wartete, bis Mamut sich bequem hingesetzt hatte und einen warmen Tee trank, der die meisten seiner alten Schmerzen linderte. Erst danach stellte sie ihm ein paar Fragen. Es tat ihr selbst nicht minder gut als dem alten Schamanen, ihr Können und Wissen zu beweisen und ihre Kunst auszuüben. Zugleich nahm ihr das ein wenig von der Anspannung, unter der sie selbst litt. Und trotzdem: Als sie sich einen Becher Tee nahm und sich Mamut gegenüber niedersetzte, wußte sie nicht recht, wo beginnen.

»Mamut, bist du eigentlich lange beim Clan gewesen?« fragte sie schließlich.

»Jawohl. Es dauert ziemlich lange, bis ein schlimmer Knochenbruch heilt. Mittlerweile wollte ich auch mehr von ihnen erfahren, und da bin ich solange bei ihnen geblieben, bis sie zum Clan-Treffen aufbrachen.«

»Dabei hast du die Lebensweise des Clan kennengelernt?«

»Einiges davon.«

»Dann weißt du also, was das mit dem Zeichen auf sich hat?«

»Jawohl, Ayla, ich weiß, was es mit dem Zeichen auf sich hat, das ein Mann einer Frau gibt.« Er sprach nicht weiter, schien zu überlegen, doch dann fuhr er fort: »Ich will dir etwas erzählen, was ich noch nie jemand erzählt habe. Da war eine junge Frau, die mich pflegen half, während mein Arm verheilte, und nachdem ich in eine Jagdzeremonie eingeschlossen worden und mit ihnen auf die Jagd gegangen war, wurde sie mir gegeben. Ich kenne das Zeichen, und ich weiß, was es bedeutet. Ich selbst habe mich des Zeichens bedient, obwohl mir dabei zu Anfang alles andere als wohl zumute war. Immerhin war sie eine Flachschädel-Frau und für mich nicht besonders reizvoll, zumal ich in der Zeit des Heranwachsens so manche Geschichte über sie gehört hatte. Aber ich war ein gesunder junger Mann, und man erwartete von mir, daß ich mich benahm wie ein Mann vom Clan.

Je länger ich bei ihnen blieb, desto besser gefiel sie mir – du ahnst ja nicht, wie angenehm es sein kann, jemand zu haben, der sich eines jeden Wunsches und Bedürfnisses, das man verspürt, annimmt. Erst später kam ich dahinter, daß sie einen Gefährten hatte. Sie war die zweite Frau, ihr erster Gefährte war gestorben, und deshalb nahm einer der anderen Jäger sie bei sich auf, wenn auch ein wenig widerstrebend, da sie von einem anderen Clan stammte und keine Kinder hatte. Als ich fortzog, wollte ich sie nicht zurücklassen, aber mir war klar, daß sie beim Clan glücklicher wäre als bei mir und meinen Leuten. Außerdem war ich mir nicht sicher, ob ich selbst willkommen gewesen wäre, wäre ich mit einer Flachschädel-Frau heimgekehrt. Ich habe mich oft gefragt, was wohl aus ihr geworden sein mag.«

Ayla schloß die Augen. Erinnerungen überfluteten sie. Es hatte etwas Unheimliches, von diesem Mann, den sie erst seit so kurzer Zeit kannte, etwas über ihren Clan zu erfahren, was sie selbst nicht so recht wußte. So fügte sie seine Geschichte mit dem zusammen, was sie selbst von der Geschichte von Bruns Clan wußte.

»Sie hat nie Kinder bekommen und ist immer zweite Frau geblieben. Aber irgendwer hat sie immer bei sich aufgenommen. Sie ist bei einem Erdbeben umgekommen, ehe sie mich fanden.«

Er nickte. Auch er war froh, daß ein wichtiges Stück aus seiner Vergangenheit ergänzt worden war.

»Mamut, Nezzie sagt, Jondalar sei zornig, weil ich Ranecs Bett geteilt habe. Stimmt das?«

»Ja, ich glaube, es stimmt.«

»Aber wo doch Ranec mir das Zeichen gegeben hat! Wie kann Jondalar zornig sein, wo Ranec mir das Zeichen gegeben hat?«

»Woher kennt Ranec das Clan-Zeichen?« fragte Mamut verwundert.

»Nicht das Clan-Zeichen. Das Zeichen der Anderen. Als Jondalar mein Tal fand, mich der Ersten Riten teilhaftig werden ließ und mich das Wonnegeschenk der Großen Erdmutter Doni lehrte, habe ich ihn gefragt, wie das Zeichen ist. Da hat er den Mund auf den meinen gelegt und Kuß gemacht. Hat die Hand auf mich gelegt und ... mich Wonne spüren lassen. Und hat gesagt, daran würde ich es immer erkennen, wenn er mich begehrt; er hat mir gesagt, welches sein Zeichen ist. Und gestern abend hat Ranec mir das Zeichen gegeben. Und dann hat er gesagt: ›Ich will dich. Komm in mein Bett!‹ Er hat mir den Befehl erteilt.«

Mamut hob die Augen zur Decke und sagte: »O, Mutter!« Dann sah er wieder sie an. »Ayla, du verstehst nicht. Ranec hat dir ganz gewiß ein Zeichen gegeben, daß er dich begehrt; nur ein ›Befehl‹ war es nicht.«

Völlig verwirrt sah Ayla ihn an. »Ich verstehe nicht.«

»Niemand kann dir etwas befehlen, Ayla. Dein Körper gehört dir, und es liegt ausschließlich bei dir. Du entscheidest, was du tun willst und mit wem du es tun willst. Wenn du willst, kannst du mit jedem Mann ins Bett gehen – solange er einverstanden ist – und gerade darin sehe ich eigentlich kein Problem –, aber du brauchst mit keinem Mann die Wonnen zu teilen, mit dem du es nicht möchtest – niemals!«

Lange dachte sie über seine Worte nach. »Und was ist, wenn Ranec es mir nochmals befiehlt? Er hat gesagt, er wolle mich viele, viele Male.«

»Ich zweifle nicht daran, daß er das möchte, aber er kann es dir nicht befehlen. Niemand kann dir etwas befehlen, Ayla. Nicht gegen deinen Willen.«

»Nicht mal der Mann, mit dem ich mich zusammentue? Niemals?«

»Ich glaube nicht, daß die Bande unter solchen Umständen sehr lange hielten. Aber nein, selbst wenn du mit jemand die Bande knüpfst – befehlen kann dir auch ein Gefährte nichts. Dein Gefährte ist nicht dein Besitzer, du bist nicht sein Eigentum. Entscheiden kannst nur du allein.«

»Mamut, wenn Ranec mir das Zeichen gibt, brauche ich nicht zu ihm zu gehen?«

»Nein, das brauchst du nicht.« Er sah, wie sie die Stirn runzelte. »Tut es dir leid, daß du sein Bett mit ihm geteilt hast?«

»Leid?« Sie schüttelte den Kopf. »Nein, leid nicht. Ranec ist ... gut. Nicht roh und gewalttätig ... wie Broud. Ranec ... ich bedeute ihm was ... bereitet gute Wonnen. Nein. Leid tut Ranec mir nicht. Wer mir leid tut, das ist Jondalar. Ich bedaure, daß Jondalar böse ist. Ranec versteht sich darauf, gute Wonnen zu bereiten, aber Ranec ... Ranec ist nicht Jondalar.«

20

Ayla drehte den Kopf zur Seite und stemmte sich in den heulenden Wind. Sie versuchte, das Gesicht vor der Gewalt des vom Sturm getriebenen Schnees zu schützen. Jeder Schritt vorwärts mußte einer Kraft abgerungen werden, die nur durch die wirbelnde Masse harter Schneekristalle sichtbar wurde, welche sich ihr entgegenwarf. Während der wütende Schneesturm tobte, bot sie sich dem schmerzhaften Prasseln der Eisgeschosse dar und versuchte, die Augen zumindest einen Spalt weit zu öffnen. Dann drehte sie den Kopf wieder weg und machte neuerlich ein paar Schritte. Vom wummernden Wind umtost, öffnete sie dann wieder einen Spalt weit die Augen. Das glatte Rund vor ihr winkte, und erleichtert fühlte sie schließlich die Stoßzähne des Eingangsbogens unter ihrer Hand.

»Ayla, bei diesem Schneesturm hättest du nicht hinausgehen dürfen!« hielt Deegie ihr vor. »Nur wenige Schritte vom Eingang entfernt kannst du dich verirren.«

»Aber es weht jetzt schon seit vielen Tagen so, und Winnie und Renner gehen auch hinaus. Ich wollte wissen, wohin sie gehen.«

»Und hast du es herausgefunden?«

»Ja. Sie suchen sich ihr Futter gern hinter der Biegung des Flusses. Dort weht der Wind nicht so stark, und der Schnee liegt auch nicht allzu hoch auf dem trockenen Gras. Schneewehen bilden sich vor allem auf der anderen Seite. Körnerfutter habe ich noch, aber das Heu ist mir ausgegangen. Die Pferde wissen, wo sie Gras finden, auch wenn der Schneesturm tobt. Wasser gebe ich ihnen hier, wenn sie zurückkommen«, sagte Ayla, stampfte mit den Füßen auf und schüttelte sich den Schnee aus dem Überwurf, den sie gerade ausgezogen hatte. Auf dem Weg hinein ins Langhaus hängte sie ihn dicht beim Eingang zum Herdfeuer des Mammut an einen Haken.

»Ist es zu fassen? Sie ist hinausgegangen. Bei diesem Wetter!« verkündete Deegie etlichen Leuten, die sich am vierten Herdfeuer versammelt hatten.

»Aber warum?« wollte Tornec wissen.

»Die Pferde brauchen was zum Fressen, und ich ...«, begann Ayla.

»Ich fand, du warst sehr lange fort«, sagte Ranec. »Als ich Mamut fragte, sagte er, zuletzt hätte er dich gesehen, wie du ins Herdfeuer der Pferde hineingingst. Aber als ich nachsah, warst du nicht da.«

»Alle haben sie nach dir gesucht, Ayla«, sagte Tronie.

»Und dann entdeckte Jondalar, daß dein Überwurf fehlte, und die Pferde auch. Er meinte, du wärest wohl mit ihnen hinausgegangen«, sagte Deegie, »und da hielten wir es für ratsam, draußen nach dir zu suchen. Als ich den Kopf hinausstreckte, um zu sehen, wie schlimm das Wetter wirklich ist, sah ich dich dann kommen.«

»Ayla, bei schlechtem Wetter solltest du immer jemand Bescheid sagen, wenn du hinausgehst«, kam es sanft tadelnd von Mamut.

»Weißt du denn nicht, daß die Leute sich Sorgen machen, wenn du bei einem solchen Schneesturm rausgehst?« sagte Jondalar in sehr zornigem Ton.

Ayla wollte etwas sagen, doch alle sprachen sie gleichzeitig. Sie sah in all die Gesichter, die sie anstarrten, und errötete. »Es tut mir leid. Ich wollte nicht, daß ihr euch Sorgen macht. Ich habe so lange allein gelebt und hatte keine Leute, die sich um mich kümmerten. Ich gehe und komme, wie es mir beliebt. Ich bin es einfach nicht gewohnt, daß jemand sich meinethalben Gedanken macht«, sagte sie, und sah erst Jondalar und dann die anderen an. Mamut sah, wie Aylas Stirn sich in gequälte Falten legte, als der blonde Mann sich abwandte.

Jondalar spürte, wie ihm das Blut zu Kopf stieg, als er sich von den Leuten entfernte, die sich Sorgen um Ayla gemacht hatten. Sie hatte recht, sie hatte wirklich allein gelebt und war sehr gut zurechtgekommen. Welches Recht hatte er, ihr Tun in Frage zu stellen oder ihr Vorhaltungen zu machen, weil sie nicht Bescheid sagte, wenn sie hinausging? Dabei hatte er vom ersten Augenblick an, da er sie vermißte und vermutete, daß sie im Schneesturm hinausgegangen war, Angst um sie gehabt. Er hatte durchaus schon strenge Winter durchgemacht – dort, wo er aufgewachsen war, waren die Winter besonders kalt und öde –, aber so etwas wie dies hier hatte er noch nicht erlebt. Ihm war, als tobte dieser Sturm schon den halben Winter über.

Keiner hatte mehr Angst um Aylas Sicherheit gehabt als Jondalar, nur wollte er sich seine Sorge nicht anmerken lassen. Seit der Nacht ihrer Adoption hatte er Schwierigkeiten gehabt, auch nur mit ihr zu reden. Zuerst war er einfach nur tief verletzt gewesen, daß sie jemand anders erwählt hatte, woraufhin er sich in sich zurückgezogen hatte und seinen eigenen Gefühlen zwiespältig gegenüberstand. Er war einerseits rasend eifersüchtig, andererseits bezweifelte er seine Liebe zu ihr, weil er sich geschämt hatte, sie mitgebracht zu haben.

Ayla hatte Ranecs Lager nicht noch einmal geteilt, doch stand Jondalar Nacht für Nacht erneut Ängste aus, sie könnte es tun. Das machte ihn verspannt und nervös, und er gewöhnte es sich an, sich vom Herdfeuer des Mammut fernzuhalten, bis sie zu Bett gegangen war. Legte er sich schließlich auf dem Lager neben sie, kehrte er ihr den Rücken zu und widerstand dem Verlangen, sie anzurühren, weil er Angst hatte, er könnte die Beherrschung verlieren, zusammenbrechen und sie anflehen, ihn zu lieben.

Ayla jedoch begriff nicht, warum er sie mied. Versuchte sie, mit ihm zu reden, antwortete er nur einsilbig oder tat so, als schlafe er; legte sie den Arm um ihn, erstarrte er und ging nicht darauf ein. Ihr kam es vor, als möge er sie nicht mehr, insbesondere nachdem er eigene Felle hergebracht hatte, um darunter zu schlafen und jede Berührung mit ihr zu vermeiden, wenn sie neben ihm lag. Selbst tagsüber hielt er sich fern von ihr. Wymez, Danug und er hatten im Kochbereich eine Arbeitsecke zum Feuersteinschlagen eingerichtet; dort verbrachte Jondalar tagsüber die meiste Zeit. Er konnte es nicht ertragen, mit Wymez am Herdfeuer des Fuchses zu arbeiten, nur durch den Mittelgang von dem Bett getrennt, das Ayla mit Ranec geteilt hatte.

Nachdem ihre gutgemeinten Vorstöße eine Zeitlang immer wieder zurückgewiesen worden waren, wußte sie überhaupt nicht mehr, was sie von alledem halten sollte, und zog sich ihrerseits von ihm zurück. Erst da begriff er endlich, daß die immer tiefer werdende Kluft zwischen ihnen sein Werk war. Doch wie daran etwas ändern, wußte er nicht. So erfahren und kenntnisreich er in bezug auf Frauen war, die Erfahrung zu lieben hatte er noch nicht gemacht. Er stellte fest, daß es ihm widerstrebte, ihr zu sagen, was er für sie empfand. Er erinnerte sich, daß junge Frauen ihm gefolgt waren und ihre starken Gefühle für ihn zum Ausdruck gebracht hatten, während er ihnen solche nicht entgegenbrachte. Ihn hatte das stets mit Unbehagen erfüllt, in ihm den Wunsch geweckt, davonzulaufen. Und da er nicht wollte, daß Ayla so auf ihn reagierte, hielt er sich zurück.

Ranec wußte, daß sie keine Wonnen teilten. Er war sich Aylas jeden Augenblick quälend bewußt, jedoch bemüht, sich das nicht anmerken zu lassen. Er wußte, wann sie zu Bett ging und wann sie erwachte, was sie aß und mit wem sie redete, und verbrachte soviel Zeit wie möglich am Herdfeuer des Mammut. Ranecs Schlagfertigkeit und seine witzigen Bemerkungen, die nicht selten auf den einen oder anderen Angehörigen des Löwen-Lagers zielten, riefen unter den dort Versammelten häufig schallendes Gelächter hervor. Dabei hütete Ranec sich, Jondalar auch nur im mindesten zu verunglimpfen, gleichgültig, ob Ayla in der Nähe war oder nicht. Der Gast im Lager war sich sehr wohl bewußt, wie spritzig Ranec mit Worten umgehen konnte, doch solche Blitzgescheitheit war niemals Jondalars Stärke gewesen. Ranecs muskulöser Körper, seine Unbekümmertheit und Selbstsicherheit bewirkten, daß der großgewachsene, auffallend stattliche Mann sich vorkam wie ein ungeschlachter Dummkopf.

Je weiter der Winter fortschritt, desto schlimmer wirkte sich das ungelöste Mißverständnis zwischen Jondalar und Ayla aus. Jondalar hatte nachgerade Angst, sie für immer an den dunkelhäutigen, exotischen und einnehmenden Mann zu verlieren. Zwar versuchte er immer wieder, sich einzureden, er müsse fair ihr gegenüber sein und sie ihre eigene Wahl treffen lassen und habe im übrigen keinerlei Recht, irgendwelche Ansprüche auf sie zu erheben. Aber genauso sehr hielt er sich auch deshalb von ihr fern, weil er ihr keine Möglichkeit geben wollte, sich zu entscheiden – und zwar gegen ihn zu entscheiden.

Den Mamutoi schien das unwirtliche Wetter nichts auszumachen. Sie hatten reichlich Nahrungsmitttel eingelagert und gaben sich in ihrem gemütlichen und sicheren, halb unterirdischen Langhaus den üblichen Winterbeschäftigungen hin. Die älteren Leute versammelten sich vornehmlich um die Kochstelle herum, tranken heißen Tee, erzählten sich Geschichten, ergingen sich in Erinnerungen, plauderten oder spielten mit kleinen geschnitzten Elfenbein- oder Knochenfiguren Glücksspiele – wenn sie nicht gerade irgendwelche größeren Pläne verwirklichten. Die jüngeren Mitglieder des Lagers versammelten sich um das Herdfeuer des Mammut, scherzten und lachten, sangen Lieder oder übten auf Musikinstrumenten. Dabei hielten sich die beiden Gruppen keineswegs streng getrennt; es kam zu vielen Begegnungen zwischen ihnen, und die Kinder waren überall willkommen. Dies war die Zeit, Werkzeug und Waffen, Gerätschaften und Schmuck herzustellen oder auszubessern; die Zeit, Körbe zu flechten, Matten zu weben, Elfenbein-, Knochen- und Geweihschnitzereien herzustellen; Riemen, Seile und Schnüre und Netze zu machen; und die Zeit, Kleidung zu fertigen und zu verschönern.

Ayla war an der Art der Lederherstellung der Mamutoi interessiert; insbesondere daran, wie sie es färbten. Sehr angetan war sie auch von farbigen Stickereien, Borsten- und Perlenarbeiten. Verzierte und genähte Kleider waren etwas Neues und Ungewöhnliches für sie.

»Du hast gesagt, du würdest mir zeigen, wie man das Leder rot färbt, sobald ich ein Fell fertig habe. Ich glaube, die Wisentdecke, an der ich arbeite, ist jetzt soweit fertig«, sagte Ayla.

»Na schön, dann werde ich es dir zeigen«, sagte Deegie. »Laß sehen, wie sie aussieht.«

Ayla begab sich zu der Vorratsplattform am Kopfende ihres Bettes, rollte ein ganzes Fell auseinander und breitete es aus. Es fühlte sich unglaublich weich und schmiegsam an und war fast weiß. Deegie untersuchte es kritisch. Sie hatte gut aufgepaßt, wie Ayla es bearbeitet hatte, keine Bemerkung dazu gemacht, aber immer interessiert zugesehen.

Zunächst hatte Ayla die dicke Mähne des Tieres mit einem scharfen Messer dicht über der Haut abgeschnitten, sie auf den Schabebock – einen großen glatten Mammutbeinknochen – gespannt und die Innenseite saubergeschabt, um sämtliche noch daran haftenden Fetteilchen und Blutgefäße zu entfernen. Dann war die Außenseite drangekommen: Gegen den Strich hatte sie die äußere Hautschicht abgekratzt, zu der auch der Narben gehörte. Deegie hätte die Haut danach zusammengerollt und ein paar Tage lang in der Nähe des Feuers liegen und in das erste Stadium der Verwesung übergehen lassen, damit die Haare sich lockerten und hinterher leichter abgingen. Danach würde nur noch die Lederhaut und der Narben übrigbleiben. Um jedoch das weichere Wildleder herzustellen, wie Ayla es getan hatte, hätte sie es auf einen Rahmen gespannt, um das Haar samt dem Narben abzukratzen.

Beim nächsten Schritt in der Bearbeitung berücksichtigte Ayla einen Vorschlag, der von Deegie gekommen war. Nach dem Einweichen und Waschen hatte Ayla vorgehabt, Fett in die Hautdecke einzureiben, um sie, wie sie es immer getan hatte, geschmeidig zu machen. Deegie jedoch hatte Ayla gezeigt, wie man aus der halbverwesten Hirnmasse des Tieres einen dünnen Seim herstellte, in dem die Haut statt dessen eingeweicht wurde. Das Ergebnis hatte Ayla ebensosehr überrascht wie entzückt. Noch bei der Arbeit spürte sie geradezu, wie es sich unter ihrer Hand beim Einreiben der Hirnmasse veränderte und dehnbar und geschmeidig wurde. Doch erst nachdem die halbfertige Tierhaut hinterher gründlich ausgewrungen worden war, begann die eigentliche Arbeit. Es galt, sie während des Trockenprozesses ständig zu ziehen und zu dehnen und ihr keine Ruhe zu geben; die Qualität des fertigen Leders hing davon ab, wie gut die Haut in diesem Stadium bearbeitet wurde.

»Du hast eine gute Hand fürs Leder, Ayla. Wisentdecken sind hart und schwer, und diese ist so weich. Sie fühlt sich wunderbar an. Weißt du schon, was daraus werden soll?«

»Nein.« Ayla schüttelte den Kopf. »Aber ich möchte das Leder rot färben. Was meinst du, wäre das was für Füßlinge?«

»Dafür ist es schwer genug, aber es ist so weich, daß man auch einen Überwurf draus machen könnte. Färbe es nur. Was du dann draus machst, kannst du dir ja hinterher immer noch überlegen«, sagte Deegie, doch als sie gemeinsam auf das letzte Herdfeuer zugingen, fragte sie noch: »Was würdest du denn jetzt aus dem Fell machen? Wenn du es nicht färben wolltest?«

»Ich würde es über ein sehr rauchiges Feuer hängen, damit das Leder, wenn es vom Regen oder beim Schwimmen wieder naß wird, nicht wieder hart und steif wird.«

Deegie nickte. »Das würde ich auch machen. Aber was wir mit dem Leder vorhaben, läßt alles Wasser abperlen.«

Beim Hindurchgehen durch das Herdfeuer des Kranichs begegneten sie Crozie, was Ayla an etwas erinnerte, was sie schon längst hatte fragen wollen. »Deegie, weißt du eigentlich auch, wie man Leder weiß färbt? Wie das Gewand, das Crozie anhat? Ich mag Rot, aber hinterher möchte ich auch lernen, weißes Leder zu machen. Ich glaube, ich kenne jemand, der Weiß sehr gern hätte.«

»Leder weiß zu färben ist auch schwer – jedenfalls, wenn man wirklich schneeweißes Leder haben will. Crozie könnte es dir besser zeigen als ich. Du würdest Kreide brauchen ... möglich, daß Wymez welche hat. Feuerstein ist häufig in Kreide eingebettet, und die Stücke, die er aus der Fundstätte weiter im Norden bekommt, weisen im allgemeinen außen eine Kreideschicht auf«, sagte Deegie.

Die jungen Frauen kehrten mit ein paar kleinen Mörsern und Stößeln sowie etlichen Klumpen Ocker in verschiedenen Schattierungen zurück zum Herdfeuer des Mammut. Deegie setzte ein wenig Fett aufs Feuer, um es zu zerlassen; dann breitete sie die Brocken Farbstoff um Ayla herum aus. Da waren neben dem Ocker in allen Schattierungen kleine Stücke Holzkohle für Schwarz, Mangan für Blauschwarz und ein leuchtendes Schwefelgelb. Mörser waren verschiedene von Natur aus schalenförmige Knochen wie etwa das Stirnbein des Hirsches; oder sie waren aus Granit und Basalt herausgearbeitet, genauso wie die Lampen. Die Stößel waren aus hartem Elfenbein oder Knochen geschnitzt; nur ein einziger war ein länglicher natürlicher Stein.

»Welches Rot möchtest du Ayla? Dunkelrot, Blutrot, Erdrot, Gelbrot – das wäre etwa die Farbe der Sonne.«

Ayla hatte nicht geahnt, daß ihr so viele verschiedene Möglichkeiten offenstanden. »Ich weiß nicht, rot, rot ...«, sagte sie.

Deegie besah sich die Farben. »Ich meine, wir sollten dies hier nehmen«, sagte sie und nahm einen Brocken in die Hand, der leuchtend erdrot war, »und ein wenig Gelb hinzufügen, damit das Rot kräftiger rauskommt. Ich glaube, das ergibt eine Färbung, die dir gefällt.«

Sie legte den kleinen Brocken Ockerrot in den Steinmörser und zeigte Ayla, wie man ihn sehr fein zermahlte. Dann wies sie sie an, in einem anderen Mörser das Gelb zu feinem Staub zu zerstoßen und zu zerreiben.

Deegie mischte die beiden Färbemittel in einer dritten Schale, bis sie mit der Färbung zufrieden war. Dann erst fügte sie heißes Fett hinzu, wodurch die Farbe sich kräftig veränderte – und zwar zu einem leuchtenden Rot, das Ayla lächeln ließ.

»Ja. Das ist Rot. Das ist ein hübsches Rot«, sagte sie.

Als nächstes nahm Deegie eine lange Hirschrippe zur Hand, die der Länge nach gespalten war, so daß am konvexen Rand das poröse Knocheninnere freilag. Die schwammige Seite nach unten haltend, nahm Deegie einen kleinen Batzen des abgekühlten roten Fettes und rieb die Mischung in die vorbereitete Wisenthaut ein, wobei sie die Haut in der einen Hand hielt und mit dem Knochen soviel Druck wie möglich ausübte. Je mehr sie das mineralische Färbemittel in die Poren einrieb, einen desto schöneren matten Schimmer nahm das weiche Leder an. Bei einem Leder, an dem der Narben noch haftete, hätte dieselbe Art der Bearbeitung einen harten Hochglanz ergeben.

Nachdem sie eine Weile zugesehen hatte, ergriff Ayla einen anderen Rippenbogen und verfuhr genauso wie Deegie. Diese beobachtete das und regte ein paar Verbesserungen an. Als eine Ecke des Fells fertig war, ließ sie Ayla kurz unterbrechen.

»Schau«, sagte sie, hielt die Ecke in die Höhe und sprengte ein paar Tropfen Wasser darauf. »Es läuft runter, siehst du?« Das Wasser bildete Perlen, die herunterliefen und keine Spur auf der fertig bearbeiteten Lederfläche hinterließen.

»Bist du dir schon darüber im klaren, was du mit deinem roten Leder machen willst?« fragte Nezzie.

»Nein«, sagte Ayla. Sie hatte die ganze Wisentfelldecke entrollt, um sie Rydag zu zeigen und selbst noch einmal zu bewundern. Sie gehörte ihr, denn sie war es, die das Fell geschabt, gegerbt und gefärbt hatte. Sie hatte noch nie etwas besessen, das rot gewesen wäre, und das Leder war wunderschön rot geworden. »Beim Clan galt Rot als heilig. Ich würde sie Creb schenken ... wenn das möglich wäre.«

»Ich glaube, ein leuchtenderes Rot habe ich noch nie gesehen. Wer das trägt, den würde man schon von weitem erkennen.«

»Und weich ist es auch noch«, gab Rydag durch Zeichensprache zu verstehen. Er kam oft an das Herdfeuer des Mammut, um sie zu besuchen; er war ihr stets willkommen.

»Deegie hat mir erst gezeigt, wie man es mit Hirnmasse geschmeidig macht«, sagte Ayla und lächelte ihren kleinen Freund an. »Zuvor habe ich immer Fett benutzt. Das ist sehr mühsam, und manchmal gibt es Flecken. Es ist viel besser, das Hirn vom Wisent zu benutzen.« Nachdenklich hielt sie inne, doch dann fragte sie: »Geht das eigentlich bei allen Tieren, Deegie?« Und als Deegie nickte: »Wieviel Hirn muß ich nehmen? Wieviel zum Beispiel beim Rentier? Und wieviel bei einem Kaninchen?«

»Mut, die Große Mutter«, erwiderte Ranec an ihrer Stelle mit einer Andeutung von Grinsen, »gibt in ihrer unendlichen Weisheit jedem Tier gerade genug Hirn, damit sein Fell gegerbt werden kann.«

Rydags leichtes kehliges Glucksen verwirrte Ayla für einen Moment, doch dann brach sie in ein Lächeln aus. »Manche, die genug Hirn haben, lassen sich nicht erst erlegen?«

Ranec lachte, Ayla fiel ein und freute sich, den Witz in dem Gesagten verstanden zu haben. Sie fühlte sich in der Sprache der Mamutoi nachgerade viel mehr zu Hause als noch vor kurzer Zeit.

Jondalar, der in diesem Augenblick das Herdfeuer des Mammut betrat, sah Ayla und Ranec zusammen lachen, und sein Magen verkrampfte sich. Mamut sah, wie er die Augen schloß, als litte er körperliche Schmerzen. Nezzie anblickend, schüttelte er den Kopf.

Danug, der hinter dem Steinschläger aus der Fremde herging, sah ihn stehenbleiben, einen Pfosten umklammern und den Kopf senken. Was für Gefühle, die Jondalar wie Ranec Ayla entgegenbrachten sowie das Problem, das sich daraus ergab, war allen klar, nur wollten die meisten nichts damit zu tun haben. Sie wollten sich nicht einmischen und hofften, den dreien damit Gelegenheit zu geben, es unter sich auszumachen. Danug wünschte, er könnte helfen, wußte aber nicht wie. Auf der einen Seite war Ranec, den Nezzie adoptiert hatte, sein Bruder; auf der anderen Seite mochte er Jondalar besonders gern und hatte Verständnis für seine Verzweiflung. Auch er brachte dem schönen neuen Mitglied des Löwen-Lagers starke, wenn auch nicht festgelegte Gefühle entgegen. Über die unerklärlichen körperlichen Empfindungen hinaus, die ihre Nähe in ihm auslöste, war sie für ihn so etwas wie ein verwandtes Wesen. Sie schien verwirrt und nicht recht zu wissen, wie sie mit der Situation fertigwerden sollte; genauso erging es ihm mit den neuen Veränderungen und Komplikationen in seinem Leben auch.

Jondalar holte tief Luft und richtete sich auf, dann betrat er den Bereich des Herdfeuers. Ayla folgte ihm mit den Augen, als er zu Mamut hinüberging und ihm etwas gab. Sie sah, wie sie ein paar Worte tauschten, dann ging Jondalar wieder, rasch und ohne ein Wort zu ihr zu sagen. Sie hatte den Faden der Unterhaltung um sie herum verloren, und als Jondalar fortging, eilte sie zu Mamut hinüber und hörte gar nicht die Frage, die Ranec ihr gestellt hatte – und sah auch nicht den flüchtigen Ausdruck der Enttäuschung auf seinem Gesicht. Um seinen Kummer zu überspielen, machte Ranec einen Witz, doch auch den hörte sie nicht. Nezzie jedoch, die sehr wohl wußte, wie feinfühlig er war, sah den Schmerz in seinen Augen, sah, wie er die Zähne zusammenbiß und entschlossen die Schultern straffte.

Gern hätte sie ihm einen Rat gegeben, ihn von der Erfahrung und der Weisheit ihrer Jahre profitieren lassen; trotzdem hielt sie den Mund. Sie müssen ihr Schicksal selbst gestalten, dachte sie.

Da die Mamutoi über längere Zeitabschnitte auf engem Raum zusammenlebten, hatten sie lernen müssen, einer den anderen zu tolerieren. Eigentlich gab es keine Privatsphäre in der Erdhütte - höchstens in den Gedanken eines jeden, und sich nicht in die geheimsten Gedanken der anderen einzudrängen war etwas, worauf sie alle größten Wert legten. Sie scheuten sich, persönliche Fragen zu stellen oder ungefragt Hilfsangebote zu machen und Ratschläge zu erteilen, oder sich in die Streitigkeiten anderer einzumischen - es sei denn, sie wurden ausdrücklich darum gebeten, oder die Streitigkeiten überstiegen jedes erträgliche Maß und wurden zu einem Problem für alle. Erkannten sie, daß eine schwierige Situation sich entwickelte, hielten sie sich still bereit und warteten geduldig und nachsichtig, bis ein Freund gebraucht wurde, um über Sorgen, Ängste und Frustrationen zu reden. Sie waren recht vorurteilsfrei und auch nicht besonders kritisch und kannten, was das persönliche Verhalten betraf, nur wenige Einschränkungen, sofern dieses andere nicht verletzte oder ernstlich störte. Ein Problem galt als gelöst, wenn ein Vorschlag funktionierte und alle Beteiligten zufriedenstellte. Sie gingen sehr sanft mit der Seele des anderen um.

»Mamut . . .«, sagte Ayla und merkte dann, daß sie nicht wußte, was sie sagen wollte. »Ah . . . ich glaube, es wird Zeit, die Medizin für deine Gelenkschmerzen zu machen.«

»Dagegen hätte ich nichts«, sagte der alte Mann lächelnd. »Einen so schmerzfreien Winter habe ich seit vielen Jahren nicht erlebt. Allein deshalb schon bin ich froh, daß du hier bist, Ayla. Laß mich nur eben dies Messer weglegen, das ich von Jondalar gewonnen habe; dann begebe ich mich gern in deine Hände.«

»Du hast von Jondalar ein Messer gewonnen?«

»Crozie und ich haben beim Knöchelwürfeln gewettet. Er sah zu und schien interessiert, und da habe ich ihn zu einem Spiel aufgefordert. Er sagte, er würde ja gerne, nur habe er nichts, es bei einer Wette einzusetzen. Ich sagte, solange er sein Handwerk ausübe, hätte er immer etwas; ich würde gern um ein besonderes Messer spielen, das ich auf ganz bestimmte Art gemacht haben würde. Er verlor. Er hätte es besser wissen und nicht gegen Einen spielen sollen, Der Der Mutter Dient.« Mamut kicherte. »Das hier ist das Messer.«

Ayla nickte. Seine Antwort befriedigte zwar ihre Neugier, doch worum es ihr wirklich ging, war, daß jemand ihr einmal erklärte, warum Jondalar nicht mit ihr reden wollte. Die Leute, die Ayla umstanden und die rotgefärbte Wisenthaut bewundert hatten, zerstreuten sich. Nur Rydag blieb bei Ayla und Mamut. Für Rydag hatte es etwas Tröstliches zuzusehen, wie sie den alten Schamanen behandelte. Er ließ sich am Rand der Bettplattform nieder.

»Als erstes werde ich dir einen heißen Breiumschlag machen«, sagte sie und mischte die Bestandteile in einer Holzschüssel an.

Mamut und Rydag verfolgten aufmerksam, wie sie die Kräuter abmaß und dann das Wasser erhitzte. »Was tust du alles in den Umschlag hinein?« fragte Mamut.

»Ich kenne die Wörter für die Pflanzen nicht.«

»Dann beschreibe sie mir. Vielleicht kann ich dir dann die Namen nennen. Ich kenne selbst ein paar und weiß, wofür sie gut sind; ich habe es lernen müssen.«

»Eine Pflanze, sie wird größer als kniehoch«, erklärte Ayla und stellte sich die Pflanze genau vor. »Sie hat große Blätter, nicht leuchtend grüne, eher als ob Staub darauf läge. Die Blätter wachsen zuerst zusammen mit dem Stengel in der Mitte, dann werden sie groß und laufen am Ende spitz aus. Unter dem Blatt sind sie weich, wie ein Fell. Die Blätter sind für vieles gut, besonders, wenn jemand sich die Knochen gebrochen hat.«

»Beinwell! Das muß Beinwell sein. Und was kommt sonst noch in die Breipackung hinein?« Interessant, dachte er.

»Die andere Pflanze ist kleiner, wächst nicht so hoch wie das Knie. Die Blätter sind wie die kleinen Speerspitzen, die Wymez macht. Sie sind leuchtend dunkelgrün und bleiben den ganzen Winter über grün. Der Stengel wächst aus den Blättern heraus, darin sind kleine Blüten, hell wie Licht mit kleinen roten Punkten darin. Sie ist gut gegen Schwellungen und Schürfwunden«, sagte Ayla.

Mamut schüttelte den Kopf. »Gesprenkelte Blüten, und die Blätter bleiben den Winter über grün? Ich glaube nicht, daß ich die kenne. Warum sie nicht einfach Gesprenkeltes Wintergrün nennen?«

Ayla nickte. »Möchtest du auch noch die anderen Pflanzen hören?«

»Ja, nur weiter. Beschreibe mir noch eine.«

»Das ist eine große Pflanze, größer als Talut, fast schon ein Baum. Sie wächst in den Flußniederungen. Die dunkelvioletten Beeren bleiben den ganzen Winter über an den Stengeln sitzen. Solange die Blätter jung sind, schmecken sie gut; alte Blätter schmecken bitter und machen einem übel. Die getrocknete Wurzel in einem Umschlag ist gut gegen Schwellungen, gegen rote Schwellungen und auch gegen Schmerzen. Beeren dieser Pflanze habe ich in den Tee getan, den ich gegen das Gliederreißen für dich aufbrühe. Kennst du den Namen?«

»Nein, das glaube ich nicht, aber solange du die Pflanze kennst, bin ich beruhigt«, sagte Mamut. »Deine Mittel gegen das Gliederreißen haben mir gut geholfen. Du kennst dich gut aus mit Heilkräutern für alte Leute.«

»Creb war ein alter Mann. Er hatte ein lahmes Bein und litt genauso unter Gliederreißen wie du. Von Iza habe ich gelernt, was man dagegen tun kann. Aber ich habe auch anderen im Clan geholfen.« Ayla hielt inne und blickte von ihrer Arbeit auf. »Wenn ich nicht irre, leidet auch Crozie unter den Schmerzen des Alters. Ich würde ihr gern helfen. Meinst du, sie hätte etwas dagegen?«

»Sie gibt so was wie Altersbeschwerden nicht gern zu. In jüngeren Jahren war sie eine stolze Schönheit, aber ich glaube, du hast recht. Du könntest sie immerhin fragen; besonders gut wäre es, du fändest eine Möglichkeit, es zu tun, ohne ihren Stolz zu verletzen. Der ist alles, was ihr heute noch geblieben ist.«

Ayla nickte. Als der Breiumschlag angerührt war, legte Mamut seine Kleidung ab. »Während du ruhst und den Umschlag wirken läßt«, sagte sie, »möchte ich noch das aus der Wurzel einer anderen Pflanze gewonnene Pulver auf heiße Kohlen streuen, damit du es riechst. Das bringt dich zum Schwitzen, und das ist gut gegen den Schmerz. Und ehe du dich heute abend schlafen legst, möchte ich dir die Gelenke einreiben. Apfelsaft und die scharfe Wurzel ...«

»Meinst du etwa Meerrettich? Die Wurzel, die Nezzie zum Würzen benutzt?«

»Ich denke ja, mit Apfelsaft und Taluts Schnappes. Das wärmt die Haut, aber unter der Haut auch.«

Mamut lachte. »Wie hast du Talut nur dazu gebracht, seinen Schnappes *auf* der Haut anzuwenden und nicht innerlich?«

Ayla lächelte. »Er mag die ›Am-Morgen-danach-Medizin‹. Ich habe versprochen, sie ihm immer zu machen«, sagte sie, während sie den zähflüssigen, klebrigen heißen Brei auf die schmerzenden Gelenke des alten Mannes auftrug. Er legte sich behaglich zurück und schloß die Augen.

»Dieser Arm sieht gut aus«, erklärte Ayla, als sie den Arm behandelte, der gebrochen gewesen war. »Ich denke, es muß ein schlimmer Bruch gewesen sein.«

»Ja, es war ein böser Bruch«, sagte Mamut und machte die Augen wieder auf. Er warf einen Blick auf Rydag, der still alles in sich aufnahm. Mamut hatte mit keinem je über sein Erlebnis gesprochen, außer mit Ayla. Jetzt hielt er inne, nickte aber dann mit großer Entschlossenheit und sagte: »Es wird Zeit, Rydag, daß du es erfährst. Als ich ein junger Mann und auf

Reisen war, fiel ich von einem Felsen herunter und brach mir einen Arm. Ich war wie benommen und kam schließlich in das Lager von Flachschädeln, Leuten des Clan. Ich habe eine Zeitlang bei ihnen gelebt.«

»Deshalb lernst du wohl die Zeichen so schnell!« Rydag lächelte. »Ich hatte dich für besonders klug gehalten.«

»Das bin ich auch, junger Mann«, sagte Mamut und erwiderte das Grinsen. »Allerdings, ein paar sind mir auch wieder eingefallen, als Ayla sie mir zeigte.«

Rydags Lächeln verbreiterte sich. Bis auf Nezzie und den Rest der Familie vom Herdfeuer des Löwen liebte er diese beiden Menschen mehr als irgend jemand auf der Welt; noch nie war er so glücklich gewesen wie seit der Zeit, da Ayla zu ihnen gekommen war. Zum ersten Mal in seinem Leben konnte er reden, konnte er sich den anderen verständlich machen, ja, brachte er bisweilen sogar jemand zum Lachen. Er verfolgte eingehend, wie Ayla Mamut behandelte, und begriff, mit welcher Gründlichkeit und wie kenntnisreich sie vorging. Als Mamut zu ihm hinüberblickte, gab er ihm mit Zeichensprache zu verstehen: »Ayla ist eine gute Heilkundige.«

»Die Medizinfrauen vom Clan sind sehr tüchtig; von denen hat Ayla gelernt. In besseren Händen hätte ich damals mit meinem gebrochenen Arm gar nicht sein können. Die Haut war schlimm aufgeschürft, es war Schmutz in die Wunde geraten, und dann stach auch noch das gebrochene Ende des Knochens aus dem Fleisch heraus. Der Arm sah aus wie ein blutiger Braten. Die Frau – Uba – säuberte die Wunde und richtete den Knochen; es hat nicht einmal geeitert, und Fieber habe ich hinterher auch keines bekommen. Als alles verheilt war, konnte ich den Arm wieder gebrauchen wie zuvor; erst später, in hohem Alter, habe ich ab und zu Schmerzen dort gespürt. Aylas Lehrmeisterin war die Enkelin der Frau, die mir damals geholfen hat, und man hat mir gesagt, sie sei die tüchtigste Medizinfrau weit und breit.« Er sah Rydag genau an, um zu sehen, wie er auf diese Eröffnung reagierte. Fragend sah der Junge sie beide an; offenbar konnte er nicht begreifen, wieso sie dieselben Leute kennen konnten.

»Ja, das stimmt. Und Iza war auch die tüchtigste, wie ihre Mutter und ihre Großmutter vor ihr es gewesen waren«, sagte Ayla. Auf die stummen Zeichen, die von dem Jungen an den alten Mann ergangen waren, hatte sie nicht geachtet; sie war ja ganz vom Anlegen der Umschläge in Anspruch genommen. »Sie wußte alles, was ihre Mutter wußte, besaß die Erinnerungen ihrer Mutter und ihrer Großmutter.«

Ayla schob ein paar Steine von der Feuerstelle näher an Mamuts Lager heran, rechte dann mit zwei Steinen etwas Glut zusammen und häufte diese auf die Steine; dann streute sie zerstoßene Fliegenfängerwurzel darauf. Dann ging sie Felldecken für Mamut holen, damit die Wärme bewahrt

bliebe, doch als sie sie um ihn herum feststecken wollte, richtete er sich auf einen Ellbogen auf und sah sie nachdenklich an.

»Die Leute vom Clan sind auf eine Weise anders als wir, die den meisten Menschen nicht klar ist. Nicht, daß sie nicht redeten, oder vielmehr, daß sie sich auf eine andere Weise verständigen als wir. Nein, es geht darum, daß sie ein kleines bißchen anders denken als wir. Wenn Uba, die Frau, die mich gesund pflegte, die Großmutter deiner Iza war, und diese von den Erinnerungen ihrer Mutter und ihrer Großmutter lernte – wie hast du diese Dinge gelernt, Ayla? Du besitzt schließlich keine Clan-Erinnerungen.« Mamut erkannte, daß Ayla vor Verlegenheit rot anlief und erstaunt Luft holte, ehe sie den Blick senkte. »Oder besitzt du doch welche?«

Ayla blickte ihn an, dann senkte sie den Blick wieder. »Nein, ich besitze keine Clan-Erinnerungen«, sagte sie.

»Aber ...?«

Ayla hob den Blick wieder. »Was meinst du mit ›aber‹?« sagte sie. Ihre Augen hatten fast etwas Gehetztes, als ob sie Angst hätte. Wieder senkte sie den Blick.

»Du besitzt keine Clan-Erinnerungen, aber ... du hast doch etwas, nicht wahr? Irgend etwas vom Clan, oder?«

Ayla hielt den Kopf gesenkt. Woher sollte er es wissen? Sie hatte es nie jemand erzählt, nicht einmal Jondalar. Sie hatte es nicht einmal sich sebst eingestehen wollen – und doch war sie hinterher nie wieder dieselbe gewesen. Es hatte da diese Zeit gegeben, da es ihr widerfahren war ...

»Hat es etwas mit deinem Können als Heilkundige zu tun?« fragte Mamut.

Kopfschüttelnd sah sie auf. »Nein«, sagte sie und ihre Augen flehten ihn an, ihr zu glauben. »Das hat mir alles Iza beigebracht. Ich war noch sehr jung. Ich glaube, als sie anfing, mich alles zu lehren, war ich noch nicht einmal so alt wie Rugie. Iza war sich ja darüber im klaren, daß ich keine Erinnerungen hatte, deshalb mußte ich mir alles genau einprägen, ließ sie mich alles viele, viele Male immer wieder wiederholen, bis ich es nicht mehr vergaß. Sie ist sehr geduldig. Manche haben ihr gesagt, es sei unsinnig, es mir beibringen zu wollen. Weil ich keine Erinnerung hätte ... weil ich so beschränkt wäre. Aber sie hat nur den Kopf geschüttelt und gesagt, das stimme nicht, ich sei nur anders. Ich aber wollte nicht anders sein. Deshalb zwang ich mich, nichts zu vergessen und mich an alles zu erinnern. Deshalb habe ich es mir immer und immer wieder aufgesagt, auch wenn Iza nicht da war und mich unterwies. Da habe ich gelernt, es mir auf meine Weise einzuprägen. Und zwang mich, schnell zu behalten, damit sie nicht dächten, ich wäre beschränkt.«

Rydag hatte die Augen weit aufgerissen. Besser als jeder andere verstand er genau, wie ihr damals zumute gewesen sein mußte; er hatte nie gewußt, daß auch andere diese Erfahrung hatten machen müssen, und bei Ayla hätte er es schon gar nicht erwartet.

Geradezu fassungslos sah Mamut sie an. »Soll das heißen, du hast Izas Clan-›Erinnerungen‹ auswendig gelernt? Das nenne ich eine Leistung! Denn die reichen doch Generationen zurück, habe ich recht?«

Rydag lauschte mit gespanntester Aufmerksamkeit; er spürte instinktiv, daß es hier um etwas für ihn sehr Wichtiges ging.

»Ja«, sagte Ayla, »aber ich habe sie nicht alle erlernt. Auch Iza konnte sie mir nicht alle beibringen. Sie sagte mir, sie habe keine Ahnung, wieviel sie eigentlich wüßte; aber sie war es, die mir beigebracht, wie man überhaupt lernt. Wie man etwas prüft und wie man vorsichtig Neues ausprobiert. Als ich heranwuchs, erklärte sie, ich sei ihre Tochter, eine Medizinfrau von ihrem Geschlecht. Da habe ich sie gefragt, wie kann ich Anspruch darauf erheben, von ihrer Linie abzustammen? Schließlich war ich nicht ihre richtige Tochter. Ich war ja nicht einmal Clan, besaß keinerlei Clan-Erinnerungen. Da sagte sie mir, dafür hätte ich etwas anderes, das ebenso gut sei wie Erinnerungen, vielleicht sogar noch besser. Iza glaubte, daß ich einem Geschlecht von Medizinfrauen der Anderen entstammte, der besten, die es gäbe, so wie sie dem besten Geschlecht von Clan-Heilkundigen entstammte. Und deshalb sei ich eine Medizinfrau aus ihrer Linie. Sie hat behauptet, eines Tages würde ich die beste sein.«

»Weißt du, was sie gemeint hat? Bist du dir darüber im klaren, was du hast?« fragte Mamut.

»Ich glaube schon. Wenn es jemand nicht gutgeht, sehe ich, was ihm fehlt. Ich erkenne das an seinen Augen, entnehme es seiner Gesichtsfarbe, spüre es am Geruch seines Atems. Ich denke darüber nach, brauche manchmal jemand nur anzusehen und weiß es, manchmal weiß ich aber auch nur, was genau ich fragen muß. Und aufgrund dieser Dinge bereite ich eine Medizin, die hilft. Nicht immer dieselbe Medizin. Manchmal hilft auch etwas Neues, so wie der Schnappes beim Einreiben der Gelenke.«

»Deine Iza könnte recht gehabt haben. Die besten Heilkundigen besitzen diese Gabe in der Tat«, erklärte Mamut. Dann kam ihm ein Gedanke, und er fuhr fort: »Ein Unterschied zwischen dir und den Heilkundigen, die ich kenne, ist mir aufgefallen, Ayla. Du verläßt dich ganz allein auf Heilkräuter und andere Heilmittel. Die Mamutoi hingegen erflehen zusätzlich auch noch den Beistand der Geister.«

»Ich kenne die Welt der Geister nicht. Das tun beim Clan nur die Mogurs. Wenn Iza die Hilfe der Geister brauchte, bat sie Creb, sie zu beschwören.«

Eindringlich schaute der alte Mann der jungen Frau in die Augen. »Ayla, würde die Hilfe der Geisterwelt dir gefallen?«

»Ja, aber ich habe keinen Mog-ur, den ich darum bitten könnte.«

»Du brauchst niemand zu bitten. Du könntest dein eigener Mog-ur sein.«

»Ich? Ein Mog-ur? Aber ich bin doch eine Frau. Eine Clan-Frau kann niemals ein Mog-ur sein«, sagte Ayla, wie vor den Kopf geschlagen von diesem Ansinnen.

»Aber du bist keine Clan-Frau. Du bist Ayla von den Mamutoi. Du bist eine Tochter vom Herdfeuer des Mammut. Die besten Heilkundigen der Mamutoi kennen sich in den Wegen der Geister aus. Du bist eine gute Medizinfrau, Ayla – aber wie willst du die beste sein, wenn du dich nicht darauf verstehst, dich der Hilfe der Geisterwelt zu vergewissern?«

Ayla spürte, wie sich ihr Magen angstvoll verkrampfte. Sie war eine Heilkundige, eine gute Heilkundige, und Iza hatte gesagt, eines Tages werde sie die beste sein. Jetzt behauptete Mamut, ohne die Hilfe der Geister könne sie nicht die beste werden; wahrscheinlich hatte er recht. Schließlich hatte Iza immer Creb um Hilfe gebeten, oder?

»Aber ich kenne die Welt der Geister nicht, Mamut«, sagte Ayla. Verzweiflung griff nach ihrem Herzen, Panik kroch in ihr hoch.

Mamut schob sein Gesicht nahe an das ihre heran. Er ahnte, daß der Augenblick richtig war, und zog aus irgendeiner Quelle in seinem Inneren die Kraft, Ayla unter Druck zu setzen. »Doch tust du das«, sagte er jetzt in gebieterischem Ton. »Du tust es doch, nicht wahr, Ayla?«

Angstvoll weiteten sich ihre Augen. »Ich will die Geisterwelt nicht kennen!« schrie sie förmlich.

»Vor dieser Welt hast du nur deshalb Angst, weil du sie nicht verstehst. Ich kann dir helfen, sie zu verstehen. Ich kann dir helfen, sie für deine Zwecke einzuspannen. Du bist dem Herdfeuer des Mammut geboren, den Geheimnissen der Mutter geboren, egal, wo du zur Welt kamst oder wohin du gehst. Du kannst dich nicht wehren, es zieht dich einfach an und läßt dich nicht los. Entrinnen kannst du ihm nicht, aber mit Übung und zunehmendem Verständnis kannst du es beherrschen. Du kannst dir die Geheimnisse nutzbar machen. Ayla, du kannst gegen deine Bestimmung nicht ankämpfen, und es ist dir nun mal bestimmt, Der Mutter Zu Dienen.«

»Ich bin eine Medizinfrau. Das ist meine Bestimmung.«

»Ja, es ist dein Schicksal, eine Medizinfrau zu sein, aber das heißt ja, Der Mutter Zu Dienen, und eines Tages könnte es sein, daß von dir erwartet wird, Ihr auf andere Weise zu dienen. Darauf gilt es, dich vorzubereiten. Ayla, du möchtest die beste Medizinfrau sein, nicht wahr? Selbst du weißt, daß es Krankheiten gibt, denen durch Heilkräuter und andere Behandlung nicht beizukommen ist. Wie heilst du jemand, der nicht mehr leben will? Welche Medizin gibt es, jemand den Willen einzuflößen, von einem schweren Unfall zu genesen? Wenn jemand stirbt, wie behandelst du die Hinterbliebenen?«

Ayla beugte den Kopf. Wenn jemand gewußt hätte, ihr zu helfen, als Iza starb, wäre ihr vielleicht nicht die Milch versiegt, und wäre es vielleicht nicht nötig gewesen, ihren Sohn anderen Frauen zu überlassen, die selbst Babys stillten und daher genug Milch hatten. Wußte sie denn, was tun, wenn das jemand widerfuhr, den sie pflegte? Würde Wissen um die Geisterwelt ihr helfen, zu wissen, was zu tun sei?

Rydag hatte die spannungsgeladene Auseinandersetzung zwischen den beiden verfolgt und war sich bewußt gewesen, daß sie ihn momentan einfach vergessen hatten. Er hatte Angst, sich zu bewegen, Angst, daß sie das von etwas überaus Wichtigem ablenken könne, obwohl er sich nicht sicher war, worum es eigentlich ging.

»Ayla, wovor hast du denn Angst? Was ist geschehen, daß du dich abwendest? Sag es mir«, versuchte Mamut sie zu überzeugen.

Plötzlich erhob Ayla sich. Sie nahm die warmen Felle hoch und stopfte sie um den alten Schamanen herum fest. »Du mußt zugedeckt bleiben, damit die Packung ihre Wirkung tut«, sagte sie, offensichtlich abgelenkt und völlig durcheinander. Mamut legte sich zurück, erhob keinerlei Einwände dagegen, daß sie die Behandlung zu Ende führte. Er begriff, daß sie Zeit brauchte. Nervös und erregt begann sie, auf und ab zu gehen. Ihre Augen richteten sich auf nichts Bestimmtes, gingen in die Ferne oder in ihr Inneres. Dann fuhr sie herum und sah ihn an.

»Ich hatte es ja nicht vor!« sagte sie

»Was hattest du nicht vor?« sagte Mamut.

»In die Höhle hineinzugehen ... und die Mog-urs zu sehen.«

»Wann bist du in die Höhle hineingegangen, Ayla?« Mamut wußte um das Verbot, daß Frauen an Clan-Ritualen nicht teilnehmen durften. Sie mußte etwas getan haben, was sie nicht durfte, mußte gegen irgendein Tabu verstoßen haben.

»Beim Clan-Treffen.«

»Wie lange ist es her, daß dieses Treffen stattfand?«

Sie mußte stehenbleiben und überlegen, und während sie das tat, kam ein wenig Klarheit in ihren Geist. »Durc war gerade geboren worden, im Frühling. Nächsten Sommer sind das sieben Jahre her! Nächsten Sommer findet wieder ein Clan-Treffen statt. Der Clan zieht zum Treffen, bringt Ura mit zurück. Ura und Durc werden ein Paar werden. Mein Sohn wird bald ein Mann sein!«

»Ist das wahr, Ayla? Erst sieben, und schon mit einer Frau zusammensein? So jung wird dein Sohn schon zu einem Mann werden?« fragte Mamut.

»Nein, so jung nicht. Vielleicht in drei, vier Jahren. Er ist ... wie Druwez. Noch kein Mann. Aber die Mutter von Ura hat mich für Ura um Durc gebeten. Auch Ura ist ein Kind von gemischten Geistern. Ura wird bei Brun und Ebra leben. Wenn Durc und Ura alt genug sind, werden sie ein Paar werden.«

Ungläubig starrte Rydag Ayla an. Er verstand zwar nicht in allen Einzelheiten, worum es ging, doch eines schien sicher: Sie hatte einen Sohn, der von gemischten Geistern war wie er und der beim Clan lebte!

»Was ist beim Clan-Treffen vor sieben Jahren geschehen, Ayla?« fragte Mamut. Er wollte das Thema nicht fallenlassen, wo er so nahe daran gewesen war, sich mit Ayla über die Unterweisung zu einigen; dabei hatte sie einige sehr einleuchtende Dinge gesagt, bei denen er gern noch weiter nachgefragt hätte. Er war überzeugt, daß es nicht nur wichtig, sondern um ihrer selbst willen von größter Bedeutung war.

Mit schmerzlich verzerrtem Gesicht schloß Ayla die Augen. »Iza war zu krank, um mitzuziehen. Sie erklärte Brun, ich sei eine Medizinfrau. Brun führte daraufhin eine Zeremonie durch. Sie wies mich an, die Wurzeln zu zerkauen und aus dem Durchgekauten den Trank für die Mog-urs herzustellen. Sagte es mir nur, zeigen konnte sie es mir nicht. Dazu war es viel zu ... heilig, um damit zu üben. Die Mog-urs beim Clan-Treffen aber wollten mich nicht, sagten, ich sei schließlich keine Clan-Frau. Aber keiner verfügte über dies Wissen, nur Izas Linie. Schließlich sagten sie ja. Iza schärfte mir ein, beim Durchkauen nichts von dem Saft hinunterzuschlucken, sondern ihn in eine Schale zu spucken, doch das konnte ich nicht. Etwas habe ich hinuntergeschluckt. Später war ich verwirrt, bin in die Höhle hinein, folgte den Feuern, fand die Mog-urs. Sie haben mich zwar nicht gesehen, aber Creb wußte Bescheid.«

Wieder packte die Erregung sie, lief sie auf und ab. »Es war dunkel, wie in einem tiefen Loch, und ich fiel.« Sie schob die Schultern zusammen, machte einen Buckel, rieb sich die Arme, als wäre ihr kalt. »Und dann kam Creb, wie du, Mamut, aber mehr. Er ... er ... nahm mich mit sich.«

Sie schwieg, ging hin und her. Schließlich blieb sie stehen und sprach weiter: »Hinterher war Creb sehr zornig und unglücklich. Und ich war ... anders. Ich habe es zwar nie gesagt, aber manchmal denke ich, ich werde dorthin zurückkehren, und dann habe ich ... Angst.«

Mamut wartete ab, ob sie fertig wäre. Ihm schwante, was sie durchgemacht hatte. Ihm hatte man gestattet, an einer Clan-Zeremonie teilzunehmen. Sie verwendeten gewisse Pflanzen auf ganz bestimmte Weise, und er selbst hatte etwas Unergründliches erfahren. Er hatte es versucht, doch war es ihm nicht recht gelungen, das Experiment genauso zu wiederholen, wie es beim ersten Mal verlaufen war ... selbst nachdem er Mamut geworden war. Schon wollte er etwas sagen, da ergriff Ayla wieder das Wort:

»Schon manchmal war ich versucht, die Wurzel wegzuwerfen, aber Iza hat mir gesagt, sie ist heilig.«

Es dauerte eine Weile, bis die Bedeutung dessen, was Ayla da gesagt hatte, ihm richtig aufging, doch hätte der Schock dieser Erkenntnis ihn fast aufspringen lassen.

»Soll das heißen, du hast die Wurzel bei dir?« fragte er. Es fiel ihm schwer, seiner Erregung Herr zu werden.

»Als ich fortging, nahm ich den Medizinbeutel mit. Die Wurzel ist in der Tasche, in einem besonderen, roten Beutel.«

»Aber meinst du, ihre Wirkkraft ist noch erhalten? Du sagst, seit deinem Fortgehen vom Clan seien über drei Jahre vergangen. Könnte es nicht sein, daß sie ihre Wirkkraft in dieser Zeit verloren hat?«

»Nein, sie ist auf eine besondere Weise zubereitet. In getrocknetem Zustand hält sich die Wurzel lange. Viele Jahre hindurch.«

»Ayla«, begann der Mamut, bemüht, jetzt nichts Falsches zu sagen, »es könnte geradezu glückverheißend sein, daß du sie noch hast. Du weißt, am besten wird man mit einer Angst fertig, wenn man sich ihr stellt und ihr ins Auge sieht. Wärest du bereit, die Wurzel noch einmal zuzubereiten? Für uns beide allein? Nur für dich und für mich?«

Ein Zittern befiel Ayla angesichts dieser Vorstellung. »Ich weiß nicht, Mamut. Eigentlich möchte ich nicht. Ich habe Angst.«

»Ich meine nicht jetzt gleich«, sagte er. »Erst dann, wenn du eine gewisse Übung besitzt und darauf vorbereitet bist. Es sollte auch eine besondere Zeremonie sein, voll von Bedeutung. Vielleicht beim Frühlingsfest, dem Erwachen neuen Lebens.« Er sah, wie sie wieder erbebte. »Es liegt bei dir, aber du brauchst dich nicht jetzt zu entschließen. Das einzige, worum ich dich bitte, ist, mir zu erlauben, mit der Ausbildung und der Vorbereitung zu beginnen. Wenn der Frühling kommt, und du hast das Gefühl, noch nicht soweit zu sein, kannst du nein sagen.«

»Was für eine Vorbereitung?«

»Zunächst möchte ich, daß du gewisse Lieder und Gesänge erlernst – und den Mammutschädel zu schlagen. Dann geht es um die Bedeutung bestimmter Symbole und Zeichen.«

Rydag sah, wie sie die Augen schloß und die Stirn runzelte. Er hoffte inständig, daß sie ja sagte und einwilligte. Er hatte soeben mehr über die Leute seiner Mutter erfahren, als er jemals gewußt hatte, und er brannte darauf, noch mehr über sie zu erfahren. Und wenn Mamut und Ayla eine

Zeremonie mit Clan-Ritualen planten, würde er das tun, da war er sich ganz sicher.

Als Ayla die Augen wieder aufschlug, hatten sie einen bekümmerten Ausdruck angenommen; aber sie schluckte ein paarmal und nickte dann. »Ja, Mamut, ich will versuchen, mich der Geisterwelt zu stellen – wenn du mir dabei hilfst.«

Mamut legte sich zurück und merkte nicht, daß Ayla den kleinen, schön verzierten Beutel umklammerte, den sie um den Hals hängen hatte.

21

»Hu! Hu! Hu! Das macht drei!« rief Crozie laut und gluckste durchtrieben, als sie die Scheiben zählte, deren beschnitzte Oberseiten in der flachen geflochtenen Schale nach oben zeigten.

»Du bist wieder an der Reihe!« sagte Nezzie. Sie saßen auf dem Boden neben dem in den trockenen Löß gezeichneten Kreis, den Talut benutzt hatte, um seinen Plan für die Wisentjagd zu verdeutlichen. »Du hast immer noch sieben. Ich setze noch zwei.« Sie machte auf der geglätteten Oberfläche des Zeichenkreises noch zwei Striche.

Crozie hob den Weidenkorb und schüttelte die sieben kleinen Elfenbeinscheibchen zusammen. Die Scheiben, die ein ganz klein wenig gewölbt waren, so daß sie auf einer glatten Fläche hin- und herschaukelten, waren auf der einen Seite leer, auf der anderen wiesen sie geschnitzte Linien und Farbmuster auf. Den flachen breiten Korb dicht über dem Boden haltend, warf Crozie die Scheibchen in die Höhe. Ihn dann geschickt über die rotgerandete Matte hinbewegend, welche die Grenzen des Spielfeldes darstellte, fing sie die Scheibchen mit dem Korb wieder auf. Diesmal waren es vier Scheiben, deren verzierte Seiten nach oben schauten; nur drei davon waren leer.

»Schau, schau! Vier! Nur noch drei. Ich setze noch fünf.«

Ayla, die auf einer Matte daneben saß, nippte am Tee und sah zu, wie die alte Frau die Scheibchen wieder zusammenschüttelte. Crozie warf sie in die Höhe und fing sie wieder auf. Diesmal wiesen fünf der Scheibchen mit der beschnitzten Seite nach oben.

»Ich habe gewonnen! Willst du dein Glück noch mal versuchen, Nezzie?«

»Nein, heute hast du zuviel Glück«, sagte Nezzie und erhob sich.

»Wie steht es denn mit dir, Ayla?« sagte Crozie. »Möchtest du ein Spiel machen?«

»In dem Spiel bin ich nicht gut«, sagte Ayla. »Manchmal bekomme ich nicht mal alle Scheibchen wieder aufgefangen.«

Je länger die klirrende Kälte draußen anhielt, desto mehr hatte sie Gelegenheit gehabt, den Spielern zuzusehen, aber selber gespielt hatte sie nur selten und auch dann eigentlich nur, um zu üben. Sie wußte, daß Crozie eine ernste Spielerin war, die sich schlechten oder unentschlossenen Spielern gegenüber ziemlich unwirsch zeigte.

»Wie wäre es denn mit Knöcheln? Um damit zu spielen, braucht man keine besondere Geschicklichkeit.«

»Spielen würde ich schon«, sagte Ayla. »Aber um welchen Einsatz? Ich habe nichts.«

»Nezzie und ich spielen um Striche und regeln das dann später.«

»Jetzt oder später, ich weiß nicht, um was ich spielen soll.«

»Du hast doch gewiß irgend etwas, das du als Einsatz geben kannst«, sagte Crozie ungeduldig, endlich mit dem Spiel anfangen zu können. »Irgend etwas, das etwas wert ist.«

»Und du setzt etwas vom gleichen Wert?«

Die alte Frau nickte schroff. »Selbstverständlich.«

Angestrengt dachte Ayla nach. »Vielleicht ... Pelze oder Leder, oder etwas, das ich herstellen kann. Warte! Ich glaube, ich weiß etwas. Jondalar hat einmal mit Mamut gespielt und sein Können gewettet. Als er verlor, machte er ihm ein Spezialmesser. Geht Können als Einsatz, Crozie?«

»Warum nicht? Ich mache hier ein Zeichen dafür«, sagte sie und glättete den Boden mit der flachen Unterseite des Korbes. Die Frau nahm zwei Gegenstände vom Boden auf und hielt sie, jeweils einen in einer Hand, Ayla hin. »Drei Striche für ein Spiel. Wenn du richtig rätst, bekommst du einen. Rätst du falsch, bekomme ich einen. Der erste, der drei Striche zusammenhat, hat das Spiel gewonnen.«

Ayla schaute die beiden Mittelhandknöchel eines Moschusochsen an; der eine war unbemalt, der andere wies rote und schwarze Linien auf. »Ich wähle den schlichten, geht das?« fragte sie.

»Ja, das geht«, sagte Crozie, und in ihren Augen blitzte es durchtrieben auf. »Bist du soweit?« Sie rieb die beiden Handflächen mit den Knöcheln dazwischen aneinander, sah jedoch hinüber zu dem Arbeitsbereich der Steinschläger, wo Jondalar mit Danug saß. »Ist er wirklich so gut, wie sie sagen?« fragte sie und wies mit einem Kopfrucken zu ihm hinüber.

Ayla sah zu dem Mann hinüber, der den blonden Kopf mit dem des rothaarigen Jungen zusammensteckte. Als sie wieder Crozie ansah, hatte die alte Frau die Hände hinter dem Rücken versteckt.

»Ja, Jondalar ist tüchtig«, sagte sie.

Hatte Crozie absichtlich versucht, sie auf etwas anderes hinzuweisen, um sie abzulenken? fragte Ayla sich. Sie musterte die ihr gegenüber sitzende Frau eingehend, bemerkte die schiefe Haltung der Schultern und die Art, wie sie den Kopf hielt, ihren Gesichtsausdruck.

Crozie nahm die Hände wieder nach vorn und hielt sie Ayla hin: in jeder geballten Faust eines der Knöchelchen. Ayla besah sich eindringlich das verhutzelte Gesicht, das völlig ausdruckslos und nichtssagend geworden war; dann senkte sie den Blick auf die gichtigen alten Hände mit den knotigen Gelenken. Hatte sie eine der beiden Hände nicht doch um ein ganz klein wenig näher an die Brust gezogen? Ayla entschied sich für die andere.

»Verloren!« freute Crozie sich hämisch, machte die Faust auf und hielt Ayla den Knöchel mit den roten und schwarzen Strichen darauf hin. Sie zog einen kurzen Strich auf dem Zeichenrund. »Bist du bereit zu noch einem Spiel?«

»Ja«, sagte Ayla.

Diesmal summte Crozie beim Reiben der Knöchel zwischen den Handflächen vor sich hin. Sie schloß die Augen, sah dann zur Decke hinauf, starrte angestrengt, als hätte sie in der Nähe des Rauchloches etwas Interessantes entdeckt. Ayla war versucht hinzusehen, was es dort so Faszinierendes gäbe, und wollte Crozies Blick bereits folgen. Doch dann fiel ihr ein, daß sie schon vorher ähnliche Tricks angewandt hatte, um sie abzulenken, und so schaute sie rasch wieder hinunter – gerade rechtzeitig, um mitzubekommen, wie die schlaue alte Frau rasch zwischen die Hände schaute, ehe sie sie hinter dem Rücken verschwinden ließ. Ein wissendes Lächeln spielte flüchtig um ihren Mund. Ein Anspannen von Schulter- und Armmuskeln vermittelte den Eindruck, als bewegte sich etwas zwischen den verborgenen Händen. Meinte Crozie, Ayla habe eines der Knöchelchen erblickt, und tauschte sie jetzt die Stücke aus? Oder wollte Crozie bloß erreichen, daß sie dies dachte?

An dem Spiel war mehr dran als reines Raten, dachte Ayla, und es war viel interessanter, es selbst zu spielen, als nur dabei zuzusehen. Wieder zeigte Crozie ihre knochigen Fäuste. Ayla sah sie sich genau an, ohne das deutlich zu erkennen zu geben. Erstens war es nicht höflich, länger hinzustarren, und auf einer etwas subtileren Ebene wollte sie Crozie nicht wissen lassen, wonach sie eigentlich Ausschau hielt. Es war nicht leicht, sich richtig zu verhalten, denn die alte Frau war eine geriebene Spielerin, gleichwohl kam es Ayla vor, als säße die eine Schulter etwas höher als die andere; und hatte sie nicht auch die andere Hand diesmal leicht zurückgezogen? Ayla tippte auf die Faust, von der sie annahm, daß Crozie wollte, daß sie sie wählte – die falsche nämlich.

»Ha! Wieder verloren!« sagte Crozie erfreut, um dann jedoch sogleich hinzuzusetzen: »Spielen wir weiter?«

Noch ehe Ayla zustimmend nicken konnte, hatte Crozie die Hände im Rücken und auch wieder vorgestreckt. Diesmal lehnte sie sich dabei vor.

Ayla widerstand und lächelte. Die alte Frau veränderte ständig irgend etwas und war bemüht, keinerlei schlüssige Signale von sich zu geben. Ayla wählte die Hand, von der sie meinte, daß sie die richtige sei; der Lohn dafür war ein kleiner Strich für sie auf dem Zeichenrund. Beim nächsten Mal veränderte Crozie ihre Position nochmals, senkte die Hand, und Ayla traf die falsche Wahl.

»Das macht drei! Ich habe gewonnen. Aber ein einziges Spiel, damit läßt sich nicht herausfinden, ob man Pech oder Glück hat. Möchtest du noch eines spielen?« fragte Crozie.

»Ja. Ich möchte gern noch einmal spielen«, sagte Ayla.

Crozie lächelte, doch als Ayla bei den nächsten beiden Malen richtig riet, bekam ihr Gesicht etwas weit weniger Freundliches. Stirnrunzelnd rieb sie die Mittelhandknochen des Moschusochsen ein drittes Mal zusammen.

»Sieh mal dort drüben! Was ist das?« sagte Crozie und zeigte mit dem Kinn – ein sehr plumper Versuch, die junge Frau abzulenken.

Ayla blickte hin, und als sie wieder zu der alten Frau hinsah, lächelte diese. Die junge Frau nahm sich beim Auswählen der Hand, die ihrer Meinung nach den Knöchel enthielt, der sie zur Gewinnerin machte, viel Zeit; ihre Entscheidung hatte sie jedoch sehr rasch getroffen. Sie wollte Crozie nicht allzusehr verunsichern, doch hatte sie gelernt, die unbewußten Körpersignale, die die Frau beim Spiel von sich gab, zu deuten, und wußte daher genau, in welcher Hand sie den unverzierten Knöchel hielt, als ob Crozie es ihr gesagt hätte.

Es hätte Crozie sehr betroffen gemacht, wenn sie gewußt hätte, daß sie sich so leicht verriet, doch besaß Ayla einen unschätzbaren Vorteil. Sie war es so sehr gewohnt, feine Haltungs- und Ausdrucksunterschiede zu deuten, daß es ihr fast zur zweiten Natur geworden war. Beides hatte den wesentlichen Teil der Sprache ausgemacht, mit der der Clan sich verständigte. Inzwischen war ihr aufgefallen, daß diese Dinge auch bei Menschen Bedeutung besaßen, die sich vornehmlich mit Wörtern verständigten, nur daß sie nicht bewußt eingesetzt wurden.

Ayla war so sehr damit beschäftigt gewesen, die gesprochene Sprache der anderen, bei denen sie jetzt lebte, zu erlernen, daß sie keine besondere Mühe darauf verwendet hatte, ihre unbewußte Körpersprache zu verstehen. Jetzt, wo sie sich gut, wenn auch vielleicht noch nicht mit besonderer Präzision und immer fließend ausdrücken konnte, konnte sie die Kommunikation auch auf Ausdrucksbestandteile ausweiten, die für gewöhnlich nicht als zur Sprache gehörig betrachtet werden. Das Spiel, das sie mit Crozie spielte, machte ihr deutlich, wieviel sie über Menschen ihrer eigenen Art lernen konnte, indem sie Wissen und Einsichten anwandte, die sie beim Clan erworben hatte. Und da Clan-Angehörige nicht lügen konnten, weil Körpersprache außerstande war, etwas zu verbergen, konnten diejenigen, die sie als die Anderen gekannt hatte, ihre Geheimnisse womöglich noch weniger vor ihr verbergen. Sie wußten ja nicht einmal, daß sie »sprachen«. Zwar war sie noch nicht soweit, daß sie die Körpersignale der Anderen voll und ganz deuten konnte ... aber sie lernte.

Ayla wählte die Hand, die den unverzierten Mittelhandknochen des Moschusochsen hielt, woraufhin Crozie sichtlich verärgert einen dritten Strich für sie machte. »Diesmal hat dir das Glück gelacht«, sagte sie. »Da ich ein Spiel gewonnen habe und du eines, könnten wir sagen, daß wir quitt sind und vergessen, daß wir gewettet haben.«

»Nein«, sagte Ayla. »Wir haben Können eingesetzt, und du hast mein Können gewonnen. Mein Können ist die Heilkunst. Ich werde dir etwas geben. Und ich möchte dein Können.«

»Welches Können?« fragte Crozie. »Mein Können beim Spiel? Darauf verstehe ich mich auf meine alten Tage noch am besten, und schon hast du mich geschlagen. Was also willst du mehr?«

»Nein, es geht mir nicht ums Spielen. Ich möchte weißes Leder machen«, sagte Ayla.

Crozie bekam vor Überraschung den Mund nicht mehr zu. »Weißes Leder!«

»Ja, weißes Leder. Wie bei dem Kleid, das du bei der Adoptionsfeier getragen hast.«

»Ich habe seit Jahren kein weißes Leder mehr gemacht«, sagte Crozie.

»Aber du kannst es machen, nicht wahr?«

»Ja.« Crozie bekam einen ganz weichen Blick, und sie richtete das Auge in weite Fernen. »Das habe ich als junges Mädchen gelernt, von meiner Mutter. Früher galt weißes Leder dem Herdfeuer des Kranichs heilig, zumindest heißt es so in der Legende. Niemand anders durfte es tragen ...« Die Augen der alten Frau wurden wieder hart. »Aber das war, ehe das Herdfeuer des Kranichs in der allgemeinen Achtung so tief sank, daß selbst ein Brautpreis so gut wie nichts mehr bringt.« Eindringlich sah sie die junge Frau an. »Was bedeutet weißes Leder dir?«

»Es ist wunderschön«, sagte Ayla, was bewirkte, daß Crozies Augen unwillkürlich wieder weicher wurden. »Außerdem ist Weiß jemand heilig«, setzte sie noch hinzu und senkte den Blick auf ihre Hände. »Ich möchte einen Kittel in der Art machen, die jemand besonders gefällt.«

Ayla bemerkte nicht, wie Crozie zu Jondalar hinüberblickte, der in diesem Augenblick zufällig die Augen auf sie gerichtet hatte. Rasch wandte er den Blick ab; offenbar war er verlegen. Kopfschüttelnd sah die alte Frau die junge an, die den Kopf immer noch gesenkt hielt.

»Und was bekomme ich dafür?« fragte Crozie.

»Dann bringst du es mir also bei?« fragte Ayla und sah lächelnd auf. Die Habgier, die in den alten Augen aufleuchtete, entging ihr nicht. Aber außer der Habgier war da auch noch etwas anderes. Etwas weit in die Ferne Gerichtetes, Weicheres. »Ich werde dir eine Medizin gegen das Gliederreißen machen«, sagte sie, »wie Mamut.«

»Wer behauptet denn, daß ich die brauche?« fauchte Crozie. »Ich bin bei weitem nicht so alt wie er.«

»Nein, so alt bist du nicht, Crozie, aber du leidest an Schmerzen. Du sagst nicht mit Worten, daß du Schmerzen hast, doch drückst du es auf andere Weise aus, und ich weiß es, weil ich eine Medizinfrau bin. Heilkräuter können schmerzende Knochen und Gelenke nicht heilen; nichts vermag diese Schmerzen zu vertreiben; aber man kann etwas dagegen unternehmen, so daß die Schmerzen erträglicher werden. Heiße Breiumschläge sorgen dafür, daß es dir leichterfällt, dich zu bewegen und dich zu bücken; außerdem bekommst du eine Medizin gegen den Schmerz, eine, die du am Morgen einnehmen mußt, und andere für andere Zeiten«, sagte Ayla. Und da sie spürte, daß die Frau eine Möglichkeit brauchte, das Gesicht zu wahren, fügte sie noch hinzu: »Ich muß diese Medizin ja für dich machen, um meine Spielschuld bei dir abzutragen. Das ist nämlich das Gebiet, auf dem mein Können liegt.«

»Nun, ich sollte wohl zulassen, daß du deine Schuld begleichst«, sagte Crozie. »Aber ich möchte noch etwas.«

»Was? Ich werde es tun, wenn ich kann.«

»Ich möchte noch mehr von dem weichen weißen Talg, das trockene alte Haut strafft . . . und sie wieder jung macht«, sagte sie leise. Dann richtete sie sich auf und erklärte schroff: »Meine Haut ist im Winter wieder gesprungen.«

Ayla lächelte. »Du sollst davon bekommen. Aber jetzt sage mir, welches Tier die beste Felldecke hat, weißes Leder daraus zu machen. Dann werde ich Nezzie fragen, was sie in den Kalträumen hat.«

»Der Hirsch. Rentier geht auch, obwohl Rentierfelle sich am besten für etwas Wärmendes eignen. Alle Hirscharten gehen, Rothirsche, Elche, Riesenhirsche. Aber ehe du dir ein Fell geben läßt, brauchst du noch etwas.«

»Und was ist das?«

»Du wirst dein Wasser sammeln müssen.« »Mein Wasser?«

»Das Wasser, das du ausscheidest. Und nicht nur deines, sondern auch das von anderen; aber deines ist am besten geeignet. Fange jetzt mit dem Sammeln an, selbst noch ehe du die Hirschdecke hast. Es muß noch eine Weile im Warmen stehenbleiben«, sagte Crozie.

»Für gewöhnlich lasse ich mein Wasser hinter dem Vorhang, in dem Korb mit dem Mammutdung und der Asche darin. Und das wird dann weggeworfen.«

»Dann lasse es nicht in den Korb. Sammle es in einem Mammutschädelbecken oder in einem fest geflochtenen Korb. In irgendetwas, das nicht leckt.«

»Wozu braucht man denn das Wasser?«

Crozie sprach nicht sogleich weiter, sondern betrachtete die junge Frau eindringlich, ehe sie sagte: »Ich werde nicht jünger«, sagte sie schließlich, »und ich habe niemand außer Fralie ... nicht mehr, jedenfalls. Für gewöhnlich gibt eine Frau das, was sie kann, an ihre Kinder und Enkelkinder weiter, aber Fralie hat keine Zeit und ist an der Lederbearbeitung auch nicht sonderlich interessiert – sie macht lieber Stick- und Perlenarbeiten –, und sie hat auch keine Töchter. Ihre Söhne ... nun, die sind noch jung. Wer weiß? Aber meine Mutter hat mir das Wissen mitgegeben, und ich sollte es jetzt meinerseits weitergeben ... an irgend jemand. Es ist harte Arbeit, Häute zu gerben und zu färben, aber ich habe dein Leder gesehen. Selbst die Felle und Häute, die du mitgebracht hast, bezeugen, daß du das notwendige Geschick und die Sorgfalt mitbringst, die man braucht, um weißes Leder herzustellen. Ich habe jahrelang nicht daran gedacht, welches zu machen, und sonst hat niemand viel Interesse dafür gezeigt.

Die Frau beugte sich vor und umklammerte Aylas Hand. »Das Geheimnis des weißen Leders liegt in dem Wasser, das du ausscheidest. Das mag dir sonderbar vorkommen, aber es ist so. Nachdem du es eine Zeitlang an einem warmen Ort stehen gelassen hast, verändert es sich. Und wenn du dann Felle darin einweichst, lösen sich sämtliche Fetteile, die noch drangeblieben sind, und auch alle Fettflecken verschwinden. Die Haare lösen sich leichter, aber das Leder verwest nicht so leicht und bleibt selbst dann weich, wenn man es nicht in den Rauch hängt. Und deshalb wird es auch nicht hell- oder dunkelbraun. Ja, das Leder nimmt eine helle Färbung an, die immer noch kein richtiges Weiß ist, aber dem nahekommt. Hinterher, wenn man es mehrere Male ausgewaschen und -gewrungen hat, ist es bereit für die weiße Farbe.«

Würde jemand sie danach gefragt haben, hätte Crozie dem Betreffenden nicht erklären können, daß Harnstoff, der Hauptbestandteil des Urins, sich, warm gestellt, zersetzt und ammoniakalisch wird. Sie wußte nur, daß Urin, wenn man ihn stehen ließ, sich verändert. Etwas, das sowohl Fett löste als auch bleichte und gleichzeitig half, das Leder vor Bakterienzersetzung zu bewahren. Sie brauchte nicht zu wissen, warum das so war oder daß man es Ammoniak nennt; sie brauchte nur zu wissen, daß es auf diese Weise wirkte.

»Kreide ... haben wir Kreide?« fragte Crozie.

»Wymez hat welche. Er sagt, die Feuersteine, die er gerade hergebracht hat, stammen aus einem Kreidefelsen, und mehrere Knollen weisen noch einen Kreidemantel auf«, sagte Ayla.

»Warum hast du Wymez nach Kreide gefragt? Woher wußtest du, daß ich es dir zeigen würde?« fragte Crozie mißtrauisch.

»Das habe ich nicht getan. Ich wollte schon seit langer Zeit einen weißen Kittel machen. Wenn du es mir nicht zeigen wolltest, hätte ich es selbst versucht; aber das mit dem Wasseraufheben habe ich nicht gewußt, und von allein wäre ich auch nicht darauf gekommen. Ich bin glücklich, daß du es mir zeigen willst«, sagte Ayla.

»Hmmmph«, lautete Crozies einziger Kommentar. Was Ayla gesagt hatte, überzeugte sie; nur zugeben mochte sie es nicht. »Denk nur dran, diesen weichen weißen Talg herzustellen.« Dann fügte sie noch hinzu: »Und mach auch für das Leder etwas. Ich glaube, es könnte nicht schaden, Talg mit der Kreide zu vermischen.«

Ayla hielt den Fellvorhang auf und blickte hinaus. Der spätnachmittägliche Wind ächzte und stöhnte ein trauriges Lied, gerade die rechte Melodie für die öde Landschaft und den bedeckten grauen Himmel. Sie sehnte sich, von der bitteren Kälte erlöst zu werden, die ihnen keinerlei Beweglichkeit gestattete, doch schien die bedrückende Jahreszeit kein Ende nehmen zu wollen. Winnie schnaubte, und als sie sich umdrehte, sah Ayla Mamut das Herdfeuer der Pferde betreten. Sie lächelte ihm zu.

Ayla hatte dem alten Schamanen von Anfang an Achtung entgegengebracht, doch seit er angefangen hatte, sie zu unterweisen, war aus ihrem Respekt eine tiefe Zuneigung geworden. Zum Teil lag das auch daran, daß sie eine starke Ähnlichkeit zwischen dem großen, ausgemergelten, uralten Schamanen und dem gedrungenen, verkrüppelten einäugigen Zauberer vom Clan sah, wenn auch nicht in der äußeren Erscheinung, so doch im Wesen. Es war fast, als hätte sie Creb noch einmal gefunden, zumindest sein Gegenstück. Beide bekundeten sie eine Ehrfurcht und tiefes Verständnis für die Welt der Geister, obwohl sie die Geister, die sie verehrten, mit verschiedenen Namen belegten; beide verfügten über ehrfurchtgebietende Kräfte, obwohl einer wie der andere körperlich hinfällig war; und beide waren sie weise, was das Leben und Streben der Menschen betraf. Doch der nachhaltigste Grund für ihre Liebe war, daß Mamut sie – auch darin Creb gleich – mit offenen Armen aufgenommen und ihr geholfen hatte zu verstehen – und sie zur Tochter seines Herdfeuers gemacht hatte.

»Ich habe dich gesucht, Ayla. Ich dachte mir schon, daß du hier bei deinen Pferden wärest«, sagte Mamut.

»Ich sah gerade hinaus. Hoffentlich wird es bald Frühling.«

»Um diese Zeit sehnen sich die meisten Menschen danach, daß etwas anderes kommt; sie möchten endlich wieder einmal etwas anderes tun oder sehen. Sie fangen an, sich zu langweilen, und schlafen mehr. Ich glaube, das ist auch der Grund, warum wir gegen Ende des Winters mehr Feste feiern oder Gelage abhalten als sonst. Bald kommt der Lach-Wettstreit. Und der gefällt den meisten besonders gut.«

»Was ist denn der Lach-Wettstreit?«

»Er ist genau das, was der Name aussagt. Jeder versucht jeden zum Lachen zu bringen. Manche Leute tragen komische Kleider oder die Kleider verkehrtherum; schneiden sich gegenseitig Grimassen; schießen Purzelbäume, verulken sich oder spielen anderen Streiche. Und wenn jemand darüber aus der Haut fährt, wird er von den anderen um so mehr ausgelacht. Fast alle freuen sich darauf, aber kein einziges Fest wird so heiß ersehnt wie das Frühlingsfest. Und wegen des Frühlingsfestes habe ich dich gerade gesucht«, sagte Mamut. »Es gibt noch eine Menge Dinge, die du bis dahin gelernt haben solltest.«

»Warum ist denn das Frühlingsfest etwas so Besonderes?« Ayla war sich nicht sicher, ob sie sich auch darauf freute.

»Dafür gibt es wohl eine Menge Gründe. Es ist das feierlichste und zugleich heiterste Fest, das wir haben. Es bezeichnet das Ende der langen tiefen Kälte und das Einsetzen der Wärme. Es heißt, wenn man den Gezeitenablauf eines Jahres beobachtet, verstünde man das Leben. Für die meisten Leute gibt es drei Jahreszeiten. Der Frühling ist die Zeit der Geburt. Im Sprudeln der Geburtswasser – der Frühlingsfluten – bringt die Große Erdmutter wieder neues Leben hervor. Der Sommer, die warme Jahreszeit, ist die Zeit des Wachstums und des Reifens. Der Winter ist ›der kleine Tod‹. Im Frühling erneuert sich dann das Leben wieder, wird wiedergeboren. Drei Jahreszeiten – das reicht für die meisten Dinge, und doch zählt das Herdfeuer des Mammut deren fünf. Die heilige Zahl der Mutter ist die Fünf.«

Trotz anfänglicher Vorbehalte war Ayla bald fasziniert von der Unterweisung, auf der Mamut bestanden hatte. Was sie nicht alles lernte! Neue Ideen, neue Gedanken, sogar neue Denkweisen. Es war aufregend, so viele neue Dinge zu entdecken und darüber nachzudenken, einbezogen zu werden statt ausgeschlossen. Das Wissen um die Geister, das Wissen um die Zahlen, ja sogar das Wissen um die Jagd – all das waren Dinge, die man ihr beim Clan vorenthalten hatte; diese Dinge waren nur für die Männer da. Ausschließlich die Mog-urs und ihre Helfer befaßten sich eingehender damit, und keine Frau konnte Mog-ur werden. Frauen durften nicht einmal dabei sein, wenn über Dinge wie Geister oder Zahlen auch nur geredet wurde. Selbst die Jagd war für sie tabu gewesen; aber vom Zuhören waren Frauen nicht ausgeschlossen gewesen; man war nur selbstverständlich davon ausgegangen, daß Frauen nicht lernen könnten.

»Ich würde gern die Lieder und Gesänge noch mal mit dir durchgehen, die wir geübt haben, und dann möchte ich anfangen, dir etwas ganz Besonderes zu zeigen. Symbole. Ich nehme an, du wirst das interessant finden. Bei einigen geht es auch um die Heilkunst.«

»Medizinische Symbole?« fragte Ayla. Selbstverständlich war sie interessiert. Gemeinsam begaben sie sich zum Herdfeuer des Mammut.

»Hast du eigentlich mit dem weißen Leder etwas Bestimmtes vor?« fragte Mamut, als er zwischen Feuer und Bettplattform ein paar Matten ausbreitete. »Oder willst du es nur aufheben, wie das rote?«

»Mit dem roten Leder weiß ich noch nicht so recht, aber aus dem weißen möchte ich einen besonderen Kittel machen. Ich lerne jetzt Nähen, komme mir dabei allerdings schrecklich unbeholfen vor. Das Leder ist so herrlich weiß geworden, und da möchte ich es nicht verderben, bis ich besser nähen kann. Deegie bringt es mir bei, manchmal auch Fralie, wenn Frebec ihr das Leben nicht gerade allzu schwermacht.«

Ayla spaltete ein paar Knochen und legte sie auf Feuer, während Mamut einen ziemlich dünnen, ovalen Elfenbeinabschnitt mit einer großen gewölbten Oberfläche hervorholte. Der ovale Umriß war mit einem Steinmeißel in den Stoßzahn eines Mammut eingegraben worden. Dieser Vorgang war so lange wiederholt worden, bis sich eine tiefe Rinne gebildet hatte. Ein exakt angebrachter harter Stoß am einen Ende löste eine Elfenbeinscheibe heraus. Mamut holte ein Stück Knochenkohle aus dem Feuer, während Ayla mit einem Mammutschädel und einem hammerähnlichen Trommelschlegel aus Geweih neben ihm Platz nahm.

»Ehe wir anfangen, mit der Trommel zu üben, möchte ich dir gewisse Symbole zeigen, die wir benutzen, um uns Dinge zu merken wie Lieder, Geschichten, Sprichwörter, Orte, Zeiten, Namen – alles, woran jemand sich erinnern möchte«, begann Mamut. »Du hast uns Handzeichen gelehrt und Signale. Ich weiß, dir ist aufgefallen, daß auch wir bestimmte Gesten benutzen, wenn auch nicht so viele wie der Clan. Wir winken zum Abschied und winken jemand heran, wenn wir möchten, daß er zu uns kommt; das versteht man auch. Wir benutzen auch noch andere Handsymbole, insbesondere dann, wenn wir etwas beschreiben oder eine Geschichte erzählen oder wenn Einer, Der Dient, eine Zeremonie durchführt. Hier ist eines, das dir leicht eingehen wird. Weil es dem Clan-Zeichen ähnlich ist.«

Mamut vollführte eine kreisförmige Bewegung mit der nach außen gerichteten Hand. »Das bedeutet ›alles, jeder, jedes‹«, erklärte er und nahm dann ein Stück Beinkohle zur Hand. »Mit diesem Stück Beinkohle kann ich das gleiche Zeichen auch auf Elfenbein malen, siehst du?« sagte er und zog einen Kreis. »Dieses Symbol bedeutet nun ›alles‹, und jedesmal, wenn du es irgendwo siehst, auch dann, wenn ein anderer Mamut es gezeichnet hat, wirst du wissen, daß es ›alles‹ heißt.«

Dem alten Schamanen machte es ausgesprochen Vergnügen, Ayla zu unterweisen. Sie war ein wacher Kopf und besaß eine rasche Auffassungsgabe; was jedoch noch mehr zählte, war, daß man ihr die Freude am Lernen anmerkte. Ihr Gesicht verriet ihre Gefühle, wenn er erklärte, ihre Neugier und ihr Interesse – und ihre Fassungslosigkeit, wenn sie begriff.

»Auf den Gedanken wäre ich nicht gekommen! Kann jeder dieses Wissen erlernen?« fragte sie.

»Es gibt Wissen, das heilig ist und das nur an diejenigen weitergegeben werden darf, die dem Herdfeuer des Mammut verpflichtet sind, aber das meiste steht jedem, den es interessiert, frei zu lernen. Oft ergibt es sich freilich, daß diejenigen, die großes Interesse an diesen Dingen zeigen, sich schließlich dem Herdfeuer des Mammut weihen. Das heilige Wissen verbirgt sich häufig hinter einer zweiten Bedeutung, oder sogar hinter einer dritten. Die meisten Leute kennen dies hier« – er zog noch einen Kreis auf der Elfenbeintafel – »und wissen, daß es ›alles‹ heißt, aber es besitzt auch noch eine andere Bedeutung. Es gibt viele Symbole für die Große Mutter – dies ist eines davon. Es bedeutet Mut, Schöpferin Allen Lebens. Viele andere Linien und Umrisse haben eine Bedeutung«, fuhr er fort. »So bedeutet dies hier ›Wasser‹«, sagte er und zeichnete eine Zickzacklinie.

»Das gab es auch auf der Karte für die Wisentjagd«, sagte sie. »Ich dachte, es bedeutete ›Fluß‹.«

»Ja, es kann auch Fluß bedeuten. Wie es gezeichnet ist, oder an welcher Stelle oder womit – all das kann seine Bedeutung verändern. Wenn es zum Beispiel so aussieht« – er zeichnete noch eine Zickzacklinie mit einigen zusätzlichen Strichen –, »dann bedeutet es: dieses Wasser ist nicht trinkbar. Und wie der Kreis hat es auch noch eine zweite Bedeutung. Es ist das Symbol für Gefühle, für Leidenschaften, für Liebe und manchmal auch für Haß. Es kann aber auch ein Erinnerungszeichen für unser Sprichwort sein, das wir haben: Stille Wasser sind tief.«

Ayla runzelte die Stirn. Sie spürte, daß dieses Sprichwort vielleicht auf sie zutraf.

»Die meisten Heilkundigen geben den Symbolen Bedeutungen, die ihnen helfen, sie zu behalten, wie die Erinnerungszeichen für Sprichwörter, nur daß es dann um Dinge geht, die die Medizin oder die Heilkunst betreffen und von den meisten anderen nicht so ohne weiteres verstanden werden«, sagte Mamut. »Ich kenne nicht viele davon, doch wenn wir im

Sommer zum Sommertreffen ziehen, wirst du andere Heilkundige kennenlernen. Die werden dir mehr sagen.«

Ayla war interessiert. Sie erinnerte sich, auf dem Clan-Treffen andere Medizinfrauen kennengelernt zu haben, von denen sie sehr viel gelernt hatte. Sie hatten sie freimütig in Behandlungsmethoden und Heilmittel eingeweiht und ihr sogar neue Rhythmen beigebracht; doch am schönsten war es gewesen, überhaupt andere Leute kennenzulernen, mit denen man Erfahrungen austauschen konnte. »Ich würde gern mehr lernen«, sagte sie. »Ich kenne ja nur die Clan-Heilkunst.«

»Meiner Meinung nach besitzt du mehr Wissen, als dir klar ist, Ayla, jedenfalls mit Sicherheit mehr, als die meisten Heilkundigen zunächst glauben werden. Manche könnten von dir lernen, aber ich hoffe, du verstehst, daß es einige Zeit dauern wird, ehe man dich rückhaltlos anerkennt.« Der alte Mann sah sie abermals die Stirn runzeln und wünschte, es gebe eine Möglichkeit, ihr die erste Vorstellung zu erleichtern. Er sah mehrere Gründe, warum es für sie nicht leicht sein dürfte, andere Mamutoi kennenzulernen, besonders dann, wenn sie sehr zahlreich auftraten. Doch wozu sich darüber jetzt schon Gedanken machen? dachte er und wechselte das Thema. »Da ist übrigens noch etwas, was die Clan-Medizin betrifft und wonach ich dich gern fragen möchte. Geht es dabei eigentlich ausschließlich um die ›Erinnerungen‹? Oder gibt es für dich andere Möglichkeiten, die dir helfen, dich an etwas zu erinnern?«

»Wie die Pflanzen aussehen, ihre Samen, ihre Schößlinge, und wenn sie reif sind; wo sie wachsen; wofür sie gut sind; womit man sie mischt, wie man sie zubereitet und anwendet; all das habe ich in und aus der Erinnerung. An andere Behandlungsarten erinnert man sich auch. Ich denke über eine neue Anwendungsmöglichkeit von etwas nach, und deshalb weiß ich hinterher, wie ich sie anwende«, sagte sie.

»Aber Symbole oder Erinnerungszeichen benutzt du nicht?«

Ayla überlegte einen Moment, dann lächelte sie, stand auf und brachte ihren Medizinbeutel herbei. Sie schüttelte den Inhalt vor sich aus, eine Ansammlung von kleinen Beutelchen und Päckchen, die sorgsam mit Bändern und kleinen Riemen verschnürt waren. Zwei davon nahm sie jetzt zur Hand.

»Dies hier enthält Minze«, sagte sie und zeigte Mamut einen, »und dieses Hagebutten.«

»Woher weißt du das? Du hast sie weder aufgemacht noch daran gerochen.«

»Daß Minze darin ist, weiß ich, weil die Schnur aus der faserigen Rinde eines bestimmten Strauchs gemacht ist und am einen Ende zwei Knoten aufweist. Die Schnur, mit der das Päckchen mit den Hagebutten verschnürt ist, besteht aus den langen Haaren eines Pferdeschweifs und weist drei dicht aneinandersitzende Knoten auf«, erklärte Ayla. »Wenn ich nicht gerade erkältet bin, kann ich es auch riechen, aber manche sehr starke Heilmittel duften so gut wie überhaupt nicht. Deshalb werden sie mit den kräftig riechenden Blättern einer Pflanze, die kaum Wirkmittel enthält, vermischt, damit ich nicht die falsche Medizin benutze. Unterschiedliche Schnüre, unterschiedliche Knotenzahl, unterschiedlicher Duft, manchmal sogar unterschiedliche Beutelform. Das hilft, sich zu erinnern, stimmt's?«

»Klug ... sehr klug«, sagte Mamut. »Jawohl, das sind eindeutig Erinnerungszeichen. Allerdings mußt du dich dann wieder an die Verschnürungen und an die Knoten für jedes einzelne Heilmittel erinnern, nicht wahr? Aber immerhin, es ist eine gute Möglichkeit sicherzugehen, daß man auch wirklich das richtige Heilmittel benutzt.«

Ayla hatte die Augen offen, aber sie lag ganz still da und rührte sich nicht. Bis auf den dämmerigen Schimmer der halb abgedeckten Glut war es dunkel. Jondalar kroch gerade über sie hinweg ins Bett und war bemüht, sie so wenig wie möglich zu stören. Einmal hatte sie mit dem Gedanken gespielt, an die Innenseite zu rücken, es sich dann jedoch anders überlegt. Sie wollte es ihm nicht noch leichtmachen, ins Bett zu schlüpfen und unbemerkt wieder daraus zu verschwinden. Er rollte sich unter seinen eigenen Schlaffellen zusammen, lag auf der Seite und starrte regungslos die Wand an. Sie wußte, daß er nicht schnell einschlief, und alles in ihr sehnte sich danach, die Hand auszustrecken und ihn zu berühren. Aber er hatte sie schon früher abblitzen lassen, und das wollte sie nicht noch einmal riskieren. Es hatte weh getan, als er vorgeschützt hatte, er sei müde, oder so getan, als schlafe er, oder als er überhaupt nicht auf sie reagierte.

Jondalar wartete, bis ihr regelmäßiger Atem ihm verriet, daß sie endlich doch eingeschlafen war. Leise drehte er sich um, stützte sich auf den Ellbogen und trank mit den Augen ihren Anblick ein. Ihr zerzaustes Haar war über die Felle ausgebreitet, einen Arm hatte sie aus der Decke herausgestreckt, so daß eine Brust entblößt war. Sie verströmte Wärme und feinen Frauenduft. Er merkte, wie er vor Verlangen nach ihr zitterte, doch war er sich sicher, daß sie im Schlaf nicht von ihm gestört werden wollte. Nach seiner verwirrten und wütenden Reaktion auf ihre Nacht mit Ranec hatte er Angst, daß sie ihn überhaupt nicht mehr wollte. Hatte er sie in der letzten Zeit einmal zufällig gestreift, war sie jedesmal zurückgezuckt. Mehr als einmal hatte er überlegt, in ein anderes Bett, ja, sogar an ein anderes Herdfeuer umzuziehen, doch so schwierig es war, neben ihr zu schlafen – fern von ihr zu schlafen würde noch weit schlimmer sein.

Eine lockige Strähne lag über ihrem Gesicht und bewegte sich mit jedem Atemzug. Er langte hinüber und schob sie sacht beiseite; dann ließ er sich vorsichtig wieder auf sein Lager zurücksinken und versuchte, sich zu entspannen. Er schloß die Augen und schlief zur Begleitung ihres Atems ein.

Ayla erwachte mit dem Gefühl, angesehen zu werden. Die Feuer brannten bereits wieder, und Tageslicht fiel durch die teilweise freigemachten Rauchlöcher. Sie drehte den Kopf und sah Ranecs dunkle, eindringliche Augen sie vom Herdfeuer des Fuchses aus beobachten. Verschlafen lächelte sie ihm zu, woraufhin er sie mit einem entzückten breiten Lächeln bedachte. Sie war sich sicher, daß der Platz neben ihr leer wäre, griff jedoch trotzdem über die aufgetürmten Felle hinüber, um ganz sicherzugehen. Dann stieß sie ihre Felldecken zurück und setzte sich auf. Sie wußte, daß Ranec warten würde, bis sie angekleidet war, ehe er herüberkommen würde, um ihr einen Besuch abzustatten.

Zuerst hatte es sie mit Unbehagen erfüllt, als sie sich bewußt geworden war, daß er sie nie aus den Augen ließ. In gewisser Weise war das zwar schmeichelhaft, und sie wußte, daß er es nicht böse meinte, aber beim Clan hatte es als unhöflich gegolten, über die Grenzsteine in den Lebensbereich einer anderen Familie hinüberzublicken. In der Höhle des Clan hatte man nicht mehr allein sein können als in der Erdhütte der Mamutoi. Trotzdem empfand sie Ranecs Aufmerksamkeit als eine gelinde Beeinträchtigung ihrer – sofern davon überhaupt die Rede sein konnte – Privatsphäre; sie verstärkte nur das unausgesprochene Gefühl von Spannungen, das sie hatte. Immer war irgend jemand da. Das war beim Clan auch nicht anders gewesen, doch dies hier waren Menschen, mit deren Lebensweise sie nicht groß geworden war. Die Unterschiede waren manchmal kaum merklich, doch entweder traten sie in der Enge der Erdhütte um so deutlicher zutage, oder aber ihr Gespür dafür war geschärft worden. Manchmal wünschte sie, sie könnte fort. Nach drei Jahren Einsamkeit im Tal hatte sie sich einfach nicht vorstellen können, daß es Zeiten geben könnte, wo sie wünschte, allein zu sein, und wo sie sich nach der Einsamkeit, der Freiheit, ja, nach dem Alleinsein richtig sehnte.

Rasch brachte Ayla ihre ersten morgendlichen Verrichtungen hinter sich, verzehrte ein paar Happen von dem, was von der gestrigen Abendmahlzeit übriggeblieben war. Offene Rauchlöcher bedeuteten für gewöhnlich, daß es draußen klar war, und so beschloß sie, mit den Pferden hinauszugehen, denn diese brauchten Bewegung. Als sie den Fellvorhang beiseite schob, der vor dem Zugang zum Anbau hing, sah sie Jondalar und Danug bei den Pferden stehen und überlegte es sich noch einmal.

Sich, sofern das Wetter es erlaubte, draußen oder sonst im Anbau, um die Bedürfnisse der Pferde zu kümmern, lieferte ihr einen willkommenen Vorwand, sich den anderen zu entziehen, wenn sie einmal allein sein wollte, doch schien auch Jondalar gern seine Zeit mit ihnen zu verbringen. Sah sie ihn bei den Pferden, hielt sie sich häufig fern von ihnen, denn er wiederum ließ sie allein, wann immer sie hinzutrat, und murmelte, er wolle nicht stören. Ihr jedoch war daran gelegen, daß er möglichst viel mit den Tieren zusammen wäre. Nicht nur stellten sie eine Verbindung zwischen ihr und ihm her, sondern sich gemeinsam um sie zu kümmern machte es erforderlich, daß sie sich, wenn auch noch so zurückhaltend, verständigten. Sein Wunsch, mit ihnen zusammen zu sein, und sein Verständnis für sie flößte ihr den Gedanken ein, daß er der Gesellschaft der Pferde vielleicht noch mehr bedurfte als sie.

Ayla betrat das Herdfeuer der Pferde. Da auch Danug da war, würde Jondalar vielleicht nicht so rasch verschwinden wie sonst. Als sie näher kam, zog er sich bereits zurück, doch beeilte sie sich, etwas zu sagen, was ihn zwang, darauf einzugehen.

»Hast du schon mal überlegt, wie du Renner anleiten willst, Jondalar?« fragte Ayla und sah Danug lächelnd grüßend an.

»Ihn wozu anleiten?« fragte Jondalar, ein wenig verwirrt von ihrer Frage.

»Nun, damit er dich auf sich reiten läßt.«

Darüber hatte er sehr wohl nachgedacht, ja, gerade eben hatte er Danug gegenüber wie beiläufig davon gesprochen. Er wollte seinen immer stärker werdenden Wunsch, das Pferd zu reiten, nicht verraten. Insbesondere seit er unfähig schien, mit der Tatsache fertigzuwerden, daß Ayla sich offenkundig von Ranec angezogen fühlte, träumte er davon, frei wie der Wind auf dem Rücken des braunen Hengstes über die Steppe dahinzusprengen, nur war er sich nicht sicher, ob er diesen Träumen überhaupt noch nachhängen durfte. Vielleicht wollte sie jetzt, daß Ranec Winnies Füllen ritt.

»Ich habe daran gedacht, aber ich wußte nicht ... ja, wie es anfangen«, sagte Jondalar.

»Meiner Meinung nach solltest du damit fortfahren, womit wir im Tal begonnen haben. Gewöhne ihn daran, daß er etwas auf dem Rücken trägt. Laß ihn irgend etwas tragen. Ich weiß nicht, wie du ihm beibringst, hinzugehen, wo du ihn haben möchtest. Er wird dir zwar an einer Leine folgen, aber ich weiß nicht, wie er dir an einer Leine folgen soll, während du auf seinem Rücken sitzt«, sagte Ayla. Sie stieß das rasch hervor, sagte, was ihr gerade so einfiel, denn es war ihr vornehmlich daran gelegen, ihn in ein Gespräch verwickelt zu halten.

Danug beobachtete erst sie und dann Jondalar. Könnte er doch nur etwas sagen oder tun, was alles wieder in die Reihe brachte, nicht nur zwischen ihnen, sondern für alle. Ein Augenblick verlegenen Schweigens zwischen ihnen machte sich breit, als Ayla aufhörte zu reden. Danug beeilte sich, die Lücke auszufüllen.

»Vielleicht könnte er das Seil von hinten halten, während er dem Pferd auf dem Rücken sitzt, statt sich an Renners Mähne festzuhalten«, sagte der junge Mann.

Gleichsam als hätte jemand in der dunklen Erdhütte plötzlich mit einem Pyritwürfel gegen einen Feuerstein geschlagen, konnte Jondalar sich Danugs Vorschlag genau vorstellen. Statt sich zurückzuziehen, aber immer noch so aussehend, als sei er bereit, bei erster Gelegenheit davonzulaufen, schloß Jondalar die Augen und runzelte die Stirn, so konzentriert dachte er nach. »Weißt du, das könnte gehen, Danug!« sagte er. Erregt und von der Vorstellung gepackt, vielleicht eine Lösung für das Problem gefunden zu haben, das ihn so lange geplagt hatte, vergaß er einen Moment seine Unsicherheit in bezug auf seine Zukunft. »Vielleicht könnte man etwas an Renners Kopfhalfter befestigen und es von hinten halten. Eine starke Schnur ... oder einen dünnen Lederriemen ... vielleicht sogar zwei.«

»Ich habe ein paar dünne Riemen«, sagte Ayla und bemerkte, daß er weniger verspannt schien. Sie freute sich, daß er sich immer noch dafür interessierte, den jungen Hengst auszubilden, und war neugierig, wie das wohl ausgehen würde. »Ich werde sie dir holen, sie sind drinnen.«

Jondalar folgte ihr durch den inneren Eingangsbogen in das Herdfeuer des Mammut hinein. Doch als sie zur Vorratsplattform hinüberging, um die Riemen zu holen, blieb er wie angewurzelt stehen. Ranec unterhielt sich mit Deegie und Tronie und wandte den Kopf, um Ayla sein einnehmendes Lächeln zu schenken. Jondalar spürte, wie sich ihm der Magen verkrampfte; er schloß die Augen und knirschte mit den Zähnen. Schon schickte er sich an, zum Eingangsbogen zurückzuweichen, da drehte Ayla sich um und reichte ihm eine Rolle geschmeidiger Lederriemen.

»Das sind kräftige Riemen«, sagte sie und reichte ihm die Rolle. »Ich habe sie letzten Winter gemacht.« Sie blickte auf und sah in die bekümmerten blauen Augen, die seinen ganzen Schmerz, seine Verwirrung und die Unentschlossenheit verrieten, die ihn quälten. »Ehe du in mein Tal kamst, Jondalar. Ehe der Geist des Großen Höhlenlöwen dich erwählte und dich zu mir führte.«

Er nahm die Rolle und machte, daß er hinauskam. Es war ihm unmöglich dazubleiben. Jedesmal wenn der Bildschnitzer ans Herdfeuer des Mammut kam, mußte er fortgehen. Er konnte nicht bleiben, wenn der dunkelhäutige Mann und Ayla zusammen waren, was in der letzten Zeit immer häufiger geschah. Aus der Ferne hatte er zugesehen, wenn die jüngeren Leute sich in dem größeren Zeremonialbereich trafen, um ihre Arbeitsgeräte auszubreiten, Gedanken auszutauschen und einer vom anderen zu lernen. Er hörte sie Musik üben und singen, lauschte ihren Späßen und ihrem Gelächter. Und jedesmal wenn er hörte, wie Aylas Lachen sich mit dem Ranecs vermischte, versetzte ihm das einen Stich.

Jondalar legte die Rolle Riemen neben dem Kopfhalfter des jungen Pferdes nieder, nahm seinen Überwurf vom Pflock im Anbau und ging hinaus, wobei er Danug unterwegs freudlos zulächelte. Er zog sich den Überwurf über, zog die Kapuze fest um den Kopf und stopfte die Hände in die Fäustlinge, die aus den Ärmeln herausbaumelten. Dann machte er sich auf.

Der kräftige Wind, der zerrissenes Gewölk über den Himmel scheuchte, war normal für die Jahreszeit; die Sonne, die manchmal zwischen den hoch treibenden Wolkenfetzen hindurchschien, besaß noch nicht Kraft genug, um richtig zu wärmen, und so blieb die Temperatur immer noch weit unter dem Gefrierpunkt. Nicht überall lag Schnee, und die trockene Luft klirrte und entzog seinen Lungen bei jedem Atemzug Feuchtigkeit, die ihm als Dampf vor dem Mund stand. Er hatte nicht vor, lange draußen zu bleiben, aber die Kälte mit ihrer ständigen Forderung, das Überleben über alle anderen Dinge zu stellen, übte eine beruhigende Wirkung auf ihn aus. Er wußte nicht, warum er so heftig auf Ranec reagierte. Zum Teil lag das zweifellos an der Befürchtung, Ayla an ihn zu verlieren, und zum Teil daran, daß er sie sich in seiner Phantasie immer zusammen vorstellte; gleichzeitig aber nagte das Schuldgefühl in ihm, selbst nur widerstrebend bereit gewesen zu sein, sie vollkommen und rückhaltlos anzuerkennen. Ein Teil von ihm glaubte, Ranec verdiene sie mehr als er. Eines freilich schien jetzt sicher. Ayla wollte, daß er und nicht Ranec lernte, auf Renner zu reiten.

Danug sah Jondalar den Hang hinaufgehen, dann ließ er den Fellvorhang fallen und kehrte langsam zurück ins Innere des Langhauses. Renner wieherte und warf den Kopf wiederholt in die Höhe, als der junge Mann vorüberging, woraufhin Danug das Pferd anblickte und lächelte. Nahezu alle schienen nachgerade ihre Freude an den Tieren zu haben, klopften sie und redeten mit ihnen, wenn auch keiner mit der gleichen Vertrautheit wie Ayla. Es schien so natürlich, im Anbau der Erdhütte Pferde stehen zu haben. Wie schnell sie alle und er selbst auch vergessen hatten, wie fassungslos sie gewesen waren, als sie sie das erste Mal gesehen hatten. Er durchschritt den zweiten Eingangsbogen und sah Ayla neben der Bettplattform stehen. Er zögerte, doch dann trat er beherzt zu ihr.

»Er ist hinauf auf die Steppen«, sagte er zu Ayla. »Es ist nicht gerade das Richtige, bei dieser Kälte und diesem Wind allein hinauszugehen, aber ganz so schlimm wie manchmal ist es im Augenblick draußen nicht.«

»Willst du mir damit zu verstehen geben, daß ihm nichts passieren wird, Danug?« Ayla sah ihn lächelnd an, und er war momentan verlegen. Selbstverständlich würde Jondalar nichts zustoßen. Der Zelandonii war weit gereist und konnte auf sich selbst aufpassen. »Danke«, sagte sie zu ihm, »danke für deine Hilfe und dafür, daß du überhaupt helfen möchtest.« Leicht berührte sie seine Hand. Ihre Hände waren kühl, aber ihre Berührung war warm, und er spürte das mit jener besonderen Intensität, die sie in ihm weckte; auf einer tieferen Ebene freilich spürte er, daß sie ihm mehr als nur das angeboten hatte: ihre Freundschaft.

»Vielleicht gehe ich auch raus und sehe mal nach, ob was in den Schlingen hängengeblieben ist, die ich gestellt habe«, sagte er.

»Versuch's doch mal auf diese Weise, Ayla«, sagte Deegie.

Kräftig stanzte sie mit einem kleinen Knochen ein Loch nahe an den Rand des Leders; der Knochen stammte vom Vorderlauf eines Polarfuchses, der sich nach unten verjüngte und mit Sandstein noch schärfer zugespitzt worden war. Dann versuchte sie, eine dünne Sehne über das Loch zu legen und sie hindurchzudrücken, doch kam sie offensichtlich einfach nicht damit zurecht und fühlte sich gründlich frustriert.

»Ich glaube, ich lerne das nie, Deegie!« rief sie klagend aus.

»Du mußt nur üben, Ayla. Ich mache das nun, seit ich ein junges Mädchen war. Selbstverständlich ist es leicht für mich, aber du schaffst es schon, wenn du nur nicht aufgibst, sondern es weiterversuchst. Es ist doch das gleiche, als wenn man versucht, mit einer Flintspitze einen kleinen Schlitz hineinzuschneiden und Lederriemen hindurchzuziehen, um Arbeitskleidung herzustellen, und das machst du doch wunderbar.«

»Aber es ist wesentlich schwerer, es mit einer dünnen Sehne und winzigen Löchern zu machen. Ich bekomme die Sehne einfach nicht hindurch und komme mir so unbeholfen vor! Ich begreife nicht, wie Tronie es fertigbringt, ihre Perlen und Borsten vom Stachelschwein anzunähen«, sagte Ayla und sah Fralie an, die damit beschäftigt war, in der Rinne eines Sandsteinblocks einen langen dünnen Elfenbeinzylinder entlangzurollen. »Ich hatte gehofft, sie würde es mir beibringen, damit ich den weißen Kittel hinterher damit besticken kann, aber ich weiß noch nicht mal, ob ich es schaffe, ihn so hinzubekommen, wie ich es mir vorstelle.«

»Das schaffst du schon, Ayla. Ich glaube, es gibt nichts, was du nicht schaffst, wenn du es wirklich willst«, sagte Tronie.

»Bis aufs Singen!« erklärte Deegie.

Alle lachten, Ayla nicht ausgenommen. Wiewohl ihre Stimme beim Sprechen tief und angenehm klang – das Singen gehörte offensichtlich nicht zu ihren Gaben. Sie konnte für die einschläfernde Eintönigkeit eines Sprechgesangs eine bestimmte Tonfolge halten, und ein Ohr für die Musik hatte sie auch. Sie wußte, wann sie falsch sang, und pfeifen konnte sie eine Melodie auch, aber jegliche feinere Modulationsfähigkeit ging ihr ab. Wie virtuos zum Beispiel Barzec das schaffte, grenzte für sie ans Wunderbare. Sie hätte ihm den ganzen Tag zuhören können, wenn er eingewilligt hätte, so lange zu singen. Auch Fralie hatte eine schöne, klare hohe und schmelzende Stimme, die Ayla gern hörte.

Über ihre Stimme und ihre Singerei wurden Witze gerissen; dazu gehörten auch Bemerkungen über ihren Akzent, obwohl der eigentlich nur eine gewisse Geziertheit in der Sprache war und kein richtiger Akzent. Sie selbst lachte genausosehr darüber wie alle anderen. Sie konnte nicht singen, da machte sie sich nichts vor; doch wenn sie sich auch über ihre Stimme lustig machten – viele hatten ihre Sprache ausdrücklich hoch gelobt. Sie nahmen es als Kompliment, daß sie ihre Sprache jetzt so fließend und schnell sprach; und wenn sie sich dafür über ihre Singerei lustig machten, hatte Ayla das Gefühl, richtig dazuzugehören.

Jeder hatte irgendwelche Besonder- oder Eigenheiten, über die die anderen sich lustig machten. Taluts Größe, Ranecs Hautfarbe, Tulies Kraft. Nur Frebec war beleidigt, wenn sie es taten, weshalb sie sich in Zeichensprache hinter seinem Rücken über ihn lustig machten. Das gesamte Löwen-Lager kam mit einer abgewandelten Form der Clan-Sprache blendend zurecht, was zur Folge hatte, daß nicht nur Ayla ein bisher entbehrtes Zugehörigkeitsgefühl genoß. Auch Rydag durfte an dem Spaß teilhaben.

Ayla sah zu ihm hinüber. Hartal auf dem Schoß, saß er auf einer Matte und hielt das lebhafte Baby mit einem Haufen Knochen, zumeist Hirschwirbel, beschäftigt, damit es nicht dauernd zu seiner Mutter kroch und die Perlen verstreute, die sie Fralie schnitzen half. Rydag konnte gut mit Babys umgehen. Er brachte die nötige Geduld auf, mit ihnen zu spielen und sich mit ihnen zu beschäftigen, solange sie wollten.

Er lächelte ihr zu. »Du bist nicht die einzige, die nicht singen kann, Ayla«, signalisierte er ihr.

Sie erwiderte sein Lächeln. Nein, dachte sie, sie war wirklich nicht die einzige, die nicht singen konnte. Rydag konnte weder singen noch sprechen und weder laufen noch spielen, ja, nicht einmal ein volles Leben ausleben. Trotz aller Heilmittel, die sie ihm gab – sie wußte nicht, wie lange er leben würde. Er konnte heute noch sterben, genausogut aber auch noch ein paar Jahre weiterleben. Sie konnte ihn nur jeden Tag lieben, den er lebte, und hoffen, ihn am nächsten Tag auch noch lieben zu können.

»Hartal kann auch nicht singen!« signalisierte er ihr und stieß dabei sein eigentümlich kehliges Lachen aus.

Ayla gluckste in sich hinein und schüttelte amüsiert den Kopf. Er hatte erkannt, was sie dachte, und machte einen Witz darüber, der nicht nur komisch, sondern auch noch sehr intelligent war.

Nezzie stand in der Nähe der Feuerstelle und beobachtete sie. Du singst vielleicht nicht, Rydag, aber zumindest kannst du jetzt reden, dachte sie. Er fädelte ein paar Wirbel auf eine kräftige Schnur, indem er diese durch den offenen Rückenmarkskanal hindurchzog; dann rasselte er für das Baby damit. Ohne seine Handzeichen sowie die dadurch ausgelöste immer größer werdende Bewußtheit, daß Rydag intelligent und ein sehr verständiger Junge war, hätte Hartals Mutter nie zugelassen, ihm die Verantwortung für das Kleinkind zu übertragen, um selber arbeiten zu können und es nicht ständig neben sich haben zu müssen. In diesem Winter bezweifelte keiner von ihnen mehr, daß er ein menschliches Wesen war; das tat nur Frebec und der, da war Nezzie sich ganz sicher, mehr aus Verbocktheit als aus Überzeugung.

Ayla mühte sich weiter mit Ahle und Sehne herum. Wenn sie es nur schaffte, die feinen Sehnenfäden durch das Loch hindurchzubekommen, so daß sie auf der anderen Seite wieder herausschauten! Sie versuchte, es so zu machen, wie Deegie es ihr gezeigt hatte, doch war das offensichtlich ein Kniff, den man erst nach jahrelanger Übung beherrschte, und davon war sie noch weit entfernt. Sie ließ das Stück Leder zum Üben auf den Schoß sinken und sah den anderen dabei zu, wie sie Elfenbeinperlen herstellten.

Versetzte man einem Mammutstoßzahn in genau richtig bemessenem Winkel einen kräftigen Schlag, splitterte eine ziemlich dünne, gewölbte Platte davon ab. Mit meißelähnlichen Grabsticheln wurden Rillen in diese abgespaltene Elfenbeinplatte eingegraben, indem man dieselbe Linie etliche Male entlangfuhr, bis lange Stücke davon abbrachen. Diese wurden mit Schabern und Messern, die dünne, sich ringelnde Streifen davon ablösten, zu rohen Zylindern zugerichtet und dann mit Sandstein, der – um besser arbeiten zu können – naß gehalten wurde, glattgeschliffen. Scharfe Feuersteinklingen mit gezahnter Schneide und langem Griff wurden benutzt, um die Elfenbeinzylinder zu kleinen Stücken auseinanderzusägen; die scharfen Ränder wurden hinterher geglättet.

Der letzte Schritt bestand darin, ein Loch hindurchzubohren, damit sie sich auf einer Schnur auffädeln oder an ein Kleidungsstück annähen ließen. Dies geschah mit einem besonderen Werkzeug. Ein sorgfältig von einem geschickten Werkzeugmacher zu einer langen schmalen Spitze zurechtgeschlagener und -geschliffener Feuerstein wurde in das Ende eines vollkommen geraden und glatten Stabes eingepaßt. Die Spitze dieses

Handbohrers wurde auf eine kleine, dicke Elfenbeinscheibe aufgesetzt und dann – ähnlich wie beim Prozeß des Feuermachens – bei gleichzeitig nach unten ausgeübtem Druck zwischen den Handflächen hin- und hergerollt, bis das Loch durchgebohrt war.

Ayla sah zu, wie Tronie den Stab zwischen den Handflächen zwirbelte und sich darauf konzentrierte, das Loch genau richtig zu machen. Ihr wurde klar, daß die Mamutoi sehr viel Arbeit für etwas aufwanden, das keinen offenkundigen Nutzwert besaß. Perlen halfen weder bei der Nahrungsbeschaffung noch bei der Essenszubereitung und vergrößerten auch nicht den Gebrauchswert der Kleidung, auf die sie aufgenäht wurden. Gleichwohl begriff Ayla, was diese Perlen so wertvoll machte. Ohne den Rückhalt von Wärme und Behaglichkeit sowie ausreichender Nahrung hätte das Löwen-Lager es sich nie leisten können, soviel Zeit und Mühe für etwas aufzubringen, das keinen unmittelbaren Nutzen besaß. Nur eine aufeinander eingespielte, gut organisierte Gruppe konnte im voraus planen, alles Lebensnotwendige zu beschaffen und einzulagern, so daß Muße blieb, um Perlen herzustellen. Je mehr Perlen sie trugen, desto mehr bewies dies, daß das Löwen-Lager ein blühender und begehrenswerter Ort war, dort zu leben, und desto mehr Achtung und Ansehen wurde ihm von den anderen Lagern entgegengebracht.

Sie nahm das Stück Leder auf ihrem Schoß sowie die Knochenahle wieder zur Hand, und das letzte Loch, das sie hineinstach, machte sie ein wenig größer als die anderen; dann versuchte sie, mit der Ahle die Sehne hindurchzudrücken. Sie schaffte es und zog von hinten daran; gleichwohl sah das ganze nicht so fein säuberlich aus wie Deegies feste Stiche. Entmutigt blickte sie auf und sah Rydag eine Schnur durch das natürliche Loch eines Rückenwirbels hindurchziehen. Er nahm noch einen Wirbel zur Hand und steckte die ziemlich steife Schnur durch den Rückenmarkskanal.

Ayla holte tief Atem, dann nahm sie ihre Arbeit wieder auf. Eigentlich ist es ja gar nicht so schwierig, die Spitze durch das Leder hindurchzudrükken, dachte sie. Um ein Haar hätte sie jetzt die ganze Ahle hindurchgestoßen. Wenn sie nur die Sehne daran befestigen könnte, dachte sie, dann wäre es ein Kinderspiel ...

Sie hielt inne und betrachtete den kleinen Knochen genauer. Dann sah sie wieder zu, wie Rydag die Schnurenden verknotete und die Wirbelrassel vor Hartals Augen klappern ließ. Sie sah, wie Tronie den Handbohrer zwischen ihren Handflächen hin- und hergehen ließ, wandte dann den Kopf und verfolgte, wie Fralie einen Elfenbeinzylinder in der Rille eines kleinen Sandsteinblocks hin- und herschob. Jetzt schloß sie die Augen, beschwor das Bild, wie Jondalar letzten Sommer in ihrem Tal Speerspitzen aus Knochen gefertigt hatte ...

Und wieder wanderte ihr Blick zurück zu ihrer beinernen Ahle. »Deegie!« rief sie.

»Was?« fragte die junge Frau erschrocken.

»Ich glaube, ich weiß, wie es geht.« »Was geht?«

»Daß die Sehne durch das Loch hindurchgeht. Warum mit einer scharfen Spitze nicht ein Loch durch das Ende der Ahle hindurchbohren und die Sehne hindurchstecken? So wie Rydag die Schnur durch diese Rükkenwirbel hindurchsteckt. Dann kannst du die Ahle ganz durch das Leder hindurchstoßen, und die Sehne wird ihm folgen. Was meinst du? Ob das geht?« fragte Ayla.

Deegie schloß einen Moment die Augen, nahm Ayla dann die Ahle aus der Hand und besah sie sich genau. »Dann müßte es aber schon ein sehr kleines Loch sein.«

»Die Löcher, die Troni in diese Perlen bohrt, sind klein. Meinst du, es müßte noch wesentlich kleiner sein?«

»Dieser Knochen ist sehr hart und widerstandsfähig. Es dürfte nicht leicht sein, ein Loch hindurchzubohren, und ich sehe auch keine besonders geeignete Stelle dafür.«

»Könnten wir denn nicht aus Elfenbein oder irgendwelchen anderen Knochen eine solche Ahle machen? Jondalar fertigt lange schmale Speerspitzen aus Knochen und schleift und schärft sie mit Sandstein, wie Fralie. Könnten wir denn nicht so etwas wie eine winzige Speerspitze machen und am dicken Ende ein Loch hindurchbohren?« fragte Ayla ganz aufgeregt.

Deegie überlegte. »Da müßte Wymez oder irgendein anderer uns einen feineren Bohrer machen, aber ... möglich, daß es gelingt. Ayla, ich glaube, es könnte gehen.«

Alle schienen sich am Herdfeuer des Mammut zu drängen. Sie hatten sich in Gruppen zu dritt oder viert zusammengefunden und plauderten, doch hing gespannte Erwartung in der Luft. Irgendwie hatte es sich herumgesprochen, Ayla werde den neuen Fadenzieher ausprobieren. Mehrere Leute waren damit beschäftigt gewesen, ihn zu entwickeln, doch da die Idee ursprünglich von Ayla gekommen war, sollte diese auch die erste sein, die ihn benutzte. Wymez und Jondalar hatten sich gemeinsam bemüht, einen Feuersteinbohrer herzustellen, der so klein war, daß man das Loch damit bohren könnte. Ranec hatte das Elfenbein ausgesucht und mit seinem Schnitzmesser eine Reihe von sehr kleinen, langen, sich nach oben verjüngenden Zylindern gefertigt. Diese wiederum hatte Ayla dergestalt geglättet und geschärft, bis sie zufrieden war, doch das eigentliche Loch hatte dann Tronie gebohrt.

Ayla spürte die Aufregung. Als sie das Ledertuch zum Üben sowie die Sehne hervorholte, umringten sie alle. Die harte, trockene Hirschflechse, braun wie Leder und fingerdick, ähnelte einem Stöckchen. Sie wurde mit einem Hammerstein bearbeitet, bis ein Bündel weißer Fasern daraus wurde, die sich leicht zu Sehnenfäden auseinanderzupfen ließen, welche man wiederum zu rauhen Stricken oder dünnen, feinen Fäden zusammendrehen konnte, je nachdem, was man brauchte. Ayla fand, dem Anlaß könnte eine gewisse feierliche Erhöhung nur gut tun, und so nahm sie sich Zeit, die Sehne genau zu untersuchen; schließlich zupfte sie einen dünnen Faden davon ab. Diesen benetzte sie mit dem Mundspeichel, um ihn geschmeidig zu machen und zusammenzudrehen, dann nahm sie den Fadenzieher in die Linke und schaute sich das Loch noch einmal kritisch an. Den Faden durch das Öhr hindurchzubekommen, konnte schwierig werden. Die Sehne trocknete bereits wieder und wurde dadurch leicht hart, was das ganze vereinfachte. Sorgfältig fädelte Ayla den Sehnenfaden durch das winzige Öhr und stieß einen leichten Seufzer der Erleichterung aus, als sie ihn durchzog und die elfenbeinerne Nähspitze dergestalt in die Höhe hielt, daß der Faden am Ende herunterhing.

Sodann nahm sie das Stück Leder zur Hand, mit dem sie übte, stieß die Spitze am Rand hinein und durchlöcherte es. Ayla hielt sie in die Höhe, woraufhin die anderen Rufe der Bewunderung ausstießen. Sodann nahm sie ein anderes Stück Leder, das am anderen haften sollte, und wiederholte den Vorgang, mußte diesmal aber ein Stück Mammuthaut als Fingerhut benutzen, um die Spitze durch das zähere zweite Stück Leder hindurchzuzwingen. Sie zog die beiden Stücke zusammen, vollführte dann einen zweiten Stich und hob beide Stücke in die Höhe, um sie vorzuweisen. »Es geht!« erklärte Ayla mit strahlendem Siegeslächeln. Sie reichte Leder und Nadel an Deegie weiter, die ihrerseits ein paar Stiche machte. »Und *wie* es geht. Hier, Mutter, versuch du's auch mal!« sagte sie und reichte Leder wie Fadenzieher an die Anführerin des Löwen-Lagers weiter.

Auch Tulie machte ein paar Stiche, nickte beifällig und reichte das ganze an Nezzie weiter, die es ausprobierte und dann Tronie an die Reihe kommen ließ. Tronie wiederum reichte es an Ranec weiter, der versuchte, die Spitze durch beide Stücke Leder zugleich hindurchzustoßen, aber feststellen mußte, daß dickes Leder nicht so ohne weiteres zu durchbohren war.

»Ich glaube, wenn du aus Feuerstein eine kleine spitze Schneide fertigtest«, sagte er, als er es an Wymez weiterreichte, »würde die es erleichtern, dies durch schweres Leder hindurchzudrücken. Was meinst du?«

Wymez probierte es gleichfalls aus und nickte zustimmend. »Ja, aber dieser Fadenzieher ist schon sehr klug.«

Jeder einzelne Lager-Angehörige probierte das neue Gerät aus und pflichtete Wymez bei. Es erleichterte das Nähen sehr, etwas zu haben, was den Faden nicht durchdrückte, sondern ihn durch*zog*. Talut hielt das kleine Nähgerät in die Höhe und betrachtete es von allen Seiten. Bewundernd nickte er. Ein kleiner schlanker Schaft, am einen Ende angespitzt und am anderen mit einem Öhr versehen, stellte es eine Erfindung dar, deren Wert sofort einleuchtete. Warum ist nur keiner früher auf die Idee gekommen? fragte er sich. Es war so einfach, und hatte man es einmal gesehen, lag der Wert auf der Hand und war das Gerät unglaublich praktisch.

22

Acht Hufe donnerten im Gleichklang über den harten Boden. Ayla beugte sich tief über den Widerrist der Stute und verengte die Augen wegen des Windes, der ihr eiskalt die Haut sengte. Sie ritt mühelos dahin, das lenkende Wechselspiel zwischen Kniedruck und Schenkeln vollkommen im Einklang mit den kraftvoll sich streckenden und zusammenziehenden Muskeln des galoppierenden Pferdes. Eine Veränderung im Rhythmus der Hufschläge des anderen Pferdes fiel ihr auf, und sie blickte zu Renner hinüber. Dieser war zuerst vorausgestürmt, zeigte jetzt jedoch unmißverständlich Ermüdungserscheinungen und fiel zurück. Langsam brachte sie Winnie zum Halten, woraufhin auch der Junghengst stehenblieb. In Dampfwolken ihres heftig gehenden Atems eingehüllt, ließen die Pferde die Köpfe hängen. Beide Tiere waren erschöpft, aber es war ein guter Ritt gewesen.

Aufrecht sitzend und leicht in die Höhe hüpfend, lenkte Ayla Winnie in behaglicher Gangart zurück zum Fluß. Sie genoß es, draußen im Freien zu sein. Es war ein kalter, gleichwohl prachtvoller klarer Tag, und der Glast einer weißlichen Sonne wirkte um so greller, als er durch das funkelnde Eis und die weiße Schneedecke eines Schneesturmes in den letzten Tagen noch verstärkt wurde.

Kaum war Ayla an diesem Morgen aus der Erdhütte herausgetreten, hatte sie beschlossen, einen langen schnellen Ritt mit den Pferden zu machen. Die Luft selbst lockte sie nach draußen. Sie wirkte leichter, gleichsam als wäre eine drückende Last von ihren Schultern genommen. Ayla fand die Kälte nicht ganz so streng wie bisher, obwohl sich die schneebedeckte Landschaft kaum verändert hatte. Sie konnte nicht mit Sicherheit feststellen, ob die Temperatur angestiegen war und der Wind weniger heftig wehte oder nicht; dennoch meinte sie, leichte Unterschiede zu verspüren. Bei Menschen, die in extrem kalten Klimazonen leben, fallen sogar gelinde Unterschiede, die die Kälte nicht ganz so streng erscheinen lassen, ins Gewicht und werden oft überströmend beglückt willkommen geheißen. Es war noch kein Frühling, aber das unerbittliche Zupacken der klirrend zermürbenden Kälte hatte ein wenig nachgelassen, und die leichte, gleichwohl merkliche Erwärmung enthielt das Versprechen neuen Lebens.

Lächelnd sah sie den Junghengst mit wie bei einem Schwan durchgebogenem Hals, aufgerichteter Schwanzrübe und fliegendem Schweif voran-tänzeln. In Aylas Augen war Renner immer noch das Baby, bei dessen Geburt sie geholfen hatte; dabei konnte von einem Baby wahrhaftig keine Rede mehr sein. Wiewohl immer noch nicht voll ausgewachsen, war er jetzt größer als seine Mutter, und er war nicht nur dem Namen nach ein Renner. Er liebte es dahinzustürmen, und er war schnell; gleichwohl gab es einen Unterschied. Auf kurzen Strecken war Renner seiner Mutter unweigerlich überlegen und ließ sie anfangs mühelos hinter sich zurück; Winnie hingegen besaß mehr Stehvermögen. Sie konnte eine größere Geschwindigkeit länger durchhalten, und ritten sie eine weite Strecke, holte sie ihren Sohn regelmäßig ein und stürmte ihrerseits voran.

Ayla saß ab, blieb jedoch einen Moment stehen, ehe sie den Fellvorhang beiseite schob und die Erdhütte betrat. Sie hatte die Pferde oft als Vorwand benutzt, um fortzukommen, und heute morgen war sie besonders erleichtert gewesen, daß das gute Wetter genau richtig schien für einen längeren Ritt. So glücklich sie war, wieder die Gesellschaft von Menschen gefunden zu haben, als eine der ihren akzeptiert und an ihrem Tun beteiligt zu werden – ab und zu hatte sie das Bedürfnis, allein zu sein, besonders dann, wenn Ungewißheiten und ungelöste Mißverständnisse die Spannungen erhöhten.

Fralie hatte zu Frebecs immer größer werdendem Verdruß viel Zeit bei den jungen Leuten am Herdfeuer des Mammuts zugebracht. Ayla hatte Streitereien vom Herdfeuer des Kranichs mitbekommen oder vielmehr zornige Tiraden von Frebec, der sich über Fralies Abwesenheit beklagte. Sie wußte, daß Frebec es nicht gern sah, wenn Fralie sich allzusehr mit ihr anfreundet und war sich sicher, daß die Schwangere sich um des lieben Friedens willen mehr und mehr von ihr fernhielt. Das wiederum fuchste und beunruhigte sie, zumal Fralie ihr gerade anvertraut hatte, Blut ausgeschieden zu haben. Ayla hatte die Frau gewarnt, sie werde das Baby verlieren, wenn sie nicht der Ruhe pflege, und hatte ihr eine Medizin versprochen. Doch jetzt, wo Frebec mißbilligend über ihr wachte, würde es immer schwieriger werden, sie zu behandeln.

Hinzu kam noch ihre wachsende Verwirrung wegen Jondalar und Ranec. Jondalar hatte sich distanziert gegeben, schien aber seit kurzem mehr so wie früher. Vor ein paar Tagen hatte Mamut ihn zu sich gebeten, um über ein bestimmtes Werkzeug mit ihm zu reden, an das er denke, doch war der alte Schamane den ganzen Tag über beschäftigt gewesen und hatte erst am Abend die Zeit gefunden, über sein Vorhaben mit ihm zu sprechen, als die jungen Leute sich am Herdfeuer des Mammut versammelten. Wiewohl sie still an der Seite gesessen hatten, hatten sie ihr Lachen und ihre Neckereien mitbekommen.

Ranec war ihr gegenüber aufmerksamer denn je und hatte Ayla in letzter Zeit mit versteckten Späßen und Neckereien zu verstehen gegeben, daß er sie in seinem Bett haben wollte. Sie hatte immer noch Schwierigkeiten, ihm das abzuschlagen; Willfährigkeit den Wünschen eines Mannes gegenüber war ihr kraft ihrer Erziehung so sehr in Fleisch und Blut übergegangen, daß sie nicht ohne weiteres dagegen an konnte. Sie lachte über seine Scherze – sie verstand Humor zunehmend, begriff sogar die ernsten Absichten, die sich zuweilen dahinter verbargen –, ging aber der darin enthaltenen Aufforderung geschickt aus dem Weg, woraufhin sich auf Ranecs Kosten allgemeines Gelächter erhob. Er lachte mit und genoß ihren Witz, und sie fühlte sich von seiner unbeschwerten Freundlichkeit angezogen. Es war einfach angenehm, mit ihm zusammen zu sein.

Auch Mamut bemerkte beifällig, daß Jondalar lächelte. Der Steinschläger hatte die Zusammenkünfte der jungen Leute gemieden und die gutmütigen Hänseleien nur aus der Ferne beobachtet; im allgemeinen hatte ihr Lachen seine Eifersucht nur noch angestachelt. Was er nicht wußte, war, daß dieses häufig von Aylas Weigerung ausgelöst wurde, auf Ranecs Aufforderungen einzugehen. Mamut jedoch bekam das durchaus mit.

Am nächsten Tag lächelte Jondalar ihr, wie Ayla fand, seit langer Zeit zum ersten Mal zu, ihr jedoch verschlug dies den Atem, und ihr Herz fing an zu rasen. Die nächsten paar Tage kam er früher ans Herdfeuer zurück als sonst und wartete nicht jedesmal ab, bis sie eingeschlafen war. Wiewohl sie immer noch Bedenken hatte, sich ihm aufzudrängen, und er offenbar zögerte, sich ihr zu nähern, schöpfte sie wieder Hoffnung, er könne das, was ihm solche Schwierigkeiten machte, überwinden. Dann jedoch wieder wagte sie nicht, überhaupt zu hoffen.

Ayla holte tief Luft, schob den schweren Fellvorhang beiseite und hielt ihn so, damit die Pferde hinein konnten. Nachdem sie ihren Überwurf ausgeschüttelt und an einen Pflock gehängt hatte, ging sie ins Langhaus hinüber. Das Herdfeuer des Mammut war zur Abwechslung einmal fast leer. Nur Jondalar war da und unterhielt sich mit Mamut. Sie war erfreut, aber auch überrascht, ihn zu sehen, woraufhin ihr klar wurde, wie wenig sie in der letzten Zeit überhaupt von ihm zu sehen bekommen hatte. Lächelnd eilte sie auf die beiden zu, doch als sie Jondalars finstere Miene sah, stieg Enttäuschung in ihr auf. Er schien keineswegs froh, sie zu sehen.

»Du bist den ganzen Morgen über fortgewesen, und zwar allein!« platzte es aus ihm heraus. »Weißt du denn nicht, wie gefährlich es ist, allein hinauszugehen? Andere machen sich dann Sorgen. Bald hätte jemand rausgehen müssen, nach dir zu suchen.« Was er nicht sagte, war, daß er es gewesen war, der sich Sorgen gemacht und daran gedacht hatte, sich auf die Suche nach ihr zu begeben.

Auf einen solchen Empfang war Ayla nicht gefaßt gewesen, und sie trat unwillkürlich einen Schritt zurück. »Ich war ja gar nicht allein. Ich war doch mit Winnie und Renner fort. Die hatten es nötig, einmal tüchtig zu laufen. Sie brauchen das.«

»Nun, wo es so kalt ist, hättest du trotzdem nicht rausgehen sollen. Es ist gefährlich, allein hinauszugehen«, sagte er ziemlich lahm und sah dabei Mamut an, von dem er Unterstützung erhoffte.

»Ich habe bereits gesagt, daß ich nicht allein war. Ich war mit Winnie und Renner weg. Außerdem ist es schön draußen. Die Sonne scheint, und es ist nicht mehr ganz so kalt.« Sein Unmut regte sie auf; sie begriff nicht, daß sich dahinter eine fast unerträgliche Angst um ihr Wohlergehen verbarg. »Außerdem bin ich auch früher schon im Winter allein draußen gewesen, Jondalar. Wer, meinst du, war denn bei mir, als ich allein im Tal lebte?«

Sie hat recht, dachte er. Sie kann allein auf sich aufpassen. Ich sollte ihr nicht immer vorschreiben wollen, wann und wo sie hingehen soll. Mamut schien nicht sonderlich besorgt, als er ihn nach Ayla gefragt hatte. Und immerhin ist sie die Tochter seines Herdfeuers. Er hätte mehr auf den alten Schamanen achten sollen, dachte Jondalar und kam sich töricht vor, gerade so, als hätte er wegen nichts und wieder nichts eine Szene gemacht.

»Hm ... naja ... vielleicht sollte ich mal nach den Pferden sehen«, murmelte er, wich zurück und eilte auf den Anbau zu.

Ayla sah ihm nach und fragte sich, ob er wohl meinte, daß sie sich nicht um sie kümmerte. Sie war völlig durcheinander und aufgeregt. Irgendwie schien es unmöglich, ihn zu verstehen.

Mamut ließ sie nicht aus den Augen. Daß sie verletzt und betroffen war, konnte jeder sehen. Wie nur kam es, daß die Beteiligten immer solche Schwierigkeiten hatten, ihre eigenen Probleme zu verstehen? Er war geneigt, sich mit ihnen zu verständigen und sie zu zwingen zu erkennen, was für jeden anderen klar auf der Hand lag, widerstand diesem Wunsch jedoch. Bei dem Zelandonii hatte er von Anfang an eine untergründige Spannung gespürt und war überzeugt, daß das Problem nicht ganz so einfach war, wie es den Anschein hatte. Das beste war abzuwarten, bis sich die Probleme von selbst lösten. Immerhin konnte er Ayla ermuntern, mit ihm darüber zu reden, oder ihr zumindest helfen zu begreifen, welche Wahlmöglichkeiten ihr offenstanden und sich über ihre eigenen Wünsche und Möglichkeiten klarzuwerden.

»Hast du gesagt, es sei nicht kalt draußen, Ayla?« fragte Mamut.

Es dauerte eine Weile, bis seine Frage durch das Gewirr anderer, drängender Fragen bis in ihr Bewußtsein vordrang. »Was? Ach ... ja. Ich glaube, schon. Man hat nicht das Gefühl, daß es richtig wärmer ist – eigentlich nur weniger kalt.«

»Ich hatte mich schon gefragt, wann sie dem Winter das Rückgrat bricht«, sagte Mamut, »und ich meinte, bald müßte es soweit sein.«

»Das Rückgrat bricht? Ich verstehe nicht.«

»Ach, das ist nur so eine Redewendung, Ayla. Setz dich. Ich werde dir eine Wintergeschichte über die Große Freigebige Erdmutter erzählen, die alles Leben geschaffen hat«, sagte der alte Mann lächelnd. Ayla hockte sich auf eine Matte neben dem Feuer.

»Im Laufe eines großen Kampfes entrang die Erdmutter dem Chaos eine Lebenskraft, die eine kalte und regungslose Leere ist, wie der Tod, und aus dieser heraus erschuf sie Leben und Wärme. Nun muß Sie aber ständig neu um das Leben kämpfen, das Sie erschaffen hat. Naht die kalte Jahreszeit, wissen wir, daß der Kampf zwischen der Freigebigen Erdmutter, die warmes Leben erschaffen möchte, und dem kalten Tod des Chaos erneut begonnen hat; aber als erstes muß Sie sich um Ihre Kinder kümmern.«

Die Geschichte fing an, Ayla zu gefallen; aufmunternd lächelte sie ihm zu. »Und was tut Sie, um für Ihre Kinder zu sorgen?«

»Manche legt Sie schlafen, andere kleidet Sie warm, damit die Kälte ihnen nichts anhaben kann, wieder andere heißt Sie Nahrung zu sammeln und sich zu verkriechen. Wenn es kälter und immer kälter wird, sieht es so aus, als würde der Tod gewinnen; und in der Tat wird Die Mutter ja weiter und immer weiter zurückgedrängt. Auf dem Höhepunkt der kalten Jahreszeit, wenn Die Mutter in einen Kampf auf Leben und Tod verwickelt ist, bewegt sich nichts, kommt es zu keinen Veränderungen, scheint alles tot zu sein. Hätten wir keinen warmen Ort, um zu leben, und keine Nahrungsvorräte, würde der Tod im Winter gewinnen; und manchmal, wenn der Kampf länger währt als gewöhnlich, geschieht das tatsächlich. Viel hinausgehen tut dann keiner. Die Leute stellen Dinge her oder erzählen Geschichten oder reden, aber sie bewegen sich nicht viel, und sie schlafen mehr als sonst. Deshalb wird der Winter auch der kleine Tod genannt.

Zuletzt, wenn die Kälte Sie so weit zurückgedrängt hat, wie es überhaupt geht, bietet Sie noch einmal alle Widerstandskraft auf, deren Sie fähig ist, bis es Ihr gelingt, dem Winter das Rückgrat zu brechen. Das bedeutet, daß der Frühling zwar kommen wird, es aber noch keineswegs Frühling ist. Sie hat ein langes Ringen hinter sich, Ihre Kräfte sind erschöpft, und Sie muß ruhen, ehe Sie neues Leben hervorbringen kann. Aber man weiß, daß Sie gesiegt hat. Man riecht es, man merkt es der Luft an.«

»Das habe ich getan! Ich habe es gespürt, Mamut! Das ist ja gerade der Grund, warum ich die Pferde genommen und diesen weiten Ritt gemacht habe. Die Mutter hat dem Winter das Rückgrat gebrochen!« rief Ayla. Die Geschichte schien genau zu erklären, wie sie sich fühlte.

»Ich finde, dann ist es an der Zeit für eine Feier, meinst du nicht auch?«

»O, ja. Ich denke schon.«

»Möchtest du mir vielleicht bei den Vorbereitungen zur Hand gehen?« Er wartete gerade lange genug, daß Ayla nicken konnte. »Nicht alle spüren Ihren Sieg so früh, aber bald werden sie es tun. Wir können ja auf die Anzeichen aufpassen und dann entscheiden, ob der richtige Zeitpunkt gekommen ist.«

»Was für Anzeichen?«

»Sobald das Leben sich wieder regt, spürt jeder das auf seine Weise. Manche werden fröhlich und wollen unbedingt hinaus, dabei ist es noch viel zu kalt, um länger draußen zu sein, und da werden sie dann überempfindlich und gereizt. Sie möchten die Lebensregungen in sich selbst zum Tragen bringen, dabei gilt es noch viele Stürme abzuwarten. Der Winter weiß, daß alles verloren ist, deshalb wird er um diese Zeit am wütendsten. Das wiederum spüren die Menschen und werden ihrerseits wütend. Ich bin froh, daß du mich darauf aufmerksam gemacht hast. Zwischen heute und dem Frühling werden die Leute immer unruhiger werden. Ich nehme an, dir wird das auffallen. Dann ist der Zeitpunkt für die Feier gekommen. Sie gibt den Leuten die Möglichkeit, ihrem Glück Ausdruck zu verleihen und nicht ihrem Ärger.«

Ich wußte, sie würde es merken, dachte Mamut, als er sie die Stirn runzeln sah. Ich selbst merke den Unterschied bis jetzt kaum, doch sie hat ihn bereits erkannt. Ich habe gewußt, daß sie viele Gaben besitzt; trotzdem erstaunen ihre Fähigkeiten mich immer aufs neue, und ich bin sicher, daß ich sie bis jetzt immer noch nicht in vollem Umfang erkannt habe. Vielleicht werde ich das nie tun; vielleicht sind die in ihr steckenden Möglichkeiten größer als die meinen. Was hat sie noch von dieser Wurzel und der Zeremonie mit den Mog-urs gesagt? Ich hätte sie gern vorbereitet ... die Jagd-Zeremonie beim Clan! Mich hat sie total umgekrempelt, die Wirkungen waren sehr tiefgehend. Sie sind noch heute in mir am Leben. Und sie hat auch in dieser Hinsicht eine Erfahrung gemacht ... ob die sie auch vollkommen verändert hat? Ihre natürlichen Neigungen verstärkt? Ich möchte mal wissen ... das Frühlings-Fest, ist es zu früh, die Wurzel wieder herauszuholen? Vielleicht sollte ich warten, bis sie zusammen mit mir die

Vorbereitungen für die Feier des Rückgrat-Brechens getroffen hat... oder bis zum nächsten Mal... es wird noch viele geben zwischen jetzt und dem Frühling...

Mit einem dicken Überwurf angetan, kam Deegie den Mittelgang herunter auf das Herdfeuer des Mammut zu.

»Ich hatte gehofft, dich zu finden, Ayla. Ich würde gern die Schlingen kontrollieren, die ich ausgelegt habe, um zu sehen, ob ein paar Polarfüchse hineingegangen sind. Ich möchte Branags Überwurf damit füttern. Hast du Lust mitzukommen?«

Ayla, die gerade am Wachwerden war, sah zum teilweise freigemachten Rauchloch hinauf. »Das Wetter sieht gut aus. Aber erst muß ich mich anziehen.«

Sie schlug die Felldecke zurück, setzte sich auf, streckte sich und gähnte herzhaft, dann begab sie sich in den abgeteilten Bereich beim Anbau. Auf dem Weg dorthin kam sie an einer Plattform vorüber, auf der kunterbunt durcheinander und eines über dem anderen wie ein Wurf Wölfe ein halbes Dutzend Kinder schlief. Sie sah, daß Rydag die großen braunen Augen aufhatte, und lächelte ihm zu. Er schloß sie wieder und kuschelte sich zwischen Nuvie und Rugie; Nuvie, die jüngste, war vier, und Rugie wurde acht. Crisavec, Brinan und Tusie gehörten gleichfalls zu dem Haufen, und seit neuestem hatte Ayla bemerkt, daß auch der noch nicht drei Jahre alte Tasher, Fralies Kleinster, Notiz von den anderen Kindern nahm. Latie, die allmählich zu einer Frau heranwuchs, spielte immer weniger mit ihnen.

Die Kinder wurden liebevoll verwöhnt. Sie durften essen und schlafen, wo und wann sie wollten. Die Gewohnheit der Erwachsenen, Gebietsansprüche zu stellen und zu respektieren, hatten sie noch nicht; ihnen gehörte das gesamte Langhaus. Sie durften die Aufmerksamkeit der erwachsenen Lagerangehörigen auf sich lenken und machten oft die Feststellung, daß diese als interessante Ablenkung willkommen war; schließlich hatte niemand es besonders eilig oder mußte irgendwo anders hin. Wohin Neigung und Interesse die Kinder auch führte, es fand sich immer ein älteres Mitglied der Gruppe, das bereit war, ihnen zu helfen und Dinge zu erklären. Wollten sie Felle zusammennähen, gab man ihnen die dazu nötigen Geräte sowie Lederabfälle und Sehnenschnüre. Wollten sie Steinwerkzeuge herstellen, gab man ihnen kleine Feuersteinknollen sowie Stein- oder Knochenhämmer.

Sie rauften und tummelten sich und erfanden Spiele, die häufig Abwandlungen von Erwachsenentätigkeiten darstellten. Sie bauten ihre eigenen kleinen Herdfeuer und lernten den Umgang mit dem Feuer. Sie taten, als wären sie auf der Jagd, warfen Speere auf Fleischbrocken aus den Kaltvorratsräumen und kochten diese. Beim »Herdfeuer«-Spielen machten sie die Paarungsbewegungen ihrer Eltern nach, worüber diese nachsichtig lächelten. Kein einziger Aspekt des normalen Lebens wurde herausgepickt und ausgesondert als etwas, das verheimlicht oder unterdrückt werden müsse; alles diente als notwendige Unterweisung auf dem Weg zum Erwachsenwerden. Einzig Gewalttätigkeit galt als tabu, insbesondere sehr grobe und unnötige Gewalttätigkeit.

Da sie so eng zusammenlebten, hatten sie die Erfahrung gemacht, daß nichts so geeignet war, ein Lager oder überhaupt Menschen zu zerstören, wie Gewalttätigkeit, zumal im Winter, wo sie ausschließlich auf die Erdhütte angewiesen waren. Ob durch Zufall oder mit Vorbedacht – jede Sitte, Gewohnheit, Gepflogenheit oder Verhaltensweise zielte selbst dann, wenn sie nicht offen dazu diente, darauf ab, die Gewalttätigkeit auf ein Mindestmaß zu beschränken. Allgemein gebilligte Verhaltensweisen ließen eine Vielfalt an Unterschieden in Tun und Handeln zu, die in der Regel nicht zu Gewalttätigkeiten führten oder die als anerkannte Betätigungsfelder für starke Gefühlsregungen galten. Das besondere Können eines jeden wurde unterstützt. Zu Duldsamkeit wurde ausdrücklich ermutigt; Eifersucht oder Neid fanden zwar allgemeines Verständnis, doch bei den anderen keine Unterstützung. Wettkämpfe, ja sogar das Austragen von Wortgefechten oder Streitgesprächen, wurden aktiv als Alternativen genutzt, aber ritualisiert, streng kontrolliert und innerhalb festgelegter Grenzen betrieben. Die Grundregeln eigneten die Kinder sich rasch an. Kreischen und Schreien war akzeptabel, Schlagen nicht.

Während Ayla den großen Wasserbeutel überprüfte, lächelte sie nochmals über die schlafenden Kinder, die gestern nacht noch bis sehr spät aufgewesen waren. Sie genoß es, wieder Kinder um sich zu haben. »Ehe wir losziehen, muß ich noch Schnee holen. Sauberen Schnee in der Nähe zu finden wird immer schwieriger.«

»Laß uns damit keine Zeit verschwenden«, sagte Deegie. »Wir haben an unserem Herdfeuer noch Wasser, und Nezzie auch. Wenn wir zurück sind, können wir Schnee holen.« Sie legte ihre dicke Winterkleidung für draußen an, während Ayla erst einmal Unterkleidung anziehen mußte. »Ich habe einen Wasserbeutel und etwas zu essen dabei; wenn du also nicht besonders hungrig bist, könnten wir losziehen.«

»Das Frühstück kann noch warten, nur etwas heißen Tee muß ich mir machen«, sagte Ayla. Deegies Wunsch, möglichst bald fortzukommen, war ansteckend. Sie trieben sich also noch eine Weile draußen vor der Erdhütte herum, und eine Zeit allein mit Deegie zu verbringen klang schon verlockend.

»Ich glaube, Nezzie hat heißen Tee. Sie hat bestimmt nichts dagegen, wenn wir uns einen Becher davon nehmen.«

»Sie macht morgens immer Minztee. Da will ich mir rasch noch etwas holen, was ich ... etwas, das ich morgens trinke. Und meine Schleuder will ich auch noch holen.«

Nezzie bestand darauf, daß die beiden jungen Frauen auch noch ein bißchen heiße Grütze aßen. Außerdem gab sie ihnen ein paar Scheiben von dem Braten von gestern abend mit. Talut wollte wissen, welchen Weg sie einschlagen wollten, und ließ sich dann ganz allgemein beschreiben, wo Deegie ihre Schlingen ausgelegt hatte. Als sie das Langhaus durch den Haupteingang verließen, war es inzwischen heller Tag geworden; die Sonne hatte sich über einen Wolkenstreifen am Horizont erhoben und ihre Reise durch den klaren Himmel angetreten. Ayla bemerkte, daß die Pferde bereits draußen waren. Sie konnte es ihnen nicht verdenken.

Deegie zeigte Ayla, wie man mit einer geschickten Drehung des Fußes in die Lederschlaufe hineinschlüpfte, die an dem etwas länglichen Rahmen mit den dicht geflochtenen Weidenruten befestigt war und jetzt zu einer bequemen Schneeschuhbindung wurde. Nach ein paar Übungsschritten ging Ayla bald neben Deegie über die Schneedecke dahin.

Jondalar sah ihnen vom Eingang des Anbaus aus nach. Stirnrunzelnd blickte er zum Himmel auf und überlegte, ob er ihnen einfach folgen sollte, doch dann besann er sich eines Besseren. Zwar waren ein paar Wolken zu sehen, doch auf schlechtes Wetter und irgendwelche Gefahren deutete nichts hin. Warum nur sorgte er sich jedesmal, wenn Ayla die Erdhütte verließ? Wenn er ihr heimlich folgte, machte er sich nur lächerlich. Außerdem ging sie nicht allein fort. Deegie war bei ihr, und die beiden jungen Frauen waren sehr wohl in der Lage, selbst auf sich aufzupassen ... selbst wenn es schneien sollte ... oder noch schlimmer kam. Überdies würden sie ihn nach einiger Zeit bemerken, und außerdem würde er nur stören, wenn sie allein unterwegs sein wollten. Er ließ den Fellvorhang fallen und kehrte ins Langhaus zurück, doch das Gefühl, daß Ayla in Gefahr geraten könnte, ließ sich nicht abschütteln.

»Ach schau, Ayla!« rief Deegie, kniete sich in den Schnee und untersuchte den steifgefrorenen Kadaver eines weißbepelzten Polarfuchses, der von einer Schlinge herabhing, die sich fest um seinen Hals zusammengezogen hatte. »Ich habe auch noch andere aufgestellt. Komm, beeilen wir uns, damit wir auch die noch absuchen können.«

Ayla wäre gern geblieben, um sich die Konstruktion der Schlinge genauer anzusehen, folgte Deegie dann jedoch. »Was willst du damit machen?« fragte sie, als sie sie wieder eingeholt hatte.

»Das kommt darauf an, wie viele ich zusammenbekomme. Ich wollte einen Saum für Branags Winterüberwurf draus machen, aber ich habe auch noch einen Kittel für ihn in Arbeit, einen roten ... allerdings nicht so leuchtend rot wie deiner. Der Kittel soll lange Ärmel bekommen; dazu brauche ich zwei Häute; außerdem möchte ich, daß die beiden Farben der Häute zueinanderpassen. Ich glaube, ich würde ihn gern mit dem Pelz und mit den Reißzähnen eines Polarfuchses verzieren. Was hältst du davon?«

»Ich bin überzeugt, er wird wunderschön werden.« Eine Zeitlang stapften sie durch den Schnee dahin, dann sagte Ayla: »Was, meinst du, paßt am besten zu einem weißen Kittel?«

»Das kommt darauf an. Denkst du an andere Farben, oder möchtest du, daß er rein weiß bleibt?«

»Am liebsten, glaube ich, rein weiß, aber ich bin mir nicht sicher.«

»Dann würde doch weißer Polarfuchs sich sehr gut eignen.«

»Daran hatte ich zwar auch gedacht ... aber ich glaube, das wäre doch nicht ganz das Richtige«, sagte Ayla. Dabei war es nicht so sehr die Farbe, die ihr Kopfschmerzen bereitete. Sie erinnerte sich vielmehr, Ranec bei ihrer Adoptionsfeier Polarfüchse geschenkt zu haben, und an diese Zeit wollte sie nicht erinnert werden.

Die zweite Schlinge war zwar hochgeschnellt, aber leer. Die Sehnenschlinge war einfach durchgebissen worden; außerdem war eine Wolfsfährte zu erkennen. In der dritten hatte sich auch wieder ein Fuchs verfangen, und auch dieser war offensichtlich steif gefroren, dann jedoch angenagt worden; der größte Teil des Kadavers war verschwunden, und das Fell war wertlos ... Wieder zeigte Ayla auf Wolfsspuren.

»Sieht so aus, als finge ich die Füchse für die Wölfe«, sagte Deegie.

»Es sieht aber nur nach einem Wolf aus, Deegie«, sagte Ayla.

Deegie fürchtete, keinen weiteren guten Pelz zu bekommen, selbst wenn sich auch in ihrer vierten Schlinge noch ein Fuchs verfangen haben sollte. Sie eilten dorthin, wo sie sie ausgelegt hatte.

»Ich glaube, dort drüben, bei den Büschen«, sagte sie, als sie sich einer kleinen bewaldeten Kuppe näherten, »aber ich sehe keinen ...«

»Dort drüben ist sie, Deegie!« rief Ayla und eilte voraus. »Und gut aussehen tut er auch noch. Schau dir diesen Schwanz an!«

»Großartig!« Deegie stieß einen Seufzer der Erleichterung aus. »Auf zwei hatte ich mindestens gehofft.« Sie befreite den steifgefrorenen Fuchs aus der Schlinge, band ihn mit dem ersten zusammen und warf beide über einen Baumast. Jetzt, wo sie ihre beiden Polarfüchse hatte, entspannte sie sich merklich. »Ich habe Hunger. Warum legen wir nicht erstmal eine Rast ein und essen einen Happen?«

»Jetzt, wo du davon sprichst, merke ich auch, daß ich hungrig bin.«

Sie befanden sich in einer spärlich mit Bäumen bestandenen Schlucht; aber die Bäume waren eigentlich mehr Sträucher. Die Schlucht war von einem Wasserlauf aus dicken Lößablagerungen herausgewaschen worden. Ein Hauch von Trostlosigkeit erfüllte das kleine Tal in den schwindenden Tagen des langen strengen Winters. Hier gab es nichts weiter als Schwarz und Weiß und trübe Grautöne. Die vom Strauchwerk unterbrochene Schneedecke bestand aus vielen alten Lagen; sie wirkte schmutzig und wies viele Fährten auf. Zerspellte Zweige ließen frische Bruchstellen beim Holz erkennen, die Wunden, die Wind, Schnee und hungrige Tiere geschlagen hatten. Weiden und Erlen duckten sich dicht an den Boden; Wind und Schneelasten hatten sie verkrüppeln lassen. Ein paar kümmerliche Birken ließen die spillerigen laublosen Zweige gegeneinander kratzen, so als winselten sie um den Erfüllung bringenden Hauch Grün. Selbst die Nadelbäume hatten ihre Farbe eingebüßt. Die knorrigen Fichten, deren Rinde schorfgleiche graue Flechtenflächen aufwiesen, waren farblos geworden, und die großen Lärchen waren dunkel und ließen unter der schweren Schneelast die Zweige hängen.

Einen sanft ansteigenden Hang beherrschend, war ein mit Dornenranken bewehrter Haufen Schnee zu sehen – die trockenen holzigen Ranken waren vorigen Sommer ausgeschickt worden, neues Territorium zu überwuchern. Für Ayla signalisierte dies weniger undurchdringliches Gestrüpp als vielmehr ein Dornendickicht, wo man zum richtigen Zeitpunkt nach Beeren und den Blättern von Heilkräutern suchen konnte. Sie sah hinter Öde und Trostlosigkeit die Hoffnung, die all dies barg; nach dem langen Eingeschlossensein in der Erdhütte sah selbst eine wintertrübe Landschaft vielversprechend aus, zumal dann, wenn die Sonne schien.

Die beiden jungen Frauen häuften dort, wo im Sommer vermutlich das Ufer des kleinen Bachs verlief, Schnee auf, um sich hinsetzen zu können. Deegie machte ihren Proviantbeutel auf und holte heraus, was sie an Essen eingepackt hatte, wobei das Wasser das Wichtigste war. Sie machte das Päckchen aus Birkenrinde auf und reichte Ayla einen festen Brocken Reiseproviant – die gehaltvolle Mischung aus getrockneten Früchten, Fleisch und dem energiespendenden Fett, das zu einem runden Batzen geformt war.

»Mutter hat gestern abend ein paar von ihren Laiben aus Zirbelkieferkernen gemacht und mir einen mitgegeben«, sagte Deegie, wickelte ein weiteres Paket aus und brach ein Stück für Ayla ab, die dies besonders gern aß.

»Ich muß Tulie unbedingt fragen, wie sie die Laibe macht«, sagte Ayla und nahm einen Happen, ehe sie ihrerseits Scheiben von Nezzies Braten auspackte und neben ihnen hinlegte. »Das ist ja ein richtiges Festessen hier draußen. Das einzige, was fehlt, ist frisches Frühlingsgemüse.«

»Ja, das wäre der Gipfel. Ich kann den Frühling kaum mehr erwarten. Wenn wir erstmal die Feier des Rückgrat-Brechens hinter uns haben, fällt es immer schwerer zu warten«, meinte Deegie.

Ayla genoß den Ausflug nur mit Deegie; nachgerade spürte sie in der windgeschützten Schlucht sogar etwas Wärme. Sie löste den Riemen unter ihrem Kinn und schob die Kapuze zurück, dann zog sie die Schleuder zurecht, die sie wie immer um den Kopf trug, machte die Augen zu und hob das Gesicht der Sonne entgegen. Sie sah das kreisrunde Nachbild der grellen Kugel auf dem roten Hintergrund ihrer geschlossenen Lider und ließ die angenehme Wärme auf sich wirken. Als sie die Augen schließlich wieder aufschlug, war ihr, als sähe sie plötzlich mit größerer Klarheit.

»Werden bei der Feier des Rückgrat-Brechens immer Ringkämpfe ausgetragen?« fragte Ayla. »Ich habe nie zuvor gesehen, wie jemand mit einem anderen ringt, ohne die Füße dabei zu bewegen.«

»Ja, wir ehren damit...«

»Schau, Deegie! Das ist der Frühling!« fiel Ayla ihr ins Wort, sprang auf und lief auf einen nahestehenden Weidenbusch zu. Als Deegie sich zu ihr gesellte, deutete sie auf die ahnungsvoll schwellenden Knospen an den schlanken Zweigen, doch besonders auf eine Knospe, die zu früh kam, um zu überleben, und die gerade in leuchtendes Frühlingsgrün ausgebrochen war. Ehrfürchtig und freudig erregt ob dieser Entdeckung, lächelten die beiden Frauen einander an; es war, als hätten sie den Frühling selbst erfunden.

Die aus Sehnen bestehende Schlinge hing nicht weit von der Weide entfernt. Ayla hielt sie in die Höhe. »Ich meine, das ist eine sehr gute Art zu jagen. Man braucht nicht nach Tieren Ausschau zu halten. Man legt eine Schlinge aus und kommt später vorbei, um die Beute zu holen. Aber wie genau machst du sie, und woher weißt du, daß du gerade einen Fuchs fängst?«

»Sie sind nicht schwer aufzustellen. Du weißt doch, wie hart Sehnen werden, wenn du sie anfeuchtest und dann trocknen läßt – genauso wie ungegerbtes Leder, ja?«

Ayla nickte.

»Am einen Ende knüpfst du eine ganz kleine Schlaufe«, fuhr Deegie fort, Ayla zu erklären, und zeigte sie ihr. »Dann nimmst du das andere Ende und steckst es hindurch, so daß noch eine Schlaufe entsteht; sie muß gerade groß genug sein, daß der Kopf eines Fuchses hindurchgeht. Dann feuchtest du sie an und läßt sie trocknen, so daß die Schlinge offen bleibt.

Du mußt an eine Stelle gehen, von der du weißt, daß sich dort Füchse aufhalten, für gewöhnlich also dort, wo du schon mal welche beobachtet und gefangen hast. Diese Stelle hier hat meine Mutter mir gezeigt. Für gewöhnlich gibt es hier jedes Jahr Füchse, das erkennst du an den vielen Fährten. In der Nähe ihres Baus schnüren sie oft auf denselben Wegen. Um also eine Schlinge auszulegen, mußt du erst eine ausgetretene Fuchsfährte finden, und wo die durch Büsche oder an Bäumen vorbeiführt, legst du die Schlinge genau darüber aus, etwa in Kopfhöhe, und befestigst sie wie diese hier da und da.« Beim Erklären zeigte Deegie genau hin. Ayla sah zu und legte die Stirn in Falten.

»Schnürt also der Fuchs diese Strecke entlang, fährt er mit dem Kopf durch die Schlinge, und die zieht sich um seinen Hals zu. Je mehr der Fuchs sich wehrt, desto fester zieht sich die Schlinge zu. Es dauert nicht lange. Das einzige Problem ist eigentlich, den Fuchs zu finden, bevor jemand anders es tut. Danug hat mir erzählt, wie die Leute weiter im Norden angefangen haben, Schlingen zu legen. Er sagt, sie biegen einen jungen Schößling zur Erde und verbinden diesen mit der Schlinge. Sobald das Tier sich verfängt, schnellt der Schößling in die Höhe, und das Tier wird in der Schlinge mit hochgerissen. Damit hängt die Beute dann in der Luft, bis man hinkommt.«

»Keine schlechte Idee«, sagte Ayla und kehrte zurück zu ihrem Rastplatz. Sie blickte auf, und dann sah Deegie zu ihrer Verwunderung, daß sie ihre Schleuder vom Kopf gerissen hatte und den Boden absuchte. »Wo ist ein Stein?« flüsterte sie. »Da!«

Mit einer Bewegung, die so blitzschnell ablief, daß Deegie ihr kaum folgen konnte, hob Ayla den Stein auf, legte ihn in ihre Schleuder, wirbelte diese herum und ließ los. Deegie hörte den Stein auftreffen, doch erst als sie den Rastplatz erreichten, erkannte sie das Ziel von Aylas Geschoß. Es war ein weißer Hermelin, ein kleines Wiesel, gut zwei Handspannen lang, wobei sein buschiger weißer Schwanz mit schwarzer Spitze ein gutes Drittel seiner Gesamtlänge einnahm. Im Sommer hätte das schlanke Tier ein gelbbraunes Fell mit weißem Bauch getragen, doch das Winterfell war bis auf die Schwanz- und Nasenspitze sowie die schwarzen Ringe um die scharfen kleinen Augen herum von einem reinen, seidigen Weiß.

»Es war dabei, uns unseren Braten zu stehlen«, sagte Ayla.

»Ich habe es vor dem Schneehintergrund nicht mal gesehen: Du mußt gute Augen haben«, sagte Deegie. »Und wie schnell du mit der Schleuder bist! Ich wüßte nicht, warum du auf Schlingen angewiesen sein solltest, Ayla.«

»Eine Schleuder ist gut, wenn man sieht, worauf man Jagd macht, aber mit der Schlinge kannst du jagen und brauchst nicht einmal selbst dazusein. Es ist gut, beides zu kennen«, erwiderte Ayla, die die Frage durchaus ernst nahm.

Sie setzten sich wieder und beendeten ihre Mahlzeit. Beim Reden kehrte Aylas Hand immer wieder zu dem Hermelin zurück und streichelte sein weiches, dichtes Fell. »Hermeline haben doch das allerschönste Fell«, sagte sie.

»Ein schönes Fell haben diese schlanken Wiesel alle«, sagte Deegie. »Nerze, Zobel, ja, sogar Vielfraße haben vorzügliches Fell. Kein so weiches, aber für Kapuzen besonders gut geeignet, wenn man nicht möchte, daß sich um das Gesicht herum ein Eisrand bildet. Aber es ist sehr schwer, sie mit Schlingen zu fangen, und mit einem Speer Jagd auf sie zu machen, ist eigentlich ein Ding der Unmöglichkeit. Sie sind flink und tückisch. Mit deiner Schleuder hat es ja geklappt, obwohl ich immer noch nicht begreife, wie du es geschafft hast.«

»Als ich anfing mit der Schleuder, habe ich zuerst auf solche Tiere Jagd gemacht. Meine erste Beute waren Fleischfresser, und so habe ich ihre Verhaltensweisen als erstes kennengelernt.«

»Wieso denn das?« fragte Deegie.

»Ich durfte ja überhaupt nicht jagen, und da habe ich keine Tiere gejagt, die man essen kann, sondern nur solche, die uns unsere Nahrung stahlen.« Sie verzog das Gesicht und stieß ein eigentümliches Schnauben aus; ihr war ein Licht aufgegangen. »Auf die Weise, dachte ich, mache ich es wieder gut.«

»Und warum wollten sie nicht, daß du auf die Jagd gingst?«

»Clan-Frauen dürfen nicht jagen ... aber zuletzt haben sie mir erlaubt, jedenfalls meine Schleuder zu benutzen.« Ayla hielt einen Moment inne und dachte zurück. »Weißt du, daß ich einen Vielfraß erlegt hatte, längst ehe ich mein erstes Kaninchen tötete?« Sie mußte lächeln über den Widersinn, der darin lag.

Erstaunt schüttelte Deegie den Kopf. Was für eine merkwürdige Kindheit Ayla gehabt haben muß, dachte sie.

Sie schickten sich an zu gehen, und während Deegie ihre Füchse holen ging, nahm Ayla das weiche, weiße kleine Hermelin auf. Sie fuhr mit der Hand über sein gesamtes Fell bis hinunter zur schwarzen Schwanzspitze.

»Ja, das ist es, was ich haben möchte. Hermeline!« erklärte Ayla plötzlich.

»Aber du hast doch einen«, sagte Deegie.

»Nein. Ich meine, für den weißen Kittel. Ich stelle ihn mir mit weißem Hermelinbesatz vor und mit den Schwänzen als Schmuck. Mir gefallen diese Schwänze mit der schwarzen Spitze.«

»Aber woher willst du genug Hermeline herbekommen, um einen ganzen Kittel damit zu füttern?« fragte Deegie. »Bald wird es Frühling, und dann bekommen sie ein anderes Fell.«

»Viele brauche ich nicht, und wo einer ist, gibt es in der Nähe für gewöhnlich noch mehr. Ich werde sie jagen. Jetzt gleich«, sagte Ayla. »Ich muß mir nur noch ein paar gute Steine suchen.« Sie schob Schnee beiseite und suchte am Ufer des zugefrorenen Bachs nach Steinen.

»Jetzt?« fragte Deegie.

Ayla blieb stehen. In ihrer Aufregung hatte sie Deegie ganz vergessen. Ihre Anwesenheit konnte das Aufspüren und Anschleichen durchaus erschweren. »Du brauchst nicht auf mich zu warten, Deegie. Kehre zurück. Ich finde den Weg schon.«

»Zurückkehren? Dies möchte ich mir auf keinen Fall entgehen lassen.«

»Kannst du ganz still sein?«

Deegie lächelte. »Ich bin nicht das erste Mal auf der Jagd, Ayla.«

Ayla errötete; sie hatte das Gefühl, ins Fettnäpfchen getreten zu sein. »Ich wollte damit nicht sagen ...«

»Das weiß ich doch«, erklärte Deegie und lächelte. »Ich denke, ich könnte noch etwas lernen von einer, die einen Vielfraß erlegte, ehe sie ihr erstes Kaninchen tötete. So ein Vielfraß ist das tückischste, gemeinste, furchtloseste und bösartigste Tier, das es gibt, Hyänen nicht ausgenommen. Ich habe gesehen, wie sie Leoparden von der selbstgerissenen Beute vertrieben haben; selbst mit einem Höhlenlöwen nehmen sie es auf. Ich werde mich bemühen, dir nicht im Weg zu sein. Wenn du allerdings meinst, ich würde die Hermeline vertreiben, sag es mir, und ich warte hier auf dich. Aber laß mich nicht allein zurückgehen.«

Ayla lächelte erleichtert und dachte, wie herrlich es war, eine Freundin zu haben, die sie so schnell verstand. »Hermeline stehen den Vielfraßen in nichts nach. Sie sind bloß viel kleiner, Deegie.«

»Gibt es irgend etwas, das ich tun kann, um dir zu helfen?«

»Wir haben immer noch von dem Braten übrig. Das könnte nützlich sein, aber erst einmal müssen wir Fährten finden ... sobald ich genug Steine beisammen habe.«

Nachdem Ayla einen Haufen Wurfgeschosse beisammen hatte und sie in den an ihrem Leibriemen hängenden Beutel steckte, nahm sie ihren Proviantbeutel und schlang ihn sich über die linke Schulter. Dann blieb sie stehen und suchte die Landschaft nach einer Stelle ab, die ihr für einen Anfang vielversprechend schien. Deegie stand nur einen Schritt hinter ihr und wartete, daß sie die Führung übernahm. Fast als ob sie laut denke, begann Ayla leise zu sprechen:

»Wiesel graben keinen Erdbau. Sie richten sich in allem ein, was sie finden, selbst in einem Kaninchenbau – nachdem sie die Kaninchen umgebracht haben. Manchmal denke ich, sie brauchten überhaupt keinen Kessel, wenn sie keine Jungen hätten. Sie sind ständig unterwegs: Sie jagen, laufen, klettern, machen Männchen und schauen sich um, und vor allem töten sie unablässig, Tag und Nacht, selbst wenn sie gerade gefressen haben und obwohl sie es genausogut lassen könnten. Sie fressen alles: Eichhörnchen, Kaninchen, Vögel, Eier, Insekten, selbst Aas, aber im allgemeinen töten sie ihre Beute und fressen frisches Fleisch. Treibt man sie in die Enge, scheiden sie ein übelriechendes Sekret aus, aber sie spritzen es nicht aus wie ein Stinktier, doch riechen tut es genauso übel. Und dann stoßen sie einen Laut aus wie dies . . .« Ayla ließ einen kleinen Schrei ertönen, der sich halb wie ein ersticktes Kreischen anhörte und halb wie ein leichtes Grunzen. »Und in der Zeit ihrer Wonnen pfeifen sie.«

Deegie hätte verwunderter nicht sein können. Sie hatte in einem kurzen Augenblick mehr über Wiesel und Hermeline erfahren als zuvor in ihrem ganzen Leben. Sie hatte nicht einmal gewußt, daß sie überhaupt irgendwelche Laute von sich gaben.

»Sie sind gute Mütter und haben viele Babys, zwei Hände . . .« Sie stockte, weil ihr der Name des Zahlenworts nicht einfallen wollte. »Zehn, manchmal sogar noch mehr. Aber manchmal auch nur ein paar. Die Jungen bleiben bei der Mutter, bis sie fast voll ausgewachsen sind.« Wieder hielt sie inne und ließ den Blick kritisch über die Landschaft schweifen. »Um diese Jahreszeit könnte der Wurf noch bei der Mutter sein. Wir suchen nach Fährte . . . ich würde sagen, in Nähe des Röhrichtdickichts.« Sie lenkte die Schritte auf die Schneekuppe, die mehr oder weniger ein Gewirr von Stengeln und Ranken bedeckte, die seit Jahren schon an derselben Stelle gewachsen waren.

Deegie folgte ihr und fragte sich, wieso Ayla so viel gelernt hatte, wo sie doch gar nicht soviel älter war als sie selbst. Deegie war nicht entgangen, daß Ayla ihre letzten Sätze verkürzt hatte – das einzige, was auf ihre Erregung hindeutete –, aber gerade das machte ihr deutlich, wie gut Ayla jetzt sprach. Schnell redete sie selten, aber ihr Mamutoi war nahezu vollkommen, und daß sie eine Fremde war, merkte man nur noch an der Art, wie sie bestimmte Laute aussprach. Deegie meinte, diese Eigenheit würde sie wohl nie verlieren; ja, sie hoffte sogar, daß dies niemals der Fall sein würde. Das machte sie zu etwas Besonderem . . . und so menschlich.

»Halt Ausschau nach winziger Fährte mit fünf Zehen, manchmal zeigen sich auch nur vier; kleinere Fährten macht sonst kein Fleischfresser. Außerdem treten sie mit den Hinterfüßen genau in die Stapfen der Vorderfüße.«

Deegie fiel zurück; sie wollte keine zarten Fährten zertrampeln, sondern einfach nur beobachten. Langsam und sehr sorgfältig suchte Ayla bei jedem Schritt, den sie machte, die Schneedecke um sich herum ab, ließ keinen schneebedeckten Stamm, keinen Zweig an irgendeinem Busch aus, weder die schlanken Stämme kahler Birken noch die unter der Last des Schnees vergrabenen dicken Fichtenäste. Plötzlich erstarrten ihre stets wachen und lebhaften Augen; was sie sah, ließ ihr den Atem stocken. Langsam setzte sie den Fuß auf, griff gleichzeitig in den Proviantbeutel, um einen großen Brocken Wisentbraten herauszuholen, und legte diesen vor sich hin. Sodann zog sie sich mit größter Behutsamkeit wieder zurück und griff in ihren Steinbeutel.

Deegie blieb gleichfalls regungslos stehen, spähte hinaus über Ayla und versuchte zu sehen, was sie sah. Schließlich nahm sie Bewegung wahr und stellte den Blick auf etliche kleine weiße Gestalten ein, die sich schlängelnd auf sie zubewegten. Sie huschten erstaunlich schnell dahin, sprangen dabei über umgestürzte Stämme, kletterten Bäume hinauf und herunter, durch Buschwerk, in kleine Mulden und Risse im Schnee hinein und wieder heraus und vertilgten dabei alles, worauf sie stießen. Deegie hatte sich vorher nie die Zeit genommen, die gefräßigen Raubtiere zu beobachten; jetzt konnte sie die Augen nicht von ihnen lassen. Gelegentlich blieben sie stehen und machten Männchen, ließen die wachen Augen das Gelände abspähen, stellten die Ohren vor, um jeden Laut mitzubekommen und wurden unbeirrt von der Witterung ihrer unglücklichen Beute angezogen.

Die Nester von Feld- und Wühlmäusen plündernd, schossen sie unter Baumwurzeln, suchten nach überwinternden Fröschen und Lurchen und fielen kleine Vögel an, die viel zu hungrig und von der Kälte mitgenommen waren, um fortzufliegen. So kam diese Horde von acht oder zehn kleinen weißen Wieseln immer näher. Den Kopf ständig von einer Stelle zur anderen wendend, die schwarzen Äuglein hellwach, stießen sie mit tödlicher Genauigkeit auf Hirn, Halsschlagader oder Gurgel zu. Erbarmungslos zuschlagend, waren sie die gründlichsten und blutrünstigsten Räuber, die die Tierwelt kannte. Deegie war plötzlich heilfroh, daß sie nur so klein waren. Die ganze rücksichtslose Zerstörungswut schien keine andere Ursache zu haben als die reine Lust am Töten – außer der Notwendigkeit, einen unablässig tätigen Körper so mit Brennstoff zu versorgen, wie sie mußten, weil die Natur es so wollte.

Die Hermeline wurden von der Scheibe Fleisch angezogen und fielen ohne zu zögern darüber her. Urplötzlich herrschte Verwirrung: Kraftvoll geschleuderte Steine prasselten auf die schlingenden Wiesel herab, und einige blieben auf der Strecke; der unverkennbare Gestank des Afterdrüsensekrets erfüllte die Luft. Deegie war dermaßen damit beschäftigt gewesen, die flinken Tiere zu beobachten, daß sie Aylas mit viel Bedacht ausgeführte Vorbereitungen und ihre schnellen Würfe gar nicht mitbekommen hatte.

Dann sprang aus dem Nirgendwo plötzlich ein großes schwarzes Tier unter die weißen Wiesel, und Ayla war erschrocken über sein bedrohliches Knurren. Der Wolf fuhr auf den Brocken Wisentfleisch zu, wurde jedoch von zwei ebenso unerschrockenen wie tollkühnen Hermelinen daran gehindert zuzuschnappen. Ein wenig zurückweichend, erspähte der schwarze Räuber ein vor wenigen Augenblicken unschädlich gemachtes Hermelin und schnappte statt dessen danach.

Doch Ayla war nicht gesonnen, sich von dem schwarzen Wolf ihre Jagdbeute streitig machen zu lassen; dazu hatte es sie zuviel Mühe gekostet, sie zu erlegen. Es waren ihre Beutetiere, und sie wollte sie für den weißen Kittel haben. Als der Wolf mit dem kleinen weißen Wiesel im Maul floh, setzte Ayla ihm nach. Auch Wölfe waren Fleischfresser. Sie hatte sie damals, als sie sich im Gebrauch der Schleuder übte, genauso eingehend beobachtet wie die Wiesel. Auch das Leben der Wölfe kannte und verstand sie. Während sie hinter dem Tier herlief, ergriff sie einen abgebrochen Ast. Ein einzelner Wolf suchte für gewöhnlich das Weite, wenn man sich ihm entschlossen entgegenstellte. Es war dann möglich, daß er das Hermelin fallen ließ.

Wäre es ein Rudel oder auch nur zwei Wölfe gewesen, hätte sie diesen tollkühnen Angriff nicht gewagt, doch als der schwarze Wolf stehenblieb, um das Hermelin in seinem Maul besser zu packen, ging Ayla mit dem Zweig auf ihn los und holte weit aus, um ihm einen kräftigen Schlag zu versetzen. Sie hielt den Zweig nicht für eine besonders gute Waffe, wollte den Wolf ja aber nur verscheuchen und so erschrecken, daß er das kleine Pelztier in seinem Maul fallen ließ. Doch diesmal war es Ayla, die erschrocken war. Der Wolf ließ das Hermelin zwar fallen, schoß dann jedoch mit einem bösartig häßlichen Fauchen direkt auf sie zu.

Ihre erste Reaktion war, den Zweig vor sich hin zu halten und sich den Wolf damit vom Leib zu halten; alle plötzlich in sie einschießende Energie sagte ihr: Lauf weg! Doch in dem Dickicht zerbrach der kalte und spröde Zweig, als sie ihn herumschwenkte und damit gegen einen Baum schlug. Das einzige, was ihr in der Hand blieb, war ein halbvermoderter Stumpf, doch das abgebrochene Ende flog dem Wolf ins Gesicht, was freilich genügte, ihn zurückzuhalten. Auch der Wolf hatte es nicht ganz ernst gemeint und war nicht sonderlich scharf darauf anzugreifen. Nur innehaltend, um das tote Hermelin aufzunehmen, trabte der Wolf aus der bewaldeten Senke hinaus.

Ayla hatte es zwar mit der Angst bekommen, aber sie war wütend und betroffen zugleich. Sie konnte sich das Hermelin nicht einfach abjagen lassen! Infolgedessen nahm sie die Verfolgung des Wolfs ein zweites Mal auf.

»Laß ihn laufen!« rief Deegie. »Du hast genug. Laß es dem Wolf doch!«

Aber Ayla hörte nicht und achtete auch nicht weiter darauf. Der Wolf schoß auf freies Gelände zu, und sie war ihm dicht auf den Fersen. Nach einem weiteren Stein greifend und feststellend, daß ihr noch zwei geblieben waren, lief Ayla hinter dem Wolf her. Obwohl sie erwartete, daß der große Räuber sie bald hinter sich lassen würde, mußte sie noch einen Versuch machen. Sie legte einen Stein in ihre Schleuder ein und schoß ihn auf den fliehenden Wolf ab. Der zweite, gleich darauf abgefeuerte beendete, was der erste angefangen hatte. Beide fanden ihre Ziel.

Ein Gefühl der Befriedigung erfüllte sie, als der Wolf zusammenbrach. Dieses Tier würde ihr nie wieder etwas wegnehmen. Als sie hinzulief, um sich ihr Hermelin zu holen, überlegte sie, daß sie ebensogut auch den Wolfspelz mitnehmen konnte; als jedoch Deegie sie fand, saß Ayla neben dem toten schwarzen Wolf und dem weißen Hermelin und rührte sich nicht. Ihr Gesichtsausdruck machte Deegie ernstlich besorgt.

»Was hast du, Ayla?«

»Ich hätte es ihr lassen sollen. Ich hätte wissen müssen, daß sie einen Grund hatte, auf das gebratene Fleisch scharf zu sein, obwohl die Hermeline es wollten. Wölfe wissen, wie tückisch Wiesel sind, und für gewöhnlich zieht ein Einzelgängerwolf sich in einem Revier, das er nicht genau kennt, zurück. Ich hätte ihr das Hermelin lassen sollen.«

»Ich verstehe nicht. Du hast dein Hermelin zurück und außerdem noch das Fell eines schwarzen Wolfs. Was soll das heißen – du hättest es ihr lassen sollen?«

»Sieh doch«, sagte Ayla und zeigte auf den Bauch des Wolfs. »Sie säugt. Sie hat Junge.«

»Ist es nicht noch zu früh im Jahr für Wölfe zu werfen?«

»Ja. Es ist nicht die richtige Jahreszeit. Das kommt, weil sie eine Einzelgängerin ist. Deshalb hatte sie auch solche Schwierigkeiten, genug zu fressen zu finden. Und warum sie so hinter dem Braten und dem Hermelin her war. Schau, wie ihr die Rippen herausstehen. Die Welpen müssen ihr eine Menge Kraft aus dem Leib gesaugt haben. Sie ist ja kaum mehr als Haut und Knochen! Lebte sie in einem Rudel, würden die anderen Tiere ihr helfen, diese Welpen zu ernähren; andererseits, hätte sie in einem Rudel gelebt, würde sie überhaupt keine Jungen bekommen haben. Für gewöhnlich bekommt nur die Leitwölfin eines Rudels Junge, und dafür hat diese von vornherein die falsche Farbe. An bestimmten Farben und Merkmale gewöhnen Wölfe sich. Aber sie ist wie jene weiße Wölfin, die ich beobachtete, als ich mich besonders mit Wölfen befaßte. Das Rudel mochte sie auch nicht. Sie versuchte ständig, sich beim Altrüden und der Leitwölfin beliebt zu machen, aber sie wollten sie nicht bei sich haben. Und als das Rudel zu groß wurde, ist sie abgezogen. Vielleicht hat sie es nicht mehr ertragen, daß keiner sie mochte.«

Ayla betrachtete die schwarze Wölfin. »So wie diese hier. Vielleicht ist das der Grund, warum sie Junge haben wollte – weil sie so einsam war. Aber sie hätte sie nicht so früh im Jahr bekommen sollen. Ich glaube, dies ist dieselbe schwarze Wölfin, die ich bei der Wisentjagd gesehen habe, Deegie. Sie muß ihr Rudel verlassen haben, um nach einem Rüden Ausschau zu halten und ihr eigenes Rudel zu gründen. Neue Rudel entstehen auf diese Weise. Aber Einzelgänger haben es immer schwer. Wölfe jagen in der Gemeinschaft und sorgen füreinander. Der Altrüde hilft der Leitwölfin immer bei ihren Welpen. Du solltest sie mal erleben! Wie sie mit den Kleinen spielen! Aber wo mag ihr Rüde sein? Ob sie jemals einen gefunden hat? Ob er wohl umgekommen ist?«

Deegie stellte mit Verwunderung fest, daß Ayla Tränen zurückhalten mußte, die ihr wegen eines toten Wolfs kamen. »Irgendwann sterben sie alle. Wir alle kehren zu Der Mutter zurück.«

»Ich weiß, Deegie, aber zuerst war sie anders als die anderen, und dann war sie auch noch allein. Sie hätte in ihrem Leben jedenfalls etwas haben müssen, einen Gefährten, ein Rudel, oder zumindest ein paar Junge.«

Deegie meinte, allmählich zu begreifen, warum Ayla so heftige Gefühle bewegten angesichts dieses ausgemergelten alten schwarzen Wolfs. Sie versetzte sich an die Stelle des Wolfs. »Aber sie hatte doch Junge, Ayla.«

»Und jetzt müssen die auch eingehen. Sie haben kein Rudel. Nicht mal einen Altrüden. Ohne Mutter müssen sie sterben.« Plötzlich sprang Ayla auf. »Aber das werde ich nicht zulassen!«

»Was soll das heißen? Wohin gehst du?«

»Ich werde sie finden. Ich werde die Fährte der Wölfin bis zu ihrem Kessel zurückverfolgen.«

»Das kann gefährlich werden. Vielleicht gibt es doch noch andere Wölfe. Wieso bist du so sicher, daß sie eine Einzelgängerin ist?«

»Ich bin mir ganz sicher, Deegie. Dafür habe ich einen Blick.«

»Nun, wenn du es dir nicht ausreden läßt, möchte ich nur eines sagen, Ayla.«

»Was denn?«

»Wenn du von mir erwartest, daß ich zusammen mit dir durch die Gegend ziehe und Wolfsfährten verfolge, kannst du deine Hermeline selber tragen«, sagte Deegie und warf ihr fünf weiße Wiesel, die sie im Proviantbeutel stecken hatte, vor die Füße. »Ich habe an meinen Füchsen selbst genug zu tragen!« Deegie grinste begeistert.

»Ach, Deegie!« sagte Ayla und erwiderte das Lächeln liebevoll und herzlich. »Du hast sie gleich mitgebracht!« Bewegt schlossen die beiden jungen Frauen einander in die Arme.

»Eines steht fest, Ayla. Wo du bist, ist es nie langweilig.« Deegie half, die Hermeline in Aylas Proviantbeutel zu verstauen. »Und was ist mit dem Wolf? Wenn du ihn nicht mitnimmst, tut es jemand anders, und ein schwarzes Wolfsfell bekommt man nicht alle Tage zu sehen.«

»Ich würde sie ja gern mitnehmen, aber erst muß ich die Welpen finden.«

»Schön, dann trag' ich sie«, sagte Deegie und warf sich den schlaffen Kadaver über die Schulter. »Bleibt uns später noch etwas Zeit, ziehe ich ihr das Fell ab.« Sie wollte noch ein paar Fragen stellen, besann sich dann jedoch offensichtlich eines Besseren. Sie würde ohnehin früh genug herausfinden, was Ayla zu tun gedachte, wenn sie irgendwelche lebenden Wolfswelpen fanden.

Um auch die richtige Fährte zurückzuverfolgen, mußten sie erst in die Schlucht zurückkehren. Die Wölfin hatte ihre Spuren sehr gut verdeckt, wußte sie doch, wie gefährdet das Leben war, das sie ungeschützt zurückließ. Deegie war mehrere Male ganz sicher, sie verloren zu haben; dabei war sie selbst auch eine geübte Fährtenleserin. Aber Ayla war motiviert, nicht so leicht aufzugeben, und so fanden sie sie nach einiger Zeit immer wieder. Als sie die Stelle fanden, von der Ayla mit Bestimmtheit meinte, daß hier die Höhle sein müsse, zeigte die Sonne bereits den Spätnachmittag an.

»Ehrlich gesagt, Ayla, ich erkenne keine Spuren von Leben.«

»Wenn es sich um einen Einzelgänger handelt, dürfte es auch gar nicht anders sein. Wären Spuren von Leben vorhanden, hieße das, sich Schwierigkeiten aufladen.«

»Vielleicht hast du recht. Aber wenn wirklich Welpen darin sind – wie willst du sie herauslocken?«

»Es bleibt mir wohl nichts anderes übrig, als selbst hineinzugehen.«

»Das kannst du unmöglich tun, Ayla! Alles schön und gut, Wölfe aus der Ferne zu beobachten – aber in ihre Höhle eindringen, das geht zu weit! Was, wenn es schon größere Jungtiere sind? Außerdem könnte durchaus noch ein Rüde da sein.«

»Hast du irgendwelche Spuren gesehen, die nicht von der schwarzen Wölfin stammten?«

»Nein, aber es mißfällt mir, daß du in eine Wolfshöhle hinein willst.«

»Ich habe mir nicht die viele Mühe gemacht, hierher zu kommen, um jetzt nicht herauszufinden, ob noch irgendwelche Wolfswelpen am Leben sind. Ich muß hineingehen, Deegie.«

Ayla setzte ihren Proviantbeutel ab und ging auf das kleine schwarze Loch im Boden zu. Es handelte sich um einen alten Bau, der, da er keine besonders günstige Lage hatte, längst aufgegeben worden war; gleichwohl war es das Beste, was die schwarze Wölfin hatte finden können, nachdem ihr Gefährte, ein alter Einzelgänger, den ihre verfrühte Brunst angezogen hatte, bei einem Kampf ums Leben gekommen war. Ayla legte sich auf den Bauch und fing an, in die Tiefe zu kriechen.

»Warte, Ayla!« rief Deegie. »Hier, nimm mein Messer.«

Ayla nickte, nahm das Messer zwischen die Zähne und kroch weiter in das dunkle Loch hinein. Zu Anfang ging es schräg in die Tiefe, und der Gang war eng. Plötzlich saß sie fest und mußte wieder zurück.

»Wir sollten doch besser gehen, Ayla. Es wird spät, und wenn du nicht reinkommst, kommst du nicht rein.«

»Nein«, sagte sie und zog sich den Überwurf über den Kopf. »Ich komme hinein.«

Sie zitterte vor Kälte, bis sie im Bau war, aber der erste Tunnelabschnitt war in der Tat sehr eng. Unten, wo es nicht mehr abwärts, sondern ebenerdig weiterging, war es geräumiger, doch schien der Kessel verlassen. Da ihr eigener Körper das Licht blockierte, dauerte es eine Weile, bis ihre Augen sich an das Dunkel gewöhnt hatten. Doch erst als sie sich anschickte, wieder zurückzukriechen, meinte sie, etwas zu hören.

»Wolf, kleiner Wolf, bist du da?« rief sie. Dann fiel ihr ein, wie oft sie Wölfe beobachtet und ihnen gelauscht hatte; sie imitierte ein flehentliches Winseln. Dann spitzte sie die Ohren. Ein ganz leises Winseln antwortete aus dem tiefsten Hintergrund des Kessels, und Ayla hätte vor Freude am liebsten gejubelt.

Sich windend, schob sie sich näher an den Laut heran und stieß ihrerseits ein Winseln aus. Diesmal klang die Antwort schon näher, und dann erblickte sie zwei leuchtende Augen; als sie jedoch nach dem Wolfsjungen griff, zog dieses sich leise fauchend zurück, und Ayla spürte den Biß nadelscharfer Zähne in der Hand.

»Au! Du wehrst dich ja!« sagte Ayla, doch dann lächelte sie. »Aber wer sich wehrt, in dem steckt noch Leben. Jetzt komm, kleiner Wolf. Es geschieht dir schon nichts. Komm!« Sie griff abermals nach dem Welpen, ließ dabei ihr flehentliches Winseln vernehmen und fühlte ein weiches Fellbündel. Beherzt zupackend, zog sie das Wolfsjunge, das den ganzen Weg über fauchte und strampelte, an sich heran. Dann schob sie sich selbst aus dem Bau heraus.

»Schau, was ich gefunden habe, Deegie!« sagte Ayla, verzog das Gesicht zu einem triumphierenden Grinsen und hielt einen kleinen flauschigen grauen Wolfswelpen in die Höhe.

23

Jondalar war draußen und ging unruhig zwischen dem Haupteingang und dem Pferdeanbau hin und her. Selbst in dem warmen Überwurf, den er trug – ein alter von Talut –, spürte er noch den plötzlichen Abfall der Temperatur, als Sonne und Horizont aufeinandertrafen. Er war schon mehrere Male in der Richtung, die Ayla und Deegie eingeschlagen hatten, den Hang hochgestiegen und überlegte, ob er nicht nochmal hinaufgehen sollte.

Seit die beiden Frauen heute morgen fortgegangen waren, hatte er versucht, seine Angst zu unterdrücken; und als er am frühen Nachmittag angefangen hatte, draußen auf und ab zu laufen, hatten die anderen in der Erdhütte nur herablassend gelächelt; jetzt jedoch war er nicht mehr der einzige, der sich Sorgen machte. Sogar Tulie war ein paarmal den Hang hinaufgestiegen, und Talut redete davon, einen Suchtrupp zusammenzustellen, der mit Fackeln nach ihnen suchen sollte. Sogar Winnie und Renner schienen nervös.

Als das grelle Feuer im Westen hinter einem Wolkenstreifen versank, der dicht über dem Rand der Erde hing, wurde daraus ein genau umrissenes rotes Lichtrund; ein unwirklich jenseitiger Kreis ohne Tiefe und Masse, zu vollkommen und zu symmetrisch, als daß er in eine natürliche Umgebung gepaßt hätte. Dabei war es die schimmernde rote Kugel, welche die Wolken färbte und dem bleichen Teilgesicht des anderen unirdischen Gefährten, der tief über dem Osthimmel hing, einen gesunden Hauch verlieh.

Gerade als Jondalar sich anschickte, den Hang noch einmal hinaufzusteigen, tauchten oben am Rand zwei Gestalten auf – deutlich erkennbare Umrisse vor einem lebhaft lavendelfarbenen Hintergrund, der in leuchtendes Indigoblau hineinspielte. Hoch droben glänzte ein einzelner Stern. Jondalar stieß einen tiefen Seufzer aus und ließ sich gegen die gewölbten Stoßzähne fallen. Der plötzliche Wegfall der Spannung machte ihn ganz schwindelig. Sie waren heil und ganz. Ayla war nichts zugestoßen!

Doch warum waren sie so lange fortgeblieben? Sie hätten es wissen müssen, daß alle große Angst um sie ausstanden. Was konnte sie so lange ferngehalten haben? Vielleicht waren sie in Schwierigkeiten geraten. Er hätte ihnen doch folgen sollen.

»Sie kommen! Sie kommen!« rief Latie.

Nur halb bekleidet, kamen Leute aus der Erdhütte herausgelaufen. Wer ohnehin schon draußen und angekleidet war, rannte ihnen entgegen, den Hang hinauf.

»Warum habt ihr so lange gebraucht? Es ist fast dunkel. Wo seid ihr gewesen?« verlangte Jondalar zu wissen, sobald Ayla die Erdhütte erreichte.

Erstaunt sah sie ihn an.

»Laßt uns erst hineingehen«, sagte Tulie. Deegie wußte, daß ihre Mutter alles andere als glücklich war; aber sie waren den ganzen Tag über draußen gewesen, sie waren erschöpft, und es wurde rasch empfindlich kälter. Vorwürfe konnten sie ihnen später immer noch machen; zunächst einmal mußte Tulie feststellen, daß alles in Ordnung mit ihnen war. Folglich drängte sie sie förmlich hinein, geradewegs durch den Vorraum und in den Kochbereich hinüber.

Deegie, die froh war, ihre Lasten abwerfen zu können, hob sich den Kadaver der schwarzen Wölfin, der ihr auf der Schulter gelegen hatte und steifgefroren war, herunter. Als sie ihn auf die Matte fallen ließen, wurden erstaunte Rufe laut, und Jondalar erbleichte. Sie waren also tatsächlich in Gefahr gewesen!

»Das ist ein Wolf!« sagte Druwez und sah seine Schwester ehrfurchtsvoll an. »Woher hast du den Wolf?«

»Warte, bis du siehst, was Ayla mitgebracht hat«, sagte Deegie und holte die weißen Polarfüchse aus ihrem Proviantbeutel.

Ayla schüttelte die steifgefrorenen Hermeline mit einer Hand aus ihrem Tragekorb; die andere Hand hielt sie auf ihrem warmen Pelzkittel mit der Kapuze daran vorsichtig gegen den Bauch gedrückt.

»Schöne Hermeline sind das«, sagte Druwez, von den kleinen weißen Wieseln bei weitem nicht so beeindruckt wie von dem schwarzen Wolf; aber selbstverständlich wollte er Ayla nicht kränken.

Ayla sah den jungen Mann lächelnd an und nestelte den Leibriemen los, den sie um ihren Überwurf geschlungen hatte. Dann griff sie hinein und holte eine kleine graue Fellkugel hervor. Alle schauten hin, was sie da wohl hätte. Plötzlich bewegte sich das Fell.

Der Wolfswelpe hatte unter dem dicken Überwurf behaglich an Aylas warmen Körper gekuschelt geschlafen, doch das Licht jetzt, der Lärm und die unvertrauten Gerüche – all das war erschreckend. Der Welpe winselte und versuchte, sich an die Frau zu kuscheln, deren Geruch und Wärme er mittlerweile kannte. Ayla setzte das kleine wuschelige Geschöpf auf den

Boden in das Zeichenrund. Das Wolfsjunge stand auf, machte unsicher ein paar Schritte, hockte sich dann prompt hin und machte eine kleine Lache, die rasch vom weichen trockenen Boden aufgesaugt wurde.

»Das ist ein Wolf«, sagte Danug.

»Ein Wolfsbaby!« fügte Latie mit einem frohen Leuchten in den Augen hinzu.

Ayla sah Rydag in die Hocke gehen, um das kleine Tier genauer ins Auge fassen zu können. Er streckte die Hand aus, der Welpe schnupperte erst, dann leckte er daran.

»Woher hast du den kleinen Wolf, Ayla?« fragte der Junge sie in stummer Zeichensprache.

»Das ist eine lange Geschichte«, signalisierte sie zurück. »Die werde ich später erzählen.« Rasch zog sie sich den Überwurf aus. Nezzie nahm ihn ihr ab und reichte ihr einen Becher heißen Tee. Dankbar lächelnd nahm sie einen Schluck.

»Es spielt keine Rolle, woher sie ihn hat. Aber was hat sie damit vor?« wollte Frebec wissen. Ayla wußte, daß er die Zeichensprache verstand, obwohl er behauptete, es nicht zu tun. Er hatte Rydag offensichtlich verstanden. Sie drehte sich um und sah ihn an.

»Darum kümmere ich mich, Frebec«, sagte Ayla mit trotzig blitzenden Augen. »Ich habe seine Mutter getötet« – sie zeigte auf den schwarzen Wolf –, »und deshalb werde ich mich ihres Babys annehmen.«

»Das ist kein Baby. Das ist ein Wolf! Ein Tier, das Menschen etwas antun kann«, sagte er. Ayla nahm nur selten gegenüber ihm oder den anderen eine feste und unnachgiebige Haltung ein; außerdem war er dahintergekommen, daß sie oft bei kleinen Problemen nachgab, um einem Konflikt aus dem Wege zu gehen; er brauchte bloß ausfallend genug zu sein. Ein unmittelbares Kräftemessen hatte er daher nicht erwartet, und es gefiel ihm auch nicht, zumal er spürte, daß es aller Wahrscheinlichkeit nach nicht so ausgehen würde, wie er es sich wünschte.

Manuv besah erst das Wolfsjunge, dann Frebec, und sein Gesicht verzog sich zu einem breiten Grinsen. »Hast du Angst, dies Tier könnte dir was tun, Frebec?«

Das rauhe Gelächter ließ ihn vor Zorn rot anlaufen. »Das habe ich nicht gemeint. Ich meine, Wölfe können Menschen gefährlich werden. Erst Pferde, und jetzt Wölfe. Was kommt denn als Nächstes? Ich bin kein Tier, und ich will nicht mit Tieren zusammenleben«, sagte er und stapfte zornig davon; er wollte es nicht drauf ankommen lassen, den Rest des Löwen-Lagers vor die Wahl zu stellen, ob sie lieber ihn hätten oder Ayla mit ihren Tieren.

»Hast du noch Fleisch von dem Wisentbraten übrig, Nezzie?«

»Du mußt halb verhungert sein. Ich werde dir was zu essen machen.«

»Nicht für mich. Für den Welpen«, sagte Ayla.

Nezzie brachte Ayla eine Scheibe Braten und überlegte, ob ein so kleiner Wolf so was schon fressen würde. Aber Ayla erinnerte sich an eine Lektion, die sie vor langer Zeit gelernt hatte: Babys sind imstande, alles zu essen, was ihre Mütter essen, nur muß es weicher, leichter zu kauen und hinunterzuschlucken sein. Einst hatte sie das Junge eines Höhlenlöwen in ihr Tal gebracht und es mit Fleisch und Brühe statt mit Milch hochgepäppelt. Wölfe waren gleichfalls Fleischfresser. Sie erinnerte sich, oft bei ihren Beobachtungen der Wölfe gesehen zu haben, daß ältere Tiere Fleisch zerkauten und hinunterschlangen, um es in den Kessel zurückzubringen, wo sie es dann für die Welpen wieder herauswürgten. Sie jedoch brauchte es nicht erst zu zerkauen; sie hatte Hände und ein scharfes Messer; sie konnte es kleinschneiden.

Nachdem Ayla den Braten zu Schabefleisch verarbeitet hatte, tat sie es in eine Schale und fügte heißes Wasser hinzu, damit die Temperatur der Muttermilch angenähert wäre. Das Wolfsjunge hatte die Begrenzungen des Zeichenrunds abgeschnuppert, schien jedoch Angst zu haben, diese zu überschreiten. Ayla setzte sich auf eine Matte, streckte die Hand aus und rief leise lockend den kleinen Wolf. Sie hatte das winzige Wesen aus einem kalten und einsamen Kessel herausgeholt und ihm Wärme und Behagen verschafft; ihre Witterung wurde von ihm bereits mit Geborgenheit gleichgesetzt. Der wuschelige Fellball näherte sich auf unsicheren Beinen der ausgestreckten Hand.

Erst nahm sie ihn auf, um ihn sich genau anzusehen. Bei genauerer Untersuchung stellte sich heraus, daß es sich bei dem kleinen Wolf um einen Rüden handelte und dieser noch sehr jung war; vermutlich war seit seiner Geburt kaum mehr als ein Mondzyklus vergangen. Sie überlegte, ob er wohl Milchbrüder und -schwestern gehabt hatte, und wenn ja, wann diese eingegangen sein mochten. Der Welpe wies keinerlei Verletzungen auf, die ihr darüber irgendwelche Aufschlüsse hätten geben können, und schlecht ernährt war er auch nicht, obwohl die schwarze Wölfin völlig ausgemergelt gewesen war. Als Ayla darüber nachdachte, welch furchtbare Risiken die Mutter eingegangen war, bloß um diesen letzten Welpen am Leben zu erhalten, mußte sie an eine Prüfung denken, bei der es um Leben und Tod gegangen war und die sie selbst hatte durchmachen müssen; infolgedessen wuchs ihre Entschlossenheit noch weiter. Wenn sie konnte, wollte sie den Sohn dieser Wolfsmutter am Leben erhalten, gleichgültig, was sie das kostete; weder Frebec noch irgend jemand sonst sollte sie davon abhalten.

Den Welpen auf dem Schoß, tauchte Ayla ihren Finger in die Schale mit dem feingeschabten Fleisch und hielt es dem winzigen Wolf unter die Nase. Er war hungrig. Erst schnüffelte er daran, dann schleckte er, und schließlich leckte er ihr den Finger sauber. Sie holte einen zweiten Fingervoll heraus, und auch diesen leckte er gierig auf. Sie hielt ihn auf dem Schoß und fuhr fort, ihn zu füttern; dabei fühlte sie, wie sein kleiner Bauch immer praller wurde. Als sie das Gefühl hatte, er hätte genug, hielt sie ihm etwas Wasser unter die Nase, doch davon nahm er nur eine Kostprobe. Woraufhin sie aufstand und ihn zum Herdfeuer des Mammut hinübertrug.

»Auf der Bank dort drüben findest du bestimmt ein paar alte Körbe«, sagte Mamut, der ihr gefolgt war.

Sie lächelte ihn an. Er wußte genau, woran sie dachte. Sie kramte unter den alten Sachen und fand einen großen geflochtenen Kochkorb, der am Rand schon entzwei ging und den sie jetzt an das Kopfende ihres Bettes stellte. Als sie den Wolf hineintat, winselte er und wollte hinaus. Sie nahm ihn hoch, sah sich unschlüssig um; sie wußte nicht recht, was sich eignen würde. Sie war versucht, ihn zu sich ins Bett zu nehmen, doch davon hatte sie mit heranwachsenden Pferden und Löwen bereits genug gehabt. Es war zu schwierig, sie später an Neues zu gewöhnen; außerdem konnte es sein, daß Jondalar keine Lust hatte, sein Bett mit einem Wolf zu teilen.

»Er ist nicht glücklich in dem Korb. Wahrscheinlich braucht er seine Mutter oder andere Welpen, um mit ihnen zusammen zu schlafen«, sagte Ayla.

»Gib ihm was, das dir gehört, Ayla«, sagte Mamut. »Irgendwas Weiches, Behagliches, Vertrautes. Du bist jetzt seine Mutter.«

Sie nickte und ging ihre paar Kleider durch. Viel hatte sie nicht. Das schöne Kleid von Deegie, dann den Anzug, den sie noch im Tal gefertigt hatte, ehe sie hierhergekommen war, und ein paar gebrauchte Dinge, die andere ihr zum Wechseln gegeben hatten. Beim Clan hatte sie viele Überwürfe zum Wechseln gehabt; selbst im Tal der Pferde war das so gewesen ...

Sie bemerkte die Kiepe, die sie aus dem Tal hergebracht und in die äußerste Ecke der Vorratsplattform gestellt hatte. Sie holte Durcs Einschlagtuch heraus, doch nachdem sie es für einen Moment in der Hand gehalten hatte, legte sie es wieder zusammen und tat es zurück. Der Gedanke, ausgerechnet dies herzugeben, war ihr unerträglich. Dann jedoch fand sie ihren alten Clan-Überwurf, ein großes Fell aus weichem Leder. Ein solches um sich gewickelt und mit einem Leibriemen festgehalten, hatte sie getragen, soweit sie zurückdenken konnte – bis zu dem Tag, da sie das Tal der Pferde mit Jondalar verlassen hatte. Wie lange das jetzt her zu sein schien! Sie polsterte den Korb mit einem Clan-Überwurf aus und legte dann den Welpen hinein. Der kleine Wolf schnüffelte, kuschelte sich dann jedoch bald hinein und war nach kurzer Zeit eingeschlafen.

Jetzt erst merkte sie, wie müde und hungrig sie war – und ihre Kleider noch ganz feucht vom Schnee. Sie zog sich aus und schlüpfte in trockene Kleider und die weichen Fußlinge für drinnen, deren Herstellung sie von Talut gelernt hatte. Das Paar, das er bei ihrer Adoptionsfeier getragen, hatte es ihr angetan, woraufhin sie ihn bewogen hatte, ihr zu zeigen, wie man sie machte.

Dieses Fußwerk hatte eine natürliche Grundlage: Bei Elch oder Hirsch knickten die Hinterläufe am Sprunggelenk so scharf ab, daß sie sich der Form eines menschlichen Fußes anpaßten. Die Haut wurde ober- und unterhalb des Sprunggelenks durchtrennt und unversehrt abgezogen. Nach dem Gerben wurde der untere Teil dann mit Sehnenfasern in der gewünschten Länge zugenäht und der obere über den Knöcheln mit Sehnen oder Schnüren zugebunden. Das Ergebnis war ein nahtloser, warmer und bequemer Fußling mit einem halben Beinling daran.

Nach dem Umziehen ging Ayla hinüber in den Anbau, um nachzusehen, wie es den Pferden ging, und um ihnen zu zeigen, daß sie wieder da sei. Sie bemerkte bei der Stute ein gewisses Zögern und Widerstreben, als sie sie klopfen wollte. »Du witterst den Wolf, nicht wahr, Winnie? Daran wirst du dich gewöhnen müssen. Und du auch, Renner. Denn der Wolf wird eine Weile bei uns bleiben.« Sie hielt die Hände hin und ließ beide Pferde daran schnuppern. Renner wich zurück, warf den Kopf ein paarmal in die Höhe und schnupperte dann noch einmal. Winnie legte der Frau zwar die Schnauze in die Hände, legte jedoch die Ohren zurück und trat unentschlossen von einem Fuß auf den anderen. »Du hast dich an Baby gewöhnt, Winnie, da wirst du dich auch an ... Wolf gewöhnen. Morgen werde ich ihn herbringen, gleich wenn er aufwacht. Und wenn du siehst, wie klein er noch ist, wirst du sehen, daß er dir nichts tun kann.«

Als Ayla ins Langhaus zurückkehrte, sah sie Jondalar am Bett stehen und sich das Wolfsjunge besehen. Er hatte eine unergründliche Miene aufgesetzt, doch meinte sie, so etwas wie Neugier, vielleicht sogar so etwas wie Zärtlichkeit in seinen Augen zu erkennen. Er blickte auf und sah sie, woraufhin sich auf die bekannte Weise seine Stirn furchte.

»Ayla, warum bist du so lange fortgeblieben?« sagte er. »Sie haben sich schon alle bereitgemacht, um einen Suchtrupp zu bilden.«

»Wir hatten es ja nicht vor, doch als ich sah, daß die schwarze Wölfin, die ich erlegt hatte, säugte, mußte ich sehen, ob ich nicht ihren Welpen fände«, sagte Ayla.

»Was macht es schon aus? Wölfe sterben ständig, Ayla!« Er hatte in vernünftigem Ton angefangen zu sprechen, aber seine Angst um ihre Sicherheit ließ seine Stimme zittern. »Es war dumm, so der Fährte eines Wolfs zu folgen. Wärest du auf ein Rudel gestoßen, hätte das dein Tod sein können.« Jondalar war außer sich gewesen vor Angst, doch zugleich mit der Erleichterung stellte sich Unsicherheit ein und ein Hauch von Frustration und Ärger.

»Mir hat es durchaus etwas ausgemacht, Jondalar«, erklärte sie erbost und setzte sich für den Wolf ein. »Und dumm bin ich auch nicht. Es ist nicht das erste Mal, daß ich Jagd auf Raubtiere mache, und ich kenne mich mit Wölfen aus. Wäre ich auf ein ganzes Rudel gestoßen, hätte ich die Spur nicht bis zur Höhle zurückverfolgt. Denn dann hätten die anderen aus dem Rudel sich der Welpen angenommen.«

»Selbst wenn sie eine Einzelgängerin war – warum hast du einen ganzen Tag damit zugebracht, hinter einem Wolfsjungen herzujagen?« Jondalars Stimme war immer lauter geworden. Er mußte seine eigenen Spannungen loswerden und versuchte gleichzeitig, sie zu überzeugen, nie wieder solche Risiken auf sich zu nehmen.

»Dieses Junge war das einzige, das die Wolfsmutter jemals hatte. Ich konnte es nicht verhungern lassen, denn ich war es ja, der seine Mutter getötet hatte. Wenn sich nicht jemand um mich gekümmert hätte, als ich ein kleines Kind war, wäre ich jetzt nicht am Leben. Ich muß mich einfach um so etwas kümmern, selbst dann, wenn es nur ein Wolfsjunges ist.« Auch Aylas Stimme war immer lauter geworden.

»Ein Wolf ist etwas anderes. Ein Wolf ist ein Tier. Du solltest so vernünftig sein, eines Wolfswelpen wegen nicht dein eigenes Leben aufs Spiel zu setzen, Ayla«, schrie Jondalar. Offenbar schaffte er es nicht, sich ihr verständlich zu machen. »Bei einem solchen Wetter geht man doch nicht den ganzen Tag raus!«

»Ich bin durchaus vernünftig, Jondalar«, sagte Ayla, und in ihren Augen funkelte es zornig. »Ich bin es, die draußen gewesen ist. Glaubst du etwa, ich wüßte nicht, wann mein Leben in Gefahr ist und wann nicht? Ich habe auf mich selbst aufgepaßt, ehe du kamst, und habe dabei schlimmere Gefahren bestanden. Sogar dich habe ich gerettet. Du brauchst mir nicht zu sagen, ich wäre dumm und unvernünftig!«

Leute, die sich am Herdfeuer des Mammut versammelten, fingen an, auf den Streit zu reagieren. Sie lächelten nervös und versuchten, seine Bedeutung herabzuspielen. Jondalar blickte um sich und sah, daß viele Leute lächelten und miteinander plauderten; doch wer ihm auffiel, das war der dunkelhäutige Mann mit den blitzenden Augen. Hatte sein breites Lächeln nicht etwas Herablassendes?

»Du hast recht, Ayla. Du brauchst mich wirklich nicht, nicht wahr? Für nichts.« Letzteres spie Jondalar förmlich aus, und als er Talut näher kommen sah, fragte er: »Hättest du was dagegen, wenn ich an die Kochstelle umzöge, Talut? Ich werde mich bemühen, niemand im Wege zu sein.«

»Nein, natürlich habe ich nichts dagegen, aber ...«

»Gut. Vielen Dank«, sagte Jondalar, raffte seine Schlaffelle zusammen und nahm seine wenigen Habseligkeiten von der Bettplattform, die er mit Ayla teilte.

Ayla war wie vom Donner gerührt. Sie war außer sich bei dem Gedanken, daß er wirklich den Wunsch haben könnte, fern von ihr zu schlafen. Fast hätte sie ihn gebeten, nicht zu gehen, doch dann ließ ihr Stolz es nicht zu, den Mund aufzumachen. Er hatte zwar ihr Bett geteilt, aber Wonnen hatten sie schon seit geraumer Zeit nicht mehr geteilt; sie war sich sicher, daß er aufgehört hatte, sie zu lieben. Und wenn er sie nicht mehr liebte, wollte sie auch nicht versuchen, ihn zum Bleiben zu bewegen, obwohl sich ihr bei der Vorstellung der Magen verkrampfte.

»Dann nimmst du besser auch deinen Teil Essen mit«, sagte sie, als er seine Sachen in eine Kiepe tat. Und in dem Versuch, die Trennung nicht ganz so vollständig erscheinen zu lassen, fügte sie noch hinzu: »Obwohl ich nicht weiß, wer dort für dich kochen wird. Es ist schließlich kein richtiges Herdfeuer.«

»Wer, meinst du wohl, hat für mich gekocht, wenn ich unterwegs war? Eine Donii? Ich brauche keine Frau, die auf mich aufpaßt und für mich sorgt. Ich werde selbst für mich kochen.« Die Arme voller Felle, stapfte er durch die Herdfeuer des Fuchses und des Löwen und warf seine Bettsachen in der Nähe des Steinschlägerbereichs auf den Boden.

Im Langhaus wurde über nichts anderes geredet als über ihre Trennung. Nachdem Deegie davon gehört hatte, kam sie den Mittelgang heruntergelaufen; sie wollte es einfach nicht glauben. Während Ayla den kleinen Wolf gefüttert hatte, waren sie und ihre Mutter zum Herdfeuer des Auerochsen hinübergegangen und hatten ruhig eine Weile miteinander geredet. Deegie, die sich etwas Trockenes angezogen hatte, machte eine reuige, gleichwohl jedoch entschlossene Miene. Selbstverständlich hätten sie nicht so lange draußen bleiben dürfen. Doch nein, unter den gegebenen Umständen sei ihr gar nichts anderes übrig geblieben. Tulie hätte auch Ayla gern ins Gebet genommen, meinte jedoch, es sei nicht der richtige Augenblick, vor allem, nachdem Deegie ihr die ganze Geschichte erzählt hatte. Ayla hatte Deegie gesagt, sie solle heimkehren, ehe sie sich dann daran gemacht hätten, die Fährte des Wolfs zurückzuverfolgen; das sei zwar unsinnig gewesen, doch schließlich wären sie beide erwachsene Frauen, die mittlerweile sehr wohl imstande seien, die Verantwortung für sich selbst zu übernehmen. Gleichwohl – noch nie hatte Tulie sich solche Sorgen um Deegie gemacht wie heute.

Nezzie stieß Tronie mit dem Ellbogen an, woraufhin sie beide Platten mit warmem Essen füllten und diese für Ayla und Deegie an das Herdfeuer des Mammut trugen. Vielleicht ließ sich doch noch alles in die Reihe bringen, wenn sie erst einmal etwas gegessen und Gelegenheit gehabt hätten, ihre Geschichte zu erzählen.

Alle hatte sie sich mit Fragen nach dem Wolfswelpen solange zurückgehalten, bis für die lebensnotwendigen Dinge wie Wärme und Essen für die beiden jungen Frauen – und den kleinen Wolf – gesorgt worden war. Obwohl hungrig, konnte Ayla keinen Bissen hinunterbringen. Immer wieder wanderte ihr Blick dorthin, wo Jondalar verschwunden war. Alle anderen schienen den Weg zum Herdfeuer des Mammut zu finden, denn alle erwarteten den Bericht über ein aufregendes und spannendes Abenteuer, das erzählt und immer wieder erzählt werden konnte. Ob sie in der richtigen Stimmung war oder nicht, alle wollten jetzt ihre Geschichte hören.

Deegie machte den Anfang und erzählte von dem merkwürdigen Umstand, daß sie eine Schlinge ganz leer und zerbissen, die andere mit einem größtenteils aufgefressenen Polarfuchs darin vorgefunden hatte. Jetzt war sie sich übrigens ganz sicher, daß es der schwarze Wolf gewesen war, dem – geschwächt und hungrig und außerstande, allein und ohne Rudel Jagd auf Hirsche, Pferde oder Wisente zu machen – nichts anders übrig geblieben war, als sich an die Füchse zu halten, die sich in den Schlingen verfangen hatten. Ayla meinte sogar, der schwarze Wolf könnte Deegies Spur von einer Schlinge zu anderen gefolgt sein, als sie sie ausgelegt hatte. Dann berichtete Deegie, Ayla habe unbedingt weiße Felle haben wollen, um irgendwas für irgendwen zu machen, diesmal allerdings nicht die Bälge eines weißen Polarfuchses, sondern Hermelinfelle.

Jondalar stieß zu ihnen, nachdem das Geschichtenerzählen bereits begonnen hatte; er setzte sich ganz nach hinten an die Wand und war bemüht, nichts zu sagen und nicht aufzufallen. Schon jetzt tat es ihm leid und er machte sich die heftigsten Vorwürfe, so übereilt fortgezogen zu sein. Als er freilich Deegies Bemerkung über die weißen Felle hörte, wich ihm das Blut aus dem Gesicht. Wenn Ayla für jemand ein Kleidungsstück mit weißem Pelz machte, aber dafür keinen Polarfuchs nehmen wollte, konnte es dafür nur einen Grund geben: daß sie dem Betreffenden bereits einen solchen geschenkt hatte. Und er wußte, wem sie anläßlich ihrer Adoptionsfeier Polarfuchsfelle geschenkt hatte. Jondalar schloß die Augen und ballte die Hände zur Faust. Er wollte nicht einmal daran denken, und doch wollte ihm der Gedanke nicht aus dem Kopf. Ayla mußte vorhaben, dem dunkelhäutigen Mann, der so hinreißend in weißem Pelz aussah, etwas zu machen – Ranec.

Aber auch Ranec fragte sich, wer der Glückliche sein mochte. Er argwöhnte zwar, daß es Jondalar sein müsse, hoffte jedoch, es wäre jemand anders, vielleicht sogar er selbst. Bei diesem Gedanken kam ihm jedoch ein Einfall. Ob sie nun etwas für ihn nähte oder nicht, er konnte immerhin etwas für sie machen. Er erinnerte sich, wie erregt und beglückt sie über das Pferd gewesen war, das er ihr geschnitzt hatte, und erwärmte sich bei dem Gedanken, ihr noch etwas zu schnitzen; etwas, das sie neuerlich erregen und beglücken würde, zumal der große blonde Mann jetzt fortgezogen war. Jondalars Anwesenheit hatte immer einen hemmenden Einfluß auf ihn ausgeübt; trat Jondalar jedoch freiwillig von dem Recht dessen zurück, der zuerst dagewesen war, und verließ er aus freien Stücken ihr Bett und ihr Herdfeuer, fühlte Ranec sich frei, sie aktiver zu umwerben.

Der kleine Wolf winselte leise im Schlaf, und Ayla, die am Rand ihrer Bettplattform saß, griff in den Korb hinein und streichelte ihn beruhigend. Die einzigen Male, da er sich in seinem jungen Leben warm und geborgen gefühlt hatte, waren gewesen, wenn er sich an seine Mutter hatte kuscheln können; die aber hatte ihn häufig allein in der kalten Höhle zurückgelassen. Aylas Hand jedoch hatte ihn aus dem freudlosen und erschreckend einsamen Kessel herausgeholt und ihm Wärme, Nahrung und das Gefühl von Geborgenheit gegeben. Ohne auch nur wach zu werden, ließ er es sich unter ihrem beruhigenden Streicheln wohl sein.

Ayla ließ Deegie die Geschichte zu Ende erzählen und ergänzte sie nur hier und da durch Kommentare und Erklärungen. Ihr war nicht nach Reden; außerdem war es interessant, daß die Geschichte der anderen jungen Frau nicht die gleiche war, die sie erzählt hätte. Sie entsprach deshalb zwar nicht weniger der Wahrheit, verriet aber einen anderen Gesichtspunkt, und Ayla war über manche Eindrücke ihrer Freundin überrascht. Sie selbst hatte die Situation nicht ganz so gefährlich gesehen. Deegie hatte sich vor dem Wolf weit mehr gefürchtet als sie; offenbar hatte sie wenig Verständnis für diese Tiere und kannte sich nicht mit ihnen aus.

Wölfe gehörten zu den sanftmütigsten Fleischfressern und waren in ihrem Verhalten sehr berechenbar; allerdings mußte man auf die Signale achten, die sie von sich gaben. Wiesel etwa waren weit blutrünstiger als Wölfe, und Bären unberechenbarer. Daß Wölfe Menschen anfielen, kam äußerst selten vor.

Doch so sah Deegie sie nicht. Sie sagte, der Wolf habe Ayla tückisch angegriffen, und sie selbst habe vor Angst gezittert. Es hatte zwar gefährlich ausgesehen, doch selbst wenn Ayla ihn nicht abgewehrt hätte – der Angriff hatte nur der Verteidigung des Wolfes gedient. Möglich, daß sie verletzt worden wäre, aber getötet höchstwahrscheinlich nicht; auch war der Wolf ja zurückgewichen und hatte, sobald er sich des Hermelins hatte bemächtigen können, die Flucht ergriffen. Als Deegie beschrieb, wie Ayla dann mit dem Kopf voran in die Höhle des Wolfs hineingekrochen war, sahen alle sie bewundernd und ehrfurchtsvoll an. Sie mußte entweder sehr mutig oder sehr töricht sein; Ayla selbst hielt sich weder für das eine noch für das andere. Sie wußte, daß in der Gegend keine anderen erwachsenen Wölfe waren; sonst hätte sie deren Fährten sehen müssen. Die schwarze Wölfin war eine Einzelgängerin gewesen, die vermutlich weit von ihrem Heimatrevier entfernt lebte, und die schwarze Wölfin war tot.

Deegies anschaulicher Bericht von Aylas Taten erregte in einem der Zuhörer nicht nur Ehrfurcht und Bewunderung. Jondalar war immer aufgeregter geworden. Er schmückte die Geschichte im Geiste womöglich noch mehr aus und sah Ayla nicht nur in großer Gefahr, sondern von Wölfen angefallen und blutend und vielleicht noch schlimmer zugerichtet. Er konnte die Vorstellung nicht ertragen, und die Angst, die ihn vorhin so unsicher gemacht hatte, kehrte jetzt mit doppelter Macht zurück. Andere Leute bewegten ähnliche Gefühle.

»Du hättest dich nicht in eine solche Gefahr bringen sollen, Ayla!« sagte die Anführerin.

»Mutter!« sagte Deegie in vorwurfsvollem Ton. Tulie hatte vorhin beteuert, sie werde ihre Sorgen nicht zur Sprache bringen.

Andere, die noch ganz von Aylas Abenteuer gebannt waren, funkelten sie ärgerlich an, daß sie ein so gut erzähltes, spannendes Abenteuer einfach unterbrach. Daß es sich nicht um eine erfundene Geschichte handelte, machte das Ganze nur um so erregender; auch wenn sie später noch oft erzählt werden sollte, nie wieder würde der Eindruck so stark sein wie beim ersten Mal. Die ganze Stimmung wurde verdorben – und schließlich war Ayla heil und gesund wieder heimgekommen.

Ayla sah erst Tulie an und dann Jondalar. Sie hatte es im selben Augenblick gewußt, da er zurückgekommen war ans Herdfeuer des Mammut: Er war wütend, und Tulie offensichtlich auch. »Ich war gar nicht so sehr in Gefahr«, sagte sie.

»Willst du etwa behaupten, es sei nicht gefährlich, in eine Wolfshöhle einzudringen?« wollte Tulie wissen.

»Nein. Es bestand keinerlei Gefahr. Schließlich war es der Bau einer Einzelgängerin, und die war auch noch tot. Ich bin doch nur hineingekrochen, um nach ihren Welpen zu sehen.«

»Mag sein, aber war es denn nötig, so lange draußen zu bleiben, bloß um der Fährte eines Wolfes zu folgen? Bei eurer Rückkehr war es fast dunkel.«

Jondalar hatte das gleiche gesagt. »Aber ich wußte, daß die schwarze

Wölfin Junge hatte. Schließlich hatte sie Zitzen und säugte. Ohne ihre Mutter hätten sie zugrunde gehen müssen«, erklärte Ayla, obwohl sie das bereits einmal gesagt und gedacht hatte, man hätte es begriffen.

»Dann setzt du also dein eigenes Leben« – und das von Deegie, dachte sie, auch wenn sie es nicht aussprach – »aufs Spiel für das Leben eines Wolfs? Nachdem der schwarze Wolf dich angegriffen hatte, war es doch aberwitzig, ihm nachzusetzen, bloß um das Hermelin zurückzubekommen. Du hättest es ihm überlassen sollen.«

»Da muß ich widersprechen, Tulie«, fiel Talut ihr ins Wort. Alle drehten sich nach dem Anführer um. »Es gab einen halbverhungerten Wolf in der Nähe, einen, der Deegie bereits beim Schlingenlegen verfolgt hatte. Wer will denn sagen, ob er ihr nicht bis hierher gefolgt wäre? Das Wetter wird wärmer, die Kinder spielen mehr draußen im Freien. Wenn der Wolf verzweifelt genug gewesen wäre, hätte er auch eines der Kinder anfallen können; wir jedenfalls wären auf so etwas nicht gefaßt gewesen. Jetzt wissen wir, daß der Wolf tot ist. Und das ist gut so.«

Andere nickten zustimmend, doch so leicht ließ Tulie sich nicht zum Schweigen bringen. »Möglich, daß es besser ist, wenn der Wolf jetzt tot ist, aber du kannst nicht behaupten, daß es notwendig war, so lange im Freien zu bleiben, bloß um nach dem Wolfsjungen zu suchen. Und wo sie den Welpen jetzt gefunden hat – was fangen wir damit an?«

»Ich bin der Meinung, Ayla hat das Richtige getan, als sie den Wolf verfolgte und ihn tötete; eine Schande nur, daß es ausgerechnet ein säugendes Muttertier sein mußte, das getötet wurde. Alle Mütter haben das Recht, ihre Jungen großzuziehen, sogar Wolfsmütter. Aber mehr als das – die Mühe, die Ayla und Deegie sich gemacht haben, um die Wolfsfährte bis zu der Höhle zurückzuverfolgen, war keineswegs ganz unnütz, Tulie. Sie fanden ja mehr als nur einen Wolfswelpen. Da sie nur die Spuren eines einzigen Wolfs fanden, wissen wir jetzt, daß keine hungernden Wölfe in der Nähe sind. Und wenn Ayla im Namen der Großen Mutter Mitleid mit dem Jungen der Wolfsmutter hatte, sehe ich darin nichts Schlimmes. Es ist ein so winziger kleiner Welpe.«

»Im Augenblick ist es ein winziger Welpe, aber das wird nicht immer so bleiben. Was wollen wir mit einem ausgewachsenen Wolf um uns herum anfangen? Woher wollen wir wissen, daß er später nicht die Kinder anfällt?« wollte Frebec wissen. »Wir an unserem Herdfeuer werden bald ein kleines Baby haben.«

»So wie sie mit Tieren umgeht, meine ich, sollte Ayla wissen, wie sie den Wolf davon abhält, irgend jemand ein Leid anzutun. Trotzdem möchte ich als Anführer des Löwen-Lagers ausdrücklich sagen« – und bei diesen Worten sah Talut Ayla bedeutsam an –, »sollte auch nur andeutungsweise zu erkennen sein, daß der Wolf jemand etwas zuleide tun könnte, werde ich ihn töten. Bist du damit einverstanden, Ayla?«

Aller Augen wandten sich ihr zu. Ayla errötete und fing an zu stottern, doch dann sprach sie aus, was sie bewegte: »Ich kann nicht mit Sicherheit sagen, daß dieser Wolf, wenn er groß ist, nicht jemand verletzt. Ich kann nicht einmal sagen, ob er bei uns bleibt. Ich habe ein Pferd von ganz klein auf großgezogen. Es war eine Stute, und sie verließ mich, um ihren Hengst zu finden; dann ist sie für eine Zeitlang bei einer Herde geblieben, aber schließlich ist sie zurückgekehrt. Und auch einen Höhlenlöwen habe ich großgezogen, bis er voll ausgewachsen war. Winnie war zu Baby, als er noch klein war, wie eine Helferin der Mutter, und die beiden haben sich angefreundet. Obwohl Höhlenlöwen Pferde reißen und er auch mir leicht hätte etwas antun können – er hat weder Winnie noch mich jemals bedroht. Er war immer nur mein Baby.

Als Baby fortging, weil er eine Löwin suchte, ist er nicht zu mir zurückgekommen; aber besucht hat er mich häufig, und ein paarmal sind wir ihm auch auf der Steppe begegnet. Er hat weder Winnie noch Renner, noch mich jemals bedroht, auch nachdem er eine Löwin gefunden hatte und sein eigenes Rudel gründete. Baby hat zwei Männer angegriffen, als sie in seine Höhle eindrangen; einen davon hat er getötet, doch als ich ihm befahl wegzugehen und Jondalar und seinen Bruder in Ruhe zu lassen, hat er das getan. Höhlenlöwen und Wölfe sind beides fleischfressende Raubtiere. Mit einem Höhlenlöwen habe ich zusammengelebt, und ich habe Wölfe beobachtet. Ich glaube nicht, daß ein Wolf, der mit den Menschen eines Lagers aufwächst, diesen jemals etwas tun wird, aber eines möchte ich klar und deutlich sagen: Sollte jemals auch nur die Andeutung von Gefahr für ein Kind oder überhaupt einen Menschen bestehen« – sie schluckte ein paarmal –, »dann werde ich, Ayla von den Mamutoi, ihn eigenhändig töten.«

Ayla beschloß, den Wolfswelpen gleich am nächsten Morgen mit Winnie und Renner zusammenzubringen, damit diese sich an die Witterung gewöhnten und unnötige Nervosität vermieden wurde. Nachdem sie ihm zu fressen gegeben hatte, nahm sie den kleinen Hund und trug ihn hinüber in den Pferdeanbau, um ihn mit ihren Pferden bekannt zu machen. Ohne daß sie davon wußte, hatten ein paar Leute sie hinübergehen sehen.

Ehe sie sich den Pferden mit dem jungen Wolf näherte, nahm sie einen trockenen Brocken Pferdedung, zerkrümelte ihn und rieb das Wolfsjunge mit dem faserigen Dung ein. Ayla hoffte, daß das Steppenpferd bereit sei, sich mit noch einem kleinen Raubtier anzufreunden, wie es das zuvor mit dem Höhlenlöwen getan hatte; allerdings fiel ihr ein, daß Winnie

Baby bereitwilliger akzeptiert hatte, nachdem dieser sich in ihrem Dung gewälzt hatte.

Als sie Winnie die Handvoll flauschigen Fells hinhielt, scheute die Stute zuerst und wandte sich ab, doch dann gewann ihre natürliche Neugier die Oberhand. Vorsichtig kam sie näher und witterte zusammen mit dem beunruhigenden Wolfsgeruch den tröstlichen und vertrauten Geruch des eigenen Dungs. Renner war nicht minder neugierig, aber weniger vorsichtig. Besaß er einerseits instinktiv Mißtrauen Wölfen gegenüber, hatte er andererseits nie mit einer wilden Herde gelebt und war nie von einem Rudel geschickter Jäger gejagt worden. Er trat daher näher an das warme und lebendige, interessante, irgendwie jedoch auch bedrohliche wuschelige Etwas heran, das Ayla zwischen den beiden Händen hielt, und streckte den Hals vor, um die Sache genauer zu begutachten.

Nachdem die beiden Pferde ausgiebig geschnuppert hatten, um sich mit dem Welpen vertraut zu machen, setzte Ayla ihn vor den beiden großen Weidetieren auf die Erde und hörte, wie heftig Luft eingesogen wurde. Sie warf einen Blick hinüber auf den Zugang zum Herdfeuer des Mammut und sah, daß Latie den Fellvorhang beiseite hielt. Talut, Jondalar und etliche andere drängten sich hinter ihr. Sie wollten Ayla nicht stören, aber auch sie waren neugierig und konnten der Verlockung nicht widerstehen, die erste Begegnung zwischen einem Wolfsjungen und den Pferden mitzuerleben. So klein er war, der Wolf war ein Raubtier, und Pferde stellten die natürliche Beute von Wölfen dar. Allerdings: Hufe und Zähne konnten mächtige Waffen sein. Es war bekannt, daß Pferde voll ausgewachsene, angreifende Wölfe getötet hatten; mit einem solch kleinen Räuber konnten sie leicht fertigwerden.

Doch die Pferde wußten, daß der kleine Jäger ihnen nicht gefährlich werden konnte, und so überwanden sie ihren anfänglichen Argwohn bald. Mehr als nur einer der Zuschauer mußte lächeln, als der kleine Wolf, immer noch unsicher auf den Beinen und nicht größer als ein Huf, an den riesigen Beinen der merkwürdigen Giganten hinaufblickte. Winnie senkte den Kopf und schob ihn schnüffelnd vorwärts, zog ihn wieder zurück, schob dem Wolf dann wieder die Nüstern entgegen. Renner näherte sich dem interessanten Tierbaby von der anderen Seite. Das Wolfsjunge duckte sich und wand sich auf dem Boden, als es die riesigen Köpfe näher kommen sah. Doch aus der Sicht des winzigen Welpen war die ganze Welt von Giganten bevölkert. Auch die Menschen waren für ihn Riesen, auch die Frau, die ihn fütterte.

Er konnte in dem warmen Atem, der ihn aus den geblähten Nüstern anwehte, nichts Bedrohliches entdecken. Für die feine Nase des Wolfs hatte die Witterung der Pferde etwas Vertrautes. Sie durchdrang Aylas

Kleider und Habseligkeiten, ja sogar die Frau selbst. Der kleine Wolf kam zu dem Schluß, daß auch diese vierbeinigen Giganten zu seinem Rudel gehörten, und reckte mit dem normalen kleinhundehaften Eifer zu gefallen den Kopf, um mit seiner winzigen schwarzen Schnauze das weiche, warme Maul der Stute anzustupsen.

»Sie küssen sich die Nase!« hörte Ayla Latie laut wispernd sagen.

Als der Wolf anfing, der Stute entsprechend der üblichen Art, mit der Welpen sich Angehörigen ihres Rudels näherten, das Maul zu lecken, hob Winnie rasch den Kopf. Aber sie war viel zu angetan von dem überraschenden kleinen Tier, um länger fortzubleiben, und so ließ sie sich bald das liebkosende Lecken des kleinen Räubers gefallen.

Nachdem sie sich eine Zeitlang miteinander beschäftigt hatten, hob Ayla den jungen Wolf auf und trug ihn wieder zurück ins Langhaus. Das war zwar ein vielversprechender Anfang gewesen, doch wollte sie nichts übertreiben. Später wollte sie den kleinen Wolf auf einen Ritt mitnehmen.

Ayla hatte bemerkt, daß Jondalar das Gesicht amüsiert verzog, als die Tiere sich miteinander bekannt machten. Dieser Ausdruck, der ihr einst so vertraut gewesen war, ließ plötzlich ein unsägliches Glücksgefühl in ihr aufwallen. Vielleicht war er doch bereit, ans Herdfeuer des Mammut zurückzukehren, jetzt, wo er Zeit gehabt hatte, es sich noch einmal zu überlegen. Doch als sie hineinging und ihn mit einem Lächeln – ihrem schönen Lächeln – bedachte, wandte er den Blick ab und senkte die Augen. Dann folgte er rasch Talut an die Kochstelle. Ayla ließ, da ihre Freude sich verflüchtigte, den Kopf hängen; was zurückblieb, war eine schmerzende Schwere, und sie war überzeugt, daß er sich in der Tat nichts mehr aus ihr mache.

Nichts entsprach weniger der Wahrheit. Er bedauerte, so übereilt gehandelt zu haben, schämte sich, ein so unreifes Verhalten an den Tag gelegt zu haben, und war fest überzeugt, nach seinem abrupten Fortgehen nicht mehr erwünscht zu sein. Er war sich sicher, daß das Lächeln nicht ihm galt, und meinte, es beziehe sich nur auf die erfolgreiche Begegnung zwischen den Tieren. Doch sie überhaupt lächeln zu sehen erfüllte ihn mit einer solchen Qual der Liebe und des Verlangens, daß er es nicht ertragen konnte, in ihrer Nähe zu sein.

Ranec sah, wie Aylas Augen dem Rücken des großen Mannes folgten. Er fragte sich, wie lange ihre Trennung wohl dauern und wie sie sich auswirken würde. Obwohl er geradezu Angst hatte, auch nur zu hoffen, konnte er nicht umhin zu denken, daß Jondalars Fortgehen seine Chancen bei Ayla vielleicht erhöhte. Dumpf ahnte er, daß er mit ein Grund für die Trennung war, spürte jedoch, daß das Problem zwischen den beiden tiefer ging. Ranec hatte kein Hehl daraus gemacht, daß er sich für Ayla interessierte. Jondalar war nicht zu ihm gekommen, um ihm klipp und klar zu sagen, daß er die Absicht habe, eine Beziehung zu Ayla zu haben, die jeden anderen ausschloß; er hatte nur mit unterdrücktem Zorn reagiert und sich zurückgezogen. Ayla wiederum hatte ihn zwar nicht geradezu ermuntert, aber ihm die kalte Schulter gezeigt hatte sie auch nicht.

Es stimmte, Ayla mochte Ranecs Gesellschaft. Sie war sich nicht sicher, was Jondalar eigentlich dazu bewog, sich von ihr fernzuhalten, war sich jedoch ziemlich sicher, daß der Grund in einem falschen Verhalten ihrerseits zu suchen sei. Ranecs werbende Aufmerksamkeit flößte ihr das Gefühl ein, daß ihr Verhalten doch nicht ganz unangebracht sein konnte.

Latie stand neben Ayla. Ihr leuchtete das Interesse an dem Wolfsjungen aus den Augen, das Ayla hielt. Ranec gesellte sich zu ihnen.

»Dieses Bild werde ich nie vergessen, Ayla«, sagte Ranec. »Wie dieser Winzling dem riesigen Pferd die Nase küßte. Ein kühner kleiner Wolf ist das!«

Sie hob den Blick, lächelte und freute sich über Ranecs Lob genauso, als wäre das Tier ihr eigenes Kind gewesen. »Anfangs hatte Wolf Angst. Sie sind ja soviel größer als er. Ich bin froh, daß sie sich so rasch angefreundet haben.«

»Willst du ihn so nennen? Wolf?« fragte Latie.

»Ich habe nicht richtig darüber nachgedacht, aber mir scheint das ein passender Name.«

»Ich könnte mir keinen passenderen denken«, gab auch Ranec zu.

»Was meinst du, Wolf?« fragte Ayla, hielt ihr Wolfjunges in die Höhe und sah zu ihm hinauf. Der Welpe wand sich und wollte zu ihr und leckte ihr das Gesicht. Alle lächelten.

»Ich glaube, es gefällt ihm«, sagte Latie.

»Du kennst dich wirklich aus mit Tieren, Ayla«, sagte Ranec und fügte dann mit einem fragenden Blick hinzu: »Aber da ist etwas, das ich gern wüßte. Woher hast du gewußt, daß die Pferde ihm nichts tun würden? Wolfsrudel machen Jagd auf Pferde, und ich habe selbst gesehen, wie Pferde Wölfe umgebracht haben. Sie sind tödlich miteinander verfeindet.«

Ayla hielt inne und überlegte. »Ich bin mir nicht sicher. Ich habe es einfach gewußt. Vielleicht wegen Baby. Auch Höhlenlöwen reißen Pferde, aber ihr hättet Winnie mal erleben sollen, wie der Löwe noch klein war. Sie hat ihn behütet wie eine Mutter oder zumindest wie eine Tante. Winnie hat gewußt, daß ein Baby-Wolf ihr nichts anhaben konnte, und Renner scheint das gleichfalls gewußt zu haben. Ich glaube, wenn sie sich von klein auf kennen würden, könnten viele Tiere miteinander befreundet sein, und mit den Menschen auch.«

»Ist das der Grund, warum Winnie und Renner deine Freunde sind?« fragte Latie.

»Ja, ich glaube. Wir haben Zeit gehabt, uns aneinander zu gewöhnen und uns genau kennenzulernen. Und diese Zeit braucht Wolf auch.«

»Meinst du, er könnte sich auch an mich gewöhnen?« fragte Latie mit einer solchen Sehnsucht in der Stimme, daß Ayla über soviel Gefühl lächeln mußte.

»Hier«, sagte sie und reichte dem Mädchen den Welpen hin. »Nimm ihn mal.«

Latie herzte das warme, sich windende Tier auf ihrem Arm und drückte es an sich, dann neigte sie ihm die Wange zu und spürte das weiche wuschlige Haar daran. Wolf leckte auch ihr das Gesicht; damit gehörte auch sie zu seinem Rudel.

»Ich glaube, er mag mich«, sagte Latie. »Er hat mich eben geküßt.«

Ayla lächelte über die begeisterte Reaktion. Sie wußte, daß solch freundliches Verhalten bei Wolfswelpen ganz natürlich war; Menschen schienen es für genauso unwiderstehlich zu halten wie ausgewachsene Wölfe. Erst wenn sie größer waren, wurden Wölfe scheu, waren auf der Hut und Fremden gegenüber mißtrauisch.

Die junge Frau vermerkte interessiert, wie der Welpe auf Laties Arms aussah. Noch trug der Kleine das einheitlich graue Fell der ganz jungen Tiere. Erst später entwickelten sich die dunklen und helleren Streifen der typischen Goldhasenfarbe des ausgewachsenen Wolfs – falls überhaupt. Seine Mutter war durch und durch schwarz gewesen, dunkler noch als ihr Welpe.

Als sie Crozies Gezeter hörten, fuhren die Köpfe aller drei herum.

»Deine Versprechungen bedeuten gar nichts! Du hast versprochen, mir Respekt zu beweisen! Und mir dein Wort darauf gegeben, ich würde immer willkommen sein, egal, was auch geschähe!«

»Ich weiß, was ich versprochen habe. Du brauchst mich nicht daran zu erinnern«, schrie Frebec.

Der Streit kam nicht unerwartet. Der lange Winter hatte Zeit gelassen zum Fertigen und Heilmachen von Dingen, zum Schnitzen und Flechten, zum Geschichtenerzählen, Liedersingen, Spiele- und Musikinstrumentespielen; Muße, sich allen Zeitvertreib und allen Ablenkungen hinzugeben, die je erdacht worden waren. Doch da die lange Jahreszeit sich ihrem Ende näherte, war auch der Zeitpunkt gekommen, wo die Enge und das ständige Zusammensein dazu verführte, einmal aus der Haut zu fahren. Der unterschwellige Konflikt zwischen Frebec und Crozie hatte dermaßen verkrampfte Beziehungen ergeben, daß die meisten Leute meinten, bald müsse es einmal zum Ausbruch kommen.

»Und jetzt sagst du, du möchtest, daß ich fortgehe. Ich bin eine Mutter, die nicht weiß wohin, und du möchtest, daß ich gehe. Nennst du das dein Versprechen halten?«

Bei dem Wortgefecht kamen sie den Mittelgang herunter, und bald erreichte es mit voller Kraft das Herdfeuer des Mammut. Das Wolfsjunge bekam es bei dem Lärm und dem Aufruhr mit der Angst und strampelte, bis Latie es fallen ließ und es verschwunden war, ehe sie sah, wohin es lief.

»Ich halte meine Versprechen«, sagte Frebec. »Du hast es nicht richtig mitbekommen. Was ich meinte, war ...« Zwar hatte er ihr wirklich sein Wort gegeben, doch hatte er damals nicht gewußt, wie es sein würde, mit der alten Nörglerin zusammenzuleben. Wenn er doch bloß Fralie haben könnte, ohne es auch noch mit ihrer Mutter aufnehmen zu müssen, dachte er, sah sich um und suchte nach einer Möglichkeit, aus der Klemme herauszukommen, in die Crozie ihn gebracht hatte.

»Was ich meinte, war ...« Er bemerkte Ayla und sah sie geradewegs an. »Wir brauchen mehr Raum. Das Herdfeuer des Kranichs ist nicht groß genug für uns. Was sollen wir überhaupt machen, wenn das Baby kommt? Hier an diesem Herdfeuer scheint es jede Menge Platz zu geben – selbst für Tiere!«

»Der ist nicht für die Tiere da, das Herdfeuer des Mammut war schon immer so groß, auch ehe Ayla kam«, sagte Ranec und eilte Ayla zur Hilfe. »Alle versammeln wir uns hier, und deshalb muß es größer sein als die anderen Herdfeuer. Dabei reicht es noch nicht mal, wenn alle auf einmal herkommen. Du kannst einfach kein so großes Herdfeuer haben wie dieses.«

»Habe ich das denn etwa verlangt? Ich habe nur gesagt, unseres ist nicht groß genug für uns. Wieso schafft das Löwen-Lager es, Platz für Tiere zu machen, aber für Menschen nicht?«

Immer mehr Leute drängten herbei, um zu sehen, was vorging. »Du kannst keinen Raum vom Herdfeuer des Mammut abtrennen«, erklärte Deegie und machte einen Schritt zurück, damit der alte Schamane vortreten konnte. »Sag du es ihm, Mamut!«

»Niemand hat dem Wolf Platz gemacht. Er schläft in einem Korb am Kopfende ihres Bettes«, begann Mamut in vernünftigem Ton. »Du deutest unterschwellig an, Ayla verfüge über dies ganze Herdfeuer, dabei hat sie nur sehr wenig Raum für sich selbst. Hier versammeln wir uns alle, ob eine Zeremonie abgehalten wird oder nicht, besonders die Kinder. Hier ist immer jemand, Fralie und ihre Kinder eingeschlossen, manchmal jedenfalls.«

»Ich habe Fralie gesagt, daß ich es nicht mag, wenn sie hier soviel Zeit verbringt, aber sie sagt, sie braucht mehr Raum, wenn sie ihre Arbeiten ausbreitet. Fralie wäre zum Arbeiten nicht hierhergekommen, wenn wir an unserem eigenen Herdfeuer Platz genug hätten.«

Fralie errötete und kehrte zurück ans Herdfeuer des Kranichs. Zwar hatte sie dies zu Frebec gesagt, doch entsprach es nicht ganz der Wahrheit. Sie verbrachte auch der Gesellschaft der anderen wegen gern einige Zeit am Herdfeuer des Mammut – und weil Aylas Ratschläge ihr geholfen hatten, ihre schwierige Schwangerschaft besser zu überstehen. Jetzt meinte Fralie, sich in Zukunft fernhalten zu müssen.

»Den Wolf habe ich doch gar nicht gemeint«, fuhr Frebec fort, »obwohl mich keiner gefragt habe, ob ich die Erdhütte mit diesem Tier teilen wollte. Ich wüßte nicht, wieso ich dazu käme, mit Tieren unter einem Dach zu leben, bloß weil es irgend jemand einfällt, sie hierherzubringen. Ich bin kein Tier, bin auch nicht mit Tieren aufgewachsen, aber hier gelten Tiere mehr als Menschen. Das gesamte Lager ist zwar dabei, wenn es gilt, für Pferde einen Extraraum zu bauen; wir hingegen müssen uns mit den beengten Verhältnissen des kleinsten Herdfeuers abfinden.«

Diese Behauptung hatte einen allgemeinen Aufruhr zur Folge, und alle redeten laut durcheinander; jeder war bemüht, sich Gehör zu schaffen.

»Was soll das heißen, ›das kleinste Herdfeuer‹?« versetzte Tornec erbost. »Wir haben nicht mehr Platz als ihr, vielleicht sogar weniger, wie viele andere auch.«

»Das stimmt«, sagte Tronie. Manuv ließ durch nachdrückliches Nicken erkenne, daß er ihr beipflichtete.

»Viel Platz hat niemand«, sagte Ranec.

»Er hat recht«, stimmte Tronie nochmals zu, diesmal jedoch mit größerem Nachdruck. »Ich glaube, sogar das Herdfeuer des Löwen ist kleiner als eures, Frebec, und dort leben mehr Menschen als bei euch, und älter sind sie auch noch. Bei denen ist es wirklich beengt. Vielleicht sollten sie etwas Raum vom Kochbereich abbekommen. Wenn ein Herdfeuer es verdient hätte, dann das des Löwen.«

»Aber das Herdfeuer des Löwen bittet nicht um mehr Platz«, versuchte Nezzie zu vermitteln.

Ayla sah von einem zum anderen, sie konnte einfach nicht begreifen, wieso plötzlich das gesamte Lager lautstark an diesem Streit teilnahm; dabei hatte sie das Gefühl, irgendwie sei alles ihre Schuld.

Plötzlich übertönte ein lautes Geschrei den allgemeinen Lärm, und alle verstummten. Talut hatte mit gebieterischer Selbstsicherheit mitten im Herdfeuer Aufstellung genommen. Die Beine hatte er gespreizt, und in der Rechten hielt er den geheimnisvoll verzierten, langen und geraden Elfenbeinstab. Tulie trat zu ihm und unterstützte ihn mit ihrer Autorität. Ayla fühlte sich von dem mächtigen Paar regelrecht eingeschüchtert.

»Ich habe den Sprecherstab geholt«, sagte Talut, hielt den Stab in die Höhe und schüttelte ihn, um dem Gesagten Nachdruck zu verleihen. »Wir werden das Problem friedlich besprechen und eine Lösung suchen, die alle befriedigt.«

»Im Namen Der Mutter: Niemand entehre den Sprecherstab«, fügte Tulie hinzu. »Wer will als erster sprechen?«

»Ich meine, als erster sollte Frebec sprechen«, sagte Ranec. »Er ist es, der das Problem hat.«

Ayla hatte sich an den Rand zurückgezogen und war bemüht, von diesen lärmenden, durcheinanderschreienden Menschen fortzukommen. Sie merkte, daß Frebec alles andere als wohl in seiner Haut war; die ganze unfreundliche Aufmerksamkeit, die sich auf ihn richtete, machte ihn nervös. Ranecs wenige Worte hatten deutlich gemacht, daß der ganze Aufruhr der Meinung aller anderen nach seine Schuld war. Ayla, die etwas verdeckt hinter Danug stand, betrachtete Frebec vielleicht zum erstenmal eingehender.

Er war von durchschnittlicher Größe, eher sogar ein wenig darunter. Jetzt, wo sie zum ersten Mal bewußter hinsah, meinte sie, selber sogar etwas größer zu sein als er, doch war sie auch etwas größer als Barzec und ungefähr genauso groß wie Wymez. Sie war so sehr daran gewöhnt, alle anderen immer zu überragen, daß sie nicht weiter darauf geachtet hatte. Frebec hatte hellbraunes Haar, das sich etwas lichtete, Augen von einem mittleren Blau und klare, ebenmäßige Züge ohne irgendwelche Entstellungen. Er war ein ganz gewöhnlich aussehender Mann, und sie konnte nichts entdecken, was verraten hätte, warum er stets ein so streitsüchtiges, verletzendes Verhalten an den Tag legte. Es hatte Zeiten gegeben, da sie nichts sehnlicher gewünscht hatte, als genauso wie der Rest des Clan auszusehen – so wie Frebec sich durch nichts von den Angehörigen des Löwen-Lagers unterschied.

Als Frebec vortrat und den Sprecherstab von Talut in Empfang nahm, bemerkte Ayla aus den Augenwinkeln heraus, daß Crozie hämisch den Mund verzog. Zweifellos war die alte Frau zumindest zum Teil für Frebecs Verhalten verantwortlich, doch war das alles? Die Ursachen mußten tiefer liegen. Ayla suchte nach Fralie, entdeckte sie jedoch nicht unter den am Herdfeuer des Mammut Versammelten. Schließlich sah sie, daß die Schwangere am äußersten Rand vom Herdfeuer des Kranichs stand und von dort aus alles verfolgte.

Frebec räusperte sich ein paarmal, packte dann den Sprecherstab fester und begann: »Jawohl, ich habe ein Problem.« Er sah sich unruhig um, machte dann eine finstere Miene und reckte sich, so hoch er konnte. »Ich meine, wir vom Herdfeuer des Kranichs haben ein Problem. Das Herdfeuer ist einfach nicht geräumig genug. Wir haben kaum Platz zum Arbeiten, es ist das kleinste Herdfeuer im ganzen Langhaus ...«

»Es ist nicht das kleinste. Ihres ist größer als unseres!« fiel Tronie ihm in die Rede. Sie konnte sich einfach nicht zurückhalten.

Tulie bedachte sie mit strengem Blick. »Du wirst Gelegenheit haben zu sprechen, sobald Frebec fertig ist.«

Tronie errötete und murmelte Entschuldigungen. Ihre Verlegenheit schien Frebec Mut zu machen. Seine Haltung wurde aggressiver.

»Wir haben im Moment nicht genug Platz. Fralie hat keinen Raum zum arbeiten und ... und Crozie braucht auch mehr Platz. Bald werden wir eine Person mehr sein. Ich finde, wir sollten mehr Platz bekommen.« Frebec übergab den Stab wieder an Talut und trat zurück.

»Tronie, jetzt kannst du sprechen«, sagte Talut.

»Ich finde nicht ... ich wollte ja bloß ... nun, vielleicht sollte ich doch«, sagte sie, trat vor und ergriff den Stab. »Wir haben nicht mehr Platz als das Herdfeuer des Kranichs, und wir sind genauso viele Menschen.« Um dann noch, Taluts Beistand erheischend, hinzuzusetzen: »Ich glaube, sogar das Herdfeuer des Löwen ist kleiner ...«

»Das ist nicht wichtig, Tronie«, sagte Talut. »Das Herdfeuer des Löwen verlangt nicht mehr Raum, und wir sind auch dem Herdfeuer des Kranichs nicht so nahe, daß Frebecs Begehren nach mehr Platz uns beeinträchtigen könnte. Ihr vom Herdfeuer des Rentiers habt das Recht, eure Meinung zu sagen, denn Veränderungen am Herdfeuer des Kranichs könnten sich sehr wohl auf die Platzverhältnisse bei euch auswirken. Möchtest du sonst noch etwas sagen?«

»Nein, ich glaube nicht«, sagte Tronie kopfschüttelnd und reichte ihm den Stab zurück.

»Sonst noch jemand?«

Jondalar wünschte, er könnte etwas sagen, das helfen würde, aber er war ein Außenseiter und fand, es stünde ihm schlecht an, sich einzumischen. Es verlangte ihn, an Aylas Seite zu stehen; wie sehr er es inzwischen bedauerte, seinen Schlafplatz verlegt zu haben! Er war deshalb fast froh, als Ranec vortrat und den Sprecherstrab übernahm. Irgend jemand mußte sich für sie einsetzen.

»Es ist nicht besonders wichtig, aber Frebec übertreibt. Ich kann nicht sagen, ob sie mehr Platz brauchen oder nicht, aber das Herdfeuer des Kranichs ist mitnichten das kleinste. Diese Ehre fällt dem Herdfeuer des Fuchses zu. Aber wir sind nur zu zweit, und wir sind zufrieden.«

Gemurmelt wurde laut, und Frebec funkelte den Bildschnitzer an. Die beiden Männer waren nie besonders gut miteinander ausgekommen. Ranec hatte immer das Gefühl gehabt, sie hätten wenig gemeinsam, und neigte dazu, Frebec einfach nicht zur Kenntnis zu nehmen. Frebec empfand das als Verachtung, und ganz so unrecht hatte er damit nicht. Insbesondere seit er angefangen hatte, geringschätzig über Ayla zu reden, hatte Ranec nicht mehr viel für ihn übrig gehabt.

Talut, der einen allgemeinen Streit gern vermeiden wollte, hob die Stimme und wandte sich an Frebec. »Wie sollte deiner Meinung nach der Platz in der Erdhütte aufgeteilt werden, damit ihr mehr Raum habt?« Mit dieser Frage übergab er den Elfenbeinstab an Frebec.

»Ich habe nie behauptet, ich wollte dem Herdfeuer des Rentiers Platz wegnehmen. Nur finde ich, daß manche Leute, wenn sie sogar für Tiere Platz haben, mehr Raum haben als sie brauchen. Für die Pferde ist ein ganzer Anbau an das Langhaus gebaut worden, aber bei uns scheint es niemand weiter zu beeindrucken, daß wir bald eine Person mehr sein werden. Vielleicht könnte man einiges ... verlegen«, schloß Frebec lahm. Er war nicht glücklich, als er sah, wie Mamut nach dem Sprecherstab griff.

»Willst du andeuten, daß – um dem Herdfeuer des Kranichs mehr Platz zu verschaffen – das Herdfeuer des Rentiers in das des Mammut verlegt werden sollte? Das würde ihnen das Leben außerordentlich erschweren. Und was Fralie und den Umstand betrifft, daß sie hierherkommt, um zu arbeiten, so willst du doch wohl nicht von ihr verlangen, daß sie sich auf das Herdfeuer des Kranichs beschränkt und sonst nirgends hingeht, oder? Das wäre ungesund und würde sie um die Geselligkeit bringen, die sie hier findet. Es wird einfach von ihr erwartet, daß sie ihre Sachen hierherbringt. Dieses Herdfeuer ist dazu da, Arbeiten zu verrichten, für die man mehr Platz braucht, als das eigene Herdfeuer bieten kann. Das Herdfeuer des Mammut gehört allen und ist heute für allgemeine Versammlungen fast schon zu klein.«

Als Mamut den Sprecherstab zurückgab an Talut, sah Frebec aus, als habe er die Zurechtweisung eingesteckt, doch als Ranec den Stab noch einmal ergriff, wurde er widerborstig.

»Was den Anbau für die Pferde betrifft, so haben wir alle unser Gutes von dem zusätzlichen Raum, besonders dann, wenn erstmal die Vorratskeller ausgehoben sein werden. Aber selbst jetzt ist er für viele schon zu einem bequemen Zugang geworden. Mir ist aufgefallen, daß du selbst zum Beispiel deine Oberkleidung dort aufhängst und den neuen Ausgang häufiger benutzt als den alten, Frebec«, sagte Ranec. »Außerdem: Babys sind klein. Die brauchen nicht viel Platz. Ich finde, ihr braucht nicht mehr Raum.«

»Woher willst du das wissen?« mischte Crozie sich ein. »Deinem Herdfeuer ist noch nie ein Kind geboren worden. Babys brauchen sehr wohl Platz, und zwar viel mehr als du denkst.«

Erst nachdem sie dies gesagt hatte, ging Crozie auf, daß sie sich zum erstenmal auf Frebecs Seite gestellt hatte. Sie runzelte die Stirn und meinte dann, vielleicht habe er ja doch recht. Vielleicht brauchten sie wirklich mehr Platz. Es stimmte zwar, daß das Herdfeuer des Mammut der allgemeine Versammlungsplatz war; gleichwohl schien Ayla dadurch, daß sie an einem so großen Herdfeuer lebte, größeres Ansehen zuzuwachsen. Obwohl alle es als ihnen gemeinsam gehörig betrachtet hatten, als Mamut allein dort lebte, taten jetzt – außer bei zeremoniellen Versammlungen – alle so, als gehörte es Ayla. Mehr Platz für das Herdfeuer des Kranichs könnte das Ansehen aller ihrer Angehörigen erhöhen.

Alle schienen Crozies Einwurf als Signal für allgemeine Kommentare zu nehmen; Talut und Tulie sahen einander vielsagend an und ließen zu, daß der allgemeine Ausbruch seinen Verlauf nahm. Manchmal mußten die Leute die Möglichkeit haben, frei heraus zu sagen, was sie dachten. Während dieser Unterbrechung fing Tulie Barzecs Blick auf, und nachdem es wieder ruhig geworden war, trat er vor und bat um den Stab. Tulie gab nickend ihr Einverständnis zu erkennen, als ob sie wüßte, was er sagen würde; dabei hatten sie nicht miteinander gesprochen.

»Crozie hat recht«, sagte er und nickte ihr zu. Die alte Frau straffte sich und nahm die Zustimmung huldvoll hin; Barzec stieg in ihrer Achtung. »Babys brauchen in der Tat Platz, viel mehr Platz, als man ihrer Größe nach meinen sollte. Vielleicht ist es an der Zeit, ein paar Veränderungen vorzunehmen, aber ich bin nicht der Meinung, daß dem Herdfeuer des Mammut Platz weggenommen werden sollte. Die Bedürfnisse am Herdfeuer des Kranichs wachsen, doch die Bedürfnisse am Herdfeuer des Auerochsen werden geringer. Tarneg lebt jetzt im Lager seiner Frau, und bald wird er zusammen mit Deegie ein neues Lager gründen. Dann wird auch sie fort sein. Deshalb wird das Herdfeuer des Auerochsen, das Verständnis hat für die Bedürfnisse einer größer werdenden Familie, etwas von seinem Bereich an das Herdfeuer des Kranichs abgeben.«

»Bist du zufrieden, Frebec?« fragte Talut.

»Ja«, antwortete Frebec, der kaum wußte, wie er auf die plötzliche Wendung reagieren sollte, die die Ereignisse genommen hatten.

»Dann überlasse ich es euch, euch darüber zu einigen, wieviel Platz das Herdfeuer des Auerochsen abgibt; allerdings meine ich, es ist nur gerecht, damit zu warten, bis Fralie ihr Baby bekommen hat. Bist du damit einverstanden?«

Frebec nickte. Er war immer noch überwältigt. In dem Lager, aus dem er kam, wäre er im Traum nicht darauf gekommen, mehr Platz zu verlangen; und wenn er das getan hätte, wäre er einfach ausgelacht worden. Er hatte weder ein Anrecht darauf gehabt, noch das Ansehen genossen, das es ihm erlaubt hätte, solche Forderungen zu stellen. Als der Streit mit Crozie angefangen hatte, hatte er überhaupt nicht an mehr Platz gedacht. Er hatte nur blindlings nach einer Möglichkeit gesucht, auf ihre ständigen Sticheleien zu reagieren, auch wenn ihre Beschuldigungen noch so berechtigt waren. Jetzt bekehrte er sich rasch zu der Meinung, daß der Platzmangel der Grund für all ihren Streit gewesen war und sie sich endlich einmal auf seine Seite gestellt hatte. Der schöne Schauder des Erfolgs durchrieselte ihn. Er hatte eine Schlacht gewonnen. Zwei Schlachten: eine gegen das Lager, und eine gegen Crozie. Als die Leute auseinandergingen, sah er Barzec mit Tulie reden, und ihm ging auf, daß er beiden Dank schuldete.

»Ich danke euch für euer Verständnis«, sagte Frebec zu der Anführerin und dem Mann vom Herdfeuer des Auerochsen.

Barzec wehrte das wie üblich ab, doch wären sie beide wenig erfreut gewesen, hätte Frebec sich nicht bei ihnen bedankt. Sie waren sich sehr wohl darüber im klaren, daß der Wert ihres Zugeständnisses weit über die paar Fuß Raum hinausging. Sie hatten damit kundgetan, daß das Herdfeuer des Kranichs ein Ansehen besaß, welches ein Zugeständnis vom Herdfeuer der Anführerin verdiente; diese Anerkennung galt auch dann, wenn Tulie und Barzec das Ansehen von Crozie und Fralie gemeint hatten, als sie glaubten, der veränderten Familienverhältnisse wegen über eine Grenzverlegung miteinander reden zu müssen. Sie hatten die veränderten Bedürfnisse der beiden Familien vorausgesehen. Barzec hatte sogar daran gedacht, das Problem weit früher zur Sprache zu bringen, doch Tulie hatte gemeint, sie sollten einen geeigneten Augenblick abwarten und die Sache vielleicht als Geschenk für das Baby betrachten.

Beide wußten, daß der richtige Augenblick gekommen war. Es hatte für sie beide nicht mehr gebraucht, als sich anzusehen und sich zuzunikken. Und da Frebec nach außen hin gerade einen Sieg errungen hatte, mußte das Herdfeuer des Kranichs sich bei der Neufestlegung der Herdfeuergrenzen versöhnlich zeigen. Barzec hatte gerade stolz erklärt, wie weise Tulie sei, als Frebec sich näherte, um sich zu bedanken. Als Frebec zum Herdfeuer des Kranichs hinüberging, genoß er den Zwischenfall und zählte die Punkte zusammen, von denen er meinte, daß er sie als Siege buchen könnte, gleichsam als wäre es eines der Spiele, die das Lager so gern spielte, und als ob er seine Siege zusammenzählte.

Und in einem sehr realen Sinne war es ja auch ein Spiel – das überaus feinsinnige und dabei todernste Spiel des Ringens um Rang und Ansehen, das von allen gesellschaftsbildenden Tieren gespielt wird. Es geht dabei um die Methode, nach der Einzelwesen sich einordnen – Pferde in eine Herde, Wölfe in ein Rudel, Menschen in ein Gemeinwesen –, um miteinander leben zu können. Bei diesem Spiel stehen sich zwei einander bekämpfende Kräfte gegenüber, die freilich beide für das Überleben gleichermaßen wichtig sind: der Wunsch nach Selbstbestimmtheit des Einzelnen und das Gemeinwohl. Worum es dabei geht, ist, ein dynamisches Gleichgewicht zu erreichen.

Als Ayla auf eine dichtgedrängte Gruppe zuging, die an der Feuergrube stand, sah sie sich um und suchte nach dem Wolfswelpen. Sie tat das ganz unbewußt, und als sie ihn nirgends sah, nahm sie an, daß er irgendeinen Platz gefunden hatte, wo er sich während des allgemeinen Aufruhrs versteckt hielt.

»... Frebec hat ja dank Tulie und Barzec wirklich seinen Willen bekommen.«

»Um Fralies willen bin ich froh darüber«, sagte Tronie erleichtert in dem Bewußtsein, daß das Herdfeuer des Rentiers nun nicht aufgelöst oder bedrängt werden würde. »Ich kann nur hoffen, daß Frebec damit für eine Zeitlang Ruhe gibt. Diesmal hat er wirklich einen Riesenwind gemacht.«

»Ich mag große Kräche wie diesen nicht«, sagte Ayla und mußte daran denken, daß der Streit damit begonnen hatte, daß Frebec sich beschwerte, ihre Tiere hätten mehr Platz als er.

»Laß es dich nicht verdrießen«, sagte Ranec. »Der Winter war lang. So was passiert um diese Zeit jedes Jahr. Das ganze ist nur ein bißchen Ablenkung.«

»Aber er hätte nicht soviel Wirbel machen müssen, um mehr Raum zugestanden zu bekommen«, sagte Deegie. »Ich habe Mutter und Barzec darüber reden hören, längst ehe er es zur Sprache brachte. Sie hatten vor, dem Herdfeuer des Kranichs mehr Raum zuzugestehen, doch sollte es ein Geschenk für Fralies Baby sein. Frebec hätte nur darum zu bitten brauchen.«

»Das ist eben der Grund, warum Tulie eine so gute Anführerin ist«, sagte Tronie. »Sie denkt an so was einfach.«

»Sie ist gut, und Talut ist es auch«, sagte Ayla.

»Ja, das ist er.« Deegie lächelte. »Deshalb ist er auch immer noch Anführer. Keiner bleibt das über einen langen Zeitraum hinweg, wenn er sich der Achtung seiner Leute nicht gewiß ist. Ich denke, Branag wird genauso gut sein. Er hat viel von Talut lernen können.« Die herzlichen Gefühle, die zwischen Deegie und dem Bruder ihrer Mutter herrschten, gingen über die förmliche Onkel-Nichte-Beziehung hinaus, die zusammen mit Stellung und Erbe ihrer Mutter der jungen Frau unter den Mamutoi hohes Ansehen verschaffte.

»Aber wer würde Anführer werden, wenn Talut keine Achtung entgegengebracht würde?« fragte Ayla. »Und wie würde das geschehen?«

»Nun ... naja ...«, begann Deegie. Dann wandten sich die jungen Leute an Mamut, damit dieser ihre Frage beantwortete.

»Wenn es so ist, daß die alten Anführer die aktive Führung an einen jüngeren Bruder oder eine jüngere Schwester übergeben, die gewählt wurden – für gewöhnlich sind es Verwandte –, kommt erst eine Periode des Lernens, dann eine Zeremonie, dann werden die älteren Anführer Ratgeber«, sagte der Schamane und Lehrer.

»Ja. So hat Brun das auch gemacht. In jüngeren Jahren achtete er den alten Zoug und holte sich viel Rat bei ihm, und als er älter wurde, übergab er die Führung an Broud, den Sohn seiner Gefährtin. Aber was geschieht, wenn ein Lager die Achtung vor einem Anführer verliert? Vor einem jungen Anführer?«

»Sehr schnell vollzöge sich so ein Wandel nicht«, sagte Mamut, »nur würden die Leute sich nach einer gewissen Zeit nicht mehr nach ihm richten. Sie würden sich vielmehr einem anderen zuwenden, jemand, der eine Jagd zum Beispiel erfolgreicher anführen könnte oder besser mit Problemen zurechtkäme. Manchmal wird die Führerschaft aufgegeben, manchmal bricht ein Lager einfach auseinander, schließen sich einige einem neuen Anführer an, während andere bei dem alten bleiben. Nur geben Anführer ihre Stellung und Autorität nicht so ohne weiteres auf, und das kann zu Problemen führen, ja sogar Kämpfe nach sich ziehen. Dann würde man die Entscheidung den Räten überlassen. Der Anführer oder die Anführerin, welche die Führung mit jemand geteilt haben, der Konflikte auslöst oder für ein Problem verantwortlich gemacht wird, ist wohl selten in der Lage, ein neues Lager zu gründen, obwohl es vielleicht gar nicht ihre« – Mamut zögerte, und Ayla entging nicht, daß sein Blick flüchtig zu der Frau vom Herdfeuer des Kranichs hinüberwanderte, die sich gerade mit Nezzie unterhielt – »gar nicht die Schuld des oder der Betreffenden ist. Die Menschen wollen Anführer, auf die sie sich verlassen können, und mißtrauen denen, die Probleme haben ... oder Tragödien erleben.«

Ayla nickte, und Mamut wußte, daß sie verstand – sowohl das, was er gesagt, als auch das, was er nur angedeutet hatte. Die Unterhaltung ging weiter, doch Aylas Gedanken kehrten zurück zum Clan. Brun war ein guter Anführer gewesen, doch was würde sein Clan tun, wenn Broud es nun nicht war? Sie überlegte, ob der Clan sich dann wohl einem anderen Anführer zuwenden würde und wer das sein könnte. Es würde noch lange dauern, bis der Sohn von Brouds Gefährtin alt genug war.

Eine Sorge, die die ganze Zeit über in ihr gebohrt hatte, brach sich plötzlich Bahn.

»Wo ist Wolf?« sagte sie.

Seit der Streit ausgebrochen war, hatte sie ihn nicht mehr gesehen und sonst auch niemand. Alle fingen an zu suchen. Ayla suchte ihre Bettplattform ab, sah dann in jedem Winkel des Herdfeuers, sogar in jenem durch Fellvorhänge abgeteilten Bereich mit den Körben voll Asche und Pferdedung nach, die sie dem Welpen gezeigt hatte. Was in ihr aufstieg, war die gleiche Panik, die eine Mutter befällt, die plötzlich ihr Kind vermißt.

»Hier ist er, Ayla!« hörte sie Tornec erleichtert sagen, doch hatte sie das Gefühl, als drehte sich ihr der Magen um, als er noch hinzufügte: »Frebec hat ihn.« Ihre Überraschung grenzte an einen Schock, als sie ihn näher kommen sah. Sie war nicht die einzige, die ihn fassungslos anschaute und ihren Augen nicht trauen wollte.

Frebec, der nie eine Gelegenheit ausließ, über Aylas Tiere zu schimpfen oder sie selber zu schmähen, weil sie sich mit ihnen abgab, hielt das Wolfsjunge zärtlich im Arm. Er reichte ihr den kleinen Wolf, doch merkte sie, daß er einen Moment zauderte, es zu tun, als rücke er das kleine Geschöpf nur widerstrebend heraus. Und sie sah einen weichen Ausdruck in seinen Augen, wie sie ihn noch nie bei ihm erlebt hatte.

»Er muß es mit der Angst bekommen haben«, erklärte Frebec. »Fralie sagte, plötzlich sei er dagewesen, am Herdfeuer, und habe gejault. Sie wußte nicht, woher er kam. Die meisten Kinder waren da, und Crisavec nahm ihn auf und legte ihn auf eine Vorratsplattform, nahe beim Kopfende seines Bettes. Aber dort ist eine tiefe Spalte in der Wand. Es geht ziemlich weit hinein in die Bergwand. Der Wolf fand sie und kroch bis in die hinterste Ecke, und dann wollte er nicht wieder herauskommen.«

»Das hat ihn wohl an seine Höhle erinnert«, sagte Ayla.

»Das sagt Fralie auch. Für sie war es zu schwierig hineinzukriechen und ihn herauszuholen, wo sie doch so dick ist, und ich glaube, sie hatte auch Angst, nachdem sie von Deegie hörte, wie du in die Wolfshöhle hineingekrochen bist. Sie wollte auch nicht, daß Crivasec hinter ihm herkroch. Als ich hinkam, mußte ich reinkriechen und ihn rausholen.« Frebec hielt inne, und als er dann fortfuhr, hörte Ayla so etwas wie Erstaunen aus seiner Stimme heraus. »Als ich die Hand nach ihm ausstreckte, war er so froh, mich zu sehen, daß er mir das ganze Gesicht abgeleckt hat. Ich habe versucht, ihn davon abzuhalten.«

Frebec gab sich kühl und distanziert, um die Tatsache zu verdecken, daß die zutrauliche Art des verängstigten Baby-Wolfs ihn gerührt hatte. »Aber als ich ihn absetzte, winselte er und winselte, bis ich ihn wieder hochnahm.« Mehrere Leute hatten sich inzwischen um ihn versammelt. »Ich weiß nicht, warum er sich ausgerechnet das Herdfeuer des Kranichs ausgesucht hat, oder mich, bei dem er Zuflucht suchte, als er sich bedroht fühlte.«

»Für ihn ist das Lager jetzt sein Rudel, und er weiß, daß du ein Mitglied des Lagers bist, besonders nachdem du ihn aus der Höhle herausgeholt hast, in die er sich flüchtete«, erwiderte Ayla und versuchte, sich die Umstände zu vergegenwärtigen.

Frebec war noch ganz beschwingt von seinem Sieg an sein Herdfeuer zurückgekehrt – und von etwas Tieferem, das eine ungewohnte herzliche Wärme in ihm aufsteigen ließ; das Gefühl, als Gleicher zu Gleichen zu gehören. Sie hatten ihn nicht einfach übersehen oder sich über ihn lustig gemacht. Talut hörte ihn immer an, genauso als nähme er eine Stellung ein, der das zukam, und Tulie, die Anführerin, hatte angeboten, ihm etwas von ihrem Platz abzugeben. Selbst Crozie hatte sich auf seine Seite geschlagen.

Plötzlich, beim Anblick Fralies, hatte er einen Kloß im Hals. Fralie war seine von ihm hochgeschätzte und von anderen hochgeachtete Frau, die bald das erste Kind seines Herdfeuers zur Welt bringen sollte, jenes Herdfeuers, das Crozie ihm gegeben hatte, das Herdfeuer des Kranichs. Er war ärgerlich gewesen, als sie ihm sagte, der Wolf verstecke sich in der Spalte, doch wie freundlich der Welpe ihn trotz all der harten Worte empfangen hatte, das erstaunte ihn. Selbst der neue Baby-Wolf hieß ihn willkommen und wollte sich dann auch noch nur von ihm begütigen lassen. Und jetzt sagte Ayla, das liege daran, daß der Wolf wisse, er sei ein Angehöriger des Löwen-Lagers. Sogar ein Wolf wußte, daß er dazugehörte.

»Nun, am besten behältst du ihn wohl hier«, riet Frebec, als er sich zum Gehen wandte. »Und paß auf ihn auf. Tust du es nicht, könnte es passieren, daß du auf ihn trittst.«

Nachdem Frebec gegangen war, sahen etliche der Leute, die in der Nähe gestanden hatte, einander völlig verwirrt an.

»Nun, wenn das keine Veränderung ist! Ich möchte mal wissen, was in ihn gefahren ist«, sagte Deegie. »Wenn ich es nicht besser wüßte, würde ich sagen, er liebt diesen Wolf wirklich.«

»Das hatte ich bei ihm nicht für möglich gehalten«, sagte Ranec und empfand plötzlich Hochachtung für den Mann am Herdfeuer des Kranichs, wie er sie noch nie für ihn empfunden hatte.

24

Für die Angehörigen des Löwen-Lagers waren die vierbeinigen Geschöpfe im Reich Der Mutter entweder Nahrungs- und Fell-Lieferanten oder Geisterverkörperungen gewesen. Sie kannten Tiere in ihrer natürlichen Umwelt, kannten sich in ihren Herdenbewegungen und Wanderzügen aus und wußten, wo sie sie finden würden, wenn sie Jagd auf sie machen wollten. Doch ehe Ayla mit ihren Pferden zu ihnen gekommen war, waren Tiere als Einzelwesen etwas Unbekanntes für sie gewesen.

Die wechselseitige Beziehung zwischen den Pferden und Ayla sowie – im Laufe der Zeit – in unterschiedlichem Maße auch mit anderen Leuten bildete eine ständige Quelle des Staunens für sie. Nie zuvor war es einem von ihnen je in den Sinn gekommen, daß solche Tiere auf Menschen reagieren und eingehen konnten oder daß man sie dazu bringen konnte, auf einen Pfiff hin herbeizueilen oder einen Reiter auf dem Rücken zu tragen. Doch nicht einmal die Pferde, so interessant und anziehend sie auch waren, übten auf das Lager eine solche Faszination aus wie der kleine Wolf. Sie hatten Hochachtung vor Wölfen als Jäger und gelegentlich auch als Gegner. Manchmal machten sie Jagd auf einen Wolf, weil sie einen Winterpelz brauchten, und – was freilich sehr selten vorkam – gelegentlich fiel auch einmal ein Mensch einem Wolfsrudel zum Opfer. Doch im großen und ganzen neigten Wolf und Mensch dazu, sich gegenseitig zu respektieren und sich möglichst aus dem Weg zu gehen.

Doch Neugeborene und ganz junge Wesen üben stets einen besonderen Reiz auf die Menschen aus; sie sind gleichsam Quell und Ursache ihres Überlebens als Gattung. Babys – Wolfs-Babys nicht ausgenommen – bringen eine bestimmte Saite in uns zum Klingen, doch Wolf – denn so wurde er fortan gerufen – besaß noch einen besonderen Zauber. Vom ersten Tag an, da der flauschige dunkelgraue Welpe auf unsicheren Beinen über den Boden der Erdhütte kroch, fanden die Menschen ihn unwiderstehlich. Es fiel schwer, sich von seiner Neugier und seiner Zutraulichkeit nicht bezaubern zu lassen, und es dauerte nicht lange, da war er der Liebling des ganzen Lagers.

Zwar waren die Leute vom Löwen-Lager sich dessen nicht bewußt, aber was dazu beitrug, war, daß menschliches und wölfisches Verhalten sich gar nicht so sehr voneinander unterschied. Beide waren sie intelligente Gesellschaftstiere, die sich innerhalb eines allumfassenden Netzes von hochkomplizierten und ständig sich verändernden Beziehungen organisierten, wobei einerseits die Gruppe ihr Gutes hatte, andererseits aber individuelle Unterschiede durchaus zulässig waren. Wegen der Ähnlichkeiten der jeweiligen Gesellschaftsstruktur sowie bestimmter Charakteristika, die sich unabhängig voneinander bei Hunden wie Menschen entwickelt hatten, konnte zwischen ihnen eine einzigartige Beziehung entstehen.

Wolfs Leben begann unter ebenso ungewöhnlichen wie schwierigen Umständen. Als einzig überlebender Welpe des Wurfs einer Einzelgängerin, die ihren Gefährten verloren hatte, hatte er die Geborgenheit eines Wolfsrudels nie kennengelernt. Statt des warmen Trostes seiner Geschwister vom selben Wurf oder einer fürsorglichen Tante oder eines fürsorglichen Onkels, die in der Nähe geblieben wären, hätte die Mutter sich einmal für kurze Zeit entfernt, hatte er eine Einsamkeit kennengelernt, die für einen Wolfswelpen etwas ausgesprochen Ungewöhnliches ist. Der einzige andere Wolf, den er je kennengelernt hatte, war seine Mutter gewesen, doch die Erinnerung an sie trübte sich in dem Maße, wie Ayla an ihre Stelle trat.

Aber Ayla war mehr als nur Mutterersatz. Als sie sich entschloß, das Wolfsjunge zu behalten und aufzuziehen, stellte sie die menschliche Hälfte einer ungewöhnlichen Bindung dar, die sich zwischen zwei völlig verschiedenen Spezies entwickelte – zwischen Hund und Mensch –, eine Bindung, die tiefe und bleibende Wirkung zeitigen sollte.

Selbst wenn andere Wölfe in der Nähe gewesen wären, Wolf war viel zu jung, als Ayla ihn fand, um bereits eine echte Bindung zu ihnen herausgebildet zu haben. In seinem Alter von etwa vier Wochen hätte er gerade erst angefangen, den unterirdischen Kessel zu verlassen und Bekanntschaft mit seinen Verwandten zu schließen – jenen Wölfen, mit denen er sich für den Rest seines Lebens identifiziert hätte. Statt dessen schloß er sich den Menschen und Pferden vom Löwen-Lager an.

Es war das erste Mal, daß dies geschah, doch sollte es nicht das letzte Mal bleiben. Durch Zufall oder mit Vorbedacht sollte dies – so wie die Vorstellung sich ausbreitete – immer wieder geschehen, viele Male und an vielen verschiedenen Orten. Die Ahnen aller Haushunderassen waren Wölfe, und zu Beginn sollten sie ihre Wolfscharakteristika weitgehend behalten. Doch im Laufe der Entwicklung begannen sich bei den vielen Generationen von Wölfen, die in menschlicher Umgebung geboren und großgezogen wurden, Unterschiede zu den ursprünglich wildlebenden Hundevorfahren herauszubilden.

Tiere mit normalen Erbunterschieden in Farbe, Körperbau und Größe – einem dunklen Fell, einem weißen Fleck, einem hochgeringelten Schwanz, besonders kurzen oder langen Beinen – Merkmale also, die sie an den Rand eines Rudels verbannt hätten, falls sie ihretwegen nicht ganz ausgestoßen worden wären, wurden von den Menschen anderen oft vorgezogen. Selbst genetische Verirrungen wie Zwergwüchsigkeit oder grobknochiger Riesenwuchs, die in der Wildform keine Möglichkeit gefunden hätten, zu überleben oder sich gar fortzupflanzen, wurden gehätschelt und gediehen. Schließlich wurden ungewöhnliche oder von der Norm abweichende Hunde gezüchtet, um bestimmte dem Menschen wünschenswert erscheinende Züge zu bewahren oder zu stärken, bis die äußere Ähnlichkeit vieler Hunde mit dem Stammvater Wolf kaum noch zu erkennen war. Was hingegen bei allen Hunden erhalten blieb, waren Wesenszüge wie Intelligenz, Beschützerinstinkt, Anhänglichkeit und Verspieltheit.

Wolf nahm Hinweise auf relative Rangunterschiede innerhalb des Lagers genauso rasch auf, wie er das innerhalb eines Wolfsrudels getan hätte; wobei seine Deutung von Stellung und Ansehen freilich nicht unbedingt den Vorstellungen der Menschen entsprach. Tulie war zwar die Anführerin des Löwen-Lagers, doch für Wolf war Ayla die ranghöchste Frau; im Wolfsrudel war die Mutter eines Wurfs die Anführerin, die im übrigen nur selten zuließ, daß andere weibliche Wölfe Junge bekamen.

Keiner im Lager wußte genau, was das Tier dachte oder fühlte, ja, nicht einmal, ob es überhaupt Gedanken und Gefühle hatte, die Menschen verstehen konnten, doch das war nicht weiter von Belang. Die Angehörigen des Lagers urteilten nach Verhaltensweisen, und nach Wolfs Verhalten zweifelte niemand daran, daß er Ayla über alle Maßen liebte und verehrte. wo immer sie war, er war sich dessen stets bewußt und war auf einen Pfiff, ein Fingerschnippen, einen Wink, ja sogar auf ein Kopfnicken hin zu ihren Füßen, sah bewundernd zu ihr auf und las ihr noch den geringsten Wunsch von den Augen ab. Er war in seinen Reaktionen vollständig unbewußt und verzieh alles. Er winselte unterwürfig und verzweifelt, wenn sie ihn schalt, und wand sich außer sich vor Freude auf dem Bauch, wenn sie einlenkte. Er lebte für ihre Aufmerksamkeit. Es gab für ihn keine größere Freude, als wenn sie mit ihm spielte oder tollte, doch selbst ein freundliches Wort oder ein Geklopftwerden genügte, um Lecken oder andere deutlich erkennbare Zeichen der Ergebenheit und Anhänglichkeit bei ihm hervorzulocken.

Ganz so überströmend wie bei Ayla war Wolf sonst bei niemand. Den meisten gegenüber bekundete er unterschiedliche Grade von Freundlichkeit oder Einverstandensein, was wiederum Erstaunen darüber hervorrief, daß ein Tier eine solche Fülle von Gefühlen zum Ausdruck bringen konnte. Die Art und Weise, wie er auf Ayla reagierte, bestärkte das Lager in seiner Vorstellung, sie besitze magische Macht über Tiere.

Etwas größere Schwierigkeiten hatte der junge Wolf damit zu bestimmen, wer der männliche Anführer in seinem aus Menschen gebildeten Rudel war. Der Leitrüde in einem Wolfsrudel war Gegenstand äußerster Aufmerksamkeit aller anderen Wölfe. Eine Begrüßungszeremonie, bei der der Leitrüde vom Rest des Rudel umdrängt wurde, das ihm eifrig das Gesicht leckte, an seinem Fell schnüffelte, sich an ihn drängte, und die oft in einer herrlichen gemeinsamen Heulzeremonie endete, bestätigte im allgemeinen seinen Führungsanspruch. Doch eine solche Unterwürfigkeit wurde einem bestimmten Mann in einem menschlichen Rudel nicht entgegengebracht.

Allerdings bemerkte Wolf, daß die beiden großen vierbeinigen Mitglieder seines alles andere als der Norm entsprechenden Rudels den großen blonden Mann begeisterter begrüßten als jeden anderen, mit Ausnahme Aylas. Außerdem haftete Aylas Bett und seiner unmittelbaren Umgebung, zu der auch Wolfs Korb gehörte, stark seine Witterung an. Da ihm andere Hinweise fehlten, neigte Wolf dazu, Jondalar die Stellung des Leitrüden zuzuschreiben. Verstärkt wurde diese Neigung noch dazu, wenn seinen freundlichen Annäherungsversuchen herzliche oder verspielte Aufmerksamkeit zuteil wurde.

Das halbe Dutzend Kinder, die zusammen spielten, waren seine Wurfgenossen, und so sah man Wolf häufig mit ihnen zusammen, ganz besonders oft am Herdfeuer des Mammut. Nachdem sie erst einmal die gebührende Achtung vor seinen scharfen kleinen Zähnen entwickelt und gelernt hatten, es nicht auf ein defensives Zuschnappen ankommen zu lassen, fanden die Kinder, daß Wolf es gern hatte, gehätschelt, angefaßt und gestreichelt zu werden. Unbeabsichtigtem Übermaß in dieser Beziehung gegenüber zeigte er sich nachsichtig; offenbar verstand er die Unterschiede, wenn Nuvie ihn ein bißchen zu heftig drückte oder Brinan ihn am Schwanz zog, bloß um ihn aufjaulen zu hören. Ersteres ließ er geduldig über sich ergehen, wohingegen er letzteres mit einem rächenden kleinen Zuschnappen vergalt. Nichts tat Wolf lieber als spielen, und er schaffte es auch, immer im Mittelpunkt von irgendwelchen Tollereien zu stehen. Auch kamen die Kinder rasch dahinter, daß er gern Dinge holte, die fortgeschleudert wurden. Ließen sie sich alle erschöpft fallen und schliefen ein, wo immer sie sich gerade befanden, fand man das Wolfsjunge häufig unter ihnen.

Nach dem ersten Abend, wo sie versprochen hatte, nie zuzulassen, daß der Wolf irgend jemand etwas zuleide tat, faßte Ayla den Entschluß, ihn mit Vorbedacht und wohlüberlegt abzurichten. Daß sie Winnie ausgebildet hatte, war zuerst rein zufällig geschehen. Als sie der Stute das erste Mal auf den Rücken geklettert war, hatte sie das rein impulsiv getan; ihr war auch nicht klar gewesen, daß sie intuitiv lernte, das Pferd zu beherrschen, je mehr sie es ritt. Wenn sie sich inzwischen auch über die Zeichen bewußt geworden war, die sie entwickelt hatte, und sie jetzt auch mit Absicht einsetzte, beruhte ihre Beherrschung der Stute immer noch weitgehend auf Intuition, und Ayla glaubte, daß Winnie ihren Befehlen gehorchte, weil sie es wollte.

Bei der Ausbildung des Höhlenlöwen war sie schon etwas zielstrebiger vorgegangen. Als sie das verletzte Löwenjunge gefunden hatte, wußte sie bereits, daß sie ein Tier ermuntern konnte, sich ihren Wünschen anzugleichen. Ihre ersten Bemühungen, Baby auszubilden, hatten darauf abgezielt, die ungestümen Liebesbekundungen des Löwenjungen unter Kontrolle zu bekommen. Sie erzog durch Liebe, so wie Kinder beim Clan großgezogen wurden. Sanftes Verhalten belohnte sie mit Zuneigung, doch wenn er vergaß, seine Krallen einzuziehen, oder zu rauhbeinig mit ihr tollte, stieß sie ihn entschlossen zur Seite oder stand auf und ging einfach weg. Als er sie vor Aufregung allzu unbekümmert ansprang, lernte er innezuhalten, wenn sie die Hand hob und mit fester Stimme »Aufhören!« rief. Diese Lektion lernte er so gut, daß er selbst, nachdem er zu einem voll ausgewachsenen Höhlenlöwen von nahezu Winnies Größe geworden war, auf Aylas Befehl hin von allem abließ, was er gerade tat. Sie ihrerseits reagierte unweigerlich mit liebevollem Streicheln und Kraulen, ja bisweilen sogar damit, daß sie sich der Länge lang auf dem Boden mit ihm rollte. Als er älter wurde, lernte er viele Dinge, unter anderem auch gemeinsam mit ihr zu jagen.

Ayla begriff bald, daß die Kinder sehr wohl davon profitieren konnten, wenn sie über das Verhalten von Wölfen Bescheid wüßten. Sie erzählte ihnen Geschichten aus der Zeit, da sie selbst angefangen hatte zu jagen und damals neben anderen Raubtieren auch Wölfe eingehend beobachtet hatte. Sie erzählte ihnen, daß Wolfsrudel eine Anführerin und einen Anführer hatten, genauso wie die Mamutoi; außerdem erklärte sie ihnen, daß Wölfe mit Hilfe von bestimmten Haltungen und Gesten sowie gewissen Lauten miteinander kommunizierten. Auf Hände und Füße niedergehend, zeigte sie ihnen die Stellung, die ein Anführer einnahm – Kopf hoch, die Ohren vorgestellt, den Schwanz gerade ausgestreckt – und die Haltung dessen, der sich dem Anführer näherte – sich ein wenig tiefer duckend und dem Anführer die Schnauze leckend –, wobei sie die gleichzeitig ausgestoßenen Laute wunderbar lebensecht nachmachte. Sie beschrieb Warnungen, sich fernzuhalten, und spielerisches Verhalten. Und an allem beteiligte sich häufig der Welpe.

Die Kinder genossen das, und die Erwachsenen hörten häufig mit nicht geringerem Vergnügen auch zu. Bald wurden Wolfssignale in die Spiele der Jungen mit aufgenommen, doch benutzte niemand sie besser oder verständnisvoller als jenes Kind, dessen eigene Sprache vorwiegend aus Zeichen bestand. Zwischen dem Wolf und dem kleinen Jungen von gemischten Geistern entwickelte sich eine völlig ungewöhnliche Beziehung, die das ganze Lager mit Verwunderung erfüllte und bewirkte, daß Nezzie fassungslos den Kopf schüttelte. Rydag verwendete nicht nur die Zeichen des Wolfs samt vielen seiner Laute, sondern schien noch einen Schritt weiter damit zu gehen. Leuten, die ihm dabei zusahen, wollte es oft vorkommen, als redeten die beiden miteinander, und das junge Tier schien zu wissen, daß der Junge besonderer Fürsorge und Aufmerksamkeit bedurfte.

Rydag gegenüber verhielt Wolf sich von Anfang an weniger ausgelassen und sanfter und auf seine welpenhafte Art beschützerischer als anderen Kindern gegenüber. Bis auf Ayla gab es niemand, dessen Gesellschaft Wolf mehr vorgezogen hätte. War Ayla mit anderem beschäftigt, suchte er nach Rydag; oft fand man ihn in seiner Nähe oder auf seinem Schoß schlafend vor. Ayla war sich selbst nicht ganz sicher, wieso Wolf und Rydag sich so schnell besonders gut verstanden. Rydags angeborene Fähigkeit, feinste Unterschiede in Wolfs Signalen zu erkennen, mochten die Fähigkeit des Jungen erklären, doch wie erkannte ein junger Wolf die Bedürfnisse eines schwachen Menschenkindes?

Ayla entwickelte zusammen mit den anderen Befehlen bei der Ausbildung des Wolfsjungen abgewandelte Wolfssignale. Die erste Lektion bestand nach einer Reihe von unangenehmen Zwischenfällen darin, einen Dung- und Aschekorb zu benutzen wie die Menschen auch, oder aber ins Freie zu gehen. Das erwies sich als überraschend einfach; Wolf schienen seine Kothaufen peinlich zu sein, und er wand sich auf dem Boden, wenn Ayla ihn deshalb ausschimpfte. Die nächste Lektion war schon schwieriger.

Wolf liebte es, auf Leder herumzukauen, insbesondere auf Stiefeln und Fußlingen; ihm das abzugewöhnen, erwies sich als frustrierend. Jedesmal wenn sie ihn dabei erwischte und ihn schalt, war er zerknirscht und von kriecherischem Eifer erfüllt, ihr zu gefallen; gleichwohl war er widerspenstig und machte manchmal gleich weiter, bisweilen sofort, nachdem sie ihm den Rücken gekehrt hatte. Die Fußbekleidung aller war in Gefahr, doch ganz besonders hatten es ihm ihre weichen Lederfußlinge für drinnen angetan. Er konnte anscheinend nicht von ihnen lassen. Sie mußte sie hochhängen, so daß er nicht herankam; sonst hätte er sie zerfetzt. Doch so sehr sie etwas dagegen hatte, daß er auf ihren Sachen herumkaute, größeren Kummer löste es bei ihr aus, wenn er die Sachen von anderen zernagte. Sie war verantwortlich für ihn, sie hatte ihn in die Erdhütte hereingebracht; infolgedessen fand sie, jeder Schaden, den er anrichtete, gehe auf ihre Kappe.

Ayla war dabei, die letzten Perlen auf den weißen Lederkittel zu nähen, da hörte sie vom Herdfeuer des Fuchses her lautes Geschimpfe.

»He! Gib das her!« rief Ranec laut.

Dem Klang der Stimme entnahm Ayla, daß Wolf wieder irgend etwas anstellte. Sie lief hin, um nachzusehen, worum es diesmal ging, und sah, wie Ranec und Wolf an einem kaputten Schuh zerrten.

»Wolf! Auslassen!« sagte sie und ließ ihre Hand in rascher Geste unmittelbar vor seiner Schnauze herniederfahren. Der Wolfswelpe ließ den Schuh augenblicklich los und hockte sich hin, wobei er die Ohren leicht anlegte und – den Schwanz auf dem Boden – herzerweichend jaulte. Ranec legte seinen Schuh auf die Plattform.

»Ich hoffe, er hat ihn dir nicht kaputtgemacht«, sagte Ayla.

»Es spielt sowieso keine Rolle. Er ist schon alt«, sagte Ranec lächelnd und fügte bewundernd noch hinzu: »Du kennst dich wirklich aus mit Wölfen, Ayla. Er tut genau das, was du ihm sagst.«

»Aber nur, solange ich dabeistehe und zusehe«, sagte sie und wandte den Blick dem kleinen Tier zu. Wolf sah aufmerksam zu ihr auf und wedelte erwartungsvoll mit dem Schwanz. »Sobald ich ihm den Rücken zuwende, frißt er wieder etwas aus, obwohl er ganz genau weiß, daß er das nicht soll. Er läßt die Sachen fallen, sobald er mich kommen sieht, aber ich weiß nicht, wie ich ihm beibringe, daß er die Sachen anderer nicht anrühren darf.«

»Vielleicht braucht er etwas, das ihm ganz allein gehört«, gab Ranec zu bedenken. Dann sah er sie mit seinen glutvollen dunklen Augen an. »Oder etwas von dir.«

Der Welpe fuhr immer wieder zu ihr hoch und buhlte winselnd um ihre Aufmerksamkeit. Schließlich stieß er ein paar ungeduldige Kläffer aus. »Ruhig! Sei still!« befahl sie ärgerlich. Er duckte sich, barg den Kopf zwischen den Pfoten und richtete die Augen völlig zernirscht zu ihr auf.

Ranec verfolgte das und sagte dann zu Ayla: »Er kann es nicht aushalten, wenn du böse mit ihm bist. Er möchte wissen, daß du ihn liebst. Ich glaube, ich weiß, wie ihm zumute ist.«

Er rückte näher, und es trat jene Wärme und jenes Sehnen in seine Augen, das sie schon einmal so tief angerührt hatte. Sie spürte die kribbelnde Reaktion darauf und rückte verwirrt von ihm ab. Um sich ihre Erregung nicht anmerken zu lassen, hob sie den kleinen Wolfswelpen hoch, woraufhin Wolf ihr aufgeregt das Gesicht leckte.

»Schau, wie glücklich er ist, jetzt wo er weiß, daß du ihn gern hast«, sagte Ranec. »Auch mich würde es glücklich machen zu wissen, daß du mich gern hast. Hast du das?«

»Hm ... selbstverständlich habe ich dich gern, Ranec«, stammelte Ayla und fühlte sich keineswegs wohl in ihrer Haut.

Er schenkte ihr ein strahlendes Lächeln, und aus seinen Augen blitzte der Schalk und noch etwas Tieferes. »Es wäre mir eine *Wonne*, dir zu zeigen, wie glücklich es mich macht zu wissen, daß du mich gern hast«, sagte er, legte ihr den Arm um die Hüfte und rückte wieder näher.

»Ich glaube es dir«, sagte sie und entwand sich ihm. »Du brauchst es mir nicht zu zeigen, Ranec.«

Es war nicht das erste Mal, daß er ihr Avancen machte. Für gewöhnlich kleidete er sie in Scherze, die es ihm gestatteten, ihr zu verstehen zu geben, wie ihm ums Herz war, ihr jedoch die Möglichkeit ließen, ihnen auszuweichen, ohne daß einer von ihnen das Gesicht verlor. Sie schickte sich an zurückzugehen, denn sie spürte eine ernste Konfrontation, der sie lieber ausweichen wollte. Sie hatte das Gefühl, gleich werde er sie bitten, sein Lager mit ihm zu teilen, und sie wußte nicht, wie einem Mann etwas abschlagen, der sie aufforderte, in sein Bett zu kommen, oder dies noch direkter begehrte. Sie hatte inzwischen zwar begriffen, daß dies ihr gutes Recht war, doch die Reaktion, ihm zu willfahren, war ihr so sehr in Fleisch und Blut übergegangen, daß sie sich nicht sicher war, ob sie es auch wirklich fertigbrächte, ihn zurückzuweisen.

»Warum nicht, Ayla?« sagte er und faßte neben ihr Schritt. »Warum willst du es mich nicht beweisen lassen? Du schläfst doch jetzt allein. Du solltest nicht allein schlafen.«

Es versetzte ihr einen Stich des Bedauerns, als ihr aufging, daß sie in der Tat allein schlief, doch war sie bemüht, sich das nicht anmerken zu lassen. »Ich schlafe nicht allein«, sagte sie und hielt den Welpen in die Höhe. »Wolf schläft bei mir, in einem Korb, nicht weit von meinem Kopf.«

»Das ist nicht dasselbe«, sagte Ranec. Er sprach ganz ernst und schien entschlossen, die Sache weiter voranzutreiben. Doch dann blieb er plötzlich stehen und lächelte. Er wollte sie nicht bedrängen. Er sah schließlich, daß sie durcheinander war. Seit ihrer Trennung von Jondalar war noch nicht viel Zeit vergangen. Er bemühte sich, die Spannung zu lösen. »Er ist viel zu klein, um dich zu wärmen ... aber ich muß zugeben, er ist sehr reizvoll.« Liebevoll kraulte er Wolf den Kopf.

Lächelnd setzte Ayla den jungen Wolf in seinen Korb, Wolf jedoch war mit einem Satz wieder draußen und sprang auf den Boden, setzte und kratzte sich und trabte dann zu seinem Freßnapf hinüber. Ayla nahm den weißen Kittel und legte ihn zusammen, um ihn zu verstauen. Sie strich mit der Hand über das weiche weiße Leder und den Hermelinbesatz und zupfte die kleinen weißen Schwänze mit den schwarzen Spitzen gerade; dabei verkrampfte sich ihr der Magen, und sie spürte, wie sie einen Kloß im Hals bekam. Ihre Augen brannten von Tränen, die sie zurückzudrängen sich bemühte. Nein, es ist nicht dasselbe, dachte sie. Wie könnte es dasselbe sein?

»Ayla, du weißt, wie sehr ich dich begehre und wieviel du mir bedeutest«, sagte Ranec, der hinter ihr stand. »Du weißt das doch, oder?«

»Ich denke schon«, sagte sie, drehte sich aber nicht um und schloß die Augen.

»Ich liebe dich, Ayla. Ich weiß, du bist im Moment ganz durcheinander, aber ich möchte, daß du das weißt. Ich habe dich vom ersten Augenblick an geliebt, da ich dich sah. Ich möchte, daß du mein Herdfeuer mit mir teilst und dich mit mir zusammentust. Ich bitte dich jetzt nicht um eine Entscheidung, aber versprich mir wenigstens, darüber nachzudenken ... mir zu erlauben zu versuchen, dich glücklich zu machen. Wirst du das tun? Darüber nachdenken?«

Ayla blickte auf den weißen Kittel in ihrer Hand, und die Gedanken in ihrem Kopf gingen alle durcheinander. Warum will Jondalar nicht mehr mit mir schlafen? Warum hat er aufgehört, mich anzurühren, aufgehört, die Wonnen mit mir zu teilen, selbst als er noch neben mir schlief? Nachdem ich eine Mamutoi geworden war, ist alles anders geworden. Ob er nicht wollte, daß sie mich adoptierten? Wenn das der Fall ist – warum hat er es mir nicht gesagt? Vielleicht wollte er es aber doch; zumindest hat er es behauptet. Ich dachte, er liebte mich. Vielleicht hat er sich eines anderen besonnen? Vielleicht liebt er mich nicht mehr. Er hat mich nie gebeten, sich mit mir zusammenzutun. Was fange ich nur an, wenn Jondalar ohne mich weggeht? Der Knoten in ihrem Magen war hart wie ein Stein. Ranec bedeute ich etwas, und er möchte, daß ich mir was aus ihm mache. Er ist freundlich und komisch und bringt mich dauernd zum Lachen ... und er liebt mich. Aber ich liebe ihn nicht. Ich wünschte, ich könnte ihn lieben ... vielleicht sollte ich es versuchen.

»Ja, Ranec, ich werde darüber nachdenken«, sagte sie leise, aber der Hals schnürte sich ihr zusammen, und es schmerzte, als sie es sagte.

Jondalar beobachtete, wie Ranec das Herdfeuer des Mammut verließ. Der großgewachsene Mann war zu jemand geworden, der andere ausspähte, und das war ihm peinlich. Es galt weder in dieser Gesellschaft noch in seiner eigenen als angemessenes Verhalten, wenn Erwachsene andere ausspähten oder sich übermäßig mit dem Tun eines anderen beschäftigten, und Jondalar war gesellschaftlichen Konventionen gegenüber stets besonders aufgeschlossen gewesen. Er versuchte, es zu verbergen; trotzdem beobachtete er Ayla und das Herdfeuer des Mammut unablässig.

Der beschwingte Schritt und das entzückte Lächeln, das den Mund des Bildschnitzers umspielte, als er an das Herdfeuer des Fuchses zurückkehrte, erfüllten den großgewachsenen Besucher mit Furcht. Er wußte, beides mußte mit etwas zusammenhängen, das Ayla gesagt oder getan hatte, sonst wäre der Mamutoi-Mann nicht so gehobener Stimmung, und Jondalar befürchtete das Schlimmste.

Er wußte, daß Ranec seit seinem Auszug aus dem Herdfeuer des Mammut ein ständiger Gast dort war, und er machte sich die heftigsten Vorwürfe, ihm diese Gelegenheit verschafft zu haben. Er wünschte, er könnte seine Worte und den ganzen albernen Streit zurücknehmen und ungeschehen machen, war jedoch überzeugt, daß es zu spät wäre, die Scharte wieder auszuwetzen. Er kam sich hilflos vor, doch in gewisser Hinsicht war es eine Erleichterung, Ayla nicht mehr ganz so nahe zu sein.

Obwohl er es sich selbst nicht eingestand, waren seine Handlungen von mehr bestimmt als bloß dem Wunsch, ihr Gelegenheit zu geben, selbst den Mann zu wählen, den sie haben wollte. Er war so tief verletzt, daß ein Teil von ihm den Wunsch hegte zurückzuschlagen; wenn sie ihn zurückwies, konnte er auch sie zurückweisen. Gleichzeitig hatte er aber auch das Bedürfnis, sich selbst die Wahl freizuhalten, zu sehen, ob es nicht möglich wäre, über seine Liebe zu ihr hinwegzukommen. Er überlegte ernsthaft, ob es für sie nicht wirklich besser wäre hierzubleiben, wo sie akzeptiert und geliebt wurde, statt zusammen mit ihm zu seinen Leuten zurückzukehren; auch fürchtete er seine eigene Reaktion, falls seine Leute sie ablehnten. Ob er dann bereit war, das Leben eines Ausgestoßenen mit ihr zu führen? Ob er sich bereitfinden könnte fortzuziehen, seine Leute noch einmal zu verlassen, insbesondere nachdem er eine so lange Rückreise unternommen hatte? Oder würde auch er sie dann ablehnen?

Sollte sie sich jemand anders erwählen, ihn zu lieben, wäre er gezwungen, sie zurückzulassen; dann blieb ihm die Entscheidung erspart. Doch der Gedanke, sie könnte einen anderen lieben, bereitete ihm einen unerträglichen Schmerz, und er wußte nicht, ob er ihn aushalten könnte – oder ob er ihn aushalten wollte. Je mehr er mit sich selbst kämpfte, seine Liebe nicht zu zeigen, desto besitzergreifender und eifersüchtiger wurde er und desto mehr haßte er sich selbst.

Der Aufruhr in seinem Inneren, der mit dem Versuch verbunden war, sich über seine widerstreitenden Gefühle Klarheit zu verschaffen, forderte seinen Zoll. Er konnte weder essen noch schlafen, bekam hohle Wangen und verzehrte sich. Die Kleidung fing an, ihm um die große Gestalt zu schlottern. Er konnte sich nicht konzentrieren, nicht einmal auf einen wunderschönen neuen Feuersteinknollen. Manchmal fragte er sich, ob er dabei sei, den Verstand zu verlieren, oder ob er von irgendeinem verderblichen Nachtgeist besessen wäre. Er war zerrissen von seiner Liebe zu Ayla, dem Gram darüber, sie zu verlieren, und der Angst, was geschehen könnte, wenn er sie losließ, und so war es ihm unerträglich, ihr zu nahe zu sein. Er befürchtete, die Selbstbeherrschung zu verlieren und etwas zu tun, das er hinterher bedauerte. Aber er konnte nicht aufhören, sie auszuspähen.

Das Löwen-Lager verzieh seinem Gast diese geringfügige Indiskretion. Sie waren sich über seine Gefühle für Ayla sehr wohl im klaren, obwohl er alles tat, um sie zu verbergen. Das ganze Lager redete über die schmerzliche Lage, in der die drei jungen Leute sich befanden. Die Lösung ihres Problems schien allen, die es von außen betrachteten, so einfach. Ayla und Jondalar waren einander offensichtlich von Herzen zugetan; weshalb gestanden sie einander nicht einfach ihre Gefühle und forderten dann Ranec auf, an ihrer Verbindung teilzuhaben? Nezzie jedoch spürte, daß es so einfach nicht war. Die weise, mütterliche Frau spürte, daß Jondalars Liebe zu Ayla zu stark war; sie ließ sich bestimmt nicht unterdrücken, bloß weil ein paar Worte nicht ausgesprochen wurden. Etwas viel tiefer Liegendes stand zwischen ihnen. Außerdem verstand sie mehr als irgend jemand sonst, wie tief Ranecs Liebe zu der jungen Frau ging. Sie glaubte nicht, daß es sich hier um eine Situation handelte, die sich durch die Doppelbindung einer Dreierbeziehung lösen ließ. Ayla würde sich entscheiden müssen.

Als berge die Vorstellung etwas Zwingendes, war Ayla, seit Ranec sie gebeten hatte, zu überlegen, ob sie nicht an sein Herdfeuer übersiedeln wolle, und die schmerzlich-offenkundige Tatsache angesprochen hatte, daß sie jetzt allein schlief, kaum imstande gewesen, an irgend etwas anderes zu denken. Sie hatte sich an den Glauben geklammert, Jondalar werde ihrer beider harte Worte vergessen und zu ihr zurückkehren, zumal es so aussah, als ob sie jedesmal, wenn sie zur Kochstelle hinüberblickte, zwischen den Tragepfeilern und den von der Decke herabhängenden Dingen einen Blick von ihm erhaschte, wie er sich gerade abwandte. Sie dachte, er müsse wohl immer noch interessiert genug sein, nach ihr Ausschau zu halten. Doch jede allein verbrachte Nacht ließ ihre Hoffnung mehr schwinden.

»Denk darüber nach ...« Ranecs Worte wollten ihr nicht aus dem Kopf. Als sie getrocknete Kletten und süße Farnblätter zerstieß, um einen

Tee gegen Mamuts Gliederreißen aufzubrühen, mußte sie an den dunkelhäutigen, lächelnden Mann denken und überlegte, ob sie wohl lernen könnte, ihn zu lieben. Doch die Vorstellung von einem Leben ohne Jondalar bewirkte, daß sich ein flaues Gefühl in ihrem Magen breitmachte. Sie fügte frisches Wintergrün hinzu und goß heißes Wasser in eine Schale mit den zerstoßenen Blättern und brachte dies dem alten Mann.

Sie lächelte, als er sich bedankte, schien jedoch bekümmert und traurig. Sie war den ganzen Tag über in Gedanken gewesen. Mamut wußte, daß sie seit Jondalars Auszug völlig durcheinander war, und er wünschte, er könnte helfen. Er hatte früher am Tag gesehen, wie Ranec mit ihr redete, und überlegte, ob er sie darauf ansprechen sollte, doch war er der Meinung, daß in Aylas Leben nichts ohne Sinn und Zweck geschah. Er war überzeugt, Die Mutter habe ihre augenblicklichen Schwierigkeiten geschaffen, weil Sie etwas ganz Bestimmtes damit bezweckte. Deshalb zögerte er, sich einzumischen. Welche Prüfungen sie und die beiden jungen Männer auch zu bestehen hatten, sie waren notwendig. Er sah ihr nach, als sie in den Pferdeanbau hinausging, und es entging ihm auch nicht, als sie einige Zeit später wieder hereinkam.

Ayla deckte das Feuer für die Nacht ab, kehrte zurück zu ihrer Bettplattform, zog sich aus und machte sich schlafbereit. Es war eine Qual, die Nacht vor sich zu haben und zu wissen, daß Jondalar nicht neben ihr schlief. Sie beschäftigte sich mit kleineren Aufgaben, um das Schlafengehen noch hinauszuzögern, denn sie wußte, daß sie ohnehin die halbe Nacht wach liegen würde. Schließlich nahm sie Wolf, setzte sich auf den Bettrand, herzte und streichelte das Tier und redete mit ihm, bis es in ihren Armen einschlief. Dann legte sie Wolf in seinen Korb und streichelte ihn, bis er sich wieder hinlegte.

Mamut wurde wach und schlug die Augen auf. Er konnte in der Dunkelheit nur undeutliche Umrisse erkennen. In der Erdhütte herrschte Ruhe, und die nächtliche Stille wurde nur von raschelnden Geräuschen, schwer gehendem Atem und tiefem Schlafgemurmel unterbrochen. Langsam drehte er den Kopf in Richtung auf den schwachen Schimmer der Glut in der Feuergrube und bemühte sich dahinterzukommen, was ihn aus dem Tiefschlaf herausgerissen und hellwach gemacht hatte. Er hörte gepreßten Atem in der Nähe, ein unterdrücktes Schluchzen, und stieß seine Felldekken beiseite.

»Ayla? Ayla, hast du Schmerzen?« fragte Mamut leise. Sie spürte eine warme Hand auf ihrem Arm.

»Nein«, sagte sie. Ihre Stimme war ganz heiser, so sehr mußte sie sich bezwingen. Sie kehrte das Gesicht zur Wand.

»Du weinst.«

»Tut mir leid, daß ich dich geweckt habe. Ich hätte leiser sein sollen.«

»Du warst leise. Es war nicht das Geräusch von dir, das mich geweckt hat; das war dein Bedürfnis. Die Mutter hat mich zu dir gerufen. Du leidest Schmerzen. Du bist innerlich verletzt, stimmt es nicht?«

Ayla holte tief und unter Schmerzen Luft und bemühte sich, den Schrei zu unterdrücken, der herauswollte. »Ja«, sagte sie. Jetzt wandte sie ihm das Gesicht zu, und er sah Tränen im gedämpften Licht schimmern.

»Dann weine, Ayla. Du solltest dir keinen Zwang antun. Du hast Grund, Schmerzen zu leiden, und du hast ein Recht zu weinen«, sagte Mamut.

»Ach, Mamut«, rief sie da und schluchzte auf, dann jedoch den Laut wieder erstickend. Doch daß er ihr erlaubte zu weinen, war eine Erleichterung für sie, und so weinte sie, weil sie bekümmert war und ihr das Herz brach.

»Laß dich gehen, Ayla. Es tut dir gut zu weinen«, sagte er, setzte sich an den Rand ihres Bettes und klopfte sie sanft auf den Rücken. »Es wird alles so werden, wie es werden soll und wie es gedacht ist. Es ist alles in Ordnung, Ayla.«

Als sie schließlich aufhörte zu weinen, suchte sie nach einem Stück weichen Leders, um sich das Gesicht abzuwischen und die Nase zu putzen. Dann setzte sie sich auf. »Es geht mir jetzt besser«, sagte sie.

»Es ist immer wohltuend zu weinen, wenn man das Bedürfnis hat. Aber vorbei ist es noch nicht, Ayla.«

Ayla senkte den Kopf. »Ich weiß.« Dann wandte sie sich ihm zu und sagte: »Aber warum?«

»Irgendwann wirst du wissen, warum. Ich glaube, dein Leben wird von mächtigen Gewalten gelenkt. Du bist für ein besonderes Schicksal auserwählt worden. Die Last, an der du trägst, ist nicht leicht; bedenke nur, was du in deinem jungen Leben schon alles durchgemacht hast. Aber dein Leben wird nicht nur aus Schmerzen bestehen, du wirst auch große Freuden erleben. Du wirst geliebt, Ayla. Du ziehst die Liebe an. Sie wird dir gegeben, um es dir zu erleichtern, die Bürde zu tragen. Du wirst immer geliebt werden ... vielleicht ist es zuviel Liebe ...«

»Ich hatte gedacht, Jondalar liebte mich ...«

»Ich wäre mir an deiner Stelle nicht allzu sicher, daß er es nicht mehr tut. Aber es lieben dich noch viele andere Menschen, ich alter Mann zum Beispiel auch«, sagte Mamut lächelnd. Auch Ayla entlockte das ein Lächeln. »Selbst ein Wolf und zwei Pferde lieben dich. Sind es nicht schon viele gewesen, die dich geliebt haben?«

»Du hast recht. Iza hat mich geliebt. Sie war meine Mutter. Es spielte keine Rolle, daß nicht sie es war, die mich zur Welt gebracht hat. Als sie starb, sagte sie mir, mich habe sie am meisten geliebt ... und Creb hat mich auch geliebt ... und das, obwohl ich ihn enttäuscht ... ihn verletzt habe.« Ayla hielt einen Moment inne und fuhr dann fort: »Uba hat mich geliebt ... und Durc.« Wieder hielt sie inne. »Glaubst du, ich bekomme meinen Sohn noch einmal zu sehen, Mamut?«

Der alte Schamane antwortete nicht sogleich. »Wie lange ist es jetzt her, daß du ihn das letztemal gesehen hast?«

»Drei ... nein, vier Jahre. Geboren habe ich ihn im zeitigen Frühjahr, und als ich fortging, war er drei Jahre alt. Er steht ungefähr in Rydags Alter ...« Plötzlich sah Ayla den alten Schamanen an und sprach ernst, aber erregt weiter: »Mamut, Rydag ist ein Kind von gemischten Geistern, genauso wie mein Sohn. Wenn Rydag hier leben kann, warum dann nicht auch Durc? Du bist zu der Halbinsel gewandert und wieder zurückgekommen, warum sollte ich nicht hingehen, Durc holen und ihn hierherbringen? So weit ist es nun auch wieder nicht.«

Mamut runzelte die Stirn und überlegte sich sehr genau, was er sagte. »Darauf kann ich dir keine Antwort geben, Ayla. Diese Frage kannst du dir nur selbst beantworten, doch ehe du einen Entschluß faßt, mußt du sehr genau überlegen, was das beste ist – und zwar nicht nur für dich, sondern auch für deinen Sohn. Du bist eine Mamutoi. Du hast unsere Sprache gelernt und kennst inzwischen viele unserer Sitten und Gebräuche. Trotzdem gibt es auch für dich noch viel zu lernen.«

Ayla hörte nicht auf die sorgfältig gewählten Worte des Schamanen. Sie war im Geiste bereits weitergestürmt. »Wenn Nezzie ein Kind aufgenommen hat, das nicht einmal sprechen kann, warum dann nicht eines, das sprechen könnte? Durc wäre dazu imstande, wenn er eine Sprache hätte, die er lernen könnte. Durc könnte Rydag ein Freund sein. Durc könnte ihm helfen, laufen und Sachen für ihn holen. Durc ist ein guter Läufer.«

Mamut ließ sie ihre begeisterte Aufzählung fortsetzen, bis sie von selbst damit aufhörte, doch dann fragte er: »Wann würdest du aufbrechen wollen, um ihn zu holen, Ayla?«

»Sobald ich kann. Im Frühjahr ... Nein, im Frühjahr ist das Reisen der vielen Überschwemmungen wegen zu beschwerlich. Ich werde bis zum Sommer warten müssen.« Ayla machte ein Pause. »Vielleicht doch nicht. In diesem Sommer findet das Clan-Treffen statt. Wenn ich nicht hinkomme, bevor sie aufbrechen, muß ich bis zu ihrer Rückkehr warten. Aber dann wird Ura bei ihnen sein ...«

»Das Mädchen, das deinem Sohn versprochen wurde«, fragte Mamut.

»Ja. In ein paar Jahren werden sie ein Paar werden. Clan-Kinder wachsen schneller heran als die Anderen ... als ich. Iza meinte, ich würde nie zu einer Frau. Im Vergleich mit den Clan-Mädchen ging die Entwicklung bei mir langsam vonstatten ... Aber Ura könnte eine Frau sein, bereit für einen Gefährten und ein eigenes Herdfeuer.« Ayla runzelte die Stirn. »Sie war noch ein Baby, als ich sie sah, und Durc ... das letzte Mal, als ich Durc sah, war er noch ein kleiner Junge. Bald wird er ein Mann sein und für seine Gefährtin sorgen, eine Gefährtin, die Kinder haben könnte. Ich habe nicht mal einen Gefährten. Die Gefährtin meines Sohnes könnte ein Kind haben, ehe ich eines habe.«

»Weißt du, wie alt du bist, Ayla?«

»Nicht genau, aber ich zähle meine Jahre immer im späten Winter, ungefähr um diese Zeit. Warum, weiß ich nicht.« Und wieder runzelte sie die Stirn. »Ich bin jetzt achtzehn Jahre alt, Mamut. Ich werde alt.«

»Dann warst du also elf, als dein Sohn geboren wurde?« fragte er überrascht. Ayla nickte. »Ein paar Mädchen habe ich gekannt, die bereits mit neun oder zehn Jahren zu Frauen wurden, aber das ist sehr jung. Latie ist noch nicht ganz eine Frau, dabei steht sie in ihrem zwölften Jahr.«

»Aber sie wird es bald sein. Ich spüre das«, sagte Ayla.

»Du wirst wohl recht haben. Aber du bist nicht so alt, Ayla. Deegie ist siebzehn, und sie wird erst diesen Sommer beim Sommertreffen mit Branag zusammengegeben werden.«

»Das ist richtig, und ich habe versprochen, an ihrer Hochzeitsfeier teilzunehmen. Aber ich kann nicht gleichzeitig an einem Sommertreffen und einem Clan-Treffen teilnehmen.« Mamut sah, wie sie erbleichte. »Ich kann ohnehin nicht zu einem Clan-Treffen gehen. Ich bin mir ja nicht einmal sicher, ob ich zum Clan zurückkehren könnte. Ich bin verflucht. Ich bin tot. Selbst Durc könnte mich für einen Geist halten und Angst vor mir haben. Ach, Mamut! Was soll ich nur tun?«

»Du mußt dir alles sehr genau überlegen, ehe du entscheidest, was das beste ist«, erwiderte er. Sie sah verwirrt aus, und so beschloß er, das Thema zu wechseln. »Aber du hast ja noch Zeit. Es ist noch nicht einmal Frühling. Das Frühlingsfest wird dasein, ehe wir's uns versehen. Hast du an die Wurzel und die Zeremonie gedacht, von der du gesprochen hast? Bist du bereit, diese Zeremonie in das Frühlingsfest einzubauen?«

Es überlief Ayla kalt. Die Vorstellung ängstigte sie, doch Mamut würde da sein, ihr zu helfen. Er würde wissen, was zu tun war, und offensichtlich war er daran interessiert zu lernen, was es damit eigentlich auf sich hatte.

»Na schön, Mamut. Ja. Ich bin bereit, es zu tun.«

Jondalar war sich über die Veränderung in der Beziehung zwischen Ayla und Ranec augenblicklich im klaren, obwohl er sich nicht damit abfinden wollte. Er beobachtete etliche Tage lang, bis er es sich selbst gegenüber nicht mehr leugnen konnte, daß Ranec praktisch am Herdfeuer des Mammut lebte und Ayla seine Anwesenheit willkommen war. So sehr er sich auch bemühte, sich selbst davon zu überzeugen, es sei das Beste so und er habe recht daran getan fortzuziehen, er konnte weder den Schmerz verwinden, ihre Liebe zu verlieren, noch das Verletztsein darüber, ausgeschlossen zu sein. Trotz der Tatsache, daß er es gewesen war, der sich von ihr zurückgezogen und aus freien Stücken ihr Bett und ihre Gesellschaft verlassen hatte – jetzt hatte er das Gefühl, daß sie es sei, die ihn zurückwies.

Lange haben sie nicht dazu gebraucht, dachte Jondalar. Er war gleich am nächsten Tag da, und sie hat es kaum erwarten können, daß ich auszog und sie ihn mit offenen Armen aufnehmen konnte. Sie müssen regelrecht darauf gewartet haben, daß ich ging. Ich hätte es wissen sollen ...

Was wirfst du ihr da vor? Du bist es schließlich, der sie verlassen hat, Jondalar, sagte er zu sich selbst. Sie hat dir nicht gesagt, daß du gehen sollst. Auch ist sie nach jenem ersten Mal nicht wieder zu ihm gegangen. Sie war immer da, bereit für dich, und du hast das ganz genau gewußt ...

Dann ist sie also jetzt bereit für ihn. Und er kann es kaum erwarten. Willst du ihm das verargen? Vielleicht ist es am besten so. Hier ist sie erwünscht, Mamutoi sind mehr an Flachschädel gewöhnt ... an Leute vom Clan. Und sie wird geliebt ...

Jawohl, sie wird geliebt. Ist es nicht das, was du ihr wünschst? Daß sie akzeptiert wird, jemand hat, der sie liebt ...

Aber ich liebe sie, dachte er, und Kummer und Schmerz wallten wieder in ihm auf. Ach, Mutter! Wie soll ich es nur aushalten? Sie ist die einzige Frau, die ich je auf diese Weise geliebt habe. Ich will nicht, daß sie verletzt wird, ich will nicht, daß man sie zurückstößt. Warum sie? Ach, Doni, warum hat es ausgerechnet sie sein müssen?

Vielleicht sollte ich fortgehen. Das ist es, ich gehe fort, dachte er, im Moment außerstande, einen klaren Gedanken zu fassen.

Jondalar ging mit weit ausgreifenden Schritten zum Herdfeuer des Löwen hinüber und unterbrach Talut und Mamut, die über das kommende Frühlingsfest redeten. »Ich gehe«, erklärte er ohne jede Vorbereitung. »Was kann ich gegen etwas Proviant eintauschen?« Er bot ein Bild der Verzweiflung, als wäre er von Sinnen.

Anführer und Schamane tauschten einen wissenden Blick. »Jondalar, mein Freund«, sagte Talut und klopfte ihm auf die Schulter, »wir werden dir mit Freuden alles an Proviant geben, was du brauchst, aber du kannst jetzt nicht fort. Der Frühling steht vor der Tür, aber wirf einen Blick ins Freie. Es tobt ein Schneesturm, und die Schneestürme am Ende des Winters sind die schlimmsten.«

Jondalar beruhigte sich und erkannte, daß er seinen plötzlichen Entschluß fortzugehen nicht verwirklichen konnte.

Talut spürte, daß die Spannung in Jondalars Muskeln nachließ, je mehr er redete. »Im Frühling kommt es dann zu den Überschwemmungen, und es gilt, viele Flüsse zu überqueren. Außerdem kannst du dich nicht so weit von zu Hause entfernen, den Winter bei den Mamutoi verbringen und dann nicht mit den Mammutjägern auf eine Mammutjagd gehen, Jondalar. Brichst du erst nach Hause auf, wirst du dazu nie wieder Gelegenheit haben. Die erste Mammutjagd aber findet im Frühsommer statt, bald nachdem wir zum Sommertreffen aufbrechen. Die beste Zeit, selbst auf eine Reise zu gehen, wäre im Anschluß daran. Du würdest mir einen großen Gefallen tun, wenn du es dir überlegtest und mindestens noch bis zur Mammutjagd bei uns bliebest. Ich möchte, daß du deinen Speerwerfer vorführst.«

»Ja, selbstverständlich, ich werd's mir überlegen«, sagte Jondalar. Dann sah er dem rothaarigen Anführer in die Augen. »Und vielen Dank, Talut. Du hast recht. Ich kann noch nicht fort.«

Mamut saß mit gekreuzten Beinen an seinem Lieblingsplatz zum Sich-Versenken: der Bettplattform neben der seinen, die als Lagerraum für die Rentierfell-Laken, Felle und anderes Bettzeug diente. Eigentlich übte er sich weniger in Versenkung als in Nachdenken. Seit der Nacht, da sie ihn durch ihre Tränen geweckt hatte, war er sich Aylas Verzweiflung über Jondalars Auszug bewußter als zuvor. Ihr Elend und ihr Unglücklichsein hatten einen großen Eindruck auf ihn gemacht. Wenn sie es auch schaffte, das Ausmaß ihrer Gefühle vor den meisten anderen zu verbergen, er selbst merkte es an manchen Kleinigkeiten ihres Verhaltens, die ihm früher vielleicht entgangen wären. Obwohl sie Ranecs Gesellschaft aufrichtig zu genießen schien und über seine Scherze lachte, war sie gedrückt, und die Liebe und Aufmerksamkeit, mit der sie Wolf und die Pferde überschüttete, verrieten, wie verloren sie sich vorkam und wie sie sich vor Sehnsucht verzehrte.

Mamut sah auch bei dem großgewachsenen Gast genauer hin und bemerkte an Jondalars Verhalten die gleiche Verlorenheit. Er schien voller Verzweiflung und Qual, obgleich auch er bemüht war, es nicht zu zeigen. Nach seinem verzweifelten Versuch, mitten in einem Schneesturm fortzugehen, fürchtete der alte Schamane, Jondalars Verstand leide bei der Vorstellung, Ayla zu verlieren. Der alte Mann, der so innigen Umgang mit der Geisterwelt der Mut und Ihrer Geschicke pflegte, sah darin eine tiefere Zwanghaftigkeit als nur junge Liebe. Vielleicht hatte Die Mutter auch mit ihm Besonderes vor: Pläne, bei denen es auch um Ayla ging.

Wiewohl Mamut zögerte, sich darauf einzulassen, fragte er sich, warum Die Mutter ihm gezeigt hatte, daß Sie die Kraft war, die hinter den wechselseitigen Gefühlen stand. Wiewohl überzeugt, daß letzten Endes Sie die Umstände entsprechend Ihren Plänen schuf – es konnte ja Ihr Wunsch sein, daß er Ihr in diesem bestimmten Fall half.

Während er darüber nachsann, ob und wie er die Wünsche Der Mutter bekanntmachen sollte, betrat Ranec, offensichtlich auf der Suche nach Ayla, das Herdfeuer des Mammut. Mamut wußte, daß sie den Wolfswelpen zu einem Ritt auf Winnie mitgenommen hatte und noch eine Weile draußen bleiben würde. Ranec sah sich um, entdeckte dann den alten Mann und näherte sich ihm.

»Weißt du, wo Ayla ist, Mamut?« fragte er ihn.

»Ja. Sie ist mit den Tieren draußen.«

»Ich hatte mich schon gewundert, sie so lange nicht gesehen zu haben.«

»Du bist in letzter Zeit doch viel mit ihr zusammen.«

Ranec grinste. »Ich hoffe, noch viel mehr mit ihr zusammenzusein.«

»Sie ist nicht allein hierhergekommen, Ranec. Hat Jondalars Interesse nicht Vorrang vor deinem?«

»Möglich, daß das so war, als sie herkamen, aber dann hat er es aufgegeben. Er hat das Herdfeuer verlassen«, sagte Ranec. Mamut hörte aus der Stimme einen gewissen Trotz heraus.

»Ich meine, sie hegen immer noch starke Gefühle füreinander. Ich glaube nicht, daß die Trennung von Dauer bliebe, wenn man ihrer tiefen Zuneigung zueinander eine Chance gäbe, wieder zu erblühen, Ranec.«

»Wenn du mir damit andeuten willst, ich sollte zurücktreten, Mamut, tut es mir leid. Dafür ist es zu spät. Auch ich hege starke Gefühle für Ayla.« Ranecs Stimme brach fast vor Gefühlsüberschwang. »Mamut, ich liebe sie. Ich möchte mich mit ihr zusammentun, ein Herdfeuer mit ihr gründen. Es wird Zeit, daß ich mich mit einer Frau niederlasse, und ich möchte ihre Kinder an meinem Herdfeuer. Nie habe ich jemand wie sie kennengelernt. Sie ist alles, was ich mir je erträumt habe. Wenn es mir gelingt, sie zu bewegen einzuwilligen, möchte ich unser Versprechen beim Frühlingsfest bekanntmachen und im Sommer Hochzeit feiern.«

»Bist du dir sicher, daß du das wirklich möchtest, Ranec?« fragte Mamut. Er hatte Ranec gern, und er wußte, daß es Wymez Freude machen würde, wenn der dunkelhäutige Junge, den er von seinen Reisen mitgebracht hatte, eine Frau fand und sich niederließ. »Es gibt viele Mamutoifrauen, die sich gern mit dir zusammentun würden. Was willst du der hübschen jungen rothaarigen Frau sagen, der du dich fast versprochen hast? Wie heißt sie doch noch gleich? Tricie?« Mamut war sich sicher: Wenn ein Erröten auf Ranecs Gesicht zu erkennen wäre – es würde flammendrot sein.

»Ich werde ihr sagen ... ich werde sagen, daß es mir leid tut. Ich kann nicht anders. Es gibt keine, die ich will außer Ayla. Sie ist jetzt eine Mamutoi. Sie sollte sich mit einem Mamutoi zusammentun. Und ich möchte, daß ich das bin.«

»Wenn es sein soll, Ranec«, sagte Mamut gütig, »wird es sein, aber vergiß nicht folgendes: Die Wahl liegt nicht bei dir. Ja, nicht einmal bei ihr. Ayla wurde von Der Mutter für etwas ganz Bestimmtes auserwählt; Sie hat sie deshalb mit vielen Gaben ausgestattet. Was immer du entscheidest oder sie entscheidet, das erste Recht auf sie hat Mut. Jeder Mann, der sich mit ihr verbindet, verbindet sich auch mit Ihren Zielen.«

25

Als die uralte Erde ihren vereisten nördlichen Scheitel unmerklich näher heranneigte an den großen strahlenden Stern, den sie umkreiste, spürten sogar die Landstriche in der Nähe der Gletscher einen sanft wärmenden Kuß und erwachten aus dem Schlaf eines noch tieferen und kälteren Winters. Der Frühling regte sich anfangs nur zögernd, doch dann streifte er mit dem Drängen einer Jahreszeit, die nur kurz bemessen war, die gefrorene Decke in einem überströmenden Aufwallen ab, welcher den Boden bewässerte und in Bewegung brachte.

Die Tropfen, die während der ersten frostfreien Mittagswärme von den Zweigen und den Eingangsbögen heruntertröpfelten, erstarrten zu Eiszapfen, je kälter es im Verlauf der Nacht wieder wurde. Im Laufe der langsam wärmer werdenden Tage, die nun folgten, wurden die langen, spitz zulaufenden Zapfen größer, rutschten dann irgendwann von ihrem eisigen Halt ab und fuhren wie die Spieße in Schneewehen, schmolzen und wurden zu Schneematsch, der dann von schlammigem Wasser fortgeschwemmt wurde. Die Rinnen, Rinnsale und Bäche von geschmolzenem Schnee und Eis fanden sich zu Flüssen zusammen, um die angesammelte Feuchtigkeit fortzutragen, die zu kalter Unbeweglichkeit erstarrt gewesen war. Die immer mächtiger anschwellenden Flüsse rauschten alte Kanäle und Flußbetten hinunter oder fraßen neue in den feinen Löß, wobei ihnen bisweilen eine Schaufel aus Hirschgeweih oder eine Schöpfkelle aus Elfenbein behilflich waren.

Der vereiste Strom ächzte und stöhnte in seinem Kampf, sich dem Würgegriff des Winters zu entwinden, während das Schmelzwasser sich in die verborgene Strömung ergoß. Ohne jede Warnung gab es plötzlich einen ohrenbetäubenden Knall, den man sogar im Inneren der Erdhütte hörte und dem sogleich ein zweites Krachen folgte, und dann verkündete ein anschwellendes tiefes Grummeln, daß das Eis die Wassermassen nicht mehr bändigen konnte. Eisbrocken und -schollen tanzten und tauchten unter, drehten sich um sich selbst, verfingen sich und wurden von dem machtvollen Strom doch hinweggerissen. Das verriet den Wendepunkt der Jahreszeit.

Als wäre die Kälte mit der Flut davongeschwemmt worden, kamen die Leute des Lagers, die wie der Strom von der Eiseskälte zur Unbeweglichkeit verdammt worden waren, aus der Erdhütte herausgequollen. Obwohl von Wärme eigentlich nur im Vergleich zu der noch größeren Winterkälte die Rede sein konnte, schlug das beengte Leben drinnen in energische Aktivität im Freien um. Jeder Vorwand hinauszugehen wurde begeistert begrüßt, sogar der große Frühlingsputz.

Die Angehörigen des Löwen-Lagers waren nach ihren eigenen Vorstellungen saubere Geschöpfe. Wenngleich Feuchtigkeit in Form von Schnee und Eis reichlich vorhanden war, bedurfte es doch des Feuers und großer Vorräte an Brennmaterial, um Wasser zu gewinnen. Trotzdem wurde einiges von dem Eis und Schnee, den sie zum Kochen schmolzen, zum Waschen benutzt; außerdem gingen sie in regelmäßigen Abständen ins Schwitzbad. Der persönliche Lebensbereich war für gewöhnlich gut geordnet, Arbeitsgerät und Werkzeuge wurden pfleglich behandelt, die wenigen Kleidungsstücke, die sie drinnen trugen, abgebürstet, gelegentlich auch gewaschen und in Ordnung gehalten. Doch am Ende des Winters war der Gestank im Inneren der Erdhütte unvorstellbar.

Zu diesem Gestank trug Essen in verschiedenen Stadien der Haltbarmachung und der Verwesung bei, gekochtes, ungekochtes und verfaultes; das Lampenöl, das oft ranzig war, da das alte Öl in den Lampen ständig durch frische Fettklümpchen und -brocken ergänzt wurde; die Körbe mit Kot und anderen Ausscheidungen, die nicht immer sofort hinausgebracht und ausgeschüttet wurden; Behälter mit gesammeltem Urin, den man stehen ließ, damit durch den bakterienbedingten Zerfall von Harnstoff seine Umwandlung in Ammoniak vorangetrieben wurde; und die Menschen selbst. Wenn auch Schwitzbäder gesund waren und die Haut reinigten, trugen sie nur wenig dazu bei, den natürlichen Körpergeruch zu vertreiben, doch das wurde mit ihnen auch nicht bezweckt. Der persönliche Geruch gehörte zur Identität jedes Einzelnen.

Die Mamutoi waren die kräftigen und oft durchdringenden Gerüche des täglichen Lebens gewohnt. Ihr Geruchssinn war stark entwickelt und wurde genauso eingesetzt wie Seh- oder Hörvermögen, um sich ständig bewußt zu sein, was um einen herum vorging. Nicht einmal Tiergerüche galten als unangenehm, denn auch sie waren natürlich. Doch als es wärmer wurde, merkten selbst Nasen, die an die Gerüche des täglichen Lebens gewöhnt waren, die Folgen davon, daß hier siebenundzwanzig Menschen über einen längeren Zeitraum auf engstem Raum zusammengelebt hatten. Der Frühling war die Jahreszeit, da die Fellvorhänge vorm Eingang beiseite gezogen wurden, um die Erdhütte zu lüften; außerdem wurde der Abfall eines ganzen Winters zusammengekehrt und hinausgeworfen.

Für Ayla bedeutete das auch noch, den Pferdedung aus dem Anbau hinauszuschaufeln. Die Pferde hatten den Winter zu Aylas Freude gut überstanden, was jedoch nicht weiter verwunderlich war. Steppenpferde waren abgehärtete Tiere, die den Widrigkeiten strenger Winter angepaßt waren. Wenn sie sich auch ihr Futter größtenteils selbst suchen mußten, stand es Winnie und Renner frei, nach Belieben einen Raum aufzusuchen, der weit mehr Schutz bot als alles, was ihre wildlebenden Verwandten zur Verfügung hatten. Außerdem wurde ihnen Wasser und – in Grenzen – auch einiges an Futter bereitgestellt. Auf der freien Wildbahn reiften Pferde schnell, was unter normalen Umständen fürs Überleben auch notwendig war, und so hatte Renner wie alle anderen Füllen, die in der gleichen Zeit geboren worden waren wie er, seine volle Größe erreicht. Wenn er in den nächsten paar Jahren auch noch einiges an Fleisch ansetzen sollte – er war jetzt schon zu einem stämmigen jungen Hengst herangewachsen, der seine Mutter um ein Weniges überragte.

Der Frühling war jedoch auch die Zeit, in der es an manchem mangelte. Der Vorrat an bestimmten Nahrungsmitteln, zumal an besonders beliebten Pflanzenprodukten, war zu Ende gegangen, und von anderen war nur noch wenig vorhanden. Als sie sich an eine Bestandsaufnahme machten, waren alle froh, jene allerletzte Wisentjagd doch noch gemacht zu haben. Hätten sie es nicht getan, könnten ihnen jetzt sogar die Fleischvorräte ausgehen. Doch wenn Fleisch ihnen auch den Magen füllte, irgendwie blieben sie hungrig. Ayla fielen Izas Frühlingstränke ein, die sie für Bruns Clan gemacht hatte, und so beschloß sie, solche jetzt auch für das Löwen-Lager anzusetzen. Ihre heilsamen Tränke aus getrockneten Kräutern, zu denen eisenreicher Sauerampfer sowie Hagebutten gehörten, glichen den Vitaminmangel, der den Heißhunger auf frische Nahrung hervorrief, ein wenig aus, konnten ihn jedoch nicht ganz vertreiben. Alle sehnten sich nach dem ersten frischen Gemüse. Das Zurückgreifen auf ihre medizinischen Kenntnisse beschränkte sich jedoch nicht auf die Herstellung von Frühlingstränken.

Da es gut isoliert war und von mehreren Feuern, Lampen und der natürlichen Körperwärme der Menschen geheizt wurde, war es warm im halbunterirdischen Langhaus. Selbst wenn draußen bitterste Kälte herrschte, war man drinnen nur leicht gekleidet. Im Winter waren die Mamutoi sehr darauf bedacht, vorm Hinaustreten ins Freie angemessene Kleidung anzulegen, doch sobald die Schneeschmelze einsetzte, ließ man solche Vorsicht häufig fahren. Obwohl die Temperatur kaum über dem Gefrierpunkt verharrte, hatte man das Gefühl, es wäre sehr viel wärmer, so daß die Leute nach draußen gingen und dabei kaum mehr anhatten als ihre gewöhnliche Kleidung drinnen. Da zur Schneeschmelze noch Frühlingsregen hinzukamen, waren sie oft bis auf die Haut durchnäßt und froren, ehe sie wieder hineingingen, und das schwächte ihre Widerstandskraft.

In den ersten wärmer werdenden Frühlingstagen hatte Ayla mit der Behandlung von Husten, Schnupfen und Halsweh mehr zu tun als während der kältesten Winterzeit. Bei der Welle von Frühlingserkältungen und Infektionen der Atemwege kam niemand ungeschoren davon. Selbst Ayla mußte mehrere Tage lang das Bett hüten, um ein leichtes Fieber und einen hartnäckigen Husten auszukurieren. Ehe der Frühling sich richtig entfaltete, hatte sie fast jeden im Löwen-Lager behandelt. Je nach Einzelfall reichte sie Heilkräutertees und verordnete Dampfinhalationen und Hals- und Brustwickel; außerdem half sie mit ihrem verständnisvollen und überzeugenden Verhalten am Krankenbett. Alle priesen sie die Wirksamkeit ihrer Heilmittel. Selbst wenn es nicht direkt half, hatten die Menschen doch das Gefühl, sich besser zu fühlen.

Nezzie berichtete, diese Frühjahrserkältungen bekämen sie immer, doch als Mamut kurz nach ihrer eigenen Erkrankung damit darniederlag, setzte sie sich über ihre eigenen Restbeschwerden hinweg, um ihn zu pflegen. Eine ernste Infektion der Atemwege konnte tödlich sein. Doch der Schamane hatte trotz seines hohen Alters immer noch eine bemerkenswerte Lebenskraft und erholte sich schneller als manche andere in der Erdhütte. Obwohl er ihre hingebungsvolle Pflege genoß, drängte er sie, sich um die anderen zu kümmern, die ihrer Heilkunst mehr bedurften als er, und sich ansonsten selbst möglichst viel Ruhe zu gönnen.

Als Fralie Fieber bekam und sich schier die Lunge aus dem Leib hustete, brauchte niemand sie zu drängen, sich ihrer anzunehmen, doch richtete ihr guter Wille hier nichts aus. Als sie Fralie behandeln wollte, ließ Frebec sie nicht in sein Herdfeuer herein. Crozie geriet außer sich und schimpfte furchtbar mit ihm herum, und diesmal waren alle im Lager auf ihrer Seite, Frebec jedoch ließ sich nicht erweichen. Crozie stritt sogar mit Fralie und versuchte sie zu bewegen, sich über Frebec hinwegzusetzen, doch auch das half nichts. Die Kranke schüttelte nur den Kopf und hustete weiter.

»Aber warum?« sagte Ayla zu Mamut, tat sich mit ihm an einem heißen Tee gütlich und lauschte auf einen neuen Hustenanfall von Fralie. Tronie hatte Tasher an ihr Herdfeuer genommen, der altersmäßig zwischen Nuvie und Hartal lag. Crisavec schlief mit Brinan am Herdfeuer des Auerochsen. Somit hatte die kranke Schwangere Ruhe, doch Ayla bekam es jedesmal mit und spürte es selber schmerzlich, wenn Fralie hustete.

»Warum will er mich ihr nicht helfen lassen? Er sieht doch, daß die anderen sich besser fühlen, und sie bedarf meiner Hilfe mehr als alle anderen. Dieser Husten ist viel zu gefährlich bei ihr, zumal jetzt.«

»Das ist keine schwierige Frage, Ayla. Wenn man glaubt, daß Clan-Angehörige Tiere sind, kann man nicht glauben, daß sie irgendetwas von der Heilkunst verstehen. Und da du bei ihnen aufgewachsen bist – wie solltest du etwas davon verstehen?«

»Aber sie sind keine Tiere. Eine Medizinfrau vom Clan versteht sehr viel von der Heilkunst.«

»Ich weiß, Ayla. Ich weiß besser als jeder sonst, wieviel eine Medizinfrau vom Clan von ihrer Kunst versteht. Ich glaube, auch jeder andere hier weiß das mittlerweile, sogar Frebec. Zumindest sind sie dankbar für dein Können; nur daß Frebec nach all den vielen Streitereien keinen Rückzieher machen oder einlenken kann. Er hat Angst, das Gesicht zu verlieren.«

»Was ist wichtiger? Sein Gesicht oder Fralies Baby?«

»Fralie muß meinen, Frebecs Gesicht sei wichtiger.«

»Es ist nicht Fralies Schuld. Frebec und Crozie wollen sie zwingen, sich zwischen ihnen zu entscheiden, und das will sie nicht.«

»Das ist Fralies Entscheidung.«

»Da liegt ja gerade die Schwierigkeit. Sie möchte sich nicht entscheiden. Sie weigert sich, eine Wahl zu treffen.«

Mamut schüttelte den Kopf. »Nein, sie trifft sehr wohl eine Wahl, ob sie es nun will oder nicht. Aber es ist nicht die Wahl zwischen Frebec und Crozie. Wie lange dauert es noch bis zur Geburt?« fragte er. »Für meine Begriffe sieht es so aus, als stünde sie unmittelbar bevor.«

»Ich bin mir nicht sicher, aber ich glaube, ganz soweit ist es noch nicht. Sie wirkt nur deshalb so besonders dick, weil sie so ausgemergelt ist; aber das Kind ist noch nicht soweit. Das ist es ja gerade, was mir so große Sorgen macht. Ich glaube, es ist zu früh.«

»Du kannst nichts dabei machen, Ayla.«

»Aber wenn Frebec und Crozie nicht über alles und jedes streiten wollten . . .«

»Das hat nichts damit zu tun. Das ist nicht Fralies Problem – das ist etwas zwischen Frebec und Crozie. Fralie braucht sich nicht zwischen sie zu stellen. Sie kann ihre eigenen Entscheidungen treffen, und genau das tut sie ja. Sie entscheidet sich dafür, nichts zu tun. Oder vielmehr, wenn deine Ängste begründet sind – und das glaube ich schon –, dann entscheidet sie sich, ob sie jetzt gebären will oder später. Es könnte sein, daß sie zwischen Leben und Tod für ihr Baby entscheidet . . . wobei sie sich möglicherweise selbst in Gefahr bringt. Aber die Entscheidung liegt bei ihr, und es könnte sein, daß mehr daran ist, als wir alle annehmen.«

Was Mamut da gesagt hatte, blieb ihr noch lange nach dem Gespräch im Gedächtnis haften, und als sie selbst sich wieder hinlegte, mußte sie immer noch darüber nachdenken. Er hatte natürlich recht. Obwohl Fralie sich gefühlsmäßig zwischen ihrer Mutter und Frebec hin- und hergerissen fühlte, war das nicht der Kampf, den Fralie ausfocht. Ayla zerbrach sich den Kopf darüber, wie sie eine Möglichkeit finden konnte, Fralie zu überzeugen, aber sie hatte es schon vorher versucht, und wo Frebec sie jetzt von seinem Herdfeuer fernhielt, hatte sie keine Gelegenheit, mit ihr darüber zu sprechen. Als sie endlich einschlief, lag ihr die Sorge schwer auf der Seele.

Mitten in der Nacht wachte sie auf, lag still da und spitzte die Ohren. Sie war sich nicht sicher, was sie geweckt hatte, doch meinte sie, Fralies Stöhnen durch die Dunkelheit der Erdhütte herüberdringen gehört zu haben. Nachdem lange Stille geherrscht hatte, dachte sie, sie müsse es wohl doch geträumt haben. Wolf winselte, und sie langte hinüber, um ihn zu beruhigen. Vielleicht träumte auch er schlecht, und möglicherweise war es das, was sie geweckt hatte. Ihre Hand hielt inne, noch ehe sie den Welpen erreicht hatte; angestrengt lauschte sie und meinte, ein ersticktes Stöhnen zu hören.

Ayla warf die Felldecke zurück und stand auf. Leise trat sie um die Vorhänge herum und tastete sich zu den Körben vor, um sich zu erleichtern; dann zog sie ein Hemd über und trat ans Feuer. Sie hörte unterdrücktes Husten, dann eine Reihe von verkrampften Hustenstößen, die schließlich in einem gleichermaßen halberstickten Stöhnen endeten. Ayla stocherte in der Glut, fügte etwas Anmachholz und Knochenschabsel hinzu, bis ein kleines Feuer brannte, woraufhin sie ein paar Kochsteine hineinfallen ließ und nach dem Wasserbeutel griff.

»Mir kannst du auch einen Tee machen«, sagte Mamut von seiner Schlafplattform mit leiser Stimme im Dunkel, schob dann seine Decken zurück und setzte sich auf. »Ich denke, bald werden alle auf sein.«

Ayla nickte und goß noch etwas mehr Wasser in den Kochkorb. Wieder ein Hustenanfall, dann Schritte und halblautes Raunen vom Herdfeuer des Kranichs.

»Sie braucht etwas, das den Husten beschwichtigt, und etwas, um die Wehen zu entkrampfen ... falls es nicht schon zu spät ist. Ich will mal unter meinen Kräutern nachsehen«, sagte Ayla, setzte die Trinkschale ab – und zögerte, »... für alle Fälle, falls doch jemand fragt.«

Sie nahm ein brennendes Scheit, und Mamut sah sie unter den Gestellen mit getrockneten Pflanzen herumkramen, die sie aus ihrem Tal mitgebracht hatte. Es ist ein wahres Wunder zu sehen, wie sie ihre Heilkünste ausübt, dachte Mamut. Für jemand, der darin so tüchtig ist, ist sie noch sehr jung. Wäre ich an Frebecs Stelle, würde ich mir mehr über ihre Jugend und möglicherweise Unerfahrenheit Sorgen machen und nicht so sehr über ihren Hintergrund. Ich weiß, sie ist von der besten Medizinfrau ausgebildet worden, aber wie ist es nur möglich, daß sie bereits soviel weiß? Sie muß schon mit dieser Gabe geboren sein, und Iza, die Medizinfrau, muß das von Anfang an erkannt haben. Ein neuerlicher Hustenanfall am Herdfeuer des Kranichs unterbrach seine Gedanken.

»Komm, Fralie, trink einen Schluck Wasser«, sagte Frebec besorgt.

Fralie schüttelte den Kopf. Sie war außerstande zu sprechen und versuchte den Husten zu bezwingen. Sie lag auf der Seite, stützte sich auf einen Ellbogen und hielt ein Stück weiches Leder vor den Mund. Ihre Augen glänzten vom Fieber, und ihr Gesicht war rot von der Anstrengung. Sie warf einen Blick zu ihrer Mutter hinüber, die auf der anderen Seite des Mittelgangs auf dem Bett saß und sie anfunkelte.

Crozie war beides gleichermaßen anzumerken: Zorn und Verzweiflung. Sie hatte alles versucht, ihre Tochter zu bewegen, um Hilfe zu bitten: gutes Zureden, Schimpfen und gute Argumente, nichts hatte geholfen. Sogar sie hatte von Ayla etwas Medizin gegen ihre Erkältung bekommen, und es war dumm von Fralie, die Hilfe, die da war, nicht zu nutzen. Doch das war alles Schuld dieses dummen Mannes, dieses dummen Frebec; nur tat es nicht gut, darüber zu reden. Crozie hatte beschlossen, kein Wort mehr zu sagen.

Fralies Husten ebbte ab, und sie ließ sich erschöpft wieder auf das Bett zurückfallen. Vielleicht setzte jener andere Schmerz – derjenige, den sie nicht zulassen wollte – diesmal nicht ein. Fralie wartete, hielt den Atem an, um nichts durcheinanderzubringen, und harrte angstvoll der Dinge, die da kommen sollten. Ein Schmerz lebte auf in der Gegend ihres Kreuzes. Die Augen schließend, holte sie tief Atem und versuchte, den Schmerz kraft ihres Willens einfach nicht hochkommen zu lassen. Sie legte die Hand an die Seite ihres ausgedehnten Leibes und spürte, wie die Muskeln sich verkrampften, als der Schmerz und damit die Angst stärker wurden. Es ist zu früh, dachte sie. Das Baby sollte frühestens in Monatsfrist kommen.

»Fralie? Ist alles in Ordnung?« fragte Frebec. Das Wasser in der Hand, stand er immer noch da.

Da sie seine Sorge sah und seine Hilflosigkeit erkannte, versuchte sie, ihm zuzulächeln. »Es ist nur dieser Husten«, sagte sie. »Der befällt jeden im Frühling.«

Keiner verstand ihn, dachte sie, am allerwenigsten ihre Mutter. Dabei bemühte er sich so sehr, allen zu zeigen, daß er etwas wert sei. Das war der Grund, warum er nicht nachgeben wollte, warum er soviel stritt und so leicht gekränkt war. Crozie brachte das in Verlegenheit. Frebec begriff nicht, daß man seinen Wert – die Vielfalt und die Qualität von Familienbanden sowie das Maß des Einflusses, den man ausübte – durch die Menge dessen unter Beweis stellte, was man von der Verwandtschaft und von der Gruppe, zu der man gehörte, verlangen konnte, um es fortzugeben, auf daß jeder es sah. Ihre Mutter hatte versucht, ihm das zu zeigen, indem sie ihm das Recht des Kranichs zugestand und nicht nur das Herdfeuer, das Fralie mitbrachte, als sie sich zusammentaten – das Recht also, den Kranich wie sein eigenes Geburtsrecht für sich zu beanspruchen.

Crozie hatte freundliche Anerkennung ihrer Wünsche und Forderungen erwartet; er sollte Dankbarkeit und Verständnis dafür zeigen, daß er das Herdfeuer des Kranichs, das dem Namen nach immer noch ihres war, obwohl sie sonst kaum etwas hatte, als das seine beanspruchen könne. Ihre Forderungen jedoch konnten maßlos sein. Sie hatte so viel verloren, daß es ihr schwerfiel, irgend etwas von dem ihr noch verbliebenen Anspruch auf ein hohes Ansehen herzugeben, zumal an jemand, der so wenig mitbrachte. Crozie befürchtete, er würde dieses Ansehen schmälern; was sie brauchte, war die ständige Bestätigung, daß es nach wie vor galt. Fralie wollte ihn nicht der Schande preisgeben, den Versuch zu machen, es ihm zu erklären. Das Ganze war eine überaus heikle Angelegenheit, ein Wissen, mit dem man einfach aufwuchs ... sofern man es immer hatte. Aber Frebec hatte nie etwas gehabt.

Wieder spürte Fralie den Schmerz im Kreuz. Wenn sie ganz ruhig liegen blieb, vielleicht daß er dann wieder verging ... sofern sie es schaffte, während dieser Zeit nicht zu husten. Nachgerade wünschte sie doch, mit Ayla reden zu können, jedenfalls um etwas gegen ihren Husten zu bekommen; aber Frebec sollte nicht denken, daß sie sich auf die Seite ihrer Mutter schlug. Lange Erklärungen jedoch würden nur ihren Rachen reizen und Frebec in die Defensive drängen. Sie fing wieder an zu husten, und das ausgerechnet in dem Augenblick, da die Verkrampfung ihren Höhepunkt erreichte. Sie unterdrückte einen Schmerzensschrei.

»Fralie? Ist es ... mehr als nur der Husten?« fragte Frebec und sah sie eindringlich an. Er konnte sich nicht vorstellen, daß der Husten allein sie dazu brachte, derart zu stöhnen.

Sie zögerte. »Was meinst du mit ›mehr‹?« fragte sie.

»Nun, das Baby ... aber du hast schon zwei Kinder bekommen, du weißt doch, wie so was geht, nicht wahr?«

Fralie mußte husten, daß es sie schier zerriß, und als sie den Anfall endlich hinter sich hatte, wich sie der Frage aus.

An den Rändern der Rauchlochabdeckungen zeigte sich Helligkeit, als Ayla zu ihrem Bett zurückkehrte und sich fertig anzog. Die meisten Lagerangehörigen waren die halbe Nacht wach gewesen. Zuerst war es Fralies unbezähmbarer Husten gewesen, der sie geweckt hatte, doch dann war deutlich geworden, daß sie unter mehr litt als nur unter einer Erkältung. Tronie hatte Schwierigkeiten mit Tasher, der zu seiner Mutter zurück wollte. Sie nahm ihn hoch und trug ihn statt dessen ans Herdfeuer des Mammut. Da er immer noch greinte, nahm Ayla ihn und trug ihn um den großen Herdfeuerbereich herum und versuchte ihn abzulenken, indem sie ihm dies und das zeigte. Der Wolfswelpe folgte ihr. Ayla trug Tasher durch die Herdfeuer des Fuchses und des Löwen und begab sich dann an die Gemeinschaftskochstellen.

Jondalar sah sie näherkommen und das Kind trösten und beruhigen; das Herz klopfte ihm bis zum Hals hinauf. In seinem Kopf wollte er, daß sie näher kam; gleichzeitig war er nervös und hatte Angst. Seitdem er fortgezogen war, hatten sie kaum miteinander gesprochen, und er wußte nicht, was er zu ihr sagen sollte. Er sah sich um und überlegte, was das Kind wohl beruhigen und beschwichtigen könnte; dabei fiel sein Blick auf einen Knochen, der von gestern abend übriggeblieben war.

»Vielleicht mag er darauf beißen«, meinte Jondalar, als sie den Bereich des großen Gemeinschaftsfeuers betrat, und hielt ihr den Knochen hin.

Sie nahm den Knochen und drückte ihn dem Kind in die Hand.

»Hier, magst du das, Tasher?«

Fleisch war nicht mehr daran, wohl aber ein bißchen Geschmack. Er steckte das dicke Ende in den Mund, kostete, stellte fest, daß er es mochte, und gab endlich Ruhe.

»Das war eine gute Idee, Jondalar«, sagte Ayla. Sie hatte den dreijährigen Jungen auf dem Arm, stand nahe bei ihm und sah zu ihm auf.

Sie sahen einander an, verzehrten sich einer nach dem Anblick des anderen, ließen die Augen sich sattsehen, sagten kein Wort, nahmen aber jeden Zug im Gesicht des anderen wahr, jeden Schatten und jede Linie, jede Einzelheit, die sich verändert hatte. Er hat abgenommen, dachte Ayla. Wie hager er aussieht. Und sie ist vergrämt, macht sich Sorgen um Fralie, der sie gern helfen möchte, dachte Jondalar. Ach, Doni, wie schön sie ist!

Tasher ließ den Knochen fallen, und Wolf schnappte danach.

»Auslassen!« befahl Ayla. Widerstrebend legte er ihn auf den Boden, bewachte ihn jedoch weiter.

»Ach, jetzt kannst du ihn ihm auch ganz überlassen. Ich glaube, Frebec hätte es nicht gern, wenn du den Knochen Tasher gibst, nachdem Wolf ihn im Maul gehabt hat.«

»Ich möchte nicht, daß er sich Dinge nimmt, die ihm nicht gehören.«

»Er hat es ja eigentlich gar nicht genommen. Tasher hat ihn fallen lassen, und da hat Wolf vermutlich gedacht, er wäre für ihn bestimmt«, versuchte Jondalar vernünftig zu erklären.

»Vielleicht hast du recht. Es macht ja nichts, wenn er ihn behält.« Sie gab das entsprechende Zeichen, woraufhin das Wolfsjunge die Bewachung aufgab, den Knochen ins Maul nahm und geradewegs auf die Schlaffelle zuging, die Jondalar auf dem Boden in der Nähe seines Arbeitsbereichs ausgebreitet hatte. Er machte es sich darauf bequem und fing dann an, auf dem Knochen herumzukauen.

»Wolf, willst du da wohl mal runter«, verwies Ayla ihn und wollte hinter ihm her.

»Laß nur, Ayla ... wenn es dir nichts ausmacht. Er kommt oft her und fühlt sich hier wohl. Und ich ... nun ja, mir macht er ausgesprochen Freude.«

»Was sollte es mir ausmachen«, sagte sie, und dann lächelte sie. »Du bist ja auch mit Renner immer gut ausgekommen. Tiere mögen dich, glaube ich.«

»Aber nicht so sehr wie dich. Dich lieben sie. Ich ...« Plötzlich sprach er nicht weiter. Seine Stirn umwölkte sich, und er schloß die Augen. Als er sie wieder aufmachte, straffte er sich und trat einen Schritt zurück. »Die Mutter hat dir eine seltene Gabe gegeben«, sagte er, in Ton und Gebaren plötzlich weit förmlicher als vorher.

Plötzlich stiegen ihr heiße Tränen in die Augen und schnürte sich ihr schmerzvoll der Hals zu. Sie blickte zu Boden und trat dann ihrerseits einen Schritt zurück.

»So wie es sich anhörte, wird Tasher bald einen Bruder oder eine Schwester haben«, sagte Jondalar und wechselte damit das Thema.

»Ich fürchte, du hast recht«, sagte Ayla.

»Ach? Findest du, sie sollte das Baby nicht bekommen?« sagte Jondalar überrascht.

»Selbstverständlich sollte sie das, aber nicht jetzt. Es ist noch zu früh.«

»Bist du dir da ganz sicher?«

»Nein, ganz sicher nicht. Ich habe sie ja nicht untersuchen dürfen«, sagte Ayla.

»Frebec?«

Ayla nickte. »Ich weiß nicht, was ich machen soll.«

»Ich kann nicht begreifen, warum er an deinem Können immer noch etwas auszusetzen hat.«

»Mamut sagt, er meint, ›Flachschädel‹ könnten von der Heilkunst nichts verstehen. Infolgedessen könne ich auch nichts von ihnen gelernt haben. Dabei denke ich, daß Fralie dringend Hilfe braucht; aber Mamut sagt, sie muß von sich aus darum bitten.«

»Damit hat Mamut vermutlich recht, aber wenn sie das Baby wirklich bekommt, könnte sie dich ja doch noch bitten.«

Ayla nahm Tasher auf den anderen Arm. Der Junge hatte den Daumen in den Mund gesteckt und schien fürs erste damit zufrieden. Sie sah Wolf auf Jondalars ihr so bekannten Schlaffellen, die bis vor kurzem noch neben den ihren gelegen hatten. Die Felle und seine Nähe erinnerten sie an Jondalars Berührung, daran, welche Gefühle er in ihr zu wecken verstand. Lägen diese Felle doch nur noch auf ihrer Bettplattform! Als sie ihn wieder ansah, verrieten ihre Augen ihr Begehren, und Jondalar verspürte bei sich augenblicklich die Reaktion. Schmerzlich verlangte es ihn, die Hand nach ihr auszustrecken, doch verbat er es sich. Seine Reaktion verwirrte Ayla. Er hatte angefangen, sie so anzusehen, wie er es immer getan hatte, mit jenem Blick, der tief in ihr jenes ziehende Gefühl auslöste. Warum hatte er aufgehört? Sie war wie erschlagen, doch für einen Moment hatte sie etwas anderes empfunden ... so etwas wie Hoffnung, vielleicht. Vielleicht fand sie doch noch eine Möglichkeit, zu ihm durchzudringen, wenn sie es weiterhin versuchte.

»Hoffentlich tut sie das«, sagte Ayla, »aber es könnte zu spät sein, die Wehen aufzuhalten.« Sie schickte sich an zu gehen, und Wolf erhob sich, um ihr zu folgen. Sie sah erst das Tier an, dann den Mann, hielt inne und fragte dann: »Wenn sie doch nach mir fragen sollte, Jondalar – würdest du dann Wolf hierbehalten? Es geht nicht an, daß er mir dann folgt; er würde mir am Herdfeuer des Kranichs nur im Wege sein.«

»Ja, selbstverständlich mache ich das«, sagte er, »aber wird er auch herkommen?«

»Wolf, geh zurück!« sagte sie. Ein leises Winseln in der Kehle, sah er zu ihr auf und schien den Befehl in Frage zu stellen. »Geh zurück zu Jondalars Bett!« sagte sie, hob den Arm und zeigte auf die Felle. »Geh zu Jondalars Bett!« wiederholte sie. Wolf senkte den Schwanz, duckte sich unterwürfig und kehrte gehorsam zurück. Auf den Fellen setzte er sich und sah ihr nach. »Bleib dort!« befahl sie. Der junge Wolf ließ sich endgültig nieder, legte den Kopf zwischen die Pfoten und folgte ihr mit den Augen, als sie sich umdrehte und an ihr Herdfeuer zurückkehrte.

Crozie, die immer noch auf ihrem Bett saß, sah zu, wie Fralie aufschrie und mit den Armen um sich schlug. Schließlich ebbte der Schmerz ab, und Fralie holte tief Atem, was jedoch einen Hustenanfall auslöste. Ihre Mutter meinte, so etwas wie Verzweiflung in ihrem Blick zu erkennen. Crozie war nicht minder verzweifelt. Irgend jemand mußte irgend etwas tun. Fralies Wehen waren bereits vorangeschritten, und der Husten schwächte sie. Viel Hoffnung für das Baby bestand ohnehin nicht mehr. Es sollte zu früh zur Welt kommen, und Kinder, die zu früh kamen, überlebten nicht. Aber Fralie brauchte etwas, das ihren Husten und ihren Schmerz linderte.

Und später würde sie dann etwas brauchen, das ihr über ihren Kummer hinweghalf. Es hatte nichts genützt, mit Fralie zu sprechen, jedenfalls nicht, wo dieser dumme Mann um sie herum war. Sah der denn nicht, in welchen Schwierigkeiten sie war?

Crozie betrachtete eingehend Frebec, der sich ständig um Fralies Bett herum aufhielt und hilflos und besorgt dreinschaute. Vielleicht erkannte er es doch, dachte sie. Vielleicht sollte sie es noch einmal versuchen; aber würde es etwas nützen, wenn sie mit Fralie sprach?

»Frebec!« sagte Crozie. »Ich möchte mit dir reden.«

Der Mann machte ein erstauntes Gesicht, denn Crozie redete ihn selten mit Namen an und erklärte, sie wolle mit ihm reden. Für gewöhnlich schrie sie ihn nur an.

»Was willst du?«

»Fralie ist zu verbockt, um auf mich zu hören, aber dir muß ja wohl inzwischen klargeworden sein, daß sie das Baby bekommt ...«

Mit einem erstickenden Hustenanfall unterbrach Fralie sie.

»Fralie, sag mir die Wahrheit«, sagte Frebec, als der Husten endlich aufhörte. »Bekommst du das Baby?«

»Ich ... ich glaube, ja«, sagte sie.

Er verzog das Gesicht zu einem Lächeln. »Warum hast du es mir nicht gesagt?«

»Weil ich gehofft hatte, daß es nicht stimmt.«

»Aber warum?« fragte er. Jetzt verstand er überhaupt nichts mehr. »Möchtest du denn dieses Baby nicht?«

»Es kommt zu früh, Frebec. Babys, die zu früh geboren werden, bleiben nicht am Leben«, antwortete Crozie anstelle ihrer Tochter.

»Bleiben nicht am Leben? Fralie, stimmt etwas nicht? Ist es wahr, daß dieses Baby nicht am Leben bleiben wird?« sagte Frebec erschrocken und von Angst gepeinigt. Das Gefühl, daß irgend etwas ganz und gar nicht stimme, war den ganzen Tag über ständig in ihm gewachsen, aber er hatte es nicht glauben wollen, und er glaubte einfach nicht, daß es so schlimm stehen könne.

»Dies ist das erste Kind meines Herdfeuers, Fralie. Dein Baby, geboren an meinem Herdfeuer.« Er kniete neben dem Bett nieder und hielt ihre Hand. »Dieses Baby muß am Leben bleiben. Sag mir, daß dieses Baby am Leben bleibt«, flehte er. »Fralie, sag mir, daß dieses Baby durchkommt.«

»Das kann ich dir nicht sagen. Ich weiß es nicht.« Ihre Stimme hatte etwas Angestrengtes und Heiseres.

»Ich dachte, du kennst dich aus in diesen Dingen, Fralie. Du bist eine Mutter. Du hast doch bereits Kinder bekommen.«

»Es ist bei jedem anders«, flüsterte sie. »Bei diesem war es von Anfang an schwierig. Ich hatte Angst, es zu verlieren. Die viele Mühsal . . . einen Platz zu finden, wo wir uns niederlassen konnten . . . ich weiß nicht. Ich meine nur, es ist zu früh für dieses Baby, auf die Welt zu kommen.«

»Warum hast du mir nichts davon gesagt, Fralie?«

»Was hättest du denn daran geändert?« sagte Crozie mit halberstickter Stimme, fast hoffnungslos. »Was hättest du tun können? Verstehst du irgend etwas von der Schwangerschaft? Von einer Geburt? Husten? Schmerzen? Sie wollte es dir nicht sagen, weil du nichts getan hast, als die einzige, die ihr helfen könnte, zu beleidigen. Jetzt wird das Kind sterben, und ich weiß nicht, wie geschwächt Fralie ist.«

Frebec wandte sich zu Crozie um. »Fralie? Fralie kann nichts geschehen! Oder? Frauen bekommen doch dauernd Kinder.«

»Ich weiß es nicht, Frebec. Schau sie dir an und urteile selbst.«

Fralie versuchte, ein Husten nicht hochkommen zu lassen; der Schmerz in ihrer Kreuzgegend setzte wieder ein. Sie schloß die Augen, zog die Brauen zusammen. Das Haar hing ihr wirr und zerzaust in das vor Fieber glänzende Gesicht. Frebec sprang auf und schickte sich an, sein Herdfeuer zu verlassen. »Wohin gehst du, Frebec?« fragte Fralie.

»Ich werde Ayla holen.«

»Ayla? Aber ich dachte . . .«

»Seit sie hergekommen ist, behauptet sie, du bekommst Schwierigkeiten. Damit hat sie recht gehabt. Und wenn sie das gewußt hat, vielleicht ist sie dann doch eine Heilkundige. Alle behaupten das. Ich weiß nicht, ob es stimmt, aber wir müssen etwas tun . . . es sei denn, du willst nicht, daß ich es tue.«

»Hole Ayla!« flüsterte Fralie.

Spannung und Erregung teilten sich der gesamten Erdhütte mit, als Frebec durch den Mittelgang auf das Herdfeuer des Mammut zuging.

»Ayla, Fralie ist . . .« begann er, viel zu nervös und durcheinander, um darüber nachzudenken, ob er das Gesicht verlor oder nicht.

»Ja, ich weiß. Bitte jemand, Nezzie zu holen, sie soll kommen und mir helfen. Und trag diesen Behälter hinüber. Vorsicht, es ist heiß. Es ist ein Sud für ihren Hals«, sagte Ayla und eilte zum Herdfeuer des Kranichs hinüber.

Als Fralie aufblickte und Ayla sah, war sie plötzlich unendlich erleichtert.

»Als erstes müssen wir das Bett richten, damit du bequem liegst«, sagte Ayla, zog an den Fellaken und den Felldecken und stopfte sie mit Fellen und Kissen aus, damit sie unterstützt würde.

Fralie lächelte und bemerkte plötzlich aus irgendeinem Grunde, daß Ayla immer noch mit einem Akzent sprach. Nein, eigentlich keinem richtigen Akzent, dachte sie. Sie hatte nur Schwierigkeiten mit bestimmten Lauten. Merkwürdig, wie leicht man sich an so etwas gewöhnt. Crozie tauchte am Kopfende ihres Bettes auf. Sie reichte Ayla ein Stück zusammengelegtes Leder.

»Das hier ist die Geburtsdecke, Ayla.« Sie faltete sie auseinander, und während Fralie beiseite rückte, breiteten sie sie unter der Frau aus. »Es wurde aber auch Zeit, daß sie dich holten, um die Geburt zu stoppen«, sagte Crozie. »Ein Jammer, denn ich hatte das Gefühl, diesmal wird es ein Mädchen. Ein Jammer, daß es sterben wird.«

»Da wäre ich mir gar nicht so sicher, Crozie«, sagte Ayla.

»Du weißt ganz genau, daß dieses Baby zu früh kommt.«

»Ja, aber noch brauchst du dies Baby nicht an die nächste Welt abzugeben. Es gibt immer noch etwas, das man tun kann, falls es nicht allzu früh ist ... und die Geburt glatt verläuft.« Ayla senkte den Blick auf Fralie. »Warten wir's ab.«

»Ayla«, sagte Fralie mit fiebrig glänzenden Augen, »glaubst du wirklich, es besteht noch Hoffnung?«

»Hoffnung gibt es immer. So, und jetzt trink dies. Das wird dir deinen Husten nehmen, und du wirst dich besser fühlen. Dann wollen wir mal sehen, wie weit du schon bist.«

»Was ist da drin?« wollte Crozie wissen.

Ayla sah die Frau einen Moment sinnend an, ehe sie antwortete. Die Art, wie Crozie das gesagt hatte – das hatte wie ein Befehl geklungen, doch spürte Ayla, daß es Sorge und Interesse waren, die sie fragen ließen. Der Ton, in dem sie die Frage stellte, hatte mehr etwas mit ihrer allgemeinen Redeweise zu tun, zu diesem Schluß kam Ayla. Als ob sie es gewohnt wäre, Befehle zu erteilen. Allerdings konnte man etwas als unvernünftig oder gebieterisch mißverstehen, wenn jemand, der keine Anführerstellung einnahm, plötzlich im Befehlston sprach.

»Die Bastrinde der Brombeere, um sie zu beruhigen und um den Husten zu beschwichtigen und die Wehenschmerzen zu lindern«, erklärte Ayla. »Das Ganze gekocht mit den getrockneten Wurzeln vom Wanzenkraut, die zuvor zerstoßen werden müssen. Sie sollen helfen, die Muskeln zu entkrampfen, damit sie besser arbeiten und die Geburt vorantreiben. Die Wehen sind viel zu weit fortgeschritten, als daß man ihnen jetzt noch Einhalt gebieten könnte.«

»Hm«, machte Crozie und nickte beifällig. Sie war interessiert gewesen, das Ausmaß von Aylas Kenntnissen zu erfahren wie auch genau zu wissen, was der Sud enthielt. Crozie war zufrieden. Die Antwort hatte ihr bewiesen, daß Ayla nicht einfach ein Heilmittel verabreichte, von dem jemand ihr einmal etwas erzählt hatte, sondern daß sie genau wußte, was sie tat. Nicht, weil sie die Wirkweise der Pflanzen gekannt hätte, sondern weil Ayla sie kannte.

Jeder kam im Laufe des Tages für einen Augenblick, um Fralie Mut zuzusprechen; dennoch hatte ihr ermunterndes Lächeln etwas Trauriges. Sie wußten, daß Fralie eine schwere Prüfung bevorstand und daß kaum Hoffnung auf einen guten Ausgang bestand. Für Frebec schleppte die Zeit sich viel zu langsam dahin. Er wußte nicht, was er erwarten sollte, kam sich verloren vor und fühlte sich verunsichert. Er war einige Male in der Nähe gewesen, wenn Frauen geboren hatten, doch konnte er sich nicht erinnern, daß es so lange gedauert hätte; auch meinte er, daß die Geburt bei anderen Frauen nicht so schwierig gewesen sein könnte.

Wo all die Frauen sich an seinem Herdfeuer versammelt hatten, blieb für ihn kein Raum; aber gebraucht wurde er ohnehin nicht. Niemand nahm auch nur wahr, daß er auf Crisavecs Bett hockte und zusah und wartete. Schließlich erhob er sich und ging fort, ohne freilich zu wissen, wohin. Er stellte fest, daß er hungrig war, und begab sich an die allgemeine Kochstelle, weil er hoffte, noch Bratenreste oder irgend etwas anderes zu finden. Vage dachte er daran, Talut aufzusuchen. Er hatte das Bedürfnis, mit jemand zu reden, das, was er durchgemacht hatte, mit jemand zu teilen, der vielleicht Verständnis dafür hatte. Als er das Herdfeuer des Mammut erreichte, standen Ranec, Danug und Tornec in der Nähe der Feuerstelle und unterhielten sich mit Mamut, so daß der Mittelgang etwas versperrt war. Frebec blieb stehen; ihm war nicht danach, ihnen gegenüberzutreten, er hatte Hemmungen, sie zu bitten, aus dem Weg zu gehen.

Er zögerte, konnte jedoch nicht für immer da stehen bleiben, und so schickte er sich an, den Mittelteil vom Herdfeuer des Mammut zu durchqueren und auf sie zuzugehen.

»Wie geht es ihr, Frebec?« erkundigte sich Tornec.

Die freundliche Frage schreckte ihn momentan. »Wenn ich das nur wüßte«, erwiderte er.

»Ich weiß, wie dir zumute ist«, sagte Tornec und setzte ein schiefes Lächeln auf. »Nie komme ich mir überflüssiger vor, als wenn Tronie ein Kind bekommt. Es ist mir schrecklich zu sehen, wie sie Schmerzen erleidet, und ich wünsche nur, ich könne was tun, um ihr zu helfen, aber es gibt nichts zu tun. Ein Kind gebären, ist Frauensache, sie müssen es machen. Ich bin hinterher immer nur überrascht, wie schnell sie Schmerzen und Qual vergißt, sobald sie das Baby hat und sie weiß ...«

Er sprach nicht weiter, merkte, daß er bereits zuviel gesagt hatte. »Tut mir leid, Frebec. Ich wollte nicht ...«

Stirnrunzelnd wandte Frebec sich an Mamut. »Fralie sagt, ihrer Meinung nach kommt das Baby zu früh. Und Crozie sagt, Babys, die zu früh kommen, blieben nicht am Leben. Stimmt das? Wird dieses Kind sterben?«

»Dazu kann ich nichts sagen, Frebec. Das liegt in der Hand der Mut«, sagte der alte Mann. »Ich weiß nur soviel, daß Ayla nicht aufgibt. Es kommt ganz drauf an, wieviel zu früh. Denn Kinder, die zu früh kommen, sind für gewöhnlich klein und schwächlich, und deshalb sterben sie im allgemeinen. Aber das ist nicht immer so, besonders dann nicht, wenn sie nicht allzu früh kommen. Je länger sie am Leben bleiben, desto größer werden ihre Chancen. Ich weiß nicht, was sie tun kann, aber wenn jemand was tun kann, dann Ayla. Ihr ist eine große Gabe zuteil geworden, und ich kann dir versichern, keine Heilkundige könnte eine bessere Lehrmeisterin gehabt haben als sie. Ich weiß aus eigener Erfahrung, wie tüchtig Medizinfrauen beim Clan sind. Mich hat einmal eine geheilt.«

»Dich? Dich hat eine Flachschädel-Frau geheilt?« sagte Frebec. »Das verstehe ich nicht. Wieso denn? Und wann?«

»Als ich ein junger Mann war, auf meiner Reise«, sagte Mamut.

Die jungen Männer warteten, daß er seine Geschichte fortsetze, doch stellte sich bald heraus, daß er von sich aus nichts weiter zu sagen gedachte.

»Alter Mann«, sagte Ranec und strahlte ihn dabei an, »ich möchte mal wissen, wie viele Geschichten und Geheimnisse sich in den Jahren deines langen Lebens verbergen.«

»Ich habe mehr vergessen, als du in deinem ganzen Leben erlebt hast, junger Mann; aber ich erinnere mich auch an eine große Menge. Ich war bereits alt, als du geboren wurdest.«

»Wie alt bist du?« fragte Danug. »Weißt du das?«

»Es hat eine Zeit gegeben, da habe ich es mir gemerkt, indem ich jedes Frühjahr ein Zeichen für ein bedeutsames Ereignis auf ein Geistermerkfell machte, das in diesem Jahr geschehen war. So habe ich eine ganze Reihe von Merkfellen gefüllt; der Zeremonialschirm ist eines davon. Aber jetzt bin ich so alt, daß ich nicht mehr zähle. Trotzdem, Danug, werde ich dir sagen, wie alt ich bin. Meine erste Frau hatte drei Kinder.« Danug sah Frebec an. »Das Erstgeborene, ein Junge, starb. Das Zweitgeborene, ein Mädchen, hatte vier Kinder. Das älteste ihrer vier Kinder war ein Mädchen, und als das heranwuchs, gebar es Tulie und Talut. Du wiederum bist der Erstgeborene von Taluts Frau. Die Frau von Tulies Erstgeborenem erwartet vielleicht gerade ein Kind. Falls Mut mir noch ein Jahr zugesteht, könnte es sein, daß ich die fünfte Generation erlebe. Siehst du, so alt bin ich, Danug.«

Danug schüttelte den Kopf. Das war älter, als er es sich vorstellen konnte.

»Bist du nicht verwandt mit Manuv, Mamut?« fragte Tornec.

»Er ist das dritte Kind der Frau eines jüngeren Vetters, so wie du das dritte Kind von Manuvs Frau bist.«

Just in diesem Augenblick schien am Herdfeuer des Kranichs alles in helle Aufregung zu geraten, und so drehten sie sich um und schauten hinüber.

»So, jetzt tief durchatmen«, sagte Ayla, »und noch einmal pressen. Du hast es fast geschafft.«

Fralie holte hastig Atem, drückte angestrengt nach unten und hielt sich an Nezzies Händen fest.

»Gut! Das ist gut!« ermunterte Ayla sie. »Da kommt es! Da kommt es! Gut! Da ist es!«

»Es ist ein Mädchen, Fralie!« sagte Crozie. »Ich habe dir ja gesagt, diesmal wird es ein Mädchen!«

»Und ... wie ist sie?« fragte Fralie. »Ist sie ...?«

»Nezzie wird dir jetzt helfen, die Nachgeburt auszustoßen«, sagte Ayla und befreite den Mund des Kindes von Schleim, als dieses damit kämpfte, den ersten Atemzug zu tun. Es herrschte furchtsames Schweigen. Dann – wunderbar! überwältigend! – der Schrei des Lebens.

»Sie lebt! Sie lebt!« sagte Fralie, und Tränen der Erleichterung und der Hoffnung liefen ihr aus den Augen.

Jawohl, sie lebt, dachte Ayla; aber wie klein sie ist. Noch nie hatte sie ein so winziges Baby gesehen. Aber immerhin, sie lebte, und wand sich und strampelte und atmete. Ayla legte das Baby mit dem Gesicht nach unten auf Fralies Bauch und sagte sich dann, daß sie ja bisher nur Neugeborene vom Clan gesehen hatte. Die Babys der Anderen waren vermutlich von vornherein kleiner. Sie half Nezzie mit der Nachgeburt, drehte das Kind dann um und band die Nabelschnur an zwei Stellen mit Stücken rotgefärbter Sehne ab, die sie vorbereitet hatte. Mit einem scharfen Feuersteinmesser durchtrennte sie dann dazwischen die Schnur. Ob Glück oder Unglück – das Baby war von seiner Mutter getrennt, war ein lebendiger, atmender Mensch. Die nächsten Tage allerdings würden kritisch werden.

Sorgfältig nahm Ayla das Baby beim Reinigen in Augenschein. Es schien alles in Ordnung zu sein; sie war nur ungewöhnlich klein, und ihr Schreien klang nicht sonderlich kräftig. Ayla wickelte sie in eine weiche Felldecke und reichte sie Crozie. Nachdem Nezzie und Tulie die Gebärdecke fortgenommen hatten und Ayla dafür sorgte, daß Fralie sauber war und sich – mit feuchtigkeitsaufsaugender Mammutwolle versehen – bequem hinlegen konnte, wurde ihr ihre neugeborene Tochter in die Armbeuge gelegt. Dann winkte Ayla Frebec heran, auf daß er sich die erste

Tochter seines Herdfeuers betrachte. Crozie drückte sich in der Nähe herum.

Fralie wickelte sie aus und blickte dann mit Tränen in den Augen zu Ayla auf. »Sie ist so klein«, sagte sie und herzte das winzige Baby. Dann machte sie sich vorn frei und legte es sich an die Brust. Das Neugeborene schnüffelte, fand die Brustwarze, und als Ayla sah, wie ein Lächeln auf Fralies Züge trat, wußte sie, daß es saugte. Doch nach wenigen Augenblicken gab es die Brustwarze wieder frei und schien von der Anstrengung erschöpft.

»Sie ist so klein ... ob sie am Leben bleibt?« fragte Frebec Ayla, doch es war mehr ein Flehen.

»Sie atmet. Und wenn sie nuckeln kann, besteht Hoffnung. Aber um leben zu können, braucht sie Hilfe. Sie muß warm gehalten werden und darf das bißchen Kraft, das sie hat, auf nichts anderes verschwenden als aufs Saugen. Die ganze Milch, die sie trinkt, muß dazu dasein, daß sie wächst«, sagte Ayla. Und dann sah sie Frebec und Crozie streng an. »Wenn ihr wollt, daß sie durchkommt, darf es an diesem Herdfeuer von jetzt an keinen Streit mehr geben. Das würde sie beunruhigen, und wenn sie kräftiger werden soll, darf sie sich nicht beunruhigen. Nicht einmal schreien sollte sie; dazu ist sie viel zu schwach. Und das würde ihr Milch wegnehmen, die sie zum Wachsen braucht.«

»Wie kann ich sie davon abhalten zu schreien, Ayla? Woher weiß ich, wann es Zeit ist, sie zu nähren, wenn sie nicht schreit?« fragte Fralie.

»Frebec und Crozie müssen dir beide helfen, denn die Kleine muß jeden Moment bei dir sein, so als wärest du noch schwanger, Fralie. Ich glaube, das beste wäre, ein Gestell zu machen, das sie an deiner Brust hält. Auf diese Weise hältst du sie warm. Deine Nähe und das Schlagen deines Herzens werden ihr wohl tun, denn beides kennt sie. Aber am wichtigsten ist, daß sie jedesmal, wenn sie nuckeln will, nur den Kopf zu drehen braucht, um deine Brustwarze zu erreichen, Fralie. Dann verbraucht sie für das Schreien nichts von der für das Wachsen so bitter benötigten Kraft.«

»Und was ist mit Wickeln?« erkundigte sich Crozie.

»Reib ihr die Haut mit dem weichen Talg ein, den ich dir gegeben habe, Crozie. Ich mache neuen. Und nimm sauberen, trockenen Dung, sie darauf zu legen, damit ihre Ausscheidungen davon aufgesogen werden. Muß sie gesäubert werden, wirf das fort, aber bewege sie nicht unnütz. Und du, Fralie, sollst dich ausruhen; bewege auch du dich möglichst wenig. Das wird auch dir guttun. Wir müssen sehen, daß sich dein Husten beruhigt. Wenn sie die nächsten paar Tage überlebt, wird jeder Tag, den sie am Leben bleibt, sie mehr kräftigen. Wenn ihr mithelft, Frebec und Crozie, dann hat sie eine Chance.«

Als die Sonne in ein über dem Horizont liegendes Wolkenband eintauchte und die Fellvorhänge an den Eingangsbogen wieder herabgelassen wurden, durchzog ein Gefühl gedämpfter Hoffnung das ganze Langhaus. Die meisten hatten die Abendmahlzeit beendet, stocherten im Feuer herum, säuberten irgendwelche Gerätschaften, legten Kinder zum Schlafen und kamen zusammen, um sich zu unterhalten und gegenseitig Gesellschaft zu leisten. Etliche saßen um die Feuerstelle vom Herdfeuer des Mammut, doch die Unterhaltung wurde im Flüsterton geführt, gleichsam als wären laute Stimmen etwas Ungehöriges.

Ayla hatte Fralie ein mildes Mittel zum Entspannen gegeben und überließ sie dem Schlaf. In den kommenden Tagen würde sie ohnehin zuwenig Schlaf bekommen. Die meisten Kleinkinder gewöhnen sich daran, eine angemessene Zeit zu schlafen, ehe sie wach werden und genährt werden wollen, doch Fralies Neugeborenes schaffte es nicht, länger zu saugen, und schlief daher nicht lange, ehe das Bedürfnis nach Nahrung es wieder weckte. Fralie mußte sich ihren Schlaf eben in kurzen Nickerchen holen, solange das Baby noch so schwach war.

Es hatte fast etwas Befremdliches zu sehen, wie Frebec und Crozie zusammenarbeiteten, wie sie einander halfen, Fralie zu helfen und dabei überaus höflich und zurückhaltend miteinander umgingen. Möglich, daß dieses Verhalten nicht von Dauer war, aber immerhin bemühten sie sich, und einiges von ihrer Animosität schien zu schwinden.

Crozie hatte sich früh schlafen gelegt. Es war ein anstrengender Tag gewesen, und sie war nicht mehr jung. Sie war müde und hatte vor, später wieder aufzustehen und Fralie zu helfen. Crisavec schlief noch zusammen mit Tulies Sohn, und Tronie paßte auf Tasher auf. Frebec saß allein am Herdfeuer des Kranichs, schaute ins Feuer und kämpfte mit widerstreitenden Gefühlen. Das winzige Baby, das erste Kind seines Herdfeuers, weckte Gefühle der Zuneigung und des Beschützenwollens in ihm, aber auch Angst. Ayla hatte sie ihm in den Arm gelegt, damit er sie für ein paar Augenblicke hielt, während sie und Crozie Fralies Bett richteten. Er konnte die Augen nicht von ihr lassen, und es erschreckte ihn, daß etwas so Kleines so vollkommen sein konnte. Die winzigen Hände waren sogar schon mit Fingernägeln ausgestattet. Er hatte Angst, sich zu bewegen, Angst, sie zu zerbrechen, und war unbändig erleichtert, als Ayla sie ihm wieder abnahm; gleichzeitig zögerte er aber auch, sie wieder herzugeben.

Plötzlich erhob Frebec sich und ging den Mittelgang hinunter. In dieser Nacht wollte er nicht allein sein. Am Rand vom Herdfeuer des Mammut blieb er stehen und betrachtete die Leute, die um das Feuer herumsaßen. Es waren die jüngeren Leute des Lagers, und früher wäre er auf dem Weg zum Gemeinschaftsfeuer, oder um Talut und Nezzie oder Tulie und Barzec oder Manuv oder Wymez oder – in letzter Zeit – Jondalar und gelegentlich auch Danug zu besuchen, an ihnen vorübergegangen. Obwohl auch Crozie sich oft am Gemeinschaftsfeuer aufhielt, war es doch leichter, sie zu ignorieren, als sich der Möglichkeit auszusetzen, seinerseits von Deegie ignoriert oder von Ranec verächtlich behandelt zu werden. Doch Tornec war vorhin freundlich zu ihm gewesen, seine Frau hatte geboren, und er wußte, wie einem dabei zumute war. Frebec holte tief Atem und ging auf die Feuerstelle zu.

Gerade als er sich neben Tornec stellte, brachen sie in schallendes Gelächter aus, und einen Moment dachte er, sie lachten ihn aus. Schon wollte er das Weite suchen.

»Frebec! Da bist du ja!« sagte Tornec.

»Ich glaube, es ist noch Tee da«, sagte Deegie. »Komm, ich schenke dir ein.«

»Alle sagen, was für ein wunderschönes kleines Mädchen sie ist«, sagte Ranec. »Und Ayla sagt, sie hat eine Chance durchzukommen.«

»Wir können uns glücklich schätzen, Ayla bei uns zu haben«, sagte Tronie.

»Ja, das können wir«, erwiderte Frebec. Einen Moment herrschte Schweigen. Es war das erste gute Wort, das Frebec je über Ayla gesagt hatte.

»Vielleicht kann sie beim Frühlingsfest ihren Namen bekommen«, sagte Latie. Frebec hatte gar nicht bemerkt, daß sie neben Mamut im Schatten saß. »Das würde doch Glück bringen.«

»Ja, das würde es«, sagte Frebec und nahm den Becher entgegen, den Deegie ihm reichte. Ihm war schon wohler in seiner Haut.

»Auch ich werde am Frühlingsfest teilnehmen«, verkündete sie halb schüchtern, halb stolz.

»Latie ist eine Frau«, erklärte Deegie ihm in dem leicht herablassenden Ton einer älteren Schwester, die einem anderen Erwachsenen etwas Kluges sagt.

»Sie wird beim Sommertreffen dieses Jahr die Riten der Ersten Wonnen erleben«, fügte Tronie hinzu.

Frebec nickte und lächelte Latie zu; er wußte nicht recht, was er sagen sollte.

»Schläft Fralie noch?« erkundigte Ayla sich.

»Als ich fortging, ja.«

»Ich glaube, ich gehe auch zu Bett«, sagte sie und erhob sich. »Ich bin müde.« Sie legte Frebec die Hand auf den Arm. »Kommst du und holst mich, wenn Fralie aufwacht?«

»Ja, das mache ich, Ayla ... und ... hm ... danke«, sagte er leise.

»Ayla, ich glaube, sie wächst und nimmt zu«, sagte Fralie. »Ich bin sicher, daß sie sich schwerer anfühlt, und außerdem fängt sie an, sich umzublikken. Und nuckeln tut sie auch länger, glaube ich.«

»Es ist jetzt fünf Tage her, und da nehme auch ich an, sie kommt allmählich zu Kräften«, stimmte Ayla ihr zu.

Fralie lächelte, dann traten ihr Tränen in die Augen. »Ayla, ich weiß nicht, was ich ohne dich gemacht hätte. Ich mache mir solche Vorwürfe, nicht schon vorher zu dir gekommen zu sein. Bei dieser Schwangerschaft hatte ich von Anfang an das Gefühl, daß etwas nicht stimmte. Aber als Mutter und Frebec anfingen, sich zu streiten, konnte ich einfach nicht Partei für den einen oder den anderen ergreifen.«

Ayla nickte nur.

»Ich weiß, Mutter kann schwierig sein, aber sie hat soviel verloren. Sie war einmal Anführerin, weißt du.« »Das hatte ich mir gedacht.«

»Ich war das älteste von vier Kindern, ich hatte noch zwei Schwestern und einen Bruder ... als es geschah, war ich ungefähr so alt wie Latie heute. Mutter nahm mich mit ins Hirsch-Lager, weil ich den Sohn von deren Anführerin kennenlernen sollte. Sie hätte gern eine Verbindung zwischen ihm und mir gesehen. Ich wollte nicht hingehen, und als ich ihn kennenlernte, mochte ich ihn nicht. Er war schon älter und viel mehr an meiner Stellung interessiert als an mir selbst; aber ehe der Besuch zu Ende ging, schaffte sie es, mich herumzukriegen, so daß ich einwilligte. Es wurde verabredet, daß wir bei der Hochzeitsfeier im nächsten Jahr zusammengegeben werden sollten. Als wir in unser Lager zurückkehrten ... ach, Ayla, es war furchtbar ...« Fralie schloß die Augen und rang um Fassung.

»Was eigentlich passiert ist, weiß keiner ... es hatte gebrannt. Es war eine alte Erdhütte gewesen, die noch Mutters Onkel gebaut hatte. Sie hatten Angst, vom Unglück verfolgt zu werden, und so verloren wir an Ansehen. Sie wollten das Verlöbnis lösen, doch Crozie ging damit vor den Schwesternrat und entband sie von ihren Verpflichtungen nicht. Hätten sie versucht, sich zu drücken, hätte das Hirsch-Lager jeden Einfluß und alles Ansehen verloren. Im Sommer wurde ich mit ihm zusammengegeben; Mutter sagte, ich müßte es tun. Es war das einzige, was uns geblieben war, aber glücklich war die Verbindung nie, außer daß Crisavec und Tasher daraus hervorgingen. Mutter stritt ständig mit ihnen, insbesondere mit meinem Mann. Sie war es gewohnt, die Anführerin zu sein, gewöhnt, alle Entscheidungen zu treffen und geachtet zu werden. Es war nicht einfach für sie, all das zu verlieren. Sie konnte einfach nicht aufgeben. Die Leute sahen in ihr nachgerade eine verbitterte, ständig zeternde und an allem herumnörgelnde Frau und mochten sie nicht um sich haben.« Fralie machte eine Pause und fuhr dann fort:

»Als mein Mann dann von einem Auerochsen auf die Hörner genommen wurde und zu Tode kam, erklärte das Hirsch-Lager, wir brächten bloß Unglück, deshalb müßten wir gehen. Mutter bemühte sich um eine andere Verbindung für mich. Es gab einige, die interessiert waren. Ich nahm kraft meiner Geburt noch eine angesehene Stellung ein, und womit man geboren ist, das kann einem niemand nehmen; bloß Mutter wollte keiner haben. Sie behaupteten, sie sei es, die das Unglück bringe, aber ich glaube, sie konnten es nur nicht ausstehen, daß sie ständig nörgelte und jammerte. Ich konnte ihr keine Vorwürfe machen. Sie hatten nicht das geringste Verständnis für sie.

Der einzige, der mir einen Antrag machte, war Frebec. Viel zu bieten hatte er nicht« – Fralie verzog das Gesicht zu einem Lächeln –, »aber was er hatte, das bot er an, rückhaltlos. Zuerst war ich mir nicht sicher, was ihn betraf. Er besaß kein Ansehen und weiß sich auch nicht immer zu benehmen – Mutter ist das peinlich. Er möchte etwas gelten, und da versucht er, sich damit wichtig zu machen, daß er häßliche Dinge sagt ... über andere. Ich beschloß, zunächst einmal auf Probe mit ihm zusammenzuleben. Mutter konnte es nicht fassen, daß ich bei unserer Rückkehr erklärte, ich wolle seinen Antrag annehmen. Sie hat das nie begriffen ...«

Mit einem sanften Lächeln um den Mund sah Fralie Ayla an. »Kannst du dir vorstellen, wie es war, mit jemand zusammengetan zu werden, der dich nicht wollte und sich von Anfang an nicht das geringste aus dir machte? Und dann einen Mann zu finden, der dich so sehr wollte, daß er bereit war, alles zu geben, was er hatte, und dir alles versprach, was er jemals bekommen würde? Die erste Nacht, nachdem wir zusammen fortzogen, behandelte er mich wie ... nun ja, als wäre ich ein ganz besonderer Schatz. Er konnte einfach nicht fassen, daß er das Recht hatte, mich anzurühren. Er flößte mir das Gefühl ein ... ich kann es nicht erklären ... ja, begehrt und gebraucht zu werden. Wenn wir allein sind, ist er heute noch so, aber Mutter und er sind von Anfang an nicht miteinander ausgekommen. Als es zwischen ihnen eine Sache des Stolzes war, ob ich mich in deine Hände begeben sollte – ja, da brachte ich es einfach nicht fertig, ihm seine Selbstachtung zu nehmen, Ayla.«

»Ich denke, ich verstehe das, Fralie.«

»Ich redete mir immer wieder ein, so schlimm sei alles gar nicht, und dann hat mir ja auch deine Medizin geholfen. Ich war immer überzeugt, daß er es sich, wenn es erst einmal soweit wäre, anders überlegen würde. Aber ich wollte, daß der Anstoß dazu von ihm kam und keineswegs der Eindruck entstand, ich hätte ihn dazu gezwungen.«

»Ich bin froh, daß er es getan hat.«

»Und doch wüßte ich nicht, was ich getan hätte, wäre mein Baby ...«

»Noch können wir nicht sicher sein, aber ich glaube, du hast recht. Sie macht wirklich einen kräftigeren Eindruck«, sagte Ayla.

Fralie lächelte. »Ich habe mir einen Namen für sie ausgedacht, und ich hoffe, der wird Frebec glücklich machen. Sie soll Bectie heißen.«

Ayla stand neben einer leeren Vorratsplattform und ging ihre getrockneten Kräuter durch. Da lagen kleine Haufen von Rinden, Wurzeln, Samenkörnern und kleine Stapel Stengel, Schalen mit getrockneten Blättern, Blüten, Früchten und manche im Ganzen getrocknete Planze. Ranec näherte sich ihr und bemühte sich, nicht auffallen zu lassen, daß er hinter seinem Rücken etwas verbarg.

»Ayla, hast du zu tun?« fragte er.

»Nein, eigentlich nicht richtig, Ranec. Ich habe nur meine Heilkräuter gesichtet, um festzustellen, was ich brauche. Ich war heute mit den Pferden draußen. Es wird jetzt richtig Frühling – und das ist mir die liebste Jahreszeit. Grüne Knospen brechen auf, Weidenkätzchen blühen – ich habe diese kleinen flaumigen Blüten immer geliebt. Bald wird alles grün sein.«

Ranec lächelte über ihre Begeisterung. »Alle freuen sich schon auf das Frühlingsfest. Da feiern wir das neue Leben, den Neubeginn, und wo Fralie ein neues Baby hat und Latie jetzt zur Frau gereift ist, gibt es viel zu feiern.«

Ayla legte die Stirn leicht in Falten. Sie wußte nicht recht, ob sie sich auf das Frühlingsfest freuen sollte oder nicht. Mamut hatte ihre Ausbildung übernommen, und es geschahen ein paar sehr interessante Dinge – nur daß sie auch ein wenig erschreckend waren. Allerdings nicht in dem Maße, wie sie befürchtet hatte. Es würde schon alles gutgehen. Sie lächelte wieder.

Ranec, der ihr Mienenspiel genau beobachtet hatte, fragte sich, was ihr wohl durch den Kopf ging, und überlegte, wie er dasjenige ansprechen sollte, um dessentwillen er hergekommen war. »Die Zeremonie könnte dieses Jahr besonders aufregend sein ...« Er hielt inne, suchte nach den richtigen Worten.

»Da magst du wohl recht haben«, sagte Ayla und dachte immer noch an jene Rolle, die sie beim Fest spielen sollte.

»Besonders begeistert scheinst du aber nicht zu sein«, sagte Ranec lächelnd.

»So, meinst du? Worauf ich mich richtig freue, das ist die Namensgebung für Fralies Baby; und Laties wegen freue ich mich auch. Ich weiß noch, wie glücklich ich war, als ich endlich eine Frau war – und wie erleichtert Iza darüber war. Es ist nur, daß Mamut etwas Bestimmtes vorhat, worüber ich mir noch nicht ganz im klaren bin.«

»Dabei vergesse ich immer wieder, daß du ja noch gar nicht lange eine Mamutoi bist. Du weißt nicht, was es beim Frühlingsfest alles gibt. Kein Wunder, daß du dich nicht so darauf freust wie alle anderen.« Nervös trat er von einem Fuß auf den anderen, sah auf den Boden, dann wieder sie an. »Ayla, vielleicht würdest du dich mehr darauf freuen, und ich würde das auch tun, wenn ...« Ranec sprach nicht weiter, beschloß, noch einmal anders anzufangen, und hielt ihr den kleinen Gegenstand hin, den er hinter seinem Rücken verborgen hatte. »Das hier habe ich für dich gemacht.« Ayla sah, was er ihr hinhielt. Mit staunengeweiteten Augen sah sie zu Ranec auf, und als sie es erkannte, strahlte sie. »Das hast du für mich gemacht? Aber warum?«

»Weil ich es wollte. Es ist für dich, und das ist alles. Nimm es meinetwegen als ein Frühlingsgeschenk«, sagte er und drängte sie, es ihm abzunehmen.

Sie nahm die Elfenbeinschnitzerei, hielt sie sehr vorsichtig in der Hand und betrachtete sie von allen Seiten. »Das ist ja eine von deinen Vogel-Frau-Figuren«, sagte Ayla ehrfürchtig und erfreut zugleich, »so eine, wie du sie mir schon einmal gezeigt hast. Aber es ist nicht dieselbe.«

In seinen Augen leuchtete es auf. »Ich habe sie eigens für dich geschnitzt, aber ich sollte dich warnen«, sagte er mit gespieltem Ernst, »ich habe einen Zauber in sie hineingearbeitet, damit du sie magst ... und denjenigen, der sie geschnitzt hat.«

»Dazu brauchtest du keinen Zauber hineinzuarbeiten, Ranec.«

»Dann gefällt sie dir also? Sag mir, wie findest du sie?« fragte Ranec, obwohl er die Leute für gewöhnlich nicht danach fragte, was sie von seinen Arbeiten hielten; was sie darüber dachten, war ihm gleichgültig. Er arbeitete für sich selbst, und um die Mutter zu erfreuen – doch diesmal war ihm mehr als alles andere daran gelegen, Ayla eine Freude zu machen. Er hatte sein Herz, sein Verlangen und seine Träume in jede Kerbe hineingelegt, die er eingegraben, jede Linie, die er herausgearbeitet hatte – immer in der Hoffnung, daß sein Bildnis Der Mutter die Frau verzaubern möge, die er liebte.

Sie besah sich das Figürchen eingehend und bemerkte das nach unten gerichtete Dreieck: das Symbol der Frau, wie sie gelernt hatte, und einer der Gründe, warum die Zahl Drei die Zeugungskraft bedeutete und Mut heilig war. Der Winkel wiederholte sich in den Zickzackbändern vorn auf der Schnitzerei, falls es eine Frau darstellte, oder auf dem Rücken, wenn es einen Vogel darstellte. Das ganze Gebilde war mit Reihen von Zickzackbändern und parallel verlaufenden Linien in faszinierend geometrischem Muster verziert. Das Ganze war an und für sich schön anzusehen, aber es deutete noch mehr an.

»Das ist wunderschön geworden, Ranec. Ganz besonders gefällt mir, wie du diese Linien eingegraben hast. Das Muster erinnert mich in gewisser Weise an Federn, aber es gemahnt mich auch an Wasser, wie auf den Karten«, sagte Ayla.

Ranecs Lächeln wurde zu einem entzückten Grinsen. »Ich hab's gewußt! Ich hab's gewußt, daß du es erkennen würdest! Die Federn Ihres Geistes, wenn Sie zum Vogel wird und zurückfliegt in den Frühling, und das Fruchtwasser Der Mutter, das die Meere füllt.«

»Es ist wunderschön, Ranec, aber ich kann es unmöglich behalten«, sagte sie und versuchte, es ihm zurückzugeben.

»Warum nicht? Ich habe es eigens für dich geschnitzt«, sagte er und weigerte sich, es zurückzunehmen.

»Aber was kann ich dir dafür geben? Ich habe nichts, was diesem an Wert gleichkäme.«

»Wenn's das ist, was dir Sorgen macht, hätte ich einen Vorschlag. Du hast etwas, das ich haben möchte und das viel mehr wert ist als dieser Brocken Elfenbein«, sagte Ranec lächelnd, wobei seine Augen vergnügt ... und verliebt blitzten. »Tu dich mit mir zusammen, Ayla. Sei meine Frau. Ich möchte ein Herdfeuer mit dir teilen, ich möchte, daß deine Kinder die Kinder meines Herdfeuers sind.«

Mit der Entgegnung zögerte Ayla. Ranec bemerkte ihr Zaudern und redete weiter in dem Bemühen, sie zu überreden. »Überleg doch mal, wieviel wir gemeinsam haben. Du bist eine Mamutoifrau, und ich bin ein Mamutoimann, aber beide sind wir adoptiert worden, und wenn wir uns zusammentun, brauchte keiner von uns in ein anderes Lager zu ziehen. Wir könnten beide im Löwen-Lager bleiben, und du könntest dich weiterhin um Mamut und um Rydag kümmern, und das wiederum würde Nezzie glücklich machen. Aber das wichtigste, Ayla, ist, daß ich dich liebe. Ich möchte mein Leben mit dir teilen.«

»Ich ... ich weiß nicht, was ich sagen soll.«

»Sag ja, Ayla. Laß es uns bekanntmachen, laß uns beim Frühlingsfest eine Verlobungszeremonie abhalten. Förmlich besiegeln können wir die Vereinigung dann bei der Hochzeitsfeier diesen Sommer, zusammen mit Deegie.«

»Ich weiß nicht recht ... ich glaube nicht, daß ... «

»Du brauchst mir die Antwort nicht jetzt gleich zu geben.« Er hatte gehofft, daß sie bereit sein würde, sofort ja zu sagen. Jetzt erkannte er, daß es vielleicht einiger Zeit bedurfte; nur eines mußte er verhindern: daß sie nein sagte. »Versprich mir nur, daß du mir die Chance gibst, dir zu beweisen, wie sehr ich dich liebe, wie sehr ich dich begehre und wie glücklich wir zusammen sein können.«

Ayla fiel ein, was Fralie gesagt hatte. Es war schon etwas Besonderes, zu spüren, daß ein Mann sie begehrte, daß da ein Mann war, dem sie etwas bedeutete und der nicht ständig bemüht war, ihr aus dem Weg zu gehen. Außerdem gefiel ihr die Vorstellung hierzubleiben, wo die Leute sie liebten und wo sie die Leute liebte. Das Löwen-Lager war für sie jetzt wie eine Familie. Jondalar würde niemals bleiben. Das wußte sie seit langem. Er wollte heimkehren in seine eigene Heimat, und er hatte sie dorthin mitnehmen wollen, irgendwann einmal. Jetzt jedoch schien er sie überhaupt nicht mehr zu wollen.

Ranec war nett, sie mochte ihn, und sich mit ihm zusammenzutun würde bedeuten hierzubleiben. Und sollte sie noch ein Baby bekommen, müßte das bald geschehen. Sie wurde nicht jünger. Trotz allem, was Mamut gesagt hatte, waren für sie achtzehn Jahre alt. Wie herrlich es wäre, noch ein Baby zu haben, dachte sie. Wie Fralies Baby. Nur kräftiger. Mit Ranec könnte sie ein Baby haben. Ob es dann wohl Ranecs Züge hätte, seine tiefschwarzen Augen, seine weichen Lippen, die kurze breite Nase, die so ganz anders war als die großen, scharfen, schnabelähnlichen Nasen der Männer vom Clan? Jondalar hatte eine Nase, die in Form und Größe dazwischen lag ... warum dachte sie an Jondalar?

Und dann kam ihr ein Gedanke, der bewirkte, daß ihr das Herz vor Erregung schneller schlug. Wenn ich hier bleibe und mich mit Ranec zusammentue, dachte sie, könnte ich hingehen und Durc holen! Nächsten Sommer, vielleicht. Nächsten Sommer wird es kein Clan-Treffen geben. Und was ist mit Ura? Warum sie nicht auch herholen? Wenn ich mit Jondalar fortziehe, weiß ich, daß ich Durc nie wiedersehe. Die Zelandonii leben viel zu weit weg, und Jondalar wird keine Lust haben, noch einmal zurückzukehren, um Durc zu holen und ihn zu uns zu nehmen. Wenn Jondalar bliebe und Mamutoi würde ... aber das wollte er nicht. Sie sah den dunkelhäutigen Mann und erkannte die Liebe, die aus Ranecs Augen sprach. Vielleicht sollte ich daran denken, mich mit ihm zusammenzutun.

»Ich habe gesagt, ich werde es mir überlegen, Ranec«, sagte sie.

»Ich weiß, ich weiß, aber wenn du mehr Zeit brauchst, dir zu überlegen, ob du dich mit mir verloben willst, dann komm doch zumindest in mein Bett, Ayla. Gib mir eine Chance, dir zu beweisen, wieviel du mir bedeutest. Sag mir, daß du das wenigstens tun wirst. Komm in mein Bett, Ayla ...«, sagte er und nahm sie bei der Hand.

Sie schlug die Augen nieder, bemühte sich, sich über ihre Gefühle klarzuwerden. Was sie bewegte, war ein mächtiger, gleichzeitig aber auch sanfter Zwang, ihm zu gehorchen. Obwohl sie dies als das erkannte, was es war, fiel es ihr schwer, gegen das Gefühl anzugehen, in sein Bett kommen zu sollen. Doch darüber hinaus fragte sie sich, ob sie ihm eine Chance geben, es vielleicht mit ihm ausprobieren sollte, so wie Fralie es mit Frebec ausprobiert hatte.

Den Blick immer noch gesenkt, nickte Ayla. »Ich werde in dein Bett kommen.«

»Heute abend?« sagte er und zitterte vor Freude. Ihm war danach, seine Freude laut hinauszuschreien.

»Ja, Ranec. Wenn du möchtest, werde ich heute abend in dein Bett kommen.«

26

Jondalar stellte sich so hin, daß er, wenn er den Mittelgang und die freien Bereiche der Herdfeuer hinuntersah, die sie voneinander trennten, fast das gesamte Herdfeuer des Mammut überblicken konnte. Ayla auszuspähen war ihm so zur Gewohnheit geworden, daß er kaum noch darüber nachdachte. Es war ihm nicht einmal peinlich; denn sie zu beobachten war einfach ein Teil seines Lebens. Was immer er auch tat, er konnte sie keinen Augenblick vergessen, höchstens, daß sie gelegentlich an den Rand seines Bewußtseins rückte. Er wußte, wann sie schlief und wann sie wach war, wann sie aß oder irgend etwas arbeitete. Er wußte, wann sie hinausging, wer sie besuchte und wie lange der Betreffende blieb. Er hatte sogar eine gewisse Vorstellung, worüber sie sich unterhielten.

Er wußte, daß Ranec den größten Teil seiner Zeit am Herdfeuer des Mammut verbrachte. Wenn er sie auch nicht gern zusammen sah, er wußte immerhin, daß Ayla noch nicht wieder bei ihm gelegen hatte und jeden engen Kontakt mit ihm zu meiden schien. Ihr Verhalten hatte ihn dahin gebracht, daß er sich mehr oder weniger mit der Situation abfand und seine Ängste eingelullt wurden. Um so härter traf es ihn, als er sie zur Schlafenszeit zusammen mit Ranec zum Herdfeuer des Fuchses gehen sah. Zuerst konnte er es nicht glauben. Er nahm an, sie wolle bloß etwas holen und werde gleich zu ihrem eigenen Bett zurückgehen. Daß sie vorhatte, die Nacht mit dem Bildschnitzer zu verbringen, ging ihm erst auf, als sie Wolf befahl, ans Herdfeuer des Mammut zurückzukehren.

Aber als es ihm aufging, war das wie eine Explosion in seinem Kopf, die rasenden Schmerz und ein Aufbäumen der Wut durch seinen ganzen Körper schickte. Er war vollkommen erschlagen. Seine erste Regung war, ans Herdfeuer des Fuchses zu laufen und sie fortzureißen. Im Geiste sah er Ranec sich über ihn lustig machen, wollte ihm die Faust in das dunkle, lächelnde Gesicht rammen, dieses verächtliche, höhnische Lächeln zunichte machen. Er rang um seine Fassung; schließlich packte er seinen Überwurf und lief hinaus.

Jondalars Brust hob und senkte sich, als er große Mengen von kalter

Luft in sich hineinpumpte, um seine rasende Eifersucht abzukühlen; dabei versehrte er sich mit der Kälte fast die Lungen. Ein überraschender Kälteeinbruch im frühen Frühjahr hatte den Schlamm gefrieren lassen, Bäche in tückische Rutschbahnen verwandelt und den Boden dort, wo auf dem Schlamm gelaufen woren war, so buckelig und uneben gemacht, daß es schwerfiel, darauf zu laufen. Er verlor in der Dunkelheit den Halt auf dem Boden und kämpfte damit, das Gleichgewicht zu bewahren. Als er den Pferdeanbau erreichte, ging er wieder hinein.

Winnie schnaubte zur Begrüßung, und Renner schloß sich ihr an; er stupste ihn mit der Schnauze an und hoffte, liebevoll gestreichelt zu werden. Jondalar hatte in der schwierigen Winterperiode viel Zeit mit den Pferden verbracht und während des launischen Frühlings womöglich noch mehr. Sie mochten seine Gesellschaft, und er konnte seinerseits in ihrer warmen, fraglosen Gegenwart entspannen. Als der Fellvorhang vor dem Eingangsbogen, der ins Lagerhaus führte, sich bewegte, fiel ihm das auf. Gleich darauf spürte er Pfoten an seinem Bein und hörte flehentliches Gewinsel. Er langte hinunter und hob den Wolfswelpen auf.

»Wolf!« sagte er lächelnd, bog jedoch den Kopf nach hinten, als das Tier ihm eifrig das Gesicht leckte. »Was machst du hier?« Dann schwand das Lächeln aus seinem Gesicht. »Sie hat dich fortgeschickt, nicht wahr? Du bist es gewohnt, in ihrer Nähe zu sein, und jetzt fehlt sie dir. Ich weiß, wie dir zumute ist. Man gewöhnt sich nur schwer daran, allein zu schlafen, nachdem sie so lange neben einem geschlafen hat.«

Als er den kleinen Wolf klopfte und ihm übers Fell strich, legte sich die Spannung, unter der er stand, ein wenig, und es widerstrebte ihm, ihn abzusetzen. »Was soll ich bloß mit dir machen, Wolf? Es fällt mir schwer genug, dich zurückzuschicken. Aber vielleicht sollte ich dich bei mir schlafen lassen.«

Stirnrunzelnd stellte er dann fest, in einer Zwickmühle zu sitzen. Wie sollte er mit dem Welpen an sein Lager zurückkehren? Es war kalt draußen, und er war sich nicht sicher, ob das kleine Geschöpf mit ihm hinausgehen würde; benutzte er aber den Zugang, der zum Herdfeuer des Mammut führte, mußte er durch das Herdfeuer des Fuchses hindurch, um sein Lager zu erreichen. Nichts in der Welt hätte ihn in diesem Augenblick bewegen können, durch das Herdfeuer des Fuchses hindurchzugehen. Hätte er doch nur die Schlaffelle dabei. Ohne Feuer war es zu kalt im Anbau. Doch in Felle eingehüllt zwischen den Pferden zu schlafen wäre wohl eine Möglichkeit gewesen. Aber ihm blieb keine Wahl. Er mußte den Welpen nehmen, hinausgehen und durch den Hauptzugang zurückkehren in die Erdhütte.

Er klopfte den Pferden die Flanke, drückte den Welpen an sich, stieß den Fellvorhang beiseite und trat hinaus in die kalte Nacht. Diesmal fuhr ihm der Wind merklich schärfer und eisiger ins Gesicht und zerteilte den Pelz seines Überwurfs. Wolf versuchte, sich noch näher an ihn zu kuscheln, und stieß leise Jaultöne aus, unternahm jedoch keinen Versuch davonzulaufen. Vorsichtig ging Jondalar über den schartig gefrorenen Boden und war erleichtert, als er den vorderen Eingangsbogen erreichte.

Als er den Bereich der gemeinschaftlichen Kochstellen erreichte, herrschte in der Erdhütte Ruhe. Jondalar ging hinüber zu seinen Schlaffellen, setzte Wolf nieder und war froh, daß dieser offenbar nichts dagegen hatte, bei ihm zu bleiben. Schnell zog er seinen Überwurf und die Füßlinge aus, kroch dann in die Felle und nahm den kleinen Wolf mit. Er stellte fest, daß es auf dem Boden des freien Kochraums nicht so warm war wie auf der von Vorhängen umschlossenen Schlafplattform; außerdem schlief er in leichter Innenbekleidung, was diese zerknitterte. Es dauerte eine Weile, bis er eine einigermaßen bequeme Lage gefunden hatte, und bald war das warme Fellbündel, das sich an seiner Seite zusammengerollt hatte, eingeschlafen.

Dieses Glück war Jondalar nicht beschieden. Sobald er die Augen schloß, hörte er die Nachtgeräusche und wurde ganz steif, weil er sie abwehrte. Normalerweise war das Atmen, Sichhinundherwälzen, Husten und Flüstern der Lagerangehörigen ein Hintergrundgeräusch, das man einfach nicht zur Kenntnis nahm, doch heute nacht hörten seine Ohren, was sie nicht hören wollten.

Ranec ließ Ayla zurücksinken auf seine Felle und sah dann auf sie hernieder. »Wie wunderschön, wie vollkommen du bist, Ayla! Wie sehr ich mich nach dir sehne! Ich möchte, daß du immer bei mir bist. Ach, Ayla ...«, sagte er, neigte sich dann zu ihr hinunter, um ihr ins Ohr zu hauchen und ihren Frauenduft einzuatmen. Sie spürte seine vollen weichen Lippen auf den ihren, spürte, wie sie reagierte. Nach einer Weile legte er die Hand auf ihren Bauch und ließ sie langsam und mit sanftem Nachdruck kreisen.

Es dauerte nicht lange, und er schob die Hand nach oben und bedeckte eine Brust, senkte dann den Kopf, nahm ihre hartgewordene Brustwarze in den Mund und saugte. Als das Kribbeln ihr Inneres erreichte, hob sie ihm stöhnend die Hüften entgegen. Er drückte sich an sie, und sie fühlte eine warme Härte an ihrer Seite, während er versuchte, die andere Brustwarze in den Mund zu nehmen, heftig daran saugte und dabei kleine Wonnelaute ausstieß.

Er ließ die Hand an ihrer Seite auf- und niederwandern, dann ihr Bein hinunter und an der Innenseite ihres Schenkels wieder hinauf. Als er die feuchten Falten fand, griff er hinein. Sie fühlte sein Suchen in sich und drängte sich an ihn. Er schob sich auf sie herauf, bis er auf ihr lag, saugte erst an einer Brust, dann an der anderen und rieb Nase und Mund schließlich zwischen ihren Brüsten.

»Ach, Ayla. Meine Schöne, meine Vollkommene! Wie hast du mich nur so schnell bereit gemacht? So macht Die Mutter es. Du gebietest über ihre Geheimnisse. Meine Vollkommene ...«

Wieder saugte er, sie spürte den Druck, als er zog, und Schauder durchliefen sie. In ihrem Inneren spürte sie ein Hinein und Hinaus, dann fand seine Hand ihren Wonneknoten. Als er ihn rieb, rhythmisch, und härter und schneller, stieß sie einen kleinen Schrei aus. Plötzlich war sie bereit. Sie stemmte sich ihm entgegen, bewegte das Becken, schrie leise und griff nach ihm.

Als sie die Knie anwinkelte, schob er sich zwischen ihre Beine, sie führte ihn, und als sie ihn eindringen fühlte, entfuhr ihr ein lustvoller Seufzer. Sein Leib fuhr vor und zurück, und sie spürte, wie die Empfindung immer stärker wurde, als er ihren Namen rief.

»Ach, Ayla, Ayla! Wie ich dich begehre! Sei meine Frau, Ayla. Sei meine Frau«, wiederholte Ranec, und seine Erregung steigerte sich immer mehr. Ihre Schreie waren wie ein kleines, rhythmisches Hecheln. Er bewegte sich schneller und immer schneller, bis die warme Welle des unbeschreiblichen Gefühls sich Bahn brach und über sie dahinrauschte.

Aylas Atem ging heftig, und sie mußte nach Luft schnappen, als Ranec auf ihr zusammenbrach. Es war lange her, daß sie die Wonnen miteinander geteilt hatten. Das letztemal war es in der Nacht ihrer Adoption gewesen, und erst jetzt begriff sie, wie sehr es ihr gefehlt hatte. Ranec war so entzückt, sie zu haben, und so eifrig darum bemüht, ihr zu gefallen, daß er des Guten fast zuviel getan hatte; doch sie war bereiter gewesen, als sie angenommen hatte, und wiewohl alles sehr rasch gegangen war, war sie nicht unbefriedigt.

»Ja, es war vollkommen für mich«, wisperte Ranec. »Bist du glücklich, Ayla?«

»Ja. Die Wonnen mit dir tun gut, Ranec«, sagte sie und hörte ihn aufseufzen.

Beide lagen sie still da und genossen das Abklingen der Gefühle, doch Aylas Gedanken kehrten zurück zu seiner Frage. War sie glücklich? Sie war nicht unglücklich. Ranec war ein guter und rücksichtsvoller Mann, und sie hatte die Wonnen durchaus verspürt, aber ... irgend etwas fehlte. Es war nicht dasselbe wie mit Jondalar, doch worin eigentlich der Unterschied bestand, wußte sie nicht zu sagen.

Vielleicht lag es nur daran, daß sie an Ranec noch nicht so gewöhnt war wie an Jondalar, dachte sie und versuchte, eine etwas bequemere Lage einzunehmen. Er wurde ein bißchen zu schwer. Ranec, der ihre Bewegung fühlte, stemmte sich hoch, lächelte sie an, ließ sich auf die Seite fallen, lag neben ihr und kuschelte sich an sie.

Er rieb Mund und Nase an ihrem Hals und flüsterte ihr dann ins Ohr: »Ich liebe dich, Ayla. Ich begehre dich! Sag, daß du meine Frau wirst.«

Ayla blieb ihm die Antwort schuldig. Sie konnte nicht ja sagen, und nein sagen wollte sie auch nicht.

Jondalar knirschte mit den Zähnen und verkrallte sich in seinem Schlaffell, zerknüllte es in der Faust und lauschte wider seinen Willen auf das Gemurmel, den hechelnden Atem und das rhythmische Stoßen, das vom Herdfeuer des Fuchses herüberdrang. Er zog sich die Decken über den Kopf, konnte aber trotzdem den gedämpften Laut von Aylas Schreien nicht ausschließen. Er biß auf ein Stück Leder, um keinen Laut auszustoßen, doch irgendwo hinten in seiner Kehle machten sich sein Schmerz und seine grenzenlose Verzweiflung Luft. Wolf, der das hörte, winselte, drängte sich ganz dicht an ihn und leckte die salzigen Tränen auf, die der Mann nicht hochkommen lassen wollte.

Er konnte es nicht aushalten. Ayla mit Ranec zusammen zu wissen war ihm unerträglich. Dabei war es ihre Entscheidung – und seine. Was, wenn sie das Bett des Bildschnitzers nochmals teilte? Das noch einmal anhören zu müssen war zuviel! Doch was konnte er tun? Fortgehen. Er konnte fortgehen. Er mußte fortgehen. Morgen. Gleich morgen früh, wenn es hell wurde, würde er fortgehen.

Jondalar fand keinen Schlaf. Er erstarrte förmlich, als er begriff, daß sie nur geruht hatten und keineswegs fertig waren. Endlich waren nur noch Schlafgeräusche im Langhaus zu hören, Jondalar jedoch fand trotzdem keinen Schlaf. Im Geiste hörte er Ayla und Ranec wieder und immer wieder und stellte sich vor, wie sie beisammen lagen.

Als die erste fahle Helligkeit um das abgedeckte Rauchloch herum erkennbar wurde und noch ehe irgend jemand sonst sich rührte, war er auf und stopfte sich die Schlaffelle in einen Tragesack. Dann Überwurf und Füßlinge überstreifend, seine Speere sowie den Speerwerfer ergreifend, verließ er die Erdhütte still durch den ersten Eingangsbogen und schob den Vorhang beiseite. Wolf wollte ihm folgen, doch befahl Jondalar ihm halblaut und mit heiserer Stimme: »Bleib!« und ließ den Fellvorhang wieder hinter sich zufallen.

Draußen zog er sich des schneidenden Windes wegen die Kapuze über den Kopf und band sie um sein Gesicht herum fest, so daß kaum mehr als ein Loch zum Sehen freiblieb. Er zog auch die Fäustlinge über, die ihm an Schnüren aus den Ärmeln heraushingen, und schickte sich dann an, den

Hang hochzusteigen. Das Eis zerkrachte knirschend unter seinen Füßen, er strauchelte im dämmerigen grauen Frühlicht, und die heißen Tränen, die ihm jetzt kamen, wo er allein war, blendeten ihn.

Oben blies der Wind noch heftiger und kälter als unten, und Querwinde fuhren ihn an. Er blieb stehen, versuchte sich zu entscheiden, welche Richtung er einschlagen sollte und wandte sich dann flußabwärts nach Süden. Es war mühselig voranzukommen. Es hatte immerhin soviel gefroren, daß sich auf einigen von den halbgeschmolzenen Schneeflächen Eis gebildet hatte, und er sank bis zu den Knien ein, mußte die Füße bei jedem Schritt hochziehen. Wo jedoch keine Schneedecke mehr lag, war der Boden hart, schartig und oft glatt. Er rutschte aus und schlitterte, und einmal stürzte er, wobei er sich die Hüfte aufschürfte.

Obwohl der Morgen weiter voranschritt, drang die Sonne nicht durch den dicht mit Wolken verhangenen Himmel. Das einzige, das ihr Vorhandensein verriet, war ein leichtes Hellerwerden des schattenlosen, grauen Tages. Jondalar stapfte fürbaß. Die Gedanken nach innen gekehrt, achtete er kaum darauf, wo er hinging.

Warum konnte er den Gedanken, daß Ayla und Ranec beisammen waren, nicht ertragen? Warum fiel es ihm so schwer zuzulassen, daß sie ihre Wahl selbst traf? Wollte er sie denn nur für sich? Kannten andere Männer solche Gefühle auch? Und solchen Schmerz? Lag es daran, daß ein anderer Mann sie berührte? War es die Angst davor, sie zu verlieren?

Oder war es mehr als nur das? Hatte er das Gefühl, es verdient zu haben, sie zu verlieren? Sie selbst kannte keine Bedenken, über ihr Leben beim Clan zu sprechen, und er nahm das hin wie jeder andere auch, bis er darüber nachdachte, was seine eigenen Leute wohl dazu sagen würden. Ob sie bei den Zelandonii wohl genauso unbefangen von ihrer Kindheit erzählen würde? Sie paßte so gut zu den Leuten vom Löwen-Lager. Die akzeptierten sie rückhaltlos – aber ob sie das immer noch täten, wenn sie von ihrem Sohn wüßten? Es war ihm zutiefst zuwider, so zu denken. Doch wenn er sich ihrer so schämte, vielleicht sollte er sie dann aufgeben?

Durstgefühl durchdrang schließlich die düsteren Abgründe seiner Selbstprüfung. Er blieb stehen, griff nach seinem Wasserschlauch und stellte fest, daß er ihn vergessen hatte. Bei der nächsten Schneewehe durchstieß er die dünne Eisdecke, steckte eine Handvoll Schnee in den Mund und ließ ihn schmelzen. Das war ihm in Fleisch und Blut übergegangen. Er brauchte gar nicht erst darüber nachzudenken. Von Kind auf hatte man ihm eingebleut, bei Durst niemals Schnee zu essen, ohne ihn vorher zu schmelzen, möglichst sogar, noch ehe er in den Mund kam. Wer Schnee ungeschmolzen hinunterschluckte, kühlte den Körper; selbst ihn im Mund schmelzen zu lassen, war nur eine allerletzte Möglichkeit.

Der vergessene Wasserschlauch brachte ihn darauf, seine Situation für einen Moment zu überdenken. Proviant mitzunehmen, hatte er, wie ihm jetzt aufging, gleichfalls vergessen. Er war einfach viel zu sehr damit beschäftigt gewesen, sich immer und immer wieder die Geräusche in der Erdhütte ins Ohr zu rufen und sich die Bilder und Gedanken vor Augen zu führen, die sie in ihm weckten.

Er gelangte an ein ausgedehntes Schneefeld und hielt kaum inne, ehe er hineinstapfte. Hätte er mehr Augen für seine Umgebung gehabt, wäre ihm aufgefallen, daß es mehr war als eine Schneewehe. Er dachte jedoch überhaupt nicht. Nach den ersten paar Schritten brach er durch die Kruste, landete allerdings nicht im Schnee, sondern bis zum Knie in einem stehenden Schmelzwasserteich. Seine eingefetteten ledernen Füßlinge waren immerhin wasserabweisend genug, einer gewissen Menge Schnee zu widerstehen, selbst wenn er feucht war und schmolz, aber gegen Wasser waren sie nicht gefeit. Der Kälteschock endlich riß ihn aus seinen Grübeleien heraus. Er watete hinaus, brach durch noch mehr Eis und spürte die Kälte des immer eisigeren Windes.

Wie kann man nur etwas so Dummes tun, dachte er. Nicht einmal Kleidung zum Wechseln habe ich mitgenommen. Und keinen Proviant. Und keinen Wasserschlauch. Ich muß zurück. Ich bin nicht im geringsten auf eine längere Reise eingerichtet; was habe ich mir nur gedacht? Du weißt genau, woran du gedacht hast, Jondalar, verwies er sich selbst und schloß die Augen, als der Schmerz ihn wieder packte.

Er spürte die Kälte in Füßen und Unterschenkeln und die unangenehme schwappende Feuchtigkeit. Er überlegte, ob er versuchen sollte, das Schuhwerk erst auszutrocknen, ehe er sich auf den Rückmarsch machte, doch dann ging ihm auf, daß er weder Pyrit noch Feuerstein dabei hatte, nicht einmal einen Feuerbohrer und Zunder; und seine Füßlinge waren mit verfilzter Mammutwolle gefüttert. Selbst in feuchtem Zustand würden sie seine Füße vorm Erfrieren bewahren, sofern er sich weiterhin bewegte.

Während er seine Spuren zurückverfolgte, ertappte er sich bei dem Gedanken an seinen Bruder. Er erinnerte sich, wie Thonolan einmal an der Mündung des Großen Mutter Flusses in Treibsand geraten war und dort hatte bleiben und sterben wollen. Zum ersten Mal begriff Jondalar in vollem Ausmaß, warum Thonolan jeden Lebenswillen verloren hatte, nachdem Jetamio gestorben war. Sein Bruder war entschlossen gewesen, beim Volk der Frau zu bleiben, die er liebte, das fiel ihm jetzt ein. Aber Jetamio war den Fluß-Leuten geboren worden, dachte er. Ayla war für die Mamutoi genausosehr eine Fremde wie er. Nein, verbesserte er sich selbst, das stimmt nicht. Ayla ist jetzt eine Mamutoi.

Als er sich der Erdhütte näherte, sah Jondalar eine große, mächtige Gestalt auf sich zukommen.

»Nezzie hatte Angst um dich und hat mich nach dir ausgeschickt. Wo bist du gewesen?« fragte Talut, als er neben Jondalar Schritt faßte.

»Ich habe einen Marsch gemacht.«

Der große Anführer nickte. Daß Ayla die Wonnen mit Ranec geteilt hatte, war ebensowenig ein Geheimnis wie Jondalars Qual.

»Du hast nasse Füße.«

»Ich bin durch das Eis in einen Teich eingebrochen, den ich für ein Schneefeld hielt.«

Als sie den Hang zum Löwen-Lager hinunterstiegen, sagte Talut: »Die Stiefel solltest du gleich ausziehen. Ich habe ein Paar zum Wechseln, die werde ich dir geben.«

»Vielen Dank«, sagte der Jüngere und merkte plötzlich, wie sehr er ein Außenseiter war. Er besaß nichts Eigenes, war in allem und jedem auf den guten Willen der Leute des Löwen-Lagers angewiesen, selbst was die notwendige Kleidung und den Reiseproviant betraf. Er mochte nicht um mehr bitten, doch würde ihm nichts anderes übrigbleiben, wenn er tatsächlich fort wollte, und wenn er erst einmal fort war, würde er nicht mehr von ihren Vorräten leben und irgendwelche Ansprüche an sie stellen müssen.

»Da bist du ja«, sagte Nezzie, als er in die Erdhütte eintrat.

»Jondalar! Du bist völlig durchgefroren, und naß auch noch! Zieh die Füßlinge aus! Ich hole dir inzwischen etwas Heißes zu trinken.«

Nezzie brachte ihm heißen Tee, und Talut gab ihm ein paar alte Stiefel und eine trockene Hose. »Die kannst du behalten«, sagte er.

»Ich danke dir für alles, was du für mich getan hast, aber ich möchte dich trotzdem noch um einen Gefallen bitte. Ich muß weiterziehen, muß zurück nach Hause. Ich bin viel zu lange fort. Es wird Zeit, daß ich mich auf die Rückreise mache, aber dazu brauche ich etwas Ausrüstung und Proviant. Sobald es wärmer wird, wird es leichter sein, unterwegs Nahrung zu finden, aber für den Anfang muß ich etwas mitnehmen.«

»Du kannst gern haben, was du brauchst. Es wird uns eine Freude sein. Obwohl meine Kleider ein bißchen zu groß sind für dich, du kannst sie tragen«, sagte der bärengroße Anführer, grinste dann jedoch, strich sich über den struppigen roten Bart und setzte hinzu: »Aber ich habe noch eine bessere Idee. Warum bittest du nicht Tulie, dich auszustaffieren?«

»Warum ausgerechnet Tulie?« fragte Jondalar verwirrt.

»Ihr erster Mann hatte ungefähr deine Statur, und ich bin sicher, sie hat noch viel von seinen Sachen. Sie waren von bester Qualität. Darauf hat Tulie immer gesehen.«

»Aber warum sollte sie sie mir geben?«

»Du hast doch immer noch nicht deine alte Wettschuld bei ihr eingefordert. Wenn du ihr sagst, du hättest sie gern in Form einer Reiseausrüstung und Proviant für unterwegs, würde sie alles daransetzen, daß du das beste bekommst, um ihrer Verpflichtung ledig zu werden«, erklärte Talut.

»Ach ja, stimmt«, sagte Jondalar lächelnd. Er hatte die gewonnene Wette ganz vergessen. Bei dem Gedanken, daß er damit doch etwas hatte, worauf er zurückgreifen konnte, hob sich sein Mut. »Ich werde sie darum bitten.«

»Aber du hast doch nicht vor fortzugehen, oder?«

»Doch, das habe ich. Sobald ich kann«, sagte Jondalar.

Der Anführer des Löwen-Lagers setzte sich zu einem ernsthaften Gespräch nieder. »Es ist nicht ratsam, um diese Zeit schon auf Reisen zu gehen. Überall taut es. Schau doch nur, was dir allein bei einem kleinen Ausflug zugestoßen ist«, sagte Talut. »Außerdem hatte ich mich darauf gefreut, daß du zum Sommertreffen mitkommst und auch an der Mammutjagd teilnimmst.«

»Ich weiß nicht recht«, sagte Jondalar. Er bemerkte, daß Mamut in der Nähe einer der Feuerstellen saß und aß, und der alte Schamane erinnerte ihn an Ayla. Jondalar glaubte nicht, es noch einen einzigen Tag mehr ertragen zu können. Wie sollte er da daran denken, bis zum Sommertreffen hierzubleiben?

»Der Frühsommer ist eine viel bessere Zeit, um aufzubrechen. Da ist es sicherer. Du solltest noch warten, Jondalar.«

»Ich werde es mir überlegen«, sagte Jondalar, obwohl er nicht die Absicht hatte, auch nur einen Tag länger als nötig zu bleiben.

»Gut, tu das!« sagte Talut. »Nezzie sagte, ich sollte dafür sorgen, daß du etwas von ihrer heißen Suppe bekommst, die sie zum Frühstück gekocht hat. Sie hat die letzten der guten Wurzeln hineingetan.«

Jondalar probierte Taluts Stiefel aus, stand dann auf und ging zu der Feuerstelle hinüber, wo Mamut dabei war, eine Kumme Suppe zu essen. Er begrüßte den alten Mann, nahm sich dann selbst eine Kumme von dem Stapel in der Nähe und holte sich eine Schöpfkelle Suppe heraus. Dann ließ er sich neben dem alten Schamanen nieder, zog sein Eßmesser heraus und spießte ein Stück Fleisch auf.

Mamut wischte seine Kumme aus und stellte sie hin. Dann wandte er sich an Jondalar und sagte: »Ich konnte nicht umhin mitzubekommen, daß du vorhast, bald abzureisen.«

»Jawohl, morgen oder übermorgen. Sobald ich alles zusammenhabe«, sagte Jondalar.

»Das ist zu früh!« erklärte Mamut.

»Ich weiß. Talut sagt, die Jahreszeit ist denkbar ungeeignet zum Reisen, aber ich bin auch schon früher in ungünstiger Jahreszeit unterwegs gewesen.«

»Das meine ich nicht. Du mußt bis zum Frühlingsfest bleiben«, sagte Mamut ernst.

»Ich weiß, das Fest ist eine große Sache, alle reden schon davon, aber ich muß unbedingt weiter.«

»Du kannst nicht losziehen. Es ist gefährlich.«

»Warum? Welchen Unterschied können ein paar Tage schon machen? Es wird auch dann noch tauen und Überflutungen geben.« Der junge Gast konnte nicht begreifen, warum der alte Mann darauf bestand, daß er bis zu einem Fest blieb, das für ihn keine besondere Bedeutung besaß.

»Jondalar, ich bezweifle nicht, daß du bei jedem Wetter reisen kannst. Ich hatte aber gar nicht an dich gedacht sondern an Ayla.«

»Ayla?« sagte Jondalar stirnrunzelnd, und sein Magen verkrampfte sich. »Ich verstehe nicht.«

»Ich habe Ayla in ein paar Praktiken vom Herdfeuer des Mammut eingeweiht; sie soll bei dem diesjährigen Frühlingsfest eine besondere Zeremonie vollziehen. Wir werden die Wurzel verwenden, die sie vom Clan mitgebracht hat. Einmal hat sie sie genommen ... unter der Anleitung ihre Mog-ur. Ich selbst besitze Erfahrung mit einigen Zauberpflanzen, die imstande sind, einen in die Geisterwelt zu bringen, aber diese besondere Wurzel habe ich noch nie ausprobiert, und allein hat Ayla sie auch noch nicht genommen. Wir werden also beide etwas Neues ausprobieren. Sie scheint ... nun ja, gewisse Bedenken zu haben, und ... gewisse Veränderungen könnten höchst aufregend sein. Wenn du jetzt losziehst, könnte sich das auf unvorhersehbare Weise auf Ayla auswirken.«

»Willst du damit sagen, daß bei dieser Wurzelzermonie Gefahr für Ayla besteht?« fragte Jondalar.

»Der Umgang mit der Geister-Welt ist nie ganz ungefährlich«, erklärte der Schamane. »Sie ist zwar bereits einmal allein dort gewesen, aber wenn sie beim nächstenmal ohne jede Lenkung und Unterweisung hinreist, könnte sie sich verwirren. Deshalb unterweise ich sie; allerdings wird Ayla auch auf die Hilfe jener angewiesen sein, die etwas für sie empfinden, die sie lieben. Es ist deshalb von größter Wichtigkeit, daß du dabei anwesend bist.«

»Warum ich?« sagte Jondalar. »Wir ... sind nicht mehr zusammen. Und es gibt auch noch andere, die ... etwas für sie empfinden, die Ayla lieben. Andere, denen sie solche Gefühle entgegenbringt.«

Der alte Mann erhob sich. »Ich kann dir das nicht erklären, Jondalar. Ich spüre das einfach, es ist wie eine Eingebung. Ich kann nur sagen, daß mich böse Vorahnungen beschlichen, als ich dich vom Fortgehen reden hörte. Ich weiß nicht genau, was sie bedeuten, aber ich würde es lieber sehen ... nein, ich muß es viel nachdrücklicher sagen. Geh nicht fort, Jondalar! Wenn du sie liebst, versprich mir, daß du erst nach dem Frühlingsfest weiterreisen wirst«, sagte Mamut.

Jondalar stand auf und sah in das verrunte, unergründliche Gesicht des alten Schamanen. Es entsprach sonst so gar nicht seiner Art, ohne Angabe von Gründen etwas zu fordern; warum war es plötzlich so wichtig für ihn, daß er, Jondalar, hierblieb? Was wußte Mamut, das er nicht wußte? Was immer es war, die Vorahnungen Mamuts flößten ihm Angst ein. Wenn Ayla in Gefahr war, konnte er unmöglich fort. »Ich werde bleiben«, sagte er. »Ich verspreche, daß ich erst nach dem Frühlingsfest fortgehen werde.«

Es dauerte ein paar Tage, ehe Ayla wieder Ranecs Bett aufsuchte, was beileibe nicht daran lag, daß er sie nicht ermuntert hätte. Als er sie das erste Mal rundheraus darum bat, fiel es ihr schwer, es ihm abzuschlagen. Ihre Erziehung beim Clan wirkte immer noch so mächtig in ihr nach, daß sie meinte, etwas wirklich Schlimmes zu tun, als sie nein sagte, und fast hätte sie erwartet, daß Ranec wütend werden würde. Dieser jedoch zeigte sich verständnisvoll und sagte, er wisse, daß sie Zeit brauche, sich an den Gedanken zu gewöhnen.

Ayla hatte von Jondalars langem Marsch am Morgen nach ihrer Nacht mit dem dunkelhäutigen Bildschnitzer erfahren und argwöhnte, dies Unternehmen müsse etwas mit ihr zu tun haben. Ob das wohl seine Art war, ihr zu zeigen, daß sie ihm immer noch etwas bedeutete? Nur zeigte sich Jondalar, falls das überhaupt möglich war, ihr gegenüber noch distanzierter als zuvor. Er ging ihr soweit wie möglich aus dem Wege und sprach nur dann mit ihr, wenn es unumgänglich nötig war. Sie kam zu dem Schluß, sie müsse sich irren; er liebe sie wirklich nicht mehr. Sie war traurig, als sie schließlich anfing, sich damit abzufinden, bemühte sich jedoch, es sich nicht anmerken zu lassen.

Ranec dagegen machte mehr als deutlich, daß er sie liebte. Er fuhr fort, sie zu drängen, unter seine Felle mit ihm zu schlüpfen und in förmlich anerkannter Verbindung sein Herdfeuer mit ihm zu teilen, mit anderen Worten, seine Frau zu werden. Schließlich willigte sie – vornehmlich, weil er soviel Verständnis zeigte – ein, wieder das Lager mit ihm zu teilen, doch was eine dauerhafte Beziehung betraf, hielt sie mit einem Versprechen noch zurück. Sie verbrachte ein paar Nächte mit ihm, wollte dann jedoch eine Zeitlang wieder nicht, wobei es ihr diesmal leichter fiel, es ihm abzuschlagen. Für ihre Begriffe ging alles viel zu schnell. Er wollte ihr Verlöbnis beim Frühlingsfest bekanntgeben, das in nur wenigen Tagen stattfinden sollte, sie hingegen wollte Zeit, es sich noch zu überlegen. Sie genoß das Wonneteilen mit Ranec; er war sehr liebevoll und wußte, was sie gern hatte; sie hinwiederum mochte ihn. Er gefiel ihr sogar ausnehmend gut, nur irgend etwas fehlte. Sie hatte vage das Gefühl von einer gewissen Unvollständigkeit. Obwohl sie wollte und wünschte, sie könnte es – lieben tat sie ihn nicht.

Jondalar drückte kein Auge zu, wenn Ayla mit Ranec beisammen war, und die Anspannung machte sich bemerkbar. Nezzie meinte, er sei noch mehr vom Fleisch gefallen, doch in Taluts alten Kleidern, die ihm um die Glieder schlotterten, und mit dem struppigen Winterbart war das schwer zu sagen. Selbst Danug bemerkte, daß er abgehärmt und hohläugig aussähe, und meinte auch die Ursache zu kennen. Wenn er doch nur helfen könnte! Sowohl Jondalar als auch Ayla bedeuteten ihm viel, aber helfen konnte ihnen keiner. Nicht einmal Wolf, obwohl der Wolfswelpe mehr Trost brachte, als er ahnte. Wann immer Ayla nicht am Herdfeuer des Mammut schlief, suchte der junge Wolf Jondalar auf, was dem jungen Mann das Gefühl gab, in seinem Kummer und dem Gefühl des Abgewiesenseins nicht allein zu sein. Er verbrachte aber auch immer mehr Zeit mit den Pferden; manchmal schlief er sogar bei ihnen, um nicht Zeuge der für ihn so schmerzlichen Ereignisse im Langhaus sein zu müssen. Nur wenn Ayla sich mit den Pferden beschäftigte, ließ er sich absichtlich nicht im Anbau blicken.

In den nächsten paar Tagen wurde es wieder wärmer, und es fiel Jondalar zunehmend schwer, ihr aus dem Weg zu gehen. Trotz des Schneematsches und der Schmelzwasserlachen ritt sie häufiger aus, und obwohl er versuchte, ungesehen zu verschwinden, wenn er sie den Anbau betreten sah, mußte er etliche Male erleben, daß er irgendwelche Entschuldigungen stammelte und sich rasch verdrückte, nachdem er zufällig mit ihr zusammengetroffen war. Häufig nahm sie Wolf mit und gelegentlich auch Rydag, doch wenn sie ganz frei sein wollte von irgendwelcher Verantwortung, ließ sie das Wolfsjunge bei Rydag zurück, wovon dieser jedesmal entzückt war. Winnie und Renner hatten sich inzwischen völlig an den jungen Wolf gewöhnt, und Wolf schien das Zusammensein mit den Pferden zu genießen, sei es, daß er zusammen mit Ayla auf Winnies Rücken saß oder daß er nebenherlief und versuchte, nicht langsamer zu sein als sie. Es war eine gute Übung und ein willkommener Anlaß für sie, die Erdhütte einmal zu verlassen, in der man sich nach dem langen Winter zunehmend beengt vorkam. Doch vor dem Aufruhr starker Gefühle, die in ihr und um sie herum wühlten, gab es kein Entrinnen.

Sie hatte angefangen, Renner, während sie Winnie ritt, durch Zurufe, Pfiffe und Zeichen zu lenken, doch jedesmal, wenn sie meinte, jetzt sei es an der Zeit, ihn daran zu gewöhnen, einen Reiter auf dem Rücken zu tragen, mußte sie an Jondalar denken und schob es immer wieder auf. Dabei handelte es sich nicht so sehr um einen bewußten Entschluß als vielmehr um eine Verzögerungstaktik, der unbändigen Hoffnung entsprungen, irgendwie werde sich doch noch alles so ergeben, wie sie es sich erhoffte, und daß dann Jondalar ihn ausbildete und ritt.

Jondalars Gedanken gingen ziemlich in die gleiche Richtung. Bei einer ihrer zufälligen Begegnungen hatte Ayla ihn ermuntert, mit Winnie auszureiten; sie selbst sei beschäftigt, und das Pferd müsse nach dem langen Winter bewegt werden. Er hatte ganz vergessen, wie unendlich aufregend es war, auf dem Rücken eines Pferdes gegen den Wind anzureiten. Und als er Renner neben sich dahinsprengen sah, der dann seine Mutter sogar hinter sich zurückließ, träumte er, statt auf Winnie auf dem Junghengst neben Ayla und Winnie einherzureiten. Zwar gelang es ihm irgendwie, die Stute zu lenken, doch hatte er das Gefühl, daß sie ihn nur gerade duldete, und das bereitete ihm stets leichtes Unbehagen. Winnie war Aylas Pferd, und wiewohl er das Auge voller Sehnsucht auf dem jungen braunen Hengst ruhen ließ und ihm die wärmsten Gefühle entgegenbrachte, gehörte Renner in seinen Gedanken gleichfalls Ayla.

Je wärmer es wurde, desto mehr dachte Jondalar ans Fortgehen. Er beschloß, Taluts Rat anzunehmen, Tulie um die Einlösung ihrer Wettschuld zu bitten und sich auf diese Weise die notwendige Kleidung und Reiseausrüstung zu verschaffen, die er unbedingt brauchte. Tulie wiederum freute sich, ihrer Verpflichtung auf so leichte Weise ledig zu werden.

Jondalar war dabei, einen Leibriemen um seinen neuen dunkelbraunen Kittel zu legen, da betrat Talut die Gemeinschaftskochstelle. Übermorgen sollte das Frühlingsfest stattfinden. In Erwartung des großen Tages waren alle bemüht, sich herauszuputzen, nach einem ausgiebigen Schwitzbad zu ruhen und rasch einmal in dem kalten Fluß unterzutauchen. Zum ersten Mal seit seinem Fortgehen von daheim verfügte Jondalar über mehr gutgearbeitete, schön verzierte Kleidung, als er unbedingt brauchte, sowie über Kiepen, Zelte und andere Reisegerätschaften. Für gute Qualität hatte er stets etwas übrig gehabt, und Tulie freute sich, wie sehr er ihr Können würdigte. Sie hatte es von jeher angenommen und war jetzt überzeugt, daß – wer immer die Zelandonii sein mochten – Jondalar von sehr hochstehenden Leuten abstammte.

»Das sieht wie für dich gemacht aus, Jondalar«, sagte Talut. »Die Perlenschnüre quer über die Schultern fallen genau richtig.«

»Ja, die Kleider passen gut, und Tulie war mehr als großzügig. Vielen Dank, daß du mir diesen Vorschlag gemacht hat.«

»Ich bin froh, daß du beschlossen hast, nicht gleich fortzugehen. Das Sommertreffen wird dir gefallen.«

»Hm . . . ah . . . ich wollte nicht . . .« Jondalar suchte verzweifelt nach den richtigen Worten, um zu erklären, warum er nicht, wie ursprünglich von ihm geplant, fortgegangen war.

». . . und ich werde dafür sorgen, daß man dich auffordert, gleich an der ersten Jagd teilzunehmen«, fuhr Talut fort, in der Annahme, daß Jondalar blieb, weil er – Talut – es ihm geraten und ihn eingeladen hatte.

»Jondalar?« sagte Deegie ein wenig erschrocken. »Von hinten dachte ich, du wärest Darnev.« Lächelnden Gesichts ging sie um ihn herum und betrachtete ihn von Kopf bis Fuß. Was sie sah, gefiel ihr. »Du hast dir ja den Bart abgenommen!« sagte sie.

»Es ist Frühling, und ich fand, es wäre an der Zeit«, sagte er und erwiderte ihr Lächeln, wobei seine Augen ihr verrieten, daß er seinerseits sie attraktiv fand.

Sie war von seinen blauen Augen bestrickt wie überhaupt überaus angetan von der Ausstrahlung, die von ihm ausging. Doch dann lachte sie und fand, es sei Zeit, er müsse sich einmal gründlich säubern und etwas Anständiges anziehen. Wie ausgemergelt er mit seinem struppigen, ungepflegten Bart und in Taluts abgelegten Kleidern ausgesehen hatte; sie hatte völlig vergessen, wie hübsch er war.

»Das Gewand steht dir gut, Jondalar. Warte, bis du zum Sommertreffen kommst. Fremde ziehen immer viel Aufmerksamkeit auf sich, und ich glaube, die Mamutoifrauen werden dafür sorgen wollen, daß du das Gefühl hast, sehr willkommen zu sein«, sagte Deegie mit einem schelmischen Lächeln.

»Aber . . .« Jondalar gab es auf, erklären zu wollen, daß er nicht vorhabe, zum Sommertreffen mitzukommen. Warum es ihnen jetzt schon sagen? Das konnte er auch später noch tun, wenn er wirklich fortzog.

Nachdem sie fort waren, probierte er noch einen anderen Anzug, diesmal einen, der sich besser eignete, alle Tage oder unterwegs getragen zu werden. Dann ging er hinaus und suchte nach der Anführerin, um ihr nochmals zu danken und ihr zu zeigen, wie gut die Sachen saßen. Im Vorraum stieß er auf Danug, Rydag und Wolf, die gerade von draußen herankamen. Der Jüngling hielt Rydag auf dem einen Arm und auf dem anderen Wolf. Sie hatten sich in Felle gehüllt, und ihr Haar war immer noch feucht. Danug hatte den Jungen nach dem gemeinsamen Schwitzbad zum Fluß hinunter- und wieder heraufgetragen. Jetzt setzte er beide ab.

»Gut siehst du aus, Jondalar!« gab Rydag ihm durch Zeichen zu verstehen. »Bereit für das Frühlingsfest?«

»Ja. Und du?« fragte Jondalar in Zeichensprache zurück.

»Auch ich habe neue Kleider. Nezzie hat sie mir gemacht, für das Frühlingsfest«, erwiderte Rydag lächelnd.

»Und auch für das Sommertreffen«, fügte Danug hinzu. »Sie hat auch für mich, Latie und Rugie neue Kleider gemacht.«

Jondalar fiel auf, daß Rydags Lächeln sich verflüchtigte, als Danug vom Sommertreffen redete. Er schien sich auf diese große Zusammenkunft nicht so zu freuen wie die anderen.

Als Jondalar den schweren Fellvorhang beiseite stieß und hinaustrat, flüsterte Danug, der nicht wollte, daß jemand anders ihn hörte, Rydag zu: »Hätten wir ihm sagen sollen, daß Ayla draußen steht? Jedesmal, wenn er sie sieht, läuft er vor ihr davon.«

»Nein. Er möchte sie ja sehen. Und sie ihn auch. Sie geben die richtigen Signale von sich, sagen aber die falsche Worte«, gab Rydag ihm mittels Zeichensprache zu verstehen.

»Du hast recht, aber warum können sie das nicht erkennen? Wie könnten sie einander denn verständlich machen?«

»Indem sie die Wörter vergessen und nur auf die Zeichen achten«, erwiderte Rydag mit seinem ganz und gar unclanhaften Lächeln, nahm dann den Wolfswelpen auf den Arm und trug ihn in die Erdhütte hinein.

Was die beiden Jungen ihm nicht gesagt hatten, entdeckte Jondalar, kaum daß er hinaustrat. Ayla stand mit den beiden Pferden vor dem Eingangsbogen. Gerade hatte sie Wolf Rydags Obhut anvertraut und freute sich auf einen langen, anstrengenden Ritt, um die Spannung abzubauen, die sie empfand. Ranec wünschte sich ihr Einverständnis noch vorm Frühlingsfest, und sie konnte sich nicht entschließen. Als sie Jondalar sah, war ihre erste Regung, ihm anzubieten, Winnie zu reiten, wie sie es auch schon zuvor getan hatte; schließlich wußte sie, daß er es gern tat, und sie hoffte, daß seine Liebe zu den Pferden ihn auch ihr wieder näherbringen würde. Aber sie wollte nicht auf den Ritt verzichten. Sie hatte sich darauf gefreut und war gerade im Begriff loszureiten.

Als sie noch einmal zu ihm sah, raubte es ihr den Atem. Mit einer seiner scharfen Feuersteinklingen hatte er sich den Bart abgekratzt und sah daher ungefähr wieder so aus wie letzten Sommer, als er in ihr Tal gekommen war und ihr Herz dazu gebracht hatte, bis zum Hals zu schlagen und ihr die Röte ins Gesicht zu treiben. Er reagierte auf ihre Körpersignale seinerseits mit unbewußten Signalen.

»Du hast dir den Bart abgenommen«, sagte Ayla.

Ohne es zu merken, hatte sie Zelandonii gesprochen. Bei ihm dauerte es einen Moment, ehe er merkte, was anders war als sonst, doch dann mußte er einfach lächeln. Wie lange hatte er seine eigene Sprache nicht mehr gehört! Das Lächeln ermunterte sie, und ihr kam ein Einfall.

»Ich wollte gerade mit Winnie ausreiten und denke schon seit längerem daran, daß irgend jemand mal anfangen müßte, Renner an einen Reiter zu gewöhnen. Warum kommst du nicht mit und versuchst, ihn zu reiten? Der Tag ist sehr geeignet. Der Schnee ist fast verschwunden, neues Gras zeigt sich, doch richtig hart ist der Boden noch nicht wieder, falls jemand vom Pferd fällt«, sagte sie und wollte los, ehe irgend etwas geschah, das ihn bewegen konnte, es sich anders zu überlegen und sich wieder so distanziert zu geben.

»Hm ... ich weiß nicht recht.« Jondalar zögerte. »Ich dachte, du würdest ihn erstmal selbst reiten wollen.«

»An dich ist er gewöhnt, Jondalar, und wer auch immer ihn als erster reitet, es würde helfen, wenn zwei dabei wären. Einer kann ihn beruhigen und dafür sorgen, daß er stehenbleibt, während der andere aufsitzt.«

»Da hast du wohl recht«, sagte er mit gerunzelter Stirn. Er wußte nicht, ob er mit ihr in die Steppe hinauf sollte, wußte aber auch nicht, wie es ihr abschlagen; und außerdem reizte es ihn ja seit langem, das Pferd zu reiten. »Wenn du wirklich möchtest, daß ich es mache, sollte ich es wohl tun.«

»Ich gehe und hole einen Führstrick und das Halfter mit den Riemen zum Lenken, den du für ihn gemacht hast«, sagte Ayla und stürmte in den Anbau, ehe er es sich wieder anders überlegte. »Warum gehst du nicht schon mal mit ihnen den Hang hinauf?«

Ihm kamen Bedenken, doch ehe er etwas sagen konnte, war sie schon fort. Er rief die Pferde herbei und machte sich auf den Weg zu den weiten Ebenen oben. Sie waren noch nicht ganz dort, da hatte Ayla sie schon eingeholt. Sie hatte nicht nur das Halfter sowie einen Strick mitgebracht, sondern auch noch Tasche und Wasserschlauch. Oben angekommen, führte sie Winnie an einen Erdbuckel, den sie schon des öfteren benutzt hatte, wenn sie jemand aus dem Löwen-Lager auf der Stute hatte reiten lassen, insbesondere die jüngeren Mamutoi. Mit einem geübten Satz war sie auf dem Rücken der falbfarbenen Stute.

»Steig auf, Jondalar. Wir können zu zweit reiten.«

»Zu zweit?« sagte er fast wie in Panik. Daran hatte er nicht gedacht, und er war drauf und dran wegzulaufen.

»Bis wir eine schöne offene Strecke finden. Hier können wir es nicht versuchen, denn Renner könnte in eine Bodenspalte geraten oder den Hang hinunterlaufen«, sagte sie.

Er saß in der Falle. Wie sollte er es ablehnen, eine kurze Strecke zusammen mit ihr auf einem Pferd zu reiten? Er trat auf den Erdbuckel, stieg dann vorsichtig auf die Stute und versuchte, von Ayla abzurücken und sie vor allem nicht zu berühren. Kaum daß er saß, signalisierte sie Winnie, in einen scharfen Trab zu fallen.

Es ließ sich nicht verhindern. Er konnte auf dem trabenden Pferd nichts dagegen machen, daß er auf sie zurutschte. Er spürte ihre Körperwärme durch die Kleidung hindurch, roch den leichten und angenehmen Duft der Reinigungsblüten, die sie zum Waschen benutzte, und dazu den ihm so vertrauten weiblichen Duft. Bei jedem Schritt, den das Pferd machte, fühlte er ihre Beine, ihre Hüften, ihr Gesäß, das gegen ihn drückte – und spürte, wie seine Männlichkeit sich reckte. Ihm schwamm der Kopf, und er mußte sich halten, um sie nicht auf den Hals zu küssen und um sie herumzugreifen und eine volle, feste Brust zu packen.

Warum hatte er sich hierauf eingelassen? Warum hatte er ihr keine Abfuhr erteilt? Was machte es schon, ob er je auf Renner ritt oder nicht? Gemeinsam würden sie nie zu Pferd unterwegs sein. Er hatte gehört, was die Leute redeten; Ayla und Ranec würden auf dem Frühlingsfest ihr Verlöbnis bekanntgeben, und er würde dann zu seiner Heimreise aufbrechen.

Ayla gab Winnie das Zeichen anzuhalten. »Was meinst du, Jondalar? Vor uns liegt eine schöne glatte Strecke.«

»Ja, die sieht gut aus«, sagte er, hob das Bein, schwenkte es dem Pferd über die Kruppe und sprang zu Boden.

Ayla hob das Bein vorn über Winnies Hals und ließ sich auf der anderen Seite heruntergleiten. Ihr Atem ging schnell, ihr Gesicht war gerötet, und ihre Augen blitzten. Tief hatte sie seinen Geruch eingeatmet, war hingeschmolzen in seiner Körperwärme und erschauert, als sie den harten, heißen Knauf seiner Männlichkeit fühlte. Ich habe gespürt, wie sehr er mich begehrt, dachte sie. Warum hat er es so eilig, von mir loszukommen? Warum will er mich nicht? Warum liebt er mich nicht mehr?

Das Pferd zwischen sich, einander gegenüberstehend, rangen beide um Fassung. Ayla pfiff Renner herbei – mit einem Pfiff, der anders war als der, mit dem sie Winnie lockte. Und nachdem sie ihm den Hals geklopft, ihn gekrault und mit ihm geredet hatte, war sie bereit, sich wieder Jondalar zuzuwenden.

»Möchtest du ihm das Halfter mit den Lenkriemen umlegen?« fragte sie und führte den Junghengst auf eine Haufen großer Knochen zu, den sie erspäht hatte.

»Ich weiß nicht. Was würdest du tun?« sagte er. Auch er hatte sich wieder in der Gewalt und wurde aufgeregt bei der Aussicht, jetzt endlich auf dem jungen Pferd zu reiten.

»Um Winnie zu lenken, habe ich nie etwas benutzt – das habe ich ihm einfach durch meine Art, mich zu bewegen, zu verstehen gegeben. Aber Renner ist es gewohnt, durch Riemen gelenkt zu werden. Ich glaube, ich würde sie ihm anlegen«, sagte sie.

Gemeinsam legten sie Renner das Halfter an. Er spürte, daß irgend etwas Ungewöhnliches bevorstand, und war daher lebhafter als sonst, deshalb streichelten sie ihn und klopften ihm die Flanken, um ihn zu beruhigen. Sie legten ein paar Mammutknochen aufeinander, damit Jondalar etwas hatte, von wo aus er aufsitzen konnte, dann führten sie das Pferd hin. Auf Aylas Vorschlag hin rieb Jondalar ihm den Hals und den Rücken und fuhr ihm die Beine entlang, lehnte sich dann über ihn, kraulte und streichelte ihn nochmals, auf daß er sich vollkommen damit vertraut mache, wie der Mann sich anfühlte.

»Sobald du aufsitzt, schling ihm die Arme um den Hals. Es könnte sein, daß er versucht, dich abzuwerfen«, sagte Ayla und überlegte, was sie ihm im letzten Augenblick noch an Ratschlägen mitgeben könnte. »Immerhin hat er sich daran gewöhnt, auf dem Weg vom Tal hierher eine Last auf dem Rücken zu tragen; es könnte also auch sein, daß es ihm gar nicht so schwerfällt, sich an dich zu gewöhnen. Halte den Führstrick fest, damit er nicht runterfällt und Renner drauftritt. Sonst würde ich ihn einfach laufen lassen, wohin er will und bis er müde wird. Ich folge dir auf Winnie. Bist du bereit?«

»Ich denke schon«, sagte er und lächelte nervös.

Jondalar stand auf den riesigen Knochen, lehnte sich über das zottige, kräftige Tier und redete ihm gut zu, während Ayla ihm den Kopf hielt. Dann schob er langsam das Bein über seinen Rücken, ließ sich darauf nieder und schlang Renner die Arme um den Hals. Als er das schwere Gewicht auf sich spürte, legte der dunkle Hengst die Ohren an. Ayla ließ ihn los. Er machte einen Satz, stellte sich einmal auf die Hinterhand, machte dann den Rücken krumm und drückte ihn soweit wie möglich durch, um die Last abzuschütteln, doch Jondalar klammerte sich an ihm fest. Dann machte das junge Pferd seinem Namen alle Ehre, brach in einen gestreckten Galopp aus und rannte über die Steppe.

Jondalar verengte des kalten Windes wegen die Augen, dann schäumte eine gewaltige Freude in ihm auf. Er sah, wie der Boden unter ihm verschwamm, und konnte es nicht fassen. Er ritt tatsächlich auf dem jungen Hengst, und es war genauso aufregend, wie er es sich immer vorgestellt hatte. Er schloß die Augen, spürte die gewaltige Kraft unter sich, während die Muskeln unter ihm sich streckten und sich zusammenzogen, sich streckten und sich zusammenzogen; das Gefühl, ein Wunder zu erleben, überschwemmte ihn, als hätte er zum ersten Mal in seinem Leben Teil an Wunder und Schöpfung der Großen Erdmutter Selbst.

Er merkte, daß das junge Pferd ermüdete, und hörte andere Hufschläge, öffnete die Augen und sah Ayla und Winnie neben sich dahinspringen. Strahlend vor Fassungslosigkeit und Entzücken lächelte er sie an, und das Lächeln, das sie ihm daraufhin schenkte, ließ sein Herz womöglich noch schneller schlagen. Alles andere wurde für den Augenblick bedeutungslos. Die ganze Welt bestand für Jondalar in diesem Augenblick aus dem unvergeßlichen Ritt auf dem Rücken eines dahinstürmenden jungen Hengstes und dem schmerzhaft-schönen Lächeln auf dem Gesicht der Frau, die er liebte.

Endlich wurde Renner langsamer und hielt schließlich. Jondalar sprang zu Boden. Das junge Pferd stand da, und ließ den Kopf fast bis auf den Boden hängen, hatte die Beine gespreizt, und seine Flanken hoben und senkten sich, so schwer atmete es. Winnie kam heran, und Ayla saß ab. Sie holte ein paar Stücke weiches Leder aus der Tragetasche, reichte Jondalar eines, damit er das schwitzende Tier abrieb, dann tat sie das gleiche bei Winnie. Die beiden erschöpften Pferde stellten sich ganz nahe nebeneinander und stützten sich gegenseitig.

»Diesen Ritt werde ich mein Lebtag nicht vergessen, Ayla«, sagte Jondalar.

So entspannt war er schon lange nicht mehr gewesen, und sie spürte, wie aufgeregt er war. Sie sahen einander an, lächelten, lachten, teilten das Wunder des Augenblicks. Ohne zu überlegen, stellte sie sich auf die Zehenspitzen, um ihn zu küssen, schon wollte er den Kuß erwidern, da fiel ihm plötzlich Ranec ein. Er wurde stocksteif, entwand sich den Armen, die sie ihm um den Hals geschlungen hatte.

»Spiel nicht mit mir, Ayla«, sagte er mit heiserer Stimme, so viel Selbstbeherrschung kostete es ihn, sie von sich zu schieben.

»Mit dir spielen?« sagte sie, und ihre Augen verrieten, wie verletzt sie war.

Jondalar schloß die Augen, biß die Zähne zusammen und zitterte, eine solche Überwindung kostete es ihn, nicht die Beherrschung zu verlieren. Und dann, plötzlich, als breche ein Eisdamm, war es zuviel. Er packte sie, küßte sie; und es war ein brutaler, verzweifelter Kuß, daß ihnen der Mund weh tat. Im nächsten Augenblick fand sie sich auf dem Boden wieder, hatte er die Hand unter ihrem Kittel und zerrte an der Schnur, mit der sie ihn zugebunden hatte.

Sie wollte ihm helfen, sie loszubekommen, doch solange konnte er nicht warten. Ungeduldig packte er sie mit beiden Händen bei den weichen Lederbeinlingen, und mit der Gewalt unterdrückter Leidenschaft, die sich nicht länger unterdrücken ließ, hörte sie die Nähte reißen. Er machte sich am Verschluß seiner eigenen Hose zu schaffen, dann war er über ihr, hemmungslos in seiner Raserei, und sein harter, pulsierender Schaft sondierte und suchte.

Sie langte hinunter, ihm zu helfen und ihn zu führen, und spürte, wie ihre eigene Erregung wuchs, als ihr klarwurde, was er so verzweifelt wollte. Doch was nur trieb ihn zu dieser lodernden Raserei? Warum war er von einer solchen beklemmenden Bedrängnis und Not erfüllt? Sah er denn nicht, daß sie bereit war für ihn? Den ganzen Winter hindurch war sie für ihn bereit gewesen. Keinen einzigen Augenblick hatte es gegeben, da sie nicht bereit für ihn gewesen wäre. Als wäre ihr Körper von klein auf nur darauf abgerichtet gewesen, auf sein Bedürfnis, sein Zeichen zu reagieren. Einzig darauf hatte sie die ganze Zeit über gewartet. Tränen der Sehnsucht und der Liebe standen ihr in den Augen; wie lange hatte sie nicht darauf gewartet, daß es ihn wieder nach ihr verlangte!

Mit einer Leidenschaft, die genauso unterdrückt gewesen war wie die seine, öffnete sie sich ihm, hieß ihn willkommen, schenkte sie ihm, wovon er glaubte, daß er es ihr raube. Sie ergab sich vollständig der Empfindung, wie sein langes, hartes Glied ihre Tiefen durchforschte und sie ausfüllte. Er zog sich zurück, und sie hungerte danach, daß er zurückkam, sie abermals ausfüllte. Sie drängte sich ihm entgegen, als er es tat, stieß gegen seinen heißen Schaft und spürte das tiefinnere Ziehen stärker und übermächtig werden. Sie drückte den Rücken durch, um seine Bewegung zu spüren, um ihren Wonneknoten an ihm zu reiben, ihm zu begegnen.

Er schrie, so unglaublich war die Lust, sie zu besitzen. Zum ersten Mal in seinem Leben widerfuhr ihm das. Sie paßten zusammen, waren füreinander gemacht, ihre Tiefe für seine Größe und seine Größe für ihre Tiefe. Ach, Mutter, ach Doni, wie sie ihm gefehlt hatte! Wie es ihn nach ihr verlangt hatte! Wie er sie liebte! Er fuhr hinein, fühlte sich von warmer, feuchter Liebkosung umfangen, spürte, wie sie ihn in sich hineinsaugte, nach mehr verlangte, bis sein ganzer Schaft in ihr versenkt war.

Wonnewogen ohnegleichen überliefen ihn, kamen in Abständen, die seinen Bewegungen entsprachen. Und wieder tauchte er ein, und wieder, während sie nach ihm griff, nach ihm hungerte, sich schmerzlich nach ihm verzehrte. Losgelassen und bar jeder Hemmung, fuhr er immer wieder in sie hinein, schneller und immer schneller, und jedesmal kam sie ihm entgegen, spürte er, wie ihrer beider Erregung sich steigerte bis zum Höhepunkt, bis zum Gipfel, bis die letzte Woge der Wonne über ihnen beiden zusammenbrach.

Reglos lag er auf ihr, mitten in der weiten Steppe, in der gerade neues Leben keimte. Plötzlich klammert er sich an sie, barg den Kopf an ihrem Hals und rief laut ihren Namen hinaus: »Ayla, Ayla, meine Ayla!«

Er bedeckte ihren Hals, ihre Kehle, ihren Mund und dann ein geschlossenes Auge mit Küssen. Dann hörte er genauso unvermittelt damit auf, wie er begonnen hatte. Er riß sich von ihr los, stemmte sich hoch und sah auf sie hernieder.

»Du weinst! Ich habe dir weh getan! Ach, Große Mutter, was habe ich getan?« sagte er. Jetzt sprang er ganz auf und blickte auf sie hinunter, wie sie mit zerrissenen Kleidern auf dem bloßen Boden lag. »Doni! Ach Doni, was habe ich getan? Ich habe ihr Gewalt angetan! Wie konnte ich nur? Ausgerechnet ihr, die am Anfang nur diesen Schmerz kennenlernte! Und jetzt habe ich ihr das gleiche angetan! Ach, Doni! Ach, Mutter! Wie hast Du nur zulassen können, daß ich das tat?«

»Nein, Jondalar!« sagte Ayla und setzte sich auf. »Es ist in Ordnung. Du hast mir nicht weh getan.«

Doch er wollte sie nicht hören. Er kehrte ihr den Rücken zu, war außerstande, sie anzublicken, und schlug die Hände vors Gesicht. Er konnte sich nicht umdrehen. Er ging davon, wütend auf sich selbst, scham- und reueerfüllt. Wenn er sich nicht sicher sein konnte, ihr nichts zuleide zu tun, mußte er sich von ihr fernhalten und dafür sorgen, daß auch sie sich von ihm fernhielt. Sie tut recht daran, Ranec zu wählen, dachte er. Ich verdiene sie nicht. Er hörte sie aufstehen und zu den Pferden gehen. Dann hörte er sie auf sich zukommen und fühlte ihre Hand auf seinem Arm.

»Jondalar, du hast mir nicht ...«

Er fuhr herum. »Bleib mir vom Leibe!« fauchte er voller Schuldgefühl und voller Zorn auf sich selbst.

Sie wich zurück. Was hatte sie jetzt wieder falsch gemacht?

»Jondalar ...?« sagte sie und machte wieder einen Schritt auf ihn zu.

»Bleib mir vom Leibe! Hast du mich nicht gehört? Wenn du mir nicht vom Leibe bleibst, könnte ich mich vergessen und dir nochmals Gewalt antun!« Wie eine Drohung kam das heraus.

»Du hast mit keine Gewalt angetan, Jondalar«, sagte sie, als er sich umdrehte und mit großen Schritten fortging. »Du kannst mir gar keine Gewalt antun. Es gibt keinen Augenblick, da ich nicht bereit für dich wäre ...«

Aber sein Denken war so angefüllt mit Reue und Selbsthaß, daß er sie gar nicht hörte.

Er hielt keinen Moment inne, lenkte seine Schritte zurück zum Löwen-Lager. Eine Weile sah sie ihm nach, versuchte ihre Gedanken zu ordnen. Dann wandte sie sie wieder den Pferden zu. Renners Führstrick nahm sie in die Hand, hielt sich mit der anderen an Winnies hochstehender Mähne fest, saß auf und hatte Jondalar bald eingeholt.

»Du willst doch wohl nicht etwa den ganzen Weg zurück zu Fuß gehen, oder?« sagte sie.

Zuerst gab er ihr keine Antwort, ja, drehte nicht einmal den Kopf nach ihr. Wenn sie sich einbildete, er würde nochmals hinter ihr auf dem Pferd reiten ... dachte er, als sie neben ihm ritt. Aus den Augenwinkeln heraus sah er, daß sie den Junghengst hinter sich herführte, und so wandte er ihr schließlich das Gesicht zu.

Voller Zärtlichkeit und voller Sehnsucht sah er sie an. Sie kam ihm reizvoller und begehrenswerter vor denn je, jetzt, wo er sich sicher war, alles verdorben zu haben. Schmerzlich sehnte sie sich danach, ihm nahe zu sein, ihm zu sagen, wie wunderbar es gewesen war, wie erfüllt und vollkommen sie sich vorkam, ja, und wie sehr sie ihn liebte. Doch er war so böse gewesen, und sie war verwirrt; sie wußte nicht, was sie sagen sollte.

Sie starrten einander an, verlangten nacheinander, fühlten sich zueinander hingezogen, doch ihr schweigender Ruf der Liebe verhallte ungehört in dem Gebrodel des gegenseitigen Mißverstehens und unterschiedlicher kulturbedingter Vorstellungen, die beiden in Fleisch und Blut übergegangen waren.

27

»Ich finde, du solltest auf Renner zurückreiten«, sagte Ayla. »Zu Fuß ist es ein langer Weg.«

Ein langer Weg, dachte er. Wie weit war er jetzt von daheim weg? Aber er nickte und folgte ihr bis zu einem Felsen am Rand eines kleinen Bachs. Renner war es nicht gewohnt, einen Reiter zu tragen. Man mußte beim Aufsitzen immer noch behutsam vorgehen. Wieder legte der Hengst die Ohren an und tänzelte erregt hin und her, doch dann beruhigte er sich und folgte, wie schon so oft, seiner Mutter.

Auf dem Rückritt fiel kein Wort zwischen ihnen, und als sie ankamen, waren sie beide froh, daß die Leute entweder im Inneren der Erdhütte waren oder irgendwo in der Umgebung, wo man sie nicht sah. Keinem von beiden war nach unverbindlichem Geplauder zumute. Sobald die Pferde stehenblieben, saß Jondalar ab und ging auf den Vordereingang zu. Da er das Gefühl hatte, doch etwas sagen zu sollen, drehte er sich gerade in dem Augenblick noch einmal um, als Ayla den Anbau betrat.

»Hm ... Ayla?«

Sie blieb stehen und sah auf.

»Weißt du, das war ehrlich von mir gemeint. Ich werde diesen Nachmittag nie vergessen. Den Ritt, meine ich. Vielen Dank.«

»Bedanke dich nicht bei mir, Jondalar. Danke Renner.«

»Schon, ja, aber Renner hat es ja nicht allein getan.«

»Nein, du hast es zusammen mit ihm getan.«

Er wollte noch etwas sagen, besann sich dann jedoch, runzelte die Stirn, sah zu Boden und verschwand durch den vorderen Eingangsbogen.

Einen Moment starrte Ayla auf die Stelle, wo er gestanden hatte, schloß die Augen und mußte gegen ein Schluchzen ankämpfen. Nachdem sie die Fassung wiedergewonnen hatte, ging sie hinein. Obwohl die Pferde unterwegs gesoffen hatten, goß sie ihnen Wasser in die großen Tränkschalen, holte die Stücke weichen Leders hervor und rieb Winnie nochmals ab. Es dauerte nicht lange, und sie schlang der Stute die Arme um den Hals, stützte sich auf sie und drückte die Stirn in den zottigen Hals des alten Freundes, des einzigen Freundes, den sie gehabt hatte, als sie allein im Tal lebte. Bald lehnte auch Renner sich an sie, und sie saß wie in einer Zwinge zwischen den beiden Pferden; und doch hatte der vertraute Druck etwas Tröstliches.

Mamut hatte Jondalar vorn hereinkommen sehen und hörte Ayla und die Pferde im Anbau rumoren. Er hatte das deutliche Gefühl, daß irgend etwas ganz und gar nicht stimmte. Als er sie das Herdfeuer des Mammut betreten sah, fragte er sich angesichts ihrer unordentlichen Kleidung, ob sie gestürzt war und sich verletzt hatte, doch das allein konnte es nicht sein. Irgend etwas bereitete ihr großen Kummer. Aus den Schatten seiner Plattform heraus beobachtete er sie. Sie zog etwas anderes an, und er bemerkte, daß ihre Kleidung zerrissen war. Irgend etwas mußte geschehen sein. Wolf kam herbeigelaufen, Rydag und Danug folgten ihm und hielten ihr stolz eine Netztasche mit ein paar Fischen darin hin. Ayla lächelte und beglückwünschte die beiden Fischer, doch kaum daß sie zum Herdfeuer des Löwen hinübergegangen waren, um ihren Fang abzuliefern und sich noch mehr Lob zu holen, nahm sie das Wolfsjunge auf den Arm und wiegte sich hin und her. Der alte Mann war besorgt. Er erhob sich und ging hinüber zu Aylas Bettplattform.

»Ich würde gern das Clan-Ritual mit der Wurzel noch einmal durchgehen«, sagte Mamut. »Bloß um sicherzugehen, daß wir alles richtig machen.«

»Was?« fragte sie und sah ihn erst jetzt richtig an. »Oh ... wenn du willst, Mamut.« Sie setzte Wolf in seinen Korb, doch der sprang sofort wieder heraus und schoß auf das Herdfeuer des Löwen und Rydag zu. Er hatte keine Lust zu ruhen.

Sie war offensichtlich tief in Gedanken mit etwas beschäftigt gewesen, das ihr Kummer bereitete. Sie sah aus, als hätte sie geweint oder wäre im Begriff, es zu tun. »Du hast gesagt«, begann er in dem Versuch, sie zum Reden und vielleicht auch dazu zu bewegen, ihm das Herz auszuschütten, »du hast gesagt, Iza hätte dir beigebracht, diesen Trank zu bereiten.«

»Ja.«

»Und wie du selbst dich darauf vorbereiten sollst, hat sie dir auch gesagt. Hast du alles, was du brauchst?«

»Ich muß mich vorher reinigen. Zwar habe ich dafür nicht ganz genau die gleichen Dinge, denn wir sind jetzt in einer anderen Jahreszeit, aber ich kann auch andere Sachen nehmen, um mich zu reinigen.«

»Der Mog-ur, dein Creb, der war es, der das Experiment für dich überwachte?«

Sie zögerte. »Ja.«

»Er muß sehr mächtig gewesen sein.«

»Der Höhlenlöwe war sein Totem. Der hat ihn auserwählt, und das verlieh ihm große Macht.«

»Waren noch andere an dem Ritual mit der Wurzel beteiligt?«

Ayla ließ den Kopf hängen und nickte.

Da war etwas, das sie ihm nicht gesagt hatte, dachte Mamut und überlegte, ob es wohl wichtig wäre. »Haben sie ihm geholfen, es zu überwachen?«

»Nein. Crebs Macht überstieg die aller anderen. Ich weiß das, ich habe es gespürt.«

»Wie hast du es gespürt, Ayla? Das hast du mir nie erzählt. Ich dachte, Clan-Frauen werden von der Teilnahme an den tiefsten Ritualen ausgeschlossen.«

Wieder senkte sie den Blick. »Das werden sie auch«, murmelte sie.

Er hob ihr Kinn an. »Vielleicht solltest du es mir erzählen, Ayla.«

Sie nicke. »Iza hat mir nie gezeigt, wie er gemacht wird. Sie sagte, nur zum Üben sei er zu heilig. Aber sie hat sich bemüht, mir genau zu sagen, wie er gemacht wird. Als wir zum Clan-Treffen gingen, wollten die Mog-urs nicht, daß ich den Trank für sie bereitete. Sie sagten, ich gehörte nicht zum Clan. Vielleicht hatten sie recht«, fügte Ayla hinzu und senkte den Kopf wieder. »Aber es war niemand sonst da.«

Flehte sie ihn jetzt um Verständnis an? fragte Mamut sich.

»Ich glaube, ich hatte ihn zu stark gemacht, oder zuviel davon. Sie tranken ihn nicht aus. Später, nach dem Stechapfelgenuß und dem Tanz der Frauen, fand ich den Rest. Mir war schwindlig, ich konnte nichts anderes denken, als daß Iza gesagt hatte, um etwas davon wegzuschütten, sei er zu heilig. Deshalb trank ich ihn. Was hinterher geschah, weiß ich nicht mehr – und doch werde ich es nie vergessen. Irgendwie fand ich Creb und die Mog-urs, und er nahm mich und kehrte mit mir zurück ganz an den Anfang der Erinnerungen. Ich erinnere mich, das warme Wasser des Meeres zu atmen, daran, einen Bau in den Lehm zu graben... der Clan und die Anderen, wir haben dieselben Ursprünge – wußtest du das?«

»Überraschen tut es mich nicht«, sagte Mamut und dachte, wieviel er um eine solche Erfahrung und ein solches Erlebnis gegeben hätte!

»Aber ich hatte auch Angst, insbesondere, ehe Creb mich fand und mich leitete. Und ... seither bin ich ... bin ich nicht mehr dieselbe. Manchmal ängstigen meine Träume mich. Ich glaube, er hat eine andere aus mir gemacht.«

Mamut nickte. »Das könnte eine Erklärung sein«, sagte er. »Ich hatte mich gefragt, wieso du ohne jede Unterweisung soviel Erfahrung besitzen kannst.«

»Aber Creb wurde auch ein anderer. Lange Zeit hindurch war es zwischen uns nicht mehr so wie früher. Zusammen mit mir sah er etwas, das er zuvor nicht gesehen hatte. Ich habe ihn gekränkt, wieso weiß ich nicht, aber ich habe ihn gekränkt«, sagte Ayla, und Tränen stiegen in ihr auf.

Mamut legte den Arm um sie, und sie weinte sich leise an seiner Schulter aus. Dann wurde aus ihren Tränen doch der drohende Sturzbach, und sie schluchzte und wurde von dem weit jüngeren Kummer geschüttelt. Ihre Trauer um Creb brachte jene Tränen zum Fließen, die sie zurückgehalten hatte, die Tränen über ihren Gram, ihre Verwirrung und ihre unglückliche Liebe.

Jondalar hatte vom allgemeinen Kochbereich aus alles verfolgt. Es hatte ihn verlangt, zu ihr hinzugehen, es irgendwie wieder gutzumachen, und er zerbrach sich den Kopf, was er sagen sollte. Als er Ayla weinen sah, war er sicher, sie hätte dem alten Schamanen alles erzählt. Jondalars Gesicht brannte vor Scham. Er mußte unablässig an das denken, was oben auf den Steppen geschehen war, und je mehr er daran dachte, desto schlimmer wurde es.

Hinterher sagte er sich dann, du hast nichts anderes getan, als daß du fortgegangen bist. Du hast nicht einmal versucht, ihr zu helfen, hast ihr nicht einmal gesagt, daß es dir leid tut und wie schrecklich dir zumute ist. Jondalar haßte sich selbst und wollte fortziehen, alles zusammenpacken und fortziehen und weder Ayla noch Mamut noch irgend jemand sonst wieder unter die Augen treten. Aber er hatte Mamut versprochen, bis nach dem Frühlingsfest zu bleiben. Mamut muß mich schon jetzt verachten, dachte er. Wäre es da so schlimm, noch ein weiteres Versprechen nicht einzulösen? Aber es war mehr als sein Versprechen, das ihn zurückhielt. Mamut hatte gesagt, Ayla könnte in Gefahr geraten, und sosehr er sich auch haßte, sosehr es ihn verlangte, einfach davonzulaufen, Jondalar konnte Ayla unmöglich allein der Gefahr gegenübertreten lassen.

»Geht es dir jetzt besser?« fragte Mamut, als sie sich aufsetzte und sich die Augen trocknete.

»Ja«, sagte sie.

»Und verletzt hast du dich nicht?«

Diese Frage überraschte sie. Woher wußte er davon? »Nein, kein bißchen, aber er glaubt das. Könnte ich ihn doch bloß verstehen!« sagte sie, und wieder drohten die Tränen zu fließen. Dann versuchte sie zu lächeln. »Als ich beim Clan lebte, habe ich nicht soviel geweint. Weinen konnten sie nicht gut vertragen. Iza meinte, ich müßte schwache Augen haben, weil sie mir feucht wurden, wenn ich traurig war; deshalb wollte sie sie immer mit einer besonderen Medizin behandeln, wenn ich weinte. Und immer habe ich mich gefragt, ob das nur bei mir so sei oder ob alle die Anderen feuchte Augen bekämen.«

»Jetzt weißt du es«, sagte Mamut lächelnd. »Die Tränen wurden uns gegeben, damit wir den Schmerz besser ertragen. Das Leben ist nicht immer leicht.«

»Creb hat gesagt, mit einem mächtigen Totem zu leben, sei nicht immer leicht. Recht hat er. Der Höhlenlöwe gewährt machtvoll Schutz, aber man muß auch schwierige Prüfungen bestehen. Ich habe stets von ihnen gelernt und sie immer dankbar begrüßt, aber leicht ist es nicht.«

»Aber notwendig, glaube ich. Du wurdest auserwählt, weil man etwas Besonderes mit dir vorhat.«

»Warum ausgerechnet ich, Mamut?« rief Ayla in klagendem Ton. »Ich möchte nichts Besonderes sein. Ich möchte nichts weiter sein als eine Frau und möchte einen Gefährten finden und Kinder haben, wie jede andere Frau auch.«

»Du mußt sein, was du sein mußt, Ayla. Das ist dein Schicksal, ist deine Bestimmung. Wärest du nicht fähig, es zu tun, hätte man dich nicht auserwählt. Vielleicht geht es um etwas, das nur eine Frau tun kann. Aber sei nicht unglücklich, Kind. Dein Leben wird nicht ausschließlich aus Prüfungen und Schwierigkeiten bestehen. Du wirst auch viel Glück erleben. Kann nur sein, daß es sich nicht so ergibt, wie du möchtest oder wie du meinst, daß es sein sollte.«

»Mamut, Jondalars Totem ist jetzt auch der Höhlenlöwe. Er wurde erwählt und gezeichnet, genauso wie ich.« Unwillkürlich griff ihre Hand nach den Narben an ihrem Bein, doch die waren von den Beinlingen bedeckt. »Ich hatte gedacht, er wäre für mich erwählt worden, weil eine Frau mit einem mächtigen Totem auch einen Mann mit einem mächtigen Totem braucht. Jetzt weiß ich es nicht mehr. Glaubst du, er wird mein Gefährte werden?«

»Das zu bestimmen ist Sache Der Mutter, und was immer du tust – daran wirst du nichts ändern können. Aber wenn er erwählt wurde, gibt es auch einen Grund dafür.«

Ranec wußte, daß Ayla mit Jondalar ausgeritten war. Gemeinsam mit einigen anderen war er zum Fischen gegangen, machte sich jedoch den ganzen Tag die größten Sorgen, daß der großgewachsene, stattliche Mann sie zurückgewinnen könnte. In Darnevs Kleidern machte Jondalar eine überwältigend gute Figur, und der Bildschnitzer mit seinem gutentwickelten ästhetischen Sinn war sich sehr wohl der unleugbaren Wirkung des Gastes bewußt, die er besonders auf Frauen ausübte. Jetzt fiel ihm ein Stein vom Herzen, daß sie immer noch getrennt waren und einander so fern zu sein schienen wie eh und je; doch als er sie bat, in sein Bett zu kommen, sagte sie, sie sei müde. Er lächelte und sagte ihr, sie solle nur schlafen; wenn sie schon nicht mit ihm schlafen wollte, war er immerhin froh zu sehen, daß sie allein schlief.

Ayla war nicht so sehr körperlich müde als vielmehr geistig völlig ausgepumpt; sie lag lange da und dachte nach. Sie war froh, daß Ranec nicht in der Erdhütte gewesen war, als sie und Jondalar zurückgekommen waren, und dankbar, daß er nicht ärgerlich war, als sie es ihm abschlug, zu ihm zu kommen – sie erwartete immer noch Wut und Bestrafung, wenn sie es wagte, ungehorsam zu sein. Aber Ranec forderte nicht, und daß er Verständnis zeigte, hätte sie fast dazu gebracht, es sich anders zu überlegen.

Sie versuchte, sich Klarheit darüber zu verschaffen, was eigentlich geschehen war – und vor allen Dingen, welche Gefühle sie dabei gehabt hatte. Warum hatte Jondalar sie genommen, wenn er sie gar nicht wollte? Und warum war er so roh mit ihr umgesprungen? Fast wie Broud. Und warum war sie so bereit für Jondalar? Wenn Broud sie mit Gewalt nahm, war das jedesmal eine Marter gewesen. Ob es Liebe war? Ob sie wohl Wonnen verspürte, weil sie ihn liebte? Aber Ranec brachte sie auch dazu, Wonnen zu verspüren, und Ranec liebte sie nicht, oder etwa doch?

Vielleicht tat sie es doch, in gewisser Weise jedenfalls, aber das war es nicht. Weil Jondalar so ungeduldig gewesen war, hatte es Ähnlichkeit mit ihren Erlebnissen mit Broud gehabt, und doch war es nicht dasselbe. Er war roh gewesen und erregt, aber er hatte ihr keine Gewalt angetan. Sie kannte den Unterschied. Broud hatte ihr nur weh tun und erleben wollen, daß sie sich seinem Willen unterwarf. Jondalar hingegen begehrte sie, und sie hatte ganz tief darauf reagiert, mit jeder Faser ihres Seins, und war hinterher befriedigt gewesen, und nichts hatte ihr gefehlt. Diese Gefühle hätten sie niemals bewegt, wenn er ihr weh getan und sie verletzt hätte. Würde er sie denn gezwungen haben, wenn sie nicht gewollt hätte? Nein, dachte sie, das hätte er nicht getan. Wenn sie Einwände gehabt hätte, wenn sie ihn von sich gestoßen haben würde, er hätte aufgehört, davon war sie überzeugt. Aber sie hatte keine Einwände erhoben, im Gegenteil, sie hatte ihn gewollt, und das mußte er gespürt haben.

Er begehrte sie – aber liebte er sie auch? Der bloße Wunsch, Wonnen mit ihr zu teilen, bedeutete noch lange nicht, daß er sie immer noch liebte. Vielleicht machte die Liebe, daß die Wonnen noch beseligender waren, aber es war auch möglich, sie ohne sie zu genießen. Das hatte Ranec ihr bewiesen. Ranec liebte sie, daran zweifelte sie nicht im mindesten. Er wollte sich mit ihr zusammentun, ein Herdfeuer mit ihr gründen, und wollte ihre Kinder an seinem Herdfeuer. Jondalar hatte sie nie darum gebeten, sich mit ihm zusammenzutun, und hatte nie gesagt, er wolle ihre Kinder.

Und dennoch hatte er sie einst geliebt. Vielleicht empfand er Wonnen, weil sie ihn liebte, auch wenn er sie nicht mehr liebte. Dabei begehrte er sie immer noch und hatte sie genommen. Warum nur war er hinterher so kalt gewesen? Warum hatte er sie abermals zurückgestoßen? Warum hatte er aufgehört, sie zu lieben? Einst hatte sie gedacht, ihn zu kennen. Jetzt verstand sie ihn überhaupt nicht mehr. Sie drehte sich auf die andere Seite, rollte sich zu einer Kugel zusammen und weinte leise, weinte, weil sie wollte, daß Jondalar sie wieder liebte.

»Bin ich froh, daß ich daran gedacht habe, Jondalar zur ersten Mammutjagd einzuladen«, sagte Talut zu Nezzie, als sie sich an das Herdfeuer des Löwen zurückzogen. »Er ist die ganze Nacht damit beschäftigt gewesen, diese Speerspitze zu arbeiten; ich glaube, ihm liegt daran mitzukommen.«

Nezzie sah ihn an, schob eine Augenbraue in die Höhe und schüttelte den Kopf. »Die Mammutjagd ist das letzte, woran er denkt«, sagte sie und stopfte ein Fell um den schlafenden Blondschopf ihrer jüngsten Tochter zurecht. Sanft und liebevoll lächelte sie über die Mädchen-Frau-Gestalt ihrer Ältesten, die sich neben ihrer jüngeren Schwester zusammengerollt hatte. »Nächsten Winter müssen wir uns unbedingt etwas überlegen, damit Latie ihren eigenen Schlafplatz bekommt. Sie wird dann eine Frau sein. Rugie allerdings wird sie vermissen.«

Talut warf einen Blick zurück und sah, wie ihr Gast Feuersteinsplitter abklopfte, während er versuchte, über die dazwischenliegenden Herdfeuer hinweg zu Ayla hinüberzuspähen. Als er sie nicht fand, sah er zum Herdfeuer des Fuchses hinüber. Talut wandte den Kopf und sah Ranec allein zu Bett gehen. Auch er blickte immer wieder zu Aylas Bett hinüber. Wahrscheinlich hat Nezzie recht, dachte er.

Jondalar war aufgeblieben, bis der letzte Mamutoi die Kochstelle verlassen hatte. Er war dabei, eine lange Feuersteinklinge zu bearbeiten, die er mit einem kräftigen Schaft verbinden wollte, so wie Wymez es machte; er lernte, einen Mamutoi-Mammutjagdspeer zu fertigen, indem er zunächst eine genaue Kopie herstellte. Jener Teil seines Geistes, der stets offen war für Feinheiten seines Handwerks, hatte bereits mögliche Verbesserungen oder zumindest interessante Experimente ersonnen, doch war er mit der Feuersteinbearbeitung so innig vertraut, daß er sich nicht besonders konzentrieren mußte, und das war ganz gut so. Er konnte an nichts anderes denken als an Ayla, und die Arbeit diente ihm nur als Vorwand, niemand Gesellschaft leisten und sich unterhalten zu müssen, sondern allein zu sein mit seinen Gedanken.

Er war unendlich erleichtert gewesen, als er sie vorhin allein hatte zu Bett gehen sehen; er hätte es nicht ertragen, wenn sie jetzt Ranecs Lager aufgesucht hätte. Er legte seine neuen Kleider sorgsam zusammen und kroch dann in gleichfalls neue Schlaffelle, die er über seiner alten Reiserolle ausgebreitet hatte. Jetzt verschränkte er die Hände hinter dem Kopf und starrte zu der Decke über den Herdstellen hinauf. Viele Nächte hatte er so dagelegen und sie betrachtet. Noch immer schmerzten ihn Scham und Reue, doch heute nacht wenigstens nicht mit dem brennenden Schmerz des Verlangens, und sosehr er sich deshalb haßte, er erinnerte sich der Wonnen des Nachmittags. Er dachte darüber nach, rief sich vorsichtig jede Einzelheit ins Gedächtnis, betrachtete alles von allen Seiten und genoß langsam, worüber nachzudenken er sich bisher keine Zeit genommen hatte.

Er war entspannter als damals nach Aylas Adoption und versank jetzt in eine halb schläfrige, halb sinnende Träumerei. Hatte er sich eingebildet, daß sie so willig war? Das mußte er wohl, denn so begierig konnte sie nicht auf ihn gewesen sein. Hatte sie wirklich mit so viel Gefühl auf ihn reagiert? Bei dem Gedanken an sie verspürte er wieder ein Ziehen in den Lenden, als er sich vorstellte, wie er sie ausfüllte und wie ihre tiefe Wärme ihn vollständig umfing. Freilich war dieses Sehnen nicht so drängend, hatte vielmehr etwas von einem warmen Nachglühen und nicht von dem vorwärtsdrängenden Schmerz, der eine Kombination war aus unterdrücktem Begehren, mächtiger Liebe und lodernder Eifersucht. Er dachte daran, ihr Wonne zu bereiten – er liebte es, ihr Wonne zu bereiten –, und schickte sich schon an, wieder zu ihr zu gehen.

Erst als er die Decke zurückwarf und sich aufsetzte, als er im Begriff war, dem durch seine Träumerei verursachten Drang nachzugeben, fuhren ihm die Folgen des Nachmittags in die Glieder. Er konnte nicht zu ihr gehen. Sich nie mehr zu ihr legen. Er konnte sie nie wieder anrühren. Er hatte sie verloren. Es stand ihm nicht mehr frei. Er hatte sich jede Chance verdorben, die er noch gehabt hatte, daß sie ihn erwählen könnte. Er hatte sie gewaltsam genommen, gegen ihren Willen.

Die Füße auf der Bodenmatte und die Ellbogen auf den angezogenen Knien, saß er auf seinen Schlaffellen, umfaßte den gebeugten Kopf und spürte die Qual der Scham. Sein Körper schüttelte sich unter den lautlosen Seufzern des Abscheus. Von allen verachtenswerten Dingen, die er getan hatte, war dieser unnatürliche Akt bei weitem der schlimmste.

Es gab nichts Abscheulicheres, nicht einmal ein Kind von gemischten Geistern oder die Frau, welche ein solches gebar, als den Mann, der eine Frau gegen ihren Willen nahm. Das hatte die Große Erdmutter Selbst so bestimmt und verboten. Man brauchte nur die Tiere Ihrer Schöpfung zu beobachten, dann wußte man, wie unnatürlich das war. Kein männliches Tier nahm jemals ein Weibchen gegen seinen Willen.

In der Brunftzeit mochten die Hirsche um das Vorrecht kämpfen, den Hirschkühen Wonnen zu bereiten, doch wenn ein Hirsch versuchte, das Reh zu besteigen, brauchte sie, wenn sie ihn nicht wollte, nur wegzugehen. Er konnte es noch so häufig versuchen, sie mußte es gewähren, sie mußte dieserhalb stehenbleiben. Ihr Gewalt antun konnte er nicht. Das war bei allen Tieren das gleiche. Die Wölfin oder die Löwin forderten das Männchen ihrer Wahl auf. Sie rieb sich an ihm, versprühte ihren lockenden Duft vor seiner Nase und nahm den Schwanz beiseite, wenn er sie bestieg, fuhr jedoch wütend auf jedes Männchen los, das versuchte, sie gegen ihren Willen zu bespringen. Für solche Kühnheit mußte er teuer bezahlen. Ein Männchen konnte so ausdauernd werben, wie es wollte, die Wahl lag immer beim Weibchen. So hatte Die Mutter es eingerichtet. Nur der Menschenmann brachte es fertig, eine Frau mit Gewalt zu nehmen, nur ein unnatürlicher, abscheulicher Menschenmann.

Diejenigen, Die Der Mutter Dienen, hatten Jondalar oft gesagt, er müsse die besondere Gunst der Großen Erdmutter genießen, und alle Frauen wußten das. Keine Frau konnte sich ihm verweigern, nicht einmal Die Mutter Selbst. Darin eben bestand seine Gabe. Doch jetzt würde sogar Doni ihm den Rücken zukehren. Er hatte nicht darum gebeten, weder Doni noch Ayla, noch irgendeine. Er hatte ihr Gewalt angetan und sie gegen ihren Willen genommen.

Unter Jondalars Volk wurde jeder Mann, der sich einer solchen Untat schuldig machte, geächtet oder noch schlimmer. Als er heranwuchs, hatten die jungen Knaben untereinander darüber geredet, wie es wäre, schmerzlich entmannt zu werden. Obwohl er nie jemand begegnet war, dem das wirklich widerfahren war, hielt er dies für die passende Strafe. Jetzt war er derjenige, der bestraft werden müßte. Was hatte er sich nur gedacht? Wie nur hatte er so etwas tun können?

Und du hast dir Sorgen gemacht, man könnte sie nicht akzeptieren! Hattest Angst, man würde sie ablehnen, und warst dir nicht sicher, ob du damit würdest leben können. Wer würde jetzt abgelehnt werden? Was würden sie von dir denken, wenn sie es wüßten? Besonders nach ... nach dem, was vorher gewesen war? Nicht einmal Dalanar würde dich jetzt bei sich aufnehmen. Er würde dich von seinem Herdfeuer vertreiben, dich abweisen, alle Bande mit dir leugnen. Zolena würde erschrocken sein. Marthona ... er haßte es, daran zu denken, wie seiner Mutter zumute sein würde.

Ayla hatte mit Mamut gesprochen. Ayla mußte es ihm erzählt haben; deshalb wohl hatte sie geweint. Er legte die Stirn auf die Knie und bedeckte den Kopf mit den Armen. Was immer sie ihm antaten, er hatte es verdient! Gebeugt hockte er eine Zeitlang da, malte sich die furchtbaren Strafen aus, die sie ihn erleiden lassen würden. Er wünschte sogar, daß sie ihm etwas Schreckliches antäten, damit die Last der Schuld, die ihn drückte, von ihm genommen würde.

Schließlich jedoch gewann die Vernunft die Oberhand. Er begriff, daß den ganzen Abend über keiner ein Wort darüber verloren hatte. Mamut hatte sogar über das Frühlings-Fest mit ihm gesprochen und nichts darüber verlauten lassen. Worüber aber hatte sie denn geweint? Vielleicht weinte sie darüber, sagte nur keinen Ton. Er hob den Kopf und spähte über die dunklen Herdfeuer hinweg in ihre Richtung. War das möglich? Ayla hatte wahrhaftig jedes Recht auf Wiedergutmachung. Ihr waren bereits von dem brutalen Flachschädel mehr als genug solcher unnatürlicher Handlungen aufgezwungen worden ... Welches Recht hatte er, Jondalar, eigentlich, so schlecht über diesen anderen Mann zu sprechen? War er denn besser?

Dennoch hatte sie es für sich behalten. Sie prangerte ihn nicht an, verlangte keine Bestrafung. Sie war zu gut für ihn. Er verdiente sie einfach nicht. Es war nur recht, daß sie und Ranec einander verlobten, dachte Jondalar. Und noch während dieser Gedanke ihn beschäftigte, verkrampfte sich alles in ihm, denn er begriff, daß dies seine Strafe sein sollte. Doni hatte ihm gegeben, was er sich am meisten gewünscht hatte. Sie hatte ihn die einzige Frau finden lassen, die er lieben konnte – und er hatte sie nicht akzeptieren können, wie sie war! Jetzt hatte er sie auch noch verloren. Es war seine eigene Schuld, er würde seine Bestrafung hinnehmen, allerdings nicht, ohne traurig deswegen zu sein.

Solange Jondalar zurückdenken konnte, hatte er um Selbstbeherrschung gerungen. Andere Männer zeigten ihre Gefühle – lachten, wüteten oder weinten – weit leichter als er; was er sich jedoch am meisten versagte, das waren Tränen. Seit der Zeit, da er fortgeschickt worden war und seine behütete Jugend in einer über den Verlust von Heim und Familie weinend verbrachten Nacht verloren hatte, hatte er nur ein einziges Mal wieder Tränen vergossen: in Aylas Armen über den Verlust seines Bruders. Jetzt aber, in dieser Nacht, überwältigte die Trauer ihn aufs neue. Schweigend vergoß er in der Erdhütte von Menschen, die eine Jahresreise von seinem Zuhause entfernt lebten, heiße Tränen, denen er keinen Einhalt gebieten konnte – weinte er über den Verlust dessen, was ihm näherging als alles andere. Über den Verlust der Frau, die er liebte.

Mit dem langerwarteten Frühlings-Fest feierte man den Beginn des neuen Jahres und stattete Dank ab für das vergangene. Dabei wurde es nicht gleich zum Jahresbeginn abgehalten sondern auf dem Höhepunkt des Frühlings, wenn die ersten grünen Knospen und Schößlinge bereits kräftig entwickelt waren und geerntet werden konnten; denn erst damit begann für die Mamutoi der Kreislauf des Jahres. Mit überströmender Freude und unendlicher Erleichterung, die nur diejenigen voll zu würdigen verstanden, deren Überleben stets gefährdet war, hießen sie das Ergrünen der Erde willkommen, das ihnen selbst und den Tieren, mit denen sie das Land teilten, das Weiterleben garantierte.

In den dunkelsten und kältesten Nächten des harten eiszeitlichen Winters, in denen es aussah, als würde selbst die Luft noch gefrieren, konnten auch im Herzen der Gutgläubigsten und Zuversichtlichsten noch Zweifel wach werden, ob denn Wärme und Leben jemals wiederkämen. In jenen Zeiten, da der Frühling am weitesten weg schien, brachten Erinnerungen und Geschichten von früheren Frühlings-Festen Befreiung von tiefsitzenden Ängsten und weckten neuerlich Hoffnung, daß der Kreislauf der Großen Erdmutter mit seinen Jahreszeiten trotz allem weitergehen würde. Deshalb gestalteten die Menschen jedes Frühlings-Fest so aufregend und erinnerungswürdig wie nur irgend möglich.

Beim großen Frühlings-Fest wurde nichts von den Vorräten angerührt, die noch vom vorigen Jahr stammten. Einzeln und in kleinen Gruppen waren die Mamutoi seit Tagen unterwegs gewesen und hatten gefischt, gejagt, Fallen gestellt und Pflanzen gesammelt. Jondalar hatte guten Gebrauch von seinem Speerwerfer gemacht und freute sich, ganz allein eine trächtige Wisentkuh beigesteuert zu haben, auch wenn sie dünn und ausgemergelt war. Jedes genießbare Pflanzenprodukt wurde gesammelt. Die Kätzchen von Birke und Weide; die jungen sich entrollenden Schößlinge der Farne ebenso wie die alten Wurzelstöcke, die man rösten, entrinden und zu Mehl zerstoßen konnte; das saftige Kambiumgewebe von Birke und Fichte, das süß war vom steigenden frischen Saft; Knospen, Schößlinge, Knollen, Wurzeln und Blüten aller Art. Die Erde war überreich gesegnet mit köstlicher frischer Nahrung. Die Schößlinge und jungen Schoten der Wolfsmilch dienten als Gemüse, wohingegen deren Blüte, die voll war von Nektar, zum Süßen verwendet wurde. Die frischen Blätter von Klee, Fuchsschwanz, Nessel, Rainfarn, Gänseblümchen und Lattich wurden roh gegessen oder gekocht; Distelstengel und besonders die zarten Distelwurzeln waren äußerst begehrt. Lilienzwiebeln waren ebenso ein Leckerbissen wie die Schößlinge von Rohrkolben und Binsen. Die Wurzeln von Süßholz ließen sich roh zerkauen oder in Asche rösten. Manche Pflanzen wurden ihres reinen Nährwerts wegen gesucht, andere hauptsächlich wegen ihres Geschmacks; vieles wurde auch zur Teebereitung verwendet. Ayla kannte die Heilwirkung der meisten von ihnen und sammelte sie auch zu ihren besonderen Zwecken.

An steinigen Hängen suchte man die schmalen, spitz zulaufenden

Hohlblätter der wilden Zwiebel und an trockenen Stellen, wo sonst kaum etwas wuchs, die Blätter des Sauerampfers. Huflattich gedieh vornehmlich an ufernahen Feuchtstellen. Da er einen leicht salzigen Geschmack besaß, eignete er sich gut als Würze, doch Ayla sammelte ihn auch wegen der darin enthaltenen Wirkkräfte gegen Husten und Asthma. Die nach Knoblauch schmeckende Bärlauchzwiebel wurde des Geschmacks wegen gesammelt, desgleichen die strengschmeckenden Wacholderbeeren, die Knollen der pfefferigen Tigerlilie, Basilikum, Salbei, Thymian, Minze und Lindenblätter, wobei letztere an flach auf dem Boden wachsenden Sträuchern wuchsen; hinzu kam noch eine Fülle anderer Kräuter und Gemüse. Manches wurde getrocknet und für späteren Gebrauch aufbewahrt, manches benutzt, um frischgefangenen Fisch sowie das Fleisch des kürzlich erlegten Wisents damit zu würzen. Beides sollte es zum Fest geben.

Fisch gab es reichlich und er wurde um diese Jahreszeit besonders geschätzt, da die meisten anderen Tiere nach dem langen Winter abgemagert waren. Doch auch frisches Fleisch, darunter um des Symbols willen mindestens ein im Frühling geborenes Tier – in diesem Jahr ein zartes Wisent-Kalb –, gehörte immer zum Festmahl dazu. Daß man ein Mahl ausschließlich aus frischen Erzeugnissen der Erde bereitete, galt als Beweis dafür, daß die Erdmutter wieder die ganze Fülle ihrer Gaben bereithielt und daß Sie weiterhin ihre Kinder nähren und für sie sorgen würde.

Mit der Fleisch- und Fischbeschaffung sowie dem Einsammeln von Gemüsen für das Fest war die Erwartung des Frühlings-Festes in den letzten Tagen immer weiter gestiegen. Sogar die Pferde bekamen das mit. Ayla bemerkte, daß sie nervös waren. Morgens brachte sie sie hinaus und säuberte und striegelte sie in einiger Entfernung von der Erdhütte. Diese Aktivität genossen Winnie und Renner sowie Ayla gleichermaßen, und sie hatte zusätzlich noch einen Vorwand, um allein zu sein und nachzudenken. Sie wußte, daß sie Ranec heute eine Antwort geben sollte. Morgen war das Frühlings-Fest.

Wolf hatte sich in der Nähe zusammengerollt und ließ sie nicht aus den Augen. Er schnupperte, hob den Kopf, sah sich um und peitschte den Boden mit dem Schwanz – ein Zeichen dafür, daß irgend jemand sich in freundlicher Absicht näherte. Ayla drehte sich um, das Blut schoß ihr in den Kopf, und das Herz klopfte ihr bis zum Hals hinauf.

»Ich hatte gehofft, dich allein zu finden, Ayla. Wenn du nichts dagegen hast, möchte ich gern mit dir reden«, sagte Jondalar mit merkwürdig gedämpfter Stimme.

»Nein, ich habe nichts dagegen«, sagte sie.

Er war rasiert, hatte das helle Haar säuberlich zurückgestrählt und im Nacken zu einem Knoten zusammengenommen. Außerdem trug er einen der neuen Anzüge von Tulie. Sie fand ihn so gutaussehend – hübsch war das Wort, das Deegie gebraucht hatte –, daß es ihr fast den Atem raubte und sie einen Kloß im Hals hatte. Doch es war mehr als nur sein Aussehen, das sie bewegte. Selbst in Taluts abgelegten Sachen sah er in ihren Augen noch gut aus. Seine Gegenwart füllte den Raum um ihn herum und rührte sie an, gleichsam als wäre er glühende Glut, die sie wärmte, selbst wenn sie nicht dicht beieinander standen. Es war eine Wärme, die mit Brünstigkeit nichts zu tun hatte, dabei umfassender wirkte, mehr ausfüllte, und es verlangte sie danach, diese Wärme zu spüren, verlangte sie schmerzlich danach, sich von ihr einhüllen zu lassen, und so wäre sie ums Haar auf ihn zugewankt. Doch irgend etwas in seinen Augen hielt sie zurück, etwas unsäglich Trauriges, das sie nie zuvor dort bemerkt hatte. Still stand sie da und wartete darauf, daß er sprach.

Für einen Moment schloß er die Augen, sammelte seine Gedanken und war sich nicht sicher, wie beginnen. »Erinnerst du dich noch, als wir zusammen in deinem Tal waren, noch ehe du richtig gut sprechen konntest? Da wolltest du mir einmal etwas begreiflich machen, das sehr wichtig war, du aber nicht ausdrücken konntest, weil du die Worte dafür noch nicht kanntest? Da fingst du an, in Zeichensprache zu mir zu reden – ich erinnere mich, daß ich deine Bewegungen wunderschön fand, fast wie einen Tanz.«

Sie erinnerte sich nur zu gut. Sie hatte damals versucht, ihm zu sagen, was sie ihm auch jetzt gern gesagt hätte: was sie für ihn empfand, wie er ein Gefühl in ihr weckte, für das sie noch immer keine Worte kannte. Selbst ihm zu sagen, sie liebe ihn, reichte nicht.

»Ich weiß nicht, ob es Worte gibt auszudrücken, was ich zu sagen habe. ›Tut mir leid‹ – das sind nur Laute, die aus meinem Mund kommen, nur weiß ich nichts anderes zu sagen. Es tut mir leid, Ayla, weit mehr leid, als ich sagen kann. Ich hatte kein Recht, dich zu zwingen, aber ich kann nicht ungeschehen machen, was geschehen ist. Ich kann nur sagen, daß es nie wieder passieren wird. Ich werde bald fortgehen, sobald Talut meint, daß es ungefährlich ist zu reisen. Dies hier ist dein Zuhause. Den Menschen hier bedeutest du etwas ... sie lieben dich. Du bist Ayla von den Mamutoi. Ich bin Jondalar von den Zelandonii. Es wird Zeit für mich heimzukehren.«

Ayla konnte kein Wort hervorbringen. Sie senkte den Blick, war bemüht, ihre Tränen zu verbergen, die sie gleichwohl nicht zurückhalten konnte; da drehte sie sich um und fuhr fort, Winnie zu striegeln, außerstande, Jondalar anzusehen. Er zog fort. Er wollte heim und hatte sie nicht aufgefordert mitzugehen. Er wollte sie nicht. Er liebte sie nicht. Sie schluckte das Schluchzen herunter, das ihr in die Kehle stieg, und bürstete das Pferd mit einer Kardendistel. Seit sie beim Clan gelebt, hatte sie noch nicht so sehr mit den Tränen gekämpft, darum gerungen, sie nicht zu zeigen.

Da stand Jondalar und starrte ihren Rücken an. Es ist ihr gleichgültig, dachte er. Ich hätte schon längst fortgehen sollen. Sie hatte sich von ihm abgewandt; er wollte sich umdrehen und sie den Pferden überlassen, doch die schweigende Körpersprache ihrer Bewegungen übermittelte ihm eine Botschaft, die er nicht in Worte fassen konnte. Es war nur ein Gefühl, eine Empfindung, daß etwas nicht stimmte; gleichwohl ließ es ihn zögern und nicht gleich gehen.

»Ayla ...?«

»Ja«, sagte sie, wandte ihm weiter den Rücken zu und kämpfte damit, ihre Stimme nicht brechen zu lassen.

»Gibt es ... irgend etwas, das ich tun kann, ehe ich fortgehe?«

Sie antwortete ihm nicht sogleich. Sie wollte etwas sagen, das geeignet wäre, ihn anderen Sinnes werden zu lassen; verzweifelt suchte sie nach einer Möglichkeit, ihn näher an sich heranzubringen. Die Pferde! Er mochte Renner. Er liebte es, ihn zu reiten.

»Ja, das gibt es«, sagte sie schließlich, bemüht, ihre Stimme ganz normal klingen zu lassen.

Da sie nichts antwortete, hatte er sich zum Gehen gewandt; jetzt jedoch drehte er sich rasch wieder um.

»Du könntest mir helfen, Renner auszubilden ... solange du noch hier bist. Ich habe nicht soviel Zeit, ihn zu bewegen, wie ich wohl sollte.« Sie gestattete sich, sich umzudrehen und ihn wieder anzusehen.

War es Einbildung von ihm, daß sie blaß aussah und zitterte? »Ich weiß nicht, wie lange ich hierbleiben werde«, sagte er, »aber ich werde tun, was ich kann.« Er wollte noch mehr sagen, wollte ihr begreiflich machen, daß er sie liebe und daß er fortgehe, weil sie Besseres verdiene als ihn. Sie verdiente jemand, der sie rückhaltlos liebte, ohne jede Vorbehalte, jemand wie Ranec. Den Blick gesenkt, suchte er nach den richtigen Worten.

Ayla hatte Angst, die Tränen nicht länger zurückhalten zu können. Sie wandte sich wieder der Stute zu und striegelte sie, dann ließ sie die Distel fallen, sprang auf Winnie hinauf und ritt davon – wobei Striegeln, Aufsitzen und Losreiten eine einzige, glatte Bewegung waren. Jondalar sah auf und wich ein paar Schritte zurück. Völlig überrascht verfolgte er, wie Ayla und die Stute den Hang hinaufgaloppierten und Renner und der junge Wolf ihnen folgten. Noch lange nachdem von ihnen nichts mehr zu sehen war, stand er da; dann erst kehrte er langsam zur Erdhütte zurück.

Erwartungsfreude und Spannung waren an dem Abend vor dem Frühlings-Fest so groß, daß niemand schlafen konnte. Kinder wie Erwachsene blieben noch bis spät in die Nacht auf. Latie war in einem besonders erregten Zustand, eben noch voller Ungeduld und gleich darauf nervös angesichts der kurzen Zeremonie, bei der bekanntgegeben werden sollte, daß sie sich auf die Feier des Frauentums vorbereitete, die anläßlich des Sommer-Treffens stattfinden sollte.

Obschon sie die körperliche Reife erreicht hatte, sollte sie erst dann voll und ganz eine Frau sein, wenn sie diese Feier hinter sich hatte, deren Höhepunkt die Erste Nacht der Wonnen sein sollte, da ein Mann sie öffnete, auf daß sie die von Der Mutter zusammengegebenen und einander durchdringenden Geister empfangen konnte. Erst wenn sie zur Mutterschaft fähig war, wurde sie in jeder Hinsicht als Frau betrachtet, stand danach also zur Gründung eines Herdfeuers und für das Zusammengegebenwerden mit einem Mann zur Verfügung, um eine neue Einheit zu bilden. Bis dahin lebte sie in dem Zwischenstadium des Nicht-mehr-Kind-und-noch-nicht-Frau-Seins; in dieser Zeit lernte sie von älteren Frauen sowie Denen, Die Der Mutter Dienten, alles über Frauentum, Mutterschaft und Männer.

Bis auf Mamut waren sämtliche Männer aus dem Herdfeuer des Mammut hinausgejagt worden. Dort hatten sich jetzt die Frauen versammelt, um dem Mädchen Latie, das jetzt zur Frau werden sollte und auf die Zeremonie am nächsten Abend vorbereitet wurde, eine Stütze zu sein und ihr mit Rat und Vorschlägen zur Seite zu stehen. Wiewohl sie selbst eine der älteren Frauen war, lernte Ayla dabei fast genausoviel wie die junge Mädchen-Frau.

»Morgen abend brauchst du nicht viel zu tun, Latie«, erklärte Mamut gerade. »Später wirst du mehr lernen müssen, doch morgen geht es um nichts weiter als um die Bekanntgabe. Das übernimmt Talut, dann überreiche ich dir die Muta. Bewahre die an einem sicheren Ort auf, bis du soweit bist, dein eigenes Herdfeuer zu gründen.«

Latie, die vor dem alten Mann saß, nickte; sie war zwar verschüchtert, genoß aber die Aufmerksamkeit, die ihr zuteil wurde.

»Du verstehst, nicht wahr? Von morgen an darfst du nie mit einem Mann allein sein oder auch nur mit einem Mann allein sprechen, bis du nicht voll und ganz eine Frau bist«, sagte Mamut.

»Nicht einmal mit Danug oder Druwez?« fragte Latie.

»Nein, nicht einmal mit denen«, sagte er. Der alte Schamane erklärte, daß sie in dieser Übergangszeit, da sie weder den Schutz der Kindheits-Schutzgeister genoß, noch die volle Kraft des Frauentums, den bösen Einflüssen besonders ausgesetzt sei. Sie müsse sich ständig unter den wachsamen Augen einer Frau bewegen und dürfe auch mit ihrem Bruder oder ihrem Vetter nicht allein sein.

»Und was ist mit Brinan? Oder Rydag?« fragte Latie.

»Die sind noch Kinder«, sagte Mamut. »Von Kindern kommt nie Gefahr. Die haben Schutzgeister, die die ganze Zeit über ihnen schweben. Deshalb bedarfst du jetzt ja gerade besonderen Schutzes. Deine Kindheits-Schutzgeister ziehen sich von dir zurück und machen Platz, auf daß die Lebenskraft, die Kraft Der Mutter, in dich eingehen kann.«

»Aber Talut oder Wymez würden mir nichts tun. Warum darf ich denn mit denen nicht allein reden?«

»Männliche Geister fühlen sich zur Lebenskraft hingezogen, genauso – und das wirst du noch feststellen – wie Männer sich von nun an zu dir hingezogen fühlen werden. Manche männlichen Geister sind eifersüchtig auf die Kraft der Mutter. Sie könnten versuchen, sie dir in dieser Zeit zu rauben, wo du so verwundbar bist. Ohne geeignete Vorsichtsmaßnahmen könnte ein männlicher Geist in dich eindringen, und selbst wenn er dir deine Lebenskraft nicht raubt, kann er ihr doch Schaden zufügen oder sie überwältigen. Dann würdest du nie Kinder bekommen können, oder deine Begierden werden die eines Mannes, und du wirst den Wunsch haben, die Wonnen mit Frauen zu teilen.«

Latie riß die Augen auf. Daß es so gefährlich war, hatte sie nicht gewußt. »Ich werde Obacht geben, werde nicht zulassen, daß mir ein männlicher Geist zu nahe kommt ... aber ... Mamut ...«

»Was ist denn, Latie?«

»Was ist mit dir, Mamut? Du bist doch auch ein Mann.«

Etliche Frauen kicherten, und Latie wurde feuerrot. Vielleicht war das eine dumme Frage gewesen.

»Dieselbe Frage hätte auch ich gestellt«, meinte Ayla. Latie sah sie dankbar an.

»Ja, es ist eine gute Frage«, sagte Mamut. »Ich bin zwar ein Mann, aber ich bin auch einer, Der Ihr Dient. Wahrscheinlich wäre es ungefährlich, mit mir zu sprechen, gleichgültig wann, und selbstverständlich, bei bestimmten Ritualen, da ich als Einer Der Dient fungiere, wirst du mit mir sprechen müssen, auch wenn niemand sonst dabei ist, Latie. Trotzdem meine ich, es wäre gut, wenn du einfach nicht herkämest, um mich zu besuchen oder mit mir zu reden, es sei denn, eine andere Frau wäre bei dir.«

Latie nickte, krauste die Stirn und fühlte nachgerade, wie verantwortlich sie vorgehen mußte, um in eine neue Beziehung mit Menschen zu treten, die sie ihr ganzes Leben gekannt und geliebt hatte.

»Und was geschieht, wenn ein männlicher Geist die Lebenskraft raubt?« fragte Ayla. Die Vorstellungen der Mamutoi, die ähnlich und doch so verschieden waren von den Traditionen des Clan, weckten ihre Neugier.

»Dann hast du einen mächtigen Schamanen«, sagte Tulie.

»Oder einen bösen«, fügte Crozie hinzu.

»Stimmt das, Mamut?« wandte Ayla sich an ihn. Latie sah verwundert und verwirrt aus, und sogar Deegie, Tronie und Fralie wandten sich interessiert Mamut zu.

Der alte Mann sammelte sich und war bemüht, seine Antwort sorgfältig zu formulieren. »Wir sind nur Ihre Kinder«, begann er. »Es fällt uns schwer zu erkennen, warum Mut, die Große Mutter, mit manchen von uns Besonderes vorhat. Wir wissen nur, daß Sie Ihre Gründe hat. Vielleicht gibt es Zeiten, da Sie jemand braucht, der mit besonderer Kraft ausgestattet ist. Manche Menschen sind vielleicht mit bestimmten Gaben geboren. Andere werden vielleicht später auserkoren, aber ohne Ihr Wissen wird keiner erwählt.« Die Augen etlicher wandten sich Ayla zu, waren jedoch bemüht, es nicht zu auffällig zu machen.

»Sie ist Die Mutter von allen«, fuhr er fort. »Keiner kann Sie ganz ergründen, sie in all Ihren Erscheinungsformen erkennen. Das ist der Grund, warum das Gesicht auf den Figuren, die Sie darstellen, fehlt.« Mamut wandte sich der ältesten Frau des Lagers zu. »Was ist das Böse, Crozie?«

»Das Böse ist, jemand aus Heimtücke Schaden zuzufügen. Das Böse ist der Tod«, erwiderte die alte Frau im Brustton der Überzeugung.

»Die Mutter ist alles, Crozie. Das Antlitz der Mut ist die Geburt des Frühlings, die Fülle des Sommers, aber auch der kleine Tod des Winters. Die Lebenskraft ist ein Gesicht von Ihr, doch das andere Gesicht des Lebens ist der Tod. Was ist der Tod anderes als die Rückkehr zu Ihr, um wiedergeboren zu werden? Ist der Tod das Böse? Ohne Tod gibt es kein Leben. Ist es das Böse, jemand heimtückisch Schaden zuzufügen? Vielleicht, doch selbst diejenigen, die das Böse zu wirken scheinen, tun das aus Gründen, die Sie vorgibt. Das Böse ist eine Kraft, die Sie beherrscht, ein Mittel, Ihre Ziele zu erreichen; das Böse stellt nur das unbekannte Antlitz Der Mutter dar.«

»Aber was geschieht, wenn eine männliche Kraft die Lebenskraft einer Frau raubt?« fragte Latie. Ihr ging es nicht um Philosophie, sie wollte es nur wissen.

Zweifelnd sah Mamut sie an. Sie war fast eine Frau, sie hatte ein Recht darauf, es zu erfahren. »Dann stirbt sie, Latie.«

Ein Schauder durchlief das Mädchen.

»Aber auch, wenn sie geraubt wird. Vielleicht bleibt doch etwas zurück, genug für sie, ein neues Leben entstehen zu lassen. Die Lebenskraft, die in einer Frau wohnt, ist so mächtig, daß sie möglicherweise nicht merkt, daß sie ihr geraubt wurde, bis sie neues Leben gebiert. Stirbt eine Frau bei der Geburt, liegt das unweigerlich daran, daß ihr die Lebenskraft von einem männlichen Geist geraubt wurde, bevor sie geöffnet wurde. Deshalb ist es nicht gesund, allzu lange bis zur Feier des Frauentums zu warten. Hätte die Mutter dich schon letzten Herbst bereitgemacht, hätte ich mit Nezzie darüber gesprochen, ob nicht ein paar Lager zusammenkommen sollten, um eine Zeremonie zu feiern, damit du nicht ungeschützt durch den Winter hindurch müßtest, selbst wenn das bedeutet, daß dir dann die aufregende Feier anläßlich des Sommer-Treffens entgangen wäre.«

»Bin ich froh, daß sie mir nicht entgeht, aber . . .« Latie machte eine Pause. Die Lebenskraft beschäftigte sie im Moment immer noch mehr als die Feier. »Stirbt eine Frau denn immer?«

»Nein, manchmal kämpft sie, um ihre Lebenskraft zu behalten, und falls diese sehr stark ist, kann es sein, daß sie sie nicht nur behält, sondern die männliche Kraft noch dazugewinnt, oder zumindest einen Teil davon. Dann trägt sie die Kraft beider im Leib.«

»Das sind Frauen, die mächtige Schamaninnen werden«, ergänzte Tulie.

Mamut nickte. »Das trifft häufig zu. Um zu lernen, sowohl mit der männlichen als auch mit der weiblichen Kraft umzugehen, wenden sich viele zwecks Lenkung an das Herdfeuer des Mammut, und viele davon sind berufen, Ihr Zu Dienen. Nicht selten sind sie vorzügliche Heilkundige oder Reisende in der Unterwelt Der Mutter.«

»Und was ist mit dem männlichen Geist, der die Lebenskraft raubt?« fragte Fralie, legte sich ihr neues Baby über die Schulter und klopfte es sanft. Sie wußte, daß das eine Frage war, die ihre Mutter gern gestellt hätte.

»Der ist das Böse«, sagte Crozie.

»Nein«, erklärte Mamut kopfschüttelnd. »Das stimmt nicht. Die männliche Kraft wird bloß von der Lebenskraft der Frau angezogen. Sie kann sich nicht selbst helfen, und Männer wissen für gewöhnlich gar nicht, daß ihre männliche Kraft einer jungen Frau die Lebenskraft geraubt hat, bis sie dahinterkommen, daß sie sich nicht zu Frauen hingezogen fühlen, sondern zu anderen Männern. Da wiederum sind junge Männer verwundbar. Sie wollen nicht anders sein, sie wollen nicht, daß irgend jemand merkt, daß ihrem männlichen Geist von einer Frau Schaden zugefügt worden sein könnte. Das erfüllt sie häufig mit großer Scham, und statt sich ratsuchend ans Herdfeuer des Mammut zu wenden, versuchen sie, es zu verbergen.«

»Aber es gibt solche unter ihnen, die böse sind und große Macht ausüben«, sagte Crozie. »Die Macht, ein ganzes Lager zugrunde zu richten.«

»Die männliche und die weibliche Kraft, in einem Körper vereint, können sehr mächtig sein. Ohne Leitung können sie widernatürlich und bösartig sein und Krankheit und Unglück, ja, sogar den Tod hervorrufen. Selbst ohne eine solche Macht kann ein Mensch, der einem anderen Unglück wünscht, dafür sorgen, daß genau dies eintrifft. Mit ihr sind diese Resultate fast unvermeidlich, doch bei richtiger Leitung kann ein Mann mit beiden Kräften ein ebenso mächtiger Schamane werden wie eine Frau mit beiden Kräften eine mächtige Schamanin – und solche sind häufig besonders darum bemüht, diese Kräfte nur zum Guten zu nutzen.«

»Und was ist, wenn ein solcher Mensch kein Schamane sein möchte?« fragte Ayla. Möglich, daß sie mit ihren ›Gaben‹ geboren war; sie hatte trotzdem immer noch das Gefühl, in etwas hineingetrieben zu werden, wovon sie nicht genau wußte, ob sie es wirklich wollte.

»Sie brauchen es nicht zu werden«, sagte Mamut. »Aber Gefährten wie sie selbst finden sie leichter unter jenen, Die Der Mutter Dienen.«

»Erinnerst du dich noch an jene Sungaea-Reisenden, denen wir vor vielen Jahren begegneten, Mamut?« fragte Nezzie. »Ich war damals noch jung, aber gab es da nicht irgendeine Unklarheit in bezug auf eines ihrer Herdfeuer?«

»Ja, jetzt, wo du es erwähnst, erinnere ich mich. Wir kamen gerade vom Sommer-Treffen zurück; ein paar Lager waren noch zusammen auf dem Heimweg, da stießen wir auf sie. Niemand wußte recht, was daraus werden sollte, denn es hatte ein paar Überfälle gegeben, doch schließlich entzündeten wir ein Freundschaftsfeuer mit ihnen. Ein paar Mamutoi-Frauen regten sich furchtbar auf, weil ein Sungaea-Mann sich in ihrer ›Mutter-Hütte‹ zu ihnen gesellen wollte. Es mußte vielerlei erklärt werden, um begreiflich zu machen, daß es sich bei dem Herdfeuer, von dem wir angenommen hatten, daß es sich um eine Frau und ihre beiden Gefährten handelte, in Wirklichkeit um einen Mann und *seine* beiden Gefährtinnen handelte, nur daß nur einer von ihnen eine Frau war und der andere ein Mann. Wenn die Sungaea von ihm redeten, sagten sie ›sie‹. Er hatte einen Bart, trug jedoch Frauenkleider, und obwohl er keine Brüste hatte, war er für eines der Kinder die ›Mutter‹. Er hat sich ohne jeden Zweifel wie die Mutter dieses Kindes verhalten. Ich bin mir nicht sicher, ob ihm das Kind von der Frau des Herdfeuers überlassen worden war oder von irgendeiner anderen Frau; aber man hat mir berichtet, er habe sämtliche Symptome der Schwangerschaft und der Geburtswehen gezeigt.«

»Er muß wohl den heißen Wunsch gehabt haben, eine Frau zu sein«, meinte Nezzie. »Vielleicht hat er gar nicht die Lebenskraft einer Frau geraubt. Vielleicht ist er bloß im falschen Körper geboren worden. Auch das kann geschehen.«

»Aber hatte er denn jede Mondzeit Leibschmerzen?« fragte Deegie. »Daran kann man doch feststellen, ob jemand wirklich eine Frau ist oder nicht.« Alle lachten.

»Hast du denn jedesmal Leibschmerzen, wenn der Mond sich rundet, Deegie? Ich kann dir etwas dagegen geben, wenn du möchtest.«

»Vielleicht komme ich nächstesmal zu dir und bitte dich darum.«

»Wenn du erstmal ein Kind hast, ist es nicht mehr so schlimm, Deegie«, sagte Tronie.

»Und wenn du mit einem Kind schwanger gehst, brauchst du dir keine Sorgen um feuchtigkeitsaufsaugende Packungen zu machen, und was du hinterher damit machst«, sagte Fralie. »Trotzdem, du freust dich dann darauf, sie zu haben«, fügte sie noch hinzu und lächelte das schlafende Gesicht ihrer kleinen, aber gesunden Tochter an und wischte ihr einen Faden Milch aus dem Mundwinkel. Plötzlich sah sie Ayla neugierig an.« Was hast du benutzt, als du ... jünger warst?«

»Weiche Lederbinden. Das geht gut, besonders wenn man auf Reisen ist. Aber manchmal habe ich sie zusammengelegt oder sie mit Mufflonwolle ausgepolstert, oder mit Pelz, selbst mit Vogeldaunen. Und manchmal war es weicher Flaum von Pflanzen, ganz fest zusammengedrückt. Mit Mammutdung habe ich es nie zuvor probiert, aber es geht auch.«

Mamut besaß die Fähigkeit, wenn er wollte, seine Anwesenheit zurückzunehmen und in den Hintergrund zu treten, so daß die Frauen ihn ganz vergessen und freimütig reden konnten, wie sie es nie getan hätten, wäre ein anderer Mann in der Nähe gewesen. Ayla freilich war sich seiner bewußt und beobachtete still, wie er sie beobachtete. Schließlich, als die Unterhaltung erlahmte, wandte er sich wieder an Latie.

»Irgendwann bald wirst du einen Ort für deinen persönlichen Umgang mit Mut suchen. Dann gib acht auf deine Träume. Sie werden dir helfen, den richtigen Ort zu finden. Ehe du deinen ganz persönlichen Ort der Andacht aufsuchst, wirst du fasten und dich reinigen müssen, die vier Himmelsrichtungen anerkennen und die Unterwelt und den Himmel, und Ihr Opfer darbringen, zumal wenn du Ihrer Hilfe bedarfst oder eines Segens von Ihr. Das ist besonders wichtig dann, wenn die Zeit kommt, da du gern ein Kind haben möchtest, Latie, oder wenn du erfährst, daß du eines bekommst. Dann mußt du deinen persönlichen Ort der Andacht aufsuchen und Ihr zu Ehren dort eine Opfergabe verbrennen, eine Gabe, die in Form von Rauch zu Ihr aufsteigt.«

»Wie erfahre ich denn, was ich Ihr geben soll?« fragte Latie.

»Es könnte etwas sein, das du zufällig findest, oder etwas von dir Gemachtes. Du wirst es wissen, wenn du das Gefühl hast, es ist recht. Du wirst es immer wissen.«

»Wünschst du dir einen bestimmten Mann, kannst du auch Sie darum bitten«, sagte Deegie mit einem verschwörerischen Lächeln. »Ich kann dir nicht sagen, wie oft ich um Branag gebeten habe.«

Ayla warf einen Blick auf Deegie und beschloß, später mehr über persönliche Orte der Andacht herauszufinden.

»Es gibt so viel zu lernen!« sagte Latie.

»Deine Mutter kann dir helfen, und Tulie auch«, sagte Mamut.

»Nezzie hat mich gebeten, und ich habe mich einverstanden erklärt, dieses Jahr eine von den Aufsichtsfrauen zu sein, Latie«, sagte Tulie.

»Ach, Tulie, wie mich das freut«, sagte Latie. »Dann bin ich jedenfalls nicht so allein.«

»Nun«, sagte die Anführerin und lächelte darüber, wie sehr das Mädchen sich über sie freute, »es kommt schließlich nicht alle Jahre vor, daß das Löwen-Lager eine neue Frau hat.«

Stirnrunzelnd konzentrierte Latie sich und fragte dann mit leiser Stimme: »Tulie, wie ist es denn darin? In dem Zelt, meine ich. In der bewußten Nacht.«

Tulie sah Nezzie lächelnd an. »Hast du ein bißchen Angst davor?«

»Ja, ein bißchen.«

»Keine Sorge. Man wird es dir schon erklären; es wird nichts Unerwartetes geschehen.«

»Ist es so was Ähnliches wie das, was Druwez und ich als Kinder gespielt haben? Er ist so heftig auf mir rumgehüpft . . . ich glaube, er hat versucht, Talut zu sein.«

»Nein, nicht wirklich, Latie. Das waren Kinderspiele, ihr habt doch bloß gespielt und versucht, wie die Erwachsenen zu sein. Ihr wart da beide jung, viel zu jung.«

»Das stimmt. Wir waren sehr jung«, sagte Latie und kam sich jetzt sehr viel älter vor. »Das sind Kinderspiele. So was zu spielen, haben wir schon vor langer Zeit aufgehört. Ja, wir spielen überhaupt nicht mehr zusammen. In letzter Zeit haben weder Danug noch Druwez sich noch viel mit mir unterhalten wollen.«

»Das kommt wieder«, sagte Tulie. »Da bin ich ganz sicher, aber vergiß nicht: Du sollst nicht viel mit ihnen reden – und nie allein mit ihnen zusammensein!«

Ayla griff nach dem großen Wassersack, der an einem Lederriemen von einem Pflock im Stützpfeiler herunterhing. Der Sack war aus dem Magen eines Riesenhirschs gefertigt und war so behandelt worden, daß er seine natürlichen, wasserundurchlässigen Eigenschaften behalten hatte. Gefüllt wurde er durch die untere Öffnung, die hochgenommen und umgeklappt wurde und so schloß. Ein kurzes Stück von einem Vorderlaufknochen mit der natürlichen Höhlung in der Mitte war an dem einen Ende ausgekerbt worden. Um eine Tülle zu binden, war das Leder der Öffnung des Hirschmagens mit dem Röhrenknochenabschnitt verbunden worden, indem man es an dieser Kerbe fest mit einer Schnur umwickelt hatte.

Ayla zog den Stopfen heraus – einen dünnen Lederstreifen, der durch die Röhre hindurchgezogen und mehrmals verknotet worden war –, goß Wasser in einen wasserdichten Korb, in dem sie den Morgentee bereitete, und stieß den Lederstopfen zurück in die Tülle, um diese zu verschließen. Als sie den rotglühenden Kochstein hineinwarf, zischte das Wasser auf. Sie rührte ein paarmal um, um soviel Hitze vom Stein wie nur möglich abzuziehen, fischte ihn dann mit zwei flachen Stecken wieder heraus und legte ihn zurück ins Feuer. Mit den nassen Stecken holte sie noch einen heißen Stein heraus und ließ auch diesen wieder ins Wasser hineinfallen. Als das Wasser anfing zu sieden, streute sie das richtige Maß an getrockneten Blättern und Wurzeln hinein, insbesondere die feinen rankengleichen Stengel vom Goldenen Frauenhaar, und ließ das Ganze ziehen. Sie hatte sich besonders viel Mühe gegeben, Izas Geheimmittel regelmäßig einzunehmen, und hoffte, der ihm innewohnende Zauber würde auch ihr helfen, so wie er Iza viele Jahre hindurch geholfen hatte. Sie wollte jetzt kein Baby. Sie war sich viel zu unsicher.

Nachdem sie sich angekleidet hatte, goß sie den Aufguß in den nur von ihr persönlich benutzten Becher, nahm dann in der Nähe des Feuers auf einer Matte Platz und kostete den stark schmeckenden, ziemlich bitteren Trank. An diesen Geschmack am Morgen hatte sie sich gewöhnt. Dies war ihre Zeit zum Aufwachen, und ihn zu sich zu nehmen gehörte zu ihrer Morgenroutine. Während sie trank, sann sie über die Dinge nach, die heute geschehen sollten. Denn er war gekommen, der Tag, auf den alle sich so gefreut hatten: der Tag des Frühlings-Festes.

Das Schönste daran für sie war sicher die Namensgebung von Fralies Baby. Das winzige Geschöpf war gewachsen und gediehen und brauchte längst nicht mehr unablässig an der Brust seiner Mutter zu liegen. Es war jetzt so kräftig, daß es schreien und tagsüber auch allein schlafen konnte, obwohl Fralie es immer noch gern in der Nähe und den Babyträger daher gern bei sich hatte. Am Herdfeuer des Kranichs herrschte seit neuestem eitel Glück und Freude, und zwar nicht nur, weil sie alle sich über das Baby freuten, sondern weil Frabec und Crozie lernten, miteinander auszukommen, ohne ständig zu streiten. Nicht daß es nicht immer noch Probleme gegeben hätte; nur kamen sie jetzt besser damit zurecht, und Fralie selbst übernahm beim Vermitteln und Aussöhnen zwischen Frebec und ihrer Mutter eine aktivere Rolle.

Ayla dachte über Fralies Baby nach, und als sie aufblickte, sah sie, daß Ranec sie beobachtete. Heute war ja auch der Tag, an dem er gern ihr Verlöbnis bekanntgeben wollte, und erschrocken zusammenfahrend, erinnerte sie sich, daß Jondalar ihr gesagt hatte, er gehe fort. Sie mußte unversehens an die schreckliche Nacht denken, in der Iza gestorben war.

»Du gehörst nicht zum Clan«, hatte Iza ihr gesagt. *»Du bist den Anderen geboren, und du gehörst zu ihnen. Gehe nach Norden, Ayla. Finde deine eigenen Leute. Und suche dir einen Gefährten.«*

Suche dir einen Gefährten . . . dachte sie. Einmal hatte sie geglaubt, Jondalar würde dieser Gefährte sein, aber er ging fort, kehrte ohne sie nach Hause zurück. Jondalar wollte sie nicht . . .

Ranec jedoch wollte sie. Sie wurde nicht jünger. Wollte sie einmal ein Baby haben, sollte sie bald damit anfangen. Sie nahm einen Schluck von Izas Heiltrank und schwenkte den Rest der Flüssigkeit mit den Rückständen im Becher herum. Wenn sie jetzt aufhörte, Izas Medizin zu nehmen, und dann Wonnen mit Ranec teilte – ob dann wohl ein Baby in ihr wuchs? Sie konnte es ja ausprobieren und es versuchen. Vielleicht sollte sie sich mit Ranec zusammentun. Sich mit ihm niederlassen, die Kinder an seinem Herdfeuer bekommen. Ob es wohl schöne dunkelhäutige Babys mit glutvollen Augen und dicht gekräuseltem schwarzen Haar würden? Oder hellhäutig und blond wie sie? Vielleicht beides.

Blieb sie hier und tat sie sich mit Ranec zusammen, würde sie nicht so weit vom Clan entfernt sein. Sie konnte dann hinziehen und Durc holen und ihn mit zurücknehmen. Ranec war gut zu Rydag, möglich, daß er gegen ein Kind von gemischten Geistern an seinem eigenen Herdfeuer nichts einzuwenden hatte. Vielleicht konnte sie Durc in aller Form adoptieren und ihn zu einem Mamutoi machen.

Die Vorstellung, daß es vielleicht doch möglich wäre, ihren Sohn wiederzubekommen, erfüllte sie mit Sehnsucht. Vielleicht war es ebensogut, daß Jondalar ohne sie loszog. Ging sie mit ihm, würde sie ihren Sohn nie wiedersehen. Aber ging er ohne sie fort, würde sie Jondalar nie wiedersehen.

Die Wahl war ihr aus der Hand genommen. Sie würde hierbleiben. Sie würde sich mit Ranec zusammentun. Sie versuchte sich einzureden, daß es wirklich besser für sie wäre hierzubleiben. Ranec war ein guter Mann, er liebte sie und begehrte sie. Und sie mochte ihn. Es würde nicht schrecklich sein, mit ihm zu leben. Sie konnte Babys bekommen. Sie konnte Durc suchen und herbringen, auf daß er bei ihnen lebte. Ein guter Mann, ihr eigenes Volk, und darüber hinaus auch noch ihren Sohn. Das war mehr, als sie früher je zu träumen gewagt hätte. Was wollte sie sonst noch? Ja, was, wenn Jondalar doch fortging.

Ich werde es ihm sagen, dachte sie. Ich werde Ranec sagen, er kann unser Verlöbnis heute bekanntgeben. Doch als sie sich erhob und hinüberging zum Herdfeuer des Fuchses, hatte sie nur einen einzigen Gedanken. Jondalar zog ohne sie fort. Sie würde Jondalar nie wiedersehen. Und als ihr das klar wurde, erdrückte sie das, und sie schloß die Augen, um ihren Kummer zu verdrängen.

»Talut! Nezzie!« Ranec lief zur Erdhütte hinaus, um den Anführer und seine Adoptivmutter zu suchen. Als er sie sah, war er dermaßen aufgeregt, daß er kaum sprechen konnte. »Sie ist einverstanden! Ayla hat sich einverstanden erklärt! Das Verlöbnis, wir werden es ablegen, Ayla und ich.«

Er sah Jondalar nicht einmal, und hätte er ihn gesehen, es wäre ihm gleichgültig gewesen. Ranec wollte an nichts anderes denken als daran, daß die Frau, die er mehr begehrte als irgend etwas sonst auf der Welt, eingewilligt hatte, die Seine zu werden. Aber Nezzie sah Jondalar, sah ihn erbleichen, sah, wie er den Mammutstoßzahn packte, der den Eingangsbogen bildete, und erkannte den Schmerz auf seinem Gesicht. Schließlich ließ er los und ging zum Fluß hinunter, und ein flüchtiges Bedenken ging ihr durch den Sinn. Der Fluß führte Hochwasser. Es würde ein Leichtes sein, hinauszuschwimmen und sich davontragen zu lassen.

»Mutter, ich weiß nicht, was ich heute anziehen soll. Ich kann mich nicht entscheiden!« rief Latie in klagendem Ton. Voller Unruhe erwartete sie ihre erste Zeremonie, mit welcher ihr höherer Status anerkannt werden würde.

»Laß mal sehen«, sagte Nezzie und warf einen letzten Blick auf den Fluß. Von Jondalar war nichts zu sehen.

28

Innerlich völlig aufgewühlt, lief Jondalar den Vormittag über am Fluß entlang. Immer wieder hörte er im Geiste Ranecs freudige Worte. Ayla hatte eingewilligt. Sie würden während der Feier am Abend ihr Verlöbnis bekanntgeben. Immer wieder sagte er sich, das habe er schließlich seit langem erwartet; er hatte es einfach nicht wahrhaben wollen. Der Schock der Wahrheit war um vieles schlimmer, als er jemals für möglich gehalten hätte. Am liebsten wollte er sterben, genauso wie Thonolan damals, nach dem Tod von Jetamio.

Nezzie hatte durchaus Grund für ihre Befürchtungen. Jondalar war nicht aus einem bestimmten Grund zum Fluß hinuntergegangen. Die Richtung hatte er rein zufällig eingeschlagen, doch als er an dem turbulent dahinrauschenden Wasserlauf stand, fand er das Wasser merkwürdig zwingend und anziehend. Es schien Frieden zu bieten, Befreiung von Schmerz, Sorgen und Verwirrung; und doch starrte er es nur an. Irgend etwas nicht minder Zwingendes hielt ihn zurück. Im Gegensatz zu Jetamio war Ayla nicht tot, und solange sie lebte, brannte noch ein kleines Feuer der Hoffnung; aber mehr noch als das, fürchtete er um ihre Sicherheit.

Er fand eine einsame Stelle am Ufer, die von Gebüsch und kleinen Bäumen abgeschirmt war, und versuchte, sich auf die schwere Prüfung heute abend vorzubereiten, die ja nicht nur in der Bekanntgabe des Verlöbnisses bestehen sollte. Er sagte sich, schließlich sei es nicht so, daß sie heute abend tatsächlich schon mit Ranec zusammengegeben wurde. Sie legte ja nur das Versprechen ab, irgendwann in der Zukunft ein Herdfeuer mit ihm zu gründen; aber er, Jondalar, hatte gleichfalls ein Versprechen abgelegt. Er hatte Mamut gesagt, er werde bis nach dem Frühlings-Fest bleiben; wobei es freilich nicht das Verlöbnis war, das ihn hielt. Wiewohl er keine Ahnung hatte, worum es ging oder was er dabei tun könnte – er konnte unmöglich fort, solange Ayla irgendwelchen unbekannten Gefahren entgegensah; er konnte einfach nicht, und wenn es auch bedeutete mitanzusehen, wie sie sich Ranec anverlobte. Wenn Mamut, der sich im Wesen der Geister auskannte, irgendwelche Gefahren für sie ahnte, konnte Jondalar nur das Schlimmste für sie erwarten.

Um die Mittagszeit erklärte Ayla Mamut, sie werde jetzt mit ihren Vorbereitungen für die Wurzelzeremonie beginnen. Sie waren die Einzelheiten mehrere Male miteinander durchgegangen, bis Ayla einigermaßen sicher war, nichts Wichtiges vergessen zu haben. Sie ergriff saubere Kleidung, eine weiche, saugfähige Hirschdecke sowie etliche andere Dinge, doch statt das Langhaus durch den Anbau zu verlassen, machte sie den Umweg über die allgemeine Kochstelle. Einerseits hoffte sie, Jondalar zu sehen, doch andererseits hoffte sie auch, es nicht zu tun, und so war sie enttäuscht und erleichtert zugleich, nur Wymez an der Arbeitsstätte der Steinschläger vorzufinden. Dieser sagte, er habe Jondalar seit dem frühen Morgen nicht mehr gesehen; mit Freuden schenkte er ihr die kleine Flintknolle, um die sie ihn bat.

Unten am Fluß angekommen, ging sie auf der Suche nach einer geeigneten Stelle eine Weile flußaufwärts. An der Einmündung eines kleinen Nebenflusses, der eher ein Bach war als ein Fluß, blieb sie stehen. Der kleine Wasserlauf hatte sich um eine Felsnase herum den Weg gebahnt, die am gegenüberliegenden Ufer eine Steilwand bildete, welche den Wind abhielt. Ein Saum von grünenden Sträuchern und Bäumen hatte hier eine geschützte Stelle entstehen lassen und lieferte zudem noch das nötige trockene Holz vom Vorjahr.

Von seinem abgeschirmten Aussichtspunkt aus sah Jondalar auf den Fluß hinunter, war aber so sehr mit dem eigenen Inneren beschäftigt, daß er das wild schäumende, schlammigtrübe Wasser gar nicht richtig wahrnahm. Er hatte nicht einmal bemerkt, daß die Schatten sich in dem Maße verkürzten, wie die Sonne am Himmel höher stieg, und erschrak, als er jemand näher kommen hörte. Er war nicht in der Stimmung, sich zu unterhalten, hatte keine Lust, an diesem Tag, der ein Festtag war für die Mamutoi, nett und freundlich zu sein, und so versteckte er sich rasch hinter einem Busch, um – selbst ungesehen – abzuwarten, bis der Betreffende vorübergegangen war. Als er Ayla kommen sah und diese offensichtlich auch noch beschloß hierzubleiben, wußte er nicht, was tun. Er dachte daran, sich leise davonzuschleichen, doch Ayla war eine zu gute Jägerin. Sie würde ihn hören, da war er sich ganz sicher. Dann dachte er daran, einfach aus den Büschen herauszutreten, irgendwelche Entschuldigungen vorzubringen, etwa die, er habe sich erleichtert, und dann seiner Wege zu gehen, doch auch das tat er nicht.

Er bemühte sich, möglichst nicht aufzufallen, blieb in seinem Versteck sitzen und beobachtete sie. Er konnte nicht anders, brachte es nicht einmal fertig wegzusehen, obwohl ihm bald klar wurde, daß sie sich auf das auf sie zukommende Ritual vorbereitete und glaubte, allein zu sein. Anfangs war er einfach überwältigt, sie vor sich zu haben, und dann verfolgte er ihr Tun wie gebannt. Es war einfach, als *müßte* er ihr zusehen.

Mit einem Pyritwürfel und dem Flintknollen machte Ayla rasch ein Feuer und tat Kochsteine hinein, damit diese sich erhitzten. Sie hatte vor, ihr Reinigungsritual möglichst genauso zu vollziehen, wie es beim Clan getan wurde, doch um ein paar Abwandlungen kam sie nicht herum. Sie hatte überlegt, das Feuer auf Clan-Art zu entfachen, indem sie auf einem flachen Stück Holz einen trockenen Stecken so lange zwischen den Handflächen zwirbelte, bis Glut entstand. Aber beim Clan trugen Frauen weder Feuer, noch entfachten sie es für rituelle Zwecke; da Ayla also, um Feuer zu machen, ohnehin mit den Traditionen des Clan brechen mußte, konnte sie genausogut gleich ihren Pyrit benutzen.

Frauen durften allerdings Messer und andere Werkzeuge aus Feuerstein machen, solange diese Geräte nicht als Jagdwaffen oder zur Herstellung derselben dienten. Sie fand, sie brauchte einen neuen Amulettbeutel. Der reichverzierte Beutel der Mamutoi, den sie jetzt um den Hals trug, war für ein Clan-Ritual nicht das Richtige. Und um einen Clan-Amulett-Beutel zu fertigen, brauchte sie ihrer Meinung nach ein Clan-Messer; das war der Grund, warum sie Wymez um einen völlig heilen Flintknollen gebeten hatte. In Ufernähe suchend, fand sie einen vom Fluß rundgeschliffenen, faustgroßen Kiesel, der sich als Hammerstein benutzen ließ. Sie schlug damit die äußere kalkgraue Kruste oder Ummantelung des kleinen Flintknollens ab und gab ihm dann eine vorläufige Form. Es war ziemlich lange her, daß sie ihre eigenen Werkzeuge hergestellt hatte, doch wie man das machte, hatte sie noch nicht verlernt. Bald ging sie ganz in ihrer Arbeit auf.

Als sie fertig war, hatte der dunkelgraue, schimmernde Stein ungefähr die Gestalt eines ovalen Zylinders mit abgeflachter Oberseite. Sie betrachtete ihr Werk, ließ noch ein Plättchen absplittern, zielte dann sorgfältig und schlug am schmalen Ende des Ovals vom Rand der Oberseite einen Splitter ab, so daß eine Schlagunterlage entstand. Den Stein drehend, setzte sie ihn im genau richtigen Winkel auf und schlug auf die Stelle, wo eine Einkerbung entstanden war. Eine ziemlich dicke Scheibe genau in der Form des vorgearbeiteten Ovals und mit einem rasiermesserscharfen Rand löste sich.

Obwohl sie nur den Hammerstein benutzte und mit einer Mühelosigkeit und Schnelligkeit arbeitete, wie man sie sich nur durch viel Übung erwirbt, hatte sie ein durchaus zweckdienliches und sehr scharfes Messer hergestellt. Sie hatte dabei genau überlegt und sehr präzise vorgehen müssen, doch hatte sie nicht die Absicht, das Messer zu behalten. Es war ein Schneidewerkzeug, das man am Rücken festhielt und das keinen Griff aufwies; da sie jetzt jedoch eine ganze Reihe von Werkzeugen mit sehr feinen Schneiden und, in der Mehrzahl der Fälle, mit Griff daran besaß, brauchte sie keine Clan-Messer mehr - nur für diesen einen besonderen Zweck. Ohne sich lange damit aufzuhalten, den außerordentlich scharfen Rücken stumpfzuschleifen, was es erleichtert und sicherer gemacht hätte, das Schneidewerkzeug zu halten, trennte Ayla vom Rand der Hirschdecke, die sie mitgebracht hatte, einen langen Streifen ab; dann schnitt sie ein Stück vom Leder ab und richtete es kreisrund zu. Und wieder griff sie nach dem Hammerstein. Nachdem sie vorsichtig ein paar Stücke vom Feuerstein abgeschlagen hatte, war aus dem Messer eine spitze, meißelartige Ahle geworden. Diese benutzte sie, um am Rand des Lederrunds Löcher hineinzustechen, durch die sie dann den Lederstreifen hindurchzog.

Sie nahm den reichgeschmückten Beutel vom Hals, nestelte den Knoten auf und schüttelte sich ihre heiligen Gegenstände, die Zeichen von ihrem Totem, auf die Handfläche. Einen Moment betrachtete sie sie und drückte sie dann in der zur Faust geballten Hand an die Brust, ehe sie sie in den neuen, einfacheren Beutel hineintat, der denen entsprach, die beim Clan gebräuchlich waren, und den Riemen zuzog. Sie hatte den Entschluß gefaßt, bei den Mamutoi zu bleiben und sich mit Ranec zusammenzutun, doch irgendwie erwartete sie ein Zeichen von ihrem Höhlenlöwen, mit dem dieser bestätigte, daß sie die richtige Entscheidung getroffen hätte.

Nachdem das Amulettbeutelchen fertig und gefüllt war, ging sie hinunter an den kleinen Fluß, schöpfte Wasser in den Kochkorb und tat die glühenden Steine aus dem Feuer hinein. Es war noch zu früh im Jahr, als daß sie Seifenwurzel hätte finden können, und für Schachtelhalm, der an feuchten, schattigen Stellen wuchs, war die Gegend zu offen. Sie mußte einen Ersatz für die traditionellen Reinigungsmittel des Clan finden.

Nachdem sie die süßduftenden, schaumbildenden getrockneten Scheidengrasblüten in das heiße Wasser eingerührt hatte, fügte sie noch Farnwedel und ein paar Akeleiblüten hinein, die sie unterwegs gepflückt hatte, und außerdem um des Wintergrüngeruchs willen noch ein paar knospende Birkenzweige; dann stellte sie den Kochkorb beiseite. Es hatte eingehender Überlegungen bedurft, bis sie sich entschlossen hatte, womit sie die floh- und läusetötenden Mittel ersetzen sollte, die aus der Akonitsäure hergestellt wurden, welche sie aus einem Schachtelhalmsud hätte gewinnen müssen. Der Zufall wollte es, daß Nezzie es ihr unabsichtlich verriet.

Sie zog sich rasch aus, nahm zwei dichtgeflochtene Flüssigkeitsbehälter auf und ging hinunter an den Fluß. Der eine enthielt das angenehm duftende Gebräu, das sie soeben hergestellt hatte, der andere abgestandenen Urin.

Jondalar hatte sie einst gebeten, ihm die Techniken vorzuführen, deren sich der Clan bei der Herstellung von Feuersteingeräten bediente, und es hatte damals großen Eindruck auf ihn gemacht. Jetzt faszinierte es ihn zu beobachten, mit welcher Ruhe und Selbstsicherheit sie, die sich völlig unbeobachtet glaubte, zu Werke ging. Sie arbeitete ohne Knochenhammer oder Meißel, stellte aber gleichwohl die benötigten Werkzeuge im Handumdrehen her; das Ganze sah so mühelos aus, und er fragte sich, ob er selbst mit einem Hammerstein so gut umgehen könnte wie sie. Er wußte, daß dazu größtes Können und ungeheure Konzentration gehörten; und doch hatte sie ihm damals gesagt, der Steinschläger vom Clan, von dem sie gelernt hatte, habe weit mehr gekonnt als sie. Seine Hochachtung vor den handwerklichen Fähigkeiten der Flachschädel stieg enorm.

Auch das Lederbeutelchen hatte sie in kurzer Zeit fertiggestellt. Zwar war der Beutel kaum mehr als zweckdienlich, aber der Einfall, ihn auf diese Weise zu fertigen, war in seiner Art genial. Erst als er beobachtete, wie sie mit den in ihrem Beutel befindlichen Gegenständen umging und wie sie sie in der Hand hielt, fiel ihm der schwermütige Zug auf, den sie hatte, eine Aura von Kummer und Traurigkeit, die sie umgab. Eigentlich hätte sie sich freuen müssen, doch sie schien unglücklich. Er mußte sich das einbilden.

Als sie anfing sich zu entkleiden, stockte ihm der Atem; der Anblick ihrer vollen, reifen Schönheit weckte ein Begehren in ihm, das ihn fast übermannt hätte. Doch der Gedanke an sein unaussprechliches Verhalten, als er sie das letztemal begehrt hatte, hielt ihn davon ab, dem nachzugeben. Im Laufe des Winters war sie dazu übergegangen, ihr Haar wieder zu Zöpfen zu flechten, wie Deegie es machte, und als sie das lange Haar aufmachte, mußte er an das erste Mal denken, da er sie nackt gesehen, in der Sommerhitze im Tal der Pferde, als sie nach dem Baden so golden und schön und feucht ausgesehen hatte. Er zwang sich, die Augen abzuwenden, und als sie in den Fluß eintauchte, wäre das die Gelegenheit gewesen, sich davonzuschleichen; doch selbst wenn sein Leben davon abgehangen haben würde, er hätte sich nicht von der Stelle rühren können.

Den Anfang ihrer Reinigungszeremonie bildete die Waschung mit dem abgestandenen Urin. Die ammoniakhaltige Flüssigkeit brannte und roch stark, löste jedoch Öle und Fette auf ihrer Haut und ihrem Haar und tötete alle Flöhe und Läuse, die sie sich irgendwo geholt haben mochte. Sogar ihr

Haar hellte dadurch noch um ein weniges auf. Das Flußwasser, das ja noch viel Schmelzwasser von den Gletschern enthielt, war eiskalt, doch der Schock, der sie beim Eintauchen traf, wirkte belebend, und das wirbelnde, schlamm- und sandhaltige Wasser wusch, zusammen mit dem beißenden Ammoniakgeruch, reibend und scheuernd auch Schmutz und Fett ab.

Ihre Haut glühte rosig von der Reinigung und dem kalten Wasser, und sie zitterte, als sie herauskam, aber die wohlduftende Reinigungslösung war noch warm und wurde zu einem saponinhaltigen weichen Schaum, mit dem sie sich den ganzen Körper und das Haar einrieb. Diesmal stieg sie hinterher in einen an der Einmündung des Baches liegenden, weniger schlammigen Teich, in dem sie sich abspülte. Nachdem sie wieder herausgekommen war, hüllte sie sich in die weiche Hirschdecke, um sich abzutrocknen, und bürstete sich die verkletteten Haare mit ihrer kräftigen Bürste und einer elfenbeinernen Haarnadel durch. Es war ein wohliges Gefühl, frisch und sauber zu sein.

Wiewohl es ihn schmerzlich danach verlangte, zu ihr zu gehen, und er danach hungerte, ihr Wonnen zu bereiten, gewährte es ihm eine gewisse Befriedigung, sich wenigstens an ihrem Anblick sattzusehen. Nicht nur, daß er sich am Anblick ihres üppigen, mit vielen weiblichen Rundungen ausgestatteten Körpers mit den Kraft verratenden harten Muskeln weidete; er genoß es auch, ihre natürlich-anmutigen Bewegungen zu beobachten, zuzusehen, mit welcher Mühelosigkeit und welchem durch lange Übung erworbenen Können sie arbeitete. Wenn sie Feuer machte oder das Werkzeug zurechtschlug, das sie haben wollte, wußte sie genau, wie sie vorzugehen hatte, und machte dabei keine überflüssigen Bewegungen. Ihre Fähigkeiten, ihr handwerkliches Können und ihre Intelligenz hatte Jondalar immer bewundert. Zum Teil waren es ja auch diese Dinge, die sie für ihn so anziehend machten. Abgesehen von allem anderen, hatte er es vermißt, mit ihr zusammenzusein, und allein sie zu beobachten, befriedigte bis zu einem gewissen Grade schon dieses Bedürfnis nach Nähe.

Ayla war fast fertig angekleidet, als das »Yip-yip« des jungen Wolfes sie aufblicken und lächeln ließ.

»Wolf! Was machst du denn hier? Bist du Rydag weggelaufen?« sagte sie, als der Welpe zur Begrüßung an ihr hochsprang. Sie war offensichtlich ebenso erfreut wie aufgeregt darüber, daß er sie gefunden hatte. Dann schnüffelte er den ganzen Umkreis ab, und sie holte ihre Sachen zusammen.

»Jetzt, wo du mich gefunden hast, können wir heimkehren. Komm, Wolf, laß uns gehen. Was suchst du denn da in den Büschen . . . Jondalar!«

Ayla war sprachlos und wie vom Donner gerührt, als sie entdeckte, hinter was der junge Wolf hergewesen war. Jondalar wiederum sah sich in eine solche Verlegenheit gestürzt, daß es ihm die Sprache verschlug; aber beider Augen sagten mehr, als Worte je auszudrücken vermöchten. Nur wollten beide nicht glauben, was sie sahen. Schließlich bemühte Jondalar sich um eine Erklärung.

»Ich bin ... nun ja ... gerade vorübergekommen ... ja ...«

Er gab es auf, bemühte sich nicht einmal, den lahmen Versuch einer Entschuldigung zu Ende zu bringen, drehte sich um und ging eilends davon. Ayla folgte ihm etwas langsamer zum Lager und stieg mit schweren Gliedern den Hang hinauf, der zur Erdhütte führte. Jondalars Verhalten brachte sie völlig durcheinander. Sie war sich nicht sicher, wie lange er dort gewesen war, aber sie wußte, daß er sie beobachtet hatte und fragte sich, warum er sich nur vor ihr versteckt hatte. Sie wußte nicht, was sie davon halten sollte, doch als sie durch den Anbau für die Pferde ans Herdfeuer des Mammut zurückkehrte, wo sie Mamut zu finden hoffte, um ihre Vorbereitungen zu beenden, fiel ihr ein, wie Jondalar sie angeschaut hatte.

Jondalar kehrte nicht sofort ins Lager zurück. Er war sich nicht sicher, ob er es ertragen könnte, ihr oder irgend jemand sonst gegenüberzutreten. Als er sich, vom Fluß her kommend, dem Weg näherte, der zur Erdhütte hinaufführte, kehrte er wieder um und ging noch einmal zurück. Bald fand er sich am selben abgeschirmten Ort wieder, wo er Ayla zugesehen hatte.

Er trat an die Überreste des kleinen Feuers, kniete nieder und spürte mit der Hand dem leichten Rest der noch verbliebenen Hitze nach; dann die Augen halb schließend, erinnerte er sich an die Szene, deren Zeuge er heimlich geworden war. Nachdem er die Augen wieder ganz aufgemacht hatte, entdeckte er den Flintkern, den sie zurückgelassen hatte, und nahm ihn zur Hand, um ihn sich genauer anzusehen. Er sah die Splitter und Plättchen, die sie abgeschlagen hatte, und legte etliche davon wieder an die Stelle, wo sie vorher gesessen hatten, um sich den Arbeitsprozeß noch genauer zu vergegenwärtigen. Neben Lederabfällen entdeckte er die Ahle. Auch sie hob er hoch und betrachtete sie genau. Die Ahle war nicht in der ihm vertrauten Art gearbeitet. Dazu wirkte sie zu einfach, fast roh; gleichwohl war es ein gutes, zweckdienliches Arbeitsgerät. Und scharf, dachte er, als sie sich in seine Finger eingrub.

Das von ihr gefertigte Instrument erinnerte ihn an Ayla und schien auf seine Weise ihr Rätsel und sämtliche ihr innewohnenden Widersprüche darzustellen: Ihre geheimnisumwitterte arglose Aufrichtigkeit; ihre in uraltes Wissen eingebettete Einfachheit; ihre auf tiefer und reicher Erfahrung basierende Redlichkeit und Naivität. Er beschloß, die Ahle zu behalten, auf daß sie ihn immer an sie erinnere, und wickelte den scharfen Steinstichel in die Lederreste, um ihn mitzunehmen.

Das Festmahl fand in der Nachmittagswärme statt, im allgemeinen Kochbereich, drinnen also; aber die Fellvorhänge vor den Eingangsbögen waren zur Seite gerafft und festgebunden worden, selbst die vom Anbau, damit frische Luft herein- und die Feiernden mühelos ein- und ausgehen konnten. Viele der Feierlichkeiten fanden draußen statt, insbesondere Spiele und Wettkämpfe – Ringen schien der beliebteste Frühlingssport – und Singen und Tanzen.

Geschenke wurden ausgetauscht, um Glück und alles Gute zu wünschen; damit versuchte man, es der Großen Erdmutter nachzutun, die dem Land wieder Wärme und Leben brachte, und um seiner Dankbarkeit für die Gaben der Erde Ausdruck zu verleihen, die Sie Ihren Geschöpfen gewährte. Bei den Geschenken handelte es sich zumeist um Kleinigkeiten wie Leibriemen und Messerscheiden, Tierzähne mit Löchern darin oder mit Einkerbungen, damit man sie als Anhänger um den Hals tragen konnte; des weiteren Schnüre von Perlen, die man benutzen konnte, um sie auf Kleidungsstücke aufzunähen. In diesem Jahr war der neue Fadenzieher ein beliebtes Geschenk; hinzu kamen Nadelbehälter, kleine Röhrchen aus Elfenbein oder hohle Vogelknochen, in denen man sie aufbewahren konnte. Den ersten Nadelbehälter hatte Nezzie gefertigt; zusammen mit einem Quadrat aus Mammuthaut, das als Fingerschutz beim Nähen diente, wurde es in ihrem schön verzierten Nähbeutel aufbewahrt. Eine Reihe von anderen hatte ihr das nachgemacht.

Die Pyritwürfel eines jeden Herdfeuers galten als Zaubersteine und wurden hoch in Ehren gehalten. Zusammen mit dem Mutterfigürchen wurden sie in einer Nische aufbewahrt; Barzec verschenkte ein paar von ihm ersonnener und gefertigter Zunderdosen, die allgemeines Wohlgefallen fanden. In diesen Dosen ließ der fürs Feuermachen wichtige Zunder sich auch auf Reisen leicht mitführen; der Zunder selbst bestand aus Material, das durch den zündenden Funken besonders leicht in Brand gesetzt werden konnte – flaumige Pflanzenfasern, getrockneter und zermahlener Dung und ganz dünne Holzspäne; die Zunderdosen enthielten ein besonderes Fach für den Pyritwürfel und den Feuerstein.

Als am Abend kalter Wind aufkam, gingen die Lagerangehörigen bereits in gehobener Stimmung ins Innere der Erdhütte und ließen die Fellvorhänge wieder herunter. Jetzt war Zeit, sich einen Platz zu suchen, die zeremoniellen Gewänder oder noch irgendwelchen zusätzlichen Schmuck anzulegen und die Becher mit dem jeweiligen Lieblingsgetränk zu füllen, einem belebenden Kräutertee oder Taluts Schnappes. Schließlich fanden alle den Weg zum Herdfeuer des Mammut, um hier den ernsten Teil des Frühlings-Festes zu begehen.

Ayla und Deegie winkten Latie und forderten sie auf, sich zu ihnen zu setzen; schließlich war sie jetzt fast eine von ihnen, fast eine junge Frau. Danug und Druwez bedachten sie, wenn sie vorüberging, immer wieder mit ungewohnt schüchternen Blicken. Sie straffte die Schultern und hielt den Kopf hoch, redete jedoch nicht mit ihnen. Mit den Augen folgten sie ihr. Lächelnd ließ Latie sich zwischen den beiden Frauen nieder und hatte einerseits das Gefühl, etwas Besonders zu sein, andererseits dazuzugehören.

Latie war als Kind Freundin und Spielgefährtin der Jungen gewesen, aber sie war kein Kind mehr, kein Mädchen, über das junge Männer einfach hinwegsehen oder das sie hochnäsig behandeln konnten. Sie gehörte jetzt zu der magisch reizvollen, leicht bedrohlichen, insgesamt aber geheimnisvollen Welt der Frauen. Ihr Körper hatte sich verändert, und sie vermochte, allein wenn sie vorüberging, in ihren eigenen Körpern unerwartete und unbeherrschbare Gefühle und Reaktionen hervorzurufen. Selbst ein direkter Blick konnte sie bereits durcheinanderbringen.

Doch noch erschreckender war etwas, wovon sie nur gehört hatten. Sie konnte machen, daß – ohne eine Wunde und offenbar auch ohne jeden Schmerz – Blut aus ihrem Leib herauskam, was sie wiederum instand setzte, die Magie Der Mutter Selbst in sich hineinzuziehen. Wie es geschehen würde, war ihnen nicht klar, sie wußten nur, daß sie aus ihrem Körper eines Tages neues Leben hervorbringen würde; eines Tages würde Latie Kinder gebären. Dazu freilich mußte erst ein Mann sie zur Frau machen. Das wiederum war ihre Aufgabe – nicht bei Latie, versteht sich, denn die war ja Schwester oder Cousine, jedenfalls zu nahe mit ihnen verwandt. Aber eines Tages, wenn sie älter und erfahrener wären, würden sie ausgewählt werden, diese wichtige Aufgabe zu erfüllen, denn obwohl sie Blut hervorbringen konnte – Kinder konnte ein Mädchen erst dann bekommen, nachdem ein Mann sie zur Frau gemacht hatte.

Das kommende Sommer-Treffen sollte erleuchtende Erkenntnis für die beiden jungen Männer bringen, besonders für Danug, denn dieser war der Ältere. Gedrängt wurden sie nie, aber wenn sie soweit waren, würden Frauen dasein, die sich für ein Jahr Dem Dienst An Der Mutter geweiht hatten; diese würden den jungen Männern zur Verfügung stehen, damit sie Erfahrungen machen könnten und um sie das Wesen und die geheimnisvollen Freuden der Frauen zu lehren.

Tulie trat in die Mitte der Gruppe, hielt den Sprecherstab in die Höhe, schüttelte ihn und wartete, bis das allgemeine Gerede sich legte. Als alle erwartungsvoll zu ihr hinschauten, übergab sie den geschmückten Elfenbeinstab an Talut, der seine Zeremonialgewänder angelegt hatte, wozu auch seine aus Elfenbein bestehende Kopfbedeckung gehörte. In einen reichverzierten Umhang aus einer einzigen weißen Tierhaut gehüllt, erschien Mamut. Dieser hielt einen geschickt gearbeiteten Holzschaft in der Hand, der aus einem einzigen Stück zu bestehen schien, nur daß das eine Ende aus einem trockenen und blattlosen abgestorbenen Ast bestand und das andere Ende eine Fülle kurz vor dem Aufbrechen stehender Knospen und kleiner Blätter aufwies. Diesen Stab übergab er an Tulie. Ihr als der Anführerin oblag es, das Frühlings-Fest zu eröffnen. Der Frühling war die Zeit der Frauen, die Zeit des Gebärens und des neuen Lebens, die Zeit des Neubeginns. Den Schaft mit den beiden ungleichen Enden beidhändig hoch über den Kopf haltend und abwartend, bis alle hersahen, ließ sie den Schaft kraftvoll herniederfahren auf ihr Knie und zerbrach ihn in zwei Teile, wobei dies das Ende des alten und den Beginn des neuen Jahres symbolisierte; damit war der zeremonielle Teil des Abends eröffnet.

»Die Mutter hat wohlwollend über uns gelächelt und uns im letzten Jahresrund ihre ganze Huld zuteil werden lassen«, begann Tulie. »Es gibt soviel zu feiern, daß es schwerfällt zu bestimmen, welches herausragende Ereignis benutzt werden soll, um das Jahr zu bezeichnen. Ayla ist von den Mamutoi adoptiert worden, wir haben also eine neue Frau; außerdem hat es Der Mutter gefallen, Latie bereitzumachen für das Frauentum, was bedeutet, daß wir bald noch eine neue Frau haben werden.« Es überraschte Ayla zu hören, daß sie miteinbezogen wurde. »Wir haben ein neues Baby, ein Mädchen, das einen Namen bekommen und zu uns gehören soll; außerdem soll eine neue Verbindung bekanntgegeben werden.« Jondalar schloß die Augen und schluckte ein paarmal. Tulie fuhr fort: »Wir sind gut und gesund über den Winter gekommen, und es ist an der Zeit, daß der Kreislauf aufs neue beginnt.«

Als Jondalar aufblickte, war Talut vorgetreten und hielt den Sprecherstab. Er sah Nezzie Latie ein Zeichen geben. Latie stand auf, lächelte den beiden jungen Frauen, die ihr ein Gefühl der Sicherheit gegeben hatten, nervös zu und trat dann auf den großgewachsenen Mann mit dem feuerroten Haarschopf zu, welcher der Mann ihres Herdfeuers war. Ermutigend und liebevoll lächelte Talut sie an. Sie sah Wymez neben ihrer Mutter stehen. Wenngleich weniger ansteckend, auch sein Lächeln war von Stolz und Liebe für die Tochter seiner Schwester erfüllt, die seine Erbin und bald eine Frau sein würde. Es war ein bedeutsamer Augenblick für sie alle.

»Ich bin sehr stolz darauf bekanntzugeben, daß Latie, erste Tochter vom Herdfeuer des Löwen, bereitgemacht wurde, zur Frau zu werden«, sagte Talut, »und zu verkünden, daß sie anläßlich des diesjährigen Sommertreffens an der Feier des Frauentums teilnehmen wird.«

Mamut trat vor und reichte Latie etwas. »Das hier ist deine Muta, Latie«, sagte er. »Damit hast du etwas, worin Die Mutter Wohnung nehmen kann; und außerdem bist du damit imstande, eines Tages dein eigenes Herdfeuer zu gründen. Bewahre sie an einem sicheren Ort auf.«

Latie empfing das geschnitzte Elfenbeinfigürchen, kehrte an ihren Platz zurück und zeigte den nahebei Sitzenden freudig ihre Muta. Ayla war interessiert. Sie wußte, daß das Figürchen von Ranec stammte, denn sie hatte ein ähnliches, und sich die Worte in Erinnerung rufend, die soeben gesprochen worden waren, ging ihr auf, warum er es ihr gegeben hatte. Sie brauchte eine Muta, um zusammen mit ihm ein Herdfeuer zu gründen.

»Ranec muß an etwas Neuem arbeiten«, meinte Deegie, als sie das Vogel-Frau-Figürchen besah. »So eine habe ich noch nie zuvor gesehen. Ich finde sie sehr ungewöhnlich und bin mir nicht sicher, ob ich sie wirklich verstehe. Meine Muta sieht viel mehr aus wie eine Frau.«

»Mir hat er eine geschenkt, die ähnlich wie die von Latie ist«, sagte Ayla. »Für mich ist sie sowohl eine Frau als auch ein Vogel; es kommt nur darauf an, wie man sie betrachtet.« Ayla nahm Laties Muta und drehte und wendete das Figürchen, so daß sie es aus den verschiedensten Blickwinkeln betrachten konnten. »Mir hat er gesagt, es sei ihm darum gegangen, Die Mutter in Ihrer Geistigen Form darzustellen.«

»Ja, jetzt wo du es mir gezeigt hast, erkenne ich es«, sagte Deegie und reichte die kleine Figur an Latie zurück, welche die Elfenbeinschnitzerei behutsam in den Händen barg.

»Mir gefällt sie. Sie ist nicht so wie die aller anderen, und sie bedeutet etwas Besonderes«, sagte Latie, erfreut darüber, von Ranec eine Muta bekommen zu haben, von denen es nur wenige gab. Obwohl er nie am Herdfeuer des Löwen gelebt hatte, war auch Ranec ihr Bruder; nur war er soviel älter als Danug, daß sie mehr einen Onkel als einen Bruder in ihm sah. Sie verstand ihn auch nicht immer, doch sah sie zu ihm auf und wußte, daß er von allen Mamutoi als Bildschnitzer geschätzt wurde. Zwar hätte sie sich über jede von ihm geschnitzte Muta gefreut, doch machte es sie jetzt besonders glücklich, daß er sich entschlossen hatte, ihr eine zu geben, die so war wie die von Ayla. Und Ayla wiederum würde er nur etwas schenken, was er selbst für seine beste Arbeit hielt.

Die Namensgebungs-Zeremonie für Fralies Baby hatte bereits begonnen, und so wandten die drei Frauen nun ihr ihre Aufmerksamkeit zu. Ayla erkannte die mit Einkerbungen versehene Elfenbeintafel, die Talut in die Höhe hob, und war einen Moment betroffen, weil sie an ihre Adoption denken mußte. Doch offenbar handelte es sich um eine ganz gewöhnliche Zeremonie. Mamut mußte wissen, was er tat. Während sie verfolgte, wie Fralie ihr kleines Kind dem Schamanen und dem Anführer des Löwen-Lagers präsentierte, mußte Ayla unwillkürlich an eine andere Namensgebungs-Zeremonie denken, bei der freilich sie die Mutter gewesen war, bei der sie ihr Baby voller Angst präsentiert hatte und auf das Schlimmste gefaßt gewesen war.

Sie hörte Mamut sagen: »Welchen Namen hast du für das Kind ausgewählt?« Woraufhin Fralie erwiderte: »Es soll Bectie heißen.« Doch im Geiste hörte Ayla Creb sagen: »Durc. Der Name des Jungen lautet Durc.«

Tränen traten ihr in die Augen, und wieder spürte sie die Dankbarkeit und die Erleichterung, die sie erfüllt hatten, als Brun ihren Sohn akzeptiert und Creb ihm einen Namen gegeben hatte. Sie sah auf und bemerkte Rydag, der – Wolf auf dem Schoß – inmitten einer Schar von Kindern saß und sie mit den gleichen großen, braunen, uralten Augen anblickte, die sie so sehr an Durc erinnerten. Plötzlich sehnte sie sich danach, ihren Sohn wiederzusehen, doch dann kam ihr unvermittelt eine Erkenntnis. Durc war von gemischten Geistern, genauso wie Rydag; nur daß Durc dem Clan geboren und vom Clan akzeptiert worden, seinen Namen erhalten hatte und von ihm großgezogen worden war. Ihr Sohn gehörte zum Clan, und sie war für den Clan eine Tote. Ein Schauder durchlief sie, und sie versuchte die Gedanken abzuschütteln.

Daß ein Kleinkind erschrocken schrie, holte Ayla zurück in die Gegenwart und zu der Zeremonie. Der Arm des Babys war mit einem scharfen Messer geritzt und ein Zeichen auf die Elfenbeintafel eingegraben worden. Bectie hatte einen Namen bekommen und war der Zahl der Mamutoi zugeordnet worden. Mamut träufelte eine brennende Lösung auf die kleine Wunde, woraufhin das winzige Geschöpf, das noch nie Schmerz kennengelernt hatte, sein Mißvergnügen womöglich noch lauter herausschrie; doch das hartnäckige Schreien des kleinen Kindes zauberte ein Lächeln auf Aylas Gesicht. Obwohl zu früh auf die Welt gekommen, war Bectie kräftig geworden. Sie war jetzt so gesund, daß sie sogar schreien konnte. Fralie hielt Bectie in die Höhe, damit alle sie sehen sollten, dann drückte sie das immer noch winzige Wesen an sich und sang mit heller, süßer Stimme ein tröstliches und doch fröhliches Lied, das das Kind bald beruhigte. Dies getan, kehrte Fralie an ihren Platz neben Frebec und Crozie zurück. Binnen weniger Augenblicke fing Bectie wieder an zu schreien, doch hörte das Geschrei so unvermittelt auf, daß jedermann wußte: Ihm war der bestdenkbare Trost zuteil geworden.

Deegie stieß sie an, und Ayla erkannte, daß der Zeitpunkt gekommen war. Jetzt war sie an der Reihe. Sie wurde herangewunken. Einen Moment war sie außerstande, sich zu bewegen. Dann wollte sie davonlaufen – doch wohin? Sie wollte Ranec gegenüber dies Gelöbnis nicht ablegen, sie wollte Jondalar, wollte ihn bitten, nicht ohne sie fortzugehen, doch als sie aufblickte und Ranecs eifriges und glücklich lächelndes Gesicht sah, holte sie tief Luft und stand auf. Jondalar wollte sie nicht, und sie hatte Ranec versprochen, sich ihm zu verloben. Zögernd trat Ayla auf die beiden Anführer des Lagers zu.

Der dunkelhäutige Mann sah sie auf sich zukommen, sah sie aus den Schatten in das Licht des Hauptfeuers hineintreten, und ihm schnürte sich der Hals zu. Sie trug das helle Lederkleid, das Deegie ihr geschenkt hatte, dasjenige, das ihr so besonders gut stand; nur das Haar hatte sie weder geflochten noch zu einem Knoten geschlungen oder zu einer der alles andere als einfachen Frisuren zurechtgekämmt, zu denen auch Perlen oder Schmuckstücke gehörten, wie die Mamutoi-Frauen sie im allgemeinen trugen. Aus Hochachtung vor der Wurzel-Zeremonie des Clan trug sie das Haar offen; im Licht des Feuers schimmernd, fiel es ihr auf die Schultern herab und rahmte ihr besonders feingemeißeltes Gesicht mit einem goldenen Lichtschein ein. In diesem Augenblick war Ranec überzeugt, daß sie Die Fleischgewordene Mutter war, geboren in dem Körper der vollkommenen Geist-Frau. Sein Wunsch, daß sie seine Frau werde, war so heiß, daß es ihn fast verzehrte, ein schmerzliches Sehnen ihn durchzog und er es kaum glauben konnte, daß dieser Abend Wirklichkeit war.

Ranec war nicht der einzige, den ihre Schönheit mit ehrfürchtiger Scheu erfüllte. Als sie in den Lichtkreis des Feuers trat, war das gesamte Lager überrascht. Die überaus feine Mamutoikleidung im Verein mit der strahlenden natürlichen Schönheit ihres Haares bildete eine bestürzende Einheit, die durch die dramatische Beleuchtung doppelt zur Geltung kam. Talut dachte daran, welche Bereicherung sie für das Löwen-Lager darstellte, und Tulie war entschlossen, einen sehr hohen Braut-Preis für sie festzusetzen, und wenn sie persönlich die Hälfte davon beisteuern müßte, so viel an Stellung und Ansehen gewannen sie alle dadurch. Mamut, ohnehin bereits überzeugt, daß es ihr bestimmt sei, Der Mutter auf irgendeine besonders bedeutsame Weise zu dienen, vermerkte voller Genugtuung, daß sie einen Sinn sowohl für den richtigen Zeitpunkt als auch für die dramatische Wirkung hatte, und wußte, eines Tages würde sie eine Kraft darstellen, mit der man rechnen mußte.

Doch keiner war sich ihrer Gegenwart so siedendheiß bewußt wie Jondalar. Ihre Schönheit blendete ihn genauso wie Ranec, doch Jondalars Mutter war eine Anführerin gewesen, und nach ihr hatte sein Bruder diese Stellung eingenommen; Dalanar war der Anführer einer neuen, von ihm gegründeten Gruppe, und Zolena hatte den höchsten Rang der Zelandonia erreicht. Er war unter den natürlichen Führern seines eigenen Volkes aufgewachsen und spürte die Eigenschaften, die die Anführer des Löwen-Lagers und der Schamane in ihr ahnten oder erkannten. Als ob jemand ihm einen Tritt in den Bauch gegeben hätte und er nach Luft schnappen müßte, wurde ihm plötzlich bewußt, was er verloren hatte.

Sobald Ayla sich neben Ranec gestellt hatte, begann Tulie.

»Ranec von den Mamutoi, Sohn vom Herdfeuer des Fuchses vom Löwen-Lager, du hast Ayla von den Mamutoi, Tochter vom Herdfeuer des Mammut vom Löwen-Lager, die unter dem besonderen Schutz vom Geist des Höhlenlöwen steht, gebeten, sich mit dir zusammenzutun und ein Herdfeuer zu gründen. Trifft das zu, Ranec?«

»Ja, es trifft zu«, antwortete er und wandte sich mit freudig verzücktem Lächeln Ayla zu.

Woraufhin Talut sich an Ayla wandte: »Ayla von den Mamutoi, Tochter vom Herdfeuer des Mammut vom Löwen-Lager, die du unter dem besonderen Schutz vom Geist des Höhlenlöwen stehst, bist du einverstanden mit dieser Verbindung mit Ranec von den Mamutoi, Sohn vom Herdfeuer des Fuchses vom Löwen-Lager?«

Ayla schloß die Augen und mußte ein paarmal schlucken, ehe sie schließlich kaum hörbar sagte: »Ich bin einverstanden.«

Jondalar, der ganz hinten an der Wand der Erdhütte saß, schloß die Augen und biß die Zähne zusammen, bis ihm fast der Schädel platzte. Er hatte es sich selbst zuzuschreiben. Hätte er ihr keine Gewalt angetan, vielleicht würde sie sich dann heute nicht Ranec zuwenden. Allerdings hatte sie das bereits seit geraumer Zeit getan und hatte bei ihm gelegen. Von dem ersten Tag an, da sie von den Mamutoi adoptiert worden war, hatte sie sein Bett geteilt. Nein, das stimmte nicht ganz, mußte er einräumen. Nach jener ersten Nacht hatte sie das Bett des Bildschnitzers nicht mehr geteilt, bis sie beide diesen dummen Streit gehabt hatten und er vom Herdfeuer des Mammut fortgezogen war. Warum hatten sie gestritten? Er war gar nicht wütend auf sie gewesen, sondern hatte sich nur Sorgen um sie gemacht. Warum also hatte er das Herdfeuer des Mammut verlassen?

Tulie wandte sich an den zwischen Ranec und Nezzie stehenden Wymez. Ayla hatte ihn gar nicht bemerkt. »Bist du einverstanden mit der Verbindung zwischen dem Sohn vom Herdfeuer des Fuchses und der Tochter vom Herdfeuer des Mammut?«

»Ich bin mit der Verbindung einverstanden und begrüße sie«, erwiderte Wymez.

»Und du, Nezzie?« fragte Tulie. »Bist du einverstanden mit einer Verbindung zwischen deinem Sohn, Ranec, und Ayla, sofern man sich über einen angemessenen Brautpreis geeinigt hat?«

»Ich bin mit der Verbindung einverstanden«, sagte die Frau.

Als nächstes wandte Talut sich an den alten Mann neben Ayla. »Geister-Sucher der Mamutoi, der du Namen und Herdfeuer aufgegeben hast, der du berufen wurdest und der dem Herdfeuer des Mammut geweiht ist, der du von Der Großen Mutter von uns allen sprichst, du, Der Du Der

Mut dienst«, sagte der Anführer und sagte mit Bedacht sämtliche Namen und Anreden des Schamanen auf, »ist der Mamut einverstanden mit einer Verbindung zwischen Ayla, der Tochter vom Herdfeuer des Mammut, und Ranec, dem Sohn vom Herdfeuer des Fuchses?«

Mamut antwortete nicht sogleich. Er sah erst Ayla an, die mit gesenktem Kopf neben ihm stand. Sie wartete, und als er nichts sagte, sah sie zu ihm hin. Forschend betrachtete er ihren Gesichtsausdruck, vermerkte die Art, wie sie dastand, und bemerkte auch den Lichtschein, der sie umgab.

»Die Tochter vom Herdfeuer des Mammut kann sich, so sie es wünscht, mit dem Sohn vom Herdfeuer des Fuchses zusammentun«, sagte er schließlich. »Es gibt nichts, was gegen eine solche Verbindung spricht. Sie bedarf auch weder meiner Zustimmung noch Billigung, noch der von irgend jemand sonst. Die Entscheidung liegt einzig und allein bei ihr. Niemand kann sie ihr abnehmen, gleichgültig, wo sie sich aufhält. Braucht sie aber doch jemals die Erlaubnis, so erteile ich sie hiermit. Trotzdem wird sie immer die Tochter vom Herdfeuer des Mammut bleiben.«

Erstaunt sah Tulie den alten Mann an. Sie hatte das unbestimmte Gefühl, hinter seinen Worten stehe mehr, als sie aussagten. Seine ganze Antwort hatte etwas vielsagend Bedeutungsschweres, und sie fragte sich, was er denn nun eigentlich wirklich meinte, beschloß aber jedoch, sich später den Kopf darüber zu zerbrechen.

»Ranec, Sohn vom Herdfeuer des Fuchses, und Ayla, Tochter vom Herdfeuer des Mammut, haben ihre Absicht erklärt, sich zusammenzutun. Sie wollen eine Bindung eingehen, um ihre Geister miteinander zu vermischen und ein Herdfeuer zu teilen. Alle, die davon betroffen sind, haben ihr Einverständnis erklärt«, sagte Tulie und wandte sich dann an den Bildschnitzer: »Ranec, wenn ihr zusammengegeben werdet, gelobst du dann, Ayla deinen Schutz sowie den deines männlichen Geistes zuteil werden zu lassen, willst du für sie sorgen, wenn Die Mutter sie mit neuem Leben segnet? Und bist zu bereit, ihre Kinder als die Kinder deines Herdfeuers anzuerkennen?«

»Ja, das ist es, was ich mir mehr wünsche als alles andere«, sagte Ranec.

»Ayla, wenn ihr zusammengegeben sein werdet, versprichst du dann, für Ranec zu sorgen und ihm den Schutz deiner Muttermacht zuteil werden zu lassen, wirst du die Lebensgabe Der Mutter rückhaltlos willkommen heißen, und bist du bereit, deine Kinder mit dem Mann deines Herdfeuers zu teilen?« fragte Tulie.

Ayla machte den Mund auf, um zu sprechen, doch kam zuerst kein Laut heraus. Sie hüstelte und räusperte sich, dann sagte sie, was sie darauf zu erwidern hatte, doch kam ihre Antwort so leise, daß sie kaum zu hören war: »Ja, ich gelobe es.«

»Habt ihr alle dies Verlöbnis gehört und seid ihr bereit, es zu bezeugen?« wandte Tulie sich an die Versammelten.

»Wir hören es und bezeugen es«, erwiderte die Gruppe. Dann ließen Deegie und Tornec auf ihren Knocheninstrumenten einen langsamen Schrittrhythmus ertönen und veränderten allmählich leise die Töne, um die Stimmen zu begleiten, die anhoben zu singen.

»Beim Sommer-Hochzeitsfest werdet ihr zusammengegeben werden, auf daß alle Mamutoi Zeugen werden«, sagte Tulie. »Umschreitet jetzt dreimal das Feuer, um das Verlöbnis zu bekräftigen.«

Seite an Seite umschritten Ranec und Ayla zum Klang der Instrumente und zum Gesang der Menschen langsam die Feuerstelle. Es war vollbracht. Sie waren einander verlobt. Ranec war außer sich vor Freude. Ihm war, als berührten seine Füße beim Gehen kaum den Boden. Sein Glück war so allesumfassend, daß es unvorstellbar war, daß Ayla nicht daran teilnahm. Wohl hatte er ein gewisses Zaudern bei ihr bemerkt, doch hatte er Entschuldigungen bereit, nahm an, es sei Schüchternheit, oder sie sei müde oder nervös. Er liebte sie so sehr, daß er außerstande war, auch nur in Erwägung zu ziehen, sie könnte ihn nicht ebenso lieben wie er sie.

Doch obwohl sie sich bemühte, sich nichts anmerken zu lassen, war Ayla beim Umschreiten des Feuers das Herz schwer. Jondalar sackte in sich zusammen, konnte sich einfach nicht mehr aufrechthalten, gleichsam als hätte er plötzlich keine Knochen mehr im Leib; er kam sich leer vor, wie ein abgelegter Beutel. Er wollte davonlaufen, fortlaufen, um die schöne Frau nicht mehr zu sehen, die er so liebte und die jetzt neben dem glücklich lächelnden dunkelhäutigen Mann einherschritt.

Nachdem sie den dritten Umgang abgeschlossen hatte, kam es zu einer Pause in den Zeremonien, und es gab Geschenke und gute Wünsche für alle, die mitfeierten. Zu den Geschenken für Bectie gehörte zusätzlicher Raum, der dem Herdfeuer des Kranichs vom Herdfeuer des Auerochsen überlassen worden war; hinzu kamen eine Kette aus Bernstein und Muscheln und ein kleines Messer in reichverzierter Scheide; all das war der Anfang jenes Reichtums, den sie im Laufe ihres Lebens ansammeln sollte. Latie erhielt persönliche Geschenke, wie sie für eine Frau wichtig sind, dazu einen wunderschönen und reichbestickten Sommerkittel von Nezzie, den sie während der Feierlichkeiten beim Sommer-Treffen tragen sollte. Dort waren ihr viele weitere Geschenke von Verwandten und guten Freunden aus anderen Lagern gewiß.

Ayla und Ranec erhielten Dinge für den Haushalt: eine aus Horn geschnitzte Schöpfkelle, einen mit zwei Griffen versehenen Schaber, der benutzt wurde, um die weichen Innenseiten von Fellen sauberzuschaben, und der einen Schlitz aufwies, in den Ersatzklingen hineingesteckt werden konnten, gewebte Bodenmatten, Becher, Schalen und Schüsseln. Ayla fand zwar, daß sie viele Dinge erhielten, doch war auch das nur ein kleiner Anfang. Anläßlich des Sommer-Treffens sollten sie viele, viele weitere Geschenke erhalten, doch würde dort von ihnen – und vom Löwen-Lager überhaupt – erwartet werden, daß sie ihrerseits Geschenke verteilten. Ob groß oder klein, Geschenke bargen immer Verpflichtungen, und das Austüfteln, wer wem was schuldete, war ein verzwicktes, aber unendlich faszinierendes Spiel.

»Ach, Ayla, wie ich mich freue, daß wir zur selben Zeit zusammengegeben werden!« erklärte Deegie. »Es wird soviel mehr Spaß bringen, gemeinsam mit dir zu planen, obwohl du ja hierher zurückkehrst, während ich fortziehe und eine neue Erdhütte bauen werde. Nächstes Jahr wirst du mir fehlen. Und müßte das lustig sein herauszufinden, wen von uns beiden Die Mutter als erste segnet. Dich oder mich. Ayla, wie glücklich du sein mußt!«

»Das bin ich wohl«, sagte Ayla und lächelte, doch mit dem Herzen war sie nicht dabei.

Deegie wunderte sich über ihre mangelnde Begeisterung. Irgendwie schien Ayla das Verlöbnis nicht so aufregend zu finden, wie sie es getan hatte. Ayla selbst fragte sich auch. Sie sollte wirklich glücklich sein, ja, sie wollte glücklich sein, doch das einzige, was sie empfand, war eine verlorene Hoffnung.

Während man allgemein der Geselligkeit oblag, verdrückten Ayla und Mamut sich an das Herdfeuer des Auerochsen, um ihre letzten Vorbereitungen zu treffen. Als alles bereit war, kehrten sie durch den Mittelgang zurück, doch zwischen den Herdfeuern des Rentiers und des Mammut blieb Mamut im Halbdämmer stehen. Angeregt plaudernd, standen die Leute in kleinen Gruppen beisammen, und der Schamane wartete, bis keiner in ihre Richtung sah. Dann gab er Ayla einen Wink, gemeinsam betraten sie den Zeremonialbereich und hielten sich bis zum letzten Augenblick im Schatten.

Ohne daß es zu Anfang jemand bemerkte, stand Mamut schweigend neben dem Schirm vor der Feuerstelle; den Umhang hatte er geschlossen, die Arme vor der Brust verschränkt und die Augen dem Anschein nach geschlossen. Den Kopf gesenkt, saß Ayla mit untergeschlagenen Beinen zu seinen Füßen auf dem Boden; auch sie trug einen Umhang um die Schultern. Als man ihrer endlich gewahr wurde, geschah das mit dem unheimlichen Gefühl, daß sie ganz plötzlich unter sie gefahren wären. Keiner hatte sie kommen sehen. Sie waren einfach da. Die Leute suchten sich schnell Plätze, sich darauf niederzulassen, waren erregt und von Erwartungsfreude erfüllt. Alle waren sie darauf gefaßt, Geheimnis und

Magie vom Herdfeuer des Mammut zu erleben, und gespannt, was es mit dieser neuen Zeremonie, die vorbereitet worden war, wohl auf sich hätte.

Doch zunächst wollte Mamut klarstellen, daß es die Geisterwelt wirklich gab, und die erhöhte Realität des veränderten Bewußtseins augenscheinlich machen, indem er sie für diejenigen vorführte, die nur vom Hörensagen oder vielleicht durch Folgeerscheinungen davon wußten. Stille legte sich über die Gruppe. In dem allgemeinen Schweigen waren die Atemgeräusche und das Knistern des Feuers plötzlich deutlich zu hören. Sich bewegende Luft war eine unsichtbare Gegenwart, die durch die Windkanäle der Herdstellen hereinfuhr und durch die teilweise geöffneten Rauchlöcher gedämpftes Stöhnen vernehmen ließ. Ganz allmählich, so daß keinem auffiel, wann es denn eigentlich eingesetzt hatte, wurde aus dem ächzenden Wind ein eintöniges Gesinge, dann ein rhythmischer Sang. Während die Versammelten einfielen und die wabernden Töne mit natürlichen Harmonien Raum greifen ließen, hob der alte Schamane an, wiegende und schaukelnde Tanzbewegungen zu vollführen. Bald unterstrich die hallende Trommel und das Klirren einer Rassel, die aus mehreren zusammengehaltenen und geschüttelten Armbändern zu bestehen schien, den Rhythmus.

Plötzlich ließ Mamut den Umhang fallen und stand splitternackt vor den Versammelten. Er hatte keine Taschen zur Verfügung, keine Ärmel, keine geheimen Falten, etwas darin zu verstecken. Unmerklich schien er vor ihren Augen zu wachsen und seine durchsichtige schimmernde Gegenwart den Raum auszufüllen. Ayla zwinkerte; sie wußte, daß der Schamane sich nicht verändert hatte. Wenn sie sich konzentrierte, konnte sie die vertraute Gestalt des alten Mannes mit der schlaffen Haut und den langen, dünnen, knochigen Armen und Beinen erkennen, obwohl das nicht ganz einfach war.

Er schrumpfte wieder auf seine normale Größe zusammen, schien jedoch die schimmernde Gegenwart geschluckt oder sich sonst irgendwie einverleibt zu haben, so daß diese ihn mit einem Schimmer umgab, der ihn überlebensgroß zu machen schien. Er hielt ihnen die Hände hin, die Handflächen nach oben. Sie waren leer. Er klatschte einmal in die Hände, legte sie dann zusammen. Er schloß die Augen und stand zuerst ganz still da, doch dann fing er an zu zittern, gleichsam als stemmte er sich gegen eine übergroße Macht. Langsam und unter großen Mühen zog er die Hände auseinander. Eine schwarze amorphe Gestalt erschien zwischen ihnen, und mehr als einen der Zuschauer überlief es eiskalt. Diese Gestalt weckte ein unsägliches Gefühl, den Geruch des Bösen; von etwas Verabscheuungswürdigem, Abscheulichem und Erschreckendem. Ayla merkte, wie sich ihr die Nackenhaare sträubten, und sie hielt die Luft an.

Als Mamut die Hände wieder auseinandernahm, wuchs die Gestalt. Der säuerliche Geruch der Angst stieg von der Gruppe der Sitzenden auf. Alle saßen gerade aufgerichtet da, verrenkten den Hals, sangen mit klagender Intensität, und die Spannung, die in der Erdhütte herrschte, wurde fast unerträglich. Die Gestalt verdunkelte sich, blähte sich, zuckte mit eigenem Leben oder vielmehr dem, was das Gegenteil von Leben war. Der alte Schamane spannte seinen ganzen Körper an und zitterte vor Kraftanstrengung. Ayla fürchtete um ihn und konzentrierte sich ganz auf ihn allein.

Völlig unvermittelt und ohne jede Vorwarnung fühlte Ayla sich plötzlich hineingezogen und war unversehens zusammen mit Mamut, in seinem Kopf oder in seinen Augen. Sie erkannte die Gefahr ganz deutlich, begriff, was sie bedeutete – und war erschrocken. Er beherrschte etwas, das Worte nicht auszudrücken vermochten, das nicht zu verstehen war. Mamut hatte sie hereingezogen, einerseits, um sie zu beschützen, und andererseits, damit sie ihm helfe. Während er damit rang, es zu beherrschen, war sie bei ihm, erfuhr und lernte gleichzeitig. Während er die Hände mit Gewalt wieder zusammenbrachte, wurde die Gestalt kleiner, und sie konnte sehen, daß er sie dorthin zurückdrückte, wo sie herkam. Ein lautes Krachen, einem Donnerschlag gleich, dröhnte in ihrem Geist, und seine Hände kamen wieder zusammen.

Es war fort. Mamut hatte das Böse mit Gewalt vertrieben, und Ayla wurde sich bewußt, daß Mamut andere Geister aufgerufen hatte, ihm zu helfen, die Gefahr niederzuringen. Sie ahnte unbestimmte Tiergestalten, Schutzgeister, das Mammut und den Höhlenlöwen, vielleicht sogar den Höhlenbären, Ursus selbst. Dann war sie wieder da, saß auf einer Matte und schaute den alten Mann an, der einfach wieder Mamut war. Körperlich war er erschöpft, aber geistig waren seine Fähigkeiten geschärft und durch den Kampf, bei dem ein Wille gegen den anderen gestanden hatte, feinfühliger geworden. Auch Ayla schien klarer zu sehen, und sie spürte, daß die Schutzgeister immer noch anwesend waren. Sie besaß inzwischen Übung genug, um zu erkennen, daß es ihm darum gegangen war, alle möglicherweise noch vorhandenen bösartigen Einflüsse auszuschalten, die ihrer Zeremonie gefährlich werden könnten. Sie würden von dem Bösen angezogen werden, das er beschworen hatte, und zusammen mit ihm vertrieben werden.

Durch ein Zeichen gebot Mamut Schweigen. Gesang und Getrommel setzen aus. Es war Zeit für Ayla, mit der Wurzel-Zeremonie des Clan zu beginnen. Dem Schamanen lag jedoch sehr viel daran, deutlich zu machen, wie wichtig die Mithilfe des Lagers dabei war, wenn es soweit war, daß sie wieder singen sollten. Wohin immer das Wurzel-Ritual sie entführte, der Gesang würde sie wieder heimgeleiten.

In der erwartungsvollen Stille der Nacht hob Ayla an, einige ganz ungewöhnliche Rhythmen auf einem Instrument ertönen zu lassen, wie sie es noch nie gesehen hatten. Es war genau das, was es zu sein schien, nämlich eine große, aus einem einzigen Holzklotz herausgearbeitete und umgedrehte Holzschale, die sie vom Tal der Pferde mit hergebracht hatte und die Erstaunen weckte zum einen wegen ihrer Größe, zum anderen aber auch, weil sie als Musikinstrument benutzt wurde. Bäume, die groß genug gewesen wären, eine Schale dieser Art daraus zu arbeiten, wuchsen auf den kahlen, trockenen und windigen Steppen nicht. Selbst in dem periodisch überfluteten Flußtal wuchsen selten sehr hohe Bäume, doch das kleine Tal, wo sie gelebt hatte, war vor der schlimmsten Gewalt der schneidenden Winde geschützt und reichlich genug bewässert gewesen, so daß sogar ein paar große Nadelbäume dort gewachsen waren. Einen dieser Riesen hatte ein Blitz gefällt, und so hatte sie aus einem Stammabschnitt diese Schale gefertigt.

Ayla benutzte einen glatten Holzstab, um den Klang zu wecken. Wiewohl sich einige Tonvariationen dadurch hervorrufen ließen, daß sie die Schale an unterschiedlichen Stellen bearbeitete, handelte es sich doch nicht um ein Perkussionsinstrument, wie es die dröhnende Schädeltrommel und das Schulterblatt waren. Es diente zur Erzeugung von Rhythmen. Die Leute vom Löwen-Lager waren verblüfft. Dies war nicht ihre Art von Musik, und so war ihnen nicht sonderlich wohl dabei, als sie sie hörten. Die rhythmischen Laute, die Ayla machte, hatten etwas entschieden Fremdes, doch ließ gerade das, was sie gehofft hatte, eine entsprechende Atmosphäre entstehen, eine Atmosphäre, die dem Clan-Gefühl entsprach. Mamut war überwältigt von Erinnerungen an die Zeit, die er bei ihnen verbracht hatte. Die Schläge, mit denen sie endete, verrieten kein Ende und keinen Schluß, sondern das Gefühl, daß noch mehr kommen müßte, und so hing hinterher erwartungsvolle Spannung in der Luft.

Das Lager wußte nicht, was es zu erwarten hatte, doch als Ayla den Umhang abwarf und aufstand, überraschte sie das Muster, mit dem sie sich den Körper bemalt hatte: rote und schwarze Kreise. Bis auf einige Gesichtstätowierungen bei denen, die zum Herdfeuer des Mammut gehörten, verzierten die Mamutoi die Kleidung, nicht aber den Körper. Zum ersten Mal ahnten die Leute vom Löwen-Lager etwas von der Welt, aus der Ayla kam, einer Kultur, die ihnen so fremd war, daß sie sie nicht bis ins letzte verstehen konnten. Nicht daß es sich um einen anderen Kleidungsstil handelte, um die Wahl grellerer Farbtöne oder die Vorliebe für bestimmte Speertypen, ja, nicht einmal um eine andere Sprache. Es handelte sich schlicht um eine andere Denkweise; was sie jetzt jedoch begriffen, war, daß auch dies eine menschliche Denkweise war.

Gebannt verfolgten sie, wie Ayla die Holzschale, die sie Mamut gereicht hatte, mit Wasser füllte. Dann nahm sie die getrocknete Wurzel zur Hand, die sie nicht bemerkt hatten, und begann darauf zu kauen. Das war anfangs schwierig. Die Wurzel war alt und trocken, und der Brei und der Saft mußten in die Schale hineinbefördert werden. Hinunterschlucken durfte sie nichts davon. Nachdem Mamut noch einmal überlegt hatte, ob denn diese Wurzel wirklich noch wirksam sein könnte, erklärte Ayla, aller Wahrscheinlichkeit nach wäre sie in getrocknetem Zustand sogar noch stärker als in frischem.

Nach sehr langer Zeit – sie erinnerte sich, daß es auch beim ersten Mal lange gedauert hatte – spuckte sie den durchgekauten Brei und den Rest der Flüssigkeiten in die Wasserschale. Mit dem Finger rührte sie um, bis die Flüssigkeit milchig weiß war. Als sie meinte, daß es genau richtig aussähe, reichte sie Mamut die Schale.

Unter dem Schlagen seiner eigenen Trommel und dem Schütteln der Armreifrassel gab der Schamane den Trommlern und Sängern das richtige Tempo an, das sie beibehalten sollten, und bedeutete Ayla dann mit einem Kopfnicken, er sei bereit. Sie war nervös. Ihre bisherige Erfahrung mit der Wurzel hatte unangenehme Assoziationen geweckt, und so ging sie im Geiste jede Einzelheit der Vorbereitung noch einmal durch und versuchte sich an alles zu erinnern, was Iza ihr gesagt hatte. Sie war bemüht gewesen, die Zeremonie so eng nach dem Vorbild des Clan-Rituals zu gestalten wie nur möglich. So erwiderte sie das Nicken, woraufhin Mamut die Schale an die Lippen führte und den ersten Schluck trank. Nachdem er die Hälfte ausgetrunken hatte, reichte er Ayla den Rest. Sie trank die andere Hälfte.

Schon der Geschmack war uralt, erinnerte an fetten Lehmboden in tiefen schattigen Urwäldern mit sonderbaren Riesenbäumen und grünem Blätterbaldachin, durch den Sonne und Licht nur gebrochen hindurchkamen. Die Wirkung setzte fast augenblicklich bei ihr ein. Leichte Übelkeit befiel sie, es wurde ihr schwindlig, und alles kreiste. Während die Erdhütte sich immer und immer wieder um sie drehte, verschleierte ihre Sicht sich, und ihr Hirn schien sich auszuweiten und ihren Schädel sprengen zu wollen. Plötzlich verschwand die Erdhütte, und sie befand sich an einem anderen, einem dunklen Ort. Sie kam sich verloren vor, und für einen Moment packte sie Panik. Dann hatte sie das Gefühl, als streckte jemand die Hand nach ihr aus, und ihr ging auf, daß Mamut sich an demselben Ort befand wie sie. Ayla war erleichtert, ihn zu finden, doch war Mamut nicht in demselben Maße in ihrem Bewußtsein vorhanden wie Creb es gewesen war; auch gab er weder ihr noch sich selbst die Richtung an, wie Creb es getan hatte. Er übte überhaupt keine Kontrolle aus, sondern war nur da und wartete ab, was geschehen würde.

Schwach, so als befänden die Singenden sich im Inneren der Erdhütte und sie selbst draußen, hörte Ayla den Singsang und die dröhnende Stimme der Trommeln. Sie stellte sich auf den Klang ein. Dieser übte eine beruhigende Wirkung aus, bot ihr einen Beziehungspunkt und vermittelte ihr das Gefühl, nicht allein zu sein. Auch Mamuts Nähe übte einen beruhigenden Einfluß aus, auch wenn sie sich das kräftige führende Gemüt wünschte, das ihr den Weg beim ersten Mal gezeigt hatte.

Das Dunkel hellte sich zu Grau auf, das erst schimmerte und dann schillerte. Sie spürte Bewegung, als ob sie und Mamut wieder über die Landschaft dahinflögen, nur gab es keine unterscheidbaren Merkmale, nur das Gefühl von etwas, das durch die sie umgebende opalisierende Wolke hindurchglitt. Nach und nach, während ihre Geschwindigkeit immer größer wurde, verfestigte sich der Wolkendunst um sie herum in eine dünne Schicht aus schimmernden Regenbogenfarben. Sie glitt einen langen, durchsichtigen Tunnel entlang, wobei die Wände wie das Innere einer Blase waren, und flogen schneller und immer schneller und geradewegs auf das blendende weiße Licht zu, wie die Sonne, nur eiskalt. Sie schrie, doch kam kein Laut heraus, dann fuhr sie in das Licht hinein und durch dieses hindurch.

Sie befand sich in einer tiefen, kalten, schwarzen Leere, und das kam ihr erschreckend bekannt vor. Sie war schon einmal hiergewesen, doch damals hatte Creb sie gefunden und herausgeholt. Undeutlich nur spürte sie, daß Mamut immer noch bei ihr war; aber sie wußte auch, daß er ihr nicht helfen konnte. Der Singsang der Leute war nichts weiter als ein ganz undeutlicher Widerhall. Doch wenn er jemals aufhörte, das wußte sie, würde sie nie den Weg zurück finden; allerdings war sie sich keineswegs sicher, ob sie überhaupt zurück wollte. An diesem Ort gab es keine Empfindungen, kein Gefühl, nur das Fehlen von etwas, was bewirkte, daß sie selbst sah, wie verwirrt sie war und wie sehr ihre Liebe und ihr verzweifeltes Unglücklichsein schmerzten. Die schwarze Leere war erschreckend, schien jedoch nicht schlimmer als die Verlorenheit und Trostlosigkeit in ihrem Inneren.

Wieder empfand sie Bewegung, die Schwärze lichtete sich. Sie schwebte wieder in einer Dunstwolke, nur daß sie diesmal anders war, dichter und schwerer. Die Wolke teilte sich, und vor ihr tat sich ein Ausblick auf, der ihr allerdings nichts bedeutete. Es war nicht die sanfte, zufällige natürliche Landschaft, die sie kannte. Vielmehr war sie angefüllt mit unvertrauten Formen und Umrissen; regel- und ebenmäßig mit harten glatten Oberflächen und geraden Linien sowie gewaltigen Mengen grell leuchtender unnatürlicher Farben. Mehreres bewegte sich rasch, aber vielleicht schien das auch nur so. Sie wußte es nicht. Nur gefallen tat es ihr hier nicht, und sie kämpfte damit, es von sich zu stoßen und davon loszukommen.

Jondalar hatte verfolgt, wie Ayla den Sud trank, und runzelte besorgt die Stirn, als er sah, wie sie wankte und ihr Gesicht bleich wurde. Sie würgte ein paarmal und fiel dann zu Boden. Auch Mamut war in sich zusammengesunken, doch für einen Schamanen war es nichts Ungewöhnliches, einfach zu Boden zu gehen, wenn er sich auf der Suche nach Geistern weit entfernte und in eine andere Welt überwechselte, gleichgültig, ob er dazu etwas trank oder einnahm, was ihm half, das zu vollbringen. Mamut und Ayla lagen ausgestreckt auf dem Rücken, und das Gesinge und Getrommel ging weiter. Er sah, wie Wolf versuchte, sie zu erreichen; gleichwohl hielt irgend etwas das junge Tier zurück. Jondalar verstand, wie Wolf zumute war. Auch ihn verlangte es, Ayla zu Hilfe zu eilen; er warf auch einen Blick auf Ranec, um festzustellen, wie der reagierte, aber die Leute vom Löwen-Lager schienen alle nicht beunruhigt, und so zögerte er, in das heilige Ritual einzugreifen. Statt dessen sang er mit. Mamut hatte besonders darauf hingewiesen, wie wichtig das Singen sei.

Viel Zeit war vergangen, und keiner von den beiden am Boden Liegenden hatte sich bewegt. Seine Angst um Ayla wuchs, und jetzt meinte er, auch in den Mienen einiger anderen Besorgnis zu erkennen. Er stand auf und versuchte, sie ins Auge zu fassen, doch die Feuer waren heruntergebrannt, und das Innere der Erdhütte war dunkel. Er hörte ein Winseln, und als er hinunterblickte, sah er Wolf. Der Wolfswelpe winselte noch einmal und blickte flehentlich zu ihm auf. Mehr als einmal schickte er sich an, zu Ayla hinüberzulaufen, doch kehrte er jedesmal zu ihm zurück.

Jondalar hörte Winnie im Anbau wiehern. Das klang beunruhigt, so als witterte sie Gefahr. Der großgewachsene Mann ging hinüber, um nachzusehen, was wäre. Es war zwar unwahrscheinlich, aber es konnte doch sein, daß sich ein Raubtier in den Anbau eingeschlichen hatte und die Pferde bedrohte, während alle anderen beschäftigt waren. Als Winnie ihn erblickte, schnaubte sie. Jondalar konnte nichts entdecken, was das Verhalten der Stute erklärt hätte; trotzdem schien irgend etwas sie zu beunruhigen. Nicht einmal, als er ihr den Hals klopfte und ihr tröstlich zusprach, schien sie das zu beruhigen. Immer wieder strebte sie dem Eingang zum Herdfeuer des Mammut zu, obwohl sie nie zuvor versucht hatte, dort hineinzukommen. Auch Renner war unruhig; doch vielleicht spürte er nur, wie nervös seine Mutter war.

Wieder war Wolf zu seinen Füßen und jaulte und winselte, lief auf den Eingang zum Herdfeuer des Mammut zu und kam wieder zu ihm zurück.

»Was ist denn, Wolf? Was hast du?« Und was mag Winnie haben, dachte er. Dann ging ihm auf, was vielleicht beide Tiere beunruhigte. Ayla! Sie mußten spüren, daß Ayla Gefahr drohte!

Mit großen Schritten eilte Jondalar zurück, erkannte, daß jetzt mehrere Leute Ayla und Mamut umringten und versuchten, sie aufzuwecken. Außerstande, sich noch weiter zurückzuhalten, lief er zu Ayla hin. Sie war ganz steif, hatte völlig verkrampfte Muskeln und war kalt. Atmen tat sie kaum.

»Ayla!« rief Jondalar laut. »Ach Mutter, wie sie aussieht! Fast als ob sie tot wäre! Ayla! Ach, Doni, laß sie nicht sterben! Ayla, komm zurück! Stirb nicht, Ayla! Bitte, stirb nicht!«

Er hielt sie in den Armen, rief immer wieder mit großer Dringlichkeit laut ihren Namen und flehte sie an, nicht zu sterben.

Ayla fühlte, wie sie sich weiter und immer weiter entfernte. Sie versuchte, den Gesang und das Getrommel zu hören, doch waren diese nur eine undeutliche, ferne Erinnerung. Dann meinte sie, ihren Namen zu hören. Angestrengt lauschte sie. Ja, da war er wieder, ihr Name, flehentlich hervorgestoßen, so, als wäre es furchtbar wichtig. Sie spürte, wie Mamut näherrückte, und gemeinsam konzentrierten sie sich auf den Singsang. Sie vernahm leises Stimmengewirr und fühlte sich zu diesem Laut hingezogen. Dann hörte sie in der Ferne die dröhnend widerhallenden Stakkato-Stimmen der Trommeln das Wort *»h-h-u-uuu-m-m-«* hervorbringen. Deutlicher hörte sie jetzt ihren Namen angstvoll und flehentlich und überwältigend liebevoll ausgerufen. Sie spürte das heiße Bemühen, jenes Wesen, das sie und Mamut gemeinsam waren, zu erreichen und anzurühren.

Plötzlich bewegte sie sich, wurde sie einen einzelnen glühenden Faden entlanggezogen und -gestoßen. Sie hatte das Gefühl von großer Geschwindigkeit. Die dichte Wolke hüllte sie ein und blieb hinter ihr zurück. Im Nu war sie durch die Leere hindurch. Der schimmernde Regenbogen wurde zu grauem Dunst, und im nächsten Augenblick fand sie sich im Inneren der Erdhütte wieder. Unter sich ihr eigener Körper, unnatürlich still und leichenblaß auf dem Boden. Sie sah den Rücken eines blonden Mannes, der sich über sie neigte und sie im Arm hielt. Und dann spürte sie, wie Mamut sie vorwärtsstieß.

Aylas Lider flatterten, dann schlug sie die Augen auf und sah Jondalars Gesicht auf sich herniederschauen. Aus der großen Angst in seinen blauen Augen wurde von einem Moment auf den anderen Erleichterung. Sie versuchte zu sprechen, doch ihre Zunge schien geschwollen, und ihr war kalt, eiskalt.

»Sie sind zurück!« hörte sie Nezzie rufen. »Ich weiß nicht, wo sie gewesen sind, aber sie sind wieder da. Und sie frieren! Bringt Felle und etwas Heißes zu trinken.«

Deegie trug einen Armvoll Felle von ihrem Lager herbei, und Jondalar trat beiseite, damit sie sie um Ayla herum feststopfen konnte. Wolf kam herbeigesprungen und leckte ihr das Gesicht, und Ranec brachte einen Becher heißen Tee. Talut half ihr, sich aufzusetzen. Winnie wieherte aus dem Anbau herüber, und Ayla hörte den Klang von Kummer und Angst heraus. Die Frau setzte sich auf, war ihrerseits besorgt und erwiderte das Wiehern, um die Stute zu beruhigen. Dann fragte sie nach Mamut.

Sie halfen ihr auf, ein Fell wurde ihr um die Schulter gelegt, dann führten sie sie zu dem alten Schamanen. Auch er war in warme Felle gehüllt und hielt einen Becher Tee in der Hand. Zwar lächelte er sie an, doch verriet sein Blick eine gewisse Besorgnis. Um das Lager nicht unnötig aufzuregen, hatte er versucht, die Gefährlichkeit ihres Experiments herunterzuspielen; Ayla freilich sollte durchaus begreifen, in welch ernster Gefahr sie geschwebt hatten. Auch sie verlangte es, darüber zu reden, doch vermieden sie beide direkte Anspielungen auf das Erlebte. Nezzie spürte augenblicklich ihr Bedürfnis zu reden, sorgte unaufdringlich dafür, daß die anderen sich entfernten und ließ sie allein.

»Wo sind wir gewesen, Mamut?« fragte Ayla.

»Ich weiß es nicht, Ayla. Ich bin nie zuvor dortgewesen. Es war ein anderer Ort, vielleicht eine andere Zeit. Vielleicht war es gar kein Ort – kein richtiger Ort, meine ich«, sagte er nachdenklich.

»Doch muß es das gewesen sein«, sagte sie. »Alles fühlte sich so wirklich an, und manches schien mir vertraut. Dieser Ort der Leere, diese Dunkelheit. Ich war schon einmal mit Creb dort.«

»Ich glaube dir, wenn du sagst, daß dein Creb große Macht besaß. Vielleicht sogar noch mehr, als dir klar ist, wenn er über jenen Ort gebieten und ihn beherrschen konnte.«

»Ja, das konnte er, Mamut, aber ...« Ihr fiel etwas ein, doch war sie sich nicht sicher, ob sie es würde ausdrücken können. »Creb hat über diesen Ort geboten, er hat mir seine Erinnerungen und unsere Anfänge gezeigt; nur glaube ich nicht, daß Creb jemals dorthin gegangen ist, wo wir waren, Mamut. Ich glaube nicht, daß er dazu imstande war. Vielleicht ist es das, was mich beschützt hat. Er besaß gewisse Kräfte und konnte über sie gebieten, aber sie waren anders. Der Ort, an den wir diesmal gegangen sind, war ein neuer Ort. Creb konnte nicht an neue Orte gehen, er konnte immer nur dorthin gehen, wo er schon mal gewesen war. Aber vielleicht hat er erkannt, daß mir das möglich sein würde. Ob es wohl das war, was ihn so traurig gemacht hat?«

Mamut nickte. »Vielleicht. Aber viel wichtiger ist, daß jener Ort weit gefährlicher war, als ich geahnt hatte. Um des Lagers willen habe ich es heruntergespielt. Wären wir länger fortgeblieben, wären wir wahrscheinlich nicht wieder zurückgekommen. Wir sind auch nicht von allein zurückgekehrt. Uns ist geholfen worden ... von jemand, der den sehnlichen Wunsch hatte, daß wir zurückkämen ... und dieser starke Wunsch war es, der alle Hindernisse überwunden hat. Wenn eine solche Willenskraft mit einer solchen Ausschließlichkeit darauf gerichtet ist, zu vollbringen, was sie sich vorgenommen hat, dann kann ihr nichts widerstehen, höchstens der Tod selbst.«

Offensichtlich tief beunruhigt, runzelte Ayla die Stirn, und Mamut fragte sich, ob sie wohl wisse, wer sie zurückgebracht hatte, oder ob sie verstand, warum eine solche Willenskraft zu ihrem Schutz nötig wäre. Später würde sie es wohl begreifen, doch war es nicht seine Sache, es ihr zu sagen. Das mußte sie selbst herausfinden.

»Ich werde nie wieder an diesen Ort gehen«, fuhr er fort. »Dazu bin ich zu alt. Ich möchte nicht, daß mein Geist sich in jener Leere verliert. Irgendwann, wenn du erst alle deine Kräfte entwickelt hast, könntest du den Wunsch haben, wieder dorthinzugehen. Raten würde ich dir nicht dazu, aber wenn du doch hingehst, sorge dafür, daß du machtvollen Schutz genießt. Sorge dafür, daß jemand, der dich zurückrufen kann, auf dich wartet.«

Auf dem Weg zurück zu ihrer Bettplattform hielt Ayla nach Jondalar Ausschau, doch der hatte sich zurückgezogen, als Ranec den Tee brachte, und jetzt hielt er sich von ihr fern. Wiewohl er nicht gezögert hatte, zu ihr zu gehen, als er sie in Gefahr glaubte, war er jetzt unsicher. Sie hatte sich dem Mamutoi-Bildschnitzer anverlobt. Welches Recht hatte er da, sie in den Armen zu halten? Außerdem schienen alle genau zu wissen, was sie zu tun hätten, und brachten ihr heißen Tee und Felle. Er hatte das Gefühl gehabt, ihr auf irgendeine merkwürdige Weise helfen zu können, weil er sie so sehr begehrte, doch als er darüber nachdachte, zweifelte er nachgerade daran. Wahrscheinlich war sie ohnehin bereits im Zurückkommen begriffen gewesen, sagte er sich. Nichts als Zufall. Ich war nur zufällig da. Sie wird sich nicht einmal daran erinnern.

Nach ihrem Gespräch mit Mamut ging Ranec zu ihr und bat sie, in sein Bett zu kommen, nicht, um sich mir ihr zu paaren, sondern bloß um sie im Arm zu halten und sie zu wärmen. Sie jedoch erklärte mit Nachdruck, sich in ihrem eigenen Bett wohler zu fühlen. Schließlich willigte er ein, lag jedoch lange in seinen Fellen wach und dachte nach. Wiewohl allen anderen klargewesen war, daß Jondalar auch weiterhin an Ayla interessiert war, selbst nachdem er vom Herdfeuer des Mammut ausgezogen war, hatte er,

Ranec, das verdrängen können. Doch nach dieser Nacht konnte Ranec die starken Gefühle, die der große Mann ihr nach wie vor entgegenbrachte, nicht mehr ignorieren – nicht, nachdem er mitangesehen hatte, wie er Die Mutter um ihr Leben angefleht hatte.

Er hegte keinerlei Zweifel, daß Jondalar daran mitgewirkt hatte, Ayla zurückzubringen, doch wollte er nicht glauben, daß sie diese Gefühle erwiderte. Sie hatte sich ihm in dieser Nacht verlobt. Ayla würde seine Frau werden und sein Herdfeuer mit ihm teilen. Auch er hatte um sie gebangt und gefürchtet, und der Gedanke, sie zu verlieren – an irgendeine Gefahr oder an einen anderen Mann – war nur dazu angetan, sein Begehren noch zu verstärken.

Jondalar sah Ranec zu ihr gehen und atmete leichter, als er sah, daß der dunkelhäutige Mann allein an sein Herdfeuer zurückkehrte. Doch dann drehte er sich auf die Seite und zog sich die Felle über den Kopf. Welchen Unterschied machte es schon, ob sie heute nacht zu ihm ging oder nicht? Irgendwann würde sie ja doch zu ihm gehen. Sie hatte sich ihm anverlobt.

29

Im allgemeinen zählte Ayla ihre Jahre vom Ende des Winters an; ihr neues Lebensjahr begann also mit der Jahreszeit der Erneuerung. Der Frühling ihres achtzehnten Jahres hatte eine Fülle von Wiesenblumen und das Grün der frischen Triebe gebracht. Begrüßt wurde er mit einer Freude, wie sie nur dort denkbar ist, wo der Winter streng ist und lange dauert. Doch nach dem Frühlings-Fest machte die Jahreszeit rasche Fortschritte. Die leuchtenden Blüten der Steppen verblaßten und wurden ersetzt durch die rasch wachsenden Samen des neuen Grases – und die wandernden Herden der Weidetiere, die sie mit ihrem Grün herbeilockten.

Tiere in großer Zahl und der unterschiedlichsten Arten zogen über die offenen Ebenen. Von manchen kamen so viele zusammen, daß man sie nicht zählen konnte, andere fanden sich zu kleineren Herden oder Familienverbänden zusammen; alle jedoch nährten sich und lebten von den windgepeitschten, unglaublich üppigen Weiden der Grasländer und der gletschergespeisten Flußsysteme, die sie durchzogen.

Riesige Herden Wisente mit großen Hörnern bedeckten Hügel und Senken mit einer lebendigen, muhenden, rastlos sich auf- und abbewegenden Masse, hinter der nichts als zerstampfte und zertrampelte Erde zurückblieb. Ure oder Auerochsen bildeten auf dem Weg gen Norden meilenlange Ketten in baumbestandener Parklandschaft, die sich insbesondere an den größeren Flüssen entlangzog. Zu ihnen gesellten sich häufig Herden von Elentieren und Riesenhirschen mit den mächtigen Geweihen. Scheues Rehwild hielt sich in kleinen Gruppen vornehmlich in den Galeriewäldern der Flußtäler und in den nördlichen Waldgebieten auf, die ihre bevorzugten Sommerweideplätze bildeten; hinzu kamen die ungeselligen Elche, die mit Vorliebe die Moräste und Schmelzwasserseen der Steppen aufsuchten. Wildziegen und Mufflons, für gewöhnlich Bergbewohner, zog es in den kalten Regionen des Nordens gleichfalls auf die offenen Ebenen, wo sie sich insbesondere an den Tränken mit kleinen Familienverbänden von Saiga-Antilopen sowie größeren Herden von Steppenpferden trafen.

Die jahreszeitlichen Wanderzüge von wolletragenden Tieren spielten sich auf begrenzterem Raum ab. Mit ihrer dicken Fettschicht und der Ober- und Unterhaardecke ihres Fells waren sie angepaßt an das Leben unterhalb der Gletscher; zuviel Wärme konnten sie nicht vertragen. Sie lebten das ganze Jahr hindurch in den periglazialen Steppenregionen, wo die Kälte tief, aber trocken war und der Schnee pulverig, so daß sie sich im Winter von dem dürren, vertrockneten Gras unter der leichten Schneedecke ernähren konnten. Die schafähnlichen Moschusochsen waren ständige Bewohner des eisigen Nordens und bewegten sich in kleinen Herden auf begrenztem Raum. Wollhaarnashörner, die für gewöhnlich nur in kleinen Familienverbänden zusammenlebten, sowie die größeren Herden der Mammuts mit dem langen Fell bewegten sich in weitergefaßten Lebensräumen, hielten sich jedoch im Sommer im Norden auf. Auf den etwas wärmeren und feuchteren Kontinentalsteppen des Südens legten sich dicke Schneeschichten über die Nahrung, und die mächtigen Tiere wären darin versunken. Im Frühling zogen sie nach Süden, um sich an dem zarten jungen Gras ein Fettpolster anzufressen, doch sobald es wärmer wurde, zogen sie wieder nach Norden.

Die Leute von Löwen-Lager jubelten, als sie erlebten, daß es auf den Ebenen wieder von Tieren wimmelte, und ereiferten sich über das Erscheinen einer jeden Tierart, insbesondere wenn es sich um Tiere handelte, die vornehmlich in kalten Regionen gediehen. Das waren diejenigen, die ihnen halfen zu überleben. Der Anblick der gewaltigen, unberechenbaren Nashörner mit den beiden Hörnern, von denen das vordere lang und tief über dem Boden hing, und der doppelten Haardecke – der langhaarigen Ober- und der daunenweichen und dichten Unterdecke – ließ sie unweigerlich in Ausrufe des Erstaunens ausbrechen.

Nichts jedoch rief eine solche Aufregung unter den Mamutoi hervor wie der Anblick des Mammuts. Kam die Zeit näher, da sie für gewöhnlich vorüberzogen, fungierte irgendeiner von ihnen immer als Ausguck. Seit sie vom Clan fort war, hatte Ayla Mammuts nur aus der Ferne gesehen, und so war sie genauso aufgeregt wie die anderen, als Danug eines Nachmittags den Hang heruntergestürmt kam und rief: »Mammuts! Mammuts!«

Sie war unter den ersten, die zur Erdhütte herauskamen, um sie sich anzusehen. Talut, der oft Rydag huckepack trug, war mit Danug auf den Steppen gewesen, und sie bemerkte, daß Nezzie, den Jungen auf der Hüfte, weit hinter die anderen zurückgefallen war. Schon wollte sie hin, um ihr zu helfen, da sah sie Jondalar der Frau den Jungen abnehmen und ihn sich auf die Schulter setzen. Beide dankten es ihm mit ihrem Lächeln, und Ayla lächelte gleichfalls, doch das bemerkte er nicht. Es verklärte ihre

Züge noch, als sie sich Ranec zuwandte, der hinter ihr herlief, um sie einzuholen. Ihr zartes schönes Lächeln rief in ihm ein warmes Gefühl von Herzlichkeit hervor und weckte den brennenden Wunsch, sie möge ihm bereits angehören. Sie konnte nicht umhin, auf den Ausdruck von Liebe in seinen dunklen blitzenden Augen und das gewinnende Grinsen zu reagieren, und so wurde ihr Lächeln, als sie ihn sah, nicht ausgelöscht.

Schweigend und in ehrfürchtiger Scheu sah das gesamte Löwen-Lager die riesigen zotteligen Geschöpfe vorüberziehen. Mammuts waren in ihrem Lebensbereich die größten Tiere überhaupt und wären das wohl fast überall gewesen. Die Herde, zu der auch eine Reihe von Jungtieren gehörte, zog in größter Nähe vorüber, und die alte Leitkuh beäugte die Menschen voller Mißtrauen. Sie wies eine Schulterhöhe von rund drei Metern auf, besaß einen hochsitzenden Kopf mit einem Stirnbuckel darauf und einen Fetthöcker auf dem Widerrist, in dem für den Winter zusätzlich Fett gespeichert wurde. Der kurze Rücken fiel ziemlich steil zum Becken ab und vervollständigte die charakteristischen und unverkennbaren Umrisse des mächtigen Tieres. Ihr Schädel war im Verhältnis zur Körpergröße zu groß, länger als die Hälfte des relativ kurzen Rüssels, von dessen Ende zwei hochempfindliche und bewegliche fingerartige Fortsätze ausgingen, einer oben und einer unten. Ihr Schwanz war wieder kurz, und sie hatte auch kleine Ohren, was beides half, möglichst wenig Körperwärme abzugeben.

Mammuts waren hervorragend für das Leben in großer Kälte geeignet. Ihre sehr dicke Haut wurde von einer zehn Zentimeter oder noch dickeren Fettschicht isoliert und war mit einem dichten, wärmenden, zwei bis drei Zentimeter kurzen Unterfell bedeckt. Das grobe, dunkel rotbraune, feuchtigkeitsabweisende Oberfellhaar wurde bis zu fünfzig Zentimeter lang, hing in dichten Lagen über der daunenweichen Unterdecke und schützte diese vor Wind und Nässe. Mit leistungsfähigen Mahlzähnen zerkleinerten sie im Winter trockenes Gras, Zweige und die Rinde von Birken, Weiden und Lärchen so mühelos wie im Sommer die grünen Gräser, Seggen und Kräuter.

Am eindrucksvollsten jedoch waren an den Mammuts die gewaltigen Stoßzähne, die ebensosehr Erstaunen wie Angst erregten. Nahe beieinander aus dem Oberkiefer herauswachsend, zeigten sie zuerst steil nach unten, rundeten sich dann kraftvoll nach oben und außen und kehrten sich am Schluß noch nach innen. Bei alten Bullen konnte der Stoßzahn eine Länge bis zu viereinhalb Metern erreichen, doch wenn sie das taten, kreuzten sie sich an den Enden bereits. Bei Jungtieren waren die Stoßzähne gefährliche Waffen und eingebaute Werkzeuge, die zum Entwurzeln von Bäumen ebenso dienten wie zum Forträumen von Weide und Futter bedeckendem Schnee, doch sobald die beiden Spitzen sich nach oben wendeten und sich übereinander legten, waren sie nur im Wege und behinderten mehr als daß sie geholfen hätten.

Der Anblick der gewaltigen Tiere löste in Ayla eine Flut von Erinnerungen an das erste Mal aus, da sie Mammuts gesehen hatte. Sie wußte noch genau, wie heiß sie sich damals gewünscht hatte, mit den Männern des Clan auf die Jagd gehen zu dürfen; dabei fiel ihr ein, daß Talut sie aufgefordert hatte, an der ersten Mammutjagd dieses Jahres, die die Mamutoi veranstalteten, teilzunehmen. Sie ging gern auf die Jagd, und die Vorstellung, diesmal die anderen Jäger begleiten zu können, weckte kribbelnde Erwartung. Sie fing an, sich wirklich auf das Sommer-Treffen zu freuen.

Die erste Jagd des Jahres besaß eine wichtige symbolische Bedeutung. So massig und majestätisch die Wollhaar-Mammuts waren – die Gefühle, die sie bei den Mamutoi weckten, beschränkten sich nicht auf Fassungslosigkeit und Staunen über ihre Größe. Die Mamutoi hingen nicht nur in bezug auf Nahrung von den Mammuts ab, und da sie auf sie angewiesen waren und entsprechend den Wunsch hatten, daß die großen Tiere weiterhin existierten, hatten sie eine ganz besondere Beziehung zu ihnen entwickelt. Weil sie ihre eigene Art und Lebensweise ganz auf sie abgestimmt hatten, brachten sie ihnen Hochachtung, ja Ehrerbietung entgegen.

Die Mammuts besaßen keine natürlichen Feinde; es gab kein Raubtier, das regelmäßig von ihnen gelebt hätte. Den riesigen Höhlenlöwen, doppelt so groß wie alle anderen Raubkatzen, die ihre Beute für gewöhnlich unter den großen Weidetiere wie Uren, Wisenten, Riesenhirschen, Elchen und Pferden schlugen, fiel vielleicht einmal ein Kalb oder ein krankes oder altersschwaches Tier zum Opfer, doch kein vierbeiniger Räuber, ob er nun allein jagte oder im Rudel, konnte ein in der Blüte seiner Kraft und Jahre stehendes Mammut zur Strecke bringen. Einzig den Mamutoi, den Menschenkindern der Große Erdmutter, war die Fähigkeit gegeben, Jagd auf das größte ihrer Geschöpfe zu machen. Sie waren die Auserwählten. Sie nahmen unter Ihren Geschöpfen die erste Stelle ein. Sie waren die Mammutjäger.

Nachdem die Mammutherde vorübergezogen war, folgten die Angehörigen des Löwen-Lagers ihr mit größter Wachsamkeit. Nicht, um sie zu jagen, denn das sollte später kommen. Zunächst hatten sie es auf die flaumweiche Wolle ihres Unterfells abgesehen, die in größeren Fetzen unter den langen gröberen Oberhaaren abgestoßen wurde. Die natürlich gefärbte dunkelrote Wolle, die vom Boden aufgehoben und von Dorngestrüpp, an dem es sich verfangen hatte, abgesammelt wurde, galt als besondere Gabe des Geister-Mammut.

Wenn der Zufall es wollte, wurde auch die weiße Wolle des Mufflons, die diese wilden Schafe im Frühling abstreiften, die unglaublich weiche erdbraune Wolle der Moschusochsen und die gleichfalls rote, aber hellere Wolle vom Unterkleid der Wollhaarnashörner mit großer Begeisterung eingesammelt. Im Geiste sagten sie dafür der großen Erdmutter Dank, Die Ihren Kindern in reichem Maße alles gab, was sie brauchten: pflanzliche wie tierische Kost, Feuerstein und Ton. Man mußte nur wissen, wo und wann danach suchen.

Wiewohl sie frisches Gemüse bei aller ihnen zur Verfügung stehenden Abwechslung begeistert zu ihrer Nahrung hinzufügten, gingen die Mamutoi im Frühling und Frühsommer nur wenig auf die Jagd, es sei denn, ihnen gingen die Vorräte aus. Um diese Zeit waren die Tiere noch zu mager. Der lange harte Winter beraubte sie aller Fettreserven, also der so überaus wichtigen Quelle konzentrierter Energie. Ihre Wanderungen beruhten auf der Notwendigkeit, diese Reserven aufzufüllen. Gelegentlich suchten die Mamutoi sich einen Wisentbullen aus, sofern das Fell am Nacken noch schwarz war, was darauf hinwies, daß bis zu einem gewissen Grad noch Fett in ihm steckte, des weiteren ein paar trächtige weibliche Tiere verschiedener Arten, weil das zarte Fleisch der ungeborenen Jungen sehr begehrt war; außerdem ließen sich die bereits vollbehaarten Felle der Föten vortrefflich zu Babykleidung oder Untergewändern verarbeiten. Die große Ausnahme in dieser Hinsicht waren die Rentiere.

Unübersehbare Rentierherden zogen gen Norden, wobei die geweihtragenden weiblichen Tiere mit den Jungen auf erinnerten Pfaden zu den traditionellen Kalbgebieten voranzogen; ihnen folgten die männlichen Tiere. Wie das auch bei anderen Herdentieren der Fall war, wurde ihre Zahl durch die Wölfe gelichtet, die sie an ihren Flanken begleiteten und sich vornehmlich die alten und kranken Tiere aussuchten; außerdem machten noch mehrere Katzenarten Jagd auf die Rentiere, wie große Luchse, Leoparden mit dem schlanken Leib, und gelegentlich ein massiger Höhlenlöwe. Die großen Fleischfresser wiederum spielten mit dem, was sie übrigließen, Gastgeber für eine Vielzahl kleinerer Raubtiere und Aasfresser zu Lande und in der Luft, als da sind: Füchse, Hyänen, Braunbären, Zibetkatzen, kleine Steppenkatzen, Vielfraße, Wiesel, Raben, Milane, Falken und viele andere mehr.

Der zweibeinige Jäger – der Mensch – jagte diese alle. Felle und Federn seiner Jagdkonkurrenten wurden nicht verachtet, obwohl das Löwen-Lager hauptsächlich hinter den Rentieren her war – und zwar nicht um des Fleisches willen, obwohl man auch dies nicht verkommen ließ. Die Zunge galt als Leckerbissen, und ein Großteil des Fleisches wurde getrocknet und diente als Reiseproviant. Worum es ihnen jedoch ging, das waren die

Felle. Für gewöhnlich graugelb und doch unterschiedlich in der Färbung von cremigem Weiß bis nahezu Schwarz, wobei die Jungtiere einen rötlichen Schimmer aufwiesen, waren die Felldecken der meisten nördlichen Wandertiere einerseits leicht, andererseits aber auch wärmend. Da ihr Fell auf natürliche Weise isolierte, gab es keine bessere Kaltwetterkleidung als die aus Rentierfellen gefertigte. Und als Unterlage beim Schlafen und als Bodenmatte gab es nichts, was sich damit vergleichen ließe. Das Löwen-Lager umzingelte jedes Jahr etliche Tiere und fing andere in Fallgruben, um die eigenen Vorräte zu ergänzen und um Geschenke zu haben, die sie brauchten, wenn sie zu den sommerlichen Wanderzügen aufbrachen.

Je näher das Sommer-Treffen rückte, desto aufgeregter wurden die Mamutoi und desto mehr steigerte sich die Erwartungsfreude. Mindestens einmal täglich kam irgend jemand und sagte Ayla, daß es ihr bestimmt Freude machen würde, diesen Verwandten oder jenen Freund oder Freundin kennenzulernen, oder wieviel ihnen daran liege, daß sie sie kennenlerne. Der einzige, der wenig Begeisterung für das Zusammenkommen der Lager zeigte, war Rydag. Ayla hatte den Jungen noch nie so niedergeschlagen erlebt und fürchtete bereits, er könne womöglich krank sein.

Eingehend beobachtete sie ihn mehrere Tage lang, und eines ungewöhnlich warmen Nachmittags, als er draußen zusah, wie etliche Leute Rentierfelle dehnten, setzte sie sich zu ihm.

»Ich habe eine neue Medizin für dich, Rydag, die du mit zum Sommer-Treffen nehmen solltest«, sagt Ayla. »Sie ist frischer und vielleicht auch stärker als die, die du bisher genommen hast. Jedenfalls mußt du mir sagen, ob du irgendwelche Unterschiede merkst, ob sie besser wirkt oder schlechter«, sagte sie unter Verwendung von Handzeichen und Worten, wie sie es gewöhnlich ihm gegenüber tat. »Wie fühlst du dich jetzt? Hat es in der letzten Zeit irgendwelche Veränderungen gegeben?«

Rydag genoß es, wenn Ayla mit ihm redete. Obwohl er aus tiefstem Herzen dankbar war für seine neue Fähigkeit, sich mit den Leuten aus dem Lager zu verständigen, blieb doch deren Verständnis und ihre Verwendung der Zeichensprache im wesentlichen auf die einfachsten Dinge beschränkt. Ihre Wörtersprache hatte er jahrelang verstanden, doch wenn sie sich an ihn wandten, neigten sie dazu, das, was sie sagen wollten, zu vereinfachen, um mit den ihnen bekannten Zeichen auszukommen. Aylas Zeichen hingegen waren, was die feinen Unterschiede und das Gefühl betraf, der Wörtersprache näher und vertieften das, was sie ausdrücken wollte.

»Nein, fühle wie immer«, signalisierte ihr der Junge.

»Nicht müde?«

»Nein ... doch. Immer ein bißchen müde.« Er lächelte. »Aber nicht mehr so wie früher.«

Ayla nickte und betrachtete ihn eingehend, suchte nach irgendwelchen sichtbaren Symptomen und versuchte sich einzureden, daß es keine Veränderung in seinem Zustand gäbe, zumindest keine zum Schlechteren. Sie sah auch nirgends irgendwelche Anzeichen körperlichen Verfalls; nur niedergeschlagen wirkte er.

»Rydag, bedrückt dich irgendwas? Bist du unglücklich?«

Achselzuckend wandte er den Blick ab. Dann jedoch sah er sie an. »Ich möchte nicht gehen«, gab er ihr mittels Zeichensprache zu verstehen.

»Wohin möchtest du nicht gehen? Ich verstehe nicht.«

»Zum Treffen«, sagte er und sah wieder weg.

Ayla runzelte die Stirn, setzte ihm jedoch nicht weiter zu. Rydag wollte offenbar nicht darüber reden und ging bald in die Erdhütte hinein. Sie folgte ihm durch den Vorplatz und bemühte sich, nicht aufzufallen. Von der allgemeinen Kochstelle aus sah sie, wie er sich auf sein Lager legte. Sie machte sich ernsthaft Sorgen um ihn. Tagsüber legte er sich nur selten aus freien Stücken hin. Sie sah Nezzie hereinkommen und stehenbleiben, um den Fellvorhang vorn herunterzulassen. Ayla eilte auf sie zu, um ihr zu helfen.

»Nezzie, weißt du, was mit Rydag los ist? Er scheint so ... unglücklich«, sagte Ayla.

»Ich weiß. Das ist er um diese Jahreszeit immer. Es geht um das Sommer-Treffen. Das mag er nicht.«

»Das hat er mir auch gesagt. Aber warum?«

Nezzie blieb stehen und sah Ayla offen an. »Du weißt es wirklich nicht, nicht wahr?« Die junge Frau schüttelte den Kopf, woraufhin Nezzie ihrerseits kopfschüttelnd sagte: »Mach dir keine Sorgen deshalb, Ayla. Du kannst nichts daran ändern.«

Über den Mittelgang ging Ayla weiter und warf einen Blick auf den Jungen. Der hatte die Augen zwar geschlossen, doch wußte sie, daß er nicht schlief. Sie schüttelte den Kopf und wünschte, sie könnte ihm helfen. Vermutlich hatte es irgend etwas mit seinem Anderssein zu tun, aber es war nicht das erste Mal, daß er ein Sommer-Treffen besuchte.

Durch das leere Herdfeuer des Fuchses eilte sie in das des Mammut hinüber. Plötzlich kam Wolf durch den vorderen Eingangsbogen hereingetollt, lief um sie herum und sprang spielerisch an ihr hoch. Mittels Zeichen gab sie ihm zu verstehen, sich zu setzen. Er gehorchte, machte jedoch ein so beleidigtes Gesicht, daß sie weich wurde und ihm ein reichlich zernagtes Stück weichen Leders hinwarf, das früher einmal einer ihrer Lieblings-Füßlinge gewesen war. Sie hatte ihm diesen schließlich überlassen, als es so aussah, als wäre das die einzige Möglichkeit, ihn von der Gewohnheit abzubringen, Schuhe und Stiefel aller anderen anzunagen. Jetzt jedoch wurde er seines alten Spielzeugs rasch müde, streckte auch die Vorderläufe aus, wackelte mit dem Schwanz und winselte sie an. Ayla konnte nicht umhin zu lächeln und fand, es sei wirklich ein zu schöner Tag, als daß man ihn drinnen verbringen sollte. Von einem Augenblick auf den anderen ergriff sie ihre Schleuder und ihren Beutel mit den von ihr gesammelten runden Steinen und gab Wolf ein Zeichen, ihr zu folgen. Als sie im Anbau Winnie stehen sah, beschloß sie, auch die Stute mitzunehmen.

Durch den Eingangsbogen des Anbaus trat Ayla ins Freie. Ihr folgten das falbfarbene Pferd und der junge graue Wolf, dessen Fell und Zeichnung im Gegensatz zu denen seiner schwarzen Mutter typisch waren für die Gattung Wolf. Ayla sah Renner weiter unten am Hang stehen, der zum Fluß hinunterführte. Jondalar war bei ihm. Dieser hatte in der warmen Sonne das Hemd ausgezogen und führte den jungen Hengst an einem Strick hinter sich her. Wie versprochen, hatte er Renner ausgebildet, ja, verbrachte sogar den größten Teil seiner Zeit damit, was er und das Pferd zu genießen schienen.

Als er sie sah, winkte er ihr zu warten und kam zurück. Es war ungewöhnlich von ihm, auf sie zuzukommen oder ihr zu bedeuten, daß er sie sprechen wolle. Seit dem Zwischenfall auf der Steppe hatte Jondalar sich verändert. Er mied sie zwar nicht direkt, machte sich jedoch nur selten die Mühe, sie anzureden, und wenn er es tat, war er wie ein Fremder höflich und zurückhaltend. Ayla hatte gehofft, Renner werde ihn ihr näherbringen, doch falls überhaupt, schien er nur noch distanzierter als sonst.

Wartend blieb sie stehen und sah den großen, muskulösen und stattlichen Mann auf sich zukommen. Dabei mußte sie unwillkürlich daran denken, wie warm sie auf sein Begehren auf den Steppen reagiert hatte. Sie spürte, wie Verlangen in ihr aufstieg. Das war eine Reaktion ihres Körpers, über die sie keine Macht besaß, doch als sie Jondalar näher kommen sah, bemerkte sie auch, wie sich sein Gesicht rötete und seine tiefblauen Augen sich mit jenem besonderen Ausdruck füllten. Obwohl sie gar nicht die Absicht hatte, dorthin zu blicken, bemerkte sie die Ausbuchtung seiner Männlichkeit, und so stieg ihr gleichfalls das Blut zu Kopf.

»Verzeih, Ayla. Ich wollte dich nicht stören, aber ich dachte, ich muß dir unbedingt den neuen Bändiger zeigen, den ich für Renner gemacht habe. Es ist ja möglich, daß du auch so einen für Winnie haben möchtest«, sagte Jondalar, hielt seine Stimme normal und wünschte, er könnte auch den Rest seines Körpers so beherrscht halten.

»Du störst mich nicht«, sagte Ayla, obwohl er genau das tat. Sie sah sich den Halter an, den er aus dünnen geflochtenen und umeinandergeschlungenen Lederriemen gefertigt hatte.

Die Stute war zu Frühlingsanfang rossig geworden. Bald nachdem Ayla den Zustand des Tieres bemerkte, hatte sie deutlich das Wiehern eines Hengstes oben auf der Steppe gehört. Obwohl Ayla Winnie schon einmal wiedergefunden hatte, nachdem sie eine Zeitlang mit einem Hengst und einer Herde zusammengelebt hatte, war ihr der Gedanke, sie an einen Hengst zu verlieren, unerträglich. Wer weiß, ob sie ihre Freundin diesmal wiederbekommen würde. Deshalb hatte sie ihr diesmal ein Halfter und einen Strick um den Hals angelegt, um die Stute – und den Junghengst, der gleichfalls sehr aufgeregt gewesen war und größtes Interesse gezeigt hatte – zu bändigen und sie im Anbau zu halten, wenn sie nicht bei ihnen sein konnte. Seither benutzte sie gelegentlich ein Halfter, obwohl sie es vorzog, Winnie die Freiheit zuzugestehen, zu kommen und zu gehen, wann und wie sie wollte.

»Und wie funktioniert er?« fragte Ayla.

Er zeigte es ihr an Winnie mit dem zweiten, den er für sie gemacht hatte. Ayla stellte ihm in scheinbar völlig leidenschaftslosem Ton eine Reihe von Fragen, gab jedoch kaum acht auf das, was er sagte. Dafür war sie viel zu sehr mit der Wärme beschäftigt, die er ausstrahlte, und mit dem leichten, angenehm männlichen Geruch, den er verströmte. Sie schien außerstande, nicht hinzusehen: auf seine Hände, das Spiel seiner Muskeln auf der Brust, und auf den Wulst seines Gemächts. Sie hoffte, ihre Fragen würden dazu führen, daß sie sich weiter unterhielten, doch sobald er fertig war, ihr seinen Bändiger zu erklären, ließ er sie unvermittelt stehen und ging. Ayla sah, wie er nach seinem Hemd griff, Renner bestieg und ihn mit den Riemen, die er an seinem neuen Zaumzeug angebracht hatte, den Hang hinauflenkte. Einen kurzen Augenblick dachte sie daran, zusammen mit Winnie hinter ihm herzureiten, doch dann überlegte sie es sich anders. Wenn ihm soviel daran lag, von ihr fortzukommen, konnte das nichts anderes bedeuten, als daß er sie nicht in seiner Nähe haben wollte.

Ayla starrte hinter Jondalar her, bis er ihren Blicken entschwand. Wolf, der sie leise kläffend umsprang, holte ihre Aufmerksamkeit zurück. Sie schlang sich die Schleuder um den Kopf, überprüfte noch einmal die Steine im Beutel, nahm dann den Welpen hoch und setzte ihn Winnie auf den Widerrist. Dann saß sie auf und ritt in einer anderen Richtung gleichfalls den Hang hinauf. Sie hatte vorgehabt, mit Wolf zu jagen; Wolf hatte angefangen, Mäuse und Niederwild anzuschleichen und zu jagen, und sie war dahintergekommen, daß er sehr gut geeignet war, Wild für ihre Schleuder aufzuscheuchen. Wiewohl anfangs eher zufällig, lernte der Wolf doch rasch.

In einer Hinsicht hatte Ayla recht. Jondalar suchte so überstürzt das Weite, aber nicht, weil er gerade in diesem Augenblick nicht in ihrer Nähe sein wollte – sondern weil er immer mit ihr zusammensein wollte. Er konnte seine eigenen Reaktionen auf Aylas Nähe nicht ertragen. Sie war jetzt Ranec anverlobt; damit hatte er jedes Anrecht auf sie verloren. In letzter Zeit war er ausgeritten, wenn er irgendeiner schwierigen Situation oder seinen eigenen widerstreitenden Gefühlen entgehen oder auch nur allein sein wollte, um nachzudenken. Er begriff nachgerade, warum Ayla so oft auf Winnie fortgeritten war, wenn irgend etwas sie bekümmert oder ihr Schwierigkeiten bereitet hatte. Rittlings auf dem Hengst sitzend, über das offene Grasland dahinzufliegen und sich den Wind um die Ohren wehen zu lassen übte sowohl eine erhebende als auch beruhigende Wirkung auf ihn aus.

Oben auf der Steppe angekommen, signalisierte er Renner, in Galopp zu verfallen, und lehnte sich dichter über den kräftigen, vorgestreckten Hals des Pferdes herab. Es war erstaunlich leicht gewesen, das Pferd daran zu gewöhnen, einen Reiter auf dem Rücken zu tragen; allerdings, in vieler Hinsicht hatten Ayla und Jondalar ihn ja schon seit langer Zeit an Lasten gewöhnt. Viel schwieriger jedenfalls war es zu entscheiden, wie er Renner lenken sollte.

Jondalar war sich darüber im klaren, daß die Art, wie Ayla Winnie beherrschte, sich auf ganz natürliche Weise ergeben hatte, so daß ihre Richtungsanweisungen weitgehend unbewußt übermittelt wurden; er hingegen war bemüht, das Pferd regelrecht auszubilden. Seine Richtungsanweisungen waren weit zielgerichteter als die Aylas, und während er das Pferd ausbildete, lernte er selbst auch eine Menge. Er lernte, richtig auf dem Pferd zu sitzen, sich im Einklang mit den kräftigen Muskeln des Hengstes zu bewegen und nicht nur auf seinem Rücken herumzuhopsen; außerdem entdeckte er, wie empfindsam das Tier auf Schenkeldruck und Gewichtsverlagerung reagierte, was wiederum die Lenkung wesentlich erleichterte.

Während er an Zuversicht gewann und auch bequemer saß, ritt er mehr aus, und das war genau die Art von Übung, die es für die Ausbildung des Pferdes brauchte. Und je mehr er sich mit Renner abgab, desto mehr wuchs dieser ihm auch ans Herz. Gern gemocht hatte er ihn von Anfang an, aber er war ja immer noch Aylas Pferd. Immer wieder sagte er sich, daß er Renner für sie ausbildete, doch die Vorstellung, den jungen Hengst einmal zurückzulassen, war ihm unerträglich.

Jondalar hatte vorgehabt, gleich nach dem Frühlings-Fest abzureisen; jetzt war er immer noch hier, und er war sich nicht sicher, warum. Es gab eine ganze Reihe von Gründen, die er für sich anführte – es sei noch zu früh im Jahr, die Jahreszeit unberechenbar, er habe Ayla versprochen, Renner auszubilden –, aber im Grunde seines Herzens wußte er, daß dies alles nur Vorwände waren. Talut dachte, er bleibe, weil er zum Sommer-Treffen mit ihnen ziehen würde, und Jondalar unterließ es, ihn darin eines Besseren zu belehren, sagte sich selbst jedoch immer wieder, er werde längst fort sein, ehe sie loszögen. Jeden Abend, wenn er sich schlafen legte, und besonders dann, wenn Ayla das Herdfeuer des Fuchses aufsuchte, sagte er sich, gleich morgen brichst du auf, und dann verschob er es am nächsten Tag doch wieder. Er kämpfte mit sich selbst, doch jedesmal wenn er ernsthaft daran dachte, seine Sachen zu packen und fortzuziehen, fiel ihm ein, wie sie kalt und regungslos auf dem Boden vom Herdfeuer des Mammut gelegen hatte, und dann brachte er es nicht fertig loszuziehen.

Am Tag nach dem Fest hatte Mamut mit ihm gesprochen und ihm gesagt, die Wurzel sei zu mächtig gewesen, er habe sie nicht kontrollieren können. Sie sei zu gefährlich, sagte der Schamane, und deshalb werde er selbst sie nie wieder nehmen. Er habe auch Ayla geraten, sie nicht wieder zu gebrauchen, und sie gewarnt, daß sie starken Schutzes bedürfe, falls sie es doch wieder versuchen sollte. Ohne es rundheraus zu sagen, deutete der alte Mann Jondalar gegenüber irgendwie an, er – Jondalar – sei es, der nach ihr gegriffen und sie zurückgeholt habe.

Was der Schamane da gesagt hatte, beunruhigte Jondalar zutiefst, gewährte ihm aber auch einen sonderbaren Trost. Wenn der Mann vom Herdfeuer des Mammut um Aylas Sicherheit gefürchtet hatte, warum hatte er dann ausgerechnet ihn gebeten zu bleiben? Und warum hatte Mamut gesagt, er sei es, der sie letztlich zurückgeholt hätte? Sie war Ranec anverlobt, und es konnte kein Zweifel darüber bestehen, welche Gefühle der Bildschnitzer ihr entgegenbrachte. Wo doch Ranec zur Stelle gewesen war, warum hatte Mamut nicht ihn haben wollen? Warum hatte nicht Ranec sie zurückgeholt? Was wußte der alte Mann? Was immer es war – die Vorstellung, nicht dazusein, wenn sie ihn brauchte, oder sie ohne ihn schrecklicher Gefahr auszusetzen, war ihm ebenso unerträglich wie der Gedanke, daß sie mit einem anderen Mann lebte. Er konnte sich weder für das eine noch für das andere entscheiden: ob er bleiben oder ob er fortziehen sollte.

»Wolf! Gib her!« schrie Rugie wütend und aufgeregt. Sie und Rydag hatten am Herdfeuer des Mammut gespielt, als Nezzie ihnen gesagt hatte, sie sollten sich trollen, weil sie packen wolle. »Ayla! Wolf hat meine Puppe und will sie nicht wieder hergeben.«

Von säuberlich aufgeschichteten Haufen ihrer Sachen umgeben, saß

Ayla mitten auf ihrer Bettplattform. »Wolf! Laß!« befahl sie. »Bei Fuß«, signalisierte sie ihm dann.

Wolf ließ die Puppe aus Lederresten fallen und kam, den Schwanz zwischen die Beine geklemmt, fast auf dem Bauch auf Ayla zugekrochen. »Komm hier herauf!« sagte sie und klopfte auf die Stelle am Kopfende ihres Bettes, wo er für gewöhnlich schlief. Der Wolfswelpe sprang hinauf. »Und jetzt leg dich hin und belästige Rugie und Rydag nicht mehr.« Den Kopf auf den Vorderpfoten lag er dann da und starrte mit kläglich reuevollen Augen zu ihr auf.

Ayla sah ihre Sachen weiter durch, hörte dann jedoch auf und schaute sinnend zu den beiden Kindern hinüber, die auf dem Boden vom Herdfeuer des Mammut spielten. Sie wollte nicht hinsehen, doch konnte sie die Augen nicht abwenden. Sie spielten ›Herdfeuer‹, taten also, als teilten sie ein Herdfeuer, wie erwachsene Frauen und Männer das taten. Ihr ›Kind‹ war die Lederpuppe mit rundem Kopf, Rumpf, Armen und Beinen, die sie in eine weiche Lederdecke gehüllt hatten. Die Puppe war es, die Ayla faszinierte. Sie selbst hatte nie eine gehabt; die Clans-Angehörigen fertigten keine Abbilder welcher Art auch immer, zeichneten nicht, bildeten sie weder aus Lehm noch aus Leder nach; woran das ganze Spiel sie jedoch erinnerte, das war ein verwundetes Kaninchen, das sie einmal zurückgebracht hatte in ihre Höhle, auf daß Iza es heile. Sie hatte das Kaninchen genauso geherzt und an sich gedrückt, wie Rugie es jetzt mit der Puppe machte.

Ayla wußte, daß es im allgemeinen Rugie war, von der die Ideen zum Spielen ausgingen. Manchmal spielten sie, sie würden zusammengegeben, dann wieder, sie wären ›Anführer‹, ein Geschwisterpaar, das einem eigenen Lager vorstand. Ayla beobachtete das kleine blonde Mädchen und den braunhaarigen Jungen, und plötzlich fiel ihr auf, wie stark die Clan-Züge bei ihm ausgeprägt waren. Für Rugie ist er ihr Bruder, dachte Ayla, doch bezweifelte sie, daß die beiden jemals gemeinsam ein Lager anführen würden.

Rugie drückte Rydag die Puppe in die Hand, stand auf und ging weg, um im Spiel irgendeine Besorgung zu machen. Rydag blickte ihr nach, dann legte er die Puppe hin und sah lächelnd zu Ayla auf. Nachdem Rugie nicht sogleich wieder zurückkam, war der Junge an dem imaginären Baby nicht mehr interessiert; er zog lebendige Babys vor, hatte jedoch nichts dagegen, Rugies Spiel weiterzuspielen, wenn sie dabei war. Nach einiger Zeit stand auch Rydag auf und ging fort. Rugie hatte Puppe und Spiel für eine Zeitlang vergessen, woraufhin Rydag sich auf die Suche nach ihr oder nach etwas anderem begab.

Ayla kehrte zu ihrer Arbeit zurück und versuchte sich schlüssig zu werden, was sie zum Sommer-Treffen mitnehmen sollte und was nicht. Im vorigen Jahr, so schien es, war sie ihre Sachen zu viele Male durchgegangen, um zu entscheiden, was sie mitnehmen und was sie zurücklassen wollte. Diesmal jedoch packte sie nur für eine Reise und wollte nur mitnehmen, was sie selbst tragen konnte. Tulie hatte bereits mit ihr darüber gesprochen, ob sie wohl die Pferde und ein Schleppgestell benutzen könnten, um die Geschenke zu transportieren; dadurch gewann sowohl sie selbst als auch das Löwen-Lager beträchtlich an Ansehen. Ayla nahm die von ihr rotgefärbte Haut auf, schüttelte sie aus und überlegte, ob sie sie wohl brauche. Sie hatte sich nie entschließen können, irgend etwas Bestimmtes aus der roten Lederhaut zu machen. Auch jetzt wußte sie nicht, wozu sie sie gebrauchen könnte, aber Rot war dem Clan heilig, und außerdem gefiel es ihr. So legte sie sie zusammen und tat sie zu den wenigen Dingen, die sie außer dem, was sie unbedingt brauchte, mitnehmen wollte: das geschnitzte Pferd, das sie so liebte und das Ranec ihr zu ihrer Adoption geschenkt hatte, außerdem die neue Muta; die wunderschön gearbeitete Feuersteinspitze von Wymez; etwas Schmuck, Perlen und Halsketten; den Anzug von Deegie, den weißen Kittel, den sie selbst gemacht hatte, und Durcs Umhang.

Während sie noch andere Dinge durchsah, schweifte sie in Gedanken ab und beschäftigte sich wieder mit Rydag. Ob er wohl jemals wirklich eine Gefährtin haben würde wie Durc? Sie glaubte nicht, daß es beim Sommer-Treffen Mädchen wie ihn geben würde. Ayla war sich ja nicht einmal sicher, ob er überhaupt erwachsen werden würde. Wie dankbar sie jetzt war, daß ihr eigener Sohn so gesund und kräftig war und eine Gefährtin bekommen sollte. Brouds Clan würde sicherlich bald zum Clan-Treffen aufbrechen, falls sie nicht schon losgezogen waren. Ura erwartete vermutlich, mit ihnen zurückzukehren und schließlich Durcs Gefährtin zu werden – und hatte vermutlich Angst, ihren eigenen Clan zu verlassen. Arme Ura! Wie schwer es ihr fallen würde, die Leute zu verlassen, die sie kannte, und an fremdem Ort bei einem fremden Clan zu leben. Ein Gedanke, auf den sie bisher noch nie gekommen war, ging Ayla durch den Sinn. Ob sie Durc wohl leiden mochte? Hoffentlich, dachte sie, denn eine andere Wahl hatten die beiden wohl kaum.

Bei dem Gedanken an ihren Sohn griff Ayla nach dem Beutel, den sie vom Tal der Pferde mit hierhergebracht hatte, nestelte ihn auf und schüttete den Inhalt heraus. Ihr Herz setzte einen Schlag aus, als sie die Elfenbeinschnitzerei sah. Sie nahm sie auf. Es war eine Frauengestalt, aber anders als die anderen geschnitzten weiblichen Figürchen, die sie jemals gesehen hatte; jetzt ging ihr auf, wie ungewöhnlich sie war. Bei den meisten Muta mit Ausnahme von Ranecs symbolischen Vogel-Frauen handelte es sich um üppig gerundete Mutterfiguren, bei denen nur ein Knauf den Kopf andeutete – ein Knauf, der manchmal freilich irgendwelche Ornamente aufwies. Alle sollten sie Die Mutter symbolisieren, doch bei dem, was sie da in der Hand hielt, handelte es sich um eine schlanke Gestalt, deren Haar zu vielen kleinen Zöpfen geflochten war, so wie sie die ihren einst getragen hatte. Am verwunderlichsten jedoch war das sorgfältig herausgearbeitete Gesicht mit feiner Nase und schönem Kinn sowie der Andeutung von Augen.

Sie hielt die Schnitzerei in der Hand, und als die Erinnerungen zurückkamen, verschwamm es vor ihren Augen. Ohne es zu wissen, rannen ihr die Tränen übers Gesicht. Jondalar hatte es geschnitzt, in ihrem Tal, und als er fertig war, hatte er ihr erklärt, ihm gehe es darum, ihren Geist einzufangen, damit sie nie getrennt würden. Aus diesem Grunde hatte er das Figürchen ihr ähnlich gemacht, obwohl eigentlich niemand die Ähnlichkeit von einer lebenden Person gestalten sollte, weil man Angst hatte, ihren Geist dann einzufangen. Er hatte gesagt, er wolle, daß das Bildnis ihr gehöre, damit niemand es jemals hinterhältig gegen sie verwenden könne. Es war, wie ihr jetzt aufging, ihre erste Muta gewesen. Jondalar hatte sie ihr nach den Ersten Riten geschenkt, also nachdem er sie zu einer richtigen Frau gemacht hatte.

Nie würde sie den Sommer in ihrem Tal vergessen, wo sie ganz allein gewesen waren, nur sie beide. Und jetzt wollte Jondalar ohne sie fort. Sie drückte das Elfenbeinfigürchen an die Brust und wünschte, sie würde mit ihm ziehen. Wolf winselte voller Mitgefühl und kam kaum merklich auf sie zugekrochen, denn er wußte, daß er eigentlich bleiben sollte, wo er war. Sie langte hinüber, packte ihn und barg das Gesicht in seinem Fell, während er versuchte, ihr die salzigen Tränen abzulecken.

Sie hörte jemand den Mittelgang herunterkommen, setzte sich rasch auf, trocknete sich das Gesicht und rang um Fassung. Als Barzec und Druwez in ein Gespräch vertieft vorüberkamen, drehte sie sich um, gleichsam als suche sie nach etwas. Dann tat sie das Elfenbeinfigürchen zurück in den Beutel und legte ihn vorsichtig oben auf die leuchtendrot von ihr eingefärbte Lederhaut, um es mitzunehmen. Sie brachte es einfach nicht fertig, ihre erste Muta zurückzulassen.

Später an diesem Abend, als das Löwen-Lager sich zu der gemeinsamen Mahlzeit zusammenfand, fing Wolf plötzlich drohend an zu knurren und raste auf den vorderen Eingangsbogen zu. Ayla sprang auf, lief hinter ihm her und fragte sich, was nur sein könne. Ein paar von den anderen folgten ihr. Als sie den Vorhang beiseite schob, erblickte sie erstaunt einen Fremden, einen sehr verängstigten Fremden, der vor dem jungen Wolf zurückwich, der inzwischen halb ausgewachsen war und offenbar im Begriff stand, ihn anzufallen.

»Wolf! Bei Fuß!« befahl Ayla. Widerstrebend zog das Wolfsjunge sich zurück, ließ aber den Fremden nicht aus den Augen, hielt die Zähne gebleckt und ließ ein tiefes kehliges Knurren vernehmen.

»Ludeg!« sagte Talut, trat mit einem strahlenden Lächeln vor und schloß den Fremden in die Arme. »Komm herein! Tritt ein! Es ist kalt.«

»Ich ... hm ... ich weiß nicht recht«, sagte der Mann und ließ seinerseits den jungen Wolf nicht aus den Augen. »Sind noch mehr davon da drinnen?«

»Nein, keine anderen«, sagte Ayla. »Wolf tut dir nichts. Ich lasse das nicht zu.«

Ludeg sah fragend Talut an. Offenbar wußte er nicht, ob er der unbekannten Frau glauben sollte. »Warum habt ihr einen Wolf in eurer Erdhütte?«

»Das ist eine lange Geschichte, die sich aber besser am warmen Feuer erzählt. Tritt ein, Ludeg. Der junge Wolf tut dir nichts. Das kann ich dir versprechen«, sagte Talut und warf Ayla einen bedeutsamen Blick zu, während er den jungen Mann durch den Eingangsbogen eintreten ließ.

Ayla wußte genau, was dieser Blick zu bedeuten hatte. Wolf sollte diesem Fremden auf keinen Fall etwas antun. Sie folgte ihnen und gab dem jungen Tier eindringlich zu verstehen, es solle sich neben ihr halten, doch wie sie ihm befehlen sollte, nicht mehr zu knurren, wußte sie nicht. Sie wußte, daß Wölfe, mochten sie an Angehörigen ihres Rudels noch so liebevoll hängen, Fremde, die in ihr Territorium eingedrungen waren, angegriffen und getötet hatten. Wolfs Verhalten war völlig verständlich, doch das machte es nicht annehmbarer. Er würde sich an Fremde gewöhnen müssen, ob ihm das nun gefiel oder nicht.

Nezzie begrüßte den Sohn ihrer Cousine sehr warmherzig, nahm ihm Reisetasche und Überwurf ab und reichte sie Danug, damit dieser beides an die freie Bettplattform am Herdfeuer des Mammut brächte, füllte dann eine Kumme und lud den jungen Mann ein, an einer besonders guten Stelle Platz zu nehmen. Ludeg sah immer wieder mißtrauisch zu dem Wolf hinüber; er hatte Angst, und jedesmal, wenn er nervös und ängstlich hinsah, verstärkte sich das bedrohlich klingende Knurren in Wolfs Hals. Als Ayla ihn zurechtwies, legte er die Ohren an und drückte sich an den Boden, doch im nächsten Augenblick knurrte er den Fremden neuerlich an. Sie dachte schon daran, Wolf mit einem Strick um den Hals anzuleinen, meinte jedoch, das würde nichts bringen. Damit machte sie das ganz auf Verteidigung eingestellte Tier nur noch unsicherer, was wiederum den Fremden verunsicherte.

Rydag hielt sich im Hintergrund und war dem Gast gegenüber schüchtern, obwohl er ihn kannte; dabei war er derjenige, der das Problem am schnellsten erkannte. Er spürte, daß die innere Anspannung und der Argwohn des Mannes zu dem Problem beitrugen. Möglich, daß Ludeg sich entspannte, wenn er sah, daß Wolf im Grunde ein freundliches und zutrauliches Tier war. Die meisten drängten sich jetzt an der allgemeinen Kochstelle, und als Rydag hörte, daß Hartal aufwachte, kam ihm eine Idee. Er ging hinüber zum Herdfeuer des Rentiers und tröstete den kleinen Jungen, nahm ihn dann bei der Hand und ging mit ihm zur allgemeinen Herdstelle, doch nicht zu seiner Mutter. Statt dessen ging er auf Ayla und Wolf zu.

Hartal hatte in letzter Zeit eine große Zuneigung zu dem verspielten Welpen gefaßt, und kaum sah er das struppige graue Geschöpf, stieß er kleine Freudenlaute aus. Begeistert lief Hartal auf den Wolf zu, wobei jedoch seine Kleinkinderschritte höchst unsicher waren. Er stolperte und fiel auf ihn. Wolf jaulte leise, doch bestand seine einzige Reaktion sonst darin, daß er dem kleinen Jungen das Gesicht leckte, was Hartal dazu brachte zu kichern. Er schob die warme feuchte Zunge fort, steckte die kleinen Patschhände in die mit scharfen Zähnen bewehrten Fänge, packte dann Fäuste voll struppigen Fells und zog Wolf an sich heran.

Ludeg vergaß seine Nervosität und starrte mit großen verwunderten Augen auf den kleinen Jungen, der mit dem Wolf balgte; was ihn jedoch noch mehr erstaunte, war, wie sanft das Raubtier all dies über sich ergehen ließ. Wo er so sehr mit dem kleinen Jungen beschäftigt war, konnte Wolf auch nicht mehr seine ganze Aufmerksamkeit dem Fremden zuwenden; außerdem war er noch nicht ganz ausgewachsen und daher noch nicht ganz imstande, der Hartnäckigkeit von Erwachsenen über einen längeren Zeitraum gewachsen zu sein. Ayla lächelte Rydag zu, sie wußte augenblicklich, daß er Hartal hergebracht hatte, weil er das erreichen wollte, was er jetzt erreicht hatte. Als Tronie kam und ihren Sohn holte, hob Ayla Wolf auf und meinte, der richtige Augenblick sei gekommen, ihn mit dem Fremden bekanntzumachen.

»Ich meine, Wolf wird sich schneller an dich gewöhnen, wenn du zuläßt, daß er sich mit deiner Witterung vertraut macht«, wandte sie sich an den jungen Mann.

Ayla sprach fehlerlos Mamutoi, und Ludeg bemerkte nur in der Art, wie sie manche Worte aussprach, einen gewissen Unterschied. Zum ersten Mal sah er sie genau an und fragte sich, wer sie wohl sein mochte. Daß sie im vorigen Jahr, als die Lager sich getrennt hatten, noch nicht beim Löwen-Lager gewesen war, wußte er. Ja, er erinnerte sich nicht, sie überhaupt schon einmal gesehen zu haben; eine so schöne Frau hätte er gewiß nicht vergessen, dessen war er sich ganz sicher. Woher mochte sie stammen? Er sah auf und bemerkte einen großgewachsenen, blonden Fremden, der wiederum ihn beobachtete.

»Und was muß ich dazu tun?« fragte er.

»Ich denke, du solltest ihn an deiner Hand schnuppern lassen, das würde schon helfen. Außerdem liebt er es, gestreichelt zu werden, aber da würde ich nichts überstürzen. Er braucht einfach einige Zeit, um sich an dich zu gewöhnen«, sagte Ayla.

Zögernd streckte Ludeg die Hand aus. Ayla setzte Wolf nieder, damit er sie beschnupperte, blieb jedoch vorsorglich in der Nähe. Zwar glaubte sie nicht, daß Wolf zuschnappen würde, aber sicher war sie sich nicht. Nach einiger Zeit langte der Mann hin und berührte das dichte Fell, das sich zum Teil gerade löste. Noch nie hatte er einen lebendigen Wolf angefaßt, und so fand er das jetzt ziemlich aufregend. Er lächelte Ayla an und mußte wieder denken, wie schön sie war.

»Talut, ich glaube, am besten berichte ich rasch, was es Neues gibt«, sagte Ludeg. »Denn ich glaube, hier im Löwen-Lager habt ihr Geschichten, die ich gern hören würde.«

Der große Anführer lächelte. Eine solche Art von Interesse begrüßte er. Läufer kamen gewöhnlich, weil es etwas zu berichten gab, und sie wurden einerseits ausgesucht, weil sie es liebten, eine gute Geschichte zu erzählen, und dann auch wegen ihrer Fähigkeit, schnell zu laufen.

»Dann sag es uns. Was für Neuigkeiten bringst du?« fragte Talut.

»Am wichtigsten ist, daß der Treffpunkt für das Sommertreffen verlegt worden ist. Gastgeber ist das Wolfs-Lager. Der Treffplatz, der voriges Jahr gewählt wurde, ist weggeschwemmt worden. Aber ich habe auch noch andere Nachrichten, traurige Neuigkeiten. Ich habe einmal im Lager der Sungaea übernachtet. Dort herrscht Krankheit, und zwar eine Krankheit, die tötet. Etliche sind schon gestorben, und als ich fortging, waren der Sohn und die Tochter der Anführerin sehr krank. Man bezweifelte, daß sie am Leben bleiben würden.«

»Oh, das ist ja schrecklich!« sagte Nezzie.

»An was für einer Krankheit leiden sie denn?« fragte Ayla.

»Sie scheinen es auf der Brust zu haben. Hohes Fieber, starker Husten und Atembeschwerden.«

»Wie weit ist es bis zu dem Lager?« fragte Ayla.

»Ja, weißt du das nicht?«

»Ayla kam als Gast zu uns, aber inzwischen haben wir sie adoptiert«, sagte Tulie. Dann wandte sie sich an Ayla: »Es ist nicht allzu weit.«

»Können wir hingehen, Tulie? Oder kann sonst jemand mich hinbringen? Wenn diese Kinder krank sind – vielleicht kann ich ihnen helfen.«

»Ich weiß nicht recht. Was meinst du, Talut?«

»Das Lager liegt abseits von unserem Weg, wenn das Sommer-Treffen im Wolfs-Lager abgehalten werden soll, und sie sind nicht mal verwandt mit uns, Tulie.«

»Ich glaube, Darnev hat eine entfernte Verwandte in dem Lager«, sagte Tulie. »Und es ist schrecklich, wenn ein junger Bruder und seine Schwester so krank sind.«

»Vielleicht sollten wir hingehen, aber dann sollten wir so bald als möglich aufbrechen«, sagte Talut.

Ludeg hatte mit großem Interesse zugehört. »Nun ja, wo ich euch jetzt meine Neuigkeiten berichtet habe, würde ich gern etwas über die neuen Mitglieder des Löwen-Lagers erfahren, Talut. Ist sie wirklich eine Heilkundige? Und woher kommt der Wolf? Ich habe noch nie gehört, daß irgendwelche Menschen Wölfe in ihrer Erdhütte gehabt hätten.«

»Dabei ist das noch nicht alles«, sagte Frebec. »Ayla hat auch zwei Pferde, eine Stute und einen jungen Hengst.«

Ungläubig sah der Gast Frebec an, lehnte sich dann jedoch zurück und schickte sich an, den Geschichten zu lauschen, die das Löwen-Lager zu erzählen hatte.

Am Morgen nach einer langen Nacht, die angefüllt war von Geschichtenerzählen, wurde Ludeg vorgeführt, wie prächtig Ayla und Jondalar auf den Pferden reiten konnten, und er war nicht wenig beeindruckt. Er verließ das Lager, um im nächsten neben dem veränderten Treffpunkt für das Sommer-Treffen die Neuigkeit von der neuen Mamutoi-Frau zu verbreiten. Das Löwen-Lager wollte am nächsten Morgen losziehen, und so wurde dieser Tag für Vorbereitungen in letztem Augenblick verwendet.

Ayla beschloß, mehr Heilmittel mitzunehmen, als sie für gewöhnlich in ihrem Medizinbeutel bei sich hatte, und ging daher noch einmal ihren Vorrat an Kräutern durch. Beim Packen unterhielt sie sich mit Mamut. Sie mußte viel an das Clan-Treffen denken, und als sie sah, wie der alte Schamane sich die steifen Glieder einrieb, fiel ihr ein, daß die alten Leute beim Clan, die unfähig waren, den langen Marsch zurückzulegen, einfach zurückgelassen worden waren. Wie wollte Mamut eine so lange Reise überstehen? Dieser Gedanke bedrückte sie so sehr, daß sie hinausging und sich nach Talut umsah, weil sie ihn fragen wollte.

»Den größten Teil der Strecke trag' ich ihn auf dem Rücken«, erklärte Talut.

Ihr fiel auf, daß Nezzie noch ein Bündel zu den vielen Sachen legte, die von den Pferden auf dem Schleppgestell gezogen werden sollten. Rydag saß in der Nähe auf dem Boden und machte ein unglückliches Gesicht.

Plötzlich machte Ayla sich auf die Suche nach Jondalar. Sie fand ihn, wie er gerade dabei war, die Kiepe zu packen, die Tulie ihm gegeben hatte.

»Jondalar! Da bist du ja«, sagte sie.

Erschrocken sah er auf. Sie war die letzte, die er in diesem Augenblick zu sehen erwartet hätte. Er hatte gerade an sie gedacht und überlegt, wie er ihr Lebewohl sagen sollte. Er hatte sich dazu durchgerungen, daß dies der richtige Zeitpunkt zum Heimkehren sei; schließlich verließen auch alle anderen die Erdhütte. Doch statt mit dem Löwen-Lager zum Sommer-Treffen zu ziehen, wollte er eine andere Richtung einschlagen und seinen langen Heimweg antreten.

»Weißt du, wie Mamut zum Sommer-Treffen kommt?« fragte Ayla.

Die Frage überraschte ihn. Das war nicht das Dringlichste, woran er gedacht hatte. Er war sich nicht einmal sicher, wovon sie überhaupt sprach.

»Hm ... nein ...«, sagte er.

»Talut muß ihn tragen, auf dem Rücken. Und dann ist da auch noch Rydag. Der muß auch getragen werden. Ich habe darüber nachgedacht, daß du ja Renner ausgebildet hast und daß er es jetzt gewohnt ist, jemand auf dem Rücken zu tragen, oder?«

»Ja, das ist er.«

»Und du beherrschst ihn, er geht hin, wo du willst, hab' ich recht?«

»Ich glaube schon.«

»Gut! Dann spricht also nichts dagegen, daß Mamut und Rydag zu Pferd zum Treffen reisen. Die beiden können sie zwar nicht lenken, aber du und ich, wir können sie führen. Es wäre so viel leichter für alle, und Rydag ist in letzter Zeit so unglücklich gewesen. Vielleicht hebt das seine Laune? Weißt du noch, wie aufgeregt er war, als er das erste Mal auf Winnie ritt? Du hast doch nichts dagegen, nicht wahr, Jondalar? Wir brauchen schließlich nicht zu reiten, wo doch alle anderen ohnehin zu Fuß gehen«, sagte Ayla.

Sie war so glücklich und aufgeregt, diesen Einfall gehabt zu haben, daß eines für ihn feststand: Sie war im Traum nicht auf die Idee gekommen, daß er nicht mitziehen könnte. Wie sollte er es ihr jetzt abschlagen? dachte er. Die Idee war zu gut, und das Löwen-Lager hatte so viel für ihn getan, daß dies das wenigste war, was er für das Lager tun könnte.

»Nein, ich habe nichts dagegen, zu Fuß zu laufen«, sagte Jondalar. Irgendwie durchflutete ihn ein merkwürdiges Gefühl der Erleichterung, als er ihr nachsah, wie sie hinging, es Talut zu erzählen; als ob ihm eine schreckliche Last von der Seele genommen worden wäre. Er beeilte sich mit dem Packen, nahm dann sein Gerät und gesellte sich zu den anderen Lagerangehörigen. Ayla überwachte das Beladen der beiden Schleppgestelle. Fast war es soweit, daß es losgehen konnte.

Nezzie sah ihn kommen und lächelte ihm zu. »Ich freue mich, daß du beschlossen hast, mit uns zu kommen und Ayla mit den Pferden zu helfen. Mamut wird es auf diese Weise wesentlich bequemer haben. Und schau dir Rydag an! Noch nie habe ich erlebt, daß er sich so auf ein Sommer-Treffen gefreut hätte.«

Wieso, fragte Jondalar sich, hatte er das Gefühl, Nezzie hätte gewußt, daß er daran gedacht hatte, die Heimreise anzutreten?

»Und bedenke, was für einen Eindruck es macht, wenn wir nicht nur mit Pferden ankommen, sondern mit Leuten, die auf ihnen reiten«, sagte Barzec.

»Jondalar, wir warten schon auf dich. Ayla war sich nicht sicher, wer auf welchem Pferd reiten soll«, sagte Talut.

»Ach, das ist völlig egal«, sagte Jondalar. »Winnie ist etwas leichter zu reiten. Sie hoppelt nicht so wie Renner.«

Er sah, daß Ranec Ayla half, das Gewicht der Ladung gleichmäßig zu verteilen. Er krümmte sich innerlich, als er sie zusammen lachen sah, und erkannte, wie vorübergehend die Erleichterung für ihn war. Er hatte das Unvermeidliche nur hinausgeschoben, doch jetzt half ihm nichts mehr. Nachdem Mamut geheimnisvolle Gesten vollführt und noch geheimnisvollere Worte gesprochen hatte, steckte er eine Muta in den Boden vor dem Haupteingangsbogen, damit diese die Erdhütte bewache, und dann bestieg er mit Aylas und Taluts Hilfe Winnie. Jondalar schien nervös, doch wer sollte das erkennen? Er glaubte, es gut zu verbergen.

Rydag war nicht so nervös; für ihn war es schließlich nicht das erste Mal, daß er auf dem Pferd saß. Gleichwohl war er ganz schön aufgeregt, als der große Mann ihn hochhob und ihn auf Renners Rücken setzte. Mit einer Mischung aus Sorge um seine Sicherheit und Entzücken über seine neue Erfahrung und auch ein bißchen neidisch sah Latie ihn an, woraufhin er das Gesicht zu einem breiten Grinsen verzog. Latie hatte oft zugesehen, wie Jondalar das Pferd ausgebildet hatte, allerdings immer nur aus der Ferne, denn es war schwierig, eine andere Frau zu bewegen, mit ihr hinzugehen, nur um dann dazustehen und zuzusehen – Erwachsensein hatte auch seine Nachteile. Latie war zu dem Schluß gekommen, daß die Ausbildung eines Pferds keineswegs etwas mit Magie zu tun hatte. Man mußte nur Geduld aufbringen – und selbstverständlich ein Pferd haben, das man ausbilden konnte.

Das Lager wurde noch einer letzten Prüfung unterworfen, dann zogen sie den Hang hinauf. Als sie halb oben waren, blieb Ayla stehen. Wolf tat desgleichen und blickte erwartungsvoll zu ihr auf. Sie warf einen Blick zurück zur Erdhütte, wo sie ein Zuhause gefunden hatte und wo sie von Leuten ihrer eigenen Art akzeptiert worden war. Schon jetzt fehlte ihr die Geborgenheit, doch würde die auch noch dasein, wenn sie zurückkehrten, bereit, sie abermals aufzunehmen und ihnen zu helfen, den langen kalten Winter zu überstehen? Der Wind bewegte in Wellen den Fellvorhang vor dem Eingangsbogen, und sie sah den Schädel des Höhlenlöwen darüber. Ayla von den Mamutoi überlief ein kalter Schauder; irgend etwas versetzte ihr einen Stich und machte sie traurig.

30

Auf den ausgedehnten Grassteppen, dem kraftvoll sprudelnden Lebensquell in diesen kalten Regionen, zeigte die Jahreszeit, als das Löwen-Lager sich auf die Reise begab, noch ein anderes Bild der Erneuerung. Die bläulich-violetten und gelben Blüten der letzten Zwergiris leuchteten zwar immer noch, verblaßten jedoch bereits; der Hahnenfuß stand in voller Blüte. Eine ausgedehnte Fläche von dunkelroten Blüten, die eine ganze Senke zwischen zwei Hügeln bedeckte, rief bei den Reisenden Ausrufe des Erstaunens und der Bewunderung hervor. Was jedoch vorherrschte, waren blau blühendes Kopfgras sowie bereits reifende Schwingel- und Federgräser, welche die Steppen in sanft wogende Silberseen verwandelten, die hier und da dunkle Flecken von blauem Salbei aufwiesen. Erst später, wenn die jungen Gräser reiften und die Federgräser ihre Rispen abwarfen, verwandelten die fruchtbaren Ebenen sich von einem silbernen in ein goldenes Meer.

Der junge Wolf genoß es, die Fülle von Niederwild zu entdecken, das auf den weiten Steppen lebte und gedieh. Er stürzte hinter Iltissen und Wieseln her – Hermelinen in der braunen Sommerdecke – und machte Rückzieher, wenn die unerschrockenen Räuber sich zur Wehr setzten. Wenn Feld-, Wühl- und Spitzmäuse mit dem samtenen Fell, die es gewohnt waren, Füchsen aus dem Weg zu gehen, in Windeseile in Gängen verschwanden, die sie dicht unter der Erdoberfläche angelegt hatten, machte Wolf Jagd auf Rennmäuse, Hamster und die langohrigen stacheligen Igel. Ayla mußte lachen, wenn sie sah, wie erschrocken und erstaunt er war, wenn eine Wüstenspringmaus, mit den kurzen Vorderbeinen und dem dicken Schwanz und den drei Zehen an den langen Hinterbeinpfoten, in kraftvollen Sprüngen floh und in dem Bau verschwand, in dem sie zuvor einen langen Winterschlaf abgehalten hatte. Hasen, Riesenhamster und große Wüstenspringmäuse waren so groß, daß sie immerhin für eine Mahlzeit reichten; außerdem schmeckten sie, wenn man sie abbalgte und überm abendlichen Feuer am Spieß briet. Ayla erlegte mit ihrer Schlinge etliche, die zuvor Wolf aufgestöbert hatte.

Die baugrabenden Steppennager taten dem Land nur gut, denn sie lockerten den Boden und wendeten ihn; einige von ihnen jedoch legten so ausgedehnte Gänge und Bauten an, daß sie den Charakter des Landes veränderten. Die allgegenwärtigen Eingänge von den Erdbauten der gesprenkelten Ziesel, denen das Löwen-Lager auf seinem Marsch begegnete, waren zu zahlreich, als daß man sie hätte zählen können, und in manchen Gebieten mußten sie ihren Weg um Hunderte von grasbedeckten, knie- bis hüfthohen Hügeln herum nehmen, von denen ein jeder ein Rudel von Murmeltieren beherbergte.

Ziesel waren die bevorzugte Beute der Gabelweihen, doch nährten sich diese langschwänzigen Falken auch von anderen Nagern sowie von Aas und Insekten. Die anmutigen Greifvögel erspähten die ahnungslosen Ziesel für gewöhnlich, wenn sie in großer Höhe ihre Kreise zogen, doch konnten die Gabelweihen genauso wie die heimischen Turmfalken rütteln, also durch schnellen Flügelschlag fast auf der Stelle stehen, oder im Tiefflug dicht über dem Boden dahinschießen und ihre Beute überraschen. Außer Habichten und Falken ernährte auch die Sumpfohreule sich von den sich schnell vermehrenden kleinen Nagern. Einmal beobachtete Ayla, wie Wolf eine Haltung einnahm, die sie genauer hinblicken ließ; sie sah einen der großen dunkelbraunen Raubvögel in der Nähe seiner Nistmulde auf dem Boden landen und seinen Jungen einen Ziesel bringen. Interessiert sah sie zu, doch weder sie noch Wolf störten die Vögel.

Eine Fülle anderer Vögel lebte von dem, was das offene Land zu bieten hatte. Lerchen und Pieper gab es überall auf den Steppen; des weiteren Moorschneehühner und Schneehühner, Flughühner, die wunderschönen blaugrau gefiederten Jungfernkraniche mit dem schwarzen Kopf und weißen Federbüscheln hinter den Augen. Sie trafen im Frühling ein, bauten ihr Nest, lebten von Insekten, Eidechsen und Schlangen und zogen im Herbst in großen V-förmigen Formationen, laute Trompetentöne ausstoßend, wieder gen Süden.

Talut setzte sich an die Spitze und gab das Tempo an, das er für gewöhnlich einschlug, wenn er mit dem ganzen Lager unterwegs war, und das die langsameren Lagerangehörigen nicht allzu sehr hetzte. Diesmal jedoch meinte er, daß sie schneller vorankämen als sonst. Das lag an den Pferden. Dadurch, daß sie Geschenke und Tauschwaren sowie die Fellplanen für die Zelte auf den Schleppgestellen ebenso transportierten wie die Leute, die ihnen auf den Rücken gehoben worden waren, brauchte keiner mehr so viel zu tragen wie früher. Der Anführer freute sich, daß sie auf diese Weise rascher vorankamen, zumal sie diesmal auch noch einen Umweg machten. Aber das schnelle Vorankommen stellte auch ein Problem dar.

Er hatte die Route, der sie folgen wollten, ebenso geplant wie die Raststellen mit Wasser. Jetzt mußte er diese Dinge neu überlegen.

Sie hatten in der Nähe eines kleines Flusses Halt gemacht, obwohl es noch früh am Tage war. In Wassernähe gingen die Steppen gelegentlich in Baumgruppen und Gehölze über, und diesmal schlugen sie ihr Lager auf einer großen, von Bäumen umstandenen Fläche auf. Nachdem Ayla Winnie vom Schleppgestell befreit hatte, beschloß sie, Latie auf einen Ritt mitzunehmen. Das Mädchen half liebend gern bei den Pferden und war entsprechend bei diesen beliebt. Nachdem sie, hintereinander sitzend, durch ein kleines Wäldchen geritten waren, das aus einer Mischung von Fichten, Birken, Hainbuchen und Lärchen bestand, gelangten sie auf eine blumenübersäte Senke, eine kleine fette Weide, gleichsam ein Stück von Bäumen eingefaßter Steppe. Ayla hielt an und flüsterte der jungen Frau, die rittlings auf dem Pferd vor ihr saß, ganz leise ins Ohr:

»Ganz ruhig bleiben, Latie! Aber schau, dort drüben, am Wasser.«

Latie blickte in die von Ayla angegebene Richtung, konnte zuerst nichts erkennen, doch dann lächelte sie, als sie eine Saiga-Antilope mit zwei ganz jungen Kitzen mißtrauisch, doch noch unsicher, den Kopf heben und sichern sah. Dann entdeckte Latie noch eine Reihe anderer. Die spiralförmig gedrehten Hörner wuchsen gerade aus dem Kopf der kleinen Antilopen hervor und bogen sich am Ende leicht nach hinten; die unförmig aufgetriebene Nase verlieh ihnen ein charakteristisches langes Gesicht.

Da sie regungslos auf dem Rücken des Pferdes saßen und hinüberspähten, fielen ihnen plötzlich die Geräusche auf, die die Vögel machten: das Gurren der Tauben, das fröhliche Geträller eines Waldsängers, der Ruf eines Spechts. Ayla vernahm den wunderschönen flötenähnlichen Gesang eines Pirols und antwortete so täuschend ähnlich darauf, daß es den Vogel ganz verwirrte. Latie wünschte, so pfeifen zu können.

Ayla gab Winnie ein kaum merkliches Zeichen, woraufhin die Stute langsam die parkähnliche Waldlichtung überquerte. Latie zitterte förmlich vor Aufregung, als sie sich der Antilope näherten; dann entdeckte sie eine zweite Hindin mit zwei Kitzen. Plötzlich drehte sich der Wind, sämtliche Saiga-Antilopen hoben den Kopf und sprangen gleich darauf durch den Wald auf die offene Steppe hinaus. Ein grauer Strich hetzte hinterher, und da wußte Ayla, was sie zur Flucht getrieben hatte.

Als Wolf hechelnd zurückkam und sich auf den Boden fallen ließ, graste Winnie friedlich, und die beiden jungen Frauen hockten im besonnten Gras und suchten wilde Erdbeeren. Eine Handvoll leuchtender Blüten bedeckte den Boden neben Ayla, leuchtendrote Blüten mit langen dünnen Blütenblättern, die aussahen, als hätte man sie in roten Farbstoff getaucht, dazu Büschel großer, goldgelber Blütenkörbchen und darunter weiße, mit samtweichen Härchen überzogene Beeren.

»Wären doch nur genug da, daß wir welche mit zurücknehmen könnten«, sagte Ayla und steckte wieder eine winzige, doch ungewöhnlich süße und geschmackvolle Beere in den Mund.

»Dazu müßten es aber viel mehr sein. Mir würde es schon reichen, wenn nur für mich noch mehr da wären«, sagte Latie und verzog das Gesicht zu einem breiten Grinsen. »Außerdem soll dies für mich ein besonderer Ort bleiben – einer, der nur uns beiden gehört, Ayla.« Sie steckte eine Erdbeere in den Mund, schloß die Augen und kostete den Wohlgeschmack aus. Ihr Gesicht wurde nachdenklich. »Diese Baby-Antilopen, die waren ja noch sehr jung, nicht wahr? So nahe bin ich bisher nie an so junge herangekommen.«

»Das liegt an Winnie. Deshalb lassen sie uns so nahe heran. Vor Pferden haben Antilopen keine Angst. Wohl aber vor unserem Wolf.« Ayla sah zu dem Tier hinüber. Als er seinen Namen hörte, sah er auf. »Der hat sie verscheucht.«

»Ayla, darf ich dich was fragen?«

»Nur zu. Du kannst mich immer fragen.«

»Meinst du, ich finde später mal ein Pferd? Ein kleines, meine ich, um das ich mich dann kümmern könnte, so wie du dich um Winnie gekümmert hast – daß es sich an mich gewöhnt.«

»Ich weiß nicht recht. Schließlich hatte ich mir ja auch nicht vorgenommen, Winnie zu suchen. Das war reiner Zufall. Und es wird schwerfallen, gerade ein kleines zu finden. Schließlich beschützen alle Mütter ihre Jungen.«

»Wenn du noch ein Pferd haben wolltest, ein kleines Pferd, wie würdest du das anstellen?«

»Darüber habe ich noch nie nachgedacht ... ich würde meinen, wenn ich ein Füllen haben wollte ... laß mich mal überlegen ... dann würdest du seine Mutter einfangen müssen. Erinnerst du dich an die Wisentjagd vorigen Herbst? Wenn du Jagd auf Pferde machtest und eine Herde in eine Einfriedung hineintriebest wie die, brauchtest du sie ja nicht alle zu töten. Dann könntest du ein oder zwei Fohlen behalten. Vielleicht würde es dir sogar gelingen, ein junges Tier von den anderen zu trennen; dann könntest du die anderen einfach freilassen, wenn du sie nicht brauchtest.« Ayla lächelte. »Mir fällt es heute schwerer, Jagd auf Pferde zu machen, als früher.«

Bei ihrer Rückkehr saßen die meisten Mamutoi um ein großes Feuer herum und aßen. Die beiden jungen Frauen nahmen sich und setzten sich dann gleichfalls hin.

»Wir haben ein paar Saiga-Antilopen gesehen«, erzählte Latie, »sogar kleine.«

»Und Erdbeeren, wie mir scheint, auch«, bemerkte Nezzie trocken, als sie die rotgefleckten Hände ihrer Tochter sah. Latie errötete; ihr fiel ein, daß sie sie alle für sich hatte behalten wollen.

»Es waren nicht genug da, welche mitzubringen«, sagte Ayla.

»Das hätte nichts zu bedeuten. Ich kenne doch Latie und weiß, wie sie Erdbeeren gegenüber ist. Wenn man sie ließe, würde sie ein ganzes Feld aufessen, ohne irgend jemand auch nur eine einzige abzugeben.«

Ayla bemerkte, wie verlegen das Latie machte, und wechselte das Thema. »Außerdem habe ich Huflattich gepflückt. Der hilft gegen Husten; und für das kranke Lager eine Pflanze mit einer roten Blüte – wie sie heißt, weiß ich nicht –, deren Wurzel sehr gut gegen besonders hartnäckigen Husten hilft und den Schleim in der Brust löst«, sagte sie.

»Ich habe gar nicht gewußt, daß du diese Blüten deshalb gepflückt hast«, sagte Latie. »Woher weißt du denn, daß sie unter dieser Krankheit leiden?«

»Genau weiß ich es nicht, aber als ich die Pflanzen sah, dachte ich, ich könnte genausogut ein paar davon mitnehmen, zumal wir alle unter dieser Krankheit so gelitten haben. Wie lange noch, bis wir da sind, Talut?«

»Das ist schwer zu sagen«, meinte der Anführer. »Wir kommen schneller voran als sonst. Eigentlich müßten wir das Lager der Sungaea in ein oder zwei Tagen erreichen. Die Karte, die Ludeg für mich gemacht hat, ist sehr gut; man kann nur hoffen, daß wir nicht zu spät kommen. Ihre Krankheit ist schlimmer, als ich angenommen hatte.«

Ayla runzelte die Stirn. »Woher weißt du das?«

»Ich habe Zeichen gefunden, die irgend jemand zurückgelassen hat.«

»Zeichen?« fragte Ayla.

»Komm mit, ich werde sie dir zeigen«, sagte Talut, stellte seinen Becher hin und stand auf. Er führte sie zu einem Beinhaufen in der Nähe des Wassers. Knochen, zumal große Knochen wie Schädel, waren überall auf den Ebenen zu finden, doch als sie näher herankamen, wurde Ayla klar, daß es sich nicht um einen natürlich zusammengekommenen Haufen handelte. Irgend jemand hatte die Knochen mit Absicht übereinandergestapelt. Oben drauf hatte man einen Mammutschädel mit zerbrochenen Stoßzähnen gelegt, und zwar mit der Unterseite nach oben.

»Dieses Zeichen verheißt schlimme Nachricht«, sagte Talut und deutete auf den Schädelknochen. »Und zwar sehr schlimme. Siehst du diesen Unterkiefer mit den beiden Rückenwirbeln, die daran lehnen? Die Kieferspitze weist in die Richtung, die wir einschlagen sollen, und das Lager ist zwei Tagesmärsche entfernt.«

»Sie sind offenbar auf Hilfe angewiesen, Talut! Ist das der Grund, warum sie diese Zeichen hier aufgestellt haben?«

Talut zeigte auf ein Stück angekohlter Birkenrinde, das von dem zerspellten Ende des linken Stoßzahns festgehalten wurde. »Siehst du das hier?«

»Ja. Die Rinde ist verkohlt, als ob sie in einem Feuer gelegen hätte.«

»Das bedeutet Krankheit, tödliche Krankheit. Jemand ist gestorben. Die Leute haben Angst vor so einer Art von Krankheit, und hier an diesem Ort rasten häufig Gruppen. Dies Zeichen hier wurde nicht aufgestellt, um Hilfe zu erbitten, sondern um die Leute zu warnen, nicht näher zu kommen.«

»Oh, Talut! Aber ich muß hin. Ihr anderen braucht ja nicht hinzugehen, aber ich muß. Ich kann jetzt gleich losziehen, auf Winnie.«

»Und was willst du ihnen sagen, wenn du wirklich hinfindest?« sagte Talut. »Nein, Ayla. Sie würden nicht zulassen, daß du ihnen hilfst. Keiner kennt dich. Es sind nicht einmal Mamutoi, sondern Sungaea. Wir haben uns darüber unterhalten. Wir wissen, daß du hingehen möchtest. Wir sind in diese Richtung losmarschiert und werden mit dir gehen. Ich denke, mit den Pferden schaffen wir es in einem Tag statt in zweien.«

Die Sonne streifte den Rand der Erde, als die Gruppe von Reisenden aus dem Löwen-Lager sich einer großen, auf einer weitläufigen natürlichen Terrasse etwa zehn Meter über einem breiten, reißenden Fluß errichteten Siedlung näherte. Als sie von einigen Leuten bemerkt wurden, blieben sie stehen. Verdutzt starrten die Leute zu ihnen herüber, dann liefen sie auf ihre Unterkünfte zu. Ein Mann und eine Frau, die das Gesicht mit einer ockerfarbenen Paste eingerieben und sich Asche ins Haar gestreut hatten, kamen zum Vorschein.

Es ist zu spät, dachte Talut, als er und Tulie sich, von Nezzie und Ayla gefolgt, dem Sungaea-Lager näherten. Ayla führte Winnie mit Mamut darauf am Halfter. Offensichtlich störten sie bei etwas Wichtigem. Als die Neuankömmlinge etwa dreißig Schritt von ihnen entfernt waren, hob der Mann mit dem rotgefärbten Gesicht den Arm und hielt die Hand mit der Handfläche nach vorn in die Höhe, offensichtlich, um ihnen Einhalt zu gebieten. In einer Sprache, die Ayla nicht kannte, die aber doch etwas Vertrautes hatte, sprach er Talut an. Eigentlich müßte sie sie verstehen; vielleicht lag das an der Ähnlichkeit mit dem Mamutoi. Talut antwortete in seiner eigenen Sprache. Daraufhin sprach der Mann nochmals.

»Warum ist das Löwen-Lager der Mamutoi gerade jetzt hierhergekommen?« fragte er und sprach jetzt Mamutoi. »In diesem Lager herrscht Krankheit und große Trauer. Habt ihr die Zeichen nicht bemerkt?«

»Wir haben die Zeichen gesehen«, sagte Talut. »Aber wir haben eine Frau bei uns, eine Tochter vom Herdfeuer des Mammut, die ist eine tüchtige Heilkundige. Der Läufer Ludeg, der vor ein paar Tagen hier vorüberkam, berichtete uns von der Heimsuchung, die euch wiederfahren ist. Wir waren dabei, uns auf die Reise zu unserem Sommer-Treffen zu begeben, doch vorher wollte Ayla, unsere Heilkundige, hierherkommen und euch ihre Hilfe anbieten. Einer von uns ist mit einem von euch verwandt. Wir sind also blutsverwandt. Wir sind gekommen.«

Der Mann blickte die neben ihm stehende Frau an. Jeder sah, daß sie trauerte, doch mit großer Mühe riß sie sich zusammen.

»Es ist zu spät«, sagte sie. »Sie sind tot.« Ihre Stimme ging in Wehklagen über, und verzweifelt rief sie aus: »Sie sind tot. Meine Kinder, meine Kleinen, mein Leben, sie sind tot.« Zwei Leute traten neben die Frau und führten sie fort.

»Meine Schwester hat großes Unglück getroffen«, sagte der Mann. »Sie hat sowohl eine Tochter als auch einen Sohn verloren. Das Mädchen war fast schon eine Frau, und der Junge ein paar Jahre jünger. Wir sind alle von Trauer erfüllt.«

Voller Mitgefühl schüttelte Talut den Kopf. »Das ist in der Tat ein großes Ungemach. Wir teilen euren Kummer und bieten jeden Trost, den wir geben können. Unserer Sitte entsprechend, würden wir gern ein paar Tage bleiben und unsere Tränen den euren hinzufügen, bis sie an die Brust Der Mutter zurückgekehrt sind.«

»Wir wissen eure Freundlichkeit zu schätzen und werden sie nicht vergessen, aber es sind immer noch Kranke unter uns. Es könnte gefährlich für euch sein hierzubleiben. Es könnte sich als gefährlich erweisen, daß ihr überhaupt gekommen seid.«

»Talut, frage ihn, ob ich mir diejenigen ansehen darf, die noch krank sind. Vielleicht kann ich ihnen doch helfen«, sagte Ayla leise.

»Ja, Talut. Frage, ob Ayla sich die Kranken ansehen darf«, fügte Mamut noch hinzu. »Ich glaube, sie kann entscheiden, ob es ungefährlich für uns ist hierzubleiben oder nicht.«

Der Mann mit dem roten Gesicht starrte den alten Mann auf dem Pferd an. Von Beginn an hatte er die Pferde nicht fassen können, doch wollte er sich nicht allzu überwältigt zeigen, und außerdem war er von Gram so betäubt, daß er seine Neugier für den Moment hatte hintanstellen können, solange er als Sprecher für seine Schwester und sein Lager fungierte. Doch als Mamut sprach, versetzte ihm der sonderbare Anblick eines Menschen auf dem Rücken eines Pferdes plötzlich einen Stich. »Wie kommt es, daß dieser Mann auf einem Pferd sitzt?« platzte es jetzt aus ihm heraus. »Warum bleibt das Pferd da still stehen? Und das andere da hinten?«

»Das ist eine lange Geschichte«, sagte Talut. »Der Mann ist unser Mamut, und die Pferde gehorchen unserer Heilkundigen. Wenn wir Zeit haben, wollen wir euch gern alles erzählen, doch zunächst einmal möchte Ayla sich eure Kranken ansehen. Vielleicht kann sie ihnen helfen. Außerdem kann sie uns sagen, ob die bösen Geister noch verweilen und ob sie sie beherrschen und unschädlich machen kann; ob es uns auch nichts schadet, wenn wir bleiben.«

»Du sagst, sie ist tüchtig. Ich muß dir glauben. Wenn sie den Pferdegeist beherrscht, muß sie über eine mächtige Magie gebieten. Laß mich zu denen sprechen, die drinnen sind.«

»Da ist noch ein Tier, von dem du wissen solltest«, sagte Talut und wandte sich dann der Frau zu. »Rufe ihn her, Ayla!«

Sie pfiff, und noch ehe Rydag ihn loslassen konnte, hatte Wolf sich aus seinen Armen befreit. Der Sungaea-Mann und die anderen Umstehenden erschraken, als der junge Wolf auf sie zugelaufen kam, doch niemand beschreibt ihre Fassungslosigkeit, als sie sahen, wie er zu Aylas Füßen stehenblieb und erwartungsvoll zu ihr aufblickte. Auf ihr Zeichen hin ließ er sich auf den Bauch nieder, doch die wache Aufmerksamkeit, mit der er die Fremden im Auge behielt, bereitete diesen Unbehagen.

Tulie hatte die Reaktionen des Sungaea-Lagers sorgfältig beobachtet und erkannt, was für einen gewaltigen Eindruck diese folgsamen Tiere gemacht hatten. Sie hatten das Ansehen der Leute, die damit zu tun hatten, und des Löwen-Lagers insgesamt vergrößert. Allein die Tatsache, daß er auf einem Pferde saß, hatte Mamut einen Zuwachs an Prestige gebracht. Sie beobachteten ihn argwöhnisch. Seine Worte hatten große Autorität verraten, doch die Reaktion auf Ayla war noch aufschlußreicher. Sie betrachteten sie mit Ehrfurcht und einer Art beklommener Hochachtung.

Tulie merkte, daß sie sich längst an die Pferde gewöhnt hatte; freilich erinnerte sie sich an ihre eigenen Befürchtungen, als sie Ayla das erste Mal mit ihren Pferden gesehen hatte, und so fiel es ihr nicht schwer, sich an die Stelle der Sungaea zu versetzen. Sie war dagewesen, als Ayla den winzigen Wolfswelpen in die Erdhütte gebracht hatte, und sie hatte ihn heranwachsen sehen; doch als sie sich bemühte, Wolf so anzusehen, wie ein Fremder ihn sehen mußte, begriff sie, daß man ihm den tollpatschigen kleinen Welpen nicht mehr ansah. Jung mochte er sein, aber er war fast voll ausgewachsen, und das Pferd war eine reife Stute. Wenn Ayla den Willen eines hochgemuten Pferdes sich untertan machen konnte und der Geist unabhängiger Wölfe etwas war, worüber sie gebieten konnte – über welche anderen Kräfte mochte sie dann noch verfügen? Zumal, wenn man auch noch sagte, sie sei eine Tochter vom Herdfeuer des Mammut und eine Heilkundige.

Tulie fragte sich, welchen Empfang man ihr wohl bereiten würde, wenn sie beim Sommer-Treffen anlangten, war jedoch keineswegs verwundert, als Ayla aufgefordert wurde, sich die kränkelnden Mitglieder des Sungaea-Lagers anzusehen. Die Mamutoi hockten sich hin, um zu warten. Als Ayla herauskam, ging sie zu Mamut, Talut und Tulie.

»Ich glaube, sie leiden unter dem, was Nezzie die Frühlingskrankheit nennt, Fieber und Ziehen in der Brust und Atembeschwerden, nur daß es sie später im Jahr erwischt und daß es sie härter getroffen hat«, erklärte Ayla. »Zwei ältere Leute sind früher gestorben, doch am traurigsten ist es, wenn Kinder sterben. Ich bin mir nicht sicher, wieso das hat sein müssen. Junge Leute sind im allgemeinen robust genug, um sich von dieser Art Krankheit zu erholen. Alle anderen scheinen das Schlimmste überstanden zu haben. Manche husten noch fürchterlich, doch da kann ich ihnen helfen und Linderung verschaffen. Ernstlich krank scheint jedenfalls keiner mehr zu sein. Ich würde gern etwas zusammenstellen, um der Mutter zu helfen. Sie nimmt es sehr schwer, aber wer will ihr das verdenken. Ich bin mir nicht absolut sicher, aber ich glaube nicht, daß es uns in Gefahr bringt, wenn wir bis zum Begräbnis hierbleiben. Allerdings meine ich, wir sollten nicht in ihren Hütten wohnen.«

»Wenn wir bleiben, würde ich vorschlagen, daß wir unsere Zelte aufschlagen«, sagte Tulie. »Es ist schon schwer genug für sie, da müssen sie nicht noch Fremde in ihrer Mitte haben. Außerdem sind sie noch nicht mal Mamutoi. Sungaea sind ... anders.«

Am nächsten Morgen wurde Ayla von Stimmen nicht allzuweit vom Zelt entfernt geweckt. Sie stand rasch auf, zog sich an und schaute hinaus. Etliche Sungaea waren dabei, einen langen, schmalen Graben auszuheben. Tronie und Fralie waren draußen, saßen in der Nähe eines Feuers und nährten ihre Babys. Lächelnd gesellte Ayla sich zu ihnen. Aus einem dampfenden Kochkorb stieg der Duft von Salbeitee auf. Sie schöpfte einen Becher heraus, hockte sich zu den beiden Frauen und genoß das heiße Getränk.

»Ob sie sie heute bestatten wollen?« fragte Fralie.

»Ich nehme es an«, sagte Ayla. »Ich glaube, Talut wollte nicht rundheraus fragen, aber ich hatte den Eindruck. Leider bin ich ihrer Sprache nicht mächtig, auch wenn ich hier und da ein paar Wörter verstehe.«

»Das muß das Grab sein, das sie da graben. Aber warum machen sie es so lang?« sagte Tronie.

»Ich weiß nicht. Jedenfalls bin ich froh, daß wir bald weiterziehen. Ich weiß, es ist recht, daß wir hierbleiben, aber ich mag Bestattungen trotzdem nicht«, sagte Fralie.

»Das mag keiner«, sagte Ayla. »Ich wünschte, wir wären ein paar Tage früher hergekommen.«

»Aber du weißt doch gar nicht, ob du für diese Kinder etwas hättest tun können«, sagte Fralie.

»Mir tut die Mutter leid«, meinte Tronie. »Es muß schon schlimm sein, ein Kind zu verlieren – aber zwei auf einmal ... Ich weiß nicht, was ich täte.« Sie drückte Hartal an sich, was jedoch den Kleinen nur dazu brachte, sich zu winden und von ihr fortzustreben.

»Jawohl, es ist hart, ein Kind zu verlieren«, sagte Ayla. Sie sagte das so bitter, daß Fralie aufblickte und sich fragte, was denn los sei. Ayla setzte den Becher ab und stand auf. »Ich habe in der Nähe Wermut wachsen sehen. Die Wurzel ergibt ein sehr starkes Heilmittel. Oft benutze ich es nicht, aber ich möchte etwas machen, das die Mutter dazu bringt, sich zu beruhigen und zu entspannen, und da muß es schon stark sein.«

Das Löwen-Lager erlebte im Laufe des Tages eine Reihe von Aktivitäten und Zeremonien, an denen es am Rande auch teilnahm, doch am Abend änderte sich die Atmosphäre und lud sich mit einer Intensität auf, der sich auch die Gäste nicht entziehen konnten. Die hochgepeitschten Gefühle ließen die Mamutoi in echt empfundenes Wehklagen ausbrechen, als die beiden Kinder auf hängemattenähnlichen Bahren aus einer Hütte herausgetragen und jedem einzelnen Anwesenden zum Abschiednehmen gezeigt wurden.

Als die Leute die Bahren langsam an den trauernden Gästen vorübertrugen, bemerkte Ayla, daß die Kinder in wunderschöne und reichgeschmückte Gewänder eingehüllt waren wie für ein bedeutendes Fest. Auch wenn sie nicht wollte, sie war beeindruckt und interessiert. Stücke unterschiedlich eingefärbten und von Natur aus verschiedenfarbenen Leders waren zu einem verzwickten geometrischen Muster zusammengenäht und zu Kitteln und langen Hosen verarbeitet worden; an besonderen Stellen waren Flächen mit Tausenden von kleinen Elfenbeinkügelchen ausgefüllt. Ein flüchtiger Gedanke ging ihr durch den Kopf. Ob wohl all diese umständlichen Arbeiten nur mit Hilfe einer spitzen Ahle ausgeführt worden waren? Vielleicht würde man hier die Einführung einer spitzen Elfenbeinnadel mit dem Öhr am dicken Ende begrüßen?

Was ihr weiterhin auffiel, waren Stirnbänder und Leibriemen sowie ein dem toten Mädchen um die Schultern gelegter Umhang mit einem überaus reizvollen Muster und aus einem Material hergestellt, das offenbar aus dem von wolletragenden Tieren abgestoßenen Flaum gewirkt worden war. Am liebsten hätte sie es angefaßt und es sich genau betrachtet, um zu sehen, wie es gemacht worden war, doch wäre das jetzt ungehörig gewesen. Der neben ihr stehende Ranec bemerkte den Umhang gleichfalls und machte einige Bemerkungen zu dem komplizierten Muster aus rechtwinklig angeordneten Spiralen. Ayla hoffte, vorm Weiterziehen mehr darüber erfahren zu können; vielleicht verriet man ihr die Fertigungsweise, wenn sie dafür eine ihrer Elfenbeinnadeln mit dem Öhr am Ende eintauschte.

Außerdem waren beide Kinder auch noch mit Schmuck behangen, der aus Muschelschalen, Reißzähnen von Raubtieren und Knochen bestand; der Junge trug auch noch einen ungewöhnlich großen Stein, der durchbohrt worden war, so daß man ihn als Anhänger an einer Schnur tragen konnte. Anders als die Erwachsenen, deren Haar völlig zerzaust und mit Asche bedeckt war, waren ihre Haare säuberlich gekämmt und zu schönen Frisuren geordnet – das des Jungen war zu Zöpfen geflochten, das des Mädchens an den Schläfen zu Knoten zusammengenommen.

Ayla konnte sich des Gedankens nicht erwehren, daß die Kinder nur schliefen und jeden Moment aufwachen würden. Mit ihren rundwangigen, völlig unverrunten Gesichtern sahen sie viel zu jung und gesund aus, als daß sie bereits in das Reich der Geister hätten eingegangen sein können. Sie merkte, wie ein Schauder sie durchlief, und sie sah unwillkürlich zu Rydag hinüber. Dabei begegnete sie Nezzies Blick und schaute beiseite.

Schließlich wurden die Kinder zu dem langen, schmalen Graben gebracht. Sie wurden hineingelegt und Kopf an Kopf gebettet. Eine Frau mit einem ganz besonderen Kopfputz und in einem langen, perlenbestickten Überwurf stand auf und stimmte einen schrillen Klagegesang an, der alle erschauern ließ. Sie trug viele Halsketten und Anhänger, die bei jeder Bewegung klirrten und klickten; außerdem mehrere lose Elfenbeinreifen an den Armen, die aus unterschiedlichen, daumenbreiten Bändern bestanden. Ayla bemerkte, daß sie Ähnlichkeit mit denen aufwiesen, die auch die Mamutoi trugen.

Ein tiefer dröhnender Trommelschlag weckte den vertrauten Ton einer Mammutschädeltrommel. Wehklagend und singend begann die Frau sich zu drehen und sich zu wenden, sich auf die Zehenspitzen zu stellen und die Füße zu heben, manchmal in unterschiedliche Richtungen zu blicken und doch auf ein und demselben Fleck stehenzubleiben. Sie bewegte die Arme ruckartig und rhythmisch, und ihre Armreifen klapperten. Ayla war ihr begegnet, doch wiewohl sie sich nicht unterhalten konnten, fühlte sie sich zu ihr hingezogen. Mamut hatte ihr erklärt, sie sei keine Medizinfrau wie Ayla, sondern eine, die mit der Geisterwelt in Verbindung treten konnte. Sie war das Sungaea-Gegenstück von Mamut – oder Creb, eine Erkenntnis, die Ayla traf wie ein Schlag. Es fiel ihr immer noch nicht leicht, sich eine Frau als Mog-ur vorzustellen.

Der Mann und die Frau mit den roten Gesichtern streuten roten Ocker über die Kinder, und Ayla mußte an die rote Ockerpaste denken, mit der Creb Izas Leib eingerieben hatte. Noch etliche andere Dinge wurden den Kindern zeremoniell ins Grab mitgegeben: gerade gebogene Elfenbeinstäbe vom Mammut, Speere, Flintmesser und Dolche, Schnitzereien, die ein Mammut, ein Wisent und ein Pferd darstellten – die sich freilich nicht mit den schönen Schnitzereien von Ranec messen konnten, wie Ayla fand. Verwundert bemerkte sie, daß neben jedes Kind ein langer Elfenbeinstab mit einer runden, speichenbesetzten, radförmigen Schnitzerei gelegt wurde, von der Federn und andere Dinge herunterhingen. Als die Angehörigen des Sungaea-Lagers in den schrill wehklagenden Gesang der Frau einstimmten, lehnte Ayla sich still vor und fragte Mamut im Flüsterton: »Diese Stäbe sehen aus wie der von Talut. Sind das auch Sprecherstäbe?«

»Ja, das sind es. Die Sungaea sind mit den Mamutoi enger verwandt, als manche Leute zugeben möchten«, sagte Mamut. »Es gibt einige Unterschiede, aber diese Bestattungszeremonie unterscheidet sich kaum von der unseren.«

»Warum werden denn schon Kindern Sprecherstäbe mit ins Grab gegeben?«

»Sie bekommen all das mit, was sie brauchen, wenn sie in der Geisterwelt erwachen. Als Tochter und Sohn der Anführerin sind sie ein Geschwisterpaar, dem es bestimmt war, Anführer zu werden, wenn nicht in diesem Leben, dann jedenfalls im nächsten«, erklärte Mamut. »Ihr Rang muß sichtbar gemacht werden, damit sie dort nicht an Ansehen verlieren.«

Ayla sah eine Zeitlang zu, doch als sie anfingen, die Gräber zuzuschütten, wandte sie sich wieder an Mamut.

»Und warum werden sie Kopf an Kopf bestattet?«

»Es handelt sich um Bruder und Schwester«, sagte er, gleichsam als sei damit alles erklärt. Doch als er Aylas verwirrten Gesichtsausdruck bemerkte, fuhr er fort: »Die Reise in die Geisterwelt kann lange dauern, schwierig sein und verwirrend, zumal die beiden noch so jung sind. Sie müssen sich miteinander verständigen, sich gegenseitig helfen und trösten. Nun gilt es aber bei Der Mutter als abscheulich, wenn Geschwister Wonnen teilen. Wachen sie jedoch Seite an Seite auf, könnten sie vergessen, daß sie Bruder und Schwester sind, und sich aus Versehen paaren; sie könnten ja meinen, sie schliefen zusammen, weil sie zusammengegeben werden sollten. Kopf an Kopf hingegen können sie einander auf der Reise Mut zusprechen und brauchen dennoch keinerlei Zweifel über ihre verwandtschaftlichen Beziehungen zu haben, wenn sie an ihrem Bestimmungsort anlangen.«

Ayla nickte. Das erschien ihr logisch, doch als sie zusah, wie das Grab zugeschüttet wurde, wünschte sie inbrünstig, doch ein paar Tage früher hiergewesen zu sein. Möglich, daß sie nicht mehr hätte helfen können; aber sie hätte es zumindest versuchen können.

Talut hielt am Rand eines kleinen Wasserlaufs, blickte bachaufwärts und bachabwärts, vergewisserte sich dann auf der mit Zeichen versehenen Elfenbeintafel in der Hand. Sodann sah er nach dem Sonnenstand, studierte einige Wolkeninformationen im Norden und schnupperte im Wind. Schließlich besah er sich die nähere Umgebung genauer.

»Hier schlagen wir das Lager für die Nacht auf«, sagte er und legte Tragetasche und Kiepe ab. Dann ging er zu seiner Schwester hinüber, die gerade bestimmte, wo das Hauptzelt aufgeschlagen werden sollte, so daß die Zelte daneben, die einen Teil der Stützpfeiler des Hauptzeltes nutzten, möglichst viel ebenen Platz bekamen. »Tulie, was hältst du davon, wenn wir hierbleiben und ein bißchen Tauschhandel trieben? Ich habe mir die Karten angesehen, die Ludeg gemacht hat. Zuerst ist mir gar nicht klargeworden, wo wir eigentlich sind. Aber schau« – er zeigte ihr zwei verschiedene Elfenbeintäfelchen, die beide mit Zeichen bekritzelt waren – »das hier ist die Karte, die uns den Weg zum Wolfs-Lager zeigt, wo ja jetzt das Sommer-Treffen stattfinden soll, und hier ist die, auf der er flüchtig den Weg zum Sungaea-Lager eingezeichnet hat. Von hier aus wäre es kein großer Umweg, wenn wir dem Mammut-Lager einen Besuch abstatteten.«

»Du meinst das Moschusochsen-Lager«, sagte Tulie verärgert und verächtlich. »Es war anmaßend von ihnen, den Namen des Lagers zu ändern. Ein Herdfeuer des Mammut hat jeder, aber ein ganzes Lager nach dem Mammut zu nennen, das sollte niemand tun. Sind wir nicht alle Mammutjäger?«

»Aber ein Lager wird immer nach dem Herdfeuer des Anführers benannt, und ihr neuer Anführer ist nun mal ihr Mamut. Außerdem bedeutet das noch lange nicht, daß wir keinen Tauschhandel mit ihnen treiben könnten – falls sie nicht schon fort sind. Du weißt ja, sie sind verwandt mit dem Bernstein-Lager und haben deshalb immer etwas Bernstein zum Tauschen bereitliegen«, sagte Talut. Er kannte die Schwäche seiner Schwester für das versteinerte Harz mit dem wunderbar warmen Goldschimmer. »Und Wymez sagt, sie hätte Zugang zu großartigem Feuerstein. Wir unsererseits haben reichlich Rentierfelle, von einigen besonders schönen Pelzen ganz zu schweigen.«

»Ich begreife nicht, wie ein Mann ein Herdfeuer gründen will, wenn er nicht einmal eine Frau hat. Aber wie ich schon gesagt habe: sie sind anmaßend. Selbstverständlich können wir Tauschhandel mit ihnen treiben und bei ihnen vorbeischauen, Talut.« Der Ausdruck auf dem Gesicht der Anführerin verzog sich zu einem rätselhaften Lächeln. »Doch, unbedingt sollten wir das tun. Ich meine, es müßte interessant für das ›Mammut‹-Lager sein, unser Herdfeuer des Mammut kennenzulernen.«

»Gut, dann sollten wir möglichst früh aufbrechen«, sagte Talut. Er konnte nicht recht schlau aus ihr werden und schüttelte den Kopf; was mochte in seiner klugen und durchtriebenen Schwester wohl vorgehen?

Als das Löwen-Lager einen großen gewundenen Fluß erreichte, der zwischen steilen Hochufern aus Löß sein Bett gegraben hatte, was bewirkte, daß das Gelände eine gewisse Ähnlichkeit mit ihrem eigenen Lagerumkreis hatte, strebte Talut einer Landzunge zwischen zwei Schluchten zu und ließ den Blick über das umliegende Land schweifen. Unten auf dem Schwemmland sah er auf grüner, mit wenigen Bäumen gesprenkelter Weide Hirsche und Auerochsen grasen. In einiger Entfernung bemerkte er dort, wo der Fluß vor einem Hochufer scharf abbog, ein riesiges, fast so hoch wie das Ufer aufeinandergetürmtes Durcheinander von Knochen. Winzige Gestalten bewegten sich auf diesem Knochenberg hin und her, und er sah, wie sie Knochen davontrugen.

»Sie sind noch da«, verkündete er. »Sie müssen beim Bauen sein.«

Das Löwen-Lager trabte den Hang zum Lager hinunter, das auf einer weiträumigen, nicht höher als fünf Meter über dem Flußspiegel gelegenen Terrasse lag, und wenn Ayla von der Erdhütte überrascht gewesen war, die das Löwen-Lager beherbergte, so verblüffte das Mammut-Lager sie nicht minder. Statt eines einzigen großen, mit Grassoden und einer festen Lehmschicht bedeckten halbunterirdischen Langhauses, das Ayla für sich mit einer riesigen Höhle oder sogar mit dem für Menschen geeigneten Kessel eines Tierbaus verglichen hatte, drängten sich hier mehrere einzelne Rundhütten auf der Terrasse zusammen. Auch sie waren solide mit Grassoden bedeckt, die mit einer Lehmschicht beschmiert waren, und am Rand wuchs hier und da auch bereits Gras, doch nicht obenauf. Die Hütten erinnerten Ayla an riesige, kahle Erdhaufen, wie die Murmeltiere sie vor dem Eingang ihres Baus aufhäufen.

Im Näherkommen begriff sie, warum sie oben kahl waren, denn das Mammut-Lager benutzte die Dächer ihrer Wohnungen als Aussichtsplattform. Zwei der Hütten waren von einer Gruppe von Zuschauern bedeckt, und obwohl diese ihre Aufmerksamkeit den Gästen zugewandt hatten, war das nicht der Grund, warum sie sich auf den gerundeten Dächern aufhielten. Als das Löwen-Lager um eine Behausung herumkam, die ihnen die Sicht versperrt hatte, erblickte Ayla den Gegenstand ihres Interesses und war erstaunt.

Talut hatte recht gehabt. Sie waren beim Bauen. Ayla hatte die Bemerkung über den Namen mitangehört, den dieses Lager sich seit neuestem zugelegt hatte, doch jetzt, wo sie die Hütte sah, die sie gerade bauten, schien er ihr sehr passend. Möglich, daß die Hütte am Ende genauso aussah wie all die anderen – die Art, wie sie Mammutknochen als Tragestützen verwendeten, hatte etwas von der besonderen Eigenart dieses Tieres. Es stimmte schon, daß auch das Löwen-Lager sich der Mammutknochen als Tragestützen und Konstruktionselemente für ihre Hütte bedient hatte; auch hatte man bestimmte Knochen und Knochenteile ausgesucht, die genau ineinanderpaßten oder passend gemacht wurden; doch die Knochen, die beim Bau dieser Unterkunft verwendet wurden, hatten nicht nur eine tragende Funktion. Sie wurden ausgesucht und zusammengefügt, so daß der ganze Bau das Wesen des Mammuts auf eine Weise widerspiegelte, welche die Glaubensvorstellungen der Mamutoi zum Ausdruck brachte.

Um das zu erreichen, hatten sie zunächst eine große Anzahl derselben Skeletteile von dem großen Haufen unten heraufgeschafft. Den Anfang machten sie mit einem Kreis, der einen Durchmesser von ungefähr fünf Schritt besaß und ausschließlich aus Mammutschädeln bestand, die dergestalt aufgestellt waren, daß die solide Fläche der Stirn nach innen zeigte. Den Eingang bildete der vertraute Bogen aus großen gewölbten Stoßzähnen, die zu beiden Seiten in der Nackenöffnung des Rückgratansatzes verankert waren und sich oben an der Spitze trafen. Um die Außenseite herum bis etwa zur halben Höhe war eine Rundwand errichtet worden, die vielleicht aus hundert V-förmigen Mammutunterkieferknochen bestand, von denen man jeweils vier mit dem spitzen Kinn nach unten in- und übereinander gesteckt hatte.

Die Gesamtwirkung dieser V-förmigen Gebilde, die da nebeneinander standen, bildete den eindrucks- – und bedeutungsvollsten – Zug des Baus. Denn insgesamt betrachtet, bildeten sie ein Zickzackband ähnlich dem Zeichen, das auf Karten Wasser bedeutete. Wie Ayla von Mamut erfahren hatte, war das Zickzackzeichen für Wasser gleichzeitig das tiefsinnige Symbol Der Großen Mutter, Der Schöpferin allen Lebens. Sie stellten das nach unten weisende Dreieck Ihres Venushügels dar, den äußeren Ausdruck Ihres Schoßes. Unendlich vervielfältigt, bedeutete das Zeichen Leben schlechthin; nicht nur das Wasser, sondern auch das Fruchtwasser Der Mutter, welches das Land überflutet und Seen und Flüsse gefüllt hatte, als Sie die Erde geschaffen. Kein Zweifel: Was hier im Entstehen begriffen war, konnte nur das Herdfeuer des Mammut sein.

Die Rundwand stand noch nicht ganz, doch arbeiteten sie bereits am Rest der Hütte und verkeilten auf rhythmisch symmetrische, fest zusammengefügte Weise Schulterblätter wie Beckenknochen und Rückenwirbel mit- und ineinander. Drinnen boten Holzbalken zusätzlichen Halt für das Gerüst, und es sah ganz danach aus, als ob die Decke aus Stoßzähnen gefügt werden sollte.

»Das nenne ich das Werk eines echten Künstlers!« erklärte Ranec ehrfürchtig, trat näher und bewunderte die Arbeit ihrer Hände.

Daß ihm dies gefallen würde, wußte Ayla. Sie bemerkte, daß Jondalar ein wenig weiter entfernt stand und Renners Führstrick in der Hand hielt. Dabei ging ihr auf, daß er nicht weniger beeindruckt war und den erleuchteten Geist bewunderte, der auf diese Idee gekommen war. Genau genommen war das gesamte Löwen-Lager sprachlos. Doch wie Tulie vermutet hatte, war das Mammut-Lager umgekehrt nicht minder beeindruckt von seinen Besuchern – oder vielmehr von den zahmen Tieren, die mit ihnen gekommen waren.

Eine Zeitlang starrten beide Lager sich gegenseitig fassungslos und bewundernd an, dann traten eine Frau und ein Mann – beide etwas jünger als die Anführer des Löwen-Lagers – auf Tulie und Talut zu, um sie zu begrüßen. Der Mann hatte schwere Mammutknochen den Hang heraufgeschleppt – es handelte sich hier keineswegs um vorübergehende Behausungen, die ab- und an anderem Ort wieder aufgebaut werden konnten, sondern um eine ständige Siedlung –, und so war er bis zu den Hüften bloß und verschwitzt. Sein Gesicht war stark tätowiert, und Ayla mußte sich selbst zur Ordnung rufen, sonst hätte sie den Fremden einfach angestarrt. Er trug auf der linken Wange nicht nur ein Zickzackmuster wie der Mamut vom Löwen-Lager, sondern eine symmetrische Anordnung von Zickzacklinien, Dreiecken und Rhomben sowie rechtwinklig angeordneten Spiralen in den Farben Rot und Blau.

Auch die Frau hatte offensichtlich gearbeitet; auch sie war von der Hüfte an nackt, doch statt Hosen trug sie einen gerafften Rock, der ihr bis kurz unter die Knie ging. Sie war nicht tätowiert; dafür war ein Nasenflügel durchbohrt, und als Schmuck trug sie darin einen Stab, der aus einem kleinen Stück zurechtgeschnitzten und polierten Bernsteins bestand.

»Tulie, Talut! Welch eine Überraschung! Wir haben euch zwar nicht erwartet, doch im Namen Der Mutter heißen wir das Löwen-Lager willkommen«, sagte die Frau.

»In Muts Namen – wir danken euch für euer Willkommen, Avarie«, sagte Tulie. »Wir hatten nicht vor, zu ungelegener Zeit zu kommen.«

»Wir waren in der Nähe, Vincavec«, fügte Talut hinzu, »und wollten nicht vorüberziehen, ohne hereingeschaut zu haben.«

»Das Löwen-Lager kommt nie ungelegen«, sagte der Mann. »Aber wie kommt es, daß ihr in der Nähe wart? Der Weg zum Wolfs-Lager führt doch hier nicht vorbei.«

»Der Läufer, der kam, um uns zu sagen, daß der Treffplatz geändert worden sei, hatte bei den Sungaea Halt gemacht und berichtete, sie seien sehr krank. Nun haben wir ein neues Mitglied, eine Heilkundige, Ayla vom Herdfeuer des Mammut«, sagte Talut und winkte ihr vorzutreten. »Ayla hatte den Wunsch hinzugehen und nachzusehen, ob sie helfen könnte. Wir kommen gerade von dorther.«

»Ja, ich kenne dieses Sungaea-Lager«, sagte Vincavec und wandte sich dann Ayla zu. Für einen Moment hatte sie das Gefühl, von seinen Augen durchbohrt zu werden. Immer noch nicht ganz daran gewöhnt, den offenen Blick eines Fremden zu erwidern, zögerte sie einen Moment, hatte dann jedoch das Gefühl, daß dies nicht der richtige Zeitpunkt sei, sich schüchtern oder bescheiden zu geben wie eine Clans-Frau, und blickte ihn ihrerseits durchdringend an. Plötzlich lachte er, und in seinen hellgrauen Augen leuchtete es wohlgefällig auf. Außerdem spürte sie, daß er ihre Weiblichkeit zu schätzen wußte. Woraufhin ihr wiederum aufging, daß es sich um einen erstaunlich attraktiven Mann handelte, nicht weil er hübsch gewesen wäre oder irgendwelche besonderen Züge aufgewiesen hätte, wiewohl die Tätowierungen ihn aus den Reihen der anderen heraushoben, sondern wegen der Willenskraft und der Intelligenz, die er ausstrahlte. Er blickte zu dem auf Winnie thronenden Mamut auf.

»Du weilst also immer noch unter uns, alter Mann«, sagte er, offensichtlich erfreut, und fügte dann mit einem verschmitzten Lächeln hinzu, »und immer noch gut für eine Überraschung. Seit wann bist du unter die Rufer gegangen? Oder brauchen wir eine andere Bezeichnung? Zwei Pferde und ein Wolf, die mit dem Löwen-Lager unterwegs sind? Das nenne ich mehr als eine Gabe des Rufens.«

»Vielleicht wäre eine andere Bezeichnung angemessen, Vincavec, doch handelt es sich nicht um meine Gabe. Die Tiere gehorchen Ayla.«

»Ayla? Es scheint, als hätte der alte Mamut sich eine würdige Tochter zugelegt.« Noch einmal musterte Vincavec sie. Er bemerkte nicht, wie Ranecs Miene sich verfinsterte, wohl aber Jondalar. Der verstand, was in ihm vorging, und hatte zum ersten Mal ein sonderbares Gefühl der Verwandtschaft mit dem Bildschnitzer.

»Genug herumgestanden und geredet«, sagte Avarie. »Dafür ist später Zeit genug. Die Reisenden müssen müde und hungrig sein. Ihr müßt mir erlauben, eine Mahlzeit für euch zu richten und einen Platz zum Ausruhen zu bereiten.«

»Wie wir sehen, baut ihr eine neue Hütte, Avarie. Unseretwegen macht nur keine Umstände. Ein Platz, an dem wir unsere Zelte aufschlagen können, reicht«, sagte Tulie. »Aber später würden wir gern ein Mahl mit euch teilen – und euch vielleicht ein paar feine Rentierfelle und Pelze zeigen, die wir zufällig dabeihaben.«

»Da habe ich eine bessere Idee«, sagte Talut mit dröhnender Stimme und ließ die Kiepe vom Rücken gleiten. »Warum laßt ihr uns nicht mit anpacken? Ihr müßt mir zwar sagen, wo ich was hintun soll, aber ich habe Kraft genug, einen oder zwei Mammutknochen zu tragen.«

»Ja, ich würde auch gern helfen«, erbot sich Jondalar, führte Renner ein Stück vor und half Rydag absteigen. »Das nenne ich eine ungewöhnliche Wohnstatt. So etwas habe ich noch nie gesehen.«

»Ja, nur zu! Eure Hilfe ist uns willkommen. Manchen von uns kann's gar nicht schnell genug gehen, bis wir zum Sommer-Treffen aufbrechen. Aber eine Hütte richtig zu bauen, dazu braucht man einen Sommer, und wir müssen sie fertighaben, ehe wir losziehen. Das ist sehr großmütig vom Löwen-Lager«, sagte Vincavec und fragte sich, wie viele Stücke Bernstein ihn ihr Großmut kosten mochte, wenn der Tauschhandel erst einmal begann. Dann jedoch kam er zu dem Schluß, daß es schon lohnte, seine Hütte frühzeitig fertigzustellen und einigen von denen, die sich beklagten, das Maul zu stopfen.

Im ersten Augenblick war Vincavec der große blonde Mann in der Menge der Leute vom Löwen-Lager gar nicht aufgefallen, doch dann sah er zweimal hin und ließ den Blick wieder zurückwandern zu Ayla, die Winnie ausschirrte und vom Schleppgestell befreite. Der Mann war ein Fremder, genauso wie Ayla, und schien mit den Pferden genauso vertraut wie sie. Doch schien auch der kleine Flachschädel mit dem Wolf vertraut, und der Junge war ihm kein Fremder mehr. Er mußte was mit der Frau zu tun haben. Der Anführer vom Mammut-Lager wandte seine Aufmerksamkeit wieder Ayla zu. Dabei fiel ihm auf, daß der dunkelhäutige Bildschnitzer sich dauernd in ihrer Nähe herumdrückte; Ranec hat schon von jeher ein Auge für das Schöne und Ausgefallene gehabt, dachte er. Wie Vincavec bemerkte, benahm er sich auch so, als hätte er Besitzrechte auf Ayla; doch wer war dann der Fremde? Hatte der nichts mit der Frau zu tun? Vincavec warf einen Blick auf Jondalar und bemerkte, daß dieser Ayla und Ranec nicht aus den Augen ließ.

Irgendwas ging hier vor, zu diesem Schluß kam Vincavec. Dann lächelte er. Wie immer die Beziehungen untereinander aussehen mochten, wenn sie beide interessiert waren, war aller Wahrscheinlichkeit nach die Frau noch nicht förmlich gebunden. Noch einmal ließ er den Blick auf ihr ruhen. Sie war eine hinreißende Frau, dazu eine Tochter vom Herdfeuer des Mammut, zudem eine Heilkundige, zumindest behaupteten sie das; und im Umgang mit Tieren war sie nun mit Sicherheit begabt. Eine Frau von hoher Stellung, kein Zweifel – doch woher kam sie? Und warum war es immer das Löwen-Lager, das mit etwas Ungewöhnlichem aufwartete?

Die beiden Anführerinnen standen im Inneren der fast fertigen, doch noch ganz leeren neuen Erdhütte. Wiewohl die Außenwand jetzt geschlossen war – das Zickzackband der Wand war von innen immer noch leicht erkennbar.

»Willst du wirklich nicht mit uns zusammen reisen, Avarie?« sagte Tulie. Eine neue Kette großer Bernsteinkugeln zierte ihren Hals. »Wir können gern ein paar Tage warten, bis ihr soweit seid.«

»Nein, zieht ihr nur schon los. Ich weiß, alle brennen darauf, zum Treffen zu kommen, und ihr habt schon soviel getan. Die Hütte ist so gut wie fertig. Ohne euch wären wir noch lange nicht soweit.«

»Es war uns ein Vergnügen, zusammen mit euch zu arbeiten. Ich muß zugeben, die neue Hütte ist durchaus eindrucksvoll. Sie ist eine Ehre für Die Mutter. Dein Bruder ist ein bemerkenswerter Mann. Hier drinnen spürt man die Anwesenheit Der Mutter geradezu körperlich.« Das war ganz aufrichtig gemeint, und Avarie wußte das.

»Vielen Dank, Tulie. Wir werden euch eure Hilfe nicht vergessen. Gerade deshalb möchten wir euch nicht länger festhalten. Ihr kommt ohnehin bereits zu spät, weil ihr uns geholfen habt. Die besten Plätze werden schon besetzt sein.«

»Wir brauchen nicht mehr lange bis dorthin. Unsere Lasten sind beträchtlich leichter geworden. Das Mammut-Lager versteht sich aufs Handeln.«

Avaries Augen streiften die neue Halskette der großen Anführerin. »Längst nicht so trefflich wie das Löwen-Lager«, sagte sie.

Tulie war der gleichen Meinung. Sie fand, das Löwen-Lager sei ein harter Verhandlungspartner gewesen, nur geziemte es sich nicht, das zuzugeben, und so wechselte sie das Thema. »Nun, wir freuen uns, euch wiederzusehen. Wenn möglich, werden wir einen Platz reservieren, wo ihr euer Lager aufschlagen könnt.«

»Das wäre sehr nett von euch, nur fürchte ich, wir werden zu den Letzten gehören. Wir werden nehmen müssen, was übrigbleibt. Trotzdem werden wir nach euch Ausschau halten«, sagte Avarie, als sie hinausgingen.

»Dann brechen wir morgen früh auf«, sagte Tulie. Die beiden Frauen umarmten sich und legten die Wangen aneinander, dann ging die Anführerin des Löwen-Lagers zu den Zelten hinüber.

»Übrigens, Tulie, falls ich Ayla nicht mehr sehe, ehe ihr loszieht, danke ihr bitte nochmals für den Pyritwürfel zum Feuermachen«, sagte Avarie und fügte dann wie beiläufig noch hinzu: »Hast du eigentlich schon einen Brautpreis für sie festgesetzt?«

»Wir haben zwar schon darüber nachgedacht, aber sie hat so viel zu bieten, daß es nicht leicht sein wird, ihn zu bestimmen«, sagte Tulie und wandte sich zum Gehen. Nach ein paar Schritten drehte sie sich jedoch noch einmal um und lächelte. »Sie und Deegie haben sich so sehr miteinander angefreundet, daß Ayla fast wie eine Tochter für mich ist.«

Tulie konnte sich ein Lächeln kaum verkneifen. Sie meinte sehr wohl bemerkt zu haben, daß Vincavec Ayla mit besonderer Aufmerksamkeit betrachtete, und sie wußte, daß Avaries Bemerkung keineswegs so beiläufig gekommen war. Er hatte seine Schwester gebeten, das zu erkunden. Keine schlechte Verbindung wäre das, dachte Tulie, und enge Beziehungen zum Mammut-Lager zu haben konnte nur von Vorteil sein. Selbstverständlich hatte Ranec das erste Recht. Schließlich sind sie einander verlobt, doch wenn jemand wie Vincavec ein Angebot abgab, tat es nicht weh, es in Betracht zu ziehen. Zumindest erhöhte es ihren Wert. Jawohl, es war eine gute Idee von Talut gewesen, hierherzukommen und etwas Tauschhandel zu treiben.

Avarie sah ihr nach. Tulie wird also den Brautpreis persönlich aushandeln. Hatte ich es mir doch gedacht! Vielleicht sollten wir noch beim Bernstein-Lager vorbeischauen. Ich weiß, wo Mutter die Rohlinge aufbewahrt, und wenn Vincavec wirklich einen Versuch macht, Ayla zu gewinnen, braucht er alles, was er bekommen kann. Noch nie habe ich eine so harte Verhandlungspartnerin erlebt wie Tulie, dachte Avarie mit widerwilliger Bewunderung. Bisher hatte sie sich nicht sonderlich etwas aus der großen Anführerin vom Löwen-Lager gemacht, doch hatte sie in den letzten Tagen Gelegenheit gehabt, besser mit ihr bekannt zu werden, und so mußte sie ihr jetzt doch Achtung zollen und hatte sie sogar gern gewonnen. Tulie hatte tüchtig mit angepackt und verstand es, großzügig zu loben, wenn Lob verdient war, und wenn sie eine harte Verhandlungspartnerin war, nun, das war schließlich die Aufgabe einer Anführerin. Ja, wenn sie selber jung wäre und bereit, sich mit jemand zusammenzutun, so dachte Avarie, hätte sie nichts dagegen, daß jemand wie Tulie ihren Brautpreis aushandelte.

Vom Mammut-Lager zog das Löwen-Lager in nördlicher Richtung weiter und folgte den größten Teil des Marsches dem Flußverlauf. Im Bereich der großen Wasserwege, die den Kontinent durchliefen, veränderte sich die nördliche Landschaft ständig und zeigte eine reiche Pflanzenvielfalt. Ihr Treck führte sie von den Morästen der Tundra und Lößebenen zu verschilften Waldseen und von üppigen Feuchtgebieten bis zu windigen

Hügeln und grasbewachsenen, von Sommerblumen bunt gesprenkelten Weiden. Wenn auch die Pflanzen im Norden im allgemeinen verkümmert waren, die Blüten, die sie trieben, waren häufig größer und farbenprächtiger als die der Pflanzen im Süden. Die meisten von ihnen waren Ayla bekannt, wenn sie auch nicht immer wußte, wie sie hießen. Kamen sie an welchen vorüber, oder ritt sie allein aus oder ging allein vor sich hin, pflückte sie häufig welche, um sie Mamut oder Nezzie oder Deegie zu zeigen, auf daß diese ihr den Namen nannten.

Je näher sie dem Ort kamen, wo das Sommer-Treffen stattfinden sollte, desto häufiger fand Ayla Gründe, irgendwelche Abstecher zu machen. Der Sommer war stets die Zeit, in der sie sich Einsamkeit wünschte. Das war immer so gewesen, so lange sie sich zurückerinnern konnte. Im Winter hatte sie sich von jeher mit dem kälte- und witterungsbedingten Eingesperrtsein abgefunden, sei es in der Höhle von Bruns Clan, im Tal der Pferde oder in der Erdhütte der Mamutoi. Doch wenn sie im Sommer auch des Nachts nicht gern allein war, hatte sie es tagsüber doch oft genossen, allein unterwegs zu sein. Das war für sie die Zeit des Nachdenkens, die Gelegenheit, eigenen Impulsen zu folgen und sich unbeobachtet zu fühlen, frei von den Beschränkungen, die Argwohn oder Liebe ihr auferlegten.

Schlugen sie abends das Lager auf, war es nicht weiter schwierig zu erklären, sie wolle Pflanzen bestimmen oder jagen, und sie tat auch beides und benutzte sowohl ihre Speerwerfer als auch ihre Schleuder, um frisches Fleisch mit zurückzubringen; doch das, worum es ihr in Wirklichkeit ging, war, allein zu sein. Sie brauchte einfach Zeit zum Nachdenken. Sie fürchtete ihre Ankunft, wiewohl sie sich nicht ganz erklären konnte, warum eigentlich. Sie war inzwischen genug Menschen begegnet, und sie war mühelos überall akzeptiert worden; deshalb begriff sie nicht, worin eigentlich das Problem lag. Doch je näher sie kamen, desto aufgeregter wurde Ranec und desto griesgrämiger Jondalar. Und desto mehr wünschte sie, sie könnte diesem Treffen der Lager aus dem Wege gehen.

Am letzten Abend ihres Unterwegsseins kehrte Ayla mit einer Handvoll Blumen von einem langen Spaziergang zurück. Ihr fiel auf, daß ein Stück Boden neben der Feuerstelle geglättet worden war und daß Jondalar mit dem Zeichenmesser Zeichen hineinritzte. Tornec hatte ein Stück Elfenbein in der einen Hand und ein scharfes Messer in der anderen und betrachtete die Zeichen sehr aufmerksam.

»Da kommt sie ja«, sagte Jondalar. »Ayla kann es auch besser als ich sagen. Ich bin mir nicht sicher, ob ich den Weg zurück vom Tal zum Löwen-Lager finden würde; von hier aus jedenfalls auf gar keinen Fall. Dazu haben wir zu viele Richtungsänderungen vorgenommen und zu viele Umwege gemacht.«

»Jondalar hat versucht, eine Karte zu zeichnen, um uns den Weg zu dem Tal zu zeigen, wo ihr die Pyritwürfel gefunden habt«, sagte Talut.

»Seit wir losgezogen sind, habe ich immer die Augen offen gehalten, aber ich habe nicht einen einzigen solchen Würfel gefunden«, fügte Tornec hinzu. »Irgendwann möchte ich mal hin und welche holen. Diejenigen, die wir haben, werden nicht ewig reichen. Meiner weist bereits eine tiefe Rille auf.«

»Ich kann Entfernungen so schlecht abschätzen«, sagte Jondalar. »Wir sind zu Pferde gereist, und deshalb ist es schwierig zu sagen, wie viele Tage man zu Fuß brauchen würde. Und wir haben viel erkundet, haben gehalten, wenn uns danach war, und sind keinem bestimmten Pfad gefolgt. Ich bin fast sicher, daß wir weiter im Norden noch einmal über den Fluß übergesetzt sind, der durch dein Tal fließt. Vielleicht sogar mehr als einmal. Als wir zurückkehrten, war es fast Winter, und viele der Landmarken hatten sich verändert.«

Ayla legte die Blumen nieder und ergriff das Zeichenmesser. Dann überlegte sie, wie sie eine Karte vom Tal zeichnen könnte. Sie fing mit einem Strich an, zögerte dann jedoch.

»Versuch gar nicht erst, es von hier zu machen«, ermunterte Talut sie. »Überlege einfach, wie man vom Löwen-Lager aus hingelangt.«

Sich konzentrierend, legte Ayla die Stirn in Falten. »Ich weiß, daß ich euch den Weg vom Löwen-Lager aus zeigen könnte«, sagte sie, »aber ich komme immer noch nicht gut mit Karten zurecht. Ich glaube, ich weiß einfach nicht, wie man eine zeichnet.«

»Nun, mach dir keine Sorgen deshalb«, sagte Talut. »Wir brauchen ja keine Karte, wenn du uns den Weg zeigen kannst. Vielleicht können wir, wenn wir vom Sommer-Treffen zurückkehren, einen Ausflug dorthin machen.« Dann deutete er mit seinem rotbebärteten Kinn auf die Blumen. »Was hast du diesmal mitgebracht, Ayla?«

»Das möchte ich gern von dir hören. Ich weiß, um was es sich handelt, aber wie ihr sie nennt, weiß ich nicht.«

»Die rote hier ist eine Pelargonie oder Geranie«, sagte Talut. »Und das hier ist Mohn.«

»Noch mehr Blumen?« fragte Deegie, die sich gerade zu ihnen gesellte.

»Ja. Die Namen dieser beiden hat Talut mir genannt«, sagte Ayla.

»Laß mal sehen! Das hier ist Heide und das eine Grasnelke«, sagte Deegie und ließ sich neben Ayla nieder. »Wir sind fast da. Talut sagt, irgendwann morgen kommen wir an. Ich kann es kaum noch erwarten. Morgen werde ich Branag wiedersehen, und dann wird es nicht mehr lange dauern, bis wir endlich zusammengegeben werden. Ich weiß nicht mal, ob ich heute nacht ein Auge zudrücken werde.«

Ayla lächelte ihr zu. Deegie war so erregt, daß es schwerfiel, ihre Begeisterung nicht zu teilen; doch erinnerte sie das nur daran, daß auch sie bald zusammengegeben werden sollte. Daß Jondalar von ihrem Tal und davon geredet hatte, dorthin zurückzukehren, hatte in ihr schmerzliches Verlangen nach ihm geweckt. Sie hatte ihn beobachtet und sich bemüht, sich das nicht anmerken zu lassen; aber sie hatte das bestimmte Gefühl, daß er es doch bemerkt hatte. Immer wieder kam es vor, daß ihre Blicke sich kurz trafen, ehe sie beide beiseite sahen.

»Ach, Ayla, ich weiß so viele Leute, von denen ich möchte, daß du sie kennenlernst, und ich freue mich so, daß wir beide gleichzeitig bei derselben Hochzeitsfeier zusammengegeben werden. Das ist etwas, das wir gemeinsam haben werden.«

Jondalar erhob sich. »Ich muß gehen ... und ... uh ... meine Schlafrolle ausbreiten«, sagte er und enteilte.

Deegie beobachtete, wie Aylas Augen ihm folgten, und war fast sicher, daß ihr die Tränen kommen wollten. Sie schüttelte den Kopf. Ayla wirkte einfach nicht wie eine Frau, die bald mit einem Mann zusammengegeben werden und mit dem Geliebten ein Herdfeuer gründen sollte. In ihr war keine Freude, keine Erregung. Irgend etwas fehlte. Etwas, das Jondalar hieß.

31

Am Morgen zog das Löwen-Lager weiter stromaufwärts, hielt sich oben auf dem Plateau der Steppe, verlor aber selten den linkerhand unter ihnen rasch dahinfließenden Wasserlauf aus den Augen, der ganz trüb war von Gletscherwasser und von Sickerstoffen schäumte. Als sie auf eine Flußgabelung stießen, eine Stelle, an der zwei größere Flüsse zusammentrafen, hielten sie sich an den linken der beiden. Nachdem sie zwei breite Nebenflüsse überquert hatten, indem sie den größten Teil ihrer Habseligkeiten in einem zu diesem Zweck mitgeführten Rundboot verstauten, stiegen sie wieder zum Schwemmland hinunter und zogen durch die Wälder und grasbewachsenen Weiden des Flußtals weiter.

Talut beobachtete aufmerksam das System von Einbuchtungen und Schluchten am Hochufer auf der anderen Seite und verglich die Landschaft mit den in das Elfenbeintäfelchen geritzten Zeichen, deren Bedeutung Ayla nach wie vor unklar war. Weiter voraus, in der Nähe einer scharfen Flußbiegung, ragte der höchste Punkt des gegenüberliegenden Ufers gute sechzig Meter über den Wasserspiegel des Flusses auf. Auf ihrer Seite dehnten sich eine grasbewachsene Ebene und kleinere Gehölze etliche Meilen weiter ins Inland hinein. Im Näherkommen bemerkte Ayla einen Knochenhaufen, den ein Wolfsschädel krönte. Über den Fluß hinweg zog sich eine eigentümliche Anordnung von Felsen, und zwar genau in der Richtung, der Talut folgte.

Der Fluß war an dieser Stelle breit und flach; man hätte dort in jedem Falle übersetzen können, doch irgend jemand hatte diese Aufgabe noch erleichtert. Haufen von Felsen und Geröll sowie einige Knochen waren nach Art von Trittsteinen dergestalt ausgelegt worden, daß für Menschen, die über den Fluß hinüber wollten, ein gangbarer Pfad entstand, während das Wasser dazwischen abfließen konnte.

Jondalar blieb stehen und sah sich die Sache genauer an. »Was für ein kluger Einfall!« sagte er. »Man könnte also über den Fluß hinüber, ohne sich auch nur die Füße naß zu machen.«

»Die besten Stellen für den Bau von Erdhütten liegen auf dieser Seite –

die Senken hier bieten guten Schutz vor dem Wind – aber auf die Jagd gehen kann man besser drüben«, erklärte Barzec ihm. »Dieser Steig wird von den Fluten immer wieder weggeschwemmt, doch baut das Wolfs-Lager jedes Jahr einen neuen.«

Talut schickte sich an hinüberzugehen. Ayla bemerkte, daß Winnie außerordentlich erregt war, und meinte, das Pferd sei nervös wegen des Steigs mit den Wasserrinnen dazwischen; doch folgte ihr die Stute, ohne daß irgend etwas geschah.

Als sie die Hälfte des Weges geschafft hatten, blieb der Anführer stehen. »Hier an dieser Stelle kann man gut fischen«, sagte er. »Die Strömung ist ziemlich stark, also ist es tief. Lachse kommen bis hier herauf. Und Störe auch. Und noch andere Fische wie Hechte, Forellen und Welse.« Diese Bemerkungen waren besonders an Ayla und Jondalar gerichtet, galten aber auch den jungen Leuten, die noch nie hiergewesen waren. Es war einige Jahre her, daß das Löwen-Lager dem Wolfs-Lager einen Besuch abgestattet hatte.

Talut führte sie auf eine mächtige, oben etwa eine halbe Meile breite Schlucht zu, und als sie näher kamen, vernahm Ayla einen sonderbaren Laut, wie ein lautes Summen oder einen gedämpften Schrei. Langsam ging es bergauf. Etwa zwanzig Meter über dem Fluß und gut hundertfünfzig Schritt von diesem entfernt erreichten sie die Sohle der breiten Schlucht. Von den Steilwänden beschützt, duckte sich vor ihnen etwa ein halbes Dutzend Rundhütten in die vielleicht eine halbe Meile tiefe Senke. Aber es waren nicht diese Hütten, die Ayla den Atem raubten.

Das waren die Menschen. In ihrem ganzen Leben hatte Ayla noch nie so viele Menschen gesehen. Weit über tausend Leute aus über dreißig Lagern hatten sich zum Sommer-Treffen der Mamutoi zusammengefunden. Die gesamte schluchtartige Senke war mit Zelten bedeckt. Hier waren mindestens vier- bis fünfmal so viele Leute zusammengekommen wie zum Clan-Treffen – und alle starrten sie sie an.

Oder vielmehr die Pferde und Wolf. Das Wolfsjunge drückte sich ihr ängstlich an die Beine. Ayla spürte Panik in Winnie und war sich sicher, daß es Renner nicht anders erging. Die Angst um die Tiere half ihr, die eigenen Gefühle des Schreckens beim Anblick von so vielen Menschen zu überwinden. Sie hob den Blick und sah, wie Jondalar am Führstrick riß und damit kämpfte, Renner vom Steigen abzuhalten, während der verängstigte Junge sich an seiner Mähne festklammerte.

»Nezzie, nimm Rydag herunter!« rief sie. Doch Nezzie hatte das Problem bereits erkannt und kam herbeigeeilt. Ayla half Mamut absteigen, schlang dann der Stute die Arme um den Hals und führte sie zu dem jungen Hengst, damit sie ihm half, sich zu beruhigen. Der Wolf folgte ihr.

»Tut mir leid, Ayla. Ich hätte daran denken sollen, wie die Pferde möglicherweise auf so viele Menschen reagieren könnten.«

»Hast du denn gewußt, daß es so viele sind?«

»Nein, gewußt nicht... aber ich hatte mir schon gedacht, daß es so viele sein könnten, wie zu einem Sommer-Treffen der Zelandonii kommen.«

»Ich meine, das Beste wäre, wir würden das Rohrkolben-Lager ein bißchen abseits von den anderen aufschlagen«, sagte Tulie. »Vielleicht hier, weiter am Rand. Dann sind wir zwar weiter von allem entfernt« – sie sah sich beim Sprechen um –, »aber in diesem Jahr läuft ein Bach durch die Senke vom Wolfs-Lager, und zwar in diese Richtung.«

Tulie hatte mit der Reaktion der Leute gerechnet und war nicht enttäuscht worden. Sie waren beim Überqueren des Flusses gesehen worden, und jetzt drängten sich alle, um die Ankunft des Löwen-Lagers mitzuerleben. Was sie jedoch nicht vorausgesehen hatte, war, daß die Tiere von dieser ersten Begegnung mit einer Menschenmenge dermaßen überwältigt sein könnten.

»Wie wär's da drüben an der Wand«, schlug Barzec vor. »Der Boden dort ist zwar nicht besonders eben, aber wir könnten ihn ja einebnen.«

»Ich finde, das sieht gut aus. Irgendwelche Einwände?« sagte Talut und sah Ayla vielsagend an. Sie und Jondalar hatten die Tiere gerade dorthin geführt und wollten sie beruhigen. Das Löwen-Lager räumte Felsbrocken und Strauchwerk von diesem Platz und ebnete die Stelle ein, um ihr großes, doppelwandiges Gemeinschaftszelt aufzustellen.

In einem Zelt zu wohnen wurde wesentlich angenehmer, wenn man zwei Lagen Fell für die Plane verwendete. Die isolierende Haarschicht dazwischen half, die Wärme drinnen zu halten, und die Feuchtigkeit, die sich in der Abendkühle bildete, lief an der Innenseite der Außenplane ab. Die aus Fellen bestehende Innenplane, die unter die Ränder der Bodendecken gestopft wurde, sorgte dafür, daß es im Zelt nicht zog. Wenn auch nicht so dauerhaft wie die Erdhütte vom Löwen-Lager, war dieses Zelt doch weit robuster als das nur aus einer einzigen Plane bestehende Schutzdach, das sie sonst auf Reisen benutzten. Ihre Sommerunterkunft nannten sie Rohrkolben-Lager, um den Ort, wo sie den Sommer verbrachten – und das konnte überall sein –, von der Winterunterkunft zu unterscheiden; gleichwohl betrachteten sie sich als zu einer Gruppe gehörig, die sich Löwen-Lager nannte.

Das Zeltinnere war in vier zusammenhängende, oben spitz zulaufende Abteilungen unterteilt, von denen eine jede eine eigene Feuerstelle hatte; im allgemeinen benutzten sie als Tragestützen kräftige und doch biegsame junge Bäume oder auch Rippen und andere lange Knochen des Mammuts. Der Mittelteil – die größte Abteilung – beherbergte die Herdfeuer des Löwen, des Fuchses und des Mammuts. Zwar war die Zeltunterkunft nicht so geräumig wie die Erdhütte, doch wurde sie hauptsächlich nur zum Schlafen benutzt, und es kam so gut wie nie vor, daß sich wirklich alle gleichzeitig zum Schlafen legten. Alle anderen Aktivitäten privater wie geselliger und gesellschaftlicher Art fanden draußen statt, so daß das Aufstellen des Zeltes gleichbedeutend war mit der Inbesitznahme des Geländes um das Zelt herum. Wo man also das Rohrkolben-Herdfeuer anlegte – die gemeinschaftliche Kochstelle im Freien –, das war schon von einiger Bedeutung.

Während sie ihr Zelt aufbauten und ihren Lagerbereich absteckten, erholten die anderen zum Treffen hierhergekommenen Mamutoi sich allmählich von ihrem anfänglichen Schrecken wegen der Tiere und fingen an, sich lebhaft zu unterhalten. Endlich entdeckte Ayla die Ursache jenes sonderbaren gedämpften Rauschens. Sie erinnerte sich, wie es gewesen war, als sie zuerst das Löwen-Lager kennengelernt hatte, und wie laut es ihr vorgekommen war, als alle durcheinandergeredet hatten. Dies Geschnatter war hier vervielfacht, das Stimmenrauschen einer riesigen Menschenmenge.

Kein Wunder, daß Winnie und Renner so ungebärdig waren, dachte Ayla. Auch sie machte dieses ständige Stimmengewirr ganz nervös. Sie war es nicht gewöhnt. Das Clan-Treffen war nicht so groß gewesen, doch selbst wenn das der Fall gewesen wäre, es hätte nie so laut sein können. Clan-Angehörige benutzten nur wenige Worte, um sich zu verständigen; bei einem Clan-Treffen ging es leise zu. Doch bei Menschen, die sich, bis auf seltene Ausnahmen, mit gesprochener Sprache verständigten, herrschte innerhalb eines Lagers immer Lärm. Dem Steppenwind gleich, gaben die Stimmen nie Ruhe, sondern veränderten höchstens ihre Intensität.

Viele eilten herbei, um das Löwen-Lager zu begrüßen, und erboten sich, beim Zeltaufbauen und Einrichten zu helfen, und wurden auch herzlich begrüßt, doch wechselten Talut und Tulie mehr als einmal vielsagende Blicke. Sie konnten sich nicht erinnern, jemals so viele hilfreiche Freunde gehabt zu haben. Mit Hilfe von Latie, Jondalar und Ranec und, für eine kurze Zeit, Talut, richtete Ayla einen Platz für die Pferde ein. Die beiden jungen Männer arbeiteten sehr gut Hand in Hand, sprachen aber nur wenig miteinander. Die Hilfsangebote der Neugierigen lehnten sie ab; sie erklärte ihnen, die Pferde wären scheu, und Fremde machten sie nervös. Das jedoch machte nur deutlich, daß sie diejenige war, die Macht über die Tiere ausübte, was wiederum noch mehr Neugierde weckte. Ayla war bald in aller Mund.

Am äußersten Ende des Lagers, ein wenig um die gebogene Wand der

Schlucht herum, nicht weit von der Stelle, wo es zum Flußtal hinunterging, errichteten sie einen sonnensegelähnlichen Unterstand; dabei verwendeten sie das Zeltdach, das Ayla und Jondalar benutzt hatten, als sie allein unterwegs gewesen waren, und spannten dieses zwischen kleinen Bäumen und kräftigen Ästen auf. Damit waren die Pferde den Blicken der Leute, die in der Senke ihr Lager aufgeschlagen hatten, ein wenig entzogen, doch der Ausblick auf den Fluß und die mit Bäumen bestandenen Weiden auf der anderen Seite war wunderbar.

Sie waren noch beim Einrichten und Aufstellen von Schlafmöglichkeiten, als eine Abordnung vom Wolfs-Lager und etlichen anderen eintraf, sie offiziell willkommen zu heißen. Sie befanden sich im Lagerbereich der Gastgeber, und wenn das auch erwartet wurde, so war es doch mehr als ein Gebot der Höflichkeit, die Erlaubnis zur Benutzung der angestammten Fischwehren, Beerenschläge, Erdnuß-, Getreide- und Wurzelbeete und Jagdgründe des Wolfs-Lagers auf alle auszudehnen. Auch wenn das Sommer-Treffen nicht die gesamte warme Jahreszeit über dauerte, Gastgeber für eine solche vielköpfige Masse von Menschen zu sein forderte schon seinen Zoll, und es war daher notwendig, sich zu erkundigen, ob irgendwelche Gebiete gemieden werden sollten, um die natürlichen Ressourcen der Gegend nicht im Übermaß zu beanspruchen.

Talut war überrascht gewesen, als man ihm gesagt hatte, der Treffpunkt für das Sommer-Treffen sei verlegt worden. Für gewöhnlich trafen die Mamutoi sich als Gesamtgruppe nicht in einem der Lager, sondern wählten einen Ort draußen auf den Steppen oder in einem großen Flußtal, wo eine solche Vielzahl von Menschen leichter untergebracht werden konnte.

»Im Namen Der Großen Mutter von allen heißen wir das Löwen-Lager willkommen«, sagte eine schmächtige, grauhaarige Frau.

Tulie war erschrocken, sie zu sehen. Dies war einst eine Frau von größter Anmut und Gesundheit gewesen, welche ihren Teil der gemeinsam mit dem Bruder übernommenen Verantwortung mühelos getragen hatte, doch seit dem vorigem Treffen schien sie um zehn Jahre gealtert. »Marlie, wir wissen eure Gastfreundschaft zu schätzen. Im Namen der Mut, wir danken euch.«

»Wie ich sehe, habt ihr es wieder mal geschafft!« sagte ein Mann und ergriff zur Begrüßung Taluts Hände.

Valez war jünger als seine Schwester, doch bemerkte Tulie zum ersten Mal, daß auch er älter geworden war. Plötzlich wurde sie sich bewußt, daß auch sie sterblich war. Sie hatte immer gemeint, daß Marlie und Valez ungefähr in ihrem Alter standen.

»Allerdings ist das wohl die größte Überraschung, mit der ihr je aufgewartet habt«, fuhr Valez fort. »Als Toran angelaufen kam und was von Pferden schrie, die mit euch über den Fluß kämen, mußten alle hin und gaffen. Und dann hat irgendwer den Wolf erspäht . . .«

»Wir erwarten nicht, daß ihr uns jetzt erzählt, was es damit auf sich hat«, sagte Marlie, »obwohl ich zugeben muß, daß ich neugierig bin. Aber dann müßtet ihr es immer und immer wieder erzählen. Wir können genausogut bis heute abend warten, dann könnt ihr es allen auf einmal erzählen.«

»Da hat Marlie selbstverständlich recht«, sagte Valez, wiewohl er darauf brannte, zu erfahren, was es mit den Tieren auf sich hätte. Auch ihm fiel auf, daß seine Schwester ganz besonders erschöpft aussah, und er fürchtete, es könnte das letzte Mal sein, daß sie ein Sommer-Treffen mitmachte. Deshalb hatte er sich auch damit einverstanden erklärt, Gastgeber für die anderen Lager zu spielen, als der ursprünglich vereinbarte Ort weggeschwemmt worden war. In diesem Sommer sollte ein anderes Geschwisterpaar die Führung ihres Lagers übernehmen.

»Bitte benutzt, was ihr braucht. Seid ihr behaglich untergebracht? Es tut mir leid, daß ihr so weit weg seid, aber ihr kommt spät. Ich war mir nicht einmal sicher, ob ihr überhaupt kommen würdet«, sagte Marlie.

»Wir haben einen großen Umweg gemacht«, erklärte Talut ihr. »Aber dies hier ist die beste Stelle, wegen der Tiere. Sie sind so viele Menschen nicht gewöhnt.«

»Und ich würde gern erfahren, wie sie sich auch nur an einen gewöhnt haben!« ließ sich eine Stimme vernehmen. In Tulies Augen blitzte es auf, als ein hochaufgeschossener junger Mann näherkam, doch Deegie war früher bei ihm als sie.

»Tarneg! Tarneg!« rief sie und umarmte ihn. Die anderen vom Herdfeuer des Auerochsen waren gleich bei ihnen. Er umarmte seine Mutter, dann Barzec, und alle hatten sie Tränen in den Augen. Dann verlangten Druwez, Brinan und Tusie unter viel Geschrei seine Aufmerksamkeit. Er legte beiden Jungen die Arme um die Schultern, drückte sie an sich und sagte ihnen, wie groß sie geworden seien, dann nahm er Tusie auf den Arm. Nachdem sie sich beide geherzt und er sie gekitzelt hatte, was entzücktes Gekicher hervorrief, setzte Tarneg sie wieder nieder.

»Tarneg!« sagte Talut mit dröhnender Stimme.

»Talut, du alter Bär!« erwiderte Tarneg mit einer nicht minder dröhnenden Stimme, als die beiden Männer sich in die Arme schlossen. Eine ausgeprägte Familienähnlichkeit war vorhanden – er war fast genauso ein Bär wie sein Onkel –, doch wies Tarneg den dunkleren Teint seiner Mutter auf. Er beugte sich hinunter, um seine Wange an der Nezzies zu reiben, dann schlang er mit einem verschmitzten Lächeln die Arme um die runde Frau und hob sie hoch.

»Tarneg! Was machst du? Laß mich sofort wieder runter!« schalt sie.

Er stellte sie mühelos auf die Füße und zwinkerte ihr zu. »Jetzt weiß ich endlich, daß ich ein genauso guter Mann bin wie du, Talut«, sagte Tarneg und stieß ein schallendes Lachen aus. »Weißt du, wie lange ich mir gewünscht habe, das tun zu können? Einfach um zu beweisen, daß ich es kann?«

»Es ist nicht nötig, zu . . .«, begann Nezzie.

Talut warf den Kopf in den Nacken und brüllte vor Lachen. »Dazu gehört mehr als nur das, junger Mann. Erst wenn du dich in den Fellen tummelst wie ich, kannst du dich mit mir messen.«

Nezzie gab den Versuch auf, durch Schelten ihre Würde zu wahren, sondern ließ einfach wohlgefällig das Auge auf ihrem Bären von einem Mann ruhen und schüttelte überwältigt von Zuneigung den Kopf. »Was haben diese Sommer-Treffen nur, daß sie alte Männer dazu bringen, beweisen zu wollen, sie wären wieder jung?« sagte sie. »Nun, dann hab' jedenfalls ich meine Ruhe.« Sie fing Aylas interessierten Blick auf.

»Darauf würde ich nicht wetten!« sagte Talut. »So alt bin ich noch nicht, daß ich nicht mehr den Weg zu der Löwin meines Herdfeuers finde, bloß weil ich auch noch woanders Schnee wegschaufle.«

»Hmmmph«, machte Nezzie achselzuckend, wandte sich ab und ließ sich nicht herab, darauf einzugehen.

Ayla stand bei den beiden Pferden und hielt Wolf in der Nähe, damit er nicht knurrte und die Leute schreckte; trotzdem hatte sie die Szene mit wachem Interesse verfolgt und sich auch die Reaktionen der Umstehenden nicht entgehen lassen. Danug und Druwez schienen ein wenig peinlich berührt. Auch wenn sie noch nicht über Erfahrungen verfügten, wußten sie doch, worüber hier geredet wurde, und gerade damit hatten sie in letzter Zeit den Kopf voll gehabt. Tarneg und Barzec grinsten von einem Ohr zum anderen. Latie errötete und versuchte sich hinter Tulie zu verstecken, die eine Miene machte, als finde sie, all dies sei unter ihrer Würde. Die meisten Leute lächelten wohlwollend, sogar, wie Ayla bemerkte, Jondalar, und das überraschte sie. Sie hatte darüber nachgedacht, ob nicht die Gründe für sein Verhalten ihr gegenüber irgend etwas mit Sitten und Gebräuchen zu tun hatten, die ihr fremd waren. Vielleicht hielten die Zelandonii im Gegensatz zu den Mamutoi nichts von dem Recht, sich seine Partner selbst zu suchen, allerdings schien er nichts von dem Gesagten zu mißbilligen.

Als Nezzie auf dem Weg ins Zelt an ihr vorüberkam, bemerkte sie ein verständnisvolles kleines Lächeln, das ihr um den Mund spielte. »So geht das nun jedes Jahr«, sagte sie fast im Flüsterton. »Er muß seinen großen Auftritt haben und allen gegenüber erklären, was für ein Mannsbild er ist, und in den ersten paar Tagen findet er vielleicht sogar irgendwo Schnee zum Wegschaufeln – nur, daß die Betreffende unweigerlich so aussieht wie ich: blond und füllig. Und dann, wenn er meint, keiner sieht mehr hin, verbringt er die meisten Nächte am liebsten doch im Rohrkolben-Lager – und ist nicht sonderlich glücklich, wenn ich mal nicht da bin.«

»Und wo bist du dann?«

»Wer will das wissen? Bei einem so großen Treffen wie diesem kennt man die meisten doch nur flüchtig, auch wenn man jedes Lager kennt. Da ist jedes Jahr jemand, den man besser kennenlernen möchte. Obwohl ich zugeben muß, häufig ist es auch eine andere Frau mit heranwachsenden Kindern und einer neuen Art, Mammutfleisch zu würzen. Manchmal gefällt mir aber auch ein Mann, oder ich ihm; aber wozu deshalb soviel Getue? Warum soll Talut nicht ein bißchen angeben – aber ehrlich gesagt, glaube ich nicht, daß er es gern hätte, wenn ich dasselbe täte.«

»Du tust es also nicht«, sagte Ayla.

»Das ist doch nicht zuviel verlangt, wenn einem darum zu tun ist, die Harmonie und den guten Willen am eigenen Herdfeuer zu erhalten ... und ihm, nun ja, zu gefallen.«

»Du liebst ihn wirklich, nicht wahr?«

»Den alten Zottelbär?« Schon wollte Nezzie sich dagegen verwahren, doch dann lächelte sie, und etwas Weiches kam in ihre Augen. »Wir hatten unsere Auseinandersetzungen, zu Anfang – du weißt ja, wie laut er werden kann –, aber ich habe nie zugelassen, daß er mich klein- oder runtermachte. Und das, glaube ich, gefällt ihm an mir. Talut könnte einen Mann zerbrechen, wenn er wollte, aber das ist nicht seine Art. Er kann manchmal fuchsteufelswild werden, aber grausam ist er nicht. Er würde nie jemand ein Haar krümmen, der schwächer ist als er – und das sind fast alle anderen! Ja, ich liebe ihn, und wenn man einen Mann liebt, möchte man Dinge tun, die ihm gefallen.«

»Würdest du dann ... nicht mit einem anderen Mann gehen, wenn einer dir gefiele, selbst wenn du eigentlich möchtest, bloß ihm zuliebe?«

»In meinem Alter fällt einem das nicht mehr schwer, Ayla. Und ehrlich gesagt, habe ich nicht viel, damit großzutun. Als ich noch jünger war, habe ich mich jedesmal auf das Sommer-Treffen gefreut, denn da gab es immer ein paar neue Gesichter und lustige Spiele und sogar ab und zu eine kleine Tummelei in den Fellen, aber ich glaube, mit einem hat Talut recht. Es gibt nicht viele Männer, die ihm das Wasser reichen können. Nicht wegen des Schnees, den er wegschaufeln kann, sondern weil es ihm wichtig ist, wie er es tut.«

Ayla nickte verständnisvoll. Dann runzelte sie nachdenklich die Stirn. Was tun, wenn da zwei Männer sind und beide einen lieben?

»Jondalar!«

Beim Klang dieser fremden Stimme blickte Ayla auf. Sie sah ihn lächeln und auf eine Frau zugehen und sie freudig begrüßen.

»Dann bist du immer noch bei den Mamutoi! Und wo ist dein Bruder?« sagte die Frau, eine kräftig aussehende Frau, nicht groß, aber muskelbepackt.

Schmerzlich umwölkte sich Jondalars Stirn. Ayla entnahm dem Ausdruck der Frau, daß sie wußte, was geschehen war.

»Wie ist es denn passiert?«

»Eine Löwin wollte ihm seine Beute wegnehmen, und da hat er sie bis in ihre Höhle verfolgt. Ihr Männchen tötete ihn und verwundete auch mich«, berichtete Jondalar in so knappen Worten wie möglich.

Die Frau nickte voller Mitgefühl. »Du bist verwundet worden, sagst du? Und wieso bist du davongekommen?«

Jondalar warf einen Blick zu Ayla hinüber und erkannte, daß sie sie beobachtet hatte. Deshalb führte er die Frau zu ihr. »Ayla, das hier ist Brecie von den Mamutoi, die Anführerin vom Weiden-Lager. Und das hier ist Ayla von den Mamutoi, Tochter vom Herdfeuer des Mammut im Löwen-Lager.«

Brecie war betroffen. Tochter vom Herdfeuer des Mammut! Woher mochte sie kommen? Voriges Jahr war sie noch nicht beim Löwen-Lager gewesen. Und Ayla war noch nicht einmal ein Mamutoi-Name.

Und mit dem typischen Mamutoi-Akzent spricht sie auch nicht, aber auch nicht wie eine Sungaea, dachte Brecie. Doch mit Jondalars Akzent auch nicht. Ich bin mir nicht sicher, ob man überhaupt von einem Akzent reden kann. Sie spricht ja sehr gut Mamutoi und hat nur die eigenartige Angewohnheit, bestimmte Wörter zu verschlucken. »Freut mich, dich kennenzulernen ... Ayla, hast du gesagt?« sagte Brecie.

»Ja, Ayla.«

»Das ist ein ungewöhnlicher Name.« Als keine Erklärung folgte, fuhr Brecie fort: »Dann bist wohl du diejenige, die ... hm ... diese Tiere ... hm ... hält!« Ihr wurde bewußt, daß sie nie in ihrem Leben einem lebenden Tier so nahe gewesen war, zumindest keinem, das stillstand und nicht versuchte davonzulaufen.

»Das kommt, weil sie auf sie eingeht«, erklärte Jondalar von sich aus lächelnd.

»Aber habe ich dich nicht auch mit einem gesehen? Ich muß zugeben, du hast mich überrascht, Jondalar. In diesen Kleidern habe ich dich für einen Moment für Darnev gehalten, und selbst als du ein Pferd führtest, dachte ich noch, ich müßte mir alles einbilden, oder Darnev wäre aus der Geisterwelt zurück.«

»Was diese Tiere betrifft, so lerne ich von Ayla«, sagte Jondalar. »Sie war es auch, die mich vor dem Höhlenlöwen gerettet hat. Du kannst mir glauben, sie kann wunderbar mit Tieren umgehen.«

»Das sieht man ja«, sagte Brecie und sah diesmal auf Wolf hinunter, der keineswegs nervös war; höchstens seine Wachsamkeit hatte etwas Bedrohliches. »Ist das der Grund, warum das Herdfeuer des Mammut sie adoptiert hat?«

»Es war ein Grund unter anderen«, sagte Jondalar.

Brecie hatte auf gut Glück geraten, daß Ayla vor kurzem vom Herdfeuer des Mammut vom Löwen-Lager adoptiert woden war. Jondalars Antwort bestätigte sie in ihren Mutmaßungen. Was damit jedoch nicht beantwortet war, war die Frage, woher sie nun eigentlich kam. Die meisten gingen davon aus, sie sei mit dem großgewachsenen blonden Mann gekommen, sei vielleicht eine Gefährtin seines Herdfeuers oder seine Schwester, doch sie wußte, daß Jondalar nur in Begleitung seines Bruders in ihrem Revier aufgetaucht war. Wo mochte er diese Frau gefunden haben?

»Ayla! Wie schön, dich wiederzusehen!«

Als sie aufblickte, sah sie Branag Arm in Arm mit Deegie stehen. Sie umarmten sich herzlich und rieben sich die Wangen. Wiewohl sie ihm nur einmal begegnet war, war er für sie wie ein alter Freund, und es war schön, jedenfalls *einen* bei diesem Treffen zu kennen.

»Mutter möchte, daß du kommst und die Anführerin und den Anführer vom Wolfs-Lager kennenlernst«, sagte Deegie.

»Gern«, sagte Ayla, im Grunde froh, einen Vorwand zu haben, von dieser Brecie mit den stechenden Augen fortzukommen. Ayla ahnte den flink arbeitenden Geist, der hinter den schlauen Vermutungen dieser Frau stand, und es war ihr nicht recht wohl in ihrer Nähe. »Jondalar, bleibst du hier bei den Pferden?« Sie hatte bemerkt, daß noch ein paar andere Leute zusammen mit Branag und Deegie hergekommen waren und jetzt näher an die Tiere heranrückten. »Für sie ist dies immer noch etwas Neues, und sie sind glücklicher, wenn sie jemand in der Nähe haben, den sie kennen. Wo ist Rydag? Der könnte auf Wolf aufpassen.«

»Er ist drinnen«, sagte Deegie.

Ayla wandte sich um, um hineinzusehen, und sah ihn schüchtern unter dem Eingang stehen. »Tulie möchte, daß ich die Anführerin kennenlerne. Paßt du auf Wolf auf?« sagte und signalisierte sie ihm durch Handzeichen.

»Ich passe auf!« signalisierte er zurück und warf einen etwas ängstlichen Blick auf die Menschen um sich herum. Langsam kam Rydag herzu, setzte sich dann neben Wolf und schlang die Arme um ihn.

»Nun seht euch das an! Sie redet sogar mit Flachschädeln. Kein Wunder, daß sie so gut mit Tieren ist!« ließ sich höhnisch eine laute Stimme aus der Menge vernehmen. Ein paar Leute lachten.

Zornfunkelnd fuhr Ayla herum und blitzte den an, der gesprochen hatte.

»Jeder kann mit ihnen reden – man kann ja auch mit einem Stein reden –, der Trick ist, *sie* zum Reden zu bringen«, sagte eine andere Stimme, was wiederum Gelächter hervorrief.

Ayla wandte sich dorthin und geriet fast ins Stottern; so erbost war sie, daß sie kaum ein Wort herausbrachte.

»Will hier etwa jemand behaupten, dieser Junge ist ein Tier?« Diesmal war es eine vertraute Stimme, die da sprach, und Ayla legte die Stirn in Falten, als ein Angehöriger des Löwen-Lagers vorkam.

»Ja, Frebec, ich. Warum nicht? Er weiß nicht, was ich sage. Flachschädel sind Tiere, das hast du selbst oft genug gesagt.«

»Und jetzt sage ich, es stimmt nicht, Chaleg. Rydag versteht ganz genau, was du sagst, und es ist nicht schwer, ihn dazu zu bringen, dir zu antworten. Du mußt nur seine Sprache lernen.«

»Was für eine Sprache? Flachschädel können nicht sprechen. Von wem hast du denn diesen Unsinn?«

»Die Zeichensprache. Er spricht mit den Händen«, erklärte Frebec. Allgemeines höhnisches Gelächter war die Antwort. Ayla beobachtete ihn; ihre Neugier war geweckt. Frebec hatte es gar nicht gern, wenn man sich über ihn lustig machte.

»Dann glaub mir eben nicht!« erklärte er schulterzuckend und wollte schon gehen, als ob es keine Rolle spielte; doch dann drehte er sich um und sah den Mann an, der sich über Rydag lustig gemacht hatte. »Aber noch was laß dir sagen: Er kann auch zu diesem Wolf sprechen, und wenn er ihm den Befehl gäbe, dich anzufallen, möchte ich nicht in deiner Haut stecken.«

Ohne daß Chaleg es mitbekommen hätte, hatte Frebec dem Jungen Zeichen gegeben; das Spiel der Hände sagte dem Fremden nichts. Rydag wiederum hatte sich ratsuchend an Ayla gewandt. Das gesamte Löwen-Lager sah zu und amüsierte sich köstlich in dem Wissen, was für Folgen diese geheime Zeichensprache haben würde, mit der sie sich vor all diesen Leuten verständigen konnten, ohne daß diese es auch nur merkten, geschweige denn verstanden.

Ohne sich umzudrehen, fuhr Frebec fort: »Warum zeigst du's ihm nicht, Rydag?«

Plötzlich saß Wolf nicht mehr friedlich da. Mit einem Satz war Wolf auf den Mann zugefahren, sträubte die Nackenhaare, bleckte die Zähne und stieß ein Knurren aus, daß sich einem jeden der Zuschauer die

Nackenhaare sträubten. Die Augen des Mannes weiteten sich vor Entsetzen, und er fuhr zurück. Die meisten in seiner Nähe taten dasselbe, doch Chaleg wich immer weiter zurück. Auf Rydags Zeichen hin kam Wolf dann ruhig zurückgetrottet zu dem Jungen, schien ausgesprochen zufrieden mit sich selbst, sah sich noch ein paarmal um und streckte sich, den Kopf zwischen den Vorderläufen, auf dem Boden aus und beobachtete Ayla.

Es hätte auch schiefgehen können, daß mußte Ayla zugeben. Allerdings hatte der Befehl, der Wolf durch Zeichen gegeben worden war, nicht regelrecht bedeutet: faß! Vielmehr war es ein Spiel, das die Kinder mit Wolf spielten, ein schnelles Vorschießen, So-tun-als-ob, ein Spiel, das Jungwölfe ständig miteinander spielten, nur daß Wolf beigebracht bekommen hatte, nicht richtig zuzubeißen. Ayla hatte bei ihren Jagdausflügen ein ähnliches Zeichen gemacht, wenn sie wollte, daß er Wild für die aufscheuchte. Wenn er auch manchmal trotzdem zupackte und die Tiere selber riß, hatte das nichts mit einem Signal zu tun, tatsächlich anzugreifen; so hatte Wolf den Mann auch nicht angerührt. Er war nur auf ihn zugesprungen. Aber welche Gefahr, daß er es vielleicht doch hätte tun können!

Ayla wußte, wie sehr Wölfe ihr Territorium oder auch das eigene Rudel verteidigten. Dazu waren sie durchaus bereit zu töten. Jawohl, dachte sie, als sie ihn zurückkehren sah, wenn Wölfe lachen könnten, würde er jetzt lachen. Sie spürte einfach, daß er ganz genau wußte, was vorging; daß das ganze nur ein Bluff gewesen war; und daß er genau aufs Bluffen sich vortrefflich verstand. Es handelte sich nicht einfach um einen Scheinangriff, auch hatte die Art, wie er sich bewegte, nichts Spielerisches. Er ließ durch alles und jedes erkennen: Ich greife jetzt an. Und hatte dann unmittelbar vor dem Zupacken aufgehört. Plötzlich so vielen Menschen ausgesetzt zu sein war für den jungen Wolf nicht leicht gewesen, aber er hatte seine Sache sehr gut gemacht. Und jetzt zu sehen, was für ein Gesicht dieser Mann machte – das war es wert gewesen, das Risiko einzugehen. Rydag war kein Tier!

Branag sah aus, als wäre ihm das alles in die Glieder gefahren, doch Deegie grinste, als sie sich Tulie und Talut sowie einem anderen Paar zugesellten. Ayla wurde den beiden Anführern des Gastgeberlagers in aller Form vorgestellt und wußte sofort, was alle anderen ohnehin wußten. Marlie war sehr krank. Sie sollte nicht einmal hier stehen, dachte Ayla und verschrieb ihr im Geiste Heilkräuter und bestimmte Verhaltensweisen. Als sie die Hautfarbe sah, die Trübung des Auges, die spröde Beschaffenheit von Haut und Haar, fragte sich Ayla, ob überhaupt noch etwas helfen könnte, doch ahnte sie auch die Kraft, die in dieser Frau steckte. Marlie würde nicht so leicht aufgeben, und das konnte wichtiger sein als jede Medizin.

»Du hast uns da etwas Tolles gezeigt, Ayla«, sagte Marlie. Auch ihr fielen die Besonderheiten ihrer Sprechweise auf. »Wer hat denn nun dem Wolf befohlen – du oder der Junge?«

»Ich weiß nicht«, sagte sie lächelnd. »Wolf reagiert auf Signale, aber wir haben sie beide gegeben.«

»Wolf? Du sagst das, als wäre es ein Name«, sagte Valez.

»Er heißt auch so.«

»Haben die Pferde denn auch Namen?« fragte Marlie.

»Die Stute heißt *Winnie*«, sagte Ayla und sprach den Namen aus, als wieherte sie, woraufhin Winnie das Wiehern erwiderte. »Die meisten nennen sie einfach Winnie. Der Hengst ist ihr Sohn. Jondalar hat ihm den Namen Renner gegeben. Das ist ein Wort aus seiner Sprache und bedeutet jemand, der schnell läuft und alle anderen schlägt.«

Marlie nickte. Ayla sah die Frau einen Moment eindringlich an, dann wandte sie sich an Talut. »Mich hat die Arbeit an dem Unterstand für die Pferde sehr mitgenommen. Ich bin ganz erschöpft. Siehst du den großen Baumstamm dort? Ob du ihn wohl herbringen könntest, damit ich mich draufsetzen kann?«

Einen Moment war der große Anführer perplex. Das war doch sonst ganz und gar nicht ihre Art! Um so etwas würde Ayla nie bitten, insbesondere nicht mitten in einem Gespräch mit der Anführerin des gastgebenden Lagers! Wenn jemand etwas brauchte, sich hinzusetzen, war das Marlie. Und dann ging ihm ein Licht auf. Selbstverständlich! Wieso hatte er nicht längst daran gedacht? Er eilte, um den Stamm zu holen.

Ayla nahm darauf Platz. »Ich hoffe, ihr habt nichts dagegen. Ich bin redlich müde. Willst du dich nicht zu mir setzen, Marlie?«

Ein wenig unsicher setzte Marlie sich neben sie. Nach einer Weile lächelte sie. »Vielen Dank, Ayla. Ich hatte nicht vorgehabt, so lange hierzubleiben. Woher hast du gewußt, daß mir schwindlig war?«

»Sie ist eine Heilkundige«, sagte Deegie.

»Eine Ruferin und Heilkundige? Das ist eine ungewöhnliche Kombination. Kein Wunder, daß das Herdfeuer des Mammut gleich die Hand auf sie gelegt hat.«

»Ich würde dir gern etwas zubereiten, das du einnehmen solltest«, sagte Ayla.

»Ich bin schon bei anderen Heilkundigen gewesen, aber warum solltest du es nicht versuchen? Ich habe nichts dagegen, Ayla. Doch ehe ich es vergesse, möchte ich dich etwas fragen. Bist du dir ganz sicher gewesen, daß der Wolf diesem Mann nichts antun würde?«

Ayla zögerte nur einen Lidschlag lang. »Nein. Ich war mir nicht sicher. Er ist immer noch sehr jung. Man kann sich nicht immer völlig auf ihn verlassen. Nur dachte ich, ich wäre nahe genug, ihn aufzuhalten, falls er nicht von selbst aufgehört hätte.«

Marlie nickte. »Auch auf Menschen kann man sich nicht immer völlig verlassen; deshalb würde ich es bei Tieren auch nicht erwarten. Hättest du etwas anderes gesagt, ich hätte es dir nicht geglaubt. Chaleg wird sich übrigens beschweren, sobald er sich von dem Schrecken erholt hat. Er wird die Sache vor den Rat der Brüder bringen, und die werden sie vor uns bringen.«

»Uns?«

»Den Rat der Schwestern«, sagte Tulie. »Die Schwestern sind bei uns höchste Autorität. Sie stehen Der Mutter näher als die Brüder.«

»Ich bin froh, hiergewesen zu sein und es mit eigenen Augen gesehen zu haben. Jetzt brauche ich mir keine Sorgen wegen widersprüchlicher Berichte machen«, sagte Marlie. Dann wandte sie den Blick den Pferden und dann Wolf zu. »Es scheinen ganz normale Tiere zu sein, weder Geister noch irgendwelche unwirklichen Erscheinungen. Sag mir, was fressen die Pferde, wenn sie bei dir sind, Ayla? Fressen sie überhaupt?«

»Das gleiche wie sonst auch. Wölfe fressen zumeist Fleisch, entweder roh oder gegart. Er ist wie jeder andere in der Erdhütte und frißt für gewöhnlich, was er bekommt, sogar Gemüse. Manchmal jage ich für ihn, aber allmählich wird er richtig gut darin, Mäuse und kleinere Tiere für sich selbst zu fangen. Die Pferde fressen Gras und Körner. Eigentlich wollte ich sie hinüberbringen zu jener Weide auf dem gegenüberliegenden Ufer und sie eine Zeitlang dort lassen.«

Valez spähte über das Wasser hinüber und sah dann Talut an. Ayla sah förmlich, wie es in ihm arbeitete. »Es widerstrebt mir zwar, es zu sagen, Ayla, aber es könnte gefährlich sein, sie allein dort zu lassen!«

»Warum?« fragte sie plötzlich, einen Hauch von Angst in der Stimme.

»Wegen der Jäger. Die Pferde sehen doch aus wie alle anderen Pferde, insbesondere die Stute. Die dunkle Farbe des Hengstes ist einigermaßen ungewöhnlich, das gebe ich zu. Wir sollten überall verbreiten, keine braunen Pferde zu töten, insbesondere dann nicht, wenn sie zutraulich scheinen. Aber die andere ... so wie die sehen doch alle Pferde auf der Steppe aus, und ich glaube nicht, daß wir von den Leuten erwarten können, überhaupt keine Pferde mehr zu jagen. Manche Leute essen Pferdefleisch besonders gern«, erklärte Valez.

»Dann werde ich mitgehen müssen«, sagte Ayla.

»Das darfst du nicht!« rief Deegie. »Dann bekommst du von all den anderen Dingen nichts mehr mit.«

»Ich kann aber nicht zulassen, daß jemand ihr was antut«, sagte Ayla. »Dann müssen mir eben ein paar Sachen entgehen.«

»Das wäre jammerschade!« erklärte Tulie.

»Fällt dir keine andere Lösung ein?« sagte Deegie.

»Nein ... wenn Winnie doch auch bloß braun wäre«, sagte Ayla.

»Ja, warum sie nicht einfach braun machen?«

»Sie braun machen – wie meinst du das?«

»Wir mischen Farbe an, so wie ich das fürs Leder mache, und reibe sie damit ein.«

Ayla überlegte einen Moment. »Ich glaube nicht, daß das geht. Es ist zwar eine gute Idee, Deegie, aber sie braun zu färben macht keinen großen Unterschied. Selbst Renner ist noch in Gefahr. Auch ein braunes Pferd sieht immer noch aus wie ein Pferd, und wenn jemand auf Pferdejagd ist, wird er nicht immer daran denken, daß er keine braunen Pferde töten soll.«

»Das stimmt«, sagte Talut. »Jäger denken an die Jagd, und zwei braune Pferde, die vor Menschen keine Angst haben, geben schon ein sehr verführerisches Ziel ab.«

»Und wenn wir ihnen eine ganz andere Farbe geben ... Rot. Warum nicht aus Winnie ein rotes Pferd machen? Ein leuchtend rotes Pferd! Dann wäre sie unübersehbar.«

Ayla zog ein Gesicht. »Mir gefällt die Vorstellung nicht, sie zu einem roten Pferd zu machen. Sie würde so komisch aussehen. Trotzdem ist es eine gute Idee. Alle sollten wissen, daß sie kein gewöhnliches Pferd ist. Ich denke schon, wir sollten es machen, aber ein leuchtend rotes Pferd ... Warte! Mir fällt etwas anderes ein.« Ayla eilte ins Zelt, schüttete auf ihren Fellen das Reisegepäck aus und fand ziemlich unten auf dem Boden ihrer Kiepe, was sie suchte. Dann lief sie damit hinaus.

»Schau, Deegie! Erinnerst du dich noch hieran?« sagte Ayla und wickelte die rote Lederhaut aus, die sie selbst so eingefärbt hatte. »Mir ist nie recht was eingefallen, was ich daraus machen sollte. Sie hat mir einfach der Farbe wegen gefallen. Jetzt kann ich sie Winnie umbinden, wenn sie allein auf der Weide ist.«

»Das ist ein besonders leuchtendes Rot!« sagte Valez lächelnd und nickte. »Ich glaube, das geht. Wenn sie das trägt, wüßte jeder, der sie sieht, daß es sich um ein ganz besonderes Pferd handelt, und würde wahrscheinlich auch zögern, es zu erlegen – auch wenn man es ihm vorher nicht sagte. Wir können heute abend bekanntgeben, daß das Pferd mit der roten Decke und das braune, das sie bei sich hat, nicht gejagt werden sollen.«

»Es könnte nicht schaden, auch Renner etwas aufzubinden«, sagte Talut. »Es brauchte ja nicht so leuchtend zu sein – aber etwas von einem

Menschen Hergestelltes, so daß jeder, der nahe genug herankommt, um einen Speer zu werfen, weiß, daß auch er kein gewöhnliches Pferd ist.«

»Da auf Menschen nicht in jedem Falle Verlaß ist«, sagte Marlie, »würde ich meinen, daß eine Warnung nicht genügt: Vielleicht wäre es weise, wenn du und euer Mamut irgendein Verbot gegen das Erlegen von Pferden erlaßt. Einen Fluch, der jeden abhält, der versucht wäre festzustellen, wie sterblich diese Tiere sind.«

»Du kannst ja Rydag sagen, er soll Wolf auf jeden hetzen, der ihnen was zuleide tut«, sagte Branag lächelnd. »Diese Geschichte ist jetzt vermutlich überall herum und gewiß bei jedem neuen Erzählen aufgebauscht worden.«

»Das ist vielleicht gar kein so schlechter Einfall«, sagte Marlie und erhob sich, um zu gehen. »Zumindest könnte man das als Gerücht ausstreuen.«

Sie sahen die beiden Anführer des Wolfs-Lagers davongehen. Traurig den Kopf schüttelnd, fuhr Tulie dann fort, sich einzurichten. Talut nahm sich vor herauszufinden, wer die Wettkämpfe ausrichtete, damit auch ein Speewerfer-Wettstreit ausgetragen wurde, und blieb bei Brecie und Jondalar stehen, um mit ihnen zu reden. Deegie und Branag gingen mit Ayla zu den Pferden hinüber.

»Ich weiß genau den Richtigen, dem man es sagen muß, dann läuft das Gerücht wie von selbst«, sagte Branag. »Wo jetzt soviel darüber geredet wird, und auch wenn nicht alles geglaubt wird – ich glaube, sie werden einen Bogen um die Pferde machen und sie in Ruhe lassen. Ich glaube, keiner möchte Gefahr laufen, von Rydag den Wolf auf den Hals gehetzt zu bekommen. Was ich übrigens noch fragen wollte: Woher weiß Rydag, wie er dem Wolf Zeichen machen muß?«

Verwundert sah Deegie den Mann, dem sie anverlobt war, an. »Dann weißt du es wirklich nicht, oder? Ich weiß nicht, wieso ich glaubte, daß du weißt, was ich weiß. Frebec hat sich nicht einfach was aus den Fingern gesogen, um das Löwen-Lager zu verteidigen. Er hat ganz einfach die Wahrheit gesagt. Rydag versteht wirklich, was man sagt – was jeder sagt; er hat es immer verstanden. Das haben wir nur nicht gewußt, bis Ayla uns seine Zeichensprache beibrachte, so daß wir ihn verstehen konnten. Als Frebec so tat, als wollte er weggehen, hat er es Rydag gesagt, und Rydag wiederum hat Ayla gefragt, ob er es tun soll. Wir haben alle gewußt, was sie einander sagten, und deshalb wußten wir auch, was passieren würde.«

»Ist das wirklich wahr?« fragte Branag. »Ihr habt miteinander geredet, und niemand hat es gehört?« Er lachte. »Ja, wenn ich in Zukunft an den Überraschungen des Löwen-Lagers teilhaben soll, tue ich wohl gut daran, diese Geheimsprache auch zu erlernen.«

»Ayla!« rief Crozie, die gerade aus dem Zelt herauskam. Sie blieben stehen und warteten auf sie. »Tulie hat mir gerade gesagt, was ihr vorhabt, um die Pferde zu kennzeichnen«, sagte sie, als sie auf sie zukam. »Das finde ich eine sehr gute Idee, und Rot wirkt besonders gut bei einem hellen Pferd. Aber ihr habt ja keine zwei leuchtend rote Häute. Beim Auspacken ist mir was in die Hände gefallen, was ich dir gern schenken möchte.« Sie wickelte ein vor kurzem schon einmal aufgemachtes Bündel aus, nahm eine zusammengefaltete Haut heraus und schüttelte sie aus.

»Ach, Crozie!« rief Ayla entzückt. »Der ist ja wunderschön!« sagte sie vor Ehrfurcht ganz leise über den mit Elfenbeinkügelchen reich bestickten kreideweißen Lederumhang; mit ockerrot gefärbten Igelstacheln waren Muster von rechtwinklig angeordneten Spiralen und Zickzacklinien draufgestickt.

Als sie die Bewunderung aus Aylas Stimme heraushörte, leuchtete es in Crozies Augen auf. Nachdem sie selbst sich einen Kittel gearbeitet hatte, wußte Ayla, wie schwierig es war, weißes Leder herzustellen. »Das ist für Renner. Ich meine, Weiß auf seinem dunkelbraunen Fell ist weithin sichtbar.«

»Crozie, dafür ist er viel zu schön. Da wird er schmutzig und verstaubt. Besonders wenn er versucht, sich auf dem Rücken zu wälzen, geht der ganze Schmuck ab. Ich kann unmöglich zulassen, daß Renner dies auf der Weide trägt«, sagte Ayla.

Crozie blickte sie streng an. »Wenn jemand auf der Pferdejagd ist und ein braunes Pferd mit einer schön verzierten weißen Decke sieht – meinst du, so ein Jäger zielt noch mit seinem Speer darauf?«

»Nein, das nicht, aber du hast viel zuviel Arbeit hineingesteckt, als daß man zulassen könnte, daß es jetzt zerstört wird.«

»Diese Arbeit liegt viele Jahre zurück«, sagte Crozie; ihr Gesicht wurde ganz weich, und die Augen wurden ihr feucht, als sie noch hinzusetzte: »Der Umhang sollte für meinen Sohn sein, Fralies Bruder. Ich habe es nie fertiggebracht, ihn jemand anders zu schenken. Ich hätte es nicht ertragen können zu sehen, wie jemand anders ihn trägt, aber wegwerfen konnte ich ihn auch nicht. So habe ich den Umhang ständig mit mir rumgeschleppt, ein unnützes Stück Leder, an das ich völlig überflüssige Mühe gewendet habe. Wenn diese Haut hilft, das Tier zu schützen, ist es nicht mehr unnütz, dann gewinnt die Arbeit doch noch einigen Wert. Ich möchte, daß du ihn nimmst – für das, was du mir gegeben hast.«

Ayla nahm das Geschenk, machte jedoch ein verwirrtes Gesicht. »Was soll ich dir gegeben haben, Crozie?«

»Das ist belanglos«, sagte diese unvermittelt. »Nimm es einfach!«

Frebec wollte ins Zelt hinein, sah sie und lächelte selbstzufrieden, ehe er hineinging. Sie erwiderte das Lächeln.

»Ich war höchst überascht, als Frebec vortrat, um für Rydag einzutreten und ihn zu verteidigen«, sagte Branag. »Von dem hätte ich es nun zu allerletzt erwartet.«

»Er hat sich sehr verändert«, sagte Deegie. »Er streitet zwar immer noch gern, aber es ist nicht mehr schwer, mit ihm auszukommen. Manchmal ist er auch bereit zuzuhören.«

»Nun, vorzutreten und zu sagen, was er dachte – davor hatte er noch nie Angst«, sagte Branag.

»Vielleicht war es das«, sagte Crozie. »Ich habe nie begriffen, was Fralie an ihm fand, und habe mein Bestes getan, sie von ihm abzubringen. Er hatte überhaupt nichts zu bieten. Seine Mutter besaß keinen Rang, er verfügte über keine besonderen Gaben, und ich dachte, sie wirft sich einfach weg. Vielleicht spricht es schon für ihn, daß er überhaupt den Mumm hatte, Fralie zu fragen, und er hat sie wirklich gewollt. Ich hätte ihrem Urteil wohl immer trauen sollen, denn schließlich ist sie meine Tochter. Daß jemand aus ärmlichen Verhältnissen stammt, bedeutet schließlich nicht, daß nicht noch was aus ihm werden kann.«

Branag sah Deegie an und dann – über Crozies Kopf hinweg – Ayla. Seiner Meinung nach hatte Crozie sich womöglich noch stärker verändert als Frebec.

32

Ayla war allein im Zelt. Sie warf noch einmal einen Blick auf den ihr für die Dauer ihres Aufenthalts zugewiesenen Platz, versuchte noch etwas zum Zusammenlegen zu finden, noch etwas, das geordnet werden mußte, noch einen Grund, um das Verlassen des Rohrkolben-Lagers hinauszuschieben. Sobald sie soweit sei, hatte Mamut ihr gesagt, wolle er sie mit den Leuten bekannt machen, mit denen sie auf eine besondere Weise verbunden war: den *Mamuti*, denen, die zum Herdfeuer des Mammut gehörten.

Sie sah in dieser Begegnung eine schwere Prüfung, denn sie war sicher, daß sie sie ausfragen wollten, sie bewerten und sich ein Urteil darüber bilden, ob sie auch wirklich ein Recht habe, in ihren Rang aufgenommen zu werden. Sie selbst hatte nicht das Gefühl, besondere Gaben zu besitzen. Eine Heilkundige war sie, weil sie Können und Wissen einer Medizinfrau von Iza beigebracht bekommen hatte. Und daß sie die Tiere hatte, beruhte auch auf keiner besonderen Magie. Die Stute reagierte auf sie, weil – als sie allein und einsam in ihrem Tal gewesen war – sie ein mutterloses Füllen zu sich genommen hatte, um Gesellschaft zu haben; und Renner war dort geboren worden. Wolf wiederum hatte sie gerettet, weil sie es seiner Mutter schuldig war; inzwischen hatte sie durch Erfahrung gelernt, daß Tiere, die zusammen mit Menschen aufwachsen, freundlich zu diesen sind. Was sollte daran schon Geheimnisvolles sein?

Rydag war eine Zeitlang drinnen im Zelt bei ihr geblieben, nachdem sie ihn untersucht und ihm ein paar bestimmte Fragen darüber gestellt hatte, wie er sich fühle, woraufhin sie sich vorgenommen hatte, seine Medizin ein wenig anders zusammenzustellen. Dann war er hinausgegangen und hatte sich zu Wolf gesetzt, um die Menschen zu beobachten. Nezzie war ihrer Meinung gewesen, daß der Junge in besonders guter Stimmung sei. Die Frau freute sich rechtschaffen und war voll des Lobes für Frebec, der wiederum so viele Lobesworte zu hören bekommen hatte, daß es ihn fast verlegen machte. Ayla hatte ihn noch nie so viel lächeln sehen, und wußte, daß ein Teil seines Glücklichseins von dem Gefühl herrührte, endlich akzeptiert zu werden und dazuzugehören. Für dieses Gefühl hatte sie Verständnis.

Ayla warf einen letzten Blick in die Runde, nahm einen kleinen gefüllten Lederbeutel und befestigte diesen an ihrem Leibriemen. Dann stieß sie einen Seufzer aus und ging nach draußen. Bis auf Mamut, der sich mit Rydag unterhielt, schienen alle fort zu sein. Als Wolf sie sah, hob er den Kopf, was wiederum Rydag und Mamut veranlaßte, gleichfalls aufzublicken.

»Sind alle fort? Vielleicht sollte ich hierbleiben und auf Rydag aufpassen, bis jemand zurückkommt«, erbot sie sich.

»Wolf paßt auf mich auf«, gab Rydag ihr durch seine Zeichen zu verstehen und grinste. »Wenn sie Wolf sehen, bleibt keiner länger hier. Ich habe Nezzie gesagt, sie solle gehen. Und du, geh jetzt auch, Ayla.«

»Er hat recht. Wolf scheint zufrieden, hier bei Rydag zu bleiben, und einen besseren Wächter kann ich mir nicht vorstellen«, sagte Mamut.

»Und was ist, wenn ihm übel wird?« sagte Ayla.

»Wenn mir übel wird, sage ich zu Wolf: ›Hole Ayla!‹« Rydag machte das Zeichen, das sie zuvor in Praxis und Spiel eingeübt hatten. Wolf sprang auf, legte Ayla die Vorderpfoten auf die Brust und wollte ihr das Kinn lecken.

Lächelnd kraulte sie ihm das Fell am Hals und gab ihm dann das Zeichen, von ihr abzulassen.

»Ich möchte gern hierbleiben, Ayla. Ich sitz' gern da und sehe zu: Fluß, Pferde auf der Weide. Leute, die vorübergehen.« Rydag grinste. »Sie nehmen mich nicht immer wahr. Sie starren das Zelt an, starren zum Pferdeunterstand. Dann sehen sie Wolf. Komische Leute!«

Mamut und Ayla lächelten über sein schlichtes Entzücken über die erstaunten Reaktionen der Leute.

»Nun, es wird wohl gehen. Nezzie hätte ihn nicht allein zurückgelassen, wenn sie nicht meinte, sie könnte ihn unbesorgt sich selbst überlassen«, sagte Ayla. »Ich bin soweit, Mamut.«

Als sie zu den festeren Hütten des Wolfs-Lagers hinübergingen, fiel Ayla auf, daß die Zelte und Wohnlager hier dichter beieinander standen und es dazwischen von Menschen nur so wimmelte. Sie war froh, daß sie ihr Lager am Rande aufgeschlagen hatten, wo sie hinausblicken und Bäume und Gras, Fluß und Weide sehen konnten. Etliche Leute nickten ihnen zu oder sagten sogar ein paar Worte, als sie vorübergingen. Ayla beobachtete Mamut, bemerkte, wie er ihre Grüße zur Kenntnis nahm und erwiderte.

Ein Zelt am Ende der nicht sehr geraden Reihe von sechs Hütten schien den Mittelpunkt aller Aktivitäten zu bilden. Ayla fiel ein freier Raum auf, der dies Zelt umgab. In unmittelbarer Nähe hatte niemand sein Lager aufgeschlagen; offenbar war dies der Platz, wo sich alle versammelten. Die unmittelbar an diesen freien Raum angrenzenden Hütten schienen nicht gewöhnlichen Wohnzwecken zu dienen. Eine wies einen Zaun aus Mammut-Knochen und getrocknetem Reisig auf, um sich von allem anderen abzugrenzen. Als sie vorüberkamen, hörte sie ihren Namen rufen. Sie blieb stehen und fragte sich verwundert, wer sie von der anderen Seite des Zauns habe rufen können.

»Latie!« sagte sie, und ihr fiel ein, was Deegie ihr erzählt hatte. Solange Latie noch in der Erdhütte des Löwen-Lagers gelebt hatte, waren ihrem Umgang mit Männern keine allzu strikten Grenzen gesetzt gewesen. Nachdem sie jedoch den Treffpunkt erreicht hatten, war es notwendig geworden, sie in Abgeschiedenheit zu halten. Etliche andere junge Frauen waren bei ihr, und alle lächelten und kicherten. Ayla wurde Laties Altersgenossinnen vorgestellt, die alle eine gewisse ehrfürchtige Scheu vor ihr zu haben schienen.

»Wohin willst du, Ayla?«

»Zum Herdfeuer des Mammut«, antwortete Mamut an ihrer Stelle.

Latie nickte, als hätte sie das wissen müssen. Ayla fiel auf, daß Tulie sich in dem abgegrenzten Hofbereich um das mit ockerroten Mustern verzierte Zelt herum aufhielt, wo sie sich mit mehreren anderen Frauen unterhielt. Sie winkte und lächelte.

»Latie, schau! Ein Rotfuß«, sagte eine ihrer Freundinnen leise, aber doch erregt. Alle hörten auf zu reden und schauten herüber, und die jungen Frauen kicherten wieder. Ayla selbst konnte nicht umhin, mit größtem Interesse der Frau nachzusehen, die vorübergeschlendert kam und dabei erkennen ließ, daß die Sohlen ihrer nackten Füße leuchtend rot gefärbt waren. Sie hatte zwar schon von ihnen gehört, doch war dies die erste, die sie tatsächlich zu Gesicht bekam. An sich schien sie eine ganz gewöhnliche Frau zu sein, dachte Ayla. Und doch hatte sie etwas an sich, das sie zweimal hinsehen ließ.

Die junge Frau näherte sich einer Gruppe junger Männer, die Ayla zuvor nicht gesehen hatte und die sich um eine kleine Baumgruppe auf der anderen Seite der freigemachten Hofbereiche herumdrückte. Ayla fand, daß ihr Gang etwas Herausforderndes bekam, je mehr sie sich ihnen näherte, und ihr Lächeln etwas Schmachtendes; jetzt fielen ihr auch die rotgefärbten Sohlen deutlicher auf. Die Frau blieb stehen, redete mit den jungen Männern, und ihr girrendes Lachen war weithin zu vernehmen. Als Ayla mit dem alten Mann weiterging, fiel ihr das Gespräch ein, das die alten Frauen – und Mamut – am Vorabend des Frühlings-Festes geführt hatten.

All die jungen Frauen, die sich im Übergangsstadium des Noch-nicht-ganz-Frau-Seins befanden, wurden ständig streng beaufsichtigt – und zwar nicht nur von den Frauen, die eigens dazu bestimmt waren. Jetzt fielen Ayla mehrere Gruppen von jungen Männern auf, die sich in der Hoffnung auf einen Blick auf die verbotenen und daher um so begehrenswerteren jungen Frauen am Rand des Tabubereiches herumdrückten, in dem Latie und ihre Altersgenossinnen sich aufhielten. Nie mehr in ihrem ganzen Leben war eine Frau Gegenstand des Interesses der männlichen Bevölkerung. Die jungen Frauen genossen ihren besonderen und einmaligen Status und die besondere Aufmerksamkeit, die er ihnen eintrug, und waren ihrerseits genauso neugierig auf das andere Geschlecht, nur daß sie es als unter ihrer Würde betrachteten, sich das offen anmerken zu lassen. Die meiste Zeit über verbrachten sie damit, aus dem Zelt hinaus- oder um den Zaun herum herauszuspähen und sich in Mutmaßungen über die verschiedenen Männer zu ergehen, die sich mit übertriebenem Gleichmut an der Peripherie herumdrückten.

Wiewohl die jungen Männer, die beobachteten und ihrerseits beobachtet wurden, irgendwann einmal ein Herdfeuer mit einem der Mädchen gründeten, die gerade zur Frau wurden – sie waren es mit größter Wahrscheinlichkeit nicht, die für die erste, so überaus wichtige Erste Nacht ausgesucht wurden. Die jungen Frauen und die älteren Ratgeberinnen, die ihr Zelt mit ihnen teilten, sprachen mehrere Möglichkeiten bezüglich der älteren und erfahreneren Männer durch. Diejenigen, die schließlich in die engere Wahl kamen, wurden zunächst einmal privat befragt, ehe die endgültige Auswahl getroffen wurde.

An dem Tag vor der Zeremonie pflegten die jungen Frauen, die zusammen in einem Zelt wohnten – manchmal kam es vor, daß ihrer für ein Zelt zu viele waren, dann wurden zwei Wohnlager für die jungen Frauen eingerichtet –, als Gruppe hinauszugehen. Fanden sie einen Mann, mit dem sie die Nacht verbringen wollten, umringten und ›fingen‹ sie ihn ein. Die so ›gestellten‹ Männer hatten die Einzuführenden zu begleiten – und es gab nur wenige, die dagegen etwas einzuwenden hatten. Nach einigen Vorbereitungsritualen begaben sie sich alle miteinander in das verdunkelte Zelt, tasteten herum, um sich zu finden und die Nacht damit zu verbringen, Unterschiede herauszufinden und die Wonnen kennenzulernen, die sie einander schenken konnten. Es wurde erwartet, daß weder die jungen Frauen noch die Männer sich darüber im klaren waren, mit wem sie sich schließlich paarten, wiewohl das in der Praxis für gewöhnlich doch der Fall war. Die Aufsicht älterer Frauen gewährleistete, daß es zu keinen ungebührlichen Roheiten kam; außerdem hielten sie sich für die seltenen Gelegenheiten bereit, bei denen sie um Rat gefragt wurden. Gelang es aus irgendeinem Grunde bei einer der jungen Frauen nicht, daß sie geöffnet wurde, ließ sich das im allgemeinen in einem stillen Ritual einer zweiten Nacht bewerkstelligen, ohne daß irgend jemand offenkundig die Schuld gegeben wurde.

Weder Danug noch Druwez sollten aufgefordert werden, in Laties Zelt zu kommen, vornehmlich deshalb, weil sie viel zu eng mit ihr verwandt, aber auch, weil sie noch zu jung waren. Anderen Frauen, die ihre Ersten Riten bereits in den vorhergehenden Jahren gefeiert hatten, insbesondere solchen, die noch kinderlos waren, stand es frei, für Die Große Mutter einzuspringen und den jungen Männern Ihr Wesen zu offenbaren. Nach einer besonderen Zeremonie, die sie ehrte und für diese Zeit zu etwas Besonderem machte, wurden die Fußsohlen dieser Frauen mit einem starken roten Färbestoff dergestalt gefärbt, daß es sich nicht ohne weiteres wieder abwaschen ließ, wenn es auch später von selbst wieder wegging; damit taten sie kund, daß sie zur Verfügung stünden, jungen Männern zu helfen, Erfahrungen zu machen. Viele von ihnen trugen auch noch rote Lederriemen um den Oberarm, an den Fußgelenken oder um die Hüfte.

Wenngleich es nicht ganz ohne Neckereien abging, wußten die Frauen den Ernst ihrer Aufgabe sehr wohl zu schätzen. Da sie seine natürliche Schüchternheit und die treibende Kraft verstanden, die hinter seiner Ungeduld stand, gingen sie sehr rücksichtsvoll mit jedem jungen Mann um, lehrten ihn, eine Frau zartfühlend zu behandeln, auf daß er eines Tages ausgewählt würde, ein Mädchen zur Frau zu machen, und auf daß er eines Tages auserwählt würde, ein Kind zu machen. Und um ihnen zu zeigen, wie sehr es Sie beglückte, daß sie sich selbst erboten, dies zu tun, segnete Mut viele dieser Frauen. Selbst jene, die schon seit geraumer Zeit mit einem Mann zusammenlebten und noch nie Leben im Schoß getragen hatten, wurden oft noch vor Ende dieser Zeit schwanger.

Neben den Noch-nicht-ganz-Frauen waren die rotfüßigen Frauen unter den Männern jedes Alters die begehrtesten. Nichts vermochte einen Mamutoi für den Rest seines Lebens so rasch in Wallung zu bringen wie das Aufleuchten einer roten Fußsohle, wenn eine Frau vorüberging, und da sie das wußten, färbten einige Frauen ihre Füße rötlich, um sich dadurch attraktiver zu machen. Wenn es einer Frau, die sich selbst so hingab, auch freistand, sich jeden Mann zu erwählen – eigentlich galt ihr Liebesdienst den Jüngeren, und jeder ältere, dem es gelang, sie zu bewegen, bei ihnen zu liegen, fühlte sich besonders geehrt.

Mamut führte Ayla auf ein Lager zu, das nicht weit vom Lager für die Riten des Frauentums entfernt war. Auf den ersten Blick sah es aus wie ein ganz gewöhnliches Zelt in einem Wohnlager. Der Unterschied bestand eigentlich nur darin, daß jeder der hier Anwesenden tätowiert war.

Manche hatten, wie der alte Mamut, oben am rechten Wangenknochen nur ein dunkelblaues Grätenmuster: drei oder vier unterbrochene Linien, wie die Unterteile von nach unten weisenden Dreiecken übereinander oder ineinander geschachtelt. Diese erinnerten sie an die Unterkieferknochen von Mammuts, die bei dem Bau von Vincavecs Hütte verwendet worden waren. Die Tätowierungen von anderen, insbesondere der Männer, so fiel Ayla auf, waren sehr viel kunstvoller und reichhaltiger ausgeführt. Ihre Tätowierungen wiesen nicht nur Grätenmuster auf, sondern außerdem Zickzacklinien, Dreiecke, Rhomben und rechtwinklig angeordnete Spiralen in roter und blauer Farbe.

Jetzt war Ayla froh, daß sie zuvor das Mammut-Lager besucht hatten, ehe sie zum Treffen hierhergekommen waren, sonst hätten ihre geschmückten Gesichter sie erschreckt, doch so war sie vorher bereits Vincavec begegnet. Wenn auch die Tätowierungen auf den Gesichtern dieser Leute faszinierend und vielfältig waren – keine war so verzwickt wie die seine.

Der zweite Unterschied, der ihr auffiel, war folgender: Wiewohl es in diesem Lager mehr Frauen zu geben schien als Männer, gab es keine Kinder. Die waren offensichtlich der Obhut anderer in den Wohnlagern anvertraut worden. Kinder hatten hier anscheinend nichts zu suchen, das begriff Ayla rasch. Dies hier war ein Ort, an dem Erwachsene sich zu ernsthaften Besprechungen und Ritualen zusammenfanden – und zum Spielen. Etliche der Versammelten spielten im Freien Spiele mit besonders gekennzeichneten Knochen, Stöckchen und Elfenbeinstückchen.

Mamut trat an den offenstehenden Zelteingang und kratzte am Leder. Ayla spähte über seine Schulter hinweg in das dämmerige Innere und bemühte sich, für diejenigen, die sich draußen aufhielten, nicht allzu auffällig zu erscheinen, doch wenn diese sich auch bemühten, es sich möglichst nicht anmerken zu lassen, so war ihnen doch sehr daran gelegen, sich Ayla genauer anzusehen. Sie waren neugierig auf diese junge Frau, die der alte Mamut nicht nur zur Ausbildung angenommen, sondern als Tochter adoptiert hatte. Sie sei eine Fremde, hieß es, nicht einmal eine Mamutoi. Und keiner wußte, woher sie kam.

Viele hatten es sich angelegen sein lassen, am Rohrkolben-Lager vorüberzuschlendern und einen Blick auf die Pferde und den Wolf zu werfen; es hatte sie erstaunt und großen Eindruck auf sie gemacht, die Tiere dort zu sehen, nur anmerken lassen wollten sie es sich nicht. Wie konnte ein Mensch einen Hengst bändigen? Oder eine Stute dazu bringen, trotz der vielen Menschen still stehenzubleiben? Und der Wolf! Wieso war der Wolf im Löwen-Lager so zutraulich? Allen anderen gegenüber benahm er sich wie ein richtiger Wolf. Niemand konnte sich ihm nähern oder den Bereich ihres Lagers auch nur ungebeten betreten; Chaleg, so hieß es, hatte er regelrecht angegriffen.

Der alte Mann winkte Ayla hinein, und beide nahmen sie an einer großen Feuerstelle Platz, in der freilich nur ein kleines Feuer flackerte, und zwar an die Seite gerückt, dort wo die Frau ihnen gegenübersaß. Eine dicke Frau war das. Nie zuvor hatte Ayla auch nur eine annähernd so fette Frau gesehen, und sie fragte sich, wie sie es geschafft hatte, überhaupt zu Fuß hierherzukommen.

»Ich habe meine Tochter für dich mitgebracht, auf daß du sie kennenlernst, Lomie«, sagte der alte Mamut.

»Ich hatte mich schon gefragt, wann du kommen würdest«, erwiderte sie.

Doch dann, ehe sie irgend etwas anderes sagte, holte sie mit zwei Stecken einen rotglühenden Stein aus dem Feuer, machte ein Paket mit Blättern auf, streute einige davon auf den Stein und lehnte sich darüber, um den aufwölkenden Rauch einzuatmen. Ayla erkannte den Geruch von Salbei und – weniger ausgeprägt – den von Königskerze und Lobelie. Sie faßte die Frau genauer ins Auge, bemerkte, daß sie Schwierigkeiten beim Atmen hatte, was sich freilich bald legte, und begriff, daß sie an einem chronischen Husten litt.

»Bereitest du dir aus der Wurzel der Königskerze auch einen Hustensaft?« fragte Ayla sie. »Das hilft manchmal.« Zuerst hatte sie gezaudert, überhaupt etwas zu sagen, und war sich nicht sicher, warum sie es tat, ohne in aller Form vorgestellt worden zu sein, aber sie hatte den Wunsch zu helfen, und irgendwie fand sie, sie hätte ein Recht dazu.

Erschrocken fuhr Lomies Kopf hoch, und sie sah die junge blonde Frau mit wachem Interesse an. Der Anflug eines Lächelns ging über Mamuts Gesicht.

»Eine Heilkundige ist sie auch?« wandte Lomie sich an Mamut.

»Ich glaube, eine bessere gibt es nicht – nicht einmal dich, Lomie.«

Lomie wußte, daß dies keine leichtfertig aufgestellte Behauptung war, denn der alte Mann hegte große Hochachtung vor ihrem Können. »Und da hatte ich gemeint, du hättest bloß eine hübsche junge Frau adoptiert, dir deine letzten Jahre angenehmer zu gestalten, Mamut.«

»Das habe ich ja auch, Lomie. Sie hat mir meine Gelenkschmerzen und andere zugehörige Gebrechen erträglicher gemacht«, sagte er.

»Freut mich, daß mehr in ihr steckt, als man sieht. Allerdings ist sie reichlich jung dafür, muß ich sagen.«

»Es steckt mehr in ihr, als du ahnst, Lomie, trotz ihrer Jugend.«

Jetzt endlich wandte Lomie sich ihr zu. »Du bist Ayla.«

»Ja, ich bin Ayla vom Löwen-Lager der Mamutoi, Tochter vom Herdfeuer des Mammut ... und ich stehe unter dem besonderem Schutz des Höhlenlöwen«, beendete Ayla, wie Mamut sie angewiesen hatte.

»Ayla von den Mamutoi. Hmmm. Der Name klingt zwar ungewöhnlich, aber das tut deine Stimme auch. Nicht unangenehm, wie ich betonen möchte. Nur ungewöhnlich. Bringt die Leute dazu hinzuhören. Ich bin Lomie, Mamut vom Wolfs-Lager und Heilkundige der Mamutoi.«

»*Erste* Heilkundige«, verdeutlichte Mamut.

»Wie kann ich Erste Heilkundige sein, alter Mamut, wenn sie mir ebenbürtig ist?«

»Ich habe nicht gesagt, Ayla sei dir ebenbürtig, Lomie. Ich habe nur gesagt, es gibt keine bessere. Ihre Herkunft ist ... ungewöhnlich. Ausgebildet wurde sie von ... von jemand mit tiefem Wissen um bestimmte Heilmethoden. Hättest du den sanften Duft der Königskerze, der noch dazu überdeckt wird von dem schweren Aroma des Salbei, so schnell herausfinden können, wenn du keine Ahnung gehabt hättest, daß sie unter diesen Blättern wäre? Und dann auch noch gewußt, wogegen du dich behandelst?«

Lomie schickte sich an zu reden, zögerte dann jedoch und ging nicht darauf ein. Mamut fuhr fort: »Allerdings glaube ich, um das herauszufinden, hätte sie dich bloß zu betrachten brauchen. Sie verfügt über eine erstaunliche Gabe des Erkennens von Krankheiten und über ein erstaunliches Wissen um Heilmittel und Behandlungsmethoden; woran es ihr fehlt, sind gerade jene Fertigkeiten auf Gebieten, auf denen du so ganz besonders bewandert bist: dem Herausfinden und der Beseitigung von Problemen, welche die Krankheit hervorbringen, und der Unterstützung des Heilungsprozesses bei jemand, der den Willen hat, wieder gesund zu werden. Sie könnte sehr viel von dir lernen, und ich hoffe, du willigst ein, sie darin zu unterweisen; allerdings glaube ich, auch du könntest eine Menge von ihr lernen.«

Lomie wandte sich an Ayla: »Und ist es das, was du möchtest?«

»Es ist das, was ich möchte.«

»Wenn du bereits jetzt so viel weißt, was, meinst du, kannst du dann noch von mir lernen?«

»Ich bin eine Medizinfrau. Das ist ... was ich bin, meine ich ... ist mein Leben. Ich könnte nicht anders sein. Ich bin ausgebildet worden von einer, die ... eine Erste war. Nun, eines hat sie mir von vornherein beigebracht: daß man nie aufhört zu lernen. Deshalb wäre ich dankbar, von dir lernen zu können«, sagte Ayla. Sie schützte diese Aufrichtigkeit nicht vor, sondern hungerte danach, sich mit jemand unterhalten zu können, mit dem sie Vorstellungen teilen und Behandlungen durchsprechen und von dem sie lernen konnte.

Lomie antwortete nicht sogleich. Medizinfrau? Wo hatte sie diese Bezeichnung für eine Heilkundige schon mal gehört? Für den Moment ließ sie die Frage beiseite. Es würde ihr schon wieder einfallen.

»Ayla hat ein Geschenk für dich«, sagte Mamut. »Rufe herein, wen du willst, doch dann mache bitte den Vorhang zu.«

Alle, die draußen gewesen waren, waren entweder während ihres Gespräches hereingekommen oder standen am Eingang. Jetzt kamen alle herein. Keiner wollte sich etwas entgehen lassen. Nachdem alle Platz gefunden hatten und der Vorhang vorm Eingang heruntergelassen und festgezurrt worden war, nahm Mamut eine Handvoll Erde aus dem Zeichenrund und löschte die kleine Flamme. Gleichwohl ließ sich das helle Tageslicht nicht ganz ausschließen. Es kam hell durch das Rauchloch hindurch und schimmerte gedämpft durch die ledernen Zeltplanen. In dem dämmerig erhellten Zelt würde es keine so hochdramatische Vorführung werden wie seinerzeit im Dunkel der Erdhütte, aber die in der Sache liegenden Möglichkeiten würden jedem Mamutoi sofort einleuchten.

Ayla nestelte den kleinen Beutel von ihrem Leibriemen, den sie und Mamut sich von Barzec erbeten hatten, und holten Zunder, Pyritwürfel und Feuerstein heraus. Nachdem alles bereit war, hielt Ayla inne, und schickte zum ersten Mal seit vielen Mondzyklen ein stummes Gedenken zu ihrem Totem. Es handelte sich nicht um eine ausgesprochene besondere Bitte, sie dachte vielmehr an einen großen, eindrucksvollen und rasch überspringenden Funken, auf daß die Wirkung so ausfalle, wie Mamut sie sich erhoffte. Dann nahm sie den Flintstein zur Hand und schlug ihn gegen den Eisenpyrit. Es blitzte hell auf, selbst in dem Zelt, dann erlosch der Funke. Wieder schlug sie zu, und diesmal sprang er über, und bald brannte das kleine Feuer auf der Feuerstelle wieder.

Die Mamutoi waren geübt im Umgang mit Kunstfertigkeit und gewohnt daran, Wirkungen zu erzeugen. Stolz taten sie sich etwas darauf zugute imstande zu sein, zu erkennen, wie Dinge erreicht wurden. Es gab nur wenig, was sie überraschte, aber Aylas Feuertrick machte sie sprachlos.

»Die Magie liegt in dem Pyritwürfel selbst«, sagte Mamut, als Ayla die Dinge in den Lederbeutel zurücktat und diesen Lomie überreichte. Dann jedoch veränderten sich Ton und Eigentümlichkeit seiner Stimme. »Aber die Art und Weise, wie man das Feuer aus ihm herausholt, wurde Ayla gezeigt. Ich brauchte sie nicht erst zu adoptieren, Lomie. Sie war von vornherein ein Kind vom Herdfeuer des Mammut, war von Der Mutter auserkoren, ein solches zu sein. Sie kann nur ihrer Bestimmung folgen, doch jetzt weiß ich, daß ich ausersehen wurde, eine Rolle dabei zu spielen, und warum mir so viele Jahre gewährt wurden.«

Seine Worte ließen jeden im Zelt vom Herdfeuer des Mammut erschauern und bewirkten, daß sich ihnen die Nackenhaare sträubten. Mamut hatte an ein echtes Mysterium gerührt, an die tiefere Berufung, die ein jeder von ihnen über oberflächlichen Putz und beiläufigen Zynismus hinaus bis zu einem gewissen Grade in sich spürte. Der alte Mamut war ein Phänomen. Allein die Fülle seiner Jahre hatte etwas Magisches. Niemand hatte je so lange gelebt. Selbst sein Name war im Vorübergehen der Jahre verlorengegangen. Jeder einzelne von ihnen war ein Mamut, der Schamane seines Lagers – er jedoch war Mamut schlechthin, sein Beruf und sein Name waren eins geworden. Keiner von ihnen zweifelte daran, daß mit seinem hohen Alter etwas bezweckt wurde. Und wenn er sagte, Ayla sei der Grund, dann war sie erfüllt von den tiefen und unergründlichen Mysterien des Lebens und der Welt um sie herum, mit denen ein jeder von ihnen sich aufgerufen fühlte zu ringen.

Als sie zusammen mit Mamut das Zelt verließ, war sie besorgt. Auch sie hatte die Spannung gespürt, und sie hatte eine Gänsehaut bekommen, als der alte Mamut von ihrem Schicksal sprach; nur wünschte sie sich nicht, Gegenstand so großen Interesses von Mächten zu sein, die ihrer Kontrolle entzogen waren. Es war erschreckend, dies ganze Schicksalsgerede. Sie war nicht anders als alle anderen, und sie wollte es nicht sein. Sie mochte es auch nicht, wenn man Bemerkungen über ihre Sprechweise machte. Im Löwen-Lager fiel sie keinem mehr auf. Sie hatte vergessen, daß es einige Wörter gab, die sie einfach nicht richtig hinbekam, auch wenn sie sich noch so sehr bemühte.

»Ayla, da bist du ja! Ich hatte schon nach dir gesucht.«

Als sie aufblickte, sah sie in die blitzenden dunklen Augen und das breite strahlende Lächeln des dunkelhäutigen Mannes, dem sie anverlobt war. Sie erwiderte sein Lächeln. Er war genau der Richtige, sie von den Gedanken abzulenken, die sie bedrückten. Sie sah Mamut an, um zu sehen, ob er sie noch brauchte. Der lächelte und sagte ihr, sie solle nur gehen und sich zusammen mit Ranec das Lager ansehen.

»Ich möchte gern, daß du ein paar Bildschnitzer kennenlernst. Einige von ihnen machen sehr schöne Dinge«, sagte Ranec und führte sie, indem er ihr den Arm um die Hüfte legte. »Wir haben immer ein Lager in der Nähe vom Herdfeuer des Mammut. Und zwar nicht nur Bildschnitzer, sondern auch andere Künstler.«

Er war aufgeregt, und Ayla klopfte das Herz bis zum Hals hinauf, genauso wie es eben gewesen war, als sie erkannte, daß Lomie eine Heilkundige war. Mochte es, was Können und zuerkannten Status betraf, auch eine gewisse Konkurrenz geben, niemand verstand die feinen Unterschiede eines Handwerks oder einer Kunst so gut wie einer, der diese seinerseits ausübte. Nur mit einer anderen Heilkundigen konnte sie zum Beispiel darüber reden, was nun besser sei für die Behandlung von Husten: Königskerze oder Bärenkraut. Diese Art von Gesprächen hatten ihr sehr gefehlt. Sie hatte gesehen, wie Jondalar, Wymez und Danug unglaublich viel Zeit damit zubringen konnten, sich die Köpfe über Feuerstein und Werkzeugmacherei heißzureden, und jetzt erkannte sie, daß auch Ranec es genoß, sich mit anderen zu unterhalten, die gleichfalls Elfenbeinarbeiten herstellten.

Als sie über einen Teil des freien Geländes hinweggingen, sah Ayla Danug und Druwez sowie etliche andere junge Männer lächeln und nervös von einem Fuß auf den anderen treten, während sie sich mit einer rotfüßigen Frau unterhielten. Danug blickte auf und sah sie, lächelte, entschuldigte sich dann rasch und kam die wenigen Schritte über das niedergetrampelte und vertrocknete Gras herübergelaufen, um sich ihnen anzuschließen. Sie blieben stehen, bis er sie eingeholt hatte.

»Ich habe dich mit Latie reden sehen und wollte mit ein paar Freunden kommen, daß du sie kennenlernst, Ayla, aber wir dürfen nicht allzu nahe heran an das Kichermädchen-Lager ... hm, ich meine ... hm« – Danug errötete, als ihm klar wurde, daß er den Spitznamen verraten hatte, mit dem die jungen Männer den Ort bezeichneten, der für sie tabu war.

»Schon gut, Danug. Sie kichern ja wirklich reichlich viel.«

Dem hochgeschossenen jungen Mann fiel offensichtlich ein Stein vom Herzen. »Was ja weiter nichts Schlechtes ist. Habt ihr es eilig? Oder könntest du eben rüberkommen, damit du sie kennenlernst?«

Fragend und lächelnd sah Ayla Ranec an.

»Ich wollte sie gerade zu ein paar Leuten bringen, von denen ich möchte, daß sie sie kennenlernt«, sagte Ranec. »Aber es eilt nicht. Wir können hingehen und erst deine Freunde begrüßen.«

Als sie zurückgingen zu der Gruppe junger Männer, bemerkte Ayla, daß die rotfüßige Frau immer noch da war.

»Ich wollte dich ohnehin gern kennenlernen, Ayla«, sagte die Frau, nachdem Danug die Vorstellung beendet hatte. »Alle reden sie von dir, fragen sich, woher du kommen magst und warum diese Tiere dir gehorchen. Du hast uns allen ein Rätsel aufgegeben, von dem ich glaube, daß wir noch in Jahren darüber reden werden.« Sie lächelte und zwinkerte Ayla vertraulich zu. »Laß dir von mir gesagt sein: Verrate niemandem, woher du kommst. Sollen sie raten, das bringt jedenfalls Spaß.«

Ranec lachte. »Vielleicht hat sie recht, Ayla«, sagte er. »Sag mir, Mygie, warum trägst du dies Jahr rote Füße?«

»Nachdem Zacanen und ich unser Herdfeuer aufgelöst haben, wollte ich nicht bei seinem Lager bleiben, aber ich war mir auch nicht sicher, ob ich unbedingt in das Lager meiner Mutter zurück wollte. Da schien mir dies gerade das Richtige zu sein. So habe ich für eine Zeitlang einen Ort, wo ich hingehöre, und wenn es Der Mutter gefällt, mich mit einem Kind dafür zu segnen, hätte ich nichts dagegen. Wobei mir übrigens einfällt – weißt du eigentlich, daß Die Mutter noch einer Frau ein Baby von deinem Geiste geschenkt hat, Ranec? Erinnerst du dich noch an Tricie? Marlies Tochter? Die hier im Wolfs-Lager lebt? Die hatte sich im vorigen Jahr für die roten Füße entschieden. Und in diesem Jahr hat sie einen Jungen. Toralies kleines Mädchen war dunkelhäutig wie du, aber dieser Junge nicht. Ich habe ihn gesehen. Er ist ganz hellhäutig und hat rotes Haar, noch leuchtender als ihres, und trotzdem sieht er genauso aus wie du. Die gleiche Nase und alles. Sie nennt ihn Ralev.«

Ein eigentümliches Lächeln um die Lippen, sah Ayla Ranec an und bemerkte, daß seine Gesichtsfärbung sich vertiefte. Er errötet, dachte sie, allerdings muß man ihn gut kennen, um es zu erkennen. Ich bin fest überzeugt, daß er sich an Tricie erinnert.

»Ich glaube, wir gehen besser, Ayla«, sagte Ranec und legte ihr den Arm um die Hüfte, als gälte es, sie zu drängen, über die Lichtung zurückzugehen. Sie jedoch widersetzte sich einen Moment.

»Es war sehr interessant, mit dir zu reden, Magie. Hoffentlich ergibt sich bald wieder eine Gelegenheit«, sagte Ayla und wandte sich dann an Nezzies Sohn. »Es freut mich, daß du gekommen bist, mir deine Freunde vorzustellen, Danug.« Sie bedachte ihn und Druwez mit ihrem wunderschönen, atemberaubenden Lächeln. »Ich freue mich überhaupt, euch alle kennengelernt zu haben«, fügte sie noch hinzu und sah jeden einzelnen der jungen Männer nacheinander an. Dann ging sie mit Ranec fort.

Danug sah ihr nach und seufzte tief auf. »Ich wünschte, Ayla trüge rote Füße«, sagte er, woraufhin ihm von allen Seiten beigepflichtet wurde.

Als Ranec und Ayla an der großen Hütte vorübergingen, die von drei Seiten von dem freien Platz umgeben war, hörte sie Trommelklang herauskommen und dazu einige andere Klänge, wie sie sie bisher noch nie gehört hatte. Sie warf einen Blick auf den Eingang, doch der war geschlossen. Gerade als sie am Rande des freien Platzes in ein anderes Lager einbogen, vertrat ihnen jemand den Weg.

»Ranec«, sagte eine Frau, die kleiner war als der Durchschnitt und ein milchweißes, sommersprossiges Gesicht hatte. Ihre braunen, grüngold gesprenkelten Augen funkelten vor Zorn. »Dann bist du also doch mit dem Löwen-Lager eingetroffen. Warum hast du nicht in unsere Hütte hineingeschaut, um guten Tag zu sagen? Ich dachte schon, vielleicht wärest du in den Fluß gefallen, oder eine flüchtende Wisentherde hätte dich zu Tode getrampelt.« Sie sprühte Gift und Galle.

»Tricie! Ich ... ach ... ich wollte ja ... hm ... wir mußten erst das Lager aufbauen«, sagte Ranec. Nie hatte Ayla den zungen- und redegewandten Mann so verlegen erlebt, und hätte seine dunkle Haut es nicht verborgen, sein Gesicht wäre so feuerrot gewesen wie Mygies Fußsohlen.

»Willst du mich nicht mit deiner Freundin bekannt machen, Ranec?« sagte Tricie sarkastisch. Jeder konnte sehen, daß sie außer sich war.

»Doch, selbstverständlich«, sagte Ranec. »Darf ich vorstellen, Ayla, das ist Tricie, eine ... eine ... Freundin von mir.«

»Ich hätte dir was zu zeigen, Ranec«, sagte Tricie und überging die Vorstellung rüde, »aber das spielt wohl jetzt keine Rolle mehr. Angedeutete Verlöbnisse verpflichten zu nichts. Ich nehme an, dies ist die Frau, mit der du beim diesjährigen Hochzeitsfest zusammengegeben werden sollst.« Ihre Stimme verriet nicht nur Empörung, sondern auch wie verletzt sie war.

Ayla erriet, um was es ging, und hatte Verständnis für die junge Frau, wußte jedoch nicht recht, wie sie mit dieser schwierigen Situation fertigwerden sollte. Dann jedoch trat sie kurz entschlossen einen Schritt vor und streckte beide Hände aus.

»Tricie, ich bin Ayla von den Mamutoi, Tochter vom Herdfeuer des Mammut des Löwen-Lagers und stehe unter dem Schutz des Höhlenlöwen.«

Daß Ayla sich so förmlich vorstellte, erinnerte Tricie daran, daß sie die Tochter einer Anführerin war und das Wolfs-Lager schließlich in diesem Jahr Gastgeber des Sommer-Treffens war. Damit trug sie eine gewisse Verantwortung. »Im Namen der Mut, Der Großen Mutter, heißt das Wolfs-Lager dich willkommen, Ayla von den Mamutoi«, sagte sie.

»Ich habe gehört, Marlie ist deine Mutter.«

»Ja, ich bin Marlies Tochter.«

»Sie habe ich bereits kennengelernt – eine bemerkenswerte Frau. Jetzt freue ich mich, dich kennenzulernen.«

Ayla hörte Ranec einen Seufzer der Erleichterung ausstoßen. Über die Schulter hinweg sah sie sich nach ihm um und bemerkte dabei, daß Deegie der Hütte zustrebte, aus der sie die Trommelklänge vernommen hatte. Der Eingebung des Augenblicks folgend, fand sie, Ranec sollte seine Beziehung mit Tricie selber ins Reine bringen.

»Ranec, da drüben ist Deegie, und es gibt ein paar Dinge, über die ich unbedingt mit ihr reden muß. Die Bildschnitzer suche ich dann später auf«, sagte Ayla und eilte davon.

Ranec war wie vor den Kopf geschlagen und merkte plötzlich, daß er sich Tricie stellen und ein paar Erklärungen abgeben mußte, ob er nun wollte oder nicht. Wütend und verletzt sah er die junge Frau dastehen. Ihr rotes Haar – von einer überaus leuchtenden Tönung, wie sie ihm sonst noch nicht begegnet war – hatte es ihm zusammen mit ihren roten Füßen voriges Jahr besonders angetan; außerdem war auch sie eine Künstlerin, deren Arbeit großen Eindruck auf ihn gemacht hatte. Ihre Körbe waren erlesen schön, und die besonders fein gearbeitete Matte auf dem Boden seines Herdfeuers war ein Werk ihrer Hände. Sie jedoch hatte ihre Hingabe an den Dienst an Der Mutter so ernst genommen, daß sie einen erfahrenen Mann anfangs nicht einmal hatte in Erwägung ziehen wollen. Und daß sie sich gesträubt hatte, hatte seine Leidenschaft für sie nur um so mehr entflammt.

Freilich hatte er sich ihr nicht in aller Form anverlobt. Gewiß, er hatte ernsthaft daran gedacht und würde es wohl auch getan haben, hätte sie nicht gerade in Ihrem Dienst gestanden. Sie war es, die ein förmliches Verlöbnis abgelehnt hatte, weil sie befürchtete, das könnte Mut erzürnen und sie bewegen, ihr Ihren Segen zu versagen. Nun, dachte Ranec, allzu zornig hat Die Mutter nicht sein können, wenn Sie von seinem Wesen etwas genommen hatte, um Tricies Baby damit zu machen. Wahrscheinlich war es dies, was sie ihm hatte zeigen wollen, nahm er an, um ihm zu beweisen, daß sie bereits ein Kind hatte, es an sein Herdfeuer mitzubringen, und zwar ein Kind von seinem Geiste. Das hätte sie unter anderen Umständen unwiderstehlich gemacht, aber er liebte Ayla. Hätte er genug zu bieten gehabt, möglich, daß er daran gedacht haben würde, um sie beide anzuhalten, doch da er seine Wahl getroffen hatte, kam das nicht mehr in Frage. Allein bei dem Gedanken, ohne Ayla leben zu sollen, verkrampfte sich ihm der Magen. Er begehrte sie mehr, als er je eine Frau in seinem Leben begehrt hatte.

Ayla rief hinter Deegie her, und als sie sie eingeholt hatte, gingen sie gemeinsam weiter.

»Du hast also Tricie kennengelernt«, sagte Deegie.

»Ja, aber sie scheint unbedingt mit Ranec sprechen zu müssen, und da war ich froh, als ich dich sah. Da hatte ich eine Möglichkeit, fortzukommen und sie allein zu lassen«, sagte Ayla.

»Kein Wunder, daß sie mit ihm reden wollte. Im vorigen Jahr war es in aller Munde, daß sie vorhatten, einander zu verloben.«

»Sie hat ein Kind, weißt du. Einen Sohn.«

»Nein, davon habe ich nichts gewußt. Ich hatte bisher ja kaum Zeit, den Leuten auch nur hallo zu sagen, und erzählt hat es mir keiner. Das steigert ihren Wert, und damit erhöht sich auch ihr Brautpreis. Wer hat es dir erzählt?«

»Mygie, eine von den Rotfüßen. Sie sagt, der Junge sei von Ranecs Geist.«

»Dieser Geist kommt aber viel herum! Es gibt ein paar Neugeborene von seinem Geist in diesem Jahr. Bei den anderen Männer weiß man ja nie ganz genau, wessen Geist es war, aber bei ihm gibt es keinen Zweifel. Seine Hautfarbe schlägt durch«, sagte Deegie.

»Mygie sagt, dieser Junge sei ganz hellhäutig und hätte rotes Haar, aber im Gesicht sehe er aus wie Ranec.«

»Wie interessant! Da muß ich später unbedingt mal zu Tricie und ihn mir ansehen«, sagte Deegie lächelnd. »Die Tochter einer Anführerin sollte der Tochter einer anderen Anführerin schon einen Besuch abstatten, zumal es sich um das gastgebende Lager handelt. Möchtest du mitkommen, wenn ich hingehe?«

»Ich weiß nicht recht . . . ja, doch, ich glaube ich würde gern mitgehen«, sagte Ayla.

Sie erreichten den Eingangsbogen jener Hütte, aus der die ungewöhnlichen Klänge kamen. »Ich wollte hier hereinschauen, bei der Musikhütte. Könnte sein, daß es dir gefällt«, sagte Deegie und kratzte an dem Ledervorhang vorm Eingang. Während sie warteten, daß die Verschnürung von drinnen aufgemacht wurde, blickte Ayla sich um.

Südöstlich vom Eingang stand ein Zaun aus sieben Mammutschädeln und anderen Knochen, die mit gestampftem Lehm ausgefüllt waren, um ihnen Festigkeit zu verleihen. Wahrscheinlich handelt es sich um einen Windschutz, dachte Ayla. Der einzige Wind, der durch die Senke der Siedlung fuhr, mußte schon vom Flußtal heraufkommen. Im Nordosten zählte sie vier große Kochstellen im Freien sowie zwei deutlich erkennbare Arbeitsbereiche. Einer schien der Herstellung von Werkzeugen und Gerätschaften aus Elfenbein und Knochen zu dienen, der andere solcher aus Feuerstein. Flintknollen gab es in der Nähe. Ayla sah Wymez und Jondalar sowie etliche andere Männer und Frauen, die, wie sie vermutete, gleichfalls Feuersteinwerkzeugmacher waren. Sie hätte sich denken können, daß sie Jondalar hier finden würde.

Der Vorhang wurde zurückgezogen, und Deegie winkte Ayla, ihr zu folgen, doch irgend jemand am Eingang hielt sie dann ab.

»Deegie, du weißt doch, daß wir keine Besucher hereinlassen«, sagte sie. »Wir sind gerade beim Üben.«

»Aber Kylie, sie ist eine Tochter vom Herdfeuer des Mammut«, sagte Deegie überrascht.

»Ich sehe aber keinerlei Tätowierung. Wie kann jemand eine Mamut sein, der keine Tätowierungen trägt?«

»Das hier ist Ayla, die Tochter des alten Mamut. Er hat sie ans Herdfeuer des Mammut adoptiert.«

»So? Dann Moment mal. Ich will eben nachfragen.«

Deegie wartete voller Ungeduld, doch Ayla sah sich die Hütte genauer an und gewann den Eindruck, daß sie eingefallen oder zusammengedrückt sein müsse.

»Warum hast du mir nicht gesagt, daß sie das mit den Tieren ist?« sagte Kylie, als sie zurückkam. »Tretet ein!«

»Du solltest wissen, daß ich niemand herbringen würde, der nicht akzeptabel wäre«, sagte Deegie.

Es war nicht dunkel in der Hütte, das Rauchloch war größer als gewöhnlich und ließ Licht herein; trotzdem brauchte es eine Zeitlang, bis die Augen sich nach dem hellen Sonnenschein draußen an die Verhältnisse drinnen gewöhnt hatten. Zuerst dachte Ayla, die Person, mit der Deegie sprach, sei ein Kind. Doch als Ayla sie sah, begriff sie, daß sie wahrscheinlich etwas älter und keineswegs jünger war als ihre große, etwas ungeschlachte Freundin. Daß sie die Dinge so falsch eingeschätzt hatte, lag an dem Größenunterschied zwischen den beiden Frauen. Kylie war klein und schmal gewachsen, fast zierlich; jedenfalls konnte sie neben Deegie leicht wie ein Kind wirken. Ihre geschmeidigen und federnden Bewegungen verrieten jedoch Selbstbewußtsein und Erfahrung einer reifen Frau.

Wenn auch die Unterkunft von außen groß ausgesehen hatte, bot sie drinnen weniger Raum, als Ayla angenommen hatte. Die Decke war niedriger als sonst üblich, und die Hälfte des Raums wurde von vier großen Mammutschädeln eingenommen, die zum Teil dergestalt in den Boden eingelassen waren, daß die Stoßzahnöffnungen nach oben wiesen. In diese Öffnungen waren kleine Baumstämme hineingesteckt worden, die wiederum als Stützpfeiler für die Decke dienten, die sich gesenkt hatte oder eingefallen war. Als Ayla sich umsah, ging ihr auf, daß diese Hütte alles andere als neu war. Das Holz und die Dachabdeckung waren altersgrau. Nirgends war etwas von den üblichen Haushaltsgeräten oder von einer Kochstelle zu sehen, nur ein kleines Feuer brannte. Der Boden war sauber gefegt und ließ nur die dunklen Spuren früherer größerer Herdfeuer erkennen.

Zwischen den Stützpfeilern waren Seile für Felle aufgespannt worden, mit denen einzelne Abteilungen des Raums abgetrennt werden konnten, Felle, die jetzt aber an der Seite hochgenommen worden waren. Über die Seile geworfen oder von Pflöcken in der Wand herabhängend, erkannte man ein ungewöhnliches Durcheinander von Dingen, wie Ayla sie nie zuvor gesehen hatte. Farbenprächtige Gewänder, Anhänger aus Knochen und Bernstein und noch ein paar andere Dinge, aus denen sie überhaupt nicht schlau wurde.

In der Hütte befanden sich mehrere Leute. Manche saßen mit Bechern in der Hand um ein kleines Feuer herum; zwei hockten in dem Licht, das durch den Rauchabzug hereinströmte, und nähten Kleidungsstücke. Linkerhand vom Eingang saßen mehrere Leute oder knieten neben großen Mammutknochen, die mit roten Linien und Zickzackmustern geschmückt waren, auf dem Boden. Ayla erkannte einen Oberschenkelknochen, ein Schulterblatt, zwei Unterkieferknochen, einen Beckenknochen und einen Schädel. Beide Frauen wurden herzlich begrüßt, doch konnte Ayla sich das Gefühls nicht erwehren, irgend etwas unterbrochen zu haben. Alle schienen sie sie erwartungsvoll anzusehen, gleichsam als gälte es herauszufinden, warum sie gekommen waren.

»Hört unseretwegen nicht auf zu üben«, sagte Deegie. »Ich habe Ayla mitgebracht, um euch mit ihr bekannt zu machen, aber stören möchten wir nicht. Wir warten gern, bis ihr bereit seid für eine Pause.« Die Leute wandten sich wieder ihren Aufgaben zu, während Deegie und Ayla es sich in der Nähe auf Matten bequem machten.

Eine Frau, die vor dem Oberschenkelknochen saß, klopfte mit der hammerähnlichen Sprosse eines Rentiergeweihs einen gleichbleibenden Rhythmus darauf, doch waren die Laute, die dabei entstanden, mehr als nur rhythmisch. Wenn sie nämlich den Röhrenknochen an verschiedenen Stellen bearbeitete, entlockte das diesem wohllautende und volltönende Klänge von unterschiedlicher Höhe und Intensität. Ayla blickte genauer hin, um herauszufinden, was dieses eigentümliche Timbre hervorrief.

Der Oberschenkelknochen war rund einen Meter lang und ruhte horizontal auf zwei Stützen, so daß er den Boden nicht berührte. Das Gelenkende oben war entfernt und etwas von dem schwammigen Inneren herausgeholt worden, was die natürliche Röhre nur vergrößerte. Oben war der Knochen über die ganze Länge mit gleichmäßigen dunkelroten Zickzacklinien bemalt, einem Muster, das sich häufig auf allen möglichen Gegenständen, von Füßlingen bis zum tragenden Gerüst der Hütten, wiederholte, nur daß dieses hier nicht ausschließlich eine schmückende oder symbolische Funktion zu haben schienen. Nachdem sie eine Weile zugesehen hatte, war Ayla sicher, daß die Frau, welche das Oberschenkelknocheninstrument spielte, das Streifenmuster als Markierung benutzte, die es ihr erlaubte, genau dort zuzuschlagen, wo der gewünschte Ton entstand.

Auf Schädeltrommeln und Tornecs Schulterblatt hatte sie bereits spielen hören. Allen waren gewisse Tonvariationen zu entlocken gewesen, doch noch nie hatte sie eine solche Fülle von wohllautenden Tönen gehört. Diese Leute meinten zwar, sie, Ayla, besäße irgendwelche magischen Kräfte, doch wollte es ihr scheinen, daß dies hier viel mehr Zauber enthielt als alles, was sie je getan hatte. Ein Mann ließ den Schlegel auf das

Mammutschulterblatt fallen, wie Tornec es getan hatte. Klang und Timbre waren ganz anders, hatten etwas Klirrendes, doch ergänzte das die Musik, welche die Frau auf dem Oberschenkelknochen spielte, und verlieh dem Ganzen zusätzlich Fülle.

Das große dreieckige Schulterblatt war etwa fünfundsechzig Zentimeter lang, verengte sich nach oben und weitete sich an der Basis auf fünfzig Zentimeter. Der Spieler hielt das Instrument am Hals aufrecht vor sich hin, so daß die Basis auf dem Boden ruhte. Auch dieses war mit leuchtend roten parallelen Zickzackstreifen geschmückt. Jeder der etwa kleinfingerdicken Streifen war in gleich lange Abschnitte unterteilt, von denen ein jeder einen vollkommenen und makellos geraden Rand aufwies. In der Mitte des tieferen und am meisten vom Schlegel bearbeiteten Teils war das rote Streifenmuster abgenutzt und der Knochen durch das viele Spielen hauchdünn geworden.

Als alle übrigen Mammutknocheninstrumente einfielen, hielt Ayla den Atem an. Anfangs konnte sie dem vollen Klang der sich aus vielerlei Tönen zusammensetzenden Musik nur überwältigt lauschen, doch nach einiger Zeit konzentrierte sie sich auf jedes Instrument einzeln.

Ein älterer Mann spielte auf dem größeren der beiden Unterkieferknochen, freilich nicht mit einem Geweihschlegel, sondern mit dem Endstück eines etwa dreißig Zentimeter langen, am dickeren Ende rundum eingekerbten Mammutstoßzahns, so daß hier ein dicker Knauf entstand. Die Kinnlade war wie die anderen Knochen bemalt, freilich nur auf der rechten Hälfte. Sie war umgedreht worden, so daß der linken, schmucklosen Seite, die frei über den Boden hinwegragte, ein klarer, ungedämpfter Laut entstieg. Beim Spielen berührte der Mann klopfend die parallel verlaufenden roten Zickzackbänder, die sich sowohl über die Höhlung als auch über den äußeren Wangenrand erstreckten, und fuhr mit dem Elfenbeinstück reibend über die geriffelte Kaufläche des Zahns hinweg, was einen knarrenden, heiseren Laut hervorrief.

Auf der anderen, offensichtlich von einem jüngeren Tier stammenden Kinnlade spielte eine Frau. Der Knochen war einen halben Meter lang, maß an der breitesten Stelle etwa vierzig Zentimeter und war an der rechten Seite gleichfalls mit rotem Zickzackmuster bemalt. Ein tiefes Loch von etwa fünf mal zwölf Zentimetern – der Zahn, der dort einmal gesessen hatte, war entfernt worden – ergab eine Resonanzveränderung und brachte den auffällig hohen Klang besonders zur Geltung.

Die Frau, die das Beckenknocheninstrument spielte, hielt dieses gleichfalls dergestalt in die Höhe, daß ein Rand auf dem Boden auflag. Sie klopfte mit dem Geweihschlegel vornehmlich auf eine Stelle in der Mitte des Knochens, wo dieser sich auf natürliche Weise sanft nach innen wölbte.

Dort verstärkten sich die Klänge und wurden die Tonveränderungen deutlicher erkennbar; kein Wunder, daß die roten Streifen durch den vielen Gebrauch hier abgenutzt und fast nicht mehr zu sehen waren.

Mit den kraftvollen, dröhnenden tiefen Tönen des von einem jungen Mann bespielten Mammutschädels war Ayla vertraut. Sie unterschieden sich nicht von den Trommeln, die Deegie und Mamut so trefflich zu schlagen verstanden. Auch diese Trommel war dort, wo sie mit dem Schlegel bearbeitet wurde – also an der Stirnfläche und auf der Schädeldecke – bemalt, in diesem Falle jedoch nicht mit Zickzacklinien, sondern mit einem deutlich erkennbaren Muster aus verzweigten Linien und nicht miteinander verbundenen Strichen und Punkten.

Nachdem die Leute mit einem einen angenehmen Abschluß bildenden Ton geendet hatten, entspann sich eine lebhafte Unterhaltung. Deegie beteiligte sich daran, wohingegen Ayla nur zuhörte und sich bemühte, sich mit den ihr unbekannten Bezeichnungen vertraut zu machen, sich aber keinesfalls einmischen wollte.

»Das Stück sollte ausgewogen und harmonisch klingen«, sagte die Frau, die auf dem Oberschenkelknochen spielte. »Ich meine, wir könnten ein Beinrohr einbauen, bevor Kylie tanzt.«

»Ich bin sicher, du könntest Barzec gewinnen, diesen Teil zu singen, Tharie«, sagte Deegie.

»Es wäre aber besser, ihn erst später einzuarbeiten. Kylie *und* Barzec, das wäre zuviel. Die würden nur gegenseitig voneinander ablenken. Nein, ich denke, ein Kranichbeinrohr mit fünf Tönen wäre das Richtige. Laßt es uns mal ausprobieren, Manen«, sagte sie zu einem Mann mit einem säuberlich gestutzten Bart, der von der anderen Gruppe zu ihnen gestoßen war.

Tharie fing wieder an zu spielen, und diesmal klangen die Töne der Neuangekommenen bereits vertrauter. Ayla genoß es, zusehen und zuhören zu dürfen; nichts wollte sie mehr, als still dasitzen und das neue Erlebnis auskosten. Mit der Einführung der geisterhaften Töne des Beinrohrs, eines flötenähnlichen Instruments, das aus dem Röhrenbeinknochen eines Kranichs bestand, wurde Ayla plötzlich an die unheimliche Geisterstimme von Ursus, dem Großen Höhlenbären bei den Clan-Treffen erinnert. Nur ein Mog-ur konnte diesen Ton hervorbringen – ein Geheimnis, das in seinem Stamm von Generation auf Generation weitergegeben wurde; aber auch er hatte etwas an den Mund gehalten. Es muß wohl das gleiche gewesen sein, dachte sie.

Nichts jedoch rührte Ayla so sehr an wie Kylie, als diese anfing zu tanzen. Zuerst bemerkte Ayla, daß sie an jedem Arm lockere Armreife trug, ähnlich wie die der Sungaea-Tänzer. Jeder Armreif bestand aus fünf dünnen Elfenbeinstreifen vom Mammut, in die diagonal verlaufende Kerben eingegraben waren, die von einem Rhombus in der Mitte ausgingen und – wenn die fünf Reife zusammengehalten wurden, ein rundum verlaufendes Zickzackmuster ergaben. Am Ende war ein kleines Loch hindurchgebohrt worden, so daß man sie zusammenbinden konnte, woraufhin sie aber jedesmal klirrten, wenn Kylie sich bewegte.

Kylie blieb mehr oder weniger an einer Stelle stehen, nahm dabei manchmal langsam unmögliche Haltungen ein, in denen sie eine Zeitlang verharrte, dann wieder vollführte sie akrobatische Verrenkungen, woraufhin wiederum die losen Armreife klirrten. Die Bewegungen der geschmeidigen, kräftigen Frau waren so anmutig und verliefen so glatt, daß es aussah, als wäre das Tanzen ganz einfach. Ayla jedoch wußte, daß sie es nie geschafft hätte, sie zu vollführen. Sie war hingerissen von der Vorführung und machte, als sie fertig waren, hinterher spontan ein paar beifällige Bemerkungen, ganz wie die Mamutoi es sonst auch machten.

»Wie machst du das? Das war wunderschön! Alles. Die Klänge, die Bewegungen. So etwas habe ich noch nie gesehen«, sagte Ayla. Das dankbare Lächeln auf den Gesichtern der anderen bewies ihr, daß ihre Bemerkungen wohl aufgenommen wurden.

Deegie spürte, daß die Musikmacher zufrieden waren und sie jetzt nicht mehr das Bedürfnis hatten, sich besonders zu konzentrieren. Sie waren viel entspannter als zuvor, bereit, eine Pause zu machen und ihre Neugier in bezug auf die geheimnisvolle Frau zu befriedigen, die anscheinend aus dem Nichts aufgetaucht und jetzt eine Mamutoi war. Die Glut des Feuers wurde neu entfacht, Holz nachgelegt und Kochsteine und Wasser in eine hölzerne Kochschale getan.

»Aber du mußt doch irgend etwas Ähnliches schon mal gesehen haben, Ayla«, sagte Kylie.

»Nein, überhaupt nicht«, widersprach Ayla.

»Und was waren das für Rhythmen, die du mir gezeigt hast?« fragte Deegie.

»Das ist etwas ganz anderes. Das sind einfache Clan-Rhythmen.«

»Clan-Rhythmen?« erkundigte sich Tharie. »Was sind Clan-Rhythmen?«

»Die sind täuschend einfach«, mischte Deegie sich ein, »aber sie rufen starke Gefühle hervor.«

»Kannst du sie uns nicht einmal vormachen?« sagte der junge Mann, der die Schädeltrommel spielte.

Deegie sah Ayla an. »Wollen wir, Ayla?« fragte sie, wandte sich dann an die anderen und erklärte: »Wir haben ein bißchen damit herumgespielt.«

»Ja, warum nicht?« erklärte Ayla sich bereit.

»Dann los«, sagte Deegie. »Wir brauchen etwas, um einen tiefen, gleichmäßigen Trommelschlag zu erzeugen, eher gedämpfte Töne, die nicht nachhallen, als ob man auf den Boden klopfte. Darf Ayla vielleicht deine Trommel nehmen, Marut?«

»Ich würde meinen, wenn man diesen Schlegel mit einem Stück Leder umwickelt, müßte das gehen«, sagte Tharie und stellte ihr Oberschenkelinstrument zur Verfügung.

Die Musikmacher waren sehr angetan von dem Vorschlag. Etwas Neues weckte immer Interesse. Deegie kniete sich an Tharies Stelle auf die Matte, und Ayla saß mit untergeschlagenen Beinen nahe der Trommel und klopfte drauf, um ein Gefühl dafür zu bekommen. Dann schlug Deegie an verschiedenen Stellen auf das Oberschenkelinstrument, bis Ayla andeutete, daß sie die richtige Stelle und damit auch den richtigen Ton gefunden hatte.

Als sie fertig waren, begann Deegie langsam, aber gleichmäßig zu trommeln und das Tempo kaum merklich zu verändern, bis sie Ayla zustimmend nicken sah; den Ton veränderte sie dabei jedoch nicht im geringsten. Ayla machte die Augen zu, und als sie spürte, daß sie sich auf Deegies stetigen Schlag zubewegte, fiel sie ein. Die Schädeltrommel dröhnte viel zu sehr, als daß sie genau den Ton hätte hervorbringen können, an den Ayla sich erinnerte. Es fiel schwer, zum Beispiel das Peitschen eines Donnerschlags hervorzubringen; das scharfe Stakkato der Schläge kam mehr wie ein langgezogenes Grollen, aber immerhin hatte sie mit einer Trommel wie dieser bereits geübt. Bald wob sie ein dem Anschein nach zufälliges Stakkato, das sie im Tempo leicht variierte. Die beiden Rhythmen – der von Deegie und der von Ayla – waren so deutlich unterschieden, daß sie keinerlei Beziehung zueinander hatten, und doch traf ein besonders betonter Schlag von Aylas Rhythmus mit jedem fünften Schlag von Deegies gleichbleibenden Schlägen zusammen, fast als wäre es Zufall.

Die beiden Rhythmen bewirkten, daß zunehmend eine erwartungsvolle Atmosphäre entstand, bald kam ein Gefühl der Angst hinzu, bis die beiden Schläge allen Erwartungen zum Trotz doch zusammenkamen. Und jedesmal, wenn das geschah, war die Spannung hinterher größer als zuvor und steigerte sich. Und in dem Augenblick, da es so aussah, als könnte niemand es mehr ertragen, hörten Ayla und Deegie vor dem erwarteten letzten Schlag auf, was zur Folge hatte, daß hochgespannte Erwartungen in der Luft zu hängen schienen. Dann ließ sich zu Deegies wie zu eines jedes anderen grenzenloser Überraschung ein luftiger, flötenähnlicher Pfeifton wie auf einem Rohrstengel vernehmen und spielte eine beklemmende, unheimliche, nicht ganz als Melodie zu bezeichnende Klangfolge, die den Zuhörern einen Schauder über den Rücken jagte. Enden tat diese Weise in einem Schlußton, doch ein Gefühl von Jenseitigkeit blieb.

Lange Zeit hindurch sprach keiner ein Wort. Schließlich sagte Tharie: »Was für eine eigentümliche, bezwingende Musik.« Dann wollten mehrere der Musikmacher, daß Ayla ihnen die Rhythmen zeigte, und waren begierig, sie selbst auszuprobieren.

»Wer hat denn das Beinrohr gespielt?« fragte Tharie. Daß es Manen, der die ganze Zeit über neben ihr gestanden hatte, nicht gewesen war, wußte sie.

»Niemand«, sagte Deegie. »Jedenfalls kam der Ton nicht von einem Instrument. Ayla hat gepfiffen.«

»Gepfiffen? Wie kann ein Mensch denn so pfeifen?«

»Ayla kann jeden Pfeifton nachmachen«, erklärte Deegie. »Ihr solltet mal ihre Vogelstimmen hören! Die Vögel selbst halten sie für einen der ihren. Sie bringt es fertig, daß sie herbeigeflogen kommen und ihr aus der Hand fressen. Das gehört nun mal zu ihrer Art, mit Tieren umzugehen.«

»Würdest du uns mal einen Vogelpfiff vormachen, Ayla?« sagte Tharie ungläubig.

Ayla fand, dies sei wirklich nicht der richtige Ort, so etwas zu machen, pfiff aber trotzdem rasch die Zwitschertöne von etlichen Vögeln herunter, was die völlig verblüfften Gesichter zur Folge hatte, die Deegie erwartet hatte.

Ayla war dankbar, als Kylie sich erbot, sie herumzuführen. Die Musikmacher zeigten ihr ein paar Gewänder und anderes Zubehör, wobei Ayla entdeckte, daß es sich bei dem Kopfschmuck manchmal um regelrechte Gesichtsmasken handelte. Das meiste von diesen Dingen war grell bemalt, doch bei Nacht angelegt und im Lichte des Feuers würden die Farben der Gewänder zwar deutlich erkennbar sein, aber durchaus normal wirken. Irgend jemand zerrieb roten Ocker aus einem Säckchen und vermischte es mit Fett. Es überlief Ayla eiskalt, als sie wieder daran erinnert wurde, wie Creb Izas Leichnam vor der Bestattung mit einer roten Ockerpaste eingerieben hatte; hier nun erzählte man ihr, man benutze die Paste, um die Gesichter zu schmücken und die Leiber von Tänzern zu färben. Weiße Kreide und zermahlene Holzkohle waren auch vorhanden.

Ayla sah zu, wie ein Mann Perlen auf einen Kittel nähte und dazu eine Ahle benutzte; dabei fiel ihr ein, um wieviel leichter das mit einem Fadenzieher vonstatten gehen müßte, und beschloß, durch Deegie einen überbringen zu lassen. Ihr wurde ohnehin schon zuviel Aufmerksamkeit zuteil, und das bereitete ihr Unbehagen. Sie besah sich Perlenschnüre und anderen Schmuck, und Kylie hielt ihr zwei spiralförmig sich verjüngende Meeresmuscheln ans Ohr.

»Zu schade, daß deine Ohren nicht durchbohrt sind«, sagte sie. »Diese würden dir gut stehen.«

»Hübsch sind sie«, sagte Ayla. Jetzt fielen ihr die Löcher in Kylies Ohren auf; auch ihr Nasenflügel war durchbohrt. Kylie gefiel ihr, sie bewunderte sie und spürte eine Beziehung, aus der sich eine Freundschaft entwickeln konnte.

»Warum nimmst du sie nicht trotzdem mit? Wenn du mit Deegie oder Tulie sprichst, machen sie es dir bestimmt. Und eine Tätowierung solltest du wirklich tragen, Ayla. Dann kannst du gehen, wohin du willst, und brauchst nicht erst lang und breit zu erklären, daß du vom Herdfeuer des Mammut stammst.«

»Aber ich bin doch keine Mamut«, sagte Ayla.

»Ich glaube doch, Ayla. Zwar bin ich mir über die nötigen Riten nicht im klaren, aber ich weiß, Lomie würde nicht zögern, wenn du ihr sagtest, du wärest bereit, dich dem Dienst Der Mutter zu weihen.«

»Ich bin mir auch nicht ganz sicher, ob ich wirklich soweit bin.«

»Vielleicht bist du das noch nicht, aber du wirst es sein. Das spüre ich genau.«

Erst nachdem sie und Deegie die Musikmacher verlassen hatten, ging Ayla auf, daß ihr etwas ganz Besonders zuteil geworden war, nämlich ein Blick hinter die Bühne, wie er nur wenigen Menschen erlaubt wird. Was sie zu sehen bekommen hatte, war ein Ort der Geheimnisse, geheimnisumwittert selbst noch, nachdem man ihn entschleiert und ihr erklärt hatte; um wieviel geheimnisvoller und übernatürlicher mußte er erscheinen, wenn man ihn nur von außen betrachtete. Ayla warf, als sie hinausgingen, einen Blick hinüber zum Arbeitsbereich der Werkzeugmacher, doch Jondalar war nicht mehr da.

Sie schloß sich Deegie an, als diese durch das Gesamtlager zum hinteren Teil der Senke ging, nach Freunden und Verwandten Ausschau hielt und sich ein Bild davon zu machen versuchte, wo die einzelnen Lager wären. So kamen sie an einem Gebiet vorüber, auf dem drei Zelte, unter Gebüsch versteckt, auf eine Lichtung hinausgingen. Irgend etwas an diesem Bereich schien merklich anders, doch konnte Ayla zuerst nicht den Finger darauf legen. Dann fielen ihr ein paar Einzelheiten auf. Die Zelte waren ziemlich abgerissen, nicht straff gespannt und die Löcher in den Fellplanen, falls überhaupt, nur notdürftig geflickt. Ein übelkeiterregender Gestank und das Gesumm von Fliegen lenkten ihre Aufmerksamkeit auf ein verwesendes Stück Fleisch, das zwischen zwei Zelten liegengeblieben war; dann bemerkte sie weitere Abfälle, die achtlos verstreut waren. Sie wußte, daß Kinder sich oft schmutzig machten, doch diejenigen, die sie anstarrten, sahen aus, als wären sie schon seit längerer Zeit nicht mehr gewaschen worden. Ihre Kleidung war speckig, das Haar ungepflegt, die Gesichter schmutzig.

Ayla bemerkte, daß Chaleg sich vor einem der Zelte herumtrieb. Daß sie hier auftauchte, überraschte ihn, und der erste Ausdruck, der über sein Gesicht ging, sprühte vor Bosheit und Haß. Das erschreckte Ayla. Nur Broud hatte sie so angesehen. Dann jedoch versteckte Chaleg dies, doch das unaufrichtige, böswillige Lächeln war fast noch schlimmer als der unverhohlene Haß.

»Verlassen wir diesen Bereich«, sagte Deegie und rümpfte verächtlich die Nase. »Es ist immer gut zu wissen, wo sie sich aufhalten; dann weiß man wenigstens, wo man nicht hingehen soll.«

Plötzlich erhob sich lautes Gezeter und Geschrei. Zwei Kinder, ein Junge von über zehn Jahren und ein etwa elfjähriges Mädchen kamen aus einem der Zelte hervorgeschossen.

»Gib das wieder her! Hörst du? Gib das wieder her!« kreischte das Mädchen und jagte hinter dem Jungen her.

»Dann mußt du mich erst fangen, kleine Schwester«, spottete der Junge, hielt ihr etwas vors Gesicht und schwenkte es hin und her.

»Du ... Ach du ... Gib es wieder her!« kreischte das kleine Mädchen wieder und rannte abermals hinter ihm her.

Das Lächeln auf dem Gesicht des Jungen machte deutlich, daß die Wut und die Verzweiflung des Mädchens ihm großes Vergnügen bereiteten, doch als er sich einmal umdrehte, um sich nach ihr umzusehen, übersah er eine zutage liegende Wurzel. Er stolperte und stürzte heftig. Gleich darauf war das Mädchen über ihm und verprügelte ihn mit aller Macht. Daraufhin schlug er ihr mit großer Kraft ins Gesicht, woraufhin ihr das Blut aus der Nase schoß. Sie schrie auf, schlug ihn ihrerseits ins Gesicht, so daß ihm die Lippe platzte.

»Hilf mir, Ayla!« sagte Deegie und stürzte sich auf die beiden Kinder, die sich auf dem Boden wälzten. Sie war zwar nicht ganz so stark wie ihre Mutter, aber sie war eine große und kräftige junge Frau, und als sie den Jungen zu fassen bekam, der in diesem Augenblick auf seiner Schwester saß, konnte dieser nichts dagegen tun. Ayla hielt das Mädchen fest, das sich wehrte und wieder auf den Jungen losgehen wollte.

»Was denkt ihr euch eigentlich?« sagte Deegie streng. »Wie könnt ihr euch nur so schändlich benehmen? Sich schlagen und sich prügeln, und dann noch ein Bruder eine Schwester! Nun, jedenfalls kommt ihr beiden jetzt mit mir. Darum werden wir uns jetzt gleich kümmern!« sagte sie und zog den heftig sich sträubenden Jungen am Arm hinter sich her. Ayla folgte ihr mit dem Mädchen, das jetzt von ihr fortstrebte und sich weiterhin wehrte.

Die Leute starrten sie an, als sie vorübergingen und die blutbespritzten Kinder hinter sich herzerrten. Dann schlossen die Leute sich ihnen an. Als

Deegie und Ayla die Kinder endlich zu den Hütten im Mittelpunkt des Lagers gebracht hatten, war ihnen die Nachricht vorausgeeilt, und eine Gruppe von Frauen erwartete sie bereits. Unter den Wartenden befanden sich, wie Ayla bemerkte, Tulie und Marlie und Brecie – alles Anführerinnen, wie ihr jetzt aufging, die den Rat der Schwestern bildeten.

»Sie hat angefangen ...«, rief der Junge.

»Er hat es mir weggenommen, mein ...«, schrie das Mädchen.

»Ruhe!« sagte Tulie fest und laut, und ihre Augen blitzten vor Zorn.

»Es gibt keine Entschuldigung dafür, einen anderen Menschen zu prügeln und zu schlagen«, sagte Marlie, nicht minder hart und erzürnt als Tulie. »Ihr seid beide alt genug, um das zu wissen, und wenn ihr es nicht wißt, dann erfahrt ihr es jetzt. Bringt die Lederriemen«, befahl sie.

Ein junger Mann verschwand in einer der Hütten, und gleich darauf kam Valez mit einer Reihe von Lederriemen heraus. Das Mädchen machte ein entsetztes Gesicht, und die Augen des Jungen wurden groß. Er versuchte zu entkommen und wollte schon fortlaufen, doch Talut, der gerade vom Rohrkolben-Lager herüberkam, schoß vor und brachte ihn zurück.

Ayla war besorgt. Beiden Kindern mußten die Verletzungen verbunden werden; doch mehr als das – was hatten sie mit ihnen vor? Schließlich waren beide noch Kinder.

Während Talut den Jungen festhielt, nahm ein anderer Mann einen der langen Lederriemen und wickelte diesen dergestalt um ihn herum, daß ihm der rechte Arm an den Leib gebunden wurde. Die Verschnürung war nicht so fest, daß sie die Blutzirkulation behindert hätte, aber sie sorgte dafür, daß der Arm nicht gebraucht werden konnte. Dann stellte jemand das Mädchen neben ihn, und es weinte, als auch ihm der rechte Arm festgebunden wurde.

»Aber ... er hat mir mein ...«

»Es spielt keine Rolle, was er weggenommen hat«, sagte Tulie.

»Es gibt andere Möglichkeiten, es zurückzubekommen«, sagte Brecie. »Du hättest dich an den Rat der Schwestern wenden können. Dafür ist der Rat da.«

»Was, meinst du, würde geschehen, wenn jeder jeden schlüge, bloß weil jemand anderer Meinung ist, oder jemand aufgezogen oder ihm was weggenommen hat?« ließ eine andere Frau sich vernehmen.

»Ihr müßt beide lernen«, sagte Marlie, während das linke Fußgelenk des Jungen an das rechte Fußgelenk des Mädchens gebunden wurde, »daß es keine engeren Bande gibt als die zwischen Bruder und Schwester. Es ist das Band der Geburt. Und damit ihr das nicht wieder vergeßt, werdet ihr zwei Tage lang aneinandergefesselt bleiben, und die Hand, die ihr gegeneinander erhoben habt, an den Leib gebunden, damit sie nicht im Zorn erhoben werden kann. Ihr seid jetzt darauf angewiesen, euch gegenseitig zu helfen. Der eine kann nicht dorthin gehen, wo der andere nicht hingehen kann. Der eine kann nicht schlafen, es sei denn, auch der andere legte sich hin. Der eine kann weder essen, noch trinken, noch sich waschen oder irgend welche persönlichen Verrichtungen ohne den anderen tun. Ihr werdet lernen müssen, aufeinander angewiesen zu sein, genauso wie ihr das euer Leben lang sein werdet.«

»Und alle, die euch sehen, werden wissen, wie schändlich ihr euch benommen habt«, verkündete Talut laut, so daß alle es hörten.

»Deegie«, sagte Ayla leise, »sie brauchen Hilfe, das Mädchen hat immer noch Nasenbluten, und die Lippe des Jungen ist dick geschwollen.«

Deegie trat zu Tulie und flüsterte ihr etwas ins Ohr. Die Frau nickte und trat dann vor: »Ehe ihr in euer Lager zurückkehrt, geht mit Ayla zum Herdfeuer des Mammut; dort wird sie sich die Verletzungen ansehen, die ihr euch gegenseitig beigebracht habt.«

Die erste Lektion in Zusammenarbeit, die sie zu lernen hatten, bestand darin, ihre Schritte einander anzupassen, um mit den aneinandergefesselten Fußgelenken überhaupt gehen zu können. Deegie begab sich mit Ayla und dem Geschwisterpaar zum Herdfeuer des Mammut, und nachdem die Wunden gereinigt und behandelt worden waren, sahen die beiden jungen Frauen sie zusammen davonhoppeln.

»Sie haben sich ernstlich geprügelt«, sagte Ayla, als sie zurückgingen zum Rohrkolben-Lager, »aber der Junge hat dem Mädchen auch etwas weggenommen.«

»Das spielt keine Rolle«, sagte Deegie. »Durch Schlagen bekommt man nichts zurück. Sie müssen lernen, daß Prügeln einfach nicht akzeptabel ist. Daß sie das in ihrem eigenen Lager nicht gelernt haben, liegt ja auf der Hand; infolgedessen müssen sie es hier lernen. Vielleicht verstehst du jetzt, warum Crozie sich nur widerstrebend dazu durchringen konnte, ja zu sagen, als Fralie sich mit Frebec zusammentat.«

»Nein, warum?«

»Ja, hast du es denn nicht gewußt? Frebec stammt aus einem dieser Lager. Die drei sind eng miteinander verwandt. Chaleg ist Frebecs Vetter.«

»Nun, dann hat Frebec sich aber gewaltig verändert.«

»Das stimmt, aber ich will aufrichtig sein, Ayla. Ich bin mir in bezug auf ihn immer noch nicht sicher. Ich denke, ich halte mich mit meinem Urteil zurück, bis er es wirklich bewiesen hat.«

Ayla mußte immer wieder an die Kinder denken oder daran, daß sie aus diesem Erlebnis etwas lernen könnte. Hier war schnell geurteilt worden, die Kinder hatten keine Gelegenheit gehabt, sich zu verteidigen, und die Wunden hatte sich auch niemand angesehen. Wie die beiden hießen, wußte Ayla bis jetzt noch nicht. Allerdings, ernstlich verletzt waren sie nicht, und daß sie sich geprügelt hatten, stand außer Zweifel. Gewiß, die Strafe war auf dem Fuß gefolgt, und vergessen würden sie die gewiß nicht; mochte sie auch nicht besonders schmerzlich sein, es war gut möglich, daß sie die Demütigung und das Der-Lächerlichkeit-preisgegeben-Werden jahrelang nicht vergaßen.

»Deegie«, sagte Ayla, »nochmal zu diesen Kindern. Den linken Arm hatten sie ja frei. Was hindert sie daran, sich ihrer Fesseln zu entledigen?«

»Wissen tun es alle. Mag es noch so demütigend sein, mit angebundenen Armen und aneinandergefesselt im Lager herumzulaufen – die Fesseln abzunehmen würde alles noch viel schlimmer machen. Dann hieße es, sie wären vom bösen Geist des Zorns beherrscht und könnten sich nicht einmal soweit beherrschen, um den Wert gegenseitiger Hilfe zu erlernen. Jeder würde ihnen dann aus dem Weg gehen, und die Schande wäre noch weit größer als jetzt.«

»Ich glaube nicht, daß sie dies jemals vergessen werden«, sagte Ayla.

»Und viele andere Heranwachsende auch nicht. Selbst leichten Streit werden wir in der nächsten Zeit weniger haben; dabei schadet es weiter nichts, wenn sie sich gegenseitig ein wenig anschreien«, sagte Deegie.

Ayla wollte möglichst schnell zurück in das vertraute Rohrkolben-Lager. Sie hatte jetzt so viele Menschen kennengelernt und soviel Neues gesehen, daß sich ihre Gedanken verwirrten. Es würde seine Zeit brauchen, alles in sich aufzunehmen; gleichwohl konnte sie nicht umhin hinzusehen, als sie an der Arbeitsstätte der Werkzeugmacher vorübergingen. Diesmal sah sie Jondalar, aber sie sah auch noch jemand anders, den sie hier nicht erwartet hatte. Mygie war da, himmelte den blauäugigen Mann an, und Ayla fand, daß die Art, wie sie dastand, etwas sehr Aufreizendes hätte. Jondalar lächelte Mygie an; es war ein unbeschwertes und unbefangenes Lächeln, wie Ayla es seit langer Zeit nicht mehr bei ihm gesehen hatte; außerdem erkannte sie einen Ausdruck in seinen Augen, den sie gleichfalls lange nicht bei ihm erlebt hatte.

»Ich dachte, die Rotfüße sollten sich um die jungen Männer kümmern«, sagte Ayla und überlegte, daß es nichts gab, was eine Frau Jondalar beibringen könnte.

Deegie bemerkte Aylas Gesichtsausdruck und erkannte den Grund für ihr Stirnrunzeln sofort. Einerseits konnte sie ihn verstehen, doch war es andererseits auch ein langer und harter Winter für ihn gewesen.

»Er hat körperliche Bedürfnisse, Ayla, genauso wie du.«

Plötzlich errötete Ayla. Schließlich war sie es, die Ranecs Bett geteilt hatte, wohingegen Jondalar allein geschlafen hatte. Wie kam sie dazu, sich darüber aufzuregen, wenn er sich hier beim Sommer-Treffen eine Frau suchte, um die Wonnen mit ihr zu teilen? Das war doch zu erwarten; aber sie wußte auch, warum sie etwas dagegen hatte. Sie wollte, daß er die Wonnen *mit ihr* teilte. Es war nicht so sehr, daß er sich Mygie ausgesucht hatte; es ging darum, daß er *sie nicht* gewählt hatte.

»Wenn er sich nach einer Frau umsieht, ist ein netter Rotfuß das beste«, fuhr Deegie fort. »Rotfüße können keine Verpflichtungen eingehen. Wenn der Sommer vorüber ist, hält das Gefühl den langen Winter meist nicht durch – es sei denn, es wäre außergewöhnlich stark. Und das, glaube ich, ist bei ihm in bezug auf Mygie nicht der Fall, Ayla. Vielleicht hilft sie ihm, zu entspannen und klarer zu denken.«

»Du hast recht, Deegie. Was für einen Unterschied macht es schon? Nach der Mammutjagd zieht er ohnehin weiter – hat er jedenfalls gesagt. Und ich habe mich Ranec anverlobt«, sagte Ayla.

Und während sie durch die Menschen dahingingen, dachte sie: Dann suche ich den Clan auf und hole Durc und bringe ihn hierher. Er kann ein Mamutoi werden und an unserem Herdfeuer leben und sich mit Rydag anfreunden. Ura kann er mitbringen, dann hat er auch eine Gefährtin ... und ich werde hier leben mit all meinen neuen Freunden, und mit Ranec, der mich liebt, und Durc, meinem Sohn ... meinem einzigen Kind ... und Rydag, und den Pferden und Wolf ... Und ich werde Jondalar nie wiedersehen, dachte Ayla, und ihr Gemüt verdüsterte sich.

33

Rugie und Tusie kamen kichernd und lachend in den Hauptraum des Zeltes hereingelaufen.

»Draußen wartet noch eine«, verkündete Rugie.

Ayla senkte den Blick, und Nezzie und Tulie sahen einander vielsagend an. Fralie lächelte, und Frebec grinste.

»Noch eine – was?« fragte Nezzie, um auch ganz sicherzugehen, daß es sich um das handelte, was sie vermutete.

»Noch eine ›Ordnung‹«, sagte Tusie in dem selbstgerechten Ton dessen, der diesen ganzen Unsinn leid war.

»Zwischen all den Abordnungen und deinen Pflichten als Vormund kommst du ja gar nicht mehr zur Ruhe, Tulie«, sagte Fralie und schnitt etwas Fleisch für Tasher klein; dabei war sie sich sehr wohl bewußt, daß ihre Anführerin sich in dem Glanz sonnte, im Mittelpunkt all des Interesses zu stehen, das dem Löwen-Lager und seinen Angehörigen entgegengebracht wurde.

Tulie und Ayla gingen hinaus, und Nezzie folgte ihnen, um sie zu unterstützen; denn alle anderen schienen bereits draußen zu sein. Fralie und Frebec traten an den Zelteingang, um hinauszuspähen und zu sehen, wer es denn diesmal wäre. Jetzt folgte auch Frebec den drei Frauen, doch Fralie blieb zurück, um dafür zu sorgen, daß die Kinder nicht störten. Am Rande jenes Territoriums, von dem Wolf bestimmt hatte, daß es dem Löwen-Lager gehöre, stand eine Gruppe von Leuten. Der Wolf hatte die unsichtbaren Grenzen mit seinem Duft markiert und patrouillierte sie regelmäßig. Bis an sie heran konnte jeder kommen, doch ohne daß sie von irgend jemand, der ihm bekannt war, zum Nähertreten aufgefordert worden waren, konnte keiner auch nur einen Fuß hineinsetzen.

Das junge Tier stand zwischen den Leuten und dem Zelt und nahm eine Abwehrstellung ein, zu der gebleckte Zähne und tiefes Knurren gehörten, und keiner von den Besuchern war bereit, es darauf ankommen zu lassen, was geschehen würde, wenn sie näher kämen. Ayla rief ihn zu sich und machte ihm das Zeichen ›Freund‹, das von ihr wie von allen anderen

Angehörigen des Löwen-Lagers anzuerkennen sie ihn einen schwierigen Vormittag lang gelehrt hatte. Wider seine stark ausgeprägten Instinkte bedeutete das, Außenseiter innerhalb der Territoriumsgrenzen seines Rudels zu dulden. Obwohl er Fremde, die häufiger zu Gast waren, bereitwilliger duldete als völlig Unbekannte, gab er ihnen sehr wohl zu verstehen, daß er ihre Gesellschaft nicht schätzte, und war immer erleichtert, wenn sie wieder fortgingen.

Um ihn an größere Menschenmengen zu gewöhnen, nahm Ayla ihn bei ihren Gängen durchs Lager mit und hielt ihn dabei dicht bei Fuß. Für die Leute war es noch immer wie ein Schock, wenn sie eine Frau vertrauensvoll mit einem Wolf an der Seite dahingehen sahen. Das bereitete Ayla nach wie vor Unbehagen, aber sie fand, es sei notwendig. So sehr die Lebensweisen von Wolf und Mensch sich auch ähnelten – wenn es schon so war, daß sein Rudel aus Menschen bestehen sollte, es gab immer noch ein paar Dinge, an die Wolf sich gewöhnen mußte. Menschen waren gern in Gesellschaft, selbst in der von Fremden, und versammelten sich mit Vorliebe in großen Gruppen.

Doch Wolf verbrachte nicht all seine Zeit innerhalb des Rohrkolben-Lagers. Oft ging er mit den Pferden hinunter auf die Weide, ging manchmal allein auf die Pirsch und begleitete bisweilen auch einzelne Leute, meist Ayla, doch gelegentlich auch Jondalar oder Danug oder – für viele Leute befremdlich – Frebec.

Frebec rief das Tier zu sich und ging mit ihm zum Pferdeunterstand, damit er aus dem Weg wäre. Wolf machte die Leute nervös, und das konnte eine alles andere als günstige Wirkung auf die Abordnungen machen, die kamen, um für einen bestimmten Mann um Ayla zu werben. Die Männer waren nicht daran interessiert, sich mit Ayla zusammenzutun, um ein Herdfeuer zu gründen, denn sie wußten, daß sie Ranec anverlobt war. Sie suchten keine Gefährtin, sondern eine Schwester. Die Abordnungen kamen mit dem Angebot, sie zu adoptieren.

So überlegen und wohlbewandert Tulie auch war, was Wesen und Gebräuche ihrer Leute betraf, nicht einmal sie hatte das Ausmaß dieser Möglichkeit erkannt. Doch als das erste Mal eine Frau ihrer Bekanntschaft, die nur Söhne hatte, an sie herantrat und anfragte, ob man ein Angebot aus ihrem Herdfeuer und Lager, Ayla zu adoptieren, in Betracht ziehen würde, hatte Tulie sofort begriffen, was das bedeutete.

»Ich hätte es von Anfang an erkennen müssen«, erklärte Tulie dem Lager später, »daß eine alleinstehende Frau von großem Ansehen, die auch noch schön und begabt ist, eine höchst willkommene Schwester abgeben würde, zumal auch noch das Herdfeuer des Mammut sie adoptiert hat. Das gilt im allgemeinen nicht als Familienherdfeuer. Wir, oder vielmehr Ayla, braucht keinen von ihnen zu akzeptieren, es sei denn, versteht sich, sie wollte das; die Angebote an sich erhöhen schon ihren Wert.«

In Tulies Augen hatte es frohlockend aufgeblitzt, als sie überlegte, wie sehr Ayla zum Ansehen und Wert des Löwen-Lagers beitrug. Im tiefsten Herzensgrund wünschte sie fast, Ayla hätte sich Ranec nicht verlobt. Wäre sie zu haben, ihr Brautpreis könnte erstaunlich hoch sein. Andererseits würde das bedeuten, daß das Löwen-Lager sie verlor, und den Schatz selber zu behalten war vielleicht besser, als ihn zu verlieren, selbst wenn ein guter Preis dafür zu erzielen war. Solange kein Wert festgesetzt worden war, konnte dieser durch alle möglichen Überlegungen und Aussichten nur vergrößert werden. Doch die Adoptionsangebote, die jetzt bei ihnen einliefen, eröffneten noch ganz andere Möglichkeiten. Sie konnte dem Namen nach adoptiert werden, brauchte also das Löwen-Lager nicht zu verlassen. Sie konnte, falls ihr potentieller Bruder über die richtigen Verbindungen gebot und den nötigen Ehrgeiz besaß, sogar eine Anführerin werden. Und wenn beide, Ayla und Deegie, Anführerinnen mit direkten Banden zum Löwen-Lager waren, eröffnete das unter Umständen unabsehbaren Einfluß. All diese Gedanken gingen Tulie durch den Kopf, als sie dieser neuen Abordnung gegenübertrat.

Ayla hatte angefangen zu begreifen, daß Variationen im Ornamentmuster an der Kleidung oder dem Fußwerkzeug Möglichkeiten darstellten, die Gruppenidentität zu bestimmen. Wie wohl alle sich der Grundmuster bedienten, ließ zum Beispiel das Überwiegen von einem über das andere – Fischgrät- über Rhombenmuster, etwa – sowie die Art, wie sie miteinander kombiniert waren, Rückschlüsse auf die Verbindungen und Beziehungen zu anderen Lagern zu. Doch im Gegensatz zu Tulie konnte Ayla zu diesen Mustern sowie aufgrund persönlicher Bekanntschaft mit den Leuten nicht auf Anhieb erkennen, wo sie im Gesamtgefüge der Hierarchie und des Beziehungsgeflechts innerhalb der Mamutoi einzuordnen wären.

Manche Lager genossen ein so hohes Ansehen, daß Tulie ein Weniger an materiellen Gütern in Kauf genommen hätte, weil sie andere Werte und Verbindungen mitbrachten. Andere mochten in Frage kommen, wenn sie bereit wären, genug zu bezahlen. Mit Rücksicht auf bereits erhaltene Angebote tat Tulie die Abordnung, die jetzt gekommen war, auf einen Blick ab. Es lohnte sich kaum, auch nur mit ihnen zu reden. Sie hatten einfach nicht genug zu bieten, um eine Verbindung mit ihnen als erstrebenswert erscheinen zu lassen. Tulie befleißigte sich ihnen gegenüber zwar außerordentlicher Freundlichkeit, forderte sie aber nicht auf einzutreten, woraufhin sie auch ohne erklärende Worte verstanden, daß sie zu spät und mit zuwenig gekommen waren. Freilich, allein ein Angebot abzugeben lohnte bereits. Dadurch verband man sich freundschaftlich mit dem Löwen-Lager, was wiederum den Einfluß erhöhte, und daran würde man sich später wohlwollend erinnern.

Während sie draußen vorm Zelt standen und Freundlichkeiten austauschten, bemerkte Frebec, daß Wolf seine Abwehrhaltung einnahm und in Richtung auf den Fluß ein bedrohliches Knurren ausstieß. Plötzlich stob er davon.

»Ayla!« rief Frebec. »Wolf ist hinter irgend etwas her!«

Sie stieß einen lauten, durchdringenden und drängenden Pfiff aus und lief dann, um den Pfad hinunterzusehen, der zum Fluß hinabführte. Sie sah Wolf mit einer neuen Gruppe im Gefolge zurückkehren. Doch bei denen, die jetzt kamen, handelte es sich nicht um Unbekannte.

»Das ist das Mammut-Lager«, sagte Ayla. »Ich sehe Vincavec.«

Tulie wandte sich an Frebec. »Würdest du nachsehen, wo Talut steckt? Wir sollten sie geziemend willkommen heißen, und du kannst Marlie oder Valez sagen, sie wären endlich angekommen.«

Frebec nickte und lief fort.

Die Abordnung, die zuvor gekommen war, ein Angebot abzugeben, war zu neugierig, um jetzt zu verschwinden. Vincavec war der erste, der sie erreichte, die Delegation, Ayla und Tulie beisammen sah und begriff, worum es hier gegangen sein mußte. Er nahm seine Tragekiepe ab und trat lächelnd vor.

»Tulie, es muß glückverheißend sein, daß du die erste bist, der wir begegnen, denn dich vor allem wollte ich sehen«, sagte Vincavec, ergriff ihre beiden Hände, legte seine Wange an die ihre und rieb sie wie ein guter alter Freund.

»Wieso willst du mich unbedingt sehen?« fragte Tulie und lächelte wider Willen. Er war nun mal ein außerordentlich liebenswürdiger Mann.

Er ging auf die Frage nicht ein. »Sag, warum sind eure Gäste in ihre besten Gewänder gekleidet? Sollte es sich etwa um eine Abordnung handeln?«

Eine Frau ergriff das Wort. »Wir haben ein Angebot abgegeben, Ayla zu adoptieren«, erklärte sie würdevoll, als wäre das Angebot keineswegs zurückgewiesen worden. »Mein Sohn hat keine Schwester.«

Jeder sah, wie es in Vincavecs Kopf förmlich arbeitete, doch dauerte es nur einen Augenblick, die Situation zu durchschauen – und einen weiteren Augenblick, die Entscheidung zu treffen und zu handeln.

»Nun, auch ich möchte später in aller Form ein Angebot abgeben, doch damit du etwas hast, dir den Kopf darüber zu zerbrechen, Tulie, möchte ich einen ganz besonderen Vorschlag machen.« Mit diesen Worten wandte er sich an Ayla und ergriff ihre beiden Hände: »Ich möchte den

Vorschlag machen, mich mit dir zusammenzutun, Ayla. Ich möchte, daß du zu mir kommst und dafür sorgst, daß der Name ›Herdfeuer des Mammut‹ nicht nur ein Name ist. Das kannst nur du tun, Ayla. Du kannst das Herdfeuer bringen, doch dafür biete ich dir das Mammut-Lager.«

Ayla war erschrocken und überwältigt zugleich. Vincavec wußte, daß sie sich bereits jemand anverlobt hatte. Warum hielt er dann jetzt um sie an? Selbst wenn sie wollte – konnte sie es sich plötzlich anders überlegen und sich mit ihm zusammentun? Ließ sich ein Verlöbnis so leicht lösen?

»Sie ist bereits Ranec verlobt«, sagte Tulie.

Vincavec sah die große Anführerin offen an und lächelte vielsagend, dann griff er in einen Beutel und kam mit geschlossener Hand wieder hervor. Als er sie aufmachte, lagen auf seiner Handfläche zwei wunderschöne, zueinander passende polierte Bernsteinstücke. »Ich hoffe, er kann einen guten Brautpreis zahlen, Tulie.«

Tulie gingen die Augen über. Was er anbot, war atemberaubend. De facto hatte er ihr bedeutet, ihren Preis zu nennen, und zwar in Bernstein, wenn sie wollte, wiewohl sie das nicht tun würde, jedenfalls nicht ausschließlich in Bernstein. Ihre Augen verengten sich. »Darüber zu entscheiden obliegt nicht mir, Vincavec. Ayla trifft ihre Wahl selbst.«

»Ich weiß, aber nimm diese als ein Geschenk von mir, Tulie – für die Hilfe beim Bau meiner Erdhütte«, sagte er und nötigte ihr die beiden Schmuckstücke auf.

Tulie war hin- und hergerissen. Nahm sie an, räumte sie ihm einen Vorteil über sich ein; andererseits lag die Entscheidung bei Ayla, und ob verlobt oder nicht, es stand ihr frei zu tun und zu lassen, was sie wollte. Warum sollte sie, Tulie, etwas dagegen haben? Sie schloß die Hand um den Bernstein, sah den triumphierenden Ausdruck auf Vincavecs Gesicht – und hatte das Gefühl, für zwei Stücke Bernstein gekauft worden zu sein. Er wußte, daß sie ein anderes Angebot nicht mehr in Betracht ziehen würde. Gelang es ihm, auch noch Ayla zu überzeugen, war sie sein. Aber Vincavec kennt Ayla nicht, dachte Tulie. Das tut niemand. Mochte sie sich auch eine Mamutoi nennen, sie war immer noch eine Fremde, und wer konnte wissen, was sie bewegte? Tulie sah zu, wie der Mann mit dem erstaunlich tätowierten Gesicht seine ganze Aufmerksamkeit der jungen Frau zuwendete, und sie sah Aylas Reaktion. Kein Zweifel, Interesse war vorhanden.

»Tulie! Wie reizend, dich wiederzusehen.« Avarie trat mit ausgestreckten Händen auf sie zu. »Wir kommen so spät, daß die besten Plätze weg sind. Weißt du nicht eine gute Stelle, wo wir unser Lager aufschlagen könnten? Wo habt ihr das eure aufgeschlagen?«

»Hier«, sagte Nezzie und trat herzu, um die Anführerin vom Mammut-

Lager zu begrüßen. Das, was zwischen Tulie und Vincavec vorgegangen war, hatte sie lebhaft interessiert; auch ihr war Aylas Ausdruck nicht entgangen. Ranec war bestimmt nicht glücklich, wenn er erfuhr, daß Vincavec ein Angebot für Ayla abgeben wollte; allerdings war Nezzie sich keineswegs sicher, ob der Anführer vom Mammut-Lager es bei Ayla wirklich so leicht haben würde, sie zu überzeugen, und zwar völlig unabhängig davon, was er anbot.

»Hier? So weit entfernt von allem?« sagte Avarie.

»Da wir an die Tiere denken müssen, ist dies hier die beste Stelle für uns. Wenn zu viele Menschen zusammenkommen, werden sie nervös«, sagte Tulie, als hätte sie diesen Platz ganz aus freien Stücken und mit voller Absicht gewählt.

»Vincavec, wenn das Löwen-Lager hier ist, warum schlagen wir das unsere nicht in der Nähe auf?« sagte Avarie.

»Der Platz ist gar nicht so übel. Er hat auch Vorteile, mehr Platz, um sich auszubreiten«, sagte Nezzie. Wenn sowohl das Löwen- als auch das Mammut-Lager sich hier niederlassen, wird einiges an Interesse, das normalerweise dem Zentrum gilt, hierher abgezogen werden.

Vincavec lächelte Ayla zu. »Nichts täte ich lieber, als mein Zelt neben dem vom Löwen-Lager aufzuschlagen«, sagte er.

In diesem Augenblick kam Talut mit weit ausgreifenden Schritten herbei und begrüßte den Anführer und die Anführerin vom Mammut-Lager mit dröhnender Stimme. »Vincavec! Avarie! Ihr habt es also endlich doch geschafft! Was hat euch denn so lange aufgehalten?«

»Wir haben unterwegs mehrere Male haltgemacht«, erklärte Vincavec.

»Laß dir von Tulie zeigen, was er ihr mitgebracht hat«, sagte Nezzie.

Tulie war immer noch ein wenig verlegen und wünschte, Nezzie hätte nichts gesagt; trotzdem machte sie die Hand auf und hielt ihrem Bruder die Bernsteinstücke hin, damit er sie sich ansehe.

»Das sind ja wunderschöne Stücke«, sagte Talut. »Wie ich sehe, wollt ihr also ein bißchen Handel treiben. Wißt ihr, daß das Weiden-Lager spiralförmig verlaufende weiße Meeresmuscheln dabeihat?«

»Vincavec geht es um mehr als nur Muscheln«, sagte Nezzie. »Er möchte ein Angebot für Ayla abgeben ... er möchte sie für sein Herdfeuer haben.«

»Aber sie ist doch mit Ranec verlobt«, sagte Talut.

»Ein Verlöbnis ist nur ein Verlöbnis«, sagte Vincavec.

Talut wandte sich erst an Ayla, dann an Vincavec und dann an Tulie. Dann lachte er. »Nun, dieses Sommer-Treffen wird man jedenfalls so bald nicht vergessen!«

»Nicht nur unser Aufenthalt im Bernstein-Lager hat uns aufgehalten«, sagte Avarie. »Wo ich dich mit deiner dichten roten Mähne sehe, fällt es mir ein. Wir habe lange Zeit versucht, einem Höhlenlöwen mit einer rötlichen Mähne auszuweichen, nur schien er in dieselbe Richtung zu wollen, in die auch wir wollten. Von einem Rudel habe ich nichts gesehen, aber wir tun wohl gut daran, die Leute zu warnen, daß Löwen in der Gegend sind.«

»Löwen sind immer in der Gegend«, sagte Talut.

»Schon recht, nur hat dieser sich recht merkwürdig aufgeführt. Für gewöhnlich kümmern Löwen sich nicht sonderlich um Menschen, doch dieser, glaube ich, ist uns eine ganze Zeitlang nachgeschlichen. Eines Nachts kam er so nahe heran, daß wir Schwierigkeiten hatten zu schlafen. Einen so gewaltig großen Höhlenlöwen habe ich noch nie gesehen. Mir zittern noch die Knie, wenn ich nur dran denke«, sagte Avarie.

Ayla hörte genau zu und schüttelte dann den Kopf. Nein. Reiner Zufall, dachte sie. Es gibt eine ganze Menge großer Höhlenlöwen.

»Wenn ihr mit dem Zeltaufbauen fertig seid, kommt doch auf die Lichtung. Wir reden über die Mammutjagd, und das Herdfeuer des Mammut möchte die Jagdzeremonie planen. Es kann ja nichts schaden, noch einen guten Rufer dabei zu haben. Ich bin sicher, für das Hochzeitsfest wollt ihr Mammutfleisch haben – wo du doch daran teilnehmen willst, Vincavec!« sagte Talut und wandte sich zum Gehen, drehte sich dann jedoch noch einmal zu Ayla um. »Da du zusammen mit uns Mammuts jagen willst, warum kommst du nicht mit mir und bringst deinen Speerwerfer mit? Ich wollte dich ohnehin holen.«

»Ich begleite euch«, sagte Tulie. »Ich muß unbedingt ins Lager des Frauentums und Latie besuchen.«

»Diese Knollen sind von sehr guter Qualität. Besonders für Schneidewerkzeuge wie Meißel, Schaber und Bohrer sind sie sehr geeignet«, sagte Jondalar, ließ sich auf ein Knie nieder und besah sich das glatte graue Innere des feinstrukturierten Feuersteins. Er hatte ein besonders geformtes Stück von einem frischen Geweih als Grabscheit benutzt, das kräftig und federnd genug war, um nicht zu zerbrechen, und damit den freiliegenden Knollen harten Quarzgesteins aus dem kreidigen Muttergestein herausgelöst. Mit einem Hammerstein sprengte er ihn auf.

»Wymez behauptet, so ungefähr der beste Feuerstein kommt von hier«, sagte Danug.

Jondalar zeigte die steile Felswand einer engen, von einem Fluß durchschnittenen Schlucht hinauf, die im Laufe der Jahre durch strudelndes Wasser herausgewaschen worden war. Weitere Knollen des harten, von einer undurchsichtig weißen Kruste ummantelten Feuersteins lugte aus dem etwas weniger harten Kreidebett heraus. »Feuerstein ist immer dann am besten, wenn man ihn an der Quelle bekommt. Dies hier hat große Ähnlichkeit mit Dalanars Feuersteingrube, und in unserer Region ist das der beste Stein, den man bekommen kann.«

»Das Wolfs-Lager meint, dies hier ist der beste Flint«, sagte Tarneg. »Als ich das erste Mal herkam, kam Valez dazu. Du hättest mal hören sollen, wie er wütete. Da diese Wand ihrem Lager so nahe ist, betrachten sie das hier als ihr Eigentum. Du hast recht getan, sie erst um Erlaubnis zu bitten, Jondalar.«

»Das gebietet schon die Höflichkeit. Ich weiß schließlich, wie Dalanar seine Grube betrachtet.«

»Was ist denn so besonders an diesem Stein? Ich habe auf Schwemmland oft Flint gefunden«, sagte Tarneg.

»Manchmal findet man auch auf Schwemmland Knollen, die erst vor kurzer Zeit herausgewaschen worden sind, und an die kommt man natürlich viel leichter heran. Sie aus dem Felsen herauszugraben ist harte Arbeit. Aber Feuerstein neigt dazu auszutrocknen, wenn er lange Zeit über offen zutage liegt«, sagte Jondalar. »Dann lösen sich nur kleine Splitter und spritzen förmlich vom Stein weg.«

»Hat Flint zu lange zutage gelegen, vergräbt Wymez ihn manchmal eine Zeitlang in feuchtem Boden, damit er sich wieder leichter bearbeiten läßt«, sagte Danug.

»Das habe ich auch schon gemacht, und manchmal hilft es, aber es kommt ganz auf die Größe des Knollens an, und wie trocken er schon ist. Handelt es sich um einen besonders großen, kann er gar nicht zu alt sein. Am besten klappt das mit kleinen Stücken, nur lohnt es sich bei denen kaum, sie überhaupt in Angriff zu nehmen – es sei denn, sie wären von besonders guter Qualität.«

»Wir machen mit Mammutstoßzähnen ähnliches«, sagte Tarneg. »Zunächst einmal umwickeln wir den Stoßzahn mit feuchten Fellen und vergraben ihn unter heißer Asche. Elfenbein verändert sich dann, bekommt eine größere Dichtigkeit und läßt sich leichter bearbeiten. Vor allen Dingen aber leichter biegen. Das ist die beste Methode, einen krummen Zahn geradezubiegen.«

»Ich hatte mich schon gefragt, wie ihr das macht«, sagte Jondalar und verstummte gedankenverloren. »Darüber hätte mein Bruder bestimmt gern mehr erfahren. Thonolan war ein Speermacher. Er konnte gute gerade Schäfte herstellen, aber er verstand auch was von den Eigenschaften des Holzes, und wie man es biegt und formt. Ich nehme an, er hätte euer Verfahren verstanden. Vielleicht hat das Wissen um eure Methoden Wymez in die Lage versetzt, so rasch zu begreifen, daß Feuerstein durch Erhitzen leichter zu bearbeiten ist. Er ist einer der besten Werkzeugmacher, die ich kenne.«

»Du selbst bist ja auch ein guter Steinschläger, Jondalar«, sagte Tarneg. »Selbst Wymez spricht in den höchsten Tönen von dir, und der ist mit Lob nicht so leicht bei der Hand. Übrigens, weißt du, ich habe lange darüber nachgedacht. Ich werde einen guten Werkzeugmacher für das Auerochsen-Lager brauchen. Und ich weiß auch, du redest davon, dorthin zurückzukehren, woher du kommst, doch das scheint unglaublich weit weg zu sein. Würde es dich reizen hierzubleiben, wenn du ein Zuhause hättest? Was ich meine, ist: Hättest du nicht Lust, dich meinem Lager anzuschließen?«

Jondalar runzelte die Stirn in dem Bemühen, sich etwas auszudenken, um Tarnegs Angebot auszuschlagen, ohne ihn zu verletzen. »Ich weiß nicht recht. Darüber muß ich nachdenken.«

»Ich weiß, daß Deegie dich mag, und ich bin sicher, sie wäre einverstanden. Und es sollte dir auch nicht schwerfallen, jemand zu finden, ein Herdfeuer mit dir zu gründen«, redete Tarneg ihm gut zu. »Mir sind die Frauen aufgefallen, die dich umschwärmen – sogar Rotfüßige. Erst war es nur Mygie, aber jetzt finden auch alle anderen einen Vorwand, den Arbeitsbereich der Steinschläger aufzusuchen. Es muß daran liegen, daß du neu hier bist. Frauen sind immer neugierig auf die Männer, die sie nicht kennen.« Er lächelte. »Ich habe schon mehr als einen Mann sagen hören, wie gern er ein großgewachsener blonder Fremder wäre! Alle würden gern wieder einen Rotfuß für sich interessieren, aber diesmal ist Danug an der Reihe.« Tarneg verzog vielsagend das Gesicht.

Weder Jondalar noch Danug war wohl in ihrer Haut. Jondalar erhob sich und wandte den Blick ab, um die Aufmerksamkeit auf etwas anderes zu lenken, wobei ihm zufällig aufging, daß er nicht größer war als Danug und Tarneg. Alle drei waren ungefähr gleich groß, und Danug war immer noch im Wachsen. Er wurde bestimmt einmal ein zweiter Talut. Doch bei diesem Mamutoi-Treffen begegnete man Männern jeder Größe, genauso wie beim Sommer-Treffen der Zelandonii.

»Nun, jedenfalls würde ich mich freuen, wenn du dir das mit dem Auerochsen-Lager überlegtest, Jondalar. Jetzt, wo Deegie und Branag endgültig zusammengegeben werden, werden wir im Herbst anfangen zu bauen, obwohl ich mir immer noch nicht darüber im klaren bin, ob ich eine Einzelhütte bauen soll, wie das Löwen-Lager sie hat, oder mehrere kleinere Erdhütten, für jede Familie eine. Ich selbst bin ein bißchen altmodisch. Mir gefallen die großen Gemeinschaftshütten am besten, aber manch einer von den jüngeren Leuten möchte eine ganz für sich und die seinen allein. Ich muß auch zugeben, daß es schön wäre, etwas für sich allein zu haben, wohin man sich zurückziehen kann, wenn andere anfangen, sich zu streiten.«

»Ich weiß das Angebot zu schätzen, Tarneg«, sagte Jondalar. »Das meine ich durchaus ernst, aber ich möchte keinen falschen Eindruck erwecken. Ich gehe nach Hause. Ich muß einfach zurück. Dafür gibt es eine Menge guter Gründe – zum Beispiel den, daß ich den Meinen den Tod meines Bruders melden muß. Aber in Wahrheit ist es so, daß ich gar nicht weiß, warum ich gehen muß. Ich muß einfach.«

»Wegen Ayla?« fragte Danug.

»Wohl zum Teil. Ich gebe zu, daß ich mich nicht gerade darauf freue zu sehen, wie sie das Herdfeuer mit Ranec teilt. Dabei hatte ich versucht, sie zu bewegen, mit mir zurückzugehen, damals, als wir uns begegneten. Jetzt aber sieht es so aus, als ob ich allein zurück müßte ... und darauf freue ich mich auch nicht, was allerdings auch nichts ändert. Ich muß trotzdem gehen.«

»Ich bin mir nicht sicher, ob ich das verstehe, aber ich wünsche dir viel Glück; möge Die Mutter deine Reise mit Wohlwollen begleiten. Und wann, meinst du, willst du losziehen?« fragte Tarneg.

»Gleich nach der Mammutjagd.«

»Wo wir von der Jagd sprechen – wir sollten zurück. Heute nachmittag werden die Pläne gemacht«, sagte Tarneg.

Sie folgten dem Wasserlauf, der ein Nebenfluß jenes großen Flusses war, der an der Siedlung vorbeiführte. Über Felsen hinweg schafften sie die Stelle, wo die Wände der Schlucht ganz nahe aneinandergerückt waren. Als sie aus diesem Engpaß herauskamen, stießen sie auf eine Gruppe junger Männer, die zwei von ihnen, die miteinander rauften, mit Beleidigungen oder mit Ermunterungen anfeuerten. Zu den Zuschauern gehörte auch Druwez.

»Was geht denn hier vor?« sagte Tarneg, watete aus dem Wasser heraus und trennte die beiden Streithähne. Der eine blutete aus dem Mund, der andere hatte ein geschwollenes Auge.

»Sie tragen nur einen ... Wettstreit aus«, sagte jemand.

»Ja, sie ... hm ... üben ... für die Ringkämpfe.«

»Das ist kein Wettstreit«, erklärte Tarneg. »Das ist eine ernste Prügelei.«

»Nein, ehrlich, wir streiten nicht«, erklärte der Junge mit dem geschwollenen Auge, »wir kabbeln uns bloß ein bißchen.«

»Blaue Augen und ausgeschlagene Zähne – und das nennst du, sich bloß ein bißchen kabbeln? Wenn ihr nur übtet, brauchtet ihr nicht bis hierher herauszukommen, wo euch niemand sieht. Nein, das hier habt ihr mit Vorbedacht geplant. Ich glaube, es ist besser, ihr sagt mir, was hier vorgeht.«

Keiner rückte freiwillig mit einer Antwort heraus; sie traten nur alle von einem Fuß auf den anderen.

»Und was ist mit euch anderen?« fragte Tarneg und wandte den Blick den Zuschauern zu. »Was habt ihr hier zu suchen? Du auch, Druwez. Was, meinst du, werden Mutter und Barzec tun, wenn sie erfahren, daß du hier warst und andere zum Kämpfen angefeuert hast? Ich glaube, du solltest mir lieber sagen, was hier los ist.«

Noch immer wollte keiner mit der Sprache heraus.

»Dann kommt ihr wohl besser mit zurück, und wir lassen den Rat entscheiden, was mit euch geschehen soll. Die Schwestern finden schon eine Möglichkeit, daß ihr euer Mütchen kühlen könnt – und statuieren damit gleichzeitig ein Exempel. Vielleicht beschließen sie, euch alle von der Mammutjagd auszuschließen.«

»Schwärz sie nicht an, Tarneg«, bat Druwez. »Dalen hat ja nur versucht, sie abzuhalten.«

»Sie abzuhalten? Vielleicht erklärst du mir jetzt mal, worum es bei diesem Streit geht«, sagte Tarneg.

»Ich glaube, ich weiß es«, sagte Danug. Alle sahen den großen jungen Mann an. »Es geht um den Überfall.«

»Um was für einen Überfall?« fragte Tarneg. Das klang nach etwas Ernsthaftem.

»Ein paar Leute haben davon gesprochen, ein Sungaea-Lager zu überfallen«, erklärte Danug.

»Ihr wißt genau, daß Überfälle strikt veboten sind. Beide Ratsversammlungen haben versucht, wegen eines Freundschaftsfeuers zu verhandeln und mit den Sungaea Handel zu treiben. Mir wird übel, wenn ich daran denke, was für Schwierigkeiten ein Überfall zur Folge hätte«, sagte Tarneg. »Wessen Idee war dieser Überfall denn?«

»Das weiß ich nicht«, sagte Danug. »Eines Tages redeten plötzlich alle davon. Irgendwer hat ein paar Tagesmärsche von hier ein Sungaea-Lager entdeckt. Der Plan ging dahin, zu behaupten, sie wollten für ein paar Tage auf die Jagd, statt dessen aber hinzugehen, ihr Lager zu zerstören, ihnen die Vorräte zu stehlen und sie davonzujagen. Ich habe ihnen erklärt, ich wäre nicht interessiert, und meinte, sie wären viel zu dumm, es zu tun. Sie würden sich ja bloß selbst und allen anderen Scherereien damit einhandeln. Außerdem haben wir auf dem Weg hierher bei einem Lager übernachtet. Dort war gerade ein Geschwisterpaar gestorben. Vielleicht handelt es sich nicht um dasselbe Lager, aber wahrscheinlich hat es sie alle mitgenommen. Ich jedenfalls hielt es nicht für richtig, sie zu überfallen.«

»Danug kann das tun«, erklärte Druwez. »Den schimpft niemand einen Feigling, weil keiner sich mit ihm anlegen will. Aber als Dalen sagte, er wolle sich auch nicht an einem Überfall beteiligen, hat ein ganzer Haufen erklärt, er hätte wohl Angst zu kämpfen. Da hat er ihnen erklärt, er wolle es ihnen zeigen, er hätte vor niemand Angst. Und da haben wir gesagt, wir gehen mit, um dafür zu sorgen, daß sie nicht alle über einen Einzelnen herfallen.«

»Wer von euch ist Dalen?« fragte Tarneg. Der Junge mit dem ausgeschlagenen Zahn und dem blutenden Mund trat vor. »Und wer bist du?« fragte er zu dem anderen, dessen Auge bereits blau anlief. Der Junge weigerte sich zu antworten.

»Sie nennen ihn Cluve. Er ist ein Neffe von Chaleg«, erklärte Druwez daraufhin.

»Ich weiß, was du vorhast«, erklärte Cluve daraufhin finster. »Du willst mir die ganze Schuld geben, bloß weil Druwez dein Bruder ist.«

»Nein, ich wollte überhaupt niemand beschuldigen. Ich werde dafür sorgen, daß der Rat der Brüder darüber entscheidet. Stellt euch schon jetzt darauf ein, daß ihr alle eine Aufforderung bekommt, vor ihnen zu erscheinen – auch mein Bruder. Und jetzt säubert euch besser. Wenn ihr zum Treffen so zugerichtet zurückkehrt, weiß jeder sofort, daß ihr gerauft habt, und dann ließe es sich vor den Schwestern nicht verheimlichen. Ich brauche euch ja wohl nicht zu sagen, was euch blüht, wenn sie herausfinden, daß ihr wegen eines Überfalls gekämpft habt.«

Die jungen Männer entfernten sich eilends, ehe Tarneg es sich anders überlegte; allerdings gingen sie in zwei Gruppen, die eine mit Cluve, die andere mit Dalen. Tarneg prägte sich mit Bedacht ein, wer mit wem ging. Dann kehrten die drei zum Lager zurück.

»Eines hätte ich gern gewußt, wenn ihr nichts dagegen habt«, sagte Jondalar. »Warum willst du den Rat der Brüder entscheiden lassen, was mit diesen jungen Männern zu geschehen hat? Meinst du wirklich, sie geben davon nichts weiter an den Rat der Schwestern?«

»Die Schwestern haben nicht das geringste Verständnis für Prügleien und würden sich keinerlei Entschuldigungen anhören. Von den Brüdern hingegen sind manche in jüngeren Jahren bei irgendwelchen Überfällen dabeigewesen, oder sie haben miteinander gekämpft. Hast du dich nie mit jemand geprügelt, auch wenn es verboten war, Jondalar?«

»Hm, ja, habe ich wohl. Ich bin sogar dabei erwischt worden.«

»Die Brüder sind da nachsichtiger, besonders dem gegenüber, der für die gute Sache gekämpft hat, selbst wenn Dalen eigentlich jemand von dem geplanten Überfall hätte berichten müssen, statt sich zu schlagen, bloß um zu zeigen, daß er keine Angst hat. Offenbar fällt es Männern leichter, so etwas zu verzeihen. Die Schwestern sagen, jeder Kampf zieht weitere Kämpfe nach sich, was vielleicht stimmt. Aber mit einem hatte

Cluve recht«, sagte Tarneg. »Druwez ist mein Bruder. Er hat eigentlich nicht so sehr zum Kämpfen angefeuert, sondern hat versucht, seinem Freund zu helfen. Und es fuchst mich, daß er dafür in Schwierigkeiten geraten soll.«

»Hast du dich mal geprügelt, Tarneg?« fragte Danug.

Der künftige Anführer sah seinen jüngeren Vetter einen Moment an und nickte dann. »Ein- oder zweimal, aber es gibt nicht viele Männer, die es wagen, gegen mich anzutreten. Wie du auch, bin ich größer als die meisten. Aber manchmal sind diese Wettkämpfe mehr echter Kampf, als irgend jemand zugeben mag.«

»Ich weiß«, sagte Danug nachdenklich.

»Aber die werden zumindest unter wachsamen Augen ausgetragen, so daß keinem ernstlich was geschieht; und außerdem führen sie nicht zu Racheakten.« Tarneg blickte zum Himmel auf. »Es ist kurz vor Mittag, später, als ich gedacht hatte. Wir sollten uns beeilen, wenn wir von den Beratungen über die Mammutjagd noch etwas mitbekommen wollen.«

Als Ayla und Talut die Lichtung erreichten, führte er sie auf eine kleine, etwas abseits gelegene Anhöhe, die sich wie selbstverständlich als Versammlungsort für kleinere Gruppen anbot und häufig sowohl für zwanglose als auch offizielle Treffen benutzt wurde. Im Moment fand gerade eine Versammlung statt, und Ayla suchte die Menge der Leute ab, um einen flüchtigen Blick von Jondalar zu erhaschen. Mehr hatte sie in letzter Zeit nicht von ihm zu sehen bekommen. Von dem Augenblick an, da sie hier eingetroffen waren, schien er sich in der Menge zu verlieren und das Rohrkolben-Lager schon in aller Frühe zu verlassen und – falls überhaupt – erst spät in der Nacht zurückzukehren.

Entdeckte sie ihn wirklich einmal, war er meistens in Begleitung von irgendeiner Frau, für gewöhnlich jedesmal mit einer anderen. Ayla ertappte sich dabei, Deegie und anderen Frauen gegenüber abschätzige Bemerkungen über seine vielen Partner zu machen. Darin war sie nicht allein. So hörte sie zum Beispiel Talut sagen, er frage sich, ob Jondalar wohl in einem Sommer all das nachholen wolle, was er den langen Winter über versäumt habe. Über seine Eroberungen wurde überall im Lager geredet, häufig humorvoll oder mit sarkastischer Bewunderung, sowohl was seine offenkundige Leistungsfähigkeit als auch seinen jedermann erkennbaren Reiz betraf, den er auf Frauen ausübte. Es war nicht das erste Mal, daß seine Attraktivität Gegenstand des allgemeinen Geredes war; wohl aber war es das erste Mal, daß es ihm im Grunde gleichgültig war.

Auch Ayla lachte über diese Bemerkungen, doch in der Dunkelheit der Nacht hielt sie die Tränen zurück und fragte sich, was denn mit ihr nicht stimme. Warum wählt er niemals sie? Immerhin gewährte es ihr eine merkwürdige Art von Trost zu sehen, daß er immer mit verschiedenen Frauen herumzog. So wußte sie wenigstens, daß er keine bestimmte gefunden hatte, die sie ersetzte.

Sie wußte allerdings nicht, daß Jondalar dem Rohrkolben-Lager so oft wie möglich den Rücken kehren wollte. In der Beengtheit des Zeltes war er sich weit mehr als draußen bewußt, daß Ayla und Ranec miteinander schliefen – nicht jede Nacht im selben Bett, denn ab und zu brauchte sie auch das Alleinsein, aber zumindest nebeneinander. Sich tagsüber in der Nähe der Steinschläger und ihres Arbeitsbereiches aufzuhalten fiel ihm nicht schwer, und das führte zu Aufforderungen, bestimmte Menschen kennenzulernen, oder trug ihm Einladungen zu irgendwelchen Mahlzeiten ein. Zum ersten Mal seit seiner Jungmännerzeit machte er von sich aus Bekanntschaften, das heißt, ohne die Hilfe seines Bruders – und stellte fest, daß das gar nicht so schwierig war.

Die Frauen lieferten ihm einen Vorwand, auch des Nachts fernzubleiben, oder wenn nicht die ganze Nacht, so doch zumindest bis sehr spät. Echtes Gefühl brachte er keiner von ihnen entgegen; trotzdem wurde er von Schuldgefühlen geplagt, sie nur als Zuflucht zu benutzen, wofür er sie mit dem entschädigte, was er am besten konnte und was ihn wiederum um so unwiderstehlicher machte. Viele der Frauen hatten die Erfahrung gemacht, daß Männern, die so hübsch waren wie Jondalar, mehr daran lag, selbst Befriedigung zu finden, als ihrer Partnerin dazu zu verhelfen; er jedoch war so erfahren, daß er jeder Frau das Gefühl vermittelte, er mache sich sehr wohl etwas aus ihr. Für ihn war das höchst entspannend; er brauchte nicht seine eigenen mächtigen Bedürfnisse zu bekämpfen und konnte gleichzeitig versuchen, mit seinen völlig verwirrten Gefühlen zurechtzukommen. Außerdem genoß er die Frauen, wenn auch nur in derselben Art, wie er Frauen immer genossen hatte, nämlich oberflächlich. Wonach er hungerte, das waren die tiefergehenden Gefühle, nach denen er immer gesucht hatte und die keine Frau in ihm weckte – außer Ayla.

Ayla sah ihn zusammen mit Tarneg und Danug von der Flintgrube des Wolfs-Lagers zurückkommen, und wie so oft, wenn sie ihn sah, klopfte ihr plötzlich das Herz bis zum Hals hinauf und schnürte sich ihr schmerzlich die Kehle zu. Sie sah, daß Tulie sich den drei Männern näherte und dann mit Jondalar fortging, während Tarneg und Danug weitergingen in ihre Richtung. Talut winkte die beiden zu sich.

»Ich würde dich gern fragen, wie das bei deinen Leuten Sitte ist, Jondalar«, sagte Tulie, nachdem sie einen Platz gefunden hatten, wo sie ungestört miteinander reden konnten. »Ich weiß, du ehrst Die Mutter, und das spricht für dich und die Zela ... Zelandonii. Aber kennt ihr auch eine zeremonielle Einführung in das Frauentum, zu dem Rücksichtnahme, Verständnis und Sanftheit gehören?«

»Erste Riten? Aber selbstverständlich. Wie könnte es jemand gleichgültig sein, wie eine junge Frau das erste Mal geöffnet wird? Unsere Rituale sind wohl nicht ganz genauso wie die euren, aber Sinn und Zweck sind die gleichen«, sagte Jondalar.

»Gut. Ich habe mit ein paar Frauen gesprochen. Sie reden in den höchsten Tönen von dir, du bist uns mehrere Male ausdrücklich empfohlen worden, und das ist wichtig; aber noch wichtiger ist, daß Latie um dich gebeten hat. Wärest du bereit, dich an ihrer Initiation zu beteiligen?«

Jondalar ging auf, daß er das hätte voraussehen müssen. Nicht, daß er nicht schon früher gebeten worden wäre, aber aus irgendeinem Grund dachte er, Tulie habe wirklich nur wissen wollen, wie es bei seinen Leuten Sitte sei. Früher war er stets mit Freuden bereit gewesen, an den Ersten Riten teilzunehmen, doch jetzt zögerte er. Es hatten ihn hinterher oft auch schreckliche Schuldgefühle belastet, die heilige Zeremonie zu mißbrauchen, sein eigenes Bedürfnis nach den tieferen Gefühlen zu befriedigen, die sie weckte. Er war sich nicht sicher, ob er gerade jetzt mit diesen widerstreitenden Gefühlen fertigwerden würde, zumal es sich um jemand handelte, den er so gern mochte wie Latie.

»Tulie, ich habe an ähnlichen Ritualen teilgenommen, und ich bin mir bewußt, welche Ehre mir antragt; trotzdem, glaube ich, muß ich ablehnen. Mir ist klar, wir sind nicht richtig miteinander verwandt, aber ich lebe jetzt so lange im Löwen-Lager, daß Latie wie eine Schwester für mich ist«, sagte Jondalar, »eine jüngere Schwester, die ich besonders gern habe.«

Tulie nickte. »Schade, Jondalar. In vieler Hinsicht wärest du genau der richtige. Du kommst von weit her, es kann keine Verwandtschaft zwischen euch bestehen. Aber ich kann verstehen, daß man ihr gegenüber brüderliche Gefühle entwickelt. Du hast zwar nicht genau dasselbe Herdfeuer geteilt, aber Nezzie hat dich liebevoll behandelt wie einen Sohn, und Latie ist eine vielversprechende Person. In den Augen Der Mutter gibt es nichts Schändlicheres, als daß beim ersten Mal ein Mann einer Frau beiwohnt und sie einführt, der von derselben Mutter stammt. Und wenn du ihr brüderliche Gefühle entgegenbringst, fürchte ich, wäre die Zeremonie wohl mit einem Makel behaftet. Ich bin froh, daß du es mir gesagt hast.«

Gemeinsam kehrten sie zurück zu den Leuten, die sich auf dem Hang und dort, wo dieser in die Lichtung überging, versammelt hatten. Jondalar bemerkte, daß Talut redete; noch interessanter jedoch war, daß Ayla neben ihm stand und ihren Speerwerfer in der Hand hielt.

»Ihr habt gesehen, wie weit Ayla einen Speer mit diesem Speerwerfer schleudern kann«, sagte Talut gerade, »doch möchte ich, daß sie es euch beiden unter günstigeren Bedingungen noch einmal vorführt, damit ihr wirklich begreift, was man damit machen kann. Ich weiß, die meisten von euch benutzen mit Vorliebe einen größeren Speer mit den Spitzen, wie Wymez sie für die Mammutjagd entwickelt hat. Aber dieser Speerwerfer bietet wirklich manche Vorteile. Einige aus dem Löwen-Lager haben damit experimentiert. Hiermit kann man einen Speer von durchschnittlicher Länge schleudern; allerdings gehört dazu Übung, genauso wie es einiger Übung bedarf, um einen Speer nur mit der Hand zu schleudern. Die meisten wachsen heran und lernen schon im Spiel und bei der Jagd mit dem Speer umgehen, aber wenn sie sehen könnten, wie genau und wie kraftvoll man damit werfen kann, bin ich überzeugt, daß viele von euch es gern einmal ausprobieren möchten. Ayla sagt, sie hat vor, den Speerwerfer bei der Mammutjagd zu benutzen, und Jondalar wird das vermutlich auch tun. Ein paar von euch werden also erleben, was man damit ausrichten kann. Wir haben über einen Wettkampf gesprochen, aber damit sind wir noch nicht ganz zurechtgekommen. Gleich nach unserer Rückkehr von der Jagd sollten wir an einen großen Wettstreit denken, ein Fest, bei dem Wettkämpfe aller Art ausgetragen werden.«

Diesem Vorschlag wurde allgemein zugestimmt, doch dann sagte Brecie: »Ich meine, ein großes Wettkampffest ist eine gute Idee, Talut. Von mir aus könnte es ruhig zwei oder drei Tage dauern. Wir haben an einem Wurfstecken gearbeitet. Einige von uns haben aus einer Vogelschar heraus mit einem Wurf mehrere Tiere heruntergeholt. Aber inzwischen sollten wir die Mamuti den günstigsten Tag zum Losziehen bestimmen und Rufe an die Mammuts ergehen lassen.«

Die Versammlung wollte bereits auseinandergehen, als plötzlich Unruhe entstand. Vincavec, sein gesamtes Lager hinter sich, trat auf die Lichtung; seinen Leuten wiederum folgte die Abordnung, die ein Angebot gemacht hatte, Ayla zu adoptieren; und dieser wiederum folgten die letzten aus dem Löwen-Lager, Nezzie und Rydag. Die Leute von der Abordnung verbreiteten die Nachricht, der Mammut-Anführer vom Mammut-Lager sei bereit, jeden Brautpreis für Ayla zu zahlen, den Tulie fordere – und das trotz der Tatsache, daß sie bereits verlobt sei.

»Ihr wißt ja, er nimmt für sich das Recht in Anspruch, sein Lager nach dem Herdfeuer des Mammut zu benennen, bloß weil er ein Mamut ist«, hörte Jondalar eine Frau zu einer anderen sagen, »nur hat er noch kein richtiges Herdfeuer, solange er noch nicht mit einer Frau zusammengegeben ist. Die Frau ist es, die das Herdfeuer mitbringt. Er will sie nur haben, weil sie eine Tochter vom Herdfeuer des Mammut ist; dadurch wird sein sogenanntes Mammut-Lager akzeptabel.«

Jondalar stand zufällig neben Ranec, als ihm das jemand sagte, und stellte überrascht fest, daß Mitleid in ihm aufstieg, als er den Ausdruck des dunkelhäutigen Mannes sah. Wenn jemand wußte, wie Ranec in diesem Moment zumute war, dann war er das. Freilich wußte er zumindest, daß der Mann, dem es gelungen war, Ayla zu bewegen, mit ihm zusammen zu leben, sie liebte. Es lag wohl auf der Hand, daß Vincavec Ayla nur wollte, weil das seinen eigenen Zwecken diente, nicht aber, weil er sich besonders viel aus ihr machte.

Auch Ayla bekam Bruchstücke von Gesprächen mit, in denen ihr Name fiel. Es machte ihr kein Vergnügen, das mitanzuhören. Beim Clan hätte sie die Augen abgewandt, um nichts mitzubekommen, doch dort, wo man sich ausschließlich mit Worten verständigte, konnte sie schlecht die Ohren verschließen.

Und dann, unvermittelt, hörte sie keine bestimmte Stimme, sondern nur den höhnischen Ton mehrerer Halbwüchsiger und das Wort ›Flachschädel‹.

»Schau dir dies Tier an, aufgetakelt, als wäre es ein richtiger Mensch«, sagte ein älterer Junge, zeigte mit dem Finger auf Rydag und lachte.

»Sie takeln ja auch die Pferde auf, warum dann keinen Flachschädel«, fügte jemand anders unter noch mehr Gelächter hinzu.

»Sie behauptet, er ist ein Mensch, weißt du. Sie behaupten, er versteht alles, was man sagt, und er könnte sogar reden«, meinte noch ein anderer Halbwüchsiger.

»Klar, und wenn sie den Wolf abrichten kann, auf den Hinterbeinen zu laufen, würde sie ihn vermutlich auch einen Menschen nennen.«

»Du solltest dich besser in acht nehmen mit dem, was du sagst. Chaleg behauptet, der Flachschädel kann den Wolf dazu bringen, daß er dich anfällt. Er sagt, der Flachschädel hat den Wolf angestachelt, ihn anzufallen. Er will das vor den Rat der Brüder bringen.«

»Ja, beweist das denn nicht, daß er ein Tier ist? Wenn er ein anderes Tier dazu bringt, jemand anzufallen?«

»Meine Mutter sagt, sie findet es nicht richtig, daß ihnen erlaubt wird, Tiere zum Sommer-Treffen mitzubringen.«

»Und mein Onkel sagt, gegen die Pferde hat er weiter nichts, nicht mal gegen den Wolf, solange sie sie abseits und für sich halten; nur meint er, man müßte ihnen verbieten, diesen Flachschädel auf Versammlungen und zu Zeremonien mitzubringen, die nur für Menschen da sind.«

»He, Flachschädel! Weg da, mach, daß du fortkommst. Kehr zurück zu deinem Rudel, geh zu den anderen Tieren, zu denen du gehörst.«

Im ersten Augenblick war Ayla viel zu sehr vor den Kopf geschlagen, um auf die abfälligen Bemerkungen zu reagieren. Dann sah sie, wie Rydag die Augen schloß, den Kopf hängen ließ und sich anschickte, zum Rohrkolben-Lager zurückzukehren. Zornentbrannt stürmte sie auf die Halbwüchsigen zu.

»Was ist denn in euch gefahren? Wie könnt ihr Rydag nur ein Tier nennen? Seid ihr denn blind?« fuhr Ayla sie zornig an. Etliche Leute blieben stehen, um zu sehen, was vorging. »Seht ihr denn nicht, daß er jedes Wort versteht, das ihr sagt? Wie könnt ihr nur so herzlos sein! Schämt ihr euch denn nicht?«

»Warum sollte mein Sohn sich schämen?« sagte eine Frau, die herbeieilte, um ihren Sprößling in Schutz zu nehmen. »Dieser Flachschädel ist ein Tier, und es sollte ihm verboten werden, an Zeremonien teilzunehmen, die Der Mutter heilig sind.«

Sie wurden von einer ganzen Reihe von Leuten umringt; der größte Teil vom Löwen-Lager war dabei. »Ayla, kümmere dich nicht um sie«, sagte Nezzie in dem Bemühen, ihren Zorn zu beschwichtigen.

»Ein Tier! Wie kannst du es wagen zu behaupten, er sei ein Tier! Rydag ist genauso ein Mensch wie du«, erboste sich Ayla und wandte sich der Frau zu.

»Ich habe es nicht nötig, mich beleidigen zu lassen«, sagte die Frau. »Ich bin keine Flachschädel-Frau.«

»Nein, das bist du nicht! Die hätte nämlich ein menschlicheres Herz als du! Die brächte mehr Mitleid und mehr Verständnis auf.«

»Wieso weißt du denn soviel über sie?«

»Niemand weiß das besser als ich. Sie haben mich aufgenommen, mich aufgezogen, als ich meine Eltern verlor und niemand sonst auf der Welt hatte. Gestorben wäre ich, hätte sich nicht eine Frau vom Clan meiner erbarmt«, erklärte Ayla. »Ich war stolz darauf, eine Frau des Clan zu sein, und eine Mutter dazu!«

»Aufhören! Ayla, tu das nicht!« hörte sie Jondalar sagen, doch jetzt war ihr alles egal.

»Sie sind Menschen, genauso wie Rydag. Ich weiß das, denn ich habe selber einen Sohn wie ihn.«

»O nein!« Jondalar wand sich innerlich, als er sich den Weg durch die Menschen bahnte und sich an ihre Seite stellte.

»Hat sie gesagt, sie hat einen Sohn wie ihn?« sagte ein Mann. »Einen Sohn von gemischten Geistern?«

»Jetzt hast du es geschafft, Ayla«, sagte Jondalar ruhig.

»Ein Scheusal hat sie geboren? Dann gehst du besser weg von ihr.« Ein Mann trat vor, auf die Frau zu, die sich mit Ayla stritt. »Wenn sie solche Geister anzieht, könnten die auch in die eine oder andere Frau hier eindringen.«

»Richtig! Du machst besser, daß du fortkommst von ihr«, sagte ein Mann zu der offensichtlich schwangeren Frau, die neben ihm stand, und führte sie fort. Auch andere Leute zogen sich zurück; ihre Gesichter verrieten Abscheu und Angst.

»Clan?« sagte einer der Musikmacher. »Diese Rhythmen, die sie uns vorgespielt hat – hat sie nicht gesagt, das wären Clan-Rhythmen? Ist es das, was sie gemeint hat? Flachschädel?«

Als Ayla sich umsah, spürte sie für einen Augenblick Panik in sich aufsteigen, und den Drang, vor all diesen Menschen zu fliehen, die sie so voller Widerwillen ansahen. Dann machte sie die Augen zu, holte tief Luft, reckte das Kinn und stellte sich herausfordernd hin. Welches Recht hatten sie zu behaupten, ihr Sohn sei kein richtiger Mensch? Aus den Augenwinkeln heraus sah sie direkt hinter sich Jondalar stehen, und sie war ihm dankbarer, als sie es hätte sagen können.

Dann trat auf der anderen Seite noch jemand vor. Sie wandte den Kopf und lächelte Mamut zu – und auch Ranec. Plötzlich stand auch Nezzie neben ihr, und Talut, und dann – wer hätte das ausgerechnet von ihm erwartet? – Frebec. Wie ein Mann scharte der Rest des Löwen-Lagers sich um sie.

»Ihr irrt euch«, wandte Mamut sich an die Menge, und zwar mit einer Stimme, die eigentlich viel zu kräftig klang, als daß sie von einem so alten Mann kommen konnte. »Flachschädel sind keine Tiere. Sie sind Menschen und genauso Kinder Der Mutter, wie ihr es seid. Auch ich habe eine Zeitlang bei ihnen gelebt, bin mit ihnen auf die Jagd gegangen. Ihre Medizinfrau war es, die meinen Arm geheilt hat, und meinen Weg zu Der Mutter habe ich bei ihnen kennengelernt. Die Mutter mischt keine Geister, es gibt keine Pferdewölfe oder Löwenhirsche. Die Leute vom Clan sind anders, aber der Unterschied ist unbedeutend. Und es könnten keine Kinder wie Rydag oder wie Aylas Sohn geboren werden, wenn sie nicht auch Menschen wären. Es sind keine Scheusale. Es sind einfach Kinder.«

»Es ist mir egal, was du sagst, alter Mamut«, erklärte die schwangere Frau. »Ich will weder ein Flachschädelkind noch eines von gemischten Geistern. Wenn sie schon ein solches gehabt hat, kann es sein, daß der Geist sie immer noch umschwebt.«

»Frau, Ayla stellt keine Bedrohung für dich dar«, erwiderte der alte Schamane. »Der Geist, der für dein Kind auserwählt wurde, ist längst da. Daran läßt sich jetzt nichts mehr ändern. Es lag ja nicht an Ayla, daß ihrem Baby der Geist eines Flachschädelmannes gegeben wurde. Sie hat diesen Geist nicht angezogen. Es hat Der Mutter so gefallen. Vergeßt nicht, der Geist eines Mannes ist nie weit von dem Manne selbst entfernt. Ayla ist beim Clan aufgewachsen. Sie wurde zur Frau, während sie bei ihnen lebte. Als Mut beschloß, ihr ein Kind zu schenken, konnte Sie nur unter den Männern wählen, die zur Hand waren, und das waren alles Männer vom Clan. Selbstverständlich wurde der Geist eines von ihnen erwählt, in sie einzugehen, aber jetzt siehst du keine Clan-Männer in der Nähe, oder?«

»Alter Mamut, was wäre, wenn es ein paar Flachschädelmänner in der Nähe gäbe?« rief eine Frau aus der Menge heraus.

»Ich glaube, sie müßten schon sehr nahe sein, müßten sogar das Herdfeuer teilen, ehe dieser Geist erwählt werden könnte. Die Leute vom Clan sind Menschen, obwohl es einige Unterschiede gibt. Da aber für Die Mutter Leben besser ist als kein Leben – und das ist der Grund, warum Ayla ein Kind gegeben wurde, als sie eines wollte –, ist es nicht leicht, die beiden zu vermischen. Wo so viele Mamutoi-Männer vorhanden sind, würde erst einer von ihnen ausgewählt werden.«

»Das sagst du, alter Mann«, ließ eine andere Stimme sich vernehmen. »Ich weiß nicht recht, ob das wirklich stimmt. Jedenfalls halte ich meine Frau fern von ihr.«

»Kein Wunder, daß sie mit Tieren so gut zurechtkommt, wo sie doch unter ihnen aufgewachsen ist.« Ayla drehte sich um und erkannte, daß es Chaleg war, der da redete.

»Soll das heißen, ihre Magie wäre stärker als unsere?« wollte Frebec wissen. Voller Unbehagen traten die Leute von einem Fuß auf den anderen.

»Ich habe gehört, wie sie sagte, es sei gar keine Magie. Sie behauptet, jeder kann das.« Frebec erkannte die Stimme des Mamuts von Chalegs Lager.

»Warum hat denn keiner vor ihr es getan?« sagte Frebec. »Du bist ein Mamut. Wenn jeder es tun kann, dann beweise das – gehe hinaus und laß uns sehen, wie du auf einem Pferd zurückgeritten kommst. Und warum bringst du nicht einen Wolf unter deine Herrschaft? Ich habe erlebt, wie Ayla Vögel vom Himmel heruntergepfiffen hat.«

»Warum trittst du für sie ein, Frebec – gegen deine eigene Familie, gegen dein eigenes Lager?« wollte Chaleg wissen.

»Welches Lager ist denn mein Lager? Dasjenige, das mich hinausgeworfen hat, oder dasjenige, das mich aufgenommen hat? Mein Herdfeuer ist das Herdfeuer des Kranichs und mein Lager das Löwen-Lager. Ayla hat den ganzen Winter über bei uns gelebt. Ayla war da, als Bectie geboren wurde, und die ist nicht von gemischten Geistern. Die Tochter meines Herdfeuers wäre nicht einmal hier, hätte es Ayla nicht gegeben.«

Einen Kloß im Hals, lauschte Jondalar Frebecs Worten. Trotz allem, was er gesagt hatte – es gehörte eine gehörige Portion Mut dazu, dem eigenen Vetter eine Abfuhr zu erteilen, seinen Verwandten, dem Lager, dem er geboren worden war, die Stirn zu bieten. Jondalar mochte kaum glauben, daß dies derselbe Mann war, der anfangs so viele Scherereien gemacht hatte. Wie rasch war er, Jondalar, zuerst bei der Hand gewesen, Frebec zu verdammen; und wer hatte sich Aylas wegen vor Verlegenheit innerlich gewunden? Wer hatte Angst vor dem, was die Leute sagen könnten, wenn sie etwas über ihren Hintergrund verlauten ließe? Wer hatte Angst, von seiner eigenen Familie und seinem eigenen Volk verstoßen zu werden, wenn er für sie eintrat? Frebec hatte ihm gezeigt, was für ein Feigling er war. Frebec und Ayla.

Nie war er stolzer gewesen als in dem Augenblick, da er sah, wie sie ihre Angst hinunterschluckte und das Kinn reckte, um ihnen allen zu trotzen. Und dann hatte das Löwen-Lager sich auf ihre Seite gestellt, und er konnte es kaum fassen. Diejenigen, die für sie eingetreten waren, waren es, denen sie etwas bedeutete. Als er voller Stolz und Lob über Ayla und das Löwen-Lager nachdachte, vergaß er ganz, daß er der erste gewesen war, der ihr an die Seite geeilt war.

34

Das Löwen-Lager kehrte ins Rohrkolben-Lager zurück, um sich über die unerwartete Krise auszusprechen. Der anfängliche Vorschlag, sofort abzureisen, wurde rasch verworfen. Sie waren schließlich Mamutoi, und dies hier war ihr Sommer-Treffen. Tulie hatte Latie abgeholt, damit sie an den Beratungen teilnehmen könnte – und auf die Möglichkeit vorbereitet wurde, daß man über sie, Ayla oder das Löwen-Lager insgesamt, häßliche Bemerkungen machte. Sie wurde gefragt, ob sie die Frauentumsriten lieber verschieben wolle. Latie verteidigte Ayla mit großer Entschiedenheit und beschloß, in das besondere Lager für die Zeremonie und das Ritual zurückzukehren; sollte nur jemand versuchen, schlecht über Ayla oder das Löwen-Lager zu reden!

Sodann fragte Tulie Ayla, warum sie ihren Sohn nicht schon früher erwähnt hatte, woraufhin Ayla erklärte, sie rede nicht gern über ihn, weil das immer noch zu sehr schmerze; auch machte Nezzie schnell klar, Ayla habe ihr das gleich zu Anfang gesagt. Mamut bekannte, von diesem Sohn gewußt zu haben. Obwohl die Anführerin wünschte, sie hätte davon gewußt, und sich fragte, warum es ihr nicht erzählt worden war, machte sie Ayla keine Vorwürfe. Sie überlegte, ob sie anders von der jungen Frau gedacht haben würde, hätte sie davon gewußt, und gab zu, daß sie ihr möglicherweise nicht soviel potentiellen Wert oder Ansehen zugestanden hätte. Sodann fragte sie sich, wie es jetzt um Ayla bestellt sei. Warum sollte sich plötzlich etwas ändern? War Ayla anders als zuvor?

Rydag war völlig durcheinander und bedrückt; nichts, was Nezzie sagte oder tat, schien zu helfen. Er wollte weder essen noch das Zelt verlassen, noch mit den anderen sprechen; höchstens daß er auf eine direkte Frage antwortete. Er saß nur da und drückte Wolf an sich. Nezzie war dankbar, daß das Tier so geduldig war. Ayla beschloß, hinzugehen und zu sehen, ob sie irgend etwas tun könnte. Wolf auf dem Schoß, fand sie ihn in einer dunklen Ecke auf seinem Schlaffell sitzen. Wolf hob den Kopf und klopfte bei ihrem Näherkommen mit dem Schwanz auf den Boden.

»Hast du was dagegen, wenn ich mich zu dir setze, Rydag?« fragte sie.

Kopfschüttelnd gab er ihr zu verstehen, daß er nichts dagegen hatte. Sie setzte sich neben ihn und fragte ihn, wie er sich fühle; das fragte sie laut mit Worten, gleichzeitig aber auch mit der Zeichensprache, bis ihr aufging, daß es vermutlich viel zu dunkel war, diese zu erkennen. In diesem Augenblick begriff sie, worin vornehmlich der Vorteil des Mit-Worten-Sprechens lag. Nicht daß man sich mit Signalen und Handzeichen nicht genauso gut verständigen konnte; nur wurde die Verständigung nicht auf das eingeschränkt, was man sah.

Es war wie der Unterschied zwischen dem Gebrauch von Spieß und Speer bei der Jagd: ob man zustieß, wie der Clan es tat, oder ob man schleuderte und warf. Spieß wie Speer waren, was die Fleischbeschaffung betraf, höchst wirksame Waffen, nur daß der Speer im Gegensatz zum Spieß größere Reichweite und Möglichkeiten eröffnete. Sie hatte erlebt, wie nützlich Gesten und Zeichen sein konnten, die nicht jeder verstand; das galt besonders, wenn es um heimliche oder private Verständigung ging; doch alles in allem hatte es größere Vorteile, mit Worten zu sprechen, die gehört und verstanden wurden. Mit einer aus Wörtern bestehenden Sprache konnte man sich auch mit jemand verständigen, der hinter einer Barriere stand oder sich in einem anderen Raum befand, ja, man konnte sogar über eine beträchtliche Entfernung hinweg laut rufen oder sich einer großen Schar von Personen verständlich machen. Man konnte reden, wenn jemand einem den Rücken zukehrte oder wenn man etwas in Händen hielt; Sprechen machte die Hände für anderes frei; außerdem konnte man sich im Dunkeln leise unterhalten.

Ayla saß eine Weile still neben dem Jungen, stellte keine Fragen, sondern bot nur Wärme und Nähe. Dann begann sie zu sprechen.

»In mancher Beziehung erinnert mich dieses Treffen an ein Clan-Treffen«, sagte Ayla. »Obwohl ich hier genauso aussehe wie alle anderen, komme ich mir anders vor. Dort jedoch *war* ich anders ... größer als irgendeiner der Männer ... war bloß eine große, häßliche Frau. Als wir das erste Mal hingingen, war es schrecklich. Beinahe hätte Bruns Clan nicht teilnehmen dürfen, nur weil sie mich mitgebracht hatten. Sie sagten, ich sei kein Clan, Creb jedoch bestand darauf, ich sei Clan. Er war der Mog-ur, und sie wagten nicht, ihm zu widersprechen. Wie gut, daß Durc nur ein Baby war. Als sie ihn sahen, hielten sie ihn für eine Mißgeburt; alle starrten ihn an. Du weißt, wie weh das tut. Aber er war nicht mißgebildet. Er war nur eine Mischung, genauso wie du. Oder vielleicht bist du mehr wie Ura. Ihre Mutter war Clan.«

»Du hast gesagt, Ura wird sich mit Durc zusammentun?« fragte Rydag und wandte sich dem Lichtschein des Feuers zu, damit sie seine Zeichen auch sah. Wider Willen war er gefesselt.

»Ja. Ihre Mutter trat an mich heran, und so wurde es verabredet. Sie war unendlich erleichtert, als sie erfuhr, daß es noch ein Kind wie ihre Tochter gab, einen Jungen von gemischten Geistern. Sie hatte Angst, Ura würde nie einen Gefährten finden. Ich hatte, ehrlich gesagt, noch nicht weiter darüber nachgedacht. Ich war einfach dankbar, daß Durc vom Clan akzeptiert und damit aufgenommen wurde.«

»Durc ist Clan? Er ist gemischt, aber Clan?« fragte der Junge durch Zeichen.

»Ja, Brun hat ihn aufgenommen, und Creb hat ihm den Namen gegeben. Den kann nicht einmal Broud ihm wieder nehmen. Alle liebten sie ihn – nur Broud nicht –, selbst Oga, Brouds Gefährtin. Sie hat ihn genährt, als mir die Milch ausblieb, zusammen mit ihrem Sohn, Grev. Die beiden sind wie Brüder aufgewachsen und heute gute Freunde. Der alte Grod hat Durc einen kleinen Spieß gemacht, genau zu seiner Größe passend.« Ayla lächelte. »Am meisten aber liebt Uba ihn. Uba ist meine Schwester, so wie du und Rugie. Sie ist jetzt Durcs Mutter. Als Broud mich zwang zu gehen, habe ich ihn Uba gegeben. Er sieht vielleicht ein wenig anders aus, gewiß, aber Durc ist Clan.«

»Ich finde es furchtbar hier«, gab Rydag ihr erregt und wütend zu verstehen. »Ich wünschte, ich wäre Durc und lebte beim Clan.«

Was Rydag das sagte, erschreckte Ayla. Selbst nachdem sie noch weiter miteinander geredet hatten und sie ihn schließlich bewog, doch etwas zu essen, und sie die Schlaffelle um ihn herum festgesteckt hatte, ging ihr seine Wut nicht aus dem Sinn.

Ranec ließ Ayla den ganzen Abend über nicht aus den Augen. Er merkte, daß sie mitten in irgendeiner Tätigkeit – etwa beim Essen – innehielt, in die Ferne zu schauen schien und ihre Augen glasig wurden, oder daß sie sich in Gedanken auf etwas konzentrierte. Er wußte, ihre Gedanken lasteten schwer auf ihr, und er wünschte so sehr, sie zu trösten und die Last gemeinsam mit ihr zu tragen.

An diesem Abend blieben sie alle im Rohrkolben-Lager, und im Zelt herrschte größte Enge. Ranec wartete, bis Ayla schließlich unter ihre Felle kroch, woraufhin er seinerseits rasch sein Lager aufsuchte.

»Willst du nicht heute nacht zu mir kommen, Ayla?« Ranec verfolgte, wie sie die Augen schloß und die Stirn in Falten legte. »Ich meine nicht, wegen der Wonnen«, fügte er rasch hinzu, »es sei denn, du wolltest. Ich weiß, es ist ein schwerer Tag für dich gewesen . . .«

»Ich glaube, für das Löwen-Lager war er noch schwerer«, sagte Ayla.

»Das meine ich zwar nicht, aber es spielt keine Rolle. Ich möchte dir einfach etwas geben, Ayla. Meine Felle, meine Wärme, meine Liebe. Ich möchte dir heute nacht nahe sein.«

Nickend gab sie ihm ihre Einwilligung zu verstehen und schlüpfte unter seine Felle, aber sie konnte nicht einschlafen, ja konnte nicht einmal richtig ruhen, und er merkte das.

»Ayla, was bedrückt dich? Möchtest du darüber reden?« sagte Ranec.

»Ich habe über Rydag und meinen Sohn nachgedacht, aber ich weiß nicht, ob ich darüber reden kann. Ich muß einfach darüber nachdenken.«

»Du möchtest lieber in deinen eigenen Fellen sein, nicht wahr?« sagte er schließlich.

»Ich weiß, du möchtest helfen, Ranec, und das allein hilft mehr, als ich zu sagen vermag. Ich kann dir auch nicht erklären, wieviel es mir bedeutet hat, als ich dich neben mir stehen sah. Überhaupt bin ich dem Löwen-Lager so unendlich dankbar. Alle sind sie so gut zu mir gewesen, wunderbar, ja viel zu gut. Wieviel ich von ihnen gelernt habe, und wie stolz ich darauf war, eine Mamutoi zu sein, sagen zu können: Das sind meine Leute. Ich hatte gedacht, alle die Anderen – diejenigen, die ich früher die Anderen genannt habe – wären wie das Löwen-Lager, aber jetzt weiß ich, das stimmt nicht. Wie beim Clan sind die meisten gute Leute, aber nicht jeder einzelne ist gut, und selbst gute Leute sind nicht in allem und jedem gut. Mir ist einiges eingefallen ... ich habe Pläne gemacht ... aber jetzt muß ich denken.«

»Und in deinen eigenen Fellen kannst du besser nachdenken, nicht hier, wo es mit mir so eng ist. Geh nur, Ayla, du liegst ja immer noch neben mir«, sagte Ranec.

Ranec war nicht der einzige, der sie nicht aus den Augen gelassen hatte, und als Jondalar sah, daß sie Ranecs Bett verließ und ihr eigenes Lager aufsuchte, löste das höchst widersprüchliche Gefühle in ihm aus. Einerseits war er erleichtert, daß er nicht wieder mit den Zähnen zu knirschen brauchte, um gegen die Geräusche anzugehen, die sie machten, wenn sie die Wonnen teilten, andererseits aber hatte er auch Mitleid mit Ranec. Wäre er an der Stelle des dunkelhäutigen Bildschnitzers gewesen, hätte er bestimmt den Wunsch gehabt, Ayla in den Arm zu nehmen, sie zu trösten und zu versuchen, ihr etwas von dem Schmerz zu nehmen. Ihn würde es verletzt haben, hätte sie sein Bett verlassen, um allein zu schlafen.

Nachdem Ranec eingeschlafen war und sich Stille über das Lager senkte, stand Ayla leise auf, streifte der Nachtkälte wegen einen leichten Überwurf über und trat hinaus in die sternenhelle Nacht. Gleich darauf war Wolf an ihrer Seite. Sie gingen zusammen zum Pferdeunterstand hinüber, wo ein leises Wiehern von Renner und ein sanftes Schnauben von Winnie sie begrüßte. Nachdem sie beide Tiere gekrault und geklopft und mit Koseworten bedacht hatte, schlang sie Winnie die Arme um den Hals und schmiegte sich an sie.

Wie viele Male war die Stute ihr nicht Freund gewesen, wenn sie einen gebraucht hatte? Ayla mußte lächeln. Was wohl die Clan-Angehörigen von ihren Freunden halten würden? Zwei Pferde und ein Wolf! Sie war dankbar, daß es sie gab, und genoß ihre Gesellschaft, trotzdem war immer noch eine furchtbare Leere in ihr. Einer fehlte, der, nach dem sie sich am allermeisten sehnte. Und doch war er dagewesen. Selbst noch ehe das Löwen-Lager sich um sie geschart und für sie eingetreten war. Sie wußte nicht einmal, woher er gekommen war. Jondalar war plötzlich dagewesen, hatte ihr zur Seite gestanden und allen getrotzt – ihrer Ablehnung, ihrem Angewidertsein. Schrecklich war das gewesen, schlimmer noch als das Clan-Treffen damals. Es ging ja nicht darum, daß sie anders gewesen wäre. Sie hatten Angst vor ihr, haßten sie. Genau das, was geschehen war, hatte er von Anfang an versucht ihr klarzumachen. Doch selbst wenn sie es gewußt hätte, es hätte keinen Unterschied gemacht. Sie konnte unmöglich zulassen, daß sie auf Rydag herumhackten oder ihren Sohn verunglimpften.

Aus der Zeltöffnung heraus beobachtete sie noch ein Augenpaar. Auch Jondalar konnte nicht schlafen. Er hatte gesehen, wie sie aufgestanden war, und war ihr leise gefolgt. Wie oft hatte er sie so mit Winnie gesehen? Er war von Herzen froh, daß sie die Tiere hatte, denen sie sich in ihrem Kummer zuwenden konnte; doch wie gern wäre er jetzt an deren Stelle! Aber es war zu spät. Sie wollte ihn nicht, und er konnte es ihr nicht verdenken. Unvermittelt ging ihm etwas auf, durchschaute er die Verwirrung seiner Gefühle, sah er das, was er getan hatte, mit neuer Klarheit und begriff, daß er selbst schuld war an allem. Er war ihr gegenüber von Anfang an nicht ehrlich gewesen, hatte sie ihre Entscheidungen nicht selbst treffen lassen. Aus kleinlicher Eifersucht heraus hatte er sich von ihr abgewendet. Er war verletzt gewesen und hatte deshalb seinerseits verletzten wollen.

Aber es ist nicht nur das, gib's zu, Jondalar, sagte er zu sich selbst. Du warst verletzt, aber du wußtest auch, wie sie erzogen worden ist. Sie hat deine Eifersucht nicht einmal begriffen. Als sie in dieser Nacht mit Ranec ins Bett ging, war sie ja nur »eine gute Clan-Frau«. Das war das eigentliche Problem, ihr Clan-Hintergrund. Dessen schämtest du dich. Du schämtest dich, sie zu lieben, hattest Angst, dem ausgesetzt zu werden, dem sie heute ausgesetzt war. Du warst dir nicht klar, ob du wirklich für sie eintreten würdest. So sehr du auch beteuert hast, sie zu lieben, du hattest Angst, auch du würdest dich gegen sie wenden. Nun, es ist keine Schande, sie zu lieben; schändlich war nur deine eigene Feigheit. Und jetzt ist es zu spät. Sie brauchte dich nicht. Sie hat sich selbst zur Wehr gesetzt, und dann ist das gesamte Löwen-Lager für sie eingetreten. Sie braucht dich überhaupt nicht, und du verdienst sie nicht.

Schließlich trieb die Kälte Ayla zurück ins Zelt. Beim Eintreten warf sie einen Blick auf Jondalars Schlafplatz. Er hatte sich umgedreht und schaute in die andere Richtung. Sie schlüpfte wieder unter ihre Felle und fühlte eine schwere Hand im Schlaf nach ihr suchen. Ranec liebte sie, das wußte sie. Und auf ihre Weise liebte sie ihn auch. Sie lag still da und lauschte Ranecs gleichmäßigen Atemzügen. Nach einer Weile drehte er sich auf die andere Seite, und seine Hand war fort.

Ayla versuchte zu schlafen, konnte jedoch nicht aufhören zu denken. Sie hatte Durc holen und ihn zurückbringen wollen ins Löwen-Lager, damit er bei ihr lebte. Jetzt fragte sie sich, was eigentlich das beste für ihn wäre. Ob er hier glücklich sein konnte, wo er doch die Möglichkeit hatte, beim Clan zu leben? Konnte er überhaupt glücklich sein unter Menschen, die ihn hassen würden? Die ihn einen Flachschädel schimpfen würden, oder schlimmer noch: ein Scheusal, ein halbes Tier? Beim Clan war er bekannt, wurde er geliebt; dort war er einer der ihren. Möglich, daß Broud ihn haßte, aber selbst beim Clan-Treffen mußte er Freunde haben. Er wurde dort akzeptiert, durfte sogar an den Wettkämpfen und an den Zeremonien teilnehmen –, ob Durc wohl Clan-Erinnerungen hatte? fragte sie sich.

Und wenn sie ihn nicht mitnehmen konnte – war es denkbar, daß sie selbst zum Clan zurückkehrte und bei ihnen lebte? Jetzt, wo sie Menschen wie sie selbst gefunden hatte, konnte sie sich da jemals wieder mit der Lebensweise des Clan abfinden? Die Clan-Angehörigen würden ihr nie erlauben, ihre Tiere zu behalten. War sie denn bereit, Winnie und Renner und Wolf aufzugeben und nur Durcs Mutter zu sein? Braucht Durc eine Mutter? Als ich fortging, war er ein kleines Kind, aber das ist er jetzt nicht mehr. Inzwischen bringt Brun ihm das Jagen bei.

Vermutlich hat er mittlerweile sein erstes Niederwild erlegt und als Jagdbeute heimgebracht, um es Uba zu zeigen. Ayla mußte bei dem Bild lächeln, das sich vor ihrem inneren Auge entfaltete. Uba würde ihn überschwenglich loben und ihm sagen, was für ein mutiger und starker Jäger er sei.

Durc hat ja eine Mutter, ging ihr auf. Uba ist seine Mutter. Uba hat ihn großgezogen, für ihn gesorgt, sich seiner kleinen Verletzungen und Abschürfungen angenommen. Wie soll ich ihn ihr wegnehmen? Wer soll sich denn um sie kümmern, wenn sie alt wird? Selbst als er noch ein Baby war, waren die anderen Frauen im Clan mehr Mutter für ihn als ich, nachdem mir die Milch versiegt war.

Wie soll ich überhaupt hinkommen und ihn holen? Ich bin verflucht. Für den Clan bin ich tot. Selbst wenn Durc mich sähe, ich würde ihm nur Angst einjagen, wie im übrigen allen anderen auch. Selbst wenn ich nicht mit dem Todesfluch belegt wäre – ob er glücklich wäre, mich zu sehen? Ob er sich überhaupt an mich erinnert?

Er war, als ich fortging, ein kleines Kind. Inzwischen ist er beim Clan-Treffen dabeigewesen und hat Ura kennengelernt. Zwar ist er immer noch jung, aber er muß bereits an die Zeit denken, da sie sich paaren werden. Er plant also, ein Herdfeuer zu gründen – genauso wie ich, dachte sie. Selbst wenn es mir gelänge, ihn zu überzeugen, daß ich kein Geist bin – Durc würde Ura mitbringen müssen, und die könnte hier überhaupt nicht glücklich sein. Es muß schon schwer genug sein für sie, ihren eigenen Clan zu verlassen und mit Durc in dessen Clan zu leben; nun aber auch noch in eine Welt einzutreten, in der ihr nichts vertraut ist, müßte noch unendlich viel schwieriger sein. Besonders in eine Welt, in der sie gehaßt und mißverstanden werden würde.

Was, wenn ich zurückkehrte in das Tal? Und Durc und Ura dann holte, dort mit mir zu leben? Aber Durc braucht Menschen ... und ich auch. Ich will nicht allein leben; warum sollte Durc den Wunsch haben, allein in einem Tal mit mir zu leben?

An mich habe ich gedacht, nicht an Durc. Es würde keineswegs besser für ihn sein, hierherzukommen. Das würde ihn nicht glücklich machen – nur mich. Dabei bin ich gar nicht mehr Durcs Mutter. Uba ist seine Mutter. Ich bin für ihn nur die Erinnerung an eine Mutter, die starb, und vielleicht ist das auch besser so. Der Clan ist seine Welt; und ob es mir nun gefällt oder nicht, dies hier ist meine Welt. Ich kann nicht zum Clan zurück; Durc kann nicht hierherkommen. Es gibt keinen Ort auf der ganzen Welt, wo mein Sohn und ich zusammen leben und glücklich sein können.

Ayla war am nächsten Morgen früh wach. Selbst nachdem sie endlich doch eingeschlafen war, hatte sie nicht gut geschlafen. Sie war immer wieder aufgewacht, hatte von bebender Erde und einstürzenden Höhlen geträumt und war unruhig und bedrückt. Sie half Nezzie, Wasser für die Suppe zu erhitzen und Körner für die Morgenmahlzeit zu mahlen, und war froh, Gelegenheit zu haben, mit ihr zu reden.

»Mir ist der ganze Schlamassel schrecklich, den ich angerichtet habe, Nezzie. Jetzt wird meinetwegen das gesamte Löwen-Lager gemieden«, sagte Ayla.

»Das darfst du nicht einmal denken. Es ist nicht deine Schuld, Ayla. Wir konnten uns entscheiden, und wir haben es getan. Du hast nur Rydag in Schutz genommen, und der gehört auch zum Löwen-Lager, zumindest für uns.«

»Die ganzen Schwierigkeiten haben mir in einer Beziehung die Augen geöffnet«, fuhr Ayla fort. »Seit ich vom Clan fort bin, habe ich immer daran gedacht, eines Tages hinzugehen und meinen Sohn zu holen. Jetzt ist mir klargeworden, daß ich das nie tun kann. Ich kann ihn weder hierherbringen, noch kann ich dorthin zurück. Allerdings, zu wissen, daß ich ihn nie wiedersehen werde, gibt mir das Gefühl, ihn jetzt noch einmal verloren zu haben. Ich wünschte, ich könnte weinen und um ihn trauern, aber ich bin ganz ausgetrocknet und leer.«

Nezzie sortierte gestern frischgepflückte Beeren und streifte sie von den Stengeln. Jetzt hielt sie inne und sah Ayla voller Verständnis an. »Jeder erlebt Enttäuschungen im Leben. Jeder verliert geliebte Menschen. Du hast deine Leute verloren, als du noch ganz klein warst. Das war eine Tragödie, aber du kannst nichts daran ändern. Mit Selbstvorwürfen kommt man da nicht weiter. Wymez wird sich wohl bis an sein Lebensende Vorwürfe machen, am Tod der Frau schuld zu sein, die er liebte. Ich denke, Jondalar gibt sich die Schuld am Tod seines Bruders, und du hast einen Sohn verloren. Es ist hart für eine Mutter, ein Kind zu verlieren, aber du hast noch etwas: Du weißt, daß er noch am Leben ist. Rydag hat seine Mutter verloren ... und irgendwann werde ich ihn verlieren.«

Nach der Morgenmahlzeit ging Ayla hinaus. Die meisten Leute hielten sich im Bereich des Rohrkolben-Lagers auf. Sie blickte zum Mittelpunkt des Treffens hinüber, dann zum Lärchen-Lager, der neuerrichteten Sommerunterkunft des Mammut-Lagers. Überrascht sah sie, daß Avarie zu ihr herüberspähte. Und fragte sich, welche Gefühle sie wohl heute bewegten, ihr Lager so nahe am Löwen-Lager aufgeschlagen zu haben.

Avarie ging zu dem Zelt, das ihr Bruder als Herdfeuer des Mammut bestimmt hatte, kratzte am Leder und trat dann, ohne eine Antwort abzuwarten, ein. Vincavec hatte seine Lagerstatt ausgerollt, so daß sie fast die Hälfte des Bodens einnahm. In der Mitte stand ein Tragegestell, eine reich geschmückte Haut, die über ein Gestell aus Mammutknochen gespannt war, die wiederum mit frischen Lederriemen miteinander verbunden worden waren. Vincavec saß auf den Fellen und lehnte sich lässig an das Tragegestell.

»Man ist geteilter Meinung«, sagte sie ohne Vorrede.

»Das kann ich mir vorstellen«, erwiderte Vincavec. »Das Löwen-Lager hat beim Bau der Hütte tüchtig mit angepackt. Als sie weiterzogen, herrschte bei uns allen ein mehr als freundschaftliches Gefühl ihnen gegenüber. Und Ayla mit ihren Pferden und dem Wolf war faszinierend – und weckte auch ein bißchen ein Gefühl von ehrfürchtiger Scheu. Doch wenn man jetzt alten Geschichten und Überlieferungen glauben will, beherbergt das Löwen-Lager etwas Abscheuliches, nämlich eine Frau, die durch und durch böse ist, die die Geister von Flachschädel-Tieren anzieht wie das Feuer Falter in der Nacht – und sie weitergibt an die anderen Frauen. Was hältst du denn davon, Avarie?«

»Ich weiß es nicht, Vincavec. Ich mag Ayla, ich glaube nicht, daß sie ein böser Mensch ist. Und der Junge wirkt auf mich nicht wie ein Tier. Er ist bloß schwächlich und kann nicht sprechen, aber verstehen tut er, glaube ich. Vielleicht ist er ein Mensch, und vielleicht sind all die anderen Flachschädel auch Menschen. Vielleicht hat der alte Mamut recht. Die Mutter hat einfach einen Geist von den einzigen Männern gewählt, die in Aylas Nähe waren, als Sie ihr ein Baby schenkte. Allerdings hatte ich keine Ahnung, daß sie oder der alte Mann – bei Flachschädeln gelebt hat.«

»Der alte Mann hat viele Jahre gelebt, er hat mehr Dinge vergessen, als zwei Handvoll jüngerer Männer jemals erfahren werden, und oft hat er recht. Ich habe das unbestimmte Gefühl, Avarie, all dies wird auf Dauer keine schlechten Folgen zeitigen. Irgendwie hat diese Ayla etwas, daß ich glaube, Die Mutter hat irgendwas mit ihr vor. Vielleicht geht sie mächtiger aus dieser ganzen Sache hervor, als sie es vorher war. Laß uns mal feststellen, was das Mammut-Lager davon hält, wenn wir uns an die Seite vom Löwen-Lager stellen.«

»Wo ist Tulie?« fragte Fralie und sah sich im Zelt um.

»Sie ist mit Latie zurück ins Frauentumslager«, sagte Nezzie. »Warum?«

»Erinnerst du dich noch an das Lager, das kurz vor der Ankunft vom Mammut-Lager ein Angebot abgab, Ayla zu adoptieren?«

Fragend sah Ayla Fralie an.

»Ja«, sagte Nezzie. »Dasjenige, von dem Tulie meinte, daß es nicht genug zu bieten habe.«

»Sie stehen draußen und fragen wieder nach Tulie.«

»Ich werde hinausgehen und sehen, was sie wollen«, sagte Nezzie.

Ayla wartete drinnen und wollte ihnen nicht gegenübertreten, wenn es nicht unbedingt sein mußte. Nach kurzer Zeit kam Nezzie zurück.

»Sie wollen dich immer noch adoptieren, Ayla«, sagte sie. »Die Anführerin dieses Lagers hat vier Söhne. Sie wollen dich zur Schwester haben. Sie sagen, wo du schon einen Sohn hast, beweist das nur, daß du überhaupt Kinder bekommst. Sie haben ihr Angebot erhöht. Vielleicht solltest du hinausgehen und sie im Namen Der Mutter begrüßen.«

Seite an Seite und sehr zielbewußt gingen Tulie und Latie durch das Lager, schauten weder nach links noch nach rechts und kümmerten sich nicht um die neugierigen Blicke.

»Tulie! Latie! Wartet einen Moment!« rief Brecie und lief hinter ihnen her. »Wir wollten gerade einen Läufer zu euch schicken, Tulie. Wir möchten euch einladen, heute abend im Weiden-Lager ein Mahl mit uns zu teilen.«

»Vielen Dank, Brecie. Ich weiß die Einladung zu schätzen. Selbstverständlich kommen wir. Ich hätte wissen müssen, daß ich mich auf dich verlassen kann.«

»Wir sind jetzt seit langen Jahren Freundinnen, Tulie. Manchmal werden alte Geschichten nur erzählt, weil sie alt sind. Fralies Baby macht auf mich einen prächtigen Eindruck.«

»Sie ist nur zu früh auf die Welt gekommen. Und wäre Ayla nicht gewesen, wäre Bectie heute nicht am Leben«, sagte Latie rasch, um ihre Freundin in Schutz zu nehmen.

»Ich habe mich allerdings gefragt, wo sie herkommt. Alle dachten, sie wäre mit Jondalar gekommen. Sie sind beide groß und blond, doch ich wußte es besser. Ich erinnere mich, als wir ihn und seinen Bruder in der Nähe des Beran-See aus dem Schlamm befreiten. Da war sie nicht dabei, und ich wußte auch, daß sie nicht mit Mamutoi-Akzent spricht; mit Sungaea-Akzent allerdings auch nicht. Wie sie allerdings diese Pferde und den Wolf beherrscht, das begreife ich noch immer nicht.«

Als sie dem Mittelpunkt der Senke und den Erdhütten des Wolfs-Lagers zustrebten, war Tulie wesentlich wohler zumute.

»Wie viele sind das jetzt?« fragte Tarneg Barzec, als sich wieder eine Abordnung empfahl.

»Fast die Hälfte aller Lager hat bis jetzt irgendeine Geste der Versöhnung gemacht«, sagte Talut. »Etliche andere allerdings führen ziemlich starke Argumente gegen uns ins Feld. Manche gehen sogar so weit zu fordern, wir sollten abziehen.«

»Gewiß, aber sieh dir an, welche das sind, und Chaleg ist wirklich der einzige, den ich rundheraus habe sagen hören, wir sollten gehen«, sagte Tarneg.

»Auch sie sind Mamutoi, und selbst von widrigen Winden verwehte Samen können Wurzel schlagen«, sagte Nezzie.

»Ich mag diese Spaltung nicht«, erklärte Talut. »Dafür sind auf beiden Seiten zu viele gute Menschen. Ich wünschte, uns fiele etwas ein, die ganze Sache wieder einzurenken.«

»Ayla findet es auch ganz furchtbar. Sie behauptet, sie bringt das Löwen-Lager nur in Schwierigkeiten. Hast du gesehen, was für ein Gesicht sie gemacht hat, als diese Halbwüchsigen, die da gerauft hatten, anfingen, ›Tier-Frau‹ hinter ihr herzurufen?«

»Meinst du etwa diejenigen, die wir beim Fluß ...?« wollte Danug fragen, doch Tarneg unterbrach ihn unvermittelt.

»Sie meint den Bruder und die Schwester, die Ayla und Deegie dabei erwischten, wie sie sich gegenseitig prügelten.« Danug mußte sich vorsehen. Fast hätte er sich verplappert und etwas von der Jungenprügelei erzählt, dachte Tarneg.

»So durcheinander habe ich Rydag noch nie gesehen«, fuhr Nezzie fort. »Die Sommer-Treffen sind für ihn von Jahr zu Jahr schwieriger zu ertragen. Vielleicht liegt es diesmal daran, daß es ihm jetzt im Löwen-Lager so viel besser geht. Ich fürchte, all dies tut ihm nicht gut, aber ich weiß nicht, was ich tun soll. Selbst Ayla macht sich Sorgen, und das beunruhigt mich noch mehr.«

»Wo ist Ayla überhaupt?« fragte Danug.

»Mit den Pferden ausgeritten«, sagte Nezzie.

»Ich meine, sie sollte es als Kompliment nehmen, ›Tier-Frau‹ genannt zu werden. Du mußt zugeben, sie versteht wunderbar mit Tieren umzugehen«, sagte Barzec. »Manche glauben sogar, sie kann mit den Geistern der anderen Welt reden.«

»Andere wiederum behaupten, das beweise nur, daß sie mit Tieren gelebt hat«, erinnerte Tarneg ihn. »Und beschuldigen sie, andere Arten von Geistern anzuziehen, die nicht so willkommen sind.«

»Ayla behauptet aber nach wie vor, jeder könne Tiere dazu bringen, sich friedlich und zutraulich zu verhalten«, sagte Talut.

»Sie bemüht sich, nicht soviel davon herzumachen«, sagte Barzec.

»Möglich, daß manche von den anderen dem jetzt nicht mehr soviel Bedeutung beimessen. Die Leute sind mehr an jemand wie Vincavec gewöhnt, jemand der einem ständig unter die Nase reibt, für wie bedeutend er sich hält.«

Nezzie sah Tulies Mann an und überlegte, warum er Vincavec nicht so besonders zu schätzen schien. Das Mammut-Lager war eines der ersten gewesen, das sich auf ihre Seite gestellt hatte.

»Möglich, daß du recht hast, Barzec«, sagte Tarneg. »Es ist schon seltsam, wie rasch man sich daran gewöhnt, Tiere um sich zu haben, wenn sie sich so gut benehmen. Dabei kommen sie einem keineswegs unnatürlich vor. Sie sind wie alle anderen Tiere auch, nur daß man nahe an sie heran kann und sie anfassen darf. Aber wenn man drüber nachdenkt, übersteigt das den Verstand. Wie kommt es, daß dieser Wolf dem Zeichen eines schwachen Kindes gehorcht, das er ohne weiteres in Stücke reißen könnte? Und wieso lassen die Pferde jemand auf ihrem Rücken sitzen und sich reiten? Wie kommt ein Mensch überhaupt auf die Idee, so etwas ausprobieren zu wollen?«

»Es würde mich nicht wundern, wenn Latie es eines Tages probiert«, sagte Talut.

»Wenn jemand es tun wird, dann sie«, erklärte Danug. »Habt ihr sie gesehen, als sie hier war? Als erstes ist sie zum Pferdeunterstand gegangen. Sie hat sie mehr vermißt als irgend jemand sonst. Ich glaube, sie ist verliebt in diese Pferde.«

Jondalar hatte zugehört, ohne ein Wort dazu zu sagen. Die Lage, in die Ayla sich dadurch gebracht, daß sie gestanden hatte, wo sie herkam, war schmerzlich und hatte etwas Entwürdigendes, doch in mancher Hinsicht war sie längst nicht so schlimm, wie er gefürchtet hatte. Es hatte ihn überrascht, daß sie nicht schlimmer verunglimpft worden war. Er hatte erwartet, daß man sie mit Haß verfolgt, sie vertrieben und ausgestoßen hätte. War das Tabu unter seinen eigenen Leuten, den Zelandonii, stärker als hier, oder bildete er sich das bloß ein?

Als das Löwen-Lager sich an ihre Seite stellte, hatte er gemeint, es mit einer seltenen Ausnahme zu tun zu haben, und geglaubt, daß sie womöglich Rydags wegen nachsichtiger wären als die anderen. Als dann jedoch Vincavec und Avarie vom Mammut-Lager gekommen waren, um ihre Unterstützung anzubieten, hatte Jondalar angefangen darüber nachzudenken, ob er denn alles richtig sähe, und nachdem mehr und mehr von den anderen Lagern dem Löwen-Lager von sich aus ihre Unterstützung anboten, mußte er seine eigenen Vorstellungen revidieren.

Jondalar war ein Mann des Dinglichen und Körperlichen. Begriffe wie Liebe, Mitleid und Zorn verstand er mit einem Einfühlungsvermögen, das auf seinen eigenen Gefühlen gründete, auch dann, wenn er sie nicht richtig auszudrücken imstande war. Er konnte zwar durchaus über ungreifbare Vorstellungen und Angelegenheiten des Geistes reden, aber sie waren nicht seine Leidenschaft, und er fand sich ohne größere Bedenken mit den Einstellungen der Gesellschaft ab, in der er lebte. Ayla hingegen war der Menge mit einer solchen Würde und stillen Größe entgegengetreten, daß die Achtung vor ihr ins Unermeßliche stieg. Das führte bei ihm zu einer seltenen Erkenntnis.

Er fing an zu begreifen, daß bestimmte Verhaltensweisen, wenn sie von manchen Leuten als unrichtig angesehen wurden, deshalb noch lange nicht unrichtig sein mußten. Ein Einzelner konnte volkstümlichen Vorstellungen widerstehen und sich für persönliche Grundsätze starkmachen; selbst wenn das Folgen hatte, war nicht notwendigerweise alles damit verloren. Ja, unter Umständen war etwas Wichtiges damit gewonnen, und sei es nur in der eigenen Person. Ayla wurde nicht von den Leuten ausgestoßen, die sie vor kurzem adoptiert hatten. Die Hälfte war bereit, sie zu akzeptieren, und hielt sie für eine Frau, die viele seltene Gaben besaß und Mut hatte.

Die andere Hälfte war anderer Ansicht, doch nicht alle aus denselben Gründen. Manche sahen in der neuentstandenen Situation eine Gelegenheit, an Einfluß und Ansehen zu gewinnen, indem sie sich dem mächtigen Löwen-Lager in einem Augenblick widersetzten, da dessen Stellung bedroht war. Andere waren ehrlich empört, daß einer Frau, die so verworfen war wie Ayla, weiter erlaubt werden sollte, unter ihnen zu leben. In ihren Augen verkörperte sie das Böse, und das um so mehr, als sie nicht den Anschein erweckte, böse zu sein. Sie sah aus wie jede andere Frau, höchstens attraktiver als die meisten; nur hatte sie sie hinters Licht geführt, und zwar mittels ihrer Fähigkeit, Gewalt über Tiere zu gewinnen, ein Trick, den sie während ihres Aufenthalts bei den tierischen Flachschädel-Scheusalen gelernt haben mußte, die manche Leute sogar so weit zum Narren hielten, daß diese sie jetzt für Menschen hielten.

Viele fürchteten sie. Sie hatte selbst zugegeben, daß sie eines von diesen unseligen Halb-Tieren zur Welt gebracht hatte, und das bedrohte jetzt jede andere Frau im Sommerlager. Mochte der alte Mamut sagen, was er wollte, es wußte doch jeder, daß gewisse Männer-Geister sich ständig zu derselben Frau hingezogen fühlten. Das Löwen-Lager hatte Nezzie gestattet, jenes Tier-Kind zu behalten, und jetzt sah man ja, was ihnen das eingetragen hatte! Noch mehr Tiere, und ein Scheusal von Frau, das wahrscheinlich von ihm angezogen worden war. Das gesamte Löwen-Lager sollte ausgestoßen werden.

Die Mamutoi waren ein Stamm enger Bindungen zwischen allen Lagern. Fast jeder hatte in jedem anderen Lager mindestens einen Freund oder einen Verwandten. Doch jetzt drohte das Gewebe ihres Lebens zerrissen zu werden, und viele Leute, wie etwa Talut, waren sehr bekümmert. Der Rat der Brüder und der Rat der Schwestern traten zusammen, doch ihre Beratungen endeten in Hader und Streit. Eine Situation wie diese hatte es noch nie gegeben, und sie verfügten weder über die Mittel noch über die Strategien, damit fertigzuwerden.

Die strahlende Nachmittagssonne trug kaum dazu bei, die düstere Atmosphäre, die über dem Gesamtlager hing, zu vertreiben. Als Ayla, Winnie hinter sich, den Pfad zum Rohrkolben-Lager hinaufging, bemerkte sie die Stelle, wo das Ockerrot aus dem Boden herausgegraben worden war, und das erinnerte sie an ihren Besuch in der Musikhütte. Obwohl die Musikmacher immer noch übten und sich auf ein großes Fest nach der Mammutjagd vorbereiteten – es herrschte nicht mehr die ursprüngliche Erregung und Erwartungsfreude wie zuvor. Selbst das Glücksgefühl, in dem Deegie wegen ihrer bevorstehenden Hochzeit und Latie wegen ihrer Erhebung in den Stand einer Frau geschwommen hatten, wurde durch den Meinungsstreit getrübt, der das gesamte Sommer-Treffen zu sprengen drohte.

Ayla hatte davon gesprochen fortzugehen, doch hatte Nezzie ihr gesagt, damit wäre nichts geholfen. Sie sei nicht die Ursache des Problems. Durch ihr Dasein seien nur grundlegende Unterschiede zwischen zwei Hauptströmungen hervorgekommen und ans Tageslicht gebracht worden. Das Problem selbst gäre, seit sie – Nezzie – Rydag aufgenommen hätte. Viele Leute hätten immer noch etwas dagegen, daß man ihm erlaube, bei ihnen zu leben.

Ayla machte sich Sorgen über Rydag. Er lächelte nur noch selten; außerdem fiel ihr auf, daß er seinen sanften Humor verloren hatte. Er hatte keinen Appetit, und sie nahm an, daß er auch nicht gut schlief. Zwar schien er es zu genießen, wenn sie ihm von ihrem Leben beim Clan erzählte, aber er beteiligte sich kaum an den Unterhaltungen.

Sie brachte Winnie in den Unterstand und sah Jondalar unten auf der großen Weide mit Renner zur Flußfurt zureiten. Er schien verändert in letzter Zeit und nicht mehr ganz so distanziert, vielleicht aber noch bekümmerter als früher.

Einer Regung des Augenblicks folgend, beschloß Ayla, jenen offenen Raum in der Mitte des Gesamtlagers aufzusuchen und zu sehen, was dort vorging. Das Wolfs-Lager erklärte, als Gastgeber könnten sie nicht Partei ergreifen, doch meinte Ayla, im großen und ganzen teilten sie die Einstellung des Löwen-Lagers. Sie wollte sich nicht verstecken. Schließlich war sie kein ›Scheusal‹, die Clan-Angehörigen waren Menschen und Rydag und ihr Sohn desgleichen. Sie wollte etwas tun, wollte sich zeigen. Vielleicht dem Herdfeuer des Mammut oder der Musikhütte oder Latie einen Besuch abstatten.

Entschlossenen Schritts machte sie sich auf den Weg, nickte denjenigen zu, die sie grüßten, und ignorierte diejenigen, die es nicht taten. Als sie sich der Musikhütte näherte, sah sie Deegie herauskommen.

»Ayla! Dich habe ich gesucht. Hast du irgend etwas Bestimmtes vor?«

»Ich wollte nur vom Löwen-Lager fort.«

»Gut. Und ich wollte gerade Tricie besuchen und mir ihr Baby ansehen. Sie war nie da, wenn ich es versucht habe, aber jetzt hat Kylie mir gesagt, sie ist zu Hause. Hast du Lust mitzukommen?«

»Ja.«

Gemeinsam strebten sie der Hütte der Anführerin zu. »Wir wollten dich besuchen, Tricie«, erklärte Deegie am Eingang, »und uns dein Baby ansehen.«

»Tretet ein!« forderte Tricie sie auf. »Ich habe ihn zwar gerade hingelegt, aber ich glaube nicht, daß er schon schläft.«

Ayla hielt sich im Hintergrund, während Deegie das Baby hochnahm und im Arm hielt, ihm girrende Laute vormachte und mit ihm sprach. »Möchtest du ihn dir nicht auch ansehen, Ayla?« sagte Tricie schließlich. Es klang fast wie eine Herausforderung.

»Ich möchte ihn mir ansehen.«

Sie ließ sich das Baby von Deegie geben und betrachtete den kleinen Jungen sehr eingehend. Seine Haut war so hell, daß sie etwas Durchscheinendes hatte. Seine Augen waren von einem so hellen Blau, daß sie beinahe farblos wirkten. Sein Haar war gelblichrot, sonst aber kraus und kleingelockt wie das von Ranec. Sein Gesicht war ganz unverkennbar das von Ranec – nur winzig klein. Ayla hatte nicht den geringsten Zweifel, daß Ralev Ranecs Baby war. Ranec hatte ihn so gewiß in Tricie wachsen lassen, wie Broud Durc hatte in ihr wachsen lassen. Sie mußte sich unwillkürlich fragen, ob auch sie ein Baby wie dieses bekommen würde, wenn sie zusammengegeben wurden.

Ayla sprach mit dem Kind auf ihrem Arm. Erstaunt sah es sie an, wie fasziniert, dann verzog sich sein Gesicht, und es ließ ein verzücktes kleines Lachen vernehmen. Ayla drückte es an sich, schloß die Augen, spürte seine weiche Wange an der ihren – und ihr Herz schmolz.

»Ist er nicht schön, Ayla?« sagte Deegie.

»Ja, ist er nicht wirklich schön?« fragte auch Tricie, freilich mit einer gewissen Schärfe im Ton.

Ayla sah die junge Mutter an. »Nein, schön finde ich ihn nicht.« Deegie hielt vor Überraschung die Luft an. »Keiner könnte behaupten, daß er schön ist, aber ... er ist das liebenswerteste Baby, das ich je gesehen habe. Keine Mutter in der Welt könnte ihm widerstehen. Er muß ja nicht unbedingt schön sein. Er hat etwas ganz Besonderes, Tricie. Ich meine, du bist zu beneiden um ein solches Kind.«

Das Lächeln der Mutter bekam etwas Weiches. »Das bin ich wohl auch, Ayla. Und ich muß dir recht geben, er ist nicht schön. Aber er ist gut, und so liebenswert.«

Plötzlich entstand draußen Bewegung. Rufe und Klageschreie wurden laut. Die drei jungen Frauen hasteten an den Eingang.

»Ach, Große Mutter! Meine Tochter! Wenn ihr doch jemand hülfe!« rief eine Frau wehklagend.

»Was ist denn mit ihr? Und wo ist sie?« fragte Deegie.

»Ein Löwe! Ein Löwe hat sie! Unten auf der Weide. Wenn ihr doch jemand helfen würde, bitte!« Ein paar mit Speeren bewaffnete Männer liefen bereits den Pfad hinunter.

»Ein Löwe? Nein, das kann nicht sein!« sagte Ayla, als sie hinter den Männern herlief.

»Ayla! Wohin willst du?« rief Deegie und versuchte, sie einzuholen.

»Das Mädchen herausholen!« rief Ayla zurück.

Sie rannte auf den Pfad zu. Eine Traube von Menschen stand oben und sah hinter den mit Speeren bewaffneten Männern her, die den Hang hinunterliefen. Hinter ihnen, auf dem grasbewachsenen Schwemmland jenseits des Flusses, stand deutlich sichtbar ein gewaltiger Höhlenlöwe mit zottiger rötlicher Mähne und umkreiste ein junges Mädchen, das wie erstarrt war und sich nicht zu regen traute. Ayla spähte hinunter, faßte das Tier genau ins Auge, um auch ganz sicher zu sein, und lief dann ins Löwen-Lager. Wolf sprang an ihr hoch.

»Rydag!« rief sie. »Komm und nimm mir Wolf ab! Ich muß zu dem Mädchen hinunter.« Als Rydag aus dem Zelt herauskam, befahl sie dem Wolf in gebieterischem Ton: »Bleib!« Dann wies sie den Jungen an, ihn nicht loszulassen. Erst jetzt pfiff sie nach Winnie.

Sie sprang der Stute auf den Rücken und jagte den Pfad hinunter. Die Männer mit den Speeren überquerten bereits den Fluß, als sie Winnie um sie herumlenkte. Sobald sie wieder festen Boden erreicht hatten, stachelte sie die Stute an, in einen Galopp zu verfallen und auf den Löwen und das Mädchen zuzupreschen. Fassungslos sahen die oben am Hang sich drängenden Menschen zu.

»Was bildet sie sich nur ein?« erklärte jemand erbost. »Nicht mal einen Speer hat sie dabei. Dem Mädchen scheint bis jetzt noch nichts passiert zu sein, aber wenn sie derart auf den Löwen zustürmt, könnte ihn gerade das besonders reizen. Wenn dem Kind ein Haar gekrümmt wird, ist das ihre Schuld!«

Jondalar bekam diese Bemerkungen genauso mit wie etliche andere Leute aus dem Löwen-Lager, die sich ihm fragend zuwandten. Er jedoch verfolgte mit den Augen nur Ayla, schluckte die Ängste hinunter, die in ihm aufstiegen. Er konnte sich nicht sicher sein, doch sie mußte es sein, sonst wäre sie niemals mit Winnie hinuntergegangen.

»Winnie, es ist Baby! Es ist wirklich Baby!« rief sie, brachte das Pferd zum Halten und ließ sich hinuntergleiten.

Sie lief auf den Löwen zu und überlegte nicht einen Augenblick, daß dieser sie vielleicht nicht erkannte. Das hier war ihr Baby. Sie war seine Mutter. Sie hatte ihn vom kleinen Löwenjungen an großgezogen, hatte ihn umsorgt und mit ihm gejagt.

Und gerade diese Furchtlosigkeit war es, welche die Erinnerung in dem Löwen weckte. Er trat auf sie zu, und ehe Ayla sich's versah, hatte der Löwe sie angestoßen, um sie umzuwerfen, und hatte sie ihm die Arme um den mächtigen zotteligen Hals geschlungen, während er die Vorderbeine um sie legte – die größte Annäherung an eine Umarmung, deren er fähig war.

»Ach, Baby, du bist zurückgekommen! Wie hast du mich nur gefunden?!« rief sie und wischte sich die Freudentränen in seiner Mähne ab.

Schließlich setzte sie sich auf und spürte, wie er ihr mit rauher Zunge das Gesicht leckte. »Laß das!« wehrte sie ihn lächelnd ab. »Sonst ist meine Haut gleich ganz abgeschürft.« Sie kraulte ihn an den Stellen, wo er es am liebsten hatte, und er gab ihr mit tiefgrollendem Knurren zu verstehen, wie sehr er das genoß. Er wälzte sich auf den Rücken, damit sie ihm den Bauch streichelte. Da bemerkte Ayla das Mädchen, groß und mit langem blondem Haar, das mit weit aufgerissenen Augen dastand und das Geschehen verfolgte.

»Er hat nach mir gesucht«, sagte Ayla zu ihr. »Ich nehme an, er hat dich mit mir verwechselt. Du kannst jetzt gehen – aber langsam, nicht laufen!«

Ayla kraulte Baby am Bauch und hinter den Ohren, bis das Mädchen in dic crwartungsvoll ausgebreiteten Arme eines Mannes lief, der sie erleichtert an sich drückte und den Pfad hinaufführte. Die Speere immer noch wurfbereit erhoben, traten die anderen zurück. Unter ihnen erkannte Ayla Jondalar mit seinem Speerwerfer, und neben ihm einen kleineren Mann mit dunkler Haut. Talut stand auf der anderen Seite von Ranec, und neben ihm wiederum Tulie.

»Du mußt gehen, Baby. Ich möchte nicht, daß sie dir etwas tun. Auch wenn du der größte Höhlenlöwe auf Erden bist, gegen einen Speer bist du machtlos«, sagte Ayla und redete in jener besonderen Sprache zu ihm, die sich aus Clan-Wörtern und -Zeichen sowie Tierlauten zusammensetzte. Baby war mit diesen Lauten genauso vertraut wie mit bestimmten Signalen. Er wälzte sich auf die Seite und erhob sich. Ayla schlang ihm nochmals die Arme um den Hals und drückte ihn – und dann konnte sie nicht widerstehen. Sie hob das Bein an, schob sich auf seinen Rücken hinauf und krallte sich in seiner rötlichen Mähne fest. Es war nicht das erstemal.

Sie fühlte, wie mächtige Muskeln sich unter ihr zusammenzogen, und dann, mit einem Satz, schoß er davon und hatte im Nu die Höchstgeschwindigkeit eines jagenden Löwen erreicht. Wiewohl sie schon früher auf dem Löwen geritten war, nie hatte sie irgendwelche Signale entwickelt, um ihn zu lenken. Er lief, wohin er wollte, aber er gestattete ihr mitzukommen. Immer war es ein aufregender, wilder Ritt, und gerade aus diesem Grunde liebte sie ihn. Ayla klammerte sich an seine Mähne, und der Wind fuhr ihr ins Gesicht, und sie atmete seinen starken, beizenden Geruch ein.

Ayla spürte, wie er wendete und verlangsamte – der Löwe war ein Kurzstreckensprinter; im Gegensatz zum Wolf kannte er keine Ausdauer über lange Strecken –, und sie spähte voraus, um Winnie zu suchen, die geduldig grasend auf sie wartete. Das Pferd wieherte, als sie sich näherten, und warf den Kopf in die Höhe. Babys strenger Löwengeruch war stark ausgeprägt und beunruhigend; aber die Stute hatte geholfen, das Tier von klein auf großzuziehen, und hatte ihn auf ihre Weise bemuttert. Wiewohl er im Widerrist fast so hoch war wie sie, dabei aber weit länger und schwerer, hatte das Pferd keine Angst vor diesem bestimmten Löwen, zumal Ayla bei ihm war.

Als der Löwe stehenblieb, ließ Ayla sich von seinem Rücken gleiten. Sie umarmte ihn und kraulte ihn nochmals, doch dann gab sie ihm mit einem Signal, das das Schleudern eines Steins andeutete, zu verstehen, er solle sich trollen. Tränen rannen ihr über die Wangen, als sie ihn – den Schwanz von einer Seite zur anderen bewegend – davongehen sah. Als sie dann seine unverkennbaren Knurrlaute »*hnk, hnk, hnk*« hörte, die sie überall wiedererkannt hätte, schluchzte sie laut auf. Die Tränen flossen reichlicher, und das Bild der großen lohfarbenen Katze mit der rötlichen Mähne, die dort im hohen Gras verschwand, verschwamm. Irgendwie wußte Ayla, daß sie nie wieder auf ihm reiten würde; daß sie ihren wilden, unwahrscheinlichen Löwensohn nie wiedersehen würde.

Sein »*Hnk, hnk*« hörte nicht auf, bis der mächtige Höhlenlöwe – wirklich riesenhaft verglichen mit seinen späteren Verwandten – ein tief aus dem Bauch aufsteigendes, ohrenbetäubendes Gebrüll ausstieß, das meilenweit im Umkreis zu hören war. Er brachte mit seinem Lebewohl gleichsam die Erde zum Zittern.

Ayla gab Winnie ein Zeichen und kehrte zu Fuß mit ihr zurück. So gern sie auch auf ihrer Stute ritt, ihr lag daran, das Gefühl dieses letzten wilden Ritts solange in sich zu bewahren, wie es irgend ging.

Endlich riß Jondalar sich von dem faszinierenden Anblick los und bemerkte die Fassungslosigkeit auf den Gesichtern der anderen. Er sah förmlich, was sie dachten. Pferde, das mochte noch hingehen, selbst ein Wolf – aber ein Höhlenlöwe? Sein Gesicht verzog sich zu einem breiten, selbstgefälligen, stolzen und auch erleichterten Grinsen. Sollte jetzt noch mal jemand seine Geschichten anzweifeln!

Die Männer schickten sich an, hinter Ayla den Pfad hinaufzugehen; sie kamen sich beinahe töricht vor mit ihren Speeren, für die sie keine Verwendung hatten. Die Leute, die alles beobachtet und verfolgt hatten, traten, als sie näherkam, zurück, machten den Weg frei für die Frau und das Pferd, und starrten ungläubig, immer noch wie vor den Kopf geschlagen und von ehrfürchtiger Scheu ergriffen, hinter ihr her. Selbst die Leute vom Löwen-Lager, die Jondalars Erzählungen kannten und von Aylas Leben im Tal der Pferde wußten, konnten nicht glauben, was sie gesehen hatten.

35

Ayla hatte ihre Kleidung durchgesehen, um sich darüber klarzuwerden, was sie auf die Jagd mitnehmen wollte – nachts könne es empfindlich kalt werden, hatte man ihr gesagt. Sie würden bis in ein Gebiet vorstoßen, wo man die gigantische Eiswand sah, die den äußersten Rand des Gletschers bildete. Wymez hatte ihr eine Reihe von vorzüglich gearbeiteten Speeren gebracht und ihr die Vorteile der von ihm eigens für die Mammutjagd entwickelten Speerspitze erklärt. Sie wollte ihn gerade bitten, eine Speerspitze so umzugestalten, daß sie sie auch bei ihrem Speerwerfer verwenden konnte, als Mamut hinzukam.

»Die Mamuti möchten mit dir reden. Sie wollen, daß du ihnen hilfst, die Mammuts herbeizurufen, Ayla«, sagte er. »Sie glauben, wenn du mit dem Geister-Mammut sprichst, könnte Sie geneigt sein, uns viele zu schicken.«

»Aber ich habe dir doch bereits gesagt, daß ich über keine besonderen Kräfte verfüge«, sagte Ayla geradezu flehentlich. »Ich weiß nicht, wie man mit ihnen spricht.«

»Ich weiß, Ayla. Ich habe ihnen erklärt, daß du möglicherweise die Gabe einer Ruferin besitzt, aber völlig unausgebildet bist. Sie bestehen trotzdem darauf, daß ich dich bitte. Nachdem sie dich auf dem Löwen haben reiten sehen und erlebt haben, wie du ihm befahlst umzukehren, sind sie überzeugt, daß du einen starken Einfluß auf das Geister-Mammut besitzt, gleichgültig ob du nun ausgebildet bist oder nicht.«

»Das war doch Baby, Mamut. Ein Löwe, den ich aufgezogen habe. Das könnte ich nicht mit jedem Löwen machen.«

»Warum redest du von diesem Löwen, als ob du seine Mutter wärest?« ließ eine Stimme sich vom Eingang vernehmen. Eine große Gestalt stand dort. »Bist du seine Mutter?« fragte Lomie, und trat auf Mamuts einladendes Winken hin in das Zelt.

»In gewisser Hinsicht wohl. Ich habe ihn großgezogen. Er war verletzt, eine durchgehende Rentierherde war über ihn hinweggestürmt, und er muß einen Tritt an den Kopf bekommen haben. Baby nenne ich ihn, weil er wirklich noch ein Baby war, als ich ihn fand. Ich habe ihm nie einen anderen Namen gegeben. Er war immer Baby, auch als er heranwuchs«, erklärte Ayla. »Ich verstehe mich wirklich nicht auf das Herbeirufen von Tieren, Lomie.«

»Aber wieso ist dieser Löwe denn ausgerechnet im denkbar günstigsten Augenblick aufgetaucht, wenn du ihn nicht herbeigerufen hättest?« wollte Lomie wissen.

»Das war reiner Zufall und hat überhaupt nichts Geheimnisvolles. Wahrscheinlich hat er meine Witterung aufgenommen, oder die von Winnie, und hat nach mir Ausschau gehalten. Früher ist er manchmal gekommen, uns zu besuchen, selbst nachdem er eine Löwin fand und sein eigenes Rudel gründete. Frag nur Jondalar.«

»Aber wenn er nicht unter einem besonderen Einfluß stand – wieso hat er dem Mädchen dann nichts getan? Die hatte keine ›Mutter‹-Beziehung zu ihm. Sie berichtet, er habe sie zu Boden gestoßen, und sie dachte, er würde sie auffressen; aber er hat ihr nur das Gesicht geleckt.«

»Ich nehme an, er hat das getan, weil sie mir ein wenig ähnlich sieht. Sie ist groß und hat blondes Haar. Er ist mit einem Menschen aufgewachsen, nicht mit anderen Löwen, und so hält er Menschen manchmal für seine Familie. Und wenn er mich länger nicht gesehen hatte, hat er mich immer umgestoßen und zu Boden geworfen, wenn ich ihn nicht davon abhielt. Von ihm ist das nur spielerisch gemeint. Er wollte in die Arme geschlossen und gekrault werden«, erklärte Ayla. Sie merkte, daß sich das Zelt mit Mamuti füllte, während sie sprach.

Mit einem verschmitzten Lächeln im Gesicht ging Wymez aus dem Weg. Da sie nicht hatte zu ihnen gehen wollen, sind sie zu ihr gekommen, dachte er. Stirnrunzelnd bemerkte er, daß Vincavec näher heranrückte. Es würde Ranec tief treffen, wenn Ayla ihn statt seiner wählte. Noch nie hatte er den Sohn seines Herdfeuers so verwirrt gesehen wie in dem Augenblick, als er von Vincavecs Angebot erfahren hatte. Und Wymez mußte zugeben, daß das auch ihn ganz schön durcheinandergebracht hatte.

Vincavec ließ Ayla nicht aus den Augen, als sie die Fragen beantwortete. Er war nicht so leicht zu beeindrucken. Schließlich war er Anführer und Mamut und kannte sich im Wirken flüchtiger Einflüsse nicht minder aus als in den Verkleidungen, in denen die übernatürlichen Kräfte auftraten. Doch gleich den anderen Mamuti hatte er sich zum Herdfeuer des Mammut hingezogen gefühlt, weil er den Drang verspürte, tiefere Dimensionen zu erkunden und die Gründe hinter den Erscheinungen zu erfahren; ein wirklich unerklärliches Geheimnis oder die Vorführung einer handfesten Macht vermochten ihn durchaus anzurühren.

Vom ersten Augenblick ihrer Begegnung an hatte er an Ayla etwas Geheimnisvolles gespürt, wie auch das Wirken einer stillen Kraft in ihr, so als wäre die Probe aufs Exempel bereits gemacht worden. Ihre Macht war schon groß. Ob sie diese in wohltätiger Weise oder zu bösartigen Zwekken einsetzte, ergab sich einfach – wie Sommer und Winter oder Tag und Nacht bildeten sie nur die beiden Gesichter ein und derselben Sache. Ihre persönliche Feindschaft wollte sich niemand mehr zuziehen. Wenn sie einen Höhlenlöwen beherrschte – wer weiß, wozu sie dann noch fähig war?

Vincavec war zusammen mit dem alten Mamut und den anderen Mamuti in der gleichen Umwelt aufgewachsen, in derselben Kultur groß geworden, und ihre Ansichten und Überzeugungen, die sie sich zu eigen machten, um ihr Dasein zu begreifen, waren ihnen in Fleisch und Blut übergegangen, waren Bestandteil ihrer geistigen und moralischen Existenz.

Ihren Vorstellungen entsprechend, war ihr Leben weitgehend vorbestimmt; sie konnten dessen Ablauf ja auch kaum beeinflussen. Krankheiten schlugen ohne erkennbaren Grund zu; selbst wenn man sie behandelte, konnten einige daran sterben, während andere sie überlebten. Unglücksfälle trafen nicht minder unvorhersehbar ein; war man, wenn es dazu kam, allein, bedeuteten sie häufig den Tod. Ein unwirtliches Klima sowie rasch wechselndes Wetter, wie es sich in der Nähe gewaltiger Gletscher ergab, konnte Dürrezeiten und Überschwemmungen hervorrufen, die ihren unmittelbaren Lebensraum beeinflußten, von dem sie abhängig waren. Ein zu kalter oder zu nasser Sommer konnte das Pflanzenwachstum verkümmern lassen, die Zahl der Tiere drastisch verringern oder sie bewegen, ihre Wanderzüge zu verändern; das konnte für ein Volk von Mammutjägern große Härten bedeuten.

Die Struktur ihres metaphysischen Kosmos entsprach ihrer physischen Umwelt und war nützlich insofern, als sie Antworten auf unlösbare Fragen lieferte – Fragen, die ohne ein Minimum von annehmbaren und – ihren Vorstellungen entsprechend – vernünftigen Erklärungen große Ängste hervorrufen würden. Doch mag eine Struktur noch so nützlich sein, sie engt in jedem Falle ein. Die Tiere der Welt zogen, wohin sie wollten, die Pflanzen gediehen aufs Geratewohl, und die Menschen waren mit all diesen Abläufen innig vertraut. Sie wußten, wo bestimmte Pflanzen wuchsen, und verstanden das Verhalten der Tiere; nie jedoch wäre es ihnen in den Sinn gekommen, diese Grundmuster verändern zu wollen: daß Tiere, Pflanzen und Menschen mit der Fähigkeit, sich zu verändern und anzupassen, geboren wurden, ja, daß ohne diese Fähigkeit für sie keine Überlebenschance bestand.

Die Gewalt oder Herrschaft, die Ayla über die von ihr großgezogenen

Tiere ausübte, konnten die Mamutoi unmöglich als naturgegeben betrachten; kein Mensch hatte jemals versucht, ein Tier zu zähmen oder abzurichten. Die Mamuti, die das Bedürfnis nach Erklärungen voraussehen, um die durch diese erschreckende Neuerung hervorgerufenen Ängste zu beschwichtigen, hatten im Geiste den theoretischen Bereich ihrer metaphysischen Welt auf der Suche nach zufriedenstellenden Antworten abgeschritten. Es ging ja nicht nur um die schlichte Tatsache, daß Ayla Tiere gezähmt hatte. Sie hatte vielmehr übernatürliche Kräfte bewiesen, wie die Menschen sie in ihren kühnsten Träumen nicht für möglich hielten. Daß sie Tiere beherrschte – soviel stand für diese Menschen fest –, ließ sich nur dadurch erklären, daß sie Zugang zu der ursprünglichen Geist-Form und damit zu Der Mutter selbst hatte.

Vincavec war genauso wie alle anderen Mamuti inzwischen überzeugt, daß Ayla nicht nur eine Mamut war – Eine, Die Der Mutter Dient – sondern daß sie mehr sein mußte. Vielleicht verkörperte sie eine übernatürliche Gegenwärtigkeit; möglicherweise war sie sogar die fleischgewordene Mut Selbst. Das war um so glaubhafter, als sie nicht damit großtat. Doch worin ihre Kraft auch immer bestand, Vincavec war fest überzeugt, daß irgendein bedeutendes Schicksal ihrer harrte. Es mußte einen besonderen Grund für ihr Dasein geben, und er sehnte sich inbrünstig danach, Teil davon zu sein. Sie war die Erwählte Der Großen Erdmutter.

»Deine Erklärungen haben alle etwas für sich«, sagte Lomie schmeichelnd, nachdem sie sich Aylas Einwände angehört hatte, »aber würdest du wohl trotzdem bereit sein, an der Zeremonie des Herbeirufens teilzunehmen, selbst wenn du meinst, keinerlei Begabung dafür zu besitzen? Viele von uns glauben, daß die Mammutjagd besonders glücklich verlaufen wird, wenn du am Herbeirufen teilnimmst, und Glück zu bringen schadet dir ja nicht. Nur würde es die Mamutoi sehr, sehr glücklich machen.«

Ayla sah keine Möglichkeit, das abzuschlagen, aber wohl war ihr angesichts des ihr zuteil gewordenen überschwenglichen Lobes keineswegs. Jetzt haßte sie es förmlich, durch das große Lager zu gehen, und wartete gespannt auf den Beginn der Mammutjagd morgen. Gewiß würde sie erleichtert aufatmen, wenn es ihr gelang, für eine Weile fortzukommen.

Ayla erwachte und blickte zu dem offenen dreieckigen Ende des Reisezelts hinaus. Helligkeit kroch am westlichen Rand des Himmels hoch. Leise stand sie auf, war bemüht, weder Ranec noch sonst jemand aufzuwekken, und schlüpfte hinaus. Feuchtkalter Frühdunst hing in der Luft, doch gab es bis jetzt noch keine Insektenschwärme, und dafür war sie dankbar. Gestern abend hatte man sich kaum vor ihnen retten können.

Sie ging hinunter an den Rand eines schwarzen Teichs aus stehendem, mit Schlamm und Pollen bedecktem Wasser, Brutplatz für ganz Schwärme von Stech- und Kriebelmücken, Gnitzen und hauptsächlich Moskitos, die aufgestiegen waren, um sich ihnen entgegenzuwerfen wie eine erregt summende Rauchwolke. Die Insekten hatten sich bis unter die Kleidung vorgearbeitet, hinterließen einen Pfad roter, juckender Quaddeln und setzten sich bei Jägern und Pferden um die Augen herum ebenso fest wie an den Mundwinkeln.

Die fünfzig Männer und Frauen, die ausgewählt worden waren, die erste Mammutjagd des Jahres zu veranstalten, hatten die ebenso unangenehmen wie unvermeidlichen Moräste erreicht. Der tiefgefrorene Boden unter der Oberflächenschicht von Frühlings- und Sommerschmelzwasser gestattete keinen Abfluß und damit kein Trockenwerden des Bodens. War die Schmelzwasseransammlung größer als das, was durch natürliche Verdunstung verschwand, entstanden stehende Wasser. Bei den Wassermengen, die sich während der wärmeren Jahreszeit sammelten, bildeten sich ausgedehnte seichte Schmelzwasserseen ebenso wie stille kleine Teiche, in denen sich der Himmel spiegelte.

Der Nachmittag war bereits soweit fortgeschritten, daß es sich nicht mehr lohnte, den Sumpf noch zu durchqueren oder ihn zu umgehen. Rasch hatte man das Lager aufgeschlagen und Feuer entzündet, um die fliegenden Plagegeister, so gut es ging, fernzuhalten. Am ersten Abend des Jagdzugs waren diejenigen, die Aylas Pyritwürfel noch nicht kannten, in Rufe der Überraschung und ehrfürchtiger Scheu ausgebrochen, doch mittlerweile ging man selbstverständlich davon aus, daß sie es war, die das Feuer entzündete. Bei den Zelten, die sie benutzten, handelte es sich um einfache Unterkünfte, deren Planen aus mehreren zusammengenähten Fellen bestanden. Wie diese dann aussahen, hing davon ab, was für Material man vorfand oder mitbrachte. Ein Mammutschädel mit riesigen Stoßzähnen darin konnte der Plane Halt gegeben; aber auch der biegsame Stamm einer Zwergweide ließ sich dazu verwenden; manchmal dienten auch Mammutspeere als Zeltstangen. Gelegentlich diente die Plane aber auch einfach als zusätzliche Bodenmatte. Diesmal wurde sie von einigen Jägern vom Löwen-Lager und ein paar anderen über eine schräg geneigte Firststange gelegt, die mit dem einen Ende in den Boden gesteckt und mit dem anderen in der Astgabel eines Baums verkeilt worden war.

Nachdem das Lager aufgeschlagen war, durchsuchte Ayla zunächst die dichte Vegetation am Rand des Morastes und stellte erfreut fest, daß es hier gewisse kleine Pflanzen mit handähnlichen, dunkelgrünen Blättern gab. Sich bis zu den Kriechwurzeln vorgrabend, sammelte sie ein paar davon und kochte den grünlichen Gelbwurz, um daraus eine heilungsfördernde und insektenabstoßende Tinktur für die entzündeten Augen und Hälse der Pferde zu brauen. Als sie selbst ihre von Mückenstichen übersäte Haut damit bestrich, baten etliche andere darum, was damit endete, daß sie schließlich die Insektenstiche der ganzen Jagdgesellschaft behandelte. Sie vermischte den zerstampften Gelbwurz mit Fett, um eine Salbe für den nächsten Tag herzustellen. Dann fand sie eine Stelle mit Flohkraut, riß etliche Pflanzen heraus und warf sie ins Feuer, was zusätzlich zu dem ohnehin insektenvertreibenden Rauch dafür sorgte, den kleinen Lagerplatz vergleichsweise mückenfrei zu halten.

Doch in der Morgenkühle gaben die fliegenden Geißeln ohnehin etwas Ruhe. Ayla erschauerte und rieb sich die Arme, machte jedoch keinerlei Anstalten, in das wärmere Zelt zurückzukehren. Sie starrte auf die dunkle Wasserfläche und bemerkte kaum, wie nach und nach Helligkeit aus dem Osten das gesamte Himmelsrund erfüllte und das dichte Gestrüpp besser erkennen ließ. Sie spürte, wie ihr ein warmes Fell um die Schulter gelegt wurde. Dankbar zog sie es um sich und spürte, wie Arme von hinten um ihre Hüfte faßten.

»Dich frierst, Ayla. Du bist schon lange draußen«, sagte Ranec.

»Ich konnte nicht schlafen«, erwiderte sie.

»Ist was?«

»Ich weiß nicht. Nur ein unbehagliches Gefühl. Ich kann es nicht erklären.«

»Seit der Zeremonie des Herbeirufens bist du verstört, habe ich nicht recht?« sage Ranec.

»Darüber habe ich noch gar nicht nachgedacht. Vielleicht hast du recht.«

»Dabei hast du doch gar nicht daran teilgenommen, sondern nur zugesehen.«

»Ich wollte nicht daran teilnehmen, aber ich bin mir nicht sicher. Es ist möglich, daß irgendwas geschehen ist«, sagte Ayla.

Gleich nach der Morgenmahlzeit packten die Jäger und marschierten weiter. Zuerst versuchten sie, den Morast zu umgehen, doch schien es keinen Weg zu geben, der nicht einen langen Umweg bedeutet hätte. Talut und eine Reihe anderer Jagdanführer spähten aufmerksam in das von kaltem Dunst verhangene Pflanzengewirr hinein, beratschlagten mit den anderen und entschlossen sich schließlich zu einer Route, die den leichtesten Weg hindurch zu versprechen schien.

Der wasserbedeckte Boden am Rande wich bald einem federnden Flachmoor. Viele der Jäger streiften die Füßlinge ab und stapften barfuß durch das kalte, schlammige Wasser. Ayla und Jondalar führten die nervösen Pferde behutsamer hindurch. Kälteliebende Schlingpflanzen und die langen Bärte graugrüner Flechten hingen von kleinwüchsigen und verkrüppelten Birken, Weiden und Erlen herunter, die so nahe beieinander wuchsen, daß sie einen winzigen arktischen Dschungel bildeten. Die Tragfähigkeit des Bodens trog oft. Ohne festen Grund, sich darin zu verwurzeln und Standfestigkeit zu gewinnen, wuchsen die Bäume in den unmöglichsten Winkeln in die Höhe und krochen häufig dicht über den Boden. Es war schwer für die Jäger, über gefallene Baumstämme, verworrenes Gesträuch und teilweise unter Wasser liegende Wurzeln und Zweige hinwegzuklettern, an denen so mancher Fuß sich festhakte. Binsen- und Schilfbulten machten einen tückisch festeren Eindruck, als sie es in Wirklichkeit waren, und Moose und Farne tarnten stinkende Lachen stehenden Wassers.

Sie kamen nur langsam und unter großen Mühen voran. Als der Vormittag schon weit fortgeschritten war, legten sie Rast ein, weil sie alle schwitzten, selbst im Schatten. Als es wieder losging, stieß Talut gegen einen ganz besonders zähen Erlenzweig, bekam, was bei ihm sehr selten war, einen Wutanfall und hackte blindlings mit seiner schweren Axt an dem Baum herum. Die rotgelbe Flüssigkeit, die aus den Narben des im Wege stehenden Baums hervorquoll, gemahnte an Blut.

Nichts war so willkommen wie fester Boden unter den Füßen. Hohe Farne und teilweise noch höhere Gräser – oft übermannshoch – wuchsen auf einer ansonsten üppig bewachsenen baumfreien Stelle am Rande des Morasts. Um Feuchtzonen aus dem Weg zu gehen, wandten sie sich nach Osten, kletterten dann eine Erhebung hinauf, die aus der sumpfgefüllten Senke hervortrat, und sichteten den Zusammenfluß eines breiten Stroms mit einem Nebenfluß. Talut, Vincavec und die Anführer anderer Lager blieben stehen, um sich anhand von Karten auf Elfenbeinplatten zu konsultieren und mit Messern weitere Zeichen in den Boden zu ritzen.

Als sie sich dem Fluß näherten, kamen sie mitten durch ein Birkenwäldchen. Freilich, im Gegensatz zu den hochragenden, kräftigen Birken wärmerer Zonen waren diese Bäume hier durch die harten periglazialen Bedingungen verkrüppelt und zerspellt, strahlten aber trotzdem eine gewisse Schönheit aus. Auch wenn es schien, als ob sie absichtlich zu einer endlosen Reihe reizvoller Einzelformen zurechtgeschnitten und -gestutzt waren, bewahrte jedoch jeder einzelne Baum eine eigentümlich blasse und zarte Anmut. Dennoch trog das Aussehen der dünnen, zerbrechlichen herunterhängenden Zweige. Als Ayla versuchte, einen abzubrechen, erwies er sich als zäh und biegsam wie Sehnen; da unablässig der Wind wehte, peitschten sie die an sich wuchsfreudige Vegetation um sich herum und unterdrückten sie.

»Die nennt man ›Alte Mütter‹.«

Ayla fuhr herum und erkannte Vincavec.

»Ein passender Name, wie ich finde. Sie erinnern einen daran, niemals die Kraft einer alten Frau zu unterschätzen. Dies hier ist ein heiliger Hain, und sie stehen Wache über den Somuti«, sagte er und zeigte auf den Boden.

Die zitternden kleinen Birkenblätter versperrten nicht ganz der Sonne den Zugang, und Lichtkringel tanzten auf dem dicht mit halbverrottetem Laub bedeckten Waldboden. Jetzt entdeckte Ayla, daß unter bestimmten Bäumen aus dem Moos die großen roten, weißgetüpfelten Pilze herauswuchsen.

»Diese Pilze – sind das die, welche ihr Somuti nennt? Die sind giftig. Die können töten«, sagte Ayla.

»Ja, selbstverständlich – es sei denn, man kennt das Geheimnis der Zubereitung. Das bewahrt sie davor, in falscher Weise genossen zu werden. Nur diejenigen, die erwählt sind, dürfen die Welt der Somuti erkunden.«

»Besitzen sie Heilkräfte? Ich kenne keine«, sagte sie.

»Das weiß ich nicht. Ich bin kein Heilkundiger. Da mußt du schon Lomie fragen«, sagte Vincavec. Und dann, ehe sie sich's versah, hatte er ihre beiden Hände ergriffen und sah sie an oder vielmehr, wie sie fand, in sie hinein. »Warum hast du dich bei der Zeremonie des Herbeirufens gegen mich gestemmt, Ayla? Ich hatte den Weg ins Unterland für dich bereitet, aber du hast dich gegen mich gesträubt.«

Ayla verspürte einen merkwürdigen inneren Konflikt und fühlte sich hin- und hergerissen. Vincavecs Stimme klang herzlich und hatte etwas Zwingendes; vieles in ihr drängte danach, sich in der schwarzen Tiefe seiner Augen zu verlieren, sich in den kühlen dunklen Teichen treiben zu lassen und in alles einzuwilligen, was er verlangte. Gleichzeitig hatte sie aber auch das überwältigende Bedürfnis, sich loszureißen, sich nicht hineinziehen zu lassen und ihre eigene Identität zu bewahren. Unter Aufbietung aller Willenskraft riß sie die Augen von ihm los und erhaschte einen Blick von Ranec, der sie beobachtete und sich dann rasch abwandte.

»Du magst den Weg bereitet haben, aber ich war nicht bereit«, sagte Ayla und mied Vincavecs Blick. Erst als er lachte, sah sie auf. Seine Augen waren grau, nicht schwarz.

»Du bist gut! Du bist stark, Ayla. Ich bin einer wie dir noch nie begegnet. Du bist genau die Richtige für das Herdfeuer des Mammut und für das Mammut-Lager. Sag mir, daß du mein Herdfeuer teilen wirst«, drängte Vincavec und legte alle Überredungskraft und alles Gefühl hinein, dessen er fähig war.

»Ich bin Ranec anverlobt«, sagte sie.

»Das macht nichts, Ayla. Bring ihn mit, wenn du willst. Ich hätte nichts dagegen, das Herdfeuer des Mammut mit einem so begabten Bildschnitzer zu teilen. Nimm uns beide! Oder ich nehme euch beide!« Wieder lachte er. »Es wäre nicht das erste Mal. Auch ein Mann besitzt einen bestimmten Reiz.«

»Ich . . . ich weiß nicht«, sagte sie, und als sie gedämpftes Hufgetrappel hörte, sah sie auf.

»Ayla, ich will mit Renner zum Fluß und ihm die Beine abbürsten. Die sind völlig verschlammt, und der Schlamm fängt an zu trocknen. Soll ich nicht Winnie gleich mitnehmen?« fragte Jondalar.

»Das mache ich selbst«, sagte Ayla, froh, einen Vorwand zu haben zu entkommen. Vincavec war faszinierend, aber auch ein wenig beängstigend.

»Die Stute steht dort drüben, bei Ranec«, sagte Jondalar und wandte sich dem Fluß zu.

Vincavecs Augen folgten dem großen blonden Mann. Ich möchte mal wissen, was für eine Rolle er bei alledem spielt, dachte der Mammut-Anführer. Gekommen sind sie zusammen, und von den Tieren versteht er womöglich genausoviel wie sie, doch ein Liebespaar scheinen sie nicht zu sein, aber nicht etwa, weil er mit Frauen nichts anzufangen wüßte. Avarie hat mir erzählt, daß sie ihn lieben. Aber er rührt Ayla nie an, schläft nicht mit ihr. Wie es heißt, hat er sogar die Riten des Frauentums mit Latie ausgeschlagen, weil seine Gefühle zu brüderlich wären. Ob es das wohl ist, was er Ayla entgegenbringt? Brüderliche Gefühle? Ist das der Grund, warum er uns unterbrochen und sie zurückverwiesen hat an den Bildschnitzer? Vincavec runzelte die Stirn, drehte dann vorsichtig einige von den großen Pilzen heraus und hängte sie mit einer Schnur mit dem Kopf nach unten in die Zweige der ›Alten Mütter‹. Er nahm sich vor, sie auf dem Rückweg mitzunehmen.

Nachdem sie den Nebenfluß überquert hatten, erreichten sie ein trockeneres Gebiet mit weiter auseinanderliegenden baumlosen Sumpfteilen. Das Schreien, Schnattern und Kreischen von Wasservögeln warnte sie vor einem großen vor ihnen liegenden Schmelzwassersee. Nicht weit davon entfernt schlugen sie wieder ihr Lager auf, und ein paar Leute gingen weiter ans Wasser, um etwas für die Abendmahlzeit zu erlegen. Fische fanden sich nicht in diesen jahreszeitlich bedingten Seen, es sei denn, diese vereinigten sich zufällig mit einem ganzjährigen Fluß, doch zwischen den Wurzeln von hohem Schilf, Rohrkolben und Binsen schwammen die Kaulquappen eßbarer Frösche und Kröten mit feuerroten Bäuchen.

Aufgrund irgendeines jahreszeitlichen Signals kam eine unglaubliche

Vielzahl von Vögeln, hauptsächlich Wasservögel, nach Norden gezogen, um sich den Schneehühnern, Goldadlern und Schnee-Eulen anzuschließen. Die Eis- und Schneeschmelze des Frühjahrs, die den Pflanzenwuchs erneuerte und ausgedehnte morastige Marschen entstehen ließ, lud die ungezählten Zugvögel zum Verweilen, Nestbauen und zum Ausbrüten des Nachwuchses ein. Manche Vögel nährten sich von jungen Amphibien, andere von den erwachsenen und dazu von Wassermolchen, Schlangen, Samenkörnern und Zwiebeln, den unvermeidlichen Insekten und auch kleineren Säugetieren.

»Ach, würde es Wolf hier gefallen!« sagte Ayla zu Brecie, als sie – die Schleuder in der Hand – ein paar kreisenden Vögeln nachsah in der Hoffnung, sie möchten näher ans Ufer herankommen, damit sie nicht allzu weit hinauszuwaten brauchten, um sie zu holen. »Er wird immer besser darin, erlegtes Wild für mich zu holen.«

Brecie hatte Ayla versprochen, ihr ihren Wurfstecken zu zeigen, und wollte ihrerseits Aylas vielgepriesenes Können mit der Schleuder bewundern. Beide waren jeweils von der anderen beeindruckt. Bei Brecies Waffe handelte es sich um ein längliches, leicht rhombenförmiges Querstück von einem Beinknochen, dessen knubbeliges Endstück abgetrennt und dessen Rand geschärft worden war. Wurde der Stecken geworfen, beschrieb er einen Kreis, und geriet er in einen richtigen Vogelschwarm, konnte es gut sein, daß mehrere Tiere auf einmal heruntergeholt wurden. Ayla fand, daß der Wurfstecken sich weit besser für die Vogeljagd eignete als ihre Schleuder; dafür ließ sich die Schleuder auf vielfältigere Weise verwenden, denn sie konnte damit auch Landtiere jagen.

»Du hast die Pferde mitgenommen – warum hast du den Wolf zurückgelassen?« fragte Brecie.

»Wolf ist noch jung. Ich war mir nicht sicher, wie er sich bei einer Mammutjagd verhalten würde, und ich wollte nicht Gefahr laufen, daß ausgerechnet bei dieser etwas schiefgeht. Die Pferde hingegen können uns helfen, das Fleisch zurückzuschaffen. Außerdem glaube ich, daß Rydag sich ohne Wolf einsam gefühlt hätte«, sagte Ayla. »Und mir fehlen sie beide.«

Brecie war versucht, Ayla zu fragen, ob sie wirklich einen Sohn wie Rydag habe, besann sich dann jedoch eines Besseren. Das Thema war einfach zu heikel.

Während sie die nächsten paar Tage weiter nach Norden vorstießen, veränderte sich die Landschaft merklich. Die Moräste hörten auf, und nachdem sie auch die lärmenden Vögel hinter sich gelassen hatten, pfiff der Wind über die baumlosen offenen Ebenen, und ein unheimlich wehklagendes Schweigen und ein Gefühl der Trostlosigkeit lag über allem. Der

Himmel bedeckte sich mit einem trüben Grau, einer gesichtslosen Wolkendecke, welche die Sonne verdunkelte und die Sterne bei Nacht verbarg, aber regnen tat es selten. Statt dessen fühlte die Luft sich trockener und kälter an, und ein scharfer Wind schien selbst die Feuchtigkeit des Atems noch vom Mund wegzureißen und zu verzehren. Gelegentlich rissen die Wolken am Abend auf, und die Eintönigkeit des Himmels wurde von einem so flammenden Sonnenuntergang verdrängt, daß die Reisenden von der Schönheit dieses Vorgangs tief angerührt waren.

Es war ein Land weiter Horizonte. Ein lang hingestreckter Hügel folgte dem nächsten; keine zerklüfteten Felsen ließen das Gefühl von Entfernung und Perspektive aufkommen, und die endlosen Grau-, Braun- und matten Goldtöne wurden nicht von schilfgrünen Marschen aufgelockert. Die Ebenen schienen sich nach allen Richtungen hin endlos auszudehnen, nur nach Norden nicht. Dort wurde das weitgestreckte Feld von dichten Nebelschwaden verschluckt, welche die dahinterliegende Welt verbargen und dem Auge keine Möglichkeit ließen, irgendwelche Entfernungen auch nur annähernd richtig einzuschätzen. Es waren weder Grassteppen noch gefrorene Tundra, sondern beides zugleich. Frost- und trockenheitsresistente Grasbüschel, Kräuter mit dichtem Wurzelsystem, verholzte kleine Beifuß- und Wermutsträucher wechselten sich mit arktischer Glockenheide ab, mit Zwergrhododendren sowie rosa Krähenbeeren, welche die violette Blüte der Bergheide durchbrachen. Bickbeeren, die nicht höher wuchsen als anderthalb Handbreit über dem Boden, versprachen gleichwohl eine Fülle schöner großer Beeren, und geduckte Birken krochen über den Boden wie Schlinggewächse.

Doch selbst Zwergformen von Bäumen waren bei den einander feindlich gegenüberstehenden Wachstumsbedingungen selten. In der echten Tundra des Nordens reicht die Wärme nicht aus, um das Keimen und Wachsen von Baumsamen zu ermöglichen. Auf den Steppen nehmen heulende Winde jedes bißchen Feuchtigkeit auf, ehe es die Möglichkeit hat, sich zu sammeln, und widersetzen sich jedem Wachstum genausosehr wie die Kälte. Wo beides herrschte, war das Land gefroren *und* trokken.

Eine womöglich noch trostlosere Öde grüßte die Jagdgesellschaft, als sie in den vor ihnen liegenden dichten weißen Nebel vorstießen. Kahle Felsen und Geröll lagen zutage, waren aber mit Flechten überzogen, fest haftenden, schuppenartigen Krusten aus Gelb, Grau, Braun und sogar leuchtendem Gelbrot, das mehr Felsen als Pflanzen ähnelte. Einige wenige blütentreibende Kräuter und niedriges Gesträuch hielten sich, und zähe Gräser und Seggen bedeckten noch immer ansehnliche Bodenflächen. Selbst in dieser wilden Öde mit den kalten trockenen Winden, von denen man meinen sollte, daß kein Leben in ihnen gedeihe, ging das Leben weiter.

Es tauchten Anzeichen auf, die auf das in den Nebelschwaden verborgene Geheimnis hinwiesen. In riesige Felsplatten eingegrabene Furchen; langgestreckte Wälle aus Sand, Steinen und Geröll; große, dem Anschein nach nicht hierhergehörende Steine, die aussahen, als hätte eine unsichtbare Riesenhand sie fallen lassen. Wasser rann in dünnen Rinnsalen und milchig brodelnden Wildbächen über den steinigen Grund. Als sie dem Nebel näher kamen, fühlte man endlich kalte Feuchtigkeit in der Luft. Schmutziger Schnee hielt sich in schattigen Winkeln, und in einer Senke neben einem gewaltigen Felsbrocken umringte alter Firn einen kleinen Teich, in dem tief unten leuchtendblaue Eisschichten zu erkennen waren.

Am Nachmittag schlug der Wind um, und als es für die Jäger an der Zeit war, das Lager aufzuschlagen, rieselten in Windstößen durcheinanderwirbelnde trockene Schneeflocken vom Himmel. Verstört beratschlagte Talut mit den anderen. Vincavec hatte den Mammut-Geist mehrere Male angerufen, doch vergebens. Sie hatten erwartet, schon vorher auf die großen Tiere zu stoßen.

Nachts still auf ihrem Lager liegend, wurde sich Ayla geheimnisvoller Geräusche bewußt, die tief aus dem Inneren der Erde zu kommen schienen: Es knirschte und grollte, gluckste und gurgelte. Ayla war außerstande zu bestimmen, worum es sich handelte und woher sie kamen, und das beunruhigte sie. Sie versuchte zu schlafen, wachte aber dauernd wieder auf. Schließlich, gegen Morgen, schlief sie erschöpft ein.

Als sie erwachte, wußte Ayla, daß es schon spät war. Es schien ungewöhnlich hell, und alle anderen hatten das Zelt bereits verlassen. Sie packte ihren Überwurf, kam aber nur bis zur Zeltöffnung. Wie angewurzelt blieb sie stehen und starrte offenen Mundes auf das Bild, das sich ihren Augen bot. Der Wind, der umgeschlagen war, hatte den Sommerdunst dampfenden Eises fortgefegt. Sie legte den Kopf in den Nacken und starrte die Eiswand des Gletschers hinauf, der so massiv über ihr ragte, daß der obere Rand in den Wolken verborgen war.

Der Gletscher war so gewaltig groß, daß er näher zu sein schien, als er es in Wirklichkeit war, doch ein paar gigantische Eisbrocken, die einst die zerrissene Steilwand heruntergebrochen waren, lagen knapp einen halben Kilometer entfernt zuhauf und wurden von etlichen Leuten umringt. Ayla begriff, daß diese Menschen den Maßstab lieferten, der ihr ein Gefühl dafür gab, wie riesig die vor ihr liegende Eisbarriere tatsächlich war. Im Sonnenlicht – Ayla bemerkte plötzlich, daß die Sonne herausgekommen war – funkelte es von Millionen und Abermillionen zertrümmerter Eiskristalle, die einen Hauch von blassen Spektralfarben ahnen ließen; doch die Eisglut in der Tiefe wies Schattierungen desselben erschreckenden Blaus auf, das sie schon in dem Teich gestern erblickt hatte. Es gab keine Möglichkeit, sie angemessen zu beschreiben: ›überwältigend‹ klang hier bedeutungslos angesichts dieser Pracht und dieser Großartigkeit.

In Windeseile zog Ayla sich fertig an; sie hatte das Gefühl, es müsse ihr etwas entgangen sein. Sie schenkte sich einen Becher von offenbar übriggebliebenem Tee ein, auf dem sich bereits eine hauchdünne Eisschicht gebildet hatte; erst als sie trank, merkte sie, daß es kein Tee war, sondern eine Brühe. Sie zögerte erst, kam dann jedoch zu dem Schluß, auch eine Brühe müsse guttun, und trank sie aus. Dann tat sie sich eine Kelle voll schleimig aufgequollener gekochter Körner auf die Hand, umwickelte sie mit einer dicken Scheibe gebratenen Fleisches und eilte auf die anderen Jäger zu.

»Ich dachte schon, du wachst nie mehr auf«, sagte Talut, als er sie näherkommen sah.

»Warum habt ihr mich nicht geweckt?« fragte Ayla und steckte den letzten Happen in den Mund.

»Es ist nicht klug, jemand, der so tief schläft, zu wecken, es sei denn, es wäre unbedingt nötig«, entgegnete Talut.

»Der Geist braucht Zeit für seine Nachtreisen, damit er erfrischt zurückkehren kann«, fügte Vincavec hinzu und trat auf sie zu, um sie zu begrüßen. Er tat so, als wolle er ihre beiden Hände ergreifen, doch wich sie den seinen aus, streifte rasch mit ihrer Wange die seine und wandte sich der Betrachtung des Eises zu.

Die mächtigen Eistrümmer waren offensichtlich einst mit großer Gewalt heruntergestürzt und hatten sich tief in die Erde eingegraben. Der Boden um sie herum war hochgedrückt. Auch daß die Brocken bereits seit etlichen Jahren hier lagen, wurde bald deutlich. Eine Schicht vom Wind heraufgetragenen groben Sands hatte sich oben auf ihnen angesammelt: an den Seiten des Eisblocks war der steinige Boden fein zermahlen worden; grober und feiner Sand bildete eine dicke dunkelgraue Erdschicht; dazwischen waren an manchen Stellen weiße Lagen zusammengepreßten Schnees zu erkennen. Auf der Eisoberfläche selbst hatten sich im Laufe der Jahre durch den ständigen Wechsel von Schmelzen und Gefrieren ungleichmäßige Krater und Risse gebildet, und auf dem Eis selbst hatten sogar ein paar unverwüstliche Pflanzen Wurzeln geschlagen.

»Komm hier herauf, Ayla!« rief Ranec. Sie blickte hinauf und sah ihn in leicht schräger Haltung hoch oben auf einem Eisblock stehen. Verwundert bemerkte sie, daß Jondalar neben ihm stand. »Es geht ganz leicht, wenn du an der Seite heraufkommst.«

Ayla ging um die kunterbunt durcheinanderliegenden Eisblöcke herum und kletterte eine Reihe von Trümmern und Platten hinauf. Der rauhe Sand, der sich in das Eis eingefressen hatte, rauhte die für gewöhnlich glatte Oberfläche auf, so daß der Fuß ziemlich sicheren Halt darauf fand. Sah man sich ein wenig vor, war es leicht hinaufzuklettern und sich darauf zu bewegen. Als sie die höchste Stelle erreichte, richtete Ayla sich auf – und schloß die Augen. Der böig auffrischende Wind warf sich auf sie, so als wolle er ihre Entschlossenheit, ihm zu widerstehen, auf die Probe stellen; die Stimme der mächtigen Eiswand in der Nähe grollte, knarrte und ächzte. Sie richtete den Blick auf das leuchtende Licht oben, das sie sah, selbst wenn sie die Augen geschlossen hielt, und spürte mit ihrer Gesichtshaut den kosmischen Kampf zwischen der Hitze des himmlischen Feuerballs und der Kälte der kompakten Eiswand.

Dann machte sie die Augen auf. Eis beherrschte das Bild, füllte ihren Blick. Die gewaltige, majestätische, ungeheure Ausdehnung des Eises türmte sich bis zum Himmel und bedeckte das Land, soweit das Auge reichte, von einer Seite bis zur anderen. Berge waren unbedeutend dagegen. Der Anblick erfüllte Ayla mit Frohlocken und Ehrfurcht; gleichzeitig kam sie sich ganz klein vor. Ihr Lächeln rief auf den Gesichtern von Ranec und Jondalar gleichsam ein Antwortlächeln hervor.

»Es ist nicht das erste Mal, daß ich es sehe«, erklärte Ranec, »aber ich könnte es mir so viele Male ansehen, wie Sterne am Himmel sind, ohne daß ich dessen leid würde.« Sowohl Ayla als auch Jondalar nickten zustimmend.

»Es kann aber auch gefährlich werden«, fügte Jondalar hinzu.

»Wie ist denn dies Eis hierhergekommen?« fragte Ayla.

»Das Eis bewegt sich«, sagte Ranec. »Manchmal dehnt es sich aus, manchmal schrumpft es und wird kleiner. Das hier, auf dem wir stehen, ist abgeplatzt, als die Wand hier stand. Damals allerdings war der Haufen wesentlich größer als heute. Er ist genauso geschrumpft wie die Wand selbst.« Ranec faßte den Gletscher ins Auge. »Ich glaube, letztesmal war sie weiter weg. Möglich, daß das Eis wieder im Wachsen begriffen ist.«

Ayla ließ den Blick über das unendliche Land dahinschweifen; um wieviel weiter sie von dieser Höhe aus sehen konnte! »Ach, seht!« rief sie und zeigte gen Südosten. »Mammuts! Ich sehe eine Mammutherde.«

»Wo?« fragte Ranec, plötzlich hellwach.

Wie ein Lauffeuer verbreitete sich das erregende Wort unter den Jägern. Sobald Talut das Wort ›Mammuts‹ gehört hatte, war er um die Eisbrocken herum und schon bis zur Hälfte hinaufgeklettert. Mit wenigen Schritten war er dann oben auf der Spitze, legte die Hand über die Augen, um das grelle Licht abzuwehren, und spähte in die von Ayla angegebene Richtung.

»Sie hat recht! Da sind sie! Mammuts!« rief er mit dröhnender Stimme, außerstande, seiner Erregung Herr zu werden oder die Lautstärke seiner Stimme zu bändigen.

Auch etliche andere kamen heraufgeklettert, und jeder suchte nach einem guten Platz, um die großen, stoßzahnbewehrten Geschöpfe zu betrachten. Ayla sprang etwas in die Tiefe, damit Brecie ihre Stelle einnehmen könnte.

Daß sie die Mammuts gesichtet hatten, brachte einerseits Erleichterung, andererseits aber auch zitternde Erregung. Jedenfalls zeigten sie sich endlich! Was immer es war, worauf das Geister-Mammut gewartet hatte, es hatte endlich seinen Geschöpfen dieser Welt erlaubt, sich denen zu zeigen, die von Mut erwählt worden waren, Jagd auf die Mammuts zu machen.

Eine der Frauen aus Brecies Lager beteuerte einem der Männer gegenüber, sie habe Ayla auf der höchsten Spitze des Eisberges stehen, die Augen schließen und den Kopf so hin- und herdrehen sehen, als sei sie auf der Suche nach etwas oder rufe es möglicherweise auch herbei; dann habe sie die Augen aufgemacht, und siehe da – da waren sie, die Mammuts. Der Mann nickte, als ob damit alles erklärt sei.

Ayla starrte hinab auf die Umrisse der Eisbrocken unter sich und war bereits im Begriff hinunterzusteigen, da tauchte Talut neben ihr auf und bedachte sie mit einem so breiten Grinsen, wie sie es noch nie zuvor gesehen hatten.

»Ayla, durch dich ist dieser Anführer zu einem sehr glücklichen Mann geworden«, erklärte der rotbärtige Riese.

»Ich habe aber gar nichts getan«, sagte Ayla. »Ich habe sie nur zufällig entdeckt.«

»Das genügt. Wer immer sie als erster gesehen haben würde, hätte mich zu einem sehr glücklichen Mann gemacht. Aber ich bin froh, daß du es warst«, sagte Talut.

Ayla lächelte ihn an. Sie hatte den ungeschlachten Anführer wirklich von Herzen gern. Für sie war er wie ein Bruder oder ein Freund, und sie spürte, daß es ihm, was sie betraf, nicht anders erging.

»Was hast du da unten gesucht, Ayla?« sagte Talut und schickte sich an, ihr zu folgen.

»Nichts Bestimmtes. Mir ist bloß eben aufgefallen, daß man den Umriß dieses Eishaufens von hier oben erkennen kann. Siehst du, wie er sich nach innen kehrt und dann wieder nach außen verläuft, dort wo wir heraufgeklettert sind, und wie er sich dann wieder rundet?«

Talut schaute flüchtig hin, sah sich dann jedoch genötigt, genauer hinzusehen. »Ayla! Du hast es wieder einmal geschafft.«

»Was habe ich geschafft?«

»Diesen Anführer zu einem sehr glücklichen Mann zu machen.«

Sein Lächeln war ansteckend. Sie erwiderte es. »Und was macht dich diesmal so glücklich, Talut?« fragte sie.

»Du hast mich dazu gebracht, die Umrisse dieses Eishaufens zu erkennen. Das ist wie eine Schlucht ohne Ausweg. Nicht ganz vollständig, doch das läßt sich ändern. Jetzt weiß ich, wie wir Jagd auf diese Mammuts machen werden.«

Sie verloren keine Zeit. Die Mammuts konnten beschließen davonzuziehen, oder aber das Wetter konnte sich wieder ändern. Die Jäger mußten die Gelegenheit sofort beim Schopfe packen. Die Jagd-Anführer berieten sich, schickten schnell mehrere Fährtensucher aus, damit sie die Bodenverhältnisse sowie die Größe der Herde erkundeten. Während sie fort waren, wurde eine Wand aus Felsen und Eisbrocken aufgeschichtet, um an der einen Seite der Eisschlucht eine Öffnung zu schließen; dadurch wurde aus dem Haufen heruntergestürzter Eismassen ein ringsum geschlossener Platz mit nur einem Ausgang. Nach der Rückkehr der Kundschafter versammelten sich die Jäger, um einen Plan zu entwickeln, wie die riesigen wollhaarigen Tiere in die Falle hineingetrieben werden konnten.

Talut berichtete, wie Ayla und Winnie dem Löwen-Lager geholfen hatten, Wisente in eine Falle zu treiben. Viele der Anwesenden waren sehr interessiert, meinten jedoch einer wie der andere, daß eine einzelne Reiterin es nie schaffen könnte, diese riesigen Ungeheuer in eine bestimmte Richtung zu drängen; allerdings konnte sie sich dabei im Verein mit den anderen als sehr nützlich erweisen. Um die Mammutherde anzutreiben, sich in Richtung auf die Falle zuzubewegen, mußte man sich schon etwas anderes einfallen lassen.

Die Antwort lautete: Feuer. Spätsommerliche Stürme mit Blitz und Donner hatten genug trockene Weideflächen in Brand gesetzt, so daß selbst die massigen Mammuts, die sonst wenig fürchteten, einen gesunden Respekt davor hatten. Freilich konnte es sein, daß man um diese Jahreszeit Schwierigkeiten hatte, einen Steppenbrand zu entfachen. Das Feuer mußte schon mit Fackeln von den Jägern selbst vorangetragen werden.

»Und was benutzen wir als Fackeln?« fragte jemand.

»Trockenes Gras und Mammutdung, zusammengebunden und in Fett getaucht«, sagte Brecie. »Die fangen rasch Feuer und brennen vor allen Dingen lange.«

»Außerdem lassen sie sich mit Aylas Pyritwürfeln schnell entzünden«, ergänzte Talut den Vorschlag. Es wurde beifällig genickt.

»Wir brauchen aber an mehr als einer Stelle Feuer«, sagte Brecie, »und zwar in den richtigen Abständen.«

»Ayla hat jedem der Herdfeuer des Löwen-Lagers einen Pyritwürfel geschenkt. Wir haben ein paar davon bei uns. Ich und Ranec haben je einen, und Jondalar auch«, sagte Talut und spürte sofort, wie sehr das Löwen-Lager im Ansehen der anderen stieg. Jammerschade, daß Tulie nicht hier ist, dachte er. Die hätte diesen Augenblick genossen. Aylas Pyritwürfel waren ein unermeßlich kostbarer Schatz, zumal es offensichtlich nicht allzu viele davon gab.

»Wenn wir den Mammuts erst mal Beine gemacht haben – wie können wir sicher sein, daß sie auch auf die Falle zulaufen?« wollte eine Jägerin aus Brecies Lager wissen. »Dies hier ist schließlich offenes Land.«

Der Plan, auf den sie sich einigten, war ebenso einfach wie geradlinig. Vom Eingang der Eisschlucht ausgehend, errichteten sie zwei weit auseinanderstrebende Reihen von Eis- und Gesteinshaufen. Talut machte mit seiner gewaltigen Axt kurzen Prozeß mit den Gletschereisscheiben und zerschlug sie in tragbare kleine Stücke. Hinter jedem dieser Haufen wurden mehrere Fackeln bereitgehalten. Von den insgesamt fünfzig Jägern suchten sich nur ein paar einen Platz innerhalb der Schlucht selbst, und zwar hinter schützenden Eisblöcken, um die Tiere von dort aus frontal anzugreifen. Andere nahmen hinter den Eis- und Gesteinshaufen Aufstellung. Der Rest, insbesondere die schnellsten und ausdauerndsten Läufer – denn trotz ihrer massigen Gestalt konnten Mammuts über kurze Strecken hinweg hohe Geschwindigkeiten erreichen –, teilte sich in zwei Gruppen auf, um die Herde von zwei Seiten in die Zange zu nehmen.

Brecie erklärte den jüngeren Jägern, für die dies die erste Mammutjagd war, einige Besonderheiten im Verhalten der Tiere und sagte ihnen, wo die zottigen Geschöpfe am verwundbarsten wären. Ayla hörte genau zu und marschierte dann mit ihnen in die Eisschlucht hinein. Die Anführerin des Elch-Lagers sollte von innen den Frontalangriff vortragen und wollte sich daher die Falle genau ansehen und sich ihren Platz aussuchen.

Sobald sie sich zwischen den beiden Eiswänden befanden, bemerkte Ayla den Temperaturabfall. Da die Feuer gebrannt hatten, mit denen sie das Fett für die Fackeln ausließen, und sie beim Schneiden des Grases und dem Schleppen der Eisbrocken ins Schwitzen geraten war, hatte sie die Kälte nicht gespürt. Trotzdem waren sie dem großen Gletscher so nahe, daß Wasser, das draußengelassen wurde, selbst im Sommer morgens von einer Eisschicht bedeckt war; außerdem mußte man im Sommer tagsüber auch einen Überwurf tragen. Innerhalb des von Eiswänden umschlossenen Raums herrschte bittere Kälte, doch als Ayla sich in der geräumigen Schlucht inmitten der heillos durcheinanderliegenden Eisbrocken umsah, meinte sie, in eine andere Welt versetzt zu sein: eine eisblaue Welt von großer, gleichwohl frösteln machender Schönheit.

Wie in den Felsschluchten in der Nähe des Tals der Pferde lagen überall frisch von den Wänden abgespaltene Scheiben zerborsten am Boden. Über ihnen ragten schartige Zinnen und weißleuchtende Türme, die in Ecken und Spalten tiefblau schimmerten. Sie mußte unwillkürlich an Jondalars Augen denken. Die weicheren gerundeten Seiten älterer Platten und Brocken, an denen die Zeit bereits genagt hatte und die von feinem, windgeblasenem Sand bedeckt waren, luden dazu ein, sie zu erklettern und zu erforschen.

Genau das tat Ayla aus reiner Neugier, während die anderen sich nach Plätzen umsahen, wo sie sich aufstellen konnten. Sie sollte ja nicht hierbleiben, um die Ankunft der Mammuts abzuwarten. Sie und Winnie sollten ebenso wie Jondalar auf Renner helfen, die wollhaarigen Stoßzahnträger in die Falle hineinzutreiben. Dabei war die Schnelligkeit der Pferde bestimmt hilfreich; außerdem wollten Jondalar und sie jeder Treibergruppe einen Pyritwürfel zur Verfügung stellen. Ayla bemerkte, daß viele Leute sich am Eingang zur Schlucht versammelten, und eilte hinaus. Winnie folgte Jondalar und Renner, die vom Lagerplatz herkamen. Ayla stieß einen Pfiff aus, woraufhin die Stute den beiden voraus auf sie zugesprengt kam.

Die beiden Treibergruppen rückten vor, indem sie in weitem Bogen um die Mammutherde herumgingen und sie in die Zange nahmen, ohne allzu auffällig zu stören. Ranec und Talut hatten jeweils hinter einer der Reihen von Eis- und Gesteinshaufen Aufstellung genommen, die in Richtung auf die Eisschlucht zuliefen; sie waren bereit, im richtigen Augenblick Fackeln in Brand zu setzen. Ayla winkte Talut und lächelte Ranec zu, als sie an ihnen vorüberkam. Vincavec war, wie sie bemerkte, auf derselben Seite wie Ranec. Auch sein Lächeln erwiderte sie.

Ayla ging vor Winnie her; ihre Speere und der Speerwerfer steckten in den Halterungen, die seitlich an den Tragekörben festgemacht waren, mit denen sie die Fackeln der Gruppe transportierte. Eine Reihe von Jägern war in ihrer Nähe, doch keiner redete viel. Alle konzentrierten sich auf die Mammuts und hofften inbrünstig auf einen guten Verlauf der Jagd. Ayla warf einen Blick zurück auf Winnie, dann auf die Herde vor ihnen. Die massigen Tiere grasten, wie ihr jetzt aufging, immer noch auf derselben Weidefläche, auf der sie sie vor noch gar nicht langer Zeit entdeckt hatte. Alles war so schnell gegangen, daß ihr kaum Zeit zum Überlegen geblieben war. Sie hatten innerhalb kürzester Zeit sehr viel geschafft.

Sie hatte schon immer auf Mammutjagd gehen wollen, und in Erwartung des Kommenden bekam sie Herzklopfen; sie sollte schließlich an der ersten Mammutjagd ihres Lebens teilnehmen. Dabei war das Ganze, recht bedacht, aberwitzig und lächerlich. Wie konnten Geschöpfe, die so klein und schwach waren wie die Menschen, es wagen, sich diesen gewaltigen zottigen und stoßzahnbewehrten Rüsselträgern entgegenzustellen? Und doch war sie dabei, es – nur mit ein paar Mammutspeeren bewaffnet – mit dem größten Tier, das auf dieser Erde lebte, aufzunehmen. Nein, ganz stimmte das nicht. Sie hatte auch noch die Intelligenz, die Erfahrung und andere Jäger, auf die sie sich verlassen konnte. Und Jondalars Speerwerfer.

Ob der neue Speerwerfer, den er für den Gebrauch mit den größeren Speeren entwickelt hatte, sich wohl bewährte? Ausprobiert hatten sie sie, aber sie kam mit dem ihren noch immer nicht besonders gut zurecht.

Ayla erspähte Renner und die andere Gruppe, die durch das trockene Gras auf sie zukam. Jetzt schien Bewegung in die Mammutherde zu kommen. Ob es sie beunruhigte, daß Menschen sich um sie herumschoben? Ihre Gruppe beschleunigte das Tempo; also waren auch andere besorgt. Das Signal zur Verteilung der Fackeln wurde ausgegeben. Rasch zog Ayla sie aus Winnies Seitenkörben heraus und verteilte sie. Begierig warteten sie darauf, daß auch die andere Gruppe mit dem Verteilen der Fackeln fertig war. Dann gab der Jagd-Anführer das verabredete Zeichen.

Ayla streifte die Fäustlinge ab und hockte sich über einen kleinen Haufen Feuerkrautzunder und zerstoßenen Dung. Die anderen hockten sich nahe um sie und warteten. Sie schlug mit dem Feuerstein gegen den graugelben Pyritwürfel. Der Funke erlosch. Sie schlug nochmals zu. Der Funke schien überzuspringen. Sie schlug abermals zu, jagte weitere Funken in den schwelenden Zunder und versuchte, das Flämmchen anzufachen. Dann kam ihr eine unvermutete Bö zu Hilfe, die Flamme ergriff den gesamten Zunder und zerstoßenen Dung. Sie fügte ein paar Batzen Talg hinzu, damit es heißer brannte, und setzte sich hin, während die ersten Jäger ihre Fackeln in das Feuer hielten. Nachdem alle Fackeln brannten, schwärmten sie fächerförmig aus.

Es gab kein richtiges Signal zum Beginn der Treibjagd. So begann es ganz langsam damit, daß die ziemlich regellos vorgehenden Jäger in kleinen Sprüngen auf die Riesentiere zuliefen, Schreie ausstießen und mit ihren qualmenden Feuerbränden herumfuchtelten. Doch die meisten Mamutoi waren bereits erfahrene Mammutjäger und waren es gewohnt, gemeinsam zu jagen. Bald stimmten sie ihr Vorgehen besser aufeinander ab, die beiden Treibergruppen vereinigten sich, und die wollhaarigen Riesen setzten sich in Richtung auf die Eis- und Gesteinshaufen in Bewegung.

Ein gewaltiges weibliches Mammut, die Leitkuh der ganzen Herde, schien einen Sinn in dem Durcheinander zu entdecken und wollte seitwärts ausbrechen. Ayla schoß schreiend und den Feuerbrand schwingend auf sie zu. Unversehens stellte sich bei ihr die Erinnerung daran ein, wie sie, ganz auf sich allein gestellt und nur mit Hilfe rauchiger Fackeln, versucht hatte, eine ganze Pferdeherde in eine bestimmte Richtung zu scheuchen. Alle waren sie ihr entkommen, bis auf eines – nein, bis auf zwei, dachte sie. Die säugende Stute war in ihre Fallgrube gestürzt, nicht jedoch das kleine falbfarbene Füllen. Sie warf einen Blick zurück auf Winnie.

Der schrille Trompetenstoß der Leitkuh traf ihre Ohren völlig unvorbereitet. Sie drehte sich um und sah die alte Matriarchin noch einen Blick auf die schwachen, unbedeutenden Geschöpfe werfen, die den Geruch von Gefahr herantrugen, dann fiel sie in einen schwerfälligen Galopp und raste geradewegs auf Ayla zu. Doch diesmal war die junge Frau nicht allein. Als sie aufblickte, sah sie Jondalar an ihrer Seite, dann noch ein paar andere, mehr jedenfalls, als das mächtige stoßzahnbewehrte Tier sehen wollte. Den Rüssel hochreißend, trompetete es eine Feuerwarnung hinaus, stellte sich auf die Hinterbeine, trompetete noch einmal und drehte dann ab.

Der Schlag verdorrten Grases lag auf höherem Boden und bekam von dem sommerlichen Schmelzwasser vom Gletscher nichts mit. Zwar hatte es bisher schon Nebel gegeben, doch Regen war seit vielen Tagen keiner gefallen. Die Feuer, die man entzündet hatte, um die Fackeln in Brand zu setzen, waren unbewacht geblieben und breiteten sich, vom scharfen Wind unterstützt, im Gras aus. Das Feuer bemerkten die Mammuts als erstes, nicht nur den Geruch von brennendem Gras, sondern von versengter Erde und schwelendem Buschwerk; so rochen die ebenso vertrauten wie gefürchteten Steppenbrände. Die Leitkuh stieß nochmals einen Trompetenton aus, dem sich jetzt das schrill erregte Geschrei der anderen zottigen, rötlich braunen, jungen wie alten Riesentiere anschloß, und stürmte einer unbekannten, aber weit größeren Gefahr entgegen.

Ein Querwind trieb eine Rauchwolke auf die Jäger zu, die ihre liebe Not hatten, nicht allzuweit hinter der Herde zurückzufallen. Im Begriff, auf Winnie aufzusitzen, warf Ayla noch einmal einen Blick zurück auf den Brand und begriff, was die riesigen Ungeheuer in Panik hatte geraten lassen. Einen Moment verfolgte sie, wie die knisternden roten Flammen sich hungrig, funkensprühend und rauchausstoßend über das Feld fraßen. Sie jedoch wußte, daß die Flammen keine echte Gefahr für die Mammuts darstellten. Selbst wenn es dem Feuer gelänge, die Flächen mit felsigem Boden zu überqueren – vor der Eisschlucht mußten sie aufgeben. Sie sah, daß Jondalar bereits auf Renner saß und den zurückweichenden Mammuts dicht auf den Fersen blieb. Rasch ritt sie hinter ihm her.

Ayla konnte hechelndes Schnaufen hören, als sie die junge Frau aus Brecies Lager überholte, welche die ganze Strecke gelaufen war und sich dicht hinter den mächtigen Tieren gehalten hatte. Sobald sie erst einmal auf jener Route waren, die sie unweigerlich in die kalte Schlucht hineintrieb, würde es den massigen Tieren schwerer fallen, noch seitlich auszubrechen, und die beiden Frauen lächelten einander zu, als die Herde endlich in die Schneise zwischen den Eis- und Gesteinshaufen einbog. Ayla ritt voran; es war ihre Aufgabe, ihnen keine Ruhe zu gönnen und sie weiter hineinzutreiben.

Sie bekam mit, wie – der Herde immer ein wenig voraus zu beiden Seiten der massigen Giganten – hinter den Eis- und Gesteinshaufen die Fakkeln aufleuchteten. Die Mamutoi wollten die Fackeln nicht zu früh entzünden, denn damit riskierten sie, daß die Herde jetzt, wo sie dem Ziel so nahe war, noch seitlich abzubiegen versuchte. Plötzlich näherte Ayla sich dem Eingang zur Eisschlucht. Sie ließ Winnie zur Seite laufen, riß ihre Speere heraus und sprang herunter. Sie spürte, wie die Erde bebte, als das letzte Mammut in die Falle hineindonnerte. Sie schoß hinterher und schloß sich der Verfolgungsjagd an. Dabei folgte sie einem alten Bullen, dessen Stoßzähne sich vor ihm kreuzten. Weiteres brennbares Material, das sie am Eingang in kleinen Haufen aufgeschichtet hatten, wurde in Brand gesetzt, um die verängstigten Tiere drinnen zu behalten. Um ein solches Feuer herumlaufend, betrat Ayla nochmals den eisigen Raum.

Das war nicht mehr ein Ort kraftvoller, heiterer Schönheit. Statt dessen hallte verängstigtes Trompetengeschrei der Mammuts von den harten Eiswällen, bedrängte die Ohren und zerrte an den Nerven. Eine nahezu unerträgliche Spannung, teils Angst, teils Erregung, hatte Ayla gepackt. Sie schluckte die Angst hinunter und legte den ersten Speer in die den ganzen Speerwerfer entlang verlaufende Rille.

Die Mammutkuh war bis zum äußersten Ende der Schlucht vorgedrungen und suchte nach einem Ausweg für ihre Herde, doch hier erwartete Brecie sie hoch auf einem Eisblock stehend. Die alte Matriarchin reckte den Rüssel in die Höhe und machte ihrer Verzweiflung trompetend Luft, und die Anführerin des Elch-Lagers schleuderte ihr einen Speer mitten hinein in den offenen Schlund. Der Trompetenstoß wurde abgeschnitten, und eine aus dem Mund heraussprudelnde Flüssigkeit besprühte das kalte weiße Eis mit warmem rotem Blut.

Der junge Mann aus Brecies Lager warf den zweiten Speer. Die lange scharfe Feuersteinspitze durchdrang die zähe Haut und bohrte sich tief in den Bauch des Tieres. Noch ein Speer folgte und landete gleichfalls unten im weichen Bauch. Diesmal riß der schwere Schaft mit seinem Gewicht eine große Wunde. Ihre Hinterbeine verwickelten sich in ihren eigenen Eingeweiden. Noch ein Speer wurde auf das todgeweihte Tier geschleudert, traf diesmal jedoch eine Rippe und prallte ab. Der ihm folgende fand eine Stelle zwischen zwei Rippen, so daß die lange, flache Feuersteinspitze tief eindringen konnte.

Die alte Leitkuh brach in die Knie, versuchte, noch einmal hochzukommen, und fiel dann auf die Seite. Noch ein letztesmal reckte sich ihr Rüssel, um einen Warnschrei auszustoßen, fiel dann langsam und geradezu anmutig zu Boden. Brecie berührte mit einem Speer den Kopf der tapferen alten Kuh, lobte ihren mutigen Kampf und dankte der Großen Mutter für dieses Opfer, das den Erden-Kindern gestattete zu überleben.

Brecie war nicht die einzige, die neben einem gefällten Mammut Aufstellung nahm und Der Mutter Dank sagte. Gruppen von Jägern fanden sich zusammen, um mit vereinten Kräften gegen jedes einzelne Tier vorzugehen. Da sie Speere schleuderten, konnten sie sich außer der Reichweite der Stoßzähne und Rüssel und schweren Füße der Mammuts halten, die sie angriffen. Gleichzeitig galt es jedoch, sich vor den anderen Tieren in acht zu nehmen, die ganz in der Nähe die Beute anderer Jäger wurden. Das Blut, das aus den verwundeten und sterbenden Tieren hervorschoß, weichte das Eis des teilweise gefrorenen Bodens auf und gefror dann wieder in leuchtendroten, glatten Lachen, auf denen man leicht ausrutschen konnte. Die Eisschlucht war ein Tohuwabohu von kreischenden Jägern und trompetenden und schreienden Mammuts, und die schimmernden Wände verstärkten jeden Laut und warfen ihn hundertfach zurück.

Nachdem sie eine Weile zugesehen hatte, verfolgte Ayla einen jungen Bullen, dessen schwere Stoßzähne lang und gebogen waren, aber immer noch nützliche Waffen darstellten. Sie legte den schweren Speer in den neuen Werfer ein und versuchte das richtige Gefühl dafür zu bekommen. Dann erinnerte sie sich, daß Brecie gesagt hatte, der Bauch sei einer der verwundbareren Körperteile des Mammuts, und Ayla war tief beeindruckt gewesen davon, wie die alte Leitkuh gleichsam entleibt worden war. Sie zielte und schleuderte die tödliche Waffe mit aller Kraft quer über die eisige Schlucht.

Der Speer flog schnell und geradlinig und bohrte sich in die Bauchhöhle. Doch sie hatte die Kraft, die hinter der Waffe und ihrem Wurf steckte, nicht gut genutzt; außerdem war niemand da, der hätte helfen können; sie hätte auf eine lebenswichtigere Stelle zielen sollen, denn ein Speer in den Weichteilen war nicht sofort tödlich. Der Jungbulle blutete stark und war zu Tode verwundet, doch der Schmerz machte ihn rasend und verlieh ihm die Kraft, sich gegen seine Angreiferin zu wenden. Der junge Mammut trompetete herausfordernd, senkte den Kopf und donnerte auf die junge Frau zu.

Daß sie mit dem Speerwerfer aus beträchtlicher Entfernung den Speer hatte schleudern können, war ihr einziger Vorteil. Jetzt ließ sie die Speere fallen und versuchte, sich auf einem Eisblock in Sicherheit zu bringen. doch als sie hinaufklettern wollte, rutschte sie aus. Gerade rechtzeitig, als der junge Bulle mit aller Macht dagegen anrannte, gelang es ihr, dahinter Schutz zu suchen. Seine massiven Stoßzähne krachten dagegen, sprengten den gigantischen Block aus gefrorenem Wasser auseinander und schoben ihn so weit zurück, daß Ayla fast die Luft wegblieb. Seine Verzweiflung und seinen Tod hinaustrompetend, hackte und schlug er an dem Eis herum und versuchte an das Geschöpf dahinter heranzukommen. Plötzlich kamen in rascher Folge zwei Speere geflogen und trafen den bis zum Wahnsinn getriebenen Bullen. Der eine landete in seinem Hals, der andere schlug mit einer solchen Gewalt durch eine Rippe hindurch, daß das Blatt sein Herz erreichte.

Das Mammut brach neben den Eistrümmern zusammen. Blut schoß ihm aus den Wunden und floß in tiefen roten Lachen auf den Boden, wo es erst dampfte, dann erkaltete und auf dem kalten glazialen Eis erstarrte. Immer noch zitternd, kroch Ayla hinter dem Block hervor.

»Alles in Ordnung mit dir?« fragte Talut und streckte ihr die Hand hin, um ihr aufzuhelfen.

»Ja, ich glaube«, sagte sie ein wenig außer Atem.

Talut griff nach dem Speer, der dem Mammut aus der Brust herausragte, zog kräftig und riß ihn heraus. Neuerlich schoß Blut heraus, da trat Jondalar zu ihnen.

»Ayla, ich war sicher, daß er dich erwischt hätte«, sagte Jondalar. Auf seinem Gesicht malte sich mehr als Besorgnis. »Du hättest warten sollen, bis ich kam ... oder jemand anders, der dir hätte helfen können. Ist dir auch wirklich nichts passiert?«

»Nein, nichts, aber ich habe wohl Glück gehabt, daß ihr beide in der Nähe wart«, sagte sie lächelnd. »So eine Mammutjagd kann aufregend sein.«

Talut sah sie einen Moment forschend an. Das war gerade noch einmal gut gegangen. Fast hätte dieses Mammut sie erwischt, doch sie schien nicht sonderlich durcheinander. Ein wenig atemlos und erregt, aber das war normal. Er grinste und nickte, dann begutachtete er Speerspitze und -schaft. »Ha!« sagte er. »Noch zu gebrauchen. Damit kann ich noch einen erledigen.« Mit diesen Worten wandte er sich wieder dem Kampfgetümmel zu.

Ayla folgte ihm mit den Blicken, doch Jondalar hatte nur Augen für sie; sein Herz schlug ihm aus Angst um sie immer noch bis zum Hals hinauf. Beinahe hätte er sie verloren! Fast hätte das Mammut sie getötet! Die Kapuze hatte sie zurückgeschoben, und ihr Haar war zerzaust. Ihre Augen blitzten vor Aufregung. Das Gesicht war gerötet, und ihr Atem ging heftig. Schön war sie in ihrer Erregung, und die Wirkung kam augenblicklich und war überwältigend.

Seine schöne Frau, dachte er. Seine wunderschöne, aufregende Ayla, die einzige Frau, die er wirklich jemals geliebt hatte. Was hätte er getan, wenn er sie verloren hätte? Er spürte, wie ihm das Blut in die Lenden schoß. Die Angst, die ihn bei der Vorstellung befiel, sie verlieren zu können, und seine Liebe weckten sein Begehren und erfüllten ihn mit dem machtvollen Verlangen, sie in den Armen zu halten. Er wollte sie. Er wollte sie mehr, als er sie je im Leben gewollte hatte. Er hätte sie auf der Stelle nehmen können, mitten auf dem kalten, blutigen Boden der Eisschlucht.

Sie sah zu ihm auf und erkannte den Ausdruck in seinen Augen, dieses unwiderstehliche Strahlen der lebhaft blauen Augen, die so tief waren wie ein Schmelzwasserteich, aber nicht kalt, sondern warm dabei. Er begehrte sie. Sie wußte, daß er sie begehrte, und sie begehrte ihn mit einem Feuer, das sie verzehrte und sich nicht ersticken lassen wollte. Sie liebte ihn, mehr als sie es für möglich gehalten hätte, irgendeinen Menschen lieben zu können. Sie hob die Arme, griff nach ihm, hungerte nach seinem Kuß, nach seiner Berührung, seiner Liebe.

»Talut hat es mir gerade erzählt«, sagte Ranec, mit Panik in der Stimme, und kam auf sie zugelaufen. »Ist das der Bulle?« Er schien wie vom Donner gerührt. »Ist auch wirklich alles in Ordnung mit dir, Ayla?«

Ohne recht zu begreifen, starrte Ayla Ranec einen Moment an und sah Jondalars Blick sich verschleiern, als er zurücktrat. Dann erreichte sie das, was Ranec mit seiner Frage gemeint hatte.

»Ja, ich bin unverletzt, Ranec. Es geht mir gut«, sagte Ayla. Nur war sie sich nicht sicher, ob das noch stimmte. Ihr Inneres war in Aufruhr, als sie sah, wie Jondalar seinen Speer aus dem Hals des Mammuts herausriß und davonging. Sie blickte ihm nach.

Sie ist nicht mehr meine Ayla, und ich bin selbst schuld daran! dachte er. Plötzlich fiel ihm der Zwischenfall auf der Steppe ein, als er das erste Mal Renner geritten hatte, und Zerknirschung erfüllt ihn – und Scham. Er wußte, was für ein furchtbares Verbrechen es war, und doch hätte er es wieder begehen können! Ranec war der bessere Mann für sie. Erst hatte er ihr den Rücken gekehrt und sie dann besudelt. Er verdiente sie nicht. Er hatte gehofft, sich in das Unvermeidliche zu schicken, gehofft, eines Tages, wenn er zurückgekehrt sein würde nach Hause, Ayla vielleicht zu vergessen. Er hatte es sogar fertiggebracht, eine gewisse Freundschaft zu Ranec aufzubauen. Doch jetzt wußte er, daß der Schmerz, sie zu verlieren, ihn nie verlassen würde. Nie würde er über Ayla hinwegkommen!

Er sah ein Mammut, das letzte, das noch auf vier Beinen stand, ein junges Tier, das irgendwie dem Gemetzel entronnen war. Jondalar schleuderte seinen Speer mit einer solchen ungeheuren Kraft auf das Tier, daß es sofort in die Knie brach. Dann verließ er mit weitausgreifenden Schritten die Eisschlucht. Er mußte fort, mußte allein sein. Er ging weiter, bis er wußte, daß ihn keiner von den anderen Jägern mehr sah. Dann umfaßte er den Kopf mit den Händen und knirschte mit den Zähnen und bemühte sich, sich wieder in die Gewalt zu bekommen. Er fiel zu Boden und hämmerte mit den Fäusten auf die Erde.

»Ach, Doni!« rief er aus und versuchte, Schmerz und Elend von sich zu tun. »Ich weiß, es ist meine Schuld. Ich war es, der sich von ihr abgewendet hat und sie von sich stieß. Es war nicht nur Eifersucht, ich habe mich geschämt, sie zu lieben. Ich hatte Angst, sie könnte nicht gut genug sein für meine Leute, Angst, sie würden sie nicht akzeptieren, und daß man mich ihretwegen verstoßen würde. Doch das ist mir alles gleichgültig. Ich bin es, der nicht gut genug für sie ist; doch ich liebe sie. Ach, Große Mutter, ich liebe sie, und ich begehre sie. Doni, wie heiß ich sie begehre! Keine andere Frau bedeutet mir etwas. Ich bin leer, wenn ich von ihnen komme. Doni, ich will sie zurückhaben. Ich weiß, es ist zu spät, aber ich möchte Ayla zurückhaben.«

36

Beim Zerlegen der Mammuts war Talut in seinem Element. Mit nacktem Oberkörper und schweißüberströmt, schwang er seine riesige Axt, als wäre sie ein Kinderspielzeug. Er zertrümmerte Knochen und Elfenbein, hieb Sehnen auseinander und durchtrennte zähe Lederhaut. Er hatte seine helle Freude an der Arbeit und dem Bewußtsein, seinen Leuten zu helfen, genoß es, seinen kräftigen Körper zu benutzen und es dadurch anderen leichterzumachen, und grinste vor Vergnügen, wenn er seine schwellenden Muskeln auf eine Weise einsetzte, wie es kein anderer konnte; und alle, die ihm dabei zusahen, mußten gleichfalls lächeln.

Um den mächtigen Tieren das Fell abzuziehen, bedurfte es der Hilfe vieler, genauso wie später, nach der Heimkehr, das Gerben und Einfärben des Leders Gemeinschaftsarbeit war. Selbst die Felle zurückzuschaffen ging nicht, wenn nicht alle bereitwillig mit anpackten, was auch der Grund dafür war, daß für die Jagd nur die besten ausgewählt wurden. Doch all dies galt nicht nur für die Felle, sondern für jeden anderen Teil der riesigen Tiere genauso, von den Stoßzähnen bis zu den Schwänzen. Bei der Auswahl des Fleisches gingen die Mamutoi besonders überlegt vor; nur die besten Stücke wurden mitgenommen, vorzüglich solche, die reichlich von Fett durchzogen waren – der Rest blieb liegen.

Freilich ging längst nicht soviel verloren, wie man meinen sollte. Die Mamutoi mußten alles auf dem Rücken tragen, und der Transport des mageren Fleisches, für sie von minderer Qualität, konnte sie mehr Kalorien kosten, als sie damit gewannen. Bei sorgfältiger Auswahl des Fleisches, das sie heimschafften, brachten sie Nahrung für viele Menschen und für eine lange Zeit mit, brauchten also nicht so bald wieder auf die Jagd zu ziehen. Menschen, die fast ausschließlich von der Jagd lebten, töteten nie über ihren Bedarf hinaus. Sie machten sich fast alles zunutze. Sie lebten in großer Nähe zur Großen Erdmutter, wußten, daß sie von Ihr abhängig waren. Sie gingen nicht verschwenderisch mit Ihren Vorräten um.

Während des Zerlegens der Beute blieb das Wetter bemerkenswert klar, was zur Folge hatte, daß sich die Temperatur zwischen Mittag und

Mitternacht dramatisch veränderte. Trotz der unmittelbaren Nähe zu dem großen Gletscher konnten die Tage in der hellen Sommersonne sehr warm werden – warm genug jedenfalls, um zusammen mit den feuchtigkeitsschluckenden Winden etwas von dem magereren Fleisch zu trocknen und so zuzurichten, daß sie es zurücktragen konnten. Die Nächte jedoch gehörten dem Eis. Am Tag des Aufbruchs sprang der Wind um, jagten im Westen zerrissene Wolken über den Himmel und sank die Temperatur merklich ab.

Nie erfreuten sich Aylas Pferde größerer Wertschätzung als in dem Augenblick, da sie sie für die Rückreise belud. Jeder Jäger hatte eine schwere Last für sich zusammengestellt und begriff sofort den Nutzen der Tragetiere. Besonders das Schleppgestell erregte lebhaftes Interesse. So mancher hatte sich insgeheim gefragt, warum Ayla darauf bestanden hatte, die langen Stangen mitzunehmen, die offensichtlich nicht als Speere dienen sollten. Jetzt nickten sie beifällig. Einer von ihnen nahm sogar scherzhaft ein zum Teil bereits beladenes Schleppgestell hoch und zog es hinter sich her.

Wiewohl alle bereits früh auf den Beinen waren und darauf drängten heimzukehren, war es heller Vormittag, ehe es losging. Irgendwann nach der Tagesmitte stapften die Jäger einen langen schmalen Hügel aus Sand, Kies und größerem Geröll hinauf, den vor langer Zeit der sich immer weiter nach Süden voranarbeitende Rand des Gletschers vor sich hergeschoben und dann liegengelassen hatte. Als sie das sanft abfallende Ende des Geröllhügels erreichten, legten sie eine Ruhepause ein und schauten zurück. Zum ersten Mal sah Ayla den Gletscher aus einiger Entfernung frei von Dunst oder Nebelschwaden und konnte sich nicht sattsehen daran.

In der Sonne blinkend, die oberen Bereiche im Westen von ein paar Wolken verhüllt, erstreckte sich, so weit das Auge reichte, eine durch nichts unterbrochene, berghohe Eiswand über das Land und stellte eine Grenze dar, über die keiner hinweg konnte. Das war wirklich das Ende der Erde.

Der vordere Rand war ungleichmäßig geformt und paßte sich kleineren Geländeunterschieden an; wäre man hinaufgeklettert, würde man Mulden und Spalten, Kämme, Zacken, Nadeln und Risse zu Gesicht bekommen haben, die nach menschlichen Maßstäben riesig genannt werden mußten; doch im Verhältnis zu der Größe des Gletschers war die Oberfläche einförmig glatt. Sich unvorstellbar weit erstreckend, überzog der ungeheure und unerbittliche Gletscher ein Viertel der gesamten Erdoberfläche mit einem schimmernden Eisschild. Als es weitergehen sollte, blickte Ayla noch einmal zurück und sah, wie im Westen die Wolken sich bewegten, die Nebel stiegen und das Eis geheimnisvoll verhüllten.

Trotz ihrer schweren Lasten ging die Rückkehr schneller vonstatten als der Hermarsch. Die Landschaft veränderte sich im Laufe eines jeden Winters so sehr, daß die Route und selbst wohlbekanntes Gelände neu erkundet werden mußten. Doch jetzt war der Weg zum Gletscher im Norden und damit der Rückweg bekannt. Alle waren in Hochstimmung, jubelten innerlich über die erfolgreich verlaufene Jagd und brannten darauf, zurückzukehren zum Sommer-Treffen. Keiner schien von seiner Last niedergedrückt, nur Ayla. Das Gefühl, daß etwas Schlimmes auf sie zukam, das sie schon auf der Herreise belastet hatte, stellte sich auf dem Rückmarsch womöglich stärker ein; doch vermied sie es, etwas von ihren bösen Ahnungen verlauten zu lassen.

Der Bildschnitzer war dermaßen von Angst und Vorfreude erfüllt, daß er kaum an sich halten konnte. Die Angst beruhte weitgehend darauf, daß Vincavec sich nach wie vor für Ayla interessierte, doch spürte Ranec unbestimmt auch, daß es tiefere Konflikte gab als diesen. Ayla war ihm immer noch anverlobt, und sie brachten das Fleisch für das Hochzeitsmahl mit heim. Selbst Jondalar schien sich damit abgefunden zu haben, daß sie zusammengegeben werden sollten, und wenn es auch nicht ausdrücklich ausgesprochen worden war, spürte Ranec, daß der große Mann, was Vincavec betraf, auf seiner Seite stand. Der Zelandonii besaß viele bewundernswerte Eigenschaften, und zaghaft entwickelte sich so etwas wie eine Freundschaft zwischen ihnen. Gleichwohl konnte Ranec sich des Gefühls nicht erwehren, daß Jondalars Dasein eine ständige Gefahr für seine Verbindung mit Ayla darstellte und ein Hindernis sein konnte, das sich zwischen ihn und das reine Glück stellte. Wahrhaft glücklich würde Ranec erst sein, wenn Jondalar fortging.

Ayla freute sich überhaupt nicht auf die Hochzeitszeremonie, war sich jedoch darüber im klaren, daß sie das eigentlich tun müßte. Sie wußte, wie sehr Ranec sie liebte, und sie glaubte, mit ihm glücklich werden zu können. Die Vorstellung, ein Baby wie Tricie zu bekommen, entzückte sie. Ayla zweifelte nicht im geringsten, daß Ralev Ranecs Kind war. Ralev war nicht die Folge davon, daß zwei Geister sich gemischt hatten. Sie war überzeugt, daß Ranec das Kind durch sein ureigenstes Wesen hatte entstehen lassen, als er mit Tricie Wonnen geteilt hatte. Ayla mochte die rothaarige Frau, und sie tat ihr leid. Sie kam zu dem Schluß, daß sie nichts dagegen hätte, Ranec und das Herdfeuer mit ihr und Ralev zu teilen, falls Tricie das wollte.

Nur im tiefsten Dunkel der Nacht gab Ayla sich selbst gegenüber zu, daß sie ebenso froh wäre, wenn sie nicht an Ranecs Herdfeuer leben müßte. Während des Jagdzuges hatte sie es allgemein vermieden, mit ihm zu schlafen, und es nur ein paarmal getan, wenn sein Bedürfnis nach ihr besonders groß zu sein schien – nicht das rein körperliche Gefühl, sondern das nach Geborgenheit und Nähe. Auf dem Rückweg hatte sie bisher keine Wonnen mit Ranec teilen können. Statt dessen konnte sie in ihrem Bett des Nachts nur von Jondalar träumen. Immer und immer wieder gingen ihr dieselben Fragen durch den Kopf, doch zu einer Schlußfolgerung konnte sie sich nicht durchringen.

Dachte sie an den Tag der Jagd, als sie mit knapper Not dem Mammutbullen entkommen war, und an den schmerzlich verlangenden Ausdruck in Jondalars Augen, fragte sie sich, ob er sie womöglich doch noch liebte. Aber warum hatte er sich dann den ganzen Winter so distanziert verhalten? Warum hatte er aufgehört, die Wonnen bei ihr zu finden? Warum war er aus dem Herdfeuer des Mammut ausgezogen? Sie mußte an jenen Tag auf der Steppe denken, als er zum ersten Mal Renner geritten hatte. Wenn sie dann an sein Verlangen, sein Bedürfnis und ihr glückliches Bereitsein für ihn dachte, konnte sie vor lauter Sehnsucht nach ihm keinen Schlaf finden; und dann trübte sich die Erinnerung daran durch seine Zurückweisung, den Schmerz und die Verwirrung, in die sie das gestürzt hatte.

Nach einem besonders langen Tag und einer späten Abendmahlzeit gehörte Ayla zu den ersten, die das Feuer verließen und sich ins Zelt zurückzogen. Lächelnd und unter dem Vorwand, müde zu sein, hatte sie Ranecs hoffnungsvolle, wiewohl unausgesprochene Bitte, sein Lager mit ihm zu teilen, zurückgewiesen, doch als sie dann sah, welch ein langes Gesicht er machte, hatte sie Gewissensbisse bekommen. Bevor sie das Zelt betrat, sah sie Jondalar noch bei den Pferden. Er kehrte ihr den Rücken zu, sie beobachtete ihn und war wider Willen fasziniert von dem Bild seines Körpers, der Art, wie er sich bewegte und wie er dastand. Sie kannte ihn so gut, daß sie glaubte, ihn an dem Schatten erkennen zu können, den er warf. Dann merkte sie, daß ihr Körper unbewußt reagiert hatte. Ihr Atem ging heftiger, Röte stieg ihr ins Gesicht, sie fühlte sich zu ihm hingezogen und war schon im Begriff, zu ihm hinzugehen.

Aber es hat keinen Zweck, dachte sie. Ginge ich hin, um mit ihm zu reden, würde er einfach zurückweichen und irgend ein paar Entschuldigungen vorbringen – und dann zu jemand anders gehen, um sich mit ihm zu unterhalten. Immer noch von den Gefühlen beherrscht, die er in ihr geweckt hatte, betrat Ayla das Zelt und kroch in ihre Felle.

Sie war müde gewesen, doch nun konnte sie nicht einschlafen und wälzte sich von einer Seite auf die andere, immer in dem Versuch, ihr Verlangen nach ihm zu unterdrücken. Was war denn bloß los mit ihr? Er schien sie nicht zu wollen, warum also wollte sie ihn? Wie aber kam es, daß er sie dann manchmal so ansah? Warum hatte er sie bei dem einen Mal auf der Steppe so heftig begehrt? Da hatte es ihn doch offenbar so sehr zu ihr hingezogen, daß er gar nicht anders gekonnt hatte, als dem nachzugeben. Ihr kam ein Gedanke, und sie runzelte die Stirn. Vielleicht fühlte er sich zu ihr hingezogen, so wie sie sich zu ihm hingezogen fühlte, und vielleicht wollte er das nicht. Ob das wohl die ganze Zeit über das Problem gewesen war?

Sie spürte, daß sie wieder errötete, diesmal freilich aus Ärger. So betrachtet, schien das Ganze plötzlich einen Sinn zu ergeben – daß er ihr aus dem Weg ging und vor ihr davonlief. Lag das daran, daß er etwas dagegen hatte, sie zu begehren? Als sie an die vielen Male dachte, wie sie versucht hatte, sich ihm zu nähern, mit ihm zu reden, versucht hatte, ihn zu verstehen, wo er doch nur den einen Wunsch hatte, ihr aus dem Weg zu gehen, kam sie sich gedemütigt vor. Er begehrt mich nicht, dachte sie. Jedenfalls nicht so wie Ranec. Jondalar hat gesagt, er liebt mich, und hat davon geredet, mich mitzunehmen, als wir noch im Tal der Pferde waren; aber er hat mich nie gebeten, mich mit ihm zusammenzutun. Er hat nie erklärt, er wolle ein Herdfeuer mit mir teilen oder meine Kinder.

Ayla spürte, wie ihr heiße Tränen in die Augen stiegen. Wie komme ich dazu, ihn zu lieben, wo er mich nicht liebt? Sie schniefte und wischte sich mit dem Handrücken die Augen trocken. Die ganze Zeit über, da ich nur an ihn gedacht und mich nach ihm verzehrt habe, hat er mich bloß vergessen wollen.

Nun, Ranec begehrt mich, und Ranec versteht es sehr wohl, Wonnen zu bereiten. Und wie gut er zu mir ist! Er will ein Herdfeuer mit mir teilen, dabei bin ich nicht einmal besonders nett zu ihm gewesen. Und entzückende Babys macht er auch, zumindest Tricies Baby ist entzückend. Ich glaube, ich sollte anfangen, netter zu Ranec zu sein und Jondalar zu vergessen, dachte sie. Doch noch während sich in ihrem Geist diese Worte formten, brachen die Tränen sich wieder Bahn; sie konnte machen, was sie wollte, der Gedanke, der tief aus ihrem Inneren aufzusteigen schien, war nicht zu unterdrücken. Jawohl, Ranec ist gut zu mir, aber Ranec ist nicht Jondalar, und ich liebe nun mal Jondalar.

Ayla lag immer noch wach, als die Leute einer nach dem anderen ins Zelt kamen. Sie verfolgte, wie Jondalar durch die Öffnung hereintrat, sah, wie er in ihre Richtung schaute – und zauderte. Für einen Moment erwiderte sie seinen Blick, dann reckte sie das Kinn und sah in eine andere Richtung. Gerade in diesem Augenblick kam Ranec herein. Sie setzte sich auf und lächelte ihm zu.

»Ich dachte, du bist müde und deshalb so früh schlafen gegangen«, sagte der Bildschnitzer.

»Das dachte ich auch, aber dann konnte ich doch nicht einschlafen. Vielleicht sollte ich doch deine Felle mit dir teilen«, sagte sie.

Ranec strahlte über das ganze Gesicht; hätte die Sonne geschienen, sie hätte es nicht mit ihm aufnehmen können.

»Wie gut, daß mich nichts wachhält, wenn ich müde bin«, sagte Talut und grinste gutmütig, als er sich auf seinen Schlaffellen niederließ, um die Riemen seiner Füßlinge zu lösen. Es entging Ayla nicht, daß Jondalar nicht lächelte. Er hatte die Augen zugemacht, konnte jedoch das schmerzverzerrte Gesicht ebensowenig verbergen wie den Umstand, daß seine Schultern ergeben herabsackten, als er sich an seinen Schlafplatz begab. Plötzlich jedoch machte er kehrt und verließ eilends wieder das Zelt. Ranec und Talut tauschten einen Blick, doch dann hatte der dunkelhäutige Mann nur noch Augen für Ayla.

Als sie den Morast erreichten, beschlossen sie auszukundschaften, ob nicht doch ein Weg außen herumführte. Sich noch einmal hindurchzukämpfen, dazu waren sie zu schwer beladen. Die Elfenbeinkarte vom vorigen Jahr wurde zu Rate gezogen, und sie beschlossen, am nächsten Morgen eine andere Richtung einzuschlagen. Talut war sicher, daß es nicht länger dauern würde, wenn sie den langen Umweg machten, doch hatte er Schwierigkeiten, Ranec davon zu überzeugen, der keine Verzögerungen mehr hinnehmen wollte.

Am Abend, ehe sie beschlossen, die neue Route einzuschlagen, fühlte Ayla sich ungewöhnlich reizbar. Auch die Pferde waren den ganzen Tag über unruhig gewesen; nicht einmal durch wiederholtes Striegeln und Kraulen hatten sie sich beruhigen lassen. Irgend etwas stimmte nicht. Sie wußte nicht, was es war; es war nur ein eigentümliches Gefühl des Unbehagens. Sie wandte sich in Richtung der offenen Steppe, versuchte sich zu entspannen und entfernte sich vom Lager.

Sie erspähte eine Kette Schneehühner und wollte nach ihrer Schleuder greifen, hatte jedoch vergessen, sie umzubinden. Plötzlich flogen sie ohne jeden ersichtlichen Grund auf. Dann tauchte ein Goldadler über dem Horizont auf. Mit täuschend langsamen Schwingenschlägen ließ er sich von den Luftströmungen tragen und schien es nicht sonderlich eilig zu haben. Doch schneller, als sie begriff, näherte sich der Adler den tieffliegenden Schneehühnern. Plötzlich schräg nach vorn hinabstoßend, grub der große Greifvogel seine kraftvollen Krallen in sein Opfer und machte dem Schneehuhn den Garaus.

Ein Schauder durchlief Ayla, und sie kehrte eilends zurück ins Lager. Sie blieb lange auf, unterhielt sich mit anderen und versuchte, sich abzulenken. Doch als sie sich niederlegte, dauerte es lange, ehe sie einschlief, und danach hatte sie eine Reihe von beunruhigenden Träumen. Sie wurde häufig wach, und als sie irgendwann gegen Morgengrauen wieder aufwachte, meinte sie, nicht wieder einschlafen zu können. Sie schlüpfte aus den Fellen heraus, verließ das Zelt und entfachte das Feuer, um Wasser zum Kochen zu bringen.

Als es anfing zu tagen, trank sie ihren Morgentee und starrte wie abwesend auf einen dünnen Stengel mit einer vertrockneten Blütendolde daran, der in der Nähe der Feuerstelle wuchs. Eine halbverzehrte kalte Mammutlende war auf einem aus drei Speeren bestehenden Dreifuß hoch über dem Feuer vor räuberischen Tieren in Sicherheit gebracht worden. Ihr dämmerte, daß es sich bei der Dolde um eine Wildkarotte handelte, und als ihr ein spitz zulaufender zerspellter Ast auf dem Holzstoß ins Auge fiel, benutzte sie ihn als Grabstock, um die Wurzel ein paar Fingerbreit unter der Oberfläche zu lockern. Dann fielen ihr weitere vertrocknete Blütendolden auf, und während sie die Wurzeln, aus denen sie stammten, gleichfalls ausgrub, bemerkte sie etliche Distelstiele, die, nachdem man die Stacheln abgeschabt hatte, knackig und saftig waren. Nicht weit von den Disteln entfernt fand sie einen großen weißen und frischen Bovist und Taglilien mit fleischigen jungen Trieben. Als die anderen anfingen aufzuwachen, hatte Ayla bereits einen großen Kochkorb Suppe auf dem Feuer stehen, die mit zerstoßenen Körnern sämig gemacht wurde.

»Hm, schmeckt das gut!« sagte Talut und nahm sich mit einer Elfenbeinkelle noch eine Kumme. »Wie bist du nur darauf gekommen, heute morgen ein so vorzügliches Frühstück zu kochen?«

»Ich konnte nicht mehr schlafen, und da bemerkte ich das viele Grünzeug in der Nähe. Das brachte mich ... nun ja, auf andere Gedanken«, sagte sie.

»Und ich habe wie ein Bär im Winter geschlafen«, sagte Talut und faßte sie genauer ins Auge. Wäre doch Nezzie bloß hier! »Hast du Kummer, Ayla?«

Sie schüttelte den Kopf. »Nein ... nun, doch. Aber ich weiß nicht, was es ist.«

»Bist du krank?«

»Nein, das ist es nicht. Ich habe nur so ein sonderbares Gefühl. Auch die Pferde spüren irgendwas. Renner ist kaum zu bändigen, und Winnie ist nervös ...«

Plötzlich ließ Ayla ihren Becher fallen, schlug die Arme um sich, als gälte es, sich zu beschützen, und starrte voller Entsetzen auf den Himmel im Osten. »Talut! Schau!« Eine dunkelgraue Säule stieg in der Ferne in die Höhe, und eine immer mehr aufquellende dunkle Wolke füllte den Himmel. »Was ist das?«

»Ich weiß nicht«, sagte der große Anführer und machte ein genauso besorgtes Gesicht wie sie. »Ich werde Vincavec holen.«

»Sicher bin ich mir auch nicht.« Sie drehten sich um, als sie die Stimme des tätowierten Schamanen hinter sich vernahmen. »Es kommt aus den Bergen im Südosten.« Vincavec rang mit sich, um die Fassung zu bewahren. Von ihm wurde erwartet, daß er seine Ängste nicht zeigte, doch das war in diesem Fall nicht leicht. »Es muß ein Zeichen von Der Mutter sein.«

Ayla war überzeugt, daß der Erde ein furchtbares Unglück widerfuhr, daß sie mit einer solchen Gewalt etwas ausspie. Die dunkelgraue Säule mußte unglaublich hoch sein, daß sie noch aus so weiter Ferne so mächtig wirkte; und die Wolke, die zornig wallte und wogte, wurde zusehends größer. Höhenwinde fingen an, sie westwärts zu treiben.

»Das ist die Milch aus Donis Brust«, sagte Jondalar weit sachlicher, als ihm zumute war, und benutzte ein Wort aus seiner eigenen Sprache. Alle hatten mittlerweile die Zelte verlassen und starrten auf den schreckenerregenden Ausbruch und die gewaltig aufgetriebene brodelnde Wolke.

»Was heißt das ... was hast du eben gesagt?« fragte Talut.

»Es ist ein Berg, eine besondere Art von Berg, der speit. Als ich noch sehr jung war, habe ich so einen gesehen«, erklärte Jondalar. »Wir nennen sie ›Brüste der Mutter‹. Der alte Zelandoni erzählte eine Legende darüber. Derjenige, den ich gesehen habe, lag weit entfernt im hochgelegenen Mittelland. Später erzählte uns ein Reisender, der von dorther kam, was er gesehen hatte. Es war eine furchtbar aufregende Geschichte, doch er hatte Angst. Es hatte ein paar kleinere Erdstöße gegeben, und dann wurde die Spitze des betreffenden Berges einfach weggeblasen. Danach schoß ein Strahl wie dieser in die Höhe, daraus entstand eine schwarze Wolke, wie die dort, die den ganzen Himmel ausfüllte. Aber es handelt sich nicht um eine gewöhnliche Wolke. Sie ist voll von ganz leichtem Staub, wie Asche. Die dort« – er zeigte auf die riesige schwarze Wolke, die jetzt nach Westen trieb – »scheint von uns weggeweht zu werden. Hoffentlich springt der Wind nicht um. Wenn diese Asche herabkommt, bedeckt sie alles, manchmal viele Hände hoch.«

»Das muß weit weg sein«, sagte Brecie. »Von hier aus können wir nicht einmal die Berge sehen, und hören tut man auch nichts: kein Grummeln und Grollen, und auch der Boden bebt nicht. Nichts weiter als der Riesenstrahl und die große dunkle Wolke.«

»Deshalb wird es für uns wohl nicht so schlimm, selbst wenn die Asche hier herunterkommen sollte. Wir sind weit genug davon entfernt.«

»Du hast gesagt, es gäbe Erdbeben? Erdbeben sind immer ein Zeichen, das Die Mutter gibt. Das muß dies auch sein. Die Mamuti müssen darüber meditieren und herausfinden, was es zu bedeuten hat«, sagte Vincavec, bemüht, nicht unwissender dazustehen als der Fremde.

Ayla hörte kaum mehr als ›Erdbeben‹. Nichts auf der Welt fürchtete sie so sehr wie Erdbeben. Mit fünf Jahren hatte sie ihre Familie bei einem furchtbaren Beben verloren, in dessen Verlauf die Erde aufgerissen war; und ein anderes Erdbeben hatte Creb getötet, woraufhin Broud sie aus dem Clan ausgestoßen hatte. Erdbeben hatten immer einen schlimmen Verlust vorausahnen lassen oder irgendeine gewaltsame Veränderung. Nur mit größter Mühe beherrschte sie sich.

Dann bemerkte sie aus den Augenwinkeln heraus eine vertraute Bewegung. Im nächsten Augenblick kam ein grauer Blitz auf sie zugeschossen, sprang hoch und legte ihr feuchte und völlig verschlammte Pfoten auf die Brust. Eine rauhe Zunge leckte ihr das Kinn.

»Wolf! Wolf! Was machst du hier?« sagte sie und kraulte ihm den Hals. Dann, von Entsetzen gepackt, hielt sie inne und rief: »O nein! Es geht um Rydag! Wolf ist gekommen, um mich zu Rydag zu bringen! Ich muß hingehen. Ich muß sofort hin!«

»Dann mußt du das Schleppgestell und die Pferdelast hierlassen und hinreiten«, erklärte Talut. Der Schmerz in seinen Augen war nicht zu übersehen. Rydag war genausosehr der Sohn seines Herdfeuers wie irgendeines von Nezzies Kindern, und der Anführer liebte ihn. Wenn er gekonnt hätte, und wenn er nicht so groß gewesen wäre, hätte Ayla ihm angeboten, Renner zu reiten und mit ihr zurückzukehren.

Sie lief ins Zelt hinein, um sich anzukleiden, und sah Ranec. »Es ist Rydag«, sagte sie.

»Ich weiß. Ich habe dich gerade gehört. Laß mich dir helfen. Ich will Proviant und Wasser in dein Gepäck stecken. Brauchst du deine Schlafrolle? Dann packe ich auch die zusammen«, sagte er, während sie ihre Füßlinge verschnürte.

»Ach, Ranec!« sagte Ayla. Wie gut er zu ihr war! »Wie soll ich dir nur danken!«

»Er ist mein Bruder, Ayla.«

Natürlich, dachte sie. Ranec liebt ihn auch. »Tut mir leid. Meine Gedanken arbeiten nicht richtig. Möchtest du mitkommen? Ich hatte daran gedacht, Talut zu fragen, aber er ist zu groß, um Renner zu reiten. Du aber könntest es.«

»Ich? Mich auf ein Pferd setzen? Nie!« sagte Ranec und trat erschrocken einen Schritt zurück.

Ayla machte ein finsteres Gesicht. Ihr war nicht klargewesen, wie heftig er auf die Pferde reagierte. Doch jetzt, als sie darüber nachdachte, ging ihr auf, daß er einer der wenigen war, die sie nicht aufgefordert hatte, einen Ritt mit ihr zu machen. Sie überlegte, warum wohl.

»Ich hätte nicht die geringste Ahnung, wie ich ihn lenken sollte, und ... ich habe auch Angst, ich würde runterfallen, Ayla. Für dich ist das in

Ordnung, das ist eines der Dinge, die ich an dir liebe – aber ich, ich werde nie ein Pferd reiten«, erklärte Ranec. »Da ziehe ich meine eigenen zwei Füße vor. Ich mag ja nicht mal Boote.«

»Aber irgend jemand muß mit. Sie sollte nicht allein zurückkehren«, sagte Talut.

»Das braucht sie auch nicht und wird sie nicht«, erklärte Jondalar. Er hatte bereits Reisekleidung angelegt und stand – Renner am Halfter – neben Winnie.

Ayla stieß einen Seufzer der Erleichterung aus und runzelte die Stirn. Warum wollte er sie begleiten? Er hatte nie mehr allein irgendwo mit ihr hingewollt. Er machte sich ja in Wirklichkeit nichts aus ihr. Sie war froh, ihn bei sich zu haben, doch sagen wollte sie ihm das nicht. Dazu hatte sie sich schon zu viele Male eine Abfuhr geholt. Als sie Winnie die Reisesäkke überlegte, sah Ayla, wie Wolf aus Ranecs Kumme Wasser schlappte. Eine tüchtige Portion Fleisch hatte er bereits verschlungen.

»Danke, daß du ihn gefüttert hast, Ranec«, sagte sie.

»Daß ich nicht reiten mag, bedeutet noch lange nicht, daß ich keine Tiere mag, Ayla«, sagte der Bildschnitzer und kam sich ganz klein vor. Er hatte ihr nicht sagen mögen, daß er Angst vorm Reiten hatte.

Lächelnd nickte sie. »Wir sehen uns, sobald du im Wolfs-Lager eintriffst«, sagte Ayla. Sie umarmten sich und küßten sich, und Ayla meinte, daß er sie fast zu heftig im Arm hielt. Sie drückte auch Talut an sich, und dann Brecie, streifte Vincavecs Wange und saß dann auf. Der Wolf war augenblicklich an Winnies Fersen.

»Hoffentlich ist Wolf nicht völlig erschöpft, nachdem er den ganzen Weg bis hierher gelaufen ist«, sagte Ayla.

»Wenn er müde wird, kann er ja mit dir auf Winnie reiten«, sagte Jondalar, der auf Renner saß und seine liebe Not damit hatte, den Hengst ruhig zu halten.

»Richtig. Ich weiß wirklich nicht, wo mir der Kopf steht«, sagte Ayla.

»Gib gut auf sie acht, Jondalar«, sagte Ranec. »Wenn sie sich um jemand anders sorgt, vergißt sie, sich selbst in acht zu nehmen. Ich möchte, daß es ihr gut geht bei unserer Hochzeit.«

»Ich paß schon auf sie auf, Ranec. Keine Sorge, du wirst eine gesunde Frau, die in jeder Beziehung wohlauf ist, an dein Herdfeuer führen können«, erwiderte Jondalar.

Ayla sah vom einen zum anderen. Hier war mehr gesagt worden, als die Worte verrieten.

Sie ritten stetig bis Mittag voran und legten dann eine Pause ein, um sich auszuruhen und etwas Proviant zu sich zu nehmen. Ayla war zutiefst um

Rydag besorgt, so daß sie am liebsten gleich weitergeritten wäre, aber die Pferde brauchten die Ruhepause. Sie überlegte, ob er den Wolf wohl selbst nach ihr ausgeschickt hatte. Vermutlich. Jeder andere hätte wohl einen Menschen geschickt. Nur Rydag begriff, daß Wolf klug genug wäre, die Botschaft zu verstehen und ihrer Fährte so lange zu folgen, bis er sie fand. Freilich, wirklich tun würde er es nur, wenn es sehr wichtig war.

Die Störung im Südosten machte ihr Angst. Die große Säule, die dort in den Himmel aufgestiegen war und sich verbreitet hatte, hatte aufgehört, weiterzuwachsen, aber die Wolke war nach wie vor da und breitete sich weiter aus. Die Angst vor unbegreiflichen Erdzuckungen war ihr so zur zweiten Natur geworden und saß so tief, daß sie sich in einem Zustand milden Schocks befand. Nur die Angst um Rydag zwang sie, die Beherrschung zu bewahren.

Doch trotz all ihrer Befürchtungen und Ängste war Ayla sich Jondalars stark bewußt. Sie hatte fast vergessen, wie glücklich es sie machte, mit ihm zusammenzusein. Sie hatte davon geträumt, zusammen mit ihm auf Winnie und Renner auszureiten, nur sie beide ganz allein, höchstens, daß Wolf noch neben ihnen dahinschoß. Während der Rast beobachtete sie ihn, doch verstohlen, mit der Fähigkeit einer Clan-Frau, sich selbst zurückzunehmen und zu sehen, ohne gesehen zu werden. Allein ihn anzusehen weckte ein Gefühl von Wärme in ihr und den Wunsch, ihm näher zu sein, doch ihre neuen Einsichten in sein unerklärliches Verhalten und der Umstand, daß es ihr jetzt peinlich war, sich im aufzudrängen, obwohl er sie nicht wollte, ließ sie zögern, ihm ihr Interesse zu zeigen. Wenn er sie nicht wollte, wollte sie ihn auch nicht; zumindest sollte er dann nicht merken, daß sie ihn wollte.

Jondalar beobachtete sie seinerseits, suchte nach einer Möglichkeit, mit ihr zu sprechen und ihr zu sagen, wie sehr er sie liebe, und den Versuch zu machen, sie zurückzugewinnen. Sie schien ihm jedoch auszuweichen, und es wollte ihm nicht gelingen, ihrem Blick zu begegnen. Er wußte, wie durcheinander sie wegen Rydag war – er fürchtete ja selbst das Schlimmste –, und da wollte er sich nicht aufdrängen. Er war sich nicht sicher, ob es der richtige Augenblick war, seine persönlichen Gefühle zur Sprache zu bringen, und schließlich wußte er nach all dieser Zeit auch nicht, wie er es anfangen sollte. Er spielte auf diesem Rückritt mit den wildesten Gedanken. Vielleicht sollten sie sich im Wolfs-Lager gar nicht erst länger aufhalten, sondern gleich weiterreiten, möglichst gleich bis zu den Zelandonii. Aber er wußte, das war unmöglich. Rydag brauchte sie, und außerdem war sie Ranec anverlobt. Sie wollten sich zusammentun. Wieso sollte sie den Wunsch haben, mit ihm zu kommen?

Sie rasteten nicht lange. Sobald Ayla meinte, daß die Pferde ausgeruht genug seien, ging es weiter. Doch sie waren erst eine kurze Zeit unterwegs, da sahen sie jemand auf sich zukommen. Der einsame Reisende winkte aus der Ferne, und als sie näher kamen, sahen sie, daß es sich um Ludeg handelte, den Läufer, der sie über den neuen Versammlungsort für das Sommer-Treffen unterrichtet hatte.

»Ayla! Genau dich suche ich. Nezzie hat mich nach dir ausgeschickt. Leider habe ich schlechte Nachrichten für dich. Rydag ist sehr krank«, sagte Ludeg. Dann blickte er sich um und fragte: »Und wo sind die anderen?«

»Die kommen nach. Wir sind vorausgeritten, als wir es erfahren hatten«, sagte Ayla.

»Aber wie wollt ihr es erfahren haben? Ich bin der einzige Läufer, der ausgeschickt wurde«, sagte Ludeg.

»Nein«, erklärte Jondalar. »Du bist der einzige menschliche Läufer, der ausgeschickt wurde, aber Wölfe sind schneller als Menschen.«

Plötzlich bemerkte Ludeg den jungen Wolf. »Er ist nicht mit euch auf die Jagd gezogen, wieso ist Wolf denn hier?«

»Ich nehme an, Rydag hat ihn hergeschickte«, sagte Ayla. »Er hat uns auf der anderen Seite des Morastes gefunden.«

»Und da kann man von Glück sagen«, fügte Jondalar noch hinzu. »Du hättest die Jäger verfehlen können. Sie haben nämlich beschlossen, auf dem Rückweg einen Bogen um den Morast zu schlagen. Schwer beladen, ist es leichter, auf trockenem Grund voranzukommen.«

»Dann sind sie also auf Mammuts gestoßen. Gut, da werden sich alle freuen«, sagte Ludeg und sah dann Ayla an. »Ich denke, du solltest dich beeilen. Es ist schon eine glückliche Fügung, daß du so nahe bist.«

Ayla merkte, daß ihr alles Blut aus dem Gesicht wich.

»Möchtest du mit zurückreiten, Ludeg?« fragte Jondalar, ehe sie weitereilten. »Wir können ja zusammen auf einem Pferd sitzen.«

»Nein, reitet nur weiter. Ihr habt mir auch so schon einen weiten Weg erspart. Es macht mir nichts aus, zu Fuß zurückzukehren.«

Ayla trieb Winnie den ganzen Weg zurück immer wieder zu schneller Gangart an und war vorm Zelt schon abgesessen, ehe die anderen überhaupt merkten, daß sie zurück war.

»Ayla! Du bist also da. Hast es rechtzeitig geschafft. Ich hatte schon Angst, daß du zu spät kommen würdest«, sagte Nezzie. »Ludeg muß die Beine in die Hand genommen haben.«

»Es war nicht Ludeg, der uns gefunden hat, sondern Wolf«, sagte Ayla, streifte sich den Überwurf über den Kopf und eilte an Rydags Lager.

Einen Moment mußte sie die Augen schließen. Die Art, wie er die Zähne zusammenbiß, und die harten Linien in seinem Gesicht verrieten mehr als Worte, daß er Schmerzen hatte, schreckliche Schmerzen. Er war bleich, doch dunkle Ringe umschatteten seine Augen, und die Backenknochen und die Brauenwülste traten deutlicher hervor als sonst. Jeder Atemzug kostete ihn Mühe und bereitete ihm mehr Schmerzen. Sie sah zu Nezzie auf, die neben der Lagerstatt stand.

»Was ist geschehen, Nezzie?« Um seinetwillen unterdrückte sie die Tränen.

»Wenn ich das nur wüßte! Es ging ihm gut, und dann bekam er plötzlich diese Schmerzen. Ich habe alles versucht zu tun, was du mir gesagt hast, und habe ihm die Medizin gegeben. Aber nichts hat geholfen«, sagte Nezzie.

Ayla spürte, wie ihr Arm leicht berührt wurde. »Ich bin froh, daß du gekommen bist«, signalisierte ihr der Junge.

Wo hatte sie das schon mal erlebt? Diesen Kampf, mit einem Körper Zeichen zu machen, der zu schwach war, um sich zu bewegen? Iza! So war sie gewesen, als sie starb. Ayla war damals gerade von einem langen Marsch zurückgekehrt; sie hatte am Clan-Treffen teilgenommen. Diesmal jedoch war sie nur für kurze Zeit fort gewesen. Was war mit Rydag geschehen? Wie hatte er so schnell krank werden können? Oder hatte sich dies bereits langsam angebahnt?

»Du hast Wolf zu mir geschickt, nicht wahr?« fragte Ayla.

»Ich wußte, er würde dich finden«, kamen die Zeichen von dem Jungen. »Wolf ist ein kluges Tier.«

Dann schloß Rydag die Augen, und Ayla mußte den Kopf abwenden und ihrerseits die Augen zumachen. Es tat weh zu sehen, welche Mühe ihn jeder Atemzug kostete und welche Qualen er litt.

»Wann hast du das letztemal deine Medizin genommen?« fragte Ayla, als er die Augen aufschlug und sie es schaffte, ihn wieder anzusehen.

Rydag schüttelte leicht den Kopf. »Hilft nichts. Nichts hilft.«

»Was soll das heißen: nichts hilft? Du bist schließlich keine Medizinfrau. Woher willst du das wissen? Ich bin es, die das weiß«, sagte Ayla und bemühte sich, mit fester Stimme Zuversicht zu vermitteln.

Wieder schüttelte er leicht den Kopf. »Ich weiß es.«

»Nun, ich werde dich untersuchen, aber erst will ich dir eine Medizin holen«, sagte Ayla; dabei war es mehr so, daß sie fortging, weil sie Angst hatte, hier an seinem Lager zusammenzubrechen. Als sie sich anschickte zu gehen, berührte er ihre Hand.

»Geh nicht fort!« Wieder schloß er die Augen, und sie sah, wie er abermals gequält nach Atem rang, dann nochmals – und sie stand ohnmächtig daneben, ohne etwas tun zu können. »Ist Wolf wieder da?« fragte er schließlich mittels Zeichensprache.

Ayla pfiff, und wer immer draußen versucht hatte, Wolf davon abzuhalten, in das Zelt hineinzukommen – plötzlich ging das nicht mehr. Wolf war da, sprang auf das Lager des Jungen, versuchte, ihm das Gesicht zu lekken. Rydag lächelte. Das ging fast über Aylas Kraft – dies Lächeln auf einem Clan-Gesicht zu sehen, das nun einmal Rydag gehörte. Der ungestüme junge Wolf konnte zuviel sein. Ayla scheuchte ihn hinunter

»Ich habe Wolf geschickt. Ayla sollte kommen«, meldete Rydag. »Ich wollte ...« Er schien die richtigen Wortzeichen nicht zu kennen.

»Was ist es, das du möchtest, Rydag?« ermunterte Ayla ihn.

»Das hat er auch mir versucht zu erklären«, sagte Nezzie. »Aber ich konnte ihn nicht verstehen. Hoffentlich kannst du das. Es scheint ihm so wichtig zu sein.«

Rydag machte wieder die Augen zu und runzelte die Stirn. Ayla hatte das Gefühl, als versuchte er, sich an etwas zu erinnern.

»Durc glücklich. Er ... gehört dazu. Ayla, ich möchte ... Mog-ur.«

Er bemühte sich verzweifelt, und es strengte ihn so sehr an, und doch blieb Ayla nichts anderes übrig als zu versuchen, zu verstehen, was er sagen wollte. »Mog-ur?« Ein stummes Zeichen war das. »Du meinst, den Mann der Geister-Welt?« sagte Ayla laut.

Rydag nickte und faßte wieder Mut. Doch der Ausdruck auf Nezzies Gesicht war unergründlich. »Ist es das, was er versucht hat auszudrücken?« fragte die Frau.

»Ja, ich glaube, schon«, sagte Ayla. »Hilft das?«

Nezzie nickte, kurz und verstört. »Ich weiß, was er will. Er möchte kein Tier sein. Er möchte in die Geister-Welt eingehen. Er möchte bestattet werden ... wie ein Mensch.«

Rydag nickte zustimmend.

»Selbstverständlich«, sagte Ayla. »Er ist ein Mensch.« Sie wußte nicht, was sie davon halten sollte.

»Nein, das ist er nicht. Er ist nie in aller Form zu den Mamutoi gezählt worden. Sie wollten ihn nicht akzeptieren. Sie behaupteten, er sei ein Tier«, sagte Nezzie.

»Soll das heißen, er kann kein richtiges Begräbnis bekommen? Könnte nicht in die Geister-Welt eingehen? Wer behauptet das?« In Aylas Augen blitzte es wütend auf.

»Das Mammut-Lager«, sagte Nezzie. »Sie wollten es nicht zulassen.«

»Ja, bin ich denn nicht eine Tochter vom Herdfeuer des Mammut? Ich lasse es zu!« erklärte Ayla.

»Das nützt nichts. Mamut wollte das auch. Das Mammut-Lager muß zustimmen, und sie haben ihre Zustimmung versagt«, erklärte Nezzie.

Rydag hatte hoffnungsvoll zugehört, doch jetzt schwand seine Hoffnung. Ayla sah den Ausdruck auf seinem Gesicht, erkannte die Enttäuschung und war wütender, als sie es je gewesen war.

»Das Mammut-Lager braucht nicht zuzustimmen. Sie haben nicht darüber zu befinden, ob jemand ein Mensch ist oder nicht. Rydag ist ein Mensch. Er ist genausowenig ein Tier, wie mein Sohn eines ist. Das Mammut-Lager kann sein Begräbnis behalten! Er braucht es nicht. Wenn es soweit ist, werde ich es tun, nach Clan-Art, so wie ich es für Creb, den Mog-ur getan habe. Rydag wird in die Welt der Geister eingehen, egal, ob das Mammut-Lager zustimmt oder nicht.«

Nezzie warf einen Blick auf den Jungen. Er schien nicht mehr ganz so verkrampft. Nein, er ist nicht entspannt, sondern in Frieden mit sich. Die Kraftanstrengung, die Verkrampfung, die er hatte erkennen lassen, waren verschwunden. Er berührte Aylas Arm.

»Ich bin kein Tier!« signalisierte er ihr.

Er schien noch etwas sagen zu wollen. Ayla wartete. Dann plötzlich begriff sie, daß kein Laut mehr kam, Rydag nicht mehr um noch einen schmerzhaften Atemzug rang. Er verspürte keinen Schmerz mehr.

Ayla hingegen sehr wohl. Sie hob den Blick und sah Jondalar. Der hatte die ganze Zeit über dortgestanden, und sein Gesicht war schmerzverzerrt wie das ihre und das von Nezzie. Plötzlich lagen sie sich alle drei in den Armen und suchten Trost einer beim anderen.

Und noch jemand tat seinen Kummer kund. Vom Boden unter Rydags Lagerstatt kam aus fellbewehrter Kehle ein leises Winseln, dann zögerndes Jaulen, das sich dehnte und vertiefte und zu Wolfs erstem weithin hörbaren Geheul wurde. Als ihm die Luft ausging, begann er von neuem, tat den Kummer über seinen Verlust in dem volltönenden, unheimlichen, unverkennbaren Wolfsgeheul kund, das den Menschen einen Schauder über den Rücken jagte. Menschen versammelten sich am Zelteingang, um zu schauen, zögerten jedoch einzutreten. Selbst die drei, die ganz ihrem eigenen Schmerz anheimgegeben waren, hielten inne, um zu lauschen und zu staunen. Jondalar dachte bei sich, ob nun Tier oder Mensch – niemand konnte sich eine ergreifendere und furchtgebietendere Totenklage wünschen.

Nachdem die ersten herzzerreißenden Tränen vergossen waren, setzte Ayla sich neben den kleinen schmächtigen Leichnam und blieb regungslos sitzen; doch die Tränen hatten nicht aufgehört zu fließen. Sie starrte ins Leere, gedachte schweigend ihres Lebens beim Clan, ihres Sohnes und des ersten Mals, als sie Rydag erblickte. Sie liebte Rydag. Im Laufe der Zeit war er ihr genauso ans Herz gewachsen wie Durc, ja, in gewisser Weise hatte er Durcs Stelle eingenommen. Wiewohl ihr Sohn ihr genommen worden war, hatte Rydag ihr eine Möglichkeit gegeben, mehr über ihn zu erfahren, zu begreifen, wie er heranwuchs und reifte, wie er vielleicht aussah, wie er unter Umständen dachte. Wenn sie über Rydags feinen Humor lächelte oder sich über sein Feingefühl und seine Intelligenz freute, konnte sie sich vorstellen, daß Durc über die gleichen Eigenschaften verfügte. Jetzt war Rydag dahingegangen, bestand dies zarte Band mit Durc nicht mehr. Ihr Schmerz galt beiden.

Nezzies Gram war zwar nicht geringer als der Aylas, aber die Lebenden forderten ihr Recht. Rugie kletterte ihr auf den Schoß; sie war völlig durcheinander, daß ihr Spielgefährte, Freund und Bruder nicht mehr mit ihr spielen und nicht einmal mehr Worte mit den Händen machen konnte. Danug lag lang ausgestreckt auf seinem Bett, hatte den Kopf unter einer Felldecke versteckt und schluchzte; und jemand mußte es Latie beibringen.

»Ayla? Ayla«, sagte Nezzie schließlich. »Was müssen wir tun, um ihn auf Clan-Weise zu bestatten? Wir müssen anfangen, ihn fertigzumachen.«

Ayla brauchte einen Moment, bis sie begriff, daß jemand mit ihr sprach. Stirnrunzelnd richtete sie den Blick auf Nezzie. »Was?«

»Wir müssen ihn für die Bestattung bereitmachen. Was ist da zu tun? Ich habe keine Ahnung von Clan-Bestattungen.«

Keiner von den Mamutoi hatte das, dachte Ayla. Vor allem das Mammut-Lager nicht. Sie jedoch wußte darum. Sie dachte an die Bestattungen, die sie beim Clan miterlebt hatte, und überlegte, was für Rydag getan werden müsse. Ehe er auf Clan-Weise bestattet wird, muß er Clan werden. Das bedeutet, er muß einen Namen bekommen und braucht ein Amulett mit einem Brocken roter Ockererde darin. Plötzlich erhob Ayla sich und lief hinaus.

Jondalar lief hinter ihr her. »Wohin willst du?«

»Wenn Rydag Clan werden soll, muß ich ihm ein Amulett machen«, sagte sie.

Sichtlich wütend stapfte Ayla durch das Lager und marschierte am Zelt des Mammut-Lagers vorüber, ohne ihm auch nur einen Blick zu gönnen. Sie ging geradewegs auf den Arbeitsbereich der Steinschläger zu. Jondalar folgte ihr. Er ahnte immerhin, was sie vorhatte. Sie bat um einen Feuersteinknollen, den ihr niemand abschlagen mochte. Dann sah sie sich um, fand einen Hammerstein und räumte einen Platz frei, um dort zu arbeiten.

Als sie begann, den Stein grob zu richten, wie man es beim Clan machte, und die Mamutoi-Steinschläger begriffen, was sie machte, wollten sie unbedingt zusehen und drängten sich so eng um sie, wie sie es nur irgend wagten. Keiner wollte sie noch zorniger machen, als sie ohnehin schon war, doch war dies eine seltene Gelegenheit. Jondalar hatte, nachdem Aylas Geschichte bekanntgeworden war, einmal versucht, ihnen die Clan-Techniken zu erklären, doch hatte er eine andere Ausbildung genossen. Selbst wenn es ihm gelang, sich verständlich zu machen, glaubten sie immer noch, es handle sich um sein eigenes Können und nicht um ein ihnen völlig unbekanntes Vorgehen.

Ayla beschloß, zwei verschiedene Werkzeuge zu machen, ein scharfes Messer und eine spitze Ahle, und beides ins Rohrkolben-Lager mitzunehmen und dem Amulett hinzuzufügen. Zwar gelang es ihr, ein brauchbares Messer herzustellen, doch war sie so erfüllt von Gram und Wut, daß ihre Hände zitterten. Bei dem ersten Versuch, die weit schwieriger zu arbeitende schmale und spitz zulaufende Ahle herzustellen, brach sie sie entzwei; erst da bemerkte sie, daß viele Leute ihr zuschauten, was sie nervös machte. Sie spürte, daß die Werkzeugmacher der Mamutoi sich ein Urteil über die Clan-Arbeitsweise mit Feuerstein bildeten und sie diese nicht besonders gut vorführte; außerdem ärgerte sie sich, daß es ihr etwas bedeutete. Beim zweiten Versuch machte sie sie abermals kaputt. Ihre Verkrampfung ließ sie heiße Tränen vergießen, die sie immer wieder fortwischte. Plötzlich kniete Jondalar vor ihr.

»Ist es dies, was du brauchst, Ayla?« fragte er und hielt ihr jenes Stechwerkzeug in die Höhe, das sie für die besondere Feier des Frühlingsfestes gemacht hatte.

»Das ist ein Clan-Werkzeug! Woher hast du das ... das ist ja die Ahle, die ich gemacht habe!« sagte sie.

»Ich weiß. Ich bin damals noch einmal hingegangen und habe sie geholt. Ich hoffe, du bist deshalb nicht böse.«

Sie war überrascht, verwirrt und merkwürdig erfreut. »Nein, ich bin dir deshalb nicht böse. Ich freue mich, daß du es getan hast – aber warum?«

»Ich wollte ... ich wollte es mir genau ansehen«, erwiderte Jondalar. Er konnte es nicht ganz über sich bringen zu sagen, er habe sie geholt, um eine Erinnerung an sie zu haben, ihr zu erklären, daß er daran gedacht hatte, allein weiterzuziehen. Er wollte nicht ohne sie weiterziehen.

Sie trug ihre Werkzeuge zurück ins Rohrkolben-Lager und bat Nezzie um ein Stück weiches Leder. Nachdem sie es bekommen hatte, sah die Frau ihr zu, wie sie einen einfachen zusammengenommenen Beutel fertigte.

»Sie sehen zwar ein wenig gröber aus, aber diese Werkzeuge tun vorzüglich ihren Dienst«, meinte Nezzie. »Wozu soll dieser Beutel dienen?«

»Das wird Rydags Amulett, genauso eines, wie ich es für das Frühlings-Fest gemacht habe. Ich muß etwas rote Ockererde hineintun und ihm einen Namen geben, wie das beim Clan Sitte ist. Ein Totem braucht er auch noch, damit ihn das auf dem Weg in die Geister-Welt beschützt.« Sie sprach nicht weiter und legte die Stirn in Falten. »Ich weiß nicht, was Creb tat, um das Totem von Leuten zu erkennen, aber es hat immer gestimmt ... vielleicht kann ich mein Totem mit Rydag teilen. Der Höhlenlöwe ist ein mächtiges Totem, mit dem es manchmal nicht leicht ist zu leben; aber Rydag hat ja viele Prüfungen bestehen müssen. Rydag verdient ein starkes Totem, das ihn beschützt.«

»Kann ich irgend etwas tun? Muß er sonst noch bereitgemacht werden? Angezogen?« fragte Nezzie.

»Ja. Auch ich möchte helfen«, sagte Latie. Sie stand mit Tulie am Eingang.

»Und ich auch«, schloß Mamut sich an.

Ayla hob die Augen und erblickte fast das gesamte Löwen-Lager, das helfen wollte und sie um Anweisungen bat. Nur die Jäger fehlten. Ein Gefühl großer Herzlichkeit diesen Menschen gegenüber fühlte sie; schließlich waren sie es gewesen, die ein fremdes, verwaistes Kind aufgenommen und als das ihre betrachtet hatten – wobei ein rechtschaffener Zorn auf das Mammut-Lager sie erfüllte, das ihm nicht einmal ein richtiges Begräbnis zugestehen wollte.

»Nun, zunächst einmal könnte jemand rote Ockererde holen und sie zerstampfen, wie Deegie es für ihre Lederfärbemittel macht, und sie mit ausgelassenem Fett vermischen, um eine Salbe daraus zu machen. Damit muß er von Kopf bis Fuß eingerieben werden. Es müßte übrigens Höhlenbärenfett sein für eine richtige Clan-Bestattung. Der Höhlenbär ist dem Clan heilig.«

»Wir haben aber kein Höhlenbärenfett«, sagte Tornec.

»Es gibt hier nicht viele Höhlenbären«, setzte Manuv hinzu.

»Warum kein Mammutfett nehmen, Ayla?« schlug Mamut vor. »Rydag war ja nicht nur Clan. Zum Teil war er Mamutoi, und uns ist das Mammut heilig«.

»Ja, ich nehme an, das geht. Er war auch Mamutoi. Das sollten wir nicht vergessen.«

»Und wie wird er angekleidet, Ayla?« fragte Nezzie. »Er hat die neuen Kleider, die ich ihm für dieses Jahr gemacht habe, noch nicht einmal getragen.«

Stirnrunzelnd nickte Ayla. »Warum nicht. Nachdem er mit Ocker rot gefärbt worden ist, sollte er seine beste Kleidung tragen, wie die Mamutoi, wenn sie bestattet werden. Ja, ich glaube, das ist eine gute Idee, Nezzie.«

»Ich hätte nie gedacht, daß Ockerrot auch bei ihren Bestattungen eine heilige Farbe ist«, meinte Frebec.

»Und ich habe nicht einmal gedacht, daß sie ihre Toten überhaupt bestatten«, sagte Crozie.

»Das hat man im Mammut-Lager offenbar auch nicht vermutet«, sagte Tulie. »Nun, die werden Augen machen.«

Ayla bat Deegie um eine der nach Clan-Art gefertigten Holzschalen, die sie ihr anläßlich ihrer Adoption geschenkt hatte und die sie jetzt benutzen wollte, um die rote Ockerfarbe mit dem Mammutfett zu vermischen, um eine rote Salbe daraus zu machen. Doch waren es Nezzie, Crozie und Tulie, die drei ältesten Frauen des Löwen-Lagers, die ihn damit einrieben und ihn dann ankleideten. Ayla legte einen kleinen Klacks von der fettigen roten Paste für später beiseite und steckte einen Brocken von dem roten Eisenerz in den Beutel, den sie gemacht hatte.

»Und was ist mit Einhüllen?« fragte Nezzie. »Soll er denn nicht in etwas eingehüllt werden, Ayla?«

»Ich weiß nicht, was das bedeutet«, sagte Ayla.

»Wir benutzen eine Lederhaut oder ein Fell oder irgend etwas, um ihn hinauszutragen, und darin wird er dann eingehüllt, ehe er ins Grab gelegt wird«, erklärte Nezzie.

Das war nun wieder eine Mamutoi-Sitte, ging Ayla auf, und ihr schien, wenn man ihn so reich kleidete und ihm all seinen Schmuck anlegte, daß seine Bestattung schon mehr Mamutoi- als Clan-Elemente aufwies. Erwartungsvoll beobachteten die drei Frauen sie. Sie sah nochmals Tulie an und wandte dann den Blick Nezzie zu. Doch, vielleicht hatte Nezzie recht. Irgend etwas sollte benutzt werden, um ihn zu tragen, eine Art Unterlage oder Zudecke. Dann sah sie Crozie an.

Plötzlich fiel ihr etwas ein, woran sie schon seit einiger Zeit nicht mehr gedacht hatte: Durcs Tragetuch, das sie benutzt hatte, um ihren Sohn als winziges Kind dicht an der Brust zu tragen und ihn auf der Hüfte zu halten, als er ein Kleinkind gewesen war, das noch nicht richtig laufen konnte. Das Tragetuch was das einzige, das sie vom Clan mitgenommen hatte, obwohl es keinem unmittelbaren Zweck diente. Doch wie viele Nächte hatte ihr Durcs Tragetuch in ihrer Einsamkeit nicht ein Gefühl der Verbundenheit mit dem einzigen sicheren Ort gegeben, den sie kannte, und mit denen, die sie liebte? Wie viele Nächte hatte sie nicht mit diesem Tuch geschlafen? Hineingeweint? Es an sich gedrückt und sich hin und hergewiegt? Das Tuch war das einzige, was sie von ihrem Sohn hatte, und sie wußte nicht recht, ob sie es hergeben sollte; doch brauchte sie es wirklich? Wollte sie es für den Rest ihres Lebens mit sich herumtragen?

Ayla bemerkte, daß Crozie sie wieder ansah, und erinnerte sich an den weißen Umhang, jenen, den Crozie für ihren Sohn gemacht hatte. Crozie hatte ihn jahrelang mit sich herumgeschleppt, weil er ihr soviel bedeutete. Dennoch hatte sie ihn für einen guten Zweck hergegeben – ihn Ranec geschenkt, damit er ihn beschütze. War es für Rydag nicht wichtiger, in etwas eingehüllt zu werden, das vom Clan stammte, wenn er schon auf seinen Weg zur Geister-Welt geschickt wurde, statt daß sie Durcs Tuch mit sich herumschleppte? Crozie hatte die Erinnerung an ihren Sohn irgendwann aufgegeben. Vielleicht wurde es für sie, Ayla, Zeit, auch Durc aufzugeben und einfach dankbar zu sein, daß er mehr war als nur eine Erinnerung.

»Ich habe etwas, ihn darin einzuhüllen«, sagte Ayla, eilte an ihren Schlafplatz und zog ganz unten aus einem Haufen Sachen eine zusammengelegte Lederhaut heraus und schüttelte sie aus. Noch einmal hielt sie das weiche und geschmeidige Leder vom Tragetuch ihres Sohnes an die Wange, schloß die Augen und erging sich in Erinnerungen. Dann kehrte sie zurück und reichte es Rydags Mutter.

»Hier hast du etwas, ihn darin einzuhüllen«, sagte sie zu Nezzie, »ein Umschlagtuch vom Clan. Einst hat es meinem Sohn gehört, doch jetzt wird es Rydag in der Geister-Welt helfen. Und vielen Dank, Crozie«, setzte sie noch hinzu.

»Warum dankst du mir?«

»Ich danke dir für alles, was du für mich getan hast – und dafür, daß du mir gezeigt hast, daß Mütter irgendwann loslassen müssen.«

»Hmmmf!« machte die alte Frau und setzte eine strenge Miene auf; ihre Augen jedoch leuchteten warm auf. Nezzie nahm Ayla das Umschlagtuch ab und deckte Rydag damit zu.

Inzwischen war es dunkel geworden. Ayla hatte vorgehabt, im Zelt eine einfache Zeremonie abzuhalten, doch Nezzie bat sie, bis zum Morgen zu warten und sie im Freien abzuhalten, um allen, die zum Sommer-Treffen gekommen waren, kundzutun, daß Rydag ein Mensch war. Außerdem gewannen die Jäger damit etwas Zeit zur Heimkehr. Niemand wollte, daß Talut und Ranec bei Rydags Bestattung fehlten, doch allzu lange konnten sie nicht warten.

Am späten Vormittag des nächsten Tages trugen sie den Leichnam hinaus und legten ihn auf das Tragetuch. Viele Mamutoi hatten sich versammelt, aber es kamen immer noch mehr herbei. Es hatte sich herumgesprochen, daß Ayla für Rydag eine Flachschädel-Bestattung vorsah, und alle waren sie neugierig. Sie hatte die kleine Schale mit der roten Ockerpaste und das Amulett dabei und angefangen, die Geister herbeizurufen, auf daß sie an der Zeremonie teilnähmen; genauso hatte Creb es immer gemacht. Plötzlich kam Bewegung in die Menge. Zu Nezzies großer Erleichterung waren die Jäger zurückgekehrt, und zwar mit dem ganzen Mammutfleisch. Sie hatten sich abgewechselt, die beiden Traggestelle nach Hause zu ziehen, und planten bereits, sie so zu verändern, daß Schlitten daraus wurden, die von Menschen leichter gezogen werden konnten.

Die Zeremonie wurde vertagt, bis das Mammutfleisch eingelagert war und Talut und Ranec von dem Vorgefallenen unterrichtet worden waren, doch erhob niemand Einwände, als sie bald wiederaufgenommen wurde. Der Tod eines Clan-Kindes von gemischten Geistern beim Sommer-Treffen der Mamutoi stellte ein echtes Dilemma dar. Sie hatten ihn ein Scheusal genannt, ein Tier, doch Tiere wurden nicht bestattet; das Fleisch von Tieren wurde eingelagert. Nur Menschen wurden bestattet, und sie mochten die Toten nicht lange unbestattet lassen. Wenn auch die Mamutoi nicht recht bereit waren, Rydag als Menschen anzuerkennen, wußten sie doch ganz genau, daß er auch kein richtiges Tier war. Keiner verehrte den Geist der Flachschädel, so wie sie den von Hirsch oder Wisent oder Mammut verehrten, und keiner war bereit, Rydags Leichnam neben den Mammutkadavern einzulagern. Gerade weil sie sahen, wie menschenähnlich er war, war er für sie ein Scheusal; nur würdigten sie dieses Menschsein herab und wollten es nicht anerkennen. Sie waren froh, daß Ayla und das Löwen-Lager auf eine Weise mit dem Leichnam Rydags verfuhren, mit dem das Problem für sie offenbar gelöst war.

Ayla stand auf einem kleinen Erdhaufen, um noch einmal mit der Zeremonie zu beginnen, und bemühte sich, sich an die Gebärden zu erinnern, die Creb für den Eingangsteil benutzt hatte. Sie wußte nicht genau, was all diese Gebärden bedeuteten, denn die wurden nur an die Mog-urs weitergegeben, doch im großen und ganzen kannte sie sich in Sinn und Zweck der Zeremonie aus und erklärte sie, damit das Löwen-Lager und auch die anderen Mamutoi-Zuschauer begriffen, um was es ging.

»Ich rufe jetzt die Geister an«, sagte sie. »Den Geist des Großen Höhlenbären, des Höhlenlöwen, des Mammut, all der anderen und auch die Uraltgeister wie Wind und Nebel und Regen.« Dann langte sie hinunter und hob die kleine Schale auf. »Jetzt werde ich ihm einen Namen geben und ihn zu einem Clan-Angehörigen machen«, sagte sie und tauchte den Finger in die rote Paste. Damit zog Ayla von der Stirn bis zur Nase herunter einen Strich. Dann stand sie auf und erklärte mit Handzeichen wie mit Worten: »Der Name des Jungen lautet Rydag.«

Sie hatte, als sie sich bemühte, sich genau der richtigen Zeichen und Gebärden zu erinnern, etwas ganz Besonderes an sich; das gleiche galt für den Klang ihrer Stimme und die Gesten, die sie vollführte, ja sogar für ihre Eigenarten bei der Aussprache – all dies schlug die Zuschauer in Bann. Die Geschichte, wie sie auf dem Eishaufen stand und die Mammuts herbeirief, hatte sich in Windeseile verbreitet. Niemand zweifelte daran, daß diese Tochter vom Herdfeuer des Mammut jedes Recht hatte, diese Zeremonie ebenso abzuhalten wie jede andere auch, gleichgültig, ob Ayla nun tätowiert war oder nicht.

»Ihm ist jetzt nach Clan-Art ein Name gegeben worden«, erklärte Ayla, »aber er braucht außerdem ein Totem, das ihm hilft, die Welt der Geister zu erreichen. Da ich sein Totem nicht kenne, werde ich mein Totem, den Geist des Höhlenlöwen, mit ihm teilen. Der Höhlenlöwe ist ein sehr mächtiges Schutz-Totem, aber Rydag ist seiner wert.«

Als nächstes machte sie Rydags kleines, dünnes rechtes Bein frei und zog ihm mit der Ockerpaste vier parallele Striche auf den Schenkel. Dann richtete sie sich auf und verkündete in Worten wie in Zeichen: »Geist des Höhlenlöwen, der Junge Rydag sei deiner Obhut anvertraut.« Dann legte sie ihm das mit einer Schnur versehene Amulett um den Hals. »Rydag hat jetzt einen Namen und wird vom Clan anerkannt«, sagte sie – und hoffte inbrünstig, dies möge wirklich stimmen.

Ayla hatte einen ein wenig abseits vom Lager gelegenen Platz ausgewählt, und das Löwen-Lager hatte vom Wolfs-Lager die Erlaubnis erbeten – und erhalten –, ihn dort zu begraben. Nezzie hüllte den kleinen erstarrten Leichnam in Durcs Tragetuch, dann hob Talut den Jungen auf und trug ihn an den eigentlichen Begräbnisplatz. Er schämte sich seiner Tränen nicht, die er vergoß, als er Rydag in das flache Grab bettete.

Die Angehörigen des Löwen-Lagers standen um die kleine flache Grube herum und verfolgten, wie ihm etliche Dinge ins Grab gegeben wurden. Nezzie brachte Speisen, die sie neben ihm niederlegte. Latie legte seine kleine Flöte dazu, die er ganz besonders geliebt hatte. Tronie brachte auf eine Schnur aufgezogene Knochen und Hirschwirbel, die er benutzt hatte, wenn er während des vergangenen Winters auf die Babys und Kleinkinder des Löwen-Lagers aufgepaßt hatte, eine seiner liebsten Beschäftigungen, weil er sich damit hatte nützlich machen können. Völlig unerwartet kam dann noch Rugie herbeigelaufen und ließ ihre Lieblingspuppe in das Grab fallen.

Auf ein Zeichen von Ayla hin hob jeder Angehörige des Löwen-Lagers einen Stein auf und legte ihn auf die in das Tuch eingehüllte Gestalt: Das bildete den Anfang eines Grabhügels aus Steinen, der über ihm errichtet wurde. Jetzt erst begann Ayla mit der eigentlichen Bestattungszeremonie. Diesmal bemühte sie sich nicht erst, alles zu erklären; denn alles schien durchaus einleuchtend. Sich derselben Gebärden bedienend, die Creb bei Izas Bestattung vollführt, und die sie ihrerseits gemacht hatte, um Crebs Grab zu ehren, nachdem sie ihn in der von Geröll übersäten Höhle gefunden, verlieh Ayla mit ihren Bewegungen einem Bestattungsritual Bedeutung, das weit älter war, als irgend jemand wissen konnte – und weit schöner, als irgendeiner sich hatte vorstellen können.

Diesmal bediente sie sich nicht der vereinfachten Zeichensprache, die sie selbst dem Löwen-Lager beigebracht hatte. Diesmal handelte es sich um die umfassende, komplexe und reiche Clan-Sprache, in der Bewegungen und Haltungen des ganzen Körpers feine Bedeutungsunterschiede und Nuancen zum Ausdruck brachten. Wiewohl es sich bei vielen der Zeichen um Geheimzeichen handelte – deren volle Bedeutung auch Ayla selbst nicht klar war –, gehörte eine Fülle gewöhnlicher Gesten dazu, von denen das Löwen-Lager eine ganze Reihe kannte. Jedenfalls verstanden sie das Wesentliche und begriffen, daß es sich um ein Ritual handelte, mit dem jemand in die jenseitige Welt verabschiedet wurde. Für alle anderen Mamutoi gemahnten Aylas Bewegungen an einen verhaltenen, gleichwohl ausdrucksvollen Tanz, der ganz aus Hand- und Armbewegungen, Haltungen und Gebärden bestand. Darin beschwor sie mit stummer Anmut die Liebe und den Verlust, den Kummer und die mystische, dem Tod innewohnende Hoffnung.

Jondalar war überwältigt. Ihm liefen die Tränen die Wangen herunter wie kaum einem zweiten Angehörigen des Löwen-Lagers. Als er ihren schönen stummen Tanz sah, erinnerte er sich an eine Zeit in ihrem Tal – wie lange schien das jetzt her zu sein! –, als sie einst mit ähnlich anmutigen Bewegungen ihm etwas hatte begreiflich machen wollen. Zwar hatte er damals nicht verstanden, daß es sich um eine Sprache handelte, doch hatte er in ihren ausdruckvollen Gebärden eine tiefere Bedeutung vermutet. Jetzt, da er mehr wußte als damals, erstaunte es ihn, wieviel er *nicht* wußte. Und doch – wie bezaubernd, wenn Ayla sich auf diese Weise bewegte!

Er mußte an die Haltung denken, die sie eingenommen, als sie sich kennengelernt hatten; sie hatte mit untergeschlagenen Beinen auf dem Boden gesessen und mit gesenktem Kopf darauf gewartet, daß er ihr auf die Schulter klopfte. Selbst als sie bereits mit Worten sprechen konnte, hatte sie diese Haltung manchmal eingenommen. Das hatte ihn stets verlegen gemacht, insbesondere nachdem er erfahren hatte, daß es sich um eine Clan-Geste handelte; sie jedoch hatte ihm gesagt, das sei ihr Versuch etwas auszudrücken, wofür ihr die Worte fehlten. Er lächelte in sich hinein. Kaum vorstellbar, daß sie bei ihrer ersten Begegnung nicht hatte reden können. Jetzt beherrschte sie fließend zwei Sprachen: Zelandonii und Mamutoi. Drei, wenn man die Clan-Sprache mitzählte. Sogar etwas Sungaea hatte sie in der kurzen Zeit bei diesem Stamm aufgeschnappt.

Als er, von Erinnerungen an das Tal und von Erinnerungen an ihre Liebe erfüllt, verfolgte, wie sie das Clan-Ritual vollzog, begehrte er sie heftiger, als er in seinem Leben jemals etwas begehrt hatte. Doch Ranec stand ganz nahe bei ihr; auch er ganz hingerissen. Wann immer Jondalar zu Ayla hinblickte, sah er auch den dunkelhäutigen Mann. Gleich bei ihrer Ankunft hatte Ranec sie aufgesucht und deutlich gemacht, daß sie ihm immer noch anverlobt war. Und Ayla schien distanziert, ungreifbar. Mehrere Male hatte er den Versuch unternommen, mit ihr zu reden, seinen Kummer auszudrücken, doch nach ihren ersten Augenblicken des geteilten Leids schien sie nicht bereit, seine Bemühungen, sie zu trösten, anzuerkennen. Er fragte sich nachgerade, ob er es sich nur einbildete. Doch so durcheinander, wie sie war – was konnte er da anderes erwarten?

Plötzlich ertönte ein gleichmäßiger Klang, und alle wandten den Kopf. Marut, der Trommler, war in das Musikzelt hineingegangen und hatte seine Mammutschädeltrommel hervorgeholt. Bei Mamutoibestattungen wurde für gewöhnlich Musik gemacht, doch die Klänge, die er jetzt machte, hatten mit Mamutoi-Rhythmen nichts zu tun. Das waren die fremdartigen, eigentümlich faszinierenden Rhythmen des Clan, die Ayla ihm beigebracht hatte. Dann fiel der bärtige Musikmacher Manen mit einfachen Flötentönen ein, wie Ayla sie gepfiffen hatte. Die Musik entsprach auf unerklärliche Weise den Bewegungen der Frau, die ein Ritual tanzte, das so vergänglich war wie der Klang der Musik selbst.

Ayla war mit dem Ritual fast fertig, beschloß jedoch, es zu wiederholen, da sie jetzt Clan-Laute spielten. Beim zweiten Durchgang begannen die Musikmacher zu improvisieren. Mit ihrem Geschick und ihrer Erfahrung verwandelten sie die schlichten Clan-Klänge in etwas anderes, das weder Clan noch Mamutoi war, sondern eine Mischung aus beidem. Eine wahrlich passende Begleitung, dachte Ayla, für die Bestattung eines Jungen, der eine Mischung aus beidem gewesen war.

Noch einen letzten Durchgang tanzte sie mit den Musikmachern, und wann ihre Tränen anfingen zu fließen, vermochte sie nicht zu sagen. Freilich erkannte sie, daß sie darin nicht allein war. Es gab so manches feuchte Auge, und das nicht nur bei den Angehörigen des Löwen-Lagers.

Als sie den dritten Durchgang abschloß, löschte eine schwere dunkle Wolke, die aus dem Südosten herangetrieben gekommen war, die Sonne aus. Dies war die Zeit der Stürme, und manche Leute hielten nach einem Schutz Ausschau. Doch statt des Wassers fiel ein feiner Staub, ganz leicht zuerst. Später senkte sich die Vulkanasche von dem Ausbruch in den fernen Bergen in weitaus größeren Mengen herab.

Ayla stand neben Rydags Grabhügel und spürte, wie die federleichte weiche Vulkanasche auf sie herniederrieselte, ihr das Haar bedeckte, die Schultern, an ihren Armen haftete, den Brauen, selbst den Augenlidern, und sie in eine helle, beigegraue Gestalt verwandelte. Der feine Staub legte sich auf alles, die Steine des Grabhügels, das Gras, selbst auf die braune Erde des Weges. Stämme wie Sträucher nahmen dieselbe Farbe an. Die Asche bedeckte auch die Menschen am Grab, und für Ayla fingen sie alle an, gleich auszusehen. Angesichts so schreckenerregender Kräfte wie Bewegungen der Erde und Tod wurden alle Unterschiede ausgelöscht.

37

»Das Zeug ist ja scheußlich!« beschwerte sich Tronie und schüttelte am Rand eines Grabens die Felldecke aus, was nur zur Folge hatte, daß noch mehr Asche aufgewirbelt wurde. »Jetzt sind wir schon seit Tagen dabei, alles zu reinigen, aber es ist im Essen, im Wasser, in den Kleidern und den Fellen. Die Asche dringt in alles ein, und loswerden kann man sie auch nicht.«

»Was wir brauchen, ist ein anständiger Regen«, sagte Deegie und schüttete Schmutzwasser aus, mit dem sie die Fellplane des Zeltes zu säubern versucht hatte. »Oder einen richtigen Schneesturm. Damit wäre dann Schluß! Dies ist ein Jahr, in dem man sich mal auf den Winter freut!«

»Daß du das tust, kann ich mir denken«, sagte Tronie, legte den Kopf schief, sah sie an und grinste. »Nur glaube ich, du freust dich darauf, weil du bis dahin mit Branag zusammengegeben sein und mit ihm leben wirst.«

Ein Lächeln verklärte Deegies Gesicht, als sie an die bevorstehenden Hochzeitsfeierlichkeiten dachte. »Das leugne ich nicht, Tronie«, sagte sie.

»Stimmt es, daß das Mammut-Lager daran denkt, die Hochzeitsriten wegen dieses Aschenregens zu verschieben?«

»Ja, und die Frauentums-Riten auch, bloß haben alle anderen Einspruch dagegen erhoben. Ich weiß, daß Latie nicht länger warten will, und ich auch nicht. Schließlich haben sie eingewilligt. Sie wollen nicht noch mehr böses Blut machen. Viele Leute finden, daß sie unrecht hatten damit, Rydag die Bestattung zu verwehren«, erklärte Deegie.

»Aber es gibt auch welche, die ihrer Meinung sind«, sagte Fralie, die sich ihnen mit einem Korb Asche näherte, den sie in den Graben entleerte. »wie immer sie entschieden hätten, irgend jemand wäre bestimmt nicht damit einverstanden.«

»Ich glaube, um es wirklich zu wissen, hat man wohl mit Rydag eng zusammenleben müssen«, meinte Tronie.

»Da bin ich mir nicht sicher«, sagte Deegie. »Er hat doch eine ganze Zeit bei uns gelebt, und für mich war er immer noch kein richtiger Mensch – bis Ayla kam.«

»Ich glaube nicht, daß sie der Hochzeit so entgegenfiebert wie du, Deegie«, sagte Tronie. »Irgend etwas stimmt nicht mit ihr. Ob sie wohl krank ist?«

»Das glaube ich nicht«, sagte Deegie. »Warum?«

»Sie verhält sich einfach nicht richtig. Da bereitet sie sich darauf vor, zusammengegeben zu werden, scheint sich aber kein bißchen darauf zu freuen. Sie erhält eine Menge Geschenke, scheint aber nicht glücklich zu sein. Sie müßte doch sein wie du! Jedesmal wenn jemand zu dir von Hochzeit spricht, lächelst du und bekommst einen verträumten Ausdruck im Gesicht.«

»Nicht jeder freut sich auf die gleiche Weise auf seine Hochzeit«, sagte Fralie.

»Sie hat Rydag sehr nahegestanden«, meinte Deegie. »Und sie trauert um ihn, genauso wie Nezzie. Wäre er Mamutoi gewesen, hätte man die Hochzeit vermutlich verschoben.«

»Das mit Rydag tut mir auch in der Seele weh, und er fehlt mir – wie gut er mit Hartal umging!« sagte Tronie. »Allen tut es uns leid. Aber er hat doch solche Schmerzen gelitten, daß es eine Erlösung für ihn war. Ich glaube, da ist noch etwas anderes, das Ayla bedrückt.«

Was sie nicht sagte, war, daß sie Aylas Verbindung mit Ranec von Anfang an mit Skepsis betrachtet hatte. Es lag kein Grund vor, daraus jetzt ein großes Problem zu machen, doch meinte Deegie, daß Ayla trotz aller Gefühle, die Ranec ihr entgegenbrachte, mehr für Jondalar empfand – und das, obwohl sie ihm in letzter Zeit aus dem Weg gegangen war. Sie sah den großgewachsenen Zelandonii-Mann aus dem Zelt treten und auf den Mittelpunkt des Versammlungsplatzes zugehen. Er schien bekümmert.

Zwar nickte Jondalar den Leuten zu, die ihn begrüßten, als er vorüberkam, doch waren seine Gedanken nach innen gewendet. Bildete er es sich ein, oder ging Ayla ihm wirklich aus dem Weg? Nach all der Zeit, da er versucht hatte, ihr aus dem Weg zu gehen, konnte er es immer noch nicht ganz glauben, daß sie ihn jetzt, wo er gern allein mit ihr reden wollte, mied. Trotz ihres Verlöbnisses mit Ranec – irgendwie glaubte etwas in ihm immer noch, er brauche bloß aufzuhören, ihr aus dem Weg zu gehen, und schon würde sie wieder für ihn da sein. Nicht daß es so ausgesehen hatte, als brennte sie darauf, aber immerhin schien sie ihm gegenüber offen gewesen zu sein. Jetzt hingegen schien sie verschlossen. Er hatte sich zu der Überzeugung durchgerungen, daß die einzige Möglichkeit, das herauszufinden, darin bestand, offen mit ihr zu reden, nur gestaltete es sich schwierig für ihn, sie zu einem Zeitpunkt und an einem Ort zu finden, wo sie wirklich ungestört miteinander reden konnten.

Er sah Latie auf sich zukommen. Lächelnd blieb er stehen, um sie anzusehen. Die Art, wie sie vorüberging, hatte jetzt etwas Unabhängiges; zuversichtlich lächelte sie den Menschen zu, die ihr grüßend zunickten. Der Unterschied ist deutlich zu erkennen, dachte er. Er war immer wieder erstaunt zu sehen, welche Veränderungen die Ersten Riten nach sich zogen. Latie war weder ein Kind noch ein kicherndes unsicheres Mädchen mehr. Wiewohl immer noch jung, bewegte sie sich mit der Selbstsicherheit der erwachsenen Frau.

»Hallo, Jondalar«, sagte sie und lächelte.

»Hallo, Latie. Du siehst glücklich aus.« Eine bezaubernde junge Frau, dachte er und lächelte. Seine Augen vermittelten, was in ihm vorging. Sie reagierte mit angehaltenem Atem und geweiteten Augen darauf, und dann kam ein Ausdruck auf ihr Gesicht, mit dem sie auf seine unbewußte Aufforderung einging.

»Das bin ich auch. Ich war es nachgerade leid, immer an einem Ort zu sein. Dies ist die erste Gelegenheit, die sich mir bietet, einmal allein spazierenzugehen . . . oder mit jemand, den ich möchte.« Sie neigte sich ein wenig näher zu ihm und sah zu ihm auf. »Wohin willst du?«

»Ich suche Ayla. Hast du sie nicht gesehen?«

Latie stieß einen Seufzer aus und lächelte dann freundlich.

»Ja, sie hat sich ein bißchen Tricies Baby angesehen. Mamut sucht sie übrigens auch.«

»Du solltest nicht allen Vorwürfe machen«, sagte Mamut. Sie saßen beim warmen Sonnenschein im Schatten eines großen Erlenbuschs. »Es waren ja mehrere, die dagegen waren. Ich zum Beispiel.«

»Ich mach' dir ja gar keinen Vorwurf. Ich weiß nicht, ob ich überhaupt jemand etwas vorwerfe – aber warum können sie es denn nicht erkennen? Wie kommen die Leute dazu, sie so sehr zu hassen?«

»Vielleicht gerade weil sie sehen, wie sehr wir uns ähnlich sind. Deshalb suchen sie nach Unterschieden.« Er hielt inne und fuhr dann fort: »Du solltest noch vor morgen zum Mammut-Lager gehen, Ayla. Vorher kannst du nicht zusammengegeben werden. Du bist die letzte, verstehst du?«

»Ja, das sollte ich wohl«, sagte Ayla.

»Daß du zögerst, bringt Vincavec dazu, sich in Hoffnungen zu wiegen. Er hat mich heute schon wieder gefragt, ob ich meinte, daß du sein Angebot in Erwägung ziehst. Er sagte, falls du dein Verlöbnis nicht auflösen wolltest, wäre er bereit, zu Ranec zu gehen und mit ihm zu reden, ob er nicht als Mitgefährte an sein Herdfeuer kommen will. Sein Angebot könnte deinen Brautpreis erheblich erhöhen und euch allen höchstes

Ansehen eintragen. Was hältst du davon, Ayla? Wärest du bereit, Vincavec zusammen mit Ranec als Mitgefährten zu akzeptieren?«

»Vincavec hat so was schon bei der Jagd angedeutet. Ich müßte mit Ranec darüber reden, um zu sehen, was der davon hält«, sagte Ayla.

Mamut fand, daß sie weder so noch so sonderlich viel Begeisterung zeigte. Wo ihr Kummer noch so frisch war, war dies wirklich kein guter Zeitpunkt für eine Hochzeit; doch angesichts all der Aufmerksamkeit und der Angebote, die ihnen gemacht wurden, konnte man auch schlecht raten, noch abzuwarten. Er bemerkte, daß sie plötzlich abgelenkt schien, und wandte den Kopf, um zu sehen, was das bewirkt hatte. Jondalar kam auf sie zu. Sie schien nervös und machte einen Schritt, gleichsam als habe sie es eilig, aber sie konnte ihre Unterhaltung mit Mamut schließlich nicht einfach abbrechen.

»Da bist du ja, Ayla. Ich habe überall nach dir gesucht. Ich möchte mit dir reden.«

»Ich bin aber mit Mamut beschäftigt«, sagte sie.

»Ich glaube, wir sind fertig, wenn du gern mit Jondalar sprechen möchtest«, sagte Mamut.

Ayla senkte den Blick, sah dann den alten Mann an und mied Jondalars bekümmerten Blick. Dann sagte sie leise: »Ich glaube, wir haben einander nichts zu sagen, Mamut.«

Jondalar merkte, wie ihm das Blut aus dem Gesicht wich; dann stellte sich flammende Hitze ein, und er wurde rot. Sie war ihm ausgewichen! Nicht einmal reden wollte sie mit ihm. »Hm ... nun ja ... tut mir ... tut mir leid, daß ich gestört habe«, sagte er und wich zurück. Am liebsten wäre er in den Erdboden versunken. Er machte kehrt und entfloh.

Mamut faßte sie genau ins Auge. Jetzt, wo er fort war, sah sie ihm nach, und in ihren Augen malte sich mehr Kummer, als zuvor in den seinen gewesen war. Sie schüttelte den Kopf, verbot es sich aber zu reden, als sie ins Löwen-Lager zurückkehrten.

Als sie sich näherten, sah Ayla Nezzie und Tulie auf sie zukommen. Rydags Tod hatte Nezzie sehr mitgenommen. Gestern gerade hatte sie ihr alles gebracht, was von seiner Medizin noch übriggeblieben war, und sie hatten beide geweint. Nezzie wollte die Sachen nicht als traurige Erinnerung herumliegen haben, war sich jedoch nicht sicher, ob sie sie einfach wegwerfen sollte.

»Wir hatten nach dir gesucht, Ayla«, sagte Tulie. Sie schien begeistert von sich, wie jemand, der eine große Überraschung für jemand bereithält, und das war selten bei der großen Anführerin. Die beiden Frauen schlugen etwas auf, das sorgfältig zusammengelegt war. Ayla machte große Augen, während die beiden anderen Frauen sich grinsend anblickten. »Jede

Braut braucht ein neues Kleid. Für gewöhnlich wird das von der Mutter des Mannes gefertigt, aber ich habe Nezzie helfen wollen.«

Es war ein hinreißendes Gewand aus goldgelbem Leder, aufs schönste bestickt und geschmückt; bestimmte Teile waren über und über mit einem Muster aus Elfenbeinperlen bestickt, in deren Mitte die wenigen kleinen Bernsteinkügelchen ganz besonders zur Geltung kamen.

»Wie wunder-, wunderschön! Und welche Arbeit das gemacht haben muß! Allein die Perlenstickerei muß euch ja Tage und Tage gekostet haben. Wann habt ihr es nur gemacht?« fragte Ayla.

»Angefangen haben wir gleich, nachdem du das Verlöbnis bekanntgegeben hast – und zu Ende geführt haben wir es hier«, sagte Nezzie. »Komm ins Zelt und probiere es mal an!«

Ayla sah Mamut an. Der lächelte und nickte. Er hatte von dem Vorhaben gewußt, ja, was die Überraschung betraf, sogar unter einer Decke mit ihnen gesteckt. Die drei Frauen gingen ins Zelt hinein und auf Tulies Schlafbereich zu. Ayla zog sich aus, war sich jedoch nicht ganz sicher, wie sie das Gewand tragen sollte. Die Frauen legten es ihr an. Es war ein besonders gearbeitetes Kleid, das vorn aufging und mit einer Schärpe aus roter Mammutwolle geschlossen wurde.

»Wenn du es bloß jemand zeigen willst, kannst du es geschlossen tragen«, sagte Nezzie, »doch für die Zeremonie solltest du es aufmachen – so!« Sie zog das Oberteil vorn auseinander und knüpfte die Schärpe neu. »Eine Frau sollte stolz ihre Brüste zeigen, wenn sie zusammengegeben wird und ihr Herdfeuer die Grundlage für eine Verbindung mit einem Mann bilden soll.«

Die beiden Frauen traten zurück, um die künftige Braut zu bewundern. Sie hat wahrhaftig Brüste, auf die sie stolz sein kann, dachte Nezzie. Mutterbrüste, mit denen sie nähren kann. Ein Jammer, daß sie hier keine Mutter hat, die bei ihr sein kann. Sie würde jede Frau stolz machen.

»Können wir jetzt reinkommen?« fragte Deegie und steckte den Kopf zum Zelteingang herein. Gleich darauf versammelten sich alle Frauen des Lagers, um Ayla in ihrer neuen Ausstattung zu bewundern. Offenbar hatten sie alle von der Überraschung gewußt.

»Und jetzt mach es zu, damit du hinausgehen und es den Männern vorführen kannst«, sagte Nezzie, schloß das Hochzeitskleid und band die Schärpe neu. »In der Öffentlichkeit solltest du es erst bei der Zeremonie offen tragen.«

Unter dem beifälligen Lächeln und zur Freude der Männer des Löwen-Lagers trat Ayla hinaus. Andere, die nicht zum Löwen-Lager gehörten, sahen gleichfalls zu. Vincavec hatte Wind von der Überraschung bekommen und war eigens gekommen, um in der Nähe zu sein. Als er sie sah, kam er zu dem Schluß, daß er unbedingt versuchen wollte, sich mit ihr zusammenzutun, und wenn er zehn Männer als Mitgefährten in Kauf nehmen müßte.

Noch ein Mann, der nicht zum Löwen-Lager gehörte, wiewohl die meisten das glaubten, sah zu. Jondalar war mit ihnen zurückgegangen; er war nicht ganz bereit, die erlittene Abfuhr hinzunehmen, ja er konnte einfach nicht glauben, daß sie ernst gemeint war. Danug hatte ihm von der Überraschung erzählt, und so hatte er mit den anderen gewartet. Als sie aus dem Zelt zum Vorschein kam, labte er zunächst seine Augen an ihrem Anblick, dann jedoch machte er sie zu und runzelte schmerzlich die Stirn. Er hatte sie verloren. Sie tat ihre Absicht kund, sich am nächsten Tag mit Ranec zusammengeben zu lassen. Er holte tief Atem und biß die Zähne zusammen. Er konnte nicht bleiben und mitansehen, wie sie mit dem dunkelhäutigen Bildschnitzer des Löwen-Lagers Hochzeit hielt. Es war an der Zeit für ihn zu gehen.

Nachdem Ayla wieder ihre gewöhnliche Kleidung angelegt hatte und zusammen mit Mamut gegangen war, eilte Jondalar ins Zelt. Froh stellte er fest, allein zu sein. Er packte sein Reisebündel, dankte im Geiste wieder Tulie, legte alles zurecht, was er mitnehmen wollte, und deckte dann sein Schlaffell darüber. Er nahm sich vor, bis zum Morgen zu warten, allen Lebewohl zu sagen und dann gleich nach dem Morgenmahl aufzubrechen. Bis dahin wollte er niemand etwas sagen.

Den Tag über suchte Jondalar Leute auf, mit denen er beim Treffen Freundschaft geschlossen hatte, sagte zwar nicht Lebewohl, dachte es aber. Am Abend verbrachte er einige Zeit mit jedem einzelnen Angehörigen des Löwen-Lagers. Sie waren wie eine Familie. Es würde ihm schwerfallen zu gehen und zu wissen, daß er sie nie wiedersehen sollte. Aber noch schwerer fiel es ihm, eine Möglichkeit zu finden, mit Ayla zu sprechen – jedenfalls einmal noch. Er beobachtete sie, und als sie mit Latie zum Pferdeunterstand ging, folgte er ihnen rasch.

Was Jondalar und Ayla miteinander redeten, war oberflächlich und unangenehm, doch hatte er etwas Heftiges an sich, das Ayla mit einer unbehaglichen Spannung erfüllte. Als sie wieder hineinging, blieb er noch und striegelte den Junghengst, bis es dunkel wurde. Als er Ayla das erste Mal gesehen, war sie, wie ihm einfiel, gerade dabei gewesen, Winnie zu helfen, ein Fohlen zu gebären. So etwas hatte er noch nie zuvor gesehen. Es würde ihm schwerfallen, auch von Renner Abschied zu nehmen. Der junge Hengst bedeutete ihm mehr, als er bei einem Tier für möglich gehalten hätte.

Schließlich betrat er das Zelt und kroch unter seine Felle. Er machte die Augen zu, doch der Schlaf wollte sich nicht einstellen. Er lag wach und dachte an Ayla, an ihre Zeit im Tal der Pferde und an ihre Liebe, die langsam gewachsen war. Nein, nicht langsam. Er hatte sie vom ersten Augenblick an geliebt, nur hatte es lange gedauert, bis er sich dessen klargeworden war, lange, bis er begriffen hatte, was sie ihm bedeutete – so lange, daß er sie darüber verloren hatte. Er hatte ihre Liebe weggeworfen, und dafür sollte er jetzt für den Rest seines Lebens bezahlen. Wie hatte er nur so dumm sein können? Er würde sie nie vergessen, auch den Schmerz, sie zu verlieren nicht, und er würde sich nie verzeihen.

Es war eine lange, schwierige Nacht, und als das erste Licht des Morgens durch die Zeltöffnung hereinfiel, konnte er es nicht mehr aushalten. Er konnte weder ihr noch irgend jemand sonst Lebewohl sagen, er mußte einfach fort. Leise nahm er seine Reisekleidung, sein Traggestell und die Bettrolle und schlüpfte hinaus.

»Du hast den Entschluß gefaßt, nicht zu warten. Das hatte ich mir gedacht«, sagte Mamut.

Jondalar fuhr herum. »Ich ... ah ... ich muß gehen. Ich kann es nicht mehr aushalten. Es wird Zeit, daß ich ... ah«, stammelte er.

»Ich weiß, Jondalar. Ich wünsche dir eine gute Reise. Du hast einen langen Weg vor dir. Du mußt selbst entscheiden, was das beste ist, aber das eine vergiß nicht: Wo es keine Wahl gibt, kann man auch nicht wählen.« Mit diesen Worten bückte sich der alte Mann und verschwand im Zelt.

Jondalar legte die Stirn in Falten und ging auf den Unterstand für die Pferde zu. Was hatte Mamut gemeint? Warum mußten Diejenigen, Die Der Mutter Dienten, immer Worte spechen, die man nicht verstand?

Beim Anblick von Renner war Jondalar flüchtig versucht, auf ihm davonzureiten und jedenfalls ihn mitzunehmen, doch Renner war Aylas Pferd. Er klopfte Winnie und Renner, schlang dem braunen Hengst die Arme um den Hals, bemerkte dann Wolf und kraulte ihm liebevoll das Fell. Dann raffte er sich rasch auf und ging den Pfad hinunter.

Als Ayla aufwachte, schien die Sonne hell herein. Es sah nach einem herrlichen Tag aus. Dann fiel ihr ein, daß dieser Tag der Tag ihrer Hochzeitszeremonie sein sollte. Plötzlich war der Tag nicht mehr so herrlich. Sie setzte sich auf und blickte sich um. Irgend etwas stimmte nicht. Es war immer ihre Gewohnheit gewesen, beim Aufwachen als erstes zu Jondalar hinüberzublicken. Er war nicht da. Jondalar ist heute morgen früh aufgestanden, dachte sie. Sie konnte sich des Gefühls nicht erwehren, daß irgend etwas durchaus nicht stimmte.

Sie stand auf und zog sich an, ging nach draußen, um sich zu waschen und einen Zweig für ihre Zähne zu suchen. Nezzie war am Feuer und sah sie merkwürdig an. Das Gefühl, daß irgend etwas nicht stimmte, wurde immer stärker. Sie warf einen Blick zum Pferdeunterstand hinüber. Mit Winnie und Renner schien alles in Ordnung, und Wolf war auch da. Sie ging wieder hinein ins Zelt und sah sich abermals um. Viele Leute waren auf und schon unterwegs. Dann bemerkte sie, daß Jondalars Platz leer war. Er war nicht für den Tag unterwegs. Seine Schlafrolle und sein Reisegepäck, alles fehlte. Jondalar war fort!

Von Panik gepackt, lief Ayla hinaus. »Nezzie! Jondalar ist fort! Er ist nicht nur irgendwo im Wolfs-Lager, er ist fort. Und hat mich zurückgelassen.«

»Ich weiß, Ayla. Ich habe das erwartet – du nicht?«

»Aber er hat mir nicht einmal Lebewohl gesagt! Ich dachte, er würde bis zur Hochzeit bleiben.«

»Das ist das letzte, was er wollte, Ayla. Er hat nie mitansehen wollen, wie du dich mit einem anderen zusammentust.«

»Aber . . . aber . . . Nezzie, er hat mich nicht gewollt. Was hätte ich denn tun sollen?«

»Was möchtest du denn tun?«

»Ich möchte mit ihm gehen. Aber jetzt ist er fort. Wie hat er mich nur verlassen können? Er wollte mich doch mitnehmen. Das hatten wir doch vor. Was ist denn aus all unseren Plänen geworden, Nezzie?« sagte sie und brach in Tränen aus. Nezzie nahm Ayla in die Arme und tröstete die schluchzende junge Frau.

»Pläne verändern sich, Ayla. Das Leben verändert sich. Was ist denn mit Ranec?«

»Ich bin nicht die Richtige für ihn. Er sollte sich mit Tricie zusammentun. Die jedenfalls liebt ihn«, sagte Ayla.

»Liebst du ihn denn nicht? Er liebt dich.«

»Ich wollte ihn lieben, Nezzie. Ich habe versucht, ihn zu lieben, aber ich liebe Jondalar. Und jetzt ist er fort.« Ayla schluchzte wieder auf. »Er liebt mich nicht.«

»Bist du sicher?« fragte Nezzie.

»Er hat mich verlassen, und mir nicht mal Lebewohl gesagt. Nezzie, warum ist er ohne mich fort? Was habe ich ihm nur getan?« wollte Ayla wissen.

»Glaubst du, du hast etwas getan?«

Ayla hielt inne und runzelte die Stirn. »Gestern hat er mit mir reden wollen, aber da wollte ich nicht mit ihm reden.«

»Warum wolltest du nicht mit ihm reden?«

»Weil . . . weil er mich nicht wollte. Den ganzen Winter über, wo ich ihn doch so sehr geliebt habe und mit ihm zusammensein wollte, hat er mich nicht gewollt. Nicht mal reden wollte er mit mir.«

»Und als er dann mit dir reden wollte, wolltest du nicht mit ihm reden. So geht das manchmal.«

»Aber ich möchte mit ihm reden, Nezzie. Ich möchte mit ihm zusammensein. Selbst wenn er mich nicht liebt, möchte ich bei ihm sein. Aber nun ist er fort. Ist einfach auf und davon. Er kann nicht... kann noch nicht weit sein ...«

Fast mußte Nezzie lächeln, als sie sie ansah.

»Wie weit kann er gekommen sein, Nezzie? Zu Fuß? Ich kann schnell laufen, vielleicht kann ich ihn noch einholen. Vielleicht sollte ich hinterherlaufen und versuchen herauszufinden, worüber er mit mir hat reden wollen. Ach, Nezzie, ich sollte bei ihm sein. Ich liebe ihn.«

»Dann lauf hinter ihm her, Kind. Wenn du ihn willst, wenn du ihn liebst, lauf hinterher! Sag ihm, was du fühlst. Zumindest gib ihm Gelegenheit zu sagen, was er dir hat sagen wollen.«

»Du hast recht!« Ayla wischte mit dem Handrücken die Tränen fort und versuchte zu denken. »Das sollte ich zu tun versuchen. Und ich werde es tun. Jetzt gleich«, sagte sie und lief bereits den Pfad hinunter, ehe Nezzie auch nur ein weiteres Wort sagen konnte. Sie sprang über die Trittsteine des Flusses und auf die Weide. Dann blieb sie stehen. Sie wußte nicht wohin, sie würde seinen Spuren folgen müssen, und da konnte es eine Ewigkeit dauern, bis sie ihn gefunden und eingeholt hatte.

Plötzlich hörte Nezzie zwei durchdringende Pfiffe. Lächelnd sah sie, wie Wolf an ihr vorüberschoß; Winnie stellte die Ohren vor und folgte ihm. Renner trabte hinterdrein. Sie sah den Pfad hinunter, wie der Wolf in großen Sprüngen auf die junge Frau zujagte.

Als er näherkam, gab Ayla ihm die Zeichen und sagte: »Such Jondalar, Wolf. Such Jondalar!«

Der Wolf strich mit der Nase schnüffelnd über den Boden und schnupperte in der Luft, und als er dann loslief, bermerkte Ayla die leichten Spuren niedergetretenen Grases und zerbrochener Zweige. Sie sprang Winnie auf den Rücken und folgte ihm.

Erst als sie bereits ritt, kamen ihr die drängenden Fragen. Was soll ich ihm nur sagen? Wie soll ich ihm erklären, daß er versprochen hat, mich mitzunehmen? Und wenn er mich nicht anhört? Wenn er mich nicht will?

Regen hatte die Schicht vulkanischer Asche von Bäumen und Blättern heruntergespült, doch Jondalar durchmaß mit weit ausgreifenden Schritten die Weiden und Waldungen des Schwemmlandes und hatte für die Schönheit dieses ungewöhnlich schönen Sommertages kein Auge. Er wußte nicht genau, wohin er ging, sondern folgte einfach dem Fluß, doch mit jedem Schritt, mit dem er sich weiter vom Sommer-Treffen der Mamutoi entfernte, wurde er schwermütiger.

Warum ziehe ich ohne sie fort? Warum bin ich allein unterwegs? Ob ich wohl noch einmal zurückkehren und sie fragen sollte, ob sie nicht doch mitkommen will? Aber sie will nicht mit dir ziehen. Sie ist eine Mamutoi. Das hier sind ihre Leute. Ranec hat sie erwählt und nicht dich, Jondalar, sagte er sich. Gewiß, sie hat Ranec erwählt – aber hast du ihr eine andere Wahl gelassen? Er blieb stehen. Was hatte Mamut noch gesagt? Irgend etwas von einer Wahl? »Wo es keine Wahl gibt, kann man auch nicht wählen.« Was hat er nur gemeint?

Ärgerlich schüttelte Jondalar den Kopf, doch dann ging es ihm auf, wußte er es. Ich habe ihr keine Wahl gelassen. Ayla hat Ranec gar nicht gewählt, zumindest zu Anfang nicht. Möglich, daß sie in der Nacht der Adoption eine Wahl gehabt hatte . . . wirklich? Sie ist beim Clan großgeworden. Niemand hat ihr gesagt, daß sie selbst Entscheidungen treffen dürfe. Und dann habe ich sie von mir gestoßen. Warum habe ich ihr keine Wahlmöglichkeit gelassen, ehe ich fortging? Weil sie nicht mit dir reden wollte.

Nein, weil du Angst hattest, daß sie dich nicht wählen würde. Hör auf, dir etwas vorzulügen. Schließlich hat sie nach all der Zeit beschlossen, nicht mit dir zu reden, und du hattest Angst, sie würde dich nicht wählen.

Warum gehst du nicht zurück und stellst sie vor die Wahl? Warum machst du ihr nicht zumindest ein Angebot? Nur, was willst du zu ihr sagen? Sie bereitet sich schließlich auf die große Zeremonie vor. Was willst du ihr anbieten? Was hast du überhaupt anzubieten?

Du könntest ihr anbieten zu bleiben. Du könntest ihr sogar anbieten, Mitgefährte von Ranec zu werden. Könntest du das ertragen? Könntest du sie mit Ranec teilen? Wenn die einzige andere Wahl darin bestünde, sie überhaupt nicht zu haben – könntest du dann hierbleiben und sie mit einem anderen teilen?

Jondalar blieb stehen, schloß die Augen und runzelte die Stirn. Nur wenn er keine andere Wahl hätte. Was er am liebsten wollte, war, sie mitzunehmen nach Hause. Und dies dann zu *ihrem* Zuhause zu machen. Die Mamutoi hatten sie akzeptiert; waren die Zelandonii weniger geneigt, sie zu akzeptieren? Ein paar von ihnen, vielleicht nicht alle – aber versprechen konnte er nichts.

Ranec hat das Löwen-Lager und viele andere Bindungen. Du kannst ihr nicht einmal dein Volk anbieten, deine Bindungen. Du weißt ja nicht, ob sie sie akzeptieren – oder dich. Du hast nichts weiter zu bieten als dich selbst.

Wenn er ihr nicht mehr zu bieten hatte als das, was sollten sie tun, wenn seine Leute sie nicht akzeptieren? Wir könnten anderswohin gehen. Könnten sogar hierher zurückkehren. Er machte ein finsteres Gesicht. Das hieße, sehr sehr lang unterwegs zu sein. Vielleicht sollte er einfach anbieten, hierzubleiben und sich hier niederzulassen. Tarneg hatte gesagt, er suche einen Steinschläger für sein neues Lager. Was war mit Ranec? Und noch wichtiger, was ist mit dir, Ayla? Was, wenn sie ihn überhaupt nicht wollte?

Jondalar war so tief in Gedanken versunken, daß er das dumpfe Hufgetrappel gar nicht hörte, bis Wolf ihn plötzlich ansprang.

»Wolf? Was machst du ...« Er blickte auf und riß ungläubig die Augen auf, als er Ayla von Winnies Rücken heruntergleiten sah.

Sie ging auf ihn zu, scheu jetzt, voller Angst, daß er ihr wieder den Rükken kehren könnte. Wie sollte sie es ihm sagen? Wie ihn dazu bringen zuzuhören? Dann erinnerte sie sich an die ersten wortlosen Tage und die Art und Weise, wie sie vor einem halben Leben gelernt hatte, jemand zu bitten zuzuhören. Anmutig, da lange daran gewöhnt, sank sie zu Boden, senkte den Kopf und wartete.

Fassunglos sah Jondalar sie an, begriff einen Moment nicht, dann jedoch fiel es ihm wieder ein. Das war ihr Zeichen. Wenn sie ihm etwas Wichtiges sagen wollte, die Worte aber nicht kannte, bediente sie sich dieses Clan-Zeichens. Doch warum sprach sie in der Sprache des Clan zu ihm? Was wollte sie ihm sagen, das so wichtig war?

»Steh auf«, sagte er. »Das brauchst du nicht zu tun.« Dann jedoch erinnerte er sich daran, wie es sich geziemte, darauf einzugehen. Er berührte sie an der Schulter. Als Ayla aufsah, standen ihr die Tränen in den Augen. Er ließ sich auf ein Knie nieder, um sie ihr abzuwischen. »Ayla, warum tust du das? Was machst du hier?«

»Jondalar, gestern hast du mir etwas sagen wollen, und ich wollte dir nicht zuhören. Heute möchte ich dir etwas sagen. Es ist schwierig auszudrücken, aber ich möchte, daß du mich trotzdem anhörst. Deshalb bitte ich dich auf diese Weise darum. Wirst du zuhören und dich nicht gleich abwenden?«

Hoffnung fuhr so flammend in Jondalar ein, daß er kein Wort hervorbrachte. Er nickte nur und hielt ihre Hände.

»Einst wolltest du, daß ich mit dir komme«, begann sie, »und da wollte ich das Tal nicht verlassen.« Sie machte eine Pause und holte tief Luft. »Jetzt möchte ich mit dir gehen, wohin du auch willst. Einst hast du mir gesagt, du liebtest mich und begehrtest mich. Jetzt glaube ich, du möchtest mich nicht mehr lieben, aber ich möchte trotzdem mit dir gehen.«

»Steh auf, Ayla, bitte«, sagte er und half ihr auf. »Und was ist mit Ranec?

Ich dachte, du wolltest ihn zum Gefährten.« Er hatte die Arme immer noch um sie gelegt.

»Ich liebe Ranec nicht. Ich liebe dich, Jondalar. Ich habe nie aufgehört, dich zu lieben, und ich weiß nicht, was ich getan habe, daß du aufgehört hast, mich zu lieben.«

»*Du* liebst *mich*? Du liebst mich immer noch? Ach, Ayla, meine Ayla«, sagte Jondalar und riß sie an sich. Dann blickte er sie an, als sähe er sie zum ersten Mal, und aus seinen Augen sprach die Liebe. Sie reckte den Kopf, und sein Mund fand den ihren. Sie kamen zusammen, hielten einander in lodernder und zärtlich liebevoller, hingebungsvoller Leidenschaft.

Ayla konnte es nicht fassen, daß sie in seinen Armen lag, daß er sie in den Armen hielt, sie begehrte, sie nach all dieser Zeit liebte. Tränen stiegen ihr in die Augen, sie versuchte sie wegzudrücken, weil sie Angst hatte, er könnte sie abermals mißverstehen, doch dann war ihr plötzlich alles gleichgültig, und sie ließ ihnen freien Lauf.

Er schaute auf ihr Gesicht herab. »Du weinst, Ayla.«

»Aber nur, weil ich dich liebe. Ich muß einfach weinen. Es ist so lange her, und ich liebe dich so sehr«, sagte sie.

Er küßte ihr die Augen, ihre Tränen, ihren Mund und fühlte, wie dieser Mund sich ihm öffnete, sanft und doch entschlossen.

»Ayla, bist du wirklich hier?« sagte er. »Ich dachte, ich hätte dich verloren, und ich weiß, es war meine eigene Schuld. Ich liebe dich, Ayla, ich habe nie aufgehört, dich zu lieben. Das mußt du mir glauben. Ich habe nie aufgehört, dich zu lieben. Dabei weiß ich genau, warum du das gedacht hast.«

»Aber du hast mich nicht lieben *wollen*, nicht wahr?«

Er schloß die Augen, und auf seiner Stirn wurden die Falten zu harten Strängen, so sehr schmerzte die Wahrheit. Er nickte. »Ich schämte mich, jemand zu lieben, der vom Clan kam, und ich haßte mich selbst dafür, daß ich mich der Frau schämte, die ich liebte. Nie bin ich jemals so glücklich gewesen wie mit dir! Ich liebe dich, und als wir beide nur allein waren, war alles vollkommen. Doch als dann andere dazukamen ... jedesmal, wenn du etwas tatest, das du beim Clan gelernt hattest, war mir das peinlich. Und dauernd hatte ich Angst, du würdest irgend etwas sagen, und dann wüßte alle Welt, daß ich eine Frau liebte, die ein ... ein Scheusal zur Welt gebracht hatte.« Er brachte das Wort kaum über die Lippen.

»Alle haben mir immer wieder gesagt, ich könnte jede Frau haben, die ich wollte. Keine Frau könnte sich mir verweigern, sagten sie, nicht einmal Die Mutter Selbst. Und das schien auch so zu sein. Was sie aber nicht wußten, war, daß ich nie einer Frau begegnete, die ich wirklich wollte – bis ich dir begegnete. Und was würden sie sagen, wenn ich dich mit heimbrächte? Wenn Jondalar jede haben konnte, die er wollte, warum sollte er da ausgerechnet ... die Mutter eines Flachschädels ... eines Scheusals mit nach Haus bringen? Ich hatte Angst, sie würden dich nicht akzeptieren und auch mich zurückweisen, es sei denn, ich sagte mich von dir los. Und ich hatte Angst, genau das könnte ich tun, wenn ich zu wählen hätte zwischen meinen Leuten und dir.«

Ayla senkte stirnrunzelnd die Augen. »Das habe ich nicht verstanden. Dabei müßte das dich vor eine schwere Entscheidung stellen.«

»Ayla«, sagte Jondalar und drehte ihr Gesicht so, daß sie ihn wieder ansah. »Ich liebe dich. Vielleicht begreife ich erst jetzt, wie wichtig das für mich ist. Nicht nur, daß du mich liebst, sondern daß ich dich liebe. Jetzt weiß ich, daß es für mich nur eine Wahl gibt. Du bist mir wichtiger als meine Leute oder irgend jemand sonst. Ich möchte sein, wo immer du bist.« Wieder flossen ihr die Augen über, egal, wie sehr sie sich bemühte, die Tränen zu unterdrücken. »Wenn du hierbleiben und unter den Mamutoi leben möchtest, bleibe ich hier und werde Mamutoi. Wenn du mich mit Ranec teilen möchtest ... tue ich auch das.«

»Ist es das, was *du* möchtest?

»Wenn du das möchtest ...«, hob Jondalar an, doch dann fielen ihm Mamuts Worte ein. Vielleicht sollte er, statt sie wählen zu lassen, ihr sagen, was er am liebsten hätte. »Ich möchte bei dir sein, das ist mir das Wichtigste, glaub mir. Ich wäre bereit hierzubleiben, wenn es das ist, was du möchtest, aber wenn du mich fragst, was ich möchte, so muß ich sagen: Ich möchte am liebsten heimkehren und dich mitnehmen.«

»Mich mitnehmen? Dann schämst du dich meiner nicht mehr? Schämst dich nicht mehr wegen des Clans und wegen Durc?«

»Nein, ich schäme mich deiner nicht. Ich bin stolz auf dich. Und auch wegen des Clans schäme ich mich nicht. Du und Rydag, ihr habt mich etwas sehr Wichtiges gelehrt, und vielleicht ist es an der Zeit zu versuchen, es auch anderen beizubringen. Ich habe so vieles gelernt, das ich gern zurückbringen möchte zu meinen Leuten. Ich möchte ihnen den Speerwerfer zeigen und Wymez' Verfahren bei der Feuersteinbearbeitung, deine Pyritwürfel und den Fadenzieher, und die Pferde und Wolf. Wenn man mit soviel kommt, könnte es sein, daß sie sogar jemand zuhören, der versucht, ihnen begreiflich zu machen, daß auch die Leute vom Clan Kinder der Großen Erdmutter sind.«

»Der Höhlenlöwe ist dein Totem, Jondalar«, erklärte Ayla mit der Endgültigkeit dessen, der sich absolut sicher ist.

»Das hast du schon mal gesagt. Was macht dich so sicher?«

»Erinnerst du dich, daß ich dir einmal gesagt habe, daß es nicht leicht ist, mit mächtigen Totems zu leben? Die Prüfungen, die man über sich ergehen lassen muß, sind nicht leicht, aber die Gaben, die man von ihnen erhält, das, was man von ihnen lernt, macht das alles wieder wett. Du hast jetzt eine sehr, sehr schwere Prüfung hinter dir, aber bedauerst du sie? Dieses Jahr ist für uns beide hart gewesen, aber was ich dabei alles über mich selbst und über die Anderen gelernt habe! Auch du hast viel gelernt, über dich selbst und über den Clan. Ich denke, auf eine andere Weise hast du sie gefürchtet, und jetzt hast du diese Angst überwunden. Der Höhlenlöwe ist ein Clan-Totem; du brauchst sie nicht mehr zu hassen.«

»Du mußt wohl recht haben, und wenn das bedeutet, daß ich damit für dich akzeptabel bin, bin ich froh, daß ein Clan-Höhlenlöwen-Totem mich erwählt hat. Ich habe dir nichts zu bieten außer mich selbst, Ayla. Und ich kann dir weder familiäre Beziehungen noch meine Leute bieten: Ich kann nichts versprechen, weil ich nicht weiß, ob die Zelandonii dich akzeptieren werden. Tun sie es nicht, müssen wir uns einen anderen Ort suchen. Wenn du möchtest, werde ich Mamutoi, aber lieber würde ich heimkehren und sehen, daß Zelandoni den Knoten für uns knüpft.«

»Ist das wie Zusammengegebenwerden?« fragte Ayla. »Du hast mich noch nie gebeten, mich mit dir zusammenzutun. Zwar hast du mich gebeten, dich zu begleiten, aber ein Herdfeuer mit dir zu gründen, darum hast du mich nie gebeten.«

»Ayla, Ayla, was ist denn bloß los mit dir? Wieso gehe ich mit solcher Selbstverständlichkeit davon aus, daß du schon alles weißt? Vielleicht liegt das daran, daß du in so kurzer Zeit so viel gelernt hast, daß ich ganz vergesse, wie kurze Zeit das erst her ist. Vielleicht sollte ich ein Zeichen lernen, um Dinge auszudrücken, für die ich keine Worte habe.«

Dann, ein amüsiertes frohes Lächeln auf dem Gesicht, beugte er das Knie vor ihr. Er saß nicht mit untergeschlagenen Beinen und gesenktem Kopf auf dem Boden, wie sie es immer tat, sondern blickte zu ihr auf. Ayla war offensichtlich bestürzt oder zumindest von Unbehagen erfüllt, was ihn freute, da das genau dem Gefühl entsprach, das er immer dann hatte, wenn sie das Clan-Zeichen machte.

»Was machst du, Jondalar? Männer tun so etwas nicht. Die brauchen nicht um Erlaubnis zu bitten, wenn sie etwas sagen wollen.«

»Aber ich muß bitten, Ayla. Wirst du mit mir zurückkommen und dich mit mir zusammentun und Zelandoni den Knoten für uns knüpfen lassen? Und ein Herdfeuer mit mir gründen und Kinder für mich machen?«

Wieder fing Ayla an zu weinen; es kam ihr albern vor, so viele Tränen zu vergießen. »Jondalar, ich habe nie etwas anderes gewollt. Jawohl, all dies. Und jetzt, bitte, steh auf.«

Er stand auf und schlang die Arme um sie und war glücklicher, als er es je zuvor im Leben gewesen war. Er küßte sie, hielt sie an sich gedrückt, als fürchtete er sie loszulassen, als hätte er Angst, sie zu verlieren, wie es ihm ums Haar einmal geschehen wäre.

Wieder küßte er sie, und das Verlangen nach ihr wurde übermächtig. Sie spürte es, und ihr Körper reagierte und war bereit für ihn. Aber diesmal wollte er sie nicht einfach nehmen! Diesmal wollte er sie ganz und gar. Er trat einen Schritt zurück und ließ das Traggestell zu Boden gleiten, das er immer noch auf dem Rücken hatte. Dann holte er eine Matte hervor und breitete sie auf dem Boden aus. Plötzlich sprang Wolf an ihm empor.

»Du wirst eine Weile wegbleiben müssen«, sagte er und lächelte Ayla an.

Sie gab Wolf den entsprechenden Befehl und erwiderte Jondalars Lächeln. Er ließ sich auf der Bodenmatte nieder und streckte die Hand nach ihr aus. Bereits zitternd voller Erwartung und voll von Verlangen gesellte sie sich zu ihm.

Dann küßte er sie, behutsam, und griff nach ihrer Brust und genoß selbst dies bißchen Vertrautsein mit ihrer prallen Fülle unter dem leichten Kittel. Auch sie erinnerte sich daran – und an mehr. Rasch zog sie den Kittel aus. Er griff mit beiden Händen nach ihr, und gleich darauf lag sie auf dem Rücken und hatte er den Mund fest auf den ihren gepreßt. Seine Hand liebkoste eine Brust und fand die Brustwarze; gleich darauf hatte sie auf der anderen Brustwarze einen feuchten warmen Mund liegen. Sie stöhnte, als die ziehende Empfindung Gefühlswellen bei ihr auslöste, die tief bis in ihr Inneres hineinreichten, bis an jenen Ort, der am meisten nach ihm hungerte. Sie rieb ihm die Arme und den breiten Rücken, ließ dann die Hände wieder hinaufwandern bis zu seinem Nacken und seinem Haar. Einen flüchtigen Augenblick nur überraschte es sie, daß es nicht fein und fest gekräuselt war. Der Gedanke schwand so schnell wieder, wie er gekommen war.

Wieder küßte er sie, lotete er sie sanft mit der Zunge aus. Sie saugte sie ein und erforschte ihrerseits seine Mundhöhle, und sie erinnerte sich, daß seine Berührung nie zu heftig war oder zu hastig, sondern voller Feingefühl und Gespür. Sie frohlockte in der Erinnerung daran, jubelte innerlich, die Erfahrung aufs neue zu machen. Fast war es wie das erste Mal, als sie ihn kennenlernte, und sich doch daran erinnerte, wie gut er sie kannte. Wie viele Nächte hatte sie sich nach ihm gesehnt?

Er kostete die Wärme ihres Mundes und dann das Salz ihrer Kehle. Sie spürte ein warmes Erschauern, das ihr übers Kinn lief und dann seitlich den Hals hinunter. Er küßte ihre Schulter, nagte leicht daran und nuckelte und spielte mit den empfindsamen Stellen, die er dort kannte. Unerwartet nahm er dann ihre Brustwarze wieder in den Mund. Sie keuchte, als die

Empfindung sich plötzlich verstärkte. Dann seufzte sie und stöhnte vor Lust, als er spielerisch mit beiden umging.

Er setzte sich auf und betrachtete sie, schloß die Augen, als wollte er sich alles ganz genau einprägen. Als er sie wieder aufschlug, lächelte sie.

»Ich liebe dich, Jondalar, und ich habe mich so sehr nach dir gesehnt.«

»Ach, Ayla, ich konnte es nicht mehr aushalten, so schmerzlich habe ich dich begehrt – und doch hätte ich dich beinahe aufgegeben. Wie konnte ich nur, wo ich dich doch so sehr liebe?« Wieder küßte er sie, hielt sie fest an sich gedrückt, als fürchtete er immer noch, sie trotz allem noch zu verlieren. Und sie klammerte sich nicht weniger inbrünstig an ihn. Plötzlich gab es kein Warten mehr. Er hielt beide Brüste, dann löste er ihren Leibriemen. Sie hob die Hüften an und entledigte sich strampelnd der leichten Sommerhosen, während er die eigenen auszog, sich das Hemd über den Kopf streifte und die Füßlinge abschüttelte.

Den Kopf an ihrem Bauch geborgen, schlang er die Arme um sie, schob sich dann zwischen ihren Beinen hinunter und küßte den behaarten Hügel. Dann hielt er einen Moment inne, schob ihr die Beine auseinander, hielt sie mit beiden Händen offen und betrachtete die tiefrosa Falten, die wie weiche feuchte Blütenblätter waren. Einer Biene gleich tauchte er ein und kostete. Sie stieß einen kleinen Schrei aus und wölbte sich ihm entgegen, während er jedes Blütenblatt und jede Falte erkundete, daran knabberte und saugte, reizte und es genoß, ihr Wonnen zu bereiten, wie er es sich schon seit unzähligen Tagen ersehnt hatte.

Dies war Ayla, seine Ayla. So schmeckte sie, schmeckte ihr Honig, und sein eigenes Glied war so strotzend und voller Verlangen. Er wollte abwarten, daß dies andauerte, doch plötzlich konnte sie nicht mehr. Ihr Atem ging keuchend und schnell, sie hechelte, rang nach Luft, rief ihn. Sie griff nach ihm, zog ihn auf sich, und langte dann hinunter, um ihn einzuführen in ihren warmen, tiefen Brunnen.

Ein tiefer Seufzer entrang sich ihr, als er in sie hineinglitt und seinen prallen Schaft tiefer und immer tiefer in sie versenkte, bis sie ihn voll und ganz umfing. Das war seine Ayla. Das war die Frau, zu der er paßte, die, die zu ihm paßte und die ihn ganz in sich barg. Er verweilte und verharrte für einen Moment, genoß, wie er völlig von ihr umfangen wurde. So war es gleich das erste Mal bei ihr gewesen und bei jedem anderen Mal hinterher. Wie konnte er nur daran gedacht haben, sie aufzugeben? Die Mutter mußte Ayla eigens für ihn erschaffen haben, auf daß sie Sie voll und ganz ehrten, Ihr mit ihren Wonnen Freude bereiten konnten, so wie Sie wollte, daß sie es täten.

Er zog sich zurück und spürte, wie sie ihm entgegenkam, als er wieder zustieß. Und wieder zog er sich zurück, und wieder stieß er zu, und wieder und wieder. Dann war er plötzlich soweit, und sie schrie, und sie zogen sich noch einmal zurück und stießen nochmals zu, und eine Woge staute sich und türmte sich auf und erreichte den Gipfel und brach über ihnen zusammen, während sie in zitternder Lust Erlösung fanden.

Das Ruhen hinterher war ein Teil der Wonnen. Sie liebte es, sein Gewicht auf sich zu spüren. Nie war er ihr zu schwer. Für gewöhnlich erhob er sich, noch ehe sie ihn gehen lassen wollte. Sie rieb sich an ihm, und das machte sie lächeln, erinnerte sie an die Wonnen, die sie gerade geteilt hatten. Nie fühlte sie sich vollkommener als in diesem Augenblick, da sie fertig waren und er noch da war, noch in ihr.

Er liebte es, ihren üppigen Körper unter sich zu spüren, und es war so lange her, so unsinnig lange her! Aber sie liebte ihn. Wie konnte sie ihn nur lieben nach alledem? Womit hatte er soviel Glück verdient? Nie, nie wieder würde er sie gehen lassen.

Schließlich zog er sich heraus, ließ sich auf die Seite rollen und lächelte sie an.

»Jondalar?« sagte Ayla nach einer Weile.

»Ja?«

»Laß uns schwimmen gehen. Der Fluß ist nicht weit. Laß uns schwimmen gehen, wie wir das im Tal immer getan haben, und erst dann zurückkehren ins Wolfs-Lager.«

Er setzte sich neben ihr auf und lächelte. »Dann los!« sagte er, war augenblicklich hoch und half ihr auf. Auch Wolf erhob sich und wedelte mit dem Schwanz.

»Ja, du darfst mit uns kommen«, sagte Ayla, als sie ihre Sachen aufhoben und zum Fluß hinuntergingen. Eifrig sprang Wolf hinter ihnen her.

Nachdem sie im Fluß geschwommen und gebadet und mit Wolf gespielt hatten, und nachdem die Pferde sich auf dem Boden gewälzt und sie gegrast und geruht hatten, nachdem sie all dies allein und fern von der Menge getan hatten, kleideten Ayla und Jondalar sich an, fühlten sie sich erfrischt und hatten sie Hunger.

»Jondalar?« sagte Ayla, als sie bei den Pferden standen.

»Ja?«

»Laß uns zusammen auf Winnie reiten. Ich möchte dich ganz nahe haben und dich spüren.«

Den ganzen Rückweg über zerbrach Ayla sich den Kopf, wie sie es Ranec beibringen konnte. Freuen tat sie sich nicht darauf. Bei ihrer Ankunft wartete er bereits auf sie und war augenscheinlich nicht glücklich. Er hatte Ausschau nach ihr gehalten. Alle anderen hatten sich für die Hochzeitszeremonie fertig gemacht, die an diesem Abend stattfinden sollte – entweder als Zuschauer oder als Teilnehmer daran. Auch erfreute es ihn nicht, sie gemeinsam mit Jondalar auf Winnie reiten zu sehen, während Renner hinterhertrabte.

»Wo bist du gewesen? Du solltest längst angekleidet sein.«

»Ich muß mit dir reden, Ranec.«

»Wir haben keine Zeit zu reden«, sagte er mit einem gehetzten Blick in den Augen.

»Es tut mir leid, aber wir müssen trotzdem miteinander reden. Irgendwo, wo wir ungestört sind.«

Ihm blieb nichts anderes übrig, als einzuwilligen. Doch erst ging Ayla noch einmal in das Zelt hinein und holte etwas aus ihren Sachen. Dann ging sie den Hang hinunter zum Fluß und das Ufer entlang. Schließlich blieb Ayla stehen, griff in ihren Kittel und holte die Schnitzerei einer Frau heraus, die sich in ihre geistige Vogelform verwandelte, die Muta, die Ranec für sie geschnitzt hatte.

»Ich muß dir dies zurückgeben, Ranec«, sagte Ayla und reichte sie ihm.

Wie von einer Flamme versengt, sprang Ranec zurück. »Was soll das heißen? Die kannst du mir nicht zurückgeben. Die brauchst du, um ein Herdfeuer zu gründen. Du brauchst sie für unsere Hochzeit«, sagte er, und so etwas wie Panik schwang in seiner Stimme mit.

»Deshalb muß ich sie dir ja gerade zurückgeben. Ich kann kein Herdfeuer mit dir gründen. Ich gehe fort.«

»Fort? Du kannst nicht fort, Ayla. Du hast dich mir anverlobt. Alles ist abgemacht. Die Hochzeitszeremonie findet heute abend statt. Du hast gesagt, du würdest dich mit mir zusammentun. Ich liebe dich, Ayla. Verstehst du denn nicht? Ich liebe dich.« Mit jedem Wort, das er hervorbrachte, wurde Ranecs Panik größer.

»Ich weiß«, sagte Ayla leise. Der Schock und der Schmerz, den sie in seinen Augen sah, taten ihr weh. »Ich habe mich dir anverlobt, und alles ist verabredet. Und trotzdem muß ich fort.«

»Aber warum? Warum so plötzlich?« sagte Ranec mit unnatürlich hoher Stimme, so als würde er gewürgt.

»Weil ich jetzt fortgehen muß. Es ist die beste Reisezeit, und wir haben einen langen Weg vor uns. Ich ziehe mit Jondalar. Ich liebe ihn. Ich habe nie aufgehört, ihn zu lieben. Ich dachte, er liebte mich nicht mehr ...«

»Und als du dachtest, er liebte dich nicht mehr, da war ich gut genug? Ist es so gewesen?« sagte Ranec. »Die ganze Zeit über, da wir zusammen waren, hast du immer gewünscht, ich wäre er. Du hast mich nie geliebt.«

»Ich wollte dich lieben, Ranec. Ich habe dich gern. Ich habe mich nicht immer nach Jondalar gesehnt, wenn ich mit dir zusammen war. Du hast mich viele Male glücklich gemacht.«

»Aber nicht immer. Ich war nicht gut genug. Du warst vollkommen, aber ich war nicht immer vollkommen für dich.«

»Ich habe nie nach dem Vollkommenen gesucht. Ich liebe ihn, Ranec. Wie lange könntest du mich lieben in dem Bewußtsein, daß ich jemand anders liebe?«

»Bis an den Tod könnte ich dich lieben, Ayla, und in der jenseitigen Welt auch noch. Nie werde ich eine lieben, so wie ich dich liebe. Du kannst mich nicht verlassen.« Der dunkelhäutige Künstler, der so unendlich anziehend war, flehte sie mit Tränen in den Augen an; nie zuvor in seinem Leben hatte er um etwas gefleht.

Ayla spürte seinen Schmerz und sie wünschte, es gäbe etwas, ihn zu beschwichtigen. Aber das eine, was er wollte, konnte sie ihm nicht geben. Sie konnte ihn nicht so lieben, wie sie Jondalar liebte.

»Es tut mir leid, Ranec. Bitte. Nimm die Muta.« Wieder hielt sie sie ihm hin.

»Behalte sie!« sagte er mit soviel Gift in der Stimme, wie er aufbringen konnte. »Vielleicht bin ich nicht gut genug für dich, aber ich brauche dich nicht. Ich kann hier haben, wen ich will. Geh nur, lauf nur davon mit deinem Steinschläger. Mir ist das gleichgültig.«

»Ich kann sie nicht behalten«, sagte Ayla und legte sie zu seinen Füßen auf den Boden. Sie neigte den Kopf und wandte sich zum Gehen.

Qual im Herzen wegen des Schmerzes, den sie ihm zugefügt, ging sie am Ufer des Flusses entlang. So weh hatte sie ihm nicht tun wollen. Hätte eine andere Möglichkeit bestanden, sie hätte sie ergriffen. Sie hoffte inständig, daß sie nie wieder von jemand geliebt würde, dessen Liebe sie nicht erwidern konnte.

»Ayla?« rief Ranec. Sie drehte sich um und wartete, bis er bei ihr war. »Wann brichst du auf?«

»Sobald ich gepackt habe.«

»Weißt du, es stimmt nicht. Es ist mir keineswegs gleichgültig.« Kummer und Leid malten sich in seinen Zügen. Sie wollte zu ihm, wollte ihn trösten, aber sie wagte es nicht, ihn zu ermutigen. »Aber ich habe dich so sehr geliebt, habe dich so sehr begehrt – so sehr, daß ich es nicht habe sehen wollen. Ich habe versucht mir einzureden, daß du mich liebtest, und ich habe die ganze Zeit über gehofft, du tätest es tatsächlich.«

»Ranec, es tut mir so leid«, sagte sie. »Hätte ich Jondalar nicht erst lieben gelernt, ich würde dich geliebt haben. Ich hätte glücklich mit dir werden können. Du warst so gut zu mir und hast mich immer zum Lachen gebracht. Ich liebe dich ja auch, weißt du, bloß nicht so, wie du möchtest. Trotzdem werde ich dich immer lieben.«

Seine Augen waren voller Qual. »Ich werde nie aufhören, dich zu lieben, Ayla. Ich werde dich nie vergessen. Ich werde meine Liebe mit ins Grab nehmen«, sagte Ranec.

»Sag das nicht! Du verdienst mehr Glück als nur das.«

Er lachte, aber es war ein bitteres, hartes Lachen. »Keine Sorge, Ayla. Noch bin ich nicht soweit, ins Grab zu gehen. Jedenfalls jetzt noch nicht. Und vielleicht tue ich mich eines Tages wirklich mit einer Frau zusammen und gründe ein Herdfeuer, und sie wird Kinder bekommen. Möglich sogar, daß ich sie lieben werde. Aber keine andere Frau wird dich jemals ersetzen, und nie werde ich für eine Frau empfinden, was ich für dich empfinde. So etwas gibt es nur einmal im Leben eines Mannes.« Sie schickten sich an, gemeinsam zurückzukehren.

»Wird es Tricie sein?« fragte Ayla. »Sie liebt dich.«

Ranec nickte. »Vielleicht, wenn sie mich haben will. Jetzt, wo sie einen Sohn hat, wird sie noch begehrter sein als zuvor; und sie hat schon viele Anträge bekommen.«

Ayla blieb stehen und sah Ranec an. »Ich glaube, Tricie möchte dich haben. Im Augenblick ist sie verletzt, doch das liegt nur daran, daß sie dich so sehr liebt. Aber da ist noch etwas, das du wissen solltest. Ihr Sohn, Ralev, das ist dein Sohn, Ranec.«

»Du meinst, er ist der Sohn meines Geistes?« Ranec runzelte die Stirn. »Vermutlich hast du recht.«

»Nein, ich meine nicht, daß er der Sohn deines Geistes ist. Ich meine, Ralev ist dein Sohn, Ranec. Er ist der Sohn deines Leibes, deines Wesens. Ralev ist genausosehr dein Sohn, wie er Tricies Sohn ist. Als ihr die Wonnen miteinander teiltet, hast du gemacht, daß er in ihr wuchs.«

»Woher weißt du, daß ich Wonnen mit ihr geteilt habe?« sagte Ranec und machte ein etwas betretenes Gesicht. »Sie war voriges Jahr ein Rotfuß, eine, die ihre Aufgabe sehr ernst nahm.«

»Ich weiß es, weil Ralev geboren wurde, und er ist dein Sohn. So beginnt alles Leben. Das ist der Grund, warum man mit den Wonnen Die Mutter ehrt. Sie sind der Beginn des Lebens. Ich weiß das, Ranec. Ich verspreche dir, daß es stimmt, und dieses Versprechen kann nicht gebrochen werden«, erklärte Ayla.

Ranec überlegte angestrengt. Das war eine merkwürdige neue Vorstellung. Frauen waren Mütter. Sie gebaren Kinder, Töchter und Söhne. Aber konnte ein Mann einen Sohn haben? Konnte Ralev sein Sohn sein? Und doch hatte Ayla es gesagt. So mußte es sein. Sie barg das Wesen Der Mut. Sie war die Geist-Frau. Es war sogar möglich, daß sie die fleischgewordene Große Erdmutter war.

Jondalar prüfte die Lasten noch einmal, dann führte er Renner an den Anfang des Pfades, wo Ayla beim Abschiednehmen war. Winnie war beladen und wartete geduldig, doch Wolf lief aufgeregt zwischen ihnen hin und her und wußte, daß irgend etwas Ungewöhnliches bevorstand.

Als der Clan sie verstoßen hatte, war es für Ayla schwer gewesen, die Leute zu verlassen, die sie liebte, aber ihr war nichts anderes übriggeblieben. Sie hatte keine Wahl gehabt. Aus freien Stücken Menschen Lebewohl zu sagen, den Angehörigen des Löwen-Lagers, die sie liebte, und das in dem Bewußtsein, sie nie wiederzusehen, war womöglich noch schwerer. Sie hatte heute bereits so viele Tränen vergossen, daß sie sich fragte, ob sie überhaupt noch welche hätte; und doch wurden ihr jedesmal wieder die Augen feucht, wenn sie noch einen Freund oder eine Freundin umarmte.

»Talut«, schluchzte sie und umarmte den großen, rothaarigen Anführer. »Habe ich dir jemals gesagt, daß es dein Lachen war, das mich bewog, zu euch zu kommen? Ich hatte eine solche Angst vor den Anderen, daß ich bereit war, geradewegs zurückzureiten in das Tal – aber dann sah ich dich lachen.«

»Und jetzt bringst du mich gleich zum Weinen, Ayla. Ich möchte nicht, daß du gehst.«

»Ich weine bereits«, sagte Latie. »Ich möchte auch nicht, daß du gehst. Weißt du noch, wie du mir das erste Mal erlaubtest, Renner anzufassen?«

»Ich erinnere mich noch, wie das war, als sie Rydag auf Winnie reiten ließ«, sagte Nezzie. »Ich glaube, das war der glücklichste Tag seines Lebens.«

»Mir werden auch die Pferde fehlen«, rief Latie in klagendem Ton und klammerte sich an Ayla.

»Vielleicht bekommst du eines Tages selbst ein kleines Pferd, Latie«, sagte Ayla.

»Und mir werden die Pferde auch fehlen«, sagte Rugie.

Ayla hob sie in die Höhe und herzte sie. »Dann bekommst du vielleicht auch ein kleines Pferd.«

»Ach, Nezzie«, rief Ayla. »Wie soll ich dir danken? Für alles? Du weißt ja, ich habe meine Mutter verloren, als ich noch klein war, aber ich bin wirklich vom Glück begünstigt. Ich habe zwei Mütter gehabt, sie zu ersetzen. Iza sorgte für mich, als ich ein kleines Mädchen war, aber du bist die Mutter, die ich brauchte, um selbst eine Frau zu werden.«

»Hier«, sagte Nezzie, reichte ihr ein Päckchen und versuchte, sich nicht völlig in Tränen aufzulösen. »Das ist dein Hochzeitskleid. Ich möchte, daß du es trägst, wenn du dich mit Jondalar zusammentust. Auch er ist wie ein Sohn für mich. Und du bist meine Tochter.«

Nochmals schloß Ayla Nezzie in die Arme, und dann sah sie zu ihrem großen, kraftstrotzenden Sohn auf. Als sie auch Danug umarmte, erwiderte dieser die Umarmung rückhaltlos. Sie spürte seine Männlichkeit, seine Kraft und die Wärme seines Körpers, und für einen Moment sprang der Funke seiner Anziehungskraft auf sie über, als er ihr ins Ohr flüsterte: »Ich wünschte, du wärest mein Rotfuß gewesen.«

Sie trat einen Schritt zurück und lächelte. »Danug! Was wirst du für ein Mann werden! Ich wünschte, ich bliebe, bloß um zu sehen, wie ein zweiter Talut aus dir wird.«

»Vielleicht mache ich später, wenn ich älter bin, einmal eine lange Reise und besuche dich.«

Als nächsten umarmte sie Wymez und hielt nach Ranec Ausschau, doch der war nirgends zu sehen. »Es tut mir leid«, sagte sie zu Wymez.

»Mir auch. Ich hatte so gehofft, du würdest bei uns bleiben. Gern hätte ich die Kinder erlebt, die du an dieses Herdfeuer gebracht haben würdest. Aber Jondalar ist ein guter Mann. Möge Die Mutter eure Reise mit Ihrem Lächeln bedenken.«

Ayla nahm Tronie Hartal ab, der ihr auf dem Arm saß, und freute sich darüber, wie er kicherte. Dann hob Manuv Nuvie in die Höhe, damit Ayla sie küsse.

»Wärest du nicht gewesen, gäbe es sie heute nicht mehr. Das werde ich nie vergessen, und sie auch nicht«, sagte Manuv. Ayla umarmte sie, dann Tronie und auch Tornec.

Frebec hielt Bectie, während Ayla Fralie und den beiden Jungen Lebewohl sagte. Dann schloß sie Crozie in die Arme. Die machte sich erst ganz steif, aber Ayla spürte, daß sie zitterte. Dann drückte die alte Frau sie an sich, und eine Träne blinkte ihr im Auge.

»Vergiß nicht, wie man weißes Leder macht«, sagte sie barsch.

»Das werde ich bestimmt nicht. Und ich habe ja den Kittel dabei«, sagte Ayla und fügte mit einem verschmitzten Lächeln noch hinzu: »Du, Crozie, solltest dir aber eines merken: Würfle niemals wieder mit einer vom Herdfeuer des Mammut.«

Verwundert sah Crozie sie an, und dann brach sie in ein meckerndes Lachen aus, während Ayla sich Frebec zuwandte. Wolf war herangekommen, und Frebec kraulte ihn hinter den Ohren.

»Dieses Tier wird mir fehlen«, sagte er.

»Und dieses Tier«, sagte Ayla, während sie ihn umarmte, »wird dich vermissen.«

»Und du wirst mir auch fehlen, Ayla«, sagte er.

Plötzlich wurde Ayla von den Leuten vom Herdfeuer des Auerochsen umringt, denn alle Kinder und Barzec nahmen sie in die Mitte. Tarneg war da mit seiner Frau, Deegie wartete mit Branag, und dann fielen die beiden jungen Frauen einander in die Arme, und wieder kamen beiden die Tränen.

»In mancher Hinsicht ist es schwerer, von dir Abschied zu nehmen, als von irgend jemand sonst, Deegie«, sagte Ayla. »Ich habe nie eine Freundin wie dich gehabt, eine, die in meinem Alter stand und mit der ich über alles sprechen konnte.«

»Ich weiß, Ayla. Ich kann es immer noch nicht fassen, daß du wirklich fort willst. Wie wollen wir jetzt wissen, wer als erstes ein Baby bekommt?«

Ayla trat einen Schritt zurück, betrachtete Deegie forschend und lächelte dann. »Du. In dir wächst jetzt schon eines.«

»Ich hatte mich auch schon gefragt, ob es wohl sein könnte. Meinst du wirklich, es stimmt?«

»Ja. Da bin ich mir ganz sicher.«

Ayla sah Vincavec neben Tulie stehen. Leicht streifte sie seine tätowierte Wange mit der ihren.

»Du hast mich überrascht«, sagte er. »Ich habe nicht gewußt, daß er derjenige welcher sein würde. Aber es hat eben jeder seine Schwächen.« Er bedachte Tulie mit einem vielsagenden Blick.

Vincavec war alles andere als erfreut, die Situation so völlig falsch gedeutet zu haben. Den großen blonden Mann hatte er nie ernstlich in Betracht gezogen. Er war auch ein wenig verärgert über Tulie, weil diese seine beiden zueinanderpassenden Bernsteinstücke angenommen hatte, obwohl sie wußte, daß er aller Wahrscheinlichkeit nach nicht bekommen würde, was er sich dafür erhofft hatte; dabei hatte er sie ihr praktisch aufgenötigt. Er hatte spitze Bemerkungen gemacht und angedeutet, sie habe seinen Bernstein nur angenommen, weil sie eine Schwäche dafür hatte, und daß sie nicht den vollen Wert dafür zurückgäbe. Da sie jedoch so großspurig als Geschenk gegeben worden waren, konnte sie sie ihm nicht zurückgeben, und so rächte er sich jetzt durch seine schneidenden Bemerkungen.

Tulie warf einen Blick auf Vincavec, ehe sie auf Ayla zutrat, und vergewisserte sich, daß er es auch wirklich mitbekam; erst dann schloß sie die junge Frau warmherzig und aufrichtig in die Arme.

»Ich habe etwas für dich. Ich bin überzeugt, daß alle mir zustimmen werden, aber sie stehen dir bestimmt wunderbar«, sagte sie und ließ zwei wunderschöne, genau zueinanderpassende Bernsteinstücke in Aylas Hand fallen. »Sie passen zu deinem Hochzeitskleid. Vielleicht trägst du sie in den Ohren.«

»Ach, Tulie«, sagte Ayla. »Das ist zuviel. Sie sind wunderschön.«

»Nein, sie sind nicht zuviel, Ayla. Sie waren für dich gedacht«, sagte Tulie und warf einen triumphierenden Blick auf Vincavec.

Ayla bemerkte, daß auch Barzec lächelte; Nezzie nickte zustimmend.

Auch Jondalar fiel es schwer, das Löwen-Lager zu verlassen. Sie hatten ihn herzlich aufgenommen, und er hatte sie ins Herz geschlossen. Bei vielen verabschiedete er sich mit Tränen in den Augen. Der letzte, mit dem er sprach, war Mamut. Sie umarmten sich und rieben die Backen aneinander, dann trat Ayla zu ihnen. »Ich möchte dir danken«, sagte Jondalar. »Ich glaube, du hast von Anfang an gewußt, daß ich eine schwere Lektion lernen mußte.« Der alte Schamane nickte. »Aber ich habe von dir und von den Mamutoi sehr, sehr viel gelernt. Ich habe gelernt, was bedeutsam ist und was oberflächlich, und ich habe erkannt, wie tief meine Liebe zu Ayla geht. Ich habe keine Vorbehalte mehr. Ich werde immer zu ihr halten, meinen ärgsten Feinden wie meinen besten Freunden gegenüber.«

»Noch etwas mußt du wissen, Jondalar, und ich werde es dir sagen«, erklärte Mamut. »Ich wußte von Anfang an, daß du ihr Schicksal warst, und als der Vulkan ausbrach, wußte ich, daß sie bald zusammen mit dir fortziehen würde. Aber vergiß dies nicht: Aylas Schicksal ist größer, als irgend jemand weiß. Die Mutter hat sie auserwählt; sie wird in ihrem Leben viele Herausforderungen zu bestehen haben, und du mit ihr. Sie ist auf deinen Schutz angewiesen und auf die Kraft, die deine Liebe gewonnen hat. Das ist der Grund, warum du diese Lektion hast lernen müssen. Es ist nie leicht, auserwählt zu werden, aber es hat stets auch viel Gutes. Behüte sie, Jondalar. Denn du weißt, wenn sie sich Sorgen macht um andere, vergißt sie, sich selbst in acht zu nehmen.«

Jondalar nickte. Dann schloß Ayla den alten Mann in die Arme und lächelte mit feuchten Augen.

»Ich wünschte, Rydag wäre hier. Er fehlt mir so sehr. Auch er hat mich vieles verstehen lassen. Ich wollte zurück und meinen Sohn holen, doch Rydag hat mich gelehrt, daß ich Durc sein eigenes Leben leben lassen muß. Wie soll ich dir nur für alles danken, Mamut?«

»Daß du mir dankst, ist nicht nötig, Ayla. Unsere Pfade sollten sich kreuzen, das war von vornherein so angelegt. Ohne es zu wissen, habe ich auf dich gewartet, und du hast mir viel Freude geschenkt, meine Tochter. Es war dir nie bestimmt, zurückzukehren und Durc zu holen. Er war dein Geschenk an den Clan. Kinder sind immer eine Freude, aber sie bereiten auch Kummer und Sorgen. Und sie müssen lernen, ihr eigenes Leben zu leben. Selbst Mut läßt Ihre Kinder eines Tages ihre eigenen Wege gehen, doch wehe uns, wenn wir Sie jemals vernachlässigen sollten. Wenn wir vergessen, unsere Große Erdmutter zu achten, wird Sie uns Ihren Segen entziehen und nicht mehr für uns sorgen.«

Ayla und Jondalar bestiegen die Pferde, winkten und sagten zum letztenmal Lebewohl. Die meisten vom Lager waren gekommen, um ihnen eine gute Reise zu wünschen. Als sie losritten, blickte Ayla sich nach einem um, aber Ranec hatte ihr bereits Lebewohl gesagt und konnte ein Allerletztes unter den Augen all der anderen nicht ertragen.

Schließlich, als sie sich anschickten, den Pfad hinunterzureiten, sah sie ihn ganz allein abseits stehen. Bedrückt hielt sie an und winkte.

Ranec erwiderte das Winken, doch mit der anderen Hand hielt er ein Stück Elfenbein an die Brust gedrückt – die geschnitzte kleine Elfenbeingestalt einer Frau, die sich in einen Vogel verwandelt. In jede Rille, die er hineingeschnitten, und in jede Linie, die er hineingeritzt, hatte er liebevoll alle seine Hoffnungen hineingelegt. Er hatte sie für Ayla geschnitzt in der Erwartung, das Figürchen würde sie verzaubern und seinem Herzen gewinnen. Doch als er die Frau, die er liebte, davonreiten sah, verklärte kein Lächeln sein Gesicht. Ihm standen die Tränen in den lachenden schwarzen Augen.

Danksagungen

Ohne die Bücher und die Materialien der Spezialisten, die ›vor Ort‹ gearbeitet und Werkzeuge und Gebrauchsgegenstände unserer prähistorischen Vorfahren gesammelt haben, hätte ich diesen Roman nie schreiben können. Ich bin ihnen daher von ganzem Herzen dankbar. Das gilt besonders für bestimmte Personen. Mir haben Diskussionen und Korrespondenz mit ihnen sowie ihre Arbeiten großen Spaß gemacht, denn es ging darin nicht nur um Tatsachen, sondern auch um Ideen und Theorien. Ich muß jedoch unmißverständlich klarstellen, daß diejenigen, die mir Informationen lieferten und mir ihre Hilfe zuteil werden ließen, in gar keiner Weise für die Standpunkte und Ansichten verantwortlich sind, die in diesem Buch zum Ausdruck kommen. *Die Mammutjäger* ist ein Roman, also ein Produkt meiner Phantasie. Die Charaktere und Konzepte sowie die Kulturbeschreibungen sind ausschließlich mein Werk.

Aufrichtiger Dank zunächst an David Abrams, Professor für Anthropologie sowie Reisemarschall ganz besonderer Art, und an Diane Kelly, Studentin der Anthropologie, die die private Bildungs- und Studienreise an Grabungsstätten und zu Museen in Frankreich, Österreich, der Tschechoslowakei und der Sowjet-Union nicht nur plante und arrangierte, sondern uns auch begleitete.

Dank und der Ausdruck großer Hochachtung für Dr. Jan Jelinek, Direktor des Anthropos Institute, Brno, Tschechoslowakei, der sich die Zeit nahm, mir im Original viele der Artefakten aus Ost-Europa zu zeigen, die in seinem Buch, *The Pictorial Encyclopedia of the Evolution of Man* (The Hamlyn Publishing Group, Ltd., London) abgebildet sind.

Dankbar bin ich auch Dr. Lee Porter von der Washington State University und der glücklichen Fügung, die ausgerechnet sie mit ihrem ausgeprägten amerikanischen Akzent in unserem Hotel in Kiew absteigen ließ. Sie weilte dort, um fossile Mammutknochen zu untersuchen und sich mit jenem Menschen zu treffen, den kennenzulernen wir uns so verzweifelt bemüht hatten. Sie fegte den ganzen bürokratischen Papierkram beiseite und sorgte dafür, daß das Treffen stattfand.

Dank schulde ich Dr. J. Lawrence Angel, Curator of Physical Anthropology an der Smithsonian Institution, für viele Dinge: für gewisse positive und ermunternde Worte über meine Bücher; dafür, daß er mich einen ›Blick hinter die Kulissen‹ werfen ließ und mir ein paar der Unterschiede, aber auch der Ähnlichkeiten zwischen den Knochen des Neanderthalers und des Menschen von heute klarmachte; zumal aber auch dafür, daß er mir Leute nannte, die mir zusätzliche Informationen geben und mir auch sonst weiterhelfen konnten.

Überaus dankbar bin ich auch Dr. Ninel Kornietz, russische Expertin für das Altpaläolithikum in der Ukraine, die sich liebenswürdigerweise auch kurzfristig für uns freimachte. Sie zeigte uns Artefakten in zwei Museen, schenkte mir ein von mir schon lange gesuchtes Buch über Musikinstrumente, die Eiszeitmenschen aus Mammutknochen herstellten, und dazu Aufnahmen davon, wie diese geklungen haben. Es handelte sich um ein russisches Buch; deshalb schulde ich Dr. Gloria y'Edynak, ehemals Assistentin von Dr. Angel, die nicht nur russisch kann, sondern sich auch in der technischen Terminologie der Paläoanthropologie auskennt, Dank, eine Übersetzerin für dies Buch gefunden, die Übersetzung dann durchgesehen und die Fachwörter nachgetragen zu haben. Dank schulde ich ihr auch für ihre Übersetzungen von Artikeln in ukrainischer Spache, in denen die Webmuster in der Ukraine mit Ritzornamenten auf Eiszeit-Artefakten verglichen werden.

Dorothy Yacek-Matulis verdanke ich die gute und ebenso les- wie brauchbare Übersetzung des russischen Buches über Mammutknochenmusik und -musikinstrumente.

Ganz besonders dankbar bin ich Alexander Marshack vom *Peabody Museum of Archeology and Ethnology* der Harvard Universität. Er ist Autor des Buches *The Roots of Civilization* (McGraw-Hill Book Co.) und überließ mir Kopien der Ergebnisse seiner mikroskopischen Untersuchungen von Kunst und Artefakten des Altpaläolithikums in der Ukraine, die in *Current Anthropology* erschienen, sowie Material aus seinem bis jetzt unveröffentlichten Buch über die osteuropäischen Eiszeitmenschen.

Aufrichtig dankbar bin ich auch Dr. Olga Soffer von der anthropologischen Abteilung der Universität Wisconsin. Dr. Soffer ist heute vermutlich die führende Expertin auf dem Gebiet der Eiszeitbevölkerung Rußlands. Ich hatte das Vergnügen, in der Lobby des Hilton eine lange, interessante und nützliche Unterhaltung mit ihr führen zu dürfen und erhielt von ihr einen Sonderdruck von »Patterns of Intensification, as Seen from the Upper Paleolithic Central Russian Plain«, aus *Prehistoric Hunter-Gatherers: the Emergence of Cultural Complexity,* Hrsg. von T. Douglas Price und James A. Brown, (Academic Press).

Großen Dank schulde ich auch Dr. Paul C. Paquet, Mitherausgeber von *Wolfes of the World* (Noyes Publications), der eigens seinen Urlaub unterbrach, um auf meinen Anruf hin zu kommen und sich ausgiebig über Wölfe und die Möglichkeiten ihrer Domestizierung mit mir zu unterhalten.

Dank geht auch an Jim Riggs, Anthropologen und Lehrgangsleiter für den Kurs ›Urtümliche Fertig- und Fähigkeiten zum Überleben‹. Ich verwende die von ihm stammenden Informationen auch weiterhin.

Drei Menschen habe ich für die Bereitwilligkeit zu danken, kurzfristig ein dickes Manuskript durchzulesen und aus der Sicht des Lesers hilfreiche Anmerkungen zu machen: Karen Auel, die den ersten Entwurf las, nicht davon loskam und mir klarmachte, daß ich hier eine Story hätte; Doreen Gandy, Dichterin und Lehrerin, die die Lektüre noch zu allem anderen übernahm, was einen am Ende eines Schuljahres in Trab hält, und ihre gewohnten Einsichten auch diesmal nicht vermissen ließ; und Cathy Humble, die wieder sehr gescheite Anmerkungen machte.

Besonderer Dank gilt auch Betty Prashker, meiner Lektorin, auf deren Klugheit ich sehr viel gebe und die mit ihren Kommentaren und Vorschlägen immer den Nagel auf den Kopf traf.

Worte reichen nicht aus, Jean Naggar zu danken, der unvergleichlichen Freundin, Vertrauten und literarischen Agentin, die weiterhin meine kühnsten Träume übertrifft.

Anerkennung und Dank geht an die Adresse der Herstellung von Crown Publishers, deren Sorgfalt und solidem handwerklichen Können wir einen ständigen Strom von schönen und gutgemachten Büchern verdanken.

Dankbar bin ich auch Judith Wilkes, meiner Sekretärin und Helferin im Büro, auf deren Intelligenz ich mich zunehmend verlasse und die mir den Druck einer immer größer werdenden Korrespondenz abnimmt, damit ich schreiben kann.

Und Ray Auel ...

*Chronologie der Würm-Eiszeit und Abfolge der paläolithischen Kulturen in Mittel- und Nordeuropa**

Im Unterschied zu den lange andauernden Zwischeneiszeiten nennt man kürzere Phasen mit günstigerem Klima während einer Eiszeit Interstadial oder auch Wärmeschwankung. Die Einteilung der vierten großen Eiszeit *(Würm)* in verschiedene Abschnitte geht auf die Kenntnis derartiger Schwankungen sowie auf die Tatsache zurück, daß sich das Eis von den Hochgebirgen und aus dem Norden Europas langsam zurückzuziehen beginnt. Untersuchungen über die Stratigraphie der verschiedenen Lößablagerungen sowie ^{14}C-Daten haben darüber hinaus eine einigermaßen zuverlässige absolute Chronologie der letzten Eiszeit ermöglicht.

Absolute Chronologie		Gliederung der Würm-Eiszeit	Kulturen
8 000		Nacheiszeit	Mesolithikum
	Spät-Würm		
		Allerød-Schwankung	
10 000			Swiderien
		Bølling-Schwankung	Ahrensburg
12 000	Mittleres oder Haupt-Würm		
14 000		Pommersches Stadium	
		Frankfurter Stadium	
18 000		Brandenburger Stadium	Magdalenien
		KALT	
23 000		Paudorf-Schwankung	Östl. Gravettien
27 000			
32 000		KALT	Aurignacien
		Göttweiger Interstadial	
47 000	Früh-Würm		Szeletien
		KALT	
75 000	Riß/Würm-Interglazial		Moustérien
			Acheuléen

* Nach *Fischer Weltgeschichte.* Band 1, »Vorgeschichte«. Frankfurt am Main 1974